DESTIN BRISÉ

DU MÊME AUTEUR
CHEZ FLEUVE ÉDITIONS

LA FILLE DES CLANS

1. *Balafrée*
2. *Revanche de sang*

LARGO CALLAHAN

Six petites gouttes de sang – partie 1
Six petites gouttes de sang – partie 2

L'ANGE DU CHAOS

Guerrier des Lunes
Chiens de guerre
Ange et Loki
Ruisseaux de sang

CHEZ POCKET

L'Ange du Chaos
L'Ange du Chaos (tome 1).
Cœur de Loki (tome 2).
Sang-Pitié (tome 3).
Hors-Destin (tome 4).
Belle de Mort (tome 5).
Guerrier des Lunes (tome 6).
Chiens de Guerre (tome 7).
Ange et Loki (tome 8).
Ruisseaux de sang (tome 9).

Gheritarish
Balafrée (La Fille des Clans, tome 1 et tome 2).

Retrouvez toute l'actualité de l'auteur sur :
http://angeduchaos.forumgratuit.org/
et sur Facebook

MICHEL ROBERT

DESTIN BRISÉ

L'Ange du Chaos, tome 10

outrefleuve

ISBN : 978-2-265-14432-3

Dépôt légal : mars 2023

Je suis l'Ombre,
Insaisissable et mortelle.
Mon esprit est une lame.
Mon corps est une arme.
Je sers la voie Unique,
S'adapter, c'est vaincre.
Je suis l'Ombre.
Je danse et je tue.

Le mantra des Ombres

En écrivant ces lignes, je pense très fort à ma mère, Anne G., qui nous a quittés en pleine écriture de ce roman. Une rude épreuve, les mots sont faibles.

Tu étais une grande dame, maman, et tu ne m'as jamais laissé tomber. À présent, tu es partie, mais, pourtant, tu restes avec moi, bien présente dans mon cœur, et je t'emporte avec moi, partout. Merci de cette vie que tu m'as donnée. Je t'aimerai toujours.

À mes enfants, J et M. Mon bonheur, mon accomplissement. L'amour que je ressens pour eux est magique, tout comme les bons moments que je partage en leur compagnie. Et même à une table, avec des dés dix faces, bon sang ne saurait mentir !

Pour mes amis qui partagent ma passion de la fantasy et du jeu de rôle… sans ordre précis, car ils sont tous chers à mes yeux… Cyril et Claire, mes inlassables complices ; Richard le Chinoiseur, alias le Mexicain, alias le Jaune Ami, alias le Panda… Richard quoi ! Ces chers Rodolphe et Marie, Christophe et Pauline la Fourbe, dans leurs terres froides de Winterfell ; mais aussi Cécile et Pierre, Adam et Aymeric, la famille des Vikings… Et bien sûr Bolloc, duc de Bretagne ! Et aussi la petite Chloé, une autre fille du Nord.

Les amis, j'espère que vous allez savourer ce dernier opus… en attendant de se retrouver autour d'une table pour une partie passionnée de l'Ange du Chaos, notre JDR à nous tous !

Honneur et courage, amigos !

Bonheur et félicité, amigas !

Et, au passage, pardon à tous les paladins, particulièrement malmenés dans ce roman !

Pour Vanina, incontournable, si fidèle, après toutes ces années, merci à toi, Vani, de ta précieuse et chaleureuse présence, par ailleurs totalement désintéressée. Toi non plus, tu ne m'as jamais laissé tomber et, pourtant, tu avais bien d'autres choses à faire ! Je pense fort à toi et ta petite famille.

Pour Valérie MK, qui veille sur mes arrières. Une vraie belle rencontre. En toute amitié. Merci d'être là, V !

Je n'oublie pas Alexandra. S'il n'en fallait qu'une pour corriger ce tome 10, si cher à mes yeux, il fallait que ce soit toi et, parfois, la vie est juste ! Merci Alex, c'était un très chouette voyage, encore meilleur que je ne l'avais imaginé.

Et, enfin, pour vous toutes et pour vous tous, lectrices, lecteurs, si fidèles, si passionnés, voici *Destin Brisé*, ce dixième tome qui clôture les aventures de l'Ange. Je vous ai fait attendre, sans vraiment le vouloir, d'ailleurs, mais c'était pour une bonne cause ! J'ai donné le meilleur de moi-même, j'ai essoré la moindre parcelle de ma cervelle pour offrir une fin riche et glorieuse à Cellendhyll et ses compagnons.

Comme je dis toujours, j'écris avant tout pour satisfaire le lecteur que je suis, toutefois, j'avoue que j'espère vraiment que *Destin Brisé* vous plaira autant qu'à moi.

Sans vous, une chose est claire, jamais je ne serais l'homme que je suis devenu.

Merci, merci, merci.

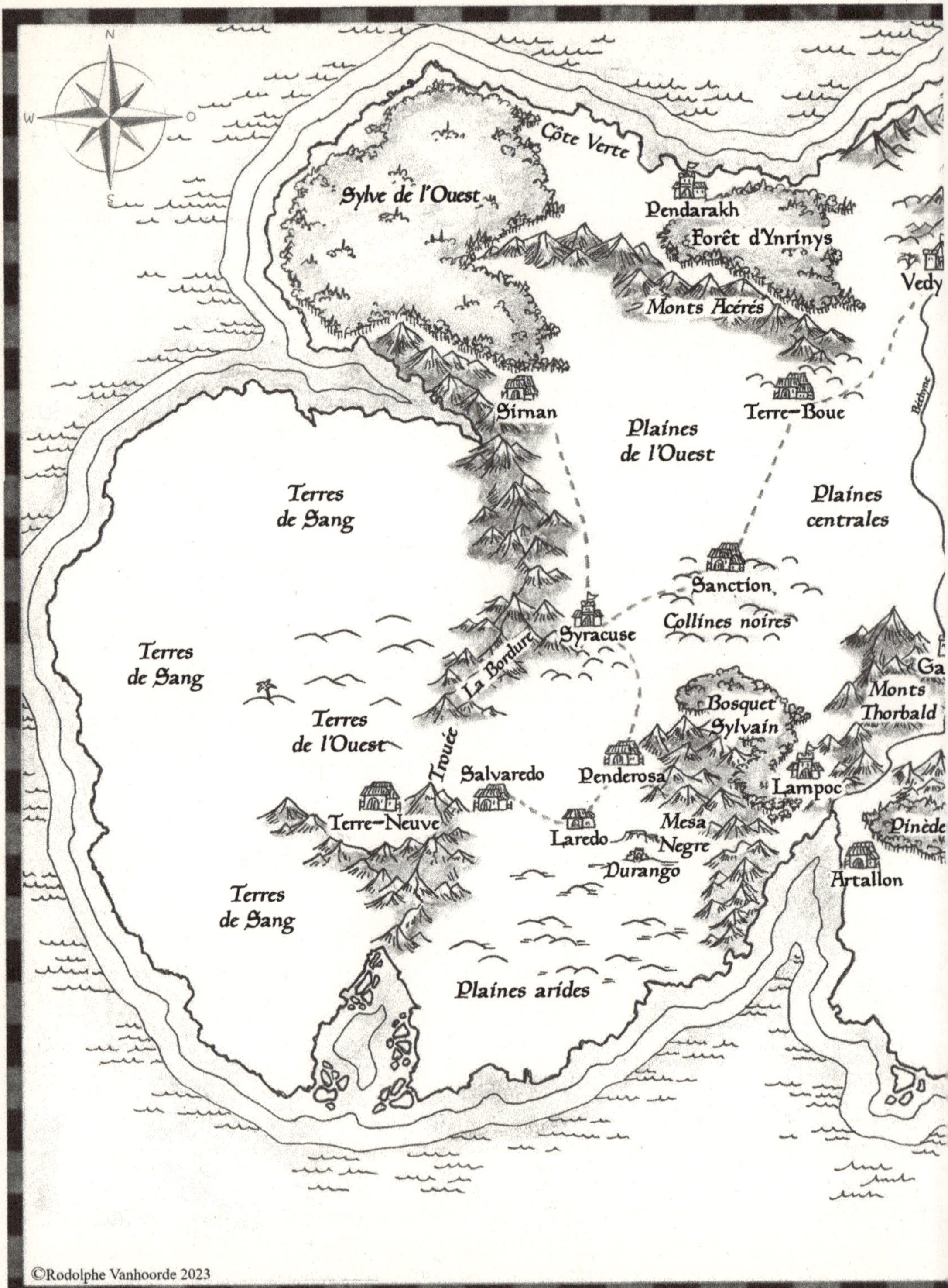
N
O
S
W
Côte Verte
Sylve de l'Ouest
Pendarakh
Forêt d'Ynrinys
Vedy
Monts Acérés
Sirnan
Terre-Boue
Béthyne
Plaines
de l'Ouest
Terres
de Sang
Plaines
centrales
Sanction
Collines noires
Syracuse
La Bordure
Terres
de Sang
Monts
Thorbald
Bosquet
Sylvain
Terres
de l'Ouest
Trouée
Salvaredo
Penderosa
Lampoc
Terre-Neuve
Laredo
Mesa
Negre
Pinède
Durango
Artallon
Terres
de Sang
Plaines arides

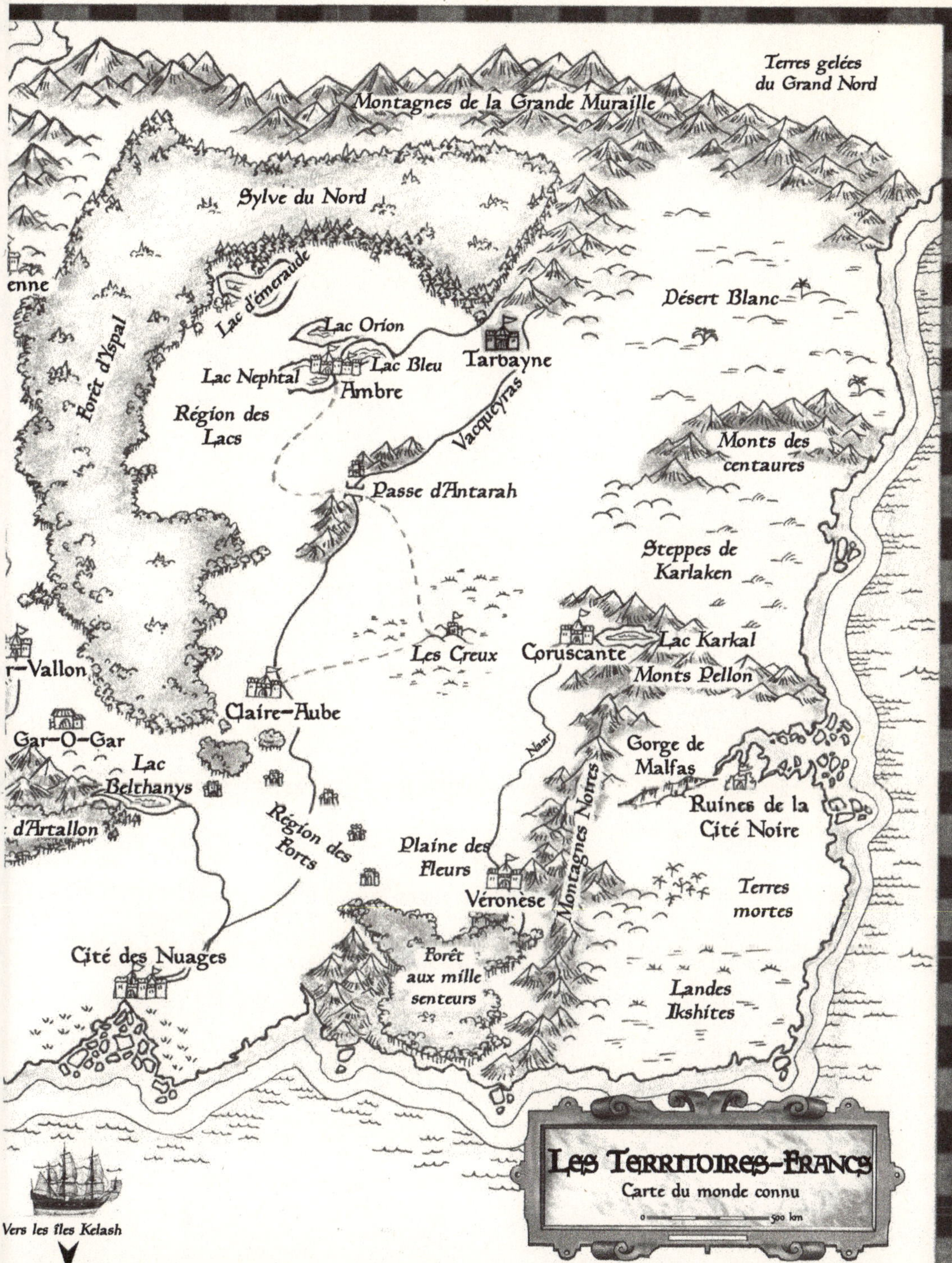
Terres gelées
du Grand Nord
Montagnes de la Grande Muraille
Sylve du Nord
Lac d'émeraude
Forêt d'Yspal
enne
Lac Orion
Lac Bleu
Lac Nephtal
Ambre
Tarbayne
Vacqueyras
Désert Blanc
Région des
Lacs
Monts des
centaures
Passe d'Antarah
Steppes de
Karlaken
Les Creux
Coruscante
Lac Karkal
Monts Pellon
r-Vallon
Claire-Aube
Gar-O-Gar
Lac
Belthanys
d'Artallon
Naar
Gorge de
Malfas
Montagnes Noires
Ruines de la
Cité Noire
Région des
Forts
Plaine des
Fleurs
Véronèse
Terres
mortes
Cité des Nuages
Forêt
aux mille
senteurs
Landes
Ikshites
Les Territoires-Francs
Carte du monde connu
0 500 km
Vers les îles Kelash

Terres grises
du Grand Nord
Montagnes de la Grande Muraille

Prologue

La gifle percuta Cellendhyll en plein visage, rejetant sa tête sur le côté.

— Regarde-moi ! Qu'as-tu fait ? Tu vas me répondre, chien ? Parle à ta maîtresse, sale Adhan !

Øz la Sublime lui asséna une autre gifle, encore plus méchante. Pour un résultat identique.

Un silence mutique.

— Regarde-moi !

Cellendhyll était incapable de regarder, encore moins de répondre, l'eût-il voulu. Il n'était plus vraiment là, plus vraiment présent, plus vraiment dans la réalité. Du moins, il lui manquait l'essentiel.

— Tu vas me parler, oui ? Tu abuses de ma patience, esclave ! Réponds ou tu seras encore puni ! Tu veux retourner dans la fosse ?

Un revers du poing fendit sa lèvre, mais Cellendhyll ne cilla même pas. Il regardait devant lui, sans rien voir, l'œil fixe, trouble, dénué de son magnétisme habituel.

Privé de sa réflexion, de sa volonté, de tout libre arbitre, l'homme aux cheveux d'argent n'avait plus rien du guerrier sauvage et redoutable qu'il avait toujours incarné. Il s'était métamorphosé, malgré lui et sans même en avoir conscience, en une créature pitoyable.

Chapitre 1

Øz avait triomphé. Elle avait vaincu la Lumière et terrassé son plus redoutable guerrier. D'un simple baiser.

Et depuis, Cellendhyll de Cortavar était réduit au rang d'esclave, parqué dans la citadelle des Smaughs.

Dénudé, désarmé, l'Adhan se retrouva isolé en cellule. Curieuse de son nouveau jouet, désireuse de le tester, Øz demanda à ses geôliers de le bousculer un peu pour voir comment il réagirait.

Cependant, vouloir humilier Cellendhyll de Cortavar, le rabaisser au rang d'animal, c'était réveiller chez lui sa part la plus violente.

Le résultat ? Cinq morts en trois jours.

Bien que constamment menotté, l'Ange brisa la nuque du premier Smaugh entre ses avant-bras. Il défonça la boîte crânienne du second contre un mur. Il enfonça sa cuillère en bois dans l'œil du troisième jusqu'à lui perforer le cerveau. Il sectionna la gorge du quatrième avec son écuelle en fer-blanc. Enfin, il arracha le larynx du cinquième garde d'une prise en tenaille.

Qu'il fût tabassé à chaque fois n'y changeait rien. Dès qu'on le provoquait, dès qu'il en avait l'occasion, l'Ange envoyait un Smaugh ou l'un de leurs servants au tapis. Si possible définitivement.

Autant les gardes se mirent à le haïr, autant il fascinait leur reine.

Le sixième jour de captivité, en pleine nuit, un escadron de guerriers smaughs fit irruption dans la cellule de l'Adhan. Ils étaient sept, armés de matraques. Ivres de vengeance, ils avaient le meurtre dans les yeux.

Cellendhyll était menotté, et une chaîne partant du mur, longue de trois mètres, verrouillée d'un cadenas, allait s'enrouler autour de son cou.

L'Adhan fit de son mieux, en dépit des circonstances. Il se servit de ses mains, de ses coudes, de ses genoux et de ses pieds. De sa tête et de l'épaisseur de ses menottes. Il abattit deux guerriers, très vite, puis il se fit fracturer le nez, il en élimina un troisième, se fit casser trois côtes, et réussit à tuer un quatrième Smaugh. Il perdit l'équilibre à cause de sa chaîne et les trois Smaughs restants s'en donnèrent à cœur joie, le frappant de leurs matraques, encore et encore.

Cellendhyll sombra dans un néant nettement plus agréable que ce qu'il était en train de subir. Le bilan de ses blessures était inquiétant : le nez et les côtes cassés, mâchoire, bras et jambes fracturés, ainsi qu'une sévère commotion cérébrale.

Øz ne tarda pas à apprendre la nouvelle. Elle fit arracher les yeux des trois gardes survivants, les écorcha elle-même avant d'arracher les clous plantés dans leur crâne un à un, la pire des humiliations pour un Smaugh. Pendant ce temps, l'Adhan fut hissé sur une civière et emmené par la reine jusqu'à ses appartements privés.

Le lendemain, sans savoir ni comment ni pourquoi, l'Adhan s'éveilla dans une suite luxueuse, ornée de statuettes, de tableaux et de tapis en laine de licorne.

Il n'était plus dans sa cellule d'isolement, mais dans une cage spacieuse aux barreaux d'acier qu'Øz avait fait aménager dans la pièce attenante à sa chambre, parfaite pour garder son précieux trophée. Il dormirait à l'intérieur, sur une sorte de tatami.

Cellendhyll était complètement guéri.

Une nouvelle étape de captivité remplaça la précédente. Tous les après-midi, Gamaël rejoignait Cellendhyll devant sa cage. Il s'installait dans un fauteuil et se transformait en une sorte de précepteur. Le renégat du Chaos avait pour mission d'expliquer au prisonnier les bases de la société smaugh. Gamaël, d'ailleurs, ne cachait pas qu'il cherchait toujours à faire fléchir l'Adhan et le faire changer de bord.

D'après ces leçons, il s'avérait que la reine Øz la Sublime était la dirigeante incontestée de son peuple. Un peuple dont, curieusement, l'apparence était bien différente de la sienne – sur ce point le renégat refusa de donner la moindre explication. En dessous de la reine, à égale autorité, l'élite, les maîtres-sorciers et les seigneurs de guerre. Chacun d'eux dirigeait un clan et disposait sous ses ordres d'autres sorciers de moindre pouvoir ou d'autres guerriers, selon les factions respectives. Une intense rivalité régnait entre les maîtres-sorciers et les seigneurs de guerre – rivalité nourrie et contrôlée par Øz, révéla Gamaël ; « diviser pour mieux régner », un précepte qui avait fait ses preuves. Sur ce point, Cellendhyll en saisit plus que prévu : la reine Sublime n'était pas si incontestée que le renégat le prétendait, car si elle jouait sur les rivalités de ses sujets, c'est justement qu'elle craignait que les Smaughs ne cherchent à la destituer.

Au niveau inférieur de leur pyramide sociétale, on trouvait les guerriers les plus jeunes, les derniers-sangs, qui démarraient avec le statut de sans-clan. Un sorcier, pour sa part, ne restait jamais à ce stade initial, les pratiquants de l'Art Étrange étaient trop peu nombreux, comparés aux guerriers, pour être négligés. Les sans-clans n'espéraient qu'une chose, intégrer l'une des factions principales et ainsi gravir les échelons du pouvoir.

Cette recherche constante de puissance, de renommée, de réputation, les Smaughs l'appelaient le *prestige* et, chez eux, comme au Chaos, l'ambition régnait en maître. Quant à ces petits clous étranges qui dépassaient de leurs crânes chauves, ils étaient tout à la fois une marque de renommée, le symbole de leur rang, mais aussi l'ancrage à partir duquel ils exerçaient leur magie. Gamaël refusa d'aller plus loin sur ce sujet.

Au palier inférieur, et la différence était nette, venaient les autres, les mechs et les esclaves qui n'étaient pas des Smaughs et qui se révélaient pourtant essentiels à la bonne marche de leur société. Les esclaves de confiance, surnommés les mechs, avaient prouvé qu'ils étaient dignes de servir leurs maîtres. Ils bénéficiaient d'un statut privilégié et pouvaient, pour les plus capables, soit intégrer la milice sévèrement entraînée – en quelque sorte des guerriers d'élite au service des sorciers –, soit devenir des intendants, responsables d'un groupe plus ou moins conséquent d'esclaves qu'ils supervisaient dans leurs tâches.

Enfin, tout en bas de la pyramide, les indispensables rebuts : les esclaves pur jus, corvéables à merci, aisément reconnaissables à leur allure craintive, leurs chairs marquées des punitions qu'ils subissaient et à leurs colliers de cuir ou de fer. Leur importance était capitale puisqu'ils étaient la main-d'œuvre assurant le bon fonctionnement de toute la société smaugh.

De fait, si les Smaughs chassaient et guerroyaient, fidèles à leurs instincts primaires, les esclaves supervisés par les mechs se chargeaient de tout le reste, à commencer par le bien-être de leurs maîtres. Un Smaugh s'occupait de ses armes, point barre. Il ne préparait pas la cuisine, ne lavait pas ses vêtements, ne s'abaissait à aucune tâche ménagère ni aucun entretien. Il ne nourrissait pas les animaux ni ne veillait à leur bonne santé.

En vérité, pour un Smaugh, tout étranger représentait soit un esclave potentiel, soit un ennemi à abattre. Le sentiment de fidélité chez eux était purement pragmatique, jamais sentimental. Chez les Têtes de clous, les alliances et les trahisons étaient naturelles, symptômes de l'esprit de compétition, de la soif de prestige, de la méchanceté intrinsèque de cette race.

Le tout était de ne pas se faire prendre. La morale n'avait aucune importance en la matière.

Et Gamaël ne cachait nullement qu'une telle philosophie était parfaite à ses yeux.

Depuis son arrivée dans la citadelle ennemie, Cellendhyll n'avait repéré aucune femme smaugh et il demanda au renégat si elles existaient.

Sur ce point, Gamaël expliqua à mots couverts que si les Smaughs s'adonnaient avec plaisir à la sexualité avec les humains ou les humaines, ils n'avaient nul besoin de femmes pour leur reproduction et que la Sublime, de toute manière, n'était pas du genre à supporter une rivale ; en ce sens, elle avait spécifié que seul un esclave masculin pouvait devenir un mech. Les rares femmes existantes étaient donc de simples serviteurs corvéables à merci, cantonnées aux étages inférieurs de la forteresse. Les plus séduisantes d'entre elles, cependant, intégraient l'un ou l'autre des harems des maîtres-sorciers ou des seigneurs de guerre, faisant l'objet d'enchères sévèrement disputées, source de rivalités voire de vendettas.

Cellendhyll ignorait toujours ce qu'il était advenu de Priam et il n'osait poser la question.

Au fil des jours, il récolta une autre information, qui aurait dû lui sauter aux yeux : Gamaël était l'amant d'Øz la Sublime.

Certaines nuits, Cellendhyll entendait la reine s'ébattre sur sa couche avec le renégat du Chaos. Il aurait pu le deviner rien qu'à la manière donc Gamaël parlait de sa maîtresse ou à certains de ses regards ; il adorait sa reine, il n'y avait pas d'autre mot.

Lors de ces nuits de passion qui le dégoûtaient, Cellendhyll put constater qu'Øz, aussi sadique se montrait-elle avec les autres, aimait également ressentir une dose certaine de souffrance. L'Ange entendait ses appels pressants, lorsqu'elle ordonnait à Gamaël de la fouetter, plus fort, encore plus fort, de ne pas se retenir, de faire couler son sang. Il entendait les coups qui suivaient, le bruit de la chair martyrisée, qui se déchirait sous la morsure du fouet, les halètements passionnés de la reine en train de prendre son plaisir. Ses cris rauques de jouissance.

Mais chaque lendemain, lorsque Øz traversait ses appartements, la plupart du temps à demi-nue, elle arborait une mine splendide, sa peau nacrée vierge de toute marque, de toute entaille. Parfaite.

Øz la Sublime aimait faire souffrir, c'était l'essence des Smaughs. Elle aimait également dominer. C'était même pour elle une nécessité.

Tous les jours, Cellendhyll avait donc droit à sa dose de tabassage. Une dose répartie en deux séances, parfois trois, exercées par Øz elle-même. Désormais, la reine ne supportait pas qu'un autre qu'elle puisse toucher l'Adhan ; à l'exception de Gamaël et seulement sur son ordre.

Nourrie, aveuglée par son obsession de beauté parfaite, Øz voulait faire plier l'Adhan, lui inculquer l'art et le plaisir de la souffrance subie ; pour autant, elle ne voulait en aucun cas *abîmer* son trophée le plus précieux.

L'enjeu qu'elle s'était imposé se révélait délicat, il s'agissait de faire céder Cellendhyll, qu'il se soumette à sa volonté, qu'il reconnaisse à quel point elle lui était supérieure. Ce qui signifiait qu'il devait conserver une petite dose de libre arbitre. Øz voulait faire céder son jouet, nullement le briser. La distinction était d'importance. Un homme brisé ne valait plus rien à ses yeux et c'eût été un monumental gâchis de procéder ainsi avec un guerrier de cette trempe. En outre, l'Adhan était bel homme et devait le rester, car Øz révérait la beauté, qu'elle considérait comme source première de son propre prestige.

Un tel défi ne faisait pas peur à la Sublime, au contraire, il l'excitait. Forte de ses quatre cents années d'existence, la reine disposait d'une riche palette de sévices à infliger, maîtresse-experte en ce domaine. Son instrument favori pour corriger l'Adhan, outre ses poings ou ses pieds, était des cordes de chanvre qu'elle utilisait comme des fouets, outils soigneusement calibrés pour infliger la souffrance sans laisser de traces trop sévères. Lors de ce genre de séances, Øz faisait prendre de force à Cellendhyll une drogue pour aviver ses sensations et ainsi augmenter la douleur qu'il subissait.

Elle aimait l'étouffer, aussi, bloquant sa bouche et ses narines ou attachant un chiffon autour de son visage avant d'y verser de l'eau.

Pour varier, Øz pouvait tout autant maintenir son jouet humain suspendu par les bras, tout comme elle adorait le garder des heures dans des positions infamantes ou le promener dans la citadelle au bout d'une laisse.

Cellendhyll, de son côté, résistait par tous les moyens. Il refusait d'obéir, refusait de répondre, il ne lâchait rien, hormis quelques grondements de fauve acculé, avec pour unique récompense de nouvelles dérouillées.

La dernière composante de ce trio dysfonctionnel était Gamaël. Le renégat du Chaos. Naguère membre respecté de l'escouade des Spectres commandée par Cellendhyll, en partie dévastée par sa trahison.

Gamaël se comportait bizarrement avec l'Ange. Il aurait pu être jaloux de l'obsession de sa maîtresse à son égard, mais c'était tout le contraire. Il paraissait considérer Cellendhyll comme un frère. Comme s'il était toujours avec les Spectres à partager la confiance et la complicité propre aux *commandos* d'une section d'élite.

Oui, Gamaël parlait toujours à Cellendhyll d'un ton amical, avec une affection qui paraissait sincère. Cela ne l'empêchait pas de hisser l'Adhan par les bras pour que sa maîtresse le fouette à l'envi. De le maintenir tandis qu'elle cherchait à l'étouffer, de l'entraver à quatre pattes sur le sol ou dans un carcan de chêne. Gamaël participait à toutes les séances, une évidence, toujours prêt à satisfaire sa maîtresse, à assouvir le moindre de ses ordres, désirs ou fantasmes.

En dehors des périodes de tortures, le renégat parlait, sa voix apaisante, persuasive, tentait d'expliquer à l'Ange à quel point il serait heureux au service de sa reine, à quel point la vie de Cellendhyll deviendrait merveilleuse s'il rejoignait les forces d'élite des Smaughs : il lui suffisait pour cela de prêter allégeance à Øz la Sublime et tout irait bien.

En guise de réponse, Cellendhyll le fixait de son intense regard de jade, sans rien montrer de ses sentiments violents. Si seulement Gamaël avait pu se rapprocher un peu plus de lui, juste assez pour qu'il puisse le saisir entre ses mains.

Cellendhyll hésitait chaque jour, il ne savait lequel des deux, du renégat ou de la reine, il avait le plus envie d'étriper. La réponse changeait constamment. Cependant, ses deux tourmenteurs se révélaient trop expérimentés pour lui laisser la moindre occasion.

La résistance du Hors-Destin avait une conséquence. Son entêtement ne faisait qu'aviver l'obsession qu'Øz concevait pour lui. Et la conséquence immédiate fut qu'elle se désintéressa d'autant du Fahaarak'Shar à venir, la Conquête de Sang, dont dépendait pourtant le destin tout entier du peuple des Smaughs.

Au fil des jours, cela finit par devenir manifeste, la maîtresse de guerre de son peuple en était arrivée au point où elle se moquait totalement des préparatifs de l'invasion.

D'autres que la Sublime étaient totalement conscients de ce changement dans ses objectifs, ce qui était loin de leur plaire.

Chapitre 2

Rakùl-Bahìr pénétra dans la salle d'audience de la reine, suivi de deux de ses favoris, de jeunes sorciers du Second Cercle très prometteurs. Le Nagù était vêtu d'une longue tunique de soie violette à surpiqûres noires, fendue sur les côtés, d'un pantalon en cuir moulant, d'un noir dense, de bottes montantes de même teinte, à bouts recourbés, et d'une cape courte d'un mauve brillant. Il avait déposé ses dagues de combat à l'entrée, comme le voulait la coutume. En guise de parure, le sorcier du Cinquième Cercle arborait trois anneaux de platine à l'oreille gauche. Eux aussi désarmés, ses seconds étaient vêtus d'une tunique mauve et d'un pantalon et de bottes de cuir noir.

Øz l'attendait, installée en travers de son trône, ses longues jambes fuselées pendant nonchalamment dans le vide. Elle était pieds nus, ses ongles laqués d'un beau rouge écarlate. Elle s'était vêtue d'une robe moulante en soie ivoire, destinée à mettre en valeur ses formes sveltes, irréprochables.

Le visage de la reine Sublime était une ode à la beauté sensuelle, un assemblage de lignes harmonieuses, enjôleuses et envoûtantes. Brossée chaque jour par un mech, sa longue chevelure de neige luisait de propreté, étalée sur ses larges épaules à la peau soyeuse.

Son regard turquoise ne cachait pas son dédain et ses lèvres pleines étaient plissées d'une moue boudeuse.

Gamaël assistait à l'entretien, bien sûr, comme à chaque fois. Il était sanglé dans une tenue de combat en cuir violet à brandebourgs noirs, taillée sur mesure. Des bottes cuissardes en daim noir, à bouts recourbés, complétaient sa tenue. Les poignées de ses épées courtes se croisaient dans son dos. Appuyé contre un pilier de chitine, sur le côté de la salle, il se curait les ongles avec un stylet à manche de corne. Son visage aux traits purs, d'une grâce presque féminine, affichait un ennui poli.

Sa pose tranquille n'était qu'une façade, ses yeux gris pâle, vifs et assurés ne manquaient rien de ce qui se déroulait dans la pièce.

Rakùl-Bahìr dédaigna la présence du garde du corps. Il méprisait cet homme qu'il n'arrivait pas à cerner et que, dans une certaine mesure, il redoutait. Il se rapprocha du trône et salua avec autant d'élégance que de respect, imité par ses suivants, six pas en retrait.

— Eh bien, Rakùl-Bahìr, que veux-tu ? entama la reine. Un problème avec la mise en place de notre Fahaarak'Shar ? Sache que je suis très occupée en ce moment.

Rakùl-Bahìr retint un froncement de sourcils. *Occupée ? Déconcentrée, oui, et par qui, sinon par cet Adhan maudit !*

— Ma Reine, mais je viens faire mon rapport comme vous l'avez demandé. Tout d'abord, j'ai deux nouvelles propres à vous satisfaire : nos pions sont en place dans chacune des capitales du Plan Primaire et sont prêts à tenir leur rôle, comme prévu. En outre, concernant l'Antique Sortilège, je puis vous confirmer que mes camarades maîtres-sorciers et moi-même sommes prêts pour l'invocation.

Øz accueillit les informations livrées par le Nagù d'un geste distrait. C'étaient d'excellents augures et, pourtant, elle semblait à peine y porter intérêt. Au lieu de relancer par d'autres questions, au sujet de l'intendance, par exemple, ou de l'état de la Horde, elle se mit à contempler le dessus de ses mains, à la recherche de la moindre imperfection apparente.

Rakùl-Bahìr déroula son compte rendu. Qu'il fût question de l'équipement, de la logistique, du transfert des hommes ou des bêtes, tout se passait conformément au plan de conquête. Un plan soigneusement élaboré par la Reine et dont elle se contrefichait, il en avait la preuve sous les yeux.

— C'est bien, Rakùl-Bahìr, déclara Øz d'une voix égale, au terme du rapport.

— Avec tout le respect que je vous dois, ma Reine, il y a un autre sujet que je me dois d'aborder, répliqua aussitôt le Nagù… à mon corps défendant, je l'avoue humblement.

— De quoi veux-tu donc parler ?

Rakùl-Bahìr prit une attitude gênée qu'il était loin d'éprouver :

— Des rumeurs commencent à courir à votre sujet… On parle de… de votre brusque désintérêt pour le Fahaarak'Shar… d'une certaine obsession qui vous détournerait de vos devoirs premiers.

Øz changea subitement d'attitude. Elle pivota d'un élan gracieux des hanches pour s'installer face au Nagù, à présent bien droite, bien concentrée. Sa voix s'éleva, très douce. Trop douce :

— À travers tes propos, je décèle comme de la réprobation, Rakùl-Bahìr.

Les acolytes du sorcier déglutirent de concert.

— De la réprobation, répéta la reine. Moi, Øz la Sublime, je serais ainsi jugée ? J'aurais des comptes à rendre ? C'est bien ça que tu insinues ?

— Ma reine, vous vous méprenez, je vous l'assure. Je n'insinue rien, je ne fais que vous avertir… votre réputation a toujours été irréprochable et je ne voudrais pas qu'elle soit ternie par quelques ragots mal intentionnés. Un simple démenti officiel de votre part et tout rentrera dans l'ordre… Pour le bien de tous…

— Je sais parfaitement ce que le Peuple te doit, Rakùl-Bahìr, le coupa sèchement la reine. C'est grâce à toi que nous allons pouvoir lancer le

Fahaarak'Shar sur le Plan Primaire et c'est un exploit sans pareil dans notre histoire. C'est également grâce à toi que nous avons remporté une telle victoire à Tygarde. C'est en me basant sur ces hauts faits que je te laisse la vie sauve. Mais si tu oses à nouveau critiquer mes actes ou mes décisions, je t'écorche vif avant d'arracher tes clous un à un. Est-ce clair ¿

— Oui, ma Reine, je vous entends parfaitement. Je ne veux qu'une chose, vous le savez, la réussite de notre Fahaarak'Shar.

Le Nagù gardait les yeux baissés en signe de soumission. Il n'éprouvait aucune peur, contrairement à ses sbires, non, ce qu'il ressentait, c'était une intense fureur. Ses craintes étaient bel et bien confirmées. La reine était obnubilée par l'Adhan, elle en avait perdu le sens des priorités, elle avait oublié le principal, la réussite et la gloire de son peuple.

— Ah, oui, une dernière chose, reprit Øz.

D'un infime mouvement du menton, elle donna ses ordres à Gamaël.

Le renégat du Chaos n'était plus à sa place initiale. Il se tenait désormais derrière les deux acolytes, essuyant tranquillement le sang qui maculait la lame de son stylet sur la manche de son pourpoint, tandis que les deux sorciers s'effondraient l'un et l'autre sur le sol, avec une seconde d'écart, leur nuque transpercée de part en part.

— Une petite mise au point, pour que tu comprennes bien que je ne suis pas dupe, déclara Øz, avant de lâcher un rire méchant. Puisque tu sembles autant t'inquiéter du Fahaarak'Shar, je t'envoie sur place superviser le bon déroulement des phases suivantes. Je te laisse jusqu'à demain soir pour prendre tes dispositions. Une fois sur les Territoires-Francs, tu m'enverras des rapports détaillés tous les deux jours. Je peux compter sur toi, Rakùl-Bahìr ¿

La question sonnait clairement ironique.

— Je vous entends et j'obéis, ma Reine, répliqua le Nagù d'un ton sourd. Je ne vous décevrai plus.

— Nous verrons bien. Tu peux disposer, Nagù.

Rakùl-Bahìr quitta la salle à reculons, le buste courbé en une posture de respect, sans même un regard pour la dépouille de ses hommes, assassinés pour la seule faute d'avoir été présents dans la salle. Le maître-sorcier se moquait bien de leur perte. Il ne pensait qu'à une chose, maîtriser cette violente colère qui bouillait en lui.

C'est grâce à moi si nous en sommes arrivés jusqu'ici et elle me traite de la sorte ¿ La garce, elle paiera pour un tel affront à mon prestige !

Chapitre 3

C'était le lendemain de l'entrevue.

Ils s'étaient réunis hors de la citadelle, à l'écart, sur la terrasse d'une maison à deux étages de la cité fantôme, loin des oreilles indiscrètes des sorciers.

Le ciel était chargé d'un manteau de nuages épais aux différents gris. Le vent soufflait par à-coups irréguliers, créant des nuages de poussière çà et là dans la ville abandonnée.

L'accès au bâtiment était gardé par des premiers-sangs dont la fidélité n'avait jamais été prise en défaut. Sur la grande terrasse, au dernier étage, on avait disposé des sièges confortables, il y avait à boire et à manger. Autant ajouter le plaisir de la bouche aux affaires. Quant aux esclaves parquées à l'étage inférieur, choisies pour éveiller le désir des hommes, ils n'entreraient en scène qu'après la réunion.

Ils s'étaient réunis, les seigneurs de guerre smaughs. Les plus puissants, les plus vicieux, les plus efficaces des guerriers du royaume. Tous hommes de caractère, violeurs et assassins, ils avaient fait leurs preuves maintes et maintes fois, tant les armes à la main que dans les coulisses du pouvoir. Aucun d'eux ne tenait son rang envié par erreur ou grâce à la chance, ces quatre-là étaient les plus compétents dans leur domaine : tuer autrui, rien d'autre.

Comme tous les Smaughs, ils avaient les yeux soulignés de khôl, aux pupilles de jais fendues, l'iris d'un mauve luisant, et le crâne rasé, orné d'une série de petits clous, caractéristique la plus marquante de leur race ; une trentaine pour chacun. Ils étaient vêtus en cuir d'agneau noir, taillé pour le combat. Ils avaient laissé leurs armes en bas et se contentaient d'une dague à la ceinture.

Rachak-Ul avait le front haut, le visage taillé à la serpe, les traits harmonieux, le regard satisfait, le seigneur était charismatique et il en avait pleine conscience. Le genre d'homme à l'aise en toutes circonstances, à rire en face du danger. C'était un athlète, un maître d'armes accompli et ses hommes l'enviaient. Il semblait déborder d'énergie, capable de bondir à n'importe quel instant. C'était le plus complet des guerriers smaughs, sans conteste possible, et son prestige était flamboyant.

Oghul-Tak. Installé sur un fauteuil assemblé sur mesure pour supporter son poids. La lignée des Tak était réputée pour la formidable stature de ses héritiers et l'homme en constituait une preuve indiscutable. Deux mètres dix pour deux cent quarante kilos. Oghul était une aberration musculaire. Quatre repas par jour pour autant de séances d'entraînement. Du muscle, toujours plus de muscle, toujours plus de force, tel était son credo. Capable de tordre une barre d'acier entre ses mains énormes, Oghul-Tak aimait combattre au plus près, arracher les membres de ses adversaires ou les broyer entre ses mains. Le colosse présentait un visage rond, un petit nez, une bouche aux lèvres épaisses, les sourcils perpétuellement froncés. Il avait également la voix tonnante, la colère facile, des appétits légendaires. Il était difficile de se sentir à l'aise en sa compagnie.

Djagga-Taï. C'était le plus ancien des Smaughs présents, cependant, l'âge ne l'avait rendu que plus méchant, plus inquiétant encore. De taille moyenne, d'allure mince et nerveuse. Les traits maigres, le regard constamment injecté de sang, mais toujours vif. Une balafre descendait de son front jusqu'en bas de sa mâchoire, dont Djagga était très fier. Le seigneur était passé maître dans l'art de la torture, l'égal des sorciers en la matière. Du bout de sa cravache, dont il faisait grand usage sur la peau de ses esclaves ou de ceux qui le décevaient, il tapotait la pointe recourbée de sa botte.

Turgut-Ott, le quatrième seigneur de guerre. Un nez long, une bouche souriante, le regard pétillant. Contrairement aux autres, en dépit de ses attributs, il ressemblait plus à un lettré qu'à un homme de guerre. Car Turgut aimait entretenir l'image d'un homme affable, aux élégantes manières, porté sur la discussion. C'était d'ailleurs le plus petit des quatre et le plus maigre. Cela n'était qu'un faux-semblant, Turgut-Ott se révélait un tueur aussi impitoyable que les autres, parfaitement capable de vous planter une dague entre les omoplates après vous avoir assuré de son amitié. Il tenait entre ses doigts fins, un bâtonnet allumé à l'odeur âcre, qu'il fumait en tentant vainement de produire des cercles de fumée.

Les effroyables personnages avaient commencé à boire des coupes de vin rouge, à manger charcutaille ou fromages, ils avaient échangé les dernières nouvelles de la cour, conspuant, comme à chaque fois qu'ils se retrouvaient, leurs rivaux intimes, les sorciers. Après quoi, ils avaient évoqué les préparatifs militaires en cours, prenant d'un commun accord une série de décisions logistiques, avant de passer à l'objet véritable de leur rencontre.

— ... je vous le dis, mes frères, la seconde phase du Fahaarak'Shar est proche et c'est la meilleure des nouvelles pour nous, mais... la chienne doit mourir, il est grand temps, scandait Djagga. Et je le pressens, plus nous attendons, plus nous risquons de voir échouer notre rêve de nous débarrasser d'elle.

— La chienne doit mourir... nous sommes d'accord sur ce point, opina Rachak-Ul. Mais quand et comment ? Øz règne sur le Peuple depuis trois générations. Elle dispose d'un pouvoir supérieur au nôtre, elle a déjoué toutes les tentatives de la destituer, année après année, qu'elle a réprimées avec une férocité incomparable. Sans parler de ce chien de Gamaël qui assure ses arrières avec une efficacité jusqu'ici parfaite.

— Oh que oui, elle doit mourir ! Elle n'est même pas des nôtres, putain, salope ! Je l'ouvrirai en deux et je cracherai ma semence sur ces entrailles !

Sa tirade assénée, Oghul-Tak balança sa coupe de vin par-dessus la terrasse d'un geste rageur.

— J'admire ton enthousiasme, Oghul, tout comme j'admire la force incontestable qui est la tienne… mais comme aucun de nous n'est suicidaire, il va nous falloir trouver une meilleure stratégie, répondit Rachak-Ul.

— Un peu de patience, mes frères, dit alors Turgut-Ott. Le Fahaarak'Shar est lancé, nous partons à la guerre. Il va y avoir des ruisseaux de sang et nous savons que notre reine aime à récolter sa propre moisson d'écarlate…

— Tu dis bien, Turgut ! Qui sait, en effet, ce qui peut se produire de chaos au cœur d'un combat ! ricana Oghul-Tak.

— Tout dépendra des circonstances, il nous faudra nous adapter, mais ça représente le meilleur moment pour mettre quelque chose au point, incontestablement, approuva Djagga-Taï.

— Oui, pour autant devons-nous agir dès la phase deux ⸮ Dès notre premier assaut ⸮ relança Oghul-Tak qui se voyait déjà en train d'écraser la tête de la reine entre ses mains.

— Sans vouloir t'offenser, mon frère, rétorqua Turgut-Ott avec un nouveau sourire, ce serait, me semble-t-il, plutôt imprudent. Un mauvais présage qui risquerait de créer un schisme au sein de nos troupes, de briser notre élan guerrier au moment même où démarre notre conquête de Sang.

— Je te rejoins, Turgut, répondit Djagga, ton argument s'avère imparable. Mieux vaut attendre d'avoir réalisé les deux étapes à suivre et d'avoir solidement planté nos griffes dans les Territoires-Francs. Nous ne devons pas agir précipitamment, mes frères, la réussite du Fahaarak'Shar dépendra directement de nos décisions. Nous aurons besoin des pouvoirs de la reine et des sorciers pour vaincre l'ennemi, si nous les éliminons trop tôt, nous pourrions bien le regretter.

— Et Gamaël ⸮ demanda alors Rachak-Ul.

— Il est trop fidèle à Øz, il tombera également, bien sûr ! cracha Oghul-Tak.

Turgut-Ott relâcha un épais nuage de fumée et reprit :

— Nous sommes donc d'accord sur le principe : attendre que la troisième phase de la Conquête soit lancée pour agir. Bien sûr, il nous faudra d'autres rencontres de ce genre pour décider des détails de l'opération, nous manquons encore de paramètres tant que nous ne sommes pas sur place, au cœur de l'action. Mais cela mis à part… après, mes frères ⸮ Nous tuons la reine, d'accord, il ne sera pas difficile de trouver des guerriers motivés pour le faire, ne serait-ce que l'un d'entre nous. Et ensuite ⸮ Comment gérer les sorciers ⸮ Comment éviter qu'ils en profitent pour nous accuser, retourner l'opinion contre nous et prendre le pouvoir ⸮

— Excellente question, Turgut. Moi, je dis qu'il faut en profiter pour en finir avec Rakùl-Bahìr et ses trois comparses, ça mettra les autres sorciers à notre botte et les dissuadera de chercher à nous résister. D'ailleurs, comme pour Øz, la guerre à venir nous en fournira l'occasion.

— La conquête de Sang doit primer, résuma Rachak-Ul. Il faudra choisir le bon moment pour notre plan, ni trop tôt ni trop tard… Il reste un point à évoquer, cependant : si nous éliminons Øz, qui va régner à sa place ¿ La reine représente au moins un point positif pour le Peuple, elle nous maintient soudés ! Elle nous oblige à aller dans le même sens, elle nous rend plus efficaces ! Non, Oghul, ne te fâche pas après moi, je suis partant pour le projet, tout comme vous, je veux voir Øz le ventre ouvert et les entrailles répandues à l'air libre, cependant, je n'ai aucune envie de nous voir nous déchirer pour la succession… et ne vous y trompez pas, quand je dis « nous déchirer », je veux dire : nous entre-tuer. Ne serait-ce pas dommage d'avoir réussi notre Fahaarak'Shar pour en arriver ensuite à une telle extrémité ¿

Turgut-Ott partit d'un rire suffisamment léger pour ne pas sonner insultant :

— Je t'entends, Rachak, mais avant de songer à la succession, il faudrait déjà réussir notre complot et mettre à bas la putain et son chien de garde.

— Nous verrons quand nous y serons, grommela le colosse, avant de jeter son dévolu sur un gros morceau de bœuf fumé qu'il se mit à déchirer entre ses grosses dents.

— On ne peut pas tout décider aujourd'hui, les choses vont évoluer au fil de la Conquête et il nous faudra prendre en compte les enjeux du moment, conclut Djagga-Taï, en frappant sa botte d'un vigoureux coup de cravache.

Rachak-Ul hocha la tête devant ces trois réponses toutes aussi fuyantes les unes que les autres. Un petit sourire au coin des lèvres, il se rapprocha de la table pour se resservir de vin et se mit à trinquer avec ses pairs pour sceller leur entente.

Évidemment, chacun des seigneurs de guerre voulait le pouvoir pour lui seul et concevait son propre plan pour conquérir le trône.

Chapitre 4

Au même moment, une autre assemblée secrète était orchestrée, cette fois au cœur de la citadelle des Smaughs.

Les maîtres-sorciers s'étaient retrouvés dans l'une des salles, à l'étage qui leur était réservé, à l'instigation de leur membre le plus influent, Rakùl-Bahìr.

Ils étaient au nombre de quatre, à l'instar des seigneurs de guerre.

La réunion se faisait sous une bulle de silence, dôme d'énergie miroitante invoqué par Rakùl-Bahìr, assurant aux protagonistes de parler sans craindre d'être espionnés, pas même par la reine.

Le lieu de l'entrevue, une salle de détente éclairée par la lumière du jour. Une odeur entêtante et poivrée, nullement désagréable, avait pris possession des lieux tandis qu'un nuage de fumée brunâtre planait au-dessus de leurs têtes.

Ils se tenaient tous les quatre alanguis sur de grands poufs de cuir, chacun d'eux disposant de son propre narguilé, riche d'un mélange d'herbes kiuthes, censé détendre leur esprit tout en affinant leurs pensées. À côté de chaque participant, une table basse en bois laqué sur laquelle reposaient une carafe de vin blanc frais et un plateau de boudin pimenté.

Les quatre avaient commencé par allumer leur narguilé, à prendre quelques bonnes bouffées, histoire de se mettre en train pour la suite.

Les maîtres-sorciers étaient revêtus de longues tuniques magenta, décorées de délicats motifs en fils d'or blanc, pantalons et bottes de cuir noir à bouts recourbés. Ils arboraient les mêmes rangs cloutés sur leurs crânes que ceux des seigneurs de guerre, les mêmes yeux fardés de noir, en revanche, leur peau marbrée se révélait encore plus pâle et leur stature moins imposante.

Autre différence marquante, leur langue bifide, marque d'honneur, symbole de leur pratique des Arts Étranges, mais également le prérequis indispensable pour lancer leurs sorts.

Quatre hommes, tout aussi puissants, redoutables et respectés que les chefs de guerre, qu'ils méprisaient avec une intensité chaque jour renouvelée.

Tandis que les seigneurs guerriers se considéraient en égaux – mais aussi en rivaux –, Rakùl-Bahìr, le Nagù, sorcier du cinquième Cercle d'Akkal, incarnait le leader incontesté de son ordre et, pour autant, les quatre maîtres-sorciers fonctionnaient en bonne intelligence.

D'autant plus estimé de ses pairs depuis son exploit : le Nagù avait offert à son peuple la première étape de la conquête de Sang, qui allait permettre aux Smaughs de conquérir leur nouveau territoire – cela rien de moins que sur le Plan Primaire.

Rakùl-Bahìr, l'ennemi juré de Cellendhyll, l'homme qui avait assassiné Constance, empoisonné Priam. Ses petits yeux mauves fendus de jais luisaient d'assurance et de satisfaction. Il disposait désormais d'un grand prestige au sein du Peuple et n'escomptait nullement s'arrêter en aussi bon chemin.

Un peu plus grand que la moyenne, il avait le physique sec d'un homme parfaitement entraîné, le front bombé, le nez comme un bec d'aigle saillant au-dessus de son visage tout en longueur, sa peau livide grêlée de petites taches noires, stigmates de son art.

Göruk-Mongh était affalé à sa droite. Un vieillard, comparé aux autres. La silhouette voûtée, les taches sombres pullulaient sur sa peau blanchâtre. Le cristallin de ses yeux définitivement jauni. Göruk-Mongh était aussi fier de sa laideur que le seigneur-guerrier Rachak-Ul l'était de sa beauté. Son visage disgracieux semblait composé de bric et de broc, formé de parties dépareillées ; ses détracteurs le surnommaient Tête de Gargouille, mais seulement dans son dos. Göruk avait depuis longtemps délaissé l'art du Shivan-Gewarr, l'art martial des Sorciers, son corps devenu incapable d'enchaîner les katas avec assez d'efficacité. Il avait atteint le Quatrième Cercle et n'irait pas plus loin. L'âge, cependant, qui finissait toujours par faire décliner un guerrier, ne faisait que rendre l'esprit d'un sorcier encore plus acéré. Tel était le cas de Göruk-Mongh qui n'avait fait que se renforcer avec les années. Et s'il ne combattait plus dagues en mains, ses sortilèges conservaient toute leur efficacité. En outre, le maître-sorcier avait connu les générations précédentes, connaissait l'histoire du Peuple sur le bout des doigts, ce qui rendait ses avis d'autant plus précieux. Aucun Smaugh n'était jamais mort de vieillesse et Göruk entendait bien réaliser un tel exploit.

Shaar-Balal était avachi sur la gauche du Nagù. Lui aussi pouvait se targuer du Quatrième Cercle d'Akkal. Aussi haut que maigre, un mètre quatre-vingt-dix-huit pour à peine soixante-huit kilos. Étroit d'épaules, Shaar avait le corps d'un adolescent qui aurait grandi sans épaissir. Le crâne oblong, le visage osseux, une large bouche, encore plus émacié que celui des autres sorciers. Un homme peu démonstratif. Ce qu'il aimait plus que tout, fumer du kiuthe et faire souffrir ses victimes, si possible des enfants, se ragaillardir de leurs plaintes et plonger ses grandes mains dans leur sang. De cette pratique, il avait gardé le bout des doigts rougis d'écarlate, une marque devenue indélébile. D'aucuns le surnommaient Mains-Rouges.

Dernier membre du conclave, Kublaï-Our, le plus jeune des protagonistes. Un homme de taille moyenne, svelte, les traits bien dessinés, les gestes emplis de prestance. Kublaï était ambitieux, passionné, exigeant. Et brillant, très brillant. Il avait atteint le Quatrième Cercle d'Akkal avant même sa majorité et se préparait à franchir le seuil du Cinquième. Il s'entraînait tous les jours au Shivan-Gewarr, même s'il n'était pas encore au point d'égaler Rakùl-Bahìr. Fort de sa jeunesse et de ses appétits, Kublaï faisait grande consommation d'esclaves mâles ou femelles, selon son humeur. Aux yeux de ses admirateurs, de plus en plus nombreux chez les sorciers, il représentait l'avenir du Peuple, un avenir glorieux. Accessoirement, Kublaï entretenait des liens d'entente avec Gamaël, qu'il emmenait régulièrement chasser.

L'atmosphère était détendue. Les maîtres-sorciers se considéraient comme une caste à part, ils faisaient front contre le reste du monde. Aucune véritable rivalité entre eux, c'eût été le meilleur moyen de provoquer leur perte, ils le savaient bien.

Rakùl-Bahìr avait pris la parole :

— Frères-sorciers, c'est notre dernière réunion avant mon départ. Comme vous le savez, la Reine m'envoie superviser la seconde phase sur les Territoires-Francs. Le transfert de nos effectifs, quant à lui, se déroule conformément à nos estimations, nous sommes dans les temps.

Les maîtres dans l'Art Étrange opinèrent d'un même ensemble, avant de tirer sur l'embout de leurs narguilés.

Un nuage de fumée plus tard, Shaar-Balal prit son tour de parole :

— Ces crétins décérébrés de guerriers se sont rassemblés à l'autre bout de la ville pour l'un de leurs conseils soi-disant secrets... les incapables !

— J'aimerais bien savoir de quoi ils vont causer, glousssa Kublaï-Our.

— Mon contact m'a révélé la tenue de cette réunion, néanmoins il ne faisait pas partie des gardes envoyés sur place, donc aucun moyen de savoir.

— Peu importe, ils se livrent à leurs habituels petits complots, aucun intérêt pour nous, relança Rakùl-Bahìr.

— Si leurs complots nous concernent, pour ma part, j'aimerais en connaître la teneur, bougonna le plus vieux des sorciers. Vous savez comme moi qu'ils n'espèrent qu'une chose, notre éradication. Et si j'étais à leur place, je profiterais de la guerre à venir pour faire le ménage. Or, justement, la guerre arrive. Ils sont bien plus nombreux que nous, dois-je vous le rappeler ?

— La reine nous a toujours soutenus, jusqu'ici, non ? déclara Kublaï-Our, tout en exhalant une volute de fumée orangée. Sans compter que nous sommes indispensables à la bonne marche de la Conquête de Sang, à commencer par l'invocation de l'Antique Sortilège.

— Je suis d'accord, reprit Göruk, les guerriers auront besoin de nos talents, au moins pour un temps... mais ensuite ?

Rakùl-Bahìr relâcha la fumée kiuthe de ses poumons avant de balayer l'argument d'un geste :

— Tranquillisez-vous, mes frères, nous sommes les maîtres-sorciers smaughs, je ne crains pas les seigneurs de guerre, ni leurs clans. Nous ne sommes pas démunis face à eux, loin de là. Nous avons nos propres troupes, certes moins nombreuses, mais nous avons également notre sorcellerie et notre intelligence supérieure. Sans parler de notre maîtrise des tarfs, essentiels pour les combats. Du reste, une fois conquis le Plan Primaire, nous pourrons former bien assez de mechs pour former une véritable armée sous nos ordres, une armée qui pourra balayer les seigneurs et leurs fidèles par le simple nombre... Non, mes frères, les seigneurs-guerriers ne m'inquiètent pas. D'autant plus qu'une fois le Fahaarak'Shar lancé sur les Territoires-Francs, ils iront combattre en première ligne et ils seront bien assez occupés à massacrer les sang-chauds plutôt que de fomenter quelque traîtrise contre nous. Il nous suffira de les surveiller de près pour prévoir leurs manigances, comme nous l'avons toujours fait... d'ailleurs, un accident est vite arrivé, n'est-ce pas ¿ Non, je vous le dis, le danger le plus inquiétant, le plus immédiat, ne provient pas des seigneurs.

Rakùl-Bahìr marqua une pause, le temps de boire quelques gorgées de vin blanc, le temps, surtout, de ferrer son auditoire.

— Si je vous ai réunis aujourd'hui, reprit finalement le Nagù, c'est pour évoquer un sujet grave, crucial. À savoir les agissements de la reine, qui deviennent pour le moins inquiétants... Nous avons toujours soutenu Øz parce que cette stratégie allait dans le sens de nos intérêts, mais à présent, il va peut-être falloir remettre en question notre bienveillance à son égard.

— Je ne vois pas ce que tu lui reproches, mon cher Rakùl, dit Göruk-Mongh.

— Elle est en train de siphonner l'énergie de ce Plan, pour commencer... répliqua le Nagù.

— Elle l'a toujours fait. Et cela nous offre une fois encore l'opportunité de déclencher un nouveau Fahaarak'Shar.

— Pas avec une telle intensité et pas de manière aussi... inconsidérée, répliqua Rakùl-Bahìr tout en secouant la tête. Jusqu'alors, elle attendait que la conquête de Sang arrive à son terme pour agir, mais cette fois, c'est le contraire et cela n'augure rien de bon. Avez-vous remarqué à quel point le Grand Néant s'est rapproché de nous, ces derniers temps ¿ Chaque ponction qu'Øz inflige à la pierre de vie pour ses propres intérêts ne fait qu'aggraver le phénomène, vous le savez comme moi.

— Et alors ¿ répliqua Shaar-Bal avec une moue amusée. Nous aurons quitté ce Plan bien avant que le Néant n'engloutisse ce monde, quelle importance ¿

— Ce n'est pas tant le fait qu'elle vide la pierre élémentale avec un tel appétit, mais plutôt ce que cela traduit. Une véritable inconscience, répliqua aussitôt le Nagù.

— Que veux-tu dire par là ¿ souffla Kublaï-Our. Øz est notre reine, elle agit bien comme elle veut, non ¿

— Je parle de cet Adhan maudit qui semble lui avoir corrompu l'esprit, je parle de cette obsession qu'Øz a développée pour sa propre apparence, obsession qui s'aggrave à mesure du temps. Voyez comme elle siphonne une pierre de vie juste pour effacer l'apparition de la moindre ride ! J'ai bien tenté de lui faire entendre raison et le seul résultat que j'ai obtenu est de voir mes deux aides exécutés sous mes yeux et de me faire renvoyer de la cour. Car il s'agit bien d'un renvoi, les préparatifs de guerre n'ont nullement besoin de moi pour s'accomplir, nos intendants mechs sont parfaits pour cette tâche, ils l'ont toujours été. Ouvrez les yeux, Øz serait prête à anéantir un Plan entier uniquement pour conserver son apparence de jeunesse… une jeunesse qui ne peut que la fuir à mesure que les années passent. La reine n'est plus elle-même, je vous l'affirme ! Elle nous sacrifierait en un battement de paupières pour conserver son apparence parfaite, en êtes-vous conscient ¿

— Tu exagères quelque peu, sans vouloir t'offenser, tempéra Shaar-Balal, après un autre nuage de fumée.

Venant de tout autre qu'un de ses trois homologues, Rakùl-Bahìr se serait hérissé d'être ainsi contredit. Cependant, il allait avoir besoin de l'appui des autres, donc de les convaincre. Aussi, il répondit d'un ton patient :

— Je n'exagère nullement. Réfléchissez, nous avons enfin posé le pied sur les Territoires-Francs, nos troupes s'y déversent. Nous allons invoquer l'Antique Sortilège et poursuivre le Fahaarak'Shar que j'ai initié à Tygarde… en bref, nous allons conquérir notre nouveau royaume, comme nous l'avons toujours fait, et, pas une seconde je ne doute de notre succès. Pourtant, cette fois, ce sera différent, les Territoires-Francs représentent notre objectif final, pas une simple étape, nous allons arrêter de voyager de monde en monde et nous établir sur le Plan Primaire, une bonne fois pour toutes.

— En effet, ce sera le plus grand triomphe du Peuple, lâcha Göruk-Mongh dans un nuage de fumée. Moi qui ai vécu bien plus que vous, mes frères-sorciers, je me réjouis tout particulièrement de voir notre destin s'accomplir.

— Vous parlez vrai, tous les deux, opina Shaar-Balal. Mais où veux-tu en venir, Rakùl ¿

— Je vous le répète, depuis qu'elle a capturé l'Adhan, je crains que notre reine ne soit en train de perdre le sens des priorités, voire en train de perdre la tête, tout court, et son prestige pâlit d'autant ! Imaginez, mes frères, une fois notre Fahaarak'Shar accompli, imaginez qu'elle se mette à vider l'énergie du Plan Primaire pour nourrir ses folies de beauté, elle mettrait l'univers du Plan lui-même en grand danger et nous avec. Avez-vous envie de voir couronner un tel accomplissement, celui que le Peuple attend depuis toujours, pour ensuite le voir détruit par les caprices d'une démente, fût-elle notre reine ¿ Avez-vous envie de vivre avec cette épée au-dessus de nos têtes ¿

Sa tirade assénée, le Nagû se remit à inspirer dans son narguilé. Le silence s'installa quelques instants, le temps que les trois pairs du sorcier digèrent véritablement la teneur de ses propos.

— De rudes paroles, finit par lâcher Kublaï-Our.

Manifestement troublé, le jeune homme vida son verre de vin d'un trait pour se resservir dans la foulée.

— Rudes, mais qui laissent à penser, je l'avoue, ajouta Göruk-Mongh, après avoir mâchouillé un morceau de boudin pimenté qu'il fit passer avec une gorgée de vin. J'ai connu trois conquêtes de Sang et je dois admettre que jamais la reine ne s'est montrée aussi peu intéressée par le Fahaarak'Shar. Elle qui, dans le passé, s'est toujours révélée la plus ardente face à la Conquête… Effectivement, Rakùl, Øz n'a pas assisté à la dernière réunion générale, qu'elle devait pourtant présider… elle n'est pas venue non plus nous visiter pour vérifier que nous avions maîtrisé l'invocation de l'Antique Sortilège, n'est-ce pas ? C'est pourtant un point capital de la Conquête !

— Je ne dis pas que tu as tort, mon frère-sorcier, cependant, puisque tu insistes tant sur la reine, sourit Shaar-Balal en fixant le Nagù, aurais-tu une solution à proposer qui ne remette pas en question la réussite de notre invasion ?

Rakùl-Bahìr se redressa, un sourire mauvais étirant ses lèvres, laissant apparaître la pointe frétillante de sa langue bifide et violacée. Il se pencha en avant, la bouche pleine de fumée, pour cracher d'un ton passionné :

— Il se trouve que oui… la reine doit retrouver le sens des priorités, elle doit se concentrer sur le Fahaarak'Shar et rien d'autre. Pour cela, nous devons éliminer la source du problème… nous devons éliminer l'Adhan ! Alors, voilà ce que je vous propose…

Chapitre 5

L'abominable routine de Cellendhyll se poursuivait, et l'Adhan n'avait toujours obtenu aucune nouvelle de Priam et cachait son inquiétude tout au fond de son esprit, de crainte qu'on s'en serve contre lui.

Durant la troisième semaine de captivité, un simple événement allait tout faire basculer.

Installée au-dessus de Cellendhyll, Øz la Sublime venait de lui infliger une nouvelle séance d'étouffement. Au moment où elle le relâchait, l'Adhan parvint à s'arracher un instant à la poigne de Gamaël, le temps de flanquer à la reine un coup de tête en plein nez.

Un simple coup de tête, rien d'autre, pas même assez violent pour l'étourdir.

Øz resta un instant la bouche grande ouverte, le sang s'écoulant de ses narines jusqu'à déborder à son menton, puis elle se mit à hurler, le regard exorbité de fureur :

— Chien, tu as osé porter la main sur moi ? Tu as osé frapper ta maîtresse ? Je vais te montrer le prix de ton insolence !

Øz flanqua une gifle à l'Adhan, deux, trois gifles. Hurla encore. Ordonna à Gamaël de jeter Cellendhyll à terre. Et se mit à le rouer de coups de pied.

Ce n'était qu'un avant-goût de la punition qu'elle escomptait lui infliger. Des gardes furent appelés, Cellendhyll dénudé puis entravé. Après quoi, il fut conduit par la reine dans la pièce surnommée la salle du Tourment.

Le Hors-Destin se retrouva dans une salle toute ronde, vide, aux murs de chitine aubergine. Au centre, une fosse rectangulaire, toute aussi nue que le reste de l'endroit. Deux mètres de long, quatre-vingts centimètres de large. Cellendhyll fut à nouveau corrigé par Øz puis balancé dans la fosse.

— Tu vas souffrir, souffrir encore, jusqu'au bout ! s'écria la reine, les prunelles enfiévrées.

Øz invoqua le pouvoir qu'elle exerçait sur la chitine. À partir du sol, elle fit apparaître une plaque épaisse de cette matière aubergine, qui vint boucher la fosse, s'ajustant comme un couvercle, à cinq centimètres du nez de Cellendhyll.

Enfin, elle fit apparaître deux trous dans l'épaisseur de la plaque, créant ainsi un semblant d'aération, à peine de quoi permettre au condamné de respirer.

Après quoi, la Sublime quitta la salle du Tourment, Gamaël et les gardes dans son sillage. Le renégat avait tenté de dissuader sa reine de recourir à une telle extrémité, il avait déjà vu des prisonniers subir ce traitement, une bonne moitié en ressortait irrémédiablement fous. Sourde à toute raison, Øz ne voulut rien savoir, elle avait envie de faire mal et fouetterait à mort plusieurs esclaves avant de pouvoir retrouver son calme. Mais avant tout, elle allait devoir réparer les dommages causés à sa beauté parfaite.

Cellendhyll se retrouvait emmuré dans cette espèce de cercueil de chitine. Pour un homme d'action de sa trempe, c'était la pire des tortures mentales, un insupportable confinement, propre à déstabiliser même le plus solide des hommes. Incapable de bouger, ne serait-ce que pour se gratter le nez, le corps perclus de douleurs, respirant à peine assez d'oxygène pour se maintenir en vie.

L'Adhan se contorsionna et tenta de repousser la plaque, tant bien que mal, dans sa position allongée, mais il aurait aussi bien pu tenter de fendre du granit avec le petit doigt. Les minutes passèrent, les heures, il ne savait plus, il se sentait irrémédiablement glisser vers la panique, sans rien pouvoir y faire. Résister à la souffrance physique, il en était capable. Subir cette atroce torture, cette agonie, même, comme ça, sans bouger, il ne pouvait le supporter. Il avait envie de hurler, de courir, de sauter, de frapper… de respirer librement. Il voulait quitter cette prison infâme. Son tombeau, sans doute, car la reine était bien assez démente pour l'y laisser expirer.

La panique se rapprochait de Cellendhyll, elle l'enserrait jusqu'à planter en lui ses griffes sournoises. L'Ange chavira. Sa volonté se fissura. Il allait se mettre à hurler.

Ting. Un tintement dans son esprit. Cellendhyll se calma aussitôt, s'apaisa. Il ferma les yeux. Son esprit, soudain déconnecté de la réalité, se mit à voyager.

La *Fugue des Ombres* venait de se déclencher.

Une technique du Chaos, également nommée la transe de l'Oubli, inventée par le seigneur Morion et implantée dans ses agents secrets par hypnose pour les protéger des interrogatoires et des séances de torture. La Fugue des Ombres était censée placer l'esprit de Cellendhyll dans une transe profonde. Certes, elle ne protégeait pas le sujet des dommages physiques, néanmoins, la conscience de l'agent assoupie, coupée des sensations du corps, il devenait insensible à la souffrance mentale comme physique.

Or, si la Fugue des Ombres s'était déclenchée en Cellendhyll, elle n'opéra pas comme prévu. Au cours du processus mental, au lieu de se plonger en hypnose, la conscience de l'Adhan s'égara en chemin, elle bifurqua dans une direction imprévue, un embranchement mémoriel laissé dans l'ombre, inconnu de lui, mais qui l'attira comme une évidence.

L'esprit martyrisé du Hors-Destin avait réussi à échapper à la réalité pour trouver refuge dans l'époque la plus heureuse de son existence.

Son enfance.

Le garçon ne tenait plus en place, il avait expédié son déjeuner le plus vite possible. On lui avait promis une surprise, aujourd'hui, pour ses six ans !

Après un détour rapide dans les cuisines, jusqu'au panier aux légumes, il dévala les marches de l'entrée, traversa la cour du domaine en courant et se figea devant le grand corral bâti en face de la maison principale.

Au milieu du corral, sa surprise.

Le garçon se frotta les yeux. C'était trop beau pour être vrai.

Un poney ! Un beau poney alezan à crins lavés !

Le garçon était déjà monté à cheval, avant même de savoir marcher. Cependant, c'était son premier poney, le sien, rien qu'à lui !

Un tel cadeau n'avait pas d'égal. Lui offrir un tel animal voulait dire qu'on allait l'autoriser à le monter, ce qui signifiait chevauchées, galopades, aventures ! La liberté !

Sa mère, ses cheveux argentés ramenés en une longue natte, vêtue d'une robe de laine vert canard, d'un gilet épais en peau retournée et de bottes montantes en daim fourré, vint se ranger derrière lui.

À ses côtés, le Grand Homme, dans son manteau en peau de loup. Le Grand Homme ne vivait pas au domaine, mais il était présent à chaque anniversaire du garçon. Et chaque anniversaire était une fête.

Le garçon ne pouvait détacher son regard vert jade de la créature en face de lui.

Le poney devait faire un mètre dix au garrot. Le pelage épais, il était trapu, semblait résistant, avec l'œil vif et confiant, une épaisse crinière et la queue fournie. Le garçon admirait le contraste entre sa robe rousse et sa crinière blanche.

Sa mère posa les mains sur ses épaules et lui déclara :

— Tu te souviens ¿ Tu dois d'abord gagner sa confiance. Et le meilleur moyen de gagner cette confiance, c'est de l'approcher calmement, sans l'effrayer. Tu dois lui parler doucement, gentiment, lui montrer que tu es son ami. Tu comprends ¿

— Ben oui, je comprends, je suis un grand, maintenant, j'ai six ans !

Le garçon n'avait pas peur. Comment avoir peur d'une créature aussi attachante que… comment allait-il l'appeler ¿

— Je peux lui choisir un nom ¿ demanda-t-il en se retournant vers les deux adultes.

— Bien sûr, il est à toi, désormais ! Ce qui veut dire que tu en es responsable. Tu devras le nettoyer, le brosser, le nourrir. Tout comme tu devras t'occuper de ta selle et de ton filet. Ça aussi, tu comprends, mon chéri ¿

— Maman !

Ah, ces adultes, parfois !

— Tu sais comment tu veux l'appeler ¿ demanda le Grand Homme.

— Oh oui, sourit largement le garçon, mon poney se nomme Tempête !

Le rêve balayait tout le reste. Il s'étirait, détail après détail, absorbant toute notion de temporalité.

Lorsque Øz finit par tirer l'Adhan de son cercueil, douze heures s'étaient écoulées.

L'homme qu'elle retrouvait n'avait plus rien d'un indomptable guerrier. Il n'était qu'une coquille vide.

La gifle percuta Cellendhyll en plein visage, rejetant sa tête sur le côté.

— Regarde-moi ! Qu'as-tu fait ? Tu vas me répondre, chien ? Parle à ta maîtresse, sale Adhan !

Øz la Sublime lui asséna une autre gifle, encore plus méchante. Pour un résultat identique.

Un silence mutique.

— Regarde-moi !

Cellendhyll était incapable de regarder, encore moins de répondre, l'eût-il voulu. Il n'était plus vraiment là, plus vraiment présent, plus vraiment dans la réalité. Du moins, il lui manquait l'essentiel.

— Tu vas me parler, oui ? Tu abuses de ma patience, esclave ! Réponds ou tu seras encore puni ! Tu veux retourner dans la fosse ?

Un revers du poing fendit sa lèvre, mais Cellendhyll ne cilla même pas. Il regardait devant lui, sans rien voir, l'œil fixe, trouble, dénué de son magnétisme habituel.

Privé de sa réflexion, de sa volonté, de tout libre arbitre, l'homme aux cheveux d'argent n'avait plus rien du guerrier sauvage et redoutable qu'il avait toujours incarné. Il s'était métamorphosé, malgré lui et sans même en avoir conscience, en une créature pitoyable.

Une heure plus tard, Cellendhyll avait été reconduit dans la suite de la reine, il avait été soigneusement lavé, examiné, puis attaché sur un chevalet de torture.

Son état végétatif n'avait pas varié. L'Adhan ne réagissait même plus à la douleur. Øz le piqua, l'entailla, le brûla, l'étouffa, le tout sans obtenir la moindre parcelle de réaction.

Le garçon se glissa entre les barrières du corral et se rapprocha doucement de l'animal, les conseils de sa mère en tête. Il se mit à parler au poney d'un ton apaisant, de simples paroles, amicales, tandis que l'animal dressait ses oreilles vers lui.

Le garçon ouvrit la main pour montrer au poney la carotte qu'il avait récupérée dans les cuisines.

Tempête agita la tête et poussa un léger hennissement.

Le garçon, pas après pas, murmure après murmure, combla l'écart et tendit la main sur laquelle reposait son offrande, paume vers le ciel.

Le poney tendit le cou et saisit délicatement le morceau de carottes qu'il se mit à broyer entre ses mâchoires. Puis, tout en mâchouillant, il s'avança jusqu'à pouvoir toucher le garçon.

D'instinct, ce dernier leva l'autre main, lentement, et la plaça face au chanfrein de l'animal et la maintint ainsi, sans plus bouger.

— Tout doux, Tempête, tout doux, on va être amis, tu sais ? murmura-t-il encore. Toi et moi, on va former une sacrée équipe.

Le poney appréciait les paroles du garçon, ça se voyait à la manière dont il agitait les oreilles. Le garçon lui donna un autre morceau de carotte, tiré de sa poche. Le poney saisit l'offrande tout aussi délicatement que la première fois. Puis, preuve de la confiance acquise, Tempête finit par abaisser sa tête et posa son chanfrein contre la paume du garçon.

Contenant son excitation, le garçon caressa le devant de la tête de l'animal puis remonta pour le gratter entre les oreilles.

Ravi d'un tel traitement, Tempête se mit à pousser l'enfant du bout des naseaux, sans forcer, juste pour jouer. Le garçon se mit à rire.

— Alors, il te plaît ? demanda sa mère.

— Oh oui ! Tu vas voir, maman, on va devenir de bons camarades, Tempête et moi. Et je vais bien m'en occuper, je promets !

— Je note tes paroles et je te les rappellerai.

— Et si on te mettait sur son dos, pour voir comment vous vous débrouillez, tous les deux ? proposa le Grand Homme.

Dix minutes plus tard, le garçon galopait dans le corral sur Tempête, en poussant des cris de joie pure.

La meilleure journée de sa vie !

L'Ange s'était totalement immergé dans le souvenir oublié, il s'imprégnait de chaque couleur, de chaque odeur, de chaque son, de chaque parole. Toutes ces sensations plaisantes étirées à l'infini étaient devenues plus réelles que la réalité.

Chapitre 6

Les jours passèrent et rien ne changeait. Øz avait perdu toute emprise sur son précieux trophée et ne le supportait pas.

Elle s'installait devant l'Adhan, revenu dans sa cage, à le fixer pendant des heures, à essayer de le prendre en faute, épiant son visage à la recherche d'un signe, du moindre signe de ruse ou de conscience. Elle n'en trouvait aucun. En outre, son jouet ne réagissait plus à aucune douleur.

Un tel mutisme n'était pas normal. Il ne correspondait à aucun des stades de la souffrance étudiés par la reine des Smaughs, pourtant experte en ce domaine.

Gamaël ignorait tout de la Fugue de l'Ombre. Le processus d'oubli avait été institué par Morion après la défection du renégat, et celui-ci se révélait incapable de trouver une parade face à ce qui allait bien au-delà de ses compétences.

C'était pour la reine des Smaughs une situation impossible, intenable. Elle n'éprouvait aucun plaisir à tourmenter un homme incapable de ressentir ce qu'on lui faisait subir. La Sublime prenait la situation comme une injure personnelle et délaissa tout le reste, obnubilée au-delà de toute limite. Plus rien d'autre ne comptait que de retrouver son esclave sain d'esprit. Elle pourrait alors reprendre son *traitement* et lui faire payer cette insupportable frustration que l'Adhan maudit lui infligeait.

Il y eut la fois où le garçon était parti faire du canoë avec le Grand Homme. Où, à force d'imprudence, il était tombé dans l'eau glaciale du lac. Où il avait alors passé le début de soirée à sécher devant un grand feu de camp, emmitouflé d'une fourrure, plaqué contre le torse puissant du Grand Homme, une tasse de chocolat chaud à la main, à regarder les flammes dansantes, à respirer l'odeur entêtante des pins, à écouter les bruits de la forêt, tout autour d'eux, à entendre ces légendes passionnantes où l'héroïsme était roi. Quelle merveilleuse soirée !

La fois où le garçon avait passé l'après-midi à la foire du Printemps, avec sa mère et le Grand Homme. Où il avait assisté au spectacle de marionnettes puis au concours de tir à l'arc. Où il s'était gorgé de saucisses et de galettes au miel. Où il vit pour la première fois le Grand Homme embrasser sa mère, cette dernière abandonnée contre lui dans le coucher du soleil. Où il s'était endormi dans la calèche, au retour, blotti contre sa mère tandis qu'elle lui caressait le front et lui chantait en sourdine une ancienne berceuse.

La fois où les Pictes étaient venus au domaine pour faire du troc. Où le garçon avait admiré les splendides guerriers à demi nus, le maintien fier, l'équilibre parfait, le visage peint de ces couleurs éclatantes, en train d'échanger avec sa mère qui souriait en négociant dur.

Également le jour du concours de saut d'obstacles qu'il avait remporté avec Topaze, son premier cheval, aux derniers jours du printemps, félicité par sa mère et le Grand Homme. Où, ensuite, il avait embrassé Jenny, la fille du maître d'écurie, d'une année plus âgée que lui. Jenny, son sourire, ses merveilleuses taches de rousseur. Jenny et le goût fruité, captivant, de ce premier baiser.

Les rêves avec le garçon s'enchaînaient en lui, ininterrompus, se déroulaient à l'infini, sans ordre véritable. L'esprit détaché, sa conscience égarée, Cellendhyll *revivait* chacun de ces puissants souvenirs, qui lui semblaient venir d'une autre vie.

Le temps, les ennemis autour de lui avaient perdu toute substance, ils ne l'atteignaient plus. On lui aurait tranché la main, ouvert le torse, sectionné un pied qu'il n'aurait rien senti, il serait resté immobile, le regard figé dans le vide.

Si le Hors-Destin avait pu faire le bilan de son enfance à travers ces rêves recouvrés, il se serait rendu compte que le Grand Homme était bien plus présent dans sa vie et beaucoup plus proche de lui que Fiannan, son père, qui, pourtant, vivait à demeure. L'Adhan aurait pu aussi se demander pourquoi, jusqu'alors, il n'avait gardé aucun souvenir du Grand Homme, ni de tous les moments partagés avec lui.

Autre mystère, il n'arrivait même pas, quel que soit le rêve qu'il vivait, à visualiser son visage. Les traits du Grand Homme étaient chaque fois masqués par une sorte de brume noirâtre qui n'avait rien de naturel.

De tout cela, l'Adhan n'en avait pas conscience. Il engrangeait les rêves et les informations, mais il était incapable de réflexion ou de logique. Il voguait dans son propre esprit, perdu, totalement passif.

Chapitre 7

Øz avait quitté ses appartements. À force d'efforts et de diplomatie, Gamaël avait réussi à lui faire entendre qu'elle devait montrer à ses sujets un minimum d'intérêt. À commencer par assister à la réunion du jour. Une réunion pour le moins importante, consacrée aux rapports envoyés par Rakùl-Bahìr concernant la mise en place de la horde sur le Plan Primaire, à laquelle participaient les trois maîtres-sorciers restants. Les seigneurs de guerre smaughs s'étaient téléportés la veille sur le Plan Primaire avec leurs clans, pour la mise en place de la phase deux, qui les concernait au premier chef. Il n'était pas question pour eux de laisser Rakùl-Bahìr tout décider seul en profitant de leur absence.

Les insinuations du Nagù se révélaient exactes, au grand déplaisir de Gamaël. Sa maîtresse s'en moquait, mais le renégat du Chaos avait entendu des bruits de couloir, il était conscient d'un certain mécontentement dans la chaîne de commandement. La reine paraissait se désintéresser du Fahaarak'Shar, une hypothèse à peine concevable, propre à choquer les esprits. Gamaël en connaissait parfaitement la cause : l'obsession de la reine pour Cellendhyll de Cortavar. Le renégat savait que sa maîtresse devait inverser la vapeur avant de perdre de son autorité et, ainsi, fragiliser son prestige. Pour faire taire les mauvaises langues, il était impératif que la reine envoie un signe clair à ses sujets. Elle se rendait donc à la réunion.

La Sublime et son renégat avaient quitté l'appartement royal depuis une quarantaine de minutes. Les portes de la suite s'ouvrirent avec précaution et quatre hommes trapus entrèrent à la file. Leurs postures ramassées traduisaient aisément le fait qu'ils n'en menaient pas large, leurs regards concentrés, pourtant, laissaient entendre qu'ils ne reculeraient pas.

Des esclaves, à n'en pas douter, avec leurs colliers de fer. Courtauds, la peau olivâtre, crâne recouvert d'une brosse courte, les yeux fardés de khôl. Gilets de toile aubergine, pantalons gris et mocassins de peau. Pas la moindre marque de clan sur eux. Ils portaient chacun une dague à la ceinture, chose anormale, car de tels serviteurs n'avaient droit à aucune lame, hormis en cuisine.

Les intrus traversèrent furtivement la première salle, passèrent dans la seconde. Et se rendirent droit sur la cage de Cellendhyll.

Les mains menottées en avant, l'Adhan était dans sa geôle aux barreaux d'acier, assis en tailleur, un seul pagne pour vêtement. Depuis qu'on l'avait tiré de son cercueil, il fixait invariablement le vide, son regard sans force ni conscience.

Les maraudeurs savaient manifestement ce qu'ils avaient à faire.

L'un d'eux sortit une fiole de son gilet, la déboucha et versa le contenu dans la serrure de la cage. Le liquide vert, semi-pâteux, se mit à grésiller en rongeant le métal, tandis qu'une odeur d'œufs pourris emplissait la pièce. La serrure désagrégée, la cage fut ouverte et Cellendhyll en fut tiré par deux hommes.

L'Adhan se laissa faire. Son corps obéissait, rien de plus. Un véritable légume sur pied.

On lui passa un collier de métal autour du cou, auquel on fixa ses menottes, bloquant ainsi tout mouvement des bras.

— N'oublie pas la dague et le sabre, souffla celui qui dirigeait le groupe à l'un de ses complices, on doit les ramener avec nous.

L'un des hommes fouilla la pièce sans rien trouver. Il se rendit dans la chambre de la reine pour en ressortir peu après, la Belle de Mort et le sabre en méthalion du Hors-Destin dans les mains, chaque lame dans son fourreau.

L'un des esclaves, rendu curieux par l'état végétatif de Cellendhyll, fit claquer ses doigts, juste sous ses yeux, mais, l'Adhan ne cilla même pas.

Deux hommes se chargèrent de lui, chacun le prenant par un bras, fermement agrippé. Là encore, Cellendhyll conserva son apathie.

Lancé au petit galop, le garçon chevauchait avec assurance sur la piste qui traversait la forêt d'érables rouges. Bien en place sur son Tornade, le double poney bai cerise qui avait remplacé Tempête, désormais trop petit pour lui, il s'imaginait à la tête de sa troupe de vaillants Paladins en train de poursuivre une bande de sorciers ténébreux.

Sa troupe était constituée des deux personnes les plus importantes de sa jeune existence, galopant quelques toises derrière lui. Sa mère, Alhana, montée sur une jument gris pommelé, et lui, le Grand Homme, qui montait un puissant étalon à robe isabelle. Aucun garde pour les escorter, ce moment complice n'était réservé qu'à eux trois.

Le garçon lança un cri joyeux qui fit s'envoler trois corneilles perchées dans un arbre. C'était un grand jour ! Son anniversaire, celui de ses neuf ans !

Et s'il était en train de galoper dans la forêt, avec ses Paladins, c'est qu'il partait à la ville pour acheter un cadeau. Son cadeau !

— Plus vite, mes compagnons, s'exclama le garçon à destination de ses troupes. Sinon ces mécréants de Ténébreux vont encore nous échapper !

Les deux adultes échangèrent un regard complice doublé d'un grand sourire.

— Il va falloir ralentir, mon roi, sinon nous allons épuiser les chevaux et nous devrons terminer la poursuite de vos ennemis à pied ! annonça le Grand Homme.

— Tu as raison, noble chevalier ! s'écria le garçon. Compagnons, vous pouvez passer au pas !

Les chevaux ralentis, le garçon se retourna vers les adultes. Sa mère, qu'elle était belle avec sa natte de cheveux argent clair ! Et lorsqu'elle lui souriait comme ça, le garçon se sentait tout chaud à l'intérieur de son corps, une sensation tellement rassurante. Le Grand Homme le regardait, lui aussi, mais, comme à chaque fois, son visage était recouvert d'une brume noirâtre qui masquait ses traits. Le garçon aurait bien aimé faire disparaître cette brume, mais il ignorait comment. C'était très étrange et pourtant, il n'avait pas l'intention d'en parler aux grands. Quelque chose l'en empêchait, le lui interdisait, et là encore, il en ignorait la cause.

Escortant Cellendhyll, les quatre hommes ressortirent dans le couloir aux parois de chitine magenta. Celui-ci était désert, preuve que des complicités avaient été achetées. Les ravisseurs refermèrent soigneusement les portes derrière eux et quittèrent les lieux.

Ils remontèrent le couloir éclairé de lampes à huile jusqu'au fond et prirent l'intersection de droite, l'Adhan serré de près. Cinq minutes plus tard, ils atteignirent l'un des élévateurs de la citadelle et y rentrèrent. Le meneur posa la main sur un globe opalescent fixé sur un trépied et la fit glisser vers le bas.

La plate-forme se mit alors à descendre sans à-coups, les entraînant vers les sous-sols de la citadelle des Smaughs. Cellendhyll était soigneusement surveillé par ses ravisseurs, son état végétatif n'avait pas varié d'un iota.

Ils venaient d'arriver au marché. Le garçon était enivré de bruits, d'odeurs, de mouvements et de couleurs. Il grandissait habituellement au domaine, avec sa mère, bien loin de toute cette agitation, et ne descendait à la ville que lors des grandes occasions, telle la foire du Printemps.

Il avait provisoirement délaissé son scénario de poursuite héroïque. Sa mère lui tenait une main, le Grand Homme lui empoignait l'autre tandis qu'ils avançaient dans la rue principale, occupée d'une foule de badauds aussi hétéroclite que bienveillante. Le garçon regardait dans tous les sens, curieux de tout, il se gorgeait de sons, d'images, de sensations.

— Alors, demanda innocemment sa mère, pourquoi sommes-nous ici, déjà ? Je ne me souviens plus.

— Moi non plus, répliqua le Grand Homme, nous sommes venus pour rien, il est temps de repartir.

— Oui, tu as raison, il y a fort à faire au domaine. Rentrons.

— Mais non, vous oubliez que c'est mon anniversaire ! glapit le garçon, qui ne savait plus sur quel pied danser.

— Tu es sûr ?

— Oui, j'ai neuf ans, aujourd'hui !

— Ah, mais ça change tout, alors. Si tu as neuf ans, il faut un cadeau !

Le Grand Homme se baissa pour empoigner le garçon et le souleva de terre pour le faire tournoyer dans les airs.

Et le garçon se mit à rire, ravi qu'il était de cette attention.

La descente finit par s'arrêter. L'Adhan ne réagit pas. S'il avait été conscient, il se serait rendu compte que si, à la surface, la citadelle smaugh présentait une forme de tour, composée de dix étages, elle continuait aussi sous la terre et s'étendait sur une bien plus vaste zone.

Une série de couloirs plus loin, sans avoir croisé quiconque, les quatre esclaves et leur prisonnier pénétrèrent dans une salle souterraine plaquée de chitine, de forme circulaire. Des lampes à huile pendaient à intervalles réguliers. Au centre, en contrebas, une grande fosse, avec un passage barré d'une grille en acier.

Au fond de la fosse, la silhouette d'un homme en piteux état, voûté par l'épuisement, le corps marbré de coups, rougi d'entailles, sa robe d'esclave déchirée, tachée de son sang. Une cagoule de jute sur la tête masquait ses traits.

Ses geôliers l'avaient obligé à se mettre à genoux, en position d'attente, les mains liées dans le dos.

Le captif était entouré de six mechs aux têtes rasées, équipés comme des guerriers – gilets de cuir noir ajustés, pantalons et bottes de cuir noir, sabres et dagues. Les hommes d'armes étaient chapeautés par un sorcier smaugh du Deuxième Cercle, reconnaissable à sa longue tunique fendue magenta et sa cape de velours violet ; une quinzaine de clous ornait son crâne oblong.

D'un signe autoritaire du bras, le sorcier du Deuxième Cercle ordonna aux arrivants de le rejoindre. D'une totale docilité, Cellendhyll fut conduit jusqu'à un escalier escamotable, qu'il descendit machinalement, guidé par les deux esclaves qui le maintenaient par les bras.

— Voilà l'Adhan, c'est parfait, s'exclama le sorcier. Qu'est-ce qu'il a ¿ Il a l'air complètement drogué. Baste, peu importe ! Placez-le bien en face de l'autre… là, c'est bien. Vous pouvez ôter la cagoule à présent… oui, parfait…

Le plan élaboré par Rakùl-Bahìr se déroulait comme prévu, parfaitement huilé.

Le Nagù haïssait Cellendhyll depuis leur première confrontation. L'Adhan maudit était le seul à lui avoir fait goûter à la saveur amère de l'échec. Le Smaugh voulait absolument la mort de l'Ange et il avait prévu de faire coup double : faire éliminer Cellendhyll et ainsi supprimer la source de l'obsession d'Øz ; privée de son jouet, la reine serait bien obligée de se recentrer sur le bon déroulement du Fahaarak'Shar. Les armes de l'Adhan reprises à la reine seraient cachées, soigneusement remisées à l'intention du Nagù, et constitueraient pour lui un merveilleux trophée de vengeance, un tribut digne de sa victoire finale sur son ennemi juré.

Il avait eu raison de ne pas agir trop tôt, d'attendre l'opportunité. De la sorte, il obtenait la vengeance tout en étant assuré de ne pas être suspecté. Rakùl-Bahìr disposait d'un alibi parfait, il était loin, occupé sur les Territoires-Francs, envoyé sur place par Øz elle-même. Il avait tout prévu. Les trois maîtres-sorciers restants assistaient à la même réunion que la reine, ils ne pourraient être directement impliqués. Les esclaves chargés d'enlever l'Adhan avaient été enrôlés par un mech, on leur avait promis de passer au rang envié d'esclaves de confiance. Les guerriers ayant accepté un pot-de-vin pour délaisser la surveillance du couloir devant les appartements de la reine ? Ils avaient d'ores et déjà été éliminés, leurs corps jetés dans l'un des charniers des sous-sols, sans aucun indice pour remonter aux coupables.

Les mechs étaient aux ordres du sorcier du Deuxième Cercle, ils obéissaient aux instructions de leur maître. Le sorcier servait de prête-nom à un confrère du Troisième Cercle envers qui il avait une dette de sang. Quant au sorcier du Troisième Cercle, il était en passe de disgrâce et, si l'opération réussissait, il obtiendrait le pardon des maîtres-sorciers pour ses incartades passées.

Évidemment, selon le plan originel du Nagù, au terme de la mission secrète, tous les intermédiaires du complot devaient être éliminés, il était hors de question de laisser le moindre témoin. Les mechs dans la salle allaient tuer les esclaves puis le sorcier allait à son tour éliminer les mechs, qui ne se doutaient de rien, et brûler tous les cadavres.

Aussitôt après, ledit sorcier, au lieu de recevoir sa récompense, serait abattu dans la foulée par son supérieur du Troisième Cercle et ses restes dissous. Le sorcier du Troisième était chargé de rendre compte à ses maîtres dès *l'affaire* conclue. Alors, à son tour, le dernier maillon de la chaîne connaîtrait un destin tout aussi bref, abattu par un assassin mech au statut spécial, un muet employé par Rakùl-Bahìr et ses pairs pour ce genre de circonstances.

Les trois homologues du Nagù avaient validé son projet avec enthousiasme et s'étaient chargés de toute son orchestration. Deux sorciers sacrifiés parmi les plus incompétents de moins dans leurs rangs ? Ce n'était pas une perte, plutôt une aimable plaisanterie.

Le plan du Nagù ainsi concrétisé, ne resterait dans la salle que la tête tranchée de Cellendhyll, plantée sur une pique… il fallait bien que la reine prenne acte de la disparition de son jouet ; cette décision macabre n'était là que la preuve de l'humour très particulier du peuple des Smaughs.

Ainsi, nul autre que les maîtres-sorciers ne saurait vraiment ce qui s'était produit. Aucun élément ne permettrait d'incriminer le véritable instigateur et ses complices directs. Ce n'était pas la première fois, loin de là, qu'un Smaugh, tous rangs confondus, usait de ce genre de procédé. L'une des maximes principales de la société smaugh ? « Du moment que tu ne te fais pas prendre… »

Cependant, Rakùl-Bahìr n'avait nullement prévu l'état végétatif de l'Adhan, de quoi nettement affadir sa vengeance. Pas plus qu'il n'avait prévu ce qui allait s'ensuivre.

Le garçon n'arrêtait pas de regarder l'objet entre ses mains, il ne pouvait s'empêcher de le caresser des doigts, le regard brillant de joie et d'excitation. Un arc !

Et pas n'importe lequel, son premier arc véritable, en frêne blanc, acheté chez l'armurier de la ville. Rien à voir avec ceux que le garçon se fabriquait avec une simple branche de noisetier et une cordelette.

Tous les trois étaient repartis au nord et ils avaient galopé jusqu'à l'étape suivante de la journée, le pique-nique en forêt. Le garçon avait repris la tête de la chevauchée, de nouveau lancé à la traque de ces infâmes sorciers ténébreux.

Il trépigna sur sa selle jusqu'à ce que les adultes choisissent un endroit à leur goût pour le bivouac. Ils finirent par se décider pour une clairière baignée de soleil, entourée de hauts sapins gris à l'odeur puissante de résine, non loin d'une source vive dont ils entendaient le babil malicieux.

L'air était froid et sec dans les terres du Nord, mais le soleil brillait d'abondance. Ils n'avaient pas froid dans leurs tuniques en peau lainée. Une journée parfaite.

Le sourire aux lèvres, sa mère entreprit d'installer le pique-nique, déployant une grande couverture d'origine picte tissée de motifs colorés ; Alhana était leur amie et faisait du troc avec eux. Un gros panier d'osier reposait à côté d'elle, riche en provendes de premier choix.

Le Grand Homme et le garçon avaient terminé de s'occuper des chevaux. Les flammes du feu montaient vers le ciel, faisant craquer le bois et, d'ici peu, ils auraient une bonne braise pour faire cuire leurs grillades.

Le Grand Homme avait choisi et acheté l'arc avec le garçon ; à présent, il allait lui donner une leçon de tir. Le garçon avait le cœur gonflé d'allégresse, quelle extraordinaire journée, il aurait voulu qu'elle ne finisse jamais !

Mais maintenant, il allait devoir faire ses preuves. Il avait attendu cet instant avec impatience et, pourtant, il se sentait tout gauche. Serait-il à la hauteur ? Il tenait à faire bonne figure, non seulement devant sa mère, mais également devant le Grand Homme, qu'il aimait beaucoup, il devait l'avouer, même s'il ne comprenait pas vraiment le lien qui les unissait, sa mère et lui, à un tel personnage.

Obéissant à l'ordre du sorcier, le mech dressé derrière le prisonnier en cagoule, ce dernier agenouillé face à l'Adhan, venait de lui démasquer le visage.

— Eh bien, Cellendhyll, si on essayait ton arc ? On va tirer quelques flèches avant de manger !

Le garçon se retourna vers le Grand Homme et le fixa. Quelque chose était différent. Pour la première fois dans la somme des souvenirs qu'il venait de revivre, le garçon put voir distinctement le chaleureux sourire du grand gaillard, la brume noirâtre qui entourait sa tête, masquant parfaitement ses traits, n'existait plus. Pour la première fois, le garçon put véritablement contempler ce large visage barbu, encadré d'une épaisse chevelure blonde, ces traits forts, altiers, rayonnants. Et ce regard puissant, tantôt bleu, tantôt vert, qui se braquait sur lui, toujours avec bienveillance. Et, de plus en plus, avec fierté.

Clic. Dans l'esprit de Cellendhyll, le passé se connecta subitement au présent. Toutes ces réminiscences volées reprirent leur place originelle, tout un pan de sa mémoire jusqu'ici cantonné dans l'ombre, comme verrouillé, se retrouva libéré, en pleine lumière, annulant du même coup le sortilège implanté en lui depuis son enfance.

Clic. Le Grand Homme, c'était Priam ! Priam présent durant toute sa jeunesse. De tous ces moments bénis volés à son intégrité, l'Empereur était le point central, à chaque fois.

Clic. Priam, l'homme qu'aimait Alhana, sa mère.

Le processus mémoriel de l'Adhan provoqua une étincelle d'énergie qui s'embrasa. La Fugue de l'Ombre fut aussitôt dissoute et Cellendhyll retrouva la conscience, le contrôle de son corps. Et la sinistre réalité.

Il embrassa la situation d'un regard à nouveau acéré. Il se retrouvait en face de Priam. Priam, maltraité, cerné de Smaughs,

Priam, le Grand Homme, qui comptait tant pour lui !

Priam en danger de mort !

Rakùl-Bahìr avait lui-même décidé cette petite mise en scène. Parce qu'il voulait faire souffrir Cellendhyll davantage encore – même à distance –, le Nagù avait décidé que Priam, le seigneur du lige, serait abattu devant ses yeux impuissants, avant que l'Adhan maudit lui-même ne subisse le même sort, écorché puis décapité.

Un plan brillamment orchestré, parfaitement mis en place.

Pourtant, l'effet produit se révéla inverse aux prévisions du maître-sorcier.

Cellendhyll poussa un rugissement de fauve libéré. Subitement, un flamboiement argenté illumina ses mains menottées.

Éveillé par la nécessité absolue, le Hyoshi'Nin se déclencha.

L'Ange était *redevenu* l'Ange.

Il se mit à bouger.

Et le sang à gicler.

Un battement de paupières plus tard, le Hors-Destin se tenait devant Priam, sa Belle de Mort en main gauche, son sabre en méthalion dans la droite, les deux lames maculées de sang. Ses deux cœurs battaient en parfait accord, à peine échauffés.

La Grâce Parfaite venait de s'achever. L'éclat d'énergie argentée s'était dissipé.

Les deux esclaves initialement postés derrière l'Adhan, occupés à le maintenir, avaient chacun un morceau de menottes enfoncé dans la gorge, leurs cadavres gorgés de sang prostrés dans des postures grotesques. Les deux autres gisaient trois pas plus loin, éventrés du pubis au sternum.

Le mage était étendu sur le dos, après avoir reçu la dague de Cellendhyll en pleine bouche alors qu'il commençait à incanter un sortilège. Dague que l'Adhan avait récupérée pour la planter dans le bas-ventre du mech posté à droite. Les deux gardes situés à gauche avaient perdu leurs têtes respectives, proprement tranchées par l'acier bleuté du sabre. Le collier de fer que portait Cellendhyll, fendu en deux parties distinctes, était encastré dans les tempes du guerrier suivant. Les deux derniers, l'Ange les avait frappés tellement fort qu'il avait éparpillé leurs membres sectionnés à l'autre bout de l'arène. Le tout accompli hors du temps, car tel était le pouvoir du Hyoshi'Nin.

Priam regardait Cellendhyll bouche bée, à la fois stupéfait et soulagé. Ses prunelles brillaient d'un feu nouveau.

— Je savais que tu viendrais à ma rescousse. J'en étais persuadé !

— Je… vous… balbutia Cellendhyll, dont les souvenirs recouvrés s'entrechoquaient dans son esprit. Le danger passé, l'évidence s'imposait à lui. Vous êtes… mon… *père* ¿

Chapitre 8

Le regard bleu-vert de Priam se nimba d'une grande douceur tandis qu'il contemplait l'Adhan :

— C'est peut-être le pire jour pour t'annoncer une telle nouvelle, mais oui, je suis ton père, Cellendhyll, tout comme Alhana était ta mère. Et jamais je n'ai été aussi heureux de te voir, mon fils. Si tu savais comme je suis fier de toi ! Mais nous ferions mieux de nous tirer de ce guêpier. Nous parlerons plus tard.

Après avoir tranché les liens de l'Empereur, Cellendhyll délaissa Priam le temps de se vêtir un peu mieux. *Son père ?* Oui, c'était bien vrai, il le ressentait de toutes les fibres de son être, comme une évidence. Et tous ses rêves, criants de vérité, autant que ses souvenirs recouvrés, le confirmaient sans conteste.

Une telle révélation le rendait confus, forcément, pourtant, elle expliquait beaucoup de choses. Le lien, cette attirance qu'il éprouvait pour l'Empereur. L'attitude de Priam à son égard, son intérêt constant pour lui, son insistance pour qu'il rejoigne la Lumière, la tolérance dont il avait fait preuve face à la rudesse de caractère de l'Adhan et à ses sautes d'humeur. Cela expliquait aussi pourquoi Fiannan, son soi-disant géniteur, ne s'était jamais vraiment impliqué dans l'éducation de Cellendhyll, pourquoi il était resté tellement en retrait, pourquoi ses relations avec Alhana étaient respectueuses, distantes, pourquoi il ne l'embrassait jamais. Cela expliquait également pourquoi sa mère était si rayonnante quand le Grand Homme venait au domaine.

Pourquoi m'avoir caché tout ceci ? Pourquoi jusqu'ici, je ne me souvenais pas de ces moments, sans doute les plus importants de mon enfance ? Pourquoi dans ces souvenirs, la tête de Priam était-elle masquée de cette brume ?

Bougre d'Adhan, tu crois vraiment que c'est le moment d'une telle discussion avec ton véritable père ? Ici ? Maintenant ? Dégage de cet endroit maudit, tu verras bien après.

Il se servit sur les cadavres des guerriers. Un pantalon de cuir noir un peu court, mais à sa taille, un gilet violet. L'un des mechs avait des pieds juste assez grands pour lui fournir une paire de bottes potables. Son sabre bleuté fut rangé dans son fourreau d'épaule, sa Belle de Mort glissée dans sa botte gauche.

Après quoi, Cellendhyll passa la cape du sorcier autour des épaules de Priam, le seul vêtement à sa taille. De quoi le réchauffer un peu, piètre soulagement.

« Protégé » par l'obsession qu'Øz lui vouait, Cellendhyll avait certes dégusté, mais pas autant que l'empereur de Lumière. Priam faisait peine à voir tant on l'avait martyrisé. Amaigri par les privations, son corps marbré de coups, il tenait à peine debout.

— Il va falloir que tu m'aides, ces pourritures ne m'ont pas épargné.

De fait, Priam boitait à cause d'une vilaine plaie à la cuisse, mal cicatrisée, qui suintait de pus. Sa chair était brûlante de fièvre comme Cellendhyll ne tarda pas à le constater.

— Ne t'inquiète pas, je tiendrai le coup, reprit le Grand Homme. Nous ne nous sommes pas retrouvés pour que je baisse pavillon maintenant. En route, mon fils. Il faut quitter cette putain de forteresse !

Un peu plus tard, le sorcier du Troisième Cercle se rua dans la salle où il devait retrouver les maîtres-sorciers à l'issue de leur réunion, pour les prévenir que personne n'était venu le voir pour avaliser la réussite du plan. Il revenait des sous-sols après avoir constaté que l'Adhan semblait s'être échappé avec l'Empereur, laissant pour signature une moisson de cadavres.

Hélas, il n'eut pas le temps de faire son rapport. Il mourut garrotté par-derrière par l'assassin mech, à peine entré dans la pièce.

Pas une seconde, les maîtres-sorciers n'avaient envisagé l'échec de leur stratagème. Et lorsqu'ils apprirent la nouvelle, bien trop tard pour y remédier, ils ne purent que grincer des dents de rage rentrée et de dépit mêlés.

Le père et le fils remontèrent de la fosse pour ensuite se perdre dans les sous-sols ; Cellendhyll n'avait gardé aucune conscience du chemin qu'il avait pris pour descendre et ne songea pas une seconde à la plate-forme élévatrice.

L'Adhan s'était fourvoyé, lors de son exploration précédente, juste avant d'être capturé par Øz. Les entrailles de la citadelle se révélaient beaucoup plus vastes qu'il ne l'avait imaginé, une véritable fourmilière qui courait sur plusieurs niveaux.

Aucun des deux hommes ne savait où diriger leurs pas, mais ils avançaient.

— Désolé pour l'odeur que je dégage, fiston. J'ai passé tout mon temps dans la fosse où tu m'as trouvé, expliqua Priam. Je dormais là, à même le sol, nourri tous les deux ou trois jours des restes que les gardes me jetaient. Aucune possibilité de me laver, comme tu peux le sentir. Et bien sûr aucune nouvelle de ton sort, ce qui me faisait enrager. La reine m'a déclaré « empereur de Lumière, tu n'es qu'un chien pour les Smaughs et tu vivras comme tel. » Elle aurait pu préciser : un chien de combat. Parce c'est ça que je suis devenu. Ces raclures de bidet m'obligeaient à combattre tous les soirs, contre des espèces de goules ou des squazz, ou bien encore des sans-clans. Ils contemplaient le spectacle, ils riaient, ils prenaient des paris. Par la Lumière, je leur ai montré que le vieux Priam, il en avait encore en réserve, tu peux m'en croire ! Toutefois, je n'aurais pas tenu beaucoup plus longtemps, ils m'ont épuisé, à force, les salauds. Et sans toi, c'est clair, j'y laissais ma peau !

Øz paiera pour tout ce qu'elle vous a fait, père, je vous le jure !

Priam progressait tant bien que mal, obligé à des pauses régulières pour reprendre des forces. Il tenait uniquement grâce à sa volonté. Régulièrement, il posait sa grande main sur l'épaule de Cellendhyll, un geste complice.

L'Ange se sentait toujours un peu perdu, il avait mille questions à poser à son géniteur. Il les mit de côté. Les sévices que la reine lui avait infligés étaient derrière lui. Il était libre, capable d'agir, voilà ce qui comptait.

Conduire Priam en sécurité, tel était son but.

Sa vie repose entre mes mains. Il compte sur moi. Mortonnerre, pas question que j'échoue !

Ils finirent par déboucher dans une salle de chitine au plafond voûté, tellement vaste qu'ils n'en voyaient pas les limites. Trois puits de lumière largement espacés diffusaient une lueur spectrale. Les deux fugitifs traversèrent la longueur de cette salle immense, vide de tout objet, de toute présence, avec pour seule manifestation l'écho de leurs pas prudents. L'endroit sentait le bois, la graisse et l'acier. Il avait servi à entreposer quelque chose de massif ou en grande quantité, mais quoi ? L'endroit était trop mal éclairé pour que Cellendhyll trouve des indices et il n'était pas là pour ça.

L'un appuyé sur l'autre, l'Empereur et son lige poursuivirent leur périple.

Une salle presque aussi spacieuse que la précédente suivait, tout aussi déserte. Celle-ci était divisée en enclos renforcés d'acier, grands ouverts. Une odeur musquée planait, une odeur de bête qui rappelait quelque chose à l'Adhan, mais il ne savait quoi.

Ils firent une pause, se soulagèrent et repartirent. La salle était percée de quatre issues. Au hasard, ils prirent le couloir qui leur faisait face.

Les passages suivants s'avéraient aussi vides que les précédents. De même les salles qu'ils parcouraient, destinées au stockage d'armes ou de marchandises. Pas d'esclaves, pas de mech, aucun garde. Ni matériel, ni provisions. Les sous-sols avaient été vidés.

Quelque chose en rapport avec la conquête des Smaughs, peut-être ?

Quelle qu'en fût la raison, les fugitifs avançaient en toute liberté.

Une demi-heure plus tard, ils trouvèrent un escalier et purent remonter d'un niveau. D'autres salles de stockage nues, des couloirs déserts. Cellendhyll ne comprenait pas cet état général d'abandon. Il n'avait pas oublié le projet de conquête des Smaughs. Peut-être que ces pourritures avaient dégarni leur citadelle pour lancer leur opération ? Même si ça facilitait leur progression, c'était de très mauvais augure.

Il avait faim, soif, et son père sans doute plus encore. Pour le moment, il ne pouvait rien y faire. Le couloir qu'ils venaient de suivre s'arrêtait devant une plaque de chitine durcie, d'une teinte aubergine soutenu. Même s'il était perdu, Cellendhyll n'avait aucune envie de rebrousser chemin et de perdre un temps précieux.

À l'aide de sa dague sombre, il découpa le pourtour de la plaque, à l'endroit où la membrane s'amollissait pour faire joint. Puis, il la repoussa sur le côté, s'ouvrant ainsi un passage.

Priam et lui débouchèrent dans une salle résolument différente des précédentes. Environ trois cents mètres de long pour une centaine de large. L'éclairage provenait d'une mousse phosphorescente qui tapissait les parois aubergine, diffusant une sinistre lueur rougeâtre aux relents crépusculaires.

L'atmosphère était chaude, humide, comme celle d'une serre.

Occupant toute la surface de la salle, une forêt d'arbres s'étalait devant leurs yeux, plantés par rangées parfaitement alignées.

Ces *arbres* avaient le tronc épais, couvert d'écailles sombres. Chacun d'eux baignait dans un bassin rempli d'une mare de liquide huileux aux reflets irisés.

Les branches tordues arboraient des feuilles violettes, dentelées, terminées de petites fleurs d'un blanc nacré. De ces branches pendaient des dizaines de bulbes rosâtres, longs d'un mètre, sortes de cosses à la membrane grasse, pulsant d'une énergie malsaine ; il y en avait des milliers.

Cette plantation n'était pas naturelle. Tout comme elle n'avait rien à voir avec une majestueuse assemblée de chênes. Ni avec le plaisant verger de sa mère où Cellendhyll aimait grimper aux arbres.

La vue de cette plantation disgracieuse provoquait en lui une démangeaison diffuse très désagréable. Même s'il en ignorait la signification, il savait que la sorcellerie smaugh était en jeu ici.

Il échangea un regard avec Priam, aussi mal à l'aise que lui.

Ils traversèrent en veillant à bien rester dans la travée centrale et à ne pas respirer les émanations rebutantes qui émanaient de chaque bassin.

Le Hors-Destin n'aimait pas ce qu'il laissait derrière lui, néanmoins, il n'avait aucun moyen ni le temps de résoudre le problème.

Alors que les deux hommes s'apprêtaient à quitter les lieux, le panneau de membrane chitineuse qui servait de porte, situé en face d'eux, s'effaça dans l'épaisseur de la paroi. Cellendhyll indiqua à Priam de se plaquer contre le mur et redressa son sabre au-dessus de sa tête, prêt à trancher par le travers. Une silhouette franchit l'entrée.

Cette peau bleue recouverte d'une fine fourrure… Cette masse de muscles d'une densité incroyable…

Cellendhyll retint sa frappe au dernier instant.

Gheritarish, ici ?

— Petit-Homme ? Hé, hé, je savais bien qu'on te retrouverait. Mon odorat, c'est vraiment du haut de gamme, rien à dire !

L'Ange se retrouva bloqué par les bras du Loki et soulevé de terre alors que résonnait le rire chaud, joyeux, inimitable, de son meilleur ami.

— C'est lui ? demanda une seconde voix mâle, elle aussi familière.

Une nouvelle silhouette apparut, suivie d'une autre et encore une autre.

Totalement surpris, Cellendhyll reconnut Viggo, Rathe, Milo. Quant à l'homme qui clôturait la file, son large visage barbu à peau mate, son regard gris, alerte, ces petits ovales de pierre émeraude dans sa chevelure couleur d'automne, cette tunique marquée d'un grand cercle… c'était Reydorn, le mage, preux défenseur de la Sylve.

L'Ange n'en croyait pas ses yeux. Les exclamations réjouies fusèrent et il fut accueilli avec plus d'une accolade. Une dernière personne entra finalement, bien plus mince que les précédentes, bien différente.

Keelayne, venue à la rescousse, elle aussi. La fille de Rathe avec qui Cellendhyll entretenait des rapports… mouvementés. À peine le vit-elle que la jeune femme se rua sur l'Adhan. Elle lui adressa un radieux sourire, l'attira à elle et l'embrassa à pleine bouche, merveilleuse sensation.

La rousse se recula d'un pas et le fixa d'un air de défi.

Cellendhyll ne calculait rien. Il lui sourit à son tour. Sans réfléchir, il combla l'écart, se pencha sur Keelayne et lui offrit un baiser tout aussi intense.

Tous deux se séparèrent, le souffle court. Aussi surpris l'un que l'autre par ce qui venait de se produire.

Les autres les contemplaient la bouche grande ouverte. Rathe affichait un air particulièrement réjoui, et il en avait presque la larme à l'œil d'émotion.

— Euh… je suis rudement heureux de vous voir, déclara l'Adhan pour briser le silence pesant qui s'était installé.

Il n'avait qu'une envie, prendre Keelayne dans ses bras et l'embrasser à nouveau, mais ce n'était vraiment pas le moment.

— Tu ne croyais quand même pas que tes amis allaient te laisser tomber, Petit-Homme !

Gheritarish affichait son habituel sourire rayonnant. Il semblait péter la forme.

Le Loki et ses camarades portaient chacun une tenue de combat zébrée des Nodus, les Forces Spéciales de la Lumière, à l'exception de Milo, habillé tout en cuir brun.

Dans sa tenue de guerrière d'élite, Keelayne était ravissante. Elle avait attaché ses longues mèches torsadées en une queue-de-cheval. Cellendhyll avait le goût de sa bouche sur les lèvres et dut faire un véritable effort pour se concentrer sur tout ce qu'il leur restait à accomplir.

Skaggh'Naggah, dite Snaggah, la grande hache noire, héritage de son peuple, était sanglée dans le dos de Gheritarish. Rathe portait un couple de dagues à la ceinture et, sans doute, d'autres lames cachées sur lui. Milo avait une hache à double tranchant et une arbalète en travers des épaules. Viggo s'était armé de deux hachettes et de deux poignards de combat. Reydorn avait une dague à la ceinture et il tenait un grand bâton de bois blanc gravé dans sa partie haute d'un alignement vertical de dix runes émeraude. Keelayne elle-même portait une dague.

Les membres du *commando* avaient également une gourde à la ceinture et de petits sacs à dos. Cellendhyll et Priam s'empressèrent de boire l'eau fraîche qu'on leur offrait ainsi que d'avaler une ration de combat impériale – une sorte de rouleau de blé complet au miel que l'on faisait cuire avec un mélange de fruits secs.

— Tu es seul ? ajouta Viggo.

— Non, Priam est avec moi, répondit l'Adhan tandis que l'Empereur venait se ranger à ses côtés.

— Parfait, tu nous as mâché le travail ! s'exclama le guerrier du Nodus. La phase trois de la mission est accomplie, il ne nous reste plus qu'à passer à l'extraction, à présent. Votre Majesté, heureux de vous avoir retrouvé ! Nous allons vous mener en lieu sûr, je vous en fais le serment.

Imitant Viggo, les autres arrivants s'apprêtaient à mettre un genou à terre pour saluer le Puissant de Lumière.

— Redresse-toi, Viggo et vous aussi, je crois qu'on peut largement se passer de ce genre de décorum, souffla Priam. Sortez-nous d'ici, c'est tout ce que je vous demande.

— Bien sûr, Votre Altesse. (Viggo se tourna vers le vieux voleur :) Rathe, à toi de jouer ! Tu te souviens du chemin qu'on a choisi pour l'extraction ?

— Dis donc, jeunot, traite-moi de gâteux, pendant que tu y es ? Bien sûr que je peux ! J'ai rien fumé depuis hier, je suis en pleine forme !

— Je confirme, opina Milo. Faut dire que j'avais pris soin de confisquer sa réserve de fumée !

— Vous avez entendu l'Empereur ? En route, reprit le guerrier tatoué.

— Attendez, ça pue le mal, ici, gronda Gheritarish, les narines palpitantes de dégoût. On ne peut laisser ces saloperies derrière nous ! s'exclama-t-il, désignant les rangées d'arbres à cosses emplissant la salle.

— J'avoue que ce qui transpire de cet endroit ne m'inspire qu'une intense aversion, déclara Reydorn.

— Tu comprends à quoi ça sert ? demanda l'Adhan.

— Là tout de suite, non. Mais je peux le détruire, répliqua le Mage Vert.

— Ouais, faut tout brûler, opina vigoureusement Gheritarish, c'est le meilleur moyen !

— En plus, ça pourrait servir de diversion, renchérit Cellendhyll. Rey', si tu veux bien ?

Après avoir demandé à ses camarades de reculer, Reydorn prit une inspiration le temps d'invoquer son mana, son bâton dressé dans sa senestre, sa main libre brandie devant lui, poing fermé. Puis, il prononça un mot de pouvoir et ouvrit la main. Une flamme orangée brûlait au-dessus de sa paume. D'un souffle, le mage la projeta en direction de l'arbre le plus proche. L'une des dix runes ornant son bâton venait de s'éteindre.

La flamme plongea dans le bassin qui nourrissait le végétal écailleux. Le liquide huileux s'enflamma aussitôt. Prenant de l'ampleur, le feu se mit à lécher la base du tronc.

Un flot de guerriers smaughs surgit à l'autre bout de la salle, leurs grandes haches de Lochabre en mains. Ils restèrent un instant figés, le temps d'aviser la situation : deux prisonniers accompagnés d'un groupe d'intrus. Après quoi, les Smaughs chargèrent, s'élançant en deux files dans l'allée centrale.

Reydorn jugea qu'il valait mieux accélérer les choses. Invoquant le pouvoir du Vent, il prononça trois mots supplémentaires, ouvrit la bouche et souffla vers l'avant. Une seconde rune s'éteignit sur le bâton.

Décuplé par son pouvoir, le feu magique se transforma en une entité dévorante qui remonta le long de l'arbre, l'illuminant d'un éclat orangé. Le feu semblait doué d'une volonté propre. Tout en se renforçant, il ricocha sur l'arbre suivant, puis celui d'à côté. Des flammes, toujours plus de flammes.

En quelques secondes, la forêt d'écailleux s'embrasait en grésillant, des deux côtés de la travée, produisant une fumée dense et délétère aux reflets moirés. Les troncs se racornirent à vue d'œil, les feuilles et les fleurs transformées en pluie de cendres. Les cocons, à leur tour, furent avalés par le brasier, provoquant les cris paniqués des Smaughs, scandalisés par ce qu'ils semblaient considérer comme une catastrophe. Gheritarish battait des mains, admiratif.

Menacés par l'incendie qui se rapprochait d'eux à vue d'œil, étouffés par la fumée qui brûlait leurs yeux rougis, les guerriers rebroussèrent chemin en toussant comme des damnés.

Cellendhyll, Gheritarish et les autres s'esquivèrent par la sortie opposée, guidés par Rathe.

Keelayne avait évalué l'état de Priam. Le temps que Reydorn discute avec les autres puis déclenche son incendie, elle avait invoqué son art curatif. Apprentie-guérisseuse, elle ne pouvait guérir totalement son patient, d'autant plus qu'elle ignorait l'origine de son mal. Cependant, elle parvint à enrayer l'infection de sa plaie suppurante à la cuisse. Priam fut soulagé de sa fièvre et il put marcher sans souffrir.

Chapitre 9

Le petit groupe progressait avec prudence, mais sans perdre de temps. Cellendhyll fermait la marche. Contrairement à l'Adhan, Rathe semblait parfaitement se repérer à travers les couloirs et les niveaux de la citadelle et il mena l'extraction d'un pas aussi furtif qu'assuré.

Ils venaient de remonter d'un étage, ils avaient longé un long couloir de chitine magenta, trouvé un croisement et Rathe choisit de partir à droite.

Une douzaine d'hommes surgit en pleine course au coin du couloir opposé au leur. Une escouade de guerriers smaughs, vêtus de cuir noir, sans aucune marque de clan.

— Vous ne l'aurez pas ! se hérissa aussitôt Cellendhyll en se retournant vers eux. Je m'en occupe, allez-y, proclama-t-il d'un ton glacé à ses camarades.

Et l'Ange s'élança au-devant de ses adversaires.

Sang et Mort, vous n'aurez pas mon père et plus jamais vous ne lui ferez de mal !

Sa Belle de Mort entama le combat. Jaillissant de sa main tendue, aussi rageuse que son maître, elle fusa à travers le couloir et se planta dans le front du guerrier le plus en avant.

Cellendhyll suivait de près. Il décolla du sol trois mètres avant le premier rideau des guerriers smaughs et plana en l'air le temps de s'équilibrer, son sabre en méthalion empoigné à deux mains, au-dessus de sa tête.

Il atterrit en frappant d'une diagonale basse qui fendit le poitrail du second des Smaughs. À peine au sol, le Hors-Destin inversa son élan et remonta sa lame dans une diagonale haute. La lame aux reflets bleu cobalt accrocha la lumière avant de hacher la cuisse du troisième Smaugh et trancher son bras. Son sabre main droite, l'Ange pivota sur lui-même, évita un coup de taille destiné à l'éviscérer, se baissa pour retirer sa dague d'un geste sec du cadavre où elle s'était plantée. Il para une attaque descendante de hachette en interposant son sabre, sa Belle remonta par la gauche en prise inversée et sectionna l'entrecuisse du guerrier. Cellendhyll se redressa, son sabre fusa pour trancher le larynx du Smaugh suivant.

Il s'enfonça dans la masse de ses ennemis, sans se soucier du reste.

Il ressentit un souffle d'air derrière lui et sut qu'une lame le menaçait. Il pivota d'un bloc pour se retrouver face à un Smaugh, la bouche grande ouverte, tendu vers l'avant, le regard perdu. Au lieu de frapper, ce dernier laissa tomber son sabre. Les reins fendus de part en part, il s'effondra sur le côté, dévoilant la silhouette trapue de Milo Fléau-des-Griffons.

— Tu pensais peut-être qu'on allait te laisser t'amuser tout seul, gamin ? ricana le guerrier nain, avant de se déporter sur le côté et de fendre la cuisse d'un mech de part en part d'un revers de sa hache de bataille, puis le décerveler d'une frappe en biseau avant même que sa victime n'ait touché le sol.

Cellendhyll esquiva du buste un estoc de sabre avant d'accabler son vis-à-vis de trois coups de dague successifs, trop rapides pour l'œil – cou, aisselle, hanche. D'un revers fluide de son sabre, il repoussa une lame adverse en la giflant sur le côté, pour ensuite, d'un sursaut du poignet, cingler vers le bas et sectionner le cou d'un autre Smaugh d'un geste sec.

Milo planta sa hache dans le pied du guerrier qui lui faisait face, qu'il trancha, puis il inversa son mouvement et flanqua un grand coup de manche dans le bas-ventre de son adversaire. Enfin, il l'attira vers lui en le tirant violemment par son pourpoint, tandis que de l'autre main, il remontait sa hache à la verticale. Le Smaugh toucha terre, la gorge transpercée par les lames doubles.

Après quoi, dans un hurlement, le corps d'un Tête de Clous traversa l'espace au-dessus des deux compagnons pour aller s'encastrer dans un mur de chitine, les os brisés.

— C'est vrai, quoi, renchérit Gheritarish, avec les amis, on partage, y'a pas de raison !

Le Loki n'avait même pas daigné dégainer sa grande Snaggah. Il s'abaissa sur ses appuis pour laisser une hache fendre l'air à l'endroit où se trouvait son torse une seconde plus tôt et il se redressa d'un bloc, empoignant le guerrier par l'épaule et l'entrejambe. Gheritarish banda ses muscles et projeta son nouveau « projectile » contre le mur opposé. Le Smaugh rebondit sous l'impact et s'effondra sur deux autres congénères, complètement démantibulé.

Le dernier surgit à droite de l'Adhan, dans son angle mort. Avant que le Smaugh ne puisse frapper, la silhouette longiligne de Rathe s'encadra derrière l'homme et, d'un coup de lame ajusté, le maître-voleur égorgea l'adversaire. Cellendhyll dépassa Rathe d'un bond et flanqua un grand coup de botte dans le sternum d'un autre Smaugh, ce dernier prêt à fendre les reins du voleur, avant de lui planter son sabre en plein cœur.

Les deux hommes échangèrent un signe de tête complice avant de se chercher une nouvelle cible, mais le combat était fini.

Il ne restait plus qu'un ennemi, un Smaugh dont le crâne était bloqué entre les gros bras de Gheritarish. Le Loki fit pivoter ses poignets dans un mouvement contraire et la nuque de la créature se fractura dans un bruit écœurant.

Milo donna quelques coups de hache de-ci de-là, histoire d'achever les quelques blessés et ils purent rejoindre les autres. Que cela lui plaise ou non, Viggo avait accompli son devoir, il était resté pour protéger son Empereur, avec Keelayne et Reydorn.

Aussitôt réunis, ils repartirent à grands pas, Rathe en éclaireur.

Le cor résonnait des étages inférieurs, l'alerte était donnée. Même si la citadelle s'était vidée des deux tiers de ses occupants, en vue de la Conquête de Sang, il restait cependant bien assez de combattants dans la place forte pour mener la traque des fugitifs. Les escouades de Smaughs ou de mechs encore en poste s'étaient éparpillées pour ratisser les niveaux de la citadelle à leur recherche, les issues du rez-de-chaussée solidement gardées.

Guidés par Rathe, l'Adhan et son petit groupe étaient remontés jusqu'aux sous-sols bâtis en pierre – et non plus en chitine. Signe que la surface n'était plus très loin.

Le maître-voleur avait parfaitement gardé en mémoire l'itinéraire prévu pour l'extraction.

Gheritarish ayant fait la preuve de son odorat hors-norme pour retrouver Cellendhyll, Rathe, pour sa part, disposait d'une sorte de sixième sens qui lui permettait de progresser en terrain hostile en toute impunité. Il se fondait parfaitement dans le décor, décryptait les détails de son environnement pour en tirer le moindre avantage. Porté par son sens du danger, d'un geste, il indiquait à ses camarades quand avancer, par où passer, quand s'arrêter, où se cacher. Il leur avait ainsi évité de croiser trois patrouilles.

Le rez-de-chaussée de la citadelle atteint, ils constatèrent que les issues étaient barrées par un épais cordon de guerriers. Comme ils n'étaient pas des amateurs, une telle mesure avait été anticipée. Sans hésiter, Rathe mena le petit groupe jusqu'à un escalier étroit qui montait dans les étages, réservés aux esclaves.

Après avoir esquivé deux autres patrouilles, ils finirent par déboucher sur une terrasse du cinquième étage. Celle-ci avait été choisie parce qu'elle donnait juste en face d'un surplomb rocheux situé au nord-est de la citadelle des Smaughs.

Une pause fut déclarée, le temps de préparer la suite de l'extraction.

— Au fait, comment avez-vous fait pour nous retrouver ? questionna Cellendhyll.

— On a franchi le même portail que toi pour arriver sur ce Plan, Gher t'a pisté à l'odorat depuis le début… il paraît que ce n'est pas la première fois, annonça Viggo avec un grand sourire. Cela fait une petite semaine qu'on est sur place à préparer notre infiltration pour vous libérer. Jusqu'ici, la cité alentour et la base des Smaughs grouillaient de troupes et de matériel, et quand je dis « grouiller », je parle de milliers... comme s'ils se préparaient à une véritable expédition. Néanmoins, depuis avant-hier, les troupes ont disparu. On a attendu encore une journée pour être sûr que ce n'était pas un piège, puis nous avons décidé d'agir.

— C'est quoi le plan pour rejoindre Tygarde ? demanda l'Adhan.

— On ne peut pas rebrousser chemin et repartir comme on est venus. Les Smaughs ont refermé leur portail. Cela dit, on a une parade, grâce à Reydorn. Il va nous ouvrir un autre téléporteur, mais, d'abord, nous devons rejoindre un lieu de pouvoir qui ne soit pas gardé par les Smaughs et qui nous permettra de quitter ce Plan.

— Eh, les jeunes, intervint Rathe, posté à l'entrée de la terrasse. Je vous ai amené au point prévu, maintenant à vous de jouer. Perdez pas trop de temps, les aminches, mes antennes me titillent, ce qui veut dire que les méchants vont pas tarder à arriver.

— À moi de jouer, dit Reydorn.

De son gilet multipoche renforcé alloué par les Forces Spéciales de la Lumière, le Mage Vert tira un petit sachet de peau, qu'il ouvrit pour en tirer ce qui ressemblait bien à un gland. Il tint l'objet entre le pouce et l'index pour que chacun puisse le voir.

— Ma maîtresse, Aïlaënn, Puissante de la Sylve, s'est amusée à faire des expériences, ces derniers temps. Ce qui veut dire qu'elle m'a donné cette petite chose qui pourrait bien nous servir. Euh... reculez-vous un peu, on ne sait jamais.

Reydorn se rangea face au contrefort rocheux, qui se trouvait à peu près à même hauteur que la terrasse, à cent mètres de distance.

Brandissant son bâton, le Mage Vert lâcha le gland devant lui, sur le sol de la terrasse, et, tout en prononçant un mot de pouvoir à trois syllabes, il pointa la saillie de roche située de l'autre côté du vide.

Le gland de chêne grandit en une brindille qui s'épaissit à vue d'œil, puis s'allongea jusqu'à se transformer graduellement en un tronc épais, qui partait tout droit de la terrasse dans laquelle il s'encastrait pour surplomber le précipice avant de terminer sa course, fiché dans le contrefort rocheux visé par Reydorn.

Celui-ci se retourna vers ses camarades, tout réjoui de sa prestation :

— Pas mal, ma passerelle improvisée, hein ? La magie a été implantée dans le gland par ma maîtresse, ainsi, le sort se déclenche sans que j'aie à puiser dans ma propre réserve de mana. Ah, une seconde...

Connecté à son Nexus, Reydorn prononça un autre mot de pouvoir. La grande passerelle de chêne qui s'était créée grâce à la magie sylvestre se modifia pour se doter d'une rambarde qui courait sur toute la longueur, parfait ajout pour leur permettre de traverser le gouffre sans perdre de temps... et sans tomber dans le vide.

Cette fois, une autre rune s'effaça du bâton blanc, Reydorn ayant puisé dans son mana pour cette modification de dernier instant.

Le temps que Reydorn opère, Rathe s'était posté plus en arrière, dans le couloir donnant sur la terrasse, vigilante sentinelle. Il revint en agitant les bras pour attirer l'attention.

— Les plantés du crâne vont bientôt débarquer, je les entends dans l'escalier ! s'écria-t-il.

Cellendhyll remarqua alors que son ami portait sur tout l'avant-bras gauche un gantelet en cuir ouvragé, avec une sorte de tubulure sur le dessus ; fabrication naine, sans conteste.

— Ah, t'as repéré mon petit bidule, sourit Rathe tout en le rejoignant. Un vieux cadeau de Milo que j'ai ressorti pour l'aventure. Pas eu l'occasion de m'en servir, tant pis. Filons d'ici, fiston !

Ils traversèrent à la file, Viggo ouvrant le passage, l'Adhan en arrière-garde. Priam était au milieu, veillé de près par les autres. Il s'acquitta de la tâche avec moins d'assurance que ses compagnons, néanmoins sans réelle difficulté, grâce à la rambarde rajoutée par Reydorn.

Enfin libérés de cette cage infâme qu'était l'antre des Smaughs ! Cellendhyll aurait pu en hurler de joie. Il n'en fit rien. Ils étaient dehors, pas tirés d'affaire pour autant.

Une fois tout le monde de l'autre côté du précipice, le Mage Vert commença par révoquer sa balustrade. Ensuite, alors que les autres commençaient à s'éloigner pour gagner le sentier qui leur permettrait de monter dans les hauteurs de la montagne, Reydorn alla s'accroupir derrière l'un des buissons touffus aux feuilles caduques poussant le long de la saillie rocheuse. Ainsi camouflé, il se contenta d'attendre, son regard gris fixé sur la terrasse, scintillant d'un éclat rusé.

Les Smaughs surgirent sur l'esplanade, une vingtaine de guerriers. Ils repérèrent aussitôt Cellendhyll et ses comparses, sur le flanc de la montagne, en train de s'éloigner.

Les Smaughs étaient des chasseurs dans l'âme et jamais on ne les avait taxés de couardise. Quelques mots échangés et leur décision fut unanime : franchir cet étrange tronc d'arbre et traquer les fugitifs ; si possible, les prendre vivants, l'assurance de s'attirer les faveurs de leur reine, dont ils connaissaient les petits plaisirs.

Formant une ligne agressive, ils se mirent à filer le long du tronc de chêne, aussi agiles que des squazz.

Ils étaient vingt, la passerelle faisait cent mètres de long pour un mètre vingt de large. Reydorn attendit que les Têtes de Clous soient tous engagés pour inverser son sort, les syllabes de pouvoir prononcées à l'envers.

L'imposant tronc de chêne redevint un gland.

Gesticulant dans le vide, les Smaughs dégringolèrent l'équivalent de cinq étages. Une chute brève, violente, sanctionnée d'un amas épars d'os brisés et de destins fracassés.

Le mage au tempérament guerrier sortit de sa cachette et rejoignit les autres à petite foulée.

— À quoi t'as joué, encore ? l'apostropha Gheritarish.

— Un gland de perdu, vingt d'écrasés ! gloussa Reydorn.

Chapitre 10

Ils remontaient un sentier bordé d'herbe indigo, qui filait dans la montagne en serpentant le long de gros rochers bruns. Milo et Gheritarish, les plus costauds du groupe, se chargeaient d'aider Priam à avancer.

Cellendhyll savait que la reine des Smaughs prendrait très mal cette délivrance, elle allait sans doute envoyer des hommes pour les traquer. Cependant, le temps que les Smaughs sortent de la citadelle, fassent le tour du contrefort rocheux pour trouver la voie d'accès et se mettent à grimper, l'Ange et ses compagnons disposaient d'une bonne avance.

Une halte avait été décidée. Il était temps d'un bref repos, de boire un peu d'eau, de manger quelques rations et, pour certains, de se soulager.

Après avoir échangé un sourire avec Keelayne, Cellendhyll se rapprocha de Priam.

— Vous tenez le coup, Père ?

— Oui, Cellendhyll, je te l'ai dit, tu peux compter sur moi, je tiendrai.

Priam tapota l'épaule de son fils. Il avait l'air tellement las. Auréolé de cernes violacés, son regard brillait de volonté, mais aussi de fièvre.

— Je te dois des réponses, Cellendhyll, lui murmura-t-il. Et je devine ce que tu veux savoir. Pourquoi avoir gardé mon mariage avec ta mère comme un secret, et caché le fait que tu es mon fils légitime et mon héritier ? La raison est simple : pour vous protéger... Tu sais ce qui a déclenché la grande croisade de la Lumière contre les Ténèbres, ce qui a causé l'embrasement de la guerre, ce point de non-retour ? Le meurtre de l'Impératrice Mélianor par les assassins ténébreux. Cette impératrice, c'était ma mère, et donc ta grand-mère, Cellendhyll. Sa disparition a rendu mon propre père complètement fou, ce qui a fini par causer sa perte. J'ai refusé qu'il vous arrive une telle tragédie, ta mère et toi. C'est pour ça que personne n'était au courant à la cour de Lumière. Et c'est pour cette raison que, toi-même, tu ne savais rien. Nous en avions décidé ainsi avec ta mère, nous attendions que tu sois un peu plus grand, en âge de comprendre, pour tout t'expliquer. Et puis ta mère nous a quittés et tout est allé de travers... Alhana, tu comprends, ne voulait rien savoir de la cour, de ses jeux de pouvoir, de ses faux-semblants, elle refusait que tu sois élevé au palais. Elle rêvait pour toi d'une existence simple, saine, tranquille, avec un mariage heureux, dans les Terres du Nord. Son vœu le plus cher était de devenir grand-mère, figure-toi. Quelle femme, c'était que notre Alhana ! Comme je l'ai aimée, comme je l'aime encore ! Cependant, en dépit de mes sentiments pour elle, moi, j'avais un empire à diriger. C'est pour cela que je faisais tous ces allers-retours, que je ne pouvais pas vivre avec vous. Tu comprends, mon fils ? Je t'assure que nous voulions tout te dire…

— Mais et Fiannan, alors ?

— Fiannan était un vieil ami qui a accepté de jouer un rôle ingrat, afin que personne ne se pose de question sur ta mère et toi. Il n'était ni le véritable époux d'Alhana, ni ton père, il n'a fait que servir de caution et sans jamais se plaindre. Je lui dois beaucoup et ta mère également.

— Pourquoi ne m'avoir rien dit lorsque je suis revenu à Tygarde ? Le moment était largement venu, non ?

— Je suis navré, mon fils, soupira alors Priam. Tellement de temps s'était écoulé, je ne savais pas comment aborder un sujet aussi délicat… j'avais peur que tu m'en veuilles, que tu me rejettes, à peine revenu vers moi. Et je ne l'aurais pas supporté. J'attendais de renouer avec toi, de trouver le « bon moment » pour tout te révéler. Mais je me leurrais moi-même, il n'y avait pas de « bon moment », c'était à moi de trouver le courage, rien d'autre… Est-ce que tu m'en veux, Cellendhyll ? Est-ce que tu pourras me pardonner tous ces secrets ?

L'Ange n'eut pas besoin de peser sa réponse, ses sentiments étaient clairs :

— Non, père, je ne vous en veux pas. Et il n'y a rien à pardonner. J'ai mon caractère, moi aussi, et je sais que je ne vous ai pas facilité la tâche, loin de là.

Saisi d'une impulsion, Cellendhyll se rapprocha et prit Priam dans ses bras, et il le serra, le serra fort, étreint d'un sentiment si longtemps oublié qu'il en devenait nouveau. Priam répondit à son accolade avec le même abandon. Dans les yeux du monarque, outre les larmes, brillait un sentiment de soulagement intense.

Le fils et le père rompirent leur étreinte, se détachèrent délicatement l'un de l'autre, leurs regards embués.

Leurs compagnons les regardaient, ouvrant de grands yeux ébahis. Cellendhyll n'était pas le genre à se livrer à de telles familiarités, d'autant plus qu'il avait choisi l'empereur de Lumière pour s'épancher aussi librement.

Enfin prêt à assumer ses responsabilités, Priam posa à nouveau sa grande main sur l'épaule de l'Adhan et affirma d'un ton impérieux, qui valait déclaration :

— Il se trouve que Cellendhyll est mon fils légitime, révéla-t-il. Il vient de l'apprendre, c'est tout récent.

Gheritarish regardait l'Ange, son ami de toujours, la bouche grande ouverte.

Ils avaient repris leur échappée. À mesure qu'ils se rapprochaient du Néant, le vent s'était renforcé, soufflant par à-coups de plus en plus rageurs. Le souffle impétueux faisait voleter les chevelures, soulevait des nappes de poussière, giflait les visages.

Cellendhyll lançait de fréquents regards à Priam. Son état n'était pas rassurant. Le Puissant de Lumière avait puisé dans ses réserves pour arriver jusqu'ici. Il avait recommencé à boiter. Une toux mauvaise avait pris possession de ses poumons.

De son côté, Keelayne se révélait tout aussi inquiète. Priam était malade, incapable de se connecter à son propre mana, et elle ignorait la cause de son mal. La fièvre avait repris du terrain, en dépit de ses efforts. La jeune femme faisait ce qu'elle pouvait pour maintenir le patient sur pied, mais elle n'était qu'une apprentie et se révélait incapable de véritablement guérir les symptômes. Elle ne pouvait que les contenir, en espérant ramener le malade assez vite au palais pour qu'il soit pris en charge par un guérisseur accompli et non une novice, même talentueuse.

— Où allons-nous ? demanda l'Ange à Viggo, manifestement en charge de la mission de sauvetage.

— Sur cette montagne, là-bas. Reydorn y a détecté un lieu de pouvoir, une fois sur place, il pourra invoquer un portail pour Tygarde.

Cellendhyll se rendit compte que Viggo désignait le massif rocheux situé en contre-haut, juste à droite du Grand Néant.

Le Néant, un rideau nébuleux anthracite, hachuré d'éclats noirâtres. Un front nuageux d'une incroyable densité de non-matière. Ce phénomène n'avait pas d'égal dans l'univers des Plans. C'était l'opposé de toute vie. Or, l'Adhan ne pouvait que constater que le front de non-matière avait triplé depuis la dernière fois qu'il l'avait contemplé, et prenait désormais tout un pan du ciel, avide de dévorer le monde offert à son appétit démesuré.

La présence du Néant signifiait sans doute possible que ce plan d'existence était condamné et l'issue fatale en était beaucoup plus proche que le Hors-Destin ne l'avait pensé. Cette aggravation soudaine, Øz en était responsable, il en était persuadé. Cette folle allait anéantir un monde.

L'Adhan se secoua. Il verrait plus tard pour prendre une décision au sujet de la reine des Smaughs. Pour l'instant, l'essentiel pour lui restait de sauver son père et de mettre ses camarades à l'abri.

— C'est par là qu'on doit aller, t'es sûr ? s'enquit à son tour Gheritarish, tout en frottant l'épaisse masse de tresses qui lui servait de chevelure, les sourcils froncés devant le nuage impressionnant de non-vie.

— Oui, Gher', ça ne m'amuse pas plus que toi, mon ami, rétorqua Reydorn. Mais sache qu'on n'a pas le choix, je n'ai pas trouvé d'autre endroit isolé pour invoquer un portail, désolé.

— Vous discuterez plus tard, on perd du temps, en route, grommela Milo, qui lorgnait lui aussi sur la masse du Néant, les yeux plissés.

Tout en reprenant leur périple, Cellendhyll se porta au niveau de Viggo et lui demanda :

— Comment ça se fait que vous soyez aussi peu nombreux ? Ce n'est pas une critique, mais, pour libérer l'Empereur, étant donné la baisse d'effectifs chez les Nodus, j'aurais plutôt vu débouler un régiment complet.

— À dire vrai, il y a eu une embrouille au palais. On se préparait à venir en force avec les Bérets Rouges, et puis le colonel Haüser est intervenu. Xavier n'est plus là, ni Rugar, et il se trouve que le colonel est le plus haut gradé. Du coup, Haüser a refusé d'engager ses escouades dans un projet qu'il a qualifié « d'aussi hasardeux ». La perte de son escadron parti en exploration lui en a mis un coup au moral, je crois. Le temps que le conseil se décide, Gher et moi, on s'est dit qu'on ferait aussi bien de vous secourir avec un petit commando et on est parti vous chercher.

— Haüser... Oui, je me souviens très bien de cet incapable, grinça Cellendhyll. Et Reydorn, comment il a fait pour intégrer ton équipe ?

— Gheritarish l'a contacté avec la bague que Reydorn t'avait donnée. Reydorn s'est ensuite téléporté dans la cité des Nuages pour nous rejoindre à Tygarde. Heureusement pour nous, sinon, on était mal barrés pour rentrer.

— Et comment Gheritarish a-t-il pu trouver la bague ? Je l'avais cachée dans ma suite, au fond de mon dressing.

— Tu oublies notre douce Cythéria, tu as la chance d'avoir une intendante hors pair, mon ami !

Chapitre 11

Lorsque Øz rentra dans sa suite, au terme de cette interminable réunion – que les trois maîtres-sorciers restants avaient pris soin de prolonger le plus longtemps possible – elle constata la disparition de son précieux trophée et sa première réaction fut de hurler.

Dans la foulée, elle gifla Gamaël et pulvérisa la gorge du premier garde à sa portée avant de tout détruire dans la pièce.

À peine calmée, elle donnait l'ordre de lancer les recherches.

Une vingtaine de minutes plus tard, alors qu'elle fulminait toujours, insultant l'Adhan dans toutes les langues qu'elle connaissait, elle reçut deux rapports. Le premier stipulait que les fugitifs avaient détruit la salle des arbres à cosses en y déclenchant un incendie. L'autre indiquait qu'ils avaient réussi à sortir de la citadelle, et qu'ils avaient été repérés grimpant dans la montagne située au nord-est de la citadelle. Une section de guerriers s'était lancée à leur poursuite.

Øz congédia le messager qui n'en revenait pas de ressortir indemne. Elle se rendit dans sa chambre, au fond de sa suite, en grinçant littéralement des dents : outre sa fuite, Cellendhyll et ses complices avaient détruit une récolte entière de cosses, rien de moins que la prochaine génération de Smaughs, soit environ cinq mille rejetons supplémentaires.

La perte était grave, il allait falloir planter de nouveaux arbres, attendre qu'ils soient en âge de donner leurs fruits, et un tel processus ne pourrait être mis en place avant la fin de la conquête de Sang, les Smaughs devant attendre de s'être établis dans une nouvelle citadelle avant de pouvoir y songer.

Cela étant, la perte de cette génération ne remettait absolument pas le Fahaarak'Shar en cause. Les troupes étaient bien assez nombreuses, bien assez aguerries et bien assez prêtes. La perte des rejetons était une estocade sérieuse infligée par l'Adhan maudit, pour autant, cette blessure ne changerait rien au résultat de leur invasion.

Øz, cependant, n'allait pas laisser passer un tel affront. Les fuyards s'estimaient sans doute hors de portée de ses griffes… Ils allaient connaître leur douleur.

La reine posa les mains à un endroit précis du mur et se concentra. Un renfoncement s'ouvrit dans la paroi dévoilant une sphère opaline de deux mètres de diamètre, luisant d'un feu jaune sale. La pierre de vie brillait de plus en plus faiblement, sa lumière affadie.

D'une pensée, Øz ouvrit son Nexus et se concentra pour réveiller son lien forcé avec la pierre. Sur son ordre mental, l'artefact se mit à flotter derrière elle, aussi docile qu'un esclave, tandis que la reine traversait sa chambre dans la largeur pour aller se ranger sur la grande plaque circulaire composant l'élévateur privé dont disposait sa suite.

Accompagnée de l'incontournable Gamaël et de la pierre de vie, Øz fit monter l'élévateur jusqu'au sommet de la citadelle du Chaos. Ce dernier était constitué d'une terrasse au sol de chitine rehaussée de créneaux formés de la même matière aubergine. Un point de vue idéal sur les alentours de la ville fantôme.

La reine des Smaughs s'orienta vers le nord-est avant d'appliquer sa paume sur la pierre de vie et d'y déverser son autorité.

C'est en détournant l'énergie de la pierre élémentale qu'elle s'assurait son éternelle jeunesse, tout comme elle avait pu guérir Cellendhyll en quelques secondes. Cette fois, l'ordre qu'Øz donna fut tout différent. Il ne s'agissait plus de réparer, mais de détruire.

L'image de l'Adhan maudit plaqué en arrière-plan de son esprit revanchard, Øz ordonna à l'artefact de nourrir le Néant de son énergie – elle spécifia à la pierre asservie d'orienter son flux sur la partie la plus à droite du grand rideau de non-matière, la section du Néant la plus proche de la montagne que gravissaient les fuyards.

La pierre de vie perdit encore de son intensité, saignée à blanc par l'usage inconsidéré qu'Øz en faisait.

La reine Sublime était bien consciente qu'elle allait à terme déclencher une catastrophe planétaire. Elle s'en moquait totalement, elle aurait quitté les lieux bien avant et, de toute manière, elle était submergée par la rage.

Øz contempla la masse de non-vie enfler devant l'afflux énergétique qu'elle lui prodiguait à travers la pierre dénaturée. C'était là une vision grandiose !

Le grand Néant accueillit cette provende inattendue en exprimant aussitôt sa satisfaction. De grands craquements retentirent dans le ciel tourmenté, un fracas de fin du monde – jamais l'expression n'avait été plus appropriée.

En réponse, un grand nuage s'éleva au-dessus de la cité et des collines alentour : tous les oiseaux s'égaillaient dans le ciel, affolés, avant de former une grande colonne mouvante qui fila à tire-d'aile vers le sud, à l'opposé du front de non-matière en expansion.

Tout ce que la ville fantôme comptait d'animaux jaillit à son tour en un flot désordonné qui s'écoula dans la même direction.

Rassemblés dans leur salle de détente, les trois maîtres-sorciers, plus nerveux qu'ils ne l'auraient admis, en étaient à avouer que les avertissements du Nagù à l'égard de leur reine étaient bel et bien justifiés. D'un commun accord, ils décidèrent d'avancer leur départ pour les Territoires-Francs.

Chapitre 12

Toujours aucun signe de poursuivants. Les fuyards avaient décidé une nouvelle halte. Priam avait besoin de repos, ses cernes de plus en plus marqués, son regard brûlant d'une fièvre que Keelayne ne parvenait pas à endiguer. Viggo et Rathe étaient postés un peu plus bas en guise de sentinelles. Gheritarish montait la garde, un peu plus haut.

— Il va falloir repartir, annonça Milo. Je vous avais dit qu'on traînait, les Smaughs arrivent, ils sont en bas de la pente.

Ils grimpaient toujours. Le vent mugissait. Ils s'entendaient à peine. Seule bonne nouvelle : leurs poursuivants ne semblaient pas avoir gagné de terrain.

À cause de l'intervention de la reine des Smaughs, dont ils ignoraient tout, le rideau colossal de non-matière avait enflé, s'était rapproché de manière inquiétante, comme s'il avait décidé de se focaliser sur eux.

Cellendhyll et sa troupe entendirent les craquements effroyables, ils constatèrent l'envolée folle des volatiles au-dessus de la cité-fantôme. La décision fut unanime : forcer l'allure.

Dressée sous le vent, Øz s'entêtait dans son sortilège, sa longue tunique rouge sang plaquée contre son corps fuselé, sa chevelure ivoire étalée comme une traîne, flottant sur ses épaules.

De son côté, Gamaël serrait les poings à s'en fêler les jointures. Les fracas d'apocalypse se succédaient dans le ciel, chacun d'eux ébranlait tout autant les nerfs que les os du renégat. Pire encore, une série de colonnes grisâtres d'air mouvant venait d'apparaître à l'horizon, tout le long du rideau de non-vie, tornades effilées de trente mètres de haut.

Øz avait les yeux révulsés de plaisir. Même si elle avait déjà pris sa dose quotidienne, elle avait profité du lien avec la pierre de vie pour aspirer en elle une petite partie d'essence vitale de l'artefact. C'était la plus douce et la plus puissante des drogues. Cent fois meilleure qu'un orgasme. Son corps traversé de vagues de plaisir ininterrompu, la Sublime absorbait l'énergie magique de la pierre, s'en gorgeait, rajeunissant d'une année en quelques minutes.

Le reste n'avait plus d'importance, la souveraine démente se laissait totalement aller à ses sensations, elle en voulait plus, toujours plus !

Les Smaughs semblaient avoir arrêté leur traque, dépassés par le déchaînement des éléments.

Les fugitifs, eux, avançaient toujours en s'orientant vers le nord-est. Un gouffre béant coupait leur flanc gauche.

Ils se trouvaient à mi-hauteur du contrefort. Même s'ils n'étaient pas touchés de plein fouet par l'appétit du grand Néant, ils n'étaient pas tirés d'affaire pour autant.

Le vent était devenu un ennemi qui s'amusait à les accabler d'une pluie de terre et de caillasse. Les craquements effroyables retentissaient toujours et le haut de la montagne lui-même semblait trembler de peur, parcouru de grondements de mauvais augure. Des cailloux délogés par la puissance de la tempête se mirent à ricocher dans la pente.

Plus bas dans la plaine, ils étaient peut-être hors de danger, mais ici, dans la montagne, c'était une tout autre histoire.

Priam avançait sur le sentier, courbé en avant. Milo et Gheritarish l'avaient saisi chacun par un bras pour soutenir son effort. Keelayne, la plus légère, était parfois balayée en arrière par une rafale et devait reculer de plusieurs mètres avant de reprendre sa progression. Son père finit par la rejoindre pour l'aider à progresser. Cellendhyll couvrait les autres.

Le Néant enflait toujours à son extrémité la plus à l'est et Øz semblait en transe, extatique, incapable de s'en rendre compte.

— Maîtresse, c'est assez ! Je vous en conjure, arrêtez ou nous sommes tous perdus !

Gamaël se sentait prêt à plaquer sa reine au sol et rompre son contact avec la pierre de vie, si elle n'entendait pas raison.

Le renégat n'eut pas à commettre un tel crime de lèse-majesté. Gamaël était le seul à pouvoir influer sur la colère de la reine et Øz finit par entendre le bien-fondé exprimé par son plus fidèle serviteur.

Au terme d'un effort qui lui fit battre les tempes et froncer les sourcils, elle ordonna à la pierre élémentaire d'arrêter d'abreuver le grand Néant.

Les craquements du ciel cessèrent en quelques secondes. Les tornades, elles, continuèrent de tourbillonner à l'horizon, charriant un amas de déchets en tous sens ; le Néant finirait par les absorber pour les ajouter à sa masse.

Øz était trop éloignée du sommet rocheux pour repérer le petit groupe de Cellendhyll. Tant pis. Au moins, elle leur avait laissé une petite dédicace personnelle.

La pierre de vie flottait aux côtés de la souveraine, elle luisait bien faiblement, à présent. Par intermittence, elle semblait même perdre totalement de son éclat.

La reine Sublime reprit contenance, sa rage en bonne partie apaisée par la décharge de plaisir brut qu'elle s'était injectée. Elle activa la plate-forme élévatrice pour rentrer à ses appartements.

Elle attendait toujours les résultats de l'enquête qui devaient lui apprendre comment un groupe d'ennemis avait pu s'infiltrer dans la citadelle, jusqu'à sa propre suite, et faire sortir l'Adhan de sa cage, et comment ils avaient pu retrouver Priam dans les sous-sols. Des noms, elle voulait des noms ! L'enquête, cependant, ne donnerait rien, aucun des intermédiaires de la conspiration n'étant encore en vie pour témoigner.

Gamaël se tenait trois pas derrière sa maîtresse. Il contemplait la ligne fière et splendide de ses épaules nacrées d'un regard clairement inquiet.

Chapitre 13

Ils n'étaient plus très loin du lieu de pouvoir. Les craquements déchirants du ciel avaient cessé. Le vent, en revanche, frappait avec plus de frénésie encore. Plus loin, sur leur gauche, une dizaine de tornades chargées de débris remontaient lentement vers le Néant pour aller nourrir son avidité. Le rideau de non-matière était distant de plusieurs centaines de kilomètres, cependant son influence se faisait clairement ressentir, proche, bien trop proche de Cellendhyll et de ses compagnons.

Reydorn indiqua un plateau intermédiaire en granit, un petit kilomètre plus haut, qui coupait le sentier par le travers. Lorsqu'ils l'auraient atteint, le mage serait alors en mesure d'invoquer un portail pour les téléporter loin de ce cauchemar.

Ils abordaient la dernière pente, encadrée de quelques mélèzes mutilés, leurs aiguilles, leurs branches arrachées par le vent. Ils avançaient voûtés devant la puissance des bourrasques. Épuisés qu'ils étaient par cette lutte incessante livrée contre les éléments.

Une fois le plateau atteint, Reydorn montra du doigt leur destination, un cercle de grands rochers, sur la droite, plantés dans le sol comme des menhirs, assez larges pour leur fournir un abri et atténuer les assauts du vent. Et idéal afin de lui permettre d'invoquer son portail, pile au centre du lieu de pouvoir.

Les compagnons gagnèrent l'endroit indiqué, chacun se servant de la masse d'un menhir pour se protéger des rafales hargneuses. Priam se laissa tomber le dos contre un rocher. Après avoir poussé un soupir de soulagement, le souverain s'empressa de boire à la gourde que lui tendait Viggo.

Reydorn empoigna fermement son bâton et fit le vide en lui. Les yeux mi-clos, ses cheveux balayés dans tous les sens, il se mit à scander les lentes paroles de pouvoir qui lui permettraient d'invoquer leur salut.

Alors que le mage concentrait sa volonté, de nouveaux craquements se mirent à retentir. Venus non pas du ciel, mais, cette fois, du haut de la montagne, de la partie la plus proche du Néant. Puis, dans un bruit de déchirure, tout un pan de roche se détacha du contre-haut et tomba dans le vide, à gauche de leur position, pour être finalement avalé par une tornade qui remontait du gouffre, en route pour l'antre du Néant.

Le front de Reydorn gouttait de sueur. Il devait lutter pour maintenir une concentration parfaite sinon son sort échouerait. Pas évident d'incanter un portail lorsqu'on avait l'impression qu'une montagne allait vous dévaler sur la tête. Le Mage Vert, néanmoins, refusait d'échouer, l'avenir du groupe en dépendait. Il serra les dents et densifia sa volonté.

Une lueur de mana émeraude se mit à apparaître au centre du cercle, se renforçant à mesure de la scansion du mage pour former un ovale vertical.

Un autre pan de la montagne se détacha de sa base et s'effondra vers le bas, cette fois en direction de Cellendhyll et ses camarades. Les morceaux de roc rebondirent dans la pente, dévalèrent, rebondirent encore, ricochèrent, passèrent juste au-dessus du cercle de pierres dressées et s'écrasèrent de l'autre côté du plateau.

Ils l'avaient échappé de justesse et poussèrent un soupir de soulagement.

Sous l'impact des rochers, une fissure se forma avant de se propager en oblique irrégulière, menaçant l'intégrité du plateau. La fissure s'intensifia, s'élargit d'un bon mètre, et fila jusqu'à la partie rocheuse la plus à gauche. Sur laquelle se tenait Rathe.

Le maître-voleur n'eut que le temps de bondir sur le côté pour éviter d'être englouti, comme le menhir contre lequel il se tenait. Cependant, quittant la protection de son rocher, Rathe fut pris dans une bourrasque qui l'envoya bouler vers la pente.

Le vieil homme roula, roula encore, et ne pouvait rien faire contre la force du vent qui le repoussait vers le gouffre. Aussi impuissant qu'une feuille dans la tempête, il bascula dans le vide.

— Rathe ! s'écrièrent ses compagnons dans un même souffle.

Alors qu'il tombait, le maître-voleur redressa aussitôt son poing gantelé et visa le tronc d'un mélèze décharné, planté au bord du gouffre. La pointe d'un grappin jaillit de la tubulure et se planta dans l'épaisseur du tronc, tandis qu'un fin câble d'acier se déployait sur une quinzaine de mètres.

— Rathe !

Cellendhyll et les autres répétèrent le même cri horrifié devant cette vision qui s'imposait à leurs yeux écarquillés.

Accroché au câble tendu, Rathe planait au-dessus du vide, soutenu, malmené par le vent carnassier, qui n'attendait qu'une chose, l'entraîner dans le précipice.

Au moment où Cellendhyll allait s'élancer par-dessus la fissure, incapable de dire ce qu'il allait faire, une tornade remonta du vide, à la droite du voleur, haute colonne d'air tourbillonnant, distante d'une centaine de mètres. Surplombant l'humain de toute sa masse, le tourbillon géant se dirigeait lentement vers l'antre du Néant, peu à peu aspiré par sa puissance.

L'Adhan voyait bien que Rathe tentait de refréner sa panique. Le voleur s'accrochait de toutes ses forces, mais se révélait incapable de tirer sur le câble et se rapprocher de l'arbre.

Sans varier de sa trajectoire, la grande tornade arracha le tronc à son socle et aspira l'arbre dans son ventre, entraînant Rathe avec lui.

Øz la Sublime avait réussi son attaque par ricochet.

La colonne d'air s'éloigna en tourbillonnant, avalant d'autres arbres, d'autres rochers, son sillage dirigé droit vers le rideau anthracite de non-matière.

Keelayne mordait son poing au sang, le regard perdu, baigné de larmes.

Personne ne s'attendait à une telle tragédie. Cellendhyll, Gheritarish, Milo, tous étaient choqués, leurs visages étirés dans un masque figé, leurs gorges serrées. Leurs esprits refusaient l'horrible réalité.

Rathe avalé par le Néant, ce n'était pas possible !

Gheritarish intercepta de justesse Keelayne qui s'apprêtait à courir de l'autre côté de la fissure, vers le rebord du palier rocheux, sans doute pour y commettre une folie. Le robuste Loki maintint la jeune femme contre lui, sans se soucier de ses protestations et de ses coups.

— On ne peut rien faire ! rugit-il dans la tempête, avant de ramener la guérisseuse vers les autres.

De son côté, Reydorn tremblait de tous ses membres, au bord du vertige. Ouvrir un téléporteur aussi proche d'un phénomène contraire comme celui du Néant avait vidé les runes de son bâton et celles de ses anneaux d'un coup, et aspiré une bonne part de son énergie dans la foulée.

Il avait réussi, cependant. Un voile d'énergie crépitant de mana émeraude, de trois mètres de haut, avait finalement pris forme au-dessus du sol, juste en face de lui.

Les rochers délogés en altitude continuaient de tomber au hasard, tout autour d'eux. L'un d'eux, un gros morceau de granit d'une demi-tonne s'écrasa à une vingtaine de mètres de leur position, emportant une nouvelle section du plateau.

Viggo jeta presque son Empereur dans le portail magique stabilisé, Priam fut donc le premier à regagner la sécurité. Keelayne et Gheritarish, qui la tenait fermement, furent les suivants.

Cellendhyll refusait d'avancer. Rechignant à quitter les lieux, il cherchait désespérément une trace de Rathe dans le tourbillon. Le moindre signe indiquant que son ami était vivant, le moindre semblant de preuve qui lui permette de se lancer à son secours.

Rien, il ne percevait rien pour lui redonner espoir.

Un autre rocher s'effondra devant ses yeux, à moins de dix mètres, sans qu'il réagisse. Milo dut forcer pour tirer le Hors-Destin à lui et l'obliger à franchir le seuil du téléporteur.

Le petit groupe fut téléporté au milieu de la grande cour pavée de marbre du palais de Lumière. Ils étaient en sécurité à Tygarde et pas une minute trop tôt. À peine Priam matérialisé qu'il s'effondrait sur le sol, inanimé.

Viggo, le plus habitué aux affaires du palais, clama ses ordres aux gardes éberlués. Quelques minutes plus tard, l'Empereur était emporté vers ses appartements, porté sur une civière par quatre soldats de sa garde personnelle.

Viggo et Gheritarish ouvraient la voie, écartant les questions autant que les gens devant eux à grands gestes des bras, la voix tonnante.

Tygarde était en effervescence. Des gens couraient dans tous les sens.

L'Empereur était de retour ! L'Empereur était malade !

Soulagement, inquiétude se télescopaient et les rumeurs enflaient d'autant.

Milo avançait, Keelayne plaquée dans son giron, tous deux avaient les yeux rougis de larmes.

Cellendhyll suivait, une boule au ventre. Il avait envie de hurler, de pleurer sa peine mais rien ne sortait. Il n'arrivait pas à digérer la perte de son vieil ami. Dès qu'il songeait à Rathe, tout se brouillait dans sa tête et le souffle lui manquait. Il se raccrocha à ce qu'il pouvait : il avait ramené son père à bon port, grâce à ses camarades. À bon port, mais dans quel état ? À la tristesse, s'ajoutait l'inquiétude. *Priam est mon père !* À cette pensée troublante, l'esprit de l'Ange chavirait presque autant. Tout allait trop vite pour lui. Il y avait trop de bruits, trop de gens. Il ressentait trop de tristesse, de désarroi.

Reydorn complétait le mouvement d'un pas fatigué. Tout aussi chagriné que ses camarades, il était perdu dans ses pensées.

Étant donné son état de santé, Priam fut conduit non pas à la rotonde extérieure où il aimait tant se détendre, mais dans ses appartements, au dernier étage de l'aile principale du palais. Cellendhyll et Viggo furent autorisés à suivre, les autres furent priés d'attendre.

Priam venait d'être installé dans son grand lit par les gardes qui quittèrent la chambre.

Ouvrant les yeux, l'Empereur dit aussitôt :

— Cellendhyll ? Tu es là, mon fils ?

— Oui, père, je suis là, répondit l'Adhan, installé à son chevet. Vous êtes en sécurité, à présent. Tout va bien. Reposez-vous.

— Oui, tout va bien. Je vais dormir à présent… tellement… fatigué…

Priam s'était assoupi.

À peine entré, le médicastre demanda à être laissé seul avec son patient, il voulait l'examiner tranquillement et fit dégager la pièce.

En attendant des nouvelles, Cellendhyll rentra dans sa propre suite. Il salua Cythéria d'un regard morne, se rendit directement à l'étage.

Il était épuisé. Plus encore nerveusement que physiquement. Il aurait aimé pouvoir se jeter dans les bras de Keelayne et s'y oublier.

Toutefois, la jeune femme avait déjà quitté la citadelle, le temps que l'Adhan monte coucher son père. Anéantie, elle avait choisi de rentrer au domaine avec Milo pour y faire son deuil. Gheritarish et Reydorn les accompagnaient ; ils reviendraient dès que possible.

Cellendhyll ôta ses vêtements d'emprunt, qu'il jeta dans une corbeille, bons pour être brûlés, puis il s'obligea à aller prendre une douche, histoire de laver toute trace de sa captivité chez les Smaughs.

Tête basse, il se laissa fouetter par les jets brûlants. Tandis que ses muscles se détendaient, son esprit revoyait en boucle Rathe se faire arracher à la montagne, aspirer par la tornade et gesticuler, impuissant, face au Néant.

Rathe n'était plus là. Plus jamais Cellendhyll ne profiterait de la présence chaleureuse et réconfortante du vieux voleur. Plus jamais.

À peine séché, l'Ange se jeta sur son lit et ferma les yeux. Contrairement à ses craintes, il sombra aussitôt.

Chapitre 14

C'est la nuit. Le garçon vient de s'éveiller, mal à l'aise. Des bruits résonnent du rez-de-chaussée, suffisamment sonores, discordants, pour le déranger. Les bruits d'une dispute.

Le garçon se lève de son lit, passe sa robe de chambre et quitte la pièce sur la pointe des pieds.

Il traverse le couloir et rejoint l'escalier. Deux voix semblent s'affronter. Celle de sa mère et une autre, masculine, qu'il ne reconnaît pas. Ce n'est ni celle de Fiannan ni celle du Grand Homme. Sa mère, chose rare, semble en colère.

Le garçon n'est pas rassuré, mais c'est plus fort que lui, il descend les marches.

À pas furtifs, il traverse le hall et rejoint l'entrée du grand salon, dont les portes sont restées entrouvertes.

Pourquoi sa mère semble-t-elle aussi courroucée ?

Il n'est qu'un enfant, il écoute sans oser se montrer.

— … messire, je vous le répète, je n'éprouve aucun sentiment pour vous et vous vous trompez quant à mes intentions. Mon cœur est pris, vous le savez, et cet état de fait ne changera pas. À présent, partez, vous qui avez pénétré ma demeure sans y être invité.

— C'est vous qui n'écoutez pas, Alhana ! Je suis le seul à pouvoir vous rendre heureuse. Le seul à la hauteur d'une femme telle que vous. Le Destin nous a unis que vous le vouliez ou non. Et vous viendrez avec moi de gré ou de force !

— Certainement pas ! Pour qui vous prenez-vous ? Veuillez quitter ma maison, sur-le-champ !

— Oh si, vous allez m'écouter, Alhana, vous êtes à moi, quoi que vous en pensiez, ma chère. Et je ne suis pas du genre à supporter un refus.

— Vous délirez, messire. À présent, partez avant que je n'appelle mes gens… non… mais non… lâchez-moi !

Le bruit d'une gifle, retentissante. Suivi d'un juron masculin. Puis, le son d'un coup de poing, un violent coup de poing qui frappe la chair. Un cri étouffé, celui de sa mère. Un corps qui tombe. Un craquement sonore. Désagréable.

Le garçon ne comprend pas bien. Il passe la tête et regarde dans la pièce. Sa mère, revêtue de sa robe verte, ses longs cheveux d'argent scintillant devant les flammes, allongée devant le coin de la cheminée, une flaque pourpre qui s'épand sur le parquet, à l'arrière de son crâne.

Un homme se tient à côté d'Alhana, habillé d'un riche costume tout de noir et de violet. Il a les yeux emplis de rage. Le garçon l'a déjà vu, à quelques reprises, ces derniers mois, dans le sillage du Grand Homme lors de ses visites à sa mère, toujours en retrait, et jamais vêtu de manière aussi voyante.

Sa mère ne bouge toujours pas. Le garçon comprend enfin qu'une tragédie vient de se produire. Une horrible pensée se forme en lui, tellement horrible qu'il se fige pendant un instant, incapable de bouger, de penser, de respirer. Finalement, il veut réagir, il s'apprête à hurler pour donner l'alerte.

Une main musclée se plaque contre sa bouche. Une autre l'agrippe et le pousse en avant.

Le garçon étouffe un sanglot, il se débat du mieux qu'il peut, mais que représente-t-il face à un homme fait, bâti comme un guerrier ? Impuissant, il est conduit jusqu'à l'autre, celui qui a fait du mal à sa mère.

L'homme semble faire un puissant effort de volonté pour contenir la colère qui l'animait quelques secondes auparavant. Un sourire faux finit par se peindre sur ses traits autoritaires, il commence à agiter la main gauche, très doucement.

Le garçon sent sa tête s'alourdir. Ses pensées deviennent confuses, il n'arrive plus à se débattre. Il croit entendre un chuchotement insistant, directement dans son esprit. Il ne peut plus réfléchir, il est privé de toute volonté. Il oscille sur lui-même, comme plongé en pleine transe. Le chuchotement est devenu une voix, celle de l'homme en face de lui, cette voix s'imprime directement dans son cerveau.

— C'est bien, Cellendhyll, laisse-toi aller, abandonne-toi à ma voix, écoute mes paroles, il ne s'est rien passé, tu n'as rien vu, cette soirée n'a jamais existé, elle va sortir de ta mémoire…

La voix s'est insinuée en lui, elle le domine à présent. L'homme agite toujours sa main et le fixe intensément. Sa voix malsaine continue à s'écouler, oblitérant, modifiant les méandres de l'esprit.

Cellendhyll s'éveilla d'un bond. En sueur. Mal à l'aise. Le cauchemar qu'il venait de faire se révélait terriblement précis. Réel. Tellement dérangeant.

Il se mit sur pied, en profita pour uriner, se passa de l'eau sur le visage puis revint dans sa chambre pour faire les cent pas. Était-ce un cauchemar… ou un souvenir ?

Le dernier des souvenirs volés.

Le Hors-Destin se repassa le fil de ce qu'il avait rêvé.

Clic. Il comprit.

Il comprit qu'il faisait enfin face à la vérité concernant le sort de sa mère, ce qui s'était véritablement produit. Ce qui voulait dire que les souvenirs qui lui provenaient de son enfance à partir de cette soirée – et même avant – avaient été altérés. Son cauchemar était très clair, le dernier morceau du puzzle qui se mettait en place. Sa mère, qui aimait Priam, avait été tuée non pas par les Pictes, mais par un soupirant haineux, cet homme dont le visage autoritaire lui disait quelque chose. Et ce mécréant avait ensuite effacé la mémoire du seul témoin, lui, Cellendhyll, le garçon qui avait alors grandi, vécu, dans une sorte d'illusion nourrie de fausses réminiscences.

Jusqu'à cette nuit.

Il devait absolument en parler à son père – même s'il avait encore un peu de mal à assimiler le concept. Le Grand Homme devait forcément connaître cet individu !

Non, il n'allait pas le déranger en plein sommeil, Priam avait trop besoin de repos. Il s'en chargerait dès le lendemain matin.

Cependant, Cellendhyll eut beau se recoucher, il lui fut impossible de se rendormir. Outre la nature de son cauchemar, il sentait que quelque chose n'allait pas. Il devait voir son père, au plus vite. Maintenant.

Il bondit de son lit pour rapidement s'habiller ; gilet renforcé en cuir de buffle, tunique bleu nuit, pantalon de cuir chocolat, bottes brunes en cuir gras. Il passa ses armes, sabre et dague, habitude dont il ne savait toujours pas s'il pourrait s'en passer un jour, puis il sortit de sa suite.

Il rejoignit l'aile de Priam à grands pas, saluant distraitement le peu de gens qu'il croisa à cette heure tardive, des serviteurs ou des gardes.

Cellendhyll ressentait toujours cette pression inquiétante. Il remonta les derniers escaliers en courant, sans pouvoir s'en empêcher.

L'étage de l'Empereur, décoré d'un tapis vieil or, d'un alignement de statues et de grands tableaux figurant des scènes de batailles livrées au royaume des Ténèbres.

Cellendhyll échangea un salut avec les six gardes postés sur le palier avant de traverser le long couloir à angle droit menant jusqu'aux appartements de son père.

Il se rendit compte qu'il n'y avait personne pour garder les appartements de Priam. Le mauvais pressentiment de l'Adhan se renforça. D'instinct, il courut jusqu'aux portes, qu'il repoussa, et pénétra dans l'antichambre impériale.

Une grande traînée de sang maculait le sol de marbre blanc veiné de saphir. Elle menait à l'intérieur de la suite.

Cellendhyll dégaina sa Belle et avança.

La traînée écarlate se prolongeait, elle traversait le grand salon et partait vers la gauche, jusqu'à une ouverture en arche. Or, la chambre de Priam était à droite. Aucun bruit. Cellendhyll avait appris à ressentir ce genre de silence, annonciateur de catastrophes.

Il avait le choix, suivre les traces de sang ou aller voir chez Priam.

Il prit à droite, sans perdre une seconde, remonta le couloir et rabattit les portes donnant sur la chambre de l'Empereur.

Priam était étalé sur son lit, maintenu par les bras et les jambes par quatre créatures à l'aspect féroce ; des êtres hermaphrodites aux crânes couverts d'une courte fourrure noire, leurs corps d'un pelage blanc. Elles étaient vêtues de tenues de combat en cuir noir, armées de hachettes et de dagues.

Des Têtes de chacal ? Par l'Épée de Lachlann, ici ?

Ces créatures, le Hors-Destin les avait combattues sur le plan du Destin. Un cinquième personnage était présent. Une silhouette que l'Adhan perçut comme celle d'un homme revêtu d'une redingote grise d'excellente coupe, le visage dissimulé dans l'ombre d'une ample cagoule.

Penché sur Priam, l'individu avait une main posée sur le front de l'Empereur. Il semblait lui murmurer quelque chose. Priam s'agitait pour échapper à ce contact manifestement douloureux, trop mollement pour y parvenir.

Cellendhyll prit conscience de la situation en un battement de paupières. Il passa aussitôt en mode combat.

Quatre guerriers devant lui. Plus l'individu mystérieux. Et peut-être d'autres derrière, dans l'antichambre.

L'Ange remonta le bras d'un geste sec, visant le guerrier le plus éloigné. Sa Belle de Mort fusa à travers la pièce pour aller se planter dans la gorge du chacal ciblé.

À peine sa dague avait quitté sa main que Cellendhyll dégainait son sabre et frappait dans le mouvement, découpant le guerrier chacal le plus proche de l'épaule à la hanche. D'un revers de lame en diagonale haute, il fendit le torse du troisième et la moitié de son visage. Il prolongea son mouvement, sa lame effectua une boucle, et tandis qu'il tournoyait sur lui-même, se rabattit sur le dernier chacal, qui chargeait dans sa direction, et le cueillit d'une diagonale basse qui lui ouvrit le thorax.

Le cinquième individu profita de l'échauffourée pour se glisser sur le côté et filer de la chambre. Il se retourna sur Cellendhyll juste avant de quitter la pièce et ce dernier eut le temps de bien distinguer son visage.

Aucun doute, c'était lui, l'homme de son cauchemar, l'homme qui avait tué Alhana, sa mère !

Que devait-il faire ? Cellendhyll se rua au chevet de son géniteur. Priam clignait des yeux tout en reprenant ses esprits.

— Père, vous allez bien ?

— Oui, tu es arrivé à temps, mon fils, répliqua le souverain d'une voix faible.

— L'homme que je viens de surprendre penché sur vous, s'écria l'Ange d'une traite, je l'ai reconnu, père, c'est lui le coupable ! C'est lui qui a tué Alhana et qui a altéré ma mémoire ! Il est venu un soir au domaine, lorsque j'étais enfant. Il voulait emmener mère, elle a refusé, elle vous aimait, de colère il l'a tuée. Puis, il a trafiqué ma mémoire et j'ai grandi avec de faux souvenirs, sans jamais me rendre compte du geste qu'il avait commis.

— Tu n'es pas le seul, cette pourriture a trompé tout le monde, Cellendhyll ! dit Priam en se redressant, des éclairs dans son regard bleu-vert, la fureur lui conférant un brusque regain de vigueur. Il s'est joué de moi, toutes ces années. Il a tellement manipulé mon esprit qu'il a réussi me faire croire qu'il était mon frère ! On le surnomme l'Homme Gris, cette engeance s'appelle Zaphranaël. Il est revenu cette nuit pour renouer le lien de domination qu'il exerçait sur moi, peut-être à cause du poison des Smaughs, j'ignore pourquoi… mais tu es arrivé assez vite pour faire échouer son sortilège, la lumière soit louée !

Le Grand Homme se mit à tousser. Il semblait épuisé au-delà du supportable.

— Il faut que tu le rattrapes ! ajouta-t-il dans un dernier sursaut d'énergie.

— Non, père, je ne peux vous laisser dans cet état…

— J'insiste, Cellendhyll. Zaphranaël s'est enfin démasqué, nous avons réussi à nous libérer de son emprise, il faut mettre fin à ses machinations, une bonne fois pour toutes ! Arrête-le avant qu'il ne puisse s'organiser ! Ne t'inquiète pas pour moi, ça va aller. Tire le cordon rouge à ma droite, ça va rameuter les secours. Va, mon fils, va, je compte sur toi !

— Père… je…

— File, te dis-je, tu perds un temps précieux… retrouve-moi cette pourriture de Zaphranaël et venge notre Alhana !

Cellendhyll s'empressa de tirer sur le cordon d'appel indiqué par Priam, puis de récupérer sa dague sombre dans le cadavre de Tête de Chacal. Il se rua hors de la chambre de l'Empereur. *L'Homme Gris*, Maurice avait évoqué un tel individu, juste avant l'attaque de Tygarde. Par où avait pu s'échapper cette raclure ? Cellendhyll ne le voyait pas arpenter les couloirs du palais, pas alors que lui-même était lancé à sa poursuite. Traversant le salon, il entendit un bruit de frottement provenir du couloir opposé, celui où se poursuivait la traînée de sang.

Il déboucha dans un vestibule. La ligne de sang conduisait à trois cadavres entassés là, deux hommes, une femme, revêtus des surcots azur et or de l'Empire. Trois des gardes de Priam, assassinés ; Cellendhyll les connaissait et les appréciait.

Il entendait toujours ce bruit sourd, semblable à de la pierre qui glisse sur de la pierre.

Se fiant au son, l'Ange remonta à la source et rejoignit la salle d'eau de Priam, décorée d'une mosaïque aux tons de bleu, de jaune et d'orangé. Cellendhyll était en chasse. Il ne s'attarda pas sur le luxe de l'endroit ni sur ses commodités. La pièce était vide. Cependant, au niveau du mur du fond, tout un pan de la paroi de pierre coulissait latéralement pour se refermer, arrivé aux deux tiers de son parcours.

Cellendhyll savait reconnaître un passage secret quand il en voyait un. Il s'élança en avant, à pleine allure, puis bondit dans l'ouverture en train de se refermer. Il se réceptionna d'une roulade, de l'autre côté du passage et se rééquilibra, prêt à en découdre.

Un étroit couloir l'attendait, désert. Avant de le suivre, l'Adhan actionna le levier saillant du mur, à hauteur de ses yeux. Le pan de mur qui venait de se fermer entama sa réouverture ; de quoi laisser une piste à suivre pour Viggo et les autres gardes de Priam.

Sa tâche effectuée, Cellendhyll s'engagea dans le passage secret, sa Belle de Mort en main. De l'arrière résonnaient des cris d'appel, de quoi soulager son inquiétude : des gens arrivaient pour s'occuper de son père.

Cellendhyll poursuivit sa traque. Il s'attendait à de nouveaux adversaires, pourtant, il ne rencontra personne et déboucha dans une salle rectangulaire aux murs de pierre.

Une table en chêne sur laquelle étaient posées une carafe de vin rouge ainsi que deux coupes en cristallune. Un canapé confortable. Un lourd fauteuil en cuir. Un portant à vêtements, sur lequel était suspendue une série de tenues masculines, de costumes, de redingotes, de tuniques, le tout uniformément gris. Il y avait également un grand lit aux draps de soie froissés. Un petit bureau avec de quoi écrire.

Et, enfin, le plus important, un téléporteur à faible flux, grand ouvert, crépitant au fond de la salle, un grand halo ovale d'énergie noire et violette.

À première vue, la pièce ne semblait pas recéler d'autres issues et Cellendhyll ne se voyait pas s'attarder à chercher un autre passage secret. L'assassin de sa mère avait filé par le portail, il n'en doutait pas une seconde. Tiraillé entre le sort de son père et la mission donnée par ce dernier, il savait pourtant ce qu'il allait faire : franchir le téléporteur, retrouver l'homme en gris, ce Zaphranaël. Et lui faire la peau !

Chapitre 15

Cellendhyll n'avait pas de temps à perdre, certes, mais n'allait pas agir comme un inconscient pour autant. Juste avant de franchir le seuil magique, il alla récupérer l'imposant fauteuil, le souleva et le lança droit devant lui dans le portail, aussi fort qu'il le pouvait. Alors seulement, il plongea dans le téléporteur de manière à arriver par le travers.

À peine s'était-il matérialisé de l'autre côté du portail qu'il se redressait au terme d'une roulade, son sabre aussitôt dégainé, dans un tintement délicat.

Pas une seconde il n'avait songé à requérir de l'aide, à réquisitionner une escouade de soutien, ni même à prévenir quiconque de ses intentions.

Le Hors-Destin se trouvait sur une plate-forme cristalline entourée de vide, une surface de vingt mètres carrés, avec le téléporteur pile en son centre. L'éclairage provenait de cristallune fiché dans les parois.

La salle avait le même aspect dépouillé qu'un temple. L'air recélait un vague relent d'encens. Sur le mur devant l'Adhan, et tous ceux entourant la salle, une tenture géante sur laquelle figurait un symbole précis, qu'il était loin d'apprécier : *l'Œil du Destin* ; un œil stylisé, à l'iris noir, avec la pupille rouge orangé, sur fond vert.

On quittait la plate-forme de transfert par un escalier de pierre qui semblait tomber dans le vide, placé face au portail, côté est de la plate-forme – Cellendhyll était trop loin pour en voir plus.

Que le seigneur du Destin soit impliqué dans l'affaire ne l'étonnait pas vraiment.

Il n'était pas seul.

Sur sa droite, deux gardes, d'autres Têtes-de-chacal, à peine préparés à le recevoir s'étaient effondrés, percutés de front par le jet du fauteuil. Face à l'Ange, deux autres guerriers qui se dressaient sur la même ligne que ceux tombés à terre, cimeterres redressés devant eux.

Du bas de l'escalier, des cris d'alerte se mirent à enfler.

Sans se soucier une seconde du téléporteur en train de se refermer derrière lui, un rictus agressif étirant ses traits, le Hors-Destin passa à l'action.

D'un violent coup de botte, il écrasa impitoyablement la nuque du guerrier étalé au sol qui tentait de se redresser, collé contre le fauteuil, et lui planta son sabre dans les reins. Le second soldat était en train de se relever. Cellendhyll balança un coup de pied dans le siège et l'envoya faucher une nouvelle fois le guerrier chacal.

D'un revers de son sabre, il contra l'assaut du troisième, le guerrier le plus à gauche, détournant la pointe de sa lance vers le haut, avant de rabattre sa lame dans une diagonale inverse et de tailler le cou et l'épaule de sa cible. Le quatrième sbire s'élança vers lui, son cimeterre brandi à deux mains, au-dessus de sa face congestionnée, sa gueule bavant d'anticipation. Le sabre de l'Adhan, bien plus vif, le cueillit au milieu du torse et le cisailla en deux fois, de gauche à droite, puis de droite à gauche, fluidité, précision, le corps de l'ennemi s'affaissa sur une grimace d'étonnement total, un sang verdâtre jaillissant de ses plaies, ses entrailles répandues sur le sol.

Restait le second des quatre Têtes de chacal, qui venait enfin de se remettre sur pied.

La créature avait perçu le sort funeste réservé à ses camarades, et elle n'en menait pas large. Cellendhyll marcha sur elle à grands pas, son sabre posé sur la ligne de ses épaules. Son rictus prédateur s'était accentué. Son regard vert brûlait d'un feu incandescent. Implacable.

Paniqué plus encore par le regard de l'Ange que par son sabre, le guerrier chacal se mit à reculer, ne songea même pas à récupérer sa lance, posée à ses pieds, et recula encore, tandis que l'Adhan continuait d'avancer sur lui en droite ligne. Il recula, avant de se rendre compte qu'il perdait l'équilibre, ayant dépassé le seuil de la plate-forme. Il bascula dans le vide dans un grand hurlement rageur.

Les cris s'étaient renforcés en contrebas. Un bruit de piétinement provenant de l'escalier. Le cliquetis de lames dégainées.

Cellendhyll ne s'émut pas pour autant. Il rengaina son sabre et se rua sur le fauteuil, qu'il porta jusqu'à l'escalier, le temps de le lancer vers le bas. Pourquoi se priver d'une tactique qui fonctionnait aussi bien ?

De nouveau, le lourd fauteuil dégringola dans la pente et les cris changèrent de tonalité pour évoquer stupéfaction et douleur.

Cellendhyll examina la plate-forme, les cadavres et leurs armes éparses… La lance.

Il glissa un pied sous sa hampe pour la faire sauter dans sa senestre. Deux mètres de long, un fer long et mince, conçu pour embrocher. Il soupesa l'arme, la fit tournoyer brièvement pour en éprouver le poids et l'équilibre. *Parfait.*

Il se dirigea vers les marches et se mit à descendre.

L'Ange était mieux entraîné, il venait d'une position surélevée, doté d'une arme longue. Et il avait décidé de balayer quiconque se dresserait sur son chemin.

Les Têtes de chacal n'avaient aucune chance.

Viser, planter, une torsion. Dégager. Viser, planter, une torsion. Dégager.

Une série d'actions simples à réaliser, à l'issue fatale, que Cellendhyll avait appris à maîtriser depuis longtemps.

Les longs bras de l'Adhan, avec la lance à leur bout, constituaient une allonge que les chacals ne surent jamais contrer. Cellendhyll les épingla les uns après les autres, les perforant comme un bûcheron maniait son merlin, régulier, méthodique.

En retour, les créatures canines tombaient comme des bûches, une quinzaine de cadavres répandus en travers des marches, tous à la solde du seigneur du Destin.

Le Hors-Destin commençait à peine à s'échauffer.

Il longea un couloir éclairé de lampes à huile, vide de gardes et de tout ornement, puis, quittant enfin le bâtiment carré dans lequel il s'était téléporté, l'Ange déboucha à l'air libre. Il se tenait à l'extrémité d'un épais pont de pierre noire. Quelques battements de cœurs lui suffirent pour comprendre où il se trouvait.

Il reconnaissait ces deux lunes-soleils, un astre bleu sombre, l'autre rouge vif, ce ciel étrange, d'un velouté mauve, cette nébuleuse d'étoiles chatoyantes, de même cette sensation de décalage qui l'avait un tantinet déstabilisé la fois précédente.

Il reconnaissait tout autant la citadelle de cristal anthracite, impressionnante place forte dressée au milieu d'un paysage de collines, qu'elle surplombait de toute sa masse, de l'autre côté du pont, sur la rive opposée du fleuve.

Cellendhyll se retrouvait projeté dans l'Ailleurs et, plus exactement, sur le Plan du Destin – lors de sa venue précédente, Maurice l'avait conduit devant ce même panorama.

Il avait donc utilisé un téléporteur reliant directement Tygarde au Plan du Destin. Ce qui voulait dire que Zaphranaël avait ses entrées secrètes au palais de Lumière.

Dégageant une impression de solide structure, le pont de pierre faisait bien deux cents mètres de long pour vingt mètres de large et ne présentait aucune décoration ou fioriture particulière. Devant lui, désormais trop loin pour être intercepté, Cellendhyll repéra Zaphranaël en train de courir, accompagné d'un gaillard aux larges épaules, une grande épée dans le dos. Les deux hommes arrivaient à l'autre bout du pont.

Croisant les deux humains en sens inverse, déboula une escouade de guerriers à tête de chacal, revêtus tels les précédents d'armures en cuir laqué, armés de piques et de cimeterres. Manifestement lancés pour intercepter Cellendhyll.

L'Homme Gris et son guerrier terminèrent leur traversée en franchissant l'entrée d'un fortin à la herse redressée. Ils venaient de passer la première ligne de défense menant à la citadelle du Destin. Pour s'y réfugier, Cellendhyll n'avait aucun doute sur ce point.

Au-delà du fortin, une route montait vers les collines et la forteresse, formait des paliers successifs, chacun barré d'une ligne de murailles.

Un éclat de lumière ramena l'attention de l'Ange au niveau du fortin. Le guerrier qui accompagnait Zaphranaël s'était arrêté, le temps de se retourner sur lui et le toiser. Il sembla un instant à Cellendhyll que la silhouette du gaillard se mettait à miroiter d'un halo violet, se modifiait. Se pourrait-il que...

Il n'eut pas le loisir de creuser l'idée qui venait de le titiller. Barrant sa vue, les guerriers-chacals se rapprochaient, jappant défis et obscénités. Une meute beuglante, féroce, pas vraiment une élite organisée. Au même moment, dans un chuintement métallique sonore, une herse s'abaissa pour clôturer chacune des deux extrémités du pont.

Cellendhyll se retrouvait coincé face aux Têtes de chacal accourant vers lui. Il cessa de compter ses adversaires au bout du quinzième. Peu importait. Il était plus qu'assez échauffé. Il avait soif d'action, de combattre.

Son visage rude s'éclaira d'un sourire aux tonalités cruelles. Son sabre en méthalion empoigné dans sa senestre, parfaitement équilibré, le Hors-Destin s'élança au-devant de ses ennemis d'une foulée souple, précise. Impatiente.

Vous n'êtes pas assez nombreux.

Il arrivait presque à portée. Contractant sa volonté, Cellendhyll franchit le Premier Voile et se glissa dans la transe bleutée, comme l'on s'immerge dans une onde à la pureté parfaite.

Il avait appelé le Zen et le Zen était venu à lui.

Nourri par la transe martiale, l'Ange s'abandonna à sa danse favorite.

Celle de l'acier.

Je suis l'Ombre.

Comme à chaque fois, le Zen colorait la réalité, l'altérait au bénéfice de l'homme aux cheveux d'argent. Qu'ils fussent devant, sur ses côtés ou derrière lui, ses adversaires étaient désormais respectivement marqués d'un halo orangé qui s'affichait sur son écran tactique mental.

Un pas en avant.

Une boucle, quatre souffles.

Insaisissable et mortelle.

Il portait le combat au cœur de l'ennemi, il n'avait à se soucier que de lui-même. Aucun arrêt, aucune hésitation, aucun geste en trop. Il était formé à ce genre de défi. Entraîné par les meilleurs maîtres du Chaos. Respirant la transe guerrière comme il respirait son propre oxygène, Cellendhyll traça sa boucle meurtrière, tournant, bondissant, tellement vif, tellement précis, comparé à ses adversaires. Sa vitesse était telle qu'il assénait trois frappes lorsque les chacals n'en délivraient qu'une.

Une boucle, quatre souffles. Et tout autour de Cellendhyll, que les guerriers fussent assez nombreux ou non, ils tombèrent.

Mon esprit est une lame.

Un pas de côté. Une feinte latérale, il trancha une mâchoire, sectionna un bras, dévia la course d'une pique pour qu'elle éventre le guerrier à sa gauche, il bougea encore, pulvérisa une gorge d'un revers du coude, tira un guerrier chacal sur la trajectoire d'un cimeterre, son adversaire fendu par le travers, puis, il décervela un crâne d'un revers sauvage.

L'Ange était redevenu l'Ange Vengeur et la mort accompagnait chacun de ses gestes, de ses soupirs meurtriers.

Depuis le début du combat, la trajectoire de Cellendhyll avait pris peu à peu la forme d'une grande boucle passant au milieu de ses adversaires. Insensiblement, au fil de ses efforts, les cibles que la transe du Zen peignait d'orangé s'éteignaient sur son écran mental.

Mon corps est une arme.

Cellendhyll pivota, le temps de faire sauter une rotule d'un fouetté du pied, de cisailler une cuisse dans la foulée, avant de changer une nouvelle fois d'appui et de poursuivre sa chorégraphie mortelle. Il gifla le manche d'une pique pour détourner son angle de frappe et l'envoyer se planter dans le torse d'un autre chacal.

Je sers la voie Unique.

Un pas en avant.

Le Hors-Destin avait complété sa boucle. Il en entama une seconde. Plus courte. Quatre souffles de plus.

Une lame siffla à ses oreilles, une pique effleura son torse, découpant sa tunique, et les deux assaillants s'effondrèrent dans un même battement de paupières, l'un sa gueule fracassée d'un coup de genou, sa colonne vertébrale, ses reins tranchés de part en part d'une frappe de sabre, l'autre empalé par sa propre pique, que Cellendhyll saisit au vol avant de tournoyer sur lui-même pour la retourner à son envoyeur.

S'adapter, c'est vaincre.

Il virevoltait avec une précision absolue, hors-norme. Ses muscles ondulaient, une harmonie martiale d'une pureté incomparable.

Son sabre volait vers l'ennemi, si bien manié qu'il en devenait presque vivant, prédateur d'acier au tranchant cruel. Cellendhyll tournoyait au milieu de ses adversaires et sa lame s'abattait sans relâche. Elle s'éleva vers le ciel étrange de l'Ailleurs, découpa un bras, un poitrail, puis dessinant une boucle en l'air, elle redescendit, fendit une tempe, tailla une cuisse, épingla un pied.

Je suis l'Ombre.

Un pas en avant.

Cellendhyll pivota, son sabre jaillit en biseau, émascula un guerrier, se planta dans une gorge, se retira, puis d'un ample revers sectionna aussitôt la chair, fit gicler le sang verdâtre. Les guerriers chacals piaulaient, s'agitaient et s'écroulaient sur le sol, sanglants tributs qui sillonnaient la trajectoire du Hors-Destin.

Je danse et je tue.
Deux boucles, huit souffles. Et ce fut tout. Fin de la démonstration.

Cellendhyll prenait sa neuvième respiration. Les Têtes de chacal envoyés pour le tuer gisaient éparpillés en éventail autour de lui, démembrés. Leur sang laiteux, vert sapin, maculait ses bottes, son pantalon, jusqu'à son visage parsemé de gouttelettes.

D'un geste élégant du poignet, l'Adhan essora sa lame bleutée du sang qui la maculait. Le sabre en méthalion ne présentait pas la moindre trace d'entaille ou d'ébréchure, son tranchant toujours impeccable – loué soit le curieux bonhomme qui l'avait forgé !

Un vertige subit fit soudain chanceler Cellendhyll, l'espace de quelques secondes. Le contrecoup du Zen. L'Ange se secoua pour retrouver ses moyens. Il se remettait à peine de son malaise que la lourde herse du fortin se releva dans un grincement métallique de mauvais augure.

Une silhouette incroyablement massive s'encadra sur le seuil, si haute qu'elle dut se baisser pour franchir le passage.

La créature mesurait une quinzaine de mètres pour environ trois de large. Cellendhyll faisait face à un véritable titan composé d'un agrégat dense de pierre noire veinée de zébrures pourpre, son regard consistant en deux gros cabochons de feu vert. Une épaisse corne torsadée, de la taille d'une épée courte, pointait au milieu de son front carré.

Juché sur les épaules du mastodonte, sanglé dans le baudrier qui le reliait à sa selle, un guerrier tête de chacal armé d'une lance au manche interminable.

Cellendhyll en point de mire, le titan de pierre se mit à avancer d'un pas lourd, si lourd qu'il faisait vibrer le tablier du pont.

Le Hors-Destin jeta un regard cherchant le moindre avantage stratégique. Néanmoins, ledit pont n'offrait rien, aucune colonne, aucune guérite, aucun escalier. Il n'y avait qu'une rambarde pleine en pierre servant de garde-fou, de chaque côté, comme sur la plupart de ces constructions.

Cellendhyll se dit qu'il avait peut-être fait usage du Zen trop tôt. Comment vaincre une créature surdimensionnée, faite d'une armure naturelle en pierre ? Quel pouvait être son point faible ? En avait-elle un, au moins ?

L'Adhan jeta un œil dubitatif à son sabre en méthalion. Une telle lame saurait-elle percer la carapace de pierre du monstre, fût-elle forgée par Maurice ? Oui, il était prêt à prendre le pari. Il prit une grande inspiration et s'élança vers ce nouvel adversaire.

Il n'y eut aucun round d'observation. Dans le regard du béhémoth de pierre, aucune intelligence, juste de la rage. Dans celui de son cavalier, pas vraiment non plus.

À peine à portée de son adversaire, le titan leva la jambe droite et la rabattit sur Cellendhyll.

Pour esquiver, l'Adhan bondit sur la gauche. Une erreur qui faillit lui coûter cher. Le cavalier chacal en profita aussitôt pour plonger sa lance dans sa direction avec l'intention de le perforer de part en part. Cellendhyll n'eut que le temps de redresser son sabre, mais il parvint à gifler la pointe de lance qui fusait sur lui pour la détourner. Le chacal retira sa lance pour tenter une nouvelle frappe, trop tard, l'Adhan se rua sous le colosse de pierre, hors de vue et de portée du guerrier adverse.

Le titan se décala et leva l'autre jambe, préparant une nouvelle attaque écrasante. Cellendhyll saisit l'occasion. S'il pouvait faucher les appuis du mastodonte et le faire tomber, il renversait la logique du combat.

Empoignant son sabre à deux mains, il se rua sur le pied du colosse en appui sur le sol et frappa aussi fort qu'il le pouvait, de travers, de manière à trancher dans la cheville du titan de pierre.

Le sabre percuta le membre du géant... et se brisa aussitôt en fragments épars, son alliage vaincu par la densité de la peau de pierre noire.

Mortonnerre... mon sabre !

L'Ange ne s'attendait pas à une telle catastrophe. Une erreur d'appréciation qui pourrait bien lui coûter la vie.

Le guerrier chacal se pencha une nouvelle fois, sa lance fusant vers le bas. Laissant tomber la poignée inutile de son arme, Cellendhyll se rejeta *in extremis* de côté et sentit le souffle de la lame effleurer son crâne. Le géant de pierre ferma le poing et se courba pour atteindre l'Adhan. Ce dernier plongea de côté d'une roulade, évitant l'attaque de justesse.

Levant un pied, le mastodonte tenta une nouvelle fois de le piétiner. Plus rapide, plus agile, Cellendhyll s'empressa de s'élancer vers l'autre jambe, sans pour autant offrir une cible à la lance du guerrier. Il se sentait comme une puce face à un géant qui tentait de l'écraser au sol.

Il avait compris que s'il restait entre les pattes du géant, il était moins visible et moins facilement atteignable, aussi bien pour le guerrier à la lance que pour le titan de pierre. Pour autant, il restait bloqué sur le pont, en difficulté, et le temps jouait contre lui. Plus le combat se prolongeait, plus il se fatiguerait.

Il ne lui restait que sa dague sombre. Mais que pourrait sa Belle de Mort face à un adversaire aussi gigantesque ? Cellendhyll ne voyait pas d'autre choix que d'escalader le géant pour aller lui planter sa dague dans ses orbites verdâtres.

Changeant de tactique, il se pencha pour percuter l'Adhan d'un mouvement latéral du poing. Cellendhyll se rejeta de côté et frappa à la volée d'un revers de dague. La Belle resta intacte, mais ripa sur l'avant-bras en pierre en provoquant une gerbe d'étincelles, sans parvenir à l'entamer.

Cellendhyll éprouva un sursaut de colère.

Mortsang, si seulement j'avais un marteau de guerre, je pourrais arriver à fendre cette putain d'armure de pierre !

Subitement éclairée d'un miroitement argenté, ses petites runes luminescentes de pouvoir, la dague sombre se mit à changer dans la main de

Cellendhyll, à s'allonger, s'étirer, à s'alourdir, pour finalement prendre la forme d'un robuste marteau de guerre, parfaitement adapté à sa morphologie. Une arme massive, tout en puissance, plus appropriée au style de Gheritarish, mais dont le manche ciselé de petites runes s'accordait naturellement à la poigne de l'Adhan.

Voilà qui était inattendu. L'essence d'Arasùl avait depuis longtemps quitté la dague sombre, ayant perdu tout pouvoir magique, la Belle de Mort n'avait conservé que son tranchant parfait et inaltérable. Qu'est-ce que ça voulait dire ¿ L'explication attendrait !

Cellendhyll avait retrouvé son sourire prédateur.

À nous deux, mon gros !

Sans attendre, il passa à l'attaque et se mit à courir d'une jambe à l'autre du titan, frappant à la volée ses genoux chaque fois qu'il le pouvait. Sa vitesse supérieure lui permettait d'agir avec un bref temps d'avance sur le géant, et son timing précis – il bougeait chaque fois que le titan relevait une jambe pour rejoindre le pied d'appui opposé – lui avait jusqu'ici évité d'être piétiné.

Chacune des frappes du marteau sombre emportait des fragments de roche, à peine l'équivalent de petits cailloux. Plus efficace en guise de dégâts que la forme de dague, mais guère suffisante. Du reste, ses assauts semblaient plus irriter le colosse que lui faire vraiment mal.

L'Adhan ne se leurrait pas. Même s'il savait qu'avec sa Belle devenue marteau, il finirait par trouver la faille dans la carapace de pierre du titan, cela risquait de prendre trop de temps et de le perdre, en fin de compte. Car le béhémoth de pierre et son cavalier ne représentaient qu'une seule des lignes de défense établies pour l'empêcher de mettre la main sur l'Homme Gris, et qui sait combien de combats l'attendaient encore ¿

Je dois vaincre. Avant d'être blessé ou épuisé. Je dois vaincre, tout de suite !

Galvanisé par ce sursaut de détermination, il s'apprêta à flanquer un nouveau coup de marteau à son adversaire.

Tandis que Cellendhyll combattait le mastodonte, bougeait en tous sens, s'acharnait, son cœur second s'était mis à battre plus fort, dégageant une énergie nouvelle, qui ne s'était encore jamais manifestée, venue de l'intérieur de lui-même.

Graduellement, cette énergie nouvelle se mit à se concentrer, à enfler, tutoyant le Nexus du Hors-Destin. À ce stade, Cellendhyll n'avait aucune conscience du processus qui se déroulait en lui, et, s'il s'était interrogé, il aurait seulement jugé qu'il avait chaud, plus chaud que d'habitude.

Son sursaut de volonté fut comme une étincelle, un détonateur. Avivée par son cœur second, tamisée par son Nexus, cette énergie nouvelle jaillit de lui pour se transmettre à son arme.

Cellendhyll frappa dans un cri sauvage dans lequel s'exprimait toute sa détermination. Au moment de l'impact, l'énergie nouvelle accumulée se libéra tout à fait dans un flamboiement argenté traversé d'éclairs irisés ; le même embrasement argenté qui illumina ses mains lorsqu'il s'était libéré du collier d'esclave, chez les Smaughs.

Cette fois, le coup avait porté. L'Ange en ressentait l'impact dans ses muscles et dans ses os. De fait, les fragments que la Belle devenue marteau arrachait au béhémoth avaient triplé de volume. Mieux, encore, sa frappe avait provoqué une lézarde visible à l'œil sur le genou, à l'endroit qu'il avait visé.

En guise de confirmation, le titan de pierre fut saisi d'un tressaillement involontaire, ébranlé par cette décharge soudaine d'énergie. En dépit de sa masse, sa jambe chancela sous l'impact.

De son côté, le cavalier à tête de chacal fut brinquebalé dans tous les sens par les tressautements de sa monture. Toujours en selle, grâce à la solidité de son harnais, il tenta de recouvrer son équilibre, sans pour autant perdre sa lance.

Le béhémoth porta la main à son genou meurtri – réflexe tellement humain dans sa posture de désarroi qu'il en devenait presque touchant. La créature pouvait donc souffrir en dépit de son enveloppe de roche.

Cellendhyll, néanmoins, n'éprouva aucune pitié. Il fit tournoyer son marteau sombre pour reprendre de la puissance et il cogna à deux mains, de toutes ses forces, sur la senestre du géant de pierre.

Son cœur second battait fièrement. Et l'énergie nouvelle qu'il secrétait était toujours là. Charriée par son Nexus, elle afflua jusqu'au marteau de guerre.

Un autre flamboiement argenté ourlé d'éclairs irisés explosa à l'impact. Un hurlement déchirant secoua le titan. Le marteau sombre avait foré un gros trou fumant sur le dos de sa main, sa chair de pierre ayant volé en débris noirâtres.

L'Adhan avait nettement ressenti le passage de l'énergie nouvelle, ce transfert de puissance qui renforçait soudain ses frappes.

Quelle était cette force qui le galvanisait ¿ Plus tard…

Ulcéré, le géant se redressa, leva ses poings massifs vers le ciel, sans plus se soucier des glapissements de son cavalier et de ses exhortations au calme. Soudain plaqué à l'horizontale, au-dessus du vide, encore plus secoué, le guerrier chacal n'arrivait pas à se redresser. Il se débattit d'une main pour agripper le pommeau de sa selle et retrouver son équilibre, de l'autre, pour ramener sa longue lance en équilibre, lance qui s'était mise à glisser le long de ses doigts emperlés de sueur.

Le titan de pierre s'était étiré autant qu'il le pouvait vers le ciel, ivre de rage, et allait frapper des deux poings et pulvériser cet humain-fourmi qui lui faisait si mal !

Mobilisant toute sa puissance, il rabattit ses bras vers le bas. Le cœur au bord des lèvres, le chacal fut violemment ramené à la verticale, se cogna contre l'échine du mastodonte et lâcha sa lance, sonné.

Toujours plus vif, dans un troisième impact de cette énergie argentée, Cellendhyll percuta le genou du titan, à l'endroit où il l'avait déjà touché.

Un morceau de roche gros comme sa tête fut arraché au membre et vola à l'autre bout du pont.

La lézarde s'était nettement élargie, la chair de pierre se fendilla tout autour de la blessure fumante, fissures de plus en plus sévères, et le genou du titan céda tout entier, explosant en dizaines de fragments. Privé d'appui au moment où il se penchait en avant de toute sa masse, entraîné par son élan, le colosse beugla sa détresse avant de s'effondrer de tout son long sur le côté du pont. Tout en fracassant la rambarde de pierre, il provoqua un craquement inquiétant au niveau du tablier.

Son cavalier poussait des cris apeurés, s'escrimant désormais à dénouer les six boucles de son harnais de selle.

Dans un second fracas, plus sonore encore que le premier, toute la partie du pont sur laquelle reposait le titan se fendit en plusieurs morceaux, puis s'effondra tout à fait, et la créature et son cavalier gesticulant disparurent subitement à la vue de l'Adhan, projetés tous deux dans le fleuve impétueux, une dizaine de mètres en contrebas.

Juste avant que le béhémoth ne disparaisse, Cellendhyll eut à peine le temps de repérer, collé dans le creux de sa nuque, ce qui ressemblait à une grosse gemme cristalline brillant d'un vert malsain.

Le titan de pierre était bien trop lourd pour surnager, il sombra jusqu'au fond du cours d'eau, à cent mètres de profondeur. Toujours occupé à dénouer les boucles de son harnais – il ne lui en restait qu'une –, son cavalier coula tout aussi irrémédiablement, partageant le pitoyable destin de sa monture.

Cellendhyll se redressa, ses oreilles malmenées par tout le fracas provoqué.

Une bonne chose de faite !

Il songea que désormais l'assassin de sa mère avait eu amplement le temps de se mettre à l'abri.

« Cela ne suffira pas, Zaphranaël », tonna l'Ange en se tournant vers le fortin, sa voix vibrant de colère froide et de puissance impérieuse. « Une armée n'y suffira pas, entends-tu, raclure ¿!¿ Je viens pour toi et j'en fais le serment : tu vas payer pour tes crimes ! »

En guise de réponse, des clameurs agressives se répandirent au niveau de la herse du fortin. On s'agitait de ce côté-là.

L'Ange contempla sa Belle de Mort métamorphosée en marteau de guerre d'un œil appréciateur. Il ne ressentait plus cette force mystérieuse qui avait renforcé ses attaques, jusqu'à produire des frappes énergétiques.

Quel type d'énergie, il l'ignorait. Qu'est-ce qui avait produit le phénomène ¿ Il l'ignorait tout autant.

Bon, je fais quoi maintenant, moi ¿

Un nouveau craquement retentit au niveau du pont et celui-ci se brisa sur toute sa largeur, projetant Cellendhyll au milieu du fleuve.

Chapitre 16

Après une brève chute, Cellendhyll disparut dans un geyser de bulles, aussitôt entraîné par le courant. Il n'entendit plus rien d'autre que le vrombissement de l'eau au sein de laquelle il tentait de s'orienter.

Dans le même temps, l'Adhan avait eu la présence d'esprit d'ordonner à sa Belle de reprendre sa forme première, avant de la ranger dans son étui de botte ; la dague sombre se transforma aussi aisément que la première fois. Juste à temps.

Ce qu'il avait pris de loin pour une rivière, lors de sa première visite, avec Maurice, se révélait être un large fleuve au flux puissant. Cellendhyll était tellement ballotté par le courant, roulant cul par-dessus tête que pendant une longue minute, il fut incapable de s'orienter. Il finit par crever la surface, à bout de souffle, battant des bras pour rester à la surface. L'eau était glacée, mais l'Adhan n'avait rien à craindre de l'hypothermie, il était protégé par son cœur second.

Tout entier concentré sur sa flottaison, Cellendhyll n'avait pas remarqué la petite dizaine de silhouettes ailées qui surgit de la muraille du fortin pour se lancer à sa poursuite.

Le fleuve coulait du nord vers le sud, avec la citadelle sur la rive ouest, à sa droite. L'Adhan se trouvait au milieu du cours d'eau, entraîné comme un fétu. Très vite, il fit le constat que le courant était si fort qu'il l'empêchait de dévier suffisamment sa trajectoire pour rejoindre la rive.

Par endroits, quelques blocs rocheux se mirent à apparaître dans son champ de vision ; ils ressortaient çà et là au milieu de l'eau, différentes formes, différentes tailles. Cellendhyll se démena pour se placer sur le dos, les jambes en avant, à demi repliées, ce qui lui permettrait d'amortir les impacts en cas de choc.

Jaillissant du ciel, une pluie de flèches tenta de l'épingler. En se contorsionnant, Cellendhyll eut le temps d'apercevoir une série d'au moins cinq ou six chacals ailés en train de faire du surplace derrière lui, portés par d'épaisses ailes de cuir aux rémiges bleutées, impossible de les dénombrer vraiment. Arcs en main, vêtus de pagnes et de baudriers de cuir, ceux-là, à l'opposé de leurs cousins sans ailes, avaient le corps plus mince, couvert d'un fin pelage noir et une tête de chacal d'un blanc neigeux. Leurs petits yeux méchants, luisant d'orangé.

Les flèches continuaient de le viser, mais de façon éparse et peu efficace. Tant qu'il était dans l'eau, secoué par les flots, l'Ange faisait une cible fort délicate à atteindre, d'autant plus pour quelqu'un qui tirait en plein vol.

Le Hors-Destin était toujours prisonnier du flux aquatique qui lui interdisait de rejoindre l'une ou l'autre rive. Il constata que le fleuve s'était rétréci d'un tiers et que le courant avait forci. Voilà qui n'augurait rien de bon.

Cellendhyll s'en souvint, subitement. C'était lors de sa visite initiale avec Maurice, lorsque à ses côtés, il avait contemplé le panorama. Ce fleuve, il longeait toute la vallée, en méandres irréguliers, s'alignait en passant devant la citadelle du Destin, continuait vers le sud, toujours plus droit... puis, il se rétrécissait pour se terminer par une grande cascade... et le vide.

Ce qui signifiait que l'Ange devait se sortir de ce fichu fleuve et vite !

Après une longue ligne droite puis une courbe prononcée, qui faillit lui faire boire la tasse, une autre occasion se présenta à lui sur sa gauche. Cellendhyll repéra une sorte d'archipel au milieu du fleuve, formant une espèce d'îlot circulaire, avec un amoncellement de rochers érigés en son milieu. De quoi lui permettre de sortir de l'eau, de s'y défendre et, il l'espérait, d'y trouver un moyen de regagner l'une des rives.

Si son estimation s'avérait juste, c'était sa dernière chance avant la cascade.

Il pagaya des bras autant qu'il put pour orienter sa trajectoire. Effort après effort, il parvint à empoigner le bord de l'îlot et s'y hisser.

Dégainant sa Belle de Mort, Cellendhyll gagna le cairn – un tas de blocs de schiste gris veiné de roux et de cobalt, à peine deux mètres de haut pour trois de large. La plate-forme rocheuse faisait six mètres de diamètre. L'endroit n'était pas parfait, mais il offrirait tout de même un semblant de protection, si l'Adhan manœuvrait bien.

L'escadrille lancée à sa poursuite arrivait sur lui. Ils étaient six, volaient en V inversé au-dessus du courant.

Dague sombre en main, Cellendhyll se colla dos au cairn, ce dernier juste assez haut pour qu'on ne puisse pas l'ajuster par-derrière, et se campa dans une position de défense, agitant nerveusement sa lame devant lui, singeant un homme désespéré.

À grands battements d'ailes, les chacals ralentirent leur allure avant de se poster en vol stationnaire, formant un arc de cercle devant l'homme aux cheveux d'argent.

Cellendhyll agita à nouveau sa dague, comme une proie acculée, au bord de la panique. Il ne savait pas encore ce qu'il allait faire ensuite. Tout dépendrait de la réaction et du positionnement de ses traqueurs.

L'un des ailés leva le bras et jappa une suite d'ordres d'une voix rauque et autoritaire. Six guerriers volants contre un seul homme bloqué sur un rocher, armé d'une seule dague, la partie s'annonçait facile pour les Têtes de chacal. Aucun d'eux n'avait vu combattre l'Ange sur le pont. Ils ne savaient rien de lui, si ce n'était qu'il était un ennemi du seigneur Destin.

Grok, Nagrok et Fyr. Amis, amants, assassins, depuis leur enfance commune. Tous trois aussi vicieux, méchants et dévoyés, ils faisaient régner leur loi violente au sein du régiment des volants et nul au sein de l'escadrille n'osait les contredire. Ils comptaient même parmi les favoris du seigneur Destin – au moins pour les Têtes de chacal.

Ce qu'ils aimaient par-dessus tout ¿ Acculer une proie, si possible humaine, et la découper sur pied, vivante, entaille après entaille. Les trois têtes de chacal combattaient en un trio organisé, complice, rapide. Ils prenaient leur temps, enchaînaient les feintes puis les attaques foudroyantes. Ils aimaient voir le sang couler tout autant que de constater la souffrance et la détresse qu'ils infligeaient blessure après blessure.

Tandis que les trois autres guerriers restaient en vol stationnaire, désormais spectateurs, Grok, Nagrok et Fyr rangèrent leurs arcs et dégainèrent leurs hachettes – deux chacun. Après quoi, ils battirent des ailes pour aborder l'îlot et se rapprocher de l'Adhan.

Leurs pupilles dilatées luisaient de plaisir anticipé. Cet humain, ils allaient le taillader, l'entailler, le débiter, le faire couiner de peur et de souffrance.

Sauf que c'était à la Belle de Mort qu'ils faisaient face.

Et à son maître, le Hors-Destin.

Cellendhyll regarda ses adversaires combler l'écart. À leurs regards complices, à leurs postures, il avait parfaitement compris ce que ces trois-là avaient en tête. Il l'avait déjà constaté, les Têtes de chacal ne brillaient ni par leur intelligence ni par leur sens tactique. L'Ange réfléchissait déjà au moyen d'éliminer les trois autres volant en retrait, toujours flèche encochée, mais arc détendu. Pas tout à fait sur le qui-vive, donc. Ils réagiraient avec un temps de retard.

Ma Belle, tout repose sur toi et ce que tu m'as montré sur le pont. J'ai confiance en toi, ne me laisse pas tomber.

Grok, Nagrok et Fyr s'approchèrent de manière à encercler l'Adhan par trois côtés – Cellendhyll avait le dos contre le cairn.

Six hachettes, ça faisait beaucoup à éviter. Et ça dépiautait un homme en quelques minutes, l'Ange n'en doutait pas. Il devait agir au bon moment. Ni trop tôt ni trop tard.

Les trois chacals agitèrent leurs lames en formant de petits cercles inquiétants, leurs babines gouttaient de bave et d'excitation. Ils étaient à cinq pas. Quatre, puis trois.

Cellendhyll s'était initialement positionné sa dague dressée devant lui, en un geste de défense futile, ses deux jambes décalées, légèrement repliées, la gauche en avant. À l'approche des guerriers, il empoigna sa dague à deux mains et la pointa sur celui qui était le plus à droite. Puis, au moment où les Têtes de chacals arrivèrent à deux mètres, il fit un pas en avant et frappa.

De la droite vers la gauche.

S'adapter, c'est vaincre.

Il initia le mouvement, ses mains et ses bras positionnés pour manier l'arme que la Belle *allait* devenir. Obéissant à sa volonté, en plein élan, la dague se changea entre ses mains en une lame large et longue, au manche allongé, comme celle d'un *naginata,* idéale pour ce que l'Ange avait en tête. De la droite vers la gauche. Un ample balayage de tranche latérale. Et toute la puissance qu'il pouvait mettre dans son élan.

D'un seul mouvement, la Belle de Mort décapita les trois guerriers. Un geste si parfaitement exécuté que Cellendhyll ne ressentit aucune résistance dans les impacts successifs.

Ma Belle danse et elle tue !

Les trois têtes volèrent sur le côté, le même air d'effarement plaqué sur leurs faciès canins. Leurs corps s'affaissèrent à l'opposé, inondant le rocher de trois gerbes de sang verdâtre.

Cellendhyll ne s'arrêta pas à l'exploit martial qu'il venait d'accomplir. À peine les trois adversaires éliminés, il demandait à sa dague devenue *naginata* de reprendre sa forme de marteau, l'empoigna à deux mains, pivota d'un demi-pas et fracassa le bord du cairn à sa portée. Une fois. Deux fois. Puis, sans attendre, il se retourna vers le chacal à sa gauche, celui qui avait réagi le plus vivement, occupé à armer sa flèche. Cellendhyll tendit ses bras vers sa cible, « *deviens une lance* » intima-t-il à sa Belle, qui obéit aussitôt.

L'Ange avait pensé la nature de l'arme qu'il voulait manier en se concentrant sur la cible qu'il ajustait et la Belle s'était adaptée immédiatement, se métamorphosant dans la forme la plus adaptée. Ainsi, passant du marteau de guerre à la lance longue, la Belle se transforma en pleine trajectoire, allongeant sa hampe jusqu'à pouvoir toucher sa cible.

La créature ailée était trop loin. Impossible à atteindre. Normalement. Mais en ce lieu, l'Ailleurs, la normalité ne voulait pas dire grand-chose pour le Hors-Destin et sa Belle de Mort.

La lame sombre s'agrandit suffisamment pour transpercer le chacal en plein torse au moment où il allait décocher sa flèche. Campé sur ses jambes, forçant des bras, des épaules et des abdominaux pour stabiliser son arme surdimensionnée, Cellendhyll laissa le poids de la lame éventrer l'archer jusqu'au pubis. La seconde suivante, il se rééquilibrait. Dans ses mains, la Belle de Mort était redevenue une dague.

Ma Belle, tu me surprends encore...

Restaient deux chacals, l'un en face de lui, l'autre sur sa droite. Tous deux la gueule grande ouverte et le regard écarquillé de surprise.

Le Hors-Destin s'était déjà baissé pour empoigner, de sa main libre, l'un des éclats de schiste qu'il avait fait sauter d'un grand coup de marteau. Il avait choisi un morceau de la taille d'une orange. Rictus aux lèvres, il se redressa, son bras se détendit comme un fouet tandis qu'il balançait son projectile sur son adversaire le plus lointain ; trop lointain pour que l'Ange puisse efficacement manier une lance aussi longue.

Crrakk !

Atteint en pleine tête, la face de l'archer partit vers l'arrière, totalement enfoncée par le coup. La créature s'affaissa tout à fait, ses ailes en berne, et sombra dans le fleuve.

Cellendhyll était passé à la suite. Il bondit par le travers, par-dessus les trois cadavres étendus à ses pieds, échappant ainsi au tir de flèche du sixième et dernier chacal. Il se réceptionna d'une roulade et, tout en se remettant sur pied, il insuffla à sa Belle une nouvelle forme de lance. Puis, l'Ange contracta ses bras et donna un grand coup en avant, la hampe s'allongeant à vue d'œil pour combler l'écart le séparant de l'archer.

Occupé à encocher une nouvelle flèche, le Tête de chacal battit des ailes pour tenter une esquive. La Belle de Mort, au lieu de lui percer le torse, l'atteignit au bas-ventre, et lui sectionna l'entrejambe et deux artères majeures.

Le chacal laissa tomber son arc sous le choc. Il tenta bien de reprendre de l'altitude, mais ses efforts ne firent que le faire saigner plus rapidement encore. En moins d'une minute, il partit en torche et tomba comme une pierre dans les flots, terrassé par l'hémorragie.

Le combat était terminé.

Cellendhyll raccourcit la hampe de sa lance d'une pensée, essora la lame maculée d'un geste sec du poignet et lui demanda de redevenir dague. Enfin, il la rinça dans le courant et la rengaina dans sa botte.

L'Adhan se sentait vanné par toute cette débauche d'énergie. Toutefois, avant de songer à se reposer, il voulait trouver un moyen de sortir du fleuve, de préférence sur la rive ouest, côté citadelle.

Dédaignant les cadavres, il se mit à faire le tour de l'îlot, scrutant le courant pour voir s'il ne pourrait pas trouver une série de rochers immergés dont l'alignement l'aiderait à se sortir du courant.

Il ne repéra rien vers l'amont. Rien non plus vers la rive opposée à la citadelle.

Cellendhyll regagna le bord ouest de l'îlot et son regard se perdit sur la ligne des flots pour tenter une fois encore de repérer le moindre bout de roc affleurant la surface.

Un souffle de vent. Un soudain et puissant battement d'ailes dans son dos.

Le Hors-Destin perçut le danger. Trop tard. Il fut percuté dans les reins et tomba dans le fleuve, aussitôt emporté par le courant.

Il s'était trompé, il y avait un septième adversaire.

Ce dernier, peut-être plus malin que les autres, avait préféré monter en altitude pour préparer une attaque en piqué.

Le Tête de chacal avait réussi son assaut. Il jappa son triomphe tout en reprenant de l'altitude, orientant son vol vers la fin du fleuve, à grands battements d'ailes.

Kamjak était le septième et dernier membre de l'escouade. Et le plus intelligent. Il connaissait parfaitement le territoire, et il avait sans trop de peine imaginé que leur proie allait se réfugier sur l'îlot et qu'elle serait alors cernée. Et il savait très bien que Grok, Nagrok et Fyr allaient vouloir s'occuper de l'humain à leur façon.

En conséquence, Kamjak avait laissé ses camarades prendre de l'avance, préférant pour sa part gagner en altitude, à un rythme moins agressif, et profiter de l'air pur, de cette liberté incroyable de voler, de ce panorama étourdissant d'étrangeté.

Car Kamjak aimait plus que tout planer dans les cieux, seul, paisible. Il avait donc pris son temps, montant plus haut encore, jusqu'à surplomber ses camarades en vol stationnaire devant l'îlot.

Les autres n'avaient pas besoin de lui. D'évidence, Grok allait prendre les commandes. Avec ses deux frères de couche et amants, il allait découper l'humain par morceaux, avant de se baigner dans son sang et, sans doute, de forniquer sur ses restes. Quelle vulgarité ! Ensuite, comme à chaque fois, ces trois abrutis se disputeraient pour déterminer lequel d'entre eux aurait le droit de ramener la tête de l'humain au seigneur Destin.

Les trois autres apprécieraient sans doute le spectacle sanglant, mais Kamjak préféra reprendre un peu plus d'altitude et contempler les détails du ciel et de sa nébuleuse chatoyante, qu'il trouvait d'une beauté envoûtante. Il ne vit rien de l'affrontement, ignorant des capacités du Hors-Destin.

En revanche, dès que Kamjak se rendit compte que, sans savoir comment et contrairement à ses certitudes, l'humain avait abattu le reste de son escadrille – à peu près au moment où Cellendhyll nettoyait sa dague –, le Tête de Chacal décida d'une contre-attaque dont il avait le secret.

Après avoir soigneusement calculé son assaut en piqué, une trajectoire destinée à frapper sans être repéré du bas, il cueillit Cellendhyll au meilleur moment, pile lorsque ce dernier se penchait au bord de l'îlot. À cet instant, Kamjak écarta ses ailes pour réorienter son piqué, percuta l'Adhan dans les reins d'un grand coup de bottes, juste ce qu'il fallait pour le renvoyer dans le courant. Il n'avait pas besoin d'en faire plus, il savait que le fleuve, la cascade et le vide se chargeraient d'en finir avec son ennemi.

Chapitre 17

C'était la dernière ligne droite avant la cascade. S'il ne trouvait pas une échappatoire, Cellendhyll de Cortavar allait être projeté dans un précipice. Et se fracasser au terme d'une chute vertigineuse, il n'en doutait pas un instant.

Régulièrement, il redressait le buste et scrutait intensément la surface pour repérer le moindre rocher sur lequel il pourrait accoster. Il avait bien tenté de rejoindre la rive, mais le courant avait remporté la bataille, bien plus féroce que lui.

Le seuil de la cascade approchait. Le Hors-Destin pouvait en entrevoir le rideau irisé de brume miroitante formé par le courant.

Plus haut dans le ciel, face à lui, le chacal volant qui l'avait renvoyé dans le fleuve, en vol stationnaire. Aux premières loges, la créature se préparait à jouir du spectacle qu'elle avait provoqué.

Et là, proche de l'Adhan, sur sa droite, à deux cents mètres, longue et fine, une aiguille de pierre saillait légèrement au-dessus des flots. Hélas, elle ne menait nulle part. En outre, à cet endroit, la force du fleuve était telle que Cellendhyll aurait sans doute du mal à s'y accrocher. Et même s'il parvenait à s'y arrimer, pour faire quoi, ensuite ? Bien que métamorphe, sa Belle de Mort ne pourrait pas le faire voler. Sans compter qu'il offrirait alors la meilleure des cibles au guerrier volant qui l'attendait au-dessus du gouffre.

Je dois trouver un moyen !

Une idée folle lui vint, s'imposa, sans doute impossible à réaliser. Et comme c'était la seule à lui venir, l'Ange décida de l'appliquer et crawla pour aligner sa trajectoire sur l'épine rocheuse.

Hors d'haleine, Kamjak avait forcé l'allure pour devancer l'humain et assister à sa chute vertigineuse. Désormais en position d'attente, juste en face de la cascade, le chacal se mit à ricaner de tous ses crocs. Il avait dédaigné son arc, un effort inutile, car la victoire était déjà sienne. Il n'attendait plus qu'une chose, voir le désespoir se peindre sur le visage de l'humain en constatant qu'il était condamné, jouir de son cri d'effroi, savourer l'image de son corps se débattant inutilement dans l'air. Kamjak aurait tout loisir ensuite de descendre chercher sa dépouille, de récupérer sa tête, qu'il pourrait alors tranquillement offrir au maître pour, enfin, jouir de la récompense. En ce qui concernait la disparition brutale de Grok, Nagrok, Fyr et les autres, quel surprenant bonus !

Cellendhyll avait à peine le temps de visualiser son enchaînement d'actions et de se placer sur le dos, pieds en avant. L'aiguille de pierre arrivait si vite !

Il mit la main à sa botte et dégaina sa dague sombre, qu'il empoigna fermement dans sa senestre.

L'aiguille était là, à peine plus large que sa botte et émergeait à peu près d'un mètre trente au-dessus du fleuve.

Allez, bougre d'Adhan !

L'Adhan donna un coup de reins pour jaillir hors de l'eau, plaquer son pied d'appui opposé, le gauche, sur la roche, le temps de se rééquilibrer, d'orienter sa trajectoire, après quoi, il posa le pied droit, prit son élan... et sauta le plus haut possible.

Sa dague en main, il s'étira de tout son long, battant des bras pour gagner en amplitude tout en tentant de rester le plus droit possible. Il monta, monta encore, jusqu'à se retrouver au-dessus de la cascade qui s'écoulait vers le bas.

Jusqu'à se retrouver au-dessus du vide.

Son objectif ? Le Tête de chacal qui le surplombait d'une bonne dizaine de mètres, trop loin pour être atteint.

Trop loin ? Vraiment ?

Au faîte de son élan, Cellendhyll remonta les bras au-dessus de sa tête, ordonna à sa dague de se transformer en un bec-de-corbin et désigna sa cible d'une pensée : le guerrier ailé.

Fidèle, la Belle s'exécuta, son manche s'agrandissant à vue d'œil, comblant la distance avec sa cible. Maniée par les bras précis du Hors-Destin, elle cueillit le chacal dans le creux de l'épaule, juste en dessous de la clavicule, la forme incurvée de son arme étant parfaite pour perforer la chair de sa cible et y rester accrochée.

Kamjak poussa un cri de protestation rauque qui se termina dans l'aigu de la souffrance. Il décrocha d'une dizaine de mètres, battant des ailes aussi vigoureusement qu'il le pouvait. Il tomba encore de dix autres. Le choc et les quatre-vingt-dix-sept kilos de l'Adhan représentaient un poids bien supérieur à ce qu'il était capable de supporter, d'autant plus avec cette arme effroyable plantée dans sa chair.

Cellendhyll se dit alors qu'il n'avait somme toute gagné qu'un court répit et qu'il allait s'écraser sur les rochers, tout au fond du précipice, en emportant son adversaire avec lui, sa seule récompense pour son pari fou. Raison de plus pour se bouger !

À force de balayer la falaise du regard, il repéra une corniche qui courait sur toute la largeur de la paroi rocheuse, mais environ deux cents mètres plus bas. Cette corniche, il lui fallait absolument l'atteindre ! C'était ça ou le vide.

Il décida donc de projeter ses jambes en avant, vers la paroi rocheuse, puis en arrière, et encore, et encore, imprimant ainsi un mouvement de balancier qui tirait peu à peu la créature ailée dans la direction voulue.

Kamjak, ces deux mains agrippées au manche de la Belle, tentait toujours de la retirer de sa blessure. Le guerrier-chacal était devenu incapable de bander un arc et l'humain était trop bas pour qu'il puisse le déloger à coups de pied. La blessure à son épaule le cuisait horriblement et plus encore les cisaillements dans la plaie causés par les mouvements du fou furieux suspendu à sa chair. Il n'allait pas pouvoir tenir longtemps, il devait absolument se débarrasser de son adversaire s'il voulait s'en sortir.

L'Adhan se moquait bien de ses tourments. De son côté, il se raccrochait au manche de sa Belle de toutes ses forces, tout en s'acharnant à insuffler un mouvement de pendule pour orienter le vol du chacal vers la corniche.

Ne pas lâcher, surtout, ne pas lâcher.

Kamjak se maudissait de ne pas avoir gardé son arc bandé et logé une flèche à barbillons dans la face de ce fils de chienne d'humain. Puis, il se mit à insulter le fou furieux accroché à sa chair. Incapable de retirer la lame courbée de sa plaie, incapable de bander son arc, le chacal ne pouvait rien faire d'autre que battre des ailes.

Mais si, je peux faire quelque chose ! Me rapprocher de la falaise afin d'y fracasser l'humain et lui faire lâcher prise. Alors, je pourrai retirer l'arme de ma blessure et voler hors de danger, et ensuite, la vengeance !

Cessant de lutter contre le mouvement de pendule, Kamjak s'orienta vers la falaise aussi vite qu'il le pouvait. Il pouvait encore s'en sortir et triompher.

De son côté, Cellendhyll constata que le chacal se rapprochait de la paroi rocheuse de sa propre volonté et il devina ce que la créature avait en tête. Le surplomb que visait le Hors-Destin était dans la bonne direction, mais encore bien loin. Il devait attendre – bien conscient que, pour survivre, il devait également en finir avec son adversaire.

Kamjak donnait tout ce qu'il avait pour rejoindre la falaise. Il avançait par à-coups, résistait à la douleur et, même s'il perdait en altitude, peu à peu, il parvint à se rapprocher. Trente mètres encore à combler.

Cellendhyll était encore trop haut de la corniche pour s'y laisser tomber, mais il n'avait plus le choix. Il ordonna à sa Belle de Mort d'ajouter des crans à son tranchant et de s'élargir. Son mouvement continu de balancier se mit alors à cisailler la clavicule du chacal, aggravant la blessure.

Ivre de douleur, Kamjak se mit à hurler et décrocha d'une autre dizaine de mètres. Son épaule était en feu, le sang giclait de sa plaie en un bouillon verdâtre et chaque mouvement ne faisait qu'intensifier la souffrance qui le déchirait de part en part. Plus que vingt mètres d'écart avec la roche. Ses mains plaquées sur le manche de la Belle, le chacal se prépara à balancer l'Adhan contre la paroi pour le faire tomber et, aussitôt après, arracher l'arme de son torse.

Cependant, à cause des va-et-vient sanglants de la Belle de Mort crantée, la clavicule du Tête de Chacal céda, sectionnée en deux. Alourdie par le poids de Cellendhyll, la Belle se mit à descendre, à trancher dans la poitrine de Kamjak, à le découper de haut en bas.

Le chacal piaula un couinement désespéré. Il n'en pouvait plus, trop de sang perdu, d'énergie vidée. Ses mouvements devinrent spasmodiques.

L'Adhan profita d'un dernier balancement en direction de la falaise et il ordonna à sa lame sombre de redevenir dague. Libéré du chacal, qui partit en vrille sur le côté, l'élan du Hors-Destin le fit voler vers la paroi rocheuse. D'une pensée, il transforma sa Belle en un gros merlin, et, à l'instant où il allait s'emplafonner de tout son long contre la falaise, il planta sa large lame dans la roche, se cramponnant au manche de ses deux mains.

La Belle de Mort au tranchant parfait ne faillit pas. Même face au granit. Elle mordit la pierre dense et s'y enfonça, impitoyable.

Cellendhyll se retrouva accolé à la paroi rocheuse, ses deux mains autour de sa Belle, ses deux pieds parallèles, plaqués contre le granit. La saillie se trouvait à cent mètres en contrebas. Son poids, aussitôt, entraîna l'Adhan vers le bas. Accroché à son merlin qui forait un sillon vertical dans une pluie d'étincelles, il se mit à glisser le long de la roche. Trop vite, bien trop vite à son goût. Il allait se briser les jambes et le bassin, s'il percutait le surplomb à cette allure !

D'instinct, il intima à son merlin d'élargir sa lame, de manière à freiner cette folle descente. La roche crissa, grinça de protestation, se lézarda, mais la Belle si tranchante tint bon et peu à peu la folle glissade se ralentit suffisamment pour rassurer le Hors-Destin. Du coin de l'œil, il avait vu le chacal ailé, son torse déchiré, maculé de sang verdelet, partir en vrille sur la droite, tentant vainement de maintenir son équilibre de vol, pour, finalement, aller s'écraser contre la paroi et chuter comme une pierre.

Vingt secondes plus tard, des secondes qui lui parurent des heures, Cellendhyll mit le pied sur la corniche. Il fit un pas en arrière, les jambes flageolantes, laissa échapper sa Belle devenue merlin, et s'effondra sur le sol.

Tout son corps tremblait sous l'effet de l'adrénaline. Le Hors-Destin se laissa aller à plat dos, s'étira de tout son long :

— Raaaaaaaahh !

Un cri de tension extrême enfin libérée avait jailli de sa gorge pour gagner le ciel.

Il était vivant ! Il avait vaincu le fleuve, le gouffre et les Têtes de chacal !

Au bout de quelques minutes, son souffle retrouvé, son pouls apaisé, Cellendhyll se redressa et s'assit en tailleur. Son corps s'était calmé, pour autant, il sentait la fatigue alourdir le moindre de ses muscles. Tout un lot de meurtrissures commença à l'élancer, mais il repoussa les picotements de douleur d'un effort de volonté.

Il récupéra sa Belle de Mort et lui fit reprendre sa forme originelle. La lame semblait avoir légèrement éclairci, tirant désormais sur l'anthracite, parcourue de quelques reflets bleu irisé. Le cœur de l'arme, habituellement rubis, n'était-il pas en train de s'estomper ? Le Hors-Destin constata alors que les runes qui surlignaient le tranchant de sa Belle s'étaient arrondies, de cela il était certain. Mais il ne connaissait rien à l'art des runes. D'ailleurs, il avait beau être intrigué par le phénomène, au fond, peu lui importait.

Car, avant tout, Cellendhyll de Cortavar était émerveillé, il n'y avait pas d'autre mot. Émerveillé non pas par ses propres prouesses depuis qu'il avait remis le pied sur le Plan du Destin, non, émerveillé par ce lien, cette entente parfaite, cette complicité incomparable qu'il entretenait avec sa Belle de Mort. Ne serait-ce qu'aujourd'hui, sans elle, jamais il n'aurait franchi le pont, ni survécu au fleuve pour arriver jusqu'ici.

Lors de toutes ses incarnations successives, jamais la Belle ne s'était montrée trop longue, trop lourde, trop lente, jamais elle n'avait interprété ni accompli les désirs de son maître de travers.

L'Ange devait l'avouer, le guerrier-né qu'il était se révélait purement subjugué par cette lame d'exception, par tout ce qu'elle lui avait révélé d'elle, par tout ce qu'elle lui avait donné, tout ce qu'il avait accompli d'exploits en sa compagnie, depuis le premier jour de leur association. Elle l'avait sauvé, tant de fois.

Ma Belle si fidèle.

Incomparable.

Et voilà qu'elle le surprenait encore, riche d'une magie inconnue, métamorphe.

Ce ne peut être l'influence d'Arasùl, c'est impossible, son essence a quitté la lame sombre, j'en suis certain. Alors quoi ?

L'Adhan éleva sa compagne acérée vers le ciel, à deux mains, pour honorer son excellence, sa fidélité sans faille. Il la tint ainsi une bonne vingtaine de secondes puis il la rabaissa. Alors, ce fut plus fort que lui, une pulsion passionnée, il posa ses lèvres sur le plat de la Belle de Mort et la remercia d'un baiser.

Un vrai baiser. Un baiser dans lequel on donnait de soi. Dans lequel on se déclarait.

Quelques instants plus tard, Cellendhyll éprouva un sentiment étrange, comme empli d'une intense exaltation, qui le traversa de part en part. Il crut entendre une voix, un rire léger, résonner, quelque part, tout proches de lui et, en même temps, si lointains qu'ils ne formaient qu'un écho. Le Hors-Destin n'eut cependant pas le loisir de creuser la question.

Grondant, étiré, le son d'un cor de guerre se mit à mugir du sommet de la falaise.

Chapitre 18

Le son du cor semblait lointain, mais peu importait. Les Têtes de chacal qu'il venait d'abattre n'étaient sûrement pas les seules escadrilles du Seigneur Destin. D'autres avaient été mobilisées. Or, sur cette corniche, l'Adhan se retrouvait totalement exposé. Il devait remonter et trouver une cachette, le plus vite possible.

Il se mit debout, sa dague nichée dans le creux de sa main. Large de quinze pas, la corniche longeait la paroi rocheuse sur une centaine de mètres. Sur toute la partie droite de la saillie, l'Ange avait droit à du granit. Vers la gauche, toutefois, sa nature variait, passant à cette roche grumeleuse, que Cellendhyll avait déjà rencontrée sur le plan du Destin, beaucoup moins dure que la précédente. Il irait nettement plus vite de ce côté.

Comment grimper, à présent ? Il y avait bien deux cents mètres de paroi rocheuse quasi lisse à escalader.

Cellendhyll redressa sa Belle, la contempla quelques instants. D'une simple pensée, affectueuse plutôt qu'autoritaire, il la transforma. Cette fois, il s'était décidé pour un piolet à large lame et la Belle de Mort s'exécuta aussitôt. Il tenta ensuite de lui faire créer sa jumelle, mais rien ne se produisit. Cellendhyll réfléchit quelques instants et pensa à une chaîne qui devait pendre du manche de sa dague devenue piolet, enfin, il imagina un second piolet fixé à l'autre extrémité de cette chaîne. La Belle de Mort répondit à son désir, s'étirant à partir de la base de son manche pour prendre la forme requise. Désormais équipé de ses deux lames-outils reliées d'une chaîne aux fins maillons anthracite, Cellendhyll émit un petit rire satisfait.

Une fois visualisés les efforts à accomplir, il se positionna face à la paroi. D'une pensée, il augmenta la longueur de la chaîne, afin qu'elle ne l'entrave pas dans ses mouvements. Pas de temps à perdre. Le Hors-Destin commença à creuser une entaille dans la roche, suffisamment large pour qu'il y glisse sa botte, éleva le bras gauche et planta son piolet le plus haut possible. Il prit appui contre la prise qu'il s'était creusée et monta d'un cran, plantant le second piolet pour s'équilibrer. Là, il se creusa une seconde prise, décalée vers le haut, y porta son pied, planta ses piolets, l'un après autre, pour se hisser vers le sommet. Et ainsi de suite.

Il commença à s'élever, lentement, mais régulièrement. Une succession de gestes et d'efforts concentrés, appliqués. La moindre erreur pouvait être fatale.

Une vingtaine de minutes plus tard, Cellendhyll était arrivé à mi-chemin du sommet.

Le son du cor s'étira une nouvelle fois du haut de la falaise.

Incapable de définir si la clameur s'était rapprochée, l'Adhan poussa un juron et décida qu'il allait mettre trop de temps à creuser ses marches. Il invoqua l'image de l'Homme Gris dans son esprit, puisa dans cette image un surcroît d'énergie et termina à la force des bras, un coup de piolet après l'autre, tout en puissance, porté par cette colère glacée qui ne le quittait plus et renforçait chacun de ses mouvements.

L'Ange atteignit le rebord de la falaise à bout de souffle, à bout de forces. Ses bras tressautaient de fatigue. Il avait tellement serré le manche de ses piolets qu'il dût fournir un véritable effort de volonté pour s'obliger à desserrer son étreinte.

L'appel du cor résonna une nouvelle fois. Plus proche que les fois précédentes, sans aucun doute. Le son provenait du nord-est. Un autre cor lui répondit, encore plus à l'est.

Un peu plus loin devant l'Adhan, la masse bleu pâle d'une série de buissons accolés. Cellendhyll les rejoignit en courant, prit le temps de vérifier que les végétaux ne contenaient aucune épine – jusqu'ici, il n'avait rien eu à craindre de la flore, mais dans l'Ailleurs, qu'il connaissait fort mal, autant rester prudent – et se glissa sous les feuillages. Sa Belle redevenue dague reposait sagement dans son fourreau de botte gauche.

Allongé dans sa cachette, Cellendhyll se trouvait enfin libre de souffler un peu. Il en profita pour décrypter les alentours.

Il se tenait au milieu d'une pente douce qui naissait de la rive du fleuve, à l'est, tout d'abord sous forme d'une longue bande de sable, puis d'une prairie d'herbe mauve, montant jusqu'au mollet, pour, ensuite, remonter doucement vers l'ouest en une série de collines basses parsemées de bois et de bosquets. Encore plus à l'ouest, une enfilade de forêts divisées en paliers successifs et, finalement, toujours plus haut, un imposant contrefort rocheux à demi noyé dans la brume.

Après étude du paysage, le Hors-Destin décida de passer par les collines ; la prairie n'offrait aucune cachette viable.

Il estimait la localisation de la citadelle du Destin au nord, nord-ouest. En revanche, il n'aurait su définir à quelle distance, incapable d'évaluer combien de temps avait duré sa folle descente du fleuve.

Il repéra les deux patrouilles qui avaient sonné du cor. Elles effectuaient des allers-retours le long des deux rives du fleuve, cherchant à repérer l'endroit où Cellendhyll avait pu en sortir. Les Têtes de chacal avaient dû trouver l'escadrille éliminée par ses soins et l'Ange n'avait aucune idée des conclusions tirées par l'ennemi. Il songea qu'il ne savait pas grand-chose sur les Têtes de chacal ; jusqu'alors il n'avait fait que les combattre. En dépit d'une férocité manifeste, ils n'étaient ni de brillants stratèges ni des guerriers d'élite, voilà tout ce qu'il pouvait en dire.

Pour le moment, en tous les cas, personne ne cherchait dans sa direction.

Cellendhyll en vint ensuite à son bilan personnel. Il n'avait ni faim ni soif. Maurice lui avait expliqué qu'il était accordé aux forces énergétiques de ce Plan, il n'avait donc ni besoin de manger ou de boire. Ses vêtements avaient séché cependant, l'Adhan était épuisé, il avait à peine dormi depuis son retour du Plan des Smaughs. Une migraine pulsait contre ses tempes et tous ses muscles l'élançaient. Il devait trouver un endroit où prendre du repos, avant tout. Ensuite, il pourrait reprendre son objectif : retrouver celui qui avait tué sa mère, agressé son père, volé sa mémoire, et lui mettre les tripes à l'air !

Alternant la course et la marche rapide, le Hors-Destin était remonté à l'ouest pour gagner le secteur des collines, avant d'obliquer au nord-ouest. Les deux globes plantés hauts dans le ciel ne semblaient pas avoir bougé et il ignorait toujours si c'était le jour ou la nuit.

Les troupes du seigneur Destin, aussi bien les cavaliers que les ailés, semblaient cantonner leurs recherches aux abords du fleuve et autour de la grande route pavée qui remontait vers le nord, juste à la lisière des collines.

Il découvrit deux escadrilles de Têtes de chacal semblables à celles qu'il venait d'affronter puis deux escouades de cavaliers. Il y avait bien assez de bois, de buissons et de ravines pour l'aider à avancer sans être débusqué sur terre ou du ciel.

Une seconde route traversait le secteur des collines, parallèle à la première et régulièrement parcourue de patrouilles montées. Des troupes conséquentes, mais inutiles – Cellendhyll progressait dans les collines, loin de leur vigilance.

Contrairement à sa visite précédente, cette fois, pas d'images du passé, ni de vestiges tirés de son esprit, aucun questionnement pour venir le harceler. Le Hors-Destin était tout entier focalisé sur son but.

Il s'était enfoncé dans un petit bois. Les arbres portaient tous le même tronc élancé couleur de neige, le même délicat feuillage de cristal bleu, rose ou violet. Pourtant, chacun de ces végétaux possédait une silhouette unique, et, si l'on s'approchait assez près, on pouvait entendre sa douce musique tintinnabulante.

Cellendhyll n'en pouvait plus. Il s'enfonça dans un épais buisson pour s'allonger. Puis, il fit le vide en lui-même, fusionna avec son Nexus de manière à ralentir son rythme cardiaque. Une fois ses deux cœurs au ralenti, il se prépara à s'abandonner à la transe de repos dérivée du Zen, dans cet endroit précis, étroit, à la lisière entre conscience et inconscience. Néanmoins, elle se dérobait, chassée par une vision qui s'imposait à lui en boucle : Rathe gesticulant dans le tourbillon de non-matière qui l'avait avalé. Impossible en la circonstance de trouver assez de concentration pour glisser dans la transe. L'Ange finit par rouvrir les yeux. Il avait encore mal partout, les muscles meurtris de tous ses efforts. Inutile de perdre du temps ici. Il se remit sur pied, et reprit sa route, reléguant la fatigue au second plan.

Accroupi sous les branches d'un arbre-cristal, l'Adhan serrait les dents pour supporter la migraine qui déchirait son crâne. Il avait progressé sans difficulté jusqu'à ce bois, profitant des reliefs du terrain pour masquer sa progression. Jusqu'à se retrouver bloqué. Deux escadrilles de Têtes de chacal patrouillaient au-dessus des collines, se croisant et se recroisant, juste devant lui. Comment allait-il faire pour passer ?

Toujours couvert de cet océan d'étoiles, le ciel avait foncé, virant au violet. Le vent s'était levé, agitant les ramures des arbres en un concerto de cristal entrechoqué, mais toujours harmonieux. Venu du sud, un imposant front de nuages nacrés avait pris possession des deux tiers du ciel, masquant sa nébuleuse chatoyante.

La masse de cumulus grossit à vue d'œil et pas seulement parce qu'elle se rapprochait, elle gagnait également en ampleur et Cellendhyll put mieux détailler sa densité moutonneuse gris perle, éclairée par instants de l'intérieur par des traits hachurés bleu pétrole, roses et orangés.

Cellendhyll remarqua alors que les deux escadrons volants s'étaient figés dans le ciel, désignant à grand renfort de gestes le front nuageux en approche.

Peu après, les deux escadrilles de chacals inversèrent leurs trajectoires de vol respectives pour repartir le long de la piste qui montait au nord. Les Têtes de Chacal n'avaient pas hésité longtemps avant de battre en retraite devant le phénomène.

L'Adhan revint à la masse de nuages, les flancs de ces derniers parcourus de petits éclairs irisés. Ce n'était pas le grand Néant, mais autre chose. Lors de son exploration précédente, Cellendhyll avait croisé un grand volcan de mana, ce qui lui fit comprendre que ce front de cumulus, d'apparence similaire, pourrait bien être un nuage non pas de pluie, mais... de mana. Pour autant, il ignorait pourquoi les Têtes de chacal avaient décampé aussi vite.

Le front nuageux avançait vers lui, jusqu'à finir par le surplomber. Le vent se calma et la pluie se mit à tomber, délicate, timide.

Une pluie de mana pure.

Certaines gouttes émettaient un tintement cristallin, plus ou moins bref, aussi aérien que le son d'une harpe, tonalité différente de celle des arbres-cristal, tandis que d'autres gouttes, en effleurant le sol, éclataient en corolles irisées. Un spectacle unique, fascinant.

Les gouttes s'intensifièrent, plus hardies, plus nombreuses. L'air s'était nettement rafraîchi, mais cette baisse de température n'incommodait pas le Hors-Destin. Au contraire. La pluie fine devint une averse. Une averse aussi belle pour les yeux que pour les tympans et qui s'insinuait peu à peu en lui, sans qu'il le veuille.

Ce n'était pas une véritable musique, pas vraiment, il n'y avait pas de partition, de ligne créatrice, pas de chef d'orchestre. Pourtant, Cellendhyll se sentit appelé, appelé par chacune des milliers de gouttes de mana pur qui tombaient du ciel.

Mû par une pulsion impérieuse qu'il était incapable de s'expliquer, Cellendhyll déboutonna son gilet, l'ôta, avant de se débarrasser du reste de ses vêtements, qu'il plia et rangea au sec, sous un arbre. Il s'avança sous la pluie magique pour s'offrir à elle ; sans même songer à prendre sa dague sombre avec lui.

Son corps dénudé, tout entier irrigué par les gouttelettes de mana pur.

Il ressentit tout d'abord une série de picotements sous son épiderme et le phénomène se répandit jusqu'à le submerger. Les picotements devinrent des trépidations de plus en plus intenses. Il s'effondra, ses muscles, ses nerfs incapables de le soutenir. Chaque goutte qui touchait sa peau provoquait un scintillement moiré. Il n'avait jamais éprouvé une telle sensation. Son corps semblait quoi… travailler de l'intérieur ? C'était un fourmillement intense de toutes ses terminaisons nerveuses, de tous ses muscles. Il ne comprenait rien de ce qui lui arrivait, mais il ne ressentait aucune douleur. Il resta donc ainsi, nu, allongé dans l'herbe pourpre, livré à cette étrange précipitation.

La pluie finit par se raréfier puis à se tarir tandis que le nuage de mana pur poursuivait son voyage vers le nord.

Le corps de l'Adhan s'était apaisé. Il put se redresser, s'étira de tout son long. Un grand sourire naquit sur ses lèvres.

Cellendhyll l'ignorait, cependant, le contact du mana pur aurait carbonisé tout autre que lui, n'importe quel humain, même un pratiquant éprouvé des Arts Étranges. Or, pour le Hors-Destin, cette douche avait eu l'effet inverse, une onde bienfaisante, réparatrice. Le processus l'avait comme lavé de l'intérieur. Régénéré. Sa migraine s'était totalement évaporée. Plus la moindre trace de fatigue. Au contraire, l'Ange semblait ruisseler d'énergie. Il se sentait fort, vif, alerte. Quasi euphorique. Et s'il ne comprenait pas vraiment comment une douche de mana pur pouvait lui faire autant d'effet, il n'allait pas bouder son plaisir devant une si agréable surprise.

Pour ajouter au mystère, l'Adhan constata que sa peau avait tout absorbé de l'averse, elle n'était même pas mouillée.

Il retrouva ses vêtements et se rhabilla sans tarder.

Revigoré comme il l'était, il reprit son périple, sa détermination décuplée. Le ciel était encore vierge du moindre chacal ailé. Il était temps d'accélérer l'allure.

Cellendhyll partit à longues foulées, toujours dans la même direction, prenant soin que sa silhouette ne se détache jamais sur l'horizon.

L'allure ample et régulière, l'œil vif, le souffle maîtrisé, il avança vite et bien, aucune patrouille pour l'entraver.

Chapitre 19

Le Hors-Destin parcourait un paysage de collines apparemment désertées. Aucun oiseau, aucun animal ou insecte pour croiser sa route. Pourquoi cette absence de faune ? Encore une question sans réponse.

Il y avait bien quelques patrouilles à cheval qui galopaient de temps à autre sur les quelques routes pavées qu'il croisait, mais il les évita sans peine.

Cantonner ses troupes uniquement sur les axes fréquentés n'était d'aucune efficacité ; là encore Cellendhyll se posa des questions sur l'intelligence tactique de ses adversaires.

Il dépassa les ruines d'un fortin en pierre détruit depuis longtemps, traversa un ruisseau, grimpa la pente d'un petit bois. Il était plein d'énergie, il avançait vite, de plus en plus vite.

Plus au nord, il avisa tour à tour deux modestes bourgades protégées d'une palissade en rondins ; trop éloignées pour qu'il en découvre plus.

Trois heures plus tard, après un bref repos à mi-chemin, l'Adhan avait quitté le secteur des collines. Mieux encore, il était en vue de la citadelle du Destin. Le nuage de mana, cet allié improbable qui poursuivait sa route vers le nord-ouest, avait momentanément vidé le ciel des escadrilles ennemies, mais cela n'allait pas durer.

Trônant sur une éminence, au centre de la vallée, la citadelle du Destin était conforme aux souvenirs de l'Ange. D'imposants remparts de cristal anthracite, une tour plantée à chaque coin. Des guerriers armés jusqu'aux dents sur chaque chemin de ronde et une escadrille patrouillant juste au-dessus de la forteresse. De l'intérieur, Cellendhyll ne distinguait rien, les murs plantés trop haut.

Des troupes allaient et venaient tout autour de la place forte, un régiment entier de Têtes de chacal armées de vouges, d'arbalètes, de haches doubles, certains montés sur des géants de pierre. Un bel étalage de force ! L'Adhan comprenait mieux pourquoi sa progression à travers les collines s'était déroulée sans trop de difficulté.

Mortonnerre, le seigneur du Destin craint-il qu'une armée vienne l'assaillir ou bien a-t-il vraiment peur de moi ? Il a bouclé le périmètre, en tous les cas. Et si la nuit ne tombe pas, impossible d'approcher sans être repéré, même en rampant mètre par mètre jusqu'à l'enceinte… Mais ces mesures défensives, je m'en moque, n'est-ce pas ? songea Cellendhyll, en arborant un sourire rusé.

Car il se souvenait parfaitement des paroles de Maurice, lorsque ce dernier l'avait entraîné devant la citadelle de cristal :

« *… Hors-Destin, dans l'hypothèse farfelue où vous envisageriez un jour d'infiltrer la citadelle de l'Œil, comme on la surnomme, il vous serait peut-être bon d'apprendre qu'un tunnel secret court sous l'édifice et que son entrée se trouve pile dans le petit bois, là, sur cette colline, dans l'alignement de mon doigt, vous voyez ? Bien sûr, le bois et ses abords sont surveillés, mais je suis certain qu'un homme aussi habile et déterminé qu'un Adhan de ma connaissance pourrait sans trop de peine éliminer les éventuelles sentinelles…* »

L'Ange était remonté trop au nord-ouest. Le bois que lui avait désigné Maurice se situait à dix kilomètres de sa position, planté au sud-ouest de la citadelle, sur le rebord d'une colline, juste à la limite extérieure du périmètre de sécurité de l'ennemi.

Le temps que Cellendhyll se rapproche de son objectif, une autre surprise l'attendait. La nuit tomba sur la vallée, d'un coup, en à peine quelques minutes. Sans pour autant masquer le manteau d'étoiles au firmament, un voile pourpre et indigo se mit à assombrir la totalité de l'horizon. Des deux globes dans le ciel, seul l'astre rouge apparaissait encore, diffusant sur le plan du Destin une lumière crépusculaire aux tons sépia.

Enfin ! La nuit et son manteau sombre, le terrain favori des Ombres du Chaos.

L'Ange termina son approche en direction du bois en rampant de taillis en taillis, évitant ainsi deux escouades de Têtes de chacal en cottes de mailles noires, surcots frappés du signe de l'Œil, montés sur des chevaux caparaçonnés pour la guerre, occupées à faire le tour de la forteresse.

Il avait atteint son objectif. Composé d'arbres hauts comme des chênes adultes, le bois devait faire une dizaine d'hectares, pas plus. C'était bien suffisant, toutefois, pour cacher la présence du Hors Destin.

Une fois sous le couvert de la végétation, il dénicha un sentier encadré de fougères bleu pâle, luminescentes, qu'il délaissa, car trop évident, préférant se glisser entre les arbres aux feuilles cristallines, celles-ci teintées de rouge rubis, d'ambre ou d'émeraude. Il foulait un sol tapissé d'une mousse d'un beau grenat, parfaite pour étouffer ses pas.

« *… messire Cellendhyll… dans ce bois, vous trouveriez à peu près en son centre une cabane de forestier effondrée…* »

Un quart d'heure plus tard, il avait trouvé la cabane. Elle était bâtie dans un creux formé par trois arbres-cristal, en plein milieu d'une clairière dans laquelle s'ouvraient les passages de trois sentiers.

La cabane.

Ainsi qu'un peloton de guerriers du Destin, installé juste devant.

Encore et toujours des Têtes de Chacal. Cottes de mailles, jupes de cuir, bottes et surcots figurant l'Œil du Destin. Cimeterres, lances courtes, casques coniques – conçus spécifiquement pour laisser leurs grandes oreilles à l'air libre. Des fantassins. Ou l'équivalent. Cellendhyll en compta dix, dressés dans la clairière où était bâtie la cabane.

Les Têtes de Chacal ne semblaient pas pressées de repartir. Au contraire, l'un d'eux venait de brandir une outre de peau pleine de liquide, qu'il ne tarda pas à déboucher avant de la porter à sa gueule. Un autre guerrier, bardé de muscles, le chacal le plus costaud que l'Ange ait jamais rencontré, éructa un aboiement agressif qui suspendit le geste de son congénère. Ce dernier, tête basse, se rapprocha du colosse et lui tendit son outre. Le costaud, qui s'était ainsi affirmé comme le meneur de l'escouade, saisit l'offrande et but à grandes goulées. Il essuya ses lèvres épaisses, émit un claquement de langue satisfait et lança l'outre à son possesseur. Puis, il lâcha une autre série d'aboiements autoritaires, avant d'ôter son casque à pointe et de s'installer contre un arbre, son cimeterre à portée de main.

La moitié des guerriers l'imita, se délestant à leur tour de leurs casques et de leurs baudriers, tandis que le restant des Têtes de chacal alla prendre son poste – qui montant la garde, qui allant chercher du bois pour allumer un feu.

Cellendhyll, lui, n'avait aucune intention de perdre du temps à attendre qu'ils repartent.

Par moments, une saute de vent agitait les ramures des arbres, provoquant un tintement délicat. L'astre rouge planté à la droite du ciel diffusait sa lumière crépusculaire sous forme de faisceaux épars qui plongeaient de biais à travers l'épaisseur des branches. La clairière elle-même, éclairée par flaques irrégulières, restait en partie masquée par la pénombre.

Le guerrier chacal situé le plus à l'ouest s'était écarté des autres, s'enfonçant sous les arbres le temps de soulager sa vessie. Il se rangea devant un buisson aux feuilles torsadées, dégrafa son ceinturon, baissa son pantalon et empoigna son membre torsadé pour arroser le végétal. La Belle de Mort, métamorphosée en lance, avec une lame longue et fine, jaillit d'un buisson, dans le dos du guerrier occupé à uriner, s'allongea, s'allongea encore jusqu'à sa cible, dans un silence parfait. Arrivée à portée, la Belle plongea vers l'avant, perçant la nuque du chacal jusqu'à la transpercer entièrement. Puis, délaissant le cadavre, l'arme sombre se rétracta sur toute sa longueur, toujours sans un bruit, avant de disparaître dans le buisson.

Un second guerrier, plus au sud. Celui-ci effectuait un va-et-vient à la lisière de la clairière, cimeterre sur l'épaule. La Belle devenue lance apparut d'une zone d'ombre, à mi-hauteur, sur la gauche du guerrier, sa hampe s'agrandissant à vue d'œil jusqu'à combler l'écart qui la séparait de sa proie. D'un coup sec, maniée par les mains puissantes du Hors-Destin, elle s'enfonça de biais dans la poitrine du chacal et s'allongea encore, jusqu'à lui percer le cœur – la protection des cottes de mailles ne signifie rien pour la Belle au tranchant inaltérable. Le temps que la créature s'effondre dans un soupir à peine audible, la lame sombre avait déjà disparu, reprenant sa forme première.

Un troisième chacal revenait vers le camp, lance en travers des épaules, ses bras chargés du bois mort destiné au feu qu'il allait allumer. Klekt avait l'estomac dans les talons et ne songeait qu'à une chose, se caler la panse ! Il figea son pas. N'avait-il pas entendu un bruit dans le fourré, sur sa gauche ? Il se tourna dans cette direction. En face de lui, une grande flaque d'ombre. Un bref instant, Klekt crut percevoir un mouvement rapide au sein de l'obscurité, mais sans en être vraiment sûr. Il réprima un frisson. Il avait froid soudain. Et cette douleur qui se répandait au niveau son bas-ventre, était de plus en plus intense. Jusqu'à devenir insupportable. Et cette faiblesse qui le prenait soudain. Klekt lâcha son chargement de bois et porta une main à son entrejambe. Il la ramena devant lui poisseuse d'un liquide verdelet. Le guerrier s'effondra à genoux, il ne comprenait pas. Il avait le bas-ventre sectionné et perdait autant son sang que ses forces. Comment était-ce possible ? Il bascula sur la mousse qui tapissait le bois, face en avant, expirant dans une totale incompréhension.

La Belle avait une fois encore frappé. Tellement précise, tellement vive que le chacal n'avait rien vu. Il n'avait fait que sentir sa morsure et c'était déjà trop tard.

Deux autres Têtes de chacal, postés à droite de la clairière, juste devant un sentier qui partait en serpentant vers le sud-est. L'un en face de l'autre, ils échangeaient un bâtonnet de fumée dont l'extrémité rougeoyait dans l'obscurité ambiante, tout en lâchant des jacassements rauques. L'odeur âcre du mithass noir planait entre les arbres. Ses pas étouffés par la mousse, l'Ange surgit de derrière un buisson, dans l'alignement des deux guerriers, sa Belle entre ses mains, invoquée sous forme de lance, sa lame en forme d'aiguille. Le temps que les sentinelles se tournent dans sa direction, il frappait déjà. Idéale complice, la Belle devenue lance continuait de chanter pour son maître la mort silencieuse. Inexorable, elle sembla bondir vers l'avant, piquant le premier des gardes au niveau du plexus solaire, le traversa de part en part tout en déchirant sa cotte de mailles, s'allongeant jusqu'à transpercer le second, dans la poitrine lui aussi. La lame-aiguille avait pénétré ses deux cibles sans la moindre difficulté. Cellendhyll prit appui sur ses jambes, ordonna à sa longue lance de s'élargir dans les blessures, jusqu'à prendre une forme de feuille, et la retira d'un grand coup sec, s'aidant d'un mouvement ample des épaules. Percés de part en part dans une gerbe de sang verdâtre, leurs chairs déchirées, torses et dos fendus, les deux chacals s'écroulèrent, morts avant d'avoir touché le sol.

Cellendhyll tira leurs cadavres dans l'obscurité et reprit sa traque.

L'Adhan avait abattu les cinq sentinelles. Restaient les cinq guerriers au repos. Il avait agi sans perdre de temps, on était loin de la relève, aucun des survivants ne s'était rendu compte de la disparition des sentinelles, ce qui en disait long sur leur vigilance. L'outre d'alcool – car c'était évidemment de l'alcool qu'elle contenait – était passée de main en main, jusqu'à sonner creux.

Le meneur, qui n'avait pris que quelques rasades, finit par lâcher un nouveau jappement, qui semblait cette fois comme interrogateur. Les quatre autres répondirent négativement que ce soit par la parole ou le geste. Alors, le colosse éructa un nouvel ordre, obligeant l'un des guerriers – le détenteur de l'outre – à se lever, à remettre son casque, à reprendre son cimeterre, pour ensuite traverser la clairière dans la direction prise par son congénère initialement chargé de la corvée de bois.

Dépité, le chacal s'éloigna en maugréant. Il avait commencé à s'enfoncer entre les arbres et comme il ne trouvait aucun signe de son camarade, il se mit à le héler. N'obtenant aucune réponse, pas même de la part des sentinelles, le guerrier commença à se douter que quelque chose allait de travers. D'instinct, il se tassa sur lui-même, ses sens en éveil.

C'est pour cette raison que la lance sombre le cueillit en pleine tempe plutôt qu'au milieu du cou, comme prévu par Cellendhyll. L'effet, toutefois, se révéla tout aussi foudroyant. Le cerveau embroché par la pointe d'acier, le Tête de chacal s'écroula dans un buisson. D'un geste fluide, Cellendhyll essora sa Belle redevenue dague et s'effaça dans les ombres.

M'en reste quatre.

Un peu moins de dix minutes plus tard, le chef des chacals commença à s'inquiéter. Quelque chose clochait. Il se remit debout, la truffe redressée, ses larges oreilles pointées en arrière. Il lâcha un jappement sonore dans la nuit pour rallier les sentinelles. Pour seule réponse, le silence. Tandis qu'il enfilait son baudrier, le chef ordonna aux autres de s'équiper, puis envoya deux guerriers vérifier le sentier du sud-est. Après quoi, il prit le dernier chacal avec lui et traversa la clairière à l'opposé, vers la piste de l'ouest.

Les deux premiers guerriers avançaient légèrement décalés l'un par rapport à l'autre. Le premier armé d'un cimeterre, le second d'une lance.

Ils atteignirent l'orée du sentier. Sur la droite, ils découvrirent les deux cadavres, allongés dans l'obscurité.

Cellendhyll jaillit de la lisière des arbres, à l'opposé des cadavres, en pleine course. Sa Belle était désormais un sabre, qu'il empoignait dans sa dextre. Il sprintait droit sur les deux chacals sans faire le moindre bruit.

Un seul élan, un seul geste. La Belle de Mort démarra en coup de taille main droite, cisailla la gorge du premier guerrier, poursuivit sa trajectoire latérale jusqu'à passer dans la main gauche de Cellendhyll, puis, prolongée en un violent revers, elle fendit le cou du second. L'Ange était passé pile entre les deux Têtes de chacal en train de s'écrouler, il ne s'arrêta pas, obliqua sa course et remonta la clairière jusqu'à disparaître dans l'ombre formée par la cabane et le trio d'arbres.

Plus que deux.

Tandis que le Hors-Destin éliminait les deux guerriers, le chef et son acolyte finissaient de traverser la clairière semée d'ombres, la piste de l'ouest en point de mire. Aucun signe des sentinelles.

Un observateur extérieur aurait pu voir les deux Têtes de chacal, le premier, bâti comme un bœuf, qui avançait à grands pas, et qui paraissait bien plus ulcéré qu'inquiet, à croire que la disparition de ses hommes était pour lui une offense personnelle. En revanche, le second chacal, nettement moins massif, commençait à traîner le pas, la tête rentrée dans les épaules, jetant des regards de droite à gauche, pour sa part, pas du tout rassuré.

L'écart se creusa entre les deux guerriers. Le chef éructait, grognait, grondait, il fouettait l'air de son cimeterre dentelé.

L'observateur aurait alors vu le second guerrier comme happé par une sorte de câble ou de filament sombre qui s'enroula sans un bruit autour de son cou, bloquant sa trachée, avant de le tirer dans une grande flaque d'ombre, cette dernière formée par le trio d'arbres, au centre de la clairière.

Le chacal s'était comme évanoui, aspiré puis avalé par l'obscurité.

Et de neuf. Du velours, aurait dit Gheritarish.

Il ne restait plus que le meneur, que Cellendhyll s'était réservé pour la fin.

Maugréant entre ses crocs, le chef de patrouille ne s'était rendu compte de rien. Il arriva à l'orée du sentier. En cherchant un peu, il découvrit le corps de la sentinelle abattue, prostrée contre un arbre. Le colosse se retourna pour héler son camarade et se rendit compte que ce dernier avait disparu.

À la place, Cellendhyll, dressé au centre de la clairière, inondé de cette lumière sépia.

L'Ange écarta les bras, mains grandes ouvertes, avant d'incliner légèrement la tête en direction de son adversaire. Une posture d'invite et de défi. Sa Belle de Mort était redevenue une dague, sagement rengainée dans son fourreau de botte.

Le chacal fit claquer sa langue entre ses dents pour signifier son mépris, avant de balancer son casque de côté. Il ne ferait que le gêner, dans ce qui se profilait.

Les deux guerriers se toisèrent, une seconde pleine, avant de se ruer l'un vers l'autre, le même rictus agressif aux lèvres.

Le chacal chargea, brandissant son impressionnant cimeterre dentelé à deux mains. Une fois à portée, il fit passer son arme sur le côté et, d'une main rageuse, frappa de taille, à hauteur de tête.

Cellendhyll agrippa aussitôt le poignet armé du guerrier. D'une torsion, il lui appliqua une clé de bras, tandis que de sa dextre – doigts repliés – il lui assénait une frappe-cobra dans le larynx. Coup d'arrêt. Sous l'étreinte implacable de l'Adhan, le chacal laissa tomber son cimeterre. Cellendhyll enchaîna. Le jade de ses iris brûlait de ce feu magnétique et redoutable qui n'appartenait qu'à lui. Il passa sous le bras du colosse, se plaqua contre sa masse et se laissa aller vers le bas, en faisant basculer son adversaire sur le sol avec lui. Tous deux roulèrent en avant sur la mousse, l'Ange porta la main à sa botte et sembla s'enrouler autour du chacal. Enfin, il se redressa d'une nouvelle roulade. Pas le guerrier.

Difficile de se remettre sur pied lorsqu'on avait une dague sombre plantée dans l'oreille jusqu'à la garde.

La voie était dégagée. Préférant faire usage de prudence, Cellendhyll prit le temps de tirer les cadavres à l'écart de la clairière, au milieu des fougères, hors de vue. Ne restait plus que la dernière étape intermédiaire, avant de pénétrer dans la citadelle du Destin.

« ... Dans cette cabane, une cheminée. Au niveau du sol, à droite du manteau de ladite cheminée, un anneau caché dans la poussière... tournez cet anneau et le passage secret vous sera dévoilé. Ensuite, un long tunnel vous mènera dans les sous-sols du château. »

Disparaissant à moitié sous les plantes et les herbes folles, la cabane n'en avait plus que le nom. Les murs s'étaient totalement effondrés, de même le toit. Ne restait qu'un plancher de bois piqueté aux lattes soigneusement assujetties, qui seules avaient pu résister au passage du temps. La cheminée n'était plus qu'un vestige, elle aussi, à peine quelques pierres dressées vers le velouté du ciel.

Cellendhyll s'en rapprocha et s'accroupit pour fouiller le sol encombré de végétation.

L'anneau était bien là, comme l'avait affirmé Maurice, enfoui sous une gerbe de fougères que l'Adhan ne tarda pas à repousser.

Il dégagea la pièce de métal, qu'il tourna dans la foulée. Sur la droite du manteau de la cheminée, basculant vers le haut, une trappe s'ouvrit dans le plancher avec un léger grincement. Une échelle descendait sur une dizaine de mètres. Cellendhyll, en se penchant, pouvait voir un carré de terre battue cerné d'obscurité.

Il descendit les barreaux. La seule lumière provenait de l'extérieur de la trappe, trop chiche, et Cellendhyll n'y voyait pas assez. Suffisamment, toutefois, pour repérer un sac en toile huilée accroché à l'un des montants de l'échelle. Il s'en saisit et l'ouvrit pour découvrir une petite dizaine de bâtonnets de gemmelitte jaune soigneusement emballée.

Brave Maurice, vous avez pensé à tout !

Car Cellendhyll n'en doutait pas, l'Homme-Mystère avait laissé le sac pour lui.

Il sortit un bâtonnet, qu'il déballa avant de le secouer vigoureusement. Le bâtonnet s'éclaira, diffusant une lumière blanche et claire ; à son intensité, Cellendhyll sut qu'il était pleinement chargé. Maintenant qu'il y voyait mieux, il remarqua, fixé dans la paroi de terre battue, juste à côté de l'échelle, un anneau similaire à celui du dessus. Sans doute le moyen de refermer la trappe d'en bas.

Son bâtonnet de lumière en main, il se retourna pour étudier le reste. Il était dans une pièce de dix mètres de long pour cinq de large. Une cave, probablement. Il ne s'y trouvait que quelques casiers à bouteilles vides, un tas de bois de chauffage poussiéreux, ainsi qu'une caisse de provisions, depuis longtemps périmées. Aucun intérêt.

En revanche, le fond de cette modeste cave se révélait percé d'un boyau circulaire à taille humaine.

L'Adhan était sur la bonne voie. Il revint jusqu'à l'échelle, actionna l'anneau pour refermer la trappe. *La disparition de la patrouille que j'ai éliminée va finir par être remarquée. Inutile de laisser des traces évidentes de mon passage.*

Il revint au tunnel foré au fond de la salle et se courba pour y pénétrer.

J'arrive, Zaphranaël...

Chapitre 20

Cellendhyll avançait dans le souterrain, ses sens en éveil, prêt à tout.

Il s'était engagé dans un boyau qui partait en ligne droite, creusé dans la terre et la roche. Un boyau creusé par magie. L'Adhan ne voyait pas d'autre moyen d'obtenir un tel tracé circulaire. Par endroits, en s'éclairant de son bâtonnet de lumière, il repéra des traînées dorées sur les parois, des résidus qui, selon lui, ne pouvaient être que d'origine surnaturelle. Et lorsqu'il réfléchissait à la magie, Cellendhyll avait tendance à simplifier... or, la seule personne de sa connaissance à utiliser une magie dorée, c'était Maurice. De là à conclure que c'était lui qui avait foré ce passage secret grâce à ses pouvoirs, mystérieux, mais indéniables... Où était passé l'étrange bonhomme, d'ailleurs ¿ Cellendhyll l'avait laissé dans une situation tragique. Et pourtant, sans savoir pourquoi, il était persuadé que Maurice avait réussi à s'en sortir, d'une manière ou d'une autre, tant il semblait increvable. L'Ange était tout aussi persuadé qu'il le retrouverait sous peu, dans la citadelle du Destin.

Le tunnel descendait en pente douce sur au moins cinq cents mètres, marquait un plat sur environ la même distance, puis remontait sur un kilomètre. Cellendhyll, atteignit finalement un cul-de-sac.

Toutefois, une corde pendait du haut. L'Adhan leva la tête et repéra l'ouverture d'un autre tunnel, vertical, qui montait dans l'obscurité.

L'Ange testa la corde. Elle semblait correctement arrimée, en parfait état, tout à fait apte à supporter son poids. Il n'avait pas trop le choix. Il glissa le bâtonnet entre ses dents, empoigna la corde et se mit à grimper.

Six mètres plus haut, il atteignait un palier creusé dans la roche, marqué des mêmes traînées dorées. Il l'aborda et découvrit un nouveau passage horizontal, en face de lui.

Reprenant sa lumière en main, il s'y engagea pour déboucher dans une salle carrée, en pierre, complètement vide hormis un trou d'aisance, dans un coin. La salle était fermée par une porte renforcée d'acier.

Un couloir attendait le Hors-Destin, chichement éclairé de plaques lumineuses fixées en haut des murs et qui diffusaient une lueur voilée – cette gemmelitte-là n'avait pas dû être rechargée depuis longtemps.

Cellendhyll se rendit soudain compte qu'un minuscule lumignon doré voletait face à lui, à hauteur de son visage. Il ne l'avait pas vu apparaître.

Le lumignon s'agita durant quelques secondes pour attirer son attention et s'éloigna dans le passage.

Se fiant à la couleur dorée, Cellendhyll se mit à suivre la petite lumière. Il remonta le couloir, creusé d'autres portes ; des cellules, toutes désertes.

La poussière et le silence régnaient en maîtres et l'endroit suait l'abandon. S'il ne se trompait pas, il avait atteint les sous-sols de la citadelle du Destin.

Le lumignon arriva à un croisement. À gauche, les fondations d'un escalier qui remontait, totalement obstrué par un éboulement. En face, un autre couloir.

L'escalier semblait impossible à déblayer. *Toute cette partie des geôles pourrait avoir été abandonnée parce que impraticable,* estima l'Adhan.

Le feu follet, toutefois, poursuivit son vol dans le passage d'en face, qu'il remonta sur toute sa longueur, longeant d'autres cellules vides. Il s'arrêta au fond, devant un mur. Il marqua une pause, le temps que Cellendhyll le rejoigne, puis il traversa carrément le mur.

Après un instant d'hésitation, l'Adhan posa la main sur la pierre. Sa dextre s'y enfonça comme si le granit n'existait pas, provoquant un léger miroitement doré. Il prit une inspiration et franchit le mur à son tour.

Il eut aussitôt la sensation qu'on lui retournait l'estomac. Sans autre transition, il apparut dans un nouveau couloir. Le feu follet doré était là, à l'attendre sagement.

L'Adhan avait franchi une sorte de portail à faible flux, qui, sans doute, l'avait transporté dans un autre secteur de la citadelle du Destin, ce qui expliquait cette soudaine nausée qui l'avait saisi.

Je déteste la magie ! grinça intérieurement le Hors-Destin.

Puis, comme le lumignon repartit en avant, il fila dans son sillage.

Un escalier en colimaçon. À la suite de son guide, Cellendhyll descendit les marches. Un autre couloir, percé d'une salle dévolue aux latrines puis, enfin, qui débouchait sur une salle de garde grande ouverte.

L'Ange se rapprocha, longeant le mur pour être moins repérable. Il s'arrêta juste avant le seuil de la salle et se mit à écouter.

Un bruit de dés qui roulaient sur une table. Un échange de jappements enjoués. Un bruit de casserole. L'atmosphère semblait paisible à l'intérieur.

Cellendhyll s'accroupit, le temps de baisser la tête au ras du sol pour jeter un bref coup d'œil. Une salle rectangulaire, éclairée de lampes à huile : sur la droite, une grande table, deux bancs latéraux ; plus loin, un coin pour préparer à manger ; à gauche de la salle, un alignement de six paillasses ; au fond, une grosse porte en acier, renforcée de runes et barrée d'un imposant verrou. Niveau effectif, l'Adhan avait droit à six gardes, des Têtes de chacal en tenues de cuir violet, armés de cimeterres, de hachettes ou de dagues ;

quatre joueurs de dés installés à la table, un cinquième en train de cuisiner, le sixième allongé sur une paillasse, tournant le dos à l'entrée.

En pleine détente, aucun des gardes ne regardait dans sa direction.

Le lumignon doré traversa la salle, sans qu'aucun des guerriers ne remarque sa présence, comme invisible à leurs yeux, et s'immobilisa devant la porte du fond.

Cellendhyll se redressa. Sa dague resta sagement rangée dans son fourreau.

Repose-toi un peu, ma Belle, tu l'as bien mérité.

Il fit un mouvement pour étirer ses épaules, en prévision de ce qui allait suivre. Puis il entra sans un bruit, fit deux pas et s'orienta de manière à avoir les six Têtes de chacal dans son champ de vision.

Après tout ce qu'il venait d'affronter, depuis son arrivée sur le plan du Destin, se confronter à six gardes lui semblait aussi fade que ridicule.

— Je vous laisse une chance et croyez-moi, c'est rare, déclara-t-il aux guerriers. Quittez la citadelle sans faire d'histoire et vous vivrez. Restez et vous mourrez.

Les Têtes de chacal réagirent, fidèles à leur nature belliqueuse. Dévoilant leurs crocs, ils crachèrent des insultes et se lancèrent au combat en dégainant leurs armes.

Vous l'aurez voulu.

L'Ange avança sur le premier garde à sa portée, celui-ci installé au départ à la droite de la table. Debout, le chacal brandissait déjà sa dague.

Un pas en avant pour initier l'assaut. Fluidité. Précision.

De la senestre, Cellendhyll agrippa le guerrier par son poignet armé, de la dextre, il frappa le chacal dans le creux du coude, l'obligeant ainsi à replier son bras, qu'il guida de la main gauche, jusqu'à lui empaler la gorge.

Un.

Le second garde, juste à la gauche du premier, se redressait face à lui, une hachette dans chaque main.

Cellendhyll donna un grand coup de botte dans la table, repoussant les guerriers trois et quatre contre le mur – il les avait tous numérotés en esprit, comme à chaque combat, du plus proche au plus éloigné.

Le guerrier numéro deux, celui aux hachettes, se fendit vers lui pour une attaque en ciseau ; une diagonale basse de sa hachette main droite aussitôt suivie d'une diagonale main gauche. Un assaut en deux temps parfaitement exécuté… dans le vide.

L'Ange s'était déjà décalé d'un pas de travers, passant sur le flanc droit du guerrier. De sa senestre, il agrippa le guerrier par sa grande oreille de chacal et lui étira la tête sur le côté. Sa dextre fusa aussitôt en une prise cobra, crochetant le guerrier au niveau de la glotte. L'Adhan enfonça ses ongles dans la fourrure et la chair de son adversaire, serra, serra encore… puis, d'une torsion arrière des épaules, il arracha la gorge du guerrier.

Deux.

Le chacal suivant, le numéro cinq, celui qui se reposait sur une paillasse, se ruait sur lui, cimeterre en mains, ses muscles contractés pour une frappe en taille latérale destinée à le couper en deux. Encore plus vif, Cellendhyll lui jeta le morceau de chair sanguinolente de son congénère au visage, puis il rentra dans la garde de son adversaire et lui brisa le genou d'un fouetté de botte. Il récupéra le cimeterre en plein mouvement, l'arracha à la main du chacal et pivota sur lui-même pour relancer sa trajectoire. L'arme tournoya à travers la salle, chlaff, chlaff, chlaff, et termina son vol circulaire planté dans le poitrail du sixième guerrier ; le cuisinier.

Trois.

Le guerrier à la jambe cassée tenta de se redresser. Cellendhyll l'empoigna de chaque côté de sa tête et lui imprima un mouvement circulaire, fracturant sa nuque.

Quatre.

Les chacals trois et quatre s'étaient dégagés de la table. Numéro trois décida d'en faire le tour, le quatre, de passer carrément par-dessus.

D'un nouveau coup de botte, L'Adhan percuta la table et fit voler numéro quatre cul par-dessus tête en travers du meuble. Numéro trois se rua sur lui par la gauche, son cimeterre brandi à deux mains au-dessus de sa tête. Cellendhyll l'arrêta net d'un coup de pied retourné, enchaîna aussitôt d'un second pour le renvoyer en arrière, puis, d'un troisième coup de pied en pivot, il l'envoya s'écraser contre le mur du fond. Il combla l'écart et plia le guerrier en deux d'un fouetté de botte dans le bas-ventre. Finalement, il l'agrippa sous le menton et lui remonta violemment la tête vers le haut, lui brisant irrémédiablement l'arrière du crâne contre la roche.

Cinq.

Numéro quatre s'était fracassé le museau dans sa chute. Allongé sur la table, le regard vitreux, il ne vit rien de la hachette que le Hors-Destin venait de ramasser pour la lui planter dans la nuque.

Et six. Terminé.

Cellendhyll jeta un regard dégoûté aux cadavres éparpillés de ses adversaires :

— Bande d'abrutis, maugréa-t-il entre ses dents. Je vous avais pourtant laissé le choix…

Le feu follet attendait sagement devant l'issue du fond. Cellendhyll le rejoignit. Alors, la petite lumière traversa la porte, purement et simplement.

L'Adhan abaissa le levier qui déverrouillait ladite porte et l'ouvrit. Une pièce de six mètres carrés, illuminée de gemmelitte fichée dans les murs. La salle était vide, à l'exception d'un seul élément : un hexagone de cristal, haut de trois mètres pour deux de large, dressé en plein centre. Le feu follet lévitait juste devant sa masse.

Le cristal était d'un mauve transparent et il n'y avait nul signe de Maurice à l'intérieur. Le feu follet, cependant, ne bougeait plus. Figé. En attente.

Cellendhyll se rapprocha du cristal. De plus près, il se rendit compte qu'au centre, une fine colonne de pierre montait jusqu'aux deux tiers de l'hexagone.

Il se rapprocha encore. Le sommet de la colonne était plat. Et, sur ce sommet, quelque chose, une minuscule forme s'agitait, de la taille d'une crevette.

Cellendhyll écarquilla les yeux, jamais il n'avait été aussi surpris.

Cette microscopique silhouette, c'était Maurice, revêtu d'un costume de velours jaune d'œuf, rouge coquelicot et bleu roi. Rapetissé à cette échelle ridicule. Et manifestement en mauvaise posture.

Maurice était ballotté dans tous les sens, il paraissait constamment balayé par un vent mauvais qui l'assaillait par bourrasques agressives. Il se débattait tant qu'il pouvait pour rester en équilibre sur le piédestal. S'il tombait, à son échelle, il se fracasserait tout en bas, une chute vertigineuse, affreuse et totalement mortelle. Or, chaque fois que l'Homme-Mystère semblait avoir récupéré son assise, une nouvelle bourrasque le repoussait au bord du vide.

Aucun son ne filtrait de l'épaisseur de la prison de cristal et l'Homme-Mystère ne montrait aucun signe qu'il avait découvert la présence de Cellendhyll. Le seigneur du Destin avait condamné Maurice à un enfer miniature. Comment avait-il procédé ? Peu importait. Ce qui comptait, c'était de le libérer.

Ayant rempli sa mission, le lumignon doré se dissipa sous les yeux du Hors-Destin. Cellendhyll se mit à étudier l'hexagone sans découvrir le moindre mécanisme d'ouverture.

Je déteste cette chienlit de magie !

Il ne voyait qu'un moyen de libérer son camarade. Il brandit sa dague, émit une pensée. La Belle obéit à son désir et reprit sa forme de marteau de guerre ; une arme puissante qu'il commençait à vraiment apprécier, une vraie surprise pour lui.

Il soupesa sa Belle transformée en arme lourde puis, d'un grand revers, il brisa l'hexagone cristallin qui vola en éclats.

Une explosion de lumière mauve illumina la pièce, aveuglant presque Cellendhyll. Son éclat se dissipa aussitôt. Maurice apparut, libre de tout sortilège, ayant recouvré sa taille normale.

Toujours cette tignasse blonde, impossible à discipliner, cette maigreur dégingandée, enjouée, ce long nez, ce regard doux de myope, d'un lumineux myosotis, et revêtu d'un nouvel assemblage de couleurs improbables.

Le souffle heurté, tout ébouriffé, l'Homme-Mystère redressa ses binocles, de guingois sur son nez, avant d'offrir à son sauveur un radieux sourire :

— Seigneur Hors-Destin ! C'est avec une allégresse sans commune mesure que je vous retrouve. Ces derniers temps, vous me tirez de situations pour le moins inconfortables, je dois l'avouer. Je vous renouvelle mes remerciements les plus chaleureux, seigneur ! Que les cloches de la Gratitude résonnent sans retenue aucune pour glorifier votre divine intervention, le mot n'est pas trop fort ! Une marque de plus à graver sur votre blason d'excellence, n'est-il pas vrai ?

Maurice marqua une pause, le temps de remettre un peu d'ordre dans sa tenue froissée, en pure perte. Après avoir grimacé en constatant un accroc à son revers, il lâcha un soupir navré et reprit de son ton le plus guilleret :

— Je gage que vous avez trouvé le passage secret que je vous avais fort opinément révélé, lors de nos retrouvailles précédentes.

— Sacré Maurice, vous n'avez pas changé d'un iota, sourit Cellendhyll. Jamais il ne l'avouerait, néanmoins, il était heureux de revoir cet étrange bonhomme.

— Changé ? Voyons, seigneur, sauf votre respect, à qui croyez-vous donc parler ? Changé ? Que nenni, celui que j'incarne, que, dans certaines contrées l'on surnomme avec autant d'emphase que de respect « Maurice l'Ineffable » n'a nul besoin de changer. Et pourquoi donc, me direz-vous avec votre habituel à-propos… Hum, la réponse ne souffrira d'aucun retard : par tous les calculs possibles, Maurice est parfait, voilà bien une vérité inaltérable ! Ainsi donc, il n'a pas à changer, en aucune façon !

Dans la seconde suivante, aussi vif qu'une girouette, l'Homme-Mystère retrouva tout son sérieux :

— À présent que vous m'avez libéré, le seigneur Destin ne va pas tarder à savoir que vous êtes dans sa forteresse. Il nous faut partir d'ici, et vite !

Cellendhyll secoua vigoureusement la tête :

— Non, pas question. Le moment est venu, Maurice. Je vais de ce pas affronter ce seigneur Destin… autrement dit l'Homme Gris, je ne me trompe pas ? Celui qui se nomme en réalité Zaphranaël.

Alors même qu'il terminait sa phrase, un bruit de déchirure emplit la pièce, tout autant que l'esprit de l'Adhan.

Maurice poussa un hoquètement, comme si soudain on le délestait d'un poids de cent kilos sur les épaules.

Un grand sourire éclaira ses traits :

— Enfin ! s'exclama-t-il. Par la Sainte Carotte, en prononçant le nom véritable du *maudit maître*, vous avez annulé le sort de contrainte qui m'asservissait depuis… trop longtemps ! Lorsqu'il a pris le pouvoir, Zaphranaël m'a jeté un sort de contrainte. J'étais incapable de parler directement de lui, d'évoquer clairement son identité, ses actes ou ses plans. Je suis désormais libéré du sortilège et je vous confirme, fort de toute mon intégrité recouvrée, messire Hors-Destin, que Zaphranaël est bien le maudit maître, hum, qui dirige ce plan, et qu'il est également celui vous surnommez l'Homme Gris. Un être d'une malfaisance extrême. Quand je pense qu'il se déclarait pacifique, dénué de toute ambition… il nous a tous bernés, ce n'est qu'un ladre de la pire espèce ! Mais comment avez-vous percé son identité, seigneur ?

— En additionnant les faits, répliqua Cellendhyll. À Tygarde, j'ai surpris l'Homme Gris, il employait des Têtes de chacal, race qui sert habituellement le seigneur Destin, comme j'ai pu le constater à ma venue précédente. Et puis, j'ai tout récemment recouvré mes souvenirs d'enfance, des souvenirs que Zaphranaël a voulu effacer de ma mémoire, ils ont complété mon raisonnement… Bien sûr, ce pourrait être deux hommes différents, l'Homme Gris et le seigneur Destin, l'un servant l'autre. Sauf qu'il faut être particulièrement habile pour pervertir l'esprit de Priam toutes ses années, un Puissant sur son propre territoire, ainsi que pour effacer une partie de ma mémoire, sans que personne ne découvre le sortilège. Selon moi, l'Homme Gris est trop manipulateur, trop talentueux pour se contenter de servir un autre maître que lui… alors, effectivement, il ne peut être que le Puissant du Destin lui-même. En outre, cela expliquerait pourquoi il dispose d'un portail direct sur Tygarde, parce qu'il a passé son temps à faire des allers-retours pour espionner Priam et le manipuler. Quant à son nom véritable, c'est Priam qui vient de me le révéler… Enfin, j'ai vu un homme au visage étrange, tout lisse, se transformer pour adopter les traits de Signar, le champion du Destin… et, là encore, je ne vois pas comment un tel guerrier pourrait servir deux maîtres. Alors, j'ai juste additionné le tout.

Maurice opina vigoureusement pour confirmer les déductions de son seigneur :

— Sachez que vous avez vu juste. En vérité, Zaphranaël n'est pas le véritable Puissant du Destin. Il n'a fait qu'usurper le trône après avoir trahi la confiance du vrai seigneur, et l'avoir lâchement assassiné. Une fois son crime perpétré, ce résidu de tomate moisie a pris le contrôle de la citadelle et je me suis retrouvé son esclave, tout comme les fidèles de l'ancien seigneur Destin. Puis, Zaphranaël a créé Signar, son âme damnée. Et comme il n'avait aucune légitimité sur ce Plan, il a rallié les créatures d'un autre monde, ces Têtes de chacal que vous avez combattues. Pire encore, il a également asservi les *Vohyrims*, les géants du Roc, pour les transformer en vulgaires bêtes de combat… Vous en avez peut-être rencontré ?

— Ces titans de pierre ? En effet. Mais revenons au chevalier-cristal… Le grand guerrier qui accompagnait Zaphranaël à Tygarde est donc Signar ?

— Tout à fait, seigneur.

— Pourquoi cette différence de visage ? Pourquoi Signar n'apparaît-il pas avec son physique normal à Tygarde ?

— C'est le contraire, messire Hors-Destin. Son visage véritable est celui qu'il arbore dès qu'il se retrouve en dehors de l'Ailleurs, autrement dit dans le « monde normal », comme diraient les humains. Le monde normal, quel concept ridiculement étriqué… quand on pense à la Trame des possibles, lorsqu'on prend en compte la juxtaposition synaptique des énergies…

— Maurice ? le coupa Cellendhyll.

— Oui, seigneur ?

— Vous recommencez à divaguer et vous savez que je déteste ça… Attention… Concentrez-vous sur Signar.

— Oui, bien sûr… euh… bon… oui… Signar… Signar, le chevalier-cristal qui n'est qu'une outre de suffisance, a voulu un jour affronter un Vohyrim et ainsi faire la preuve de son invincibilité au combat. L'affrontement ne s'est pas vraiment passé comme il l'avait prévu et il s'est littéralement fait arracher le visage. Zaphranaël a usé de sa magie pour redonner une apparence normale à ses traits, toutefois, le *maudit maître* n'a rien d'un guérisseur, ce qui explique l'aspect étrange du faciès de Signar… Hum, c'est après cette mésaventure de son favori que le seigneur Destin a mis au point ses cuves qui permettent au chevalier-cristal de revenir à la vie en cas de trépas.

— Alors, si Signar travestit ainsi son apparence lorsqu'il est sur le plan du Destin, ce serait parce qu'il ne supporte pas son visage véritable ?

Maurice haussa ses maigres épaules :

— J'ignore tout des calculs qui ont présidé à la matrice de sa création, néanmoins, ce que je puis affirmer, c'est que ce chancre de Signar représente l'orgueil incarné.

— Je m'en doutais un peu, opina Cellendhyll, qui commençait à bien cerner le guerrier-cristal. Passons à Zaphranaël. Je me suis rendu compte qu'il me surveillait depuis mon enfance et comme je vous l'ai dit, il a trituré mon esprit… savez-vous pourquoi il s'est acharné sur moi ?

— Ma foi, oui, seigneur Hors-Destin, je pourrais évoquer une certaine prophétie…

— Encore une prophétie ? N'en dites pas plus, Maurice, je ne veux rien entendre sur ce point !

— Vous avez raison, seigneur, nous avons déjà perdu bien trop de temps en ce lieu funeste, souffla l'Homme-Mystère. Venez, il nous faut fuir ce sinistre repaire, retrouvons le passage secret.

— Mortonnerre, Maurice, on ne fuit pas ! Au contraire ! Conduisez-moi à Zaphranaël… il est tout proche, n'est-ce pas ?

Toute allégresse balayée, l'étrange bonhomme était tout sauf enthousiaste :

— Messire, vous êtes fou ? Vous voulez vous fourrer dans l'antre de la Bête ?

— Ne m'avez-vous pas conduit devant la citadelle, la dernière fois… rien que pour me montrer le passage secret menant jusqu'ici ? J'ai trouvé le passage, je l'ai remonté, je suis là… il est temps d'aller jusqu'au bout.

Maurice se frottait les mains de nervosité :

— Hum, vous vous méprenez, seigneur… je vous ai parlé du passage pour que vous puissiez venir me libérer au cas où j'aurais été repris… pas pour vous envoyer affronter le seigneur Destin… Il y aura des gardes, il y aura Signar, il est sans doute averti de votre arrivée… Et je ne parle pas de Zaphranaël lui-même, un redoutable sorcier. Il a volé la magie des cristaux, qu'il a ignominieusement arrachée au peuple du Roc, les Vohyrims… pire encore, il maîtrise le mana noir, qui lui permet de contrôler la pierre de vie du Destin, qu'il n'a pas hésité à pervertir pour ses propres besoins.

Cellendhyll se rangea devant l'Homme-Mystère et le toisa, sourcils froncés, mains sur les hanches :

— Dites-moi, Maurice…

— Oui, seigneur…

— Ne suis-je pas le Hors-Destin ? Vous me rabâchez ce titre à tour de bras depuis que je vous connais. N'est-ce pas ce que vous me répétez depuis des années ?

— Si fait… mais… hum…

— Et mon rôle de Hors-Destin n'est-il pas d'affronter le seigneur du Destin ?

— Euh… oui… cela fait partie… incontestablement…

Ses bésicles au bord de chavirer, Maurice dansait d'un pied sur l'autre, aussi mal à l'aise que possible.

— Alors, c'est le moment, j'ai dit ! asséna l'Ange. En route, maintenant. Et silence !

Cellendhyll laissa un Maurice aux épaules voûtées, la tête basse, prendre les devants. Juste avant de le suivre, l'Adhan contempla sa dague sombre, qu'il fixa avec tendresse.

Il nous reste une dernière étape avant d'en finir… Toi et moi, ma Belle si fidèle… comme toujours.

Chapitre 21

Maurice ouvrant la marche, ils avaient rebroussé chemin jusqu'à l'intersection des couloirs. L'Homme-Mystère avançait, manifestement étreint par l'inquiétude.

Je le sens, Hors-Destin, vous n'êtes pas prêt… et bien trop têtu pour l'accepter. Il vous manque une dernière étape à franchir pour être complet. Il vous manque la transcendance ! Pourtant, ai-je bien raison ? Avec vous, les limites deviennent fumées au vent, feuilles dans la tempête, vous déjouez tous les calculs, même les miens ! Et si c'était bien le moment, comme vous l'affirmez ? L'heure de votre accomplissement ? Ou bien celle de votre perte ? Par la Sainte Carotte, quelle incertitude !

— Y'a-t-il des pièges que nous risquons de rencontrer sur notre passage ? demanda Cellendhyll.

— À dire vrai, je l'ignore, seigneur, autant vous attendre au pire. Depuis que j'ai quitté le service de Zaphranaël pour le vôtre, il m'a considéré comme traître et il s'est empressé de revoir l'ensemble de son système de sécurité.

Arrivé au croisement, Maurice cessa de marcher et se retourna vers l'Ange :

— Seigneur Cellendhyll, une fois encore, je vous en conjure, réfléchissez une seconde à ce que vous risquez face à…

— Suffit, Maurice. Aucun de vos palabres ne me fera changer d'avis. Je vais affronter Zaphranaël. Maintenant !

La tête basse, au lieu de repartir vers le passage secret, l'Homme-Mystère emprunta le grand couloir surmonté d'une arche en cristal sombre. Ledit couloir débouchait sur un escalier qu'ils remontèrent. Un nouveau couloir de pierre. Un autre escalier.

Cellendhyll avançait, sur ses gardes.

Aucun garde, aucune patrouille. Était-ce normal ?

Maurice prétendait que le seigneur Destin était prévenu de son arrivée, à présent. Quelles mesures allait-il prendre ? Envoyer Signar, sûrement. Mais quoi ou qui d'autre ?

À force d'avancer, les deux hommes avaient atteint un nouveau niveau de la citadelle. Cellendhyll put constater un net changement dans l'architecture. La pierre laissait résolument le pas au cristal. Les murs, le sol, les plafonds, tout cela composé du même cristal anthracite aux reflets violets que celui des remparts de la citadelle du Destin.

C'était le signe qu'ils pénétraient dans le domaine privé du maître des lieux et Cellendhyll décida de passer devant.

Tout en avançant, le Hors-Destin se mit à ressentir une sensation d'immanence diffuse, qui se renforçait au fil de ses pas, propre à rendre nerveux tout homme moins déterminé que lui.

Ils arpentaient un grand couloir décoré d'arches cristallines et de longues tentures de brocart dressées dans des niches latérales.

Ce fut l'instinct du danger qui l'alerta, cette tension brusque entre les épaules, ce petit frisson en bas de la nuque. Cellendhyll pivota juste à temps pour reconnaître Signar, sanglé de son épaisse armure en cristal violet, surgir de la niche située derrière Maurice, son large visage grimaçant de haine. Signar happa brutalement Maurice par le col pour s'en faire un bouclier, interdisant à l'Adhan toute action offensive.

Le champion du Destin lança un regard enragé à Cellendhyll et cracha :

— Maintenant, le sous-être, tu vas crever !

Signar plaqua sa main libre au niveau de la niche.

Le sol se déroba sous les pieds de Cellendhyll qui plongea les jambes en avant dans une sorte de tube de cristal. Juste avant de disparaître dans le toboggan, il eut le temps de voir le chevalier-cristal entraîner Maurice.

Le sol se referma sur lui et Cellendhyll fut entraîné dans un puits de noirceur.

Chapitre 22

Cellendhyll glissait dans le toboggan de cristal qui l'entraînait droit vers un traquenard, il n'en doutait pas une seconde. Au terme de sa plongée, il sentit le vide et toucha le sol, les jambes repliées accompagnant sa chute d'une roulade.

Il se redressa en position de combat, dague sombre dans sa senestre.

Il se retrouvait dans le noir.

Une odeur se mit à agresser ses narines, entêtante, musquée. Animale. L'Ange entendit des froissements, devant, derrière lui, sur les côtés.

Il était dans le noir, mais pas seul.

Le danger était présent, tout autour de lui.

Cellendhyll raffermit sa poigne sur sa Belle de Mort.

Une lueur naquit devant lui, sur la gauche. La lueur orangée de flammes qui gagna en intensité. La même lueur démarra sur sa droite. Une autre et encore une autre. Quatre braseros à huile soudain allumés aux quatre coins de la pièce où l'Ange était tombé.

Cellendhyll avait atterri au centre d'une vaste salle de pierre, remplie de dizaines et de dizaines de guerriers chacals à tête noire et pelage blanc, protégés de maille noire, armés de cimeterres ou de haches. Il y avait bien une centaine de créatures pour le cerner.

Une porte épaisse barrait le fond de la pièce, c'était la seule issue. Et pour la rejoindre, il fallait traverser les rangs de tous ces guerriers.

Cellendhyll le décrypta à leurs attitudes, pour les chacals, si nombreux face à lui, tout était déjà joué.

Si ses souvenirs étaient bons, il avait déjà vécu une situation similaire ; à Mhalemort, la citadelle des Ténèbres, lorsqu'il avait affronté les troupes du Père de la Douleur, armé de sa Belle de Mort. Des circonstances, et une époque, bien différentes. Que de chemin parcouru depuis en sa compagnie.

Les jappements moqueurs des Têtes de chacals commencèrent à résonner le long des murs.

Cellendhyll fit un mouvement circulaire de la tête pour étirer les muscles de son cou et de ses épaules.

— Vous n'êtes pas assez ! asséna-t-il à ses adversaires, sa voix pleine de défi.

Un contre beaucoup. Il excellait dans cet art.

Leurs gueules bavant d'excitation, les Têtes de chacal dégainèrent lentement leurs lames, puis, ramassés sur eux-mêmes, ils devinrent une masse mouvante en approche.

Tandis que les mots rudes quittaient la bouche du Hors-Destin, répondant à son désir, sa Belle s'allongea des deux côtés du manche pour devenir une sorte de lance, une lame courbe fichée à chaque extrémité.

Cellendhyll prit une grande inspiration. Il décida qu'il n'avait nul besoin de recourir au Zen, autant l'économiser pour la suite. Il avait sa Belle de Mort, ses muscles, sa détermination, c'était bien assez. Les deux mains sur la hampe de sa lance, il leva les bras au-dessus de sa tête et se mit à faire tourner sa lame sombre, vite, très vite.

La hampe mesurait dorénavant un mètre cinquante, chacune des lames un mètre. Ce qui faisait une arme de deux mètres cinquante d'envergure. Une arme en rotation constante, au tranchant impitoyable.

Un hachoir géant.

Vous n'êtes pas assez !

À son tour, l'Ange se mit à tournoyer, s'élançant au milieu de la meute hurlante.

Les deux premiers guerriers qui tentèrent une attaque se firent balayer net par la même trajectoire en oblique de la Belle de Mort. Elle les traversa de part en part, une lame runique après l'autre, et sectionna leurs torses en deux segments distincts, provoquant un double geyser de sang verdelet. La Belle avait mordu dans la maille, aussi aisément qu'elle avait sectionné les os et tranché la chair. D'un tour sur lui-même, Cellendhyll balaya les six guerriers suivants qui prétendaient le submerger, à peine avaient-ils pénétré dans sa sphère d'action, leurs congénères aspergées par une douche d'hémoglobine.

Un pas en avant, un pivot, les bras qui moulinent, les lames jumelles qui montent, qui descendent, enchaînements, diagonales. Il ne cherchait ni l'esquive ni le contre, il était tout entier plongé dans l'offensive, imprimant à sa Belle un cercle de tranche constante.

L'allonge supérieure de son arme, sa morsure inégalable, étaient telles qu'il s'avérait impossible de franchir le pivot de lames tourbillonnantes entourant Cellendhyll. Du moins, pas sans mourir.

Le Hors-Destin était lancé dans une chorégraphie dont il avait le secret, toujours en mouvement, aucun geste parasite, aucun doute en lui.

Entre ses mains puissantes, la Belle devenue hachoir sifflait le chant de la mort et de l'acier, celui d'un massacre. Elle n'était ni trop large, ni trop lourde, ni trop légère. Un tour sur lui-même, vers la droite. Deux chacals décapités, un troisième éventré du poitrail au pubis, le quatrième, les deux jambes coupées net au niveau du genou, et encore trois autres, qui se firent hacher par un nouveau tourbillon de lames qui les cueillit par le flanc. La Belle qui sifflait dans l'air, faucha encore trois guerriers au vol par l'avant, trois autres par l'arrière.

Un pas à droite, une nouvelle volte. Les lames tournoyaient à l'unisson de leur maître, leur appétit sans limites. Elles mordaient, déchiraient, émasculaient et aucune des créatures ne pouvait échapper à leur avidité. Un pas à gauche et six créatures s'effondraient encore, fendues par le travers. Cellendhyll dansait et l'hécatombe se poursuivait.

Les Têtes de chacal se gênaient les uns les autres, ils piaulaient, se bousculaient, partagés en deux camps, ceux qui voulaient démembrer l'humain et ceux qui voulaient survivre et qui tentaient de s'éloigner de ses lames à la magie meurtrière. Qu'ils fussent de l'un ou de l'autre bord, la Belle finissait toujours par les trouver et leur sang verdâtre giclait dans toutes les directions.

Hache, hache et tue !

L'air était lourd d'un relent métallique, celui du sang qui s'écoulait à gros bouillons, qui se répandait sans entraves. Lourd également de cette transpiration aigre qui sentait la peur.

Le mantra du Chaos s'égrenait dans son esprit. Cellendhyll de Cortavar était redevenu l'Ombre mortelle, insaisissable. Paré d'une fluidité bien supérieure aux normes humaines, il balançait sa lance à deux lames en diagonales constamment relancées, il tronçonnait des torses, sectionnait des bras ou des cuisses, éviscérait, étripait, désossait, décervelait. Il démembrait littéralement ses adversaires. Des morceaux de chacals, des têtes, des cuisses, des bras, des mains, volaient à travers la pièce à chacun de ses assauts. Il sautait au-dessus des dépouilles, évitait les flaques de sang, tournoyait, tournoyait sans cesse, dans un sens, dans l'autre et la Belle si fidèle entre ses mains hachait sans discontinuer. Ceux qui tentaient de l'approcher disparaissaient, démantibulés dans une fontaine de sang. Ceux qui tentaient de le fuir terminaient acculés par l'allonge de la Belle de Mort et subissaient une fin toute aussi inéluctable que sanguinolente.

Les survivants jappaient, crachaient, gémissaient.

Cellendhyll, lui, riait de joie véritable. Non pas parce qu'il massacrait des ennemis à tour de bras, pas du tout. Il riait, réjoui, heureux de ce lien parfait, de cette complicité sans cesse renforcée qu'il éprouvait et qu'il partageait avec sa Belle de Mort.

Et tandis que son rire s'épanchait, les cadavres s'amoncelaient sur le sol, s'entassaient par endroits.

Enfin, tout fut fini. Le souffle de ses cœurs battant avec force et assurance, l'Ange quitta la danse, presque à contrecœur, il n'y avait plus que des cadavres répandus autour de lui.

La Belle avait cessé son chant, ne restait que le gémissement des mourants pour seule musique.

Cellendhyll demanda à sa lame sombre de reprendre sa forme première, l'essuya sur un cadavre, soigneusement, amoureusement.

Délaissant le charnier qu'il avait causé sans un regard en arrière, il se dirigea vers la sortie. Le temps de quitter la salle, il se débarrassa de son gilet de cuir, tellement poisseux du sang ennemi que son odeur lui donnait la nausée.

Il déchira les manches de sa tunique, elles aussi trempées d'hémoglobine et les retourna pour s'essuyer tant bien que mal le visage. Les seules outres qu'il trouva dans la salle ne contenaient que de l'alcool. L'Adhan aurait tout donné pour un baril d'eau fraîche.

La porte du fond n'était pas verrouillée. Cellendhyll l'ouvrit pour découvrir un couloir de granit éclairé par la gemmelitte, dans lequel il s'engagea.

Chapitre 23

À l'issue du couloir, le Hors-Destin pénétra dans une salle aux murs de granit, très haute de plafond, vide, quatre-vingts mètres de long pour une quarantaine de large. Tout au fond, face à lui, un passage en arche menant à un autre couloir. Sur le mur de gauche, une seconde issue, bien plus haute et large que la première, fermée d'une grille aux barreaux aussi épais que les bras de Cellendhyll. Enfin, sur le mur de droite, il repéra un balcon de pierre, perché à vingt mètres du sol. Personne pour y monter la garde.

Il franchit le seuil, sa Belle en main. À peine s'était-il avancé de deux pas qu'une plaque de granit tombait du plafond, bloquait le passage qu'il venait d'emprunter, interdisant tout retour en arrière.

Voilà qui n'augurait rien de bon. L'Ange scruta tout autant le sol devant lui que les parois qui l'entouraient à la recherche d'orifices, de plaques, de pièges éventuels sans repérer quoi que ce soit de significatif.

Il avança encore de deux pas. Puis de trois.

Une grille s'abaissa brutalement pour barrer le passage du fond, tandis que la herse du passage de gauche se redressait. Des pas lourds se mirent à résonner, glas sinistre.

Similaires à celui du pont, deux titans de pierre noire s'engouffrèrent dans la salle, suivis d'un troisième mastodonte, puis d'un quatrième – créatures de quinze mètres de haut, au bas mot, et pesant plusieurs tonnes.

Les trois premiers se figèrent face à Cellendhyll. Luisant d'un feu céladon, leurs regards malsains le fixèrent tandis qu'ils ouvraient et fermaient leurs impressionnants poings de pierre. Ils se campèrent sur leurs jambes. Leur attitude était claire.

Un nouveau combat en perspective.

La salle n'offrait aucun endroit où se retrancher ; le balcon était bien trop haut pour qu'il l'atteigne. La place était vaste, certes, et semblait offrir à Cellendhyll assez d'espace pour esquiver les charges des colosses de pierre, a priori plus lents que lui. Mais combien de temps tiendrait-il ? Les Vohyrims, puisque tel était leur nom, n'avaient rien à voir avec les Têtes de chacal. Cellendhyll n'avait vaincu le titan du pont que de justesse, sans doute avec de la chance, et renforcé de cette énergie nouvelle qu'il ne savait comment invoquer. À un contre quatre, il finirait bien par se faire coincer. Sachant que face à de tels adversaires, un seul coup reçu serait fatal.

Les trois premiers titans restèrent figés le temps de se retourner vers le dernier Vohyrim.

Celui-ci restait en arrière, les mains plaquées contre son cou, qu'il semblait griffer de ses doigts épais. Ce titan-là était différent des autres, pour plusieurs raisons. Sa peau de pierre était non pas noire, mais couleur sable et ses zébrures se révélaient vert émeraude. Il portait deux cornes au lieu d'une seule. En outre, son attitude variait nettement de celle de ses congénères. Il semblait n'avoir rien à faire de l'Adhan et avançait d'un pas hésitant, contrairement aux autres. Il secouait sa grosse tête, comme s'il était incommodé par quelque chose. Quelque chose de douloureux, dont il voulait se débarrasser.

Cellendhyll se rendit compte qu'il y avait également une différence marquante dans le regard du mastodonte sable. Celui des noirs brillait d'un feu vert, le sien semblait hésiter, clignotant entre le même céladon malsain et le bleu azuré, tantôt l'un, tantôt l'autre.

Tout en éructant un rugissement de douleur, le Vohyrim leva les mains vers le plafond en signe de frustration, Cellendhyll put alors se rendre compte que la créature avait un collier de métal accroché autour du cou. Puis, le titan de sable se rapprocha du mur du fond et le frappa de la tête, d'un grand coup. Il porta à nouveau les mains à son cou, qu'il parut gratter convulsivement. Cellendhyll aperçut un éclat verdâtre luire dans le creux de sa nuque, le même éclat qui ornait le cou du géant de pierre qu'il avait affronté sur le pont. Un cristal !

Pourquoi essayer d'arracher son collier avec tant d'ardeur, de rage, même ? Le Hors-Destin en comprit d'autant mieux la raison qu'il avait déjà utilisé et subi ce genre de traitement. *Un collier d'asservissement !*

Ayant constaté que leur camarade se désintéressait de l'ennemi, les trois Vohyrims noirs revinrent à Cellendhyll. Chacun d'eux releva ses poings vers le ciel avant de les abattre sur le sol, dans un fracas à faire trembler tout l'édifice.

Puis, ils chargèrent.

L'Ange ignorait comment retrouver cette énergie nouvelle qui l'avait renforcé sur le pont. Le Zen ne servirait pas à grand-chose face à ces armures sur pattes. Quant au Hyoshi'Nin, autant que possible, Cellendhyll voulait absolument garder cet atout pour son affrontement avec le seigneur du Destin.

Il réfléchissait à toute allure. Une idée vint s'imposer à lui, mais comment la concrétiser ?

Car cette fois, c'était différent, il n'était pas question de tuer. Et c'était tout le problème. Pour mener son plan à bien, Cellendhyll devait arriver jusqu'au titan de sable, sans se faire intercepter par les trois autres.

Il n'avait pas d'autre tactique sous la main et plus le temps de trouver une alternative. Il s'élança vers les trois Vohyrims qui le chargeaient en ligne, en s'orientant de manière à aborder celui le plus à sa gauche – la masse de ce dernier gênerait les autres pour l'atteindre. En pleine course, il transforma la lame de sa dague en un filin d'acier épais comme son index, terminé d'une boule de la taille de son poing.

Le mastodonte leva son poing énorme, le droit, pour le clouer au sol. Comme sur le pont, la relative lenteur du titan avait permis à l'Ange d'anticiper la trajectoire de son attaque. Cellendhyll esquiva le poing d'un bond sur le côté, fit tournoyer sa boule d'acier et la lança au niveau de la cheville de la créature, après quoi, il courut entre ses jambes. Alourdi par la boule, le filin s'enroula deux fois et, grâce à elle, resta bloqué autour de la cheville du colosse de pierre. Son point d'ancrage posé, l'Adhan étira son câble sombre derrière lui, gardant juste assez de tension pour qu'il ne se décroche pas. Première étape.

Il augmenta son allure, sprinta entre les jambes du second géant, fit le tour d'une autre cheville, fusa vers la troisième créature pour répéter le même manège avec la Belle devenue filin. Ce dernier s'allongeait toujours, s'enroulant peu à peu autour des créatures de pierre. Les trois Vohyrims s'étaient rapprochés les uns des autres pour cibler l'Adhan qui s'agitait dans leurs jambes et tenter de l'encercler, mais ils se gênaient plus qu'autre chose et ne pouvaient agir qu'un à la fois, sous peine de se cogner. Pas si évident de viser puis d'atteindre une cible si petite et si rapide qui venait et repassait entre vos pieds alors que vous avez manqué de souplesse pour vous pencher en avant.

Du coin de l'œil, l'Ange vérifia l'état du quatrième titan, dont la situation n'avait pas évolué. Le colosse couleur sable essayait toujours d'ôter son collier d'asservissement, il ne s'occupait absolument pas de l'affrontement.

Chaque fois que l'un des Vohyrims frappait vers lui, Cellendhyll évitait son poing en filant sous l'un des deux autres béhémoths et en profitait pour donner un nouveau tour d'entrave.

Vint le moment où il estima en avoir assez fait. La longueur de son lien d'acier semblait inépuisable, mais autant ne pas tenter le Grand Cornu.

Seconde étape. Le moment était venu : l'Ange ordonna à sa Belle de resserrer la tension de son câble et ainsi de conclure l'enchevêtrement de métal sombre qu'il avait composé, tourniquet après tourniquet.

Une part de son esprit se demandait si le filin allait tenir. L'acier de la Belle de Mort était apparemment inaltérable, mais n'était-il pas en train de commettre une folie ? Si le lien rompait, la lame de sa Belle se briserait elle aussi, ce qui signifiait la perte de cette arme si précieuse à ses yeux.

J'ai confiance en toi, ma Belle. Nous ne sommes pas arrivés si loin, toi et moi, pour échouer si près du but. Tu vas tenir !

Sur son ordre, le filin sombre s'était resserré d'un coup. Leurs chevilles, leurs genoux et leurs jambes subitement garrottées, les titans perdirent l'équilibre. Incapables de briser le lien qui les entravait, ils tentèrent de se raccrocher les uns aux autres, ce qui ne fit qu'amplifier leur déséquilibre.

Tous trois s'effondrèrent dans un même ensemble, les uns sur les autres, leurs membres emmêlés. Entortillés comme ils l'étaient, ils ne comprenaient rien à leur situation ; si leur collier de servage les transformait en machines à tuer, en retour, il oblitérait leur capacité à réfléchir.

Laissant les géants de pierre se débattre au sol, Cellendhyll sprinta jusqu'au dernier titan. Il avait déjà étiré une centaine de mètres de câble et n'osait tester plus encore les limites de son arme. Il demanda donc à sa Belle de reprendre son apparence première. Pas de temps à perdre. Il allait devoir réussir ce qu'il avait en tête avant que les trois titans ne se remettent sur pied.

Le colosse couleur de sable n'était arrivé à rien, il trépignait de frustration. Il remarqua enfin l'Adhan, tandis que ce dernier arrivait à portée de lui.

— Vohyrim, je peux t'aider à te libérer ! s'écria Cellendhyll, les mains grandes ouvertes pour montrer ses intentions pacifiques, sa dague rengainée.

Le colosse baissa sur lui son regard azuré. Le comprenait-il ? Le titan tressaillit de douleur et son regard passa au vert. Il pencha la tête en direction de l'Ange et lâcha un grondement de mauvais augure.

— Je ne suis pas ton ennemi, réitéra Cellendhyll. Au contraire, je suis venu combattre le seigneur qui vous a emprisonné, tes frères et toi !

Le Vohyrim se baissa et balança ses deux poings, droit sur l'Adhan. Cellendhyll esquiva en roulant sur le côté, allant se cogner contre le mur du fond. Le géant de pierre releva ses bras pour une autre attaque. Son regard repassa au bleu et il suspendit son geste.

— Laisse-moi t'aider, je peux vraiment ôter ton collier ! s'entêta l'Ange.

Le Vohyrim secoua la tête à mouvements saccadés. Il combattait toujours l'influence du cristal, lutte rendue significative par le changement de couleur dans son regard.

Du coin de l'œil, Cellendhyll vérifia la position des trois autres, désormais libérés de son piège. Pour autant, gênés par leur masse et leur manque d'agilité, les trois béhémoths peinaient à se démêler les uns des autres. Jamais ils n'avaient connu pareille infortune. De plus en plus énervés, au lieu de se redresser, ils commencèrent à se donner des grandes bourrades.

De son côté, le regard à nouveau empli de cette rage verdâtre, le colosse asséna un revers du poing à Cellendhyll. L'Ange n'eut que le temps de plonger sous le bras de son adversaire, laissant le titan cogner la herse qui barrait le petit passage, qu'il enfonça à mi-hauteur.

— SANG ET MORT, PUISQUE JE TE DIS QUE JE VEUX T'AIDER !!!

Cellendhyll commençait à en avoir assez. Pour une fois qu'il essayait la manière douce ! S'il continuait, les trois autres colosses allaient débarquer à la rescousse et il allait se faire aplatir comme une galette. Abattu par un tas de caillou, après tous ces efforts. Non, par l'Épée de Lachlann, il n'en était pas question !

Puisque c'est ainsi, la manière forte.

L'Adhan se redressa d'une roulade. Dans le même élan, il dégaina sa dague et la transforma en marteau de guerre, redressa son arme et donna un grand coup de biais sur le genou du titan.

Il ressentit l'impact dans tous ses os. Le Vohyrim également, tout en poussant un beuglement, il tangua sur le côté.

Cellendhyll changea d'appui et balança une nouvelle frappe sur le genou du colosse. Puis, il contourna le membre et changea de cible pour cogner à l'arrière, au niveau de l'articulation. La jambe plia sous l'impact du grand marteau sombre.

Déséquilibré, le titan bascula en avant et dut poser une main à terre pour ne pas chavirer. Cellendhyll en profita aussitôt. Il transforma son arme en dague, la passa entre ses dents, prit son élan et bondit sur la jambe repliée du colosse, s'agrippa à sa hanche, remonta dans son dos jusqu'à atteindre sa nuque, s'aidant des anfractuosités de la chair minérale.

Il se stabilisa puis, d'une pensée, il demanda à sa Belle de redevenir marteau de guerre.

Au moment où le Vohyrim allait se redresser, Cellendhyll leva son arme à deux mains et la rabattit droit sur le cristal accroché contre la nuque du titan. L'artefact de contrôle explosa en une pluie de fragments. Privé de son pouvoir, le collier se déverrouilla dans un claquement sec. L'Ange l'arracha de la nuque du géant et se laissa retomber au sol, face à la créature, le collier de servage brisé pendant au bout de sa dextre.

L'un des trois titans avait réussi à se redresser, son regard céladon fixé sur Cellendhyll, luisant de fureur. Les deux autres, à force de se débattre au sol, commençaient également à se remettre sur pied.

Le Vohyrim couleur sable se releva pour contempler attentivement le Hors-Destin. Le béhémoth était libre, désormais. Il n'avait plus rien d'une bête féroce ou d'une machine aveugle. Au contraire, c'était une créature parfaitement consciente qui toisait Cellendhyll. Et son regard d'azur, qui avait recouvré toute sa stabilité, étincelant de caractère, affichait à présent l'éclat d'une intelligence certaine.

Du moins, ce fut l'impression du Hors-Destin.

— Vois, je t'ai enlevé ton collier ! proclama Cellendhyll. Je viens combattre Zaphranaël. Aide-moi à maîtriser tes camarades et je vais les libérer comme je l'ai fait avec toi !

Le colosse au regard d'azur hocha sa grosse tête, montra ses congénères du doigt et fonça sur eux, suivi par l'Ange.

Les deux titans se ruèrent l'un sur l'autre, le plus rapide des noirs et le sable. Les comparant, l'Adhan se rendit compte que le Vohyrim au regard d'azur était moins grand et massif que ses congénères, mais beaucoup plus leste. Juste au moment de l'impact, le sable abaissa une épaule. Profitant de son élan, il percuta le noir au niveau des genoux, se redressa et poursuivit sa course.

Culbuté au niveau des appuis, le Vohyrim noir perdit son équilibre, fit un vol plané vers l'avant et s'écrasa sur le sol, manquant presque d'aplatir Cellendhyll, qui n'eut que le temps de se rejeter sur le côté.

Le titan était tombé face contre terre. Cellendhyll bondit sur le géant. Il escalada l'amas de roche qui constituait son corps, jusqu'à atteindre sa nuque, se cala entre ses épaules et fracassa le cristal de servage d'un grand coup de marteau, pour ensuite arracher le collier et sauter à terre. Cette phase libératoire se révéla aussi efficace que la première, le regard du colosse papillonna pour retrouver sa véritable couleur, un gris lumineux.

L'Ange sauta sur le sol et courut rejoindre le Vohyrim sable, son allié.

Le titan aux yeux bleus était arrivé face aux noirs. Deux contre un. Cela ne semblait pas le gêner. L'un des noirs fit un pas en avant, se préparant à l'attaque.

Le Vohyrim couleur sable écarta ses bras. Une cavité apparut au centre de sa poitrine, tandis que les morceaux de roche à cet endroit glissaient sur le côté. Un rayon du même bleu pâle que son regard jaillit de sa poitrine et atteignit le béhémoth.

L'air se troubla entre les deux titans. Atteint de plein fouet par l'onde d'énergie, le titan noir chancela sur ses appuis, comme s'il avait percuté un mur invisible. Puis, il s'effondra de tout son long, à plat dos, dans un fracas épouvantable.

L'allié de Cellendhyll eut juste le temps de pivoter pour recevoir l'assaut du dernier mastodonte. L'esquive ne semblait pas figurer dans le panel martial des Vohyrims, le titan de sable se rua au contact de son adversaire et reçut un monumental coup de poing qui lui rejeta la tête sur le côté. La frappe sembla l'énerver plus qu'autre chose. D'un sursaut, le sable se jeta contre le noir. Leurs mains s'empoignèrent et ils se mirent à forcer, arc-boutés sur leurs appuis, puissance contre puissance. Puis, le titan de sable prit son élan et flanqua à son camarade un grand coup de tête en pleine face, qu'il doubla aussitôt. Le bruit fut si retentissant qu'il fit grimacer Cellendhyll. Étourdi, le Vohyrim de pierre noire reçut alors un magnifique doublé droite-gauche, digne de Gheritarish, qui le plia en deux. Le titan couleur sable le saisit par la tête qu'il coinça sous son coude, l'immobilisant assez longtemps pour que l'Adhan puisse escalader jusqu'à sa nuque bien dégagée et fracasse son collier d'asservissement d'une frappe de marteau.

Laissant son congénère reprendre ses esprits, le titan de sable revint au colosse qu'il avait sonné, le retourna sans ménagement et le maintint plaqué au sol. Le Hors-Destin n'attendait que cette opportunité pour le rejoindre, atteindre l'arrière de son cou et briser son cristal de servage.

Les quatre Vohyrims étaient libres, il avait réussi son pari.

Les titans noirs se remirent sur pied, les uns après les autres. Celui au regard d'azur se tourna vers ses congénères et les fixa quelques secondes, le temps d'une communication muette. Les trois géants finirent par hocher la tête avant de se positionner au niveau de la grande grille. Ils empoignèrent les barreaux et, conjuguant leurs efforts, ils arrachèrent tout le cadre en acier.

Le passage dégagé, sans un regard en arrière, les trois titans noirs s'y engagèrent avant de disparaître.

Le Vohyrim couleur sable vint toiser Cellendhyll, qu'il surplombait de toute sa masse. Son regard d'azur sembla l'étudier minutieusement. Il ouvrit sa grosse bouche et lâcha quelques paroles incompréhensibles pour l'Adhan ; son langage ressemblait à des bruits de cailloux qu'on écrasait les uns contre les autres.

Même s'il ne saisit pas la teneur de son propos, à son attitude, l'Adhan crut comprendre qu'il avait droit à des remerciements.

— Heureux de t'avoir aidé, répondit-il en retour. Maintenant, je dois retrouver le seigneur du Destin, je vais en finir avec lui. Plus jamais, toi et les tiens ne serez les esclaves de cette pourriture !

Le Vohyrim hocha la tête, resta un temps immobile. Puis, après un effort, il posa un genou devant le Hors-Destin et marqua l'arrêt.

L'Ange perçut la valeur du geste. Imitant le colosse, il posa à son tour un genou à terre.

Ils se regardèrent, quelques secondes, avant de se redresser. Le Vohyrim se détourna et rejoignit le grand passage.

Cellendhyll avait rengainé sa dague dans sa botte. Il alla se poster devant le couloir barré de la petite herse. Celle-ci s'était en partie pliée sous l'impact du titan de sable, libérant un espace au niveau du sol. En rampant, il pouvait se glisser de l'autre côté.

Mais au moment où il allait agir, il entendit un pas lourd derrière lui. Le Vohyrim était revenu en arrière. Secouant vigoureusement la tête, le géant lâcha une nouvelle suite de sons ressemblant à des cailloux concassés, avant de bloquer l'ouverture de sa grosse main.

Cellendhyll ne comprenait pas pourquoi le colosse, soudain, lui barrait le passage.

— Laisse-moi passer, s'il te plaît…

Le colosse secoua encore la tête. Il leva un doigt à l'attention de l'Ange, comme s'il lui demandait de patienter. Après quoi, le Vohyrim arracha la herse tordue d'une seule main et, de l'autre, lança dans le couloir dégagé le collier de servage qu'il avait ramassé au passage.

Le couloir était composé de plaques de cristal violet et non de granit. Le collier percuta le sol au milieu du couloir. Une fraction de seconde plus tard, un épais nuage d'un jaune trouble se mit à emplir le passage dans toute sa longueur.

Drogue ou poison ? Peu importait. Cellendhyll hocha la tête. Il venait de l'échapper belle.

— Merci, tu m'as sauvé d'un sacré piège, dit-il au géant. Par où vais-je passer, maintenant ?

Le Vohyrim posa sa main à plat dos contre le sol et la désigna à l'Ange du menton. Il se faisait très bien comprendre et Cellendhyll se hissa dans la paume du géant.

L'Adhan calé dans le creux de sa main, le colosse couleur sable marcha jusqu'au balcon situé tout en hauteur, à droite de la salle. Puis, il leva le bras, prit le temps d'ajuster son geste et, sans crier gare, lança Cellendhyll dans les airs.

Il avait parfaitement visé. Cellendhyll arriva à bonne hauteur et put s'accrocher à la rambarde de pierre, avant de mettre pied sur le balcon.

Il se pencha pour se retourner vers son allié du moment et le salua d'un grand geste :

— Bonne chance à toi et à ton peuple, Vohyrim ! Je suis sûr que nous nous reverrons un jour… mon ami !

Avec une lueur amusée dans son regard bleu ciel, le titan sable leva son énorme pogne en retour et se détourna pour rejoindre les siens.

Le balcon donnait sur un couloir de granit éclairé de gemmelitte. Aucune plaque de cristal suspecte, ici, pour inquiéter Cellendhyll.

Il s'engagea dans ce nouveau passage d'un pas prudent, mais décidé, mâchoires serrées par la détermination, son regard de jade flamboyant d'une colère glacée sans cesse renouvelée.

J'arrive, Zaphranaël. Je suis tout proche.

Chapitre 24

Sa Belle de Mort fermement empoignée, après le balcon, Cellendhyll avait suivi le couloir de pierre, avant de remonter un escalier, de franchir une porte, de traverser un autre couloir, pour enfin se retrouver à l'endroit où Signar l'avait piégé. Aucune trace du chevalier-cristal ou de Maurice. Pas le moindre garde.

Cellendhyll poursuivit son avancée. Que devait-il penser des métamorphoses que lui offrait sa Belle de Mort ? Toujours aussi élégante, quelle que fût sa forme adoptée, sa précieuse lame sombre avait définitivement perdu son cœur pourpre. Elle arborait à présent des reflets d'un bleu foncé que l'Adhan n'avait jamais constaté jusqu'alors. Depuis qu'il se trouvait dans l'Ailleurs, sa Belle semblait évoluer, insensiblement. Il ne savait pas du tout ce que cela signifiait, mais ce n'était pas le moment de se disperser.

L'Ange le pressentait, il arrivait au terme de son périple.

Au bout de ce couloir, Cellendhyll déboucha sur une salle taillée en rectangle, au sol de marbre, aux murs de cristal violet, aux dimensions d'une cathédrale, avec un plafond voûté. Aucun tapis pour l'égayer, aucune statue, aucun objet ou élément de décoration. Impressionnant et sinistre.

Il était là, au fond. *Il* surplombait la salle, confortablement installé sur un trône de marbre noir, l'imposant siège enchâssé sur une estrade de la même pierre, à trois mètres de hauteur.

Juste aux pieds du trône, il y avait une sorte de long coffre, recouvert d'une chatoyante nappe en soie violette.

À la droite du siège de pouvoir, un grand rectangle de cristal, dans lequel on voyait distinctement enchâssée la silhouette de Maurice. De nouveau prisonnier, il était comme figé dans l'épaisseur du cristal. Hormis quelques coups marquant son visage, en dépit de sa situation, il semblait en bonne santé. Il avait le regard clair, lucide et l'air totalement désespéré.

À la gauche du trône, la pierre de vie du Destin. Ce ne pouvait être qu'elle. D'une forme étoilée, la pierre élémentaire faisait trois mètres de diamètre. Ruisselante de pouvoir, elle lévitait, immobile au-dessus de l'estrade, tout entière recouverte d'un ichor luisant d'un noir absolu, fluide sirupeux qui allait et refluait sur toute la surface de l'entité élémentale. C'était une abomination. Cellendhyll n'était pas expert en magie, il ressentait pourtant ce hiatus dans tout son être, et rien qu'à regarder la pierre dénaturée, des frissons parcouraient sa nuque. La source de la contamination ne pouvait être que le mana noir, mais là n'était pas l'important.

Ce qui comptait, c'était que l'Ange faisait face à l'Homme Gris, alias le seigneur Destin, juché sur son trône...

Zaphranaël... l'assassin de ma mère.

À présent que la mémoire de Cellendhyll était libérée de ses entraves, il se rappelait ce personnage apparemment quelconque, qu'il avait croisé maintes fois dans le palais de la Lumière ; dans un couloir, sur une terrasse, parfois en compagnie de Priam. L'Homme Gris avait évolué durant des années au sein de l'Empire, totalement anonyme, les regards glissaient sur lui, on l'oubliait en quelques instants. À Tygarde, il ne ressemblait à rien d'autre qu'à un personnage falot, sans la moindre importance. Personne ne s'était jamais douté de sa véritable nature, le pouvoir du sorcier était tel qu'il avait leurré tout son monde, durant des années, en toute impunité.

Désormais, Zaphranaël n'avait plus rien de banal. Au contraire, il arborait sa véritable nature, son apparence première.

Ses traits s'étaient densifiés, raffermis, son regard devenu aussi acéré qu'une lame. Sa bouche molle était devenue une ligne dure, autoritaire. Revêtu d'une longue robe de soie violette, des bagues ornées de cristaux à tous ses doigts, il se tenait bien droit, les épaules en arrière, sûr de lui, exsudant le pouvoir par toutes ses pores. Un Puissant dans toute l'acception du terme.

Cet homme redoutable, Cellendhyll le reconnut tout de suite. C'était *lui* l'intrus qu'il avait surpris, ce soir-là, enfant, *lui* qu'il avait vu acculer sa mère, puis la tuer, d'un geste de rage.

La soif de vengeance du Hors-Destin était née de la découverte du meurtre de sa mère, une découverte aggravée par tout ce que sa mémoire retrouvée lui avait fait comprendre... cette colère vengeresse, longtemps frustrée, avait enfin trouvé son exécutoire, son but. Sa cible.

Pourtant, d'un effort, l'Adhan se contraignit à juguler sa fureur. Attendre. Encore un peu. Certes, sa priorité restait de châtier Zaphranaël, toutefois, le seigneur Destin avait trop sévi dans son passé pour que Cellendhyll refuse de prendre le temps de le confronter. Il avait au moins une question à poser et voulait entendre la réponse de la bouche même du seigneur Destin.

Bien que discrète, l'arrivée de l'Ange n'était pas passée inaperçue. À peine avait-il franchi le seuil de la grande salle que le maître des lieux écartait les bras en grand pour s'écrier :

— Bienvenue dans mon *humble* domaine, Cellendhyll de Cortavar... Approche, je t'en prie... Tu as fourni bien des efforts pour te glisser comme un vulgaire voleur dans ma citadelle, tsst, tsst, tsst... et tout cela pour quoi ? Pour sauver ce misérable vermisseau, ce traître, cet ingrat binoclard !

Le Puissant partit d'un rire sonore dans lequel s'exprimait un mélange de raillerie et d'autosatisfaction. Après un geste méprisant envers Maurice, il cracha :

— Le traître sera châtié en temps et en heure. En attendant, il ne mérite pas notre attention… Sache que je suis ravi de te voir, Cellendhyll, j'avais très envie d'une discussion avec toi…

Tout en devisant d'un ton suave, Zaphranaël se mit à agiter les doigts de sa dextre de manière indolente, un peu comme s'il battait la mesure au ralenti. Tout dans son attitude le proclamait : il était chez lui, parfaitement à son aise.

— Ravi de me voir ? grinça Cellendhyll, tout en avançant d'une dizaine de pas vers le trône. Vos troupes n'ont fait que tenter de m'abattre depuis mon arrivée, Zaphranaël !

— Eh quoi ? rétorqua le seigneur Destin. Tu t'es comporté en ennemi dès le début ! Mes guerriers n'ont fait que protéger leur révéré maître d'un agresseur, rien d'autre. Si tu t'étais présenté pacifiquement, rien de tout ceci ne se serait produit, on t'aurait conduit jusqu'à moi en toute quiétude.

— Tiens donc ! Et votre champion qui me balance dans un piège, dès qu'il me croise ? Et la salle remplie de Têtes de chacal armés jusqu'aux dents ? Et celle avec les titans de pierre ou le couloir de cristal piégé ? C'est donc ça, l'exemple de votre hospitalité ?

— Ah, je t'assure, Cellendhyll, je n'ai rien à voir avec ça, protesta benoîtement le seigneur du Destin. J'avais donné des ordres précis pour que tu sois conduit devant moi, en invité, rien d'autre. Signar a outrepassé mes instructions, il sera réprimandé pour son incartade, je te le garantis. C'est qu'il te hait, vois-tu ? Je pense qu'il n'a pas digéré la défaite que tu lui as infligée… Ainsi, tu as vaincu mes Vohyrims, j'ignore comment tu as procédé, mais c'est bien la preuve de ton excellence, Cellendhyll, tu es digne de ta réputation et je m'en félicite !

Signar, justement, se disait l'Adhan, *brille par son absence et ça ne sent pas bon du tout.*

Quant à la bienveillance affichée de Zaphranaël, elle sonnait si discordante que l'Ange en aurait grincé des dents.

Il cherche à m'embrouiller. Il pue la fausseté, je dois me méfier.

— Vous voulez une discussion avec moi ? Et pourquoi donc ?

— Mais parce que tu es le Hors-Destin, l'Étincelle indomptable de Kashgar, parce que tu es amené à faire de grandes choses, à changer jusqu'à la destinée des Plans.

Kashgar, le dieu sauvage ? Mortonnerre, qu'est-ce qu'il vient faire dans cette histoire ?

— Surtout, ne venez pas me parler de prophétie, répliqua Cellendhyll, je n'ai jamais cru à ce genre de fadaises. Et avant tout, libérez Maurice…

— Ce renégat qui n'a fait que me mettre des bâtons dans les roues ? Et pourquoi donc ?

— Parce que c'est mon ami.

Le regard que Zaphranaël braquait sur Cellendhyll se teinta d'amusement :

— Je libérerai ton ami *dès* que nous serons parvenus à un accord, toi et moi. Et sache que je te fais une véritable faveur, Maurice ne mérite que la souffrance, rien d'autre ! Mais passons... Quoi que tu en penses, nous sommes faits pour nous entendre. D'ailleurs, nous partageons un lien fort, indiscutable... nous y reviendrons plus tard... Je te le répète, tu es le réceptacle d'un immense pouvoir, Cellendhyll de Cortavar. Toutefois, pour accéder à ce qui te revient, il te manque une étape. Et pour l'accomplir, tu as besoin d'un homme d'expérience pour te guider. Ce guide, c'est moi, évidemment. Je suis bien le seul à pouvoir t'aider à comprendre tes pouvoirs, mieux encore, à les maîtriser. Vois la pierre de vie du Destin, dressée à mes côtés, elle t'attend, depuis toujours...

Cellendhyll n'entendait pas grand-chose à ce discours qui ne l'intéressait en rien, il coupa la tirade du seigneur Destin :

— Puisque vous voulez discuter, j'ai une question à vous poser. *Pourquoi ?* Pourquoi moi ? Pourquoi vous acharner sur ma famille ? Ce n'est pas comme si vous manquiez de pouvoir sur votre trône du Destin... alors ?

— Hmmm, tu n'as donc pas tout compris, comme je m'en doutais... voyons... Les apparences parlent contre moi, Cellendhyll, j'en ai pleine conscience. C'est pour cela que je dois t'expliquer la vérité et quand tu connaîtras cette vérité, tu verras à quel point nos intérêts coïncident. Tu devrais d'ailleurs lâcher cette dague, tu n'en as nul besoin.

Tandis qu'il parlait, Zaphranaël n'avait cessé de mouvoir ses doigts au ralenti.

L'Ange commençait à ressentir une espèce de lourdeur dans son esprit. Il était subitement saisi d'une fatigue intense. Son cœur second se mit à augmenter ses battements, sans pour autant le soulager de cette étrange torpeur. Ses doigts commencèrent à relâcher leur étreinte sur la poignée de la Belle.

Par instinct, plus que par volonté, Cellendhyll récupéra sa dague sombre au moment où elle allait lui échapper et sa main se referma sur elle avec une vigueur renouvelée. Retrouver son poids familier, rassurant, dans sa paume fut suffisant pour l'éveiller de cette étrange hébétude qui le menaçait. Il comprit aussitôt ce qui se produisait. D'un sursaut de volonté, il bloqua net l'intrusion malfaisante qui avait commencé à s'insinuer en lui.

Le seigneur Destin sursauta avant de porter la main à sa tempe, comme s'il éprouvait une douleur soudaine.

— Suffit ! gronda l'Ange, son esprit de nouveau intègre. Assez de vos manipulations, Zaphranaël. Je ne suis plus un enfant et vous n'aurez plus jamais accès à mon esprit !

— Tu as recouvré tes souvenirs ? s'étonna le seigneur Destin. De quoi te souviens-tu ?

— De tout ! Tout ce que vous avez osé commettre à l'égard de ma famille !

Zaphranaël reprit vite contenance et retrouva son sourire aimable. Il répliqua, toujours aussi sûr de lui.

— Tsst-tsst-tsst, tu as donc bel et bien brisé mon contrôle. Je n'en étais pas certain. Voilà qui est fâcheux. Nous allons y remédier. Signar !

Une silhouette massive en armure de cristal violet se densifia graduellement devant Cellendhyll, dressée à mi-chemin entre l'Ange et Zaphranaël.

Signar était conforme au souvenir qu'en avait conservé Cellendhyll. Haute stature, puissance musculaire hors-norme. Crâne rasé, traits forts et larges, courte barbe. Des yeux noirs, fiers, très fiers.

— J'aurais dû m'occuper de ton cas moi-même, grinça-t-il entre ses dents, à peine matérialisé devant Cellendhyll.

— Je suis là, Signar, juste en face de toi, répliqua Cellendhyll, un sourire de défi au coin des lèvres.

Zaphranaël, de son côté, avait décidé de laisser faire. Il se rencogna dans son trône pour trouver une position confortable, spectateur privilégié.

Au moment où le chevalier-cristal leva sa dextre, sans doute pour invoquer son épée cristalline, Cellendhyll s'exclama :

— Tu veux prouver que tu es meilleur que moi, n'est-ce pas, Signar ¿ Mais tu as ton armure et tu vas prendre ton épée... Et moi, je n'ai qu'une dague... Alors, je te propose un combat à mains nues... sans arme, sans magie et sans armure. Juste nos muscles, nos savoirs et nos volontés. Comme ça, on verra qui est *vraiment* le plus fort.

L'Ange avait eu cette idée au dernier instant, pour compenser son manque d'armure.

Depuis que tu es là, tu n'as même pas essayé de t'en invoquer une, crétin d'Adhan !

Zaphranaël battit des mains, ravi du défi proposé par le Hors-Destin :

— Une joute de champions à mains nues ¿ Oui, j'aurais dû y penser moi-même, c'est encore mieux ! Tu as mon aval, Signar... *N'oublie pas* qu'il te reste des choses à me prouver.

Un duel à mains nues ne signifiait nullement un combat amical. Pas ici, pas avec ces deux-là. Principe aussitôt confirmé par Signar, qui proféra à l'encontre de Cellendhyll :

— Je vais te déchirer de mes mains, je vais te faire hurler.

— Des promesses, toujours des promesses, persifla l'Ange en retour.

Tu te moques de l'orgueilleux Signar, mais sois honnête, une part de toi réclame ce duel avec la même ardeur que lui. Tu veux l'affronter, tu veux prouver que le meilleur guerrier, sans conteste, c'est toi !

Sur l'ordre de son maître, Signar révoqua son armure de cristal. Il apparut vêtu d'une chemise de soie violette, d'une cotte en cuir noir, d'un pantalon de cuir violet qui moulait ses cuisses épaisses et de bottes noires à revers.

Le chevalier-cristal et l'Adhan commencèrent par se mettre torse-nu. Ils faisaient à peu près la même taille, mais Signar pesait bien dix kilos de plus. Il était bâti comme un ours. Une musculature en volume, un cou épais, des bras, un torse, des jambes, le tout comme taillé dans du chêne. Cellendhyll, de son côté, faisait plus félin, plus élancé, avec une silhouette longiligne, les muscles secs.

— Je donne le signal ! proclama Zaphranaël, qui paraissait beaucoup s'amuser.

Cellendhyll tourna la tête vers le souverain du Destin, de manière à lui signifier qu'il n'était en rien son serviteur et qu'il agissait comme il l'entendait. Cependant, avant même que Zaphranaël ne prononce le départ du combat, Signar se rua sur l'Adhan, accompagné du rire amusé de son maître.

À peine au contact, le champion du Destin asséna un crochet du droit qui semblait parti du fond de la salle. Cellendhyll se baissa juste à temps. Le poing passa juste au-dessus de lui et rien qu'au souffle provoqué, il sut qu'il se serait fait arracher la tête s'il n'avait esquivé.

Il frappa en retour des coudes, droite-gauche, visant les côtes de Signar, qui broncha à peine. D'un grand revers dans l'épaule, le chevalier l'envoya valser en arrière. Cellendhyll se réceptionna d'une roulade. Signar était déjà sur lui.

De ce qu'avait constaté l'Adhan lors de leur premier affrontement, le chevalier-cristal était un homme nourri d'un ego surdimensionné, il n'avait rien d'un stratège. Il frappait, tout en force, jusqu'à épuiser son adversaire, le submerger par sa puissance. Signar ne faisait pas de feintes ou d'attaques complexes. Il frappait, frappait encore, frappait toujours.

Droite-gauche-droite, droite-gauche, gauche-droite-gauche, droite-gauche. Conforme aux prévisions de l'Ange, le champion du Destin déploya son répertoire, une profusion de crochets, de directs ou de revers. Il se battait à mains nues comme avec une arme. Offensive totale. Son style, principalement celui d'un expert en pugilat.

Pour repousser les assauts de son adversaire, lorsqu'il ne pouvait pas les esquiver, Cellendhyll se servait des bras ou des avant-bras, certain qu'il n'aurait pas des bleus avant longtemps. Il ripostait des coudes, des pieds, des genoux, du tranchant de la main.

Contre Signar, les balayages ne fonctionneraient pas, il était trop lourd sur ses appuis, à moins de le déséquilibrer. Les projections ne semblaient pas non plus appropriées, avec son poids supérieur. Cellendhyll avait beau se montrer plus rapide et plus précis, la formidable masse musculaire du chevalier semblait aussi efficace qu'une armure et aucune des frappes du Hors-Destin ne portait vraiment.

Signar avançait les poings serrés, en position de garde constante, il protégeait ses yeux, sa gorge et son nez. Aucun doute ne se lisait dans son regard revanchard, c'était lui le plus fort, le meilleur des guerriers, et il n'allait pas tarder à le prouver.

Feinte du gauche et crochet du droit. Cellendhyll para la frappe des deux avant-bras redressés en parallèle – un n'aurait pas suffi – ce qui ne l'empêcha pas de voler à deux mètres sous l'impact. Signar ne lui laissa aucun répit, il courut sur lui et amorça un nouveau direct du droit, au visage, Cellendhyll esquiva d'une torsion du buste, mais Signar fit aussitôt suivre d'un crochet sèchement asséné au niveau des côtes. L'Ange décolla du sol sous l'impact et seule la résistance de ses muscles lui évita d'avoir les os brisés. À peine était-il retombé, qu'il partit dans une roulade, juste à temps pour éviter un doublé droite-gauche. Il se redressa dans le dos du chevalier-cristal, lui cingla les reins de deux coups de coude avant de lui balancer un coup de botte dans le creux du genou. Signar poussa un grognement et trébucha en avant. Avant que Cellendhyll ne puisse pousser son avantage, d'une torsion des épaules, Signar lui flanqua un coup de coude arrière. Reculant d'un pas sous l'élan, le Hors-Destin rejeta la tête de côté pour amoindrir le choc, mais se retrouva avec les lèvres fendues.

Signar en avait profité pour reprendre son équilibre :

— Je vais enfin avoir ma revanche, l'Adhan !

Cellendhyll passa la main sur la plaie, goûta la saveur métallique de son propre sang :

— Tu n'auras rien du tout, tu n'es qu'un raté, Signar, un simulacre… sans les pouvoirs de ton maître pour t'épauler, tu ne vaux rien !

Signar avança et lança son poing en avant, sous la forme d'un direct du droit. Cellendhyll para le coup en remontant son avant-bras en arc de cercle. Mais la frappe n'était qu'une feinte et Signar profita du contact pour agripper le poignet de l'Adhan dans sa pogne, le tirer à lui et le cogner aussitôt d'un direct du gauche.

Cellendhyll ne s'attendait pas à une ruse de ce genre, c'était la première de Signar. Il n'eut que le temps de rejeter la tête de côté, *in extremis*. Le poing du champion ripa sur la pommette qu'il lacéra au passage. Au lieu de la fracasser.

Toujours captif de la poigne du chevalier, Cellendhyll repoussa la douleur cuisante de sa chair.

Il abaissa son bras libre pour prendre son élan et le remonta subitement, la paume de sa main vers le haut, avec tout le poids de l'épaule. Percutée sous la mâchoire, la tête de Signar partit en arrière dans un craquement sonore des vertèbres. Sonore, mais pas suffisant. Là où tant d'autres auraient cédé, la nuque du champion tint bon. Le choc, cependant, troubla Signar juste assez longtemps pour que Cellendhyll enchaîne d'un coup de coude descendant sur son poignet et puisse briser la prise.

Signar enchaîna d'un revers du poing, le gauche, plus vif, le Hors-Destin recula d'un bond.

Les deux guerriers marquèrent une pause, ils avaient besoin de souffler, aussi bien l'un que l'autre devant l'intensité de leur duel.

— Alors, *l'Invincible*, c'est tout ce que tu peux donner ? se mit à railler l'Ange. Ah, mais non, c'est vrai, depuis notre première rencontre, tu n'as plus rien d'invincible…

Piqué au vif, Signar poussa un cri de rage et se rua sur Cellendhyll, délaissant sa garde, les poings serrés au-dessus de sa tête, comme s'il voulait enfoncer son adversaire dans le sol.

Cellendhyll profita de l'ouverture. Il combla l'écart et flanqua un fouetté du pied dans l'estomac du champion, puis doubla d'une frappe du coude sur le coin de la gorge. Signar poussa un grondement, sans ralentir pour autant. Il empoigna le Hors-Destin par le biceps, le tira à lui pour l'écraser contre son torse et l'enserrer brutalement dans l'étau de ses bras musculeux. Après quoi, il décolla Cellendhyll du sol et il se mit à serrer.

— Sale chien, tu la ramènes moins à présent ! cracha le chevalier-cristal.

Les jambes pendantes, Cellendhyll avait bandé ses muscles pour résister à la pression qui menaçait de lui briser les os.

Le crâne de Signar devait être aussi dur que de la fonte, ce devait être plus dangereux qu'autre chose de lui flanquer un coup de tête à cet endroit. D'ailleurs, le chevalier se protégeait en gardant la tête penchée en avant, plaquée contre Cellendhyll, impossible de s'attaquer à son visage.

Restaient les oreilles.

L'Ange se pencha autant que possible sur le côté droit. D'un sursaut, il happa l'oreille de Signar entre ses dents et se mit à mordre jusqu'au sang.

Le chevalier-cristal beugla de protestation plus encore que de douleur. À l'idée de se faire arracher l'oreille, à l'idée de voir son précieux visage à nouveau mutilé, il desserra son étreinte pour frapper Cellendhyll d'un uppercut du droit.

Libéré, l'Ange esquiva d'un mouvement en pivot qui le fit passer derrière son adversaire. Il en profita pour cingler les reins de Signar de trois coups de coude, gauche-droite-gauche. La seule réaction qu'il obtint, ce fut un fulgurant revers du poing du chevalier. Il para en toute hâte, des deux avant-bras et recula de trois pas sous l'impact.

Les deux guerriers reprirent du large.

Zaphranaël contemplait le combat en gloussant. Le spectacle le divertissait beaucoup et il était impossible de dire s'il espérait une victoire de l'un ou de l'autre des duellistes.

Prisonnier du bloc de cristal, Maurice, de son côté, avait les yeux écarquillés, brillants d'espoir.

Cellendhyll ignora ses côtes meurtries et ses entailles au visage. Il se rendait compte qu'il se retrouvait cantonné à la défensive, exactement comme au premier duel contre Signar. Il avait beau être plus rapide, plus précis, il ne voyait pas comment coucher son adversaire d'un seul assaut, sans lui-même s'exposer. Tandis que le chevalier-cristal, bien que plus lent, encaissait beaucoup mieux et pouvait sécher l'Adhan d'une frappe unique. Il lui suffisait de le toucher au bon endroit, juste une fois, pour lui briser un os et plier le combat. Sans compter que plus le combat se prolongeait, plus Cellendhyll risquait de s'épuiser.

Les traits contractés par la fureur, Signar porta une main à son oreille, écarlate, cette dernière portait la marque violacée des dents de l'Ange.

— Eh bien, Signar, un problème ? railla encore Cellendhyll.

Il devait absolument inverser la logique du combat. Or, il savait qu'à moins d'un fieffé coup de chance, il ne parviendrait pas à renverser la situation. Pour autant, il n'était pas question d'utiliser le Zen ou le Hyoshi'Nin. Pas alors qu'il lui restait le seigneur Destin à affronter dans la foulée. L'Adhan allait devoir construire sa victoire, ce qui voulait dire affaiblir suffisamment son adversaire avant de pouvoir lui donner le coup de grâce.

Signar bondit sur lui pour décocher deux crochets consécutifs. Cellendhyll para le premier, esquiva le second en se baissant. Il pivota sur ses appuis pour passer sous la garde de Signar, se redressa d'un bloc. Un atémi au coin de la gorge, à l'endroit où il avait déjà frappé, doublé d'un remonté du coude. Une roulade en diagonale pour reprendre du large.

Sourcils froncés, Signar porta la main à sa chair meurtrie, elle avait gonflé au niveau du cou et commençait à se marquer de marbrures.

Pas mal, mais je dois faire mieux, si je veux l'étendre !

S'ensuivirent trois assauts consécutifs de Signar, constitués de frappes des poings que l'Adhan évita sans se livrer. Cellendhyll constata que le souffle de son adversaire commençait à s'alourdir.

— Tu ne représentes rien, tu n'es personne, Signar. Un usurpateur, même à tes propres yeux. Incapable d'assumer ton véritable visage, tu te caches sous une autre apparence, dès que tu le peux… tu es le plus pitoyable des guerriers !

— Rhaaaaa !!!

Le teint cramoisi, les yeux injectés de sang, le champion se rua sur l'Ange pour lui asséner un lourd crochet du droit. Cette fois, Signar avait frappé sans penser à protéger son visage, sa main gauche un poil trop basse.

Cellendhyll détourna le poing qui fusait vers lui d'un pivot de son avant-bras, il fit un pas en avant, pénétrant la garde approximative de Signar et riposta d'une frappe-hachoir du coude gauche, de haut en bas, visant le nez de son adversaire. Signar recula la tête, *in extremis*, et le coude de l'Adhan atteignit le côté de sa mâchoire, faisant claquer les dents du chevalier. Au lieu d'avoir l'articulation disloquée, Signar marqua à peine un temps d'arrêt. Il riposta en balançant un direct du gauche. Cellendhyll tordit son buste pour l'éviter. Sa senestre fusa vers la gorge du champion qu'il percuta de deux atémis successifs – toujours au même endroit –, avant de reprendre le large.

Cette fois, Signar, au lieu de charger, resta sur place. Le souffle coupé, il accusait le choc, tout le côté de sa gorge musculeuse marbré de meurtrissures, son visage contracté d'un mélange de douleur et de furie.

— Alors, *l'Invincible*... c'est moi où tu commences à ralentir ? Tu veux qu'on fasse une pause ?

En réponse, les yeux noirs et méchants du champion se plissèrent, ses traits furieux se relâchèrent et il rétorqua dans un croassement moqueur :

— Ah, j'ai compris, tu fais ton malin, tu cherches à m'énerver. Mais tu sais quoi, Cellendhyll, moi aussi je peux jouer... Je vais t'en conter une qui va te plaire... oui, tu vois, je suis bien plus vieux que j'en ai l'air... j'étais présent, *ce soir-là*... Tu sais, *le soir* où ta mère a eu son *accident*... C'est moi qui me suis occupé de Fiannan, dans l'écurie... Le vieux a couiné comme un porc quand je l'ai saigné... alors, qu'est-ce que tu dis de ça, l'Adhan ?

Le regard de Cellendhyll s'étrécit et son visage se creusa d'une grimace sauvage. Sa voix s'écoula de ses lèvres, douce et funèbre.

— Jamais tu n'aurais dû parler de Fiannan ainsi, pourriture.

— ... Et quand j'en aurai fini avec toi, poursuivit le chevalier cristal, tellement excité qu'il en crachait des postillons, je m'occuperai de Maurice, en commençant par lui arracher les yeux, puis les doigts, puis...

— Tu te trompes, Signar ! le coupa brutalement Cellendhyll, sa voix désormais aussi tranchante et glacée que le vent des landes ikshites. En réalité, c'est moi qui vais te pulvériser. Et si ton maître te ressuscite, comme la dernière fois, je te pulvériserai encore. Incarnation après incarnation !

Et le Hors-Destin avança sur le champion du Destin, son regard étincelant d'un feu de jade vengeur.

Signar s'élança lui aussi, la même promesse de meurtre dans les yeux.

Au moment où le chevalier allait poser son pied d'appui au sol, pour s'équilibrer et frapper, à cet instant précis, Cellendhyll fusa en avant, se rua sur lui et cogna Signar d'une frappe cobra, effectuée par le plat du pied, juste sur le dessus du genou gauche, pile au niveau de l'articulation du champion ; sa jambe d'appui puisqu'il était droitier.

Son équilibre subitement compromis, Signar lâcha un cri de surprise qui se transforma en douleur lorsqu'il bougea son membre pour chercher un nouvel appui.

Cellendhyll hocha intérieurement la tête. Un homme moins costaud aurait eu le membre fracturé, et Signar, à voir son équilibre soudain chancelant et l'inclinaison que prenait sa jambe, souffrait au moins d'une bonne distension des ligaments.

Voilà qui changeait la donne et Zaphranaël se pencha en avant, sourcils froncés.

Plus besoin de railler son adversaire pour le déconcentrer. La brèche était faite, le moment était venu.

L'Ange reprit la *danse*. Cette danse qui n'appartenait qu'à lui. Vif. Si vif. Léger sur ses appuis, il se mit à tournoyer autour de Signar, aussi souple qu'un roseau, obligeant son adversaire à pivoter constamment pour ajuster une attaque et, ainsi, à forcer sur son genou blessé.

Puis, il laissa une ouverture et lorsque Signar frappa, Cellendhyll s'effaça devant l'attaque d'un simple pivot. Il avait ajusté son rythme, l'avait accordé sur chaque mouvement de son adversaire. Chaque fois que le chevalier changeait d'appui pour préparer une offensive, dépensant un peu plus d'énergie à chaque tentative, l'Ange fondait sur lui par le travers : frappe des coudes dans les reins, atémis à la gorge, frappe des pieds dans le genou valide. Les reins pour handicaper la vitesse de réaction, le cou pour le souffle et le genou pour l'équilibre. Ensuite, tandis que Signar s'équilibrait pour un autre assaut, Cellendhyll recommençait à tourner autour de lui. Tactique, précision, vivacité.

Le champion du Destin peinait à contrôler sa respiration. Son nez cassé avait cessé de pisser le sang, mais l'appendice se révélait complètement bouché. Avec sa gorge enflée, il commençait à haleter comme un sanglier épuisé par la traque. Ses frappes étaient pesantes, faciles à anticiper. Cellendhyll esquiva un doublé des poings d'un simple pas de côté, il sauta à la verticale, son bras redressé vers le plafond. Il rabattit son coude en retombant sur Signar et le frappa en biseau, aussi fort qu'il le pouvait.

Atteint en pleine tempe, le champion hurla à s'en décoller les poumons. Toutes les blessures infligées par l'Adhan commençaient à épuiser sa formidable résistance. Il voyait trouble, subitement, il avait mal, presque aussi mal que le jour où le Vohyrim avait arraché son visage.

La vengeance dans les yeux, Cellendhyll n'en avait pas fini. Sans lui laisser le temps de récupérer, il empoigna Signar par les deux mains, puis, d'un mouvement sec et ondulant des avant-bras, il lui brisa les poignets, provoquant un nouveau hurlement du colosse. Signar tenta de le charger d'un coup d'épaule. Si lent. Cellendhyll esquiva d'un pas rapide sur le côté et réitéra sa frappe cobra sur le genou blessé du chevalier-cristal.

Craaak !

La bouche de l'Ange s'étira d'un bref et horrible sourire. Cette fois, c'était bien une fracture.

Signar oscilla sur sa jambe valide, peinant à garder son équilibre.

— Maître, à l'aide ! s'écria-t-il,

— Tu oses réclamer mon aide, cancrelat ? ricana Zaphranaël, bien peu charitable envers celui qui l'avait secondé fidèlement depuis le premier jour, qui avait exécuté toutes ses sales besognes, sans jamais rechigner. Tu sais pourtant ce que je pense de l'échec et comment je le récompense ? Assume ta défaite, qu'elle te serve de leçon !

Cellendhyll se moquait bien de l'échange. « *Je me suis occupé de Fiannan, dans l'écurie... Le vieux a couiné comme un porc quand je me suis occupé de lui...* » Il redressa sèchement le menton de Signar, l'orientant vers le haut pour bien lui dégager la tête. Il prit son élan puis, de la paume de sa main, il frappa le chevalier à cet endroit précis, juste au bout du nez, sous les narines. Repoussé vers l'intérieur, le cartilage nasal explosa dans la boîte crânienne de Signar, propulsant une salve d'esquilles d'os à travers sa cervelle.

— Voilà pour Fiannan, pourriture !

Signar l'Invincible, champion du Destin, ou plutôt son cadavre, s'affaissa sur le sol cristallin, pantin géant aux fils tranchés.

Une bonne chose de faite ! De quoi apaiser l'âme de ce brave Fiannan.

Cellendhyll recula de quelques pas. Sa joue et sa lèvre le brûlaient, ses côtes l'élançaient, il avait mal dans tout le haut de son corps et ses deux cœurs battaient comme des tambours.

La dépouille massive de Signar perdit de sa densité, commença à se troubler jusqu'à se transformer en une brume noire peuplée d'étincellements violets aux relents soufrés ; c'était l'aura de vie du chevalier. La brume se transforma en une gerbe de particules cristallines qui volèrent à travers la salle avant de disparaître par le couloir d'entrée.

Cellendhyll braqua son regard de jade sur Zaphranaël. Sa voix claqua comme un fouet :

— Votre toutou n'est plus là. Comment allez-vous faire pour me contrôler, à présent ?

— Voyons, Cellendhyll, répliqua le Puissant du Destin, toujours aussi détendu, depuis ton arrivée, j'essaie de te faire comprendre que je ne suis pas ton ennemi, au contraire !

Ben voyons !

L'Ange dégaina sa Belle de Mort et se mit à avancer vers le trône du Destin, un pas après l'autre.

Il n'était que temps d'en finir. Questionner les motivations du seigneur Destin ne lui apporterait rien, Cellendhyll s'était leurré. Toutefois, L'Adhan restait plus que jamais sur le qui-vive. Il savait par Maurice que Signar allait pouvoir ressusciter, en revanche, il ignorait dans quel laps de temps et par quel endroit le chevalier pourrait surgir.

Zaphranaël le regardait approcher. Tout en caressant la pointe de son menton, il fixait Cellendhyll et sa dague sombre d'un œil évaluateur.

Chapitre 25

Cellendhyll avait progressé d'une vingtaine de pas sur la centaine qui le séparaient encore du trône de Zaphranaël.

Le chevalier-cristal apparut dans un miroitement de lumière violacée, dans le dos de l'Adhan, sur sa droite. Sanglé dans son armure violette et brandissant sa grande épée, il semblait en pleine forme, vierge de toute blessure.

Cellendhyll se tenait face au seigneur Destin, ce fut l'attitude du Puissant et la direction de son regard qui lui indiqua le danger. Il pivota d'un bloc.

— Signar, non ! s'écria Zaphranaël d'une voix impérieuse.

Aveuglé par la haine, Signar ignora l'ordre de son maître. Il se ruait déjà sur Cellendhyll, son épée longue redressée. Il ne quittait pas l'Adhan des yeux et n'avait qu'une idée en tête : lui faire sauter la tête des épaules.

Arrivé à six pas de l'Ange, le champion marqua un temps d'arrêt et pointa son gantelet sur lui, s'apprêtant à relâcher son pouvoir offensif.

De son côté, Cellendhyll agissait déjà, son bras armé vers l'avant, ciblant la jambe du champion. En plein mouvement, la dague devint une lance terminée d'une lame en forme de crochet. Le regard de Signar se plissa de surprise, il ne s'attendait absolument pas à faire face aux capacités d'une arme métamorphe.

La Belle crocheta le chevalier sous la cheville et, aussitôt, Cellendhyll tira vers lui d'un coup sec. Il y mit tant de cœur que Signar partit en arrière et décolla à la parallèle du sol, déchargeant son sortilège vers le plafond.

L'Adhan courut pour annuler l'écart, d'une pensée, sa dague sombre se métamorphosant en un puissant marteau de guerre. Cellendhyll frappa des deux mains, à la volée, du haut vers le bas, de toutes ses forces, en plein sur le poitrail de Signar, ce dernier toujours en vol plané.

Pour Fiannan !

L'armure cristalline n'était pas conçue pour résister au choc d'une telle arme, encore moins sous une forme aussi percutante que celle de la Belle devenue marteau. Fendue, craquelée, son intégrité compromise, l'armure éclata en mille morceaux lorsque Signar s'encastra dans le sol, à plat dos, cloué à terre par l'impact, les yeux papillonnant. Sonné.

Cellendhyll poursuivit son élan. Il se laissa tomber sur un genou, sa senestre s'éleva vers le ciel brandissant son marteau et, lorsqu'elle retomba, la Belle était redevenue une dague.

Racée, élégante, meurtrière.

L'Ange la fit virevolter dans sa main pour l'empoigner en prise inversée, puis, toujours aussi précise, la Belle de Mort retomba toute droite pour aller s'enfoncer pile dans l'œil de Signar, jusqu'à lui transpercer le cerveau.

Le champion du Destin expira, tout aussi efficacement que la fois précédente. Tandis que son corps perdait de sa substance, Cellendhyll se remit sur pied, en se demandant combien de fois il allait devoir abattre le chevalier-cristal.

Autant qu'il le faudra ! fut la réponse de sa conscience.

Il ne s'attendait certainement pas à ce que fit ensuite Zaphranaël.

Sur un geste du seigneur Destin, une espèce de trompe jaillit de la pierre de vie corrompue, large cylindre noir au bout évasé qui s'étira dans les airs pour rejoindre le cadavre de Signar.

Dès qu'apparut la brume assombrie contenant l'aura du chevalier-cristal, elle fut aspirée par cette espèce de trompe, qui, ensuite, se rétracta dans la pierre asservie. Pas de résurrection miracle pour Signar, cette fois !

— Je l'avais averti, tant pis pour lui, cracha le Puissant du Destin, sa bouche incurvée par le mépris. Il ne reviendra plus, je te le garantis. J'en ai soupé de ce balourd, il commençait à devenir capricieux. Mais tu sais quoi, Cellendhyll, un champion de perdu, un champion de trouvé !

L'Ange n'en croyait pas ses oreilles. Cet homme détestable avait une conception toute particulière de la réalité.

— Vous semblez tellement certain que je vais conclure une alliance avec vous... répondit-il. Étant donné notre passif, tout ce qui vient de se produire, tout ce qui nous oppose, j'avoue que je ne comprends pas.

— Bien sûr que nous allons nous entendre, Cellendhyll, sourit largement Zaphranaël. Contrairement à ce que tu penses, il n'y a aucun passif entre nous. Nous sommes liés, je te l'ai dit.

Dague en main, Cellendhyll reprit sa marche vers le trône, un pas après l'autre, à l'affût d'un autre piège. La vision de la pierre de vie dévoyée, qu'il surveillait du coin de l'œil, complètement recouverte de cette matière noire et sirupeuse, lui donnait toujours la nausée.

— Libérez Maurice, si vous voulez me prouver que je peux vous faire confiance.

— Dès que nous aurons trouvé un accord, c'est promis. Tu peux approcher sans crainte, Cellendhyll... Discutons un peu, veux-tu ?

L'Adhan jeta un regard à l'Homme-Mystère, toujours emprisonné. Maurice ne perdait pas une miette de ce qui se déroulait sous ses yeux.

— Très bien... reprit Cellendhyll, tout en avançant. Pas de passif entre nous, dites-vous ? Signar vient de m'annoncer qu'il avait tué Fiannan.

Le seigneur Destin balaya l'argument d'un revers de la main :

— Fiannan ? Cet individu n'a jamais eu la moindre importance, voyons !

— Ah bon ? Et ma mère, alors ? Vous l'avez tuée, elle aussi, elle n'a aucune importance ?

Zaphranaël partit d'un grand rire :

— Tu vois, mon petit Adhan, c'est là que tu te méprends... Je n'ai pas tué Alhana... Ta mère est là, avec nous, bien présente. Comme moi, elle n'attendait que nos retrouvailles. Imagine, Cellendhyll, nous allons régner sur le monde des Plans, *tous les trois*.

Complètement perdu, Cellendhyll fronça les sourcils :

— Je... vous... quoi ?

— Oui. Toi, moi et... mon amour adoré... Notre lien, Cellendhyll, rappelle-toi, notre lien.

Alors, le Seigneur du Destin se pencha le temps d'empoigner le coin de la nappe de soie à ses pieds, avant de l'arracher à son support d'un coup sec. Le grand rectangle que surplombait le souverain n'était autre qu'un coffre transparent, taillé avec grand soin dans un cristallune rosé d'une pureté irréprochable.

De sa position, Cellendhyll ne voyait pas bien son contenu.

Zaphranaël lâcha un autre rire et fit un grand geste du bras. De l'intérieur du coffre, l'image d'une femme s'imposa alors sur tous les murs de la grande salle, plaquée sur le cristal, une image répétée encore et encore, jusqu'à recouvrir le plafond.

Cellendhyll hoqueta. Une femme et pas n'importe laquelle, une femme exceptionnelle, aux longs cheveux d'argent, aux traits altiers. Alhana. Sa mère. Les mains croisées sur sa poitrine, ses yeux clos, ses traits paisibles, elle semblait dormir.

L'Ange fit un pas chancelant. Un sanglot resta bloqué dans sa gorge.

Comment était-ce possible ?

C'est bien elle ! clamait sa mémoire, sa mère, vêtue de la même robe, telle qu'il l'avait vue, ce soir-là, le dernier. Ce sinistre soir où tout avait basculé. *Non, ce n'était pas possible, Zaphranaël n'aurait pas...* Se concentrant sur l'image de sa génitrice, Cellendhyll se rendit compte que si l'apparition était bien Alhana, ce n'était qu'un faux-semblant, une image bien macabre. Car, perçant l'illusion, l'Adhan ne voyait plus qu'un squelette féminin assemblé, gisant religieusement au fond du coffre de cristal.

Les ossements de sa mère, travestis par un sortilège.

Cellendhyll était aussi stupéfait que scandalisé. *Cette pourriture de seigneur n'a aucune mesure, il est encore plus dément que je ne pouvais l'imaginer !*

— Elle est belle, notre Alhana, n'est-ce pas ? se rengorgea Zaphranaël, tout à fait sérieux. Regarde, elle a gardé toute sa beauté. Je me suis bien occupé d'elle, toutes ses années. Elle s'impatientait de te revoir, figure-toi. Et comme moi, Alhana n'attend qu'une chose : que tu viennes rejoindre ta digne place, à nos côtés.

Après la consternation vint la colère. Son regard étréci, le Hors-Destin se mit à gronder :

— Ma mère, pauvre fou, comment avez-vous osé ?

— Alhana est à moi ! s'exclama Zaphranaël en quittant son trône, une passion totale dans la voix, ses prunelles luisantes de folie. Elle m'appartient, depuis toujours !

Cellendhyll avait peine à le croire, pourtant, il n'y avait aucun doute, Zaphranaël s'était bel et bien persuadé qu'Alhana de Cortavar vivait encore, à ses côtés. Tout aussi persuadé qu'il ne l'avait pas tuée, plus de dix ans auparavant, alors qu'il côtoyait depuis tout ce temps un assemblage d'ossements. Comment un tel déni était-il possible ?

— À présent que j'ai levé le malentendu, c'est très simple, Cellendhyll, reprit Zaphranaël, d'un ton subitement adouci. Il te suffit de te lier à la pierre du Destin dressée en face de toi et tu disposeras alors de l'immense pouvoir qui te revient. Alhana et moi te guiderons dans la maîtrise de ce pouvoir. Tu comprends, à présent ? À nous trois, tout sera possible !

Le Père de la Douleur, que l'Ange avait affronté dans la forteresse de Mhalemort, était un être sadique et malfaisant. Le seigneur Destin se révélait non seulement malfaisant, mais aussi complètement dérangé.

— Vous êtes pire que cinglé, Zaphranaël ! Vous me proposez une alliance ? De me guider ? De régner à vos côtés, soi-disant ? Vous avez tué ma mère, Fiannan, et tenté d'en faire autant avec Priam... vous m'avez volé mes souvenirs et vous tentez encore de me manipuler... alors, la seule chose que je vais accepter, c'est de vous massacrer !

Enfin libérée, la rage glacée en Cellendhyll s'était mise à bouillonner. Il avança à grands pas vers le trône, sa dague sombre avait hâte de trancher l'ennemi, tout comme son maître.

Peu importe que Zaphranaël reconnaisse ses fautes ou non. J'étais là, j'ai bien vu. Maintenant je me souviens et cette enflure est là, juste en face de moi. J'ai assez attendu !

De son côté, le seigneur Destin s'était rapproché de la pierre asservie.

— Je te dis que tout cela ne compte pas, c'est le passé ! éructa-t-il. Cela ne veut rien dire face à ce qui nous attend. Ne vois-tu pas le lien qui nous unit ? Notre amour pour Alhana !

Cellendhyll ne répondit pas. Le brasier jade de son regard constituait à lui seul une déclaration sans équivoque.

Zaphranaël ne s'y trompa point. Il se débarrassa de toute once de cette bienveillance revêtue depuis le départ comme un leurre. Invoquant son lien avec la pierre de vie corrompue par son mana noir, le Puissant du Destin désigna l'Adhan d'un geste impérieux.

D'une vivacité hors-norme, une nuée de filaments plus sombres que la nuit la plus sombre jaillit de l'artefact dévoyé. Traversant la salle, ils s'étirèrent jusqu'à Cellendhyll pour s'enrouler autour de ses jambes, de sa taille, de ses bras, le clouant sur place.

L'Adhan se débattit pour libérer son bras armé et trancher les liens de mana noir pour constater qu'il était comme pris dans un étau.

Zaphranaël lâcha un ricanement revanchard :

— Tu croyais peut-être qu'il suffirait de vaincre mon champion, petit Adhan ? Alors que tu n'as rien affronté de mes propres pouvoirs ? Je te laisse une dernière chance : cède devant ton maître et lie-toi à la Pierre du Destin, Cellendhyll. Cède devant moi !

— Tu n'es qu'un étron, Zaphranaël, s'exclama l'Ange, sans relâcher ses efforts, jamais je ne plierai devant toi !

Son visage patricien tordu par la contrariété, le seigneur du Destin détailla minutieusement les traits de l'homme aux cheveux d'argent. Une moue des plus insatisfaites conclut son examen :

— Je constate avec déplaisir que tu ne veux rien comprendre de ce que je t'offre, pire encore que tu le refuses. Tu me déçois, Cellendhyll, tout comme tu déçois ta mère, nous espérions tant que tu rejoignes notre famille. Tant pis, fils ingrat… Tu m'obliges à changer mes plans, néanmoins, j'avais prévu une telle éventualité. Tu as voulu défier le Destin, Cellendhyll… voici ma sentence : je vais te briser, je vais effacer ton esprit de bout en bout et, ensuite, je te reconstruirai selon mes besoins. Privé de ta détestable indépendance, tu me seras docile en toutes circonstances, tu deviendras l'arme parfaite qui me permettra de dominer le monde ! Ah, petit, j'avoue que je me suis beaucoup amusé à espionner ton père, toutes ces années, et manipuler ses décisions. De le voir autant souffrir de la disparition d'Alhana fut une véritable jouissance ! Mais toi, toi, tu fais une marionnette encore plus précieuse, mon plaisir n'en sera que meilleur !

Cellendhyll se débattait toujours sans parvenir à rien. Les filaments de mana noir l'enserraient aussi sûrement que des chaînes. Chaque mot de Zaphranaël sonnait comme une gifle dans son esprit. Il enrageait d'impuissance.

— Tu ne veux pas plier, tant pis pour toi ! conclut le Puissant du Destin. Ce que je ne puis contrôler, je le détruis !

Sa déclamation achevée, Zaphranaël pointa l'Adhan du doigt et il éructa trois mots de pouvoir aux consonances étranges.

Une sphère de mana noir apparut au-dessus de Cellendhyll et se déploya pour glisser sur lui jusqu'à envelopper complètement sa tête. Emprisonné par cette cagoule maléfique, le Hors-Destin ne voyait plus rien, entendait à peine. Et pire, il ne pouvait plus respirer.

Il tira, força, se courba. En vain. Le mana noir collait à son corps, à sa tête, c'était une seconde peau impossible à détendre ou à entailler.

Fidèle à sa nature cruelle, Zaphranaël jubila en voyant l'Adhan se débattre vainement comme un insecte pris dans une toile, suffoquant sans rien pouvoir y faire. Et si le Puissant avait échoué à le contrôler, en revanche, il avait vaincu le Hors-Destin et, par là même, fait échec à la prophétie, une prophétie édictée des éons auparavant, de la bouche même d'un dieu.

Toujours enchâssé dans son cube de cristal, Maurice ouvrait la bouche dans un cri d'horreur muette. Un masque de détresse submergeait ses traits.

Chapitre 26

Cellendhyll tentait de résister au manque d'oxygène, sachant très bien que cela ne suffirait pas.

Son cœur second avait beau battre comme un forcené pour contrer le maléfice de Zaphranaël, il ne pouvait rien faire pour insuffler de l'air dans ses poumons.

Ce n'est pas possible, cela ne peut finir ainsi. Je dois vaincre, je dois venger mes parents. Je dois retrouver Priam, mon père. Et je ne dois pas oublier les Smaughs et leur reine… Mortonnerre, cela ne peut finir ainsi… j'ai trop à faire !

L'Ange se débattait toujours, en apnée. Son cœur d'humain avait cessé de battre. Son appendice de Loki résistait encore, mais faible, si faible. Son grand corps s'amollissait, privé d'énergie vitale. Pourtant, Cellendhyll de Cortavar serra les poings ; tout comme il refusait d'abdiquer, il n'était pas question pour lui de lâcher sa Belle de Mort.

Non.

Son cœur second n'en pouvait plus de résister. Ses forces le désertaient, il étouffait, inexorablement. Cellendhyll ne bougeait plus que par à-coups pitoyables. Son pouls lâchait, de plus en plus erratique.

Non.

Devant lui, les silhouettes spectrales d'Alhana et de Priam, ses parents, les mains tendues dans sa direction, impuissants à l'aider, leurs visages saisis par l'angoisse.

Finalement, vaincu, l'Ange devint tout à fait inerte. Son cœur second avait lui aussi abdiqué, cessant de battre.

…

…

…

Non, je refuse !

Je suis le Hors-Destin.

Je refuse de plier. Il n'en est pas question !

À jamais combattive, la volonté de l'Adhan, cette indomptable détermination qui le caractérisait, se révolta, se cabra, se cristallisa jusqu'à devenir une lame, une force, un déclic. Un catalyseur capable d'outrepasser la réalité.

Je suis le Hors-Destin. Je ne céderai pas !
Pas même devant la mort !

Bien que toujours privé d'oxygène, le cœur de Loki de Cellendhyll se réveilla, émit un battement. Puis un second. Puis un troisième.

Et subitement, né de l'impérative nécessité, le Hyoshi'Nin se déclencha.

Sans avoir bougé, le Hors-Destin se retrouva ainsi projeté dans la bulle de non-temps de la Grâce Parfaite. En cet endroit précis, aucune réalité n'avait cours, pas plus que les maléfices de Zaphranaël. L'Ange n'avait même pas besoin de respirer.

Et si, d'ordinaire, il profitait du Hoyshi'Nin pour agir, cette fois, le phénomène se déroula selon une tout autre logique.

Le corps de l'Adhan *savait*, lui. Il attendait ce moment avec impatience, il connaissait son rôle.

Survivre. Et vaincre.

Et pour survivre et vaincre, le Hors-Destin devait accomplir la dernière étape de son évolution.

En refusant d'abdiquer, la formidable détermination de Cellendhyll avait provoqué l'étincelle, le signal pour son cœur de Loki, ce cœur magique implanté par Morion, de prendre la suite et de déclencher le processus tant attendu. Jusqu'alors, le mana pur que le corps de l'Adhan avait absorbé lors du bain infligé par Maurice, puis, encore, durant l'orage magique, cette énergie nouvelle se trouvait éparpillée en lui, vortex anarchique dénué de cohérence.

C'est pourquoi, devenu l'initiateur de ce qui allait s'opérer dans le non-temps, le cœur second du Hors-Destin canalisa le mana pur jusqu'à le relier à son Nexus, créant ainsi une connexion énergétique en trois points, au plus profond de lui-même.

Aspiré, réorienté par le Nexus, le mana pur trouva enfin sa cohérence et s'organisa, s'intégrant au réseau sanguin de l'Ange, veine après veine, jusqu'à s'y mélanger, ce qui engendra de nouveaux flux d'énergie. Qui se raccordèrent à son système nerveux, fluidifiant l'ensemble de son métabolisme. Le cœur second de l'Ange, désormais nourri de mana pur, se renforça à son tour. Le hasard devint organisé, ramifié, naturel. Harmonieux.

Cellendhyll ne pouvait pas bouger, son corps avait pris la main sur son esprit. Il avait l'impression de flotter dans une bulle de puissance éthérée, et n'avait aucune conscience de ce qui se produisait véritablement en lui, cette reconfiguration profonde et complexe. Il avait chaud, il avait froid, il sentait des picotements électriques inonder son corps, son cœur de Loki battait fièrement la cadence, irréprochable maître d'orchestre de cette symphonie extraordinaire.

Dernière étape, le cœur second put finalement intégrer au dispositif son élément le plus faible, le cœur d'humain de Cellendhyll, qui, revigoré par l'influence de son grand frère, devint une part intégrante de ce nouvel équilibre.

L'ensemble d'un tel processus aurait dû prendre des heures, des jours, des mois, cependant, dans la bulle du Hyoshi'Nin, le temps n'avait nulle influence, nulle signification, et la Grâce y rendait tout geste ou tout acte parfait.

Tout cela était incroyable et, pourtant, cela se produisait bel et bien, balayant les lois de ce qui était et de ce qui n'était pas.

Le Hors-Destin vivait la *transcendance*. Une sorte de fusion ultime, de complétude primordiale.

La métamorphose interne de l'homme aux cheveux d'argent étendit également son processus à sa dague sombre, qu'il avait constamment refusé de lâcher. La Belle de Mort, elle aussi, était prête à se dépasser sous l'influence bienveillante du Hyoshi'Nin. La Belle avait naguère accueilli l'essence du Puissant ténébreux, Arasùl, et jamais son lien de complicité avec l'Adhan n'avait été aussi fort, elle faisait un parfait réceptacle pour ce qui devait se produire : au terme de la transcendance, la dague sombre aspira une infime parcelle de ce mélange subtil d'âme et d'énergie qui débordait de Cellendhyll pour aller la nourrir.

Dans la réalité, il ne s'était écoulé que quelques instants, le temps que les cœurs de Cellendhyll cessent de battre. Zaphranaël contemplait le grand corps de l'Adhan emprisonné par les filaments de mana noir, désormais inerte.

Une ride, pourtant, barra le front du seigneur Destin. Quelque chose le dérangeait, mais il était incapable de dire quoi.

Maurice était toujours prisonnier de sa geôle de cristal. Son regard s'était fait intense. Lui aussi sentait… quelque chose.

Sans aucun signe annonciateur, la gangue de mana noir enserrant la tête de Cellendhyll se mit à luire, comme illuminée de l'intérieur. Dans la seconde suivante, l'enveloppe se calcina totalement, embrasée par un flamboiement argenté. La puissance du mana pur. Puis, une intense explosion de lumière du même argenté, ourlée d'étincelles d'un beau bleu irisé, carbonisa les filaments noirâtres qui emprisonnaient le corps de l'Ange.

— Aaaaaah !

Cellendhyll avait quitté le non-temps du Hyoshi'Nin. Guéri de toute blessure, de toute influence néfaste, il respirait à nouveau dans toute sa plénitude, ses deux cœurs en parfait accord. S'il n'avait rien compris du processus qui venait de le transformer, il en ressentait clairement les bénéfices.

Différent et en même temps inchangé.

Il éclata d'un rire libéré, sauvage.

Jamais il ne s'était senti aussi fort.
Jamais le jade de ses iris n'avait brûlé d'un feu aussi magnétique.
Jamais Cellendhyll n'avait eu l'air si maître de lui, si volontaire. Si redoutable.
Le Hors-Destin incarné.
Le Hors-Destin *transcendé*.

L'Ange jeta un coup d'œil à son arme. Sa Belle de Mort avait conservé sa forme habituelle, mais pour le reste, elle avait évolué, elle aussi, à sa propre mesure. Un poil plus lourd, la Belle n'était plus noire, elle avait pris une teinte bleu nuit, riche et profonde, avec des reflets irisés sur sa longueur. Son manche s'était légèrement incurvé pour se mouler à la main de l'Adhan. Ses runes elles-mêmes s'étaient transformées en un entrelacs de volutes délicates et opalescentes courant sur tout le pourtour du tranchant et qui, par instants, semblaient vibrer de pouvoir.
Comme tu es belle, ma Belle si fidèle !

De son côté, Zaphranaël s'était tassé de surprise :
— Comment ? éructa-t-il. Comment est-ce possible ?
Son regard flamboyant, Cellendhyll avança vers le trône.
— Toutes ces années, depuis que tu as surgi dans nos existences, ma famille et moi subissons ta malfaisance, s'écria-t-il. Même depuis que je t'ai démasqué, je ne fais que te suivre et subir... Tout cela est bel et bien terminé, Zaphranaël... je me suis *accompli* désormais. Et tu vas payer !
— Cela ne se peut, je suis le maître, je suis le seigneur du Destin ! tonna son adversaire. Nul ne peut me défier impunément. N'avance plus, sinon c'est Maurice qui va souffrir !
— Maurice a beau être mon ami, aucune menace ne me fera plier, Zaphranaël. Et si tu touches un cheveu de sa personne, je te découpe en morceaux !
— Oh, mais j'ai d'autres cordes à mon arc, figure-toi, postillonna le Puissant. Tu as peut-être réussi à vaincre deux ou trois de mes golems de pierre, je doute que tu puisses survivre à trente d'entre eux !
Zaphranaël fit un geste sec de la main. Sur la droite de la salle, tout un pan de cristal s'effaça dans la paroi pour dévoiler une immense salle de granit. L'endroit où devaient être parqués les Vohyrims au service du seigneur Destin.
Sauf que la pièce se révéla rigoureusement vide.
— Il semblerait que tu aies un petit problème de renforts ! se moqua l'Adhan. Je me demande si tu peux encore compter les Vohyrims comme tes serviteurs, Zaphranaël...

— Qu'as-tu fait ¿ glapit le seigneur du Destin, avant de se reprendre : qu'importe, il me reste une autre carte à jouer !

Zaphranaël brandit à nouveau une main impérieuse vers la pierre de vie corrompue et invoqua son pouvoir.

La surface de cette dernière se mit à enfler pour finalement excréter une bulle visqueuse de mana noir. La bulle tomba au sol, se transformant alors en une brume noirâtre qui ne tarda pas à se solidifier pour former une haute et maigre silhouette. Cette forme se densifia pour devenir une créature d'au moins deux mètres, composée d'une espèce de fumée charbonneuse. Armée d'une épée longue luisant de mana noir cristallisé, l'apparition avait des allures de guerrier déchu. Enfin, clôturant le sortilège d'invocation, dans une sorte de vibration de pouvoir, elle se scinda en trois spécimens distincts, pareillement armés.

Cellendhyll avait déjà vu ces inquiétantes créatures. Maurice les avait appelées les Traqueurs du Destin et semblait s'en méfier au plus haut point.

Alors que les trois créatures spectrales s'éparpillaient dans la salle, la pierre élémentaire créa une autre bulle, puis une autre et encore une autre… Des Traqueurs se matérialisèrent à chaque crachat, créés par série de trois. En quelques secondes, les spectres du Destin devinrent six, puis neuf, puis douze, puis quinze, jusqu'à former une bande de soixante spectres-guerriers, postés en demi-cercle sur plusieurs rangs entre Cellendhyll et le trône de Zaphranaël.

Un quart des spectres se sépara des autres pour aller se placer derrière l'Adhan. Les créatures se déplaçaient en lévitant au-dessus du sol.

L'accès au trône lui était barré et le Hors-Destin était cerné. Il dénombra ses adversaires sans s'émouvoir. Il fit rouler sa tête pour étirer les muscles de ses épaules avant d'énoncer, une fois encore, ce funeste constat :

— Vous n'êtes pas assez !

En réponse, encouragés par les cris rauques de Zaphranaël, les Traqueurs du Destin se mirent en mouvement, amorçant leur offensive ; seuls les deux derniers rangs restèrent en place pour protéger leur seigneur.

Cellendhyll invoqua le Premier Voile du Zen et se coula dans la transe bleutée avec une facilité déconcertante. Jamais son Nexus ne lui avait semblé si présent, si puissant. Instantanément, les silhouettes spectrales des Traqueurs s'allumèrent sur son écran tactique mental, chacune figurée d'un halo orangé.

Je suis là, Zaphranaël !

Chapitre 27

Comme vivante entre ses mains, sa Belle s'était changée en un sabre long, forgé de bleu nuit.

Tandis que la transe du Zen huilait le moindre de ses mouvements, Cellendhyll fusa d'un spectre à l'autre. Porté par l'énergie nouvelle, un pas lui suffisait pour combler l'écart avec sa cible, quelle que fût la distance.

Il fondait sur chaque adversaire, transformé en vif-argent, et, tandis que les spectres noirâtres levaient leurs lames, l'un après l'autre, pour le pourfendre, il frappait en riposte de son sabre, diagonales hautes, diagonales basses, chaque taille qu'il assénait traversait les créatures de part en part, déchiquetait leur essence. Ses runes étincelant, la Belle carbonisait les Spectres l'un après l'autre, transformant chaque ennemi en un petit tas de cendres délétères.

Cellendhyll ricochait d'un Traqueur à l'autre. Il avait commencé par abattre les spectres postés derrière lui pour peu à peu se rapprocher de ceux qui défendaient le trône.

Zaphranaël projeta d'autres filaments de mana noir pour ralentir le Hors-Destin et l'immobiliser. Dès qu'un tentacule arrivait au contact de l'Ange, il se désintégrait dans un éclair d'argent, incinéré par l'énergie du mana pur qui coulait dans ses veines.

Un assaut, une frappe. La Belle devenue sabre tranchait et une lumière s'éteignait sur son écran mental.

Je suis tout proche, Zaphranaël, chaque ennemi que j'élimine me rapproche de toi !

Sa Belle si fidèle chantait entre ses mains, elle incantait son aria d'acier, sublime et précise. Un adversaire de plus fauché par une arabesque d'un bleu moiré. Puis un autre. Et un autre. Jusqu'au dernier.

Toutes les lumières orangées avaient fini par s'éteindre dans l'esprit de l'Ange. Ne restaient plus de l'armée des Traqueurs que des petits monticules de cendres.

Cellendhyll n'était plus qu'à quinze pas de l'estrade de pierre sur laquelle se tenait le seigneur Destin.

— N'approche pas !

Le visage tordu par un mélange de fureur et d'inquiétude, Zaphranaël invoqua son emprise sur la pierre de vie dévoyée et la surface noirâtre qui recouvrait l'artefact se mit à nouveau à palpiter de pouvoir.

Le résultat ne se fit pas attendre. Une autre voix, au timbre féminin, mille fois plus séduisante que celle de Zaphranaël, s'insinua en Cellendhyll, exquise caresse dans son esprit. Cette voix inconnue, enjôleuse, c'était celle de la pierre élémentaire en train de déployer pour lui, uniquement pour lui, un torrent incroyable de sensations.

Cellendhyll se retrouva l'esprit saturé de visions de plaisir, de visions de grandeur, de pouvoir, de visions de puissance et de domination. Des femmes, toutes plus belles, plus excitantes les unes que les autres, alanguies, offertes, gémissant de désir, implorant son attention. Des armées entières à ses pieds, sur des kilomètres, clamant son nom jusqu'aux étoiles. Des joyaux, des montagnes d'or, des chevaux d'exception, des palais, des territoires entiers, des mondes… *tout cela* rien que pour lui.

Une promesse certaine.

Incontestable.

Une récompense.

— Lie-toi à *ma* pierre ! scanda à haute voix le seigneur du Destin, cède à sa voix, tu n'as pas d'autre choix !

Oui, lie-toi à moi, Cellendhyll, soufflait l'entité séductrice, *abandonne-toi, rejoins-moi. Je te donnerai tout, tout ce que tu désires. Tout sera possible, tout sera tien. Tu deviendras le Conquérant des Mondes et tous se courberont devant toi !*

L'Ange avait pu bloquer son esprit à Zaphranaël, lui interdisant d'y revenir, toutefois, il ne parvenait pas à endiguer le flot de projections mentales que lui assénait la pierre de vie corrompue. Elle exerçait son chant avec une telle intensité qu'il cessa d'avancer, oscillant sur lui-même, chaviré par ce déferlement mental, cette profusion incroyable de sensations et de tentations qui le submergeaient. Il avait l'impression que sa tête allait éclater devant une telle pression.

— *Je peux tout t'offrir, Cellendhyll, laisse-toi aller, viens à moi. Tout, je te promets tout !*

— *Et ma mère,* cracha l'Ange en esprit, *tu peux me la rendre ?*

Incapable de fournir une réponse appropriée, la voix de la pierre corrompue cessa brusquement sa litanie.

— J'en ai assez de tout cela, j'en ai assez qu'on me prenne pour un instrument ou un jouet ! s'écria le Hors-Destin.

La colère glacée qui couvait en lui, cette colère qui avait enflé au fil du temps et des révélations, avait atteint son point culminant.

Interpellée par les exhortations de Zaphranaël, la pierre corrompue reprit son chant enjôleur et perturbant, l'accablant de nouvelles visions.

Mais c'était trop tard.

Cellendhyll avait atteint sa limite. Une formidable énergie se mit à remonter à partir de son Nexus, une énergie qu'il canalisa d'un effort de volonté, avant de la libérer totalement.

Ses prunelles devinrent tel de l'argent liquide et il hurla :

— ASSEZ !

Le Cri du Hors-Destin avait jailli de ses lèvres, magnifié par l'énergie nouvelle. L'air sembla vibrer tout autour de lui. Un flux d'énergie, un cône de pouvoir qui troublait l'air ambiant, une onde qui semblait composée d'argent liquide, parcourue d'étincelles bleutées.

L'onde énergétique du Cri fusa jusqu'à la base de l'estrade de marbre sur laquelle était enchâssé le trône.

La puissance du Hors-Destin complétée.

L'onde d'énergie percuta le marbre de plein fouet, s'insinua en lui et le fit exploser dans un fracas de fin des temps. Proprement fendu par le milieu, le trône s'effondra en débris épars. Le bloc de cristal qui emprisonnait Maurice fut projeté sur la droite, avec le cercueil de cristallune contenant les ossements d'Alhana. La pierre de vie corrompue fut balayée sur la gauche. Zaphranaël, de son côté, tournoya dans les airs avant de retomber au milieu des décombres de son trône.

Le raz de marée cinétique déclenché par Cellendhyll poursuivit son œuvre de destruction massive, se diffusant jusqu'au mur du fond, qu'il abattit aussi facilement qu'il l'avait fait du reste. Tout un pan de la paroi cristalline pulvérisée par l'onde de choc se transforma en une pluie de shrapnels projetés directement sur l'armée de guerriers chacals amassés dans la cour, en contrebas ; elle se fit décimer en quelques secondes.

L'Ange remarqua alors une sorte de tentacule immatériel qui reliait Zaphranaël à la pierre du Destin corrompue, pulsant au rythme d'une respiration ; grâce à sa transcendance, il pouvait désormais lire les lignes de pouvoir ; il s'en serait rendu compte plus tôt, s'il n'avait été si occupé à survivre.

Les lire et agir sur elles.

Ses prunelles toujours allumées d'argent, Cellendhyll se rapprocha du lien immatériel. Il le saisit entre ses mains allumées de mana pur, et déchira le filament, purement et simplement. La voix spectrale cessa aussitôt de faire le siège de son esprit.

Libérée de l'emprise maléfique du seigneur Destin, la pierre de vie lévitait d'elle-même au-dessus du sol. Elle s'était mise à briller d'un remarquable éclat argenté, rendue à sa véritable nature, dispensatrice de vie et d'énergie.

Zaphranaël se redressa au milieu des décombres. Ses vêtements déchirés, sa belle assurance fissurée, hagard, il titubait.

Cellendhyll se rapprocha de lui. Un rictus cruel avait pris possession de ses traits.

— Non, épargne-moi, je te servirai ! supplia Zaphranaël. Je peux te rendre plus fort, je peux t'apprendre la magie du cristal, à contrôler le mana noir, je peux…

— Je me moque de la magie et je me moque du pouvoir ! Il est temps de payer !

Zaphranaël pointa Cellendhyll du doigt :

— Maudit Adhan, j'aurais dû te tuer lorsque tu n'étais qu'un enfant ! enragea-t-il dans un sursaut haineux. J'aurais dû…

Arrivé en face du Puissant, d'une pensée, Cellendhyll demanda à sa Belle de Mort de se transformer en marteau de guerre.

— Nooon, tu n'oseras pas ! s'égosilla le seigneur Destin. Alhana ne le permettrait pas !

— Ma mère est morte, pauvre fou ! rugit l'Ange… Tu l'as tuée ! Et moi, je vais te briser !

Cellendhyll redressa l'arme à deux mains et la rabattit de haut en bas, droit sur le crâne de Zaphranaël. Il donna tout ce qu'il avait d'effort, d'énergie et de fureur.

CRRRRAKKK !

Un bruit d'os fracturés, à en donner la nausée.

Sous l'impact, Zaphranaël sembla subitement se tasser sur lui-même. Sa tête soudain enfoncée entre les épaules, sa boîte crânienne pulvérisée, sa cervelle transformée en pulpe sanglante, sa mâchoire en miettes, un œil arraché de son orbite, sa colonne vertébrale transformée en un tas d'esquilles, il s'effondra sur le sol, grotesque dépouille.

Son plan minutieux, ses projets grandioses, son pouvoir incontesté, tout cela avait été fracassé par le Hors-Destin, sa détermination et son courroux.

Pour vous, Alhana, Priam et Fiannan, pour vous, mes parents. J'ai rempli ma mission, père.

Son serment mené à bien, Cellendhyll éprouva un sentiment d'accomplissement. Il se sentait soudain libéré d'un grand poids et d'une colère plus grande encore. Il n'éprouvait aucune honte à se réjouir de la mort de Zaphranaël. S'il l'avait pu, il lui aurait rendu la vie pour le pulvériser à nouveau.

L'Ange jeta un regard autour de lui ; ses prunelles avaient repris leur apparence normale. L'image de sa mère plaquée sur les murs avait disparu dès qu'il avait fendu le trône. L'endroit transpirait la mort et la dévastation. Des résidus de poussière noirâtre encombraient le sol, un peu partout. Les décombres de marbre répandus en gerbe avec le cadavre sanguinolent de Zaphranaël au beau milieu. Le mur du fond abattu, laissant entrer la lumière de l'extérieur ; le jour semblait levé au-dehors. Le cercueil de gemmelitte contenant les ossements de sa mère était lézardé, mais il n'avait pas éclaté. Cellendhyll se sentait ridicule, il éprouvait une répugnance certaine à aller voir de plus près.

Il alla ramasser sa tunique. Elle était déchirée, maculée de sang et puait la sueur. Il la laissa tomber.

La prison cristalline de Maurice s'était dissipée dès le seigneur Destin abattu. Libéré, l'Homme-Mystère sauta en l'air et fit claquer ses talons l'un contre l'autre, manifestation de joie pure. Après quoi, il rejoignit l'Adhan à grands pas, un peu ébouriffé, mais indemne. Son visage maigre s'éclairait d'un sourire radieux et, derrière les verres arrondis de ses bésicles, son regard myosotis palpitait de joie et d'énergie.

Tout en se rapprochant, il s'exclama :

— Seigneur Cellendhyll, c'est un jour sans pareil que celui-ci ! Que l'Équilibre en soit loué, vous avez réussi ce que d'aucuns jugeaient impossible, vous avez libéré le plan du Destin de la tutelle du mécréant ! Ah, quelle belle échauffourée que vous avez livrée contre les forces du Mal, n'est-il pas vrai ? Bistrecouilles et cornebique, c'était merveille que de vous voir combattre, hum, pétri de détermination, chevauché par un juste courroux, une lame de justice entre vos mains, un spectacle proprement inoubliable ! Ce résidu de navet de Zaphranaël a eu ce qu'il méritait, que résonnent au firmament les trompes glorieuses de la victoire ! Illustre jour, oui, illustre que celui où vous accomplissez la prophétie… Entendez donc et réjouissez-vous, seigneur : « *Né du Soleil et de la Lune, forgé du Chaos et nourri du Volcan, il avancera, l'Homme aux Deux Cœurs, Hors des Dieux et Hors du Temps, Hors des Lois et des Puissants, il avancera, l'Étincelle du Dieu Sauvage, et de son choix…* » Oubs !

— Non, je ne veux plus entendre parler de prophétie, Maurice, grinça l'Adhan. Plus jamais.

— Bais, la Drabe des Bossibles…

— Pas de trame de quoi que ce soit ni aucune de vos théories fumeuses, c'est clair ? J'ai vengé mes parents, point barre. Alors, si vous tenez à vos narines, vous feriez mieux de vous le rentrer dans le crâne.

— Bas de brophétie, combris. Bas de théories, bromis. Humb, bous bouvez lâcher bon dez, à brézent, zeidneur ?

Cellendhyll s'exécuta. Libéré, Maurice recula d'un pas pour palper son appendice rougi par la poigne de l'Ange. Son visage s'éclaira à nouveau d'un sourire radieux :

— Sachez que j'ai frémi lorsque le maudit maître vous a proposé son vil marché. Nous avons évité le pire des *possibles*, sachez-le. Si vous vous étiez lié à la pierre corrompue, Zaphranaël vous aurait aussitôt vidé l'esprit et il aurait disposé sur vous, hum, d'un contrôle total. Il vous aurait remodelé à son gré, le monde des Plans ruiné sous votre semelle conquérante. Lui-même, d'ailleurs, s'avérait incapable de se lier véritablement à la pierre, c'est pourquoi il l'avait rendue esclave d'un sombre maléfice. Grâce à vous, Hors-Destin, dorénavant, tout va rentrer dans l'ordre, l'Équilibre restauré !

Cellendhyll n'avait que faire de ces louanges :

— Vous ne pouviez pas me dire que Zaphranaël avait volé les ossements de ma mère ?

— Hélas, seigneur, comme je vous l'ai révélé, j'étais, hum, sous le joug d'un sort de blocage, je ne pouvais rien vous révéler de ses plans ou de ses agissements… Bien, nous pouvons passer à la suite.

Très digne, l'Homme-Mystère s'éclaircit la gorge avant de poser un genou à terre et s'incliner pour saluer l'homme aux cheveux d'argent, une extrême solennité dans sa posture.

— Gloire à vous, seigneur Cellendhyll, reprit-il avec emphase. Gloire au nouveau Puissant du Destin !

L'Ange posa les mains sur ses hanches et fronça les sourcils :

— Vous me sortez quoi, là, Maurice ? Et puis d'abord redressez-vous, vous êtes ridicule…

L'étrange bonhomme obtempéra, sans cacher sa surprise :

— Par la Sainte Carotte, n'allez-vous pas vous lier à la pierre élémentaire, désormais libérée de l'influence malfaisante de Zaphranaël ? N'allez-vous pas réclamer le trône et devenir le Puissant du Destin, un Puissant légitime, selon toute logique ?

Les traits étirés d'une grimace de dégoût, Cellendhyll rétorqua du tac au tac :

— Vous êtes malade, mon vieux ? Je ne veux aucun trône ! J'ai pourtant clamé à longueur de temps que tout ceci ne m'intéresse pas ! Le pouvoir, la gloire, la puissance, je m'en contrefiche ! Je ne veux nullement devenir un Puissant, je ne veux pas régner sur qui que soit, par l'Épée de Lachlann, en quelle langue dois-je l'exprimer ?! Et surtout, surtout, ne venez pas me reparler d'une quelconque bribe de prophétie !

Maurice resta un temps la bouche grande ouverte. Il finit par la refermer, l'œil soudain admiratif :

— Par tous les Calculs, seigneur Cellendhyll, vous êtes bien le Hors-Destin, et ce jusqu'au bout des ongles ! Votre réaction me fournit une occurrence que j'avais à peine discernée dans la Trame, et, hum, le pourcentage d'un tel possible nous entraîne jusqu'aux rives lointaines du grand Imprévu. Ma foi, je ne suis que votre humble héraut, bien que non calculé, j'honore ce choix qui est le vôtre… Que décidez-vous, en conséquence, seigneur Hors-Destin ?

— Décider de quoi ?

— Vous avez vaincu le dictateur de ce Plan, tout reste à reconstruire, à présent. Hum, il vous faut prendre certaines décisions, j'en ai bien peur.

— Je n'ai pas le temps, Maurice, je dois retourner à Tygarde de toute urgence, je dois retrouver Priam… au fait, vous saviez qu'il était mon véritable père ?

— Euh… oui, mon seigneur.

— Vous auriez pu me le révéler, ou au moins me mettre sur la voie, même avec le sort de contrainte, non ?

Maurice se tortilla sur place devant le regard intimidant du Hors-Destin :

— C'est dire… hum… j'ai effectivement été tenté de vous parler de votre filiation, à plusieurs reprises, et puis…

— Et puis quoi ?

— C'est un sujet extrêmement délicat, vous en conviendrez, seigneur… Comment auriez-vous réagi en apprenant une telle révélation ? Vis-à-vis de

Priam lui-même ? Vis-à-vis de moi ? Votre propension aux « conversations musclées », oui, j'use d'un euphémisme, nous sommes clairs sur ce point, n'a pas aidé dans ce sens. J'ajouterai pour ma défense qu'il revenait peut-être à votre père de vous apprendre la vérité... J'estime pour ma part qu'il vous appartenait de le découvrir vous-même. C'était mieux ainsi, vous comprenez ? En ce qui concerne l'état de santé de l'Empereur de Lumière, ne vous inquiétez pas, du moins pas à ce sujet, je vous rappelle que l'écoulement de la temporalité, dans l'Ailleurs, est tel que vous n'aurez perdu qu'une poignée de minutes lorsque vous rentrerez. Le fil de l'Empereur brille encore sur la Trame, je vous l'assure. Or, avant votre départ, je dois évoquer avec vous quelques questions capitales. Il y a beaucoup à régler, ici, seigneur.

— Bon, d'accord, maugréa Cellendhyll, mais pas longtemps. De quoi voulez-vous parler ? Faites clair et concis, je vous prie.

— Avant tout, peut-être voudriez-vous que nous allions dans un endroit plus... confortable ? Une collation, peut-être ? Un jus de carottes ?

— Non, je n'ai pas envie de me détendre, soupira l'Ange, ni d'un jus de carottes, je vous l'ai dit, je suis pressé de rentrer. Avant de passer à la suite, toutefois, j'ai une question... quelque chose s'est produit en moi, durant le combat contre Zaphranaël. Un phénomène étrange, je n'arrive pas à me l'expliquer.

— En effet, opina Maurice, vous avez évolué, vous avez connu l'ultime étape de votre transformation, Hors-Destin. Désormais, le mana pur s'est organisé en vous, recentré sur votre Nexus, il a complété votre corps et coule dans vos veines, vous devriez le constater à sa couleur. Sachez que cela n'a rien d'inquiétant, bien au contraire.

— Justement, Maurice. Je le sens bien, j'ai un pouvoir en moi, cette énergie nouvelle, comme je l'ai surnommée. Comment l'éveiller ? Comment la maîtriser ?

— Je l'ignore, seigneur. Vous êtes le Hors-Destin et vous échappez à toute logique, vous existez hors de principes généraux de la magie, vous êtes unique, un chef-d'œuvre de puissance brute, inaltérable... En bref, vous représentez l'exception... Il n'existe donc aucune méthode préétablie pour vous aider à maîtriser votre puissance. Au moins à ma connaissance, désolé. Bien sûr, nous pourrions tenter quelques expériences et ainsi mieux définir votre potentiel hors-norme... je serai heureux de vous assister en la matière.

— On verra ça plus tard. Un conseil, au moins ?

Maurice leva son index et professa :

— Je ne vois qu'une solution : il faut chercher en vous l'étincelle qui a tout déclenché. Face aux nombreux dangers que vous avez affrontés depuis l'âge d'homme, jusqu'ici, c'est toujours en vous-même que vous avez trouvé le moyen de vaincre, n'est-ce pas ?

— D'accord. Je m'en contenterai.

— La chose est réglée ! s'exclama l'étrange bonhomme en battant des mains. Abordons à présent les décisions que vous devez prendre, seigneur.

Puisque vous ne voulez pas devenir le Puissant du Destin, qui va occuper la place ? Et la Pierre de Vie, qu'allons-nous en faire ? Elle ne peut rester ainsi, sans la moindre protection.

— C'est vrai, admit Cellendhyll. Très bien, ma décision est prise : vous allez vous charger de ça, mon vieux.

— Mais... euh... quoi... moi ? demanda l'Homme-Mystère, soudain décontenancé.

— Vous avez soif de pouvoir, Maurice ? Vous voulez régner sur le Plan du Destin ? Dominer les gens ?

— Par tous les Furoncles, ma foi, hum, en aucune façon ! se hérissa l'homme aux bésicles.

— Je m'en doutais. S'il y a bien quelqu'un qui connaît ce Plan, c'est vous, mon vieux. Sans compter que vous comprenez et maîtrisez toutes ces choses magiques, contrairement à moi. Oui, j'ai confiance, vous êtes parfait pour ce rôle de régisseur... Maurice, je vous nomme désormais intendant du Destin !

— Hum, par toutes les Patafioles, se rengorgea l'étrange bonhomme, en effet, seigneur, il y a une musicalité certaine dans le titre, ainsi qu'une bonne once d'élégance bourgeoise. J'accepte le rôle avec enthousiasme !

— Bien. Au sujet de la Pierre de Vie, a-t-elle besoin d'être liée à quelqu'un pour fonctionner ?

— Nullement, elle possède sa conscience propre et son propre équilibre. Si on la laisse faire, elle maintiendra la cohérence de ce monde de manière indépendante et neutre, tel est son rôle élémentaire.

— Eh bien, décida Cellendhyll, je vous charge d'emporter la pierre dans un endroit sûr, vous connaissez ce monde bien mieux que moi.

— Hum, je pourrais la confier à la garde des Vohyrims, envisagea Maurice, c'était leur tâche sacrée, avant que Zaphranaël n'usurpe le pouvoir, et je connais bien leur roi, Kkrörkh. Nul doute que ceux du Roc accepteront un tel devoir, ils étaient les alliés de l'ancien seigneur Destin et ce sont des créatures dignes de confiance. Au passage, vous gagneriez à faire leur connaissance, seigneur Hors-Destin.

— Très bien, je me fie à votre avis, arrangez ça avec eux.

— Et le trône ? Qui va l'occuper ?

Cellendhyll jeta un œil aux débris du trône de Zaphranaël avant de revenir à son intendant :

— Personne, mon vieux. Il n'y a nul besoin d'un seigneur du Destin pour influer sur l'existence des gens.

— Mais...

— Mais rien du tout. L'autodétermination, le libre arbitre, ça vous dit quelque chose ?

— Par la Sainte Carotte, j'avoue que je ne m'attendais pas à une telle décision, mais vous êtes mon seigneur et j'obéis sans rechigner. Il y a également une question délicate à évoquer et je l'aborde avec tout le respect nécessaire, croyez-le bien… Qu'allons-nous faire des restes de votre mère, seigneur Cellendhyll ?

L'Ange se sentit honteux d'avoir oublié le cercueil d'Alhana. Il poussa un soupir avant de répondre :

— Je dois réfléchir à ce que je veux en faire. Je devrais logiquement les ramener au caveau familial, dans les Terres du Nord, or, avec tout ce que j'ai appris récemment, est-ce vraiment la meilleure décision ? Pourriez-vous les garder à l'abri, en attendant que je me décide ?

— Bien sûr, seigneur, je vis pour vous servir, n'en doutez jamais.

Venu de nulle part, un lumignon doré apparut devant Maurice. L'étrange bonhomme leva l'index et le feu follet vint se poser sur la pointe de son doigt.

— J'ai reçu des nouvelles de l'extérieur, annonça-t-il au bout de quelques secondes. Je vous confirme que les Vohyrims, grâce à vous, se sont libérés de leur servitude. Si j'en crois mes informations, c'est Kkrärak, le fils du roi que vous avez délivré, qui a œuvré à rendre la liberté aux siens. Les géants du Roc ont aussitôt pris l'initiative de mettre hors d'état de nuire l'armée des Têtes de chacal. Ces derniers ne font pas le poids face aux Vohyrims et leurs survivants sont parqués dans la cour, sous étroite surveillance. Les escouades volantes ont également été capturées, la magie vohyrim s'avère redoutable, lorsque ces êtres sont libres de penser par eux-mêmes. Et donc, qu'allons-nous faire de ce qui reste de l'armée de l'usurpateur ?

— Ils viennent d'où, ces Têtes de chacal ? demanda l'Adhan.

— D'un monde secondaire de l'Ailleurs. Ce cancrelat de Zaphranaël les a recrutés dès qu'il s'est approprié le titre de Puissant du Destin. Il reste quelques patrouilles, éparpillées sur les terres alentour, mais comparées à ce que vous avez affronté, rien de bien méchant. Privés de l'influence pernicieuse du Seigneur Destin, ils ne devraient poser aucun problème.

— Avec l'aide des Vohyrims, désarmez-les et renvoyez-les sur leur plan d'origine par portail.

— Sage décision, seigneur, acquiesça Maurice. Il y a des prisonniers dans les geôles, que voulez-vous en faire ?

— Quelqu'un de ma connaissance parmi eux ? s'enquit Cellendhyll.

— Nullement. Ce ne sont que des victimes, ils ne représentent aucune menace.

— Libérez-les, nourrissez-le, soignez-les si besoin et renvoyez-les d'où ils viennent, eux aussi. Zaphranaël devait être du genre à amasser des richesses, j'imagine… piochez dans son trésor pour dédommager ces gens, faites du mieux possible.

— Et la citadelle du Destin ? Faut-il la reconstruire ?

— Cet endroit sinistre ? Détruisez-le, si vous en avez le pouvoir, peut-être avec les titans de pierre, asséna Cellendhyll. Sinon, qu'on l'abandonne. Et pendant qu'on y est, abattez-moi aussi tous les postes de garde et toutes ces effigies ridicules à l'image de l'Œil !

— Vous entendre, c'est obéir, seigneur Hors-Destin.

— C'est bon, Maurice. Avons-nous fait le tour ?

À mesure que le temps passait, l'Ange n'avait qu'une hâte, retrouver son père.

Le nouvel intendant sembla rassembler ses pensées avant d'ajouter :

— Seigneur Hors-Destin, puisque vous allez repartir, je me permets de revenir sur un point précis : les pouvoirs que vous avez déployés sur ce plan, autrement dit dans *l'Ailleurs*, n'opéreront pas avec la même liberté sur les autres mondes et notamment le Plan Primaire... bien sûr, si nous parlions de *l'Inframonde*, je serais moins affirmatif, votre *moi* est en fait un *sur-moi*, puisque vous êtes le Hors-Destin... ah oui, je m'égare et non, pas le nez ! Puisque vous avez évoqué cette puissance nouvelle, je vous conseille vivement, tant que vous ne la maîtrisez pas, de vous modérer dans ses usages, au risque d'épuiser toute votre énergie.

— C'est d'accord, j'en prends bonne note, opina l'Adhan. Ah, j'allais oublier, j'ai brisé le sabre que vous m'aviez forgé contre un géant de pierre, je suis désolé, Maurice.

— Oh, si vous me laissez un peu de temps, je devrais être en mesure de vous forger une nouvelle lame, seigneur.

— Inutile, mon vieux, regardez ce que je peux faire avec ma Belle de Mort, désormais !

Cellendhyll brandit sa dague sombre, la transforma en épée longue, puis en hache, puis en marteau de guerre, elle devint ensuite une lance, un sabre, puis à nouveau une dague. Le tout accompagné d'un grand rire de l'Adhan.

— Impressionnante démonstration ! admira l'Homme-Mystère. Et j'en profite justement pour appuyer mon propos : dans l'Ailleurs, chaque métamorphose de votre arme ne vous coûte aucune perte d'énergie, car, sans vous en rendre compte, vous tirez cette énergie de l'air ambiant. Sur le Plan Primaire, en revanche, tout changement de forme risque de prélever sur vous un tribut que je ne saurais qualifier, et qui ne fera que se renforcer à force d'invocation. Vous devez comprendre, c'est vous qui fournirez l'énergie à votre dague, dans ce cas. Allez-y progressivement sinon vous risquez de vous saigner à blanc.

— Je ferai de mon mieux... C'est fini ? Je peux y aller ?

— Tout à fait, seigneur. Je reste en contact avec vous, je vous le promets. Le temps de régler la situation ici et d'exécuter vos directives et je vous rejoindrai. Ne vous inquiétez pas, je saurai vous retrouver où que vous vous trouviez.

À la pensée de retrouver Tygarde, Cellendhyll émit un lourd soupir. La réalité reprenait ses droits et elle n'était pas plaisante.

— Qu'y a-t-il, seigneur ? s'alerta l'étrange bonhomme. Quelque chose ne va pas ?

Cellendhyll poussa un autre soupir :

— Je vous passe les détails, cela dit, je viens de perdre Rathe, un ami cher, et mon père Priam, que je viens à peine de reconnaître comme tel, grâce à ma mémoire retrouvée, est très malade… ça fait beaucoup à digérer en si peu de temps.

Maurice salua gravement d'une inclinaison du buste :

— Toutes mes condoléances, seigneur. Je suis vraiment désolé. Messire Rathe était un homme d'exception, digne d'avoir sa propre saga.

— C'était le meilleur des amis, approuva l'Adhan. Et je m'inquiète pour mon père, ce qui n'aide pas. Il est temps. Renvoyez-moi à Tygarde, Maurice.

L'Homme-Mystère s'exécuta, fredonnant un assemblage délicat de mots de pouvoir.

Un halo doré se forma devant l'Adhan, prenant peu à peu la forme d'un téléporteur.

Cellendhyll posa sa grande main sur l'épaule de l'Homme-Mystère et il déclara :

— Faites attention à vous, *intendant*. J'espère vous revoir bientôt.

— Je serai digne de votre confiance, seigneur Hors-Destin. Oserais-je vous retourner le même conseil ? Soyez *très* prudent.

Cellendhyll s'était déjà engouffré dans le portail lumineux, sans un regard en arrière.

Chapitre 28

Maurice ressentait une véritable exaltation. Tant de choses accomplies ! Quelle fierté sincère, il éprouvait pour son maître, le seigneur Cellendhyll de Cortavar, le Hors-Destin, l'Homme aux deux cœurs, le Guerrier des Lunes, l'héritier de Lumière ou encore l'Étincelle de Kashgar.

L'Homme-Mystère se mit alors à déclamer, d'une voix portée par l'émotion :

— « *Né du Soleil et de la Lune, forgé du Chaos et nourri du Volcan, il avancera, l'Homme aux Deux Cœurs. Hors des Dieux et hors du Temps, hors des Lois et des Puissants, il avancera, l'Étincelle sauvage, et de son choix dépendra l'avenir de tous les plans. Conquérant des Mondes ou Gardien, tous retiendront leur souffle et la Trame de l'existence s'en trouvera à jamais changée...* » Hum, moi, Maurice l'Ineffable, je pensais maîtriser tous les possibles, toutes les occurrences, percevoir tous les fils de la grande Trame, néanmoins, le seigneur Cellendhyll vient, une fois encore, de déjouer tout calcul. Hum, mon estimé maître n'a jamais cédé à l'appel maléfique de la pierre. Il a refusé net le pouvoir et les promesses corrompues. Il a tourné le dos à la voie du *Conquérant*, le pire des possibles... Mais cela, cornebique, je m'y attendais ! Ensuite, mon seigneur a refusé le trône du Destin, il a refusé les pouvoirs d'un Puissant. Un choix plus humble que mes prévisions. Que la Sainte Carotte soit louée, l'équilibre des Plans reste intact, préservé, car le Hors-Destin se trouve libre de toute influence... Cependant, Maurice, j'ai beau être l'Ineffable, je m'interroge... Hormis cette question de l'intégrité de mes fosses nasales, ai-je bien réagi ¿ Aurais-je dû parler à mon maître des détails de la prophétie ¿ Elle le concerne au premier chef, n'est-il pas ¿ Certes, un point pour toi, Maurice. Cependant, songe tout de même qu'il ne s'est pas déclaré... hum, ni dans un sens ni dans l'autre. Le choix reste ouvert et Cellendhyll peut très bien se décider pour la voie du Conquérant, à n'importe quel moment... Ah, ah, par tous les furoncles, Maurice, un argument aussi surprenant qu'infaillible ! Le seigneur Hors-Destin a refusé, mais il n'a pas choisi, bistrecouilles, comment ai-je pu passer à côté ! Songe encore à tout ce qui attend notre maître. Par toutes les carottes, il est parti trop vite... les Smaughs, j'aurais peut-être dû lui parler des Smaughs ¿... Hum, je te répondrai, mon cher, que la moindre erreur de notre part, si nous tentons de l'orienter, peut amener directement à la catastrophe. Tu le sais pourtant, toute influence extérieure risque de faire basculer notre maître… du côté sombre. Or donc, que nenni, tu n'as pas mal agi, Maurice… En, effet, merci de me rassurer, Maurice… C'est tout naturel, mon cher… Si, si, j'insiste… Eh bien d'accord… Hum, maintenant, allez, Maurice, assez lanterné ! Il te reste une rude besogne à accomplir. Fort de sa victoire, le maître t'a confié une série de tâches cruciales à accomplir, tu dois te montrer la hauteur de sa confiance. Intendant du Destin, hum, je connais un Jardinier de ma connaissance qui va en devenir violet de jalousie !

Tout sourire, Maurice leva un doigt vers le ciel et se mit à tourner lentement sur lui-même, un chant de pouvoir égrené entre ses dents. Un tube d'énergie dorée apparut face à lui, vertical, traversé d'étincelles de mana ; deux mètres de haut pour un mètre trente de large. Maurice accentua son tournoiement, son chant se renforça. Le tube magique se mit à tinter comme si l'on agitait une série de clochettes et sa lumière s'intensifia. Une forme humaine sortit de l'étrange dispositif, suivie d'une autre et encore une autre, chaque apparition se rangeant en ligne face à l'invocateur.

C'étaient tous des Maurice. Semblables en tout point à celui qui les avait invoqués, revêtus du même costume de velours jaune, rouge et bleu roi. La seule exception notable était que chacun des arrivants portait un béret de feutre d'une couleur différente.

Une fois le processus achevé, le Maurice originel écarta largement les bras pour accueillir ses incarnations et s'exclama d'une voix enthousiaste :

— Mes amis, mes frères, mes *moi*, l'heure est grave, notre seigneur Cellendhyll nous a confié une tâche aussi capitale que délicate : remettre de l'ordre sur le Plan du Destin. Il n'est pas question de le décevoir, aussi je réclamerai de vous tous… de nous tous, devrais-je dire : diligence, précision, efficacité. Puisque vous êtes moi, vous connaissez les instructions de notre maître… Toi, Maurice, tu te chargeras d'apporter la Pierre de Vie au roi Kkörkh et tu te réclameras, hum, auprès de son éminence pierreuse de l'Ancien Serment. Hum, une fois l'alliance rétablie, tu pourras enrôler assez de nos alliés Vohyrims pour t'occuper des Têtes de chacal en maraude. Pour ta part, Maurice, tu vas créer assez de téléporteurs pour renvoyer l'armée déchue du mécréant dans ses pénates et tu devras veiller au bon déroulement du transfert. De ton côté, Maurice, tu seras chargé du bien-être des prisonniers, avant de les dédommager et de les renvoyer dans leurs foyers… par portail, bien sûr, nous n'allons pas faire marcher les malheureuses victimes du poireau moisi ! En outre, il va nous falloir abattre la citadelle de l'Œil, ainsi que tous les triangles de surveillance, c'est vous, Maurice, Maurice et Maurice, qui vous en chargerez. J'escompte qu'il vous faudra, hum, au moins dix-sept Vohyrims pour vous aider, mais je vous laisse juge de vos propres calculs… toutefois, afin d'éviter tout accident regrettable, je préfère préciser : attendez l'évacuation complète de la forteresse avant de procéder… Hum, il ne reste plus que toi, Maurice, tu t'occuperas de récupérer les reliques d'Alhana, la mère de notre seigneur, tu les mettras à l'abri et tu en prendras le plus grand soin, le temps que je vienne les chercher… Je compte sur vous, mes compagnons de l'Encore et du Toujours. Diligence, précision, efficacité. Notre récompense, je vous l'assure, sera à la hauteur de nos efforts : nous goûterons chacun trois gouttes de cet excellent jus de carotte millésimé que j'ai fait mûrir en fût d'aubépine, rien de moins ! Des questions ? Non, Maurice, le jus de carottes ne sera distribué qu'après notre mission remplie. Non, hum, pas même une demi-goutte, il suffit ! Mes chers moi, au travail, que le Calcul vous soit florissant !

Les incarnations saluèrent d'une même courbette du buste avant de partir remplir leurs rôles, quittant la salle à la file, chacun des Maurice marchant d'un pas enthousiaste, voire enfiévré. Du jus de carottes millésimé ! Trois gouttes !

Resté seul, le Maurice originel prit trois minutes pleines de réflexion. Il s'abstint de tout calcul secondaire, chose fort rare pour lui, et se concentra sur la Trame des Possibles et l'étude de ses fils. Au terme de son effort, une conclusion s'était imposée. Une décision fut prise, lourde de sens.

En conséquence, l'Homme-Mystère chantonna un sort et se retrouva téléporté à l'autre bout de la citadelle, pile devant l'une des quatre tours surplombant l'enceinte. Celle dont la porte bardée de runes était verrouillée depuis des années.

Les Têtes de chacal habituellement en place ayant été capturés par les Vohyrims, l'endroit était libre d'accès.

Maurice posa son index sur la serrure renforcée de runes et susurra quelques sonorités à la musicalité certaine. Les runes protectrices s'illuminèrent d'une douce lueur dorée avant de disparaître, puis celles ornant la porte connurent le même sort.

Maurice poussa la porte qui s'ouvrit sans un bruit. Nulle lumière à l'intérieur. L'intendant fredonna son pouvoir pour invoquer trois lumignons dorés qui vinrent l'entourer, éclairant les lieux d'abondance.

L'intérieur, tout en cristal violet. Le rez-de-chaussée était vide, poussiéreux. Un escalier en colimaçon s'enroulait tout autour de la tour et grimpait dans les hauteurs de l'édifice.

Maurice n'avait nulle envie de se lancer dans un marathon de marches à grimper. Il se plaça au centre de la salle, et, d'un nouveau sortilège, il annula le poids de son corps. Après une vigoureuse poussée des jambes, éclairé de son trio de feux follets, l'étrange bonhomme s'envola vers le sommet de la tour.

Il atterrit directement sur la plate-forme supérieure, au dernier étage. Une longue forme était allongée dans la pénombre, au centre de la pièce. La salle elle-même s'avérait surmontée d'un épais dôme cristallin masquant toute lumière. Dénudé, sinistre, l'endroit sentait le renfermé.

À l'arrivée de Maurice, la forme bougea légèrement, provoquant un bruit de chaînes.

— Tout doux, Greyswandyrall, tout doux mon beau. C'est moi, Maurice, ton vieil ami. Je te rejoins dans un glorieux jour et je te l'apprends le cœur radieux : *il* a réussi, tu entends bien ! Mon seigneur le Hors-Destin a rempli sa quête, il a vaincu Zaphranaël, le méchant maître, celui qui nous a tous emprisonnés !

La forme se leva sur ses quatre jambes, peinant tant elle était chargée de chaînes.

Maurice faisait face à un grand étalon de cristal. Son corps scintillait de reflets indigo, sa crinière et sa queue étaient composées d'écailles de cristal souple de couleur d'ivoire. La créature étincelait de noblesse, ses yeux intelligents, deux cabochons du même myosotis que celui de Maurice, brillaient d'un doux feu… celui de l'espoir.

Maurice rejoignit le grand cheval, caressa son chanfrein effilé, gratta l'arrière de ses oreilles pointues, causant une série de tintements cristallins :

— Je t'avais promis la liberté, mon vieil ami. Et trop longtemps, hum, j'ai tardé à accomplir cette promesse. Aujourd'hui, cependant, en ce jour béni, moi, Maurice, intendant du Destin libre, je le déclare haut et fort : ta délivrance est venue, mon noble compagnon !

Il posa la main sur le verrou bloquant les chaînes et chantonna trois mots de pouvoir.

Le verrou et les chaînes disparurent transformés en une limaille d'acier qui se répandit sur le sol.

L'étalon de cristal s'ébroua en frappant le sol de ses sabots, provoquant de petits éclairs d'argent, avant de se cabrer et de pousser un hennissement de joie pure.

— Oui, mon ami chevalin, le goût de la liberté, quelle ivresse, n'est-ce pas ? Néanmoins, foin de discours, je sais que tu n'attends qu'une chose, hum, quitter ce détestable endroit et t'ébattre à nouveau dans l'air pur !

Greyswandyrall hocha vigoureusement la tête.

Maurice connaissait bien assez le fonctionnement de la citadelle. Il gagna le mur à droite de l'escalier et actionna un gros levier qui saillait du mur.

Un bruit d'engrenages résonna de l'épaisseur des parois, puis retentit celui d'un mécanisme qui s'enclenchait. Tout un pan du dôme s'effaça en glissant sur son support mécanique pour laisser apparaître une grande ouverture circulaire donnant sur le ciel.

Sans attendre, le grand cheval avança jusqu'à la sortie et ses naseaux se gonflèrent de plaisir tandis qu'il humait l'air de l'extérieur à grands poumons.

Il secoua la tête de haut en bas et poussa un petit hennissement ravi.

Maurice se rapprocha de lui et passa son bras autour de son encolure :

— Tu es libre, désormais, Greyswandyrall, libre d'aller où bon te semble. Hum, il se trouve que j'ai besoin de toi… pour un petit service. L'imprévu se présente à nous et nous tiraille de son chant impérieux. Alors, si tu acceptes de m'accorder cette faveur, je serai en dette avec toi… oui, compagnon, nous avons déjà accompli ce genre de marché, tu le sais. Je n'ignore pas que je te demande beaucoup au vu de ta libération soudaine, mais serais-tu d'accord pour m'épauler ?

Greyswandyrall hennit son consentement sans chercher à réfléchir. Maurice était bel et bien un vieil ami.

À son invite, l'Homme-Mystère se hissa sur le dos de l'étalon-cristal.

— Oui, mon beau, toi et moi, nous allons voler jusqu'aux étoiles et au-delà !

Greyswandyrall approuva à grands mouvements de la tête. Deux ailes de cristal d'un orange lumineux se mirent à pousser sur chacun de ses flancs jusqu'à se déployer complètement.

Une fois Maurice calé sur son dos, en quelques vigoureux battements d'ailes, Greyswandyrall se jeta dans le vide et décolla dans les airs à la verticale, avant de se stabiliser au milieu du ciel. Magnifique de puissance, il lâcha un hennissement fier et sauvage.

Secoué d'un grand rire, Maurice s'exclama :

— Par toutes les patafioles, vole, Greyswandyrall ! Vole jusqu'au bout du jour et de la nuit !

Chapitre 29

Téléporté par Maurice, Cellendhyll réapparut directement au niveau du plafond de sa chambre, dans la suite qu'il occupait à Tygarde. Il tomba sur son lit, rebondit deux fois avant de pouvoir se relever.

Je vais devoir dire deux mots à Maurice concernant l'arrivée de ses portails !

Même pressé, il prit le temps d'une toilette rapide et de passer une tenue propre. Il ne se voyait pas débarquer devant son père gravement malade à demi nu et puant la sueur et la mort.

Il rejoignit les appartements de son père en courant, sans se soucier de ceux qu'il croisait.

Comment de temps s'était-il écoulé depuis son départ ? Il avait oublié de demander à Maurice. Son père était toujours en vie, il se raccrochait à cette idée, c'était la seule chose qui lui importait.

Le Hors-Destin constata que la sécurité avait été renforcée dans les couloirs. Il y avait même un escadron de gardes pour surveiller l'intérieur de la suite de l'Empereur.

Priam n'avait pas bougé de son lit. Les yeux fermés, il semblait dormir. Ses traits étaient bien pâles. Les cernes qui creusaient ses yeux étaient passés du violacé au jaunâtre.

L'administrateur Vaillence était assis à son chevet, accompagné d'un homme grand et maigre, le crâne rasé, le regard clair. Ce dernier était vêtu d'une longue tunique gris clair, ornée du symbole de la Rose Blanche, l'ordre des guérisseurs.

À peine l'Ange était-il entré, que les deux individus se redressaient pour le saluer. Vaillence en profita pour lui annoncer :

— Rassurez-vous, seigneur-lige, votre *père* est toujours avec nous… oui, durant votre absence, qu'il nous a expliquée, il nous a révélé que vous étiez… son héritier direct, son mariage avec Alhana… Je vous présente Baracus, prêtre de la Guelfe et médicastre de l'Empereur.

— Comment va-t-il ? s'enquit l'Adhan en désignant Priam.

Le guérisseur attira Cellendhyll à l'écart du patient et se mit à parler à mots couverts :

— Vous êtes intervenu à temps, d'après ce que Son Altesse nous a raconté, seigneur Cellendhyll. Votre père n'a pas subi de dommages supplémentaires, son état ne s'est donc pas aggravé. Toutefois, aucune amélioration non plus. En toute honnêteté, c'est un cas préoccupant. Son Altesse a été empoisonnée très gravement, battue, affamée, un homme normal serait mort depuis longtemps. Je suis parvenu à enrayer définitivement l'infection, néanmoins, l'Empereur reste très faible. Je n'ai jamais rencontré des symptômes comme les siens, ni aucun de mes collègues. Je ne sais pas comment les Smaughs ont procédé, mais ils ont complètement détruit son Nexus, je ne savais pas une telle chose possible chez un Puissant. L'Empereur ne peut plus utiliser la magie, ni profiter de son lien avec la Pierre de Vie. Pire encore, son Nexus détruit, les sorts de guérison semblent inopérants.

Sans en avoir conscience, Cellendhyll serrait les poings aussi forts qu'il le pouvait. Quelle impuissance il ressentait !

— On ne peut donc rien ? souffla-t-il, peinant à contenir sa frustration.

— Je suis obligé de recourir aux méthodes traditionnelles, je lui ai donné des potions pour le renforcer, indiqua Baracus. Votre père a besoin de calme et de repos, avant tout. J'ai rendez-vous avec l'archevêque Aymard, nous avons prévu une réunion entre guérisseurs pour trouver une solution. Je vous assure, seigneur, que nous ferons tout notre possible pour sauver votre révéré père, que la Sainte Lumière nous donne sa force…

— Cellendhyll, tu es là…

Priam venait d'ouvrir les yeux, ses lèvres étirées d'un sourire, bien maigre, mais sincère. Lui, le Grand Homme, jamais il n'avait paru aussi fragile et le cœur de Cellendhyll se serra à ce constat.

— Laissez-nous, je veux parler avec mon fils, poursuivit le souverain.

Tandis que Vaillence et Baracus quittaient la pièce, l'Ange s'installa sur le rebord du lit pour empoigner la main que Priam lui tendait. Comme elle était maigre, cette main. Et comme l'Adhan appréciait ce contact.

Priam inspecta son fils du regard. Constatant qu'il était sain et sauf, il demanda :

— Zaphranaël ?

Cellendhyll hocha la tête :

— Je l'ai traqué sur le plan du Destin, je l'ai retrouvé et je l'ai châtié comme il le méritait, père. Il a payé pour tout ce qu'il nous a fait.

Cellendhyll préféra ne pas entrer dans les détails et notamment tout ce qui concernait Alhana et le sort réservé à ses ossements. Son père était bien assez faible comme ça.

— Je suis fier de toi, mon fils, fier de ce que tu es devenu. Fier de tout ce que tu as accompli. Je suis persuadé qu'Alhana repose l'esprit apaisé, désormais. Elle nous regarde de là-haut, elle se réjouit de nos retrouvailles.

Priam marqua une pause, le temps d'un soupir :

— Je suis désolé, Cellendhyll. J'ai bien mal agi à ton égard, j'aurais dû tout te révéler, dès ton retour du Chaos. J'étais moi-même manipulé par Zaphranaël, mais ce n'est pas une excuse... je...

— Peu importe le passé, je suis heureux de vous avoir *retrouvé*. Ce qui compte, c'est que nous soyons réunis, sourit Cellendhyll. Vous devez guérir, père. Vous le devez. Alors, nous aurons tout le temps de profiter l'un de l'autre.

À présent que les deux hommes s'étaient l'un et l'autre libérés de l'emprise de Zaphranaël sur leurs mémoires, ils prirent le temps de se raconter. Ils évoquèrent toute une foule de souvenirs basés sur l'enfance de Cellendhyll, c'était l'occasion pour le père et son fils de confirmer tout ce qu'ils avaient vécu en commun. De recréer tout ce qui les rattachait l'un à l'autre.

Ils évoquèrent Alhana, Priam témoignant à quel point il l'avait aimée. Il avait failli perdre la tête en apprenant sa disparition, à l'époque, et il avait cherché l'oubli au milieu de ses soldats, sur le champ de bataille, raison pour laquelle il n'était pas présent lorsque Cellendhyll avait intégré l'école des aspirants de la Lumière. Et lorsque l'Empereur était rentré du front, son deuil consommé, son cœur apaisé, enfin prêt à retrouver son fils, Cellendhyll avait disparu, emporté par Morion du Chaos.

Ils se souriaient, ils refusaient de se lâcher les mains. Ils étaient bien, ensemble.

L'homme aux cheveux d'argent se rendit compte qu'il éprouvait une immense tendresse à l'égard du Grand Homme et se sentait incapable de lui en vouloir de quoi que ce soit. Il comprenait le comportement du souverain, comprenait même pourquoi Priam l'avait forcé à lui prêter allégeance. L'Empereur avait mal agi, certes, mais Cellendhyll ne pouvait lui en tenir rigueur.

Il serrait la main de son géniteur entre les siennes, tentait de lui insuffler son énergie.

Il avait retrouvé son père, son passé réparé, rien d'autre ne comptait, hormis le désir impérieux de protéger Priam de tout mal, de toute souffrance.

Épuisé par la conversation, Priam finit par s'endormir. Il avait le sourire aux lèvres.

Baracus vint vérifier que l'état de son patient n'avait pas empiré et rassura Cellendhyll. Puis, il conseilla à l'Adhan d'aller se reposer. Il avait l'air d'en avoir bien besoin et le meilleur moyen de soutenir son père était de rester en forme.

Cellendhyll accepta de se retirer à la condition qu'on vienne le chercher dès le réveil de Priam ou bien au moindre incident concernant sa santé.

Une fois rentré dans sa suite, le Hors-Destin échangea quelques mots avec Cythéria le temps de lui donner les dernières nouvelles de Priam et de savoir si la jeune femme se portait bien, puis il monta directement dans sa chambre.

Cellendhyll avait vécu tant de faits marquants en si peu de temps ! La fatigue tomba sur lui sans crier gare. Il n'eut même pas l'énergie de retirer ses bottes, il s'effondra tout habillé en travers de son lit.

Incapable de se rendre compte que Cythéria entrait dans la chambre pour le déshabiller et le border d'une couverture, l'Ange sombra aussitôt, écrasé par un sommeil de plomb.

Ni rêve ni cauchemar. Juste l'oubli.

Chapitre 30

Cellendhyll dormit seize heures d'affilée.

À son réveil il prit une longue douche, se récura des pieds à la tête et se rasa.

Son corps était en pleine forme. Le sommeil lui avait permis de digérer la masse d'efforts que l'Adhan lui avait infligée. Son esprit, en revanche, restait alourdi par l'inquiétude et la peine.

Il avait réussi à mettre Rathe de côté, pendant tout ce temps passé sur le Plan du Destin à combattre Zaphranaël, mais la disparition de son ami le frappait à nouveau de plein fouet.

Cellendhyll descendit dans le salon et demanda à Cythéria de lui préparer du café, qu'il allait boire sur la terrasse. L'état de Priam n'avait pas varié, lui apprit-elle, il dormait toujours.

L'Ange venait de terminer la soupe de pois chiches aux oignons et au lard que sa gouvernante lui avait fait réchauffer que l'on frappait à l'entrée. Un page se présentait, annonçant que l'Empereur venait de se réveiller et demandait à le voir.

Cellendhyll s'empressa de rejoindre Priam dans ses appartements.

Le Grand Homme était adossé à une pile d'oreillers. Il avait réussi à prendre un peu de bouillon. Son regard s'éclaira d'un feu bleu-vert dès qu'il aperçut son fils.

Baracus vint rejoindre l'Adhan, le temps de lui apprendre que l'état du monarque n'avait pas varié. L'archevêque Aymard était venu visiter Priam, las, ses talents de thérapeute, pourtant incontestables, s'étaient révélés tout aussi inopérants que ceux du médicastre. La réunion entre guérisseurs n'avait rien donné et le prélat était reparti faire des recherches au sein de la bibliothèque de la Guelfe Blanche ; il devait bien exister un antidote qui permettrait de guérir l'Empereur et il était fermement décidé à le trouver.

Priam fit sortir Baracus et Cellendhyll reprit sa place aux côtés de son père.

La main du Grand Homme dans celles de l'Ange, ils se mirent à reconstruire leur passé commun, réminiscence après réminiscence. Plaisant, chaleureux, drôles par moments, complices, les souvenirs s'enchaînèrent.

Priam conta ensuite à l'Ange comment il avait rencontré Alhana, comment l'attirance était née entre eux, puis la complicité, et, enfin, cet amour réciproque qui faisait battre leurs deux cœurs à l'unisson, comment cet amour se renforça, perdura, jusqu'à l'arrivée de ce cadeau béni qu'Alhana et Priam appelaient de leurs vœux les plus chers : la naissance de leur fils, le petit Cellendhyll.

L'Ange se laissait bercer par les paroles nourries de tendresse de son père, par les souvenirs heureux de son passé. Sa mémoire recomposée recélait tant de richesses, tant d'heureux moments partagés avec son père et sa mère.

Priam marqua une pause et fixa son fils d'un œil tendre, son visage fatigué éclairé d'un sourire radieux :

— Ne l'oublie jamais, je t'aime, Cellendhyll, souffla le Grand Homme, j'ai fait des erreurs, mais je t'ai toujours aimé, dès le premier jour de ta naissance. Je ne te le répéterai jamais assez… je… je… Alhana, elle est là… elle m'appelle…

Priam ferma les yeux. Sa main était devenue toute molle entre les celles de l'Ange.

Cellendhyll se redressa, en s'écriant :

— Père ¿ Père ¿ Père, réveillez-vous ! Non ! Non ! Non ! Non ! Non !

Priam ne respirait plus, sa main restait inerte.

L'empereur de Lumière venait de s'éteindre, après avoir lutté autant qu'il le pouvait, son Nexus détruit, jusqu'à finalement épuiser toute son énergie vitale.

Cellendhyll se mit à hurler.

— MOI AUSSI, JE T'AIME !

Chapitre 31

L'empereur de Lumière était mort. Une journée avait été dédiée à l'organisation des funérailles de Priam.

Cette journée, Cellendhyll la commença à la tête d'une escouade de sicaires de l'Orage à vérifier le passage secret utilisé par Zaphranaël lors de ses « visites » à Tygarde. Agir plutôt que de se morfondre. À partir de la pièce où il avait franchi le téléporteur du Destin, avec l'aide des sicaires, il découvrit diverses issues secrètes donnant sur le palais – qui furent dûment notées et bloquées – mais aucun intrus, aucun Smaugh ni Tête de chacal ; le palais était vierge de tout ennemi.

De leur côté, depuis l'attaque surprise des Smaughs, les sujets de l'Empire n'étaient pas restés inactifs. Il fallait absolument trouver une parade pour contrer ces changeurs de forme smaughs, capables d'usurper n'importe quelle apparence.

Irina de Mayenne, cardinale de l'Orage et l'archevêque Aymard avaient uni leurs réflexions et leurs efforts et finirent par trouver une solution. Des grands portails métalliques renforcés par magie avaient été créés, alimentés de gemelitte jaune, et implantés à tous les points d'accès du palais impérial ainsi que ceux des bâtiments officiels de la cité des Nuages. Ces portails de défense permettaient d'annuler instantanément tout sortilège modifiant l'apparence corporelle, quelle que fût sa puissance. Un Smaugh le franchissant retrouverait aussitôt son apparence véritable.

Ainsi, tous les membres du palais étaient chaque jour testés à travers les portails, y compris Cellendhyll.

L'usage de ces portails, toutefois, ne révéla aucune métamorphose ennemie. Grâce à cette démarche, néanmoins, le Hors-Destin se rendit compte de l'importance des prêtres-inquisiteurs de l'Orage. Jusqu'alors, il n'avait vu en eux que de dangereux exaltés. Oui, le cardinal Hégel était un fou furieux et, tant qu'il avait dirigé les sicaires, il s'en était servi comme d'une arme contre l'Adhan. Et pourtant, Cellendhyll s'était trompé, l'ordre de l'Orage luimême n'était pas un ramassis de tueurs fanatiques. À l'image de la cardinale Mayenne, qui remplaçait désormais Hégel, l'Orage comptait dans ses rangs des gens valeureux, honnêtes, dévoués à leur patrie et prêts à la défendre. Les prêtres-guerriers le prouvaient chaque jour depuis l'attaque des Smaughs.

Sa mission exploratoire achevée, Cellendhyll avait participé à une réunion avec le conseil de régence, présidée par Vaillence. Alors que les membres du conseil commençaient à évoquer la question de la succession de l'Empereur, l'Adhan en avait profité pour déclarer sa position sans équivoque :

— Continuez de gérer le royaume comme vous le faites. La question de mon héritage viendra plus tard, de même la succession de mon père, et je ne reviendrai pas sur ce point. En ce qui me concerne, la priorité, c'est de nous préparer contre les Smaughs. Car guerre il y aura, je vous le garantis ! Une fois la menace des Smaughs repoussée, nous verrons bien... En attendant, je m'en tiens à ma charge de lige, je me concentre sur le conflit à venir, et rien d'autre !

Vaillence et les autres conseillers n'avaient pas prévu un tel discours, mais aucun d'eux n'était en position de contredire l'héritier de l'Empire.

Fort de son autorité nouvelle, Cellendhyll en profita pour ordonner qu'on accélère le processus de transfert des troupes à partir du front. Il demanda également à Vaillence de prioriser la logistique prévue pour soutenir l'armée en formation.

Le Hors-Destin regagna sa suite, refusa le repas que lui proposait Cythéria. Il avait perdu tout appétit. À la place, il s'entraîna deux bonnes heures qu'il fit suivre d'une séance d'étirements.

Il essayait de s'occuper le mieux possible pour ne pas laisser son esprit partir à la dérive, pour ne pas avoir à ressasser le manque et la tristesse.

De retour du domaine des voleurs, Gheritarish et Reydorn vinrent prendre de ses nouvelles et lui présenter leurs sincères condoléances. L'Ange écourta l'entrevue, prétextant qu'il avait beaucoup de travail. Il détestait avoir à mentir ainsi à ses amis, mais il se révélait incapable de supporter leur compassion. C'était comme une plaie à vif sur laquelle on appuyait, bien trop douloureuse à supporter.

Cellendhyll passa donc la soirée seul, sur sa terrasse. Une bouteille de château haut-pérouse, année de la Licorne, l'un des grands crus préférés de son père, à portée de main.

Il but le nectar sans l'apprécier, il évoqua les chers souvenirs qu'il venait de partager avec Priam. Il pensa à son père, à sa mère, à Rathe, but encore, cherchant dans l'alcool un soulagement qui ne venait pas. Il avait si mal, quelque part au fond de lui, déchiré par une sensation de perte infinie, avec le sentiment d'injustice qu'on lui avait volé ses biens les plus précieux. L'amour de ses parents. Son amitié avec Rathe.

La bouteille était vide. Il essaya de pleurer, de se libérer de tout ce chagrin, mais les larmes se refusaient à ses yeux.

Il avait trop bu, trop vite. La nausée s'empara de lui et il se pencha au-dessus de la rambarde pour vomir et vomir encore.

Il essuya sa bouche pleine de bile d'un revers las et rentra se coucher, la gorge serrée, ivre, perdu.

Long à venir le sommeil ne fut pas agréable.

Chapitre 32

C'était le matin. Tête nue, mâchoires serrées, Cellendhyll de Cortavar se tenait sous la pluie. Le ciel pleurait sa tristesse. Son père n'étant plus là pour contrôler le temps sur l'île de la Source, une cohorte de nuages noirs encombrait l'horizon.

Le Hors-Destin portait un costume bleu nuit sur une chemise un ton plus clair et des bottes de daim brunes. Il avait Gheritarish à sa gauche, Cythéria à sa droite, la tête de la jeune femme protégée par la capuche de sa cape vert sapin.

En cette journée, on enterrait Priam, empereur de Lumière.

Le Grand Homme, des années auparavant, avait fait créer sur la gauche de l'enceinte impériale un parc d'une trentaine d'hectares, dans lequel il avait fait planter des chênes rouges et des chênes blancs, quelques peupliers gris, des hêtres, des charmes, des pins pignons et de grands saules. Le sol était tapissé d'un gazon aux reflets émeraude, d'aiguilles de pin et de fleurs sauvages. Les principaux résidents du lieu étaient les écureuils et les oiseaux.

Le parc était protégé d'un mur d'enceinte, libre d'accès le jour, gardé la nuit. C'était un endroit agréable, calme, d'une beauté tranquille. Priam venait s'y promener, seul, lorsqu'il avait à réfléchir et voulait le faire en paix.

Tout au bout de cette enclave sylvestre, sur le rebord de terre qui surplombait le lac Obéron, se trouvait une petite clairière. Au centre de cette clairière était bâti un mausolée de marbre blanc, aux formes élégantes, dépourvu de la moindre ostentation. Selon sa propre volonté, c'était là qu'allait reposer Priam, dans la crypte qui s'ouvrait directement sur l'Obéron, ses restes abrités dans un tombeau au marbre taillé à son effigie.

La cérémonie avait lieu dans cette clairière, sous une pluie fine et tenace, omniprésente. Le cercueil de Priam venait d'être descendu dans le mausolée.

Les trois jours à venir seraient consacrés au deuil. Tout ce que le palais contenait de gens, tout ce que la ville comptait de notables étaient présents, des centaines de personnes. La disparition de l'Empereur, n'était pas une bonne nouvelle, Priam était respecté de son peuple et aimé d'une grande part.

Chacune ou chacun portait un brassard noir en signe de deuil. Les conversations se faisaient feutrées. Les larmes coulaient librement, de même les prières, en égale mesure chez les nobles, les gardes que les serviteurs. Bien que gardé, l'endroit serait laissé libre d'accès afin que les sujets qui n'avaient pas pu se déplacer pour la cérémonie puissent venir présenter leurs hommages, dès qu'ils en auraient l'occasion.

Dressé devant l'entrée du mausolée, Aymard, nouvel archevêque de la Guelfe Blanche, dirigeait la cérémonie, installé derrière un pupitre surélevé. Le prélat réclama le silence et entama son discours.

L'archevêque était un homme à l'aspect vénérable, grand et corpulent, revêtu d'une longue tunique d'épais coton blanc, décorée d'un entrelacs de fils d'or pur. Il avait le teint hâlé par le grand air. Une couronne de cheveux blancs ceignait son crâne chauve. Une barbe poivre et sel débordait largement de son menton.

Son regard émeraude, habituellement pétillant de bonne humeur, s'était fait grave.

Il parla, sans se soucier de la pluie inondant sa tête nue, ses grandes mains animées de gestes lents, apaisants. Sa voix chaude portait loin, elle s'écoulait chaleureuse, d'une diction irréprochable.

Basé sur sa foi en la Lumière, le discours d'Aymard était nourri de mots simples, pétri de bons sentiments, un éloge sincère de l'Empereur et tout ce qu'il avait accompli d'enrichissant pour le royaume de Lumière.

Cellendhyll se laissait bercer par la voix, mais n'écoutait pas les propos. Même s'ils appréciaient son père, il ne se sentait pas à sa place au milieu de tous ces gens. Il ne pouvait pas partir, cependant, pas maintenant. Il se moquait bien de ce qu'on pourrait penser de lui, néanmoins, mais il refusait d'altérer en quoi que ce soit la bonne marche de la cérémonie. Une page se tournait, pour lui, mais également pour toute cette foule qui l'entourait.

Une page se tournait pour tout un royaume, en vérité.

Cette cérémonie sincère, chargée d'émotion, devait représenter pour l'assistance, pour tous ceux qui avaient servi son père, un souvenir de grandeur et de quiétude, un souvenir agréable qu'ils pourraient emporter avec eux, fiers d'y avoir assisté et qu'ils pourraient colporter : « J'y étais et, croyez-moi, c'était un grand moment. » Cellendhyll respectait cette idée, elle l'emportait sur son inconfort.

Lancé dans son homélie, Aymard se mit à improviser, sans pour autant hésiter la moindre seconde dans le fil de son propos.

D'instinct tout autant que d'expérience, le Hors-Destin se méfiait des hommes d'Église. Il avait constaté que trop souvent ces derniers n'étaient que des monstres abusant de la crédulité des fidèles pour commettre les pires exactions. Tel l'archevêque Auryel, maître-espion des Ténèbres, tel son successeur, Rymanus, un psychopathe de la plus belle espèce, ou encore Hégel, défunt maître de l'Orage.

Aymard, toutefois, ne lui avait donné aucun motif de s'en faire un ennemi. Peut-être était-il réellement un homme intègre, dévoué à ses ouailles et à la bonne marche du royaume. Peut-être. Cellendhyll avait attentivement sondé le regard du prélat et il était prêt à lui laisser le bénéfice du doute, comme il l'avait fait avec Irina de Mayenne.

Je jugerai sur les faits.

Les autres membres du conseil ayant survécu à l'assaut des Smaughs étaient rangés sur la droite de l'édifice. Ils faisaient front et l'Adhan savait par Vaillence qu'ils s'entendaient bien entre eux. Avec Aymard, ces trois-là régissaient l'Empire, en attendant que la succession de Priam soit réglée ; succession qui ne devrait souffrir d'aucun écueil puisque la légitimité de son héritier, Cellendhyll de Cortavar, désigné comme tel par Priam lui-même, ne faisait aucun doute.

De l'archevêque, le regard de l'Ange dévia sur la remplaçante d'Hégel à la tête de l'Orage. Grande, plutôt svelte, les traits altiers, Irina de Mayenne approchait la quarantaine, qu'elle portait magnifiquement. Certaines ne faisaient qu'embellir en vieillissant, Irina faisait partie des heureuses élues. La cardinale était vêtue d'un costume de cavalière en gabardine de laine anthracite, rehaussé de brandebourgs bleu cobalt, qu'elle portait sous une cape de pluie bleu empire. À peine veinée de gris, sa longue chevelure noire était attachée en queue-de-cheval par un épais ruban de soie vieil or et protégée d'un tricorne galonné de platine. Dans cette tenue, avec son maintien élégant, Irina ressemblait bien plus à une riche propriétaire qu'à la puissante et redoutée maîtresse de l'Orage. Une femme de caractère, incorruptible, qui ne s'en laissait pas compter et le regard d'ambre qu'elle portait sur l'assistance brillait d'intelligence. En fait, elle semblait tout le contraire de ce fanatique d'Hégel. Et si Cellendhyll avait compté le cardinal comme un ennemi juré, il voyait en Irina une personne intéressante, au charme non négligeable, une alliée potentielle bien plus qu'une adversaire.

Les yeux du Hors-Destin se fixèrent sur le conseiller suivant. Quentin de Bérune. Mince, élégant, ce dernier avait choisi pour l'occasion un costume en laine chocolat, à fines rayures café au lait, qu'il portait avec une chemise violette. Ses cheveux châtains aux tempes blanchies étaient couverts d'un béret brun galonné d'argent. Et bien sûr, Quentin s'appuyait sur cette canne-épée en noyer rouge, qui ne le quittait jamais et qui lui avait sans doute sauvé la vie lors de l'attaque des Smaughs. L'Adhan le connaissait mal, mais le savait compétent. Dans son rôle de responsable du Cartel, le conseiller de Bérune s'était forgé une excellente réputation, parfait médiateur entre la guilde des négociants et les intérêts de l'Empire. Il s'était battu avec courage et habileté, sauvant plusieurs personnes, lors de l'assaut sur Tygarde. Et depuis, Quentin avait travaillé sans relâche, jour et nuit, à remettre les choses en ordre. Il écoutait ses interlocuteurs, ne prenait personne de haut et bénéficiait clairement de la confiance de ses pairs. En conséquence, il avait obtenu l'aval de Cellendhyll.

L'administrateur Vaillence formait le dernier membre du quatuor. Le plus fidèle serviteur de l'Empire, lui, l'ancien soldat manchot. Crâne rasé, teint mat, petite barbiche, le petit homme portait une tunique bleu azur, sous une houppelande gris souris couvrant ses épaules noueuses. Vaillence ne payait pas de mine, moins charismatique que Quentin de Bérune ou que la dame de Mayenne, mais son regard gris brillait de vivacité et de bon sens. *Indispensable*, voilà un qualificatif qui lui convenait parfaitement. Il avait depuis longtemps fait ses preuves auprès du Hors-Destin et, plus encore, auprès de ses administrés.

Cellendhyll et son petit groupe, Gheritarish, Reydorn, Viggo et Cythéria, se tenaient de l'autre côté du pupitre d'Aymard, sur la gauche. Ils s'étaient vêtus d'une tenue sombre, sobre, et propre… même le Loki, un exploit en ce qui le concernait.

Le reste de l'assemblée se tenait en face de l'archevêque en rangées bien ordonnées. Une assemblée respectueuse, concentrée sur les propos du prélat.

Pour autant, bien des regards se tournaient sur l'homme aux cheveux d'argent, le seul Adhan de l'assistance. Des regards éminemment curieux, pour le jauger et, peut-être, l'admirer ; attitude qu'il avait choisi d'ignorer. Priam décédé, il était son héritier direct. Cette filiation, déclarée tardivement, mais sans ambiguïté par Priam lui-même, était désormais incontestable, avalisée par le conseil de régence. Cellendhyll était virtuellement l'empereur de Lumière, rien de moins. L'un des hommes les plus puissants de l'univers des Plans.

L'Ange, lui, n'avait rien demandé, il avait bien d'autres priorités, il refusait absolument d'aborder un tel sujet.

Moi, Cellendhyll de Cortavar, ancienne Ombre du Chaos, empereur de Lumière ¿ Ils sont fous ¿ Mortonnerre, il n'en est pas question !

Incongrue, une autre pensée s'imposa à lui.

Est-ce que Morion sait que je suis le fils de Priam ¿ Est-ce qu'il le savait lorsqu'il m'a recueilli au Chaos pour me former ¿

La réponse aurait pu être importante. Avant. Plus maintenant et Cellendhyll balaya le sujet de ses pensées.

La pluie continuait de pleurer du ciel. Aymard égrenait toujours son discours, les gouttes martelant son crâne. Ainsi trempé, le prélat aurait pu sembler ridicule, c'était tout le contraire.

Cellendhyll avait envie de hurler sa tristesse. Il se sentait de plus en plus emmuré en lui-même. Son regard se perdait dans la contemplation des grands arbres en arrière-plan. Il se sentait à la fois hypersensible et coupé de toute émotion, un sentiment très étrange. Déstabilisant.

Insupportable.

En retraversant le parc, qu'il allait quitter par l'accès réservé aux membres d'honneur, ses compagnons dans son sillage, l'Adhan se dit qu'au moins, il avait trouvé sans le chercher l'endroit idéal pour abriter les ossements de sa mère. Le seul lieu qui ait vraiment du sens : dans le mausolée, aux côtés de Priam, son époux, l'homme qu'elle aimait. Il n'y avait pas de meilleure place pour Alhana. C'était la seule pensée réconfortante de la matinée.

La pluie persistait avec une ténacité aussi remarquable qu'importune. Après la cérémonie, Cellendhyll s'était réfugié dans sa suite. Il n'était pas du tout prêt à investir les appartements de l'Empereur, comme le lui avait suggéré Vaillence. Tout comme il avait refusé d'assister à la soirée organisée par le conseil en l'honneur de Priam, tout comme il avait ensuite refusé l'invitation de Gheritarish, celle de Viggo, celle de Reydorn. L'Adhan se sentait émotionnellement à vif, incapable de supporter un contact humain, même ami. Le sentiment d'injustice lui serrait toujours la gorge, lui broyait le cœur.

Debout sur sa terrasse, protégé d'un auvent, il contemplait la grisaille. Les visages de Priam et d'Alhana, celui de Rathe, et même de Fiannan, tournaient dans sa tête, sarabande infernale qui le flagellait de l'intérieur.

Que ne pouvait-il ressusciter le haïssable Zaphranaël pour le briser à nouveau !

Il n'avait envie de rien d'autre, tout lui semblait absurde. Comment se remettre d'une telle perte ? Cellendhyll titubait mentalement, incapable de réfléchir correctement.

Il aurait pu trouver l'oubli dans une bouteille de vin, comme Gheritarish et ses camarades étaient sans doute en train de le faire. Il se le refusait. L'alcool, il le savait, ne ferait que l'amoindrir plus encore. Il ne ferait que renforcer sa colère et son impuissance.

Il s'endormit sous l'auvent de la terrasse, sans trop savoir comment, roulé en boule sur un tatami, écoutant sans l'entendre le bruit de la pluie sur la protection de toile.

Cythéria veillait sur le Hors-Destin, postée en retrait, du seuil du salon dont elle avait ouvert une porte-fenêtre. Une cape sur les épaules, l'intendante s'était installée sur une chaise, en face de l'auvent. Elle veillait son seigneur, par devoir, certes, mais c'était loin d'être la seule raison. C'était plus que cela pour Cythéria : une nécessité. Elle ne bougerait pas. Pas même après qu'un Viggo, un peu éméché de sa soirée, fut venu lui demander de le rejoindre pour se coucher – leur union était heureuse, et ils partageaient désormais la même chambre, dans la suite de l'Ange.

Cythéria était inquiète. Elle connaissait Cellendhyll, elle le servait depuis assez longtemps. Il avait gagné son respect et son affection, tout comme elle avait gagné les siens. Si les choses avaient été différentes, si Viggo n'avait pas débarqué dans sa vie pour rafler son cœur, alors Cythéria aurait sans doute commis l'erreur de tomber amoureuse du seigneur Cellendhyll. Elle en avait été dangereusement proche. Cette question, cependant, appartenait au passé et la jeune femme n'éprouvait aucun doute à ce sujet. Ni regret.

Et pourtant, elle aurait pu donner sa vie pour l'Adhan.

Elle sentait à quel point son seigneur souffrait. Elle savait que s'il restait ainsi, il allait se morfondre, se renfermer complètement sur lui-même. Ce serait une catastrophe. Pour tout le monde.

Cythéria avait partagé ses craintes avec Viggo, et le guerrier ne lui cachait rien non plus, en outre, elle disposait d'un réseau d'information éprouvé au sein du palais. Elle connaissait parfaitement la situation générale et elle était capable d'en déduire toutes les conclusions utiles. Cellendhyll était l'héritier de Priam, actuellement seigneur-lige de l'Empire. De nombreuses attentes pesaient sur les épaules de son maître, de nombreuses inquiétudes et tout un lot de responsabilités ; la suite logique étant le couronnement de Cellendhyll comme empereur de Lumière.

Or, si les rumeurs étaient vraies, le seigneur Cellendhyll allait mener la guerre face aux Smaughs. Cela signifiait pour Cythéria que l'avenir de l'Empire et celui des Territoires-Francs dépendrait peut-être, sans doute, sûrement, du courage de l'Adhan, de ses décisions, du poids de sa lame.

Cellendhyll ne pouvait rester ainsi fermé sur lui-même, au risque de se racornir, de s'étioler. Au contraire, en ces temps difficiles, le seigneur-lige devait rester fort, l'esprit vif, libre de réfléchir, libre d'agir et de s'adapter.

Cythéria, son intendante, son amie, devait faire quelque chose pour l'aider. Mais quoi ?

Sans bouger, bien droite sur sa chaise, les mains sagement posées sur ses genoux, son regard doux fixé sur la grande silhouette allongée sur la terrasse, Cythéria semblait transformée en statue.

Son cerveau, lui, s'agitait dans tous les sens.

Chapitre 33

Deux journées passèrent. Deux tristes journées de deuil, de grisaille et de pluie.

À peine avait-il retrouvé son père, son véritable père, qu'il le perdait. Cellendhyll ressentait intensément ce sentiment d'injustice. Enrager ne le soulagerait pas, il le savait. Pas plus que de s'accabler. Mais que faire de cette tristesse ¿ Comment la digérer ¿

L'Ange avait recommencé à se sentir dans le palais comme un fauve en cage. C'était même pire qu'avant. Il n'arrivait pas à prendre assez de recul pour faire son deuil. Rathe, Priam. Deux blessures directes qui n'arrivaient pas à cicatriser. L'exercice, si intense fût-il, n'y faisait rien.

Il s'était perdu dans une intense solitude, une détresse si profonde qu'elle l'écrasait. La perte de son père retrouvé, juste après celle du maître-voleur, était trop soudaine, tellement injuste.

Le guerrier impitoyable capable d'en remontrer au Destin lui-même, ne pouvait rien, strictement rien, contre la mort de ceux qu'il aimait.

Cellendhyll avait envie de cogner, de hurler, il étouffait de mal-être. Sans compter que les Smaughs se préparaient à déferler sur les Territoires-Francs, il en était persuadé. Cependant, l'Ange ignorait où et quand, il ignorait tout de leur armée. Une guerre se préparait et il ne pouvait rien faire. Rien.

Hormis insister auprès des conseillers pour faire rapatrier de toute urgence le maximum de troupes possible du front. En la matière, l'assassinat du Connétable Xavier par les Smaughs, n'avait rien d'un hasard, il représentait un coup de maître stratégique pour l'ennemi, éliminant l'homme le plus à même d'organiser et diriger l'armée impériale.

Le conseil avait évoqué le remplacement de Xavier, mais trouver l'égal d'un tel homme n'était pas chose aisée. Il fallait dénicher un homme ou une femme aussi expert(e) dans le domaine des armes et de la politique, un maître-stratège. Il y avait non seulement la question de l'expérience à prendre en compte, également celle de l'intégrité. Seul quelqu'un d'honnête devait siéger au conseil de Lumière, un souci d'autant plus prioritaire depuis les récentes trahisons. En attendant de trouver un successeur, Cellendhyll occupait le poste de Connétable en s'appuyant sur Vaillence, prenant les décisions militaires nécessaires à l'équilibre de l'Empire.

Au moins, la trêve avec les Ténèbres semblait se concrétiser, ce qui facilitait d'autant le retrait des soldats du front et leur retour dans la cité des Nuages.

Lesdites troupes, téléportées par les grands portails, descendaient ensuite jusqu'à un camp de transit situé dans la Plaine Grise, à l'est de la cité des Nuages, juste au-dessus de la lisière des marais. Il n'était pas question d'encombrer la capitale avec un afflux militaire de cette importance, d'inquiéter les citoyens ou encore de causer des troubles inutiles.

Chapitre 34

Du sang, partout, sur les murs, les portes, les bâtiments, s'écoulant sur le pavage des rues, dans les escaliers, des flots de sang qui maculaient jusqu'aux égouts.

Le Fahaarak'Shar prenait tout son sens.

Coruscante, ville écarlate.

Coruscante, violée de toutes parts.

C'était pour les Smaughs le moment de se défouler, Øz l'eût-elle voulu, elle aurait été incapable de retenir sa horde en un tel moment.

Et le bruit. Un concert discordant, un opéra émouvant de lamentations, de suppliques, de cris de douleur, de gémissements désespérés qui résonnaient de tous les quartiers de la grande cité, entrecoupé des moqueries et des rires des envahisseurs.

Des cadavres empalés, éventrés, émasculés, gisaient à chaque coin de rue. Hilares, des groupes de guerriers ou de sorciers parcouraient les artères à la recherche de nouvelles victimes.

Coruscante se faisait trousser comme une catin, de fond en comble et sans ménagement aucun.

Campée sur le parvis de la Tour aux Archives, Øz la Sublime contemplait la cité-franche, désormais offerte aux caprices de sa horde malfaisante. Les feux de la nuit se reflétaient dans ses iris turquoise, luisants d'une satisfaction sadique.

La reine Sublime portait un costume en agneau magenta qui moulait la moindre de ses formes fuselées. Sa longue chevelure de neige scintillait dans la nuit, son éclat renvoyé par la lueur des lunes jumelles, Yrénas et Felleyran. Ses lèvres étaient peintes d'un vermillon soutenu. Une cravache terminée d'un embout d'acier pendait négligemment de sa dextre.

La frénésie de ses sujets l'amusait, ils avaient bien mérité leur récompense, leur drogue la plus précieuse. Quant à Øz, elle se nourrissait de cet écho de violence, de quoi la faire patienter en attendant de retrouver son trophée le plus précieux.

Cellendhyll de Cortavar.

Tous deux étaient destinés à se rejoindre, elle le pressentait. Inutile de chercher à retrouver l'Adhan. Il allait venir à elle, d'une manière ou d'une autre. Cette pensée l'accompagnait, chaque jour et chaque nuit, depuis son évasion.

Øz se pencha pour mieux profiter du concert de plaintes qui remontait jusqu'à elle, douce mélodie.

Profitant d'une flaque d'obscurité, Gamaël se tenait en retrait, en tenue de combat en cuir noir, sabres croisés dans leurs fourreaux, arc en main, flèche encochée.

Geste de prudence, rien de plus.

La ville était conquise, toute résistance annihilée. L'invocation de l'Antique Sortilège avait parfaitement opéré, même si elle avait vidé les forces conjointes de Rakùl-Bahìr et des trois autres maîtres-sorciers. Plus de grands portails. La compagnie de libres-mercenaires ainsi que les forces du guet de Coruscante avaient été balayées en une seule soirée. Brisant les portes de la cité, jaillissant des remparts, les assaillants avaient déferlé sur les autochtones tel un nuage de sauterelles affamées. La horde de guerriers et de sorciers avait tout dévasté et ses pertes se révélaient minimes ; à peine une centaine de guerriers parmi les moins expérimentés.

Une fois Coruscante sécurisée, les Smaughs avaient commencé à abattre tous les guerriers survivants, comme à leur habitude. Tout le long des remparts, les tortionnaires avaient planté des pals pour y ficher les gardes chargés de protéger la cité-franche. Dénudés, écorchés vifs.

Selon un adage smaugh bien connu, un esclave peut faire un bon soldat, mais un soldat ne fait jamais un bon esclave.

Suivant les instructions de leur reine, les envahisseurs avaient gardé environ trois cents prisonniers en vie, parmi les plus jeunes, les plus robustes et les plus séduisant(e)s. Le Peuple avait besoin de serviteurs et les maîtres et seigneurs de concubines pour leurs harems. Les autres, tous les autres habitants de Coruscante, sans distinction d'âge, de sexe ou de statut, furent condamnés à subir les plaisirs sanglants des conquérants. Pas un seul sang-chaud n'y survivrait.

Shaar-Balal, le sorcier, pourtant épuisé, avait choisi de se reposer en s'enfermant dans une maison avec une dizaine d'enfants des deux sexes. Il en ressortirait trois heures plus tard, ses appétits repus, son énergie recouvrée, ses mains dégoulinantes de sang frais. Mains-Rouges confirmait son surnom de la plus éclatante des manières, salué par les acclamations complices de ses congénères.

Oghul-Tak, le colossal seigneur de guerre, une fois massacrée une centaine de guerriers à l'aide de ses gantelets de métal, s'était fabriqué un bassin en assemblant un cercle formé du corps de ses victimes, avant de les éventrer. Il s'était alors dénudé pour s'offrir un véritable bain de sang. Son rire gras, détendu et satisfait résonnait jusqu'aux remparts.

Certains, toutefois, avaient réussi à échapper à la vindicte sanglante des Smaughs. D'après les rapports, un groupe de sangs-chauds avait pu prendre la fuite, quittant la ville en direction des Grandes Plaines ; environ six cents fuyards.

Une cohorte de poursuivants allait se lancer à leur recherche, pas tout de suite, toutefois. La traque serait encore meilleure si on laissait aux proies une chance de s'en sortir. Du moins, en leur faisant espérer une telle alternative. Ce serait l'occasion pour les derniers-sangs de faire leurs preuves.

Une fois rassasiée de sexe et de torture, la horde de Smaughs laisserait la place aux mechs et aux esclaves. Ces derniers attendaient dans leurs grands chariots, à l'entrée de la ville, chargés d'écumer Coruscante et ses ressources. Les envahisseurs avaient besoin d'amasser des provisions en tout genre, notamment du bois de chauffage, de l'huile de lampes, d'augmenter leurs réserves de nourriture, d'eau et de fourrage. Également de flèches, d'autres chariots, de chevaux et de bêtes de trait.

Car ils n'allaient pas rester sur place. Oh non, la cité-franche n'était qu'une première étape !

Les Smaughs déroulaient leur invasion, une longue route les attendait, une traversée en territoire ennemi. Tous avaient hâte de reprendre le Fahaarak'Shar.

L'une des sept capitales et fleuron du Plan Primaire humiliée, ruinée, dévastée, en à peine une soirée.

Dès le départ de ses tortionnaires, Coruscante connaîtrait alors un nouvel outrage, livrée à la proie des vautours et des carnassiers, transformée en un gigantesque musée des horreurs

Toutefois, si Øz avait laissé libre cours aux instincts de ses conquérants, elle leur avait aboyé deux ordres incontournables. Le premier, de ne pas abîmer les bâtiments de la ville. Après tout, Coruscante faisait partie de leur héritage, à présent, comme tout le reste des Territoires Francs était destiné à le devenir. Le second point, le plus important. La reine avait insisté pour qu'on épargne la Tour aux Archives et ses occupants, ces derniers devaient être capturés, mais en aucun cas blessés. Øz avait des questions précises à poser à certaines personnes et des cartes à consulter, deux activités qui ne concernaient qu'elle, et elle seule.

La reine des Smaughs finit par décider qu'elle avait assez joui de son triomphe. Il était temps de s'arracher à cette vision captivante de la ville martyrisée et de passer à l'interrogatoire. Elle frappa le cuir de sa botte de son fouet d'un geste vif et pivota sur ses talons pour se diriger vers l'entrée de la Tour aux Archives. Gamaël était prêt à répondre au moindre de ses désirs, comme toujours.

— Comment s'appelle-t-il ? demanda Øz à son second.

— Alek, maîtresse, c'est le maître des Archives, répondit le renégat.

— Eh bien, Alek et moi, nous allons avoir une petite *discussion*...

Les Smaughs avaient leur plan de conquête, leur grand Fahaarak'Shar.

Øz la Sublime avait ses propres visées, bien différentes des ambitions de son peuple.

Chapitre 35

Un nouveau jour débutait. Le temps était magnifique, en opposition parfaite aux journées précédentes… et à l'humeur du Hors-Destin.

Cellendhyll n'avait plus goût à rien. Plus que jamais le palais de la Lumière lui apparaissait comme une prison étouffante.

Revêtu d'une tunique d'un jade identique à celui de ses yeux, d'un pantalon de cuir chocolat et de ses bottes en cuir gras, l'Adhan s'était posé sur sa terrasse. Il regardait l'horizon sans vraiment le voir. Ses mains agrippaient la rambarde d'acier, la serraient encore et encore, comme s'il tentait de la broyer. *Père, Rathe, vous me manquez tellement.*

Il venait de participer à une nouvelle réunion du conseil restreint, convoquée en urgence. Le motif de cette alerte ? Les grands portails reliant les capitales et villes principales du Plan Primaire avaient brusquement cessé de fonctionner, a priori, depuis la veille au soir. Ils s'étaient tout simplement éteints, comme si l'on avait coupé l'énergie qui les alimentait. C'était la première fois depuis leur mise en marche qu'un tel dysfonctionnement se produisait. Aucun des mages consultés n'avait pu proposer de solution. En vérité, personne ne savait comment réparer de tels artefacts. Ils avaient été créés avec la magie des Dieux Oubliés, et installés par l'Alliance des Territoires Francs, lors de la construction de la cité des Nuages. Ils étaient en quelque sorte alloués à l'empire de Lumière, en échange d'une taxe confortable.

La première conséquence : le transfert des troupes impériales du front jusqu'à la cité des Nuages était désormais impossible. Impossible aussi d'ouvrir un portail reliant le front à Tygarde, le téléporteur étant également un grand flux, il s'alimentait du même nœud nodal désormais défaillant.

En revanche, certains téléporteurs à faible ou moyen flux fonctionnaient toujours, tel celui qui reliait la cité des Nuages à Tygarde. Cellendhyll et les membres du conseil avaient évoqué différentes théories sans trouver la moindre explication. Les grands portails allaient-ils remarcher ? Quand ? Ils l'ignoraient. Les Smaughs étaient-ils responsables de cette anomalie ? On pouvait le craindre, pour autant, il pouvait y avoir bien d'autres causes à la panne.

Comme les conseillers n'arrivaient à rien, la séance fut clôturée. Une autre réunion fut programmée en fin d'après-midi.

Cellendhyll se retrouvait donc à fixer le vide, rongé par la douleur et l'impuissance.

— Hé, ton altesse machin-lige-bidule, tu viens avec moi, maintenant, on a un truc important à faire aujourd'hui !

Gheritarish venait d'arriver sur la terrasse. Habillé d'un pantalon en cuir de requin bleu cobalt, d'un gilet moulant jaune vif, et de bottes à larges revers, les longues mèches noires de sa crinière ébouriffées dans tous les sens, il affichait sa faconde habituelle.

Pourtant, le Loki avait les yeux rougis, il subissait le deuil, lui aussi, et il y faisait face comme il le pouvait. Le robuste guerrier à peau bleue ne pouvait se départir totalement de cette bonne humeur, intrinsèque à son caractère bien trempé.

— Laisse-moi tranquille, Gher, je ne suis pas d'humeur, répondit l'Ange d'un ton sec.

Cellendhyll avait vaguement prévu une séance d'entraînement avec sa Belle de Mort. Il n'avait pas oublié les pouvoirs que la dague sombre avait déployés sur le plan du Destin et il était peut-être temps de voir comment les exercer dans le monde normal. Il lui fallait également réfléchir à cette énergie nouvelle, à cette transcendance, au moyen de comprendre et de contrôler ce nouveau don, dépourvu qu'il était de tout mentor.

— Allez, discute pas, Petit-Homme, ramène-toi ou je vais être obligé de t'assommer et te hisser sur mon épaule. Tu serais plutôt ridicule, dans les couloirs du palais.

Malgré lui, l'Ange retroussa les lèvres en une grimace agressive :

— Même toi, tu n'es pas à la hauteur, Boule de Poils ! Plus maintenant…

— Ouais, peut-être, glousssa le Loki, sauf que j'ai Viggo avec moi !

Le commandant des Nodus surgit à son tour sur la terrasse, son visage taillé à la serpe éclairé d'un grand sourire. Au lieu de son uniforme, Viggo avait préféré une tunique grise qu'il portait avec un pantalon en cuir brun et des bottes en daim. Les lignes vertes, rouges et noires de ses tatouages sinuaient tout le long de ses bras musclés.

— Salut, Cellendhyll. Je n'aurais pas présenté les choses comme le Bleu, mais oui, il faut absolument que tu nous accompagnes.

— C'est quoi, un complot ? maugréa l'Adhan, qui ne voyait pas bien où ses amis voulaient en venir.

— Évidemment que c'est un complot ! s'exclama subitement une voix féminine.

Cythéria était là, elle aussi. Toute pimpante, ses cheveux mi-longs détachés, revêtue d'une robe couleur prune, d'un gilet orangé et de sandales souples sans talons.

— Tout est prêt, nous pouvons y aller ! déclara-t-elle en adressant un chaud sourire à l'Ange.

Cellendhyll avait envie de se défouler, d'extirper son mal-être, il pouvait affronter Gheritarish et Viggo, quoi qu'ils en disent. Mais face à la jeune femme, il était désarmé. Le charmant minois de son intendante, son aura chaleureuse, dissipaient en lui tout élan agressif.

D'autant plus lorsque Cythéria s'avança jusqu'à le prendre par les mains et le tirer doucement vers la sortie.

— C'est bon, soupira l'Ange, je capitule. Je viens avec vous.

Juste avant de franchir le seuil de la suite, Gheritarish s'exclama :

— Oh, on a failli oublier... Viens-là, Petit-Homme, il faut qu'on te mette un bandeau.

— Et puis quoi encore ! se hérissa aussitôt Cellendhyll. Essaye une sottise de ce genre avec moi et je te casse le bras !

— Pas de bandeau, tempéra Viggo. De toute manière, ça n'a aucune importance...

— Si, répliqua le Loki d'un ton clairement boudeur. J'aurais trop bien rigolé, moi !

Après ces derniers jours de nuages noirs et de pluie, cette journée promettait d'être idyllique. Cythéria avait attendu une telle embellie avec impatience, indispensable à son projet. Dès qu'elle avait eu la confirmation que le beau temps allait revenir, la jeune femme avait battu le rappel de ses troupes et mis son plan en action. Le temps que Cellendhyll participe à sa réunion du matin et tout était prêt.

Le petit groupe remonta les couloirs et finit par sortir du palais. Il emprunta l'un des imposants monte-charge inventés par le peuple des Nains, et descendit au niveau du lac.

Vêtu d'une tunique verte à bandes blanches taillée dans un tissu chatoyant, d'un pantalon de toile brune, Reydorn les attendait sur le ponton à bateaux du côté ouest de l'embarcadère. Le mage s'était couvert la tête d'un bonnet vert sapin à bandes rouges, qu'il avait déniché l'Adhan ne savait où, et qui lui conférait un air particulièrement espiègle.

Les conspirateurs avaient réglé les moindres détails. Viggo avait fait jouer son grade et réquisitionné l'un des bateaux du parc aquatique du palais. Sur le conseil de Reydorn, marin éprouvé, le guerrier avait sélectionné un petit *sloop* de six mètres.

Le bateau était amarré, prêt à partir ; Reydorn avait vérifié tous les cordages ainsi que l'état du gouvernail, de la voile et du foc. Ils y rangèrent les paniers, avant de s'y installer. Ils détachèrent les amarres, déployèrent la grande voile blanche et azur, puis le foc, tandis que Reydorn empoignait la barre.

Tandis que le *sloop* quittait son mouillage, Gheritarish se posta à la proue et se mit à clamer des chansons de tavernes, dédiées aux mœurs des marins, toutes plus scandaleuses les unes que les autres.

Le grand avantage d'avoir un Mage Vert à bord, lorsqu'il n'y avait pas assez de vent pour voguer, c'était que ledit mage pouvait invoquer une brise amicale et dynamique capable de vous propulser avec une indiscutable constance vers votre destination. Reydorn était non seulement capable d'invoquer une telle brise, mais, en outre, il adorait naviguer. Le voyage dura une demi-heure, que Cellendhyll passa à fixer l'horizon, la main plongée dans l'eau fraîche du lac. Le trajet se déroula sans souci, hormis, peut-être, les détails scabreux des chansons du Loki.

Les compagnons accostèrent sur une petite île en forme de croissant. Ils amarrèrent le *sloop* à un ponton de teck prévu pour les plaisanciers et choisirent de s'installer à l'ombre, sous un bosquet de saules, non loin de la rive herbue baignée par le soleil.

Tandis que Gheritarish et Cellendhyll déchargeaient les paniers, Viggo alla jusqu'au bosquet chercher assez de bois mort pour faire un feu. Cythéria sortit des couvertures, déplia une grande nappe de lin rubis, avant d'entreprendre d'y aligner les provisions.

Il y avait du saumon fumé, des saucissons, différentes sortes de boudins, un pot de rillettes, une grande salade de légumes crus, quelques fromages, trois grosses miches de pain et des galettes au miel – un Loki était présent, il fallait prévoir en conséquence. En guise de boissons, l'intendante avait prévu trois bouteilles de vin rouge, des crus renommés, un gros pot de bière blonde, qu'ils mirent à rafraîchir dans l'eau du lac, et du jus de pommes fraîchement pressé.

Au début, Cellendhyll resta en retrait, debout à contempler l'eau paisible du lac. Il était incapable de se détendre, l'atmosphère s'en ressentait. Pour contrebalancer, Gheritarish se mit à faire le pitre et ne tarda pas à dégeler l'ambiance. Quelles que soient les circonstances, ce bougre de Loki avait toujours une bonne histoire à raconter. L'Adhan finit par se laisser fléchir et consentit à s'installer avec les autres autour de la nappe.

Cythéria demanda le silence avant de déclarer, avec cette douceur qui la caractérisait :

— Nous sommes aujourd'hui réunis pour honorer vos mémoires, Priam, notre Empereur, et Rathe, notre ami. Nous vous consacrons ce moment d'amitié, de partage, nous prions pour vous, et à travers nos pensées, nous vous adressons toute notre affection et tout notre amour.

Vous me manquez tant, tous les deux, songea l'Ange.

Après quelques minutes de silence consacrées au recueillement, ils débouchèrent les bouteilles et s'installèrent pour manger dans l'herbe, accompagnés des clapotis de l'eau sur la berge. Cythéria dut gourmander Gheritarish à plusieurs reprises pour qu'il en laisse assez aux autres. Non, il ne pouvait pas manger tout le saumon, oui, il pouvait reprendre du boudin et, encore oui, il serait souhaitable de ressortir le pot de rillettes qu'il avait caché sous sa couverture et le partager avec ses camarades.

Cellendhyll commença par picorer, tout lui semblait avoir un goût de cendres. Il se força toutefois à manger assez pour se caler, préférant le saumon et le fromage plutôt que la charcuterie. Il n'avait pas envie de s'alourdir d'alcool et se contenta de jus de pommes.

Le repas terminé, ils remballèrent les restes dans les paniers et Cythéria sortit de quoi préparer du café, tandis que Viggo mettait de l'eau à bouillir sur le feu.

Gheritarish tira un sachet en peau d'une poche intérieure. Quelques secondes plus tard, il roulait un épais cône à fumer. Puis, il se rapprocha du feu pour y prélever un tison.

L'odeur entêtante de la bleu-vert se mit à planer au-dessus de leurs têtes.

— Où donc as-tu trouvé de la Loki, toi ? s'enquit Cellendhyll. Je croyais que tu avais fumé tout ton stock.

Gheritarish relâcha un gros nuage de fumée bleutée, avant de répondre :

— Hé hé, comme dit toujours un ami à moi au satané caractère : « S'adapter, c'est vaincre. » Et pis, tu peux rien dire, si je le fume, celui-là, c'est en l'honneur de notre vieux brigand d'ami. Tu sais comme il aimait la Loki. Celui-là, il est pour toi, Rathe ! s'écria Gher en direction du ciel. Tu me manques à un point, tu peux pas savoir !

Les yeux embués par l'émotion bien plus que par la fumée, Gheritarish tira une autre bouffée, énorme, avant de faire passer le bâtonnet. À l'exception de l'Adhan qui voulait garder l'esprit clair, tous les compagnons prirent une ou deux bouffées, avant de redonner l'objet au Loki. Cellendhyll, de son côté, but une ample gorgée de bière pour célébrer la mémoire du maître-voleur.

Puis, comme ça, Gheritarish se mit à raconter aux autres sa première rencontre avec Rathe, à narrer les soirées de fêtes que l'Ange avait passées en compagnie de la bande de voleurs, tous ces bons souvenirs, tous ces rires et ces délires.

Reydorn avait côtoyé Rathe, lui aussi. Il prit la suite pour conter d'autres anecdotes plaisantes.

Cellendhyll, à son tour, sans trop savoir comment, se retrouva à confier les bons souvenirs qu'il avait du vieux voleur, leurs aventures partagées, marquées d'autant de triomphes. Rathe, qu'il avait toujours considéré, toutes proportions gardées, comme un second père.

Ça lui faisait mal de penser à sa disparition, mais, en même temps, ça lui faisait du bien de pouvoir s'épancher en évoquant sa mémoire.

Le café était prêt. Tout en le dégustant, ils continuèrent à discuter.

Reydorn avait un autre souvenir à partager. Tout en écoutant son récit, Cellendhyll se demanda ce que devenait Keelayne. Selon Gheritarish, la disparition de son père était pour elle une totale tragédie et il lui faudrait du temps pour s'en remettre. Pour le moment, la jeune femme avait prévu de rester au domaine des voleurs, où elle pourrait compter sur l'appui de Milo, Nifold et Barrowmer. Le Hors-Destin se promit d'aller prendre de ses nouvelles, dans les jours prochains. Et pas seulement pour prendre de ses nouvelles, il avait *envie* de la voir. Et, s'il le pouvait, de la réconforter.

Parce qu'il fallait en venir là, la conversation finit naturellement par glisser sur Priam.

Viggo et Cythéria purent participer, ils connaissaient bien mieux l'Empereur que Rathe. D'autres anecdotes partagées, dans lesquelles apparaissaient la générosité, la faconde, la gourmandise du souverain de Lumière, son goût de la vie, son attrait pour les chevaux, les arts et la culture, et aussi l'amour qu'il portait à son peuple. Priam avait son caractère, bien sûr, aucun monarque n'était parfait, mais il était digne du surnom que le garçon des rêves lui avait donné : « Le Grand Homme. »

Spontanément, Cellendhyll prit la parole et raconta une part des souvenirs qu'il avait récupérés de son enfance avec Priam et Alhana. Comme pour Rathe, il en retirait à la fois de la douleur et de la joie. Malgré sa peine, il finit par se rendre compte qu'il parlait plus librement, le sourire aux lèvres, le cœur réchauffé par l'évocation d'un père aimant, d'un formidable gaillard, qu'il avait trop peu connu, dont il était fier et pour qui il éprouvait une immense tendresse. Il finit par reconnaître qu'il avait perdu Priam trop vite, à peine retrouvé. Au moins, il l'avait retrouvé. Ils s'étaient reconnus l'un et l'autre. Ils avaient parlé à cœur ouvert, pas longtemps, mais avec profondeur. Et son père était parti heureux, une chose essentielle aux yeux de son fils. Ce n'était pas beaucoup, certes, comparé à ce qu'il avait perdu, pourtant, Cellendhyll y trouvait une forme de consolation, qui, peut être, permettrait de rendre le reste supportable.

La conversation se tarit d'elle-même. Chacun avait besoin de se reposer après un tel échange.

L'Adhan sentait confusément qu'il accomplissait *quelque chose*. Quelque chose d'important. Quelque chose de bénéfique.

Ils s'étendirent au soleil pour digérer tout en paressant. Gheritarish, qui commençait à s'ennuyer, indécrottable Loki, alla chercher des galets et démarra un concours de ricochets sur l'eau, qu'il remporta haut la main, grâce à sa puissance supérieure à celle des humains et à un coup de poignet qu'il prétendait légendaire.

Pour calmer ses vantardises, Reydorn invoqua son pouvoir du vent et celui de l'eau. Il parvint alors à lancer un galet dont les ricochets, soutenus par sa magie, firent trois fois le tour complet de leur île, formant des cercles parfaits, avant, enfin, de perdre son élan.

Revanchard, Gheritarish imagina aussitôt une nouvelle discipline, intitulée « le lancer de mage dans un lac » et Reydorn, empoigné par surprise, effectua un magnifique soleil avant de retomber la tête la première dans l'eau.

Le ton était donné et la situation se mit à dégénérer en une grande joute amicale. Cris, protestations, rires. Projections d'eau en tous sens. Finalement, Cellendhyll, Viggo, Reydorn et Cythéria parvinrent à unir leurs forces afin de projeter à leur tour le Loki dans le lac. L'expression de Gheritarish quand il en émergea, sa chevelure dans tous les sens, de l'eau plein les narines, fut tellement comique que même l'Adhan se mit à sourire, puis à rire aux éclats.

Que cela faisait du bien !

Les autres se rallongèrent au soleil pour sécher, Cythéria lovée contre la poitrine de Viggo. Le guerrier tatoué arborait un sourire béat. Après un échange de regard, Cellendhyll et Gheritarish étendirent leurs vêtements aux rayons du soleil pour ne garder qu'un pagne et se jetèrent à l'eau, s'éloignant chacun dans un crawl vigoureux.

Ils nagèrent, barbotèrent, nagèrent encore, pour barboter à nouveau, se lancèrent quelques insultes de bon aloi. Coupés du monde, leurs seules têtes dépassant de l'onde, ils échangèrent de ces regards qui n'appartenaient qu'à eux, liés par une indéracinable complicité. Enfin, sur une injonction de Gheritarish, ils firent la course pour rentrer.

— Le dernier arrivé est un Sangh astigmate ! avait hurlé le Loki avant de partir dans un crawl dévastateur.

Dans l'eau, les deux guerriers dégageaient à peu près la même puissance, mais Cellendhyll avait une nage beaucoup plus fluide que son camarade aux trois cents kilos de muscles. En outre, il n'avait ni fumé, ni englouti deux bouteilles de vin, la moitié de la bière et du pot de rillettes, et six saucissons à lui seul. En conséquence, il remporta l'épreuve de plus d'une tête.

Alors qu'ils discutaient de tout et de rien, tout en partageant un autre café, répondant à une question de Reydorn, Cythéria, rougissante, avoua que oui, avec Viggo, elle avait bien l'intention de se marier et de faire des enfants ; ils en voulaient au moins trois.

Tous deux furent chaudement félicités, Cellendhyll en tête.

Profitant du calme revenu, la jeune femme échangea un profond regard avec Viggo, après quoi elle prit une grande inspiration et, bien mal à l'aise, demanda à Cellendhyll en bredouillant si, plus tard, une fois la situation apaisée, quand tout irait bien, un jour, peut-être, éventuellement, son seigneur serait d'accord pour qu'elle abandonne son service. Écarlate, la jeune femme arrivait difficilement à s'exprimer, les mots peinant à sortir. Au comble du supplice, elle foudroya Viggo du regard. Après tout, c'était de lui, cette idée saugrenue de tout mettre sur le tapis à cet instant, quel manque de tact !

Le guerrier du Nodus prit le relais et s'exprima franchement, comme le combattant farouche qu'il était – le tact, ça veut dire quoi déjà, ma puce ? Il savait bien que le moment était mal choisi, avec tout ce qui se produisait et la menace des Smaughs qui planait au-dessus de leurs têtes. Toutefois, Cythéria n'en dormait plus et il avoua que c'était lui qui l'avait poussée à poser cette question à Cellendhyll. Oui, ils voulaient fonder une famille ! Et tous deux ressentaient le même idéal de vouloir élever leurs enfants au grand air, loin des intrigues du palais, hors d'une grande ville. Leur projet était de démissionner, et d'acheter une ferme pour y élever des chevaux et vivre de la terre. Une existence simple, tranquille. Pour sa part, Viggo avait envie de voir ses enfants grandir, de s'occuper d'eux chaque jour. Or, le poste de chef du Nodus n'était pas vraiment compatible avec celui d'un père de famille impliqué et Viggo n'avait pas envie que sa femme vive dans la peur chaque fois qu'il quitterait la maison pour partir en mission.

Cellendhyll leur demanda s'ils avaient une idée de l'endroit où s'établir, mais, pour le moment, les deux amoureux n'avaient qu'un simple projet en tête, ils n'avaient pas creusé la question. Ce n'était qu'un idéal futur, rien de plus, qui devrait attendre des temps meilleurs, ils en avaient bien conscience.

L'Ange n'avait aucune envie de contrarier leur bonheur. Il remercia Cythéria et Viggo de leur franchise et déclara, qu'empereur ou non, il donnait son accord de bon cœur. Les savoir heureux compenserait leur éloignement, se disait-il.

Le couple accueillit la nouvelle d'un grand sourire et Cythéria laissa éclater sa joie en se jetant dans les bras de Viggo.

Cellendhyll avait encore pu le constater en cette journée, le guerrier du Nodus avait plein de petites attentions pour la jeune femme. Il lui manifestait un grand respect et une sincère tendresse. Il avait toujours un geste pour elle, une parole, une caresse, voire un baiser. Cythéria s'épanouissait à son contact, c'était manifeste. L'amour vrai qui les unissait réchauffait le cœur meurtri de l'Adhan. Si ses proches pouvaient trouver le bonheur, alors, peut-être que tout n'allait pas si mal.

Un tel sentiment lui fit prendre conscience, qu'au fil du temps et de la confiance, Cythéria et Viggo avaient tranquillement intégré le modeste cercle de ses amis.

Je dois les protéger, songea-t-il, sans savoir pourquoi.

Et toi-même, bougre d'Adhan, c'est quoi, ton projet pour l'avenir ? se demanda-t-il ensuite.

La vengeance, rétorqua-t-il du tac au tac.

Øz la Sublime arrivait en tête de sa liste noire. Juste derrière elle, venait Rakùl-Bahìr. À la troisième place, un choix logique, Gamaël.

Sans Øz, sans Rakùl-Bahìr, Priam serait toujours en vie. L'Ange de Mort n'avait pas besoin de plus pour ordonner sa sentence.

Oui, mais après ?

Quand Cellendhyll aurait réglé le compte des Smaughs, une bonne fois pour toutes, que ferait-il de sa vie à présent qu'il avait perdu son père ? C'était Priam, le lien qui l'unissait à l'Empire. Sa disparition changeait tout.

Inutile de faire des projets alors que ces pourritures de Smaughs se préparent à la guerre. La seule chose dont je suis sûr, c'est que je n'ai aucune envie de devenir empereur de Lumière !

Chapitre 36

Cellendhyll et ses camarades avaient amarré le sloop, puis débarqué sur le ponton, les cheveux à peine secs de leur dernière baignade. Cythéria riait d'une blague de Gheritarish. Reydorn arborait toujours son bonnet de marin.

Le Hors-Destin se retourna vers le lac et contempla l'endroit approximatif qui correspondait à l'île de leur pique-nique.

Cette commémoration surprise avait tout dénoué. Il avait parlé, s'était épanché. Cellendhyll avait balancé un Loki à la flotte, il avait nagé jusqu'à en avoir mal aux muscles. Mais aussi, il avait reçu l'affection de ses proches, il avait ri avec eux. De quoi mettre du baume à son cœur.

Du reste, lors du retour en bateau, l'Ange avait compris une chose fondamentale.

Père et toi, Rathe, je vous ai perdus, mais je ne vous dis pas adieu, car je me rends compte que vous êtes toujours là, en moi, je vous sens dans mon cœur, dans mon esprit, dès que je pense à vous. Je peux vous emporter n'importe où et tant que je me souviendrai de vous, que je chérirai votre souvenir, vous resterez là, à mes côtés, jusqu'à la fin.

Cellendhyll devait l'avouer, il se sentait mieux, débarrassé d'un poids qui l'étouffait. Cette petite boule qui lui étreignait la gorge l'avait quitté.

Oui, quelque chose s'était libéré en lui. Il était triste, certes, il ressentait cette absence… cette double absence. Cependant, avec cette journée intime, il avait pu entamer son deuil, faire sortir ce poison qui menaçait de pourrir en lui, il avait pu honorer la mémoire des chers disparus. Une première étape, indispensable.

Tout cela, grâce à ses amis.

Cellendhyll se retourna sur ses camarades, qui l'attendaient en arc de cercle ; Gheritarish, Reydorn, Viggo… et Cythéria. Il les engloba de son véritable sourire, chaud, rare et vrai, qui signifiait beaucoup. Après quoi, il se rapprocha de sa gouvernante, posa ses grandes mains sur les épaules délicates de la jeune femme.

Il posa un baiser tendre et fraternel sur sa joue et lui murmura :

— Je sais que c'est toi qui as organisé l'événement parfait, celui dont j'avais besoin, Cythéria, et je ne l'oublierai pas. De tout cœur, merci. Tu es la meilleure et je ne laisserai jamais qui que ce soit prétendre le contraire.

Cythéria ne s'attendait pas à une telle louange. De surprise, de gêne, de plaisir, le visage délicat de la jeune femme devint écarlate. Elle se jeta dans les bras de Viggo pour masquer son trouble.

Quelques minutes plus tard, Cellendhyll et sa petite troupe remontaient la galerie supérieure, découpée en arches de marbre rosé, qui donnait sur le grand hall d'accueil du palais. Ils étaient en train rejoindre la suite du Hors-Destin.

Comme toujours, le hall s'avérait encombré d'un rassemblement hétéroclite de requérants venus de la capitale, en attente d'une audience ou tentant d'en obtenir une. C'était également un endroit parfait pour s'échanger les potins du palais, le plus marquant étant le dysfonctionnement des grands portails.

Un cordon de gardes en cottes de mailles et surcots azurés, à l'effigie du soleil de la Lumière, épées au fourreau, encadrait le couloir d'entrée, celui-ci surmonté d'un portail de sécurité. Un autre cordon était posté au niveau des grands escaliers de marbre clair menant aux étages supérieurs.

Cellendhyll était arrivé au milieu de la galerie, lorsqu'un éclat de voix provenant de la droite de l'entrée réveilla sa vigilance.

Une altercation était en train de se produire, impliquant une grande jeune femme aux cheveux blond platine aux prises avec l'un des concierges chargés de filtrer les entrées, d'orienter les arrivants ou de les renvoyer dans leurs pénates.

La jeune femme était vêtue d'une tenue de cuir beige et de cuissardes en daim gris clair.

Les gardes de l'entrée flanquaient l'arrivante, leurs postures laissant comprendre à l'Ange qu'ils s'attendaient à du grabuge.

Il ordonna à ses camarades de s'arrêter et se figea, le temps de décrypter la nature véritable de la dispute.

Était-ce une diversion ? Devait-il se préparer à un nouvel assaut des Smaughs ? A priori non, l'entrée que venait de franchir la jeune femme était protégée par un portail annulant tout sort de camouflage physique.

Le ton enfla entre l'arrivante et le concierge. L'un des gardes commit l'erreur de poser sa main sur l'épaule de la fille.

Ensuite, tout alla très vite.

Prise en clé, tournoiement, projection. La blonde bougeait à une vitesse effarante. Coup d'arrêt, prise cobra, nouvelle projection. Tournoiement, fouetté du pied, coup de pied retourné.

Ce fut terminé en quelques secondes. Les gardes étendus sur le sol, provisoirement sonnés. La blonde avait contrôlé de bout en bout. Elle avait fait le ménage tout autour d'elle, neutralisant les hommes sans aucune blessure grave.

Sa manière de bouger, sa précision, son équilibre parfait, pour le Hors-Destin, c'était clair, il faisait face à une *Initiée*.

Les civils s'étaient reculés le long des murs, hors de portée du danger. Les six gardes restants se rapprochèrent en formation, épées dégainées. L'un d'eux avait lancé l'alerte en utilisant le sifflet d'argent que tous les défenseurs du palais portaient désormais autour du cou. Les renforts n'allaient pas tarder.

Ramassée sur elle-même, la jeune femme se redressa, les mains grandes ouvertes.

Au moment où Cellendhyll se préparait à bondir par-dessus la balustrade pour atterrir directement un étage plus bas, la blonde s'exclama d'une voix claire, pleine de caractère :

— Je suis venue sans armes et sans mauvaise intention, mais je n'ai pas de temps à perdre ! Je suis l'émissaire du prince Yggdrasill et je demande audience avec le seigneur Cellendhyll de Cortavar, j'invoque le principe *d'Extrême Nécessité* ! Vous devez le prévenir, tout de suite !

Cellendhyll fronça les sourcils. Qu'est-ce que cette Initiée venait faire ici ? *Yggdrasill* ? En tous les cas, elle avait invoqué *l'Extrême Nécessité*, impossible de faire la sourde oreille face à une telle injonction. En outre, il jugea qu'aucun Smaugh ne pouvait connaître une telle procédure.

Il se pencha sur la rambarde et sa voix tonna jusqu'au rez-de-chaussée :

— Vous autres, repos ! intima-t-il aux gardes. Tout va bien, je vais m'occuper d'elle... Je suis Cellendhyll de Cortavar, qui êtes-vous, guerrière ?

La jeune femme releva la tête vers l'Adhan, qu'elle reconnut à ses caractéristiques, une moue satisfaite étirant ses lèvres.

— Comme je l'ai annoncé, seigneur Cellendhyll, le prince Yggdrasill m'envoie, j'ai un message à vous livrer de la plus haute importance.

— C'est bon, j'arrive. Gardes, vous pouvez disposer... emmenez ces hommes à l'infirmerie, ordonna-t-il aux valides, je prends cette femme en charge. Vous autres, vous pouvez y aller, indiqua-t-il ensuite à Cythéria, Viggo et Reydorn... Gher', toi, tu viens avec moi, couvre mes arrières.

Après avoir rejoint le rez-de-chaussée, Cellendhyll fit un signe de tête à la blonde :

— Venez, allons discuter dans un coin tranquille.

La jeune femme hocha la tête et lui emboîta le pas.

Le Loki était sur leurs talons. S'il avait l'air détendu, il était prêt à sauter sur l'Initiée au moindre geste suspect de sa part. Elle venait du Chaos, certes, elle avait invoqué Yggdrasill, donc Morion, d'accord, mais son bougre d'Adhan ne s'était pas fait que des amis, là-bas.

Tout autant sur ses gardes, Cellendhyll emprunta un couloir latéral et conduisit l'émissaire à la première salle venue.

Vouée à la détente, une pièce plus longue que large, aux peintures claires, avec des canapés en cuir et des tables basses, une bibliothèque et un bar à liqueurs. Actuellement fermées, de grandes portes-fenêtres ouvraient sur une petite terrasse, face au lac. La salle était occupée par un groupe de trois seigneurs richement vêtus, occupés à déguster des coupes remplies d'un liquide bleu pâle.

À peine entré, Cellendhyll déclara :

— J'ai besoin de cet endroit, sortez.

Le ton du Hors-Destin, l'héritier direct de l'Empereur, était sans réplique. Les nobles s'empressèrent de quitter la salle, prenant soin d'éviter son regard impérieux.

Gheritarish referma les portes et s'adossa contre elles, les bras croisés. Il avait ce petit air rien qu'à lui, qui signifiait « là, je m'amuse beaucoup ».

Cellendhyll se retourna vers la jeune femme :

— Maintenant que nous sommes tranquilles, crachez le morceau... qui êtes-vous ?

— Je suis Maeve. J'ai invoqué *l'Extrême Nécessité* au nom de mon seigneur, Morion d'Eodh. Seigneur Cellendhyll, je suis... votre *remplaçante*, en quelque sorte. Je veux dire une *Ombre* du Chaos.

— Tiens donc. Pourtant, votre façon de vous manifester n'est pas vraiment conforme à la discrétion propre aux Ombres... ou alors les choses ont vraiment empiré depuis mon départ de la maison d'Eodh.

Maeve répondit du tac au tac :

— J'ai évité à tout le monde de perdre un temps précieux. Le seigneur Morion ne m'a pas demandé d'être discrète, mais d'aller vite et d'être efficace. Ce fut le cas, non ?

Un ange passa tandis que Cellendhyll et Maeve se toisaient l'un l'autre, parfaitement conscients que l'examen était réciproque.

C'était un peu étrange pour l'homme aux cheveux d'argent d'être soudain confronté à celle qui le remplaçait au service de Morion. Il découvrait une jeune femme d'au moins un mètre soixante-quinze, aux cheveux platine coupés court. Maeve était la fois fine et musclée. Elle avait le regard franc, des yeux bleu pâle, lumineux, magnifiques. Son visage était un ovale harmonieux, avec un petit nez, des pommettes marquées, une jolie bouche au pli sérieux.

En résumé, bien trop séduisante à son goût.

Assurément, le prince des Apparences m'a envoyé son émissaire la plus charmante. Pour me déstabiliser ? Je n'ai vraiment pas le temps pour ce genre de bagatelles. Encore moins avec une Ombre de Morion. Comment pourrais-je lui faire confiance ? Dommage.

Néanmoins, la guerrière ne lui faisait pas mauvaise impression et son instinct du danger restait silencieux. Cellendhyll se détendit d'un cran.

Maeve, de son côté, se trouvait face à une véritable légende au sein du Chaos.

On avait beaucoup glosé sur la défection de l'Adhan, le fier guerrier d'Eodh, à la réputation sulfureuse... l'Ombre de Morion, qu'elle allait devoir remplacer. Les raisons de cette défection restaient ignorées, cependant, un fait demeurait : Cellendhyll de Cortavar était considéré par la majorité comme le meilleur combattant du Chaos, capable d'en remontrer à Yvain lui-même, le maître d'armes de la citadelle. De quoi éveiller la curiosité de la jeune femme.

Maeve voyait un athlète qui la surplombait de plus d'une tête, taillé en V, avec de larges épaules. Les membres longs, de grandes mains musclées. Puissant et svelte à la fois.

Cette chevelure d'un argent brillant, coupée bien trop courte pour qu'on puisse l'empoigner. Ce visage long, aux traits rudes, mais bien dessinés, cette peau cuivrée. Cette bouche généreuse sur laquelle la guerrière préféra ne pas s'attarder.

Et ce regard. Ce regard de jade à l'éclat proprement magnétique.

Il émanait de l'Adhan une confiance certaine. Non pas l'arrogance tapageuse des matamores, prêts à se vanter de leurs prouesses à la moindre occasion. Non, il dégageait plutôt cette assurance tranquille de ceux qui n'ont plus rien à prouver.

Il y avait également autre chose en lui, de plus subtil, une fêlure qu'elle pouvait ressentir, un mélange latent de douleur, de tristesse, de colère qui éveillait son intérêt d'agente du Chaos, tout autant que sa sensibilité féminine.

La jeune femme hocha mentalement la tête. Oui, Cellendhyll de Cortavar était bien digne de sa réputation.

— Salut, cousine, sourit largement Gheritarish, sans cacher qu'en ce qui le concernait, il trouvait la guerrière fort attrayante. Ça se passe, au Chaos ?

Maeve afficha un sourire enjoué, qu'elle fit suivre d'une courbette pleine de grâce et de malice.

— Le renommé Gheritarish An Loki-C'haras An Gwen'Dallavallach, je suis honorée de vous rencontrer, messire Loki.

— Hey, ma belle, tout le plaisir est pour moi. T'as entendu, Petit-Homme, cette beauté est *honorée* de me rencontrer ! Elle a entendu parler de moi… Une Initiée, en plus, ça t'en bouche un coin, hein ?

— Un peu de sérieux, Boule de Poils, merci, grinça le Hors-Destin en foudroyant son camarade du regard. Alors, ce message de Morion ? dit-il en revenant sur Maeve.

— La nuit dernière, les Smaughs ont conquis la ville de Coruscante et massacré les trois quarts de la population. Les survivants ont réussi à fuir dans les Grandes Plaines. Peu avant l'assaut, les grands portails ont cessé de fonctionner. J'imagine que vous l'avez remarqué, toute téléportation à grand flux est désormais impossible sur l'ensemble des Territoires-Francs, votre cité des Nuages comprise. Le seigneur Morion y voit là l'influence directe des Smaughs.

Cellendhyll échangea un regard lourd de sous-entendus avec Gheritarish.

— Comment donc êtes-vous arrivée jusqu'ici ? demanda-t-il en revenant sur la guerrière.

Il n'avait pas besoin d'interroger Maeve pour savoir de quelle manière Morion avait eu ces informations. L'Adhan savait depuis longtemps que le maître des Mystères avait des espions implantés dans chacune des cités importantes du Plan Primaire.

— Les voies du seigneur Morion sont impénétrables, n'est-ce pas ? sourit la guerrière. J'ai emprunté une série de téléporteurs du Chaos à faible flux, jusqu'à la cité des Nuages. Ensuite, j'ai pris votre portail de liaison pour rejoindre Tygarde.

— Les téléporteurs du Chaos ne sont donc pas touchés, eux ?

— Il semblerait que non, rétorqua Maeve. Je ne suis pas une experte, néanmoins, le seigneur Morion m'a expliqué que les téléporteurs de moindre flux que les grands portails s'alimentaient à partir d'une énergie différente, une question de matrice nodale… Je vous mentirais en disant que j'ai vraiment compris.

— D'accord, Maeve. Vous avez une estimation des effectifs smaughs ?

— On a dénombré au moins cinq mille assaillants pour lancer l'attaque de Coruscante.

— Quel genre d'assaillants, des guerriers, des sorciers ? relança l'Ange. Ils étaient à pied ou à cheval ? Des archers ?

Maeve secoua négativement la tête :

— Désolée, seigneur Cellendhyll, je n'étais pas sur place et je viens de vous livrer toutes les informations dont je disposais…

— Très bien, vous avez donc rempli votre mission…

— J'ajouterai toutefois que le seigneur Morion aurait très bien pu décider de ne pas vous transmettre ces informations, ajouta vivement Maeve, juste au moment où l'Ange allait lui donner congé. J'espère que vous en êtes conscient, seigneur… Mon maître vous fait là une faveur, il espère ainsi démontrer qu'il entend entretenir d'excellentes relations avec le futur empereur de Lumière.

Cellendhyll éclata d'un rire moqueur. Puis, il rétorqua :

— Une faveur du maître des Mystères ? Écoutez, je n'ai rien contre vous, Maeve, et si vous êtes amenée à me remplacer, je vous souhaite bien du courage. Car, manifestement, vous ne savez pas grand-chose de votre maître… et pas grand-chose de mes rapports avec lui. Voici ma réponse : Si Morion pense que je suis en dette avec lui, qu'il aille se faire empaler le postérieur par un Sangh ! Merci quand même pour l'information. Veillez à bien lui transmettre le message, Maeve. Tel quel.

Stupéfaite, l'Initiée referma la bouche aussi vite qu'elle l'avait ouverte. Jamais, au grand jamais, elle n'avait entendu quiconque s'adresser avec autant d'impudence à Morion, Puissant du Chaos.

— Je transmettrai votre réponse mot pour mot, je vous l'assure, se reprit-elle. À présent que j'ai accompli ma mission, je vais prendre congé, je suis attendue.

La jeune femme salua d'un signe de tête et rejoignit la sortie, tandis que Gheritarish s'écartait pour lui ouvrir la porte, lui adressant un clin d'œil amical au passage.

Juste au moment de franchir le seuil, Maeve se retourna sur Cellendhyll et le fixa droit dans les yeux :

— J'étais curieuse de faire votre connaissance et je ne suis pas déçue. Pareil pour vous, messire Loki. Peut-être aurons-nous l'occasion de nous revoir ?

Sa tirade achevée, l'Ombre du Chaos enchaîna d'un sourire resplendissant, dans lequel elle glissa une pointe de séduction.

En retour, Cellendhyll la soupesa un instant de son profond regard de jade, puis il lui adressa le même type de sourire :

— Peut-être bien. Prenez garde à vous, dame Maeve.

— C'est quand tu veux, cousine ! renchérit Gheritarish, tout en dégageant la sortie.

— À vous revoir, tous les deux.

Maeve réitéra sa petite courbette malicieuse et quitta la pièce.

Gheritarish referma derrière elle. Il arborait un sourire béat :

— Tu sais, je trouve que Morion a très bon goût, il t'a trouvé une remplaçante de valeur… et nettement plus jolie et agréable que toi ! Je suis d'ailleurs certain qu'elle a bien meilleur caractère !

— Crétin de Loki, tu ne peux pas être sérieux de temps à autre ?

— Non.

Cellendhyll lâcha un soupir :

— Parfois je me demande pourquoi je me coltine un olibrius comme toi…

— Hey, figure-toi que je me pose exactement la même question à ton sujet !

L'Ange se rapprocha de son camarade et lui flanqua une bourrade amicale dans l'épaule :

— Assez plaisanté, mon gros Bleu. Les Smaughs sont passés à l'action, nous sommes en guerre, Boule de Poils. J'avoue que je m'attendais à une attaque d'Øz, sans savoir où elle sévirait, pas du tout à la possibilité que les Smaughs trafiquent les Grands Portails. S'ils ont trouvé un moyen de bloquer l'envoi de troupes de secours à travers tous les Territoires-Francs, ça veut dire que chaque cité est livrée à elle-même, et également qu'aucune force de coalition suffisante ne pourra se dresser face aux envahisseurs. Ils sont cinq mille, au minimum. Sans compter les sorciers, et peut-être d'autres encore… c'est bien pire que ce que j'escomptais.

— Aucune force de coalition suffisante ? Tu te trompes, mon ami ! Y'a toi et y'a moi, c'est bien assez pour tartiner les Têtes à clous !

— Concentrons-nous un peu. Rudes nouvelles que nous a fait transmettre Morion.

— Ouais, en tout cas, comme a dit Maeve, il n'était pas obligé de nous révéler tout ça.

— Tu es bien naïf, Boule de Poils. Si Morion a agi ainsi, c'est dans son intérêt, avant tout. Et j'emmerde le maître et tous ses Mystères, comme je l'ai dit ! Bien, je dois prévenir le conseil de ce que nous venons d'apprendre.

— Je peux venir ?

— Si ça t'amuse.

— C'est exactement ça, ton altesse-lige-machin-bidule-machin, je m'amuse comme un petit fou !

Cellendhyll hocha la tête sans rien répondre. Il partait à la guerre, il allait diriger une véritable armée… lui ne s'amusait pas, non.

Il quitta la salle à grands pas souples, le regard scintillant d'un feu volontaire.

Chapitre 37

Cellendhyll avait fait délocaliser la salle du conseil. Il ne supportait pas de siéger dans la pièce où son père avait pris l'habitude de tenir ses propres réunions, tout comme il refusait de s'asseoir sur son trône.

À la place, Vaillence lui avait proposé une pièce à colonnades de marbre, avec un haut plafond percé d'un puits de lumière, un sol composé de tesselles aux différentes teintes de bleu. Une terrasse donnait sur le lac. Au centre du puits de lumière était posée une grande table ovale en noyer massif, renforcée d'un cerclage de clous d'argent et entourée de gros fauteuils en cuir de buffle bleu, choisis pour leur confort.

Un bar à liqueurs en acajou était aligné contre un mur, amplement pourvu. Il ne servirait pas avant la tombée du jour. Les conseillers s'entendaient bien entre eux, et ils avaient pris l'habitude de prendre un verre et de partager un moment de détente une fois leurs réunions achevées. Cependant, tant que l'ordre du jour n'était pas réglé, ils travaillaient et sérieusement.

Sur la grande table, on trouvait donc un grand pot de café des Hautes-Terres, imposé par l'Adhan pour chaque réunion, une carafe d'infusion d'écorces noires et une autre d'eau fraîche.

L'Ange et le Loki étaient arrivés devant la salle du conseil. Une voix mâle et vitupérante, au timbre désagréable en faisait vibrer les portes.

— … Ça fait trois fois que je viens vous voir et que vous me faites lanterner, ça suffit ! tonnait Haüser. J'ai fait valoir mes droits et j'exige que vous validiez ma nomination. Sur-le-champ !

Son béret écarlate à la main, sanglé dans un uniforme blanc cassé à liserés rouges, aux plis marqués, fourragère à l'épaule, son ego déployé comme un étendard, le colonel Alosyus Haüser vitupérait à en baver sur sa tunique.

Il était tel un bouledogue. Petit, costaud, teigneux. Le crâne rasé, il affichait une cinquantaine vigoureuse, les traits épais, sa petite bouche au pli dédaigneux encadrée d'un bouc pointu, désormais poivre et sel.

Aldrich, son inévitable second, était présent, posté trois pas en retrait de son maître. Un colosse aux traits simiesques, riche en muscles, pauvre en neurones, voilà qui le caractérisait parfaitement.

Les deux militaires faisaient face aux membres du conseil de régence, assis en arc de cercle de l'autre côté de la grande table.

Profitant du désordre ambiant, après l'assaut des Smaughs sur la citadelle de Lumière, doublé de la disparition brutale de l'Empereur, Haüser avançait ses pions pour s'imposer comme remplaçant du regretté connétable Xavier ; il invoquait le fait d'être le militaire le plus haut gradé en poste au palais. Et même si les conseillers n'avaient toujours pas avalisé sa candidature spontanée, pour le moins forcée, le colonel des Bérets Rouges, à l'orgueil aussi bouffi que son estomac, se voyait déjà en train de passer les troupes en revue, tout d'azur et d'or vêtu, monté sur un fier étalon à robe d'ivoire.

Avant qu'Haüser ne puisse poursuivre sa diatribe enfiévrée, Cellendhyll repoussa les portes de la salle et entra, d'un pas déterminé. Gheritarish arrivait sur ses talons, les mains tranquillement passées dans son ceinturon, le sourire rehaussé de malice.

L'Ange avisa la situation en quelques battements de paupières. Lors de leur petite escapade sur le lac, Viggo lui avait résumé la situation tendue opposant le colonel des Bérets Rouges aux conseillers.

L'un des avantages que Cellendhyll appréciait vraiment, à présent qu'il était reconnu comme l'héritier de Priam, c'est qu'il n'avait plus besoin de se forcer à être diplomate, en particulier quand il n'en avait pas envie. D'ailleurs, son père disparu, son seul véritable repère à Tygarde, le Hors-Destin n'avait plus besoin de se forcer à rien.

— Haüser, vous tombez à point nommé, mon vieux ! s'exclama-t-il. Une seconde, je m'occupe de vous tout de suite… Dame de Mayenne, messeigneurs, veuillez me confirmer un point de détail, je vous prie… Je suis lige de l'Empire, nous sommes en état de guerre. En conséquence, mes décisions font force de loi… n'est-ce pas ?

— En effet, seigneur Cellendhyll, confirma Irina de Mayenne, son visage patricien soudain éclairé d'un demi-sourire.

À la petite lumière qui scintillait au fond de ses prunelles, l'Adhan se demanda si elle avait deviné la suite. Peu importait.

Il se retourna face au colonel des Bérets Rouges :

— Colonel Haüser, depuis que j'ai fait votre connaissance, je pense que vous êtes sous-employé et qu'il est grand temps que je vous récompense à la hauteur de vos compétences. En ce jour, par ma volonté, avec les membres du conseil pour témoins, vous êtes désormais responsable de la Voirie… félicitations pour ce transfert ! Haüser, responsable de la Voirie, ça sonne bien, n'est-ce pas ? Bien sûr, vous quittez Tygarde pour prendre vos quartiers au bâtiment municipal. Votre premier devoir sera d'inspecter *personnellement* tous les égouts de la capitale afin d'en établir un état des lieux complet, que vous fournirez à Vaillence. Votre sbire, Aldrich, vous secondera aussi fidèlement qu'il l'a fait jusqu'ici dans cette noble tâche, je n'en doute pas. Votre prise de poste est immédiate. Vous pouvez disposer, Haüser.

L'officier supérieur était devenu aussi écarlate qu'un homard ébouillanté. L'indignation brouillait son regard. La bouche grande ouverte, comme un poisson tiré hors de l'eau, Haüser cherchait une parade sans la trouver.

Cellendhyll se rapprocha de lui, jusqu'à le surplomber de toute sa taille et cracha d'un ton dur :

— Vous sortez de vous-même, Colonel, ou dois-je vous éjecter de la salle à coups de botte dans le fondement ? Faites-moi plaisir, choisissez la *seconde* option.

Après avoir pesé ses chances, Haüser préféra la voie de la prudence. Il quitta les lieux, le teint rivalisant avec la couleur de son béret, les épaules voûtées, sans un regard en arrière.

Gheritarish grimaça de déception. Il aurait bien aimé une réaction agressive de l'adjudant Aldrich.

De son côté, Cellendhyll en soupira d'aise :

— J'en avais envie depuis tellement longtemps. C'était presque aussi bon que de lui avoir flanqué mon pied dans le nez.

Il s'installa dans un fauteuil et fit signe au Loki de s'asseoir à ses côtés.

À contempler les mines réjouies des conseillers, il pouvait conclure que sa décision avait emporté l'unanimité. Il faudrait nommer un remplaçant à la tête des Bérets Rouges, mais il avait déjà une idée en tête.

— Seigneur Cellendhyll, l'accueillit Vaillence, nous allions vous faire prévenir, nous avons reçu un rapport, juste avant l'entrée tonitruante du colonel Haüser… Hélas, il n'y a aucune amélioration des grands portails…

— Et je sais pourquoi, répliqua l'Ange. Les Smaughs ont dévasté Coruscante. Ils ont lancé leur offensive en commençant par saboter, d'une manière ou d'une autre, les portails à grands flux.

— Alors nous ne pourrons plus transférer nos troupes du front, cette fois, c'est une certitude, maugréa Vaillence.

— En outre, l'Alliance est coincée, les mercenaires-francs ne pourront pas se rejoindre dans les temps pour intercepter les Smaughs en nombre, estima Cellendhyll du même ton dégoûté. En bloquant les grands téléporteurs, Øz a sévèrement divisé les forces capables de s'opposer à elle… un coup de maître, même si ça m'arrache la bouche de le reconnaître.

— Avons-nous une idée du moment où les portails pourront à nouveau fonctionner ? s'enquit Aymar.

— Puisque c'est une manœuvre des Smaughs, partons du principe qu'ils ne vont pas remarcher de sitôt, estima Irina de Mayenne.

— Je suis d'accord, acquiesça Cellendhyll. Portails ou non, cela ne change pas grand-chose. Mon objectif est clair : les Smaughs sont à Coruscante, je vais lever l'armée, traverser les Grandes Plaines et aller les affronter. Ma dame, messeigneurs, la guerre est bel et bien déclarée.

Murmurant une prière, Aymard se signa, formant la croix de la Lumière sur son torse.

Un page accourut dans la salle, porteur d'une missive urgente qu'il transmit à Irina. La cardinale déplia le message pour le lire. Elle redressa la tête, peinant à croire ce qu'elle venait de lire, poussa un soupir et annonça :

— Il y a une autre mauvaise nouvelle à rajouter au tableau, je le crains. Il s'agit d'un ajout au rapport des effectifs. Comment dire... à cause de la défaillance subite des portails, tout le corps de commandement de notre armée est resté de l'autre côté, ils sont bloqués sur le front, au camp de base initial.

Cellendhyll haussa un sourcil incrédule :

— Comment une telle absurdité a-t-elle pu se produire ?

— Eh bien, d'après cette note, les officiers supérieurs ont décidé de fêter leur départ du front par une soirée commune au mess des gradés... révéla Irina. Il semblerait que le dîner se soit prolongé, arrosé tant et plus, jusqu'à la panne des portails. Seuls quelques aides de camp ont pu passer et c'est grâce à eux que nous avons pu avoir cette information.

— Les abrutis, jura Cellendhyll, les sombres abrutis !

Puis, finalement, au lieu d'exploser de colère comme s'y attendaient Vaillence et les autres, il lâcha un petit ricanement et tourna la tête vers Gheritarish, le temps d'échanger un regard complice avec lui.

— Par contre, avons-nous assez de sous-officiers ? reprit-il.

— Oui, largement, assura Vaillence, au fait de l'état des effectifs disponibles.

— En résumé, nous avons de quoi composer une armée, mais pas les officiers pour la commander ?

— En effet, seigneur.

Cellendhyll arbora un grand sourire :

— C'est parfait !

De son côté, le Loki hocha la tête à plusieurs reprises. Il partageait la même opinion que l'Adhan.

En revanche, les membres du conseil, de leur côté, ouvraient des yeux surpris.

— Écoutez, je n'ai pas reçu la formation à laquelle j'étais destiné en tant que lige de Lumière, leur expliqua l'Ange. J'étais occupé à en recevoir une autre, bien loin d'ici, qui n'a rien à voir avec la guerre conventionnelle qu'on apprend dans les manuels de l'académie impériale. En conséquence, vos officiers généraux ne feraient que me gêner à vouloir m'expliquer comment je dois mener une bataille, à l'instar d'un Haüser, je n'ai nul besoin d'eux. Par contre, les sous-officiers sont indispensables à la bonne marche d'une armée, je pourrai m'entendre avec ceux-là et me reposer sur leur expérience.

— Concernant la chaîne de commandement, comment allez-vous faire ? demanda Quentin de Bérune, sans doute moins versé que les autres dans les questions militaires.

Cellendhyll haussa ses larges épaules :

— C'est simple, je nommerai mes propres officiers, ça me permettra de les choisir librement. Revenons plutôt sur les téléporteurs. Nous avons acté l'arrêt des grands portails, en revanche, ceux à faible flux peuvent encore fonctionner… Allons de l'avant, au lieu de nous lamenter, il faut en avoir la confirmation au plus vite.

Quentin de Bérune haussa les épaules, désabusé :

— Même s'ils marchent, la belle affaire… Nous n'avons que deux portails de liaison entre Tygarde et la cité des Nuages et… mais, oh… oui, je comprends, vous pensez au téléporteur qui relie à la ligne des forts.

— Exactement, opina l'Adhan. Il est situé nettement plus au nord-ouest de la cité des Nuages. En passant par ce portail, nous pouvons rejoindre la lisière sud des Grandes Plaines en un temps record.

Irina de Mayenne prit la parole à son tour :

— Vous allez mener l'armée en guerre et sachez que j'ai toute confiance en vous, à l'instar de votre père, que la Lumière veille sur lui… Néanmoins, j'ai une question : à part vous, qui va partir, qui va rester ?

— J'avoue que je dois encore réfléchir au problème, rétorqua l'Ange. Vaillence, avez-vous les rapports actualisés sur les effectifs que je vous avais demandés ?

— Je les tiens à votre disposition, seigneur.

— Bien. Je les emporte pour les étudier. Retrouvons-nous en début de soirée pour faire un point. Je vous donnerai ma réponse à ce moment-là, dame Irina. Deux choses en attendant : envoyez de toute urgence un escadron vérifier que le portail de la ligne des forts fonctionne toujours. Si tel est le cas, envoyez des estafettes prévenir les troupes en attente dans la Plaine Grise. Qu'elles se préparent à lever le camp, même sans officiers supérieurs. Nous n'avons pas de temps à perdre. Dès qu'elles seront en ordre de marche, les premières sections devront prendre le téléporteur qui les enverra aux forts. Elles se reformeront sur place, l'intendance suivra le mouvement. Je les rejoindrai dès que j'en aurai fini ici et j'organiserai l'armée à ce moment-là. Après quoi, nous partirons pour les Grandes Plaines. Ah, trouvez-moi des cartes de toute la région de l'est des Territoires-Francs, je vous prie ! Les Smaughs ne vont pas rester à Coruscante, je les connais assez, ce n'est qu'une étape pour eux. Il va falloir anticiper leur plan de conquête, si nous voulons les intercepter.

— Ce sera fait, seigneur Cellendhyll.

— Avons-nous des nouvelles des Ègles ? relança l'Ange, ils sont nos alliés et nous seraient précieux.

— Justement, je voulais aborder le sujet avec vous, seigneur Cellendhyll, soupira Vaillence. Aquilon Bec-de-Guerre nous a fait répondre par un message en langage commun que l'alliance d'entraide conclue avec les Ailes-de-Tonnerre prenait fin avec la mort de votre père, Priam lui-même en avait conclu l'accord. Les Ègles ont ajouté qu'une nouvelle alliance était envisageable, lorsqu'un nouvel empereur aura été sacré, et qu'elle pourrait se conclure aux termes d'une série de négociations adéquates. Étant donné ces conditions et le délai que cela prendrait à les remplir, il nous faut d'ores et déjà faire une croix sur les Égles, je crois que c'est clair.

— Dommage, leur soutien aurait pu faire la différence. On s'en passera. Bien, je pense que nous avons fait le tour, je vais vous laisser, conclut Cellendhyll, tout en quittant son fauteuil.

— Euh, on n'a pas parlé d'une question importante, vos altesses se redressa Gheritarish, sourcils froncés.

— Au sujet des portails ? Des Smaughs ? Tu peux préciser ? demanda l'Ange.

— Ben, les menus. Ça va être quoi la popote sur place, vous avez choisi les cuisiniers ? Nan, parce que c'est important, les repas. Et pis les chaussettes, on touchera des chaussettes ? C'est pour la mar... Aïeuu ! Mais, arrête, ça fait mal !

Interrompu en plein élan, Gheritarish n'avait pu terminer sa liste de requêtes. Cellendhyll l'avait pincé par le bout de l'oreille et le traînait hors de la salle en jurant tout ce qu'il savait d'imprécations à l'encontre d'un certain guerrier à peau bleu, un boulet à traîner de la plus belle espèce, un ingrat inconséquent incapable de la moindre intervention sensée...

— Mon oreilleuu, meuh, c'est plus drôle, là, hein ! glapissait Gher alors que les deux guerriers s'éloignaient dans le couloir.

Chapitre 38

La réunion terminée, Cellendhyll et Gheritarish rejoignirent la suite de l'Adhan.

Installés sur les canapés du salon, Cythéria, Reydorn et Viggo attendaient les nouvelles.

De but en blanc, Cellendhyll annonça la mise à sac de Coruscante par les Smaughs, l'arrêt des grands portails, en bref, que la guerre était déclarée.

Pétri d'enthousiasme, Viggo s'exclama aussitôt :

— Nous partons quand ?

Cellendhyll croisa le regard de Cythéria, chargé d'angoisse. Il comprenait ce qu'elle ressentait. Il s'attendait à un tel regard.

Je dois les protéger.

— Désolé, Viggo, toi, tu restes ici. J'ai besoin de quelqu'un en qui j'ai totalement confiance pour veiller au grain à Tygarde.

— Hein ? Tu ne peux pas me faire ça ! se hérissa le guerrier tatoué. Tu ne vas pas partir sans moi, quand même. Qui va assurer tes arrières ?

— J'ai une armée entière pour assurer mes arrières, riposta Cellendhyll. J'ai vraiment besoin de toi, *ici*, Viggo… Tu es confirmé dans ton grade de commandant, je veux que tu réorganises les Nodus. Il va falloir regarnir leurs rangs et tu vas devoir trouver des guerriers à la hauteur. En outre, j'ai transféré Haüser à la voirie, tu vas reprendre les Bérets Rouges en main et leur inculquer les techniques d'élite des Nodus. Tu vas en profiter pour les évaluer et les entraîner en conséquence. Haüser a sévi trop longtemps à leur tête et je me méfie ce qu'il en a fait. Tu seras secondé par les lieutenants Tanfoglio et Kershaw, je les connais, tu peux compter sur eux… au passage, je vais les nommer capitaines. À terme, tu leur laisseras le contrôle des Bérets Rouges, et tu seras libre de te concentrer sur les Nodus. Tu dois comprendre que si les Smaughs attaquent la capitale, toute la défense, le sort de tous les civils, reposera sur tes épaules, je compte sur toi. Je te laisse t'organiser à ton gré… Viggo ? C'est un ordre, commandant !

Le guerrier tatoué se mit aussitôt au garde-à-vous et salua impeccablement :

— Vous entendre, c'est obéir, seigneur-lige !

Le chef des Nodus pivota sur les talons, et sortit prendre l'air sur la terrasse.

Le regard qu'il jeta à l'Adhan, passant devant lui, signifiait clairement qu'il considérait sa décision comme une trahison.

Cythéria, en revanche, contemplait l'Ange, ses iris scintillaient de gratitude, et son sourire valait un millier de mercis.

Il hocha légèrement la tête en retour. Il digérait à peine la disparition de Priam et de Rathe. Il refusait que Cythéria puisse vivre une pareille malédiction en perdant Viggo, l'homme de son cœur, tout comme il refusait qu'elle s'angoisse, jour après jour, nuit après nuit, de son sort durant la guerre.

Puis, l'Adhan demanda à la jeune femme de lui préparer un pot de café des Hauts-Plateaux et de lui trouver un petit quelque chose pour se caler l'estomac. Il avait faim, soudain, et de la besogne à abattre.

— Viens, Gher', on va regarder ces rapports et voir comment on peut organiser notre armée. Ensuite, on ira faire une visite à l'armurerie de mon père, on va avoir besoin de s'équiper.

Le Loki claqua ses mains l'une contre l'autre pour manifester son enthousiasme :

— On part à la guerre contre les Têtes à Clous, *notre* armée, visite à l'armurerie. Oh, par les mamelles d'Evgrayden, c'est mon anniversaire ou quoi ?

Comme convenu, Cellendhyll retrouva les membres du conseil dans la salle de réunion. Il avait laissé son camarade à peau bleue à l'armurerie du palais, occupé à essayer une série de cottes de combat idéales, selon lui, pour rehausser son potentiel esthétique. Bien sûr, aucune n'était à sa taille. Pour sa part, Cellendhyll avait choisi l'équipement dont il avait besoin, qui lui serait livré au camp des forts, avant le départ.

Vaillence et les autres l'attendaient à leurs places respectives. L'Ange se servit une tasse de café et s'installa.

— Pour changer, je vais entamer le conseil par une bonne nouvelle, seigneur-lige, annonça Vaillence. Selon votre demande, le portail de la Ligne des forts a été testé, il est bien alimenté par un réseau nodal différent des grands flux et fonctionne normalement. L'ordre du départ a été donné et, dès ce soir, les premiers contingents rejoindront le camp de base de la Ligne.

— Une excellente nouvelle ! sourit Cellendhyll.

— C'est un portail à moyen flux, il va falloir une sacrée organisation pour transférer l'ensemble de l'armée, releva Vaillence.

— J'en suis conscient, acquiesça l'Adhan. Nous ferons au mieux.

Il savoura une gorgée de café et reprit :

— Dame Irina, vous m'avez posé une question, qui part, qui reste. Voilà ma réponse, qui concerne également ma stratégie : j'ai étudié les effectifs et fait mon choix. Je vais scinder l'armée en deux entités distinctes… pour faire simple, une armée à pied, solide, capable de défendre une position, et une autre armée, montée, rapide, précise, capable de frapper l'adversaire et de s'esquiver, de le harceler. Gheritarish prendra le commandement de l'infanterie et moi, celui de la cavalerie. Comme vous le verrez, je n'ai choisi que des vétérans. Le contingent que représentent les aspirants restera dans le camp de la Plaine Grise. Les jeunes continueront leur formation, ils pourront vous servir de réserve en cas d'attaque des Smaughs sur la cité des Nuages. Je n'emmène aucun civil, hormis ceux sous contrat avec l'armée et, bien sûr, le groupe des prêtres-guérisseurs de la Guelfe. Mon ami Reydorn, mage du Cercle Vert, nous accompagnera également, il a accepté de nous apporter son aide. Quant à Gheritarish, vous l'aurez compris, c'est un cas à part... mais ce bougre de Loki est un guerrier-né, et il a toute ma confiance. Voilà, acheva l'Adhan, en posant une série de dossiers sur la table, un par conseiller. Vous trouverez dans ces documents le détail des effectifs qui partiront avec moi.

À peine le Hors-Destin avait-il terminé que l'archevêque Aymard se raclait la gorge, et prenait la parole :

— Je sais que ce n'est pas prévu, pourtant, j'aimerais venir avec vous, seigneur-lige. Je dirigerai la compagnie de mes frères-guérisseurs.

— Écoutez, monseigneur, je ne sais pas si... entama Cellendhyll.

Aymard devança le refus qui fleurissait déjà sur les lèvres de l'Ange :

— Seigneur Cellendhyll, nous ne nous connaissons guère, vous et moi. Et j'ai toute conscience que mes prédécesseurs ne vont ont laissé qu'un goût amer dans la bouche, que la Lumière les foudroie ! J'ai le devoir de prouver que la Guelfe Blanche est un ordre intègre, sur lequel on peut compter. Croyez-le ou non, je suis avant tout un homme de terrain et je connais bien la guerre. Elle se profile et je suis prêt à faire face. Par la Sainte, vos soldats auront besoin de moi, de mon soutien spirituel, de mes prières... et de mes talents guérisseurs ! Je ne serai pas une gêne, je vous l'assure, tout comme je vous assure que je n'interférerai en aucun cas dans vos décisions militaires. Mon rôle sera différent du vôtre, néanmoins, ma place est là-bas, seigneur, tout comme vous !

L'Adhan devait admettre qu'Aymard n'avait rien à voir avec les prélats précédents, il aurait été injuste de le juger sur les crimes de ses prédécesseurs. Qu'il le veuille ou non, pour ses troupes, dont une bonne part était profondément portée par sa foi en la Lumière, l'archevêque ferait un puissant soutien.

— En ce cas, c'est d'accord, concéda-t-il, tant que vous ne traînez pas dans mes pattes. Vous et vos prêtres, vous voyagerez avec l'infanterie et les Paladins Bleus, vous y serez plus à votre aise. Je pense avoir fait le tour. Autre chose ?

Vaillence consulta ses notes et annonça :

— Avec le problème des grands portails, il va nous manquer des chevaux pour équiper la cavalerie.

— Hmmm, réfléchit Cellendhyll. Eh bien, vous allez vider les écuries de mon père et transférer tout ce qu'elles contiennent de montures correctes jusqu'au camp des Forts, en commençant par les étalons pelloniens. En cas de besoin, vous réquisitionnerez le surplus dans la cité des Nuages. Une cavalerie ne servirait pas à grand-chose pour défendre la ville en cas d'assaut des Smaughs, mais je vous laisse le minimum nécessaire... Puisque nous en sommes aux ressources, concernant les armes, j'emmène la moitié des stocks de réserves, je vous laisse l'autre, c'est équilibré... Avons-nous assez de chariots pour les provisions ?

— Oui et de mules, grâce à l'appui du Cartel.

— Et pour les provisions ? La nourriture, l'eau, les munitions ?

— Tout est paré, seigneur Cellendhyll, avec le concours de Quentin et du Cartel, confirma Vaillence. Parmi les cartes que je vous ai amenées, il y a en a une sur laquelle figurent les points d'eau connus dans les Grandes Plaines. Sinon, vous pourrez toujours compter sur le fleuve Vacqueyras pour vous abreuver.

— Merci, Vaillence. Quentin et vous, je vous félicite, vous avez bien travaillé. Vous verrez pour les détails dans mon rapport. J'emporte également les trois forges mobiles à notre disposition, et leurs équipes de maréchaux-ferrants... Dame Irina, j'avais oublié, je compte également enrôler trois escouades de vos sicaires, afin de protéger leurs frères de la Guelfe et lutter contre les maléfices éventuels des Smaughs. Vos sept autres escouades resteront à votre disposition pour assurer la sécurité de la ville ; les hommes du Guet vous aideront dans cette tâche, je les place désormais sous votre autorité. Je compte sur vous, Irina. Je pense que Tygarde est tranquille, à présent, cependant, on ne sait jamais. Je sais que vous faites le maximum, mais il ne faudra pas relâcher votre vigilance.

— Je vous entends, seigneur, opina la cardinale.

Un pli déterminé barrait le front altier d'Irina de Mayenne.

— Parfait, opina Cellendhyll. Sinon, j'ai confirmé Viggo dans son rôle de commandant du Nodus. Il va secouer un peu les Bérets Rouges et les réorganiser selon ses besoins. Vous veillerez à lui faciliter la tâche et lui apporter votre soutien. Et si jamais les Smaughs lancent une offensive sur la cité des Nuages, vous vous reposerez sur lui pour la défense de la ville. Je vous laisse cinquante Paladins Bleus, toujours dans l'optique d'une attaque smaugh. Ils vous serviront de force d'appui... Des questions ?

L'Ange fixa un à un les membres du conseil. Aymard brûlait d'une énergie nouvelle à la perspective de pouvoir faire ses preuves à la guerre. Irina, Quentin et Vaillence, en revanche, accusaient la fatigue, en dépit de leur détermination à assurer leur devoir, et ils avaient les traits tirés. Ils avaient à peine véritablement dormi depuis l'attaque des Smaughs à Tygarde. Réunion après réunion, décision après décision, les valeureux conseillers avaient maintenu le navire de l'Empire à flot, à travers la tempête et la mer déchaînée. Avec des armes différentes, toutes proportions gardées, ils avaient combattu pour sauver le royaume, tout comme l'Adhan. Ils méritaient son respect.

— J'ai constaté chaque jour à quel point mon père avait raison de vous faire confiance, déclara Cellendhyll. Pour ce que ça vaut, vous avez désormais la mienne. Merci. Pour le reste, en attendant de trouver un remplaçant pour le connétable Xavier, vous prendrez toutes les mesures que vous jugerez nécessaires pour la bonne marche de l'Empire, comme vous l'avez toujours fait, d'un commun accord. Et moi, je m'occupe des Smaughs. Des questions ?

— Oui. Vous avez une stratégie en tête pour vaincre l'ennemi ? demanda Quentin.

— Aller vite, frapper fort, rétorqua Cellendhyll. En toute franchise, messire de Bérune, je n'ai rien prévu de précis, pour le moment. Tout dépendra de la réalité du terrain... Ma dame, messeigneurs, ne vous y trompez pas. Je sais que je manque d'expérience pour mener une armée de cette taille, sans officiers généraux pour m'épauler. Peu importe. Combattre et vaincre, je sais faire et c'est ça qui compte. Les Smaughs ont torturé mon père, ils l'ont tué, et je ne parle pas de ce qu'ils m'ont fait subir. Alors, je vous l'assure, Sang et Mort, cette guerre, c'est la mienne !

Père, Rathe, je vous vengerai ! Øz va payer, je vous le jure !

Chapitre 39

Cellendhyll resta encore une heure avec Irina et les autres à essayer d'estimer les objectifs des Smaughs. Les envahisseurs avaient pris Coruscante, mais l'Adhan savait d'instinct qu'ils n'allaient pas s'arrêter en si bon chemin. Quel pouvait être l'objectif suivant de leur plan de conquête ? Que prévoyaient-ils ?

Les conseillers et lui-même avaient étudié la grande carte de la partie est du Plan Primaire à s'en brouiller les yeux. Aucun d'eux n'avait reçu d'inspiration subite. Il était logique de penser que les Smaughs allaient profiter d'avoir neutralisé les grands portails pour attaquer les capitales les unes après les autres, jusqu'à annihiler toute force de défense. Le reste du Plan Primaire serait alors livré à leurs appétits sanguinaires, incapable de se défendre.

Qu'allaient donc décider les Têtes de Clous ? À partir de Coruscante, l'ennemi avait le choix. Il pouvait soit commencer par le nord et attaquer la capitale de Tarbayne pour ensuite dérouler vers l'ouest... ou bien, au contraire, descendre vers le sud et traverser les Grandes Plaines pour préférer assaillir soit Véronèse, au sud-est, soit Claire-Aube, au sud-ouest, pour ensuite franchir le Vacqueyras et obliquer sur Ambre. Ou bien encore, ils pouvaient, à partir des Creux, aller droit sur la passe d'Ankarah, franchir le gué, remonter la passe et rejoindre directement Ambre. En vérité, en rayonnant à partir des Grandes Plaines, les Smaughs pouvaient attaquer n'importe quelle cité de l'Est pour, ensuite, passer aux suivantes.

Ils se fatiguaient pour rien, finit par décider le Hors-Destin, qui clôtura la réunion. Il retrouverait les conseillers plus tard pour une dernière séance.

Il prit congé et rentra dans ses appartements, songeant à la suite.

Il partait dès le lendemain rejoindre le camp de la Ligne des forts. Il lui fallait désormais trouver ses officiers et organiser l'armée selon ses besoins.

Reydorn était parti se coucher. Il avait insisté pour accompagner l'armée impériale et soutenir ses amis de son mieux, même s'il avait refusé de prendre part au combat ; la guerre n'était certainement pas la voie d'Aïlaëen. Le Mage Vert était trop précieux pour que l'Ange puisse refuser. Reydorn avait certains préparatifs à faire, il rejoindrait l'Adhan au camp des forts.

Cythéria attendait son seigneur en compagnie de Gheritarish. Viggo était parti se coucher. En boudant. La gouvernante assura cependant qu'elle saurait lui faire passer sa déception.

Il partagea avec le Loki une omelette aux morilles, le temps de mettre au point une série de détails avec son camarade.

Une fois Gheritarish parti se coucher, une mission en poche, Cellendhyll but une infusion d'écorces noires en contemplant le reflet nacré des Lunes Jumelles scintiller sur le lac Obéron. Il pensa à Priam, à Rathe, polit avec tendresse certains des chaleureux souvenirs qu'il avait précieusement rangés dans sa mémoire.

Il monta se doucher, l'esprit alerte, concentré, mais également en paix. Il anticipait déjà le déroulement du lendemain.

Fini de se sentir comme un fauve en cage. Balayée, cette chappe d'impuissance écrasante !

Cellendhyll se jeta nu dans son lit et s'étira de tout son long en poussant un soupir d'aise. Le premier soupir d'aise depuis bien longtemps.

Il devait bien l'avouer, tout son être brûlait d'exaltation.

Il le savait, dans ses os, dans ses nerfs, le temps de l'attente était terminé.

J'arrive, Øz. C'est ton tour.

Chapitre 40

Le vaillant Gheritarish était chargé d'une mission. Une mission importante, sinon capitale. Et dangereuse, très dangereuse… au moins pour son foie.

Il saisit sa chope pour en vider ce qui restait de bière d'un seul trait.

— Hé patron, une autre tournée !

La taverne établie sur une des longueurs du campement de base impérial, sur la Ligne des forts, n'en était pas vraiment une. Tout juste un assemblage de grandes tentes rectangulaires de toile huilée vert olive, ouvertes sur toute une largeur. « L'établissement » proposait, en guise de comptoir et de tables, des planches de pin grossières calées sur des tonneaux. Pour autant, le propriétaire du débit de boissons était affilié au Cartel et il avait obtenu l'exclusivité pour ses services. En retour, il était tenu de fournir un alcool et une nourriture de qualité à ses consommateurs ; pas question de rendre les troupes malades avec des provisions frelatées.

Le tenancier était un gros homme accueillant au crâne chauve, les sourcils blonds, le visage large et rubicond, un ancien soldat qui avait perdu un bras à la guerre contre les Ténèbres et qui préférait nettement sa reconversion à son ancienne vie martiale.

Geldoff était son nom et sa bière rousse, fraîche et fruitée, valait le détour.

La taverne était libre d'accès pour les soldats dans la mesure où ils n'étaient pas en service. La guerre était proche, il était normal d'autoriser à ceux qui allaient risquer leurs vies pour l'Empire quelques derniers moments de détente avant d'aller au combat.

Le bordel sur roues installé un peu plus au sud bénéficiait donc du même traitement que Geldoff. Gérée par dame Esmira, elle aussi affiliée au Cartel, la longue file des roulottes aux couleurs pimpantes était ouverte aux deux sexes et ne fournissait que des prostituées mâles et femelles en excellente santé ; irréprochables d'enthousiasme, selon certains consommateurs avertis.

Installé à une « table », à portée de voix du comptoir, une bourse pleine de licornes en poche, Gheritarish portait son ensemble gilet-pantalon en cuir de requin, une tunique rayée bleu empire et azur et ses bottes à revers qu'il avait réussi à rayer sur tout un côté, il ne savait comment. Des bottes toutes neuves !

Le Loki en était à son troisième pichet de bière rousse, qu'il avait accompagné d'un plat de saucisses fumées et d'oignons frits. Depuis son arrivée, en fin d'après-midi, il s'était démené pour faire connaissance avec tout ce que l'endroit comportait de soldatesque prête à discuter ; une bande de piquiers, puis trois gaillards de l'infanterie, six lanciers, un maréchal-ferrant, deux prostituées – qu'il avait promis de rejoindre plus tard, dans la soirée –, un autre maréchal-ferrant, des arbalétriers, trois palefreniers...

Il commençait tout juste à s'échauffer.

Cellendhyll lui avait confié cette mission après leur dîner de la veille.

— Tu le sais, Boule de Poils, nous devons trouver de nouveaux officiers et nous n'avons pas le temps d'organiser un processus de sélection dans les formes. Alors, je t'envoie en mission, mon gros : va faire un tour dans le camp de base, laisse parler ton charme loki et interroge les soldats sur des postulants valables. Après tout, ils sont les mieux placés pour en juger. Trouve-moi un capitaine général, un meneur... quelqu'un d'intelligent, sur qui je pourrais me reposer, quelqu'un avec qui je puisse m'entendre, tu connais mon caractère. En bref, trouve-moi un bras droit. Et dans l'idéal, il nous faut deux candidats. Un pour l'infanterie et un pour la cavalerie. Deux noms, Gher ! Tiens, voilà une bourse avec cent licornes, de quoi offrir des tournées toute la soirée, et délier les langues.

Gheritarish s'était emparé de la bourse pour en soupeser le contenu :

— Ton altesse-lige-machin-machin, ce sera un plaisir de te rendre ce service !

— Une dernière chose, Boule de Poils, pas de bagarre, pas de grabuge ! Toi comme moi nous devons nous montrer irréprochables... et dans ton cas, ça va relever d'un exploit.

— Moi, du grabuge ? Quelle calomnie ! Pourtant, tu me connais, j'suis un gars tout tranquille...

— Justement pas. Ton deuxième prénom, c'est « désastre-ambulant » !

« Désastre-ambulant », même pas vrai ! L'air de rien, le Loki avait déjà collecté tout un tas de ressentis sur ce que les soldats pensaient de leurs propres frères d'armes, et le nom d'un certain candidat potentiel commençait à s'imposer. Cependant, il n'était pas pressé, loin de là.

Une taverne était le meilleur des endroits pour collecter des informations, lorsqu'on savait s'y prendre. Et s'y prendre dans une taverne, le guerrier à peau bleue savait parfaitement y faire, par le Bouc noir à trois pattes !

Peu après son arrivée, Gheritarish avait interrogé Geldoff sur les soldats parmi ses habitués les plus susceptibles de le renseigner objectivement. Le tenancier lui conseilla notamment de s'entretenir avec la sergente d'un régiment de cavalerie. Une guerrière nommée Ling-Faï. D'après Geldoff, Gher ne devrait pas avoir de mal à reconnaître la soldate, c'était une *îlienne*, originaire des îles kelashs.

Alors que le Loki terminait son troisième pichet de bière, voilà justement qu'un trio de femmes en uniforme de cavalières venait d'arriver sous la tente et de s'installer à une table ; casaque et pantalon en cuir bleu clair, liseré or, un écusson figurant la forme élancée d'un oiseau cousu sur l'épaule, baudrier et hautes bottes en cuir gras. La guerrière du milieu, la plus athlétique, arborait le triple chevron doré de sergente. Sa physionomie était typique des Kelashs.

Ling-Faï, pas de doute possible.

Une guerrière aux larges épaules, la musculature sèche et saillante. Le visage arrondi, marqué de hautes pommettes, les yeux bridés, d'un noir brillant, la carnation jaunâtre. Les avant-bras couverts de tatouages kelashs. De longs bras, de longues jambes. Sa chevelure noire formait une natte qui tombait entre ses deux épaules. Outre sa tenue de cavalière, l'îlienne portait un sabre court en travers du dos, deux dagues à la ceinture.

En la détaillant, Gheritarish hocha la tête, tout à fait intéressé par ce qu'il avait sous les yeux.

Les deux autres guerrières étaient de simples deuxièmes classes, une brune et une blonde aux cheveux nattés, taille moyenne, trapues et musclées.

Le Loki attendit trois minutes puis se leva de son tabouret et alla rejoindre le trio de cavalières. Il leur offrit un magnifique échantillon de son sourire débonnaire et s'exclama :

— Puis-je vous offrir un verre, mes damoiselles ? Je suis Gheritarish An Loki-C'haras An Gwen'Dallavallach, je suis un gentilhomme et j'ai toujours apprécié la bonne compagnie !

La Kelash avait ce regard particulier, le regard de ceux qui en avaient beaucoup vu, beaucoup accompli, et qui n'avaient jamais baissé les bras. Elle soupesa soigneusement le Loki avant d'agiter les doigts à l'attention de ses deux camarades :

— Laissez-nous, les filles, finalement, j'ai retrouvé mon appétit... et j'ai repéré une pièce de premier choix. Allez vous amuser, on se verra demain. Rompez.

— Je peux m'asseoir, ma jolie ? demanda Gher, une fois les deux équipières installées un peu plus loin.

— Fais à ta guise, mais si tu m'invites à boire, Gheritarish, tu m'offres quelque chose d'un peu plus sérieux que cette aimable plaisanterie de lavasse que sert Geldoff ! répondit la cavalière. Au fait, je suis Ling-Faï, sergente du 11e régiment, les Hirondelles.

— Enchanté de te rencontrer, Ling-Faï. Plus sérieux... du genre ?

— Geldoff, s'exclama Ling-Faï d'une voix aussi puissante que sa cage thoracique, une bouteille de ton vieux rhum !

— Geldoff, amènes-en deux, c'est moi qui paye ! renchérit aussitôt Gheritarish.

— Toi, tu sais parler aux femmes de caractère, opina la Kelash. Tu n'es pas en uniforme et c'est la première fois que je te vois, qu'est-ce que tu viens faire ici, messire le Loki ?

— Bah, je vais intégrer l'armée alors, comme toi, je viens me détendre avant le départ.

— Intégrer dans quel corps ? À quel grade ?

Le ton de la cavalière contenait bien plus de curiosité que de soupçon.

Gheritarish afficha un large sourire :

— Oh, je n'ai pas vraiment de grade, je suis plutôt une sorte de conseiller spécial, on va dire. J'ai rien de mieux à faire alors je viens donner un coup de main.

— « Rien de mieux à faire... Donner un coup de main »... d'accord s'amusa la sergente. Et c'est quoi ta spécialité, messire le conseiller spécial ?

— Hmmm, disons, le lancer de tronc, répliqua Gheritarish, tout en croisant les bras pour faire ressortir la largeur conséquente de ses biceps.

Ling-Faï haussa un sourcil, un peu interloquée :

— Ah, tu veux dire que tu lances des troncs ?

— Nan, répliqua le Loki, c'est pas ça... moi, mon truc, c'est que je lance les méchants sur les troncs !

Sa réponse tranquille fit pétiller le regard en amande de la guerrière. Celle-là, on ne la lui avait jamais faite.

Le tenancier arriva pour poser deux bouteilles d'aspect vénérable sur la planche de pin servant de table, ainsi que deux petits verres réservés pour les alcools forts.

Ling-Faï se pencha pour empoigner l'une des bouteilles dont elle arracha le bouchon d'un geste preste. Puis, sans en renverser une goutte, elle remplit les deux verres d'un liquide brun, quasi liquoreux.

Elle poussa un verre en direction de Gheritarish avant d'élever le sien à ses propres narines. Elle se mit à humer le liquide brun doré, fermant un instant les yeux afin de mieux savourer sa dégustation :

— Rhum vieilli en fût d'hydromel, annonça-t-elle, sa voix pleine de gourmandise.

Ling-Faï avala son verre d'un trait, tressauta de plaisir tandis que l'alcool se frayait en elle et se resservit aussitôt.

Son odorat saturé du riche mélange, Gheritarish goûta de ce breuvage à la robe acajou, aux reflets ambrés, qu'il vida d'un seul élan, imitant la Kelash. Un feu emplit sa bouche, puis sa gorge, jusqu'à son estomac. Un feu qui se transforma en une lave douce aux notes de vanille, de miel, de poire, de cannelle et de tabac blond, le tout surmonté d'une saveur fumée, très particulière.

Fort en alcool, certes, et d'une agréable complexité.

— Certains diraient que c'est plutôt une boisson d'homme, moi, je dis que ça se boit comme du petit-lait ! sourit largement Gher.

Et il tendit son verre pour être resservi.

La Kelash et le Loki restèrent un moment sans rien dire, ils partageaient un silence complice et sirotaient leur breuvage sans se laisser atteindre par le brouhaha ambiant. Certains alcools méritaient un tel respect et ce vieux rhum ambré en faisait partie.

Ling-Faï paraissait passer un moment aussi agréable que lui. Chacun avait étudié l'autre, ils n'avaient rien à se prouver, libres de se montrer naturels.

— Puisque tu aimes les bonnes compagnies, finit par reprendre la Kelash, de quoi tu veux parler, le Bleu ?

— Bah, tu sais, de tout, de rien… répliqua Gheritarish, tout en faisant tourner le vieux rhum entre ses mains pour en exhaler les arômes. Tiens, puisqu'on part à la guerre, d'après toi, c'est qui les pointures dans notre armée ? Ceux qui sont au-dessus des autres ? Les cracks, quoi !

Cette question, il l'avait posée à tous ceux avec qui il avait causé depuis son arrivée dans la taverne.

Cependant, cette fois, le Loki décida d'aller plus loin et il ajouta :

— Bon, j'avoue que je me demande aussi comment une Kelash peut se retrouver en plein continent, sergente dans une unité de cavalerie de l'Empire !

Ling-Faï plissa les yeux le temps de faire passer le guerrier du Chaos au crible de sa vigilance. Elle sembla conclure qu'il était digne de confiance, car elle délaissa son verre, le temps d'ouvrir les bras en grand et d'annoncer :

— Sergente dans une unité *d'élite* de l'Empire… Ma foi, mon beau Gheritarish, la soirée est encore jeune et, demain est un autre jour. Alors, si tu me payes à dîner, je te raconterai tout ce que tu veux savoir, à commencer par mes choix déplorables en matière d'hommes !

Chapitre 41

Cellendhyll débarqua par le portail au camp de la Ligne des forts, décidé à ne pas se faire annoncer. Tous les détails logistiques étant réglés avec le conseil, il était enfin libre de se consacrer à son armée.

La Ligne défendait tout l'accès est du territoire de la Lumière ; un alignement de cinq forts bâtis sur une droite est-ouest, d'où son appellation. Entre chaque fort, une série de tours de guet assurant une surveillance constante. La Ligne était destinée à donner l'alerte et à bloquer l'avancée éventuelle d'une armée ennemie à partir des Grandes Plaines.

Les préparatifs de départ étaient loin d'être terminés. Il restait encore un bon tiers de troupes en attente de transfert dans la Plaine Grise ainsi que les chariots et une majeure partie du matériel à faire suivre. L'archevêque Aymard, pour sa part, supervisait l'envoi du matériel de soins, des bandages et des différentes plantes et onguents nécessaires, et il n'allait plus tarder à rejoindre le contingent.

C'était le courant de l'après-midi. Cellendhyll avait envoyé Gheritarish en mission en début de journée. Le temps était gris, clément. Puisqu'il avait un peu de temps pour lui, autant en profiter pour se faire sa propre idée et prendre le pouls de celles et ceux qu'il allait commander.

Son sac à dos sur une épaule, ses sacoches de selle sur l'autre, l'Adhan parcourut sans se presser le camp de base qui s'étalait sur toute la prairie, le long des bois, non loin d'une rivière.

Un guerrier parmi d'autres guerriers.

L'herbe de la prairie était couverte de tentes de différentes tailles, aux coloris clairs, alignées par rangées parfaitement rectilignes. Beaucoup de bruit ambiant, avec une telle populace. Les cris et le fracas des armes, à l'entraînement, les soldats de l'Empire qui s'interpellaient de tente en tente, les chants, le mugissement des bœufs, le hennissement des chevaux, le claquement des piquets que l'on enfonçait dans le sol, celui des bannières lorsque le vent léger venait les chahuter, tout cela composait un brouhaha plein d'énergie.

Cellendhyll avait sous les yeux une véritable fourmilière à taille humaine, et, comme avec les fourmis, ici, chacun savait ce qu'il avait à faire. Une armée digne de ce nom demandait une sacrée dose de discipline et l'Empire ne plaisantait pas en la matière. Ordre, discipline, efficacité. Les sous-officiers n'avaient aucun besoin de leurs supérieurs pour assurer un tel credo au sein des troupes présentes.

Les tentes d'un côté, divisées en larges travées, section par section, catégorie par catégorie, soldats, soignants, intendance, provisions. De l'autre côté, une série de terrains d'exercice tracés à la craie que les guerriers occupaient par roulements, histoire de se maintenir en forme avant le départ.

Tout le côté sud du camp, divisé par une série de corrals, était réservé aux chevaux, au bétail et aux réserves de bois et de fourrage. Côté est, juste à l'extérieur du camp, les chariots commençaient à débarquer un à un avec une part de l'équipement. Une large place avait été laissée au centre du camp, destinée à recevoir les forges mobiles ; les forgerons et leurs aides n'allaient pas chômer dans les jours à venir.

Cellendhyll avait déjà croisé de véritables armées, il en avait fait partie, il en avait espionné, mais jamais de cette taille, et jamais il ne s'était retrouvé dans le rôle de les commander.

Serait-il à la hauteur ? Il l'ignorait, pourtant, cette responsabilité lui revenait de droit et il n'aurait laissé à personne le soin de le remplacer. Oui, s'il s'agissait de traquer les Smaughs et de les combattre jusqu'aux derniers, il se sentait prêt, à la bonne place. Il n'avait d'ailleurs qu'une hâte, s'enfoncer dans les rangs de ses ennemis et les déchiqueter à grands coups de lame.

Dans sa tenue de guerrier anonyme, il s'était promené, il avait regardé, il avait écouté. Le sentiment qui primait était celui de la colère envers les Smaughs. Un peuple fourbe, répugnant, facile à haïr. Les Impériaux étaient impatients de venger leur Empereur, ils tiraient force et courage de cette motivation, bien plus pressés d'agir qu'intéressés par le problème dans la chaîne de commandement.

Les sous-officiers se sentaient peut-être plus concernés, mais ils n'en montraient rien. Fidèles à leur rôle, infaillibles ferments de tout contingent, ils continuaient à veiller au grain en attendant les ordres.

Pour ce que Cellendhyll en constatait, les armes, les tenues, les cuirs des chevaux, tout était propre et bien entretenu. Le plus significatif à ses yeux restait qu'à l'exercice, les soldats qu'il avait pu apercevoir se livraient sans récriminer aux efforts qu'on leur réclamait.

Son inspection achevée, le Hors-Destin en décida une autre en allant manger un morceau incognito au mess des hommes du rang ; il avait faim et voulait vérifier que ses soldats étaient correctement nourris. La purée de pommes de terre au lard était tout à fait satisfaisante, les portions généreuses, le pain frais, il y avait même des fruits à disposition. Globalement un bon point au maître-cuistot. Seul bémol, le café était tout juste convenable, l'Ange s'y était attendu et il se félicita d'avoir amené sa propre provision.

Repu et rassuré, Cellendhyll décida de se coucher tôt. Il ferait son apparition officielle le lendemain, en allant se faire connaître du commandant de la ligne des forts. Outre son médaillon de seigneur-lige, il avait sur lui un document certifiant de son rang, héritier de l'Empereur, général en chef de l'armée.

Après s'être renseigné auprès du fourrier, l'Ange rejoignit la tente simple que Gheritarish lui avait fait monter à côté de la sienne, peu après son arrivée ; le Loki disposait du même genre de médaillon, qui lui permettait de réquisitionner tout ce dont il avait besoin.

Cellendhyll était passé chez le barbier le matin même et jamais ses cheveux n'avaient été si courts. Il sortit les quelques affaires qu'il avait emportées, le temps que son équipement lui soit livré ; quelques rechanges, de quoi se laver, se raser, et faire son café. Il mémorisa la liste de tout ce qu'il avait à faire dans sa journée du lendemain puis il ôta ses bottes, et s'allongea torse nu sur son lit de camp, sa dague sombre à portée de main.

Ses dernières pensées, juste avant de sombrer dans le sommeil, furent consacrées à ses précieux souvenirs, ces moments heureux partagés avec Alhana et Priam.

Aux dernières lueurs de la nuit, une silhouette massive se rapprocha de la tente dans laquelle dormait le Hors-Destin. Elle avançait d'un pas pesant, cherchant ses appuis, sans chercher à masquer sa progression.

Vigilant, Cellendhyll ne dormait que d'un demi-sommeil. Sans vraiment se réveiller, il reconnut Gheritarish, ce dernier arrivait en chantonnant une gigue lokie d'une voix éraillée par l'alcool.

Cellendhyll entendit ensuite son ami arriver dans la tente d'à côté, se prendre les pieds dans la toile, jurer sur le Grand Cornu, trébucher sur un tabouret, jurer cette fois sur le taux de moisissures des parties génitales d'un Sangh, se cogner le tibia contre le montant en bois de son lit de camp, gémir, puis, un souffle d'effort et le bruit d'une paire de bottes qui giclaient n'importe comment. Enfin, l'Adhan entendit un soupir sonore, le soupir de contentement de celui qui s'apprête à se coucher après une dure journée de labeur… ou bien encore une rude soirée. Ledit soupir aussitôt suivi du fracas du lit de camp dont l'armature venait de se briser sous le poids du Loki. S'éleva une nouvelle imprécation, impliquant, cette fois, l'avenir anal de l'ensemble de la guilde des fabricants de cadres de lit. Et, finalement, pour clôturer cette cacophonie, un ronflement sourd, semblable à celui d'un ours noir en train d'hiberner. Ou d'un Loki occupé à cuver une soirée passée à boire.

Cellendhyll lâcha un ricanement amusé et replongea dans son sommeil.

Chapitre 42

Cellendhyll s'éveilla aux premières lueurs, d'excellente forme. Après tout ce temps passé à tourner dans le palais comme un fauve encagé, il se sentait enfin à sa place. Il passa ses bottes et commença par aller courir une heure dans les bois. Une fois revenu, l'Ange passa à ses étirements, puis enchaîna par une intense série de katas sur l'herbe emperlée de rosée.

Ses exercices clôturés par une nouvelle série d'étirements, il alluma un petit feu devant les deux tentes, avant d'y mettre à chauffer le pot de café qu'il avait emporté dans ses affaires.

Toujours torse nu, il terminait sa première tasse lorsque Gheritarish sortit de sa tente, vêtu d'un simple pagne, le regard trouble, fourrageant dans son épaisse tignasse emmêlée.

Le Loki s'étira de tout son long dans la lumière du jour, faisant craquer son imposante musculature. Sa peau bleutée était parsemée de marques sombres. Des blessures ? Non, l'Ange finit plutôt par reconnaître quantité de suçons.

Un sourire aux lèvres, il remplit une deuxième tasse de café qu'il tendit à son camarade :

— Alors, Boule de Poils, tu as passé une soirée fructueuse ? Tu as été sage au moins ?

— Sage, ouais, je sais pas, mais j'ai rien cassé… ni personne… à part mon lit, en rentrant me coucher. Quant à ma soirée, elle fut délirante, plus encore que fructueuse. Ah, Petit-Homme, que la vie est surprenante, parfois ! Cette sergente kelash, quelle amazone ! Figure-toi qu'elle m'a montré une position qui… euh… comment je pourrais t'expliquer un truc pareil ?

— Inutile. Tu devrais t'en douter depuis le temps, mais je me moque totalement de tes exploits sexuels. Ce qui m'intéresse, c'est la mission que je t'ai confiée !

Le Loki vida la moitié de sa tasse en trois gorgées. Son regard commençait à s'éclaircir :

— Ta mission, elle est en partie accomplie. Et toc ! Je t'assure que j'ai donné tout ce que j'avais pour obtenir l'information ! Et j'ai trouvé ta perle rare, ton altesse-machin-bidule-machin ! D'ailleurs, si je croyais en la Lumière, je dirais qu'elle nous envoie un gros coup de pouce !

Gheritarish termina sa tasse qu'il tendit à son camarade pour se faire resservir. Il s'assit en tailleur en face du feu, gratta l'épaisse jungle tapissant ses pectoraux, but une nouvelle gorgée et reprit :

— Alors, maintenant, Petit-Homme, écoute-moi bien… Dans les troupes que tu as récupérées du front, tu as un peu de tout, comme on l'a constaté. Maintenant, j'ai creusé la question et y'a un régiment qui ressort du lot, le 11e de Cavalerie, le régiment des Hirondelles, d'ailleurs, à part les Paladins, c'est notre seule unité montée.

— Pas très impressionnant comme surnom, grimaça Cellendhyll.

— Attends de connaître la suite, sale râleur ! Le 11e a servi de force avancée dans les jungles zamariennes, puis dans les steppes violettes de Kübulka, et aussi sur le front ikshite. Son bilan est clair, que des missions victorieuses. En guise de faits d'armes, les Hirondelles ont par exemple participé à la bataille des Trois Lunes, à celle des Collines Rouges, leur charge décisive a permis de transformer ce qui s'apparentait à une défaite en une éclatante victoire… Bon, je te passe la liste de leurs exploits, elle est trop longue. Le 11e régiment est officiellement commandé par le colonel Percival, actuellement coincé sur le front ikshite, mais, en réalité, les Hirondelles fonctionnent en unité autonome. Or, sache que toutes ces réussites ont été effectuées sous un seul et même commandement. La conclusion de mon enquête, c'est que si les Hirondelles sont non seulement un régiment d'élite, elles disposent également d'un meneur d'exception. Un officier brillant, qui sait s'adapter, capable d'inventer de nouvelles tactiques au plus fort de la mêlée, c'est bien ça que tu voulais ? Expert à la lance, au sabre et à l'arc et, bien sûr, cavalier émérite. Le candidat idéal, je te dis !

Soupesant les informations de son camarade, Cellendhyll se frotta la mâchoire :

— Et ce meneur, il a un nom ?

— Le lieutenant Swift ! Les avis sont unanimes. C'est *elle* qu'il te faut.

— *Elle* ?

De surprise, l'Ange faillit avaler son café de travers.

— Ben oui, t'as pas compris ? sourit malicieusement Gheritarish. Les Hirondelles, c'est une unité uniquement composée de femmes !

— Une femme officier qui dirige un régiment de femmes ? Dans l'Empire ? Tu rigoles ?

— Ouais, je sais que c'est surprenant de la part de ces culs bénis d'Impériaux, mais, je t'assure, Petit-Homme, je suis sérieux ! C'est du sûr, la première-lieutenante Callista Swift ! J'ai récolté tout un tas de louanges à son sujet, et même de la part des fantassins, c'est dire ! En plus, il paraît qu'elle est jolie comme un cœur, je sais que tu t'en moques, mais pas moi. Les Hirondelles ont la réputation de chevaucher comme des centaures, en plus, c'est le seul régiment quasi complet, avec le 7e d'infanterie et les Paladins Bleus. Et comme tu ne veux pas d'un Paladin coincé du bulbe pour t'épauler, Swift, c'est la personne idéale, je te le garantis.

— Comment as-tu réussi à obtenir tous ces renseignements sur Swift en une seule soirée ?

— Eh ben, la sergente kelash que j'ai rencontrée, elle sert justement dans le 11e régiment, elle m'a donné toutes les informations dont j'avais besoin.

— Attends un peu, Boule de Poils, tu as couché avec la sergente des Hirondelles, et tu trouves objectif de me proposer leur cheffe comme candidate ?

— Ben quoi, j'ai couché avec Ling-Faï qu'après avoir entendu ses arguments ! Et puis, tu connais pas le plus beau, mon mignon... selon l'histoire que la Kelash m'a contée et qui est devenue la légende du 11e régiment, c'est ta mère qui est à l'origine de sa création !

— Qu'est-ce que tu me chantes encore ? Explique... Et si tu m'appelles encore mon mignon, je te casse ton gros nez bleu, compris ?

— Ben, déjà, ressers-nous en café, c'est marée basse... Merci. Alors, selon la légende, tout serait parti d'une conversation entre ton père et ta mère. Attends un peu que je me rappelle... c'était comment déjà... « Que les femmes se débrouillent entre elles, avec les mêmes chances que les hommes, et tu verras le résultat ! »... Toutes les Hirondelles connaissent cette phrase par cœur, tout est parti de ces mots prononcés par ta mère face à Priam. Les Hirondelles surnomment cet événement « le pari d'Alhana ».

Gheritarish expliqua que lors de cette discussion âprement menée avec Priam, Alhana avait remis en cause le courant général de misogynie qui courait dans l'armée de l'Empire, éminemment patriarcale, arguant que dans les Ténèbres et au Chaos, on combattait sans distinction de sexe : pour preuve les guerrières shen'gaths, ou les Maraudeuses-Fantômes. La mère de Cellendhyll avait plaidé, revendiqué pour toute femme le même droit de se battre, les mêmes outils, le même statut, la même opportunité de pouvoir faire ses preuves que les hommes. L'Empereur avait cédé à sa proposition. Ignorant les récriminations de l'état-major, il décréta la création d'un régiment de cavalerie – sous l'impulsion d'Alhana, qui soutenait depuis toujours que les femmes pouvaient faire de meilleures cavalières que les hommes. Un régiment d'élite uniquement composé de femmes et commandé par une femme ; les postulantes n'avaient qu'à faire la demande, et elles étaient directement transférées. À charge ensuite pour la responsable de l'unité d'accepter ou non les candidates, et de gérer les compétences de chacune. Ainsi étaient nées les Hirondelles, et Priam ne l'avait jamais regretté. Le 11e régiment avait gagné en expérience jusqu'à acquérir le rang de troupe d'élite, et il fêtait désormais sa quatrième génération de cavalières.

Cellendhyll pouvait très bien imaginer sa mère en train d'argumenter face à son père. Il avait vu Alhana commercer avec les Pictes, et savait à quel point sa génitrice faisait une redoutable négociatrice.

— Comment tout ceci pourrait avoir atteint une telle notoriété ? questionna-t-il. La relation entre mon père et ma mère a toujours été gardée secrète, je suis bien placé pour le savoir.

— Sans rien révéler de cette relation ou de l'identité exacte de ta mère, Priam n'a jamais caché que la naissance des Hirondelles était née de l'idée d'une femme prénommée d'Alhana. « Le pari d'Alhana », l'expression vient de lui, et a été intégrée à la légende. Maintenant, si tu veux plus de détails, il faudra que tu voies avec les filles du régiment elles-mêmes, ta seigneurosité-machin.

Cellendhyll resta quelques secondes songeur. La création des Hirondelles, un coup de pouce de sa mère par-delà le fil du temps ? Était-ce possible ? L'Ange voulait y voir un bon présage.

— D'accord. Tu peux m'en dire plus sur le lieutenant Swift ?

Gheritarish sirota une gorgée de café et poursuivit :

— Orpheline, elle a été élevée chez les Sœurs Grises. Elle a intégré les Hirondelles dès sa quinzième année comme écuyère. Elle a gravi tous les échelons, rien qu'au mérite, jusqu'au grade de première-lieutenante. C'est le genre qui charge en première ligne, elle est adulée par ses cavalières. Swift est accompagnée d'une autre guerrière qui ne la quitte jamais. La caporale Cole. Il paraît que Cole sort de l'ordinaire, elle aussi, elle a remporté les Lauriers d'Or de combat interarmées, les trois années où elle a participé. C'est une Initiée. (Le Loki lâcha un petit rire et reprit :) d'ailleurs, Swift et Cole sont comme qui dirait ensemble, c'est un gars de l'Infanterie qui m'a craché ça. Si je te le répète, c'est juste pour la petite histoire, on s'en fout... enfin, on s'en fout... moi, si j'y pense, deux filles, hmmm, j'avoue que ça me fait bien dresser le poir...

— Suffit, obsédé ! le coupa Cellendhyll. Ou je vais devoir calmer tes ardeurs à grands coups de cafetière. Je me moque de ce genre de rumeurs, tu le sais.

— T'es pas marrant, quand même... Bon, j'ai fait le tour au sujet de Swift. Concernant celui qui pourrait gérer l'infanterie, par contre, j'avoue que j'ai pas eu le temps de creuser, vu qu'avec Ling-Faï, après la taverne, on a... euh... hmmm... bref. Ah, tu peux rien dire, vu qu'il n'y a eu aucune bagarre ! Par contre, j'ai tout dépensé, alors si tu veux que je continue mon *enquête*, ton altesse, va falloir renflouer le navire.

— Je m'en doutais, soupira Cellendhyll. Je t'ai préparé une lettre de crédit, tu la trouveras dans ma sacoche de selle, la gauche. Tu iras l'encaisser à l'économie du fort principal... De mon côté, je vais faire ma toilette et, ensuite, j'irai rendre visite à ces Hirondelles... Non, Boule de Poils, pas question que tu viennes avec moi, même pas en rêve ! J'ai besoin d'un peu de sérieux pour cet entretien et toi, déjà dans des conditions normales, tu as du mal à te tenir... alors lâché au milieu d'un régiment de cavalières, tu vas te révéler ingérable. Puisque tu es de nouveau à marée haute, mon gros tout bleu, trouve-moi plutôt notre futur officier d'infanterie ! Le genre vachard-teigneux-compétent, tu vois le profil... Et pas la peine de bouder, je ne changerai pas d'avis ! Exécution, soldat !

Chapitre 43

Après la douche, prise au château d'eau, et Gheritarish parti prendre son petit-déjeuner, Cellendhyll commença par rendre visite au commandant Borgannon, l'officier responsable de la Ligne des forts. Le temps d'une discussion, il présenta ses documents et fit valoir son identité avant de réquisitionner un cheval pour ses déplacements.

Cellendhyll s'était renseigné. Les Hirondelles s'étaient établies dans le coin nord-ouest du camp de base.

Il arriva sur place et ne tarda pas à s'orienter.

Reconnaissable à la bannière plantée juste à côté, la tente d'officier du lieutenant Callista Swift était dressée à la bordure du grand rectangle de toile blanche formé par les tentes, les pavillons et les auvents du régiment, juste en face du terrain d'exercice alloué au 11ᵉ.

La lieutenante Swift se tenait justement assise à l'extérieur, sur un tabouret, en train de graisser sa selle et de superviser une série de guerrières en plein effort ; certaines occupées à tirer à l'arc sur des cibles, d'autres à combattre à la lance et au bouclier. Cellendhyll put constater que, même s'il leur manquait leurs montures, toutes ces soldates faisaient preuve d'un entrain au moins équivalent à celui des hommes.

Il mit pied à terre devant un piquet situé en face de la tente de Swift, de l'autre côté de la travée, à une trentaine de mètres. Il voulait prendre le temps d'étudier sa candidate d'un peu plus près avant de se présenter et de déclencher ce qu'il avait en tête.

L'Adhan tapota l'encolure de son cheval, le gratta entre les oreilles, comme il avait appris à le faire avec son premier poney. Puis, il attacha le hongre au piquet et se rapprocha de la tente, sans se presser.

Presque un mètre quatre-vingts, la silhouette élancée renforcée de muscles longs, les cheveux blond cendré attachés en queue-de-cheval, Callista Swift était revêtue d'un ensemble casaque-pantalon en cuir bleu azur, de hautes bottes noires, les galons de son grade cousus en argent sur les manches. Elle avait un maintien très droit, élégant plutôt que rigide.

Plus Cellendhyll avançait, plus il la détaillait, plus elle lui plaisait. L'officière avait un visage piquant de caractère, un nez étroit, aux arêtes délicates, une bouche fine, bien dessinée, marquée d'un demi-sourire, et que Cellendhyll trouva tout à fait appétissante. Un petit grain de beauté sous l'œil droit, deux anneaux d'argent à l'oreille gauche complétaient cette description.

Callista Swift était ravissante.

Une autre guerrière vint la rejoindre pour lui parler, une Kelash aux épaulettes de sergente ; la fameuse Ling-Faï, sourit intérieurement Cellendhyll, qui regarda les deux femmes discuter. Suite à une remarque de sa subordonnée, Swift se mit à rire, un son tout à fait mélodieux.

Le temps qu'il se range devant la blonde, la Kelash s'était éloignée. Cellendhyll plongea ses yeux de jade dans ceux de la jeune femme. Elle avait le regard pétillant, expressif, réfléchi, avec de grands iris d'un bleu lumineux.

— Première-lieutenante Swift, du 11e régiment… Les Hirondelles… Pourquoi un tel surnom pour un régiment ?

La guerrière blonde le regarda bien en face, sans se laisser démonter :

— Parce que comme les hirondelles, nous volons avec le vent, rapides, vives et précises. Voyez-nous galoper, et vous comprendrez. À qui ai-je l'honneur ? Messire ?

Cellendhyll n'arborait aucun insigne, il était vêtu comme n'importe quel guerrier en civil, avec un gilet de combat, une tunique bleu outremer, un pantalon de cuir chocolat, et ses bottes habituelles. Sa seule arme était sa Belle, invisible dans son fourreau, contre sa jambe gauche.

— Je suis Cellendhyll de Cortavar, seigneur-lige de l'Empire. Voici mon médaillon, je viens prendre mon commandement, lieutenante. Nous partons à la guerre, je ne vous l'apprends pas.

Callista Swift lâcha sa selle et se releva pour se mettre aussitôt au garde-à-vous, adressant à l'Adhan un irréprochable salut.

— Commandant, oui, commandant. C'est un honneur de vous rencontrer, seigneur.

— Repos, lieutenante. Je ne suis pas venu pour me faire cirer les bottes, bien au contraire. Vous pouvez vous détendre. Mais peut-être pourrions-nous discuter dans un endroit plus confortable ? Votre tente, peut-être ?

— Bien sûr, mon commandant. Veuillez entrer, je vous prie.

La lieutenante Swift disposait déjà d'une tente de commandement, ce qui signifiait qu'elle était débrouillarde, et qu'elle disposait d'un espace huit fois plus vaste qu'une tente de soldat. Au fond, un coin pour dormir, avec un robuste coffre à vêtements et une sorte de grand matelas à deux places, composé d'un empilement de peaux et de fourrures, une couche qui avait l'air nettement plus confortable qu'un lit de camp. Dans un autre coin, derrière un paravent, un tub en cuivre pour faire ses ablutions. Au centre de la tente, une table haute sur tréteaux, sur laquelle on avait posé une série de cartes enroulées dans leurs étuis, et qui pouvait accueillir une dizaine de personnes. Un brasero éteint était dressé à côté. À gauche de l'entrée, un râtelier d'armes, sur lequel figuraient un sabre de cavalerie, une lance et un bouclier rond en argent mat. Un autre râtelier, supportant une cotte aux mailles bleutées ainsi qu'un casque à nasal blanc-argent, surmonté d'un cimier en crins de cheval, et dont les bords descendaient jusqu'aux lignes de la mâchoire. À droite, deux fauteuils pliants, une table et une pile de livres. Le sol était couvert d'une bâche pour contrer l'humidité, doublée d'épais tapis. Une lampe à huile était accrochée à chaque montant de la tente, pour le moment éteinte.

Sur l'invite de la lieutenante, Cellendhyll s'installa sur l'un des fauteuils et Swift se posa en face de lui.

L'Adhan se révélait satisfait de l'impression générale qu'il avait tirée de la guerrière, et qui confirmait les éléments rapportés par Gheritarish. Il décida de se fier à son instinct. Inutile d'attendre plus longtemps.

— J'ai une proposition à vous faire, lieutenante. Comme vous le savez, tout le haut commandement est resté bloqué de l'autre côté des grands portails, y compris votre officier supérieur. J'ai besoin de quelqu'un pour les remplacer… quelqu'un de motivé, d'adaptable, capable d'imaginer et d'appliquer des stratégies nouvelles. Je cherche mon aide de camp, qui me conseille et qui veille à la bonne marche des choses.

La guerrière hocha doucement la tête :

— Et vous voulez que je vous conseille un candidat pour vous seconder ?

Cellendhyll lâcha un petit rire :

— Non, Swift, c'est à vous que je propose le poste ! Si vous acceptez, je vous nomme capitaine-générale de l'armée. Je combattrai avec votre régiment, à vos côtés… Vous sentez-vous à la hauteur d'une telle responsabilité ? En avez-vous envie ?

Callista Swift ferma les yeux, les rouvrit, ouvrit la bouche, la referma, l'ouvrit à nouveau, prit une grande inspiration et la réponse fusa :

— Oui, oh que oui, je veux ce poste !

Si la jeune femme éprouvait des doutes quant à ses propres capacités, elle le cachait bien. Son regard aussi bleu qu'un ciel d'été brillait d'enthousiasme et de concentration.

Cellendhyll lui tendit sa grande main, qu'elle serra vigoureusement. Puis Swift se recula et se releva pour lui adresser un salut irréprochable.

— Mes félicitations, capitaine-générale Swift, vous venez de prendre du galon ! s'exclama l'Ange. Cela étant, je ne vous cache pas que nous ne sommes pas vraiment préparés à ce qui nous attend. Nous manquons notamment d'informations sur l'armée des Smaughs, ses effectifs, ses objectifs, sa localisation.

— Permission de parler franchement, mon commandant ?

— Avec moi, toujours, *capitaine*.

— Vous maîtrisez la tactique et la stratégie militaires ? Vous avez l'expérience du commandement ? De mener des charges de cavalerie ? Sauf votre respect, bien sûr.

Elle le regardait bien en face, sans insister, mais sans baisser les yeux non plus.

Cellendhyll apprécia cette franchise brute. Callista prenait un risque en lui parlant ainsi. Qu'elle ait pris ce risque, à peine leurs relations démarrées, était pour lui une preuve de plus qui validait son choix.

— Mon respect va très bien, capitaine Swift, nous ne nous connaissons pas encore, mais n'ayez pas peur de me bousculer. Vous devez le comprendre, c'est justement cette sincérité que j'attends de vous, avant tout le reste, en toutes circonstances. Je veux de la simplicité, de l'efficacité, rien de plus, rien de moins... Alors, je vous répondrai tout aussi franchement : j'ai été formé aux techniques guérilla du Chaos, et dirigé de petites unités d'élite. Je connais la guerre et le champ de bataille. Je sais monter et je sais me battre, et plutôt bien. Toutefois, je n'ai jamais commandé une armée de cette taille, jamais effectué de commandement stratégique proprement dit et j'ai sans doute oublié la moitié des termes et des usages militaires que vous employez.

Swift avait écouté, son demi-sourire aux lèvres, son beau regard d'azur totalement impliqué.

— C'est d'accord, mon commandant, répondit-elle. En ce cas, nous devrions faire au plus simple, je vous propose que vous donniez les directives, et je me charge de les faire appliquer. En d'autres termes, vous fixez les objectifs, et je vous propose le ou les moyens de les accomplir.

Cellendhyll accueillit la suggestion de ce grand sourire qui rajeunissait ses traits et atténuait momentanément ses traits sauvages.

— Vous me l'ôtez de la bouche, je pensais exactement à ce type de fonctionnement, capitaine. J'ajouterai que je ne suis pas omnipotent, loin de là, alors si vous pensez un jour que j'oublie quelque chose, n'importe quoi, n'hésitez pas à me faire des suggestions. C'est d'accord ?

— C'est d'accord.

Cellendhyll se surprit à admirer les traits purs de Callista Swift. Tout comme il se surprit à lui sourire aussi naturellement.

— Je crois qu'on va bien s'entendre, vous et moi, Swift.

Tout aussi naturelle, la jeune femme lui répondit de son sourire à elle, proprement renversant, qui dévoilait de charmantes fossettes le long de ses joues.

— Puisque vous voulez de la franchise, mon commandant, je le crois également, répondit la jeune femme, tout en saluant son supérieur d'une courbette toute aussi fluide qu'élégante. Ah, mais, je manque à tous les usages, si vous permettez, seigneur... Sergente Faï !

Une quinzaine de secondes plus tard, la guerrière kelash pénétra dans la tente.

— Sergente, annonça Callista, j'ai l'honneur de vous présenter le seigneur-lige Cellendhyll de Cortavar, notre *commandant général*... Je pense qu'il apprécierait une bonne tasse de café, Ling.

— Seigneur-commandant ! salua respectueusement la Kelash. Du *bon* café, lieutenante ? Celui que j'ai récupéré au magasin du fort se révèle franchement peu recommandable, alors je ne sais pas si… une infusion d'écorces noires, peut-être ?

Cellendhyll intervint :

— Pour ma part, j'ai l'honneur de vous informer que la lieutenante Swift occupe désormais le poste de capitaine-générale, commandante de la cavalerie, et j'en fais mon aide de camp, n'hésitez pas à faire circuler la nouvelle. Toutefois, la priorité, c'est d'aller chercher le sachet de café qui se trouve dans mes fontes, à droite, sergente… Le hongre gris fer, attaché au piquet, en face.

Le regard de la Kelash, en apprenant la nouvelle de la nomination, se mit à briller d'un mélange de joie et de fierté. Après un regard rapide à Callista Swift, elle s'empressa de saluer et d'aller récupérer le sachet évoqué par l'Adhan.

À peine était-elle rentrée que Ling-Faï tendait le sachet de papier huilé à Cellendhyll.

Ce dernier déroula le lien qui fermait l'enveloppe et l'ouvrit, laissant fleurir une odeur entêtante de café tout frais.

— Du Hauts-Plateaux, indiqua Cellendhyll. Je l'ai moulu ce matin, j'ai songé que ça pourrait vous faire un petit cadeau pour fêter votre grade. Encore faut-il que vous aimiez un tel breuvage…

— Si Callie aime le café ?! s'exclama la Kelash, avant de se reprendre aussitôt.

— J'avoue que le café est l'une de mes drogues, vous ne pouviez mieux choisir, se réjouit Callista Swift. Ling-Faï va aller nous en préparer un grand pot, plutôt que de s'étendre sur mes goûts. N'est-ce pas, sergente ?

— Capitaine, oui, capitaine !

Ling-Faï salua et sortit.

— Nous avons de la besogne à abattre, capitaine. Je dois vous parler de nos ennemis, les Smaughs, reprit Cellendhyll, et sérieusement. Il va nous falloir définir un plan d'action pour les intercepter et régler une foule de détails secondaires. Toutefois, en attendant, quels sont vos besoins immédiats ? Il vous manque combien d'effectifs ?

— Je dois déplorer une centaine d'absentes, des blessées ou des malades restées à l'infirmerie, sur le front. Cependant, même avec ce bataillon manquant, le régiment est opérationnel. En revanche, il nous manque toujours nos chevaux, mon commandant. Des réserves de flèches et de lances. Certaines de nos lames auraient bien besoin d'un passage chez le forgeron, également.

— Les chevaux arrivent, d'ici demain, avec les forges mobiles, le reste de vos équipements et même de nouvelles armes. La cavalerie lèvera le camp en premier, nous voyagerons bien plus vite que le train des chariots. Vous serez donc prioritaire sur l'intendance, je vais donner des ordres dans ce sens. De toute manière, vous êtes mon officier-général, désormais, Swift, tout ce dont vous avez besoin, vous le réquisitionnez, point barre… Et quand je parle de chevaux pour vous et vos Hirondelles, capitaine, je pense que vous serez heureuse d'apprendre que j'ai vidé les écuries de l'Empereur, un troupeau entier de destriers pelloniens vous attend pour remplacer vos montures.

Le regard de l'officière papillonna de surprise.

Le rêve de toute cavalière d'élite digne de ce nom était bien de monter un étalon ou une jument de cette race d'exception.

— Vous plaisantez ?

— Selon certains de mes amis, je manque cruellement d'humour, répondit Cellendhyll, un petit sourire au coin des lèvres. Vous aurez des Pelloniens, rien de moins, capitaine Swift. Et comme je n'ai pas l'intention de vous suivre à pied, veuillez m'en garder quelques-uns en réserve.

Callista Swift ne put s'empêcher un rire ravi :

— Merci du cadeau, mon commandant ! Vous devriez arrêter de me gâter, je risque de m'habituer !

Oh, c'est plus fort que moi, j'aime ces fossettes et j'aime son rire !

Ling-Faï revint avec un plateau couvert d'un grand pot en étain, véhiculant une délicieuse odeur de café des Hauts-Plateaux, cette fragrance suave, légèrement épicée, inimitable. La Kelash posa le plateau et servit deux tasses fumantes qu'elle tendit tour à tour à ses supérieurs.

Accrochant son regard, Cellendhyll proposa :

— Servez-vous, sergente, si ça vous tente.

Dans un genre différent, Ling-Faï lui plaisait bien, elle aussi. Il émanait de la Kelash une aura de compétence tranquille, de calme martial et d'humour. Elle partageait une complicité indéniable avec Swift, ce qui était un excellent signe aux yeux du Hors-Destin.

À l'instar de celle qu'il avait tenté de créer chez les Spectres, la complicité, un élément essentiel entre guerriers d'une même armée, sur lequel les instructeurs du Chaos avaient bien souvent insisté, lors de sa formation de maraudeur. Nourrir cette complicité au sein des Hirondelles, y participer, serait un bon moyen de s'intégrer, estimait Cellendhyll. Il ne voulait pas s'imposer, comme il avait vu trop d'officiers supérieurs le faire, il voulait se faire sa place, se faire respecter, et pour cela, il avait décidé de rester le plus naturel possible, comme chez les Maraudeurs-Fantômes. Peu importait son rang ou son lignage, l'Ange devait faire ses preuves aux yeux de ses troupes, pendant les combats, mais aussi en dehors. En conséquence, autant commencer par offrir une tournée de café !

La Kelash ne fit pas de manière et se servit à son tour. Sur l'invite de sa capitaine, elle tira un tabouret et vint s'asseoir avec eux. La conversation s'engagea aussitôt, habilement orientée par Callista Swift sur les chevaux, les armes et les batailles – entre trois guerriers, quels meilleurs sujets pour faire connaissance. Cellendhyll ne tarda pas à se sentir détendu, en confiance, assis avec ces deux femmes, qu'il venait à peine de rencontrer. C'était-là une chose nouvelle pour lui, sinon révolutionnaire.

Tous trois dégustaient tranquillement une seconde tasse de café. Swift venait de résumer la charge de la bataille des Trois Lunes à Cellendhyll. Elle enchaîna en posant une question sur les stratégies de combat en vogue chez les Maraudeurs-Fantômes. Au moment où l'Ange ouvrait la bouche pour répondre, une tornade humaine se rua dans la tente et s'exclama d'une voix pleine d'énergie :

— Hey, Callie, tu sais quoi ¿ Il paraît que le *Pacha* est arrivé au camp de base. Encore un rond-de-cuir, un crétin de galonné, misogyne et hautain, qui va venir nous casser les pieds à tout bout de champ et nous expliquer comment on doit faire la guerre, hein, *kissi* ¿ Oh, mais ça ne sentirait pas le café des Hauts Plateaux, par hasard ¿

Sanglée dans l'uniforme bleu ciel des cavalières du 11 [e], une jeune femme venait de faire irruption sous la toile.

Les cheveux presque aussi courts que ceux de l'Ange, d'un rouge sombre assez peu commun, deux fines tresses le long de sa tempe droite. Un petit nez, légèrement retroussé, décoré de taches de rousseur, un piercing émeraude à la narine gauche. Une bouche gourmande, marquée d'un pli résolument ironique. Et le regard gris clair, allumé d'un petit feu insolent.

Presque aussi grande que Callista Swift, un corps nerveux, musclé comme celui d'une danseuse, plein d'énergie, la taille fine, de longues jambes. Vanina Cole avait une manière curieuse de pencher la tête sur le côté, comme si elle voulait regarder le dessous des choses.

La caporale était armée d'un couple de poignards et de deux hachettes. Armement peu courant pour un soldat de l'Empire, d'autant plus dans un campement au repos.

Eh oui, le Hors-Destin pouvait reconnaître en elle l'assurance de mouvements d'une Initiée.

Cellendhyll se redressa lentement de son siège, le visage impavide. Le terme de *Pacha* était honorifique, et l'Adhan ne pouvait pas se formaliser d'être nommé ainsi. Pour le reste, en revanche, il y avait matière à discussion.

Callista Swift se remit aussitôt sur pied, le front et les joues écarlates.

Ling-Faï, pour sa part, semblait hésiter entre froncer les sourcils et pouffer de rire, son regard résolument braqué sur le haut de la tente.

— Caporale Cole. Évidemment, grinça Swift, l'azur de son regard soudain ombrageux. La charge d'un troupeau d'aurochs aurait été moins bruyante, et moins déplorable que votre entrée, caporale. Mais puisque vous êtes là, j'ai le plaisir de vous présenter le seigneur-lige Cellendhyll de Cortavar. Le *Pacha*. *Commandant*, voici la caporale Vanina Cole. Je ne saurais vous la décrire autrement que comme une malédiction que les Anciens Dieux m'ont personnellement infligée pour je ne sais quel affront à leur égard.

— Oups, émit Cole.

Si elle était gênée de sa bévue, la grande rousse le cachait parfaitement.

Cellendhyll se tenait bien droit, les mains dans le dos, sourcil haussé. Son regard de jade avait retrouvé tout son éclat intimidant.

Comme disait Gheritarish, même s'il n'en montrait rien, il s'amusait beaucoup.

— Oui, c'est moi le rond-de-cuir, le crétin de misogyne hautain qui va venir vous casser les pieds à tout bout de champ et vous expliquer comment on doit faire la guerre, déclara-t-il d'un ton neutre. Enchanté, caporale.

Ling-Faï semblait se mordre l'intérieur des joues pour ne pas éclater de rire.

— Ça veut dire que je n'ai pas droit au café ? demanda Cole, d'un ton ingénu.

— Non, cingla Callista Swift. Ça veut dire que vous allez vous équiper de votre paquetage, caporale, et me faire le tour du camp en courant... disons quinze tours. Ça vous inculquera peut-être un semblant de respect, ce respect envers vos supérieurs qui vous fait si souvent défaut.

Vanina Cole exécuta une sorte de contorsion agile qui pouvait à peu près passer pour un salut et sortit exécuter sa punition.

Callista se retourna sur Cellendhyll :

— Toutes mes excuses, commandant. La caporale Cole est une excellente guerrière, cependant, en temps de paix, elle aurait tendance à...

— Ne vous excusez pas, capitaine, sourit encore l'Adhan. Il se trouve que j'ai un ami qui ressemble beaucoup à votre caporale Cole, alors je peux comprendre. En outre, je crois vous l'avoir signifié, tant que vos soldates et vous assurez sur le terrain, je saurai me montrer tolérant sur le reste et, notamment, la discipline. Dans les limites du raisonnable, bien sûr.

— Raisonnable est un terme qui ne correspond vraiment pas à la caporale Cole, mais je vous remercie, commandant. Je vous garantis que mes Hirondelles ne vous feront pas défaut. Sur mon honneur.

— Nous allons très bien nous entendre, capitaine, sourit Cellendhyll. J'en suis désormais persuadé.

— Je le suis également, *Pacha*... euh, mon commandant.

— Maintenant, au travail, capitaine. Vous dirigez la cavalerie, à vous de l'organiser à votre gré. Choisissez les membres de votre chaîne de commandement, je validerai avec une augmentation générale des grades de celles que vous aurez choisies. Par exemple, votre seconde, Ling-Faï, devient adjudante. J'en profiterai pour signer votre nomination. Plus vite nous en terminerons avec la paperasse, plus vite nous pourrons nous consacrer à l'essentiel. Nous avons beaucoup à discuter, en attendant le départ pour les plaines. Je vais vous laisser. Il est temps que j'aille me présenter aux autres régiments et faire connaissance, j'en profiterai pour annoncer votre nomination. Encore toutes mes félicitations, capitaine-générale.

— Merci, mon commandant, à vos ordres. Et si nous nous retrouvions en fin d'après-midi, pour faire un point ? Dans votre tente ?

— Oui, bonne idée, Swift.

— Pour le dîner, avez-vous des projets ? Je suis votre aide de camp, c'est mon rôle de vous arranger les choses, désormais.

— Pas le moins du monde, je préférerais autant dîner avec vous, capitaine, signifia Cellendhyll. Cela nous permettrait d'avancer, je pourrais commencer à vous parler des Smaughs, par exemple. Il nous faut aussi décider de nos premiers mouvements. Ah, j'y pense… je n'ai aucun quartier pour vous recevoir, je dors dans une tente simple, et je doute que nous trouvions un restaurant ou une auberge dans les environs.

— Une tente simple ? Il va nous falloir améliorer ça, commandant. En attendant, je serais heureuse de vous faire profiter de l'hospitalité des Hirondelles. C'est la moindre des choses. Ling-Faï est capable de miracles culinaires et moi, je serais heureuse de vous recevoir à ma table.

— Comment pourrais-je refuser une telle offre ? Nous dînons, ensemble, c'est réglé, conclut le Hors-Destin.

Bougre de joli cœur d'Adhan, reprends-toi ! Et tout de suite !

Après avoir salué Callista et Ling-Faï, Cellendhyll quitta la tente et se mit en selle. Il remarqua la silhouette de la caporale Cole, paquetage dans le dos, en train de courir le long d'un terrain d'exercice.

Que va-t-il se passer quand Gheritarish et Cole vont se rencontrer ? Je n'ose y penser !

L'Ange s'éloigna au petit galop. Il s'estimait ravi de cette entrevue. Il avait d'emblée franchi une étape capitale en trouvant en Callista Swift sa perle rare, exactement la personne dont il avait besoin pour faire le lien entre son armée et lui. Un autre bon présage à ses yeux. Swift allait devoir faire ses preuves, elle aussi. Cependant, elle ne le décevrait pas, Cellendhyll en était persuadé. Pas plus que les Hirondelles. Il leur restait tellement à accomplir, cependant.

Une chose après l'autre, dans l'ordre. Et je verrai bien. S'il y a bien une chose que j'ai apprise du Chaos, c'est à m'adapter.

Chapitre 44

Le soleil avait entamé sa descente et se couchait par-dessus la ligne des bois dans un dégradé de bandes indigo, roses, écarlates.

C'était l'heure de sa réunion avec la désormais capitaine Swift et Cellendhyll était devant sa tente.

Il mit pied à terre et attacha sa monture au même piquet que la fois précédente.

L'Ange s'était lavé, rasé, il avait changé de tunique et passé un pourpoint de cuir bleu cobalt. S'il avait emporté du parfum, il en aurait fait usage, sans réfléchir. À présent qu'il avait commencé à connaître Callista Swift, il tenait à faire bonne figure. Il se sentait un peu ridicule, mais c'était plus fort que lui.

L'entrée était grande ouverte. Cellendhyll s'annonça puis entra.

L'intérieur était toujours aussi bien rangé que la fois précédente. À l'exception d'une chose, peut-être. Une culotte, apparemment féminine, finement taillée, soie noire et dentelles, était accrochée au dossier d'un fauteuil.

Callista Swift entra à son tour. Essoufflée, elle devait avoir couru. Elle trouva son commandant debout face au sous-vêtement affriolant qu'il contemplait.

Elle siffla quelques mots entre ses dents, puis se hâta de s'emparer de la culotte pour la jeter dans son coffre.

— Je suis confuse, commandant.

Cellendhyll leva une main apaisante.

— Il n'y a aucun souci, capitaine. Ce n'est pas le premier dessous féminin que je vois et, j'espère, pas le dernier.

— Oui, mais tout de même… C'est très gênant… la peste… comment a-t-*elle* pu oser…

— Pardon ?

— Rien, mon commandant. Passons à autre chose, si vous le voulez bien. Puis-je vous proposer à boire ? Du café ? De la bière ? Du vin, peut-être ?

Ling-Faï fit son entrée et salua les deux officiers.

— Une bière, pour commencer, répondit Cellendhyll. Le vin pour le repas, peut-être.

— Ling, nous prendrons de la bière, merci.

La réunion avait débuté. Cellendhyll avait commencé par remplir toute la paperasse, l'avait contresignée et même cachetée. Sur ce plan-là, tout était réglé et la nomination de la capitaine-générale Swift était désormais officialisée.

L'Adhan avait apporté ses cartes. Avec Swift, il put étudier le tracé des Grandes Plaines, évoquant les diverses alternatives d'invasion smaugh. Tous deux tombèrent d'accord sur un point. La première étape pour l'armée impériale serait de rejoindre les Creux. Cet endroit était l'un des principaux points stratégiques des Grandes Plaines : c'était le point d'eau central de ce territoire. Cela signifiait que quiconque voulait traverser les plaines devait normalement s'arrêter aux Creux, sous peine de mourir de soif. La question devenait encore plus évidente avec des montures. L'autre point d'eau principal était le fleuve Vacqueyras, situé à l'ouest des Plaines, à l'opposé de Coruscante, point d'entrée des Têtes de clous.

Avec sa cavalerie, l'Ange allait donc rejoindre les Creux et, une fois sur place, il verrait bien. À partir de ce point, Cellendhyll pourrait envoyer des patrouilles, en espérant repérer l'ennemi avant que ce dernier ne s'avise de la présence de l'armée de Lumière.

Les Smaughs avaient préparé leur invasion. Ils avaient bloqué les grands portails pour diviser les forces de défense de l'Alliance, qu'ils se préparaient à renverser l'une après l'autre. Pour autant, avaient-ils prévu l'intervention de l'armée impériale ? Cellendhyll et ses troupes allaient-ils se jeter dans la gueule du loup ? L'Adhan estimait au contraire que les Smaughs devaient penser avoir suffisamment affaibli l'Empire pour le moment.

L'échange avec Callista s'avérait conforme à ses attentes. Son interlocutrice avait l'esprit vif et faisait des remarques judicieuses. Avec certaines personnes, on se sentait à l'aise d'emblée. C'était le cas avec Callista Swift alors que Cellendhyll, était plutôt du genre sauvage.

L'air était doux, le vent à peine perceptible. Ling-Faï avait relevé tout un pan de la tente de commandement, qui donnait sur les bois un peu plus loin, éclairés de biais par le halo de Felleyran et Yrénas, plantées très hautes dans le ciel. Face aux arbres, la désormais adjudante avait dressé une table recouverte d'une nappe en lin blanc, installé assiettes et couverts, posé une corbeille de pain frais, des coupes et une carafe d'eau.

Quittant les cartes, ils s'installèrent à table. La soirée passant, Cellendhyll et Callista s'étaient mis à discuter sans se soucier de leurs rangs respectifs, à la mode des Maraudeurs-Fantômes, comme de simples compagnons de bouclier, unis par un même but, vaincre l'ennemi. C'était très agréable.

D'autant plus agréable lorsque l'adjudante vint servir le dîner qu'elle avait préparé elle-même, manifestement aux petits soins pour sa capitaine.

Lorsque Ling-Faï souleva le couvercle de la marmite en fonte qu'elle avait posée, une odeur d'épices et de curry se répandit jusqu'aux narines de l'Adhan et le fit aussitôt saliver.

— Vous savez recevoir dans les formes, capitaine Swift, déclara Cellendhyll.

— Je vous l'ai dit, mon commandant, je tenais vraiment à vous faire profiter de notre hospitalité. Cependant, c'est Ling-Faï qui s'est occupée de tout, les honneurs lui reviennent. Attendez donc d'avoir goûté à son curry des îles !

Effectivement, l'adjudante kelash avait préparé un curry de porc aux oignons, qu'elle avait fait mijoter durant plusieurs heures. Le plat était servi avec du riz sauté aux légumes et aux épices.

Ling-Faï proposa d'ouvrir une bouteille de vin rouge, toutefois, Cellendhyll et Callista préférèrent s'en tenir à la bière. C'était une soirée de travail, pas un moment festif.

Accompagnés par le chant d'un couple de chouettes perchées dans les arbres, ils dînèrent à la lueur d'un brasero diffusant une agréable chaleur. La viande était succulente, moelleuse, elle fondait dans la bouche, avec le contrepoint parfait des oignons caramélisés. La saveur exotique de la sauce au curry, relevée ce qu'il fallait par ce mélange d'épices purement kelashs fut une véritable rencontre culinaire pour l'homme aux cheveux d'argent. Depuis quelques jours, depuis ce pique-nique avec ses amis, il avait retrouvé tout son appétit.

Ils discutèrent encore de leurs options stratégiques puis la conversation évolua pour devenir plus personnelle. Cellendhyll en vint à demander confirmation pour le « pari d'Alhana » et Callista lui répondit que sa mère, effectivement, par sa démarche auprès de l'Empereur, avait réellement fondé les Hirondelles. Alhana était même venue à la cérémonie d'investiture du 11e régiment – le petit Cellendhyll devait avoir sept ou huit ans –, elle avait tenu à rencontrer celles qui allaient enfin pouvoir faire leurs preuves, les guerrières de la première génération, et à pouvoir échanger avec elles, leur confirmer son soutien inconditionnel. La Dame Blanche, comme les Hirondelles l'avaient surnommée, était leur mère à toutes, son nom était clamé par nombre de cavalières lorsqu'elles lançaient leur assaut, la plus grande des marques de respect.

En retour, Cellendhyll révéla à Swift qui était vraiment cette Alhana, son véritable lien avec Priam, et avec lui-même. Callista se félicita de la coïncidence. En quelque sorte, le fils venait compléter la boucle initiée par la mère, déclara-t-elle gravement.

L'Ange ne se souvenait pas avoir autant souri à une soirée de travail, il trouvait l'officière tout à fait intéressante.

Une fois le repas terminé, la marmite récurée jusqu'à la dernière goutte de sauce, Ling-Faï vint desservir. Cellendhyll et Callista partagèrent un dernier café, puis l'Adhan se leva pour prendre congé.

— J'ai passé une excellente soirée, capitaine. Merci de votre hospitalité. Toutes mes félicitations à la cuisinière, c'était franchement délicieux !

— Merci à vous, commandant. Depuis que vous êtes entré dans ma vie, comment dire, tout s'est accéléré.

— Est-ce une bonne chose ou une mauvaise, Swift ?

— Une bonne… peut-être même excellente !

— À la bonne heure. Nous nous verrons demain. Dormez bien.

Souriant comme un bienheureux, le Hors-Destin retourna au piquet où il avait attaché son cheval. Il fit le tour de sa monture, s'apprêta à décrocher les rênes. Un point mouvant attira son regard, par-dessus l'encolure de son hongre.

Une silhouette encapuchonnée venait de sortir d'un coin d'ombre pour se mettre à longer l'alignement des tentes du 11e régiment.

Le camp de base était plutôt bien éclairé. Des cavaliers patrouillaient tout le long de la ligne des Forts, la zone était sûre, ses accès surveillés, on ne craignait pas de danger immédiat et les consignes de sécurité étaient à leur minimum. Or, l'apparition s'avérait trop furtive au goût de Cellendhyll. Et, justement, aucun garde ne protégeait l'accès à la tente de la capitaine Swift.

La silhouette ne semblait pas avoir repéré l'Adhan ; ce dernier se tenait de l'autre côté de son cheval, masqué par sa masse. Elle se glissa jusqu'à la lampe à huile éclairant l'entrée de la tente et tourna la molette pour l'éteindre. Puis, toujours sans un bruit, l'apparition se glissa à l'intérieur.

Cellendhyll étrécit son regard. Il se souvenait parfaitement de l'assaut des Smaughs sur Tygarde. Il délaissa sa monture, dégaina sa Belle et se rapprocha de la tente à pas rapides et silencieux. Donner l'alerte ne sauverait pas Swift du danger, il serait trop tard. En revanche, il avait encore le temps d'intervenir.

Il n'entendait rien de l'intérieur. Il passa la main sur le pan de toile qui barrait l'entrée et repoussa légèrement pour passer un œil à l'intérieur, prêt à s'y ruer pour intervenir.

Callista Swift était collée contre Vanina Cole, un tas de vêtements jeté à leurs pieds. Plaquées l'une contre l'autre, plongées en plein baiser.

Callista ne portait que sa tunique de coton azur. Ses longues jambes nues, ses pieds finement dessinés, aux ongles laqués de rouge sombre.

Vanina Cole, au contraire, avait enlevé le haut, dévoilant sa poitrine haut perchée, aux tétons durcis.

Elles s'éloignèrent l'une de l'autre, le temps d'échanger un rire complice, puis Vanina se mit à embrasser le cou de Callista, à lécher la courbe de sa peau satinée.

Cellendhyll se recula, doucement, tout doucement, refusant de faire le moindre bruit et de briser un tel moment d'intimité.

Il rejoignit son cheval, le détacha et s'éloigna au pas, afin de ne pas attirer l'attention. Il était tellement sous le charme de Callista Swift qu'il avait totalement oublié qu'elle n'était pas célibataire.

Qui se sent ridicule, à présent ¿ Bougre d'Adhan, ça te servira de leçon. D'ailleurs, c'est tout aussi bien. Au lieu de faire le joli cœur, tu vas pouvoir te concentrer sur l'essentiel, les Smaughs !

L'Ange regimba vis-à-vis de sa conscience. Mais non, il n'était pas du tout en train de s'attacher à Callista.

Pas du tout.

Chapitre 45

— Vas-y, crève-le, Gash ! C'est qu'une raclure de sous-humain !

Tandis que Cellendhyll dégustait un excellent dîner en compagnie de Callista Swift, Gheritarish connaissait une soirée... un peu moins confortable.

— Moi, un sous-humain ? Je suis un Loki, bougre de topinambour ! La quintessence de la virilité, rien de moins !

— La quincanquoi ?

— Discute pas avec lui, Gash, il va t'embrouiller ! Venez, les gars, j'ai trouvé un gros tapis bleu, on va pouvoir essuyer nos bottes !

Ils étaient huit, ils avaient trop bu, ils avaient envie de se défouler et ils avaient trouvé leur souffre-douleur.

Gheritarish avait le nez en sang. Il avait reçu un coup de matraque qui l'avait pris par surprise. Le déclenchement des hostilités. Ils lui avaient fait le truc habituel et il n'avait rien vu venir, « on te bouscule et on t'accuse de provoquer ». Et, direct, le coup de matraque.

Ensuite, deux costauds avaient empoigné Gher, chacun par un bras, tandis qu'un troisième, face à lui, agitait son gourdin, se préparant à lui cingler le visage, une fois encore. Les autres légionnaires, en retrait, attendaient que leur proie soit à terre pour la piétiner.

La suite se déroula peu conforme à leurs désirs. Dans un grondement sourd, Gheritarish contracta son bras droit et tira l'homme qui le tenait de ce côté devant lui. Pile au bon moment. La matraque du premier se rabattit pour fracasser les omoplates du bouclier humain. Le légionnaire de droite s'écroula en beuglant de douleur et, sans pour autant le relâcher, Gheritarish le frappa au vol d'un coup de genou dans la tempe.

Le troisième guerrier, celui qui tenait Gheritarish par la gauche, tenta de bloquer sa riposte. Il empoigna le gilet de Gher au niveau de son aisselle et se mit à forcer. Gheritarish résista, le temps de projeter celui qu'il avait sonné contre le fantassin à la matraque, les envoyant tous deux bouler dans l'herbe. Ainsi malmenées, les coutures du gilet en cuir du Loki, déjà fatiguées – Gher préférait prendre des hauts une taille trop petite afin de bien mettre en valeur la densité de son torse et, comme il l'affirmait, de « magnifier son potentiel esthétique » –, craquèrent jusqu'à céder et le légionnaire de gauche se retrouva avec une moitié du vêtement entre les doigts.

Et face à un Loki carrément furibard.

— Ah mais, sombre buse, gronda le Loki, toi, jamais t'aurais dû déchirer mon gilet ! De la peau de requin ! Bordel à couilles de mouche à merde… ON N'ABÎME PAS LES VÊTEMENTS, C'EST CLAIR ¿

Gheritarish agrippa l'homme par sa tunique azur et le fit basculer vers lui tandis qu'il projetait son propre crâne en avant.

Claakkh !

Le fantassin sembla se tasser sur lui-même, comme foudroyé par le coup de tête. Il s'effondra dans l'herbe, le front orné d'un bel œuf en formation, une sévère commotion cérébrale en guise de récompense.

Le légionnaire à la matraque s'était dégagé et revenait à la charge. Gheritarish contra son coup de gourdin en bloquant du bras gauche. De son autre main, il agrippa le guerrier par son ceinturon et le décolla de terre pour ensuite pivoter des hanches et le balancer directement contre le flanc massif d'un chariot.

Gheritarish n'avait aucune envie d'abîmer les soldats aux côtés desquels il était censé combattre les Smaughs, ses futurs compagnons de bouclier, mais ceux-là l'avaient vraiment cherché.

Au départ de l'algarade, le Loki avait pourtant réagi tel le gentilhomme qu'il était, il avait offert de leur payer une tournée, avait vanté les mérites d'une discussion amicale, histoire de dissiper tout malentendu d'emblée : il n'était pas venu pour se battre. Ces abrutis n'avaient rien voulu savoir. Échauffés par l'alcool, les légionnaires avaient envie de violence, de faire mal. Celui au gourdin l'avait frappé, à peine Gher avait-il terminé une phrase.

Les inconscients. En plus, ces raclures de bidet avaient osé déchirer son gilet préféré ! Mon précieux !

La seconde vague arriva aussitôt sur lui. Un grand costaud au crâne rasé arma son bras pour lui flanquer un direct en plein visage. Gheritarish abaissa sa tête, laissant le poing du guerrier se fracasser contre son front massif de Loki. L'autre se figea et se mit à hurler tout en contemplant ses doigts brisés pendre lamentablement au bout de sa paume. Gheritarish lui flanqua un crochet du droit qui envoya l'autre culbuter trois mètres en arrière, mâchoire disloquée.

Un crochet du gauche percuta sa mâchoire, un coup de genou vicieux ébranla son estomac. Gheritarish hoqueta puis vomit le contenu de son dîner au visage de son agresseur, un mélange d'alcools divers, d'omelette aux pommes de terre, de ragoût de cerf aux airelles, d'une tourte fromagère et d'une ample portion de tarte au citron. L'homme aspergé recula de quelques pas, complètement aveuglé, saisi d'une puissante nausée.

L'attaque-surprise de dégueulis figea de stupeur les guerriers qui l'entouraient. Gheritarish essuya sa bouche sur la manche de sa tunique, avança d'un pas sur sa gauche et balança un grand coup de botte dans l'entrejambe du petit costaud au visage balafré, armé d'un gantelet de force renforcé de pointes ; les légionnaires se battaient bien différemment des nobles Paladins, le résultat avant tout.

Pliant l'homme en deux, Gheritarish s'était dégagé une ouverture. Enjambant le fantassin en train de se tortiller de douleur, les mains plaquées sur ses parties enflammées, le Loki se décala d'un mètre et vint s'adosser contre un chariot.

Exécutant la mission de Cellendhyll, Gheritarish avait demandé quels étaient les plus coriaces, les plus durs au mal, au sein des compagnies présentes au camp de base ; on y trouvait un mélange disparate de légionnaires du 3e régiment, du 7e, du 9e et du 15e. La réponse avait été invariable : les pires de tous les guerriers, c'étaient ceux du 7e d'infanterie.

De tous les soldats composant l'armée en formation, les légionnaires du 7e étaient réputés comme les plus coriaces, les plus durs au mal, les plus intransigeants. La 7e, une véritable caste d'excellence. Avec ses propres lois. Le bruit courait que leur dernier colonel, un incompétent notoire qui les envoyait se faire massacrer sans sourciller, était mort en pleine bataille, abattu par une lance… du 7e. Le colonel Kalkas n'était pas une perte, il devait son grade à ses appuis familiaux. De l'autre, ces rudes soldats accomplissaient la sale besogne, ils plantaient leurs groins, leurs crocs, leurs griffes là où personne ne voulait aller, et ils faisaient le ménage. Avec efficacité, et sans aucun état d'âme. L'état-major n'hésita pas une seconde. L'enquête fut enterrée, à peine démarrée.

Une fois son dîner terminé, ses renseignements pris, Gheritarish s'était dirigé vers le secteur réservé au 7e régiment de la Légion d'Infanterie, dans le carré sud-est du camp. Et c'est en cherchant à nouer contact avec les fantassins du 7e et trouver un éventuel porte-parole, qu'il tomba sur ce groupe de racistes qui lui chercha aussitôt querelle, offusqués de sa simple présence sur leur territoire.

Éclairés par un ensemble de braseros, les fantassins regardaient le combat d'un œil expert. Ils étaient tous bâtis sur le même modèle, des cubes bardés de muscles, le cou particulièrement épais ; le port du pavois de la légion les obligeait à une telle corpulence. Tous ces hommes avaient le physique typique des guerriers qui combattaient en phalanges, porteurs d'un pavois en acier de quinze kilos, un grand rectangle d'acier double, haut d'un mètre soixante pour soixante-dix centimètres de large, légèrement incurvé en son milieu pour détourner les impacts, renforcé d'un umbo en pointe. En bref, une masse d'acier que ces guerriers devaient soulever, manier, braquer, planter, porter, tout le long d'une bataille, sans jamais le relâcher.

Leurs traits maculés de suie, de graisse ou de terre, tous, sans exception, étaient marqués de balafres, de tatouages, de piercings. Pour la majorité, les légionnaires arboraient des barbes drues, de toutes les teintes, il y avait réuni là une remarquable assemblée de gueules implacables, de chiens de guerre, prêts à mordre, à déchirer au moindre affront, à charger à la moindre sonnerie de clairon. Une fraternité d'hommes rudes et fiers, unis par la seule complicité qui comptait. Celle de la lance et du bouclier.

Hormis Gash et sa bande, aucun des soldats ne semblait désireux d'intervenir. Quel que fût le vainqueur, le Bleu ou leurs compagnons, pour eux, c'était toujours un bon spectacle à regarder. Le gros en bleu, il parlait curieusement, mais il se débrouillait bien. Pour un non-légionnaire, s'entend, un civil, donc, le Loki se débrouillait même comme un satané fils des Enfers !

De voir leurs comparses se faire étendre n'avait fait qu'accentuer la rage des assaillants. Sur les huit premiers, seuls trois légionnaires restaient debout, dont Tête de vomi, occupé à essuyer son visage et à maîtriser ses haut-le-cœur. Trois autres revanchards vinrent grossir leurs rangs.

Bien sûr, le Loki aurait pu sortir son médaillon de commandement à n'importe quel moment et user de son rang pour faire cesser l'altercation puis l'étouffer dans l'œuf... encore eût-il fallu qu'il y pense ! Et, désormais, il avait trop mal pour réfléchir.

— Je suis Gheritarish An Loki-C'haras An Gwen'Dallavallach, beugla-t-il à l'assemblée de soldats, je vais m'occuper de ces cancrelats, mais après, j'espère bien qu'on pourra causer aimablement ! Parce que j'ai pas envie de passer la nuit à fracasser des gars avec qui je vais me battre demain et boire des chopines. Je ne suis pas venu pour balancer des pains, bande de bougres ! C'est du gâchis et les guérisseurs de la Guelfe Blanche ont mieux à faire !

Un autre légionnaire au crâne rasé, plus trapu que le précédent, un large tatouage noir recouvrant la moitié de son visage, se rua devant lui, aussi laid qu'un démon des sept Enfers. Armé d'une dague, il se mit à la faire voler d'une main à l'autre.

— Rien à foutre de ce que t'as à dire ! Je vais te découper, sale peau bleue !

Gheritarish regarda le guerrier jongler avec sa lame, intégra son rythme. Au moment où le tatoué lançait sa dague de la main droite à la gauche, Gher arma son bras et flanqua un bon gros direct du droit dans la bouche du fantassin. L'homme fut projeté dans l'herbe et roula-boula sur plusieurs mètres, crachant une gerbe de sang et de dents cassées.

— C'est du gâchis, j'vous dis ! renchérit Gher.

Il n'avait plus le choix. Ceux qu'il affrontait étaient trop costauds, trop compétents pour qu'il prenne des gants. Pour autant, pas question d'en tuer ou d'en mutiler un, son altesse-machin-bidule Cellendhyll ne serait pas content !

Tête de vomi avait enfin essuyé son visage, et le meurtre dans les prunelles, il se rua sur le Loki, sa matraque dans sa dextre.

Gheritarish le laissa venir à lui, empoigna l'avant-bras armé en plein vol, de son autre main, saisit le légionnaire par son ceinturon et pivota d'un quart de tour pour l'envoyer s'emplafonner contre le chariot, à l'instar de son prédécesseur. Tête de vomi retomba en travers son camarade et sombra dans la même inconscience nauséeuse.

Le Loki se retourna sur les quatre restant :

— Dégagez, bande de mous du genou, sinon, vous allez voler, vous aussi... vous n'avez pas encore compris ?

Je suis un Loki, bande de crétins. Plus j'ai mal, plus on me frappe, plus j'amasse d'énergie. Et plus je deviens résistant et plus je cogne dur !

Mais non, ces enragés ne voulaient rien entendre. Les deux les plus à droite s'élancèrent sur lui.

Gheritarish rentra la tête, ferma les poings à en faire craquer les jointures et bondit à leur contact.

Bham-bham-bham-bham ! Droite-gauche, revers du gauche, direct du droit. Un poing se fracassa sur sa pommette. Gheritarish gronda. Bham-Bham-bham ! Crochet du droit, direct du gauche, uppercut du droit. Une frappe de gourdin cingla ses côtes. Il avait étalé deux adversaires, mais les autres l'assaillaient par le flanc opposé. Gheritarish grogna. Il étendit son bras en arrière, agrippa l'homme au gourdin et l'attira brutalement à lui. Craakk-Bham ! Coup de boule, revers du poing. Le dernier légionnaire hésita un instant. Il n'était pas préparé à voir Gash, Sifraghen, Roush et Baroush, Bilko, Vendrek et tous les autres se faire ainsi corriger, par un seul homme, un *civil.*

Gheritarish combla l'écart, leva le bras droit et il asséna au guerrier l'une de ses spécialités gourmandes, le *double pète-crâne*. Une frappe lourde balancée du poing, aussitôt suivie, dans le même élan du bras, d'un grand coup de coude.

Bham-Bham !

Le légionnaire sembla partir de travers, comme plaqué vers le sol par la main d'un géant invisible. Il s'écroula comme une masse dans l'herbe tendre, le visage enfoncé dans un résidu épais du dégueulis régurgité quelques instants plus tôt par le Loki.

Il ne restait plus de la bande de brutes qu'un tas de fantassins gémissants, pour ceux encore conscients et, qui, peut-être, regrettaient de ne pas avoir écouté les conseils de ce fou furieux de rocher sur pattes à peau bleue.

Gheritarish resta quelques secondes à osciller sur lui-même, se demandant quelle partie de son corps lui faisait le plus mal. Lorsqu'il eut la réponse, il se redressa pour saisir son nez brisé entre deux doigts et le remit en place d'un mouvement sec.

Il gronda pour laisser évacuer la douleur, cracha un jet de sang, avant de passer un doigt dans sa bouche pour vérifier qu'aucune de ses dents n'était cassée ou ébréchée et hocha la tête, satisfait. La dentition d'un Loki était égale à tout le reste. Difficile à ébranler.

Son visage marbré de coups s'éclaira d'un large sourire et sa voix redevenue débonnaire résonna dans la nuit, chaude et assurée :

— Je les avais prévenus. Faudra penser à amener ces abrutis chez les prêtres-guérisseurs, c'est pas malin-malin, quand même ! Et maintenant, c'est qui le plus gros salopard d'entre vous, bande de rats vérolés ? Il est temps qu'il me paye à boire !

— C'est moi.

Une voix profonde, la plus rocailleuse que Gheritarish ait jamais entendue, venait de s'élever.

À elle seule, elle fit s'écarter la masse imposante des guerriers du 7e, ces derniers se reculant avec une docilité bien peu conforme à leurs tempéraments, tels des hommes-liges devant un roi-guerrier des temps anciens.

Une silhouette s'avança du fond jusqu'à se rapprocher du Loki. Vêtu comme les autres d'un uniforme bleu empire maculé de taches, il portait de grosses bottes en cuir renforcées d'acier. Deux bracelets de force, moitié cuir, moitié métal, ornaient ses avant-bras. Sur ses épaules étaient cousues les épaulettes dorées de sergent-chef.

Vêtu comme les autres, mais encore plus large. Le corps noueux, des épaules massives, des bras énormes, des cuisses semblables à des troncs, un cou réduit à sa plus simple expression. Des mains larges, couturées de marques de combat, et qui semblaient capables de tordre le fer ou de briser le roc

Gheritarish jugea leur densité musculaire mutuelle à peu près égale.

Seul un Loki pouvait être aussi costaud. Ou un Sangh. Ou bien encore, un Nain.

Un mètre cinquante pour sans doute quelque trois cents kilos. Le crâne rasé, décoré de cicatrices, le visage large, épais, recuit par le soleil, sillonné d'un ensemble de vieilles entailles, comme autant de preuves de sa bravoure. Des arcades proéminentes, de gros sourcils charbonneux. Une barbe fournie, d'un noir dense, tressée par endroits. Un nez tellement cabossé qu'il en avait perdu tout cartilage. Un bout de l'oreille droite manquait. L'autre était ornée de trois piercings en acier. Et, pour terminer, un regard gris ardoise, aussi imposant que le gaillard, qui semblait ne jamais ciller, un regard qui avait tout vu, tout vécu, et, qui, pourtant, brûlant d'une flamme sauvage, trouvait encore la force d'en rire.

— C'est toi le pire salopard de cette armée ? demanda le Loki, tout en accrochant son regard fier.

— Disons que j'ai pas encore trouvé qui allait me faire plier, riposta le légionnaire. Et c'est pas toi qui vas commencer, le Bleu.

Le Nain éleva le battoir qui lui servait de main et le tendit au Loki, paume ouverte.

Un défi, un test. Parce qu'il fallait en passer par là, Gheritarish saisit la dextre du légionnaire. Le Nain força, il força en retour. C'était ça ou se faire briser les métacarpes.

Un pli barra le front du Loki, le Nain serra les mâchoires.

Le silence s'était fait total. Les fantassins du 7e régiment contemplaient cette sorte de duel en connaisseurs.

Cinq bonnes minutes plus tard, leurs fronts ruisselants de sueur, le Nain et le Loki n'avaient toujours pas bougé d'un pouce. Ni l'un ni l'autre ne voulait céder. Unanimement, le match nul fut décidé.

Une situation qui convenait tout aussi bien au guerrier nain qu'à Gheritarish.

— Ils cognent fort, les gars du 7e, sourit le Loki, tout en dévisageant le Nain.

— Ouais, je le pensais, rétorqua le sergent-chef d'un mouvement du menton. Mais faut pas essayer de me la faire, tu les as cognés plus fort encore, le Bleu. Ghas et les autres, ils étaient à fond et toi, t'as retenu tes coups, sinon, ce soir, c'est pas chez les guérisseurs qu'ils auraient fini la nuit, les frères de bouclier... Alors, si t'es pas venu fracasser des têtes, pourquoi t'es là ¿ Tu t'es perdu ¿ Le bordel, il est à l'autre bout du camp, tout droit par là.

— Nan, je suis pas perdu, au contraire, riposta Gher, je suis exactement là où je voulais être. Mais, avant de t'expliquer, autant j'ai vraiment pas envie de me bagarrer avec toi, frère nain, autant j'ai rudement besoin de m'humecter le gosier, si tu vois ce que je veux dire. Toutes ces *émotions*, moi, ça me donne soif !

Une once de sourire sembla faire frémir la bouche épaisse du Nain.

— Viens avec moi, le Bleu... J'avoue qu'après ta prestation face à Ghas et ses copains, t'as bien mérité une petite douceur. (Puis, le sous-officier se mit à beugler :) Le Bleu, il est avec moi, si vous le touchez, c'est moi que vous touchez ! Varos, va chercher une charrette et occupe-toi des blessés. Vous autres, y'a plus rien à voir, circulez !

Ses ordres donnés, le Nain conduisit le Loki jusqu'à une tente double, à côté d'un brasero.

— C'est toi qui mènes ces chiens de guerre ¿ demanda Gheritarish.

— On va dire qu'ils m'écoutent... et qu'ils n'aiment pas quand je me fâche... Tiens, pose-toi, là.

Tandis que Gheritarish s'installait sur le ballot désigné par le Nain, ce dernier pénétra dans la tente, ouvrit son coffre et sortit un cruchon de grès fermé d'un bouchon de liège. Il vint s'asseoir en face du Loki, sur un autre ballot, mordit dans le bouchon pour l'arracher et le recracha dans le brasero, provoquant une gerbe d'étincelles.

Le Nain porta la cruche à sa bouche et but une ample gorgée, qu'il fit rouler entre ses joues, avant de l'avaler d'un trait. De satisfaction, il fit claquer sa langue. Enfin, il étendit le bras en direction du Loki.

Gheritarish s'empara du cruchon et but à son tour.

Rien à voir avec le vieux rhum que Ling-Faï lui avait fait goûter. Aucune douceur dans ce breuvage-là, aucune complexité. C'était comme se prendre un grand coup de marteau dans la bouche et, ensuite, se faire verser un seau de lave dans l'estomac !

— C'est de la vieille prune, on la distille nous-mêmes, sourit le sous-officier, dévoilant des dents carrées, larges, espacées. Autant dire que c'est pas une boisson pour les fillettes.

Gheritarish devait en convenir. Il en avait les larmes aux yeux et son nez était complètement bouché.

Il rendit le cruchon au légionnaire. Au moins, la prune lui avait rincé la bouche, qu'elle avait insensibilisée au passage. Une douce chaleur commençait à monter en lui, atténuant les douleurs de son corps.

Le Nain reprit une gorgée et grogna d'aise.

— J'ai appris que tout le commandement des gradés était resté bloqué sur le front… ça vous dérange pas dans le régiment de ne pas avoir d'officiers, alors qu'on part pour la guerre ? entama le Loki.

Le sous-officier éclata d'un rire rauque, rempli de sarcasme.

— Si les galochards nous manquent ? Elle est pas mal, ta plaisanterie, le Bleu ! Tu parles de gars qui n'ont jamais combattu en première ligne, qui regardent la bataille au bout d'une longue-vue, perchés sur une colline. Le temps qu'ils se décident à nous donner un ordre et qu'ils nous le fassent transmettre, la loi du terrain, elle a déjà changé. Et alors, le temps que les gommeux s'adaptent à la nouvelle donne, la merde se met à tomber par pleins baquets… Nan, tu vois, ils manquent pas, les officiers. Pas une seconde.

— Présenté comme ça, je ne peux qu'approuver. Sinon, vous êtes au courant que le seigneur-lige est venu prendre le commandement de l'armée ?

Le Nain haussa les épaules. Pour lui, c'était un gommeux de plus à supporter, rien d'autre. Il repassa le cruchon au Loki :

— T'es pas ordinaire, le Bleu, t'es pas un soldat, mais tu sens l'armée. Tu pourrais être un mercenaire, pourtant, y a plus que ça.

Gheritarish laissa couler la lave en fusion jusqu'à son ventre. Un vrai coup de sabot !

— Disons que j'ai servi dans une autre sorte d'armée que celle de l'Empire, expliqua-t-il, une fois sa gorge à nouveau capable de fonctionner.

— Forces Spéciales ?

Le haussement d'épaules du Loki valait un assentiment.

— J'en étais sûr, grogna le Nain en récupérant la cruche. Dans les Nodus ? Ils engagent des Lokis, maintenant ?

— Nan, les Mauraudeurs-Fantômes.

Le sergent-chef hocha la tête.

— On ne combat pas sur les mêmes terrains, je les connais pas, ceux-là. Mais paraît que c'est du sérieux, même s'ils ne sont pas assez nombreux pour nous inquiéter vraiment. C'est quoi, le rapport avec le royaume du Chaos ? T'as changé de bord ou les Maisons se sont alliées avec nous ?

— Ni l'un ni l'autre. J'avais pas grand-chose à faire et j'allais pas laisser mon pote aller tartiner les Têtes de Clous sans moi, ça non ! Moi, je ne fonctionne pas à l'allégeance ou à l'autorité, je marche à l'amitié, depuis toujours.

— Je t'entends, le Bleu. Et je respecte.

Le Nain porta le cruchon à ses lèvres et engloutit trois larges rasades. Son regard gris était complètement injecté de sang. Un regard qui ne vacillait pas d'un pouce, cependant :

— Pourquoi t'es là, Gheritarish ?

— Bah, c'est plutôt simple, sourit le Loki. Il sortit son médaillon de commandement pour le montrer au sergent-chef. Voilà, pour la guerre à venir, c'est moi qui suis censé diriger les fantassins, la 7e et les autres régiments. Ordre direct du seigneur-lige. Seulement, j'ai beau être le parangon des Lokis, je peux pas mener tous ces guerriers. Tu comprends, je les connais pas et ils me connaissent pas, sans parler de vos stratégies de combat dont j'ignore tout. Ceux qu'on va affronter, ce sont des vraies chiasseries, on n'a pas le droit à l'erreur ! Et comme ça n'aurait aucun sens de prendre le commandement de soldats dont je ne connais rien, le plus efficace, c'est de trouver un intermédiaire expérimenté pour gérer le biniou avec moi. C'est une idée du seigneur-lige, hein ! Il a un sale caractère, mais il réfléchit plutôt bien, quand il veut... Et donc, moi, je suis venu enrôler le guerrier le plus coriace que je puisse trouver pour commander l'infanterie. Toi, en l'occurrence.

Le Nain passa sa pogne sur son crâne rasé qu'il se mit à caresser en gestes circulaires.

— Et tu me proposes ça de but en blanc... alors qu'on se connaît depuis à peine dix minutes.

— On n'a pas de temps à perdre, je te dis. Et puis, je ne te choisis pas par hasard, figure-toi. On s'est serré la main. Je te regarde, je te parle, tu me réponds bien en face. Et puis, je suis pas aveugle, hein, je vois bien comment tes compagnons de bouclier te considèrent. Nan, mon gars, j'ai pas besoin d'aller plus loin, t'es pile celui dont j'ai besoin.

Le sergent-chef but une nouvelle gorgée.

— Hmm. Et qui c'est qu'on va combattre ? Tu sembles les connaître.

— Les Smaughs, les pires fils de squazz que tu puisses trouver, des violeurs, tortionnaires, esclavagistes... S'il y a bien des enflures que j'ai envie d'éparpiller façon puzzle, c'est bien ces Têtes à clous !

— Têtes à clous ?

— Ouais, moi, je les appelle comme ça. Ces cinglés du bulbe, ce sont des fanatiques, ils se plantent des clous dans la tête. Les Ténébreux, à côté, ce sont des modèles de pondération.

— Par Kashgar, le Dieu Sauvage, ils commencent à m'intéresser, tes Smaughs ! acquiesça le sergent-chef, ses traits rudes éclairés d'un air clairement carnassier. Écoute, si t'essaies pas de m'expliquer mon travail sur le champ de bataille, y a moyen qu'on s'entende, le Bleu... Mais attends, comme ça, t'as combattu les Ténébreux ?

— Ouaip. Ikshites, Mantes, Sanghs, sorciers, tout ce que tu veux... Faut dire qu'à une époque, le Père de la Douleur, il en avait sévère après mon pote.

J'ai aussi tartiné des Impériaux, mais ça, je vais pas te le révéler, voisin.

— Il s'est passé quoi ? demanda le légionnaire, de plus en plus attiré par ce guerrier à peau bleue, qui, assurément, sortait de l'ordinaire.

— Ben, mon pote, il s'est fâché, il a été jusque dans Mhalemort et il a défoncé le Père de la Douleur. C'est ça qui s'est passé.

Le robuste gaillard fixa attentivement le Loki, but une autre rasade de vieille prune et transmit le cruchon.

— Et ce pote, il s'appelle comment ?

— Cellendhyll... de Cortavar.

— J'ai entendu ce nom, récemment, répliqua le Nain, tout en fourrageant dans sa barbe noire.

— C'est lui, le seigneur-lige qui vient diriger l'armée, se réjouit Gher. Mon poto l'Adhan.

Il prit une rasade de gnole. Il ne sentait plus sa langue, mais ses douleurs non plus.

— Ouais, c'est ça, poursuivit le Nain, j'en ai entendu parler quand on a débarqué dans la cité des Nuages. Mais ça veut dire que ton pote, le seigneur-lige, c'est le fils de Priam, c'est ça ? Son héritier ?

— Ouaip, c'est ça, c'est mon Cellendhyll.

Le Nain secoua la tête, manifestement amusé :

— Par le glaive dentelé de Kashgar, un autre gus me sortirait un truc pareil, je lui rirais au nez avant de le balancer dans le feu, mais venant de toi, Gheritarish An Loki-C'haras An Gwen'Dallavallach... je sais pas pourquoi, je sens que tu dis vrai.

— Bah, c'est pas dur, quand tu seras en face de Cellendhyll, rien qu'à le voir, tu sauras que j'ai pas menti... Bon, alors, euh, je sais même pas comment tu t'appelles...

— Je suis Cromlach, sergent-chef du 7e régiment de la Légion impériale.

— T'as pas un nom de clan ?

— Je crois pas que ce soit tes oignons, ça, le Bleu.

Gheritarish n'allait pas se laisser démonter pour autant.

— Eh bien, enchanté quand même, voisin. Donc, je disais, Cromlach, tu es partant ou pas ? Y a un grade d'officier à la clé. Si tu marches, tu passes aussitôt capitaine. Qu'est-ce que tu en dis ?

Tout en parlant, Gher tendit le médaillon au guerrier nain.

Le sergent-chef se pencha sur le côté et commença sa réponse d'un nouveau crachat dans le brasero.

— Eh, mais tu fais quoi ? enchaîna-t-il, ses gros sourcils soudain froncés.

— Ben, je te donne mon médaillon de commandement. Il ne me sert à rien, j'ai aucune envie de commander, moi. Tandis que toi, si tu dois diriger, tu en auras besoin, non ?

— Non. Ça, surtout pas, souffla le sous-officier en appuyant son refus d'un vigoureux signe de tête. Pas besoin de ça, j'en veux pas de ton médaillon. J'ai tourné le dos au pouvoir y a des années et j'ai pas l'intention que ça change... Je risquerais d'en abuser, sinon, et ça serait bon pour personne.

Maintenant, Gheritarish, si tu veux que je dirige les gars sur le terrain face aux Têtes de Clous, y a moyen. Mais pas question de devenir officier, c'est pareil que pour le médaillon. Les gars, ils comprendraient pas que je passe 'pitaine, ce serait une trahison, pour eux. Par contre, adjudant-chef, ça, ça me botterait bien… C'est le plus haut grade des sous-offs, la paye est bonne, personne ne va faire chier un adjudant-chef, même un gradé, et les galons brillent bien, ça attire les donzelles !

— Moi, si ça te va comme ça, ça me va aussi… Adjudant-chef Cromlach, enchanté !

— Va falloir que je te salue, alors ? Je dois t'appeler par quel grade ?

— Tu rigoles, voisin ! s'esclaffa le Loki. Moi, tous ces titres, ça me file la migraine. Tu m'appelles Gheritarish, ou Gher, ou encore le Bleu, ça ira très bien comme ça, et, surtout, tu me salues pas, j'en ai rien à battre, du moment que tu m'écoutes.

— J'aime bien ton style, le Bleu. Rien que pour ça, je pourrais dire oui ! Je sais pas ce qui nous attend avec les Têtes à Clous, on aura l'occasion d'en reparler, c'est d'accord, je marche avec toi, Gheritarish !

Le Nain tendit sa main au Loki. Gheritarish s'en empara et, cette fois, les deux colosses se saisirent aux avant-bras. La poigne n'était plus une épreuve ou un défi, mais l'accomplissement d'un pacte entre guerriers.

— Tel que je commence à te cerner, tu vas pas rester en arrière, le cul vissé dans ta selle, sur une colline…

— Eh non, voisin, ma grande hache et moi, si on veut s'amuser, faut qu'on soit en première ligne.

Cromlach soupesa le Loki du regard :

— Une bagarre de feu de camp, ou même une mission de Maraudeur du Chaos, ça n'a rien à voir avec le combat spécifique des fantassins. Faudra que tu t'adaptes à la phalange, tu seras assez costaud pour le bouclier ?

— Comme dit toujours un bougre d'Adhan de ma connaissance : s'adapter, c'est vaincre ! sourit largement Gheritarish. Tu veux qu'on recommence à se serrer les mains pour voir ? Par contre, avant le départ, va falloir qu'on discute d'un sujet capital : les chaussettes !

Chapitre 46

De loin, le long serpent déroulait nonchalamment ses anneaux colorés à travers les Grandes Plaines, parallèle au grand ruban gris-bleu du Vacqueyras. Le reptile géant épousait les moindres reliefs du terrain, il s'étalait tout le long du chemin, à perte de vue.

À mesure que l'on se rapprochait, le serpent se transformait en une colossale cohorte de fourmis armées d'acier. Des fourmis de guerre, avides d'en découdre.

De plus près encore, l'armée de Lumière se distinguait dans le matin, elle avançait séparée, entité par entité. Les diverses teintes des unités se succédaient sous forme d'un patchwork étiré, palette harmonieuse de bleu impérial, d'azur, de blanc, d'or ou d'argent, de gris clair ou d'orangé.

Les étendards claquaient sous le vent, tandis que la poussière tournoyait vers le ciel. L'appel conquérant d'un rapace en altitude. Le grondement sourd de milliers de bottes en train de marteler la route. Le tintement martial de l'acier, le craquement des cuirs, les grincements des attelages. Des cris, des chants, des prières.

L'empire de Lumière partait à la guerre.

Après réflexion, Cellendhyll était convenu avec Gheritarish que le principal de l'armée remonterait la route la plus à l'ouest des Grandes Plaines, celle-ci longeant le grand Vacqueyras ; le cours d'eau traversait tout l'est des Territoires-Francs selon un axe nord-sud. Non seulement l'armée serait plus facile à trouver pour les estafettes que risquait de lui envoyer l'Adhan – elles n'auraient qu'à s'orienter sur le fleuve –, mais, de surcroît, le Vacqueyras fournirait toute l'eau dont ils auraient besoin le temps du trajet, sans parler de ses rives qui se révélaient abondantes en bois, matière indispensable pour les feux du soir.

Les Impériaux marchaient, à quelques exceptions près, paquetage à l'épaule, leurs armes et leurs armures rangées dans les chariots, à l'abri de la poussière ; ils avaient encore le temps avant d'engager les combats. Les Smaughs partaient de Coruscante, ils avaient à traverser les Grandes Plaines par tout le travers, avant de pouvoir arriver en vue du Vacqueyras.

L'armée du Loki remontait donc du sud au nord. Elle pourrait intervenir pour intercepter les Smaughs, soit avant la capitale de Claire-Aube, bâtie sur la rive opposée du Vacqueyras, au nord-ouest, soit par la passe d'Antarah, plus au nord, qui ouvrirait aux Têtes de Clous un accès direct vers les terres de l'ouest et la grande cité d'Ambre.

De son côté, Cellendhyll était parti en éclaireur avec sa cavalerie. Dès qu'il aurait assez d'éléments pour orienter le Loki sur la destination finale à atteindre, il était convenu d'envoyer un message à son compagnon.

Gheritarish chantait à tue-tête accompagné par les fantassins de la Légion.

Les légionnaires venaient en tête, tous régiments confondus. Ce serait aux autres de manger leur poussière, ce qui les faisait bien ricaner. En colonne par quatre, ils étaient trois mille guerriers à ouvrir la voie.

Brisant avec les traditions, Cromlach avait décidé de concert avec Gheritarish de refondre les régiments d'infanterie incomplets en un seul. Les légionnaires maîtrisaient tous le combat en phalange, cela ne poserait aucun problème d'adaptation. En outre, Cromlach avait nommé des sergents en piochant dans chaque régiment respectif, assurant ainsi un équilibre convenable dans la nouvelle chaîne de commandement.

Après en avoir discuté, le Nain et le Loki avaient décidé de garder le silence sur l'identité exacte de Gheritarish. Fort de son grade d'adjudant-chef, Cromlach l'avait présenté comme un conseiller militaire envoyé par le seigneur-lige. Le premier soir, profitant que le Nain était occupé ailleurs, quelques mauvaises têtes avaient bien tenté de défier Gheritarish, ne serait-ce que parce qu'il était bleu et qu'il avait une grande gueule. Deux ou trois démonstrations de double pète-crânes suffirent pour calmer les ardeurs des plus écervelés.

Pourtant, la nature simple du Loki, sa bonne humeur, son endurance, sa force, tout cela ne pouvait que plaire aux chiens de guerre, qui ne tardèrent pas à être conquis devant ses manières franches et sa capacité à ne rien prendre au sérieux, tout en restant d'une efficacité indiscutable dans tout ce qu'il entreprenait. Les premiers jours du voyage, passés à marcher dans les rangs des légionnaires, suffirent à Gheritarish pour être adopté par les molosses de guerre.

Quel dommage que le Bleu ne porte pas la barbe ! jugeaient certains fantassins, qui espéraient bien lui faire accepter au moins un tatouage ou un piercing.

De fait, Gher s'entendait comme larrons en foire avec l'adjudant-chef Cromlach. Tous deux avaient bien des récits à se partager, de la vieille prune à siroter, et formaient une équipe soudée. Le Nain était beaucoup moins débonnaire que le Loki, cependant, il était lui aussi d'une nature franche, et le respect n'avait pas tardé à s'installer entre les deux guerriers ; finalement, ils se contrebalançaient l'un l'autre sans jamais s'opposer. Le Nain commandait, mais il demandait régulièrement son avis au Loki et il en tenait compte. De même, il intégrait ses suggestions. Du moins, les plus sensées.

Après la Légion, venait une autre unité d'infanterie. Bien moins fournie que celle des fantassins. Les Sangliers du 9e régiment de la légion, quatre cents arbalétriers trapus aux larges épaules, leur chevelure taillée en crête, barbe épaisse et tressée. Ils étaient revêtus d'un uniforme composé d'un gambison à carreaux blancs et azur, une bande blanche sur chaque manche, d'un pantalon gris souris à bande bleue le long des cuisses et de bottes noires. Leurs cottes de mailles, leurs cuissardes et leurs bottes de fer, à l'instar des légionnaires, attendaient, sagement rangées dans les chariots. Contrairement aux autres soldats, ils avançaient arme à l'épaule. Un arbalétrier ne se séparait jamais de son arme, même pour chier ! C'était plus qu'un adage, un véritable credo enseigné à tous les novices. Les Sangliers étaient menés par leur habituel sous-officier, le très compétent sergent Volkart.

Accompagné de Cromlach, Gheritarish était venu se présenter et lui annoncer la situation telle que l'avait décidée Cellendhyll. Volkart avait accepté la nouvelle sans faire de problème. Cromlach était un guerrier respecté par tous les régiments, le sergent des arbalétriers n'avait pas besoin de plus.

Dès le bivouac du soir, Gheritarish était retourné visiter les Sangliers, histoire de leur parler des Smaughs, mais aussi de partager un pichet de bière, ou deux, ou trois… ou plus. Volkart et ses guerriers avaient mémorisé les informations du Loki sur l'ennemi avec un mélange de concentration et d'enthousiasme ; chacun d'eux écoutait tout en passant un chiffon tout le long de son arbalète, encore et encore, avec une dévotion, qui, pour le Loki, tendait au fétichisme. Du reste, lorsque fut venu le moment de trinquer, la seule boisson que les Sangliers proposèrent au Loki fut une infusion d'écorces noires. Cher apprit qu'ils ne plaisantaient vraiment pas avec la discipline et, selon leur tradition, tout le temps de la guerre, ils pratiquaient l'abstinence. Ce fut à cet instant précis que le Loki décida que sa place serait nettement plus enviable chez les légionnaires que chez ces fétichistes. Les légionnaires et leur liqueur de prune !

Derrière les Sangliers, un autre régiment d'infanterie, qui se démarquait nettement des autres. Les Preux du 3e de la Légion. Les Preux avançaient portés par le même cantique murmuré, « l'Ode à la Lumière », qu'ils déclinaient à l'unisson tout en avalant les kilomètres.

Ces fantassins-là se comptaient au nombre de cinq cents. Des fanatiques, il n'y avait pas d'autre mot. La foi était leur oxygène. On les surnommait les guerriers-peints.

Les Preux étaient menés par le caporal Magnus, le seul sous-officier de leur unité. Magnus était à lui seul un homme remarquable. Déjà, c'était l'un des plus costauds de l'armée, mais, surtout, c'était sa dévotion – celle de tout son régiment – qui le démarquait véritablement des autres unités. La foi de Magnus était omniprésente, inébranlable, une force, une présence qui le guidait, chaque jour, chaque nuit. Chaque seconde.

Deux mètres de haut pour cent trente kilos, pas une once de graisse, Magnus avait les cheveux blond-roux, taillés en brosse courte, avec une barbe mi-longue, tressée. Son regard gris semblait ne jamais ciller, fixe, insondable. Large, généreuse, sa bouche égrenait sans jamais se lasser l'un des innombrables cantiques à la Lumière que le légionnaire connaissait par cœur.

Sur son front, le tatouage du Soleil aux rayons dardés symbolisant la Sainte Lumière. Le colosse avait également rasé ses sourcils pour y tatouer à la place, à droite « lumière », à gauche « toujours ». Sur les phalanges de sa main droite était inscrit « devoir », sur l'autre, « courage ». C'étaient là les signes les plus repérables, mais en vérité, tout le corps de Magnus portait des lignes et des lignes d'écritures, véritable ode à la Sainte Lumière, autant de prières que de serments. Chaque soir, et c'était loin d'être le seul du régiment, le colosse traçait un nouveau serment sur sa chair et son corps se transformait peu à peu en un codex vivant. Les guerriers-peints. Ils incarnaient la puissante Lumière, la force de la foi impériale.

Magnus avait d'ailleurs fait partie des postulants éventuels, tel Cromlach. C'était un fort caractère, un meneur, mais, outre sa foi un peu trop marquée, le guerrier n'avait aucun sens de la stratégie ou de la prise d'initiative.

Cette piété, pour autant qu'elle soit incontournable, ne rendait pas les Preux plus faibles. Au contraire, ils combattaient aussi férocement voire plus que les autres légionnaires, la différence avec les autres était qu'ils le faisaient sans jamais cesser de prier la Sainte Lumière. D'ailleurs, ils constituaient un corps d'infanterie spécialisé dans le combat offensif, et préféraient avant tout les armes lourdes, masses ou marteaux à deux mains, grande hache, claymore. Pour sa part, Magnus avait choisi le marteau de guerre et son arme était aussi impressionnante que lui ; son gigantesque marteau au long manche torsadé. La tête de l'arme était un rectangle aux lignes dures, décoré de runes et qui semblait taillé dans une pierre de lave bleu pâle. Une arme qui n'avait rien à voir avec la dotation impériale. Magnus l'avait arrachée des mains de son précédent propriétaire, un seigneur de guerre sangh, après avoir brisé sa propre hache et l'avoir tué à grands coups de tête.

Là encore, Gheritarish avait rendu visite aux fantassins du 3e, accompagné de Cromlach. Magnus et ses compagnons ne firent aucune difficulté à accepter le nouveau commandement. Obéir aux ordres était pour eux un honneur, une occasion de plus d'honorer la Sainte Lumière. En résumé pour le Loki, Magnus et ses guerriers étaient des gens simples, sympathiques, mais totalement barrés. Ils vivaient dans un monde parallèle, où la prière était reine. Pas du tout le genre de Gher qui préférait nettement vider des chopines que de réciter des cantiques !

Après les Preux, arrivait l'ordre des prêtres-guérisseurs de la Guelfe Blanche. Une partie d'entre eux voyageait dans leurs chariots, à l'instar de l'archevêque Aymard ; l'autre marchait à côté des véhicules, aisément reconnaissable à ces longues robes à capuche, en coton blanc, cousues du blason de la Rose Blanche sur fond azur.

Ordre religieux et non militaire, non combattant, les membres de la Guelfe resteraient en arrière et se chargeraient des blessés. Les seules armes que les prêtres s'autorisaient : une dague destinée à couper leur nourriture, à fendre les vêtements des blessés ou à confectionner des bandages, ou un solide bâton, pour la marche.

L'armée impériale disposait de vingt guérisseurs et d'une quarantaine d'infirmiers. Et si aucune femme ne servait dans les rangs de l'infanterie, en revanche, il y avait six prêtresses et dix infirmières dans l'effectif dirigé par Aymard.

Les chariots des guérisseurs avançaient escortés par les prêtres-combattants de l'Orage, ceux-ci montés sur leurs chevaux.

Callias, diacre de l'Orage, prêtre-guerrier, commandait les sicaires, soient quatre-vingt-dix hommes répartis en trois sections. Irina de Mayenne l'avait elle-même nommé à la tête de l'escouade, elle avait toute confiance en lui.

Le regard gris et sévère, Callias était grand et sec. Le crâne rasé, un grand front, le visage terminé en pointe, avec une petite barbiche teinte en orangé.

Les sicaires de l'Orage portaient des gambisons orangés, avec l'emblème de l'Éclair cousu sur le torse. En travers de leurs épaules, de grands bâtons de combat laqués de noir.

Callias et ses sicaires n'étaient pas censés combattre, sauf si l'ennemi attaquait les guérisseurs. Cependant, ils servaient de police militaire. Régulièrement, ils sondaient au hasard un groupe de soldats et vérifiaient qu'aucun espion smaugh n'avait usurpé leurs rangs. Un rôle de garde-chiourme, ingrat, qui les faisait mal voir. Un rôle indispensable, précieux, pourtant. D'ailleurs, peu importait à Callias et ses prêtres ce qu'on pouvait penser d'eux. Le devoir, avant tout.

Le régiment des Paladins Bleus chevauchait à l'écart, un peu en avant sur la droite de l'interminable colonne. Pas question pour les troupes d'élite de s'abaisser à respirer la poussière de la piétaille.

Les Paladins Bleus représentaient l'élite parmi l'élite, ils ne laisseraient personne leur contester ce rang, de quelque manière que ce fût. Sur les faits, ils n'avaient pas forcément tort. Sur le fond, toutefois, ils péchaient par orgueil. Leur fierté, leur défaut. Sans doute leur faiblesse.

Montés sur leurs étalons à robes claires ou alezanes, les vaillants guerriers portaient leurs armures de bataille, en acier bleu impérial, de grandes capes ivoire, leurs casques attachés à leurs pommeaux de selle, leurs lances lourdes calées contre leurs étriers. Ils ne portaient pas de boucliers, ils n'en avaient aucun besoin.

Les Paladins Bleus chevauchaient bien en selle, habitués au poids de leurs armures. Tous chevaliers, tous avec les cheveux bien courts, avec une préférence pour la coupe en brosse, leurs visages impeccablement rasés. Certains portaient un brillant à l'oreille. D'autres le foulard d'une noble dame. L'un d'eux avait sorti sa mandoline pour agrémenter leur chevauchée. Si altiers d'apparence – arrogante jeunesse –, pétris de foi et de courage, ils s'interpellaient joyeusement et riaient de bon cœur.

Cinq cents Paladins donc, unité menée par le jeune seigneur-chevalier Hector d'Aquila.

En l'absence de leur commandant habituel, le comte Ghabriel de Blanc-Maison, comme ils en avaient le droit en de telles circonstances, les chevaliers avaient élu le flamboyant, l'irréprochable Hector pour les mener à la bataille.

Hector d'Aquila avait reçu Gheritarish peu avant le départ, sans penser une seconde à lui offrir une chopine. À la limite du dédain, le seigneur avait déclaré au Loki que, médaillon de commandement ou pas, le gentilhomme qu'il était ne répondrait qu'aux ordres d'un autre seigneur, à savoir le lige impérial. En attendant, les Paladins Bleus fonctionneraient indépendamment des autres, que cela soit bien clair.

Gheritarish aurait adoré assommer le peigne-cul qui lui tenait tête, mais il songea qu'un double pète-crâne n'aurait fait qu'aggraver les choses. Les Paladins Bleus feraient front commun avec leur chef, au risque d'envenimer la situation et de créer une querelle avec Cromlach et ses légionnaires, qui, de leur côté, ne manqueraient pas d'intervenir. Une bataille rangée juste avant d'affronter les Smaughs ¿ Le Loki refusait une telle éventualité. Il décida donc de laisser pisser. Que Cellendhyll se débrouille avec Hector et ses gais Paladins quand il les rencontrerait ! La confrontation risquait d'être... intéressante et le Loki ne voulait la manquer sous aucun prétexte. Parce que si Hector-machin-chef-particule essayait de prendre l'Adhan de haut, comme il l'avait fait avec lui, houla, y allait avoir du sérieux tartinage de Paladin, quelque chose de choucass !

Derrière la Guelfe Blanche et les sicaires de l'Orage, arrivaient les mages de combat de l'Empire, dans leurs cinq chariots doubles. À l'instar des Paladins Bleus, les pratiquants des Arts Étranges se considéraient comme une élite à part. Leurs grands véhicules en bois laqué bleu sombre et or, bâtis pour assurer leur confort, étaient restés clos, personne n'avait aperçu les deux nobles personnages depuis l'ordre de départ.

L'un de leurs apprentis avait répondu à Gheritarish que ses maîtres ne recevraient personne, qu'on pouvait compter sur les éminences pour tenir leur place lors des batailles à venir, mais, qu'en attendant, il était souhaitable qu'on les laisse tranquilles.

Le Loki avait fini par comprendre que les divers corps de l'armée n'avaient pas l'habitude de frayer entre eux, voire, se traitaient en rivaux. Contrairement au Chaos, où, hormis les querelles entre Maisons, de telles barrières n'avaient pas cours. Chez les Maraudeurs-Fantômes, par exemple où l'on se mélangeait sans souci de sexe, d'allégeance ou de rivalité, unis pour le bien commun. Gher décida que ce n'était pas son problème. Au moins pour le moment. Tout le monde semblait bien décidé à aller affronter ces pénouillards de Têtes à Clous, c'était bien suffisant à ses yeux.

Quant à une *discussion* entre l'Adhan et les mages de guerre, par les Mamelles d'Evgrayden, pas question que Gher loupe un tel événement ! Les mages avaient intérêt à se tenir à carreau, sinon, comme disait Cromlach, la merde allait pleuvoir par baquets entiers ! Pauvres mages.

La file interminable se poursuivait avec les chariots de marchandises, de ravitaillement, les forges mobiles, les réserves d'armes et d'armures, de projectiles et autres outils indispensables aux soldats. Escortés par une équipe de palefreniers à cheval, suivaient les troupeaux ; chevaux de rechange, mules de bât, ou bien encore bœufs, porcs et volailles, ces derniers destinés à remplir les estomacs.

Les conducteurs, charrons, forgerons, aides, palefreniers, lads, étaient tous en contrat avec l'armée impériale et grassement rémunérés. Ils suivaient la discipline du camp, obéissaient aux ordres de marche, mais ils n'étaient pas censés prendre part aux combats. Couper du bois, ramasser du fourrage, aller chercher de l'eau, passer la nuit à retaper les cottes de mailles, c'était prévu. Affronter les Têtes de Clous, nullement. Le Loki pourrait sans doute passer de bonnes soirées en leur compagnie néanmoins, Gher ne pouvait être partout à la fois et il devait reconnaître qu'il avait pris ses habitudes avec Cromlach et sa bande.

À son grand regret, le convoi impérial, si long fût-il, ne comportait ni taverne roulante ni bordel. Cellendhyll, ce bougre d'ingrat l'avait formellement interdit ! Le sale traître !

Et Reydorn dans tout cela ?

Le Mage Vert avait tenu à accompagner Cellendhyll et Gheritarish à la guerre sans trop savoir pourquoi. Il se retrouvait bien loin de ses bois chéris et du royaume d'Aïlaeën, la Sylve. S'il n'en avait pas peur, il n'éprouvait aucun goût pour la violence. Il savait se défendre, pour autant, il n'avait rien d'un soldat et ne se sentait pas particulièrement attiré par la coterie des soldats ou la vie militaire.

Alors, pourquoi venir ? Sur le moment, ça lui avait paru une bonne idée, il n'avait pas d'autre explication à fournir, pas même à lui-même. Il n'était pas venu les mains vides, il aiderait comme il pourrait, avec ses moyens. Comme mission choisie, il allait commencer par veiller sur Aymard et ses prêtres, qu'il appréciait, en attendant que Cellendhyll ou Gheritarish aient besoin de ses talents pour une situation précise. Le fait que certaines prêtresses de la Guelfe arborent un minois ravissant et de charmants sourires n'entrait absolument pas en ligne de compte dans le choix de sa tâche. Que nenni !

Reydorn voyait régulièrement Gheritarish, mais il avait préféré voyager avec l'archevêque, tranquillement calé dans un chariot, au lieu de chevaucher à part, ou pire encore, d'avoir à supporter les chansons paillardes de ce bougre de Loki.

Reydorn s'était présenté devant les mages impériaux, un geste élémentaire de courtoisie entre gens d'une même caste, avait-il jugé. L'apprenti qui servait de porte-parole lui avait fait comprendre à mots à peine couverts que les mages de guerre et les mages sylvestres n'avaient rien en commun, qu'on prenait note de sa démarche et qu'il pouvait retourner à ses occupations, si possible pour ne plus jamais revenir.

Reydorn avait éclaté de rire au nez du foutriquet d'apprenti avant de tourner les talons. Il était reparti curieux bien plus qu'offusqué. Il aurait bien l'occasion de voir les mages de guerre en action, face aux Smaughs. Alors, il pourrait constater si cet orgueil affiché par ses *confrères* se révélait, sinon mérité, du moins explicable par une maîtrise hors-norme des Arts Étranges.

En revanche, juste avant le départ du palais impérial, Reydorn avait fait connaissance avec l'archevêque Aymard et vite sympathisé ; Aymard était un grand amoureux de la nature et il avait beaucoup voyagé. Désormais, le mage et le chef des guérisseurs profitaient de leur périple pour cheminer ensemble, et s'affronter sur l'échiquier portatif du prélat. Les deux hommes étaient de force égale, ce qui rendait les parties d'autant plus intéressantes.

Globalement, Gheritarish s'estimait satisfait. L'armée de Lumière n'allait pas vite, mais elle avançait d'un pas sûr et régulier. Le vent avait balayé les nuages et le soleil brillait haut dans le ciel, sans pour autant harceler les marcheurs.

Bon, d'accord, outre le manque initial d'officiers supérieurs, l'armée composite ne comportait ni archers, ni piquiers, ni lanciers, et sa cavalerie se révélait plutôt réduite. D'un autre côté, elle pouvait compter sur une grosse base d'infanterie – et c'était le plus important aux yeux du Loki –, avec un peu d'arbalétriers, un peu de cavalerie, du Paladin, du mage de combat et, même, des soigneurs. Pour Gher, ce mélange était bien suffisant pour en remontrer aux Têtes à Clous.

Il pouvait donc se concentrer sur l'essentiel : ce soir, il y aurait du boudin aux pommes et aux épices, le chef cuisinier l'avait promis. Et puis, autre fait prioritaire, Gher marchait avec des chaussettes épaisses, moelleuses, parfaites pour enchaîner les longues marches, un paquetage à l'épaule.

Sacré Cellendhyll, tout de même, qui se retrouvait, de son côté, entouré d'un régiment de femmes ! Sans même le faire exprès, Gheritarish était prêt à le parier. Et non seulement Cell ne l'avait pas fait exprès, mais, en plus, Gher le devinait d'avance, l'Adhan n'allait même pas savoir en profiter ! Du gâchis !

Il jeta un regard en arrière, contempla le grand serpent coloré et s'exclama :

— Eh, les cousins, vous commencez à faiblir… tenez-moi la cadence, par le Mouton Noir à Trois Pattes… je vais vous motiver, celle-là, vous la connaissez ?

« C'était la p'tite Lisette, elle était toute gisquette,
Un cul tout blond, des gros tétons tous ronds !
Penche-toi, ma petite Lisette, ô, penche-toi ma belle,
Que je puisse te ramoner le… »

Voilà bien pourquoi Reydorn préférait voyager avec la Guelfe Blanche.

Chapitre 47

Les Grandes Plaines défilaient à perte de vue. Une immense steppe au manteau d'herbe jaune et de fleurs sauvages, vide de toute habitation.

Cellendhyll avait renoué avec ce plaisir particulier : galoper au milieu des grands espaces, monté sur un vaillant destrier, le vent dans les cheveux, cette sensation de liberté, de vitesse, cet abandon. Les premiers jours, il s'était enivré de ces sensations, refusant de penser au reste au moins le temps des galopades.

L'Adhan avait quitté la ligne des forts avec son régiment de cavalières depuis deux semaines. Un régiment réduit à la taille de trois bataillons de cent soldates, mais il devrait faire avec.

En colonne par deux sur la longue piste qui remontait plein nord, ils voyageaient en direction des Dents d'Asgorath ; autrement dit les Creux, dans le jargon usuel. C'était le point d'eau central des Grandes Plaines, et leur premier objectif. Le but était d'y faire une halte et d'aviser. Une fois sur place, Cellendhyll aurait le loisir d'envoyer des éclaireuses pour traquer les Smaughs dans toutes les directions.

Tout dépendait des envahisseurs et de leur stratégie de conquête. C'était bien pour cela que Cellendhyll était parti en avance sur le reste de l'armée, chevauchant avec ses trois cents cavalières.

Il pouvait cependant compter sur une chose, si les Smaughs avaient prévu de passer par les Dents d'Asgorath pour refaire leurs réserves d'eau, avant d'attaquer soit Claire-Aube, soit Ambre, soit encore la Ligne des forts, l'armée de Lumière était à la bonne place pour intervenir.

Le Hors-Destin chevauchait, équipé pour la guerre. Sanglé dans son dos, sa Belle de Mort. Cellendhyll lui avait demandé de prendre la forme d'un sabre, qu'il portait dans un fourreau d'épaule. Par-dessus son fourreau, reposait un bouclier rond en acier mat, doté d'une encoche supérieure permettant d'y appuyer sa lame. En outre, une lance reposait dans un étui de selle.

Les Hirondelles avaient fêté l'arrivée de leurs destriers pelloniens, et la réputation de l'Ange avait grimpé d'autant à leurs yeux. Callista Swift avait réservé pour lui un puissant étalon pellonien gris pommelé, à croire que la capitaine savait que c'était la couleur de robe préférée de sa mère. Nommé Farod, le cheval était parfaitement accordé à la haute taille de l'Adhan. L'étalon avait du caractère, mais savait écouter, il répondait bien. Vif et confiant, il aimait les caresses et la voix rassurante de Cellendhyll, c'était un athlète parmi les équidés, avec un grand cœur. Et comme toutes les montures du régiment, Farod irait au combat protégé d'un caparaçon de mailles.

Les Hirondelles elles aussi combattaient revêtues de brigandines de mailles légères assez longues pour recouvrir leurs jambes lorsqu'elles chevauchaient. Elles portaient un bouclier en forme de larme et un casque à nasal argenté, qui descendait jusqu'en bas des joues pour protéger le visage, terminé d'un cimier à crins de cheval.

L'Adhan, de son côté, avait refusé toute armure.

Ce qui avait failli causer un véritable esclandre.

Le dernier soir au camp des Forts, alors que le régiment de cavalerie, enfin prêt, prenait la route le lendemain matin, la capitaine Swift demanda à l'Adhan de lui montrer l'armure avec laquelle il avait prévu de combattre ; nul doute pour la guerrière que les caves de l'Empereur devaient abriter des chefs-d'œuvre de forge, cottes, plastrons, voire armures complètes. Outre sa curiosité, il était de son devoir d'aide de camp de vérifier l'état de l'équipement de son commandant et de veiller à son entretien.

— Je ne porterai aucune armure, capitaine, cela ne ferait que me gêner, répliqua Cellendhyll d'un ton léger.

— Pas d'armu... COMMENT ?? MAIS VOUS NE POUVEZ PAS !!! s'écria la blonde, dans un cri qui fut entendu d'un bout à l'autre du campement des cavalières.

— Calmez-vous, capitaine, sourit l'Adhan, vous allez inquiéter vos filles.

Callista, elle, ne souriait pas du tout :

— Me calmer ? Le commandant des armées, l'héritier du trône que je sers... en somme, le personnage le plus précieux de la Lumière, m'annonce qu'il sera le seul guerrier de l'armée sans armure, alors même qu'il tient à combattre en première ligne... et moi, je devrais me calmer ?

Ses iris d'azur fulminant, Swift semblait chercher quelque chose à briser entre ses mains.

— Écoutez, quoi que je vous dise, vous me prendriez pour un vantard, rétorqua Cellendhyll. Et je n'ai aucune envie de passer pour tel à vos yeux ravissants.

— N'essayez pas de détourner la conversation, mon commandant !

— Et si vous m'appeliez Cellendhyll, plutôt ?

— Non, commandant. Là, je suis énervée ! Vous... vous... !

— Ça vous va bien d'être énervée, vous êtes encore plus belle, Callista.

— Mon commandant, vous allez arrêter avec ça, oui ? grinça la guerrière.

La peau de la blonde avait nettement rosi. Comme en proie à un mélange d'émotions contraires, Callista Swift semblait être, pour la première fois, incapable de soutenir le regard de l'Ange.

Les mots enjôleurs qu'il venait de prononcer avaient complètement échappé à Cellendhyll. Néanmoins, il ne les regrettait pas. Ce n'était pas son genre de parler ainsi, même s'il était sincère, mais, avec Callista, il se découvrait plus naturel, nettement moins sur la défensive qu'avec les autres femmes.

Avant que l'un ou l'autre ne puisse relancer la discussion, Vanina Cole se rua dans la tente, une hachette dans chaque main, un rictus agressif étirant ses lèvres. Ling-Faï suivait, son sabre dégainé.

Presque aussitôt, elles se braquèrent sur le Hors-Destin, les yeux mi-clos, leur attitude laissant croire qu'elles le suspectaient d'un geste déplacé à l'égard de leur capitaine.

Callista leva haut les mains pour rassurer ses compagnes :

— Tout va bien, vous pouvez rengainer... Enfin, non, ça ne va pas du tout !

Cole scruta Cellendhyll, et lui lança un regard qui pouvait signifier quelque chose comme « t'as beau être le seigneur-commandant-machin, si tu fais le moindre mal à Callie, grade ou pas, je t'élargis le fondement à grands coups de hache ! »

L'Ange, qui avait l'impression d'être possédé par l'esprit malicieux de Gheritarish, lui répondit d'un clin d'œil ironique.

— Que se passe-t-il, capitaine ? demanda la Kelash, toujours pratique.

— Le commandant vient de m'annoncer qu'il escomptait se battre sans armure, révéla Callista, tout en foudroyant Cellendhyll de son regard d'azur scintillant.

Mortonnerre, se pourrait-il qu'elle s'inquiète vraiment pour moi ?

— Comment ? s'écria l'adjudante, toute aussi choquée que sa capitaine.

— MAIS IL EST PAS BIEN, LUI ? glapit Vanina Cole, carrément scandalisée.

Cellendhyll se surprit à sourire largement. Il avait adopté Callista et ses Hirondelles sans vraiment s'en rendre compte, et il s'amusait beaucoup de la situation. Il commençait même à comprendre pourquoi Gheritarish s'entêtait à ne rien vouloir prendre au sérieux. Cependant, l'inquiétude de ses subordonnées était logique, légitime, il leur devait un mot d'explication. Pourtant, comment expliquer ce qu'il était devenu, alors qu'il l'ignorait lui-même...

Celui que Maurice aurait appelé le Hors-Destin transcendé.

— Écoutez, mes dames, je ne trouve pas les mots pour vous l'expliquer, mais je vous l'assure, une armure ne ferait que me gêner.

— Vous êtes un mage, peut-être ? ironisa Callista.

Furibarde, la blonde avait croisé les bras, son maintien rigide. Il était clair qu'elle comptait obtenir une explication et qu'elle ne bougerait pas d'un pouce tant qu'elle ne l'aurait pas obtenue.

— En aucun cas, je déteste la magie... Non, il se trouve que je combats sans armure, voilà tout. Il faudra vous en contenter, inutile d'insister. Quoi que vous disiez, Callista, je ne changerai pas d'avis. Sans armure, j'ai dit ! Vous devrez me faire confiance sur ce point.

Cellendhyll salua les guerrières et quitta la tente de Callista Swift.

Un grand sourire aux lèvres, sans pouvoir s'en empêcher, il se mit à siffler la gigue lokie favorite de Gheritarish.

Restées entre elles, les trois femmes s'entre-regardèrent, dubitatives devant les assertions du Hors-Destin.

— Je suis une Initiée et, si j'ai le choix, je n'irai pas me battre sans armure, déclara Cole, une moue pensive étirant ses traits. Une fois le Zen dissipé, on se retrouve comme les autres : en pleine bataille, entouré d'ennemis. Même en admettant qu'il soit un Adepte, cela ne suffira pas face à une armée entière, ça n'a aucun sens… Ce qui veut dire qu'on se retrouve avec un fou suicidaire pour nous commander, par tous les tétons, ça devrait être intéressant !

— Je n'ai pas envie de rigoler, maugréa Callista. Il n'est pas question de voir tomber notre commandant dès la première charge ! Imaginez, la première flèche venue, le premier jet de lance bien placé, et nous risquons de perdre le Pacha !

— Je ne vois pas comment vous pourriez l'obliger à porter une armure, capitaine, tempéra Ling-Faï. Sauf votre respect, nous parlons de l'héritier de l'Empire, notre chef à toutes. Cependant, vous l'avez vu bouger comme moi lorsqu'il s'entraîne, ce n'est pas le premier guerrier venu, loin de là. Alors, peut-être qu'il sait ce qu'il fait, après tout…

— Ça ne suffit pas à me rassurer, Ling. Nous avons enfin trouvé un commandant valable, je refuse qu'on le perde ! gronda Callista. Peut-être que le commandant a raison… mais peut-être qu'il a tort, trop de choses vont de travers en pleine bataille, tu le sais comme moi.

— Ben, c'est clair qu'il a tort, ce n'est qu'un *homme*, après tout ! intervint Vanina Cole. C'est impossible qu'il tienne face à une armée, le Pacha.

— Il n'est pas question que je le perde, répéta Swift, les poings serrés, comme si elle se parlait à elle-même.

Réagissant à cette charge passionnée de Callie, Vanina lui jeta un coup d'œil bref et intense.

Sans rien voir de la réaction de sa compagne, Swift hocha la tête. Elle avait pris sa décision :

— Ling, je veux Irumi. Tu vas l'assigner à la protection du Pacha, ordonna-t-elle. Dès que nous arriverons sur site, qu'elle veille sur lui, en toutes circonstances. Elle peut choisir d'autres filles pour l'épauler, si besoin. Rompez, à présent.

Chapitre 48

Ils chevauchaient autant que possible, mais sans forcer l'allure. Il eût été stupide d'arriver aux Creux avec des montures épuisées. Outre les cavalières, suivait en retrait un train de chariots, ces derniers chargés de toiles de tente, de provisions, de réserves de flèches, d'armes ou d'équipements de rechange.

Lors des pauses de la journée, le temps de laisser reposer leurs chevaux ou de manger un morceau, Cellendhyll s'entraînait ou discutait avec Callista, qui lui expliquait les tactiques habituelles des Hirondelles face à l'ennemi. Le soir, au bivouac, il mangeait avec elle, ils continuaient de discuter Smaughs, stratégies, mouvements de cavalerie, chevaux... l'Adhan prenait congé et laissait la jeune femme à sa vie privée, bien conscient que la capitaine retrouvait, comme chaque nuit, son amante, la bouillante caporale Vanina Cole. Et ce n'était un secret pour personne, d'ailleurs. Une bonne moitié des Hirondelles semblaient en couples et cela ne semblait nuire en rien au bon fonctionnement de l'unité.

Cellendhyll se sentait penaud, peut-être même nostalgique. Pour s'aérer la tête, il partait en bordure du camp s'entraîner à l'écart avec sa Belle devenue sabre et son bouclier. La rythmique du combat au bouclier était particulière, mais son corps, ses muscles, son instinct, n'avaient rien oublié. Séance après séance, enchaînement après enchaînement, il retrouvait ses automatismes acquis en compagnie des Maraudeurs-Fantômes, sa grande silhouette éclairée des Lunes Jumelles, surveillé à son insu par les yeux discrets et vigilants d'au moins une guerrière.

Les Hirondelles s'entraînaient, elles aussi, révisant leurs charges et leurs mouvements au galop, travaillant leur tir à l'arc. C'était notamment pour elles l'occasion de faire connaissance avec les destriers pelloniens et forger avec les chevaux de guerre la complicité indispensable au régiment d'élite.

Effectivement, comme l'avait pensé Gheritarish, Cellendhyll se retrouvait entouré de femmes, plusieurs centaines. Il était non seulement l'unique homme du régiment, mais également leur chef.

Pour autant, sa présence au sein du régiment ne tarda pas à causer quelque désordre.

Cellendhyll pénétra dans la tente de Callista. C'était le cinquième jour de voyage.

— Ling-Faï m'a annoncé que vous vouliez me voir, capitaine ?

— En effet, commandant. Vous avez dû entendre un peu de remue-ménage, tout à l'heure... en fait, il y a eu une rixe. À votre sujet. Une fille a dit à une autre qu'elle se glisserait volontiers dans votre lit, l'un de ces soirs. La seconde lui a interdit de vous manquer de respect, vous, le fils d'Alhana. Une troisième s'en est mêlée, le ton est monté et tout cela a dégénéré en rixe d'une dizaine d'Hirondelles.

— Ah. Je n'ai rien à y voir directement, mais j'en suis désolé, capitaine.

— Ne vous inquiétez pas, ça devait arriver, commandant. Les coupables iront garder les chariots à provisions jusqu'à nouvel ordre, ça les calmera. Profitant que vous vous entraîniez, j'ai convoqué mes filles et je leur ai parlé. Désormais, à la moindre querelle, les fautives seront renvoyées directement à la Ligne des forts. Les tenir à l'écart de la guerre est la pire des punitions que je puisse leur infliger. Je pense qu'elles se le tiendront pour dit.

— Vous avez donc désamorcé l'affaire. Bravo, capitaine. J'avoue que je n'étais pas préparé à m'attirer une telle attention. Un conseil, peut-être ?

— Plus qu'un conseil, une demande. Permission de parler franchement, commandant ?

— Encore une fois, oui, bien sûr, crachez le morceau.

— Euh, comment dire, vous êtes un homme.

— Oui, je confirme. Et j'en suis plutôt satisfait, je l'avoue.

— Un homme... au milieu d'un régiment de femmes.

— Oh. Effectivement.

— Que vous le vouliez ou non, votre position vous confère une responsabilité. Au sein des Hirondelles, je reconnais que les orientations sexuelles sont variées et les mœurs sont plutôt souples, bien différentes des régiments composés d'hommes. Et vous, commandant, vous êtes la nouveauté. Une nouveauté qui en impose. Vous êtes bel homme, un guerrier de grand renom, vous avez de bonnes manières, bref, tout ce qu'il faut pour faire tourner les têtes. Cependant, ne jouez pas avec les cœurs de mes soldates, c'est tout ce que je vous demande. Il y a eu des précédents fâcheux, aussi je préfère être claire. Ne déclarez pas de favorites, ne créez pas de jalousies, car cela pourrait bien perturber l'harmonie du régiment.

— Au pire moment, vous pourriez ajouter. Je comprends très bien, Swift. Je ne vais pas m'excuser d'être un homme, mais je vais faire attention, c'est promis. Sachez une chose, Callista, vos filles n'ont rien à craindre de moi, la seule femme qui m'attire vraiment ici est prise, les autres, si attrayantes soient-elles, ne m'intéressent pas.

Le regard de Swift se troubla un instant, sa bouche se plissa, soudain hésitante. Mais la capitaine se reprit et répliqua :

— Merci, mon commandant.

— À mon tour de faire une demande. J'aimerais, qu'au moins en privé, vous m'appeliez Cellendhyll. J'en ai plus qu'assez qu'on me donne du seigneur-lige, du seigneur-commandant, du Pacha à tout bout de champ.

— Commandant, oui, mon commandant ! dit Callista, ses fossettes dévoilées dans un délicieux sourire.

— Mortonnerre, vous allez me faire grincer des dents avec ce titre ! Swift, arrêtez avec ça !

La capitaine éclata de ce petit rire qui n'appartenait qu'à elle, particulièrement musical aux oreilles de l'Adhan.

— Je vous appellerai Cellendhyll si, en retour, vous m'appelez Callista, ou Callie.

— Eh bien, Callista, j'ai une question.

— Crachez le morceau, répondit la jeune femme en singeant le ton de l'Ange, quelques minutes plus tôt.

Cellendhyll sourit à son tour pour signifier qu'il appréciait la plaisanterie puis ajouta :

— Que veut dire le terme « Shalla » ¿

Un nouveau rire de Swift, qui remonta le long de l'échine de l'Ange, provoquant une série de frissons.

— C'est l'un des jurons favoris du régiment, on pourrait le traduire par « foutre moisi ».

— Et Vlakka ¿

— Un autre juron, qui signifie « haleine de bouc ».

— Et « kissi » ¿

— « Kissi » est un terme affectueux, amical ou sentimental, nous l'employons beaucoup entre nous, car les Hirondelles sont très complices. Ça signifie « chérie » en quelque sorte.

— Je vois. Et Kissa, ça veut dire quoi ¿

— La version masculine du terme, sourit Callista. Vous l'avez entendu où ¿

— Certaines de vos cavalières m'ont appelé ainsi tandis que je rentrais de mon entraînement.

— Qu'est-ce que je vous disais… Félicitations, commandant. Vous êtes désormais adopté par les filles. Bienvenu dans le 11e des Hirondelles. J'espère que vous n'êtes pas choqué.

— Je viens de vous le dire, je me moque bien de l'étiquette. Là où j'ai été formé, seul le mérite compte. Et l'efficacité. Je ne vois pas les choses autrement, vous pouvez donc considérer le sujet comme clos. Sauf si vous me dites que cette adoption va poser problème.

— Comparé à l'attitude des filles avec vos prédécesseurs, je trouve que c'est un excellent présage… le colonel Percival était surnommé Vlakka Percival, par exemple ! Cependant, comme je vous l'ai déclaré, ça dépendra de vous, en vérité, Cellendhyll.

Mortsang, comme il aimait entendre son nom prononcé par la voix suave de Callista !

Et c'est parce qu'il se sentait bien avec elle qu'il se livra :

— Je vous l'avoue, jamais je ne me serais imaginé commander un régiment de femmes. Rien de tout ce que j'ai appris ne m'avait préparé à ça, Callista. La vérité est que je suis un guerrier, pas un chef d'armée.

— Vous êtes à la bonne place, Cellendhyll. Depuis le premier jour où je vous ai rencontré, je n'en doute pas une seconde. Plus j'y pense, plus je me dis que le « Pari d'Alhana » n'est pas qu'une simple coïncidence. Votre mère a réussi son défi, oui, bel et bien. C'est le Destin qui vous a conduit jusqu'à nous, voilà ce que je pense.

— Le Destin, sûrement pas, répliqua Cellendhyll, un éclat dans son regard de jade. *Le Destin, je l'ai brisé.* Mais je vois ce que vous voulez dire. Et je vous en remercie, Callista. Je tâcherai d'être à la hauteur de vos attentes, à toutes.

Tous deux échangèrent un regard profond. Sans rien dire. Il n'y avait pas besoin de mot.

— Vous êtes à la bonne place, finit par répéter Callista. Je ne voudrais pas d'un autre commandant pour nous mener. Nous serons à vos côtés, Cellendhyll, où que vous choisissiez de chevaucher !

Le manque d'intimité avait pour le Hors-Destin une autre conséquence, pour le moins fâcheuse. Cellendhyll n'avait plus aucun endroit pour se soustraire aux regards inquisiteurs ; excepté sa tente, celle-ci bien trop petite pour s'y entraîner.

Et comme l'Adhan refusait d'attirer l'attention sur les capacités métamorphes de sa Belle de Mort, il avait été obligé de repousser à plus tard les expériences qu'il avait prévues avec elle.

Lors de la transformation de la Belle en sabre, la veille du départ, Cellendhyll avait ressenti nettement son énergie se transférer dans la lame sombre. Il avait donné de lui, contrairement à ce qui s'était produit sur le Plan du Destin, et il en avait ressenti le contrecoup sous forme d'un puissant vertige. Comme si soudain, on lui avait jeté un sac de quarante kilos sur les épaules, une sensation comparable au contre-choc du Zen, en plus intense. Du sang s'était mis à couler de son nez, son hémoglobine était bel et bien argentée, peut-être même plus épaisse qu'auparavant. C'était bizarre, mais pas désagréable et Cellendhyll, conforté par les paroles de Maurice, n'en tira aucune conclusion particulière.

Ils chevauchaient vers le nord et les jours s'écoulaient, monotones, sans plus de rixe à déplorer. Une routine bien plaisante aux yeux de Cellendhyll. Ses rapports avec la capitaine Swift se renforçaient d'eux-mêmes, naturellement. Callista semblait rechercher la présence de l'Adhan tout autant qu'il avait envie de la sienne. Peu à peu, la barrière des grades était tombée. Cette entente née de leur première rencontre se transformait peu à peu, évoluant vers une ébauche de complicité. La jeune femme se montrait de plus en plus spontanée avec lui. Par moments, presque possessive. Depuis qu'il la savait en couple, Cellendhyll n'espérait plus pouvoir la séduire et se comportait avec elle aussi naturellement qu'il l'aurait fait avec une Maraudeuse-Fantôme.

Il y avait tout de même un sujet qui continuait de le rendre perplexe, mais il n'osait aborder le sujet avec elle. Régulièrement, lorsqu'il se rendait dans la tente de Callista pour une réunion, ou pour partager un repas, Cellendhyll tombait sur un dessous affriolant, suspendu, posé ou glissé, ça ou là dans la tente. Chaque fois, la capitaine se saisissait de la soierie qu'elle faisait disparaître, sans parvenir à cacher sa gêne. Curieux.

Il restait attiré par la jeune femme, sans pouvoir vraiment s'en empêcher. Callista Swift était trop brillante, trop charmante, trop proche de lui pour qu'il ne ressente pas un petit quelque chose dans le creux du ventre, chaque fois qu'il la retrouvait, ou qu'il entendait son rire si particulier, lorsqu'il contemplait son beau visage ou les lignes fluides de sa silhouette. Pourtant, il s'était fait une raison et n'espérait rien.

Du reste, en dépit de cette attirance contrariée, Cellendhyll de Cortavar n'avait rien oublié de son objectif premier. Si agréable, si attirante pouvait être Callista Swift, elle n'était pas de taille à rivaliser avec sa priorité.

Les Smaughs. Øz. Rakùl-Bahìr. Gamaël.

Pour Priam. Pour Rathe.

Voilà l'essentiel aux yeux du Hors-Destin.

La nuit était tombée, le dîner passé. Dans la tente de la capitaine Swift, une forte odeur de sexe planait.

Étalées l'une en travers de l'autre, Vanina Cole et Callista Swift, riantes, trempées de sueur.

Callista et Vanina se connaissaient depuis leur adolescence chez les Sœurs Grises, tour à tour rivales, amies, et amantes. Usant de leurs bouches, de leurs langues, de leurs doigts ou encore d'un ustensile adéquat, chacune savait très bien créer chez l'autre les spasmes de l'abandon et l'emmener par-delà les rives de la jouissance.

Repues toutes deux, alanguies sur le tas de fourrures qui leur servait de lit, elles laissaient leurs souffles revenir à la normale.

— Si tu pouvais arrêter de laisser traîner tes culottes dans ma tente, Vani, ça m'arrangerait vraiment, je te signale que le Pacha vient tous les jours en réunion. Or, dès que j'ai le dos tourné, il se retrouve face à une de tes culottes ou l'un de tes caracos… ça fait six fois !

— Je marque mon territoire, kissi, répliqua la rousse. Rien de plus.

— Tu n'en as aucun besoin et tu le sais, soupira Callista, tout en caressant la cuisse de sa compagne.

Cole répliqua avec un haussement de sourcil chargé d'ironie :

— Peut-être.

Callista se dégagea de son amante pour se redresser et s'installer en tailleur face à sa compagne.

— Quoi, peut-être ?

— Écoute, Callie, je vois bien comment tu *le* regardes. Et je ne parle pas de ton rire, ce rire-là... Jamais, depuis que je te connais, tu n'as eu de tels yeux pour un homme, reconnais-le, ma tendre. Un *homme*.

La blonde haussa les épaules :

— Je le reconnais et je ne cherche pas à te cacher quoi que ce soit, Vani. Nous nous entendons bien, oui. Le commandant me traite en égale et c'est bien la première fois. Il m'écoute. Il n'a aucun geste déplacé, aucun regard malsain, là encore, c'est une première. Il est *différent* des autres. Impressionnant et en même temps accessible, plein de caractère. Et quel physique de guerrier, reconnais-le ! Eh oui, si tu veux savoir, je l'aime bien. Et j'ai confiance en lui.

— As-tu envie de lui ?

— ... oui.

— Shalla, un homme, kissi ?

— Non, *cet* homme. Et tu sais quoi ? Je trouve ça plutôt agréable de penser que tous ne sont pas des gros porcs, comme ceux de l'état-major.

Vanina poussa un soupir qui n'avait rien de plaisant.

— Quoi ? reprit Callista. J'ai toujours accepté tes filles d'un soir, toutes tes aventures, toutes tes passades, année après année. Toi et moi avons partagé des amantes, maintes fois, sans parler des hommes avec qui tu as couché de ton côté... c'est notre mode de vie, une union libre, comme tu le voulais, et jamais je n'ai trouvé à y redire. Or, je tombe brusquement sur quelqu'un qui m'attire, et il se trouve que c'est un homme... et toi, ma belle, en retour, tu en es presque à me faire une scène, alors qu'il ne s'est rien passé entre *lui* et moi. Rien du tout... Et il ne pourra rien se passer pour une raison incontournable, c'est mon officier supérieur et le chef des armées, et nous sommes à l'aube de la guerre. Et comme j'ai le sens des responsabilités, contrairement à toi, je ne vais pas mélanger mes affaires de cul avec mon devoir. Je suis capitaine-générale, kissi, je ne peux me permettre aucune erreur. Voilà, je t'ai répondu honnêtement, comme je l'ai toujours fait, alors, maintenant, kissi, tu m'expliques ce qui ne va pas.

Vanina posa ses mains sur le cou de Callista pour l'attirer à elle et lui délivra un baiser passionné, bouche contre bouche, langue contre langue. Callista répondit avec le même enthousiasme. Puis, Vanina relâcha sa compagne et la laissa se rasseoir.

— Je ne suis pas jalouse, kissi, souffla-t-elle. Nous avons vécu trop de choses, toi et moi. Et tes baisers sont toujours aussi ardents. Peut-être que ce n'est pas un salopard comme les autres et qu'il ne va pas tenter d'abuser de son autorité pour te trousser. Couche avec lui, si tu en as vraiment envie. Je ne veux que ton bonheur et ton plaisir. Pour autant, face à cette impressionnante présence qui est la sienne, le mot est de toi, je me sens parfois mise à l'écart. Or, je ne veux pas de ça, Callie, pas question que tu me laisses derrière. Pas question que tu m'oublies…

En toutes circonstances, Vanina Cole était un monument d'assurance, prête à affronter n'importe quelle situation. N'importe quel danger. Mais pas en cet instant. Le timbre hésitant de sa voix, son regard fuyant, les signes étaient là et Callista connaissait parfaitement la femme de son cœur.

— Viens ici, Vani, sourit-elle, en tirant la rousse contre elle.

Elle l'entoura de ses bras, la cala contre son torse et caressa le visage de Cole, tendrement, très tendrement.

— Comme tu dis, pas question… Toi et moi, comme au premier jour, ma belle. Ça n'a pas changé, quoi que tu en dises. Et ce n'est pas un homme qui va nous séparer, je te le promets. Même *lui*. Dois-je te rappeler que chaque soir, quand je me couche et que je fais l'amour, c'est avec toi ? Ose dire le contraire !

Au fil de sa caresse, Callista remonta son pouce à l'orée de la bouche de Vanina, et cette dernière le happa entre ses lèvres pleines pour le mordiller.

Ensuite, Vanina se laissa aller complètement en arrière pour tomber à plat dos sur le matelas de fourrures. Alors, bien cambrée, magnifique de sensualité, elle dégagea largement ses longues jambes, posa ses doigts à l'orée de sa fente à nouveau emperlée de désir, afin d'en écarter les pétales et elle dit :

— Prouve-le, Callie…

Plus tard, dans le noir, l'une contre l'autre. Leurs voix complices, ensommeillées :

— Dis donc, Vani, et toi ?

— Hmmm… Moi quoi ?

— Tu as envie de *lui* ?

— Hmmm…

— Vani !

— … hmmm, oui, bon, j'avoue, peut-être un peu…

— Petite catin… tu peux bien me faire des reproches ! Nous n'avons pas fini d'en parler, crois-moi… Mais plus tard, il est temps de dormir, bonne nuit, ma douce.

— Bonne nuit, ma kissi.

— Vani, si tu veux qu'on dorme, tu retires ta main, merci… Non, pas pour mettre tes doigts à cet endroit. Non, pas là non plus, caporale Cole !

Chapitre 49

Deux jours de plus à chevaucher. Une aube nouvelle se levait sur les Grandes Plaines, sous forme d'un bandeau bleu pâle et indigo qui semblait repoussé peu à peu vers le haut du ciel par un halo gradué de jaune pâle, d'orange et de vieil or.

Cellendhyll terminait de brosser Farod, lorsqu'il repéra le long panache de fumée noire monter droit dans le ciel, dans la direction où devaient se situer les Creux. Il sentit un frisson parcourir son échine. Aussitôt, sa voix résonna dans le campement, virile, volontaire, elle donnait l'ordre aux Hirondelles de se préparer à lever le camp.

Ces derniers moments de détente étaient bel et bien terminés. Le Hors-Destin allait pouvoir passer aux choses sérieuses et c'était pour lui la meilleure des nouvelles.

En colonne par deux, le régiment galopait en direction de la fumée, Cellendhyll et Callista en tête, Ling-Faï et la caporale Cole juste derrière. Cinquante Hirondelles avaient été laissées avec les chariots pour les garder.

Une demi-heure plus tard, les trois éclaireuses envoyées par Callista Swift revinrent au grand galop vers la colonne. Elles stoppèrent devant leurs chefs, saluèrent et l'une d'elles s'exclama :

— Nous revenons des Dents d'Asgorath, les Smaughs ont lancé l'assaut sur le site, commandant !

— Une estimation de leurs forces ?

— Environ un millier, massés à l'entrée est, commandant. Des fantassins, principalement. L'entrée sud-est bien bouchée par un éboulis, nous pouvons le confirmer.

— Et à l'intérieur, ils tiennent le coup ?

— Aucune idée, mon commandant, de l'extérieur, on ne voyait rien et nous avons préféré revenir vous prévenir au plus tôt.

— Vous avez bien fait, soldate, opina Cellendhyll. Bon travail.

Tandis que les trois cavalières reprenaient leurs places dans la colonne, il échangea un regard avec Callista.

— Le moment est venu. Nous allons au combat, mes dames ! s'exclama-t-il avec passion. Capitaine Swift, en route !

Par la grande épée de Lachlann, je n'ai que trop attendu ! Cellendhyll plaça ses jambes légèrement décalées et, d'une pression des muscles, lança Farod au galop de chasse.

La capitaine Swift, qui montait une jument pellonienne alezane, au chanfrein marqué d'une tache blanche en forme de trident, leva son bras et le rabattit vers l'avant. Les Hirondelles s'élancèrent dans le sillage de l'Ange.

Cellendhyll et ses cavalières avaient raisonnablement forcé l'allure et ils arrivaient en vue des Creux.

Les Dents d'Asgorath, qui tenaient leur nom de la mère des grands dragons, saillaient au milieu des Grandes Plaines, un amoncellement massif de roches plates, surmonté d'un grand pic qui jaillissait vers le ciel à soixante-dix mètres de haut. Au centre du bloc circulaire formé par les Dents, Cellendhyll savait trouver un lac alimenté par une rivière souterraine. Une mine se trouvait là, son gisement de gemmelitte tari depuis longtemps, abritant pourtant une petite colonie de mineurs nains. Il y avait également un fortin de l'Alliance, avant-poste que défendait une modeste garnison.

L'Ange put constater que la fumée noire qui l'avait alerté venait bien du sommet du pic d'Asgorath. Quelque chose de mauvais se passait là-bas, mais ses guerrières et lui étaient encore trop loin pour en savoir plus.

Le régiment galopa encore jusqu'à arriver à quelque huit cents mètres du site. Cellendhyll donna l'ordre à la colonne de s'arrêter avant de sortir sa longue-vue de son étui de selle pour faire le point, imité par Callista.

Grâce au commandant Borgannon, Cellendhyll connaissait d'avance la configuration du site. En effet, peu avant son départ de la Ligne des forts avec les Hirondelles, Borgannon avait présenté au Hors-Destin un caravanier de sa connaissance, maître Coquelet, à qui il achetait des fourrures ou du vin, et qui faisant souvent étape aux Dents d'Asgorath. Il n'était pas question pour le respectable négociant de servir d'éclaireur dans les Grandes Plaines, maître Coquelet était père de famille nombreuse et il préférait désormais le confort au danger. Un homme sage. En revanche, il put volontiers dessiner à l'Adhan un plan précis de l'endroit. L'Ange avait remercié le marchand de quelques licornes d'argent avant de soigneusement mémoriser le détail des Creux.

Comme l'avaient annoncé les éclaireuses, les Smaughs attaquaient les Creux en nombre. Un bon millier de guerriers s'amassaient devant le goulet rocheux menant au portail de l'est. Manifestement trop nombreux pour passer d'un seul bloc, ils devaient patienter avant de pouvoir progresser.

— Callista, vous pouvez vous occuper des Smaughs postés devant l'entrée, en dépit de leur nombre ?

— Sans problème, mon commandant ! répliqua la guerrière avec un sourire déterminé.

— Parfait. Capitaine, je vous confie donc le soin de dégager l'entrée. Pas de quartiers. Je vous laisse le commandement... de mon côté, je vais longer le site par l'ouest et trouver un autre endroit pour entrer... sans doute par les éboulis, là-bas, sur la gauche.

— Mon commandant ? Pourquoi ne pas charger avec nous ?

— Je serai bien plus utile à l'intérieur. Il faut aller voir ce qui s'y passe, de toute manière. Je m'en charge, pendant que vous vous occupez de ceux à l'extérieur. Vous me rejoindrez dès que vous aurez terminé de balayer ces raclures. Ne prenez pas de risques inconsidérés. À tout à l'heure, capitaine...

— Une seconde, mon commandant...

— Oui ?

— Ôtez-moi d'un doute... vous n'entendez pas vous engager à l'intérieur du périmètre tout seul ? Vous n'allez pas prendre de risques inconsidérés, *vous non plus* ? N'est-ce pas, mon commandant ?

Le regard faussement innocent de l'Ange n'était pas la réponse que la capitaine espérait. Elle poursuivit, sa voix mélodieuse soudain transformée en une râpe de métal :

— Et si vous croisez des Smaughs, vous entendez réagir comment, exactement ?

— C'est simple, je me jette sur eux et je les élimine, énonça Cellendhyll d'un haussement d'épaules.

Callista se mit à siffler entre ses dents, comme elle aurait pu le faire avec Vanina Cole, lorsque cette dernière dépassait les bornes :

— Déjà, mon commandant, l'histoire de l'armure, j'ai toujours du mal à la digérer, alors si vous pensez que je vais vous laisser fourrer votre nez suicidaire à l'intérieur des Creux tout seul, vous vous carrez le doigt... dans ce qui vous sert de fesses ! Mon commandant ! Sauf votre respect !

Ling-Faï écarquilla les yeux en grand. Vanina Cole était tout aussi ébahie.

Cellendhyll se retint d'éclater de rire devant tant d'énergie. Le souci réel qu'avait Callista de sa santé, voire de son bien-être, était non seulement quelque chose de nouveau pour lui, mais également très agréable, presque enivrant. Il répondit, le ton serein :

— Comme vous voulez, Callista. Vous vous inquiétez pour rien, contrairement à ce que vous semblez penser, je ne suis pas suicidaire.

— J'attends d'avoir la preuve pour en juger ! riposta Swift du tac au tac. En attendant, je vous adjoins une escorte pour vous épauler... Ling, tu prends Vani et cinquante cavalières. Avec Irumi dans le lot. Vous allez avec le Pacha et vous le flanquez. Je ne veux aucune erreur. Quant à vous, mon commandant, s'il vous arrive quelque chose, si vous êtes ne serait-ce que légèrement blessé, je vais vraiment être très très en colère contre vous !

Le regard pétillant d'un feu vert jade, dans sa version adoucie, Cellendhyll lui répondit d'un sourire ingénu avant de rétorquer :

— À tout à l'heure, capitaine, je compte sur vous.

Tandis que le Hors-Destin se détournait pour vérifier sa sangle de selle, Callista accrocha le regard de Ling-Faï, éleva ses deux doigts raidis au niveau de ses yeux puis sur ceux de la Kelash, pour, enfin, pointer la silhouette du seigneur-lige.

Tu veilles sur cet inconscient !

L'adjudante hocha la tête.

Les cinquante cavalières de Ling-Faï prenaient le galop dans le sillage du Hors-Destin. Vanina Cole vint ranger son pellonien bai brun face à Callista :

— Fais gaffe, Callie, pas de bêtises, ma douce.

— En général, c'est toi qui fais des bêtises, Vani… Tu seras au contact, fais attention, toi aussi.

Les deux guerrières, la blonde et la rousse, mimèrent un baiser, échangèrent un regard complice puis Cole fit volter son bai pour rattraper l'escouade de l'Adhan.

Callista regarda la colonne s'éloigner vers les éboulis, le temps de quelques instants. Puis, elle se recentra sur sa mission.

— Hirondelles, préparez-vous ! s'exclama-t-elle, avant de vérifier sa sangle de selle, l'attache de ses carquois, celle de son casque, de son bouclier. Que sa lance n'était pas coincée dans son étui.

Chaque cavalière procédait aux mêmes vérifications. Enfin, la capitaine sortit son arc de son étui, encocha sa corde, et l'empoigna main droite.

Outre leur sabre au fourreau, chacune des cavalières portait entre les épaules un carquois de trente flèches, avec quatre autres carquois de rechange accrochés à l'arrière de leurs selles, deux de chaque côté.

— Régiment, avec moi !

Callista redressa son bras ganté d'azur pour ensuite le braquer vers l'avant.

Les Hirondelles partirent au petit galop, s'orientant sur la droite des Dents d'Asgorath, vers l'entrée principale devant laquelle s'agglutinait la horde smaugh.

Chapitre 50

Cellendhyll, Ling-Faï, Cole et leur groupe avaient rejoint la piste sableuse, sur la gauche, qui filait jusqu'à l'entrée sud, bloquée depuis des mois par des éboulis, comme l'avait révélé le maître-caravanier.

Cellendhyll encourageait son étalon gris de la voix et des jambes.

Le premier combat contre l'ennemi !

L'heure d'une première revanche.

Le Hors-Destin n'était pas le seul à ressentir ce feu vengeur dans ses veines, à pouvoir revendiquer un tel élan. Galopant juste derrière lui, les guerrières du 11e de Cavalerie brûlaient d'une ardeur similaire. Venger l'Empereur. Défendre le Royaume.

Cellendhyll menait sa troupe en droite ligne et n'économisait plus son grand destrier gris. Sans armure et tête nue. Comme il l'avait décidé, Mortonnerre ! Il était revêtu comme il en avait l'habitude d'un ensemble bleu cobalt – gilet de combat en cuir, tunique, pantalon – et de ses bottes brunes en cuir gras. Il se sentait pressé par l'urgence. Inutile de faire le tour du périmètre et trouver une autre issue, plus à l'ouest du site, trop de temps perdu.

À peine arrivé devant l'amoncellement de rochers, l'Ange passa une jambe par-dessus le pommeau de sa selle et se laissa glisser sur le sol. L'effondrement rocheux interdisait tout accès aux chevaux, pourtant, Cellendhyll ne doutait pas un instant d'être en mesure de l'escalader, il y avait bien assez de prises.

Il fixa son bouclier entre ses épaules, saisit sa lance, qu'il cala dans son dos, pointe vers le bas.

— Ling-Faï, nous allons devoir passer par le haut, ordonna-t-il à l'adjudante. J'espère que vos Hirondelles savent grimper !

— Eh, les filles, le Pacha demande si on sait grimper ! s'écria la Kelash.

La clameur énergique qui lui répondit fut exactement la réponse que l'Adhan attendait.

Il s'élança vers l'amas rocheux et commença à grimper. De l'intérieur de l'enceinte, il pouvait entendre résonner des clameurs de combat, des cris apeurés, les exclamations sadiques des Smaughs. Un élan de rage froide le saisit, l'emporta, l'étreignit de cette sensation particulière, cette pression soudaine dans ses muscles, ses sens qui semblaient peu à peu s'affiner, le souffle de ses cœurs qui se renforçait.

Cellendhyll redoubla d'efforts. Que les Hirondelles le suivent si elles le désiraient. Il irait seul, s'il le fallait !

Callista et sa troupe arrivaient au niveau du goulet, à l'est des Creux. L'endroit grouillait de guerriers smaughs à pied. Bien plus nombreux que les Hirondelles, mais la capitaine n'avait aucune intention d'aller au contact.

Elle fit passer le régiment au petit galop sur une colonne. Pas question de sonner la charge et de se faire annoncer. Pas question non plus de s'enferrer dans la masse ennemie et de s'y retrouver bloquées, submergées, les lances resteraient donc dans leurs étuis de selle. La capitaine avait prévu une charge parallèle à l'ennemi et non frontale.

Menant ses Hirondelles parfaitement alignées dans son sillage, Swift chevauchait sa jument alezane en première place. Son arc à double courbure main droite, flèche encochée, la guerrière se hissa sur ses étriers, décocha son tir légèrement de biais, perçant la nuque d'un Smaugh à quatre-vingts mètres de distance. Callista tira un second trait, puis un troisième, épinglant l'arrière d'une épaule, mutilant le creux d'un genou.

Massivement tournés vers le portail d'entrée, les Smaughs n'avaient pas compris que l'Empire de Lumière arrivait sur leurs arrières.

Callista poursuivit son galop en ligne droite tout en décochant ses flèches, dépassant le goulot où grouillait la horde. La capitaine fit ensuite volter sa jument vers la droite et entamer une grande boucle formée à l'opposé de l'ennemi.

La seconde cavalière avait tiré ses flèches, elle aussi, juste derrière sa capitaine, avant de suivre le mouvement et d'obliquer sur la droite, dans le sillage de la capitaine. La troisième Hirondelle effectua les mêmes gestes, adopta la même trajectoire, suivie par le reste du régiment.

Callista regardait ses filles galoper, elle surveillait le tempo que son alezane devait adopter, pas trop vite, pas trop lentement. Le but était d'achever la boucle au moment idéal et de relancer un second assaut au moment où la dernière des cavalières de la file allait commencer à décocher ses trois flèches.

Les guerrières de la 11e s'entraînaient dès le plus jeune âge et faisaient des archères éprouvées, presque aussi habiles que les Fendyrs, la référence du genre. Leurs mains occupées au tir, elles dirigeaient leurs montures des jambes et de la voix. Elles disposaient d'étriers plats, larges, qui leur permettaient un meilleur équilibre pour viser.

Adoptant une légère courbe, leurs flèches de guerre perçaient les cottes de cuir, épinglaient la chair des Smaughs comme autant de piqûres mortelles ou mutilantes. Ces derniers avaient fini par se rendre compte qu'ils étaient pris à revers, et les derniers rangs s'étaient retournés pour commencer à charger en direction de la menace.

La ligne désordonnée des Têtes de Clous qui arrivait sur les Hirondelles se fit faucher dès les premiers mètres de course, les guerriers changés en pelotes de flèches avant même d'avoir parcouru vingt pas.

Deux cents cavalières leur faisant subir un tir constamment renouvelé grâce à la boucle incessante formée par Callista. Un timing parfait, aucune cavalière décalée ou hors ligne. Toutes les flèches ne touchaient pas, certaines ne faisaient que blesser légèrement, il y avait quelques rochers pour s'abriter, cependant, le pilonnage constant était d'une efficacité sans appel et ne permettait aucune contre-attaque efficace. Les Smaughs auraient-ils réussi à parvenir jusqu'aux cavalières, que ces dernières n'auraient eu qu'à prendre le large, tout en continuant à les viser.

À quatre-vingts mètres d'écart, contre une troupe montée, les Smaughs n'avaient aucune chance. Et personne pour les organiser. Ce n'était que des sans-clan, et le seul seigneur de guerre présent était occupé ailleurs. Ils n'avaient posté aucune arrière-garde. Ils ne s'attendaient nullement à se faire surprendre par les soldates de l'Empire. Les grands portails avaient été bloqués, grâce au raid sur Tygarde, les seigneurs de guerre estimaient avoir totalement désorganisé le commandement de la Lumière. Et voilà que le Peuple se faisait surprendre par une véritable contre-attaque d'amazones surgies des Sept Enfers !

Coincés dans cette entrée transformée en entonnoir, les Têtes de Clous poussaient en avant, ils poussaient en arrière, ils s'énervaient, se bousculaient, se giflaient, incapables de se dégager. Qu'ils aillent dans un sens ou dans l'autre, à l'arrière, ils tombaient par centaines, hurlant leur rage et leur frustration.

Encocher, bander, viser, décocher. Entamer la boucle et garder l'allure et la ligne. Encocher, bander, viser, décocher.

Callista Swift donnait la cadence. Elle entamait son deuxième assaut et chacun de ses traits trouva sa cible.

Chapitre 51

Cellendhyll avait atteint le sommet des éboulis, long d'une cinquantaine de mètres, qu'il traversa en courant sur un lit de rocailles, sa lance dans la main. Il se figea à l'autre bout, le temps de prendre conscience de ce qui l'attendait à l'intérieur des Dents d'Asgorath.

Le site était conforme à la description de maître Coquelet. Le centre des Creux était formé d'un cirque encadré de hautes parois rocheuses. Au milieu, l'eau placide du lac, terminé du côté droit par un assemblage de pontons en bois. Au-dessus du plan d'eau, plus à gauche, une série de bassins naturels, superposés, qui déversaient leur trop-plein dans l'ovale du lac.

Environ deux niveaux au-dessus du sol, Cellendhyll et ses Hirondelles débarquaient par le côté sud. En face de l'Adhan, plein nord, à l'autre bout du cirque, l'entrée de la mine, en hauteur, surplombée du grand pic. On y accédait en montant une succession de paliers et d'escaliers en bois.

Au niveau du sol de terre battue, à droite des premiers escaliers, trois entrepôts de stockage abîmés par le passage des ans. Au-dessus des entrepôts, à l'est, les formes arrondies d'un village troglodyte bâti à mi-hauteur ; sans doute l'endroit où résidaient les mineurs.

Sur le flanc droit du cirque rocheux, accolé à la falaise, se dressait le fortin. L'endroit n'avait de place forte que le nom, ses portes enfoncées, grandes ouvertes.

Il restait, juste devant Cellendhyll, en contrebas, un peu avant le lac, un grand rectangle d'herbe sur lequel se dressait un campement de tentes dévastées.

L'endroit devait être plaisant en temps normal. En cet instant, il s'était transformé en un lieu d'horreur.

Des morts, répandus un peu partout. Principalement des civils ou des soldats de l'Alliance, reconnaissables à leurs uniformes. Des cadavres de Smaughs, aussi, mais pas assez nombreux comparés à ceux qui restaient à se battre. Cellendhyll reconnut également des cadavres de centaures. Que faisaient-ils ici ? Mystère.

Le regard de l'Adhan s'étrécit, ses iris de jade rallumés d'un feu sauvage. Implacable.

Les Smaughs avaient investi les Creux et commencé leur massacre. Impossible de ne pas reconnaître leurs crânes hérissés de clous. Sanglés de cottes de cuir noir renforcées, ils étaient là, éparpillés, en train de donner la pleine mesure de leurs instincts répugnants.

— Fahaarak'Shar ! Fahaarak'Shar ! Fahaarak'Shar ! hurlaient les envahisseurs, leurs regards troubles, allumés d'une pulsion obscène.

Les Têtes de Clous étaient surexcités, en transe. Leur traque connaissait enfin son dénouement, réveillant leurs pires instincts.

Fahaarak'Shar !

Certains guerriers s'acharnaient à mutiler les cadavres de leurs victimes à grands coups de lames. D'autres s'enduisaient le corps ou le visage du sang qu'ils avaient répandu.

Cellendhyll ne tarda pas à comprendre que les défenseurs avaient vite été submergés par le nombre et l'ardeur des envahisseurs, que le portail à l'est n'avait pas tenu longtemps et que les Smaughs avaient déferlé à l'intérieur. Les soldats de l'Alliance avaient été massacrés, leurs cadavres jonchaient le sol devant le portail ainsi qu'aux abords du fortin. Les survivants ressemblaient pour la plupart à des réfugiés, renforcés de quelques mercenaires – de Coruscante, sans doute. Ils s'étaient retranchés sur le dernier des paliers menant à la mine, dans laquelle ils devaient espérer pouvoir se réfugier, voire, s'ils avaient de la chance, s'échapper.

Les Smaughs, quant à eux, poursuivaient leur offensive de manière désordonnée. Une file chaotique de guerriers débouchait de l'entrée à droite – le côté dont la capitaine Swift avait la charge. Les autres étaient séparés en petits groupes, les plus nombreux au niveau du fortin, d'autres devant les entrepôts. Certains occupés à piller plus qu'à combattre. Il y en avait également en train de s'essaimer sur les différents paliers menant à la mine.

Somme toute, les défenseurs ne tiendraient pas longtemps.

De ce qu'en voyait Cellendhyll, en revanche, pas d'Øz, pas de Rakùl-Bahìr, pas de Gamaël. Aucun seigneur de guerre non plus. Ceux qui assaillaient les Creux ressemblaient à une avant-garde, une horde mal organisée de sans-clan.

Leurs arcs prêts au tir, les Hirondelles alignées derrière lui avaient réalisé le même constat.

Les Smaughs tout entiers immergés dans leur massacre, l'arrivée de l'escouade de la Lumière n'avait pas été repérée.

Cellendhyll se tourna vers Ling-Faï et lui désigna la petite centaine de guerriers smaughs au niveau des tentes, occupés à mutiler ou dévaliser les cadavres. Pour certains, à les baiser.

— Adjudante, occupez-vous de cette engeance !

— Avec plaisir, mon commandant ! répliqua la Kelash. Hirondelles, à vos flèches, on va leur faire goûter une double salve, à ces troués du crâne !

L'Ange remarqua que chacune des guerrières appuyait sur un renflement de leur arc, situé au niveau du pouce. Ainsi actionnée, une sorte d'encoche à deux crans bascula sur le côté, à la perpendiculaire de l'arc. Le dispositif permettait tout simplement d'encocher deux flèches au lieu d'une et de pouvoir déclencher un tir double. Puis, les Hirondelles portèrent la main à leur carquois et tirèrent habilement deux flèches qu'elles placèrent dans les encoches, l'une au-dessus de l'autre. Leur tir allait s'effectuer à l'horizontale, ce qui leur permettait une meilleure dispersion de leurs traits, plus efficace que de tirer à la verticale.

Les Hirondelles étaient prêtes et Ling-Faï donna l'ordre de tir ; spécialisées dans le contact, Ling-Faï et Vanina Cole étaient les seules à ne pas porter d'arc.

Cinquante archères, tir double, soit cent flèches.

La salve fusa en gerbe du contre-haut pour aller larder le groupe de Smaughs désigné par l'Adhan, complètement pris par surprise, certains avec le pantalon aux chevilles.

— Deuxième salve, encochez ! beugla aussitôt la Kelash. Tirez !

Encore cent traits à pointe d'acier pour culbuter les Smaughs.

— Troisième salve, encochez ! Tirez ! renquilla Ling-Faï.

Trois cents flèches crachées du ciel en moins de dix secondes.

Les Smaughs furent pulvérisés par cette pluie continue qui les pilonna, les cloua au sol, les transperça, salve après salve, jusqu'au dernier.

Cellendhyll contempla l'escarmouche, tout à la fois rassuré par l'efficacité de ses guerrières et totalement frustré.

Tant de victimes massacrées par les Smaughs ! Si seulement il était arrivé un jour plus tôt. Six heures, même. Il aurait pu sauver tous ces gens !

Il bouillait. Il n'avait pas d'arc. Les Smaughs, ses ennemis jurés, étaient là, juste en bas, presque à sa portée, menaçant, massacrant des innocents.

L'Adhan sauvage oublia qu'il était censé diriger une armée, il oublia les guerrières postées à ses côtés. Il décrocha son bouclier rond pour le passer à son bras droit, resserra son emprise sur sa lance et lança un grand cri :

— Pour Priam !

Puis, sans prévenir, il s'élança vers le rebord rocheux et sauta dans le vide, droit vers l'intérieur. Droit vers ceux qu'il haïssait.

Il atterrit trois mètres plus bas, dans la pente de caillasses et se laissa glisser jusqu'à toucher le sol de terre battue, pliant les jambes pour contrôler l'impact. À peine sa descente terminée, il se rééquilibra, et s'élança en direction des envahisseurs éparpillés devant le fortin, en train de se tourner dans sa direction.

Les Hirondelles l'avaient regardé agir sans comprendre. Aucune d'elles ne s'était attendue à une manœuvre aussi audacieuse. Aucun manuel, aucune stratégie n'avait jamais parlé d'un général d'armée impériale qui partait se battre tout seul, laissant sa troupe derrière lui.

— Coquefredouilles, mais il nous fait quoi, là ? s'exclama Vanina Cole, qui n'en croyait pas ses yeux. Ling, il nous fait quoi, le Pacha ?

La Kelash avait écarquillé les yeux de surprise et suivait la progression de l'Adhan, désormais en train de glisser dans la pente. Elle s'écria à son tour, débitant d'une traite :

— Repassez au tir simple et retenez vos flèches, attention au Pacha ! Section une, restez sur les hauteurs et vérifiez qu'il n'y a plus de Smaughs côté lac. Six d'entre vous pour aller vérifier le passage de l'ouest, et voir si l'ennemi s'y trouve. Ne vous faites pas repérer. Section deux, passez par les rochers et prenez le fortin par le haut, vous pourrez vous servir du rempart pour couvrir notre avancée... Irumi, kissi, toi, tu restes sur ton objectif. Veille à *ses* arrières ! Vani, Callia, Anthéa, Jérine, Calliope, avec moi, on va flanquer le Pacha d'en bas !

Les Hirondelles obéirent aussitôt. Les cinq désignées par Ling-Faï sautèrent avec elle de rocher en rocher puis s'élancèrent en glissade dans la pente, sur les traces de l'Ange.

Séparées en deux sections, les autres repassèrent en tir simple et chaque groupe alla remplir sa mission.

Elles prenaient Cellendhyll pour un fou, un inconscient, et, pourquoi pas, un *berserk*.

Jamais elles n'avaient vu combattre le Hors-Destin.

Parmi les Hirondelles restées en hauteur, l'une d'elles s'était détachée des autres. Son regard remarquable, à la fois perçant et tranquille, n'avait pas quitté Cellendhyll des yeux depuis qu'il avait sauté dans le vide. Au lieu de s'exclamer comme ses sœurs, ou de s'étonner, l'archère s'était simplement décalée pour suivre la progression de l'Adhan sans être gênée dans sa vision.

Elle était revêtue de la même maille d'argent mat, du même cuir bleu azur que ses consœurs, mais sa tunique était taillée au niveau des biceps pour la laisser plus à l'aise dans son art. Ses avant-bras étaient protégés de brassards en cuir renforcés d'acier sur l'extérieur. Pas de lance, pas de bouclier ou de sabre pour elle, en revanche... beaucoup de flèches. Outre ses deux carquois remplis de ses fameuses flèches à empennage d'ivoire, la guerrière portait une dague à chaque hanche.

Irumi avait un joli minois en forme de cœur, un petit nez, une bouche fine, un tatouage en forme de croissant de lune sous l'œil gauche, un autre composé de trois autres croissants superposés, le long de la mâchoire, à droite. Des cheveux de jais, coupés en carré court. Des tatouages kelashs sur le dos des mains, les doigts particulièrement longs et agiles. La guerrière était d'origine îlienne, comme Ling-Faï, mais avec une carnation tirant sur le brun clair plutôt que le jaune.

Petite, mince et souple, elle empoignait dans sa main gauche un arc à double courbure taillé dans un bois vert émeraude.

Un bois très particulier pour un arc très particulier.

Un arc taillé dans un aubier de la Sylve, une essence unique.

La manière dont l'archère kelash avait récupéré la branche d'un tel arbre pour ensuite la tailler, la façonner jusqu'à créer cet objet sans égal, valait à elle seule une véritable saga.

Une arme remarquable pour une jeune femme remarquable.

Irumi avait un œil vert, un œil brun. Du sang fendyr coulait dans ses veines, un secret qu'elle tenait à préserver. Elle ne savait comment l'expliquer : dès qu'elle avait un arc dans les mains, tirer semblait aussi simple pour elle que pour les autres de respirer.

Cellendhyll sprintait vers le fortin. Les Smaughs l'avaient repéré, ils s'interpellaient les uns les autres, le désignant de la pointe de leurs lames. Une nouvelle friandise pour épancher leurs appétits macabres. Une dizaine d'entre eux se détacha du restant pour venir à sa rencontre.

Tant mieux.

Un rictus cruel étira les traits de l'Ange.

Ce n'était pas un cirque qu'il allait fouler, mais une arène. Une véritable arène de guerre dans laquelle il allait montrer aux Smaughs le poids de sa fureur.

La captivité, les tortures, la mort de son père, la mort de tous ces gens, à Tygarde. De tous ces innocents, ici. Sans oublier Rathe.

Il allait leur faire payer le prix du sang !

Tout en courant, Cellendhyll fit sauter sa lance en l'air pour la récupérer en prise inversée. Il arma son bras, ajusta celui qu'il ciblait, un Smaugh qui portait un collier d'oreilles humaines, et projeta sa lance droit devant. L'arme traversa l'air en vibrant de puissance. Elle empala le guerrier en pleine poitrine, le traversa de part en part et se planta dans le ventre d'un second Smaugh, ce dernier projeté en arrière contre un troisième.

Cellendhyll porta la main à ses épaules et dégaina sa Belle devenue sabre d'un geste fluide, si souvent répété.

Ma Belle si fidèle, allons festoyer !

Un léger écho dans sa tête, enjoué, complice. Un éclat irisé qui parcourut toute la longueur de sa lame bleu nuit.

La Belle de Mort était prête à entailler, pourtant, ce fut au bouclier d'acier d'entamer la leçon vengeresse.

Le premier Smaugh arriva au contact, légèrement sur sa droite. Cellendhyll accéléra pour le cueillir au moment où le guerrier allait poser son pied d'appui au sol. Il se déhancha et le cogna de son bouclier, à la mâchoire. Il avait frappé sec, comme s'il donnait un crochet du droit. Sauf qu'au lieu du poing, il avait un bouclier en acier nain, soixante-dix centimètres de circonférence, six kilos maniés avec tout le poids de ses muscles et de sa colère.

KLANG !

Le tintement sourd du bouclier. Le visage du Smaugh disparut, soudain transformé en une bouillie de sang, de chair et d'os fracassés, mêlée à quelques morceaux de cervelle.

— Pour Priam !

Le visage aspergé du sang de sa première offrande à dame Mort, Cellendhyll accueillit le suivant d'un grand coup de botte au sternum, stoppant net son assaut, il rabattit sa Belle devenue sabre vers le bas pour lui trancher la cuisse droite, et, tandis que le Smaugh s'effondrait en postillonnant, l'Ange lui cingla la base du cou d'un fouetté de lame. Il remonta son bouclier sur sa droite pour contrer une attaque en taille haute, puis riposta d'un ample revers de sabre à mi-hauteur pour tronçonner net les deux jambes de son assaillant.

— Pour Rathe !

Un brasier conquérant scintillait dans ses iris.

Effarant d'aisance, Cellendhyll avait commencé sa danse et la Belle chantait entre ses doigts sûrs. À peine le petit groupe des Hirondelles avait atteint le sol, et avancé de trois mètres que Ling-Faï redressait son poing.

Obéissant à son ordre, les guerrières s'arrêtèrent.

— Quoi ? demanda Cole.

L'adjudante, qui n'avait pas cessé de surveiller l'Adhan du regard, répliqua d'un claquement de langue réprobateur.

— Regarde… regarde le Pacha, Vani, toi encore plus que les autres, ça devrait te sauter aux yeux. *Vois*. Vois son élan, son rythme, *vois* comme il bouge, notre commandant. On se fixe, les filles… si on avance plus, je vous le dis tout net, on va le gêner.

Vanina Cole avait en général réponse à tout. Elle resta un temps à fixer Cellendhyll, la bouche grande ouverte.

— Comment j'ai pas vu ça plus tôt… finit par souffler la guerrière rousse.

— C'est un Initié, non ? demanda Callia, une Hirondelle brune placée à sa droite. Comme toi, Cole ?

— Nan, kissi, lui, c'est un maître par rapport à moi, soupira Cole, pour une fois un peu piteuse. Je dirais pour le moins un Adepte.

— Shalla, j'avoue, déclara Calliope, une petite blonde aux yeux verts et coquins, ça me titille entre les cuisses de voir un homme se battre… *comme ça !*

— Il n'utilise même pas le Zen, soupira encore Cole.

Cellendhyll, sous leurs yeux, s'orienta face à un Smaugh qui le chargeait et se rua à son contact. Il abaissa son épaule droite, sans rompre un instant son élan, il se redressa et reprit sa course. Le guerrier adverse, percuté au niveau des appuis puis projeté par la puissance de l'Adhan, gicla dans les airs et se prit une flèche à empennage blanc à la volée, pile entre ses deux yeux.

— Ah, quelle poseuse, cette Irumi, quand même ! bougonna Cole.

— Fais pas ta jalouse, Vani, tu ne peux pas être la meilleure partout, la gourmanda Ling-Faï. Bon, j'en ai vu assez, le Pacha saura se débrouiller sans nous, Irumi va continuer de le flanquer. Maintenant, on se reconcentre, l'endroit est loin d'être nettoyé, nous avons encore du travail. Avec moi, les Hirondelles, allons voir du côté des entrepôts, formation habituelle !

La Kelash agita le bras en direction de la caporale Irumi et lui désigna Cellendhyll d'un mouvement marqué, puis elle entraîna sa petite escouade vers le trio de bâtiments un peu plus haut, au nord.

Cole jeta un dernier regard sur la silhouette virevoltante de l'Adhan et poussa un léger soupir :

— Par le zob moisi du grand Cornu, c'est vrai que moi aussi, il me fait durcir les tétons…

Enfin, elle sprinta pour rejoindre ses camarades.

Inconscient de l'examen rigoureux auquel il était soumis, Cellendhyll s'acharnait à moissonner les Smaughs à tour de bras.

Il bascula l'épaule droite vers la gauche et son bouclier plongea pour contrer la frappe de sabre de son adversaire, provoquant un tintement sourd. Il inversa son mouvement d'épaules en pivotant des hanches et le bouclier repoussa la lame du Smaugh sur le côté. Dans la même impulsion, son sabre fusa en diagonale basse et fendit le torse de son adversaire.

Parer du bouclier, repousser l'arme ennemie, frapper du sabre en riposte.

Parer, repousser, riposter.

Un chant bref, sec, mais ô combien efficace, qui faucha les deux Smaughs suivants.

Un solitaire, à suivre. Un inconscient.

Cellendhyll se baissa sur les genoux, esquivant une tranche latérale de sabre assénée par un guerrier, puis il remonta son bouclier pour percuter son vis-à-vis au niveau des genoux, le faisant décoller du sol sous l'impact. Il se redressa et frappa aussitôt, à la volée, l'acier bleu nuit mordit à travers le cuir et la chair, jusqu'à sectionner les entrailles du Smaugh, avant même que l'autre ne soit retombé.

— Vous n'êtes pas assez ! s'écria-t-il à tous ceux qui restaient face à lui.

Cellendhyll esquiva d'un retrait du buste avant de se courber brusquement vers l'avant et de frapper du droit, vers le sol. Le rebord de son bouclier trancha l'avant-pied du guerrier et ce dernier se mit à hurler. L'Adhan se redressa d'un bloc, remonta son bouclier vers le ciel et fracassa le visage du Smaugh.

Il devança les trois suivants, les frappant tellement vite de sa Belle qu'il les abattit avant même qu'ils ne lèvent leurs lames.

Un javelot fusa vers lui, sur son flanc gauche, lancé par un guerrier qui s'était caché au niveau des tentes. Avant qu'il ne puisse réagir et pivoter pour interposer son bouclier, une flèche à empenne blanche décochée du contre-haut intercepta l'arme en plein vol et gifla le javelot de côté pour détourner sa trajectoire et envoyer l'arme se planter dans le sternum d'un autre Smaugh. Aussitôt après, le lanceur s'effondrait, une flèche à plumes blanches enfoncée dans son cœur.

Un Smaugh se rua sur l'Adhan, en lui hurlant des invectives. D'un ample mouvement circulaire du bras, suivi d'un mouvement sec du poignet, Cellendhyll pivota dans sa direction et lança son bouclier latéralement. Le disque de métal runique vrombit comme un bourdon irascible avant de percuter le guerrier au niveau des genoux, avec tant de force qu'il lui fracassa les membres. Sous l'élan, le guerrier décolla pour effectuer un magnifique soleil et retomba face contre terre.

Cellendhyll avança sur lui et hacha sa nuque d'un revers de sabre.

— Pour ceux de Tygarde !

Il passa un pied sous son bouclier, le fit sauter jusqu'à sa main. Il l'ajusta à son avant-bras et reprit sa course.

Un Smaugh sauta d'un rocher, sur son flanc droit, aussitôt abattu en plein vol par une flèche fichée dans son tympan.

L'Ange avançait toujours sur le fortin. Il bondit sur deux Smaughs qui le chargeaient, côte à côte. Le temps que ces derniers redressent leurs haches pour l'assaillir, il les devança. Diagonale basse, revers en diagonale haute. Il était trop rapide. Plus rapide que quiconque. Les deux guerriers mordirent la poussière, le poitrail fendu par le travers.

— Encore, j'en veux encore !

L'Adhan se sentait galvanisé, sa soif de vaincre et son énergie constamment renouvelées.

Un Tête de Clous courait à sa rencontre, une hache courte en main droite, Cellendhyll obliqua sur lui, s'imprégnant du rythme de sa course. Juste au moment où les deux guerriers arrivaient à portée l'un de l'autre, l'Adhan se décala à droite, sur le côté gauche de son adversaire, à l'opposé de son bras armé. Il faucha le Smaugh d'un violent remonté de sabre au niveau du genou, lui tranchant net la jambe et le faisant culbuter comme un pantin de son, pour le décerveler ensuite d'un revers à la volée.

Trois Smaughs vinrent l'encercler. Cellendhyll les avait laissés venir à lui. Il *voulait* se laisser prendre. Du moins, le leur laisser croire.

Il tomba sur un genou pour échapper à une taille horizontale de sabre, pivota sur les chevilles et sectionna la cuisse du premier. Il prolongea son élan vers la droite. D'un revers, il balança son bouclier dans les parties du second, fissurant ses testicules. Le troisième se fendait déjà vers lui pour lui décoller la tête de son sabre. Plus réactif encore, Cellendhyll inversa complètement son pivot, sa Belle devenue sabre fusa à l'horizontale, trait d'acier bleu nuit, avide, tellement avide d'abattre les ennemis de son maître, qu'elle trancha les deux chevilles du Smaugh tout net. Le guerrier s'effondra sur le sol, deux geysers de sang à la place des pieds.

Cellendhyll se redressa et repartit en chasse, le laissant agoniser.

Deux sans-clan l'abordèrent à pas prudents.

Celui à gauche, un colosse, une grande hache à deux mains. Celui de droite, physique plus élancé, une lance.

Ils ne sont pas réellement coordonnés, cela se voit à leur placement. Le guerrier à la lance agira en premier. Il est plus nerveux, son arme est plus légère, plus facile à manier. Il tentera un estoc. L'autre, avec sa hache, agira un temps en retard. Il frappera en taille.

Le processus tactique s'effectua de lui-même, sans que Cellendhyll ait à se concentrer dessus. Le résultat d'un entraînent intense, année après année, à constamment chercher à repousser ses limites. Son corps *savait*, il décidait, agissait en conséquence.

Le Hors-Destin se décala de quelques crans vers le lancier, juste ce qu'il fallait. Au moment où le Smaugh amorça son impulsion pour son estoc au ventre, Cellendhyll fit passer son sabre en prise inversée dans sa main droite, l'empoignant par-dessus la lanière rigide de son bouclier. Sa senestre désormais libre, Cellendhyll la lança en avant pour agripper la hampe de la lance qui arrivait sur lui, puis il tira d'un coup sec sur l'arme pour changer sa trajectoire, pivoter, et, dans la seconde suivante, empaler le guerrier à la hache qui s'était avancé pour lui fendre les reins.

Dans le même élan, le même pivot des hanches, Cellendhyll redressa son bras droit. L'angle de son bouclier vint écrabouiller le visage du lancier. Le Smaugh tourna sur lui-même, tellement l'Adhan l'avait cogné fort, pour retomber à plat ventre sur le sol, au bord de l'inconscience, une douleur incroyable dans toute sa mâchoire.

Cellendhyll se pencha pour récupérer la lance du Smaugh, plantée dans le torse de l'autre guerrier. Il la fit sauter pour la saisir en poigne inversée et la lança aussitôt sur une nouvelle cible.

Un Tête de Clous qui se dressait de biais devant l'une des portes ouvertes du fortin, un scalp dégoulinant dans la main, un sabre dans l'autre, s'égosillait pour tenter d'organiser ses congénères restés à l'intérieur et les concentrer sur la menace que représentait le Hors-Destin. La lance le cueillit au niveau du poitrail, par le côté, et le planta dans l'épaisseur de la porte.

Cellendhyll récupéra sa Belle de Mort en main gauche et s'élança vers les suivants.

Le lancier à terre commença à bouger, difficilement. Il parvint à se mettre à quatre pattes, le visage disloqué, et rassembla ses quelques forces restantes pour se remettre sur pied. Le Fahaarak'Shar s'achevait là pour lui. Une flèche à empennage blanc vint se planter dans le petit creux de sa nuque, au terme d'une courbe aussi précise que définitive.

Cellendhyll était passé à la suite. Un groupe de cinq.

Bouclier redressé pour parer à droite. Bouclier remonté pour défoncer une mâchoire de bas en haut, de la tranche. Revers de sabre en diagonale basse pour fendre une cuisse et provoquer une hémorragie fatale. Pivot arrière des hanches, bouclier redressé pour parer. Pivot avant, revers de sabre en diagonale haute pour trancher le creux du bras et la moitié d'une épaule.

Deux de moins.

L'Ange se décala pour se repositionner face aux trois autres.

Une flèche ivoirine siffla des hauteurs, derrière lui. Comme tirée du ciel par un ange protecteur, elle dépassa la ligne de ses épaules, presque à pouvoir le caresser – c'est ainsi qu'il le ressentit, sans savoir pourquoi –, ricocha sur la pommette du Smaugh placé à sa droite, qui sursauta sous la douleur cuisante, puis obliqua son vol jusqu'à percer le larynx d'un Tête de Clous, posté un peu plus loin, équilibré sur sa jambe d'appui, en train d'ajuster d'une hache de jet la silhouette de l'Adhan.

Celui-là, Cellendhyll aurait pu avouer qu'il ne l'avait pas encore repéré.

Il profita aussitôt de la brèche offerte, tournoya sur lui-même, trancha bas pour découper l'entrejambe du guerrier entaillé à la joue par la flèche blanche, puis trancha haut pour décoller la tête du second, avant de rabattre sa Belle de Mort, au terme de sa volte, et cisailler du même coup les mains du troisième.

Le Hors-Destin valsait comme jamais, et sa Belle fredonnait pour lui la plus féroce des sérénades.

Il dépassa le guerrier mutilé pour se trouver de nouveaux adversaires, tandis que le manchot, la bouche grande ouverte sur un cri d'horreur muet, se prenait une flèche au blanc pennage entre les dents.

Le Smaugh qui se jeta ensuite sur Cellendhyll, son sabre brandi au-dessus de son crâne hérissé, reçut la tranche du bouclier nain de plein fouet, qui lui écrasa le larynx. Il bascula au sol pour retomber sur un autre guerrier. Cellendhyll les dépassa sans un regard en arrière. Il sourit en entendant l'impact caractéristique de deux flèches ; ces flèches à empennage d'ivoire, il les devinait percer les chairs des deux guerriers, sans doute aucun, chacun abattu d'un tir critique.

Elle commençait à bien lui plaire, cette archère. Elle avait du style et l'excellence de ses tirs se révélait remarquable.

L'Adhan se jeta au niveau du dernier amas de Smaughs dressé devant l'entrée du fortin. Au moins six, il allait trop vite pour vraiment les dénombrer.

— Vous n'êtes pas assez ! ricana-t-il.

Il tournoya, sabre et bouclier, tourbillon d'acier implacable. Contre, percussion, tranche haute. Contre, riposte en taille. Parade, percussion, tranche haute, tranche basse, esquive, tranche en revers, percussion, tranche, tranche, tranche !

Ils étaient dix, finalement. Cela n'avait rien changé. Ils gisaient sur le sol, entaillés, fracassés, découpés.

Tandis que Cellendhyll provoquait une hécatombe, prouvant qu'il n'avait pas besoin de s'encombrer d'une armure... voire d'une escouade de soutien, le groupe d'Hirondelles mené par Ling-Faï avait commencé à prendre les Smaughs à revers au niveau des entrepôts. À cet endroit, les sans-clan étaient moins nombreux que ceux du bas, concentrés sur le pillage des lieux plutôt que sur les combats.

Vanina Cole avait pris la tête, une hachette dans chaque main. Tel était son talent premier, le corps à corps. Quelques pas derrière elle, Ling-Faï, sabre large et bouclier en forme de larme inversée. Anthéa, Callia, Jérine, et Calliope suivaient en lignes décalées, chacune prête à agir.

Débouchant de l'angle d'un bâtiment, les premiers Smaughs qui les chargèrent furent lardés de flèches. Les seconds firent connaissance avec la caporale Vanina Cole.

La rousse aux courts cheveux redressa sa hachette main gauche pour bloquer une taille de sabre. D'un mouvement en balancier de sa lame main droite, elle trancha le genou du Smaugh, avant de rabattre sa première hachette, et de lui fendre le cou. Débouchant d'un bâtiment, un sac renflé à l'épaule, un Smaugh laissa tomber son butin et se rua sur elle en hurlant, le bras armé d'une lance. Au moment où il allait frapper la caporale, Cole glissa sur le côté, et Ling-Faï bondit en avant pour interposer son bouclier et repousser la lance du Smaugh vers le bas, bloquant son arme. Cole dépassa le guerrier en tournoyant sur elle-même, et planta une hachette dans la nuque de l'adversaire au terme de son mouvement. Un autre Smaugh s'encadra sur le seuil d'un hangar, la flèche de Callia vint lui perforer le nombril tandis que celle de Calliope se planta dans l'angle de son cou.

Cole avança entre les bâtiments. Deux Smaughs jaillirent du second hangar et la chargèrent. Elle laissa arriver le premier à sa portée. Puis, se tordant sur un côté, aussi souple qu'une anguille, la rousse feinta à droite, et se pencha pour frapper à l'opposé d'un grand remonté de hachette, éventrant son vis-à-vis du pubis à la clavicule. Elle repoussa le guerrier d'un coup d'épaule pour infliger au suivant la même feinte, mais inversée. Même si elle n'utilisait pas le Zen, la grâce de l'Initiée huilait chacun de ses mouvements.

Une fois le guerrier déséquilibré, Cole décolla du sol à la verticale, les bras largement écartés. Après quoi, elle força des abdominaux, pivotant des hanches, la jambe droite brusquement redressée, elle frappa le Smaugh en pleine bouche, d'un grand fouetté de botte en pivot. Elle retomba sur le sol, changea d'appui et asséna un admirable coup de pied retourné dans la mâchoire du guerrier, cette fois dans l'autre sens.

Le Smaugh oscilla sur place, l'œil vitreux, la mâchoire brisée en deux endroits, complètement sonné. Cole le dépassa, sans plus se soucier de son sort.

Arrivant derrière elle pour la couvrir, Ling-Faï fendit le torse du Tête de Clous d'un revers de sabre :

— Dis donc, Vani, tu pourrais les finir, quand même !

— Faut bien que tu te rendes utile, mon adjudante !

— Attends un peu, qu'on soit tranquilles, et tu vas voir, *kissi* !

— Adjudante, oui, mon adjudante !

Et Cole partit d'un grand rire.

Elle ne prenait pas grand-chose au sérieux. La passion qu'elle accordait depuis toujours aux arts martiaux, le respect qu'elle éprouvait pour son rang d'Initiée et l'usage du Zen, ainsi que ses sentiments pour Callista Swift en étaient les rares exceptions.

L'escouade des Hirondelles avait dépassé les entrepôts, le secteur nettoyé. Les guerrières commençaient à remonter une passerelle menant au village troglodyte, il y avait là-bas un groupe d'une vingtaine de Smaughs à éliminer avant de pouvoir se consacrer à la montée de la mine. Sinon, les guerrières risquaient de se faire prendre en tenaille et Ling-Faï avait trop de métier pour permettre une telle erreur.

D'un regard en arrière, l'adjudante constata que Cellendhyll moissonnait les Smaughs partout où il les trouvait.

Soudaine, parfaitement équilibrée, la contre-attaque de l'Empire avait pris l'ennemi par surprise, la logique du combat renversée.

Vanina Cole poursuivait son avancée joyeuse et meurtrière. Elle dérouta complètement un Tête de clous en esquivant du bassin ses quatre estocs de sabre successifs, avant de se déhancher vers l'avant et le cueillir d'un grand coup de hachette dans le creux du genou, puis le faire basculer d'un tour complet sur lui-même et retomber dans le vide.

La rousse avait dégagé la passerelle et les Hirondelles purent aborder le plateau rocheux sur lequel était bâti le village troglodyte. Elles avaient adopté l'une de leurs formations favorites ; Vanina et Ling-Faï devant, au contact, Anthéa, décalée un peu en retrait, une dague de jet dans chaque main, Calliope, Jérine et Callia, arcs bandés ; les archères avaient encore une vingtaine de flèches chacune, de quoi tenir plusieurs charges.

Le palier atteint par les Hirondelles remontait en pente douce vers l'est et se terminait devant une série d'escaliers en pierre. Leurs marches menaient à la quinzaine de maisons naines, dont chaque entrée formait un dôme de pierre polie, une bonne partie creusée dans l'épaisseur de la falaise.

Constatant leur arrivée, les Smaughs se détournèrent des habitations qu'ils voulaient piller et les premiers d'entre eux dévalèrent la pente à la rencontre des Hirondelles.

Ling-Faï s'avança sur la gauche de Cole, le temps de détourner un grand coup de hache qu'elle repoussa sur le côté d'un revers de son bouclier, avant de fendre l'entrecuisse du guerrier d'une diagonale basse de son sabre.

— N'empêche, il avait raison, il n'a pas besoin d'armure, le Pacha, estima Callia, tout en décochant une flèche dans le torse d'un Smaugh, qui culbuta sous l'impact.

L'histoire de l'armure avait fait tout le tour du camp des Hirondelles, évidemment.

— Vous, je ne sais pas, mais moi, les filles, Adepte ou non, le Pacha vient dans mon lit dès qu'il veut, soupira Calliope, qui logea une première flèche dans le genou d'un sans-clan pour stopper sa charge, puis, une seconde dans sa gorge offerte. Et même si j'ai pas de lit !

— Je t'entends, ma sœur ! gloussa Anthéa, juste après avoir planté une pointe en barbillons dans la trachée d'un Smaugh d'un tir ajusté. Jérine et moi on est prêtes à se le partager et je vous assure que le commandant se souviendra de sa nuit !

Plutôt que d'enchérir, Jérine décocha une flèche dans le bas-ventre d'un guerrier adverse pour le jeter à terre. Elle enchaîna d'un trait dans la cuisse opposée, redoubla d'une autre dans sa hanche, puis d'une dernière dans le haut de son crâne. Elle avait décidé qu'elle n'aimait pas les troués du crâne. À l'instar de Jérine, Anthéa préférait les femmes et n'était pas du genre à s'épancher. Sa première dague de jet épingla le larynx d'un Smaugh, la seconde perça l'entrejambe d'un deuxième ennemi, qui roula jusqu'à ses pieds et reçut trois estocs de lame dans la carotide. Anthéa se redressa, hochant la tête, satisfaite. Son amie, Vani, combattait en première ligne, elle assurait, comme à son habitude, cela ne voulait pas dire pour autant que ses camarades allaient rester les bras croisés.

Ling-Faï feinta un Smaugh à droite et lui flanqua un grand coup de bouclier dans la cuisse avant de lui hacher le cou d'une diagonale de sabre. Un second sans-clan se rua sur elle. La Kelash se pencha brusquement en avant, abaissant son bouclier au niveau des jambes du guerrier. Alors, elle se redressa, projetant le Smaugh dans les airs, son élan accru par l'inclinaison de la pente. Le sans-clan hurla, tressauta dans les airs, troué des flèches des trois archères, avant de tomber du palier rocheux et de se fracasser en contrebas.

Les Smaughs s'étaient lancés de Véronèse à la poursuite d'une bande de vulgaires réfugiés, des proies faciles, désorganisées, et rien ne les avait préparés à affronter subitement un régiment d'élite de l'Empire. La puissance de Ling-Faï, son expérience, l'aisance, la vivacité et le timing de Vanina Cole, la précision, l'adresse et la complémentarité de Callia, Calliope, Jérine et Anthéa suffirent à éliminer le reste de la bande.

La charge des Smaughs annihilée, profitant du répit, Vanina Cole contempla Cellendhyll en contrebas, ses traits sauvages barbouillés d'écarlate, en train de hurler sur les Têtes de Clous et, ensuite, de les pulvériser.

— D'abord un suicidaire, maintenant un enragé ? s'exclama-t-elle en maugréant. Mais qu'est-ce qui lui prend, à ce furieux ? Franchement, il est pire que ce que j'imaginais !

— Ça peut se comprendre, les Smaughs ont déclenché le massacre de Tygarde… pire encore, ils ont tué Priam, répondit Ling-Faï, tout en s'épongeant le front.

— Oui et alors ? Priam, c'était notre empereur à nous aussi… n'empêche, on ne s'est pas transformées en furies pour autant !

Les autres la fixèrent avec de grands yeux incrédules :

— D'où tu sors, Cole ? s'exclama la Kelash, Priam, c'était son père !

La leçon de guerre de Cellendhyll avait totalement décimé la masse des Smaughs au niveau du fortin. Une section des Hirondelles, postée sur les hauteurs, en avait profité pour longer les rochers et atteindre l'avant-poste par le flanc, décochant leurs flèches pour abattre sans coup férir les Têtes de clous bloqués à l'intérieur de l'enceinte. L'Adhan leur avait bien facilité la tâche, focalisant l'attention des envahisseurs sur lui. Une fois en position sur le rempart, les archères se mirent à déclencher leurs salves sur les Smaughs qui venaient de l'entrée est, balayant les premiers rangs, avant de bloquer l'avancée des seconds.

Quelques minutes plus tard, Cellendhyll rejoignait l'escouade d'Hirondelles sur les remparts, le fortin nettoyé de toute présence ennemie. Peinturluré de l'hémoglobine des Smaughs, du visage jusqu'à ses bottes, il avait rengainé sa Belle aux reflets bleu irisé, avait balancé son gilet, puis coupé les manches de sa tunique, et se servait de l'une d'elles pour se décrasser tant bien que mal la figure.

L'Adhan salua les Hirondelles d'un geste chaleureux. Il transpirait à peine, le souffle de ses cœurs en parfait accord. Il termina de s'essuyer, grimaça devant sa manche trempée de sang et la balança dans la cour du fortin. Puis, il ôta son bouclier et le posa contre le rempart.

Les guerrières du 11e Régiment n'en perdaient pas une miette, leurs yeux grands ouverts fixés sur sa carrure, sur ses muscles qui se contractaient et se détendaient à chacune de ses respirations… pour une bonne part d'entre elles, leurs yeux grands ouverts *et* papillonnants.

Cellendhyll les engloba du regard et s'exclama d'un ton joyeux :

— Bien joué, mes dames ! C'était un magnifique hors-d'œuvre, n'est-ce pas ? L'une de vous aurait-elle un peu d'eau, je vous prie ?

L'une des Hirondelles lui tendit sa gourde, ainsi qu'un grand mouchoir de tissu blanc, son visage plissé d'un sourire timide.

Cellendhyll saisit les deux offrandes. Il but quelques bonnes gorgées et se servit du reste pour s'asperger la chevelure et le visage, avant de s'essuyer avec le mouchoir. Il rendit la gourde à moitié vidée, hésita avec le mouchoir, désormais rosi de sang ennemi, avant de le ranger dans son pantalon.

— Merci, soldate, j'en avais bien besoin ! À présent que vous avez pris le fortin, je vous laisse vous occuper du portail, vous devriez pouvoir contrôler le passage, le temps que votre capitaine fasse jonction. Moi, j'y retourne, je voulais juste vous adresser quelques mots. C'était un plaisir, mes dames.

Sans rien ajouter, l'Ange reprit sabre et bouclier, posa sa grande main sur le rebord du rempart et bondit par-dessus pour retomber directement devant le fortin.

À peine au sol, le grand guerrier aux yeux de jade s'élança à la recherche de nouvelles cibles à abattre.

Les Hirondelles le regardèrent s'éloigner en courant vers la première plateforme menant à la mine.

Elles avaient vu le Hors-Destin en pleine action, désormais.

Une armure, pour quoi faire ? Le Pacha, il pouvait bien se battre en pagne, tant qu'il y était, jura la guerrière à la gourde.

Les Hirondelles l'avaient même détaillé de près. Un homme incontestablement… viril, au regard d'un vert magnétique. Qui leur avait parlé pourtant en égales, comme à des camarades.

— *Kissa* Cellendhyll, murmura l'une des guerrières, le regard allumé de pure ferveur.

— *Kissa* Cellendhyll, scandèrent ses compagnes de bouclier, unies par la même manifestation de respect.

Chapitre 52

Cellendhyll constata que le cours de l'escarmouche tournait résolument en faveur des Hirondelles. Les Smaughs qui jaillissaient par le goulet avaient le droit de faire une vingtaine de mètres avant que les archères postées sur le rempart du fortin ne les pilonnent de leurs flèches, tandis que Callista et son régiment devaient leur appliquer le même traitement de l'autre côté du passage rocheux. D'ailleurs, les détestables cris de guerre des envahisseurs avaient nettement baissé de volume.

En contre-haut, sur la droite de Cellendhyll, Ling-Faï, la caporale Cole et leurs compagnes de bouclier nettoyaient le niveau du village nain, explorant maison après maison.

De leur côté, les éclaireuses envoyées explorer le passage de l'ouest n'avaient repéré aucune trace des Smaughs de ce côté.

Ne restaient plus que les envahisseurs qui continuaient de s'amasser sur les paliers les plus hauts, toujours occupés avec les réfugiés de Coruscante. Ces derniers semblaient avoir puisé dans l'arrivée des Impériaux des ressources supplémentaires et ils arrivaient désormais à contenir l'ennemi.

Cellendhyll s'élança vers le premier palier menant à la mine. Il avait oublié sa lance dans la panse d'un sans-clan. Peu importait. Jamais elle n'équivaudrait sa Belle si fidèle.

Les Smaughs qui prétendirent lui faire barrage sur la première plate-forme furent annihilés aussi sauvagement que les précédents, certains magnifiquement exécutés par ces flèches ivoirines, aussi subtiles que protectrices.

Cellendhyll avait atteint le deuxième palier, ce dernier apparemment désert, lorsqu'il entendit le cri apeuré d'une enfant, déchirante litanie, provenir d'un recoin, au niveau du rebord, à gauche de la plate-forme.

Il obliqua dans cette direction.

Tandis que l'Adhan s'éloignait vers le second des paliers montant à la mine, une silhouette en mailles argent mat et cuir bleu ciel, armée d'un arc en bois émeraude, apparut sur le faîte de l'entrepôt le plus proche.

Irumi plaça une nouvelle flèche contre sa corde. Elle n'avait pas perdu le Pacha des yeux depuis le départ. Cet homme aux cheveux argent constituait pour elle un réel défi, dans la mesure où il n'avait pas vraiment besoin de ses talents d'archère pour infliger à l'ennemi une véritable leçon de guerre. Or, Irumi détestait gaspiller son talent ou ses flèches et le guerrier qu'elle était chargée de protéger se battait trop bien, bien trop, pour qu'elle lui vole une mort. C'eût été un manque de respect impardonnable de sa part, un geste contraire à l'esprit du Grand Cercle. Irumi avait donc décidé de soigneusement choisir sa cible, chacun de ses traits devait être véritablement utile. C'était tout l'intérêt du défi. Un défi envers elle-même, bien sûr. Aucun autre n'était digne de son intérêt.

La Kelash était satisfaite. Elle avait pu trouver sans perdre de temps un autre point de tir parfait pour couvrir le Pacha, tout le long de sa progression, de palier en palier, jusqu'à l'entrée de la mine. De fait, elle avait réussi à placer trois tirs critiques tandis que le grand guerrier découpait les Têtes de Clous postés sur la première plate-forme en quelques secondes, virevoltant entre eux, sans que jamais ils ne puissent l'effleurer.

C'est alors qu'après avoir fait place nette, Cellendhyll, au lieu de grimper vers le palier suivant, préféra obliquer sur la gauche et disparut à sa vue, comme si quelque chose avait retenu son attention. L'archère poussa un horrible juron. De dépit, Irumi décocha sa flèche à un Smaugh posté à cent cinquante mètres de distance, sur un échafaudage des paliers supérieurs, qui tentait de déborder les défenseurs par le flanc. Le tir en cloche de la Kelash perça en plein centre son crâne hérissé de clous et l'envoya basculer dans le vide. Enfin, Irumi tourna les talons. Passant son arc en bois précieux autour de ses épaules, elle se jeta de l'angle du toit.

Chapitre 53

Cellendhyll ne s'était nullement trompé. Il avait bien perçu les sanglots d'une enfant.

Il se dirigea vers l'origine des pleurs et découvrit une plate-forme de bois intermédiaire, un étage en dessous du sien ; un ponton de stockage sur lequel était entreposée une série de wagonnets de mine alignés les uns contre les autres, que l'on déposait à cet endroit à l'aide d'une grue.

Grande, svelte, une guerrière aux courts cheveux noirs tournait le dos à l'Adhan. Elle était vêtue d'une riche tenue de combat en cuir de griffon, les avant-bras protégés de bracelets de force. D'où sortait-elle, celle-là ? L'une des mercenaires accompagnant les réfugiés, peut-être. La guerrière était en train de hisser une gamine d'une dizaine d'années dans le véhicule. Deux Smaughs gisaient un peu plus loin, découpés à coups de lames.

Un Tête de Clous se laissa tomber d'un échafaudage et se rua vers la guerrière. Tournée de trois quarts par rapport à lui, la mercenaire n'avait rien vu de la menace, occupée à calmer l'enfant en lui murmurant des mots rassurants.

Un juron entre ses lèvres, Cellendhyll sauta à son tour.

Takùl-Igath avait surpris la chienne aux cheveux noirs. L'idéal serait de se contenter de la mutiler à la jambe, comme ça, après, il pourrait la culbuter. Après avoir égorgé la fillette, bien sûr, histoire de s'échauffer les sangs ! Une telle beauté que cette brune ferait une esclave magnifique, et le sans-clan voulait en profiter avant qu'elle ne lui soit confisquée par un seigneur de guerre.

Takùl-Igath arriva à portée. Il se courba en avant, son sabre court plongeant pour perforer la cuisse de la guerrière.

Clang !

Clang ? Takùl-Igath ne sentait plus sa main. Quelle était cette violente vibration qui venait de remonter tout le long du bras ? Le guerrier smaugh ne voyait plus rien d'autre que la masse sphérique d'un bouclier en acier mat qui venait d'intercepter son estocade, obstruant son champ de vision.

Le bouclier se retira. Il était manié par un grand guerrier à la peau cuivrée, aux cheveux argentés, comme recraché de l'Ailleurs.

Après avoir contré son attaque en interposant son bouclier, Cellendhyll repoussa le Smaugh en arrière d'un grand coup de botte au sternum. L'envahisseur partit à reculons jusqu'à percuter le bas de l'échafaudage.

Le choc, au lieu de le calmer, ne fit que provoquer sa rage.

— Attends un peu, le sang-chaud ! cracha le Smaugh.

Il dégaina une hachette de sa main libre et se jeta à la rencontre de l'Adhan, ses lames brandies.

Plus vif encore, Cellendhyll fit un pas en avant et frappa le sans-clan d'un autre coup de botte dans le poitrail. Le Smaugh fut projeté en arrière et se cogna une seconde fois contre l'assemblage de bois.

Takùl-Igath rouvrit la bouche pour proférer une autre menace, mais, cette fois, Cellendhyll avait comblé l'écart d'un bond puissant. L'Adhan sonna le Smaugh d'un coup de bouclier en travers du visage, puis inversa son élan pour le fendre en biais, d'une diagonale basse qui cueillit son adversaire en haut de l'épaule, et le cisailla jusqu'à la hanche.

Au moment où le Hors-Destin s'apprêtait à se retourner sur la femme et l'enfant, un souffle d'air au-dessus de lui.

Trop tard.

Le Smaugh lui tomba dessus, le percutant au niveau des épaules, l'envoyant s'écraser contre le sol.

Le bouclier de Cellendhyll était coincé sous son poids, sa Belle devenue sabre avait volé à trois pas. Le temps qu'il se retourne, il serait trop tard.

Le sans-clan leva sa hache courte et détendit son bras vers le bas pour planter sa lame entre les omoplates de l'Adhan.

Un mouvement rapide, venu de l'arrière. Une sorte de sifflement tout à la fois métallique et reptilien.

La jambe gauche du Smaugh s'envola vers le ciel, tranchée au niveau du genou. Ensuite, tandis que le guerrier s'effondrait sur le côté, ce fut sa tête qui décolla de ses épaules et gicla à l'opposé jusqu'au rebord du ponton.

La guerrière aux cheveux noirs venait de lui sauver la mise et de belle manière.

Cellendhyll se redressa, alla en priorité récupérer sa Belle de Mort – comme il détestait la perdre ! – et enfin, il se retourna vers la femme et la gamine.

Il ouvrit la bouche, s'apprêtant à la remercier.

Impossible.

Mortonnerre, cette femme, il l'avait déjà vue ! Et plus d'une fois !

Il l'avait tout d'abord ignorée. Puis, il l'avait aimée de tout son cœur. Pour finalement la maudire et rêver, nuit après nuit, de lui plonger sa Belle en travers de la gorge.

Estrée.

Ici.

La bouche de l'Ange se marqua d'un pli agressif :

— Qu'est-ce que tu fais là ?

Oh, quelle brillante entame, particulièrement inspirée, ta réplique, crétin d'Adhan !

La fille d'Eodh répondit du tac au tac :

— Tu crois vraiment que c'est le moment de bavarder ? Il y a un cinglé en armure qui va bientôt débarquer, on ferait mieux de filer d'ici.

Estrée se détourna pour aller récupérer la fillette. Trop tard.

Une masse énorme tomba de l'étage supérieur pour atterrir sur le côté de la plate-forme, faisant vibrer les lattes du plancher jusqu'à leurs pieds, tandis que le bois se courbait pour supporter le poids de celui qui venait d'apparaître ; une construction humaine aurait sans doute cédé devant un tel choc, cependant, c'était le peuple des Nains qui avait construit le site minier.

Tout entier recouvert de métal, la tête protégée d'un casque à la visière abaissée, se dressait Oghul-Tak, d'énormes gantelets à pointes en guise d'armes.

L'un des quatre seigneurs de guerre smaughs. Le colosse avait rallié l'expédition chargée de traquer les survivants de Coruscante au dernier moment, un caprice.

Un tel saut, pour un homme en armure complète, aurait dû signifier tout un lot de fractures le long des jambes et du bassin. Le seigneur de guerre, lui, avait une ossature d'une telle densité, qu'elle avait absorbé l'impact sans aucun dommage.

Le Smaugh fit quelques pas, le temps de se rapprocher de l'escalier taillé à côté du rebord, la seule issue du ponton, en dehors du lac. Oghul-Tak, cependant, dut songer à cette alternative, car il se déplaça latéralement, de manière à pouvoir intercepter ses proies, qu'elles choisissent l'une ou l'autre issue.

— J'étais en train de massacrer les sang-chauds, là-haut, et je t'ai reconnu à ta chevelure. C'est toi l'Adhan, hein ! ricana le titan armuré.

Cellendhyll avait déjà vu la formidable masse du guerrier, de loin, lors de sa captivité dans la citadelle d'Øz, un jour où la reine s'était amusée à le promener en laisse dans les couloirs. En outre, Gamaël lui avait parlé des seigneurs de guerre. De près, Oghul-Tak était encore plus impressionnant. Signar, à côté du Smaugh, aurait fait gringalet. Gheritarish aurait ressemblé à un enfant un peu costaud.

Le Hors-Destin songea aussitôt au motif qui motiverait un chef d'un tel rang à se déplacer jusqu'à cet endroit éloigné de toute grande ville, dépourvu du moindre butin, dont le seul intérêt, finalement, était le point d'eau. Pour une simple bande de civils en fuite ? Non, si Oghul-Tak était venu, c'était la preuve que l'armée des Smaughs avait prévu de passer par les Creux !

Oghul-Tak reprit la parole, sa voix résonnait, assourdie à travers la fente de son casque, pourtant pleine de puissance et de méchanceté :

— Oh oh, par le sang et la souffrance, c'est que maître Destin me favorise, aujourd'hui ! poursuivit le gigantesque guerrier. Je vais arracher ta tête, l'Adhan, ensuite, je l'offrirai en trophée à ma reine !

— Hmmm, tu t'es encore fait des amis, à ce que je vois, Cellendhyll, releva Estrée d'un ton plein d'ironie.

— Et toi, je sais pas qui tu es, ma salope, éructa le Smaugh, mais je vais t'enfoncer mon gantelet dans l'anus pour t'assouplir un peu les sphincters. Ensuite, je passerai aux choses sérieuses avec toi.

— Tu disais, Estrée ?

L'Adhan pouvait lui aussi verser dans l'ironie.

La fille d'Eodh plissa les yeux de dégoût, et la tonalité de sa voix se chargea de détermination.

— Ce gros tas, jamais il n'aurait dû me parler comme ça, je vais lui faire rentrer sa vulgarité dans la gorge, moi ! Allez, on se le fait, d'accord ?

— Tu m'ôtes les mots de la bouche, acquiesça l'Adhan, qui ne quittait pas le gigantesque seigneur de guerre des yeux.

Oghul-Tak est en armure complète, il peut sauter d'un étage sans se fracasser les membres. Celui-là, c'est du costaud. Peut-être trop pour une forme de sabre, jugea l'Ange, qui songea aux Vohyrims et leur peau de pierre. *D'un autre côté, une armure de plates, ça présente tout de même un ou deux inconvénients...*

— Tu sais quoi ? reprit Cellendhyll. On va lui faire l'attaque croisée que je t'ai apprise sur le plan des Sang-Pitiés... tu t'en souviens ?

— Comme si c'était hier, sourit Estrée. Mes débuts de guerrière.

— Parfait. Je pars à gauche, j'attaque en premier. Tu enchaînes en inversant. Prends du large après l'avoir frappé, je vais avoir besoin de place.

— Je hais ces Smaughs ! cracha Estrée. Alors du moment qu'on le tombe, on fait comme tu veux !

Cellendhyll et Estrée s'élancèrent en sprintant vers le titan d'acier, avec la même foulée fluide, le même regard concentré, l'Adhan sur la gauche, Estrée sur la droite, un pas en arrière. La fille d'Eodh maniait une épée d'un genre que l'Adhan n'avait jamais vu, avec une lame crantée, d'environ un mètre vingt, comme forgée d'un assemblage de chevrons métalliques.

Oghul-Tak connut un instant de perplexité. D'habitude, à deux, ses proies – le colosse n'avait pas d'ennemi, il n'avait que des proies faibles et fragiles, qu'il adorait briser – fuyaient devant sa masse, ou encore, venaient à lui, l'hésitation dans le regard, suant la peur et la défaite. Jamais ils ne le chargeaient de cette manière, avec un tel allant, un tel... enthousiasme. À croire que ces deux petits sang-chauds n'avaient aucune peur de lui !

Arrivés à portée, aussi vifs l'un que l'autre, Cellendhyll et Estrée se croisèrent pour échanger leurs places.

Le casque énorme du seigneur de guerre couvrait toute sa tête et son cou, le protégeait des chocs et de tirs adverses, mais la fente de sa visière n'était pas très large et son champ de vision réduit d'autant.

Au moment où les deux guerriers inversèrent leurs positions, Cellendhyll par-devant Estrée, Oghul-Tak ne perçut qu'un mouvement flou. La feinte l'avait déstabilisé, il subissait au lieu de prendre le contrôle, contrairement à son habitude. Comme il n'avait rien à saisir entre ses poings, par réflexe, il balança un grand revers de gantelet à droite, puis un grand revers à gauche, à mi-hauteur.

Cellendhyll se baissa pour esquiver le coup qui lui aurait arraché la tête s'il l'avait touché, un geste prévisible de la part d'un guerrier aussi lourd, qui ne se battait qu'à la puissance de ses poings.

Tout en surveillant Estrée du coin de l'œil pour agir au même rythme que la jeune femme, il se cala sur ses appuis, arrivé à la gauche du colosse. Son sabre remonta vers le ciel, en arc de cercle, et, d'une pensée, la Belle s'épaissit, s'alourdit, se modifia pour prendre sa forme de marteau de guerre, forgé de bleu nuit, une étincelle irisée remontant tout le long du manche torsadé. Ainsi transformée, l'arme sombre retomba pour prendre de la puissance, avant de repartir dans une courbe ascendante.

Cellendhyll eut soudain l'impression d'un grand poids sur ses épaules, mais il refusa de se laisser entraver par cette sensation.

Profitant de l'élan acquis, il frappa du marteau tout en se redressant, du bas vers le haut.

Ce qui avait marché avec un Vohyrim devait fonctionner contre cette espèce de pachyderme en armure, non ?

KLAANNGG !

Le claquement du métal violemment entrechoqué. La Belle devenue marteau s'écrasa contre les jointures latérales du genou gauche d'Oghul-Tak. L'acier noir grinça rageusement de réprobation, irrémédiablement froissé par le baiser bleuté de la Belle de Mort. Ce n'était pas suffisant pour briser la jambe du colosse, mais bien assez pour bloquer l'articulation de son armure et lui paralyser le membre.

Estrée était arrivée sur lui avec un timing parfait, bien plus assurée dans ses gestes et son élan que dans les souvenirs de l'Adhan. La fille d'Eodh s'était entraînée avec un maître, c'était indéniable. D'une volte habile, elle esquiva le revers du poing du colosse. Sa lame empoignée à deux mains, elle quitta le sol, complètement arquée en arrière, les bras tendus au-dessus de sa tête, et se rabattit vers l'avant de tout son long, comme un fouet, pour asséner sa frappe furieuse.

Sa lame mystérieuse paraissait aussi impitoyable que la Belle de Mort. Elle poussa le même curieux sifflement en traversant l'air, et ses chevrons tranchèrent net dans l'armure renforcée d'Oghul-Tak, sectionnant l'épaisseur du gantelet et le bras colossal du guerrier, qui alla rouler sur le ponton de bois.

Aussitôt après, Estrée se laissait tomber sur ses appuis et partait dans une roulade arrière.

Cellendhyll avait déjà entamé son deuxième assaut, effectuant un tour complet sur lui-même, son marteau remonté en arc de cercle. Au terme de sa boucle, au moment où Estrée reprenait du large, il frappa d'une diagonale vers le bas, à deux mains, cognant avec tout ce qu'il avait, aussi fort que s'il voulait abattre un chêne en un coup.

— Mange !

Il percuta Oghul-Tak en pleine tête.

KLONNGGG !

Le marteau fracassa le casque, l'enfonça carrément dans le visage du seigneur de guerre, tandis qu'un rire léger, gourmand, satisfait, résonnait un bref instant dans l'esprit du Hors-Destin, exquise caresse.

Oghul-Tak tressauta sur lui-même pour hurler sa douleur au ciel, son cri funeste déformé par le métal enfoncé qui violait sa chair.

Un pli décidé barrant ses sourcils, Estrée arriva sur lui en pleine course. Elle décolla du sol, le corps tendu, les jambes en avant. Elle atteignit le titan en pleine poitrine, de ses pieds joints, avant de se réceptionner sur les mains et d'enchaîner d'une nouvelle roulade.

Elle avait causé un impact certes moindre que ceux de l'Adhan, cependant l'Héritière du Chaos savait très bien ce qu'elle faisait.

Oghul-Tak partit en arrière, le visage ruisselant de sang, son membre sectionné, sa jambe bloquée, son équilibre définitivement brisé. Il s'agita, impuissant, arrosant l'air des grandes giclées écarlates qui jaillissaient de son avant-bras tranché, pour finalement basculer en arrière, briser la balustrade de bois et tomber dans les profondeurs du lac. Il coula aussitôt, emporté par son poids.

Estrée se redressa d'un coup de reins agile :

— Tu en profiteras pour te laver la bouche, sale porc ! s'exclama-t-elle au moment où le colosse dégringolait vers l'arrière.

L'Ange et la fille d'Eodh se rangèrent sur le rebord de la plate-forme et scrutèrent attentivement le plan d'eau. Quelques remous troublèrent la surface du lac avant de s'apaiser, rien de bien glorieux en guise d'oraison.

Pauvre Oghul-Tak. Il avait sombré net. L'armure du redoutable guerrier, qu'il estimait pourtant invincible, ne l'avait pas plus protégé de la noyade qu'elle ne l'avait pu des armes très spéciales de l'Ange et de l'Héritière.

Le Destin n'avait nullement béni le colosse. Car, en ce jour, Oghul-Tak avait choisi d'affronter le couple le plus redoutable de l'ensemble des Plans – unis au moins le temps d'un bref combat.

D'un coup de botte plein de dédain, Estrée balança le membre tranché du seigneur de guerre dans le lac.

— Par tous les Chaos, voilà qui fait le plus grand bien ! s'exclama-t-elle, le visage éclairé d'une joie féroce. Cette saloperie a commis tellement d'horreurs, à Coruscante, qu'il pourrisse au fond du lac !

L'expression relâchée de la guerrière se ferma aussitôt que son beau regard violet se posa sur celui de Cellendhyll.

— Tu saignes du nez.

— Et alors ?

Cellendhyll sortit le mouchoir que lui avait donné l'Hirondelle, sur le rempart, et s'essuya les narines.

— Ton sang est argenté.

— Ce n'est rien et, de toute manière, c'est mon problème, rétorqua l'Ange d'une voix très froide. Réponds, à présent, qu'est-ce que tu fais ici ?

Cellendhyll était au bord du vertige, toutefois, il n'était pas question de laisser voir sa faiblesse. Il puisa dans sa volonté pour rester bien droit face à l'Héritière.

— J'essaie de sauver ces gens là-haut, figure-toi, déclara Estrée en lui désignant le niveau de la mine. Je les ai aidés à échapper au massacre de Coruscante. La cité-franche a été assaillie par une horde comme jamais je n'en avais vue auparavant. Ils sont au moins cinq mille, ou plus, ils ont des sorciers…

— Je suis au courant pour Coruscante… ton frère m'a fait prévenir.

Cellendhyll aurait pu donner plus de détails sur ses relations avec les Smaughs, mais il n'en ressentait aucune envie. Il ne ressentait plus grand-chose, en fait, hormis une sorte de froid à l'intérieur de lui.

— Morion… J'aurais dû m'en douter. Et toi, que fais-tu dans ce coin perdu ?

— Je mène une armée pour aller affronter les Smaughs.

— Une armée ?

— Celle de la Lumière.

— L'Empire ? Comment se fait-il que…

— Je suis le fils de Priam. Mon véritable père a été tué à cause des Smaughs.

— Hein ? Oh, ce qui veut dire que tu es potentiellement le futur Empereur de Lumière, félicitations, déclara poliment Estrée, qui, passée sa surprise devint soudain pensive.

Les implications politiques d'un tel bouleversement, un bouleversement qui se répercuterait forcément à l'échelle des Plans, ne pouvaient en aucun cas lui échapper. Elle, la future héritière de la Maison d'Eodh, le clan le plus puissant du Chaos. Tout comme elle ne tarderait pas à se demander si son frère Morion connaissait depuis longtemps la véritable ascendance de Cellendhyll de Cortavar.

— Peu importe, répliqua sèchement l'Adhan. J'ai un régiment avec moi, une cavalerie d'élite. Nous avons attaqué les Smaughs par l'arrière, ils sont finis, et, d'ici peu, nous aurons nettoyé tout cet endroit. Encore un peu de patience, mais je pense que vous êtes tirés d'affaire. Le calme revenu, nous pourrons apporter des soins à vos blessés, vous donner de quoi vous nourrir ou vous réchauffer, selon vos besoins. Mais que ce soit bien clair, Estrée… ensuite, si tu veux vivre, dégage d'ici avant la nuit.

— Sinon ?

La guerrière ne baissait pas les yeux d'un pouce devant le regard glacé de l'Adhan.

Défi pour défi.

— Sinon, je viendrai te chercher et tu paieras pour la mort de Devora.

Nul n'aurait su dire qui rompit le contact en premier.

Sa sentence assénée, Cellendhyll quitta la plate-forme, laissant la fille d'Eodh libre de retrouver la fillette et de la conduire à l'abri.

Irumi était arrivée trop tard pour épauler le Pacha dans son combat avec la guerrière brune. L'Hirondelle n'était pas contente du tout. À peine était-elle arrivée en vue de la plate-forme en retrait, que le grand guerrier au regard de jade repartait dans l'autre sens.

Vitupérant entre ses dents sur l'inconstance et l'ingratitude de la race adhane dans son ensemble, l'archère se suspendit par les mains le long du ponton que l'Adhan se mit à traverser, le temps de le laisser passer sans se faire voir. Puis, après avoir laissé un écart suffisant, elle se redressa, reprit son arc et se mit à suivre l'Ange sur une trajectoire parallèle.

Tandis que Cellendhyll passait sur la plate-forme suivante, Irumi se mit à accélérer pour s'en rapprocher, se défoulant au passage sur les Smaughs postés en hauteur, au niveau du palier de la mine, décochant dix flèches pour treize ennemis abattus, en pleine course. Les huit premiers d'un tir en cloche en pleine gorge. Le neuvième et le dixième de la même flèche tirée en diagonale, perforant le premier au niveau de l'aine, le second dans la panse. Enfin, les trois suivants, éliminés par un effet ricochet, bousculés par les autres et trébuchant ensemble dans le vide.

Irumi en était à chercher un nouveau point de tir en hauteur, lorsque s'éleva du niveau de la mine, une clameur victorieuse qui marquait la fin de la bataille. Un coup d'œil suffit à l'archère pour confirmer que les défenseurs venaient de réussir leur contre-attaque sur les Smaughs, fauchant les Têtes à Clous présents sur les passerelles supérieures jusqu'au dernier.

Après délibération avec elle-même, l'archère finit par conclure que hormis à la fin, lorsque le Pacha s'était brusquement esquivé sur le ponton secondaire, elle s'était plutôt bien sortie de sa tâche, même si, à ses yeux, son défi n'était pas totalement réussi.

Plus aucun Smaugh ne sortait du goulet, désormais. Plus de « Fahaarak'Shar » pour ébranler les nerfs. Les flèches des Hirondelles, des deux côtés du boyau, à elles seules, avaient balayé la horde des sans-clan.

Cellendhyll fut presque déçu en constatant que la bataille était terminée. Ils l'avaient remportée, et les Hirondelles n'avaient pas failli à ses espérances. Il aurait pu céder à l'allégresse de la victoire, il l'avait bien mérité. Cependant, cette rencontre avec Estrée l'avait ébranlé. Il lui avait lancé son ultimatum, comment allait-elle réagir ? Que préférait-il, pour sa part ? Qu'elle parte, ou qu'elle reste ? Il n'arrivait pas à trouver la réponse. Il la chercha du regard, tout le long des plates-formes, sans succès. Elle devait être dans la mine, à fêter la victoire avec les réfugiés.

Arrête de penser à elle !

Soudain désœuvré, l'Adhan regagna le niveau du sol. Il dut puiser dans sa volonté pour repousser la vague de fatigue consécutive à la métamorphose de la Belle, qui le prenait soudain, mais, au moins, ses vertiges avaient disparu et son nez cessé de saigner.

Il trouva Ling-Faï, descendue du village troglodyte à sa recherche.

— Mon commandant, vous allez bien ?

— Bien sûr, adjudante. Votre rapport ?

— Nous avons sécurisé le village et la zone des entrepôts. Aucune perte.

— Bravo, Ling-Faï. Nous avons montré aux Smaughs le poids de la colère impériale, n'est-ce pas ?

Pour Priam. Pour Rathe.

— En effet, mon commandant ! Les filles avaient à cœur de vous démontrer leur vaillance.

— Tel est le cas. Vous leur adresserez mes sincères compliments, adjudante. Je ne pouvais rêver d'une meilleure troupe que la vôtre, pour m'épauler.

— Merci, mon commandant. Je pense que la capitaine Swift ne va pas tarder… des instructions, en attendant ?

— Vous veillerez à aider ces gens, là-haut, du mieux possible. Ils auront sans doute besoin de soins et de nourriture.

— À vos ordres. Je vais envoyer une estafette pour faire presser les chariots à provisions. Autre chose ?

— Il faudrait récupérer nos chevaux, que nous avons laissés de l'autre côté de l'éboulement. Et pour le reste, nous verrons avec la capitaine Swift.

— Ce sera fait, mon commandant.

Cellendhyll prit congé de la Kelash et partit vers le lac pour se nettoyer un peu de tout le sang des Smaughs. Sa tenue était fichue.

Chapitre 54

Sa lance dégoulinante de sang, Callista Swift déboucha du goulet au petit galop, en tête de ses cavalières, en colonne par deux. Elle avait laissé en arrière une série de patrouilles chargées de faire le tour des Creux et de vérifier qu'aucune force smaugh n'était visible à l'horizon.

Elle essuya son arme et la rangea dans son fourreau, avant de mettre pied à terre devant le fortin, imitée par ses soldates. Elle laissa son cheval au soin d'une combattante. Les montures avaient aussi bien guerroyé que leurs cavalières, elles avaient besoin de boire, de se reposer, d'être bouchonnées, et d'une vérification de leurs sabots.

Tout d'abord, Callista s'immobilisa au milieu des Creux, le temps de s'imprégner de ce qui s'était produit à l'intérieur. Elle arpentait un champ de bataille, il y avait des cadavres partout, qu'il allait falloir trier. Elle ne vit aucune Hirondelle parmi les victimes, c'était bon signe. Pourtant, elle se sentait inquiète.

Elle se mit à avancer, à chercher partout, sans vraiment répondre au salut enjoué de ses soldates sur le rempart. Elle était restée concentrée pendant toute la durée de l'escarmouche, puis, à peine son alezane engagée dans le passage menant à l'intérieur des Creux, son cœur s'était mis à palpiter d'anxiété.

Autour d'elle, les Hirondelles s'interpellaient joyeusement, les soldats de l'escouade de Ling-Faï rejoignant le reste du régiment.

Où est-il ? Il va bien ?

Callista entendait vaguement le nom de Cellendhyll, murmuré par les filles, répété, encore et encore. Pourquoi ? Il lui était arrivé quelque chose ? Elle ne s'arrêta pas pour questionner, elle ne voulait pas savoir. Elle voulait *le* voir.

Elle *voulait* le toucher.

Elle voulait… que lui arrivait-il ?

Elle *le* vit enfin, en train de revenir de sa toilette au lac, sa courte chevelure mouillée, le torse nu et dégoulinant, son pantalon, ses bottes maculées d'hémoglobine.

Cellendhyll rejoignit Ling-Faï, en bas des marches menant à la mine, et se mit à discuter avec elle.

Cette manière de se tenir, de bouger la tête, les mimiques de son visage, lorsqu'il parlait…

Qu'avait-il fait de son gilet et de sa tunique ?

Callista le fixa attentivement... non, il n'était pas blessé, les traînées de sang sur ses vêtements venaient des Smaughs, pas d'une série de blessures. Au contraire, le commandant semblait en pleine forme. Ses traits arboraient un air satisfait. Quoique un peu troublé, peut-être... Il semblait chercher quelqu'un de son incroyable regard si vert, et, par instants, il fronçait les sourcils comme si une pensée le préoccupait.

Cellendhyll repéra enfin Callista. Son air tendu disparut, chassé par ce chaleureux sourire qui le rajeunissait.

Il s'avança vers elle à grands pas.

Le cœur de Callista se mit à battre la chamade.

Ce n'est pas possible, kissi. Un homme ?

Non, pas un homme. Cellendhyll.

D'accord. Et Vani, alors ?

La capitaine Swift se sentit soudain aspirée dans un tourbillon d'incertitudes, écartelée par des sentiments contraires.

Cherchant à reprendre contenance, son regard d'azur délaissa l'Adhan pour errer aux alentours.

Hormis les sentinelles postées par la Kelash, les Hirondelles de son escadron discutaient, éparpillées par petits groupes, çà et là, le long des hangars.

Vanina Cole était en train d'échanger avec ses amies proches, Calliope, Jérine, Anthéa et Callia. Toutes avaient l'air en pleine forme, elles aussi.

Callista sentit l'étau d'inquiétude qui lui avait agrippé le cœur se desserrer, jusqu'à disparaître.

Elle adressa un signe complice à la rousse, mais cette dernière avait penché la tête en avant pour écouter une phrase d'Anthéa, et elle ne vit rien.

Alors que Cellendhyll arrivait devant la capitaine des Hirondelles, elle lui adressa le salut d'usage sans rien montrer de ses pensées tumultueuses :

— Mon commandant, je viens au rapport.

Cellendhyll lui adressa un chaleureux sourire :

— Ah, capitaine, vous avez l'air d'aller bien. Tant mieux. Tout s'est bien passé de votre côté ? Aucune Hirondelle n'a été blessée, j'espère ?

La guerrière secoua la tête :

— Les Smaughs n'ont pas pu nous approcher à moins de trente mètres. Ils n'avaient prévu aucune arrière-garde. Nos flèches les ont vaincus, sans avoir à déplorer la moindre blessée. Et de votre côté, mon commandant ?

— Bien joué, Callista, très bien joué, veillez à féliciter vos filles de ma part, déclara l'Adhan. Ici aussi, tout s'est parfaitement déroulé et les Hirondelles ont largement fait leur part, croyez-moi. C'était notre première bataille et nous l'avons remportée sans une perte. Vous pouvez toutes être fières ! Quelque chose ne va pas ? Vous avez l'air tendue.

Il a raison. Tout s'est passé au mieux. Nous avons prouvé notre valeur au Pacha sans une perte et rien que pour ça, je pourrais hurler de joie. Détends-toi, Callie, tu l'as mérité, ma fille !

Soudain libérée, Callista Swift lâcha dans un petit rire :

— Nous avons gagné !

Sans se rendre compte de ce qu'elle faisait, Callista se rapprocha de l'Adhan, tendit une main qu'elle posa sur son bras et se pencha pour…

Qu'il avait la peau chaude… et plus douce qu'elle ne s'y serait attendue. Et ces muscles, secs, denses, saillants de puissance.

La guerrière se reprit en un instant, recula d'un bloc et balbutia :

— Toutes mes excuses, mon commandant… je ne sais pas ce qui m'a pris. Je suis confuse. Je suis écarlate, non ? Dites-moi que je ne suis pas écarlate… Vous pouvez m'adresser un blâme, je le comprendrai aisément. Me faire repasser lieutenante…

Callista aurait voulu pouvoir disparaître, d'un seul coup, pfft, comme un mage ! Est-ce que les filles avaient perçu son geste ? Et Vani ? Cela n'avait pris qu'un instant… Non, personne ne paraissait regarder dans leur direction.

Par la Lumière, Callie, reprends tes esprits, ma belle !

Au lieu de répondre, Cellendhyll se mit à la contempler attentivement, comme s'il voulait mémoriser chacun des traits de son visage. Il resta fixé sur sa bouche un peu trop longtemps. Qu'elle avait du mal à le regarder en retour !

Son odeur. Un mélange de sueur, de fumée, de cheval et d'acier. Pas désagréable. Au contraire, excitante.

Sa force. Si proche de lui, elle se sentait si petite. On devait se sentir bien, dans ces bras, bien confortable et protégée.

Mais tais-toi, tais-toi donc !

Il était tout de même rudement bien proportionné. Au moins du haut. Et le bas ? Est-ce qu'il était aussi… *musclé* ? Et son membre, à quoi ressemblait-il ?

Une douce chaleur avait pris possession du bas-ventre de la jeune femme, tandis que des fourmillements naissaient le long de ses reins.

Callie, pauvre folle, réveille-toi !

— Je ne sais pas ce que vous alliez faire, Callie, dit doucement Cellendhyll, mais je suis certain que j'aurais trouvé ça très agréable…

— Je… vous… je… peut-être devrions-nous tout oublier de cet incident, mon commandant. Je vous assure qu'il ne se reproduira plus.

Ah bon ? Tu sembles bien sûre de toi, espèce de gourgandine !

Cellendhyll sourit :

— Voyons, capitaine, je ne vois pas de quoi vous parlez, il ne s'est rien passé.

Sa contenance recouvrée, Callista adressa un salut réglementaire à l'Adhan.

— Merci, mon commandant. Quels sont vos ordres, à présent ?

Tout en se mordillant la lèvre inférieure, Vanina Cole regardait Callista discuter avec l'Adhan. Leurs rapports tournaient carrément à *l'intime*. La rousse ne manqua rien de l'attitude de la femme qu'elle aimait, mais dissimula ses sentiments. Elle continua de discuter avec ses amies comme si tout allait bien. Elle réussit même à s'esclaffer devant une remarque de Jérine sur les Têtes à clous.

Son cœur battait la chamade et cela n'avait rien d'agréable.

Ma petite Vani, il va falloir que tu réfléchisses très sérieusement à la situation, pour une fois. Sinon, ma cocotte, tu risques bien de perdre la femme de ta vie !

Après avoir réglé avec Callista le détail des corvées à effectuer d'ici au soir et les mesures de sécurité à prendre, Cellendhyll lui demanda :

— Dites-moi, capitaine, laquelle de vos Hirondelles utilise des empennes blanches ?

L'officière hocha la tête et sourit :

— C'est Irumi… vous l'avez donc remarquée ? Elle utilise des plumes de cygne pour ses empennages. C'est ma meilleure archère.

— Je n'ai remarqué que ses flèches, c'est dire son excellence. Appelez-la, je vous prie.

Irumi fut cherchée et vint se ranger devant Cellendhyll et Callista. Elle avait débandé son arc et l'avait rangé dans son étui d'épaules, elle n'aimait pas l'exhiber.

Le commandant la dépassait d'au moins deux têtes, mais l'archère le salua tranquillement, sans se laisser impressionner par sa carrure.

— Où avez-vous appris à tirer ainsi, soldate ? Quel maître ou quelle maîtresse vous a enseigné ?

— Ishun, le maître des Flèches, mon commandant. Il vit dans les îles du sud.

— Sur mon honneur, il peut être fier de sa disciple, ce Ishun. Vous tirez aussi bien qu'une Fendyr, soldate. Là où moi, on m'a enseigné le métier des armes, il est d'habitude de récompenser le mérite. Je vous félicite, caporale Irumi, vous êtes promue. Veuillez entériner ma décision, capitaine Swift.

— Je vous entends, mon commandant. Bravo, Irumi. Tu vas devoir payer une tournée, caporale.

— Merci, mon commandant, merci mon capitaine.

Irumi avait accueilli la nouvelle, son petit visage impavide. L'espace d'un instant, cependant, un éclat de surprise, mêlé de plaisir, inonda ses prunelles, avant d'être rapidement maîtrisé.

Sans rien ajouter, l'archère effectua un salut impeccable, pivota sur les talons et retourna auprès de ses camarades.

— Elle n'est pas bavarde, cette Irumi, jugea l'Adhan.

— Contrairement à une adjudante kelash de ma connaissance, rit Callista. On peut compter sur elle, je l'ai chargée de veiller sur vous, figurez-vous, espèce de suicidaire…

— Je n'ai même pas reçu une égratignure, ma dame « pas d'armure, mais vous ne pouvez pas ! », cependant, je ne vais pas me plaindre de votre initiative.

— Hmm, je ne me sens pas vraiment rassurée. Déjà, je pourrais arguer que je ne vous ai pas vu combattre alors je ne puis en juger… en outre, je suis en train de me dire que vous risquez d'être pire encore, maintenant que vous savez que vous avez Irumi pour vous couvrir !

Cellendhyll ne put répondre. Une clameur résonna à l'ouest du site. L'alerte venait d'être donnée. L'une des patrouilles envoyées par Ling-Faï avait fait un prisonnier. Un Smaugh qui tentait de se faufiler à l'arrière du lac, vers l'ouest. Encadré par une escouade de cinq soldates, les mains attachées dans le dos, une corde autour du cou, le guerrier fut poussé, tiré, traîné jusqu'aux deux officiers.

Cellendhyll le regarda approcher en songeant qu'il avait été tellement emporté par son élan guerrier que, pas une seconde, il n'avait songé à faire un prisonnier.

Aux yeux de l'Ange, le Smaugh était loin d'avoir la même aura de puissance que Rakùl-Bahìr ou Oghul-Tak. De taille moyenne, maigre, nerveux, il n'avait que neuf clous plantés sur le crâne, un prestige insignifiant. Pour autant, il avait participé au massacre, autant que ses congénères, sa tenue de cuir noir maculée du sang des innocents.

Cellendhyll étrécit les yeux. Que pourrait-il tirer d'un tel rebut ?

Le Tête de Clous fut projeté aux pieds de l'Adhan puis redressé en position à genoux.

Il passait sa langue entre ses lèvres, nerveux, bien conscient que sa vie ne tenait plus qu'à un fil.

L'Adhan n'avait jamais vu le moindre fond d'honnêteté chez un Smaugh. Il était impossible de faire confiance à une telle créature.

— Vous avez attaqué Coruscante. Quelle est votre prochaine cible ?

Un éclat rusé au fond des yeux, le Smaugh le fixa, refusant de répondre.

Cellendhyll l'empoigna par la gorge et se mit à serrer :

— Tu ne me sers à rien. Tant pis pour toi.

Il appuya plus fort.

La figure virant à l'écarlate, le guerrier se tortilla en vain.

— Je sais des choses ! crachouilla-t-il, au bord de l'apoplexie. Je peux négocier !

Cellendhyll le relâcha et cracha d'un ton méprisant :

— Non, tu ne sais rien, tu n'as que neuf clous, tu n'es personne !

— Si ! glapit le Tête de Clous. Je sers le grand seigneur Oghul-Tak, il me parle !

Le Smaugh marqua une pause, l'étincelle de ruse à nouveau allumée dans ses prunelles, et s'exclama :

— Claire-Aube, le Peuple va sur Claire-Aube !

Cellendhyll scruta le visage du prisonnier puis éclata d'un rire moqueur :

— Tu mens ! C'est Ambre que vous allez attaquer !

— Non, pas du tout ! se récria le Smaugh, détournant soudain le regard de Cellendhyll.

Sa mise désappointée valait confirmation aux yeux de l'Adhan.

— Merci pour l'information. Tu ne me sers plus à rien.

Cellendhyll saisit le Smaugh par les oreilles et lui infligea une torsion brusque, brisant sa nuque.

Le cadavre s'affala dans la poussière. Sur un signe de Callista, deux Hirondelles vinrent le soulever pour aller le jeter avec les autres dépouilles des Smaughs.

— Ça serait si facile ? souffla la capitaine Swift. On attrape un prisonnier et il nous donne l'information cruciale que nous recherchons, comme ça ?

— Nous sommes tombés sur le plus stupide de tous les Smaughs, c'était évident qu'il donnerait la fausse information, révélant ainsi la bonne. Attention, pourtant, Callista, ne sous-estimez ses congénères en aucun cas, ils sont bien plus redoutables que cet abruti.

— Et si, au contraire, c'était un génie du subterfuge ?

— Pas avec neuf clous sur le crâne. Comme je vous l'ai dit, plus un Smaugh est puissant, plus il a de clous plantés. Les Smaughs les plus prestigieux arborent une trentaine de clous, ça vous donne une idée. Ce type n'était qu'un minable, et nullement un maître-espion. Toutefois, j'avoue que, même si je suis sûr de moi, je peux très bien me tromper. Et nous n'avons pas le droit à l'erreur.

Callista réfléchit quelques instants et proposa :

— Il y a moyen d'en être sûr, mon commandant. L'armée des Smaughs va arriver du nord-est. Elle sera obligée de s'arrêter aux Creux pour refaire son eau. Il nous suffit de poster des sentinelles en vue des Creux, si les Smaughs ciblent Claire-Aube, la ligne des Forts ou même Véronèse, ils partiront au sud. Si leur objectif est Ambre, ils partiront à l'ouest, vers le Vacqueyras. Comme ça, nous serons sûrs. Cela nous laisse l'opportunité de positionner notre armée pour intercepter l'ennemi devant le fleuve, s'il va bien à Ambre. Et si nous nous trompons et que les Smaughs attaquent au sud, nous les suivrons, nous les rattraperons et nous les prenons par l'arrière.

— Excellent, Callista, je n'aurais trouvé mieux ! sourit Cellendhyll. Nous allons suivre votre idée. Envoyez une estafette à Gheritarish. Son armée doit forcer l'allure et atteindre le gué du Vacqueyras. J'aimerais tout de même savoir où sont les Smaughs et voir à quoi ressemblent leurs forces. Nous partirons en patrouille dès demain pour les débusquer. Je vous laisse, capitaine. Je dois me trouver une tenue de rechange et réquisitionner de quoi me caler l'estomac.

Je dois surtout me reposer, cette métamorphose m'a mis sur les genoux. Je dois être en forme. Ce soir. Estrée.

Chapitre 55

Les chariots des Hirondelles étaient arrivés, les réfugiés de Coruscante pris en charge. Avant de songer à leur confort, les Hirondelles avaient déblayé le site, une tâche rebutante, qui faisait partie intégrante de la guerre, et qu'elles avaient partagée avec leur commandant ; Cellendhyll était revigoré du drain d'énergie grâce à la transe de repos, cousine du Zen.

Le campement était dressé, les feux allumés, les chevaux abreuvés, bouchonnés.

Les cadavres des Smaughs avaient été entassés contre les éboulis et à l'extérieur du boyau d'entrée. Ils ne méritaient pas mieux. Cellendhyll avait songé à brûler tous ces corps, mais l'odeur dégagée eût été insupportable. Qu'ils pourrissent sur place ! Le site, de toute manière, allait être abandonné, tous les rescapés en partance pour Claire-Aube.

Les dépouilles des soldats de l'Alliance et des réfugiés, en revanche, avaient été enterrées au sud du lac, leurs tombes alignées dans la terre fraîchement retournée. Un moment de recueillement émouvant, partagé par les gens de Coruscante, tandis que les Hirondelles restaient en retrait, respectueuses.

La nuit régnait sur les Grandes Plaines. Les Lunes Jumelles avaient repris leur veille patiente, plantées dans le firmament chatoyant d'étoiles.

Les Dents d'Asgorath étaient éclairées de torches et de braseros et les sentinelles de l'empire de Lumière faisaient bonne garde.

Tout était si calme après ces derniers jours d'horreur, après la tension et la clameur de cette journée de bataille. Dorénavant, les seuls bruits pour trouer le silence étaient ceux d'un campement de soldates détendues, les quelques renâclements de leurs destriers, le clapotis du lac, une musique si apaisante aux oreilles d'Estrée.

Elle avait pris sa décision sans même avoir hésité une seconde.

Partir serait fuir. Et fuir serait se renier. Estrée n'avait pas fait tout ce chemin vis-à-vis d'elle-même pour retomber dans les tréfonds de la honte.

Elle était l'Héritière de la Maison d'Eodh. Elle ne fuirait pas. Elle ferait face.

Quoi qu'il arrive.

Qu'*il* vienne.

Dans le jour couchant, Estrée avait commencé par prendre congé de ceux qu'elle avait conduits jusqu'ici. Des adieux empreints d'émotion, de respect, et même de tendresse.

Les réfugiés de Coruscante avaient été nourris et soignés, ils étaient tirés d'affaire, à présent. Ils allaient pouvoir reprendre leur périple et trouver refuge à Claire-Aube sans plus craindre le massacre et la torture.

Sans l'arrivée de Cellendhyll et de son régiment, la situation aurait pu tourner à la catastrophe, Estrée en était consciente. Néanmoins, sa propre satisfaction n'en était pas moins légitime. Sans elle, sans ses mercenaires des Mille Lames, les gens de Coruscante n'auraient jamais survécu.

Estrée aurait pu les accompagner. Elle n'en avait rien fait. Une autre voie l'attendait. Légitime.

Et, finalement, elle avait demandé à Felkeyn de prendre du large pour la soirée, de n'intervenir en aucune manière dans la confrontation à venir, quelle que fût l'attitude de Cellendhyll. Elle s'était attendue à ce que le guerrier renâcle, mais il se contenta de la dévisager de cet air insondable, qui, par moments, l'énervait tant, avant de déclarer qu'il allait dormir ailleurs.

Ses tâches accomplies, l'Héritière du Chaos s'était retirée à l'écart pour la nuit, s'installant le long du bassin le plus élevé, un coin tranquille pour faire face à ce qui devait se produire. D'ailleurs, elle fit un bon feu, tout autant pour se réchauffer que pour proclamer « je suis là, je ne me cache pas ! »

Alors, elle s'était préparée. Et nullement en affûtant ses lames. Elle ne combattrait pas. Pas lui. Pas après la faute qu'elle avait commise, même si elle avait réussi, enfin, à se pardonner à elle-même.

L'Héritière d'Eodh commença par se laver, longuement, soigneusement. Elle se sécha, passa une tenue propre. Elle n'avait pas faim et elle avait sauté le repas.

Ensuite, elle s'installa en tailleur et tenta d'ordonner ses pensées.

Qu'elle se retrouve confrontée à Cellendhyll au beau milieu des Grandes Plaines n'avait rien d'un hasard. Pour Estrée, c'était un signe. Ces retrouvailles *devaient* se produire. Ce qui signifiait que le moment était venu. Ce soir, la page de leur histoire devait être tournée, d'une manière ou d'une autre.

Tandis que les pensées s'écoulaient en elle, la jeune femme se mit à éprouver un sentiment de paix.

Elle assumerait son destin. Elle l'affronterait sereinement.

Et si l'Adhan décidait de la tuer, après tout, c'est qu'elle l'avait mérité.

Estrée n'avait aucune envie de mourir, plus maintenant. Au contraire. Cependant, elle ne changerait pas d'avis.

La force, parfois, n'est pas de résister, mais d'accepter ce qui nous attend, de le faire sien. Tel est mon choix face à Cellendhyll.

Une heure s'écoula. Estrée se mit à contempler les étoiles, la lumière nacrée des Lunes Jumelles qui baignait les Grandes Plaines. Elle huma l'air pur de la nuit, s'en emplit les poumons.

Soudain, *il* fut là.

Sa grande silhouette recrachée d'une flaque d'ombre, ses pas silencieux, menaçants, son regard de jade, dans lequel elle avait tant aimé se perdre, qui ne cillait pas, habité d'une lueur fiévreuse qu'Estrée ne lui avait jamais vue. *Il* dégageait une telle sauvagerie, en cet instant, une sauvagerie à peine contrôlée.

Et l'expression de son visage !

Estrée recula d'un pas, malgré elle. Puis, d'un effort de volonté, elle s'obligea à rester en place.

Je ne fuirai pas.

— Tu aurais mieux fait de partir.

La voix de l'Adhan, aussi agressive qu'un coup de fouet.

— Je suis *déjà* partie. Je ne ferai pas deux fois cette erreur, rétorqua Estrée. Je n'ai pas peur de toi, Cellendhyll.

— Tu as tort, grimaça l'Adhan. Et je vais te le prouver !

Il avança sur la jeune femme d'un pas décidé.

Cellendhyll avait passé une tenue de rechange en cuir bleu nuit. Sa Belle de Mort était dans sa senestre. Sous sa forme originelle. Il ne savait plus quand il l'avait dégainée. Sa main armée s'agitait, saisie de spasmes. Il resserrait et desserrait sa prise sur le manche de sa dague, l'esprit emporté dans un tourbillon de sentiments contraires, dominé par un profond trouble.

Estrée était toujours aussi belle, ses iris violets, scintillant de sensualité, ses lèvres pleines, qu'il savait si douces à embrasser.

Que vas-tu faire ? lui clamait sa conscience depuis des heures

Il n'avait toujours pas de réponse.

Il l'avait aimée, il l'avait haïe. Aujourd'hui, il était incapable de dire ce qu'il ressentait à son égard.

Son corps réagit à sa place. Sa main libre jaillit en avant, crocheta Estrée par le côté du cou et il l'attira à lui, tandis que sa dague se redressait dans sa senestre, toujours aussi agitée.

Le visage de Cellendhyll était devenu un tableau sur lequel défilaient de violentes émotions.

Estrée ne chercha ni à le combattre ni à se débattre. Elle le contempla bien en face, habitée d'un calme impressionnant, un calme qu'il aurait rêvé de posséder.

D'une voix très douce, la fille d'Eodh lui murmura :

— Je te pardonne...

La main armée de Cellendhyll fusa vers le visage de la jeune femme. Et lorsqu'elle toucha la peau de l'Héritière, sa senestre était vide, la dague tombée dans l'herbe.

De cette main, Cellendhyll attira Estrée jusqu'à ce que son corps épouse le sien. Alors, il l'embrassa à pleine bouche, soudain submergé d'un tout autre élan sauvage.

La seule alternative possible.

Estrée poussa un gémissement, s'agrippa à lui et répondit à son baiser avec la même ardeur.

Animés d'une identique frénésie, ils s'empoignèrent, leurs bassins s'emboîtèrent l'un contre l'autre, leurs bouches toujours collées, leurs langues fusionnaient, fiévreuses, leurs souffles étaient brûlants.

Estrée finit par repousser Cellendhyll. Tous deux avaient le souffle court. Ils restèrent quelques instants à se fixer, le temps de reprendre leur respiration. Puis, Estrée agrippa Cellendhyll par sa tunique, se plaqua contre lui, et l'embrassa à nouveau, frottant son bas-ventre contre le sien. La verge de l'Adhan durcissait, durcissait encore.

— Shalla, j'ai bien cru qu'il allait planter la fille avec sa dague, le Pacha ! souffla Birgidh.

— Il y a de la passion dans l'air, ma chère, lui répondit Farrah. Après une bataille, c'est plutôt normal.

— C'est vrai. Et nous, on est parfaitement placées pour voir la suite... Imagine quand je vais faire mon rapport à la pitaine...

— On aurait fait quoi, s'il l'avait tuée ?

— Aucune idée. On est là pour le protéger, lui, c'est tout. Et puis, c'est le Pacha, il doit avoir ses raisons.

— Hmmm, c'est qu'il est plutôt bien foutu, le commandant !

— C'est pas une nouveauté, kissi. Depuis la première fois où on l'a vu s'entraîner, on le savait déjà.

— Je parle *du bas*, souffla Farrah.

— En tout cas, il est chaud bouillant, le Pacha. Et la belle brune, elle a l'air d'en vouloir, elle aussi.

— Arrête, coquine, tu vas m'exciter en pleine mission !

— Des missions comme ça, moi, j'en veux bien tous les soirs... mais attends un peu qu'on soit de repos et tu verras les idées que ça me donne, tout ça...

— Hmmm, j'ai hâte de le découvrir. Maintenant, un peu de sérieux.

Leurs regards ne se quittaient plus, violet contre jade. Leur séance de baisers n'avait fait que renforcer la passion qui les avait tous deux capturés avec la même avidité. Ils en voulaient plus. Ils se séparèrent, leurs mains s'agitant pour se débarrasser de leurs vêtements.

Cellendhyll avait cédé à ses sens sans vraiment le vouloir et, cependant, il se révélait incapable de se maîtriser. Il se débarrassa frénétiquement de son gilet de cuir. Estrée lui arracha sa tunique et se précipita sur son torse aux abdominaux bombés pour l'embrasser, laper son ventre annelé de muscles. Cellendhyll déchira la tunique de la jeune femme, dévoilant ses globes nacrés aux mamelons bandés, tout autant par l'excitation que la fraîcheur du soir. Il redressa Estrée pour happer un téton entre ses lèvres, tandis que ses grandes mains se posaient sur la poitrine de l'Héritière pour en parcourir les rondeurs parfaites.

Le souffle d'Estrée s'accéléra. Elle poussa un cri rauque lorsqu'il la mordilla un peu trop fort.

Elle repoussa l'Adhan à nouveau, le temps de jeter sa tunique déchirée puis d'ôter le reste de ses vêtements. Cellendhyll marqua une pause, son regard admirant sa nudité dévoilée dans la lueur des deux lunes. Le corps svelte d'Estrée était plus musclé, plus affûté que dans son souvenir et ça l'excitait d'autant.

À son tour, il se démena pour quitter le reste de sa tenue.

Se livrant au même examen appréciateur, Estrée s'était reculée. Elle regardait l'Adhan tout en se caressant l'orée de sa fente, délibérément provocante.

Cellendhyll se libéra enfin de son pagne, sa verge fièrement redressée.

À peine nus, ils se jetèrent l'un sur l'autre. Cellendhyll enlaça Estrée et colla ses grandes mains sur ses fesses pour la plaquer contre lui.

De sentir son érection contre son ventre sembla déchaîner l'Héritière du Chaos qui se mit à assaillir l'Ange de baisers brûlants, jusqu'à lui mordre la lèvre au sang.

Le geste ne fit qu'aviver la passion de Cellendhyll. L'agrippant sous les cuisses, il souleva la jeune femme du sol. Complice, Estrée le saisit par le cou et croisa ses longues jambes contre les reins de l'Adhan pour se caler. Se caler juste contre sa verge qui pulsait d'avidité, impatiente de pouvoir conquérir son antre si précieux.

Estrée se hissa juste au-dessus de la tige de chair, resta un bref instant immobile, le gland de Cellendhyll posé tout contre l'orée de sa grotte.

Puis, avec de petits mouvements précis du bassin, au lieu de se laisser aller à la pénétration, la fille d'Eodh entreprit de faire glisser le phallus de l'Ange contre toute la longueur de sa fente déjà plus qu'humide de passion.

Cellendhyll n'en pouvait plus. Un gémissement marqua sa frustration. Les mouvements de la guerrière d'Eodh n'avaient fait que densifier son désir, elle allait le faire hurler, si elle continuait ainsi. Tout en maintenant Estrée, il se laissa tomber sur les genoux, profitant de l'élan pour la faire basculer le dos dans l'herbe. Estrée cria, de surprise plus que de douleur. D'ailleurs, un sourire assuré étira ses traits. Ses iris violets scintillaient d'un feu ensorceleur. Ses cuisses s'ouvraient déjà en grand pour l'Adhan, une invite qu'il était incapable de refuser.

Le grand guerrier vint surplomber la jeune femme. Il se cala en appui sur les mains, de chaque côté du visage de l'Héritière et se laissa glisser en avant pour plonger directement en elle.

Les deux amants poussèrent le même cri d'abandon. Ils étaient emportés par la même vague de désir brut, sans finesse, sans tendresse, qui oblitérait tout le reste.

Que c'était bon ! Non, c'était mieux que bon, une expérience merveilleuse. Jamais l'Ange ne pourrait se rassasier de cette sensation incroyable, qui n'avait pas d'égal sur terre, cette douceur purement féminine, ce soyeux, qui, pour lui, n'avait pas d'égal, et cette odeur délicate, épicée, qui lui emportait les sens, la plus délectable, la meilleure des ivresses.

Estrée était trempée du même désir, sa matrice engloutit l'Ange tout au fond d'elle. Elle posa ses mains dans le bas du dos de Cellendhyll, pressant ses muscles pour insuffler la cadence qu'elle désirait. D'abord, lentement, très lentement. Une torture si exquise. La verge de Cellendhyll se retira de son vagin centimètre par centimètre, provoquant en elle une succession de frissons d'extase. Et lorsqu'il inversa le mouvement pour la pénétrer à nouveau, lentement, très lentement, la jeune femme crut défaillir. Elle avait l'impression que son corps entrait dans une nouvelle dimension dédiée à la félicité, dans laquelle chaque sensation était étirée à l'infini. En cet endroit, chaque mouvement de l'Adhan, chaque toucher, chaque souffle, la plongeait dans un abîme de béatitude constamment renouvelé.

Ainsi chavirée, elle gémit, planta ses ongles dans les fesses de l'Ange et gronda :

— Plus vite. Plus fort !

Cellendhyll changea de rythme, passant de lent à vigoureux. Il s'enfonça en elle de tout son long, pour se retirer totalement et revenir aussitôt pénétrer le vagin torride d'Estrée, de plus en plus fort, jusqu'à pilonner son amante à grands coups de reins, les yeux mi-clos, à l'écoute de ses propres sensations.

Les gémissements de la fille d'Eodh s'étaient intensifiés. Elle projetait son bassin à la rencontre de la verge de l'Ange, l'enserrant de ses mains et de ses jambes pour mieux l'encourager.

Cellendhyll gémit à son tour. Il avait l'impression que son sexe avait doublé de volume, tellement l'écrin d'Estrée l'abreuvait de décharges de plaisir.

La grande vague arrivait sur lui. Il le sentait, elle était trop puissante, jamais il ne pourrait résister.

Il se mordit les lèvres pour se retenir. Pas question de s'abandonner aussi tôt ; en quelque sorte, dans la partie qui se jouait entre eux, c'eût été une défaite.

Obligé de tempérer son ardeur, sous peine d'exploser, il ralentit la cadence.

Estrée poussa un feulement de frustration. Elle se contorsionna pour dégager ses jambes, posa un pied contre la poitrine de l'Adhan, puis, dans un cri, elle força sur sa jambe pour le faire basculer à plat dos. Elle bondit aussitôt sur lui, frottant sa fente humide contre le bas-ventre de l'Ange. Alors qu'elle se mettait à onduler, Cellendhyll redressa son torse, empoigna Estrée par les hanches et l'empala directement sur sa queue dressée. Estrée se cambra pour s'offrir totalement à ce sexe qui l'emplissait à nouveau dans toute sa densité, la traversant encore et encore de multiples filaments de plaisir. Ses pieds autour de la taille de l'Adhan, elle attira son visage entre la moiteur de ses seins, criait de plaisir à chaque secousse qu'il lui prodiguait.

Cellendhyll avait trouvé un second souffle. Il raffermit sa prise sur les hanches d'Estrée et fit bouger son bassin contre celui de la jeune femme, améliorant encore l'angle de ses pénétrations.

Estrée bascula en arrière, les yeux mi-clos, son corps parcouru de tressautements extatiques. Elle se mordilla les lèvres, elle ne savait plus où elle était. La grande vague l'avait saisie et la conduisait toujours plus haut. Elle se tendit, le corps brusquement arqué, puis se détendit totalement, emportée par un orgasme renversant.

Saisie de spasmes, elle se laissa basculer sur le côté, tandis que Cellendhyll accompagnait son mouvement pour rester fiché en elle. Il prit appui sur les genoux, remonta les jambes d'Estrée et reprit ses amples mouvements de va-et-vient, la pénétrant jusqu'à la garde.

Estrée poussa un long cri de libération, emportée par un second orgasme, encore plus foudroyant que le premier.

Cellendhyll avait atteint sa limite. Tout son corps réclamait la délivrance. La grande vague l'avait retrouvé et, cette fois, elle ne le lâcherait pas. Son corps vibrait, sa verge palpitait. Ses va-et-vient s'accélérèrent tandis qu'il tentait de se retenir encore un peu, un tout petit peu.

OUIII !

Il se déversa en elle à longs traits brûlants, un orgasme puissant, qui emporta Estrée dans la foulée pour la troisième fois. Sans pour autant partager leur jouissance, ils poussèrent le même cri d'abandon qui résonna dans la nuit et qui alerta un temps les sentinelles en poste.

Haletant, en sueur, Cellendhyll se dégagea de l'Héritière du Chaos et bascula sur le dos.

Estrée était dans le même état.

Se détournant de l'Adhan, elle se leva pour aller s'immerger dans l'eau du bassin, le dos tourné.

La passion qui les avait réunis s'était tarie, aussi brutalement qu'elle était née, remplacée par un silence pesant.

Cellendhyll en profita pour aller récupérer sa dague sombre. La présence de la Belle de Mort à ses côtés était comme une bouffée d'air pur. Il s'installa en tailleur et caressa machinalement le plat de la lame tout en regardant la silhouette de l'Héritière du Chaos, en train de se laver.

L'Ange se sentait rassasié de cette passion subite qui les avait rapprochés… un court moment. Il n'était pas apaisé pour autant. Cette débauche des sens était terminée. Néanmoins, bien que libératrice, intense, au moins pour son corps, elle n'avait rien résolu. L'Ange avait recouvré sa capacité de réflexion. Et avec elle, ses questionnements.

Sans l'avoir cherché, sans l'avoir voulu, il était arrivé pile à la croisée des chemins. Il lui restait à choisir quelle direction il allait prendre. L'une des deux voies possibles terminait dans l'écarlate.

Que dois-je faire ? Dois-je choisir pour elle la voie sanglante ?

Se retrouver en face d'Estrée, affronter tous deux un danger commun, lui parler, forniquer avec elle – il n'y avait pas d'autre mot –, pour, enfin, contempler la ligne de ses épaules… N'y avait-il pas là une leçon à en tirer ?

Si. Il y en a une.

Car, lorsque Cellendhyll regardait la fille d'Eodh, à présent, que ressentait-il ? Pas grand-chose, en vérité. Pas de haine, pas d'amour. Ni colère ni affection. Et plus la moindre complicité. Depuis leur séparation, l'Adhan avait vécu tellement de choses, d'aventures, affronté de périls, le temps, de son côté, avait perpétré son œuvre furtive, mais inlassable, contribuant à grignoter cette colère destructrice qui avait tout d'abord embrasé Cellendhyll au risque de le rendre fou. Et qui n'existait plus aujourd'hui.

Estrée était toujours une femme sublime, il ne pouvait que le reconnaître. Toutefois, son excitation tarie, il ne ressentait plus rien pour elle. Rien du tout.

Cette prise de conscience l'amena à une conclusion évidente : tuer Estrée, à présent, n'aurait aucun sens. Cela ne ferait pas revenir Devora. Et cela ne rendrait pas Cellendhyll plus heureux, non plus.

Je te pardonne… avait dit la fille d'Eodh. Avec une telle sérénité.

Était-il capable du même élan de miséricorde ?

L'Héritière avait fini sa toilette et s'était rhabillée, enfilant sa dernière tunique de rechange, aussi violette que le fond de ses yeux. Elle alla remettre du bois dans son feu et resta dressée devant les flammes à sécher.

À son tour, Cellendhyll se dirigea vers le bassin, sa Belle rangée dans les plis de ses vêtements qu'il emmena avec lui.

Il se glissa dans l'eau fraîche et s'immergea totalement.

À peine rhabillé, sa dague à nouveau dans sa main, il se dirigea vers le feu et se rangea devant Estrée.

La fille d'Eodh le contempla attentivement. Quelque chose avait changé dans le regard de l'Adhan. Il avait pris une décision.

Laquelle ?

Estrée se rapprocha de l'Ange, à pouvoir le toucher. Posa un bref instant ses doigts fins sur la lame de la Belle que le guerrier tenait pointée vers elle, caresse respectueuse. Alors, elle déclara :

— À présent, Cellendhyll, tue-moi, ou va-t'en. Tu as une guerre à mener. Moi, mon rôle se termine ici.

D'un geste fluide, l'Adhan rangea sa dague dans sa botte et se redressa face à la fille d'Eodh :

— Tu as raison, Estrée. J'ai une guerre à mener. Une vie à vivre. Et tu n'en fais plus partie.

Il tourna les talons et quitta l'endroit sans un regard en arrière, s'éloignant à grands pas jusqu'à disparaître dans une grande flaque d'ombre.

Je ne te tuerai pas, voilà le seul pardon que je puisse t'accorder, Héritière du Chaos.

— Pfiou, il fait vraiment chaud, non ? murmura Birgidh.

— Shalla, oui, hein ? répondit Farrah.

— Ça s'est terminé aussi bizarrement que ça a commencé, leur soirée.

— Ouais, m'est avis qu'il y avait un sacré contentieux à régler entre eux. Et maintenant, c'est fait.

— N'empêche, le Pacha ne s'embête pas à coucher avec la première venue. Tu as vu cette brune ? Quand je pense à la tête de notre capitaine quand je vais lui faire mon rapport…

— Tu ne vas pas lui raconter tout ce qu'on a vu, si ?

— Tout non, mais Callista a demandé un rapport détaillé alors il va bien falloir que j'évoque certains points précis.

— Elle n'en pincerait pas un peu pour le Pacha, la pitaine ?

— Il y en a qui en parlent, c'est vrai. Moi, j'en sais rien, j'ai pas fait trop attention.

— Et Vani, elle en dit quoi ?

Un murmure autoritaire, venu d'une épaisse flaque d'ombre, un peu plus haut, sur leur droite surprit les deux sentinelles :

— Vlakka, les deux bécasses, vous allez vous taire, oui ?

— Irumi, c'est toi ? Tu es là depuis le début ?

— Évidemment, idiote. Vous êtes en mission, pas au spectacle, alors taisez-vous !

— Caporale. Oui, caporale !

Chapitre 56

Dans la tente de commandement partagée par Callista Swift et Vanina Cole, une autre confrontation avait lieu.

— … Je t'ai vue avec *lui*, Callie. Après l'attaque des Smaughs. À peine arrivée dans les Creux que tu as failli te jeter dans ses bras.

— Je ne sais que te répondre, Vani. Toi aussi, tu as ressenti des attirances, tu les as même souvent amenées dans notre lit.

— Cela n'avait pas grand-chose à voir et je pense que tu t'en rends compte. Ce n'étaient que des coups d'un soir, rien de plus… Est-ce que tu l'aimes ¿

— Comment pourrais-je aimer quelqu'un que je ne connais pas, ou à peine, kissi ¿ Non, je ne l'aime pas.

— Et moi ¿ Tu m'aimes encore ¿

— Oh, Vani, oui, je t'aime… je ne sais pas comment expliquer les choses, je te jure que mes sentiments pour toi n'ont pas changé.

— Mais il t'attire.

— Oui.

— Et tu lui plais.

— Je… peut-être…

— Callie !

— Oui, je lui plais. Tu es contente ¿

— Non, pas vraiment ! Et tu comptes faire quoi ¿

— Rien. Rien du tout, je te l'ai dit. Rien à part dormir. Je te rappelle que nous partons demain matin à la rencontre des Smaughs.

— Oui, bien sûr, les Smaughs. Bonne nuit, Callie.

— Bonne nuit, Vani.

Bitemolle et couilles de loup ! Je suis mal, vraiment mal ! Oh, Callie, que dois-je faire ¿ Défier le Pacha en duel ¿ Le pire, c'est que je commence à bien l'aimer, moi aussi.

Chapitre 57

Totalement inconscient de la surveillance ou des discussions dont il faisait l'objet, se fiant à l'éclairage des torches dressées à intervalles réguliers, Cellendhyll redescendit vers le sol. Sa tente l'attendait, dressée par ses soldates à quelques pas du lac, à l'intérieur du périmètre de sécurité.

À mesure que l'Ange avançait, il se sentait de mieux en mieux. Estrée incarnait le passé, il avait refermé la porte sur elle. Définitivement. Et sans verser le sang.

Éclairée par la lumière des lunes jumelles, l'eau placide du lac scintillait. Il arriva devant sa tente. Autour de lui, le calme régnait. Seules les sentinelles étaient encore debout.

Au moment où l'Adhan allait rabattre le pan de sa tente pour entrer, il sentit comme une présence, non loin de lui. Il tourna la tête. Nimbée d'un halo blanc-or, la silhouette éthérée de Devora Al'Chyaris se dressait juste devant le lac. Elle regardait en souriant, son visage doux et radieux.

C'est bien, mon chéri, murmura dans son esprit la voix remplie de tendresse de la guerrière. *Tu as fait le bon choix et je suis fière de toi. Nous nous reverrons, mon amour, je n'en doute pas. En attendant, il te reste tant à faire, à découvrir.*

— Devora… souffla Cellendhyll.

Le temps qu'il avance vers elle, l'apparition perdit de sa substance, jusqu'à disparaître.

Le regard de l'Adhan se perdit dans le paysage alentour. Il se sentit alors gagné par un surprenant sentiment de sérénité.

La vengeance ne lui aurait apporté qu'un goût amer… et peut-être permanent, il s'en rendait compte à présent. Estrée avait changé, elle s'était endurcie, elle s'était *complétée*, l'Ange l'avait clairement senti. Elle n'avait plus rien à voir avec celle qu'il avait connue, celle qu'il avait aimée… puis détestée.

En clôturant ce chapitre douloureux du passé, d'une manière définitive, mais pacifique, il avait franchi un cap. Ôtée de son cœur, cette épine purulente qui l'avait si longtemps empoisonné et avec laquelle il avait dû apprendre à vivre. Le Hors-Destin se sentait libéré, sa vieille blessure enfin libre de cicatriser. Quelle sensation étrange.

La page était tournée.

— Adieu, Estrée, puisses-tu trouver ta voie, où que tu te diriges, désormais… pourvu que ce soit loin de moi.

Le présent lui tendait les bras. Les Hirondelles, la guerre contre les Smaughs, Cellendhyll allait pouvoir s'y consacrer de toutes ses forces.

Il songea alors à Priam, à Rathe.

J'ai marqué le premier point sur l'ennemi, en votre nom. Je ne vous oublie pas. Jamais.

Chapitre 58

Le lendemain. Le campement impérial se mit en branle dès les premières lueurs du jour.

Cellendhyll avait peu dormi, mais d'un sommeil paisible. Il s'éveilla, plein d'énergie.

Il s'habilla et sortit de sa tente pour aller dire bonjour à Farod et le préparer pour la chevauchée qui se préparait. Au passage, il salua les Hirondelles qu'il croisa, sa bonne humeur en bandoulière.

Son destrier paré, l'Ange gagna la tente de Callista Swift, comme chaque matin, pour partager un café avec elle et décider des grandes lignes de la journée.

Estrée avait quitté les Creux, dès l'aube, à cheval, avec Felkeyn, son mentor et, peut-être, amant. Cellendhyll ne demanda même pas dans quelle direction ils étaient partis. La page était tournée, définitivement.

— Mon commandant, tout va bien ? demanda la capitaine Swift, lorsqu'il pénétra dans la tente. Je ne vous ai pas vu, hier soir.

La question était implicite.

L'officière semblait avoir mal dormi, des cernes creusaient son regard et sa chevelure n'était pas aussi bien lissée qu'à son habitude. Cellendhyll avait encore l'image de Devora à l'arrière-plan de son esprit, il se sentait si léger, il était sur son nuage, il ne remarqua rien.

— J'étais… occupé.

— Les cavalières seront prêtes d'ici une demi-heure, reprit la capitaine. Ling-Faï vous a gardé une part d'omelette en guise petit-déjeuner, si ça vous dit.

— J'ai grand faim ! s'exclama l'Adhan. J'espère que le café est prêt.

— Pour vous, toujours, mon commandant.

Callista le regardait d'une manière, songeuse, évaluatrice, même.

— Vous êtes sûr que votre soirée avec cette grande brune s'est bien passée, commandant ? Pardonnez-moi si je me montre un peu indiscrète, mais le rapport que je viens de lire me semble… un peu flou.

— Il n'y a rien à pardonner, Callie. Je n'ai d'ailleurs rien à vous cacher, d'autant plus si vous me faites surveiller, n'est-ce pas ? Ne piquez pas un fard, je vous taquine. Cette brune s'appelle Estrée. Nous nous sommes aimés par le passé. Et puis, elle a commis un acte… peu importe. Ce qui s'est passé cette nuit, puisque vous vous posez la question et, sans doute, vos filles également, c'est que j'ai clos une vieille histoire, longtemps douloureuse, et que je m'en porte très bien. Libéré, une bonne fois pour toutes. Voilà, ma chère.

Callista Swift eut du mal à cacher son soulagement, mais elle y parvint. D'autant mieux que Ling-Faï déboula avec une cafetière pleine et fumante, deux tasses, et le petit-déjeuner.

Cellendhyll chevauchait dans le petit matin, remontant les Grandes Plaines au nord-ouest, à la tête de ses Hirondelles.

Son regard de jade fixé sur l'horizon, le Hors-Destin chevauchait le sourire aux lèvres.

Il était tout à la fois léger et puissant, aussi libre que ce faucon qui planait là-haut, en altitude, sa silhouette racée, élégante, se découpant sur le fond azuré du ciel limpide.

Avec lui, Callista Swift, Ling-Faï, Cole et une cinquantaine de cavalières. Le restant de la troupe était resté aux Creux à se reposer, avec les chariots. La mission du jour ne consistait pas à combattre, mais à repérer. Cellendhyll voulait se faire une idée de l'ennemi.

Ils chevauchèrent trois heures durant, entrecoupées de pauses, toujours au nord-est, dans la direction de Coruscante.

À mesure de leur progression, ils purent se guider grâce à toute une série de traces, laissées tant par les réfugiés dans leur fuite que par les Smaughs lancés à leur poursuite ; empreintes diverses, étoffes ou cuir déchirés, morceaux de lames ébréchées, vestiges de feu, excréments d'hommes ou de bêtes…

Ils finirent par tomber sur l'armée des envahisseurs. Du moins sa trace. Une trace incontestable.

Toujours au nord-est, un nuage de poussière s'élevait sur les deux tiers de l'horizon, visible des kilomètres à la ronde. Et ce gigantesque nuage, c'était les Smaughs, assurément.

Ils étaient encore trop loin de l'ennemi pour en distinguer les détails. Cellendhyll décida d'avancer encore, mais à faible allure pour ne dégager aucune poussière. Il trouva un lit de rivière à sec qui permit à ses cavalières de progresser sans se détacher sur l'horizon.

Une demi-heure plus tard, ils firent halte, mirent pied à terre et se glissèrent dans les buissons, indétectables. Cellendhyll refusait de s'approcher plus, sous peine d'être repéré.

Jamais il n'avait assisté à un tel spectacle, contemplé une telle masse d'ennemis. Les Smaughs semblaient bien plus que cinq mille, peut-être le double. Sans compter leur reine et leurs sorciers.

Ils sont bien trop nombreux !

Une vision propre à hanter le cœur du plus courageux des hommes.

Il fit le point sur la horde avec sa longue-vue pour en savoir plus sur sa nature.

Trop de poussière, trop de gens, trop de véhicules. Impossible à détailler, même avec son instrument.

Suivant les bordures du nuage, il put distinguer des Smaughs à pied, des mechs, des esclaves, de grands chariots et du bétail. Et c'était tout.

C'est impossible, ils sont bien trop nombreux ! Comment vais-je vaincre une telle horde ?

Ce n'était pas une simple force d'invasion, mais une véritable colonie.

Le doute, un instant, menaça de le submerger. La conscience de Cellendhyll se cabra aussitôt, d'instinct.

Non. Je suis le Hors-Destin. Je ne doute pas. Je n'en ai pas le droit, il y a trop de vies en jeu.

Il échangea un regard avec Callista. Elle n'en menait pas plus large que lui.

Réprimant un soupir, Cellendhyll donna l'ordre de revenir à leurs montures. Il en avait assez vu.

Les Hirondelles s'exécutèrent. D'ordinaire joyeuses, sinon volubiles, elles gardaient le silence, les épaules voûtées.

Callista Swift connaissait bien assez ses filles pour comprendre leur désarroi.

Tandis que les soldates remontaient en selle, la capitaine s'exclama :

— Haut les cœurs, les filles. Le nombre ne fait pas tout, n'est-ce pas, commandant ?

Cellendhyll embraya aussitôt :

— Tout à fait, capitaine Swift ! Mes dames, n'oubliez pas que nous avons porté un rude coup aux Smaughs, et ce n'était que le premier. Ils sont innombrables, certes, pour autant ils n'ont pas une armée disciplinée comme la nôtre. Mon ami Gheritarish, que vous allez bientôt rencontrer, vous dirait même que c'est une excellente nouvelle, car ça nous fera plus d'empalés du crâne à abattre, et d'autant plus de plaisir à pouvoir le faire ! Et c'est ce que je pense aussi ! Une partie d'entre vous m'ont vu combattre hier, ont constaté ma détermination. Sachez que je ne fais que m'échauffer, mes dames, et que, jamais, je ne céderai devant l'engeance des Smaughs. Nous allons rentrer, à présent, non pas comme des chiens battus, mais comme des fauves déterminés, nous allons rentrer, rejoindre le reste de l'armée et nous préparer à vaincre ! Êtes-vous avec moi, les Hirondelles ?

— Pour Cellendhyll ! Pour Alhana ! Pour la Lumière ! s'écrièrent les soldates, le doute envolé de leurs prunelles.

— En route, à présent, conclut l'Adhan.

Il bondit en selle, mit des jambes et lança Farod au galop, en direction des Creux.

Émue, comme ses filles, par la force qui se dégageait des propos du Hors-Destin, Callista Swift hocha gravement la tête. Elle était fière de suivre un tel homme, même si elle ne savait pas du tout où le placer dans sa vie, son équilibre troublé.

Cellendhyll chevauchait, sourcils froncés. S'il s'était montré sincère dans ses propos, il était loin de ressentir une assurance totale.

L'ébauche du plan qu'il avait commencé à échafauder venait de voler en éclats. Jamais il ne pourrait tenir les Dents d'Asgorath avec ses Hirondelles face à une telle armée. Même avec l'infanterie et Gheritarish. Face à une telle horde, l'endroit était indéfendable et ne ferait que se transformer en souricière. De même, s'il laissait les Smaughs prendre les Creux, jamais il ne pourrait les en déloger. Comme il l'avait annoncé, il n'avait plus qu'à rejoindre le gros de l'armée, et à mettre en place une défense capable de contrer les envahisseurs. Plus facile à décider qu'à faire !

Lui qui s'était vu charger les haïssables têtes de clous comme il l'avait fait la veille, s'élancer au milieu de l'ennemi et le faucher à grands coups de sa Belle de Mort, il se ferait submerger en quelques minutes face à un tel nombre, quelle que fût la puissance de ses pouvoirs. Des pouvoirs que d'ailleurs il ne maîtrisait qu'imparfaitement.

Il n'y avait plus qu'à espérer que les Smaughs se dirigent bien vers le Vacqueyras et la passe d'Antarah.

Chapitre 59

Précédée de cet épais nuage de poussière repérable à des lieux, la horde des Smaughs avançait, conquérante. Foulant l'herbe sèche, le sable et la caillasse, elle s'étalait à perte de vue.

Cette horde était un animal grossier, plein d'impatience, beuglant, suant et poussiéreux, mais faisant preuve d'ardeur, d'endurance, et qui savait respecter la discipline. Tout le monde avançait sans rechigner et les querelles habituelles étaient momentanément oubliées.

Des milliers de guerriers en marche, suivis de plusieurs centaines de ces chariots géants que conduisaient les fidèles mechs, suivis du train des esclaves et des bêtes ; à savoir pour ces deux dernières catégories, quel sort était le moins enviable.

Certains, en revanche, voyageaient dans un confort tout à fait acceptable.

Installé sur le toit-terrasse de la grande roulotte dans lequel voyageaient les maîtres-sorciers, protégé du soleil par l'ombre de l'auvent dressé pour la circonstance, de la poussière par une série de paravents, Rakùl-Bahìr buvait une coupe de vin blanc et dégustait des lamelles de porc confit aux airelles. Une pipe de kiuthe, prête à être allumée attendait son bon vouloir. Une esclave lui léchait les doigts de pieds avec application ; une fille de la noblesse capturée à Coruscante, avide de plaire, avide de survivre, et fort douée pour satisfaire les désirs de son nouveau maître.

Un maître qui, en quelque sorte, pouvait se considérer en train de parcourir son nouveau et vaste domaine.

Si nous sommes parvenus jusqu'ici, c'est grâce à moi ! proclamait chaque jour la conscience fière et assurée de Rakùl-Bahìr.

Tout s'était parfaitement déroulé depuis leur arrivée sur les Territoires-Francs. Coruscante tombée en une nuit, la défense de la ville balayée, des pertes minimes.

L'avancée à travers les Grandes Plaines était lente, mais régulière. Les Smaughs avaient assez de nourriture et d'eau pour voyager, assez d'esclaves et de confort pour passer le temps.

Le Nagù suçota un morceau de viande confite. Depuis le départ de la cité-franche vaincue, pourtant, le front du sorcier était perpétuellement froncé.

Mener le Fahaarak'Shar à son terme était son grand œuvre, son obsession. Il aurait dû exulter, à l'instar de ses pairs.

Il pouvait même avouer que cette traversée des grands espaces lui était agréable. Ainsi que la compagnie de son peuple, qu'il avait longtemps perdu de vue, toutes ces années solitaires, consacrées à établir une tête de pont sur les Territoires-Francs.

Or, en dépit de tous ces bons présages, Rakùl-Bahìr avait le cœur étreint d'un sentiment d'inquiétude qui ne voulait pas le lâcher.

Où était passée Øz ⸮

Cette question, qui résumait tout, résonnait sans cesse en lui, une véritable torture pour le Nagù.

Il avait mis quelques jours à s'en rendre compte, trois, pas plus. La roulotte dans laquelle la reine était censée voyager était vide de sa présence. Les membres de sa garde n'avaient rien perçu du subterfuge. Évidemment, Gamaël était tout aussi absent que sa maîtresse.

La dernière fois que Rakùl-Bahìr avait vu sa souveraine, c'était juste après la prise de Coruscante. La Sublime se rendait à la bibliothèque de la ville avec Gamaël. Et, depuis, plus aucune nouvelle.

Le convoi de la horde était reparti sans leur meneuse et, sur le moment, personne n'en avait pris conscience.

Pourquoi Øz ne les avait-elle pas accompagnés ⸮ Elle serait restée à Coruscante, seule avec son guerrier ⸮ Pour quoi faire ⸮ Pourquoi se séparer de son armée ⸮ Pourquoi laisser le Peuple poursuivre sans elle, et sans avoir donné d'instructions ⸮ Le plan de conquête initialement conçu était clair : prendre Coruscante, puis les Dents d'Asgorath, aller droit sur la passe d'Antarah, franchir le gué du Vacqueyras, et conquérir Ambre. Les grands portails bloqués, aucune armée digne de ce nom ne pourrait tenir tête aux conquérants.

Alors quoi ⸮ ne cessait de se demander le Nagù. Que pouvait avoir de mieux à faire la reine que de mener le Fahaarak'Shar à la tête de ses sujets ⸮

Ce mystère le faisait grincer des dents.

Rakùl-Bahìr avait questionné tout autant les autres maîtres-sorciers que les seigneurs de guerre, aucun d'eux ne semblait plus renseigné que lui sur les intentions d'Øz.

Aucun d'eux ne partageait son inquiétude, par ailleurs. La voie du Fahaarak'Shar était grande ouverte, les sorciers, les seigneurs et leurs guerriers, en profitaient pour manger, boire, forniquer ou infliger la souffrance à leurs esclaves. Tant qu'une force ennemie ne se dresserait pas en face d'eux, ils se contenteraient de ces menus plaisirs et ne poseraient pas plus de questions sur les agissements de leur reine.

Quelle bande d'inconscients !

Le Nagù s'étira. Il allait se retirer dans sa chambre, dans le chariot, et fouetter un peu cette esclave, de quoi normalement lui détendre les nerfs. Pas trop fort, toutefois, cette petite avait une bouche incroyable et le périple était loin d'être terminé. Autant la faire durer, celle-là.

Chapitre 60

Les Grandes Plaines, un immense océan d'herbe à perte de vue. Paré d'un manteau gris, le ciel était maussade. Un vent vif agitait les bannières.

L'après-midi débutait. C'était le premier jour de la guerre, cette guerre qui allait décider du sort de l'armée de Lumière, mais également de l'ensemble du Plan Primaire.

À l'ouest, l'armée impériale, assemblée par rangs, modèle d'ordre et de discipline. Ses couleurs dominantes étaient l'azur, l'argent mat, le blanc et le gris.

Le 7e de la Légion tenait le centre, au cœur des fantassins, une formation globale sur cinq rangs de cinq cents soldats d'expérience. Au nord et au sud de leurs lignes, Volkart et ses arbalétriers, divisés en deux sections de deux cents hommes. À l'arrière, en réserve, Magnus, le guerrier-peint et ses Preux, beaucoup moins à l'aise que leurs camarades dans le combat en phalange. L'infanterie était commandée par l'adjudant-chef Cromlach – le soldat nain avait longuement conversé avec Cellendhyll et Callista les jours précédents, les trois s'entendaient bien et, concernant les mouvements de l'infanterie, l'adjudant-chef avait obtenu de pouvoir agir sans avoir à en référer au commandement supérieur ; ce qui risquait de prendre trop de temps.

Occupant la position de commandement, Callista Swift se tenait au centre, derrière les légionnaires. La capitaine-générale était accompagnée de Cellendhyll, de Ling-Faï, d'une dizaine de cavalières constituant son escouade d'estafettes. Tous montés sur un étalon, ou une jument, de la race des Pelloniens.

Au centre et au milieu du grand rectangle défensif formé par les fantassins de l'Empire, deux petites tours en bois avaient été dressées, auxquelles on pouvait accéder par une échelle. Hautes de six bons mètres, à deux étages, sommaires, mais solides, renforcées par des rambardes, elles étaient vides. En haut de chacune d'elles était accrochée une cloche en acier mat incrustée de runes topaze. Les mages patientaient dans leur roulotte, encore plus en retrait de l'armée, à côté des chariots de la Guelfe-Blanche, destinés à servir d'infirmerie mobile. Ils agiraient lorsqu'on aurait véritablement besoin de leurs talents particuliers, qu'ils n'entendaient pas gaspiller. Cellendhyll avait fait leur connaissance, et il n'éprouvait de sympathie pour aucun des deux personnages. Les mages, toutefois, semblaient respecter son autorité, et il n'en demandait pas plus.

L'aile gauche de l'armée de Lumière, située au nord du champ de bataille, était occupée par le régiment d'Hirondelles, divisé en deux bataillons. Vanina Cole avait la responsabilité de l'un, Calliope de l'autre. L'aile droite, au sud, était composée par le régiment des cinq cents Paladins Bleus.

Les troupes montées étaient avant tout destinées à la contre-attaque, en attente.

De l'avis général au sein du commandement impérial, le plus à craindre, chez les Smaughs, était leur sorcellerie, sans doute capable de renverser le cours de la bataille si elle était utilisée au bon moment. Cellendhyll avait révélé tout ce qu'il savait sur le sujet, cependant, il ignorait le nombre des sorciers et leur puissance réelle. La stratégie globale serait donc de livrer une bataille de défense, autant que possible sans se livrer, d'attendre que les sorciers se dévoilent et alors de lancer sur eux toute la cavalerie, Adhan compris. Les Paladins Bleus constitueraient le fer de lance principal, contre les sorciers ennemis, leurs sorts protecteurs capables d'annuler le voile de peur que pouvaient infliger Rakùl-Bahìr et ses sbires.

Cellendhyll avait fait la connaissance des Paladins Bleus, cet ordre d'élite qu'il aurait dû intégrer. Lorsqu'il constata l'attitude hautaine des chevaliers vis-à-vis des autres corps, il se félicita d'avoir suivi une autre voie. Il dut faire un véritable effort pour se contenir en la présence de leur commandant. D'ailleurs, Callista Swift et Hector d'Acquila ne s'entendaient pas du tout, ce qui n'avait rien d'étonnant vu la misogynie à peine réprimée du meneur des Paladins. Cellendhyll veilla à les garder éloignés l'un de l'autre – Callista avait tout son appui, mais il avait trop besoin de la puissance des Paladins pour se les mettre à dos d'emblée en brisant le nez de leur chef. Les Paladins, quant à eux, ne firent aucun effort pour se lier avec les autres régiments, ce qui évita sans doute de sérieuses querelles.

Derrière Cellendhyll et le reste du commandement, il y avait les chariots constituant l'infirmerie mobile de la Guelfe Blanche, chargée de prendre en charge les blessés ; l'escadron des sicaires de l'Orage, les prêtres-combattants en charge de protéger leurs frères guérisseurs ; une réserve de cinquante Hirondelles montées, occupées à garder les montures de rechange des cavalières et des Paladins avec les palefreniers ; une série de chariots au funeste rôle, celui de ramener les dépouilles de ceux tombés au combat ; d'autres avec des réserves de nourriture, d'équipements, d'armes et de munitions.

Reydorn se tenait avec les prêtres de la Guelfe Blanche, aux côtés de l'archevêque et l'escadron des sicaires de l'Orage. Irumi faisait également partie de ce dernier groupe, à la tête d'une escouade de cinquante Hirondelles chargées de renforcer la protection des prêtres-guérisseurs. Installée en tailleur sur le toit de l'un des chariots-infirmerie, la Kelash inspectait chacune des flèches ivoirines de ses carquois.

Au moins le temps de l'attente, Cellendhyll avait accepté de porter un casque à nasal et de passer par-dessus son habituelle tenue de cuir bleu cobalt, une cape courte, masquant ainsi sa chevelure et sa silhouette. Le but était de camoufler sa présence sur le champ de bataille. Un conseil de Callista, à qui l'Ange avait narré ses rapports avec les Smaughs et leur reine infâme. L'Adhan serait sans doute reconnu dès qu'il entrerait en action et ciblé en priorité, néanmoins, la surprise engendrée lui permettrait peut-être d'en tirer avantage.

La capitaine Swift s'était bien gardée de révéler à son commandant qu'elle lui avait avant tout proposé l'idée afin que l'ennemi ne se focalise pas sur lui d'entrée de jeu, pour elle le meilleur moyen de le protéger du danger.

Il n'y aurait aucun pourparler avec les Smaughs, nulle négociation. Les envahisseurs étaient venus pour massacrer, pas pour palabrer, et Cellendhyll n'avait pas la moindre parcelle de confiance à leur accorder.

En face de l'empire de Lumière, à l'est, ceux que Cellendhyll avait vite appris à haïr. Les Smaughs. Toujours rassemblés en cette horde gigantesque et confuse, masse chaotique dont on ne distinguait pas grand détail. Beaucoup de guerriers, revêtus de noir et de magenta, beaucoup de véhicules, rangés sans ordre ou logique apparente.

Se retrouver ainsi bloqués en pleine progression par une véritable armée, alors qu'ils avaient tout prévu pour éviter une telle occurrence, n'était pas une plaisante surprise pour les conquérants. Une armée clairement organisée, supérieure en nombre à ce que pouvait produire chaque cité-franche de l'Alliance, se dressait entre le Peuple et son objectif, le gué du fleuve Vacqueyras, bloquant la progression du Fahaarak'Shar.

Ladite armée qui ne tarda pas à être reconnue à ses couleurs comme étant celle de la Lumière.

— Les Impériaux nous doivent le prix du sang, vengeance ! scandait Oghul-Tak, passant d'un groupe de sans-clan à l'autre pour aviver leur colère.

Le colosse portait une nouvelle armure complète, tout aussi noire que les précédentes. Un heaume neuf couvrait son visage, conçu avec une armature spéciale pour protéger les clous de son crâne en cas de choc, avec une visière élargie pour mieux y voir.

Peu de gaillards en auraient été capables, cependant, le colossal seigneur de guerre avait réussi à survivre à sa rencontre avec Estrée et Cellendhyll. Et cela n'avait rien eu d'une partie de plaisir. Projeté par l'Héritière du Chaos au fond du lac d'Asgorath, le colosse s'était révélé incapable d'ôter les éléments de son armure d'une seule main. En conséquence, il s'était laissé couler jusqu'au fond, faisant appel à son impressionnante capacité pulmonaire pour retenir sa respiration le temps que ses ennemis s'éloignent. Après quoi, Oghul-Tak avait marché, s'était traîné jusqu'à la surface, sur la gauche du lac, aussi loin des pontons qu'il le pouvait. Surgissant au milieu des rochers, haletant, il avait rampé derrière l'un d'eux. Une fois son hémorragie stoppée, en serrant son ceinturon d'armes au-dessus de son moignon, le Smaugh s'était ensuite terré au fond d'une saillie rocheuse, encore plus à l'ouest du site. Saisi d'une fièvre qui le garda au seuil de l'inconscience durant trois jours, il vogua entre lucidité et délire, sans rien à boire ou à manger, avec la rage comme unique carburant.

Fidèle à sa légende, Oghul-Tak survécut là où tout autre aurait trépassé. Fort affaibli, mais bel et bien vivant, il sortit de sa cachette et retrouva ses congénères dès leur arrivée aux Dents d'Asgorath. Il fut immédiatement pris en charge par ses serviteurs. Des onguents permirent de venir à bout de l'infection qui avait gagné son bras, et de réduire l'inflammation de ses chairs mutilées. Puis, des tonnes de viande rouge lui firent peu à peu recouvrer sa formidable énergie.

La perte de son avant-bras n'était pour le colosse qu'un désagrément. Il n'était pas le premier des guerriers smaughs à subir une telle blessure et cela ne l'empêcherait en rien de combattre. Les forgerons avaient déjà assemblé pour lui une prothèse capable de compenser son membre tranché et le seigneur de guerre s'en révélait fort satisfait.

En revanche, son visage était une tout autre histoire. Fracassé par le coup de marteau de Cellendhyll, le casque d'Oghul-Tak s'était incrusté dans sa chair, qu'il avait perforée, sectionnant les nerfs, et il avait fallu toute l'habileté d'un mech forgeron pour découper le métal, fragment par fragment, et libérer le visage du chef de guerre.

Le verdict était sans appel. Le faciès du colosse était ravagé et les soins ne pouvaient rien y faire. L'arcade sourcilière gauche d'Oghul-Tak avait été enfoncée, l'os zygomatique écrasé. Sa large figure pendait de guingois, désormais, sa grosse bouche tirée sur le côté sur un éternel demi-sourire. En somme, il était défiguré, mais il n'avait finalement rien perdu de sa puissance et sa férocité s'en trouvait renforcée, c'était pour lui l'essentiel. Les sang-chaud paieraient pour ce qu'il avait enduré, tous les sang-chaud qu'il croiserait, jusqu'à retrouver cet Adhan maudit et la brune qui l'accompagnait. Car l'image de Cellendhyll s'était figée en Oghul-Tak et il n'attendait que l'occasion d'un nouvel affrontement.

Le colossal guerrier voulait du sang, des flots de sang, à s'en couvrir d'écarlate des pieds à la tête. Sur son ordre, les tambours de guerre avaient commencé leur martèlement sourd et inquiétant.

À son image, face à cet ennemi aussi imprévu que conséquent, le sang des Smaughs n'avait pas tardé à bouillonner. Tous clans mélangés, les Têtes de Clous trépignaient sur place, brûlant de plonger leurs lames dans la chair des sang-chaud. Ils étaient passés par les Creux, ils avaient trouvé les dépouilles pourrissantes des leurs, les sans-clan abattus sur place par Cellendhyll et ses Hirondelles. Une funeste découverte qui n'avait fait que renforcer leur avidité destructrice. Les guerriers se remontaient les uns les autres, échangeaient des promesses de sang, leurs prunelles de plus en plus fiévreuses. Ils postillonnaient des insultes aux soldats de l'Empire et, même si ces derniers étaient trop loin pour entendre, la teneur du message était claire.

Chauffés à blanc par les violentes harangues d'Oghul-Tak, les Smaughs, tous clans confondus, attendaient impatiemment l'ordre de charger.

Un ordre qui ne venait toujours pas.

Confortablement installé dans son fauteuil, sur le toit de sa grande roulotte laquée de bois sombre, aménagé en terrasse, Rakùl-Bahìr se préparait à assister à la première journée de bataille. À sa portée, un guéridon sur lequel reposait une carafe de vin de prune rafraîchi, un narguilé rempli d'herbes kiuthes prêt à être allumé, ainsi qu'un bol d'olives pimentées. Son esclave favorite, dont il venait de faire raser le crâne pour faire ressortir la beauté de ses traits, passait de l'huile sur ses pieds qu'elle allait commencer à masser. Le Nagù se permit un soupir de contentement. Il était habillé d'une longue tunique magenta, grande ouverte sur son torse aux muscles secs et plats, d'un pantalon en cuir noir. Rakùl-Bahìr était en pleine forme, il s'entraînait deux fois par jour, avec assiduité, à l'art du Shiwan-Gewarr, l'art martial que pratiquaient tous les sorciers du peuple smaugh.

Installés à sa droite et à sa gauche, Göruk-Mongh, Kublaï-Our et Shaar-Balal, les trois autres maîtres-sorciers, revêtus des mêmes longues tuniques, tout aussi détendus… voire plus… Göruk-Mongh et Kublaï-Our avaient déjà la tête pleine de fumée kiuthe, leurs pupilles totalement dilatées, et Shaar-Balal avait coincé la tête de l'un de ses gitons favoris entre ses cuisses et se faisait lentement sucer la verge, occupation ponctuée de ses grognements lascifs.

Rakùl-Bahìr ne trouvait rien à redire des goûts sexuels de son homologue, cependant, il avait toujours jugé que s'adonner à ce genre de pratiques lors d'une assemblée publique était un flagrant exemple de vulgarité. Et le Nagù méprisait la vulgarité, Smaugh ! Réprimant un commentaire cinglant, le maître-sorcier du Cinquième Cercle prit une gorgée d'alcool de prune, qu'il fit rouler entre ses joues, goba une olive avant de saisir délicatement le tuyau de son narguilé. La fille qui le massait connaissait son travail et le Nagù se laissa aller à son expertise, à nouveau à son aise.

Passé la mauvaise surprise de se retrouver ainsi confronté à cette véritable armée de métier de la Lumière, déployée en rangs organisés, avec discipline et méthode, Rakùl-Bahìr avait fait contre mauvaise fortune bon cœur. Tout d'abord cela voulait dire que le Nagù allait peut-être pouvoir retrouver Cellendhyll de Cortavar et régler ses comptes avec lui. Directement. S'en prendre à lui à distance était une mauvaise idée, finalement, et Rakùl-Bahìr l'avait compris, heureux que sa tentative de meurtre ait échoué. En outre, les Smaughs avaient pour but de conquérir l'ensemble des Territoires-Francs, qu'ils affrontent cette armée aujourd'hui ou plus tard, quelle importance finalement ? Ils étaient tellement plus nombreux que l'adversaire, en pleine possession de leurs moyens, ce serait somme tout un excellent test pour le Peuple !

Puis, alors qu'un concert de cris venu d'en bas, au niveau du sol, remontait jusqu'à ses oreilles, le maître-sorcier lâcha un ricanement chargé de mépris. *Un excellent test pour ces cloportes de guerriers !*

Même si Cellendhyll et les forces impériales n'en savaient rien, un point capital handicapait les Smaughs. Øz, leur reine, avait disparu depuis le siège de Coruscante. Or, la sublime souveraine représentait la seule autorité incontestable capable d'unifier la horde. Privés de cette poigne indiscutable, les Smaughs redevenaient des adolescents querelleurs. L'absence de la reine se faisait cruellement ressentir, elle n'était plus là pour museler les ego.

Conséquence immédiate, contrairement à Coruscante, au lieu de se concerter pour cette véritable bataille et faire front uni contre l'ennemi, de former une force d'impact irrépressible, les seigneurs de guerre étaient tombés en pleine dispute dès le début de leur conseil de guerre, se révélant incapables de définir lequel d'entre eux allait diriger l'assaut.

Rakùl-Bahìr avait pourtant fait de son mieux pour organiser les choses. Dès les véhicules calés, le camp dressé, la Horde amassée face à l'Empire, le Nagù avait jugé bon de mettre en place une réunion avec les quatre seigneurs de guerre, le meilleur moyen de préparer l'offensive. Oghul-Tak, Rachak-Ul et les autres lui avaient fait répondre qu'ils étaient trop occupés, Smaugh ! Et que, de toute manière, ils n'avaient aucun besoin des sorciers pour vaincre l'ennemi.

Rakùl-Bahìr exhala un épais nuage de fumée et lâcha un nouveau ricanement. Les quatre seigneurs se tenaient justement quelques mètres plus loin, et rien qu'à leurs postures, le maître-sorcier voyait bien qu'ils étaient incapables de s'accorder sur la stratégie à adopter pour faire mordre la poussière à cet ennemi imprévu. Hormis Oghul-Tak, aucun des trois autres n'avait passé une tenue de combat.

Jamais la reine n'aurait supporté un tel comportement ! C'est bien de sa faute si nous en sommes là ! déplora une nouvelle fois le Nagù.

Sa visière relevée sur son large visage grimaçant, Oghul-Tak écoutait les tergiversations des trois autres maîtres de guerre, chacun avançant une série d'arguments qu'il jugeait incontestables pour lui faire prendre la tête des guerriers. Constatant que la discussion ne mènerait nulle part, le colosse du clan tak poussa un grognement. Il cogna son gantelet contre son épaule, à trois reprises, pointa un bras en direction de l'armée adverse et beugla :

— Fahaarak'Shar ! Fahaarak'Shar ! Fahaarak'Shar !

Les guerriers n'en attendaient pas plus pour agir. Au bord de l'ébullition depuis plusieurs minutes de harangue, incapables de se contenir plus longtemps, ils poussèrent le même rugissement agressif qu'Oghul-Tak et se lancèrent à l'assaut.

Brandissant leurs lames, haches, sabres, lances, hachettes et autres instruments de mort, les Smaughs se ruèrent dans la plaine en hululant leur soif de sang et de conquête, trois mille guerriers, saisis de frénésie, chargèrent droit devant la ligne des fantassins de l'Empire, sans ordre, mais galvanisés par le martèlement lancinant de leurs tambours de guerre.

Les guerriers smaughs étaient vêtus de gambisons de cuir noir, luisants, cloutés, avec un pantalon de même matière, et de hautes bottes au bout recourbé. Dédaignant l'usage du bouclier, ils portaient pour la plupart des casques coniques, à nasal et protège-joues, surmontés de crins noirs, l'intérieur renforcé d'un capitonnage qui assurait la protection de leurs crânes hérissés de clous. Seuls les membres du clan tak étaient recouverts d'épaisses armures de plates complètes, toutefois, le colosse les gardait en réserve. Pas question d'affaiblir ses propres forces alors que ses pairs rechignaient à lancer une offensive totale.

Oghul-Tak se tourna vers les trois autres seigneurs de guerre, les défiant du regard d'interférer avec sa décision. Puis, après un autre grognement qui voulait tout et rien dire, le colosse smaugh s'élança à la suite des guerriers vociférants.

Rakùl-Bahìr n'avait rien manqué de la scène. Il secoua la tête et ses traits maigres se tordirent en un pli désapprobateur tandis qu'il regardait la masse des guerriers s'élancer vers les lignes impériales soigneusement alignées. Chaque matin, chaque soir, en dépit de ses sentiments d'antipathie pour elle, le Nagù espérait le retour de sa reine. La question continuait de tourner dans son esprit, chaque jour, encore et encore : *où est passée Øz ¿*

Quoi que la Sublime ait orchestré de son côté, quelles que fussent ses motivations, il était inconcevable que la souveraine abandonne ses sujets au tout début du plus grand, du plus important Fahaarak'Shar de l'histoire des Smaughs. Un accomplissement, rien de moins. Øz allait finir par revenir vers ses sujets pour les guider, forcément ! Mais, en attendant, comment composer avec cette défection malvenue qui désorganisait tout le commandement de la Horde ¿ Rakùl-Bahìr n'en avait aucune idée, Smaugh !

Il congédia l'esclave, incapable qu'il était de se concentrer sur les bienfaits du massage, et se rencogna dans son siège, animé de sentiments contraires. Il déplorait la mésentente des guerriers, mais, pour autant, leurs attitudes négatives jouaient pour lui. S'ils faisaient la preuve de leur incompétence stratégique, cela ne pourrait que profiter au Nagù.

Nous allons bien voir, se dit-il, avant de reprendre une gorgée de vin.

— Vous connaissez la musique, on les laisse venir et on tient bon, mes salopards ! s'époumona l'adjudant-chef Cromlach, tenez vos rangs ! Greggar, tu m'expliques pourquoi tu es trois pas trop en arrière de la ligne ¿ Kaltos, redresse-moi ton putain de bouclier avant que je ne te l'enfonce dans le fondement !

Cromlach allait et venait tout le long des lignes. Il était placé en retrait, au troisième rang, au milieu des légionnaires. Il était heureux de constater que l'ennemi ne semblait disposer ni d'engins de siège – une catapulte ou un trébuchet, par exemple, aurait pu à lui seul dévaster les rangs de l'infanterie –, ni d'unités de cavalerie ou d'archerie. Les Smaughs, en vérité, n'avaient rien d'une armée organisée, c'était une meute féroce qui semblait dépourvue de toute discipline.

— Ne lâchez rien, mes gaillards ! renchérit la voix pleine d'ardeur de Gheritarish, posté un peu plus loin, à portée d'oreille du guerrier nain.

Le Loki portait le même casque à cimier, la même tenue de maille argentée que ses compagnons – à sa taille, grâce à l'un des maîtres-forgerons impériaux –, le même surcot azuré, les mêmes armes, lance et glaive, le même bouclier rectangulaire. La seule différence était Snaggah, accrochée en travers de ses épaules massives.

Campés sur leurs jambes puissantes, les fantassins avaient planté leurs grands pavois dans l'herbe, solides sur leurs appuis, l'épaule bien calée, leurs lances en retrait, fermement empoignées dans l'autre main.

Sur un ordre de Cromlach, le temps que la horde des Smaughs arrive au contact, les arbalétriers s'étaient déployés de chaque côté de la ligne des légionnaires, formant une autre ligne, plus courte, positionnée de biais, de manière à contrer un mouvement de contournement. En léger retrait, les Hirondelles et les Paladins Bleus sur leurs montures, prêts à bloquer tous ceux qui échapperaient aux carreaux.

Cellendhyll contemplait les Smaughs charger. Son regard chargé de colère froide, ses mâchoires convulsivement contractées, il se demandait pourquoi il n'était pas en première ligne, aux côtés des légionnaires !

Impact ! Le choc des deux armées, fracas de métal et de volonté, fracas des muscles et des passions contraires, un vacarme effroyable de férocité qui se répercuta tout le long de la ligne de combat et monta vers le ciel, résonnant des kilomètres alentour.

Les milliers de Smaughs se mirent à frapper le mur d'acier impérial de leurs lames, leurs prunelles dilatées par la rage, la haine et l'excitation. Certains, en léger retrait, décochaient une flèche ou un javelot, ceux-là étaient rares, car les guerriers prisaient le contact, avant tout.

— Tenez vos rangs, bande de pucelles ! beugla Cromlach, sa voix rocailleuse s'élevant au milieu du vacarme ambiant.

Le premier choc passé, les Smaughs poussèrent des cris de dépit tout autant que de douleur.

De dépit, en constatant que le mur de bouclier refusait de plier face à leur charge, les légionnaires fermement campés sur leurs appuis.

De douleur, en sentant les pointes des lances impériales jaillir par-dessus le haut des pavois, pour les frapper à la tête, à la gorge, dans le poitrail, transperçant le défaut de leurs protections de cuir renforcées d'acier martelé.

Leur impulsion brisée, les premiers rangs se retrouvaient coincés, incapables de manœuvrer, poussés par l'arrière contre ce rempart de fer et de muscles qui ne voulait pas céder. Qui ne voulait pas céder et qui les mordait, les entaillait, les mutilait.

La rage des Smaughs, leur frénésie s'écrasaient en vain contre le mur impérial. Ils n'avaient aucune cible à frapper, aucune ouverture à exploiter. Les lances ennemies, elles, les trouvaient sans difficulté, épinglant tous ceux qui se trouvaient à portée.

Ils commencèrent à tomber. Par dizaines, par centaines. Les blessés agonisant étaient piétinés par leurs propres frères de race. Les Smaughs qui tentèrent de déborder la ligne impériale par les côtés se firent aussitôt recevoir par les carreaux des arbalétriers ou les flèches des Hirondelles.

Un Smaugh tenta de saisir le rebord d'un bouclier pour l'écarter, il se fit trancher les doigts puis la gorge. Un autre Tête de Clous frappa, frappa encore l'épaisseur d'un pavois de sa grande hache de Lochabre, sans autre effet que de voir une lance prendre appui sur le bord du bouclier et lui transpercer l'œil puis la cervelle d'un estoc sèchement asséné. Un Smaugh presque aussi corpulent qu'Oghul-Tak, les yeux allumés de frénésie, postillonnant de haine, se jeta de tout son poids contre un pavois pour le faire basculer sous son poids. Le légionnaire de l'autre côté poussa un juron entre ses dents serrées, il plia les jambes, mais ne recula pas d'un pouce. Maniée par le fantassin placé derrière lui, la lance prit appui sur le dessus de son bouclier et glissa en avant pour se planter dans le gosier du Smaugh.

Les cris résonnaient tout le long de la ligne de combat, additionnés du fracas de l'acier, du martèlement malsain des tambours. Une odeur âcre, métallique, entêtante prenait aux narines, mélange de sang, de sueur et de tripaille violée par l'acier impérial.

Bien sûr, dame Mort frappait des deux côtés. Certains légionnaires s'effondraient également, lardés d'un jet de javelot ou d'un tir de flèche qu'ils ne virent pas venir, percés d'une lame qui passait miraculeusement par-dessus un bouclier pour trouver le défaut d'un casque. Alignés les uns contre les autres à pouvoir se toucher les épaules, les fantassins disposaient de bien peu d'espace pour combattre, ils n'avaient pas droit à l'erreur. Néanmoins, il y en eut bien peu comparé aux Smaughs et les blessés étaient aussitôt tirés en arrière et conduits à l'infirmerie, tandis qu'un légionnaire du rang suivant venait prendre leur place.

La ligne impériale tenait bon.

Du haut de son perchoir, le regard soudain fulminant, Rakùl-Bahìr balança sa coupe de vin au visage d'un esclave. De ce qu'il en constatait, presque un millier de Smaughs venaient de tomber pour même pas une centaine d'Impériaux. Les sans-clan étaient en train de se ridiculiser. Le maître-sorcier pesa rapidement le pour et le contre avant de se décider. Même s'il n'était pas censé agir aussi tôt, il fallait faire quelque chose pour relancer la logique du combat et sans tarder. Et sans faire usage de la sorcellerie, qu'il voulait avant tout garder en réserve.

Le Nagù quitta son fauteuil et se pencha vers le rebord de son toit-terrasse pour ordonner au mech qui lui servait d'intendant-général :

— Qu'on oriente les fourgons des tarfs face à l'ennemi !

Puis, Rakùl-Bahìr s'orienta vers les trois seigneurs de guerre, ces derniers restés à leur place, sans réagir devant ce qui s'apparentait pourtant à une leçon de guerre. Il harangua ces incapables sans chercher à cacher son dédain :

— Vous voyez le prix de l'impréparation ? Reprenez-vous, mes frères ! Ordonnez à vos hommes de reculer, nous allons lâcher les tarfs ! Ensuite, vous pourrez toujours contre-attaquer, Smaugh !

Rachak-Ul, Djagga-Taï et Turgut-Ott auraient pu prendre comme un affront le fait d'être ainsi interpellés, toutefois, le Nagù parlait juste, ils n'arriveraient à rien avec cette première charge. Sans un minimum d'organisation, de collaboration, à peine démarré, le Fahaarak'Shar risquait de tourner en débâcle et cette idée ne plaisait à personne.

Sans rien répondre au Nagù, ils donnèrent leurs ordres et le mugissement des trompes résonna pour sonner la retraite.

Tout aussi anarchiques que dans leur charge, les guerriers engagés se mirent à reculer par mouvements désordonnés.

Constatant le recul de l'ennemi, Cromlach donna l'ordre de changer les hommes du premier rang par les troupes fraîches du dernier rang, puis à celles du second, qui avaient combattu par-dessus l'épaule de leurs camarades de changer avec celles du quatrième. Le changement de poste s'effectua avec une fluidité qui fit plaisir à chacun des Impériaux présents. Puis Cromlach ordonna un bref repos. Les rangs arrière s'ouvrirent pour laisser à la place à des servants chargés d'outres d'eau et de rations. C'était le moment d'abreuver les gorges assoiffées par le combat et de souffler un peu.

Les morts, une cinquantaine, avaient été dégagés, les blessés, environ le même nombre, conduits aux chariots de la Guelfe Blanche, à l'ouest, pour y recevoir les soins nécessaires.

— Ça, c'est du bon, les cousins, on continue à les tartiner comme ça, les Têtes à Clous ! s'exclama Gheritarish, tout en allant d'un légionnaire à l'autre pour le féliciter.

En dépit de ses redoutables capacités, le guerrier loki n'était pas destiné à combattre en première ligne, accolé à deux autres fantassins. Gheritarish aurait pu affronter n'importe quel adversaire individuellement, la question n'était pas là. Bien que guerrier éprouvé, il lui manquait l'expérience véritable du combat en phalange, il ne maîtrisait pas assez bien le positionnement spécifique d'un légionnaire et risquait de gêner ses camarades, voire de les blesser. En effet, combattre dans l'infanterie de l'Empire exigeait une technique spécifique. Il fallait frapper vite et fort, tout en maintenant son bouclier dans l'axe, et tout en restant aligné avec ses compagnons. Or, le Loki était habitué aux mouvements amples et dévastateurs de sa grande hache ou de l'épée lourde, de grandes frappes de taille, tout en puissance, qui nécessitaient un espace conséquent pour être déployées. Les légionnaires, de leur côté, combattaient en mouvements serrés, avec des frappes sèches, courtes, privilégiant avant tout l'estoc.

Ainsi donc, pour le moment, Gheritarish était là pour apprendre et se tenait en réserve, chargé de relayer les instructions de l'adjudant.

Cela ne l'empêchait nullement d'être devenu un élément incontournable de l'infanterie. Ce, par la seule force de sa personnalité, par son goût de l'effort physique et son sens de la camaraderie. Ses rapports avec Cromlach se révélaient parfaits, et le Nain, lorsqu'il n'était pas en train de lui apprendre le métier, n'hésitait pas à lui confier la gestion des fantassins en dehors des combats. L'adjudant l'avait bien vite compris, avoir Gheritarish dans ses rangs, c'était idéal pour le moral des troupes. De son côté, Gher était parfaitement à son aise au sein de cette rude fratrie.

De sa position de retrait, Cellendhyll échangea un regard complice avec Callista Swift et la jeune femme lui répondit d'un hochement de tête. Le premier assaut de l'ennemi avait été contré de belle manière, avec des pertes minimes à déplorer, mais cela ne voulait pas dire grand-chose. Les forces de l'ennemi se révélaient à peine entamées.

Le mur a tenu. L'ordre et la discipline de l'Empire ont prévalu, parfait. Et si les Smaughs continuent à se montrer aussi brouillons, on va leur mettre une véritable déculottée… Oh, attend un peu, bougre d'Adhan, rien n'est joué. Même s'ils n'ont rien de véritables soldats, les Smaughs ne sont pas stupides, Øz ne va pas les laisser poursuivre ainsi, ils vont se reprendre, s'organiser… c'est alors que les choses sérieuses vont commencer !

Le Hors-Destin avait contemplé le premier contact juché sur son étalon pellonien. Lui habitué à agir seul, à plonger dans l'action pure, supportait fort mal ce rôle de simple spectateur. Il ne se sentait pas à son aise au sein d'un tel dispositif, pourtant, il ferait de son mieux. Il savait bien que la logique de la bataille devait suivre son cours. Il agirait au bon moment, là où ses talents seraient nécessaires, pas avant.

Les Smaughs avaient entamé leur retraite, repartant vers l'est, vers leur colonie, en formant une ligne irrégulière du nord au sud.

C'est alors, qu'au mépris de toute logique et de toute stratégie, quittant sa position défensive, le régiment des Paladins Bleus s'ébranla au petit galop, longea les lignes par le sud avant d'obliquer à la verticale sur une colonne, plein nord, dans le but de charger les guerriers smaughs en pleine retraite.

— Mortonnerre, qu'est-ce qui leur prend ? s'exclama Cellendhyll, ses iris de jade écarquillés par la surprise.

Callista ne quittait pas le champ de bataille des yeux, ses traits fins marqués par la concentration. Jurant entre ses dents, la capitaine fit aussitôt sonner le cor pour rappeler les chevaliers, mais le commandant des Paladins Bleus, au lieu d'obtempérer, leva le bras pour ordonner d'accélérer la cadence. Constatant le refus d'obtempérer, Callista ordonna au bataillon d'Hirondelles de Vanina Cole, posté sur le flanc gauche, de galoper par l'arrière jusqu'au flanc droit et, ainsi, remplacer la défection brutale des chevaliers.

Chapitre 61

— Pour la Sainte Lumière ! Balayez-moi toute cette racaille, mes frères !

Sous son casque d'acier bleuté, Hector d'Aquila exultait. Le commandant des Paladins Bleus venait de décerveler un Smaugh d'un large revers en taille de sa grande épée ; son douzième adversaire châtié par sa main sûre et vengeresse. Quelques javelots ennemis avaient tenté de l'abattre, ripant sur son armure ou sur le caparaçon de Bélissar, son magnifique étalon de guerre noir. Hector fit dévier son destrier puis, dans un grand rire, le fit percuter un autre Tête de Clous, fracassant sa colonne vertébrale.

Le commandant chevauchait en troisième position de la colonne. Devant lui, ses vaillants camarades, les chevaliers de Guise et de Mollat rivalisaient à percer des têtes ou des torses avec leurs lances. D'Aquila tourna la tête et constata avec plaisir que, derrière lui, les autres chevaliers s'adonnaient à la même hécatombe.

D'Aquila lâcha un nouveau rire, tandis qu'il se penchait dans son galop pour fendre le cou d'un Tête de Clous. Il allait leur montrer, à tous, quelle était sa véritable valeur. Il allait leur montrer qu'il était le meilleur !

À commencer par son supérieur resté bloqué sur le front, le véritable commandant, le seigneur Ghabriel de Blanc-Maison, qui avait constamment veillé à museler les idées audacieuses d'Hector, pour ne pas dire novatrices, voire carrément à les refréner. Quant à cette capitaine Callista Swift, une fois qu'Hector aurait récupéré le commandement général de l'armée, elle pourrait toujours venir réchauffer sa couche le soir, car c'était la seule place pour laquelle elle vaudrait quelque chose. Le seigneur-lige de Cortavar, de son côté, semblait un guerrier de valeur et de caractère, Hector pourrait s'entendre avec un tel homme. Certes, le commandant avait commis l'erreur de nommer une femme à la tête de l'armée… contre ses faveurs, sans doute… Peu importait, l'organigramme n'allait pas tarder à changer, n'est-ce pas ? Car, très bientôt, ce serait lui, Hector, digne héritier de la famille d'Aquila, qui allait occuper le poste de cette catin. Pour preuve de son prestige naissant, cette charge de contre-attaque, qu'il avait décidée au mépris des ordres, se révélait un véritable succès.

Portés par l'allant de leurs puissants destriers, les Paladins Bleus traversaient le champ de bataille du bas vers le haut, et fauchaient tous les Smaughs à leur portée. Protégés par ces magnifiques armures de plates bleu azur, ils gardaient leurs capacités magiques intactes pour faire face aux sorciers, et se servaient de leurs armes forgées d'acier et non de mana, leurs épées bâtardes, leurs grandes haches ou encore leurs marteaux et leurs lances.

Se moquant de ses adversaires, Hector se pencha encore une fois sur sa selle et son épée se rabattit de biais, la tête d'un guerrier adverse décollant de ses épaules dans une grande gerbe vermeille.

Tout se déroulait exactement comme il l'avait prévu. Il allait balayer cette troupe en pleine déroute et, avec un peu de chance, les sorciers sortiraient des rangs pour intervenir. Alors, les Paladins Bleus déclencheraient leurs sorts protecteurs pour contrer les sortilèges de peur adverses, et ils en profiteraient pour lancer une nouvelle charge dévastatrice contre les pratiquants de l'Art Étrange. De quoi marquer un avantage décisif, de quoi, peut-être, remporter la victoire… dès la première bataille ! Et ensuite, Hector verrait bien, il aurait accompli tellement de choses !

Le chevalier se voyait déjà remonter les avenues de la cité des Nuages sur Bélissar, arrosé d'une pluie de roses blanches et pourpres, tandis que la foule amassée autour de lui clamait son nom d'une voix extatique.

Après un tel exploit, je pourrais même devenir lige de l'Empire. Nul doute que le seigneur Cellendhyll me laissera sa place, après ma démonstration ! Vois grand, Hector, et la gloire s'attachera à tes pas !

Fauchant la ligne désordonnée qui tentait de rejoindre la masse de la Horde, les Paladins Bleus avaient atteint le tiers du champ de bataille.

— La mort aux mécréants !

Devant d'Aquila, Walter de Guise avait laissé sa lance enfoncée dans le torse d'un adversaire. De toute sa puissance, le chevalier écrasa son marteau de guerre sur le casque d'un Smaugh, qu'il enfonça, perforant le renfort protecteur, défonçant le crâne du guerrier. De Mollat, pour sa part, abattait sa lance en une suite d'estocs répétés, chacune de ses frappes jetant un ennemi à terre dans une gerbe vermeille.

Bélissar piétina trois guerriers ennemis coup sur coup, tandis qu'Hector poursuivait sa moisson sanglante, sa lame bâtarde s'élevant et se rabattant sans relâche, maniée avec une élégance experte.

— Pour la Sainte et Puissante Lumière ! La mort pour tous ces incroyants !

Les sorciers smaughs ne semblaient pas désireux d'intervenir, constata Hector avec une pointe de dépit. *Peu importe, une seconde charge les fera réagir !*

D'Aquila jeta un nouveau regard en arrière et constata que les chevaliers de Lumière avaient éradiqué plus d'une centaine de guerriers. Leur puissance se révélait incontestable, leur élan parfaitement coordonné, leurs montures galopaient avec entrain et précision.

Tout se déroulait conforme à ses désirs. Empli d'une intense exaltation, Hector d'Aquila passait la meilleure journée de sa vie, ivre de gloire.

Jusqu'au moment où un grain de sable, un *colossal* grain de sable décida de contrarier les plans infaillibles du commandant des Paladins Bleus.

— Fahaarak'Shar !

Un titan en armure d'acier noir s'extirpa de la ligne désordonnée des Smaughs en pleine retraite puis, tout en lançant son horrible cri de guerre, il courut droit sur Walter de Guise, qui chevauchait en tête.

Oghul-Tak faisait partie des retardataires. Frustré, il n'avait pas eu le temps de se frayer un chemin jusqu'au mur de boucliers, le passage bouché par ses congénères. L'assaut des Paladins Bleus lui offrait enfin l'occasion d'extérioriser une part de sa rage. Il donna un puissant coup de reins pour arriver à portée du premier Paladin et frappa aussitôt d'un crochet de son gantelet droit.

Atteint sur le côté de la tête, l'œil arraché par l'impact, séché par la force brute du seigneur de guerre, le rouan du Paladin Bleu poussa un hennissement discordant avant de s'effondrer sur le côté de tout son long, au bord de l'inconscience, tressautant de tous ses membres. Entraîné par l'élan de sa monture, Walter de Guise laissa échapper sa masse et tomba lourdement. Le choc contre le sol brisa sa jambe, bloquée par le poids du destrier. Dans son état, saisi de cette douleur soudaine et cuisante, de Guise se révélait incapable d'invoquer son bouclier de mana protecteur.

Oghul-Tak lui piétina le visage, une seule fois, mais avec tant de force rageuse qu'il lui enfonça son casque dans la chair, comme Cellendhyll l'avait fait avec lui. Il relança aussitôt sa course, laissant aux trois guerriers qui venaient après lui le soin d'achever le chevalier. Il préféra donner un nouveau coup de reins et se ruer sur le second Paladin, Tibère de Mollat.

Cette fois, au contact, Oghul-Tak se détendit de tout son long et frappa du haut vers le bas, de ses deux gantelets joints, un coup de marteau droit entre les deux yeux de l'équidé. Un grand craquement résonna dans le crâne du destrier qui s'écroula sur le coup, ses yeux révulsés par l'impact, le cerveau commotionné.

Tibère roula sur le sol, les sens malmenés. Il se redressa sur un genou, cherchant à retrouver ses esprits. Oghul-Tak bondit sur lui, tout en écartant largement les bras, avant de les rabattre brutalement, à l'horizontale, défonçant le casque du chevalier des deux côtés, sa cervelle pulvérisée.

Oghul-Tak se pencha sur le cadavre. De sa main valide, il arracha la lance des doigts sans vie du chevalier, effectua un tour complet sur lui-même et projeta l'arme droit sur sa nouvelle cible. Bellissar, le splendide destrier d'Hector d'Aquila.

Ce dernier tenta de faire volter son étalon, mais c'était déjà trop tard. Propulsée par le colosse enragé, la lance plongea dans le torse de l'animal, perçant le réseau de mailles protectrices, et s'enfonça dans son poitrail jusqu'à la garde. Touché à mort, Bélissar s'effondra dans un hennissement déchirant. Sa monture stoppée nette en plein galop, Hector culbuta vers l'avant, tout en poussant un glapissement paniqué, les yeux agrandis par l'incompréhension. Le valeureux Paladin partit en vol plané et retomba à plat ventre devant Oghul-Tak, sans grâce aucune, le souffle coupé, le regard trouble.

Le colosse poussa un gros rire guttural qui résonna à travers la visière de son nouveau casque. Il leva la jambe et percuta d'Aquila en pleine tête, avec tellement de violence qu'il arracha au passage son casque et les trois quarts d'une oreille. Hector se retrouva culbuté sur le ventre, incapable de réagir. Oghul-Tak actionna la lame dentelée camouflée dans sa prothèse, cette dernière jaillissant d'une fente de son gantelet gauche, sur le dessus, et il sauta à pieds joints sur le dos du chevalier, fêlant son armure sous son poids. Hector d'Aquila agita faiblement les bras, impuissant. Dans un nouveau rire, le seigneur smaugh éleva sa lame vers le ciel puis, mobilisant sa puissance hors norme, il la plongea dans le dos du Paladin Bleu, transperçant sa magnifique armure runique, tranchant les vêtements, la chair, les os, jusqu'à sectionner sa colonne vertébrale. Hector poussa un cri aigu dans lequel s'entrechoquaient la souffrance, l'angoisse et le déni.

Oghul-Tak venait de mutiler son adversaire de la plus horrible manière, une véritable jouissance. Trop choqué pour invoquer la moindre parcelle de magie, d'Aquila s'effondra tout à fait sur l'herbe, des gémissements sourds et paniqués s'écoulant de ses lèvres.

Oghul-Tak fit trois pas rapides pour extraire la lance plantée dans Bélissar, la fit sauter dans sa senestre et la projeta sur le Paladin suivant lancé en plein galop vers lui, l'injure aux lèvres, un fléau d'armes dans sa dextre. Là encore, la force supérieure du colosse fit la différence. La lance fusa et se planta dans le torse du chevalier, transperçant l'épaisseur de la plate. Le cavalier sembla comme brusquement tiré en arrière et il retomba de guingois, figé sur l'herbe, la lame smaugh saillant de son corps sans vie.

— Fahaarak'Shar !

Les bras levés vers le ciel en signe de défi, Oghul-Tak avait le meurtre dans les yeux, ruisselant de sueur sous son armure. Jamais il ne s'était autant amusé.

Leurs trois meilleurs guerriers abattus en quelques violentes secondes, les Paladins Bleus n'en croyaient pas leurs yeux. La colossale silhouette noire qui se dressait devant eux avait brisé leur élan à elle seule, en quelques instants. Ils ralentirent leur galop, faisant volter leurs destriers, en attente. Aucun d'eux ne se sentait capable de survivre au titan en armure.

À juste titre.

Alors que les Paladins Bleus entamaient leur grande charge verticale, les mechs s'étaient échinés pour appliquer les ordres de Rakùl-Bahìr. Les servants avaient fini d'aligner en première ligne ce qui ressemblait à dix fourgons à bétail aux parois d'acier, les vantaux arrière des véhicules positionnés face au champ de bataille. Certains des véhicules smaughs, leurs grandes roulottes à étage, servaient à abriter leurs seigneurs. Ceux-là, d'une conception différente, avaient un tout autre usage.

Les vantaux furent ouverts et les rampes déployées. Fermé d'une épaisse grille, l'intérieur du véhicule n'était qu'obscurité.

Sur un signe du Nagù, deux mechs déverrouillèrent les grilles, en ouvrirent les battants, avant de se reculer prudemment sur le côté.

Rakùl-Bahìr surveillait la progression des Paladins de Lumière. Littéralement perforée par ce démon d'Oghul-Tak, leur charge tournait à la déroute. Le maître-sorcier n'allait pas laisser passer une telle occasion. Les guerriers du Peuple étaient toujours en train de battre en retraite, mais s'il attendait plus longtemps, les Paladins allaient pouvoir se dégager et reprendre du large. Rakùl-Bahìr leva un bras impérieux et le rabaissa brutalement. L'un des sorciers, le maître-dresseur des tarfs, souffla dans son sifflet de dressage, provoquant un son strident qui résonna comme un appel.

Maculé du sang de ses ennemis, Oghul-Tak poussa un cri féroce. Sa prothèse compensait efficacement sa main tranchée, d'autant plus avec sa lame rétractable. Il s'apprêtait à reprendre son assaut furieux sur les Paladins, lorsqu'il entendit le son caractéristique du sifflet en os. Il ne perdit pas une seconde, il reprit sa course, cette fois plein est, en direction de la Horde, prenant soin de ne pas se trouver sur la trajectoire directe des fourgons. Les tarfs étaient dressés à reconnaître l'odeur des Smaughs, leurs maîtres, mais, face à ce qui allait se produire, mieux valait être prudent.

Même lorsqu'on s'appelait Oghul-Tak.

De son côté, Corimont de Vandor, le Paladin suivant dans la colonne des chevaliers entendit les appels à l'aide de son seigneur. Hector était gravement blessé, mais toujours vivant, Corimont rameuta aussitôt ses camarades :

— Notre commandant est à terre, par la miséricordieuse Lumière, messeigneurs, il a besoin de soins !

Dévastés par le sort de leur commandant, qu'ils pensaient invincible, les chevaliers de l'Empire reprirent espoir. Ils galopèrent jusqu'au blessé, la majorité d'entre eux mirent pied à terre et se rassemblèrent autour de la silhouette prostrée d'Hector d'Aquila et du chevalier de Vandor pour former autour d'eux un solide carré défensif. Ceux restés en selle gardaient leurs montures. Corimont éructa ses instructions : stabiliser Hector d'Aquila, le hisser en selle et repartir aussi vite que possible.

Pendant ce temps, franchissant le seuil d'un chariot, le premier tarf apparut à la lumière. C'était un *rejeton,* créé par sorcellerie à partir des étranges arbres à cosses cultivées par les Smaughs ; une créature voûtée d'à peine un mètre vingt de haut, le crâne bombé, la peau blafarde, totalement glabre, et la corpulence d'un enfant maigre.

Clignant de ses yeux globuleux, le temps d'accommoder la luminosité soudaine, la créature ne payait pas de mine. Le tarf s'étira de tout son long, faisant craquer ses membres livides. La créature chétive ouvrit sa gueule, dévoilant une double série de crocs aussi redoutables que la dentition d'un requin, le temps de humer l'air, avant de faire jaillir des griffes semblables à de fines dagues. Une collerette de chair violacée s'était développée autour de son cou.

Le rejeton se tourna vers le maître-dresseur. Ce dernier leva les yeux vers Rakùl-Bahìr, le temps d'obtenir son assentiment, après quoi, il lâcha trois mots chargés de pouvoir, tout en désignant l'armée de Lumière.

Le regard du tarf s'embrasa d'une flamme avide. Il redressa la tête, sa collerette soudain déployée, et poussa son appel, une sorte de plainte enfantine étirée dans les aigus.

L'intérieur des chariots se mit à grouiller. Une nuée de créatures semblables à la première jaillit des véhicules, des centaines et des centaines de goules affamées, enfin libres de céder à leurs instincts. *Trouver, tuer, dévorer.*

Un chariot entassait trois cent cinquante rejetons, dix chariots, soit un total de trois mille cinq cents tarfs.

Encouragée par le chant funèbre des tambours de guerre, la meute de goules s'élança, lâchée droit vers l'ouest, droit sur les Paladins Bleus, tout en poussant un concert de sanglots propres à ébranler les nerfs.

Satisfait, le Nagù retourna s'installer dans son imposant siège et réclama une coupe de vin de prune. Un sourire plein de ruse commença à étirer ses traits.

Puisque notre reine nous a délaissés, je vais leur montrer, moi, comment opère la puissance smaugh ! Et encore, sans bouger de mon fauteuil !

— Par la Cagoule des trois Sorcières Écarlates, qu'est-ce que c'est que cette dégueulasserie ¿ éructa Cromlach, tout en contemplant la meute grouillante jaillir des fourgons et se ruer à l'attaque.

— Restez soudés, les gars ! s'exclama Gheritarish. Pas question de se laisser impressionner par ces mochetés !

Les tarfs. Lutins obscènes, rejetons maudits, troupeau grinçant et crissant, dénué de toute peur, du moindre doute. Obéir à leurs maîtres était leur credo. Traquer, tuer, dévorer, leurs uniques capacités, leur unique préoccupation.

Progressant à quatre pattes, telles des bêtes traqueuses, la marée blanchâtre des rejetons se divisa en pleine course en deux meutes distinctes. L'une d'elles, composée de mille cinq cents tarfs, s'orienta sur les Paladins Bleus, l'autre, un peu plus nombreuse, chargea la ligne des fantassins impériaux.

Les premières cibles des goules du groupe furent la trentaine de Paladins encore montés, qui gardaient les montures de leurs camarades, qu'ils encerclèrent par dizaines hargneuses, avant de bondir sur les chevaux pour atteindre leurs maîtres ou se glisser entre leurs jambes pour lacérer leurs ventres fragiles.

De leur côté, les Smaughs qui avaient rompu le combat rejoignaient leur colonie, veillant à rester hors de portée du champ d'action des rejetons. Seule une dizaine d'entre eux commit l'erreur de passer un peu trop près des goules de la seconde meute et ceux-là se firent happer par la frénésie carnassière des créatures, lacérer, déchirer, débiter puis avaler, sans aucun espoir d'y survivre.

Fahaarak'Shar !

Face à la charge des goules, les Paladins Bleus à cheval, qui attendaient toujours de pouvoir hisser leur seigneur blessé sur l'un d'eux et prendre le large, connurent un moment d'hésitation – faire front ou décamper... et survivre. Le temps qu'ils se décident, il était trop tard.

Leurs montures de guerre n'avaient pas été entraînées pour affronter une telle horreur. Le chant lancinant de ces voix faussement enfantines ébranlait leurs nerfs jusqu'à les faire paniquer. La frayeur provoquée chez les équidés fut comme un raz de marée. Les destriers sans cavaliers détalèrent, et les autres ruèrent jusqu'à désarçonner leurs maîtres avant de s'enfuir en hennissant vers l'arrière des lignes impériales.

Les tarfs agissaient selon une stratégie aussi brute qu'efficace. Ils bondissaient dans les jambes de leurs proies, mordaient, griffaient aux jarrets, aux genoux, s'accrochaient, cherchaient à atteindre les yeux ou la jugulaire, pour faire trébucher leurs cibles et, ensuite, les engloutir sous le nombre. La notion de survie, le sentiment de peur, la crainte d'être blessé, tout cela ne signifiait rien pour leurs esprits limités. Tant qu'ils vivaient, une fois lancés, ils s'entêtaient, jusqu'à vaincre ou trépasser.

Confrontés à ces terribles adversaires, les Paladins de Lumière eurent à peine le temps de resserrer leur bloc de défense, tandis que les chevaliers tombés de leurs chevaux se ruaient pour intégrer le carré.

Quelques tarfs restèrent plaqués contre les destriers qu'ils avaient abattus, plongés en pleine bombance, mais tous les autres, plus de mille goules, se jetèrent sur les Paladins Bleus.

Alignés les uns à côté des autres, les guerriers d'élite enchaînaient leurs cibles par deux, par trois, par six, l'acier impérial tranchait, fauchait, néanmoins, les tarfs arrivaient telle une marée frénétique, impossible à endiguer.

Cependant, les chevaliers de Lumière parvinrent à s'organiser, en hommes de devoir, pétris de courage et d'abnégation.

Bertram de Grand-Vallon, Urien de Quélus, Ibray de Nalfir. Les trois Paladins avec le plus gros potentiel de soin s'étaient agenouillés aux côtés d'Hector. Celui-ci, allongé à plat ventre, s'était évanoui. Ses camarades avaient réussi à ôter son plastron et unissaient leur mana pour faire cesser l'hémorragie et ressouder la colonne vertébrale de leur commandant. Les traits contractés par la concentration, ils puisaient dans leurs pouvoirs curatifs, un halo bleu azuré nimbant leurs mains dégantées.

Les autres chevaliers, tout autour d'eux, avaient additionné leurs propres capacités mentales pour former une bulle protectrice englobant l'ensemble de leur carré défensif d'un grand halo de mana azuré.

Les tarfs se jetaient sur l'écran protecteur, s'écrasaient sur ce rideau de lumière qui leur était infranchissable, leurs petits yeux globuleux braqués sur les chevaliers réfugiés à l'intérieur, leurs gueules ruisselantes de bave. Fidèles à leur nature, ils refusaient l'échec, refusaient de partir, ils s'acharnaient, de plus en plus excités, de plus en plus motivés. Une obstination qui n'avait rien d'humain ou de sensé, mais qui finirait indubitablement par payer ; de l'extérieur, tous pouvaient s'en rendre compte.

Les chevaliers de la Lumière n'avaient pas fléchi pour autant, à présent qu'ils étaient coincés ; avaient-ils réellement conscience de leur situation ?

Leur mana réservé à leur bulle protectrice, les Paladins Bleus continuaient de se reposer sur le tranchant de leur acier pour se battre ou sur son épaisseur pour se protéger. Si les créatures ne pouvaient franchir le globe de mana protecteur, en revanche, les Paladins pouvaient frapper au travers.

Géass d'Agramont était le seul à ne pas porter de bouclier. Un fléau dans chaque main, il faisait tournoyer ses armes à l'unisson, lancé dans un ballet destructeur destiné à protéger ses frères de combat. Chacune de ses frappes fracassait au moins deux ou trois tarfs, ses revers leur arrachaient la tête, faisaient exploser leurs torses grêles. À ses côtés, chacun des chevaliers commettait le même genre d'hécatombe, à la lance, à l'épée, au marteau ou à la hache, mais il arrivait d'autres créatures, toujours plus.

— Dépêchez-vous, mes frères, tonna Géass à l'attention de Bertram, Urien et Ibray. Nous n'allons pas tenir longtemps !

Les chevaliers ainsi interpellés transpiraient à grosses gouttes, leurs gorges desséchées par l'effort. Ils avaient ôté leurs gantelets, posé leurs grandes mains sur le dos de leur commandant, concentrés sur leur Nexus, récitant leur litanie curatrice, ils donnaient tout ce qu'ils avaient pour sauver un dément qui les avait condamnés par son action suicidaire. Ils auraient pu prendre du large, un peu plus tôt, grâce à leurs destriers, et rebrousser chemin. Pourtant, la vision de leur seigneur à terre, grièvement blessé, ce chef, qu'ils honoraient à tort, avait muselé leur raison. Pas question de fuir alors qu'Hector d'Aquila avait besoin de leur aide.

Ainsi donc, le colosse des Smaughs avait survécu à la mutilation et à la noyade dans le lac, au grand déplaisir de Cellendhyll. Il ne pouvait détacher son regard du carré des Paladins Bleus sévèrement éprouvé par les goules. Il jurait tout ce qu'il savait entre ses dents, imité par les Hirondelles à ses côtés.

Les pauvres fous, ils s'entêtent à sauver celui qui les a condamnés !

Le Hors-Destin se sentait d'autant plus frustré qu'il n'était pas question de désorganiser toute la structure défensive de l'armée pour aller porter secours aux Paladins Bleus.

Il se sentait totalement inutile. Il ne désirait qu'une chose, lancer son cheval au galop et porter secours aux Paladins. Même menés par un incapable de la pire espèce, ils n'en restaient pas moins ses hommes, et sa place était à leurs côtés pour les épauler face au danger.

Or, s'il cédait à son instinct, comme son sang le lui hurlait, il accomplirait la même erreur coupable que le commandant d'Aquila. Il n'était pas certain que les Hirondelles le laissent partir seul, comme il brûlait de le faire... en dépit de ses ordres, elles risquaient bien de suivre son élan. Les Smaughs auraient alors l'opportunité de faire contre-attaquer leurs sorciers et la charge des Hirondelles se retrouverait bloquée, submergée. Et lui aussi. Une pure catastrophe. L'Ange n'avait pas le droit de commettre une telle faute.

Il avait un goût amer dans la bouche. Lui qui s'était imaginé renverser le cours de la bataille par une action inspirée, décisive, un assaut du genre de celui qu'il avait livré aux Creux ou bien encore se lancer avec les Hirondelles dans de glorieuses, élégantes charges de cavalerie, héroïques et grandioses, le sinistre sort des Paladins Bleus lui prouvait à quel point il s'était leurré. La réalité ne correspondait en rien à ses aspirations, les Smaughs étaient bien trop nombreux.

Les chevaliers-guérisseurs avaient stoppé l'hémorragie, mais peinaient à réparer les dégâts infligés à la chair d'Hector, sans parler de sa colonne vertébrale tranchée. Aucun d'eux ne se rendait compte qu'ils épuisaient leur mana en vain. La blessure était trop grave, au-delà de leur pouvoir, impossible à stabiliser, et, dans son état de faiblesse, d'Aquila ne survivrait pas à une chevauchée. Seul l'archevêque Aymard aurait pu guérir une telle mutilation et il était bien trop loin, en arrière, avec les prêtres de la Guelfe. Et même s'ils avaient réussi à guérir Hector, à partir du moment où ils avaient abandonné leurs montures, les Paladins avaient abdiqué leurs chances de survie.

Vaillants, aguerris, habiles. Héroïques. Et pourtant, des morts en sursis.

L'écran bleuté commença à pâlir, puis retrouva sa densité, tandis que les Paladins jetaient leurs dernières parcelles de mana dans la bataille, épuisés mentalement encore plus que physiquement.

Le trio de soigneurs s'était redressé, leurs armes de nouveau empoignées. Tous ces efforts pour rien ! Hector d'Aquila venait d'expirer.

— Nous devons maintenir le bouclier et nous retirer ! s'exclama Bertram de Grand-Vallon. Avec moi, mes frères ! Pour la Sainte Lumière !

Leur seule échappatoire consistait à renforcer leur défense assez longtemps pour pouvoir rejoindre le mur des légionnaires.

Accolés les uns aux autres, les Paladins Bleus entreprirent de reculer vers leurs lignes. Leur bouclier de mana continuait de faire échec à l'opiniâtreté des rejetons. Cependant, l'écran protecteur recommença à clignoter. L'épuisement menaçait les esprits, troublait la concentration des chevaliers.

Ils avaient progressé d'une centaine de mètres vers leurs lignes lorsque le bouclier se dissipa tout à fait.

Les tarfs poussèrent un même cri avide et se jetèrent dans les jambes des chevaliers, bondirent sur leurs épaules, capables de sauts incroyables. Chaque Paladin qui tombait se transformait aussitôt en festin. Les tarfs étaient dressés pour sectionner avec leurs griffes toutes les attaches de cuir fixant une armure de plates. Alors, les goules déchiraient leurs vêtements et faisaient bombance, plongeant leurs crocs dans la chair offerte des sang-chaud, tellement succulente. Certains rejetons se faisaient tuer en train de déguster un cadavre, incapables de songer à autre chose que de combler cette faim dévorante avec laquelle ils étaient nés et qui ne les quittait jamais bien longtemps.

Fahaarak'Shar !

Les Smaughs se délectaient de voir leurs rejetons massacrer les Paladins, leurs hululements et leurs tambours s'exprimaient avec une joie malsaine.

Dans les rangs de la Lumière, la consternation avait emporté les cœurs et les esprits. Toutes et tous étaient figés devant cet horrible, détestable, terrifiant dénouement.

En dépit de leur vaillance, de leur maîtrise des armes, les Paladins disparaissaient les uns après les autres, leur mana tari, fauchés par les goules, leurs armures arrachées, la moindre parcelle de leurs chairs aussitôt mordue, croquée, mâchouillée, engloutie.

Leur carré s'était totalement délité, et les chevaliers encore en vie, à peine une centaine, s'étaient rassemblés tant bien que mal sur deux lignes. Plaqués dos à dos, ils livraient leurs dernières forces, leurs derniers souffles, dans un combat désespéré.

— Les pauvres, soupira Cellendhyll. Sang et mort, quel gâchis !

Des sanglots résonnaient en sourdine derrière lui, certaines des Hirondelles ébranlées par la vision cauchemardesque, pas du tout préparées à voir leurs compagnons d'armes se faire dévorer vivants.

S'il condamnait la bêtise d'Hector d'Aquila, un acte inqualifiable qui aurait valu au chevalier le conseil de guerre, Cellendhyll déplorait encore plus la mort tragique de ces hommes courageux, sans doute honorables, dont la seule erreur avait été de faire confiance à leur seigneur. Un gâchis qui lui tordait le ventre et qu'il peinait à digérer.

La voix pleine d'ardeur de Callista Swift s'éleva pour apaiser les esprits :

— Il n'y a qu'une seule réponse pour ce qui vient de se passer, guerrières. La revanche ! Alors, reprenez-vous ! Notre occasion viendra et alors nous pourrons montrer à ces infâmes créatures, à tous ces Smaughs, le poids de notre colère… Pour Alhana !

— Pour Alhana !

Fahaarak'Shar !

Les tarfs du premier groupe grignotèrent le régiment des Paladins Bleus jusqu'au dernier, suscitant les clameurs enfiévrées de leurs maîtres. Les créatures avaient pu apaiser leur faim. Quelques minutes leur avaient suffi pour ronger chacun des chevaliers jusqu'à l'os. Provisoirement repus, leurs sens désormais émoussés, les rejetons furent rappelés et purent être reconduits dans leurs fourgons. Il en restait environ un millier ; cinq cents d'entre eux étaient tombés sous les lames des chevaliers de Lumière.

De son côté, la seconde meute de goules galopait pour rejoindre le mur de boucliers. Deux mille créatures aveuglées par un appétit insatiable, face à la première ligne de cinq cents légionnaires.

Chapitre 62

Les fantassins n'avaient plus le loisir de s'appesantir sur le sort sinistre réservé aux Paladins Bleus. La meute aux accents déchirants d'enfants tourmentés comblait rapidement la distance, elle serait bientôt à portée de combat. En constatant le destin impitoyable réservé aux Paladins vaincus, un frémissement général parcourut les rangs de l'armée impériale, pourtant expérimentée. Mourir en guerrier sur le champ de bataille était une chose admise, logique, normale, un tel destin était le lot de tout soldat. En revanche, se faire déchiqueter, dévorer vivant par ces repoussantes créatures, représentait une bien abominable manière de partir, et l'horreur avait saisi les esprits.

Cromlach ressentit le relâchement général, et se mit aussitôt à tonner :

— La Légion, avec moi ! Reprenez-vous, bande de mauviettes ! Tiens-toi prêt, le Bleu, s'exclama encore Cromlach en se tournant vers Gheritarish. Si ces charognes percent nos rangs, ça risque de charcler !

Ramassé sur lui-même au troisième rang, le Loki lâcha un grand rire gourmand :

— T'inquiète, Crom, ma Snaggah et moi, on est prêts !

De son côté, Callista Swift fixait la marée des goules en train de se rapprocher du mur de boucliers. S'ils doutaient, jamais les fantassins ne tiendraient le choc face à une telle vague. Les goules, en outre, étaient bien assez nombreuses et véloces pour déborder leurs flancs. La capitaine-générale n'hésita pas :

— Ling, la cloche… maintenant, ordonna-t-elle.

Callista se tourna vers Cellendhyll, et ce dernier hocha la tête pour signifier son approbation.

Actionné par la Kelash, l'instrument se mit sonner, un tintement léger, mais qui fut entendu par chaque soldat de l'Empire, en dépit du vacarme ambiant, un tintement qui semblait s'écouler sans fin, étiré sur une note unique.

Le son cessait à peine que dans un miroitement de mana bleu roi, une série de silhouettes se formait directement sur les plates-formes des deux tours.

Trois acolytes pour chacun des deux étages inférieurs, revêtus de capes gris souris et de longues cottes en cuir bleu empire, décorées d'arabesques d'or et d'ivoire, un calot de soie sur leurs têtes rasées, quelques anneaux de pouvoir cerclant leurs doigts fuselés. Leurs yeux fardés de khôl luisaient de concentration.

Chaque sommet, lui, était désormais occupé par un mage de cadre supérieur. Grandin Bhediver sur la tour de droite, Logrus Ragamengas sur celle de gauche.

Revêtu d'une longue tunique de cuir à deux pans couleur vert d'eau, Bhediver était un homme aux traits maigres, le regard gris pâle, arborant une unique tresse blonde qui tombait entre ses épaules. Un tatouage rehaussait le pourtour de son œil gauche, un piercing ornait la commissure des lèvres teintes en indigo.

Ragamengas avait le crâne totalement rasé, des sourcils très épais, le visage rond et hâlé, une barbe d'un noir dense, terminée en deux tresses délicatement huilées. Il portait une tunique de cuir indigo à épaulettes en fils d'or. Son regard noisette semblait faussement assoupi.

Selon l'usage, les pratiquants des Arts Étranges, que cela plaise ou non à Cellendhyll, bénéficiaient d'une autonomie totale dans la mesure où ils respectaient la stratégie générale. Les mages de guerre avaient leurs traditions, leurs usages, et l'Adhan n'y pouvait pas grand-chose, à moins de vouloir entrer en conflit avec eux, et ce n'était clairement pas le moment.

Surplombant le reste de l'armée, les deux éminents personnages échangèrent un regard complice chargé d'affection, sans se soucier une seconde des guerriers massés à leurs pieds, ni même du danger en approche. Puis, enfin, ils focalisèrent leur attention sur l'ennemi.

— Les maîtres-mages vont agir, s'exclama l'un des acolytes aux étages inférieurs à l'attention de tous. Vous, les soldats, surtout, gardez vos positions !

L'adjudant-chef cracha un jet de salive sur le sol et siffla entre ses dents :

— On est la Légion, c'est pas comme si on avait l'intention de charger comme ces abrutis de Paladins… Crétin de mage !

Les yeux mi-clos, Bhediver se mit à incanter tout en traçant dans l'air de petites arabesques des doigts, les strates de son sortilège destructeur.

Ragamengas exprimait sa puissance avec un style plus appuyé que son confrère. Il éructait son sortilège avec fougue, sourcils froncés, pointant la charge ennemie d'un doigt impérieux.

Du côté droit de la meute des tarfs en pleine course, ce fut comme si une nuée de petits papillons gris et jaunes voletaient soudain au milieu des rejetons. Bhediver prononça une dernière syllabe. Les papillons enflèrent jusqu'à quadrupler de volume, puis explosèrent en corolles luminescentes d'un orange soutenu. Chaque corolle se transforma alors en une purée corrosive, qui se mit à asperger les tarfs, pour ensuite les dissoudre à vue d'œil, et, finalement, éclater en nouvelles corolles pâteuses. Gargouillant de souffrance, les rangs arrière de la meute mouvante s'effondrèrent par pans entiers, les rejetons brûlés jusqu'à l'os par la corrosion magique.

Bhediver s'appuya à la rambarde de sa tour d'une main tremblante. Il hocha la tête, satisfait de son effort. Il avait étendu la zone d'effet de son sortilège au maximum de ses capacités, veillant bien à ne pas toucher la ligne des légionnaires, et il avait vidé son mana quasiment dans son intégralité.

Simultanément à l'invocation de Bhediver, le sortilège de Logrus Ragamengas prit forme sur le flanc gauche des tarfs.

Une série de délicats flocons rose pâle à la symétrie hexagonale, à peine apparue, se mit à léviter au milieu des goules en pleine course, s'incarnant comme autant de lucioles effrontées aux lueurs tremblotantes. À son tour, Ragamengas clôtura son sortilège d'une unique syllabe de pouvoir. À peine la bouche du mage refermée, une gerbe de traits fins d'un bleu soutenu, jaillissant sur une dizaine de mètres dans toutes les directions, émergea de chaque flocon. Tout rayon d'énergie qui touchait le corps d'un tarf tranchait instantanément sa chair tout autant qu'elle le carbonisait. Les rayons de givrefeu s'épandirent, se soudant les uns aux autres, réseau arachnéen dont il était impossible de s'extraire, et qui décima toute la partie droite des goules.

Des cris enthousiastes félicitèrent l'effort des mages de guerre. À eux seuls, en moins de dix secondes, ils avaient balayé les deux tiers de la meute. Bhediver et Ragamengas échangèrent un sourire complice. Estimant qu'ils en avaient assez fait, leurs ressources presque épuisées, les deux mages d'élite descendirent rejoindre leurs acolytes, dédaignant tout échange avec les soldats en train de les acclamer, pas même un regard. Ils allaient prendre un peu de repos bien mérité le temps que leur mana se renouvelle, firent-ils annoncer par leur porte-parole, avant de disparaître dans le même chatoiement de mana céruléen qu'à leur arrivée.

— Bande de péteux du cul ! maugréa Cromlach entre ses dents.

Trop engagés pour être rappelés par leurs dresseurs, le restant des tarfs arriva à portée de combat, soutenu par un concert de sanglots déstabilisants d'étrangeté.

Un autre vacarme retentit sur tout le champ de bataille, noyant un instant le battement agressif des tambours smaughs.

L'armée des hommes venait de s'entrechoquer avec la meute des bêtes.

Incapables de réflexion ou de stratégie, animés par leur seule frénésie, les goules percutèrent la palissade de boucliers runiques. Certaines, littéralement, s'y brisèrent les crocs, ou les griffes, s'acharnant contre l'épaisseur de l'acier, encore et encore, sans pour autant parvenir à la percer.

— On tient bon, les cousins ! beugla Gheritarish.

Les légionnaires s'étaient repris juste à temps. Plantés dans le sol, accolés les uns aux autres, les grands pavois n'offraient aucune brèche aux créatures, pour l'occasion handicapées par leurs frêles statures. Les rejetons qui tentaient de s'agripper au rebord des boucliers se faisaient trancher les mains avant de se faire faucher d'un estoc par le dessus, pleine tête. Bloquant leurs pavois de la main et de l'épaule, les légionnaires frappaient de l'autre, leurs lames s'élevaient et se rabaissaient de biais, par-dessus l'alignement de leurs pavois, sèchement, pour perforer les créatures blanchâtres de coups rageurs et foudroyants.

Les tarfs qui sautaient par-dessus, capables de bonds de trois mètres, se faisaient empaler en plein vol par les lances des rangs arrière, ou hacher menu dès qu'ils touchaient le sol par d'autres glaives rageurs ; les légionnaires avaient bien en tête le traitement réservé aux Paladins Bleus, le moment était venu d'apurer les comptes.

L'entêtement des tarfs, leur frénésie bestiale qui avait submergé les chevaliers, se transforma ici en une condamnation irrévocable. Au pied du mur d'acier impérial, le tas de cadavres des rejetons enflait à vue d'œil.

Portés par la voix sonore et granuleuse de l'adjudant-chef qui ne cessait de s'élever pour encourager ses troupes, les légionnaires avaient retrouvé leurs automatismes et leurs glaives tranchaient tout ce qui passait à leur portée, griffes, mains, têtes, bras, torses.

Les rejetons qui arrivaient derrière les premiers, leur horizon bouché, bondirent carrément par-dessus les boucliers, par grappes éparses. Le restant s'agglutina le long de la ligne défensive, les créatures se piétinant les unes les autres.

Gheritarish, au troisième rang, tendit le bras, sa lance empalant un tarf en train de dégringoler du ciel. Il laissa son arme retomber avec le cadavre, se décala d'un pas pour intercepter un second tarf en l'agrippant à pleine main, avant de lui briser la gorge d'une torsion du poignet. Enfin, il rabattit son bouclier d'un violent revers, percutant un troisième rejeton, le renvoyant en arrière, de l'autre côté du mur, la gueule fracassée.

Les autres goules qui avaient bondi par-dessus les deux premiers rangs subissaient un sort similaire. Certaines d'entre elles parvinrent toutefois à retomber indemnes et à s'enrouler autour des jambes des combattants pour les entailler de leurs griffes. Elles étaient rapides, ne craignaient rien, et firent plusieurs blessés, néanmoins, elles n'étaient pas assez nombreuses et ne tardèrent pas à être fauchées, puis clouées au sol par les lames vengeresses des légionnaires.

Faisant preuve de ruse, une partie des tarfs se sépara en deux segments qui tentèrent de contourner la ligne des boucliers par les flancs. Là encore, ils n'étaient que quelques dizaines, trop peu nombreux pour inquiéter les Impériaux. Les tarfs se firent aussitôt larder de flèches par chacune des deux ailes de cavalerie, avant même d'être mis en joue par les arbalétriers. Tout aussi revanchardes que les fantassins, les Hirondelles décochèrent leurs traits sans faillir. Quant au peu de rejetons qui parvinrent à échapper aux flèches et à se rapprocher, ils se firent épingler à la lance, ou piétiner par les étalons pelloniens des cavalières.

Le mur de la Lumière avait tenu face au déferlement des tarfs sans véritable difficulté, cela uniquement grâce à la magie dévastatrice et décisive des deux mages de guerre.

De quoi faire réfléchir les Smaughs pour la suite.

Rakùl-Bahìr caressait la pointe de sa barbiche. L'œil rivé à la bataille, le sorcier du Cinquième Cercle n'avait rien perdu de l'intervention brève, mais combien magistrale des mages du cadre impérial. Ainsi donc, ces modestes tours qui avaient éveillé sa curiosité, leur permettaient de lancer leurs sortilèges sans craindre une riposte et, comme ils venaient de le prouver, sans risquer d'atteindre leurs propres troupes. Une donnée précieuse, dont le Nagù espérait bien tirer parti, lui qui, en l'absence de la reine, se découvrait sur le tard de réels talents en stratégie, comme en tactique.

La puissance déployée par les deux hauts-mages se révélait aussi remarquable qu'irrésistible, le Smaugh ne pouvait qu'en convenir. Aucun des maîtres-sorciers, lui compris, ne maîtrisaient des sorts d'une telle puissance. Toutefois, cela n'inquiétait pas le Nagù. Les mages de l'Empire pouvaient d'évidence se montrer décisifs pour la suite de la guerre… dans la mesure où ils survivaient à ce que Rakùl-Bahìr commençait à concevoir à leur encontre.

Le destin des rejetons était désormais consommé, le mur impérial avait résisté à leur frénésie. Rakùl-Bahìr n'avait pas prévu de sacrifier tant de tarfs aussi tôt dans la Conquête de Sang. Il lui restait un millier de ces créatures à exploiter, et il devrait faire avec. Un tel gambit était-il valable ? Un régiment entier de Paladins, sans doute les adversaires dont les Smaughs avaient le plus à redouter, éradiqué en moins d'une heure. Or, si redoutables fussent-ils, les tarfs n'étaient rien d'autre que de la piétaille, aux yeux de leur maître. Une perte regrettable, somme toute, mais la guerre exigeait de tels sacrifices, et c'était un rude coup stratégique porté aux Impériaux. D'ailleurs, des tarfs, il serait toujours possible de cultiver une nouvelle meute à partir des cocons, une fois ces derniers formés. Le Nagù répondit donc à sa question mentale par la positive, verdict confirmé par les hochements de têtes enthousiastes des autres maîtres-sorciers installés à ses côtés.

Rakùl-Bahìr salua ses pairs d'un sourire et, d'un claquement de langue, il convoqua un esclave pour lui réclamer une coupe de vin de prune et une assiette de boudin épicé. Le regard mauve et perçant du Nagù avait inlassablement parcouru les rangs de l'armée impériale à la recherche de Cellendhyll de Cortavar. En vain. Il ne l'avait repéré nulle part, et sa Némésis ne semblait pas faire partie des Paladins Bleus massacrés. Et pourtant, l'Adhan était là, tout proche, Rakùl-Bahìr ressentait sa détestable présence.

Hormis cette petite déconvenue, cette première bataille, brutale, pleine de surprise, avait tourné au bénéfice du Peuple, et c'était pour le maître-sorcier une victoire à plus d'un titre : les Paladins balayés, la présence de deux hauts-mages révélée et leur procédure mémorisée, avec une réponse tactique appropriée déjà en train de germer dans l'esprit du Nagù, et, enfin, grâce à sa décision inspirée de lâcher les tarfs, Rakùl-Bahìr avait changé une défaite en victoire, ce qui signifiait que son prestige augmentait au détriment de celui des seigneurs de guerre. Il avait prouvé aux yeux des Smaughs, rivaux comme alliés, à quel point les guerriers avaient besoin des sorciers pour vaincre... des sorciers, et d'un stratège pour les mener. De quoi avancer ses propres pions sur l'échiquier du pouvoir.

Néanmoins, rien n'était joué, se gourmanda le Nagù. Pour obtenir cette victoire définitive, encore allait-il falloir laisser de côté le ballet des ego et se concentrer, une bonne fois pour toutes, sur un but commun, le seul qui devait compter : la réussite du Fahaarak'Shar.

Rakùl-Bahìr estima qu'en attendant, il était temps d'arrêter là les efforts de la journée. Le jour déclinait et, d'ici quelques heures, la lumière deviendrait traîtresse. Combattre entre chien et loup, face à cet ennemi organisé, présentait plus de risques à ses yeux que d'avantages, surtout sans stratégie commune. Quoi qu'en pensent les seigneurs de guerre, mieux valait reprendre à la lumière du matin, reposés, renforcés... Et organisés. En conséquence, Rakùl-Bahìr ordonna que les tambours de guerre cessent leur martèlement, que les guerriers se reposent, que les esclaves se préparent à organiser le camp pour la soirée, et, bien sûr, de recourir aux habituelles précautions défensives tout autour de la colonie.

Personne, pas même Oghul-Tak, revenu indemne, ne contesta sa décision. La démonstration magistrale des mages avait provisoirement douché toute ardeur belliqueuse et plus d'un guerrier restait songeur.

Les envahisseurs ne resteraient point chagrinés bien longtemps. Leurs forces vives étaient à peine entamées, contrairement aux forces impériales – la perte de plusieurs milliers de sans-clan ne représentait rien comparé à leur nombre total – et, même si la gloire s'était refusée à eux sur le champ de bataille, les Smaughs passeraient la nuit à fêter ce qu'ils considéraient comme une victoire.

Une de plus face à l'Empire de Lumière !

Ce soir, en l'honneur des guerriers tombés, le vin allait couler, les fouets allaient chanter, la débauche allait régner, Smaugh !

S'avisant que les envahisseurs s'arrêtaient pour la journée, rentrant dans leur colonie en se désintéressant totalement des forces impériales – les Smaughs avaient leur propre conception de la guerre –, Cellendhyll, Callista et Cromlach décidèrent de se retirer également ; ils venaient de prendre un revers sévère et, de toute manière, ils n'étaient pas assez nombreux pour prétendre lancer l'assaut directement sur la base ennemie.

Sans perdre de temps, les derniers blessés furent hissés dans les chariots de la Guelfe pour y être pris en charge, les cadavres des fantassins furent récupérés, de même que leur équipement. Les deux tours des mages et leur passerelle furent démontées et embarquées. Les légionnaires purent boire, manger un morceau et se soulager.

L'armée impériale repartit vers l'ouest en bon ordre, en direction du Fort Vacqueyras et son gué, non loin duquel ils avaient établi leur camp de base, sur la rive ouest du grand cours d'eau, à l'opposé des Smaughs. Il n'était pas question de camper à proximité de la horde et risquer ainsi une attaque massive durant la nuit. Callista avait programmé une série de patrouilles étalonnées dans la plaine, les Hirondelles étant chargées d'épier la colonie à distance, en se remplaçant jusqu'au matin. Elles préviendraient toute tentative de l'ennemi.

Couverts par une partie des cavalières qui chevauchaient en arrière-garde, Cellendhyll et les autres avaient pris le chemin du retour, la mine grave, le cœur lourd, les épaules basses. Les fantasmes de gloire d'Hector d'Aquila, et son ego surdimensionné, avaient conduit à une catastrophe, une catastrophe aux relents de défaite. Et, même avec la démonstration des mages, cette première bataille s'achevait amèrement pour l'Adhan et l'armée de Lumière.

Chapitre 63

Quelques heures plus tard, la nuit était tombée sur la horde des Smaughs, les lunes jumelles masquées par un épais manteau de nuages. La colonie était illuminée par des centaines de lampes, de torches et de braseros, les patrouilles organisées, la viande en train de griller, les tonneaux d'alcool mis en perce.

Une cohorte d'esclaves menés par une trentaine de mechs s'activaient à charger tous les cadavres des Smaughs tombés au combat, qu'ils iraient ensuite enterrer au milieu des Grandes Plaines, effaçant toute trace derrière eux. Tel était l'usage lors d'une Conquête de Sang, les Smaughs considéraient qu'ainsi, ils effaçaient tout signe d'échec, d'imperfection.

En attendant le repas, fort de son prestige accru, Rakùl-Bahìr avait décrété une réunion des chefs. Là encore, sa démarche ne fut pas remise en cause, du moins pas ouvertement, un progrès notable. À peine les seigneurs de guerre et les maîtres-sorciers rassemblés, les coupes remplies, le Nagù se mit à tracer les grandes lignes de ce qu'il avait prévu, dès le lendemain, pour contrer le pouvoir des mages de l'Empire.

Sans pour autant l'acclamer, les seigneurs se laissèrent convaincre d'adopter sa stratégie, au moins pour une fois. Rakùl-Bahìr n'en attendait pas plus. Il venait de marquer une victoire personnelle sur ses rivaux et n'avait nullement l'intention d'en rester là.

Chapitre 64

Quittant les Grandes Plaines, l'armée de Lumière rejoignit la rive est du Vacqueyras.

Le fleuve Vacqueyras était le plus grand cours d'eau du Plan Primaire. Il traversait les Territoires-Francs du nord au sud, large ruban bleuté abreuvant de nombreux cours d'eau secondaires, encore plus imposant que le fleuve du Destin. À partir des Grandes Plaines, le seul gué à des centaines de kilomètres à la ronde était le large pont de granit clair édifié par le peuple des Nains, quelques générations plus tôt ; six cents mètres de long pour trente mètres de large, une solide structure, sans défaut, mais sans rien de véritablement remarquable.

Cellendhyll et son armée s'engagèrent sur l'immense pont. Une fois le fleuve franchi, l'armée passa devant le fort Vacqueyras, bâti sur une légère butte déboisée qui dominait le fleuve, juste en face, à environ deux cents pas.

Imposant, large rectangle aux épaisses murailles de pierre lisse, le fort de l'Alliance représentait un point stratégique capital, car il contrôlait l'entrée de la passe d'Antarah, le seul accès pour rejoindre les terres plus à l'ouest. En effet, surplombant la garnison, un épais contrefort rocheux, abrupt, inhospitalier, s'étirait parallèlement au fleuve, ses hautes falaises bloquant tout autre passage. En bref, pour conquérir la cité-capitale d'Ambre, joyau de l'Alliance, les Smaughs devaient déjà franchir le pont du Vacqueyras et prendre la place forte.

Postés sur leurs remparts, les soldats de l'Alliance pouvaient aisément constater à quel point l'Empire avait donné de lui. Pourtant, aucun d'eux ne salua l'arrivée des forces de Lumière. Aucune salutation, ni encouragement, pas même une moquerie, les portes de la garnison obstinément barrées.

La logique aurait pourtant voulu que les soldats coopèrent avec leurs alliés, les Impériaux, et joignent leurs forces aux leurs pour résister à l'envahisseur. Au grand dam de l'Adhan, il n'en fut rien.

Ses rapports avec le responsable de fort Vacqueyras avaient tourné à l'impasse dès leur premier entretien. Et ce n'était pas de son fait, il avait pour une fois usé de toute la diplomatie dont il était capable.

Pour une raison incompréhensible, l'homme qui commandait le fort de l'Alliance, un simple caporal, refusait net toute collaboration. Avec une mauvaise foi absolue, bien tranquille du haut de ses remparts, le sous-officier avait réfuté tous les arguments de l'Adhan.

Il était face au seigneur-lige de la Lumière, héritier du trône, médaillon de commandement et lettre officielle à l'appui ? Le caporal n'ayant jamais vu ce genre de manifeste auparavant, qu'est-ce qui lui prouvait que ces documents étaient authentiques ?

Tant que le lieutenant Vrelyck, commandant de la garnison ne serait pas rentré de son inspection aux Creux, les portes du fort resteraient bouclées, s'entêta le sous-officier.

Le lieutenant venait justement d'être abattu au fort des Creux par une horde d'envahisseurs extra-humains, son cadavre reconnaissable à son uniforme, enterré par Cellendhyll et ses Hirondelles ? Cette horde arrivait des Grandes Plaines pour franchir le Vacqueyras, prendre le fort et, ensuite, s'attaquer à Ambre ? Où était le cadavre du lieutenant Vrelyk ? Où était cette redoutable armée ? Quelles étaient les preuves de toutes ces fadaises, hormis le témoignage d'une bande d'inconnus ? Le soi-disant lige avait-il un document contresigné par le conseil d'Ambre, seule autorité dont dépendait la garnison ? Non ? Eh bien, le soi-disant seigneur pouvait rentrer chez lui, avec son armée.

Est-ce qu'au moins le caporal pouvait envoyer un messager pour avertir les autorités d'Ambre de la mort du lieutenant et leur demander d'envoyer des renforts ?

Le sergent allait y réfléchir, mais, à son attitude, il avait été facile de penser qu'il n'en ferait rien.

Apaisé par la voix douce de Callista, qui l'exhortait au calme, lui rappelant au passage que l'Alliance était la nation souveraine des Territoires-Francs, de justesse, Cellendhyll avait réussi à se contenir. Et depuis cette entrevue, les soldats de l'Alliance avaient refusé toute communication avec l'extérieur. Une impasse totale.

Après un regard dégoûté à la place forte, Cellendhyll fit tourner son étalon sur la gauche, longeant le fleuve vers le sud pour rejoindre le camp de base de son armée, dressé à quelque cinq cents mètres au sud du fort.

La rive ouest consistait en une longue bande de terre qui longeait le fleuve sur une vingtaine de kilomètres, du nord au sud, et se terminait par un petit bois, à chaque extrémité.

En attendant que le caporal de l'Alliance revienne à la raison, l'Empire de Lumière avait établi ses propres défenses. Les légionnaires avaient bloqué les rives du Vacqueyras, établissant un périmètre de défense à chaque entrée du pont.

Que cela leur plaise ou non, les soldats de l'Alliance avaient laissé faire. Comparés à l'armée impériale, ils étaient en nette infériorité numérique.

Dans le camp, l'heure n'était ni à la fête ni à la satisfaction. Sans compter qu'il y avait beaucoup à faire avant de songer à se reposer le corps ou l'esprit.

Les blessures légères furent nettoyées, recouvertes d'un onguent et pansées. Elles cicatriseraient toutes seules. Les blessés graves furent guéris par le mana des prêtres de la Guelfe Blanche. L'archevêque Aymard n'avait pas été avare de ses propres ressources, à lui seul, il avait sauvé plus d'une dizaine de vies. Avec cette première bataille, relativement courte, les guérisseurs avaient su gérer et aucun d'eux n'avait eu à puiser dans ses réserves ; cela ne durerait pas, Aymard en était bien conscient.

Ensuite, l'archevêque donna une messe pour honorer les guerriers et les Paladins tombés au combat, les dépouilles des soldats enterrées le long de la berge du Vacqueyras, en bordure du camp. Aymard pria pour que la révérée Lumière accueille leurs âmes méritantes et valeureuses, tandis que de nombreux fidèles dans l'assistance reprenaient ses paroles en sourdine.

Cellendhyll convoqua une réunion avec Callista Swift, Ling-Faï, Cromlach, Gheritarish et Aymard, invité pour l'occasion, et qu'il appréciait de plus en plus. L'Ange refusa de passer du temps à vitupérer sur la faute coupable du chevalier d'Aquila. La réunion fut brève. Il fut décidé de conserver la stratégie globale et de maintenir la position de défense dans la plaine.

Le temps que les ragoûts mijotent dans les chaudrons, Cellendhyll, Callista et Ling-Faï passèrent d'un groupe d'Hirondelles à l'autre, tandis que Cromlach et Gheritarish entamaient la même démarche avec les fantassins. La guerre contre les Smaughs ne faisait que débuter. En dépit de ses sinistres auspices, rien n'était perdu, au contraire. Il s'agissait de motiver les cœurs et les volontés, d'insuffler courage et détermination.

Régnait un sentiment de peine, de perte, mais également une vive colère. Comme Cellendhyll l'avait estimé, les Smaughs faisaient des ennemis faciles à haïr. Un tel sentiment était propre à balayer l'espèce d'abattement qui avait commencé à poindre, et les membres de l'Empire purent y puiser une puissante envie de revanche.

Comme toujours, la vengeance faisait une incontournable motivation.

Une fois les piquets de garde établis, les chevaux bouchonnés, alimentés, une fois les armes et les équipements entretenus, chaque soldate, chaque soldat avait pu se laver, se changer, prendre un repas chaud, et retrouver son intimité, le temps de la nuit.

Cellendhyll dîna avec Gheritarish et Reydorn. Les trois amis partagèrent leur ressenti de cette âpre journée, le temps d'un pot de tisane d'écorces noires, puis chacun retourna à ses propres affaires, rasséréné du contact des autres.

De son côté, Gheritarish alla retrouver Cromlach et ses légionnaires, et boire une chopine en leur compagnie. Il finit par s'écarter, le temps de vider sa vessie, puis, comme par hasard, il se retrouva face à Ling-Faï. La Kelash avait le sourire aux lèvres et l'invite brillait dans ses prunelles. Subitement, la soirée du Loki prit une tout autre tournure.

Reydorn alla disputer quelques parties avec l'archevêque Aymard, qu'il perdit, pour la plupart, incapable de se concentrer. Il sortit prendre l'air et se cogna dans une gracieuse silhouette en tunique blanche. Ygraine, prêtresse de la Guelfe, formée par les Sœurs Grises, une femme vive d'esprit, avec un solide sens de l'humour… une femme qui intéressait beaucoup le Mage Vert.

Il rattrapa la jeune femme juste à temps pour lui éviter la chute et ils se retrouvèrent un instant, immobiles, dans les bras l'un de l'autre, à échanger un large sourire et un profond regard. Il suffit d'une question, formulée d'un simple haussement de sourcils de Reydorn, et d'une confirmation, un léger hochement de tête d'Ygraine. Après quoi, la prêtresse et le mage s'éloignèrent en direction du fleuve, main dans la main.

La guerre générait un curieux sentiment chez les survivants. Après les combats, se produisait une sorte d'ivresse, d'exaltation des sens. À la mort s'opposaient la vie et la manière de célébrer le fait d'avoir survécu. S'abandonner dans les bras de l'une ou de l'autre, c'était clamer haut et fort qu'on s'en était sorti vivant, que tout continuait, que l'existence était belle et méritait d'être vécue. C'était retrouver l'espoir.

Cette nuit-là, plus d'un couple se forma, au moins le temps de quelques heures d'abandon.

Cellendhyll, pour sa part, n'avait aucune envie de délassement, ni d'aucune partenaire avec qui s'abandonner. Il fit le tour du camp et des ouvrages défensifs, prenant le temps d'adresser un mot aux sentinelles. Il poursuivit sa ronde, saluant à leur tour les vigies postées le long du fleuve et devant le pont. Au bord du Vacqueyras, la température s'était nettement rafraîchie avec la tombée de la nuit, mais, grâce à ses deux cœurs, Cellendhyll n'était nullement incommodé, même s'il ne portait qu'une épaisse tunique de lin et son gilet de cuir.

Il resta un temps à fixer fort Vacqueyras d'un regard pensif. L'attitude négative du sergent dont il ignorait même le nom tracassait l'Adhan, qui ne voyait aucun moyen pacifique de résoudre la situation.

Gheritarish avait fait surveiller l'installation militaire par les soldats de l'Empire, depuis leur arrivée. Il avait pu en conclure que si le fort Vacqueyras avait été conçu pour abriter trois mille soldats à l'époque des Grandes Guerres, depuis leur fin, l'endroit avait été déclassé, désormais en net sous-effectif, une centaine de guerriers, tout au plus. Cette garnison réduite ne tiendrait pas une journée face à la horde des Smaughs. En aucune façon. Pour peu que l'envie leur en prenne, rien qu'avec les bois au sud de la berge, les Têtes de Clous pourraient fabriquer autant d'échelles nécessaires, voire carrément une tour d'assaut.

Cellendhyll songea que même si les soldats de l'Alliance avaient envoyé un message à Ambre, ce dont l'Adhan doutait, une armée digne de ce nom aurait bien du mal à s'organiser et à voyager assez vite pour renforcer le site. En attendant que cette troupe arrive, il n'était quand même pas compliqué de comprendre que l'armée de Lumière représentait le seul recours immédiat face aux envahisseurs et qu'elle serait bien plus efficace à l'intérieur du fort plutôt que devant. C'était même limpide ! Cellendhyll s'agaçait d'autant de ce déni, de cette attitude insensée, irresponsable, incompréhensible du sergent de l'Alliance, qu'il rêvait de tartiner à coups de baffes, à la Gheritarish – et il était d'ailleurs loin d'être le seul Impérial à le souhaiter. Allait-il devoir attendre que les Smaughs enfoncent les portes du fort pour que les soldats de l'Alliance comprennent enfin la menace ?

Cellendhyll ne doutait pas de prendre le contrôle de fort Vacqueyras, s'il le décidait vraiment. Cependant, il n'en avait aucun droit. Agir ainsi, ce serait provoquer un incident diplomatique propre à déclencher un conflit ouvert avec l'Alliance des Territoires-Francs, nation souveraine qui ne plaisantait pas avec ce genre d'ingérence – Smaughs ou pas Smaughs. L'Empire de Lumière que représentait le Hors-Destin pouvait-il se le permettre ? En pleine guerre avec les Smaughs, une guerre plutôt mal entamée, ne serait-ce pas la pire chose à faire ? se demandait l'Adhan. Ne ferait-il pas, au contraire, le jeu des Têtes de Clous ?

Pestant entre ses dents, Cellendhyll reprit sa marche. Il atteignit le pont, constata qu'au moins, les ouvrages défensifs étaient bien en place, les sentinelles aux aguets, professionnelles, que les patrouilles d'Hirondelles parcouraient la plaine, sur la rive opposée, pétries de la même vigilance. Rassuré, il fit demi-tour et rentra au camp.

Concernant la base impériale proprement dite, Cellendhyll se déclarait tout aussi satisfait. Les soldats et Gheritarish avaient beaucoup transpiré pour déboiser un périmètre suffisant au sud de fort Vacqueyras, hors de portée de flèches, pour y creuser un fossé renforcé de toute une série de chevaux de frise. En outre, avant de creuser les latrines, les légionnaires avaient bâti un vaste corral pour accueillir toutes leurs montures, en lisière d'un petit bois.

Cellendhyll salua à nouveau les gardes, traversa le camp dans sa longueur, longeant le corral, la forge, l'infirmerie, bifurqua avant d'arriver aux cuisines et retrouva le secteur réservé aux Hirondelles.

Lorsque Cellendhyll et ses Hirondelles avaient rejoint le reste de l'armée, s'était posée la question de la cohabitation entre hommes et femmes.

L'armée impériale était depuis toujours patriarcale, les Hirondelles représentaient une exception, une idée novatrice qui n'avait pas eu le temps de véritablement s'imprimer dans tous les esprits impériaux. Cellendhyll, Callista et Cromlach étaient bien conscients que les légionnaires n'étaient nullement des enfants de chœur, au contraire, ils étaient pour la plupart des tueurs nourris par la violence et clairement pas par le respect ou la galanterie.

Ce qui signifiait que lâcher trois cents jeunes femmes au milieu de ces milliers de guerriers ne pouvait que causer toute une série de problèmes.

Même si elles étaient capables de se défendre par elles-mêmes, il n'était pas question pour Cellendhyll que les Hirondelles soient sifflées, harcelées, et encore moins violentées par l'un de ses soldats. La violence s'exercerait face aux Smaughs, pas entre alliés.

Pour autant, certaines attirances allaient forcément se produire, à l'image de Gheritarish et Ling-Faï, or, dans l'esprit de l'Adhan, il n'était pas question d'interdire toute relation entre hommes et femmes, juste de les encadrer.

Il avait donc défini le règlement suivant, le plus simple et le plus efficace à ses yeux. Un camp dans le camp. Un camp pour les Hirondelles, clôturé et gardé, jour et nuit, à l'opposé du secteur où dormaient les hommes. Les guerrières avaient également droit à un coin toilette et des latrines privées. Les prêtresses de la Guelfe, bien sûr, bénéficiaient du même traitement.

Le Hors-Destin était le seul homme à résider sur place ; un souhait commun à toutes les cavalières, clairement énoncé par Callista. Cellendhyll avait partagé le bivouac avec les Hirondelles depuis le départ de la ligne des Forts et trouvait la chose naturelle, même si, pourtant, il se sentait privilégié.

Pour tous les autres, seul un guerrier invité par une Hirondelle pouvait entrer dans le périmètre des femmes. Gheritarish, par exemple, était invité chaque soir, un habitué. Reydorn, lui aussi, avait droit à ses entrées. Et ce ne furent pas les seuls.

Les Hirondelles, de leur côté, n'avaient pas le droit d'aller folâtrer là où dormaient les fantassins, pas plus que de jouer avec leurs désirs. Callista Swift s'était montrée très claire sur ce point, jurant de mettre aux arrêts la moindre fautive, lui interdisant ainsi de prendre part à la guerre. Une punition bien assez dissuasive pour ses filles.

Pour les hommes, les sanctions étaient les suivantes : un avertissement pour une conduite importune, type harcèlement sonore. Si un guerrier commettait une deuxième infraction ou un geste inapproprié envers une Hirondelle, type attouchement, il serait sanctionné de dix coups de fouet, assénés par Cromlach ; l'adjudant avait déclaré que si quelqu'un devait châtier ses guerriers, ce serait lui et personne d'autre. Dix coups de fouet assénés par le Nain faisaient une rude punition, d'autant plus que le blessé n'aurait droit qu'à des soins non magiques, subirait la douleur et ne pourrait combattre le temps de sa cicatrisation.

En cas de fautes répétées, si le fouet n'y suffisait pas… ou bien encore en cas de viol avéré, Cellendhyll décréta tout net qu'il trancherait aussitôt la tête du coupable, foi de seigneur-lige, héritier de l'Empire !

Trois abrutis de guerriers tentèrent bien de défier les règles établies… « les cons, ça ose tout, c'est même à ça qu'on les reconnaît », un adage à jamais entré dans les mémoires. Leurs dos lacérés par Cromlach, lesdits abrutis gémirent leur misère, à plat ventre sur leurs lits de camp, moqués par leurs camarades, puis obligés de combattre, leurs blessures à peine cicatrisées. Un exemple propre à marquer les esprits et le fouet du Nain n'eut plus à sévir.

Le Hors-Destin, quant à lui, n'eut à décapiter personne. Du moins pas dans son propre camp.

Échangeant des saluts complices avec les guerrières qu'il croisait, Cellendhyll emprunta une allée qu'il remonta jusqu'au bout et atteignit l'alignement des tentes au bout duquel était plantée la sienne. Il y entra, le temps de récupérer son bouclier, pour ensuite ressortir de la base par l'entrée sud – tout aussi gardée que celle du nord.

Callista Swift revenait s'imposer à ses pensées. Il ne l'avait pas revue depuis la réunion. L'officière s'était éloignée en compagnie de Vanina Cole. Comme chaque soir, Cellendhyll dut faire un effort pour chasser l'image de Callie dans les bras de son amante, dans leur tente, à ne pas imaginer le détail de leurs ébats passionnés. Tâchant de balayer toutes ces visions sulfureuses de son esprit, il s'installa sur l'herbe, à la lisière du bois, ôta son baudrier d'arme et commença ses étirements.

Il avait récupéré une certaine intimité depuis que l'armée réunie s'était établie au bord du Vacqueyras et, depuis, Cellendhyll avait pu s'entraîner aux pouvoirs de métamorphose de sa Belle de Mort. Bien conscient qu'il était veillé par au moins une Hirondelle dès qu'il mettait un pied dehors, il procédait dans sa tente, à l'abri des regards.

S'entraîner, à ses yeux, restait cependant un bien grand mot. Lui qui s'imaginait virevolter dans les airs en changeant la forme de sa Belle au gré de ses envies, déchanta dès la première séance. Maurice n'avait en rien exagéré. L'Ange subissait invariablement un contrecoup lorsqu'il transformait sa Belle de Mort, ce poids soudain sur ses épaules, cette perte d'énergie, comme si un géant invisible voulait l'écraser dans le sol. Pire encore, Cellendhyll avait l'impression qu'à chaque transformation, le poids augmentait de manière exponentielle ; sauf lorsqu'il demandait à sa Belle de reprendre sa forme première, un coût négligeable.

Une particularité curieuse, intéressante, se produisait à chaque métamorphose, la Belle de Mort créait à partir d'elle-même un fourreau de métal bleu nuit – ce même métal qui la forgeait – pour recueillir à chaque fois la forme que lui demandait son maître. Le Hors-Destin ignorait comment un tel phénomène était possible, mais il l'interprétait comme la contribution de sa lame sombre à l'effort de guerre, un moyen pratique de la transporter avec lui qu'elle que fût son apparence.

À force d'essai, il était parvenu à supporter une transformation, sans trop de handicap. Or, le but de Cellendhyll était de pouvoir combattre tout en enchaînant les métamorphoses, comme sur le Plan du Destin. Changer sa lame de forme une fois au cours d'un combat pouvait représenter un atout maître propre à décontenancer son adversaire, pour preuve contre Oghul-Tak, mais, là encore, cela ne suffisait pas aux yeux de l'Ange.

À la deuxième transformation, Cellendhyll avait cette fois l'impression de recevoir un *double* coup de marteau derrière la tête. Son nez plein de sang argenté, il tenait à peine debout, peinant à maintenir son équilibre, le cœur au bord des lèvres.

À la troisième transformation, la première fois qu'il avait tenté l'expérience, le Hors-Destin s'était réveillé allongé, le cœur battant dans une flaque de vomissure, une horrible migraine fissurant son crâne, le nez en sang ; une fois débarbouillé, honteux, il avait même dû se résoudre à faire appeler Aymard pour lui ôter ce mal de crâne absolu. Quatre métamorphoses d'affilée n'étaient même pas envisageables.

Cependant, Cellendhyll était Cellendhyll. Refusant l'échec, il s'était entêté.

Le soir, après ses entraînements, chaque fois qu'il prétendait faire la sieste, il empoignait sa dague, bien campé au centre de sa tente, et se lançait.

Une métamorphose. Deux. Et trois. Telle était sa limite, il voulait bien l'admettre, mais il refusait d'en faire moins.

À force de s'acharner, toutefois, séance après séance, il estima pouvoir supporter deux transformations successives en plein combat même si c'était toujours insuffisant à ses yeux. Trois métamorphoses et il se retrouvait un genou à terre, affligé de nausées ; ce qui était tout de même moins pire qu'évanoui dans une flaque de son vomi.

Autre point des plus contrariants, pas une fois, depuis le départ de la ligne des Forts, le Hors-Destin n'avait réussi à éveiller son énergie nouvelle. Le mana pur coulait en lui, mais refusait de s'éveiller quelle que soit la nature de ses efforts. Privé de tout mentor, Cellendhyll n'avait aucune idée de comment procéder. Il cherchait cette *étincelle* qui déclencherait le processus, sans jamais la trouver.

Ces déconvenues, cependant, ne l'empêchaient pas de s'entraîner nuit après nuit, jusqu'à ce que tous ses muscles se mettent à trembler de fatigue.

Nous ne céderons pas ! Entendez-vous, Øz et Rakùl-Bahìr ? Je finirai par vous trouver et, Mortonnerre, vous allez payer, pour mon père, pour Rathe et pour tous les autres !

Chapitre 65

Le deuxième jour de la guerre était venu.

Le temps était clair, pas trop chaud, contrairement aux jours précédents, le vent quasi nul. L'armée impériale était prête, positionnée face à la Horde, dans la même disposition que la veille, avec les Hirondelles divisées en deux sections réparties sur les flancs du corps principal constitué par les rangs des légionnaires.

Les Smaughs n'avaient pas changé leur colonie de place. Cependant, plus aucune trace des cadavres de la veille, le champ de bataille avait été soigneusement nettoyé.

Les fantassins, de leur côté, durent se décaler légèrement au sud pour éviter l'odeur méphitique de l'herbe maculée du sang et de la tripaille de la veille. Il avait été décidé de combattre sans se livrer, dans l'attente des sorciers ennemis. Cette fois, en revanche, les mages de guerre et leurs acolytes avaient pris leur place en haut des tours sans attendre qu'on fasse appel à leurs talents.

Les Smaughs ne semblaient pas pressés d'en découdre. Après une nuit chargée d'ivresse et de débauche, il leur fallait un peu de temps pour retrouver leur ardeur combattive naturelle. Il ne se passa rien pendant une heure, hormis un flot d'invectives lancées par les premiers Têtes de Clous en état, dont l'écho peinait à atteindre le mur de boucliers – pour autant, les gardes surveillaient avec vigilance leur camp immense, dont les Impériaux ne voyaient rien de l'extérieur, hormis d'innombrables véhicules qui leur bouchaient la vue.

Soudain, le battement des tambours reprit sa mélopée agressive. Enfin prêts, les Smaughs débutèrent les hostilités en faisant installer par leurs esclaves une ligne d'immenses chaudrons de fonte noircis par les années, montés sur des charrettes, espacés d'une vingtaine de mètres et calés sur un axe nord-sud, une centaine de mètres devant leurs propres défenses.

Les chaudrons de guerre étaient remplis d'une variante du liquide irisé qui nourrissait les arbres à cosses des Smaughs – dans lesquels ils faisaient pousser leur descendance et leurs rejetons –, additionné de foin humide. Une fois allumés, les réceptacles en fonte se mirent à produire une fumée jaunâtre, poisseuse.

Une dizaine de minutes plus tard, un voile opaque d'un jaune pisseux couvrait désormais toute la largeur de la Horde.

Que mijotent les Smaughs ? se demanda Cellendhyll, encore plus tendu que la veille.

Du rideau opaque jaillit une enfilade de silhouettes qui se transformèrent bientôt en un groupe de cinq cents personnes, accourant vers les forces de la Lumière dans un concert de hurlements.

À la surprise des Impériaux, la cohue qui courait à perdre haleine dans leur direction ne portait aucune espèce d'arme, pas la moindre pièce d'armure. Ils contemplaient des visages non pas animés par la haine ou le désir de tuer, mais creusés de frayeur et de désespoir.

Des civils ! Des jeunes humains des deux sexes, paniqués, vêtus de leurs tenues de tous les jours, déchirées, entaillées ; tous ces gens, l'Adhan l'apprendrait plus tard, étaient des habitants de Coruscante, capturés lors du raid sur la capitale.

À mesure qu'ils se rapprochaient, leurs cris, tout d'abord indistincts, se transformèrent en suppliques déchirantes ; tous ces malheureux en appelaient à l'aide et à la miséricorde de la Lumière.

Pourquoi semblaient-ils si paniqués alors qu'ils auraient dû plutôt exprimer un net soulagement ? Bientôt, la cause de leur terreur surgit du rideau de fumée. Environ un millier de tarfs, les survivants de la veille, lancés à la poursuite des civils relâchés, mi-courant, mi-bondissant, lancés sur leurs talons.

Fahaarak'Shar !

Cellendhyll et les siens l'ignoraient, mais la particularité de cette fumée était que les Smaughs, eux, pouvaient voir à travers.

Au moment où les esclaves allumaient les chaudrons de guerre, après avoir donné les instructions prévues au maître-dresseur des tarfs, Rakùl-Bahìr entamait l'accomplissement de son plan. Il avait repris sa place sur le toit-terrasse de sa roulotte, configuré bien différemment de la veille. Une dizaine de sorciers barraient l'accès à l'étage et un cordon de mechs entouraient la roulotte avec ordre de ne laisser passer personne. Le Nagù avait fait enlever fauteuils et canapés, fait dégager le centre de l'espace, sur lequel il s'était installé torse nu, en tailleur. Autour du Nagù, dévêtus, comme lui, assis en triangle autour du maître-sorcier, ses trois homologues, Göruk-Mongh, Shaar-Balal et Kublaï-Our.

Leurs yeux rehaussés de khôl, mi-clos, leurs pouls ralentis, ils partageaient la même transe de sorciers, connectés à leurs Nexus respectifs.

Rakùl-Bahìr énonça les paroles de pouvoir qu'il avait soigneusement mémorisées. Il n'avait pas utilisé un tel sortilège depuis longtemps, sa concentration devait être parfaite.

L'incertitude ébranlait les esprits de Cellendhyll et de ses troupes. Que fallait-il décider ? Ouvrir un passage à tous ces civils et risquer de désorganiser la défense, pour, sans doute, tomber dans le piège prévu par les Smaughs ? Garder le mur fermé et voir ces innocents se faire massacrer juste devant leurs yeux, de quoi démoraliser toute son armée ?

D'ordinaire si sûrs d'eux, les mages de guerre hésitèrent, consternés. Ils réagirent avec un temps de retard pour lancer chacun un sort de zone sur les tarfs. Sous forme d'un miroitement bleu argenté de la part de Ragamengas et d'une lame d'énergie orange et blanche de la part de Bhediver.

À croire que les goules étaient capables d'anticiper leur réaction, la meute de tarfs se scinda en deux branches, l'une zigzagant brusquement vers le sud, l'autre, tout aussi vive, vers le nord, et seuls les moins rapides des tarfs furent carbonisés par la magie impériale ; soit un tiers des rejetons. Après quoi, d'un même élan, la meute se reforma en une masse unique dirigée droit sur les réfugiés, puis accéléra d'un cran, se rapprochant à une vitesse alarmante.

Ragamengas et Bhediver lancèrent aussitôt un second sort de zone, aussi vite qu'ils pouvaient prononcer les mots de pouvoir, mais l'essaim des goules se divisa, une fois encore, et chaque segment bifurqua pour éviter la zone d'effet, ne perdant qu'une cinquantaine de créatures.

Les mages n'avaient plus le temps d'un autre sortilège de destruction massive, les goules avaient presque rejoint les fuyards. Bhediver et Ragamengas déclenchèrent alors quelques lances d'énergie incandescente d'un jaune vif ourlé d'orangé, épaulés par leurs acolytes. Ces sorts, cependant, ne touchaient que de petites zones, qu'elles faisaient exploser, efficaces, certes, pourtant loin d'être suffisantes par rapport au nombre de tarfs.

Que faire ? Alors que Cellendhyll et Callista échangeaient le même genre de regard interloqué que les mages un peu plus tôt, que Cromlach s'épanchait dans une litanie de jurons, Gheritarish décida pour tout le monde. Son bon gros cœur de Loki ne pouvait supporter de refuser son aide à tous ces pauvres éperdus qui n'avaient rien à faire sur un champ de bataille. Les voir se faire décimer sous ses yeux, non, ce n'était tout simplement pas possible pour le vaillant guerrier à peau bleue. Tandis que les réfugiés arrivaient à portée du mur de boucliers, il se fraya un passage à grands coups d'épaules jusqu'à la première ligne et fit appel tout autant à son statut qu'à ses muscles pour que les légionnaires ouvrent un couloir dans leur ligne de défense.

Les tarfs agissaient bien différemment de la veille. Silencieux, ils formaient un flot organisé, avec un but clairement édicté. Il y avait une raison à cela. Grâce à ses pouvoirs du Cinquième Cercle, Rakùl-Bahìr contrôlait les rejetons par télépathie. Imposant sa volonté d'airain à leurs esprits limités, il les dirigeait à distance. Le lien créé avec les autres maîtres lui permettait d'assurer une emprise plus puissante et plus durable que s'il avait été seul. Toutefois, même avec leur appui, ce n'était pas une mince affaire.

Rakùl-Bahìr n'aurait pu mieux calculer le moment de lancer ses rejetons. Il fallait que les civils pensent avoir une chance de s'en sortir, le temps de faire hésiter les Impériaux, donc, pas trop tôt. Il ne fallait pas non plus que les tarfs soient lancés trop tard, auquel cas, les mages de guerre n'auraient pas trop de mal à les anéantir avec leurs sortilèges.

Le facteur humain. Le Nagù avait tout misé sur cette faiblesse et il ne s'était nullement trompé. Bien sûr que les sang-chaud allaient se révéler incapables de sacrifier tous ces civils, incapables de ne pas réagir alors leurs fragiles congénères étaient ainsi menacés. Et cette miséricorde, ce sentiment inconnu des Smaughs, qui fascinait tant le maître-sorcier, allait causer leur perte.

Constatant la percée de ses créatures, une part de l'esprit scindé du Nagù exulta devant la tournure des événements. Sa ruse avait leurré l'Empire, une fois de plus ! Les tarfs allaient réussir, son prestige allait pouvoir rayonner jusqu'aux clans guerriers…

Concentre-toi ! Ne laisse pas ton orgueil l'emporter ! Tu dois guider les tarfs, sans faillir, jusqu'au bout. Tu n'as encore rien gagné !

Se soumettant à la voix de la raison, Rakùl-Bahìr se recentra sur son objectif.

Obéissant à Gheritarish, les légionnaires avaient dégagé un couloir large comme quatre personnes, au milieu de la première ligne, environ cent mètres à droite des tours de mages. Ils espéraient encore mettre les civils à l'abri sans pour autant affaiblir leur défense.

Et tandis que le guerrier loki, dressé à l'entrée du passage, leur faisait de grands signes pour qu'ils le rejoignent, les fugitifs se ruèrent dans sa direction.

Gheritarish accueillit la première trentaine d'arrivants qu'il escorta vers l'arrière en remontant le couloir formé d'est en ouest. Une série de fantassins se chargea de tamiser le restant des arrivants. Néanmoins, une fois arrivée devant ce goulot d'étranglement, la foule terrorisée se retrouva bloquée, gagnée par l'impatience. Puis, constatant que les tarfs avaient échappé à la puissance des mages et qu'ils fusaient droit sur eux, les réfugiés paniquèrent. Leurs forces décuplées par la terreur, ils repoussèrent les légionnaires, les firent trébucher sous leur nombre, ne songeant plus qu'à une chose, s'éloigner du danger. La bousculade fut telle qu'une bonne soixantaine de fantassins et de civils se retrouvèrent projetés à terre, emmêlés sur le sol, là où aurait dû se refermer la palissade de boucliers.

La brèche était créée et les tarfs s'y engouffrèrent d'un seul élan, aggravant le désordre.

Les mages et leurs acolytes ne pouvaient plus agir sous peine de toucher leurs alliés. Les Hirondelles et les arbalétriers, sur les flancs, étaient tout aussi impuissants.

Les rangs impériaux furent pris de mouvements convulsifs en leur milieu, animés d'élans antagonistes : les civils qui marchaient ou couraient vers l'arrière des lignes, les fantassins qui, pour une part, tentaient d'escorter les innocents en lieu sûr, pour une autre, essayaient de combattre et d'endiguer la cavalcade effrénée des tarfs. Sans parler de ceux qui tentaient de reformer les lignes et remettre le mur de boucliers d'aplomb.

À dessein, Rakùl-Bahìr relâcha son contrôle sur les deux cents premiers rejetons de sa meute. Aussitôt, les créatures bondissantes se jetèrent sur les premières proies à leur portée, la masse enchevêtrée des civils et des légionnaires à terre, qu'ils déchirèrent de leurs griffes avant de les dévorer vivants, galvanisés par cette panique ambiante qui les excitait, libres à nouveau d'exprimer cette frénésie naturelle qui les aveuglait.

Toujours guidé par la volonté du Nagù, le restant de la meute conserva sa cohésion, s'enfonçant dans les rangs de l'Empire sans chercher à affronter les soldats qui les entouraient. Les tarfs poursuivaient le même élan sans perdre la moindre seconde. Ils couraient, bondissaient, zigzaguaient, ils ne se souciaient nullement des ennemis qui tentaient de les abattre. Très vifs, agiles, s'infiltrant dans la moindre brèche, lorsqu'ils ne bondissaient pas carrément par-dessus, ce qui les rendait d'autant plus durs à éradiquer. Soumis à cette volonté supérieure qui les guidait, le flot principal poursuivait son but unique, cet objectif imposé.

Rakùl-Bahìr avait le front et le torse gouttant de sueur. Il grimaçait sous l'effort mental, sa volonté était totale. Plus les minutes passaient, plus le contrôle s'amenuisait et le maître-sorcier puisait dans les réserves que lui transmettaient ses homologues. Un instant, il crut qu'il allait perdre la liaison, mais il se reprit d'un sursaut. Pas question de compromettre son emprise avant d'avoir atteint son but, tout son prestige en dépendait !

Les tarfs ayant pénétré leurs lignes par centaines, tout le milieu du bloc défensif de la Lumière avait sombré dans un chaos total.

— Évacuez-moi ces putains de civils ! Rangs quatre et cinq, reculez ! Rang un et deux, resserrez-vous, bande de bites molles, reformez-moi ce putain de mur ! s'époumonait Cromlach.

Soucieuse, Callista avait fait prévenir Aymard par une estafette afin que la Guelfe Blanche soit prête à recueillir les rescapés de Coruscante.

Incapable de rester passif, Cellendhyll fit valser sa cape et son casque, se laissa glisser de sa selle et s'élança vers les rangs des légionnaires, après avoir crié à la capitaine qu'il allait intervenir. Il n'avait aucune idée de ce qu'il allait pouvoir faire, mais il se déblaya un passage le plus vite possible.

Si les tarfs perdaient des leurs à chaque mètre franchi, abattus en pleine course par les Impériaux, la meute comptait encore au moins trois cents créatures. Après une nouvelle série de zigzags destinés à leurrer la défense impériale, l'essaim maléfique vira brusquement pour arriver au terme de sa traque : les deux tours, que les rejetons se mirent à encercler à toute vitesse, repoussant par leur seul élan les guerriers alentour, pour ensuite les escalader, se ruant sur les mages de l'étage inférieur. Ils perdirent encore une cinquantaine d'entre eux, mais cela n'infléchit en rien leur élan.

Tuez les mages, tuez, tuez ! leur ordonna Rakùl-Bahìr à travers le lien télépathique.

L'ordre final éclata dans l'esprit des goules. Enfin libres de festoyer, elles lâchèrent un *lamento* de sanglots surexcités aux tonalités faussement enfantines, prélude à leur déchaînement meurtrier.

Fahaarak'Shar !

— Pourquoi ils ne se téléportent pas avec leurs fichues cloches ¿ s'exclama Cellendhyll. Qu'est-ce qu'ils attendent ¿

Il n'en savait rien, peu au fait des subtilités des Arts Étranges, un domaine qui continuait de le rebuter. En fait, le sortilège de téléportation que les mages et leurs acolytes avaient utilisé la veille pour rejoindre les tours, en se servant des cloches comme point focus, opérait de manière collective, réclamant l'incantation simultanée de tous ses utilisateurs pour fonctionner. Or, dans une situation aussi tendue, qu'ils n'avaient en rien prévue, les huit pratiquants étaient incapables de se concentrer assez pour lier leurs volontés et prononcer d'un même ensemble les mots de pouvoir.

Toujours juchés sur leurs perchoirs, Bhediver et Ragamengas puisèrent dans leur Nexus, le temps de lancer leurs écrans les plus puissants, renforcés de cinq couches protectrices. Leurs silhouettes miroitantes de mana, ils échangèrent un regard complice, nourri de cet amour infini qui les unissait. Un regard complice et carrément inquiet.

Ni l'un ni l'autre, en dépit de leur puissance, de leur expérience, n'avaient jamais été confrontés à un danger aussi proche, intense. Les hauts-mages avaient toujours opéré à distance, protégés de toute menace immédiate. Tout allait trop vite pour leurs esprits posés, aucun des sorts offensifs dont ils avaient l'habitude n'était utilisable dans de telles conditions, leurs effets bien trop destructeurs, et ils cherchaient en vain une échappatoire.

Leurs acolytes, à l'étage inférieur, déclenchèrent leurs sorts de combat individuels, éclairs bleutés, lames ou carreaux d'énergie opalescente. Chacun d'eux élimina deux, quatre, six tarfs… avant de se faire submerger par les autres. Leurs écrans à simple couche cédèrent sous l'effort, et les apprentis n'avaient aucune armure pour les protéger, leur massacre fut nettement plus rapide que celui des Paladins Bleus. Les griffes et les crocs des goules traversèrent le cuir et le lin de leurs tenues, tout aussi aisément qu'ils fendirent leurs chairs.

Tandis que ces tarfs-là se goinfraient, les autres, ivres de frénésie, avaient poursuivi leur escalade pour s'attaquer aux deux mages de combat en haut de leurs tours, leurs cibles véritables.

Les légionnaires les plus proches des tours faisaient ce qu'ils pouvaient. Ils se démenaient, leurs lames s'élevaient et se rabaissaient pour faucher les tarfs agglutinés en bas des édifices, aussi vite qu'ils en étaient capables. C'était une hécatombe sans réel effet immédiat. Focalisés sur les mages, les rejetons mouraient en plein élan, sans combattre, toutefois il en restait encore plus d'une centaine, perchés, hors d'atteinte.

Rôtissant chacun deux ou trois tarfs, leurs boucliers de mana crépitant, Logrus Ragamengas et Grandin Bhediver se défendirent comme ils purent, handicapés par le fait de se trouver trop proches l'un de l'autre pour utiliser leur pleine puissance. Logrus craignait d'atteindre Grandin, et Grandin redoutait de toucher Logrus.

Ils furent cernés en quelques secondes, presque complètement recouverts de cet amas grouillant, qui griffait les couches de leurs boucliers de mana, de ces crissements excités, et de cette incroyable furie qui animait les goules.

On ne voyait plus rien des tours et de leurs occupants. Pour Cellendhyll, et pour tous ceux de la Lumière qui assistaient à la scène, impuissants, c'était une vision éprouvante, aussi saisissante que la disparition des Paladins Bleus. Plus encore, peut-être, car plus proche.

Rakùl-Bahìr, grâce à la transe, était aux premières loges pour constater la réussite de son plan. N'ayant toujours pas repéré l'Adhan, sur lequel il aurait bien envoyé une cinquantaine de ses rejetons, il relâcha enfin son effort, rompant le lien avec les tarfs. Il resta quelques secondes à savourer ce qu'il venait d'accomplir. Finalement, un sourire fier, triomphant, éclaira ses traits, suivi d'un éclat de rire sauvage qu'il partagea avec les autres maîtres-sorciers.

Ils sont cuits… j'ai atteint mon but, Smaugh !

Sourd aux paroles de soutien de Logrus, l'exhortant à tenir bon, lui jurant qu'ils allaient s'en sortir, qu'ils pouvaient encore tenter de sauter, Grandin Bhediver agitait la tête dans tous les sens, comme agité de spasmes. Il cherchait une issue qui se refusait à lui, faisant défiler dans son esprit la palette des sorts qu'il maîtrisait, aucun capable de le sortir de ce guêpier. Les plaintes discordantes des rejetons lui ébranlaient le cerveau, leurs griffes ne cessaient de s'abattre sur son écran dont les couches protectrices commençaient à vaciller. Bhediver n'arrivait plus à aligner deux pensées cohérentes. Il se sentait acculé, cerné, bloqué, il n'avait jamais éprouvé une telle pression. En cet instant, s'il l'avait pu, toute honte bue, il aurait sacrifié Logrus pour s'en sortir.

Or, Bhediver réagissait très mal au stress. La panique l'emporta, sa concentration fléchit, la première couche de son bouclier de mana fut dissoute, puis une autre. Bhediver perdit toute maîtrise et se mit à ventiler. Sa concentration balayée, les trois dernières strates de son écran se dissipèrent totalement. Aussitôt, un tarf lui bondit au visage, sectionnant son nez d'un claquement de mâchoires, un autre le mordit à la joue, arrachant sa chair d'un sursaut. Un troisième lacéra sa cuisse jusqu'à l'os, un quatrième lui croqua trois doigts, un suivant lui préleva un morceau de hanche, tandis qu'un rejeton plantait ses crocs dans son entrecuisse. Ce fut la curée. Acculé de toutes parts, Grandin Bhediver hurla, hurla encore plus fort. Barbouillés de ses fluides humains, les tarfs n'en devenaient que plus frénétiques. Les plaintes cessèrent brusquement. Tassé sur le sol, recouvert de créatures en train de le déchiqueter vif, le haut-mage n'était plus qu'une poupée sanglante ballotée par les coups de crocs de ses frêles bourreaux.

— Nooooonnn ! s'écria Ragemengas assistant à la fin cauchemardesque de celui qu'il aimait.

Il s'apprêtait à agripper Grandin et sauter avec lui dans le vide – persuadé qu'ils pouvaient s'en sortir, finalement, même après les dégâts de la chute, pour peu qu'une fois à terre, les légionnaires les protègent.

Grandin et lui avaient fait l'amour le matin même, passionnément. Ils s'étaient gentiment chahutés au petit-déjeuner. Le Logrus Ragamengas qui avait rejoint le champ de bataille un peu plus tôt était un homme puissant, respecté, heureux… comblé. Et, soudain, en quelques secondes, sa vie parfaite s'était brisée, avait perdu toute saveur, toute couleur. Toute signification.

Les tarfs gesticulaient tout autour de lui, ils bondissaient, rebondissaient sur ses écrans de mana, sans jamais se lasser, jusqu'à totalement oblitérer son champ de vision.

Quelle importance, à présent ! Des larmes brûlantes coulaient sur le visage de Logrus. Dominé par la perte et le sentiment d'injustice, il avait le cœur ravagé, la gorge pleine de bile. L'esprit tourbillonnant, dévasté au plus profond de son être, le mage de guerre, à l'opposé de son amant, laissa parler la colère plutôt que le désespoir.

Fermant les yeux, il se glissa en lui-même. Sans plus se soucier de ses ennemis, il se connecta à son Nexus et se mit à le siphonner, à le siphonner sans retenue aucune, jusqu'à atteindre ses limites. Et là, le puissant mage s'entêta. Serrant les poings à s'en blanchir les phalanges, il força au-delà de l'admissible. Un cri étranglé monta de ses lèvres.

Grandin, mon amour, je viens à toi, je te rejoins dans l'Au-delà, et nous serons à nouveau réunis !

Logrus Ragamengas écarta les bras en grand. D'une pensée implacable, il expulsa l'ensemble de ses réserves de mana. Sa bouche s'ouvrit, allumée de l'intérieur par le même halo de pur pouvoir qui avait pris possession de ses orbites, oblitérant son regard. Enfin, drainé au-delà de toute raison, son Nexus se fissura et Logrus implosa.

Une nova d'énergie palpitante monta vers le ciel, formant une sorte de faisceau ovale pointé vers le ciel, allumé de bleu, de rouge, et d'orangé. Puis, l'espace d'une seconde, l'horizon tout entier devint blanc. Lorsque le monde recouvra ses teintes premières, tous ceux qui entouraient les tours dans un rayon de cinquante mètres avaient été instantanément incinérés par le déchaînement d'énergie contrariée. Tous les tarfs, les soldats, les civils, hommes, femmes et adolescents, ils avaient tous disparu le temps d'un clignement de paupières, brusquement transformés en un tapis de cendres.

Cellendhyll avait dû batailler ferme pour se frayer un passage, il arrivait à quatre-vingts mètres des tours, par la gauche. Comme ceux à son niveau, il fut balayé par l'effet secondaire, une onde irrépressible formée par la fin de l'effet de souffle, qui le renversa cul par-dessus tête avant de se dissiper.

Du côté de la horde smaugh, un tonnerre d'exclamations sanguinaires, de moqueries et d'injures, monta vers le firmament pour saluer la destruction des redoutables mages de l'Empire.

Un cratère creusait le sol à l'emplacement des deux tours, tapissé d'une sorte de poussière rougeâtre. Tout autour, les gens jetés à terre par l'effet de choc se redressaient tant bien que mal, l'Adhan compris. Gheritarish, de son côté, avait conduit son groupe jusqu'aux prêtres-guérisseurs, trop loin pour ressentir le contre-choc.

Les tarfs qui s'étaient focalisés sur les réfugiés et les soldats avaient été abattus jusqu'au dernier par les lames des légionnaires, les rejetons n'ayant même pas cherché à se défendre tellement le festin qu'ils s'accordaient oblitérait leurs sens.

Néanmoins, en cet instant, la défense de l'Empire était à genoux, friable. Choqués par la déferlante qui venait de se produire, les soldats peinaient à digérer la violence qui venait de leur tomber dessus.

Les tarfs avaient ouvert la voie. Espérant profiter du chaos engendré, un groupe de trois mille Smaughs, un mélange de tous les clans, traversa le rideau de fumée jaunâtre et se lança à l'assaut.

Callista Swift comprit qu'il fallait fournir un répit à son infanterie et sans tarder. Elle ordonna aussitôt à l'aile gauche de sa cavalerie de former une colonne et d'intercepter la charge des Smaughs, puis elle envoya une partie de son aile droite par l'arrière, chargée de remplacer les cavalières ayant quitté la formation.

Menées par Vanina Cole, les deux cents cavalières partirent au galop, formèrent une légère boucle pour se repositionner sur un axe vertical, du nord vers le sud, de manière à ce que leur ligne fasse tampon entre les fantassins désorganisés et la charge des Têtes de Clous.

À force de s'époumoner, relayé par ses sergents, Cromlach avait réussi à faire reculer ses hommes derrière les cratères et à reformer leurs rangs. Les guerriers choqués furent aidés à reculer, tandis que ceux, valides, au nord et au sud du cratère, reformaient un centre solide. Les fantassins des lignes arrière accoururent pour boucher les trous.

Les guerriers smaughs avaient lancé leur assaut un peu trop tard. Ils auraient pu réussir, sans l'intervention des Hirondelles. Fauchés en pleine course par la grêle de flèches que leur décochaient les cavalières, les Têtes de Clous virent leur élan soudain ralenti. Les Hirondelles refusaient le contact, elles se contentaient de descendre le champ de bataille en tirant leurs flèches aussi vite qu'elles le pouvaient, en tir double.

Le pilonnage mené par Vanina Cole offrit aux légionnaires le répit nécessaire pour recouvrer leurs automatismes. Les boucliers se redressèrent, se rejoignirent, s'accolèrent. Le mur avait retrouvé sa densité.

De leur côté, les rescapés qui avaient survécu avaient été pris en charge par les prêtres de la Guelfe Blanche. Les jeunes gens pleuraient de tension et de soulagement mêlés, certains, choqués, fixaient le vide sans parler.

Rakùl-Bahìr constata que l'Empire de Lumière s'était repris. Il décida aussitôt de faire sonner le rappel des guerriers avant qu'ils n'arrivent au contact ; l'occasion était passée et le Nagù refusait de subir des pertes trop importantes. Les seigneurs de guerre, qui avaient juré de l'écouter, durent se conformer à son ordre. Les guerriers rentrèrent en maugréant, coupés en plein élan, mais, remontés en bloc par Oghul-Tak, ils jurèrent de combattre dès le lendemain, leur sauvagerie redoublée. Ils pouvaient au moins se féliciter d'une chose : le Peuple avait éliminé les deux mages de guerre, une nouvelle victoire incontestable. Ce soir encore, le Fahaarak'Shar serait sauvagement célébré. Pour autant, les faciès des chefs de guerre n'affichaient aucune véritable satisfaction. Plutôt une prise de conscience morose. Non seulement ils n'avaient joué aucun rôle dans cette victoire… pire encore, ladite victoire était due à leur plus grand rival, le Nagù.

Les Smaughs rentrèrent dans leur colonie d'un bloc. Le moment était venu pour les esclaves d'œuvrer à leur bien-être ; servir à boire, mettre la viande à griller, épancher les ardeurs phalliques et autres douceurs propres à ravir leurs maîtres.

Une fois le camp bouclé, Rakùl-Bahìr fut longuement acclamé du haut de sa roulotte. Tout le Peuple savait que c'était lui qui avait guidé l'assaut des tarfs, un autre exploit pour nourrir sa légende. Le Nagù savoura cette hausse soudaine de son prestige, et ne regrettait pas une seconde d'avoir sacrifié le reste de ses rejetons. S'il ne se trompait pas, l'armée de Lumière avait perdu toute ressource magique offensive.

Les seigneurs de guerre le considéraient différemment, désormais. Il n'y avait plus aucun dédain dans leurs manières ou dans leurs regards. Circonspection, calcul, méfiance, jalousie, ainsi qu'une bonne dose de haine, bien sûr, tout cela nourrissait leur changement d'attitude. Rakùl-Bahìr n'en attendait pas moins de leur part.

Øz brillait toujours par son absence ¿ Tant pis pour elle ! L'absence de la reine était devenue un défi pour le Nagù. Il allait démontrer au Peuple que la Sublime n'était pas indispensable au Fahaarak'Shar, que les Smaughs n'avaient plus besoin d'elle pour conquérir leur nouveau royaume. Que leur souveraine, finalement, se révélait tout à fait dispensable. Et que lui, Rakùl-Bahìr, qui n'avait jamais cessé d'œuvrer au bien-être de ses congénères, représentait dorénavant le seul choix logique pour mener le Peuple à bon port.

Et le gouverner.

Chapitre 66

Constatant que les Smaughs, décidément bien capricieux en matière de logique militaire, refusaient soudain de poursuivre la bataille, et repartaient triomphalement se cloîtrer dans leur colonie, à la barbe de leurs ennemis, l'armée de Lumière était rentrée à son propre camp comme la veille. La tête basse et le cœur lourd.

L'Empire avait perdu au moins trois cents légionnaires, une centaine d'arbalétriers, les pauvres venus prêter main-forte aux civils, sans compter une centaine de blessés, ceux ayant survécu à l'attaque des tarfs, et ceux encore choqués par l'effet de souffle. De leur côté, les rescapés de Coruscante déploraient la perte d'une moitié de leur groupe.

Il fallait bien sûr ajouter Logrus et Grandin. Si les deux mages de guerre et leurs manières hautaines n'avaient pas laissé un souvenir impérissable au sein de l'armée, loin de là, leur disparition n'en était pas moins un réel coup dur. Après les Paladins, ils étaient les seuls véritablement capables de contrer les sorciers smaughs.

Rakùl-Bahìr et sa clique gardaient leur sorcellerie en réserve, et Cellendhyll était persuadé que cette absence était tactique et nullement causée par un manque de puissance. Les Têtes de Clous n'apparaissaient pas forcément comme de grands stratèges, pour autant, leur ruse ne faisait aucun doute. Ils l'avaient encore prouvé aujourd'hui, face à un Empire qui se retrouvait cantonné à une défense prudente, tandis que ses troupes fondaient à une vitesse inquiétante.

À force de serrer les maxillaires, Cellendhyll en grinçait des dents. À quoi servait-il, Mortsang !

Le conseil de guerre fut lugubre, bref et peu inspiré. Gheritarish ne fit même pas une tentative pour dérider les esprits. Quelques directives furent prises au cas où les Smaughs tenteraient un nouveau lâcher de prisonniers, suivi d'une charge de tarfs et ce fut tout – lesdits tarfs avaient été éradiqués dans leur ensemble, mais Cellendhyll et ses conseillers l'ignoraient.

L'Ange voyait déjà venir le moment où son armée se retrouverait bloquée à combattre les Smaughs sur les deux rives du Vacqueyras. Peut-être qu'alors les soldats de l'Alliance pourraient constater que l'ennemi prétendu était bien réel et se ranger à l'évidence. Car Cellendhyll espérait encore pouvoir unir leurs forces et bénéficier des remparts de fort Vacqueyras pour renforcer sa défense.

Une fois la cérémonie aux morts célébrée le long du fleuve, sous une pluie fine, une fois les tâches du camp effectuées, les repas servis, chacun chercha à digérer comme il le pouvait cette atroce journée. Les soldats de l'Empire avaient beau être des professionnels éprouvés, le spectacle de leurs alliés se faisant dévorer vivants n'était nullement facile à digérer et plus d'un homme ou d'une femme passerait une nuit peuplée de cauchemars.

Gheritarish partagea sa soirée avec Cromlach et une partie de ses hommes, autour du feu, avant, plus tard, de se retirer avec Ling-Faï, dans la tente de la Kelash.

S'il passait du temps avec les gars de la Légion, ses nuits étaient consacrées à la guerrière. Un équilibre très correct, selon lui, même s'il manquait un peu de sommeil – Gher en était réduit à profiter de la moindre pause en journée pour des siestes-minute.

Cette liaison avec Ling-Faï n'entravait en rien le bon fonctionnement de l'armée, elle n'était nullement un secret, ce n'était que l'une parmi d'autres au sein de l'armée de Lumière. L'adjudante était irréprochable tant qu'elle était en service, même si elle ne s'interdisait pas un sourire ou un geste amical envers son amant à peau bleue, et, dans l'intimité de leurs nuits, elle se révélait nettement plus démonstrative.

Ling-Faï faisait une compagne agréable, chaleureuse et inventive. Franche, naturelle, elle s'avérait d'autant plus parfaite qu'elle ne lui mettait aucune pression. Ils ne s'étaient rien promis, rien juré, ils savaient tous deux que leur aventure ne saurait durer, chacun avait ses priorités. Ils n'attendaient rien de plus que de partager ces bons moments qu'ils s'accordaient, leur récompense après avoir affronté les horreurs de la journée.

En vérité, le seul problème du Loki et de la Kelash était de trouver un cadre de lit capable de supporter leurs ébats passionnés.

Reydorn, lui, avait trouvé en dame Ygraine une compagne tout aussi agréable et complice que Ling-Faï l'était avec le Loki. Pendant la bataille, le mage de la Sylve avait aidé les prêtres à confectionner des bandages ou des cataplasmes, il avait purifié l'eau pour laver les blessures et même vidé les seaux et passé la serpillère.

Ygraine et lui se découvraient de nombreux points communs. Ils n'étaient ni l'un ni l'autre des guerriers, ils révéraient bien plus les arts de la Vie que ceux de la Mort. Tous deux très proches de la nature, ils aimaient passer une part de leur temps libre à se promener main dans la main, le long du fleuve, à parcourir les bois au sud du camp. Reydorn était un amant attentionné, talentueux, et Ygraine se révélait une partenaire enthousiaste qui connaissait tout du corps humain. Plus ils se côtoyaient, plus ils s'appréciaient et Reydorn finit par promettre à la jeune femme de l'emmener visiter la Sylve… dès que cette fichue guerre leur en laisserait le loisir.

Callista avait dîné en tête à tête avec Vanina dans leur tente. Allongées côte à côte sur leur lit, vêtues l'une et l'autre d'une simple tunique, les deux jeunes femmes avaient discuté à bâtons rompus, jusqu'à ce que Vanina en vienne à dire :

— Bon, ça suffit, balance…

— Quoi ?

— Tu as à peine pioché dans ton assiette, et pourtant, Ling s'est surpassée avec ses truites farcies au lard sur lit de noisettes ! Je te connais assez pour savoir que tu as un excellent appétit et que quelque chose te tracasse… balance… C'est *lui*, hein ?

Callista répliqua, après un soupir agacé :

— Non, ce n'est pas lui, Vani. Pour une fois, laissons le Pacha de côté, d'accord ? Juste toi et moi.

— Juste toi et moi, ça me va parfaitement, kissi ! Je t'écoute.

Callista se redressa et s'installa en tailleur en face de Vanina. Elle poussa un autre soupir, plus long, qui traduisait son trouble :

— J'ai appris le fin mot, pour le haut-mage Logrus… je veux dire pourquoi il s'est fait imploser, comme ça. Les deux mages étaient de grands amoureux, c'est la perte de Bhediver qui a poussé Logrus à se suicider pour le rejoindre.

Vanina se redressa sur un coude et contempla son amante :

— Pourquoi me racontes-tu une telle chose, Callie ?

— Parce que je refuse de te perdre, Vani ! Et pourtant, dès demain, si le devoir l'exige, j'aurai à t'envoyer face à l'ennemi. Face à ta mort ? Je n'arrête pas d'y penser, c'est plus fort que moi… *et, le reste du temps, je me fais du souci pour lui.*

— Callie, chérie, tu ne dois pas t'inquiéter. Nous sommes des guerrières, cela n'a rien de nouveau. Bien sûr que tu dois prendre des décisions difficiles, qui peuvent entraîner la mort de tes troupes, c'est ça, le rôle d'officier supérieur et tu le savais très bien quand tu l'as accepté. Jamais tu n'avais montré une telle crainte… pourquoi maintenant ?

— Je ne sais pas… peut-être parce que jusqu'ici, jamais je n'avais pensé pouvoir te perdre.

Cole se rapprocha de Callista, la saisit par le cou et l'attira doucement à elle, le temps d'un profond baiser. Elle s'écarta pour s'exclamer :

— Hey, tu oublies à qui tu parles ? C'est moi, Vanina Cole, le Tête à Clous qui va me tuer, il est pas né, et tu devrais le savoir ! Tu ne me perdras pas, kissi… je te le promets.

— Tous les amants s'échangent ce genre de serment, la veille d'une bataille, rétorqua Callista avec un pauvre sourire. Bhediver n'avait-il pas fait une telle promesse à son amoureux, la veille de la bataille d'hier ? Pour quel résultat ?

— Tu dramatises, Callie. Nous sommes les Hirondelles, nous sommes les meilleures, nous l'avons prouvé maintes fois, en grande partie grâce à toi.

— Tu ne comprends pas, soupira Callista.

— Écoute, kissi, tu gères le régiment, tu supervises toute notre armée, tous les jours depuis le début, et tu le fais très bien, même moi, je peux le voir. Tu as décidé une charge cet après-midi qui nous a permis de sauver la situation. Tu n'as commis aucune erreur, contrairement à certains crétins armurés de ma connaissance. Je t'assure, Callie, tu n'as rien à te reprocher. Alors, plutôt que de gamberger pour rien, si tu venais me montrer à quel point tu tiens à moi...

Et Vanina de glisser sur le dos, le regard soudain allumé de sensualité.

Callista la regarda d'un œil dubitatif :

— Tu crois vraiment que c'est le moment ?

— Tu sais, kissi, sourit largement la rousse, si tu allais faire un tour entre les tentes, tu constaterais que ça s'envoie en l'air à tour de jambes, aussi bien chez les Hirondelles que chez les légionnaires, à commencer par Ling, qui invite son costaud de Loki tous les soirs. Et même chez les prêtres ! Nous sommes vivantes, contrairement à d'autres qui ont connu une fin brutale. Eh oui, nous sommes en guerre et, peut-être, la mort nous frappera demain, promesses ou non. Le meilleur moyen de lui faire un pied de nez à cette chienne de camarde, c'est justement de profiter de notre intimité, de notre amour, de nous faire du bien... tu ne crois pas ?

Callista secoua doucement la tête, son sourire renforcé :

— J'ai beau te connaître depuis longtemps, Vani, tu arrives toujours à me surprendre. Tu es capable de dire des choses tellement vraies, tellement sensées que je ne comprends pas comment, le reste du temps, tu te comportes avec autant d'inconséquence...

— Au lieu de céder aux défis métaphysiques, déclara Colc, en écartant largement ses jambes nues, viens plutôt coller ta bouche entre mes cuisses, Callie... tu verras, ça sera bien meilleur que de tenter de comprendre l'incompréhensible ! Ooooh... oui...

Une heure plus tard, Callista Swift était allongée avec Vanina, à qui elle venait de faire passionnément l'amour. La rousse s'était endormie contre sa poitrine, le sourire aux lèvres.

Callista poussa un soupir pas vraiment apaisé. Le sommeil se refusait à elle. Passé cette phase d'abandon bien plaisante avec Vani, l'inquiétude diffuse qui menaçait la capitaine était revenue au grand galop.

Le regard de la blonde se mit à fixer l'entrée de la tente sans vraiment la voir.

Qu'allait-il arriver demain ?

Aujourd'hui, Callista avait envoyé Vani charger à la tête d'un bataillon. Et si cette charge avait provoqué sa mort ? Callie arriverait-elle à se le pardonner ? Elle refusait de perdre Vanina et elle refusait tout autant de perdre Cellendhyll, cet entêté au profil suicidaire, qui ne voulait pas quitter ses pensées, même en un tel instant.

La nuit était encore jeune, le Pacha devait s'entraîner en bordure du camp, subrepticement veillé par Irumi ou l'une de ses éclaireuses. Callista savait que Cellendhyll bouillonnait d'énergie et qu'il avait du mal à dormir.

L'Hirondelle était loin de tout savoir de lui, fascinée malgré elle. Cellendhyll lui avait laissé entendre qu'il était plus qu'il n'y paraissait. Plus qu'un guerrier d'élite. Qu'est-ce que cela signifiait ? Il avait éludé, arguant qu'il n'avait rien d'un vantard. Callista ne l'avait toujours pas vu combattre et elle commençait à jalouser les Hirondelles qui l'avaient accompagné à l'intérieur des Creux, face aux Smaughs. Kissa Cellendhyll ! Celles-là ne cessaient de chanter les louanges du Pacha avec une foi troublante, qui n'avait rien à voir avec l'attirance sexuelle.

Une foi, d'ailleurs, que ces Hirondelles étaient incapables d'expliquer. « Il fallait y être, il fallait *le* voir », telle était leur réponse commune. Quant à Vanina, elle s'était entêtée à rester floue sur les prestations guerrières de l'Adhan.

Callie poussa un nouveau soupir. Elle se dégagea, le temps de coucher sa compagne. Elle contempla le visage de son aimée, presque enfantin dans son sommeil. Elle se pencha, embrassa le front de Vanina avec une immense tendresse. Elle s'allongea à ses côtés, se cala contre elle, couverture tirée sur elles deux, ferma les yeux.

Le sommeil refusait toujours de venir.

« Il ne se passera rien avec *lui* », avait-elle sincèrement professé à Vanina. Chaque jour, ce qui s'apparentait à un serment perdait de son sens. Chaque jour, l'attirance qui la poussait vers Cellendhyll se faisait plus forte, d'autant plus qu'elle était réciproque. Y résister devenait un effort épuisant.

Et pourtant, Callista aimait Vani, et refusait de la tromper. Elle se sentait écartelée, prise au piège de ses sentiments. Et comme si ce n'était pas assez compliqué à gérer, tout cela se produisait en pleine guerre.

Que va-t-il se passer demain ? se demanda-t-elle encore. *Serai-je à la hauteur ? Les Smaughs sont si nombreux ! Allons-nous tous mourir, jour après jour, les uns après les autres ? Non. Rien que pour toi, Vani. Pas si je peux l'empêcher ! Alhana, je vous ai maintes fois priée par le passé, vous qui m'avez toujours inspirée. Protégez Vanina. Et protégez votre fils, je vous en conjure !*

Comme la veille, la bataille avait généré chez la plupart des soldats une tension nerveuse aussi prégnante qu'une rage de dents. Un trop-plein que chacune ou chacun tentait de combattre à sa manière.

Alcool, fumée, sexe, tendresse, pour certains. Exercices intensifs pour d'autres.

Dégoulinant de sueur, Cellendhyll de Cortavar enchaînait les katas et les figures martiales sur l'herbe, à sa place habituelle, le long du fleuve. Avec ou sans sa Belle, avec ou sans bouclier, il glissait torse nu sur l'herbe tendre, sa haute silhouette éclairée par à-coups, tandis que Felleyran et Yrénas jouaient à cache-cache avec les nuages.

L'homme aux cheveux d'argent tournoyait, toujours plus précis dans ses gestes, toujours plus fluide, déployant inlassablement sa danse de grâce et de mort, sa transpiration transformée en pluie de gouttelettes à chacun de ses gestes.

Encore ! Plus vite ! Plus fort !

Il s'était senti tout aussi inutile en cette seconde bataille que la précédente, et même carrément ridicule. Il se demandait s'il n'allait pas apprendre à combattre comme un simple légionnaire et intégrer leurs rangs, histoire d'être dans l'action.

Après un dernier tour du périmètre de défense, il avait fait un passage à l'infirmerie, puis avait pris des nouvelles des rescapés. Une tâche dans laquelle il n'était pas vraiment à son aise, mais il fit de son mieux, cela faisait partie de ses devoirs. Constatant que le responsable du fort Vacqueyras, toujours aussi buté, refusait d'accueillir les jeunes gens – pourtant membres de l'Alliance – leur déniant le statut de réfugiés, Cellendhyll avait décidé de faire conduire les civils par chariots vers le sud, le long du fleuve jusqu'à Claire-Aube, où, normalement, ils devraient être convenablement pris en charge. Les jeunes gens partiraient aux premières lueurs du jour, escortés par une dizaine de sicaires de l'Orage et deux apprentis palefreniers. C'était le mieux que l'Adhan puisse faire pour assurer leur sécurité.

Il avait ensuite fait un crochet pour aller saluer Gheritarish. Ce dernier tenta de le dérider, mais sans connaître le moindre succès. L'Adhan ne tenait pas en place. Quittant son ami, il s'était mis à errer dans la nuit.

Comme par hasard, il finit par se retrouver devant la tente de Callista Swift. Le rabat de la tente était baissé, signe que la capitaine ne voulait pas être dérangée et il n'était pas question pour lui de se servir de son grade pour troubler son intimité. Pourtant, il brûlait de la voir. Depuis le début des hostilités, ils étaient trop occupés l'un et l'autre pour s'accorder ces petits moments de complicité dont l'Adhan avait pris l'habitude, et qui lui manquaient.

Après un soupir, l'Ange s'était dirigé vers sa propre tente, les idées confuses. Son attirance pour Callista n'avait pas fléchi d'un cran. Au contraire. Néanmoins, la guerrière aimait Vanina Cole – une jeune femme attachante, il devait l'avouer – et Cellendhyll n'avait aucune intention de ruiner leur relation. Il aurait bien aimé aborder franchement le sujet avec Callista, toutefois, il ne voyait absolument pas comment amener la chose sur le tapis, alors que la guerre avec les Smaughs faisait rage.

Incapable de trouver le sommeil, comme les soirs précédents, il était ressorti s'entraîner.

Ses deux cœurs battaient comme des tambours sous l'effort extrême qu'il s'imposait. C'était pour le Hors-Destin le seul moyen de se décharger de toute cette énergie, de toute cette frustration, de la vision des Paladins dévorés par les goules, du sort tragique des mages... ainsi que du désir de plus en plus impérieux qu'il ressentait pour Callista Swift.

Une autre pensée le tracassait. Aussi bien hier qu'aujourd'hui, au lieu de brusquement se retirer, les Smaughs auraient pu déployer beaucoup plus de troupes et de puissance, faire intervenir leurs sorciers dans une action décisive, or, ils n'en avaient rien fait. Ils auraient pu tenter de submerger l'Empire par le simple nombre et, là encore, rien du tout. Pourquoi ? Que manigançait Øz ? Cellendhyll connaissait assez la reine pour savoir qu'elle n'était pas du genre à tergiverser. Son style était plutôt de tout défoncer sur son passage. Alors quoi ?

Lassé de ces questionnements qui ne menaient à rien, ignorant l'absence d'Øz et les rivalités internes agitant l'ennemi, l'Ange oublia tout. Torse nu, sans se soucier de la pluie ou de la fraîcheur de la nuit, il s'abandonna au rythme qu'imprimait son corps tendu et précis, frappant, bondissant, tournoyant, jusqu'à ne plus penser à rien.

De retour dans sa tente, deux heures plus tard, sa tension en partie apaisée, Cellendhyll fit une toilette rapide et alla se coucher, sa Belle de Mort glissée à portée de main.

Il avait fait l'impasse sur l'exercice des métamorphoses, s'endormant sur une dernière pensée.

Demain, quoi qu'il arrive, je me bats !

Des kilomètres à l'est, dans la plaine, les Smaughs s'adonnaient à leurs habituels plaisirs de la nuit, dominés par l'excès. Leur immense colonie était inondée de lumière, de clameurs, de suppliques. Leur manière d'honorer la Conquête de Sang.

Rakùl-Bahìr était l'un des rares à conserver une certaine retenue. Il n'était pas question pour lui de s'abaisser, de s'oublier, il songeait déjà à la bataille du lendemain... et à un certain Cellendhyll de Cortavar.

Chapitre 67

La pluie avait cessé durant la nuit et, dès le matin, le soleil brillait sur la plaine.

Les deux armées s'étaient réorganisées l'une face à l'autre. Comme la veille, les esclaves smaughs avaient fait le ménage durant la nuit. Ils avaient même bouché le cratère en le comblant de terre bien tassée ; pas question de laisser à l'Empire un relief de terrain qu'ils pourraient exploiter.

La disposition des armées respectives restait la même.

À l'ouest, l'empire de Lumière, avec la Légion formant un rectangle compact au centre, les arbalétriers et deux ailes de cavalerie pour les flanquer. Le commandement en retrait des fantassins. À l'arrière, la Guelfe Blanche, les sicaires de l'Orage, la réserve d'Hirondelles, les longs chariots et les chevaux de rechange.

À l'est, la horde smaugh et ses guerriers en train de s'amasser par centaines, sans ordre précis, surgissant de cet amas de véhicules robustes calés les uns contre les autres, formant une sorte de rempart à l'intérieur duquel on ne distinguait rien.

Installé sur la terrasse de sa roulotte, en bordure intérieure de la colonie, le Nagù terminait son petit-déjeuner. Il s'était de nouveau transformé en observateur. Aujourd'hui encore, les sorciers resteraient en réserve, leur précieux mana préservé.

Clairement jaloux de son prestige en expansion, les seigneurs de guerre avaient d'ores et déjà renié toute idée de stratégie commune. Dès le repas du matin, Oghul-Tak en tête, ils avaient déclaré haut et fort qu'ils n'avaient besoin de personne pour infliger une leçon à l'Empire. Ils avaient un plan pour la journée et ils entendaient le mener à bien.

Que ces vantards se débrouillent donc et prouvent qu'ils peuvent faire mieux que moi, Smaugh !

Même si Rakùl-Bahìr restait convaincu que la Horde ne pourrait vaincre l'ennemi sans ses sorciers, il contemplerait la bataille avec intérêt. Non seulement, il continuerait de se former sur le tas en matière de tactiques militaires, mais de surcroît, il s'avouait curieux de voir comment l'adversaire allait réagir à la petite surprise préparée par les seigneurs-guerriers.

Sans oublier surtout que Rakùl-Bahìr attendait toujours de savoir si Cellendhyll de Cortavar se trouvait ou non en face de lui, prêt à combattre avec l'armée de Lumière. Le Nagù espérait de tout cœur que ce soit le cas.

La bataille du troisième jour débuta par le même sinistre procédé que la veille : l'installation des grands chaudrons de guerre, exécutée par une escouade d'esclaves et de mechs, aussitôt suivie par leur allumage.

Le vent était toujours timide, à peine une légère brise, rien de quoi contrecarrer l'épais rideau jaunâtre, légèrement mouvant, qui ne tarda pas à s'élever entre la horde et l'Empire. La fumée des sorciers avait tendance à flouter certains détails, mais les Smaughs y verraient bien assez pour apprécier ce qui allait se produire.

Qu'allait-il sortir du rideau de fumée, cette fois ? Que manigançaient les Smaughs, telle était la question que pouvait se poser n'importe quel soldat, à commencer par Cellendhyll.

L'Adhan se tenait sur la selle de Farod, son grand étalon gris pommelé, à sa place, dans le milieu arrière, avec le groupe de commandement. Il avait à peine pu parler à Callista Swift depuis deux jours et se sentait un peu déçu. La jeune femme était-elle en train de chercher à l'éviter ?

Le Hors-Destin refusait toujours de porter une armure, il n'avait rien voulu savoir. Il s'était vêtu d'une tunique bleu ciel, avec ses habituels gilets et pantalon de combat en cuir bleu empire et ses bottes chocolat en cuir gras. Un baudrier d'armes complétait sa tenue, deux dagues sanglées en travers de sa poitrine. Le tout recouvert d'une cape. Un casque en argent mat, avec nasal et cimier, surmontait son crâne. Dans son dos, étaient fixés sa Belle de Mort devenue sabre et son bouclier rond.

L'Ange n'eut pas à s'impatienter bien longtemps.

Jaillissant sur toute la longueur du rideau opaque, apparut une cohorte de chariots. De simples chariots de convoyage. Hauts et larges. En bois, bâchés. Sans rien de remarquable, hormis qu'ils roulaient à reculons.

Prélevés sur le stock volé à Coruscante, leurs axes bloqués pour qu'ils aillent tout droit, les véhicules étaient propulsés non pas par des bêtes, mais par une colonne de Smaughs tirés de chaque clan, accrochés à une grande perche fixée à chaque arbre de direction, sur laquelle on avait cloué toute une série de barres perpendiculaires, afin de faciliter l'effort des guerriers.

Il y avait trente chariots et cent hommes par perche, répartis des deux côtés. Soit trois mille combattants, un assemblage hétéroclite de clan et de sans-clan, sanglés dans leurs casques et leurs cottes noires.

Formant d'impressionnants béliers improvisés, les chariots foncèrent sur le mur de boucliers. Les Smaughs poussaient leur charge avec une vigueur remarquable, la même incantation jaillissant de leurs lèvres. Un seul mot, répété encore et encore, qui semblait décupler leurs forces.

Fahaarak'Shar !

Les véhicules, bien que propulsés avec ardeur, progressaient moins rapidement que les tarfs de la veille. Les mages de l'Empire auraient pu annihiler ce genre de menace en quelques secondes, sans forcer, et leur perte ne s'en faisait que plus problématique. Les Smaughs étaient protégés par la longueur des véhicules, ni les flèches des Hirondelles, ni les carreaux des arbalétriers ne pouvaient freiner l'avancée de ces mastodontes en bois.

— On tient bon, les gars, beugla Cromlach. Première ligne, rangez vos lances et gardez vos boucliers bien droits. Deuxième rang, un pas en avant, soutenez les hommes devant vous !

Obéissant à l'adjudant, les guerriers rangèrent leurs lances à l'intérieur de leurs boucliers, avant d'empoigner leurs pavois à deux mains, ces derniers plantés dans le sol. Ceux en deuxième ligne calèrent leurs boucliers dans le dos de leurs camarades pour leur assurer un appui supplémentaire.

Les chariots percutèrent la ligne de défense. Les légionnaires avaient eu beau se préparer à l'impact, ils furent balayés par le poids et l'élan conjugués de ces béliers improvisés, projetés en arrière, sur les côtés, renversés, certains d'entre eux écrasés par les grandes roues.

Les Smaughs délaissèrent aussitôt leurs perches. Dégainant leurs lames, ils se déployèrent le long des chariots pour lancer leur assaut. Au même instant, les bâches des véhicules furent fendues de l'intérieur, et une nuée d'environ sept cents Têtes de Clous supplémentaires jaillit à l'air libre pour se jeter sur les légionnaires désorganisés.

Fahaarak'Shar !

Les béliers avaient enfoncé la ligne en trente endroits. Les lignes s'étaient morcelées en ces différents points, avant de se dissoudre, transformant l'affrontement en une mêlée confuse, ponctuée d'une multitude de combats individuels.

Imité par ses sous-officiers, répartis tout le long des fantassins, Cromlach beuglait tant qu'il pouvait pour ramener de l'ordre dans ses rangs. Le désordre se révélait total.

Dans les quelques minutes qui suivirent l'impact, l'Empire perdit plus d'une centaine de guerriers, pris par surprise, abattus avant d'avoir pu se relever, tassés les uns contre les autres, incapables de se défendre ou répliquer. Les Smaughs se jetaient sur eux à trois contre un et le coup de grâce ne tardait pas à tomber.

Puis, l'expérience reprit le dessus sur la surprise. Sans pour autant recouvrer leur unité, sans être capables de reformer leur mur, les légionnaires purent reprendre un peu d'espace, se regrouper par deux, par trois, et rendre coup pour coup à l'ennemi, de quoi rééquilibrer un peu la sanglante balance. Cependant, les Têtes de Clous ne voulaient rien lâcher. Ils grouillaient autour des fantassins, les séparant les uns des autres.

Acharnés à s'entre-tuer, les guerriers des deux bords se mirent alors à avancer et à reculer autour des véhicules, soumis à un ressac de violence totale, une marée pourpre qui semblait ne jamais pouvoir s'étancher.

Volkart et ses arbalétriers piétinaient sur place, inutiles. Impossible de tirer sans risque de toucher un camarade.

Un Smaugh trapu accrocha le creux de sa hache de Lochabre sur le haut d'un bouclier et tira vers le bas de tout son poids. Sa puissance était telle qu'il fit chanceler le légionnaire et ce dernier dut lâcher son bouclier sous peine de s'effondrer. Mais tandis que le Smaugh armait ses bras pour lui fendre le crâne, le soldat ramena sa lance devant lui et la planta en estoc dans le bas-ventre de son adversaire, qui s'effondra en hurlant, les cuisses maculées d'écarlate. Un autre Smaugh le piétina pour se rapprocher du fantassin, qu'il assaillit à grands coups de sabre, perçant sa garde, avant de l'égorger d'un grand revers. Un nouveau légionnaire le percuta d'un coup de bouclier et le Smaugh s'écrasa sur le sol. L'Impérial se fendit vers le bas, plongeant la pointe de son glaive dans la gorge de l'envahisseur. Il tomba à son tour, débordé par deux Têtes de Clous, qui s'acharnèrent sur lui, le découpant frénétiquement de leurs hachettes.

Dans un rugissement de fauve, Gheritarish fendit le premier guerrier d'une taille de hache à hauteur des hanches, redressa sa grande Skaggh'Naggah en position haute et la rabattit en biseau pour sectionner le torse du second dans un éclair pourpre. Il remonta ses lames jumelles devant lui pour parer l'estoc d'une lance, fit volter sa hache pour reprendre de l'élan, trancha la hampe de l'arme de deux gifles rapides. D'une diagonale haute, il fendit un sternum, un cou, et un faciès grimaçant. D'une diagonale basse, il sectionna un avant-bras, une épaule, une hanche. Il enfonça les côtes du Smaugh suivant d'un grand coup de botte, avant de lui fracasser le crâne de son manche de hache. Ensuite, Gheritarish tourna sur lui-même, se baissa pour laisser passer un estoc de lance, riposta d'un revers de lame au niveau des genoux de l'ennemi, qui s'effondra en hurlant, les jambes tranchées net par la morsure de Snaggah.

— Avec moi, les cousins, regroupez-vous autour de moi ! s'exclama-t-il aux fantassins de sa voix grave et puissante.

Alors que le guerrier à peau bleu se transformait en fer de lance, abattant tous les Smaughs qui passaient à sa portée, sans que jamais la grande hache noire ne se lasse de cette âpre moisson purpurine, dans son sillage, les légionnaires commencèrent à se réunifier, se protégeant les uns les autres.

Cependant, rien n'était gagné, les Smaughs semblaient ivres de frénésie et, dès que l'un d'eux tombait, deux ou trois autres le remplaçaient.

Autant que possible, les blessés étaient conduits en arrière pour être soignés, et si, jusqu'alors, les prêtres de la Guelfe n'avaient pas trop puisé dans leurs ressources pour remettre sur pied ceux qu'on leur amenait, ils fonctionnaient désormais en flux tendu. Aymard donnait ses ordres, tandis que s'effectuait le triage des blessés.

Constatant la désunion des fantassins, qui risquait de tourner à la catastrophe, Callista Swift donna l'ordre à l'aile gauche de sa cavalerie de lancer une charge dans le dos de l'ennemi, et le prendre à revers, le meilleur moyen de soulager la légion.

Mené par Vanina Cole, le bataillon des cent cinquante Hirondelles partit au petit galop, longeant les forces de défense par le côté nord.

Les cavalières galopaient sur une seule colonne. Dès qu'elles eurent dépassé la ligne de bataille, elles obliquèrent plein sud et se mirent à décocher leurs flèches dans le dos les Smaughs amassés autour des chariots.

Pris à revers, les Têtes de Clous se mirent à tomber, abattus les uns après les autres par cette salve continue décochée par les cavalières.

C'est alors que de nouvelles formes surgirent du rideau de fumée. Massives, rapides, inquiétantes.

Libérés de la puissante menace des mages de guerre, les Smaughs pouvaient déployer l'une de leurs armes maîtresses lors des conquêtes précédentes : leurs chars à lames de faux.

Les véhicules, en bois noir laqué, avaient quatre roues, surmontés à l'avant d'une guérite percée de meurtrières, destinée à protéger le conducteur des tirs de l'ennemi. De chaque côté des roues avant, fixées au moyeu, saillaient trois lames crantées d'un mètre de long, tourbillonnant au rythme de la galopade. Disgracieux, mais terriblement efficace. Chaque équipage comprenait trois Smaughs ; un aurige dans sa guérite et deux guerriers sur la plate-forme arrière qui pouvait en accueillir le double.

Les lourds attelages étaient tirés par six créatures issues d'un Plan secondaire, les Skarax. D'apparence reptilienne, ces bêtes avaient la stature d'un petit cheval et sa vélocité, la corpulence d'un bœuf et sa puissance de traction. Des carnivores à quatre pattes puissantes terminées de griffes rétractiles, la peau écailleuse couleur de charbon, avec une tête triangulaire, une gueule garnie de crocs surmontée d'un mufle camus, et recouverte d'un caparaçon en mailles anthracite. Leur harnais était formé de chaînes et non de cuir, qui n'étaient pas de trop pour contenir leur nature féroce.

Aussitôt apparue, la quinzaine de véhicules smaughs chargea les Hirondelles en remontant leur colonne à l'inverse. Les attelages jaillissaient à l'opposé du conflit, tandis que les Hirondelles regardaient de l'autre côté pour viser les guerriers à pied, ils prirent les cavalières totalement au dépourvu. Les lames tournoyantes entamèrent un véritable carnage, tronçonnant les jambes des étalons impériaux, qui s'effondrèrent en hennissant leur douleur et leur désarroi. Les cavalières tombaient de leurs montures et se faisaient immédiatement faucher, trancher, hacher, lorsqu'elles ne se faisaient pas écraser sous le poids de leurs destriers abattus.

Des gerbes de sang écarlate, toujours plus de sang, le fracas des os brisés, les cris déchirants, les plaintes, le son mat et horrible de la chair déchiquetée.

C'était une pure boucherie et les Hirondelles tombèrent par dizaines. Chevaux, cavalières, leurs mailles et leurs chairs déchirées par la puissance des lames de faux, passage après passage. Car les chars, après avoir frappé leurs victimes, entamaient une boucle extérieure qui leur permettait de lancer un nouvel assaut. Protégés par leurs guérites en bois, les auriges ne craignaient rien des flèches ou des lances et leurs lames tournoyantes rendaient toute approche hasardeuse, discutable, pour ne pas dire purement suicidaire. Sans parler des guerriers à l'arrière des attelages, armés de lances ou de javelines.

La colonne des Hirondelles se brisa net et son assaut se délita complètement. Paniquées, les cavalières qui survécurent perdirent toute unité. Elles s'éparpillèrent au sud, le long de la ligne de défense morcelée, le plus loin possible des chars terrifiants et de leur morsure implacable. Elles ne cherchaient plus à combattre, seulement à survivre, elles et leurs montures. Impossible de vaincre cet ennemi protégé de leurs lances et de leurs flèches, un ennemi qu'elles ne pouvaient approcher sous peine de se faire débiter menu.

Callista Swift fit donner du cor pour ordonner aux cavalières de se replier sur les ailes pour contre-attaquer. Ses instructions se perdirent dans le vacarme ambiant. Le champ de bataille s'était, une fois de plus, transformé en un univers de sang et de chaos.

Dès qu'il vit les chars à lames sortir du rideau de fumée, pressentant un désastre, Cellendhyll lança son étalon pellonien en avant. Il quitta la position de commandement tout en ordonnant d'une voix impérieuse que personne ne le suive. Il avait prévenu Callista qu'il risquait d'agir ainsi et qu'elle devait lui laisser le champ libre, que cela lui plaise ou non.

L'Adhan était placé en retrait des lignes, et devait longer l'armée dans toute sa largeur, avant de rejoindre la bataille.

Farod, heureusement, se révélait tout aussi ardent, tout aussi avide d'entrer dans la danse. À peine échauffé, l'étalon de guerre ne tarda pas à allonger ses foulées. Après avoir envoyé voler sa cape et son casque, Cellendhyll laissa son bassin se caler de lui-même dans le rythme du galop, ses traits soudain éclairés de ce sourire rude et sauvage qui le caractérisait.

De l'action, enfin !

Chapitre 68

Vanina Cole n'était plus en tête de la charge des Hirondelles. Montée sur un étalon bai brun, elle s'était déportée du groupe pour abattre trois Têtes de Clous à la file avec sa lance. C'était contraire aux instructions, mais la guerrière aux cheveux auburn s'en moquait. Depuis toujours, elle préférait le contact, la lance ou le sabre plutôt que l'arc.

En retard, la guerrière rejoignait l'arrière de la colonne des Hirondelles lorsque les chars lancèrent leur assaut.

C'est grâce à cela qu'elle avait échappé à l'assaut meurtrier des chars. Horrifiée, elle avait contemplé la mort de ses amies Anthéa, Jérine, Viola, Tally, et encore d'au moins une soixantaine d'autres, happées, broyées vives, leurs montures transformées en charpie.

En Vani, une corde se rompit. La guerrière lâcha un cri de fureur vers le ciel. Elle n'était pas contente, pas contente du tout ! Et les Têtes de Clous n'allaient pas tarder à s'en rendre compte, foi d'Hirondelle !

Poussée par cette colère, au lieu de chercher à rejoindre ses sœurs, la guerrière lança son bai vers le premier groupe de chars à sa portée. Elle s'allongea sur sa monture, ne semblant faire plus qu'un avec elle et le destrier galopa encore plus vite à la rencontre du combat.

Un pli déterminé barrait le front de la rousse. Une litanie d'injures proférées à mi-voix, telle une incantation, s'écoulait de ses lèvres… ses amies, ses sœurs massacrées, la guerrière devait réagir, elle le savait, sinon, plus jamais elle ne pourrait se regarder en face.

C'était pour elle le meilleur moyen de repousser le chagrin qui menaçait de la submerger.

Le meilleur et le seul.

— Sale bande d'empoudrés du gland de fils de squazz vérolés de pesteculs de troués du crâne, je vais tous vous défoncer !!!

Juchée sur sa jument palomino, Callista Swift avait regardé, horrifiée, le bataillon de ses Hirondelles se faire déchiqueter par les chars à lames, sans rien pouvoir y faire. La capitaine ne montrait rien de ses sentiments alors qu'elle brûlait de suivre l'Adhan et rejoindre ses sœurs menacées par les chars… à commencer par Vanina, qui faisait battre son cœur bien trop fort, en cet instant. Cependant, Callista ne pouvait qu'attendre, obligée de tenir sa place et d'assurer le commandement. Attendre et espérer.

À l'instar de Cellendhyll, elle avait l'impression de ne pas servir à grand-chose, pourtant habituée à mener son régiment au cœur des combats. L'officière ne pouvait rien faire pour les fantassins non plus, ils devaient se débrouiller entre eux. Certes, il lui restait une aile de cavalerie, au sud, mais la capitaine refusait de l'envoyer dans la bataille, même pour épauler les Hirondelles en déroute. Les sorciers smaughs ne s'étaient toujours pas montrés et ils pouvaient lancer une contre-attaque à n'importe quel moment.

Callista avait beau scruter le rideau de fumée produit par les grands chaudrons noirs, elle ne distinguait pas grand-chose, rien d'autre que des mouvements épars.

D'autres chars allaient surgir ? D'autres goules ? D'autres captifs ? Comment savoir ? enrageait Callista.

Elle refusait de s'inquiéter pour Vanina, tout comme pour Cellendhyll, mais elle n'y parvenait pas. Et encore moins en constatant que Vani chargeait seule une file de chars smaughs et qu'un autre attelage jaillissait de la fumée, au nord, braqué droit sur le Pacha.

La visière de son casque ouverte pour mieux y voir, les rênes fermement empoignées par sa main valide, bien campé au milieu de la plate-forme, Oghul-Tak guida son char à travers le rideau de fumée. D'une conception différente des autres, son véhicule de guerre n'avait qu'un seul occupant, lui-même, et ne comportait aucune guérite protectrice, le titan de chair et d'acier n'y aurait pas tenu ; de toute manière, il faisait confiance à sa nouvelle armure de plates noires pour le protéger.

Il avait repéré l'Adhan surgissant au galop, au nord du champ de bataille, reconnaissable à sa haute silhouette et sa chevelure d'argent. Sans prévenir quiconque, Oghul-Tak s'était aussitôt rué sur son char pour intercepter ce chien de sang-chaud. Sa vengeance se trouvait à la pointe des lames tournoyantes de son attelage, plus rien d'autre ne l'intéressait. Oghul-Tak allait commencer par mutiler le cheval de l'Adhan, après quoi, il descendrait de son véhicule et s'occuperait lui-même de ce maudit guerrier de l'Empire, qu'il allait briser, déchirer, énucléer… dans le désordre… et pour commencer.

Cellendhyll avait remarqué l'arrivée du seigneur de guerre, jaillissant tout au nord du rideau de fumée jaunâtre, à peu près au même niveau que lui. Il reconnut la silhouette incroyablement massive d'Oghul-Tak et il orienta immédiatement son Pellonien dans sa direction.

À mesure qu'il se rapprochait, il pouvait distinguer la face grimaçante du colosse, gonflée par un afflux de haine.

Une grimace tout aussi sanguinaire creusa les traits de l'Adhan. Il enroula ses rênes lâches autour du pommeau de sa selle et guida son cheval des jambes et de la voix, le positionnant légèrement à gauche de l'attelage qui venait en face. Sa Belle devenue sabre avait bondi dans sa main gauche. Il était prêt.

Oghul-Tak, de son côté, se contenta de maintenir son char en ligne, il allait croiser le galop de l'Adhan et laisser ses lames de faux massacrer son destrier.

Dès qu'il fut à portée de l'attelage, Cellendhyll serra les flancs de sa monture des deux jambes, très fort, et claqua de la langue. Aussi fougueux que son maître, Farod répondit à la seconde. D'un grand coup de reins, il se déporta sur sa droite et se propulsa de biais, une sorte de contre-pied coupant la trajectoire du char. Au moment même où il croisait les premières créatures reptiliennes menant le véhicule, Cellendhyll se pencha sur le côté, arma son bras et frappa. Son sabre au tranchant irréprochable effectua une demi-boucle terminée d'une grande latérale, décapitant d'un même mouvement les deux skarax de tête.

Les cadavres s'écroulèrent en plein galop, aussitôt percutés par les créatures suivantes, qui roulèrent les unes sur les autres, étranglées par leurs chaînes, les os fracassés par les torsions du harnais. La pointe de l'arbre de direction se planta dans le sol, soumis à deux pressions opposées, l'essieu se brisa, et l'extrémité qui soutenait encore le char s'encastra dans l'amoncellement des corps reptiliens. Sous l'effet de levier, la plate-forme bascula vers l'avant, subitement transformée en catapulte.

Conséquence immédiate, Oghul-Tak se retrouva directement propulsé dans les airs, battant des bras et beuglant d'indignation. Le colosse eut juste le temps de refermer sa visière avant de retomber, quinze mètres plus loin. Son casque heurta une plaque de pierre qui saillait légèrement du sol, qui se brisa sous l'impact. Le renfort protégeant les clous plantés du guerrier tint bon, son front, en revanche, cogna l'épaisseur en acier de sa visière avec tant de force que le colosse se mit à voir triple. Affligé d'une sévère commotion cérébrale, le fier guerrier vomit copieusement à l'intérieur de son casque, puis sombra dans l'inconscience.

Heureusement pour lui, il se trouvait très excentré du reste de la bataille, et de loin, on aurait facilement pu le croire mort.

Cellendhyll avait poursuivi sa chevauchée. Il tapota l'encolure de Farod, le félicita chaudement pour ses efforts avant de se concentrer à nouveau sur l'ennemi. Prenant pour cible le groupe de chars à lames le plus proche, soit environ trois cents mètres au sud-ouest, il lança l'étalon sur une grande diagonale destinée à les intercepter.

Tout autour des trente véhicules, le mur de boucliers avait bel bien disparu, les légionnaires combattaient désorganisés, privés de leur soutien mutuel. Après s'être repris, progressivement, depuis l'arrivée des chars et la fuite paniquée des Hirondelles, ils s'étaient mis à faiblir sous la pression adverse. Toujours séparés par petits groupes, les soldats ne pouvaient plus se faire remplacer et commençaient à fatiguer, harcelés comme ils l'étaient par le nombre et la férocité des Smaughs. Au lieu d'être évacués, les blessés se faisaient abattre au sol.

Les Têtes de Clous se comportaient comme des fanatiques, leurs regards mauve exorbités, beuglant ce mot haïssable répété par plus de mille huit cents gorges. Fahaarak'Shar ! Ils ne craignaient ni la mort ni les blessures et leur foi semblait les rendre infatigables.

La mort, la mort, la mort !

Les soldats de l'Empire tombaient par centaines.

Le fracas des armes, celui des os. Le battement des tambours smaughs. Le martèlement des chars, le crissement de leurs lames. Et les cris, tous ces cris.

Du sang partout sur l'herbe. Des membres tranchés. Des bouts d'intestins ou de cervelle. Par endroits, à force d'être abreuvée, la terre s'était transformée en boue écarlate.

Gheritarish avait les bras rouges de sang. Il ne sentait plus ses mains à force de balancer des coups de hache, son front le brûlait d'avoir asséné autant de coups de boule. Il avait soif, tellement soif, et son estomac implorait qu'on le nourrisse.

Par les couilles du grand Cornu, c'est encore pire qu'à Durango ! Au moins, là-bas, j'avais le temps de manger !

Un légionnaire se fit abattre sous ses yeux, une hachette plantée dans le cou. Gher avait partagé une chopine avec l'homme la veille, un dénommé Llor, un brave gars. Il poussa un rugissement, leva sa hache au-dessus de sa tête et rabattit les bras en avant. Snaggah quitta ses mains, tourbillonna, tourbillonna encore, et se ficha dans la poitrine du Tête de Clous.

Deux Smaughs bondirent d'un chariot et sprintèrent dans la direction du Loki, légèrement décalés l'un par rapport à l'autre, le premier armé d'un sabre, le second de deux hachettes. Gheritarish courut vers eux, aussi vite qu'il le pouvait. Il empoigna le premier par son gambison, le tira à lui, le temps de lui fracasser le nez d'un coup de boule, le décolla du sol et le projeta sur le second guerrier. Laissant les deux hommes se débattre, Gheritarish prolongea son élan jusqu'à sa hache, qu'il dégagea du cadavre pour aussitôt se remettre en garde et contrer un estoc de sabre asséné par un troisième Smaugh. Gheritarish repoussa l'arme sur le côté en faisant pivoter sa tête de hache, lâcha le manche de la dextre et balança un direct du droit dans la trachée de son vis-à-vis, le couchant net.

Les deux précédents guerriers s'étaient remis sur pied et le chargeaient à nouveau. Gheritarish pivota pour leur faire face, se décala sur la gauche, tout autant pour esquiver une taille de sabre que pour placer ses adversaires l'un devant l'autre. Il riposta d'un moulinet de Snaggah qui cisailla l'épaule du premier Tête de Clous et lui donna un grand coup d'épaule pour l'envoyer s'écraser contre son congénère. Les deux guerriers s'effondrèrent à nouveau. Avant que le Loki n'ait eu le temps d'enchaîner, deux légionnaires bondirent sur eux et leur fichèrent leurs lances dans le corps. Les légionnaires se firent alors submerger par quatre Smaughs aux regards possédés, que Gher se retrouva à combattre, soudain épaulé d'un fantassin, puis d'un autre. Les Têtes de Clous tombèrent. D'autres surgirent à leur tour et le cycle infernal reprit.

Par la bite moisie d'un Sangh, voilà que j'ai envie d'uriner, à présent !

Cromlach se retrouvait à son tour englué dans la fureur poisseuse des combats, les rangs de défense totalement morcelés. Sa lance était plantée dans la panse d'un Smaugh, qu'il venait d'éventrer de part en part, avant de se faire projeter dans l'herbe d'un coup de hache à la tête qui avait arraché son casque et marqué son front d'une entaille en arc de cercle. Il en fallait plus pour abattre le guerrier nain. Cromlach se contorsionna pour poser un genou à terre et redressa son bouclier à la hâte au-dessus de sa tête, que le géant du clan tak qui l'avait ciblé se mit à marteler de sa grande hache de Lochabre. À marteler avec tellement d'enthousiasme qu'il finit par déchirer le pavois par son milieu. Alors, le Tak cogna le Nain d'un grand coup de botte, le renversant sur le dos. Le Smaugh fit encore un pas en avant et frappa de haut en bas. Lâchant un horrible juron impliquant un manche de pioche et le fondement du Tête de Clous qui lui faisait face, Cromlach roula sur le côté et la Lochabre se planta à l'endroit qu'il venait de quitter. Toujours au sol, l'adjudant-chef dégaina la masse à une main accrochée à son ceinturon puis roula une fois encore dans l'herbe pour échapper à nouveau au baiser mortel de la hache. Tandis que le Tak relevait sa Lochabre, Cromlach se redressa d'un coup de reins et plongea vers son adversaire pour le frapper en plein sur le dessus du pied. Un coup de masse infligé par un Nain furibard, ça fait mal, quel que soit l'endroit touché ! Son membre broyé, ses os transformés en débris d'allumettes, le Tak trébucha, incapable de s'appuyer sur sa jambe. Cromlach se remit debout d'un bloc. D'un fouetté du poignet, il brisa la rotule droite de son adversaire ; sa jambe valide. Le Smaugh perdit totalement son équilibre et s'effondra sur le côté. Cromlach se décala d'un pas et frappa de bas en haut, comme s'il voulait donner un uppercut au visage du Smaugh en train de tomber. Sauf qu'il empoignait une masse d'acier. Il cueillit le Tak sous le menton, réduisit sa mâchoire en miettes et transforma le reste en purée rose.

— Allez, mes bâtards, on va leur montrer ce que c'est, les gars de la Légion !

Quelques secondes plus tard, le Nain était juché sur le torse d'un Smaugh, occupé à lui arracher le nez d'un coup de dent. Après quoi, il lui réduisit le crâne en bouillie à grands coups de poing. Il récupéra une lance, le bouclier d'un mort, et se chercha un nouvel adversaire. Il n'avait que l'embarras du choix.

Cromlach avait brisé sa lance, qu'il avait remplacée par un glaive. Il avait brisé le glaive et pris une hache avec laquelle il venait de décerveler un Smaugh. Un sergent le reconnut au sein de la mêlée confuse et accourut jusqu'à lui :

— Crom, on fait quoi ? On est débordés en plusieurs endroits !

— Faut reformer le mur, Stigs, sinon, ils vont finir par nous submerger ! Et pour ça, faut qu'on s'éloigne de ces chariots. On doit former des îlots de résistance, en faire des blocs et rebâtir le mur à partir de ça, tu piges ? Fais passer le mot aux autres sergents.

Chapitre 69

Au grand galop, droit sur le char de tête !

Lancée en pleine chevauchée, Vanina Cole défit la sangle de son casque, qu'elle jeta dans l'herbe. Il n'aurait fait que la gêner pour ce qu'elle avait en tête. Son bouclier et sa lance restèrent accrochés à sa selle, là encore, ils ne pourraient que l'encombrer. Lui restait son sabre, ses deux hachettes et son poignard de combat, cela devrait suffire.

Jamais la guerrière n'avait chargé de façon aussi inconsidérée. Elle s'en moquait bien. Elle allait commettre une folie et alors ? Vani en faisait une affaire toute personnelle, à présent. Plus rien d'autre ne comptait et certainement pas sa propre sécurité.

Vanina se concentra jusqu'à atteindre son Nexus – qu'elle visualisait comme un grand ovale vertical planant au-dessus du sol et scintillant d'un doux bleu azuré. Puisant dans sa volonté, elle posa mentalement sa main sur le cercle de pouvoir. Dans un doux miroitement d'énergie, le Zen répondit à son appel, recouvrit les sens de la guerrière, l'aspirant dans cette bulle azurée où le temps s'écoulait différemment.

Son écran mental s'illumina d'une série de petits points orangés figurant l'ennemi. Les plus proches, à bord du char que l'Hirondelle visait ; trois halos orangés, donc trois ennemis à abattre. Tout autour d'elle, d'autres lumières symbolisant d'autres ennemis, partout, trop, beaucoup trop !

Vani encouragea son étalon brun pour qu'il accélère encore.

L'aurige avait repéré son approche et l'avait prise en point de mire, mais l'Initiée continua sans dévier. Tout laissait croire qu'elle allait percuter le véhicule de plein fouet. Un sacrifice absurde.

Toutefois, Vanina Cole n'était ni une femme, ni une guerrière comme les autres. Elle pouvait se révéler rebelle, ironique, elle avait tendance à laisser parler son instinct avant sa raison, elle ne croyait pas à grand-chose, certainement pas aux lois et aux règles, et son sens des convenances restait complètement approximatif. Pour autant, à l'instar d'un certain Adhan – toutes proportions gardées –, c'était au moment où une situation devenait désespérée que la guerrière, transcendée par le danger, devenait capable de l'impossible.

Au lieu de s'emplafonner dans le véhicule ennemi, d'une pression appuyée de la jambe gauche, Vanina fit obliquer son Pellonien vers la droite, parallèle à l'attelage, qu'il se mit à longer, passant à contresens devant les skarax. Puis, elle quitta ses étriers et se mit en appui sur les mains, le temps de remonter les jambes et s'accroupir d'un bond sur sa selle, s'aidant de la voix pour continuer à guider sa monture.

De toutes ses forces, elle poussa sur le côté gauche de la selle de ses pieds joints, tout autant pour assurer son élan que pour repousser son destrier loin des lames tournoyantes et leur sifflement agressif ; que l'équidé n'évita que grâce à un coup de reins vers l'extérieur.

Se servant de sa selle comme d'un tremplin, Vanina avait bondi dans les airs. Le monde semblait s'être ralenti, tout autour d'elle, tandis que l'Initiée conservait la pleine mesure de ses capacités, ses perceptions augmentées. Elle effectua un saut périlleux avant et se réceptionna au milieu de l'attelage, cherchant son équilibre entre l'épaisseur de l'axe central et le dos massif de l'un des skarax.

Les six créatures reptiliennes qui tiraient le char portaient des œillères en cuir, ce qui facilitait le travail des auriges, car les skarax étaient des bêtes hargneuses, dures à diriger. Tout en assurant son équilibre, Vanina évita sans trop forcer leurs tentatives de la mordre ; le Zen additionné à leurs œillères rendait les bêtes incapables de cibler précisément la guerrière.

Bloqué par sa guérite, l'aurige ne pouvait pas agir directement contre l'Initiée. Donnant l'alerte à ses compagnons, il se mit à faire virer son véhicule de droite à gauche, tentant de faire basculer L'Hirondelle dans le vide. Vanina était trop agile, trop revancharde pour se laisser éjecter de la sorte. Constatant qu'il n'arrivait à rien, l'aurige pressa les deux guerriers à l'arrière de régler le problème. Chacun d'eux avait empoigné une javeline et se penchait d'un côté du char pour ajuster la sang-chaud de leurs tirs – la guérite centrale gênait leur visée. Une javeline vola vers la guerrière, par la droite, suivie d'une autre par la gauche.

Tu ne vas pas rester indéfiniment sur ce perchoir instable, bouge, ma fille !

Cole dégaina les hachettes fixées à l'arrière de ses hanches et, tout en gardant son équilibre, elle se mit à mouliner l'air devant elle, le temps de fendre les deux javelines au vol. Puis, la rousse riposta, sa précision avivée par le Zen. Les hachettes jaillirent de ses mains en tournoyant, la première pour se planter dans le front du Smaugh à droite, sa sœur, dans la gorge du guerrier à gauche. Vanina rejoignit la guérite en deux bonds rapides, accueillie par les insultes de l'aurige, crachées à travers sa meurtrière. Elle se hissa sans effort par-dessus la protection de bois et atterrit entre les deux cadavres.

L'aurige hésitait sur la conduite à tenir. Stopper le véhicule ? Aller combattre en laissant le char poursuivre tout droit ? Retourner vers la Horde ? Les idées se bousculaient dans sa tête.

Vanina ne ressentait aucune hésitation. Elle s'empara d'une javeline sur un râtelier fixé à l'arrière de la guérite, sur laquelle elle remonta. Elle s'équilibra sur le toit, son arme empoignée à deux mains vers le ciel. L'Initiée fit alors pivoter l'arme en prise inversée et se penchant vers le bas, étirant ses bras pour plonger la javeline à travers la fente de la guérite et planter sa lame en plein dans la bouche de l'aurige.

Lâchant la hampe de l'arme, elle se laissa tomber devant l'entrée de la guérite, repoussant le cadavre pour se dégager la place.

Vani, Vani, Vani… Et maintenant, tu fais quoi, là ?

C'est vrai, ça… par tous les tétons, je fais quoi, maintenant ?

Lancé sur son étalon gris, Cellendhyll s'était immergé dans son propre combat, concentré comme jamais, il n'entendait plus le brouhaha de la guerre, tous ces hommes vociférant, acharnés à s'étriper, le claquement métallique des armes, le son mat de la chair fendue, les vociférations, les insultes, les cris, les hennissements.

L'Ange se rapprochait du char ciblé par l'est, du côté extérieur aux combats. Les véhicules des Smaughs, séparés par groupes de deux ou trois, se concentraient sur la poursuite des Hirondelles. Cellendhyll put donc lancer son assaut sans être repéré. Il arriva à portée du char par l'arrière, vira et remit son cheval en ligne pour rattraper le véhicule. Les Smaughs, concentrés de l'autre côté, ne l'avaient toujours pas aperçu.

La forme de sabre, face à un char, n'était sans doute pas la plus appropriée, par manque de puissance – la Belle tranchait à peu près tout, mais le Hors-Destin voulait frapper fort et frapper vite. Dans un grand geste du bras, Cellendhyll décida de transformer sa Belle en lance courte, arme qu'il maîtrisait parfaitement. C'était la première métamorphose, il pouvait largement la supporter.

Répondant à son besoin, la Belle s'allongea, se modifia et l'Ange empoignait désormais une hampe bleu sombre, terminée d'une lame avec un fer long et large, efficace tout autant dans la taille que dans l'estoc, traversée de runes délicates et parcourue d'une série de légers reflets moirés ; dans le même temps, le fourreau de sabre fixé dans son dos se modifia pour s'adapter à cette nouvelle forme.

Le contrecoup fut conséquent, mais supportable, comme il l'avait prévu. Ce poids brusque sur ses épaules, cette perte soudaine de repères, s'effacèrent bientôt au rythme de la chevauchée, d'autant plus facilement que l'Ange était porté par sa monture et non plongé au cœur d'un combat, il avait le temps de récupérer.

Six secondes suffirent. De nouveau maître de lui-même, Cellendhyll fit tournoyer sa Belle dans les airs, savourant son équilibre irréprochable.

Son gris combla la distance avec le char en quelques puissantes foulées. Occupés à traquer les Hirondelles en débandade, les Smaughs continuaient de regarder à l'opposé.

Cellendhyll arriva à portée de l'arrière du véhicule. Il leva bien haut sa Belle devenue lance et la rabattit sur la roue arrière cerclée de métal, puis fit aussitôt reprendre du large à Farod.

Un bon tiers de sa roue sectionné net, le char tangua, son axe faussé, et partit en dérapage. La roue se brisa totalement, l'attelage bascula sur le côté tout en continuant de déraper, brisant ses lames de faux contre le sol.

Cellendhyll fit accélérer son étalon pour revenir le long de l'attelage, et arrivé au niveau du skarax de tête, d'un ample revers de lance, il lui trancha la tête. Le reptile s'effondra, renversant la bête suivante, le véhicule chassa complètement de l'arrière, tandis que la seconde roue se disloquait à son tour. L'essieu se fissura et le char se renversa, basculant à l'envers sur les skarax, qu'il écrasa en se fracassant sur eux, les Smaughs réduits en miettes.

Vanina Cole était toujours dans son véhicule, lancé au galop. L'Hirondelle ne connaissait rien aux chars de guerre et n'espérait pas s'en servir pour combattre, en revanche, elle avait déjà conduit un attelage de chevaux. Le principe ne devait pas être bien différent.

Ah, ce levier, là, couplé à un câble d'acier qui part sur les côtés. Vanina le tira vers elle, aussi fort qu'elle le pouvait. Dans un grincement, les lames de faux remontèrent le long des flancs du char, avant de s'immobiliser, désormais inoffensives.

Parfait. Une bonne étape de franchie. Mais qu'est-ce que je fais du char, à présent ?

Le véhicule remontait le champ de bataille dans sa hauteur, vers le nord. Les lignes impériales se trouvaient à sa gauche, à une centaine de mètres, et la horde ennemie, trois fois plus loin, à sa droite.

Une idée germa en elle. Vani hocha la tête et tira sur les rênes de droite, pas trop sec, pour faire entamer un large cercle au véhicule. Puis, la jeune femme entoura les guides autour du levier qu'elle avait utilisé, de manière à conserver suffisamment de tension et obliger les bêtes à maintenir leur galop. L'attelage allait ainsi tourner en rond jusqu'à ce que les bêtes s'épuisent à courir en cercle. Du moins, c'était le plan.

Constatant que les choses se passaient bien, que les skarax effectuaient la trajectoire qu'elle avait imaginée sans rechigner, Vanina ressortit de la guérite et poussa entre ses doigts un sifflement en deux temps, auquel un hennissement ne tarda pas à répondre.

Son étalon bai brun arriva au galop le long du char, d'autant plus aisément que la guerrière avait désactivé les lames de faux.

Vanina prit appui sur la guérite, posa une botte sur la rambarde, le temps de bondir en selle.

Après avoir félicité son destrier, Ystar, l'Hirondelle lui fit rebrousser chemin pour revenir vers le combat, laissant le char qu'elle avait quitté poursuivre sa longue rotation. Puis, elle pesta contre elle-même en se rendant compte qu'elle avait oublié ses deux hachettes.

Tout en chevauchant, la rousse tenta de se concentrer sur son écran mental, il y avait beaucoup trop de lumières à son goût, impossible d'y prêter attention et d'agir en même temps.

Dans un style bien différent de Vanina Cole, Cellendhyll poursuivait sa propre entreprise de destruction. Sous cette forme puissante, l'acier bleu sombre de sa Belle si précieuse fendait aisément les roues cerclées d'acier des chars smaughs, qu'elle faisait voler en éclat.

Rattrapant un attelage, Cellendhyll commença par décapiter les deux bêtes de tête, esquiva un jet de javeline, s'étira sur sa selle pour fracasser la lame de faux qui lui faisait face d'un grand coup de sa Belle, avant de sectionner la roue arrière du char. La sanction fut immédiate. Le véhicule s'effondra sur son côté gauche, vrilla au contact du sol et partit dans une série de tonneaux. Les skarax furent tout d'abord garrottés puis déchirés par les torsions de leurs harnais. L'aurige, coincé dans sa guérite, se retrouva broyé par l'élan. Les deux Smaughs restants, projetés comme des pantins dans les airs, gisaient désormais étalés dans l'herbe, sans bouger, morts ou inconscients.

Un autre attelage se profilait sur son flanc gauche. Cellendhyll relança le galop de Farod pour l'orienter vers la menace.

L'écart se réduisit, puis, le char de guerre se déporta soudain sur la droite, tandis qu'un autre attelage, habilement caché derrière la masse du premier, se déployait sur la gauche, tous deux stabilisés en parallèle l'un de l'autre, formant un couloir mortel destiné à laminer le Hors-Destin et sa monture.

Cellendhyll se retrouvait coincé. Les Smaughs avaient agi avec un excellent timing ; impossible pour son étalon, trop engagé dans son élan de passer entre les deux chars de guerre sans se faire déchiqueter.

Les lames de faux déboulaient sur lui – elles tournaient si vite. L'Ange détestait leur sifflement criard qui heurtait ses tympans.

— Pour Priam !

D'un grand revers de lance descendant, Cellendhyll fracassa les lames de gauche, puis, immédiatement, il se déhancha complètement sur la droite, au point de presque quitter sa selle, en appui sur un seul étrier. De son bouclier, il asséna un violent coup de hachoir aux lames qui fusaient vers lui ; le tout pour le tout !

L'acier forgé par l'Empire prévalut et les lames smaughs plièrent sous le choc. Ainsi tordues, elles accrochèrent le sol dans leur rotation et se brisèrent sous la torsion.

Couloir dégagé !

Cellendhyll retrouva son assiette et redressa son bouclier juste à temps pour parer un jet de javeline qui ricocha sur sa rondache. Il fit brusquement obliquer son destrier pour échapper à une lance, tandis que, côté gauche, un Smaugh balançait une autre javeline dans sa direction. Cellendhyll partit en arrière, jusqu'à se coucher sur le dos de Farod, la javeline fusant au-dessus de son ventre. Il se redressa puis, au moment où il allait dépasser le véhicule, frappa d'une demi-boucle de sa Belle, emportant un bon quart de la roue arrière. Celle-ci ne tarda pas à se fendre puis à exploser et le char s'affaissa d'un côté, faisant s'effondrer les deux guerriers à l'arrière, après quoi, accompagné des jurons de l'aurige accroché à ses rênes, incapable de rouler convenablement, le véhicule se mit à déraper, à tanguer, sa route soudain déviée à l'opposé du Hors-Destin.

Cellendhyll en profita pour faire volter son cheval vers la droite et mit des jambes pour galoper dans l'autre sens, à la poursuite du premier char.

Les deux guerriers sur la plate-forme l'avaient pris pour cible, lui jetant javeline après javeline.

Cellendhyll rangea sa Belle dans son fourreau de dos. Le temps de se rapprocher, il lança son cheval dans une série de zigzags, para certains tirs de son bouclier, en esquiva d'autres, comblant peu à peu l'écart, jusqu'à chevaucher le long du véhicule. Puis, pour les derniers mètres, il bascula complètement du côté droit de son Pellonien, en appui sur un seul étrier, les mains collées à son pommeau de selle, le corps couvert par la masse du destrier, Farod lui-même protégé des tirs qui ricochèrent sur son caparaçon de mailles sans réussir à l'entamer.

Mortonnerre, ils commencent à m'agacer avec leurs cure-dents !

L'Ange était enfin arrivé à distance suffisante. Il se remit en selle d'un sursaut, porta sa senestre à ses fourreaux de poitrine et dépensa deux dagues de jet pour éliminer les tireurs. Le premier dans l'œil gauche, le second à l'angle du cou.

Cellendhyll demanda plus de vitesse à Farod et se rapprocha du char de guerre en quelques secondes. Dès qu'il fut à portée, il reprit sa Belle en main, galopa jusqu'à arriver au niveau de la roue avant droite. Il se pencha sur ses étriers et rabattit sa lance bleu sombre pour fendre les lames de faux à ras. En réaction, il demanda un brusque saut à sa monture pour éviter le bout de métal qui s'écrasait dans l'herbe, pour ensuite relancer Farod au niveau de la guérite du char. L'Adhan se mit debout sur ses étriers, prit le temps de visualiser la position de l'aurige. Il agrippa sa Belle à deux mains et se mit à la faire tournoyer, veillant à ne pas s'emmêler avec son bouclier. *Maintenant !* Cellendhyll ramena sa Belle de Mort vers la gauche et l'enfonça sèchement, à l'horizontale, à travers l'épaisseur de la guérite. La lance impitoyable transperça la paroi à l'aveugle, puis s'enfonça dans la chair de l'aurige, juste sous son aisselle. L'Adhan retira sa Belle en forçant des abdominaux, déchirant le torse de l'envahisseur.

Il remonta la lance sombre vers le ciel et la rabattit pour fendre le moyeu de la roue avant, puis il tira sur les rênes, ralentissant son cheval jusqu'à se retrouver au niveau de la roue arrière, qu'il défonça à son tour, avant de faire volter Farod pour reprendre du large. Le char versa sur le côté, les deux arbres de roue se plantèrent dans le sol, avec tant d'élan qu'ils firent levier. L'attelage bascula, se renversa, la guérite se fracassa, la plate-forme fendue en trois endroits. Stoppés net, deux des skarax eurent la nuque brisée, laissant les autres créatures prisonnières de leurs chaînes, étranglées par leurs harnais.

Cellendhyll n'avait rien oublié du char qu'il avait endommagé. Tout en félicitant Farod pour ses efforts, il mit des jambes pour repartir en sens inverse.

Le char de guerre était arrêté dans l'herbe, quatre cents mètres plus loin, penché du côté de sa roue brisée. Aucun signe des trois Smaughs qui l'occupaient. Les Têtes de Clous n'avaient pas eu le temps de rentrer à leur camp, même en courant, et Cellendhyll ne voyait aucun signe de leur présence. Ce qui ne laissait qu'une possibilité.

Il accrocha les rênes de son destrier autour de son pommeau de selle, assez lâches pour que Farod soit libre de ses mouvements.

Cellendhyll se laissa glisser de sa selle. Il fit tourner son cou pour étirer ses épaules. Lance et bouclier en mains, il se rapprocha du char, qu'il approchait par l'arrière.

— Avec moi ! ordonna-t-il sur un ton grave.

Fidèle à son dressage, l'étalon de guerre redressa les oreilles, subitement en alerte.

Au moment où Cellendhyll arrivait à trois pas de l'attelage, la forme noirâtre et massive d'un skarax déboula de l'avant du char. Dès que la bête reptilienne aperçut l'Adhan, elle émit une sorte de crissement et s'élança vers lui ; l'aurige l'avait détachée de son carcan dans ce but précis.

Au même instant, les deux guerriers smaughs se redressèrent de leurs cachettes ; l'un dans la guérite, l'autre à l'arrière de la plate-forme. Le premier projeta une javeline sur l'Adhan, le second prit appui sur le rebord du char et bondit sur sa proie, ses hachettes redressées, prêtes à mordre.

— Charge ! s'exclama Cellendhyll, en pointant le skarax de sa lance.

Farod se mit à renâcler, dépassa l'Adhan par la gauche et bondit en avant pour intercepter la créature reptilienne. Il percuta le skarax d'un violent coup du poitrail au moment où ce dernier plantait ses griffes dans le sol pour décoller, le souleva de terre et le projeta plusieurs mètres en arrière. Le skarax émit un grognement de contrariété, mi-crissement, mi-piaulement, il secoua la tête et se redressa sur ses jambes, tout en claquant des crocs pour indiquer que le combat n'était pas terminé. Mais l'étalon pellonien était déjà sur lui. Farod se dressa sur ses postérieurs, leva ses antérieurs et rabattit ses sabots sur le crâne du grand reptile, encore, encore, encore, jusqu'à n'en laisser que des morceaux spongieux éclaboussés d'un épais liquide violet.

De son côté, Cellendhyll n'était pas resté inactif. À peine son étalon s'était-il élancé vers le skarax, que l'Adhan ramenait son bouclier devant lui, faisant riper la lance du premier Smaugh contre son épaisseur.

Aussitôt après sa parade, l'Ange pivota des hanches. D'un puissant revers, il remonta son bouclier en direction du ciel, ou, plus exactement, du Smaugh en train de retomber dans sa direction, prêt à lui fendre le crâne de ses hachettes. Cellendhyll cueillit son adversaire en plein vol et lui encastra la densité de son bouclier pleine face. Séché net, le nez enfoncé, la mâchoire brisée, le Smaugh culbuta vers l'arrière, toujours en plein vol, et se fracassa le crâne contre le rebord métallique de la plate-forme de l'attelage. Il retomba au sol, tassé sur lui-même, et n'en bougea plus.

— Traque ! ordonna alors Cellendhyll.

Farod se mit à remonter l'attelage à petite allure, les oreilles dressées vers l'arrière, les naseaux distendus.

Restait le premier Smaugh, qui décochait une hachette en direction de l'Adhan. Cellendhyll se projeta sur sa gauche, laissant passer l'arme tournoyante se planter dans l'herbe. L'Ange riposta en projetant son bras armé vers le Smaugh, son geste terminé d'une saccade du poignet. La Belle devenue lance quitta sa senestre, jaillissant du bas vers le haut pour aller transpercer le torse de son adversaire et le clouer contre la guérite.

Le skarax surgit à cet instant, relâché lui aussi par l'aurige. Tandis que Farod faisait le tour de l'attelage, jusqu'à disparaître par l'avant, la créature avait bondi par-dessus l'échine de ses congénères, et était retombée à peu près au niveau du skarax abattu. À peine en vue, elle se rua sur l'Ange, privé de sa Belle.

Ses iris de jade étincelants, Cellendhyll sembla se jeter au-devant de la créature, mais, au bout de trois appuis, il posa sa dextre sur la rambarde du char et se projeta à l'intérieur au moment où le skarax bondissait sur lui, étiré de tout son long, ses griffes en avant, sa gueule luisante de bave.

Pris au dépourvu par le mouvement d'esquive de l'Adhan, le skarax ne put rien faire pour changer la direction de son saut, pourtant, aussi vif qu'un félin, il se contorsionna en l'air pour lacérer sa cible de ses griffes. Trop tard. Cellendhyll était déjà retombé à l'intérieur du char, hors de portée, et les griffes de la bête ne firent que forer quatre profonds sillons dans l'épaisseur de la rambarde.

Un cri se mit à résonner, à l'avant de l'attelage. Humanoïde. Et agressif. Bientôt suivi du renâclement de Farod.

Arrivé sur la plate-forme, Cellendhyll bondit jusqu'à sa Belle, l'arracha du cadavre, pour ensuite pivoter sur les talons, prendre appui sur la rambarde et bondir par-dessus, sa lance redressée vers le firmament, à deux mains, pointe vers le bas.

À peine au sol, le Skarax se retourna d'une pirouette, labourant la terre de ses griffes, et se ramassa sur lui-même pour un nouveau bond, redressant sa gueule pour repérer sa proie.

Qu'il distingua aussitôt. Elle tombait du ciel, droit vers lui !

Trop proche, trop rapide, si précise. La Belle de Mort se planta dans son crâne, empalant la cervelle du reptilien par le dessus.

L'Adhan dut forcer pour retirer sa lame du cadavre. Farod réapparut du devant de l'attelage et revint vers lui d'un pas dansant… et satisfait.

— C'est bien, Farod, c'est bien, bon cheval… tu fais un sacré compagnon !

Cellendhyll se remit en selle et demanda à l'étalon gris de faire le tour de l'attelage. Il retrouva l'aurige allongé dans l'herbe. Les membres tordus, la cervelle en compote, le Smaugh gisait au niveau des bêtes du deuxième rang. Le skarax qu'il avait commencé à détacher, avant de se faire intercepter par l'étalon pellonien, s'occupait à grignoter son visage.

Après un soupir, Cellendhyll décida de s'occuper d'abattre les reptiles entravés. Une tâche peu honorable, rebutante, mais, somme toute, nécessaire. Ces créatures se révélaient trop dangereuses pour qu'il les laisse derrière lui, d'ailleurs, il aurait dû faire pareil avec celles de l'attelage précédent.

Un coup de lance à chaque fois, puissant, précis, en travers de la tête. Seules les deux dernières créatures s'agitèrent. Bien qu'aveuglées, elles sentaient bien la condamnation venir, cependant, bloquées dans leur harnais, elles ne purent rien faire pour éviter le baiser mortel de la Belle de Mort.

Une fois les skarax éliminés, profitant de ce léger répit, Cellendhyll nettoya la lame de sa Belle sur l'un des cadavres smaugh, rangea sa fidèle compagne dans son fourreau, calée contre son bouclier. Il décrocha sa gourde de selle, donna à boire à son étalon – juste ce qu'il fallait – et prit encore le temps de lui laver les naseaux.

Enfin, il but trois gorgées, reboucha sa gourde et bondit sur sa selle.

La bataille était loin d'être terminée.

Chapitre 70

Quittant l'attelage condamné à tourner en rond, Vanina Cole venait à peine de revenir sur le champ de bataille qu'elle voyait un char foncer sur elle, ses lames de faux de plus en plus impressionnantes à mesure qu'il approchait. L'Hirondelle avait à peine quelques secondes pour réagir, mais le Zen la guidait et elle vit clairement ce qu'il lui restait à faire. Elle monta sur ses étriers, pour alléger son poids, les jambes repliées, et guida son cheval droit sur les lames de gauche.

Je suis complètement folle, si Callista me voit faire une chose pareille, elle va me démonter !

— Ne me laisse pas tomber, mon beau, murmura-t-elle à l'étalon brun.

Ni l'un ni l'autre n'avaient droit à l'erreur, mais, grâce à la précision du Zen, L'Initiée put calculer une trajectoire au plus juste. Totalement concentrée sur l'avancée des lames de faux, Vani ne s'était pas rendu compte qu'elle aurait dû repérer l'ennemi bien plus tôt, par le biais de sa carte mentale.

Une poignée de secondes plus tard, son instinct lui hurla que le moment d'agir était venu :

— Ystar, saute !

Le grand cheval s'exécuta sans rechigner. En plein galop, il se rassembla sur lui-même et décolla du sol, ni trop tôt ni trop tard.

Seul un Pellonien entraîné pouvait réussir un tel exploit, incroyable de puissance et de précision. En outre, sans le renfort de ses sens avivés par la transe bleutée, jamais l'Hirondelle n'aurait réussi.

Les Smaughs à l'arrière du char en restèrent bouche bée de stupéfaction.

Ystar se reçut sur les sabots, renâclant sous le choc, mais bien en place dans son galop. À peine retombée dans sa selle, Vanina quitta ses étriers. Elle se déhancha pour agripper la rambarde d'acier qui courait sur tout l'arrière du véhicule – et qui permettait aux passagers de s'accrocher pour garder l'équilibre –, puis, elle contracta les abdominaux et bondit les jambes en avant sur la plate-forme occupée par les deux Smaughs, tout en lâchant un sifflement bref qui signifiait à son destrier de rester dans son sillage.

En pleine impulsion, de ses pieds joints, Vanina percuta le Tête de Clous en train de se retourner vers elle pour la planter avec sa javeline – lent, tellement lent comparé aux perceptions avivées de Cole. Envoyant le guerrier se cogner contre la paroi interne du véhicule, l'Hirondelle atterrit enfin dans le chariot.

Vani s'accroupit aussitôt et, tandis que le sabre du second Smaugh fendait l'air au-dessus d'elle sous forme d'un grand revers en taille, elle pivota sur ses chevilles, et redressa son coude gauche vers le haut. Atteint à l'entrejambe, le cœur au bord des lèvres, le Smaugh se plia en deux sous la douleur aigüe. La rousse l'empoigna par sa cotte de cuir noir et tira violemment vers elle pour envoyer son adversaire s'écraser le crâne contre la paroi opposée. Le choc fit voler le casque de l'envahisseur et enfonça une partie des clous plantés sur sa tête jusqu'à son cerveau. Le Smaugh fut saisi de convulsions pour finir par se figer sur le sol, du sang lui coulant des narines et des oreilles.

Vanina pivota à nouveau. S'appuyant sur la cheville droite, elle se déhancha à nouveau pour remonter l'autre jambe en oblique et frapper le premier Smaugh en train de se redresser, lui disloquant la mâchoire. Elle dégaina le poignard de combat accroché à son ceinturon avant de se détendre pour planter sa lame en pleine carotide du guerrier. La voie dégagée, elle retira son poignard d'une torsion et se redressa pour se diriger vers l'entrée latérale de la guérite.

Avec le vacarme qui résonnait de partout, l'aurige n'avait rien entendu de l'affrontement, rien vu de l'exploit de l'Hirondelle. Trois secondes plus tard, il gisait, plaqué contre la paroi, tandis que Vanina se penchait pour récupérer le poignard planté dans son tympan.

L'Hirondelle en profita pour tirer sur le levier désarmant les lames de faux. La même question se posa aussitôt. Que faire de l'attelage ?

Le véhicule qu'elle venait de confisquer avait adopté à peu près la même trajectoire excentrée que le premier, à l'est du champ de bataille.

Oserai-je ?

Vanina pouffa de rire en imaginant un carrousel de chars vides tourner inlassablement sur la plaine. *Non, ce ne serait pas très raisonnable comme plan... ni très efficace. Ah, mais j'ai une autre idée, sans doute plus productive, et tout aussi amusante.*

Un large sourire aux lèvres, la rousse tira sur un côté des rênes pour faire tourner le véhicule dans un virage aussi court qu'elle le pouvait et l'orienter vers l'ouest, en direction des combats.

Elle choisit une cible, un char smaugh orienté vers le sud, occupé à poursuivre trois Hirondelles et leurs chevaux, qu'elle décida d'intercepter au bout d'une grande diagonale.

Jouant des rênes, Vanina choisit de viser juste à l'avant du char, ce qui lui permettrait de toucher, même avec une marge d'erreur.

L'écart se réduisit rapidement entre les deux véhicules. Une fois à peu près certaine que la direction était la bonne, l'Hirondelle bloqua les rênes en tension. Elle ressortit sur la plate-forme du char et siffla son cheval.

Répondant à son appel, Ystar arriva au niveau de la plate-forme.

La guerrière s'aida de la guérite pour prendre équilibre sur la rambarde et s'apprêta à bondir sur son destrier. Elle en profita pour jeter un regard au loin, sur les cavalières pourchassées par le véhicule qu'elle avait pris pour cible. Oui, ses sœurs allaient s'en sortir !

Vanina se rendit subitement compte qu'une alarme résonnait avec insistance dans son esprit. Elle tourna la tête vers la droite. Vers son cheval. Vers le danger.

Surgissant de biais, un autre char de guerre arrivait sur elle au triple galop. Celui qui conduisait était assurément un maître-aurige. Il bloqua les quatre roues, juste ce qu'il fallait pour partir en dérapage contrôlé, le temps de coincer l'étalon pellonien de Vanina contre le chariot où se tenait l'Hirondelle. Et mieux le laminer de ses lames.

La guerrière vit son bai se faire déchirer juste devant elle, tronçonné par les faux tournoyantes, et disparaître dans un nuage écarlate.

— Ystar !! Enculé de ta race de tordu de Tête à Clous de merde !

Dans un grand éclat de rire, l'Aurige tira le frein, partit dans un nouveau dérapage pour éviter d'être pris dans la collision et reprit un peu de large. Les deux guerriers à l'arrière avaient armé leurs javelines.

Au moment où le conducteur posait une seconde fois la main sur le frein, Vanina avait déjà dégrafé l'attache de son sabre et bondi dans un saut périlleux avant, qu'elle transforma en vrille en se contorsionnant dans les airs pour éviter deux tirs de javeline ; l'une siffla à ses oreilles, l'autre lacéra l'épaisseur de sa botte. La guerrière retomba comme elle put, à moitié étalée en travers de l'encolure d'un skarax, la tête pendant au niveau du timon d'attelage, les jambes battant dans le vide… pas vraiment la brillante réception qu'elle avait escomptée.

Le skarax sur lequel elle était juchée tenta aussitôt de lui happer un pied et elle dut se contorsionner pour échapper à sa mâchoire.

Couilles moisies, qu'est-ce que je suis en train de faire ⸮! Shalla, si Callie me voit, elle ne va pas me démonter, elle va m'arracher la peau des fesses !!

Pendant ce temps, l'attelage que Vanina avait quitté *in extremis* avait poursuivi sa cavalcade.

À bord du char que l'Hirondelle avait initialement ciblé, occupé à poursuivre les cavalières qui slalomaient devant lui, l'aurige n'avait rien perçu de la menace.

Les guerriers à l'arrière, en revanche, finirent par se rendre compte qu'un attelage, certes allié, arrivait sur eux en droite ligne, comme s'il voulait les emboutir.

La stupéfaction, le doute, l'énervement, puis enfin, la prise de conscience se peignirent successivement sur les visages des deux Smaughs. Leurs javelines ne serviraient à rien pour arrêter le danger, ils allaient trop vite pour sauter. Le temps qu'ils fassent le tour de la guérite pour prévenir le conducteur, il serait trop tard.

Ils échangèrent un regard perdu. Que faire ⸮

Mourir.

Les skarax de tête du premier char s'encastrèrent à toute vitesse dans les créatures de queue du second. Les bêtes s'emmêlèrent, chutèrent, roulèrent, les suivantes furent projetées par-dessus, étranglées par les chaînes de l'attelage, qui se vrillèrent, induisant toute une série de tensions contraires, les deux essieux respectifs se brisèrent, les plates-formes culbutèrent l'une contre de l'autre, dans un fracas à s'en briser les tympans, tandis que ce qui restait, skarax compris, partait en une série de tonneaux dont il ne resterait rien d'autre qu'un agrégat de cadavres et de débris.

Callista ne savait plus où donner des yeux. Tout se passait en même temps, tout allait si vite.

La jeune femme s'était engagée chez les Hirondelles dès ses seize ans, avec Vanina, en pleine guerre contre les Ténèbres. Au cours de sa carrière, elle avait connu son lot de violence, elle y avait participé, elle avait reçu des blessures, avait guéri, elle avait subi le deuil, l'avait digéré. En bref, elle n'avait rien d'une novice.

En ce jour, pourtant, la jeune femme frémissait de tout son long en songeant à tous ses proches, engagés dans la bataille.

Elle qui était passée du rang de simple lieutenante, chef de bataillon, à celui de capitaine-générale de l'armée de Lumière, en à peine vingt minutes d'entretien, n'avait pas l'habitude de rester en retrait du danger, cantonnée au rôle d'observatrice. Elle qui brûlait de charger, d'aider ses compagnes en danger, avait dû se contenter d'assister au massacre de ses cavalières par les chars à lames, sans rien pouvoir y faire, une perte qu'elle mettrait du temps à accepter.

Callista avait toujours pensé qu'un officier supérieur devait garder son calme, surtout aux pires moments, et se contraignait à ne rien montrer des émotions violentes qui l'écartelaient, s'opposant à la raison, un véritable combat qu'elle livrait sans rien montrer aux Hirondelles à ses côtés.

De voir enfin Cellendhyll en action lui avait un peu remonté le moral. Rien qu'avec sa lame étrange et sombre aux reflets changeants, le Pacha infligeait aux attelages smaughs une sévère correction, débitant véhicule après véhicule. Une véritable machine de guerre à lui seul !

Constatant que rien ne semblait pouvoir résister à l'Adhan, Callista s'obligea à se détourner de sa puissante et charismatique silhouette. Elle voulait garder une vision globale de l'affrontement. Rien n'était encore joué, en dépit des apparences. Callista devait faire confiance à Cromlach et ses légionnaires, à leur vaillance, pour recouvrer leur équilibre défensif et redresser le mur de boucliers. Toutefois, qui savait ce que les envahisseurs pouvaient encore oser ?

C'est alors que Ling-Faï lui désigna la silhouette de Vanina Cole, lancée à l'assaut des chars.

La voir ainsi galoper furieusement à la rencontre de l'ennemi, toute seule, évidemment – à croire qu'elle voulait rivaliser avec le Pacha –, fissura l'écran de calme que Callista avait réussi à bâtir autour d'elle. Un mélange d'effroi et de colère, également nourri de fierté, en constatant qu'elle en remontrait largement à l'envahisseur. Quelle vaillance démontrait son aimée !

Ma kissi est une excellente guerrière, une Initiée, elle n'a peur de rien… si une Hirondelle peut réussir une telle folie, c'est bien elle ! Allez, tout va bien se passer ! se répétait encore et encore la capitaine, tout en se mordillant l'intérieur de la bouche.

Jusqu'au moment où elle vit Cole en train de basculer d'un char à l'autre, pour se retrouver juchée en travers d'un skarax.

— Vani ! s'écria Callista, sa lèvre mordue jusqu'au sang.

L'exclamation avait franchi ses lèvres sans qu'elle puisse la retenir.

Vani, si tu te sors de cette folie, tu vas regretter de ne pas être tombée aux mains des Smaughs ! Oh, Sainte Lumière, je vous en prie, veillez sur elle !

Ling-Faï, de son côté, énumérait entre ses dents toutes les punitions qu'elle infligerait à la caporale, si, par miracle, cette dernière parvenait à survivre à ses acrobaties.

— Pour Rathe !

Cellendhyll venait d'abattre son neuvième char de guerre, dont il avait brisé les lames, puis les roues, décapitant les deux guerriers à l'arrière au passage, tandis que l'aurige et les skarax se faisaient écarteler dans la destruction du véhicule. Une méthode imparable, pour preuve les attelages fracassés qui jonchaient son sillage meurtrier.

L'Adhan fit stopper son étalon, lui tapota l'encolure, et jeta un regard autour de lui. Il avait nettoyé le secteur nord de tous les chars.

Plus à l'ouest, Gheritarish et l'infanterie se colletaient toujours autour des chariots avec les Têtes de Clous à pied. De là où il se trouvait, l'Adhan ne pouvait pas y faire grand-chose.

Au sud, Cellendhyll repéra une série de chars fracassés, un autre, à l'écart, qui tournait en un grand cercle, apparemment vide. Que s'était-il passé, là-bas ¿ Quelle puissance avait pu causer un tel revers aux Smaughs ¿ Les Hirondelles ¿ Non, elles s'étaient éparpillées encore plus bas, nettement excentrées du champ de bataille. Alors qui ¿

C'est alors que Cellendhyll repéra une silhouette féminine, décalée au sud-est, sauter d'un char en plein galop, pour retomber sur un autre, tandis que deux autres attelages se télescopaient l'un contre l'autre.

Se pourrait-il que… ¿

L'Adhan s'empressa de sortir sa longue-vue de son étui de selle et de faire le point.

Vanina Cole ! Pourquoi ça ne m'étonne pas tant que ça ? Comment a-t-elle fait ? Par tous les Chaos, elle est encore plus hardie que moi ! Et dans une sale posture !

Les sourcils froncés, Cellendhyll rangea son instrument sans perdre une seconde. D'un cri autoritaire, il relança Farod au galop, se couchant le long de l'encolure pour gagner en vitesse.

Vanina Cole était toujours en pleine recherche d'équilibre, juchée à plat ventre sur le dos du musculeux skarax qui tentait de la croquer. Elle réussit à empoigner une chaîne de harnais et tenta de se redresser.

L'Hirondelle se traitait de tous les noms.

Comment avait-elle fait pour ne pas repérer le char, elle, l'Initiée ?

La guerrière avait un gros potentiel, néanmoins, elle ne maîtrisait pas encore l'ensemble de ses moyens, contrairement au Hors-Destin. Vanina ne chevauchait le Zen que depuis trois ans. Constamment en mission sur le front, elle n'avait consacré que trop peu de temps à suivre l'enseignement de sa mentor, Valeyria Sirah Payne, maîtresse d'armes à l'académie des Hirondelles. La jeune Initiée, la seule du régiment, livrée à elle-même, s'était entraînée au Zen avec constance et passion, avant tout focalisée sur ce qu'elle nommait *le temps ralenti* et tout ce qu'elle pouvait y accomplir d'actions, et beaucoup moins sur l'usage véritable de sa carte tactique mentale ; une technique qui demandait un degré de concentration supplémentaire, indispensable pour accéder au stade qui permettait de segmenter sa conscience en deux parties distinctes, mais reliées, l'une s'occupant du combat, l'autre de l'analyse. Vanina avait du mal à se concentrer sur ce qui se passait sur son écran mental et, par manque de pratique, sa portée de détection restait minime par rapport à ce qu'elle aurait dû être.

Et comme l'écran tactique de la guerrière clignotait depuis le départ de toutes ces lueurs orangées, un peu partout autour d'elle, qui bougeaient constamment, selon les trépidations de la bataille, beaucoup trop à surveiller, Vani avait décidé de ne plus vraiment y faire attention et de se concentrer sur ce qu'elle voyait et comment elle devait y réagir. En bref, de combattre.

À travers la fente de sa meurtrière, l'aurige smaugh fixait Vanina Cole avec un sourire torve. Il se nommait Jaka-Ott et il prenait son pied avec cette proie.

— Alors, ma salope, tu fais moins la maligne, à présent ! ricana-t-il avec mépris. Comme tes sœurs, t'as voulu jouer la guerrière et tu te retrouves à ta véritable place face aux vrais hommes, le cul dressé et les jambes en l'air, prête à te faire défoncer, Smaugh !

Sa tirade assénée, l'aurige effectua deux changements de direction brutaux, infligeant à l'Initiée une série de violentes secousses. Les jambes fuselées de

Vanina battaient dans tous les sens, tandis qu'elle s'accrochait comme elle pouvait à sa chaîne, incapable de trouver un appui pour se redresser. Le skarax, lui, à défaut de voir l'Hirondelle, sentait aussi bien son poids que son odeur. Il tentait de croquer les jambes de la jeune femme à la moindre secousse, à l'aveugle, faisant claquer ses crocs dans le vide, mais, chaque fois, la guerrière parvenait *in extremis* à ramener ses jambes vers elle ; heureusement, les secousses qui déséquilibraient Vanina interdisaient aux deux Têtes de Clous à l'arrière de l'ajuster de leurs javelines.

L'insulte aux lèvres, Jaka-Ott fit décrire à son attelage un virage sec, comptant sur le poids de la force centrifuge pour déstabiliser la sang-chaud. Les guerriers durent lâcher leurs javelines pour s'accrocher à deux mains.

Vanina se retrouva le corps tendu dans le vide, maintenue à la chaîne par une seule main, dont les doigts trempés de sueur commençaient à glisser. L'élan saccadé était tel que son sabre glissa de son fourreau et fut projeté dans l'herbe.

— Peut-être que si tu me supplies, je t'épargnerai, ça me changera des autres femelles que j'ai défoncées… avec mes lames de char ! grasseya encore l'aurige.

Et Jaka-Ott partit d'un rire rauque. Qui tourna court lorsqu'il constata que la sang-chaud refusait de lâcher comme de supplier. Tout en maugréant, il repartit en ligne droite et infligea de nouvelles secousses à l'Hirondelle.

Au terme de la courbe, Vanina se retrouva à nouveau plaquée en travers du skarax, les jambes ballotées le long de l'attelage.

Sa position ne s'était améliorée en aucun point… Elle empira, même, à la secousse suivante, lorsque le skarax parvint à attraper la botte de la jeune femme dans sa gueule, au niveau de la cheville.

— Ah, maintenant, ça suffit, Mortecouilles ! décida Cole.

Au moment où le reptile allait refermer ses crocs et trancher dans le cuir et la chair, Vani, de sa jambe libre, flanqua trois coups de botte successifs dans la mâchoire de la créature, obtenant un bref répit, avant de lever haut la jambe qu'elle rabattit pour frapper son mufle du talon, aussi fort qu'elle le pouvait.

Un os fracturé au niveau des nasaux, le skarax ouvrit sa gueule éclaboussée de sang violet, relâchant sa proie.

Toujours portée par la fureur, l'Initiée démarrait à peine. Ses jambes ramenées devant elle, Vanina lâcha totalement la chaîne et se mit à glisser du dos du monstre par l'extérieur. D'un sursaut, elle agrippa une autre chaîne, sur sa gauche, qui partait du cou du reptilien et longeait tout son corps. Les maillons empoignés à deux mains, elle se laissa descendre, jusqu'à effleurer le sol. Aussitôt, contractant ses muscles, Vani frappa le sol de ses pieds et s'en servit comme d'un appui pour se catapulter vers le ciel – le genre d'acrobatie qu'apprenaient à maîtriser les Hirondelles dès leur première année d'apprentissage à cheval. En même temps, la guerrière tira sur ses bras et remonta les pieds. Enfin, d'une torsion, elle se retrouva accroupie sur le dos du skarax.

La guerrière chevauchait toujours le Zen et son *temps ralenti*. La manœuvre prit totalement l'aurige de court, s'exécutant pour lui le temps d'un battement de paupières – du moins, c'est ainsi qu'il le percevait.

Et le temps que le Smaugh cligne une nouvelle fois des yeux, la pute rousse avait disparu de son champ de vision.

Ayant bondi sur le toit de la guérite, Vani s'équilibra, tout en s'exclamant aux guerriers sur la plate-forme :

— Vous avez tué mes amies et mon Ystar, bande de trous du fion de peine-à-jouir ! Vous allez saigner !

D'un pivot du buste, elle esquiva un jet de javeline qui se perdit dans le bleu du ciel. Après un changement d'appui, d'une grande gifle de sa senestre, elle détourna la hampe de lance qui visait son poitrail. Dans le même souffle, de sa dextre, elle dégaina sa dague de combat, sa dernière lame, et se laissa tomber sur la plate-forme. D'un revers, elle planta la dague dans le front clouté du second des Smaughs, occupé à dégainer le sabre accroché à sa ceinture, si lent à ses yeux qu'il en devenait pathétique. Après quoi, l'Initiée virevolta pour percuter le premier guerrier d'un coup d'épaule, trop proche de lui pour qu'il puisse utiliser sa lance, qu'il laissa tomber.

— Hé, vous avez vu la sang-chaud ¿ Il se passe quoi, derrière ¿ Répondez-moi ! claqua la voix de l'aurige, en partie étouffée par la guérite.

Le Smaugh survivant n'était pas en état de répondre. Vanina enchaîna d'un crochet du droit qui le toucha à la gorge, puis, d'un coup de coude dans le plexus solaire, d'un coup de genou dans les parties, d'un autre au visage. Enfin, elle agrippa le guerrier sonné par l'épaule et l'entrejambe, et, dans un rugissement de force rageuse, elle fit basculer son adversaire par-dessus la rambarde du char.

Le Smaugh culbuta sur le sol, rebondit, roula, rebondit encore, et tomba à plat dans l'herbe. Les reins et les jambes brisés, la moitié de ses clous arrachés du crâne, le nez fracturé, un testicule fêlé, la gorge tellement gonflée qu'il ne parvenait plus à respirer… sa mort n'eut rien d'une aventure paisible.

Vanina se redressa aussitôt, souple sur ses appuis, les bras légèrement redressés, à demi repliés.

L'aurige jaillit de sa guérite, une hachette main droite, une dague main gauche, espérant bien la prendre par surprise.

Cette fois, l'Initiée avait repéré le danger sur son écran mental – Vani nota distraitement que ce dernier semblait de moins en moins net, que par moments, même, il tremblotait.

Ce Smaugh, elle aurait eu le temps de le prendre par surprise, de l'abattre avant même qu'il s'en rende compte, à peine sorti de sa guérite. Il n'en était plus question. Après ce que le Tête de Clous avait commis, celui-là, plus encore que tous les autres, méritait un tête-à-tête avec elle, quoi qu'il en coûte.

— Petite pute, tu vas me payer ça ! cracha le Smaugh.

Juste avant de sortir, sans réponse de ses congénères, Jaka-Ott avait bloqué l'attelage pour l'obliger à galoper en formant un grand cercle, une manière efficace de temporiser. Un char au galop, ses lames de faux tournoyantes, se révélait délicat à aborder pour des cavalières. Une telle mesure laissait à Jaka-Ott le loisir de s'occuper de cette sang-chaud lui-même.

Vanina l'attendait à l'opposé de la plate-forme, en position de combat, les mains nues. Elle retroussa les lèvres dans une grimace de défi :

— La petite pute, elle va te défoncer, et sans arme, en plus. Viens prendre ta danse, enculé foireux de Tête à Clous !

Jaka-Ott se rua en avant. Un homme trapu en cuir noir, une tête de moins que l'Hirondelle, mais plus lourd et plus large, les joues grêlées, une vingtaine de clous plantés dans le crâne ; il ne portait pas de casque, qui lui donnait trop chaud dans sa guérite.

La hachette du Smaugh se rabattait déjà pour mordre la guerrière à l'épaule, tandis qu'à une seconde d'intervalle, sa dague remontait pour se planter dans sa cuisse.

Vanina combattait souvent avec ces deux armes, elle en connaissait la plupart des techniques. Ainsi qu'une bonne dizaine de manières de contrer ce genre d'assaut. Au lieu de chercher à esquiver, elle bondit sur Jaka-Ott, replia sa jambe droite, bien haut, et la détendit pour flanquer un coup de botte dévastateur dans le poitrail du Smaugh. Vani avait de longues jambes musclées, beaucoup de tempérament, une excellente technique et elle était furax. Lorsqu'elle donnait ce genre de frappe, ça faisait mal. Aussi mal qu'une ruade de mule !

Séché en plein élan, dépassé par la vivacité de l'Initiée, Jaka-Ott fut projeté en arrière jusqu'à aller s'écraser contre le rebord de la guérite, contre lequel il se cogna l'arrière du crâne.

Vanina recula d'un pas, les mains posées sur les hanches :

— Alors, c'est ça un *vrai homme* ? C'est tout ce que tu peux donner, vraiment ? Si c'est ça, faut que je dise à mes sœurs de l'Empire qu'on ne risque pas grand-chose, avec vous, les mous de la bite ! En plus, avec ta gueule de constipé, j'imagine que tu baises aussi mal que tu combats !

Chacune des phrases émises par la voix railleuse de Vanina équivalait à un soufflet.

Jaka-Ott se frotta la poitrine et rugit de rage. Jamais une femelle n'avait osé lui parler de la sorte.

— RHAAAAAA ! hurla-t-il en se ruant à nouveau sur la guerrière, ses lames agitées de spasmes vengeurs.

Si lent. Vanina pirouetta sur sa jambe d'appui, redressant l'autre pour frapper le Smaugh d'un coup pied retourné exécuté dans les règles de l'art. L'aurige retourna s'écraser contre la guérite, une fois de plus vaincu avant d'avoir porté son assaut.

Livré à lui-même, l'attelage des Skarax arrivait au terme de sa première boucle. Il entama la seconde.

Personne n'aurait pu reprocher au peuple des Smaughs de manquer d'ardeur au combat. Jaka-Ott se remit sur pied et repartit à la charge. Vanina bloqua son poignet côté hachette, l'enserrant des deux mains, puis, d'un fouetté du pied, elle gifla l'estoc de dague vers l'extérieur. Vani enchaîna. Pivotant sur elle-même, elle bascula le torse en avant, et projeta le Smaugh par-dessus son épaule, l'envoyant s'écraser de tout son long contre la paroi du char.

Jaka-Ott, à force de prendre des chocs et de voler dans tous les sens, commençait à voir trouble.

À cet instant, l'attelage passa sur le corps du Smaugh agonisant que Vanina avait jeté par-dessus bord.

Le brusque cahot fit sursauter la plate-forme, l'Hirondelle partit en arrière et tomba à plat dos. Jaka-Ott se redressa d'un sursaut, empoignant au passage la lance de son camarade restée au sol. Prolongeant son élan, le Smaugh plongea sur la jeune femme, pointe de lance en avant, prêt à la lui enfoncer dans le nombril, jusqu'à la garde.

Vanina roula sur le côté, laissant la lame se planter dans le plancher du char. Elle inversa son mouvement, coinça l'arme sous son bras et pivota sur la droite, tout en remontant son genou gauche qu'elle balança dans la mâchoire du Smaugh penché vers elle. Elle le repoussa pour le faire basculer à plat dos et se laissa porter par son élan pour se laisser tomber sur lui. Juchée à califourchon sur Jaka-Ott, elle plaqua sa main sur le crâne du Smaugh. D'un geste sec, elle lui arracha un clou planté au milieu.

Le Smaugh s'arc-bouta, en hurlant. Il hurla à nouveau lorsque Vanina lui planta le clou dans l'œil. Il hurla une troisième fois lorsqu'elle extirpa un autre clou de son crâne et un quatrième, un cri déchirant, alors qu'elle lui enfonçait dans l'autre œil.

— Ça, c'est pour mon cheval !... Ça, c'est pour mes amies ! Ça, c'est pour moi !... Et celui-là, c'est encore pour Ystar ! Les Hirondelles te saluent, sale fils de merde de bouc !

Vanina se remit sur pied, haletante de ses efforts. Elle prit une grande inspiration, satisfaite de s'être tirée d'un sacré guêpier, tout autant que la vengeance infligée à ces Têtes de Clous.

Elle s'était totalement abandonnée à l'ivresse des combats. Jamais la rousse n'avait combattu aussi longtemps dans le monde bleuté, elle avait dépassé ses limites, elle s'en rendait enfin compte et ce constat la faisait exulter, bien plus qu'il ne l'inquiétait.

Ai-je passé un cap dans l'usage du Zen ¿ Voilà une nouvelle qui serait vraiment excitante ! Faudra que j'en parle à Callie... Elle me voit, là ¿ Et si elle me voit, est-ce qu'elle va être fière de moi ou me détester ¿ En tout cas, être Initiée, c'est vraiment trop le pied !

Deux des souvenirs les plus marquants de Vanina Cole : le jour où Callista et elles s'étaient avoué leurs sentiments réciproques, des années auparavant... et le jour où Vani avait plongé dans l'univers magique du Zen pour la première fois, totalement émerveillée de ce qu'elle y trouva... et qu'elle y trouvait encore aujourd'hui. Particulièrement aujourd'hui.

La réplique de sa conscience fut foudroyante. *Oh, la vaillante, la redoutable Initiée que voilà ! Te rends-tu compte que ce Smaugh n'était pas le seul Tête de Clous qu'il nous reste à combattre ¿ Que, juste à côté d'ici, la bataille se poursuit ¿ Que nous nous sommes excentrées du champ de bataille, privées du moindre soutien, privées de monture ¿ Que notre écran mental est en train de vaciller ¿*

Vanina plissa son petit nez pour exprimer son mépris envers cet avertissement interne, qu'elle décida aussitôt d'ignorer.

Le char se mit brusquement à virer vers l'est, entamant une large boucle, sans qu'elle comprenne pourquoi. La guerrière se dressa contre la rambarde et regarda autour d'elle pour aviser la situation.

Ses yeux s'écarquillèrent lorsqu'elle constata ce qui se ruait vers elle.

Par un hasard assez porté sur l'ironie, les divers déplacements que l'Hirondelle avait effectués au fil des affrontements l'avaient tout d'abord éloignée du tout premier attelage, celui qu'elle avait abordé et condamné à tourner en rond... pour finalement, au bout d'un moment, la faire revenir à son point de départ. Ce qui voulait dire qu'elle se retrouvait désormais sur la trajectoire d'un attelage sans aurige, lancé en plein galop et, si elle ne réagissait pas très, très vite, qui allait la percuter dans quelques secondes à peine.

— Putrecouilles !!!

Le Zen prit fin à cet instant, annulant l'écran mental. Il se retira brutalement, Vanina ayant épuisé toute la réserve de son Nexus. D'être ainsi expulsée de la transe bleutée lui infligea un vertige brutal. Quasi terrassée par une vague de nausées, ses jambes écartées pour garder son équilibre, Vanina dut se pencher en avant pour vomir un jet de bile brûlante. Ses sens malmenés, elle partit en arrière et s'écrasa au fond de la plate-forme, la vue trouble. Elle secoua la tête pour s'éclaircir les idées.

Vite, je dois me relever ! Allez, Vani, bouge-toi !

Elle se sentait toute faible, mais sa vision s'améliorait. D'avoir vomi l'avait soulagée et les nausées commençaient déjà à s'effacer. La perte de la transe, néanmoins, la laissait confuse, l'Initiée n'avait pas l'habitude de subir un contrecoup d'une telle ampleur – jamais elle n'avait autant prolongé la transe, d'un autre côté.

Autre point fâcheux que son brusque état de faiblesse, que Vanina constata dès qu'elle pénétra en trébuchant dans la guérite. Jaka-Ott, pressé à l'idée de l'affronter, avait mal serré les rênes ; sous les vibrations répétées de la galopade, celles-ci s'étaient dénouées avant de glisser au milieu de l'attelage, impossibles à récupérer. Les créatures reptiliennes avaient pris le mors aux dents, n'ayant ni maître, ni ennemi à tuer, toujours aveuglées par leurs œillères ; d'instinct, elles retournaient au camp de leurs maîtres. À l'est, donc.

Vanina ressortit aussitôt à ciel ouvert. Elle ne voyait aucun moyen d'éviter la catastrophe, le char continuait sa galopade folle vers une collision de plus en plus inévitable.

Et si je tuais une bête de l'attelage, ça l'arrêterait, non ? Ou bien on partirait en tonneau et je me ferais écraser dans la chute. Et si je tirais le levier du frein ? Lancée à cette vitesse ? Je finirais broyée sans doute dans une série de tonneaux, là aussi.

Je tiens à peine debout. Même si j'avais un cheval, impossible de faire un saut correct, dans mon état. Comment vais-je faire pour me tirer d'affaire ?

Tu perds un temps précieux, décide-toi, kissi !

La rousse s'agrippa à la guérite, posa une botte sur le haut de la rambarde, sans trop savoir ce qu'elle faisait. Peut-être pourrait-elle sauter juste avant l'impact et rouler pour amortir sa chute…

Elle prit une grande inspiration et se prépara à…

Vanina avait perdu trop de temps. Au moment où la guerrière prenait appui sur le plat-bord, elle vit le char opposé se rapprocher à toute vitesse, bien trop vite à présent qu'elle avait perdu le Zen. Les bêtes de tête rentrèrent de plein fouet dans le flanc droit du véhicule où se tenait la guerrière. Un fracas de bois, de chaînes et d'acier torturés, un choc effroyable qui secoua la jeune femme jusque dans ses os.

Et Vanina Cole se retrouva culbutée dans les airs, tournoyant à plus d'une vingtaine de mètres de haut. Avec pour seule issue que de se fracasser en retombant sur le sol.

Oh, Callie, jamais tu ne vas me pardonner une chose pareille… Je suis désolée, tellement désolée, soupira Vanina, tout en plongeant ses iris gris pâle dans la profondeur bleue nacrée du ciel, la dernière vision qu'elle allait emporter avec elle.

Chapitre 71

De sa position, Callista Swift regardait sans rien pouvoir faire, désormais écartelée par l'impuissance et le désespoir.

Saute ! Saute ! Pourquoi Vanina ne bondissait-elle pas du char ?

Les deux attelages se percutèrent de plein fouet et la femme de son cœur fut projetée dans les airs, à une vingtaine de mètres de hauteur, son équilibre totalement perdu, telle une poupée gesticulante.

Oh, Vani…

Jamais sa compagne ne pourrait survivre à une telle chute. Callista poussa un cri intérieur, soudain glacée. Jamais elle-même ne pourrait se remettre d'une telle perte.

— Callie, regardez… là ! s'exclama soudain Ling-Faï, l'index tendu vers la gauche, sur un point précis qu'elle désignait à sa supérieure.

Callista regarda le point désigné qui traversait le champ de bataille du nord au sud. Elle écarquilla ses beaux yeux d'azur et son cœur se mit à battre tellement vite qu'elle avait du mal à respirer.

Vanina avait commencé à monter dans le ciel, elle se sentait si légère, quelle sensation enivrante que d'avoir soudain cette impression de voler. Elle aurait pu en rire, si son vol ne venait de s'inverser. Elle retombait, à présent, et la sensation n'avait plus rien d'agréable.

Adieu, mon amour.

Alors que son étalon gris et lui-même décollaient du sol, à plus de trois mètres de haut, Cellendhyll étendit les bras autant qu'il le pouvait, s'étirant pour intercepter Vanina Cole en pleine chute. Il réussit à l'agripper à bras-le-corps, la ramena contre lui pour la serrer contre sa poitrine – aussi vite et aussi fermement qu'il le pouvait, sans pour autant l'écraser. Il se mit aussitôt à contracter tous les muscles du bas de son corps, verrouillant également sa mâchoire pour éviter de se mordre la langue.

Le sol arriva en une fraction de seconde. Farod retomba sur ses quatre sabots, lâcha un hennissement qui sonna comme un juron et se mit à glisser, les jambes arrière fléchies, tremblant de tous ses membres. Mais l'étalon était un roi parmi les Pelloniens, et Callista Swift ne s'était pas trompée en le sélectionnant pour l'Adhan. Farod était un véritable guerrier, jamais avare de ses efforts, capable de prouesses musculaires supérieures encore à celles de sa race. La robe et les naseaux couverts d'une écume blanche, l'étalon renâcla, donna un puissant sursaut de l'arrière-train et retrouva son assiette.

Cellendhyll faillit être éjecté de sa selle sous la puissance du choc, qui lui avait coupé le souffle, mais il parvint à cramponner sa main autour du pommeau et à se rabattre sur sa selle, Vanina, toujours calée dans le creux de son autre bras, s'agrippant à lui tout autant qu'il la plaquait contre elle.

Le vaillant Farod aura droit à une triple ration de carottes, de fourrage et de câlins, dès ce soir ! décréta l'Adhan, tout en lâchant un grand rire pour exprimer l'intense soulagement qu'il ressentait. Il aimait bien cette Vanina Cole, elle avait de l'étoffe... et un sacré tempérament !

Il fit prendre à son étalon le petit galop et l'abreuva de paroles douces. Aucun char dans les alentours proches. Cellendhyll en profita pour ramener l'Hirondelle vers les lignes impériales, la guerrière ne semblait déplorer aucune blessure, du peu qu'il en constatait, mais elle avait assurément besoin de repos et, sans doute, de soins.

— C'est bon, mon commandant, vous pouvez desserrer vos gros muscles, murmura Vani d'une voix où perçait une intense lassitude et, pour autant, joyeuse. Le Zen m'a lâchée et j'ai subi un sacré contrecoup, mais ça commence à aller...

Cellendhyll relâcha aussitôt son étreinte. La rousse en profita pour se caler plus confortablement contre lui. Ensuite, elle saisit les mains de l'Ange et les ramena contre elle, se laissant totalement aller contre son torse.

— Et si je vais bien, c'est grâce à vous... Mon sauveur... Jamais je ne vous l'aurais avoué, mais vous le méritez : c'est vrai que pour un homme, vous êtes plutôt valable, Pacha... Et plutôt confortable... Voilà, c'est dit ! Et maintenant, je crois que je vais m'évanouir.

Vani perdit connaissance dès la fin de sa phrase. Son visage, toutefois, arborait ce petit sourire piquant qui n'appartenait qu'à elle.

Veillant à ne pas trop secouer sa protégée, Cellendhyll traversa la largeur du champ de bataille pour atteindre le sud de la ligne de défense. Il avait repéré une escouade d'une vingtaine d'Hirondelles en train de galoper dans sa direction. Il reconnut bientôt Ling-Faï, chevauchant en tête.

Il rejoignit l'escouade et déposa une Cole toujours inconsciente dans les bras de la Kelash, avant de demander que Vanina soit conduite auprès d'un guérisseur, sachant très bien que Ling-Faï n'avait aucun besoin d'un tel conseil.

L'adjudante et ses camarades avaient aperçu une bonne partie du combat contre les chars, puis le sauvetage en plein vol. Comme beaucoup d'Hirondelles derrière elle, la Kelash accueillit le commandant les yeux brillants de reconnaissance, un sourire qui se renforça lorsqu'elle apprit que Vani ne semblait pas blessée, juste épuisée.

Sentant son cheval trembler d'épuisement, Cellendhyll descendit de selle, et prit le temps de caresser le chanfrein du destrier. Il demanda qu'on prenne un soin tout particulier de Farod, qui l'avait si bien épaulé. Puis, l'Ange réclama une monture fraîche.

Il remercia l'Hirondelle qui lui tendit les rênes de l'étalon alezan qu'elle venait de quitter, tout juste échauffé. Il se nommait Fianir, de la même vaillante lignée que Farod. Cellendhyll se remit en selle d'un bond. Il se pencha le temps de saisir la gourde qu'une autre guerrière lui proposait, la récompensa d'un grand sourire qui fit rougir la jeune femme, et but à grandes gorgées.

De ce qu'il constatait, la cohorte d'attelages ennemis était quasi hors d'usage. Les deux derniers venaient de se faire coincer par la riposte de deux groupes d'une dizaine d'Hirondelles acharnées. Imitant la tactique du Pacha, les Hirondelles avaient compris qu'au moins avec leurs boucliers, en restant prudentes, elles pouvaient détériorer les lames de faux, pour ensuite prendre les véhicules d'assaut et tuer les Smaughs à l'intérieur. De la bonne besogne d'accomplie !

Cellendhyll s'avisa ensuite que grâce aux contre-attaques conjointes de Vanina et la sienne, qui avaient mobilisé les efforts des chars de guerre, les Hirondelles avaient eu le temps de se reprendre, de se rassembler en groupes compacts et de reprendre leur mission première, prendre à revers les guerriers smaughs en train de se colleter avec la Légion.

Ce n'était pas une raison pour se détendre. Jetant un regard vers le rideau jaune opaque des envahisseurs, l'Ange repéra une nouvelle série de chars en train d'émerger de la fumée, à peu près en face de sa position.

Il vida le reste de sa gourde sur sa tête et la lança à sa propriétaire.

Il salua les guerrières qui l'entouraient, leur ordonna de ne pas le suivre.

Enfin, il mit des jambes pour lancer son alezan au galop, droit vers la menace.

Pour Priam !

Chapitre 72

Son bouclier à nouveau au bras droit, sa Belle devenue lance en main gauche, Cellendhyll galopait vers le nouveau groupe de chars. Trois attelages, sans guérite. Ceux qui s'y tenaient n'y seraient pas entrés, trop massifs. Il compta trois auriges et neuf guerriers, ces derniers revêtus des mêmes armures de plates noires que celle d'Oghul-Tak.

L'Adhan n'eut pas à les traquer. Les Smaughs avaient repéré le fou furieux qui dévastait leurs attelages l'un après l'autre, débitant leurs ossatures comme s'ils étaient construits en petit bois et se dirigeaient droit sur lui.

Cellendhyll était pressé d'en découdre. Resserrant les jambes, il relança son alezan vers l'avant. Il se trouvait au sud du champ de bataille, isolé, à environ trois cents mètres du reste des affrontements.

En fin d'approche, au lieu de rester en file, le char du milieu ralentit alors que les deux autres se déployaient pour charger Cellendhyll en trois trajectoires différentes – face à lui et sur ses flancs. Dans chacun des véhicules, un guerrier se baissa le temps de saisir quelque chose à l'intérieur et se redressa vers l'Adhan pour le lancer à la volée.

Cellendhyll eut juste le temps de reconnaître de grands filets en cordage, dont les Smaughs se servaient pour attraper bêtes ou esclaves. Il ordonna aussitôt un violent écart à gauche à son cheval, puis un autre à droite, évitant ainsi deux lancers de filets. Le troisième, il réussit à le trancher de sa Belle en plein vol, mais, déjà, les Smaughs projetaient d'autres rets – trois guerriers par char, neuf jets potentiels.

Cellendhyll quitta ses étriers, bien conscient de ce qui risquait de se produire. Il avait perdu l'initiative et les véhicules avaient manœuvré de manière à rouler en cercle autour de lui. Il esquiva un quatrième lancer en se couchant sur l'encolure de l'étalon, lui fit faire un nouvel écart pour échapper à un cinquième.

Le sixième filet le prit de court et s'enroula autour des jambes de Fianir. Le Pellonien émit un hennissement aigu avant de s'affaisser sur ses antérieurs et de se cogner violemment à terre, les jambes garrottées par les cordages, incapable de se relever.

Confronté à ce qu'il avait anticipé, Cellendhyll fut projeté à l'avant, plana au-dessus du sol, réussit à se réceptionner sur les pieds, accentuant le mouvement de trois roulades successives qui lui permirent d'amortir le choc.

Cependant, dès la première rotation, il fut obligé de lâcher sa Belle, sous peine de se la planter dans le corps. Il parvint néanmoins à garder son bouclier, fermement sanglé à son bras.

Il se redressa au terme des trois roulades, la tête tourbillonnante.

Mortonnerre, où est ma Belle !

Cellendhyll avait beau regarder en arrière, sa lame précieuse avait disparu dans les hautes herbes de la plaine.

Des ricanements sonores vinrent le railler. Les Smaughs avaient profité de sa chute pour stopper leurs chars et descendre à terre, se déployant tout autour de leur proie.

Particulièrement massifs, ces neuf-là étaient des guerriers du clan d'Oghul-Tak, mobilisés pour laver le déshonneur infligé à leur seigneur, qu'ils révéraient pour sa force et sa brutalité. Leurs visages étaient larges, pour certains bouffis par l'excès de viande rouge. Chacun pesait entre cent soixante et deux cent dix kilos, armure comprise, leurs bras se révélaient aussi épais que les cuisses de l'Ange, leurs mains deux fois plus grandes que les siennes. Ils portaient de grandes masses de guerre, certaines à pointes, toutefois, contrairement à leur maître, ils combattaient têtes nues, leurs faciès gonflés d'une joie féroce.

Se rendant compte qu'avec leur nombre, ils allaient se gêner – surtout avec leurs armes volumineuses –, le meneur smaugh ordonna à la moitié d'entre eux de rester en couverture. Après quoi, il pointa sa plommée sur Cellendhyll, soutenant l'arme d'une seule main, sans le moindre tremblement, et s'exclama dans une salve de postillons :

— Gloire à Øz, c'est bien toi, l'Adhan ! Smaugh ! On va te briser les os, puis, on va t'écorcher vif, sang-chaud ! s'exclama le Tête de Clous.

Cellendhyll accueillit la menace d'un ricanement ironique :

— Et bla, et bla, et bla !

Vaincre les douze guerriers et récupérer sa lame. Un objectif net et précis. Mais comment l'accomplir ? Pour l'Ange, la réponse était limpide.

La tête avait cessé de lui tourner. Il n'avait subi aucune blessure, il était en pleine possession de ses moyens. Il prit une grande inspiration, se connecta à son Nexus et s'immergea dans l'onde fraîche du Zen. Son écran tactique se déploya dans son esprit et il en profita pour numéroter ses adversaires.

Le premier des Smaughs, celui qui l'avait interpellé, jaillit vers lui et balança sa masse d'armes par le travers, une bonne grosse frappe destinée à fracasser le torse de l'Adhan. Simultanément, les cinq autres guerriers avancèrent pour resserrer leur nasse, leurs armes brandies, prêtes à intercepter le moindre mouvement de leur adversaire.

Sauf que, au moment où la plommée du Smaugh se rabattait vers lui, Cellendhyll avait déjà bougé, tellement plus vif dans le Zen. Il était bien conscient que face aux armures de plates, le seul point faible valable résidait dans les articulations ou leurs visages.

D'un mouvement en pivot, il sembla s'enrouler autour de son adversaire, le temps d'effectuer une rotation complète et passer dans son dos. Au terme de sa volte, Cellendhyll frappa aussitôt. Vers le bas. D'un grand coup de rondache, il cogna sec le genou droit du guerrier, froissant l'articulation de son armure.

Le Smaugh passa sur son appui valide et riposta d'un revers. Cellendhyll esquiva d'un pas de côté, laissant la plommée passer à côté de lui. Puis, il se déhancha à l'opposé, le temps de remonter son bouclier et de frapper vers le haut. Droit sur la bouche du Smaugh. Par pur réflexe, le colosse tenta de détourner la tête, mais sanglé dans son épais corselet d'acier, il ne pouvait faire mieux. Piètre esquive. L'arête effilée du disque de métal runique manié par le Hors-Destin lui fracassa la pommette, remonta pour lui fendre l'orbite gauche et défonça son œil. Beuglant sa douleur, une main ensanglantée posée sur son orbite mutilée, le Smaugh éborgné recula de quelques pas, peinant à garder son équilibre, momentanément hors de combat. Les autres se lancèrent à l'attaque, essayant de ne pas se gêner, mais Cellendhyll avait déjà changé de position, s'éloignant peu à peu des chars.

Par ses mouvements fluides et constants, sa vivacité hors norme, il obligeait les guerriers du clan tak éparpillés autour de lui à se gêner mutuellement, ces derniers alourdis par leurs armures et leurs armes massives, incapables de véritablement ajuster cet ennemi insaisissable.

Un second Smaugh se jeta sur lui, sa masse de guerre fusant à l'horizontale dans le but de briser le bassin de l'Adhan, tandis qu'à l'opposé, un troisième Smaugh se fendait vers l'avant, sa propre masse empoignée à deux mains, une attaque verticale, de haut en bas, dirigée sur la colonne vertébrale de Cellendhyll ; les Têtes de Clous restants manquaient d'espace pour manœuvrer, ils ne pouvaient que rester en attente, dans l'espoir que l'Adhan passe à leur portée.

Cellendhyll avait repéré la menace dans son dos, grâce à son écran mental. Transformé en vif-argent, il tournoya une fois encore pour faire le tour du troisième guerrier. Dès qu'il fut derrière lui, d'une bourrade, il poussa son adversaire en avant, tout simplement.

Emportés par leur élan, les deux Smaughs, désormais l'un face à l'autre, avaient frappé de toutes leurs forces, comme à leur habitude. Trop lourds, ils ne purent rien faire pour stopper l'inévitable.

Attaque simultanée. Double impact.

Le premier des deux Smaughs, le crâne pulvérisé par la frappe verticale de son congénère, poussa un cri bref et s'écroula aux pieds de son meurtrier. L'autre Tête de Clous, son armure fracassée au niveau de la hanche, l'articulation voilée, un éclat d'acier enfoncé dans sa chair, s'effondra sur le côté, provisoirement calmé.

Cellendhyll n'avait pas attendu le résultat pour passer à la suite. Il s'orienta vers le Smaugh le plus proche de lui. Un guerrier un poil moins grand que les autres, mais tout aussi costaud et lourdement armé. Cellendhyll réduisit la distance à un pas, feinta à droite et partit sur la gauche, tout en remontant son bouclier vers le ciel. Dépassé par la feinte, le Smaugh balança sa frappe. Ridiculement lente pour les perceptions de l'Adhan, sa plommée plongea dans le vide, entraînant le Tak en avant. Cellendhyll riposta en rabaissant son bouclier dans une diagonale qui se transforma en frappe-hachoir. Il atteignit le Smaugh sur le côté du cou, avec toute la violence qu'il pouvait déployer. Le fin rebord de son bouclier trancha la chair, écrasa les muscles et les ligaments, fissura la jugulaire, provoquant aussitôt une hémorragie interne. Soudain écarlate, le Smaugh tomba à quatre pattes et se mit à cracher un flot de sang ; celui-là n'en avait plus pour longtemps.

Entamant une série de rotations successives, qui lui permettaient non seulement de déstabiliser ses adversaires, mais aussi de déplacer l'épicentre du combat à son gré – et se rapprocher de l'endroit où il pensait avoir chuté –, l'Ange s'était mis à danser au milieu des Tak. Les Têtes de Clous étaient si prévisibles, si faciles à éviter à travers le tamis bleuté du Zen. Cellendhyll leur avait tellement donné le tournis, que les envahisseurs ne savaient plus comment s'organiser.

Les Smaughs en retrait en avaient profité pour aider leurs camarades blessés, qu'ils avaient ramenés au niveau des chars. Pendant ce temps, trois Têtes de Clous tentèrent une manœuvre d'encerclement.

Son visage rude étiré d'un sourire carnassier, Cellendhyll feinta sur un côté, s'effaça sur l'autre, et, d'un mouvement en pivot, il ridiculisa la tentative. Lâchant invectives et vociférations sifflantes, deux Tak s'écartèrent pour tenter de le prendre par les flancs. L'Adhan bondit sur le premier pour le devancer, lançant son assaut au moment où le guerrier était en pleine recherche d'appui. Son bouclier se redressa en biais, accrochant un rayon de soleil au passage. D'un crochet ascendant, dévastateur, utilisant l'arête de son écu comme une lame, l'Ange décervela son adversaire, lui sectionnant tout le haut de crâne.

Toujours aussi vif, il pivota aussitôt sur les hanches, les bras écartés et cogna le second Smaugh qui jaillissait dans son dos d'un grand revers de rondache. Il le percuta en pleine tête, à plat, avec tant de force qu'il lui écrasa tous les os du visage, jusqu'à perforer le cerveau du guerrier d'un flot d'esquilles transformées en autant de fléchettes meurtrières.

Un tintement du Zen résonna dans son esprit, incontournable sentinelle. Le Smaugh restant s'était rué à l'attaque et sa plommée fusait déjà vers les reins de l'Adhan. Au lieu de se retourner et de tenter une parade – face à un colosse, pas vraiment une bonne idée –, Cellendhyll préféra esquiver en plongeant vers l'avant, s'éloignant de la menace d'un bond, suivi d'un roulé-boulé.

L'espace d'un instant, un éclat de lumière bleutée capta le regard de l'Ange, au milieu de l'herbe, plus loin, sur sa gauche. Un signal produit pour lui seul. Et qui changeait tout.

À peine redressé de sa roulade, Cellendhyll détendit la sangle de son bouclier de la main gauche, il pirouetta sur lui-même, tirant sur les bras pour gagner en puissance, pour finalement, étendre le droit. D'une saccade fluide, le bouclier s'envola de sa main, cercle d'argent mat virevoltant vers sa cible, il percuta le Smaugh en plein élan et s'enfonça pile au niveau de la lèvre supérieure, cette zone juste en dessous du nez.

Séché net dans son élan, le Tête de Clous décolla du sol à l'horizontale, comme brusquement tiré en arrière et retomba lourdement à plat dos, l'arête du bouclier plantée à la perpendiculaire de son visage.

Cellendhyll ne s'était pas délesté de sa rondache si efficace de manière aussi inconsidérée qu'il y paraissait. Pas du tout.

Quelques pas sur sa gauche, reposait sa Belle de Mort, son acier bleu sombre traversé de cet éclat moiré qui avait attiré son attention. Cellendhyll s'empressa de la rejoindre et s'en empara, savourant le poids du manche dans sa main.

Oui !

Le Hors-Destin se sentait à nouveau complet.

Son rire dur se mit à résonner, célébrant ses retrouvailles avec sa Belle, celle qui ne l'avait jamais déçu, ni trompé. Son inestimable alliée.

L'écho d'un rire féminin emplit son esprit, musique légère, bienveillante, qui venait de partout et de nulle part.

Cellendhyll prit une inspiration. Sur douze ennemis, il restait sept guerriers à affronter, dont deux blessés.

Leurs rangs réduits à une vitesse alarmante, les colosses du clan tak n'étaient plus aussi sûrs d'eux et s'étaient regroupés au niveau d'un char pour conjuguer leurs forces, face à cet Adhan maudit qui les ridiculisait tout autant que leur seigneur de guerre.

La Belle de Mort tranchait tous les métaux, toutefois, selon sa forme, elle mettrait plus ou moins de temps à s'exécuter. L'Adhan allait devoir frapper vite et fort pour vaincre néanmoins, à quoi bon disposer d'une arme métamorphe si c'était pour ignorer ce précieux pouvoir ?

Puis-je invoquer une seconde transformation, puis-je me le permettre, en plein combat ?

Oui, je suis en pleine forme, je peux le supporter… après tout, ne suis-je pas le Hors-Destin ?

Le plus approprié pour combattre ces brutasses en armure aurait pu être le puissant marteau de guerre dont Cellendhyll s'était servi sur le Plan du Destin, particulièrement efficace face à un adversaire unique. Pourtant, contre autant d'adversaires, le marteau lui ferait perdre en mobilité, en esquive et en vitesse, et pourrait même l'épuiser avant l'heure, alors qu'il combattait sous le Zen. En conséquence, l'Ange préféra transformer sa Belle de Mort en fléau de guerre – l'une des armes lourdes qu'Yvain s'était entêté à lui enseigner, car il avait jugé que le style et le maniement subtil de cette arme convenaient merveilleusement aux capacités martiales de l'Adhan.

Obéissant à son désir, en l'espace d'un clignement de paupières, la Belle de Mort se raccourcit, formant une hampe plus épaisse, tout autant qu'elle s'affinait, s'affinait encore pour se recréer en un filin d'acier terminé d'une boule de la taille d'une orange. Évidemment, l'arme se calait parfaitement dans sa main.

Cependant, Cellendhyll s'était déjà bien démené, il avait puisé dans son organisme, et le contrecoup s'avéra bien plus brutal qu'il ne l'avait escompté. L'Ange eut soudain l'impression qu'on lui jetait un gros sac de briques de cinquante kilos sur les épaules. Avec en plus la sensation qu'il venait d'effectuer un sprint de huit cents mètres en montée, sans respirer. Le souffle court, il vacilla sur trois pas avant de retrouver son équilibre, saisi d'un puissant vertige qui menaça de le faire tomber. De petites lucioles noires étaient apparues à l'orée de son champ de vision. Un sang argenté se mit à couler de ses narines.

Le monde bleuté qui avait pris possession de ses sens se ternit l'espace d'une seconde. Cellendhyll serra son arme de toutes ses forces et se concentra sur son Nexus, à la fois pour maintenir la synchronisation de ses deux cœurs et la connexion avec la transe martiale. Son cœur second se mit à battre avec insistance pour le ragaillardir. Le Zen reprit sa consistance. L'Ange venait d'échapper à une catastrophe.

Il ne s'était écoulé qu'une poignée de secondes. Cellendhyll goûta la saveur cuivrée de son sang et ce fut comme un coup de fouet. Il devait réagir avant que les Smaughs ne décident de le charger, profitant de son malaise. D'un pur effort de volonté, il *décida* de repousser son vertige, tout comme il *décida* d'ignorer la faiblesse de ses membres.

Pas question de m'effondrer maintenant, je n'en ai pas le droit !

Le Hors-Destin émit un grondement de fauve acculé.

Un pas en avant. Puis un autre. Il essuya le sang de son visage d'un revers de manche. Encore un pas. Il commença à se sentir mieux.

Aucun des Smaughs n'avait véritablement perçu les métamorphoses de la Belle de Mort. Tout se déroulait si vite sur le champ de bataille. Les envahisseurs s'étaient plongés en plein conseil tactique. Leurs muscles, leur rage, leur férocité s'avéraient impuissants face à ce feu follet meurtrier, capable de déjouer toutes leurs manœuvres. Ils avaient enfin compris qu'ils n'auraient aucune chance individuellement face à l'Adhan.

Collectivement non plus.

Cellendhyll marcha à grandes foulées vers le groupe des Tak, tout en faisant tournoyer sa Belle pour prendre le rythme. La technique du fléau était bien différente des armes dont il avait l'habitude, mais ses muscles n'avaient rien oublié, sans compter que sa complice de toujours s'était modifiée pour répondre parfaitement à ses mensurations, d'un équilibre toujours aussi irréprochable.

Le sourire sauvage reprit possession des traits de l'Ange. Il avait retrouvé son habituelle fluidité, la Belle sifflait au bout de son manche creusé de minuscules runes, boule bleutée, à l'appétit renouvelé. Tout en avançant, Cellendhyll constata qu'à l'autre extrémité, un câble très fin naissait du manche pour venir s'enrouler délicatement autour de son poignet, lui assurant une dragonne parfaite, la petite touche finale apportée par l'arme étrange ; la Belle de Mort prouvait là une certaine autonomie.

Les guerriers tak se dispersèrent en arc de cercle, leurs armes redressées. À travers le tamis azuré du Zen, ils n'étaient que de lentes et grossières créatures, dont il pouvait aisément anticiper les assauts.

D'une saccade du poignet, une saccade constamment répétée, le Hors-Destin enchaînait les rotations.

Le secret était de se laisser porter par le poids de la boule et d'enchaîner.

Tourne et siffle ! La Belle dansait au bout de son câble, traversée de reflets moirés. Affamée du sang des Smaughs, elle chantait sa gourmandise, elle chantait pour son maître, complice et sûre.

Un cercle, deux cercles, trois cercles.

Tourne, tourne, tourne et siffle !

Le premier Smaugh à se présenter était celui que l'Adhan avait éborgné. Le colossal guerrier avait réussi à décoincer l'articulation de son armure, il brûlait de se venger et ce n'était pas la perte de son œil qui allait l'arrêter, foi de Tak !

Cellendhyll l'accueillit d'une esquive du buste, effectua encore un tour de fléau, un changement d'appui et... impact !

Tourne, tourne, tourne, siffle... et fracasse !

Kraaakk ! La boule d'acier heurta le menton du borgne que Cellendhyll avait déséquilibré, avec tant de rage qu'elle lui emporta tout le bas du visage, projetant le Tak agonisant d'un vol plané arrière de trois mètres.

Une lumière de plus à s'éteindre sur sa carte mentale.

Un cercle, deux cercles, trois cercles. Le temps de se replacer face à un autre Smaugh, sans pour autant se faire prendre à revers.

Précis, toujours précis. Un équilibre parfait.

Un effacement du buste, une rotation des appuis, garder l'élan, toujours l'élan, *tourne, tourne, tourne et fracasse*, une frappe dévastatrice, pleine nuque, les os brisés, la chair fendue. Une nouvelle lueur orange de soufflée sur son écran.

Le Hors-Destin. Saisi de cette grâce martiale qui ne tenait qu'à lui, il dansait comme jamais sur le rythme des combats enchaînés, sans se soucier du reste. En cet instant, Cellendhyll de Cortavar avait totalement oublié son moment de faiblesse. Au contraire, il se sentait vivre au maximum de ses capacités, de ses possibilités, en harmonie totale avec sa lame métamorphe. Sa Belle si fidèle, comme il l'aimait !

Que devenait Gheritarish ? Callista, Vanina, et les autres ? Reydorn ? Comment se déroulait le reste de la bataille ? Il verrait bien... dès qu'il le pourrait.

Il devait rester concentré, continuer à danser. À faucher l'ennemi. À vaincre.

Tourne, tourne, tourne, siffle et fracasse !

Implacable, sa Belle froissait l'épaisseur des armures, figeait les guerriers, défonçait leurs mâchoires, leurs nez et leurs crânes, encore plus effrayante sous cette forme que les précédentes.

Cellendhyll s'enroula autour d'un Tak, esquiva son coup de masse que le Zen rendait si maladroit, fracassa l'arrière du genou de son adversaire, pivota encore en s'équilibrant sur les rotations fluides du fléau sombre, et concassa l'autre genou. Le Smaugh se retrouva projeté à terre. Un nouveau cercle suivi d'une frappe verticale, du haut vers le bas, et Cellendhyll enfonça les clous qui saillaient du crâne du Tak jusqu'à leur garde, à travers son cerveau. L'effet fut instantané, spectaculaire. Le Smaugh fut secoué d'un violent sursaut et ses yeux explosèrent sous la pression intracrânienne. Il s'effondra face contre terre, un flot écarlate jaillissant de ses oreilles.

Cellendhyll fit tournoyer son fléau dans le vide pour garder le rythme, ses cibles restantes clairement visibles, spectres orangés s'agitant sur la trame martiale de son esprit.

Subitement, une alerte résonna différemment sur l'écran tactique de l'Ange. Une lueur clignotante venait de naître, un danger en approche. Cellendhyll tourna la tête vers le rideau de fumée. Un char en était sorti et se dirigeait dans sa direction, mais encore suffisamment loin, et il lui restait de la besogne à *abattre* ici.

Tourne, tourne, siffle et fracasse !

Le Hors-Destin se déporta complètement sur la droite, prenant les quatre guerriers survivants à contre-pied. Feinte droite-gauche, le Tak ciblé tenta un estoc de la pointe de sa plommée et n'épingla que le vide, Cellendhyll avait bondi sur le côté. Il redressa son fléau tournoyant et le rabattit pour marteler sauvagement les clous plantés sur la tête du Smaugh de deux tournoiements successifs, lui faisant imploser le crâne.

Il se retrouva au niveau du Tête de Clous à la hanche brisée, qui, à moitié courbé, tenta tout de même de le frapper d'un revers de gantelet. Trop lent. Cellendhyll fut sans pitié, il le faucha de deux diagonales hautes. La tête du Tak explosa puis disparut totalement, déchiquetée par les impacts successifs.

Frappe et brise. Frappe et pulvérise !

La Belle fredonnait son infernale litanie.

L'élan du Hors-Destin l'emporta vers un Smaugh, qu'il déséquilibra d'une feinte, sa tête subitement transformée en pulpe sanguinolente. Une vie instantanément balayée d'un revers tournoyant de la Belle devenue fléau.

Cellendhyll se décala aussitôt d'un pas sur le côté. En appui sur la jambe droite, il pirouetta, le buste subitement cassé en avant. Et tandis que la masse d'armes du Smaugh suivant sifflait au-dessus de lui, Cellendhyll remonta sa jambe gauche, le temps d'impacter le visage de l'envahisseur d'un coup de pied retourné. Il enchaîna en reprenant ses appuis, pivota sur ses hanches, effectua un nouveau moulinet de sa Belle et l'écrasa de toutes ses forces sur la tempe du Smaugh. Un horrible craquement retentit et le Tête de clous fut projeté à terre, tout le côté droit de son visage enfoncé, la cervelle changée en gelée rosâtre.

Je danse et je tue !

Le douzième et dernier halo venait de s'éteindre.

Fin des Tak.

Laissant sa Belle pendre au bout de son bras, Cellendhyll prit une grande goulée d'air frais. Il avait le souffle plus heurté qu'il ne l'aurait cru, et commençait à ressentir un tiraillement désagréable dans son bras gauche. Sans doute un début de contracture musculaire provoqué par l'utilisation de sa Belle sous cette forme inhabituelle, mais il ne s'en formalisa pas.

Cellendhyll n'avait plus le temps de souffler. Peu lui importait. Le temps de sa durée, le Zen repoussait la soif et la faim… et même l'envie d'uriner. Toutefois, cela faisait longtemps qu'il était sous l'influence du monde bleuté. S'il prolongeait encore la transe, le contrecoup risquait d'être sévère.

Pourtant, l'Ange se sentait si bien, si létal !

Et surtout, il restait cette menace inscrite sur son écran tactique, qui se rapprochait. Ayant cessé de clignoter, elle s'était transformée en un véritable halo orangé.

Un dernier combat et Cellendhyll songerait à rejoindre le reste de l'armée. Tel l'inconscient qu'on l'accusait d'être, il était seul, sans soutien, éloigné de l'armée impériale. Callista Swift devait fulminer !

L'attelage s'était encore rapproché, progressant à une allure tranquille. Ses grandes lames de faux étaient bloquées à la verticale, inopérantes. Le véhicule était conduit par un aurige et ne comprenait qu'un seul guerrier. Un Smaugh, bien sûr.

Mais pas n'importe lequel.

Le guerrier bondit dans l'herbe avant même que le char ne soit immobilisé. D'un ordre sec, appuyé d'un geste autoritaire, il signifia au conducteur de rester en place et d'attendre ses ordres.

Celui-là était grand, athlétique, plus mince que les guerriers précédents, plus souple. Abondamment souligné de khôl, son regard mauve aux pupilles fendues luisait d'assurance. Son visage était plutôt bien dessiné, particulièrement harmonieux pour un Tête de Clous.

Tout en se rapprochant à pas mesurés, le grand guerrier dégaina main droite un sabre magnifiquement ouvragé, à manche en ivoire.

À sa manière de bouger, de tenir sa lame, à la trentaine de clous plantés sur son crâne, Cellendhyll comprit que le Smaugh était plusieurs crans au-dessus des précédents, riche d'un grand prestige. Un maître d'armes que les épaulettes magenta de sa grande cotte de cuir noire, cousue de petits rectangles d'acier, désignaient comme l'un des quatre seigneurs de guerre ; richement vêtu, le guerrier portait également un baudrier clouté, un pantalon en agneau noir et de hautes bottes moulantes cloutées de rubis.

Impérieux, le Smaugh dégageait une énergie magnétique. Dès qu'il fut à portée de voix, il braqua la pointe de son sabre sur l'Adhan, effectua une sorte de figure avec sa lame — Un salut ¿ Un défi ¿ – et il s'exclama d'une voix sonore :

— Je suis Rachak-Ul et je vais te tuer, Smaugh !

Sans rien ajouter, le guerrier se remit à avancer droit sur le Hors-Destin, marchant à pas dansants, sans hâte. De sa senestre, il dégaina la hachette de combat accrochée à sa hanche.

Chapitre 73

Rachak-Ul avait la gloire à portée de main, il le sentait aussi sûrement que la poignée de son sabre favori dans sa main puissante ou le poids de la terre qu'il foulait de ses pieds agiles.

Comme les autres Smaughs de la colonie, il avait assisté à la bataille, de l'autre côté de la fumée jaunâtre. Cette fumée qui avait tendance à masquer les détails, même si les Smaughs voyaient à travers, ce qui expliquait en partie que les changements de forme de la Belle n'aient pas été remarqués d'autant que personne, pas même Rakùl-Bahìr n'imaginait la possibilité d'une arme métamorphe.

Alors que Cellendhyll affrontait les guerriers du clan tak, pressentant qu'il l'emporterait sur leur nombre, Rachak-Ul s'était décidé sur un coup de tête. Aussi ambitieux que ses congénères, il voulait se démarquer par une action d'éclat, renforcer sa réputation d'excellence et il avait saisi l'opportunité dès qu'il l'avait perçue. Il avait bondi sur le premier char à sa portée et ordonné à l'aurige de le conduire droit sur l'Adhan. Il s'était lancé seul, sans les guerriers de son clan. Selon les usages du Peuple, aucun des Smaughs ne pouvait intervenir à partir du moment où il avait lancé son défi.

À lui la renommée d'avoir vaincu l'Adhan maudit, celui qui avait tué tant de Smaughs, qui avait mis sa maîtresse en échec ! Une popularité qu'il allait ravir à la barbe de ses pairs, son prestige allait monter en flèche, peut-être même éclipser celui de Rakùl-Bahìr... Le Nagù et ses sorciers allaient en chier du sang !

Devant le défi du Smaugh, le regard de jade de l'Ange se mit à brûler d'un feu miroitant.

Par l'Épée de Lachlann, pourriture, tu veux un duel, tu vas être servi !

Depuis qu'il était revenu du Plan du Destin, Cellendhyll ne s'était jamais senti aussi puissant. Toujours sous l'influence du Zen, emporté par l'ivresse du combat, totalement confiant en ses aptitudes, en ses talents, en sa résistance, sans réfléchir plus avant, il décida de faire prendre à sa Belle de Mort la forme de sabre, plus naturelle, idéale face à un tel adversaire.

Au moment où la Belle ondulait dans sa main pour se transformer en sabre, Cellendhyll se rendit compte de la bêtise qu'il avait commise.

Une troisième métamorphose ¿ Alors que tu te remets à peine de la précédente ¿ Sang et Mort, qu'as-tu fait, crétin d'Adhan ¿

L'effet ne se fit pas attendre pour Cellendhyll. Ce fut comme si Gheritarish, pas content, lui avait infligé un grand coup de marteau au milieu du front. Le Hors-Destin se retrouva brusquement un genou à terre, sur l'herbe, choqué, complètement perdu.

Maurice l'avait pourtant prévenu, à force de jouer avec le feu, on se brûle ! Cette fois, aucune échappatoire, Cellendhyll fut rejeté du Zen, ce qui accrut d'autant le siphon d'énergie dont il était victime.

Autre conséquence funeste, sans pour autant quitter sa paume, sa Belle de Mort avait recouvré sa forme première de dague, son maître n'ayant désormais plus la moindre parcelle d'énergie pour nourrir une métamorphose.

Quelle erreur stupide ! Tu n'es pas invincible, quand vas-tu le comprendre ¿

Brutal constat. Le Hors-Destin se sentait plus faible qu'un vieillard atteint de rhumatismes.

Toi, le Hors-Destin… l'extraordinaire Hors-Destin ¿ Mérites-tu véritablement ce titre, bougre d'Adhan, alors même que tu restes incapable d'utiliser convenablement tes pouvoirs ¿ Alors que tu ne sais pas invoquer cette puissance que tu as déployée face au seigneur Destin ¿ Sombre crétin bouffi d'orgueil !

Son bras gauche le tiraillait. Le sang coulait à nouveau de ses narines, bulles d'argent qui gouttaient sur le sol. Cellendhyll tenta de se redresser. En pure perte. Il n'en pouvait plus. Ses muscles lui hurlaient leur capitulation. Ses tempes palpitaient de douleur.

Et le Smaugh approchait toujours. Il ne se pressait pas. Pourquoi l'aurait-il fait ¿ Il n'y aurait pas de duel, finalement. Dans l'état de l'Adhan, il suffirait d'un geste au guerrier d'élite pour lui ôter la vie. Un seul. Et sans forcer.

Est-ce donc la fin ¿ songea Cellendhyll, soudain détaché de tout. *À chaque fois, même face au pire des dangers, j'ai réussi à repousser ce qui semblait inéluctable, j'ai vaincu tous ceux qui tentaient de m'abattre, j'ai vaincu le Destin et ses mignons. Chaque fois, je m'en suis sorti, à force d'effort et de volonté. Pourtant, je n'en peux plus… Peut-être devrais-je fermer les yeux, me laisser aller…*

+ Relève-toi, Hors-Destin. Relève-toi ou tout est perdu ! +

Tout s'était arrêté pour Cellendhyll. Le monde semblait brusquement suspendu tout autour de lui. Il n'y avait plus aucun bruit. Plus aucune odeur. Plus aucune couleur.

Après avoir comblé la moitié de la distance, Rachak-Ul se retrouvait désormais figé en pleine marche, en équilibre sur une jambe.

Il n'y avait plus que cette voix féminine, sans âge, présence matriarcale tout à la fois douce et déterminée, qui s'exprimait en lui :

+ Relève-toi, Cellendhyll de Cortavar. Relève-toi, mon enfant, relève-toi avant que le temps ne reprenne son cours, tu n'imagines pas l'énergie

que cela me coûte ! Tu es trop loin de moi, je ne vais pas tenir plus longtemps ! Relève-toi, Étincelle de Kashgar, et combats ! +

Quelle était cette voix étrange et insistante qu'il n'avait jamais entendue auparavant ¿ D'où provenait-elle ¿ Avait-elle un rapport avec cette réalité figée ¿ *Étincelle de Kashgar,* encore ¿

Cellendhyll était très fort pour se poser des questions. Nettement moins pour obtenir les réponses.

Résister, lutter, combattre, pas de doute possible… il était forgé pour ça. *Bouge, tu dois bouger !*

Serrant les dents, Cellendhyll contracta sa volonté pour trouver la force de bouger. Avec ou sans pouvoir, il n'était pas question de tomber ici !

Jamais il n'avait livré un tel effort. Il lui semblait que ses yeux allaient jaillir de ses orbites, son bras gauche l'élançait de plus en plus. Ses deux cœurs palpitaient, il ressentait leurs battements jusque dans ses tympans. Ses dents grinçaient, ses muscles tremblaient et la sueur inondait son corps.

Comme l'avait affirmé la voix mystérieuse, il y avait quelque chose de profondément enfoui en l'homme aux cheveux d'argent, une graine, une minuscule *étincelle* implantée en lui, des années auparavant sur un plan secondaire. Le leg d'un dieu aujourd'hui oublié.

Cette *étincelle* faisait de la volonté du Hors-Destin quelque chose de *différent.* Et lorsque Cellendhyll était confronté à l'extrême, obligé d'aller puiser des ressources au fond de lui-même, de repousser ses limites, de se dépasser, alors cette détermination devenait véritablement *autre chose,* un levier, une force impalpable, pourtant capable d'outrepasser les règles de la normalité.

L'Adhan *décida* de se relever. Il feula, grogna, jura, cracha, et, dans un grondement de fauve blessé, repoussant les limites de ce qui était possible, il *ordonna* à son corps de bouger.

Et son corps répondit, comme il le pouvait, nourri d'une énergie purement mentale.

La voix étrange était partie.

Cellendhyll se redressa sur un genou. Puis, dans un nouveau grognement de fauve, il se releva tout à fait, oscillant sur lui-même.

C'est au moment où il se remettait d'aplomb que la réalité reprit son souffle.

Le Hors-Destin était debout, certes, mais toujours privé de la moindre énergie. Il plissa les yeux pour tenter d'y voir mieux, la silhouette de son adversaire ne cessait de se troubler.

Rachak-Ul s'était remis à avancer vers lui, toujours aussi assuré, sabre main droite, hachette main gauche. Il ne semblait pas s'être rendu compte du phénomène temporel. Comparé à l'Ange, il paraissait rayonner d'ardeur. Plus qu'une vingtaine de pas et il arriverait à portée de combat.

Les membres de Cellendhyll lui semblaient transformés en granit. Ses sens n'étaient plus fiables. Dans son état, impossible de recourir au Cri, qu'il avait gardé en réserve, ou même au Hyoshi'Nin, sans parler de l'énergie nouvelle.

En tant que Hors-Destin, il disposait soi-disant de terribles pouvoirs, sauf qu'il ignorait toujours comment y accéder.

Au lieu de rager contre son orgueil et la méconnaissance de son potentiel d'élu, particulièrement handicapante en cet instant, il préféra mobiliser la dernière ressource à sa portée. Son instinct guerrier.

Réfléchis ! C'est un droitier. Il frappera avec le sabre en premier, par ma gauche et… d'autant plus si je l'aide. La hachette viendra en second. Et moi, je dois le finir avant, car je sens bien que je ne vais pas tarder à m'évanouir !

L'Adhan n'aurait droit qu'à une tentative. Une attaque, pas plus. Or, dans son état, impossible de faire appel à sa vivacité habituelle. Le Smaugh serait plus rapide que lui, aucun doute sur ce point. *Une seule attaque*. Et pas question de tenter un lancer de dague, il était incapable de viser correctement. La seule idée qui lui vint semblait complètement démente, mais le temps lui manquait et il ne voyait pas d'autre tactique possible. À situation désespérée, riposte désespérée.

Aussi concentré qu'il en était capable dans ces circonstances, visualisant ce qui lui restait à accomplir, contrairement à toute habitude, Cellendhyll changea son arme de main pour l'empoigner dans sa dextre.

Sans en comprendre la cause et sans la chercher, Rachak-Ul avait bien saisi la faiblesse soudaine de son adversaire. Le sang-chaud qui lui faisait face tenait à peine debout, vacillant sur ses appuis, le regard éteint, presque vitreux. Était-ce une feinte ? Auquel cas, l'Adhan faisait le meilleur comédien du monde des Plans !

Cependant, l'état de son adversaire l'obligeait à un petit changement.

Je voulais faire durer l'affrontement, livrer un duel de légende, démontrer à tous à quel point j'étais supérieur au sang-chaud ! Mais c'est impossible, au contraire, je dois le tuer le plus vite possible, sinon ceux de la colonie se rendront compte que l'Adhan est à peine capable de se tenir debout et mon prestige n'en sera que flétri.

Le seigneur de guerre continua de se rapprocher, s'échauffant les bras en giflant l'air de ses deux lames. Il aurait pu invoquer *la Souffrance Sublimée*, le pouvoir qu'il tirait des trente-cinq clous plantés dans son cortex, mais face à un tel adversaire, c'eût été un pur gâchis, et Rachak-Ul détestait le gâchis.

Celui dont Gamaël nous vantait les prouesses, que même Rakùl-Bahìr semble craindre, cet Adhan, en vérité, n'est qu'un imposteur ! Mais qu'importe, j'offrirai sa dépouille à Øz, dès son retour, Smaugh ! Moi, et personne d'autre !

Le combat était gâché d'avance et le seigneur de guerre éprouva la morsure de la déception, qu'il balaya aussitôt. Son adversaire, épuisé ou non, Rachak-Ul allait le frapper aussi sauvagement qu'à son habitude, sans lui laisser aucune chance. Ensuite, il ramènerait sa dépouille au camp et se baignerait dans son sang, avec ses concubines, à la vue de tous et surtout de ses rivaux en prestige… un programme tout à fait excitant, à même de compenser sa déconvenue.

Arrivé à six pas de distance, les clous de son crâne étincelant sous les rayons du soleil, Rachak-Ul s'arrêta face à l'Adhan vacillant, le temps de lui lancer un regard qu'il chargea de tout son mépris. Puis, il cracha sur le sol. Enfin, il se mit à sprinter vers sa proie, son sabre à hauteur d'épaule parfaitement équilibré à l'arrière de sa tête.

Le Smaugh courait pour l'hallali. Fahaarak'Shar !

Une chance, je n'ai qu'une chance ! se répétait Cellendhyll.

Les lucioles noires étaient revenues encombrer son champ de vision et s'en donnaient à cœur joie, signe qu'il allait bientôt sombrer. Seule sa volonté inébranlable le faisait encore tenir.

Au moment où le seigneur de guerre arriva à portée, Cellendhyll s'élança au contact, soutenu par sa seule détermination. Il ressentit une tension brutale au niveau de son cœur d'humain, qu'il ignora ; qu'aurait-il pu y faire ?

Appliquant son plan désespéré, de sa main libre, la gauche, il feinta une attaque-cobra destinée à énucléer son adversaire, bien trop lente pour toucher. À dessein, il avait frappé haut, tout en se penchant légèrement vers la droite, posture qui laissa tout son flanc offert.

L'ouverture concédée était parfaite. Tout en esquivant la frappe-cobra, Rachak-Ul s'empressa d'inverser son impulsion et de rabattre son sabre, frappant d'un mouvement circulaire, au niveau de la hanche de l'Adhan.

Ce fut l'instinct de Cellendhyll qui prit le dessus pour suppléer ses sens défaillants, et guider ses mouvements. De sa main libre, il agrippa le poignet de son adversaire au vol. Incapable d'en briser l'élan, trop faible même pour le détourner, il se contenta de l'orienter vers sa propre chair, en la ralentissant autant que possible.

La lame entailla son flanc, au niveau de son ceinturon, comme l'Ange le voulait, fendant le cuir et viola sa chair. Enfoncée de toute sa largeur, elle provoqua une cuisante douleur.

Au même instant, Cellendhyll déclencha sa riposte. Consumant cet infime filet d'énergie qu'il ignorait encore posséder, animé d'un formidable désir de vaincre, l'Ange retrouva sa vivacité supérieure, l'espace d'un instant. Il inclina son buste vers la gauche pour éviter un coup de hachette du Smaugh, sans se soucier de la douleur qu'il causait à sa hanche blessée et, dans le même élan, il remonta sa dague de biais pour poinçonner Rachak-Ul en pleine gorge. Jamais le Smaugh n'aurait imaginé une attaque en riposte aussi suicidaire que celle tentée par l'Adhan, il n'était pas prêt, trop sûr de lui. Le tranchant parfait de la Belle s'enfonça dans le cou du guerrier d'élite, pénétra avidement sa chair, glissant en lui jusqu'à transpercer la jugulaire.

Cellendhyll s'écarta d'un pas vacillant. Il retira sa dague d'un geste malaisé, évitant de peu le geyser pourpre qui jaillissait de la plaie du seigneur de guerre. Un nouveau vertige menaça de l'emporter, mais il parvint à le repousser, sans savoir comment.

Rachak-Ul, parangon des guerriers smaughs, s'effondra sur le sol, un air effaré plaqué sur son beau visage.

Tentant d'ignorer la souffrance qui le dévorait d'un feu ardent, aussi inexorable qu'un écoulement de lave, Cellendhyll arracha le sabre de sa propre chair et laissa échapper un gémissement plaintif. Il dut s'y reprendre à deux fois et peser des deux mains – ce qu'il fit sans pour autant lâcher sa Belle, qu'il refusait de quitter. L'effort le fit tomber sur les genoux. Il aurait dû faire quelque chose pour panser sa blessure, mais il avait définitivement outrepassé ses limites, il ne lui restait plus rien.

Heureusement pour lui, il avait parfaitement guidé l'attaque de sabre. La lame du Smaugh avait touché son ceinturon, que l'acier runique avait tranché sans mal, mais le cuir avait tout de même en partie ralenti l'arme, qui n'avait touché que le gras, juste en dessous de l'os. Avec la mort du seigneur de guerre, c'était la seule bonne nouvelle.

La situation de l'Ange, elle, avait empiré. La douleur à son bras gauche était devenue si insupportable qu'il en serrait les mâchoires. Il lui semblait subitement que quelqu'un avait empoigné son cœur d'humain à pleine main, et serrait aussi fort qu'il le pouvait. Il n'entendait plus rien qu'un bruit sourd, comme celui d'une marée proche.

Un mouvement flou attira son attention, sur la droite. Cellendhyll tourna la tête et repéra la silhouette tremblotante du dernier char, qu'il avait totalement oublié.

Le dernier adversaire venait de sauter du véhicule. Il dégaina une hachette et se rapprocha du Hors-Destin. L'aurige.

Cellendhyll voulut redresser sa dague en direction du Smaugh. Le monde se mit à tourner, tourner, tourner. Puis, son cœur d'humain cessa de battre, laissant au cœur de Loki le soin de maintenir le Hors-Destin en vie.

Un rideau noir tomba brutalement devant les yeux de Cellendhyll. Le regard voilé, il bascula sur le côté, roula dans l'herbe pour se retrouver à plat dos face au ciel limpide, à peine capable de respirer.

À l'instant où l'Adhan était tombé, inconscient, un filament bleuté naquit du manche de la Belle de Mort pour aller s'enrouler autour du poignet de son maître ; à moins de lui trancher le bras, impossible qu'il la perde, désormais. Dans le même mouvement, un fourreau naquit autour de la lame précieuse, forgé du même métal mystérieux que celle-ci.

Chapitre 74

Taruk-Shar n'en croyait pas sa chance. Lui, obscur conducteur de char, passable combattant, allait porter le coup de grâce à l'Adhan maudit. Sans le moindre effort, il allait prendre sa tête en guise de trophée et s'octroyer un prestige inouï.

Le Smaugh avança, ramassé sur lui-même, sa démarche habituelle. Il se pourléchait les lèvres d'excitation. Il allait réussir là où tous les autres avaient échoué, Rachak-Ul le premier, Smaugh ! Taruk-Shar jubilait sa race, un tel cadeau du destin était incroyable, pas question pour lui de passer à côté de cette formidable opportunité.

Il arriva devant l'homme aux cheveux d'argent, inerte sur le sol. Il marqua une pause, le temps de lever les bras en direction de ses congénères, triomphal. Quel prestige ! L'aurige anticipait déjà son retour au camp avec son trophée, encensé par son exploit. Ce soir, il allait boire jusqu'à plus soif, manger tant et plus… après quoi, il irait baiser autant des concubines du défunt Rachak-Ul qu'il le pourrait. Qui pourrait lui dénier ce droit, désormais ¿

Taruk-Shar marqua une autre pause, le temps de récupérer le sabre ouvragé de son seigneur de guerre, une lame splendide qui aurait fière allure à son épaule. Le Smaugh perdit ensuite quelques secondes supplémentaires pour enfiler le baudrier d'armes en cuir clouté d'argent qui allait de pair avec cette lame magnifique.

Parfait. Il était enfin prêt. Prêt à asséner sa sentence. Dans son état, l'Adhan était incapable d'entendre, n'empêche, c'était important. Il fallait toujours sortir une tirade bien sentie, dans ce genre de circonstances, Taruk-Shar en était persuadé. À présent qu'il en avait l'occasion, il n'allait pas s'en priver !

Voyons, une phrase choc, qui marque les esprits, un truc du genre : on va tous vous enculer à sec, bande de crevures de sang-chaud !… non, trop vulgaire, et puis, c'est plutôt hors contexte… On va tous vous crever, les sang-chaud, et là, c'est ton tour !… trop banal, trop général… Quelque chose de plus personnel, peut-être… tu fais moins ton malin, hein, sale bâtard d'Adhan… Smaugh ! Ouais, pas mal, ça sonne bien !

Taruk-Shar se redressa de toute sa taille, arma son sabre main droite. En même temps, il prit une grande inspiration, prêt à frapper l'Adhan dès qu'il aurait débité sa tirade.

Pile au moment où le premier mot s'égrenait de ses lèvres, Taruk-Shar se prit une flèche en pleine bouche, qui stoppa net son discours, alors que la pointe ressortait de sa nuque.

Il partit en arrière et s'effondra sur le dos, la hampe du projectile aux plumes ivoirines dressée vers le ciel.

Déboulant en plein galop du côté de l'un des chars, Irumi encocha une nouvelle flèche, par réflexe, et se permit un hochement de tête approbateur. Voilà un tir qui comptait pour quelque chose ! C'était pour elle le premier de la journée, et, peut-être, le dernier ; un exploit en soi, selon la logique de la Kelash. L'archère ne s'en vanterait à personne, ce n'était nullement son genre, mais elle s'estimait particulièrement satisfaite.

Convoquée de toute urgence par Callista, alors qu'elle surveillait les chariots de la Guelfe Blanche, l'Hirondelle avait reçu pour mission expresse d'aller porter secours au commandant ; au moment où Cellendhyll subissait la troisième métamorphose de sa Belle. Il lui avait fallu lancer son cheval au galop, longer par le sud et traverser tout le champ de bataille d'ouest en est, et elle n'était pas arrivée une seconde trop tôt, loin de là.

Menées par l'archère d'élite, cinquante Hirondelles arrivaient dans son sillage, décochant une grêle de flèches en cloche en direction du rideau de fumée des Smaughs, histoire de dissuader toute riposte de leur part.

« On ne touche pas au Pacha ! »

Irumi aimait bien le commandant, lui qui respectait toutes les Hirondelles, qui les traitait en égales. Comparé aux autres galonnés, il sortait carrément du lot. D'accord, le Pacha ne faisait rien comme les autres, d'accord, il semblait dédaigner les tactiques de groupe, cependant, lorsqu'il s'agissait de mouiller la tunique et de faire parler l'acier, c'était en première ligne qu'il fallait le chercher. Tout seul. Alors oui, la Kelash l'avait décidé une bonne fois pour toutes, à l'instar de ses consœurs du régiment, un gaillard de cette trempe, pas question qu'on lui fasse du mal !

Deux cavalières parmi les plus robustes bondirent à terre, le temps de soulever Cellendhyll et le hisser en travers d'une selle, tandis qu'une autre soldate se dépêchait de libérer Fianar de son filet. Comme les Smaughs massés de l'autre côté de la fumée jaune ne réagissaient toujours pas, une partie des Hirondelles se chargea de briser les lames de faux des chars à grands coups de boucliers et d'abattre les horribles reptiles qui menaient les attelages.

Constatant que la salve de ses compagnes suffisait largement à interdire toute approche de la colonie et que les Têtes de Clous ne semblaient nullement motivés pour un nouvel assaut, Irumi préféra économiser ses précieuses flèches. C'en était presque dommage. Un char de guerre aurait constitué pour ses talents un défi digne d'être relevé pour l'exigeante soldate kelash… Plus tard, peut-être ¿

Le Pacha récupéré, Irumi donna le signal et le groupe repartit au galop au sud des lignes impériales. Le corps du Hors-Destin tressautait au rythme de la chevauchée, privé de toute conscience.

Pendant tout ce temps, les légionnaires avaient fini par appliquer les instructions que leur beuglait Cromlach, relayées par ses sergents. Ils avaient réussi à reculer à une trentaine de pas des chariots ennemis pour mieux se réorganiser.

Les Impériaux avaient certes perdu du terrain ainsi que de valeureux guerriers, mais cela leur avait finalement permis de se reprendre. Les petits groupes défensifs formés autour de Gheritarish, de Cromlach, d'autres guerriers remarquables, tels Kerallon Trois-Doigts, les frères Wingate ou Magnus le Marteau, avaient peu à peu grossi, ralliant leurs camarades jusqu'à former les blocs massifs que désirait l'adjudant.

Menée par Magnus et ses guerriers-pieux, l'arrière-garde, en pleine forme, avide d'en découdre, parvint à remonter jusqu'en première ligne pour engager les Smaughs, permettant aux blessés et aux fantassins les plus fatigués de se retirer. Dans le même temps, la colonne des Hirondelles remontait du sud au nord, arrosant le dos des envahisseurs d'une grêle de flèches.

Alors, les blocs s'élargirent, se rejoignirent, formant à nouveau cet impressionnant mur de boucliers. Les guerriers de l'Empire avaient repris l'avantage et les Têtes de Clous, incapables de percer la muraille d'acier, se firent à nouveau abattre à grands coups de lames.

Pourtant modèles de courage et de férocité, les Smaughs se mirent à perdre pied, bloqués entre les lames des légionnaires et les flèches des Hirondelles. Constatant que le cours du combat venait de s'inverser, qu'ils allaient se faire massacrer, les moins frénétiques d'entre eux – les plus sensés – entreprirent de se replier avant de succomber ; il serait toujours temps de reprendre la Conquête de Sang le lendemain, unis dans un nouvel élan féroce.

La mort si soudaine de Rachak-Ul, leur seigneur de guerre le plus charismatique, celui qu'ils pensaient invincible les armes à la main, avait plongé les Smaughs dans la sidération. Ils avaient assisté à la mort du fameux guerrier, sans trop comprendre ce qui s'était produit, pour ensuite voir Cellendhyll s'écrouler à son tour, être évacué en toute hâte, sans savoir si l'Adhan maudit vivait toujours.

De l'autre côté du théâtre d'opérations, tout au nord, Oghul-Tak avait été récupéré en catastrophe par des guerriers de son clan, tout aussi inconscient que l'Adhan, reconduit en toute hâte au sein de la Horde, son exfiltration facilitée par sa position excentrée.

Deux seigneurs à terre dans la même journée, ça faisait beaucoup pour une armée sans véritable leader. Turgut-Ott et Djagga-Taï, les deux chefs de guerre encore valides échangèrent une grimace désabusée en constatant que le mur impérial s'était redressé, et Turgut-Ott donna l'ordre de sonner la retraite.

Les trompes venaient de marquer la fin des hostilités et plus d'un légionnaire exténué poussa un soupir de soulagement.

Combattant au milieu de ses camarades, Gheritarish n'avait rien vu des percées flamboyantes de Cellendhyll et de Vanina Cole, ni de la fin brutale de leurs exploits.

Éclaboussé du sang des Smaughs jusqu'à l'arrière des oreilles, sa hache plantée à ses pieds, Gher n'avait ni l'énergie, ni l'envie de réfléchir. La bataille semblait terminée pour la journée. Pour autant, il restait de la besogne à accomplir avant qu'il puisse songer à se détendre.

Une fois les blessés évacués, les morts chargés dans les chariots, sa tâche consisterait à veiller à ce que les gars se retirent en bon ordre, prêts à répondre à la moindre contre-attaque de l'ennemi.

À peine les Smaughs retirés dans leur colonie, la capitaine Swift donna l'ordre du repli. Vanina et Cellendhyll tombés dans la même bataille, Callie passait la pire journée de sa vie. Les deux guerriers étaient désormais entre les mains de l'archevêque Aymard et l'officière attendait de leurs nouvelles avec impatience. Même si elle savait que Vani ne semblait pas blessée, juste épuisée, même si elle n'avait aucun doute sur les capacités d'Aymard, Callista Swift mobilisait toute sa volonté pour contenir le grand cri désemparé qui menaçait de quitter ses lèvres.

Rentrés dans leur camp, les Smaughs ruminaient leur dépit. Somme toute, même si l'Empire avait continué de saigner, la bataille du jour n'était pas une réussite. Leur assaut, fort bien commencé, avait tourné court, avec des pertes conséquentes, notamment celle de leurs précieux chars de guerre. Même s'ils restaient bien plus nombreux que les sang-chaud, le Peuple avait perdu l'une de ses principales figures, le splendide et redoutable Rachak-Ul, lui aussi abattu, sans même faire la moindre victime, un mauvais présage aux yeux de beaucoup.

Cette disparition était pour les Smaughs un cuisant affront, un camouflet infligé à leur honneur. Ce soir, plus d'un ou d'une esclave serait châtié.

Sans doute le seul des envahisseurs à réellement jubiler, Rakùl-Bahìr, de son côté, masquait son intense satisfaction. Déjà, la disparition brutale de Rachak-Ul représentait pour le sorcier une excellente nouvelle ; un rival de moins dans la quête du pouvoir suprême et non des moindres.

Mais surtout, Rakùl-Bahìr avait enfin obtenu la confirmation qu'il attendait. Son ennemi juré, Cellendhyll de Cortavar, se trouvait bel et bien dans le camp d'en face, tout proche !

Le Nagù avait bien vu l'Adhan tomber inconscient, juste après avoir tué Rachak-Ul, avant d'être récupéré par ses cavalières. Que lui était-il arrivé ? Avait-il succombé ?

Non. Dans ses os et dans ses tripes, il pressentait que son ennemi juré, celui qu'il haïssait plus que tout, s'en était sorti, d'une manière ou d'une autre, et qu'il ne tarderait pas à reprendre sa place sur le champ de bataille.

À l'instar de ses congénères, le maître-sorcier avait pu prendre la mesure des capacités guerrières de Cellendhyll. En contemplant sa Némésis combattre, de loin, le maître-sorcier s'était remémoré le duel qu'il avait livré contre lui, dans les terres du Nord ; un duel clôturé par une cuisante défaite. Aussi, même s'il ignorait tout de l'évolution du Hors-Destin, le Nagù avait senti la pointe glacée du doute ébranler sa confiance envers la bonne marche de la Conquête de Sang.

Pour autant, Rakùl-Bahìr n'avait pas tardé pas à se reprendre. Cellendhyll n'était qu'un homme et aucun homme n'était invincible. Il suffisait de trouver un moyen de le vaincre, Smaugh ! Oui, il allait trouver la meilleure manière d'abattre l'Adhan maudit, voilà tout. Et alors le Fahaarak'Shar s'accomplirait sans fausse note.

À plusieurs moments du combat, le Nagù aurait pu céder à sa haine et à la logique militaire, battre le rappel des sorciers et les lancer sur le champ de bataille. De quoi faire la différence, voire, peut-être, de vaincre l'Empire en un coup.

Sauf que, déjà, les Smaughs n'étaient pas des soldats et préféraient nettement la ruse à la logique militaire, l'instinct à la réflexion. En outre, Rakùl-Bahìr ne doutait pas une seconde de venir à bout de l'armée impériale. La question était de choisir le moment idéal pour faire intervenir ses sorciers et pas avant. La disparition d'Øz avait tout changé. Il ne s'agissait pas là de stratégie, mais de politique. Cette absence de la reine Sublime n'était plus une inquiétude pour le Nagù, elle s'était transformée en autre chose, une opportunité, un tremplin.

C'était l'occasion de prouver au Peuple qu'il existait une alternative à l'autorité d'Øz, une autre voie. Celle d'un homme providentiel, indispensable. Lui-même, le Nagù.

Rakùl-Bahìr fit claquer ses doigts pour congédier sa masseuse, puis il réclama d'autres herbes kiuthes, un pichet de vin et une assiette de bœuf grillé.

Il s'adossa confortablement dans son grand fauteuil et lâcha un soupir d'aise.

Chapitre 75

Cellendhyll ouvrit les yeux au chant des oiseaux résonnant alentour. Il lui fallut quelques secondes pour que sa conscience se remette à fonctionner, cependant, il n'avait rien oublié de cette bataille, ni de la bévue qu'il avait commise, ni de la situation tragique dans laquelle il avait perdu conscience.

À cet instant, un soupir de satisfaction, suivi de ce rire léger, musical, éthéré, que l'Ange commençait à connaître, résonna dans son esprit, saluant son retour à la vie.

Cellendhyll ignorait toujours d'où provenait ce rire mystérieux et bienveillant. Il se souvenait également de cette autre voix spectrale qui l'avait interpellé au pire moment, nettement plus matriarcale.

Là encore, des questions et pas de réponses.

L'Adhan était vêtu d'un seul pagne, allongé sur un lit de camp plus large et plus épais que celui dont il avait l'habitude, surmonté par le toit huilé d'une tente éclairée de lampes, bien plus vaste que la sienne. Une tente impériale et non pas une cage smaugh, ce qui laissait à penser que les choses n'avaient pas totalement tourné à la catastrophe.

Le plus important, ses deux cœurs. Ils battaient en parfaite synchronie et son organe humain ne semblait pas lésé. Cellendhyll avait tous ses membres, il les sentait et ne ressentait aucune douleur. En fait, il était... bien. Reposé.

Il découvrit ensuite que sa Belle de Mort reposait dans un fourreau bleuté, juste dans le creux de sa paume. Sans doute ceux qui l'avaient ramené jusqu'ici avaient pris soin de prendre également sa lame précieuse.

Il tourna la tête. À sa droite, à quelques pas de lui, un grand coffre, de ceux qu'utilisaient les officiers pour ranger leurs affaires. Juste à côté, un râtelier d'armes, sur lequel reposait une lance, un bouclier et un glaive ; assurément des armes impériales.

Cellendhyll tourna la tête à l'opposé. À sa gauche, un homme en tunique verte, au pantalon vert sapin, était avachi sur un tabouret, le dos calé contre un piquet de tente. Les yeux clos, Reydorn sommeillait.

Rassuré, Cellendhyll remisa sa dague de côté. Puis, mobilisant ses muscles, il quitta son lit. Son corps répondit avec son habituelle fluidité. Aucun vertige, ni faiblesse. L'Adhan se sentait juste un peu déphasé, un peu vaseux, comme quelqu'un qui aurait trop lourdement dormi. Ah, aussi, il avait soif et faim.

Constatant l'éveil du grand guerrier, Reydorn se mit sur pied dans un sursaut, un sourire réjoui éclairant ses traits :

— Ah, par toutes les marmottes, enfin ! Cellendhyll, tu vas bien, mon ami ? Tu dois avoir soif, attends...

Le mage se redressa, alla jusqu'à une table, le temps de servir un grand verre d'eau qu'il vint tendre à l'Adhan. Puis, Reydorn tourna la tête vers l'entrée de la tente et s'exclama :

— Votre commandant est réveillé, vous pouvez prévenir l'archevêque !

Un concert de voix enthousiastes et féminines se mit à bruisser de l'extérieur, en partie étouffé par l'épaisseur des parois de toile huilée.

Tandis que Cellendhyll vidait son verre, Reydorn poursuivit :

— Comme tu dois t'en douter, il y a pas mal de monde qui s'inquiétait pour toi... D'ailleurs, on s'est relayés à ton chevet sans discontinuer, jour et nuit, mon ami !

— Alors, merci à vous, qui que vous soyez, sourit Cellendhyll. Je suis resté longtemps inconscient ?

Il passa derrière le paravent que lui avait indiqué le mage, déplié à l'arrière de son grand lit de camp, et vida sa vessie dans le bassin installé à cet effet. Il constata alors qu'on l'avait soigneusement rasé et lavé.

— Presque deux jours, nous sommes au cinquième jour de la guerre.

Mortsang, je suis resté si longtemps dans les vapes ! J'ai vraiment merdé...

— Où sont mes affaires ? demanda l'Ange en repassant devant le paravent.

— Dans ton coffre, juste-là. Mais Aymard va vouloir t'examiner avant que tu ne t'habilles. Il ne devrait pas tarder. Il a bien insisté sur le fait de t'ausculter avant de valider ton bon de sortie.

— Comme s'il avait la moindre autorité sur moi ! gronda l'Adhan en allant jusqu'à son coffre pour l'ouvrir.

Le temps qu'il sélectionne sa tenue et qu'il enfile son pantalon et ses bottes, qu'il boucle son ceinturon, l'archevêque Aymard pénétrait dans la tente.

— La Lumière soit bénie, nos prières ont été entendues, vous êtes sur pied, seigneur Cellendhyll !

Lorsqu'ils opéraient sur un théâtre de guerre, les prêtres de la Guelfe avaient pris l'habitude de délaisser les tuniques blanches, bien trop salissantes, et compensaient alors par un large brassard de cette couleur. Revêtu d'une grande tunique brune et de son tablier de guérisseur en cuir caramel, sa couronne de cheveux blancs tout ébouriffée, Aymard scruta attentivement le Hors-Destin, son regard émeraude chargé de sollicitude tout autant que de soulagement.

Reydorn en profita pour prendre congé :

— Je vous laisse, on se voit plus tard, Cellendhyll... Heureux de te revoir parmi nous !

Le Mage Vert s'esquiva d'un pas guilleret. Il avait un rendez-vous qu'il était enfin libre d'honorer, avec dame Ygraine, leur relation étant de plus en plus épanouie.

Serait-il possible que je sois venu à la guerre pour y trouver l'amour ¿ se demandait régulièrement le mage.

— Comment vous sentez-vous, seigneur-lige ¿ entama Aymard, après avoir vérifié les pupilles de l'Adhan. Heureusement, les Hirondelles vous ont conduit à moi en toute hâte. Je ne vous cache pas que vous êtes arrivé dans un état déplorable. Vous avez fait une crise cardiaque et si j'ai pu faire repartir votre cœur *humain*, il s'en est fallu de peu pour qu'il ne batte plus jamais. C'est alors que je me suis rendu compte que vous aviez... hum... un second cœur, du côté droit, seigneur Cellendhyll.

— Figurez-vous que je suis au courant, répondit l'Ange avec un léger sourire.

— Hum... vous avez également le sang chargé de *mana pur.*

— En effet.

— Par quel miracle, la Sainte Lumière a-t-elle réussi à vous...

— Sans vouloir vous offenser, Votre Éminence, je pense que la Lumière n'a aucun rapport avec ce que je suis, répliqua Cellendhyll... Et cela n'a rien d'un miracle non plus.

L'espace d'un instant, l'image du Puissant d'Eodh s'imposa en arrière-plan de son esprit, avant de s'effacer.

Satané Morion, vous en seriez presque à me manquer. Presque.

— En tous les cas, reprit Cellendhyll, merci de m'avoir remis sur pied.

Aymard haussa ses épaules massives :

— Ce n'était que mon devoir. D'ailleurs, hormis aider votre cœur humain à repartir et vérifier vos constantes, je n'ai rien fait d'autre que de veiller sur votre sommeil. Deux cœurs, du sang composé de mana pur... à ma connaissance, pas même un Puissant ne dispose de ces *particularités*. Allez-vous m'expliquer comment... ¿

— Non, je ne vais rien vous expliquer du tout, objecta fermement le Hors-Destin. D'ailleurs, je vous prierai de garder le secret sur mon... métabolisme particulier. Ce que je suis ne regarde que moi.

L'archevêque ne sembla pas prendre ombrage du refus de l'Adhan :

— Comme vous le désirez, seigneur. Alors, dites-moi au moins, comment vous sentez-vous ¿

— Très bien, en pleine forme... Sauf que j'ai faim.

— Ah, c'est un excellent signe, ma foi ! Je pense que vos Hirondelles pourront résoudre ce petit problème. Elles vous ont veillé sans relâche, avec une ferveur remarquable... à commencer par leur ravissante capitaine. Mais je m'égare et votre temps est précieux. Puis-je me livrer à un petit examen ¿ Juste quelques secondes, histoire d'avoir l'esprit tranquille.

L'Adhan haussa les épaules :

— Si ça peut vous rassurer, faites donc.

Après avoir machinalement lissé sa grande barbe poivre et sel, Aymard se rapprocha de l'Adhan, posa ses paumes contre le puissant poitrail du guerrier. Le guérisseur ferma les yeux, se connecta à son Nexus et invoqua son mana. Une douce lueur azurée nimba les mains du guérisseur et vint baigner le torse de son patient. Cellendhyll ressentit un léger picotement qui se transforma en agréable chaleur.

Plongé dans son examen, Aymard resta figé ainsi une trentaine de secondes. Puis la lueur s'estompa et il retira ses mains, hochant la tête de satisfaction.

— Tout semble en ordre, la Lumière en soit témoin, dit-il en reculant de quelques pas.

— Je vous l'avais dit, non ?

— Certes, toutefois, seigneur Cellendhyll, et avec tout le respect que je vous dois, je préfère vous avertir, répliqua l'archevêque d'un ton grave. J'ignore tout des spécificités de votre métabolisme augmenté, ni quels pouvoirs vous avez utilisés durant la bataille et je ne cherche nullement à être indiscret. Sachez pourtant que, lorsque les Hirondelles vous ont remis entre mes mains, et, je le répète, ce n'était pas une seconde trop tôt, vous veniez d'avoir une sévère attaque cardiaque, une pathologie plutôt inhabituelle pour un guerrier aussi entraîné, aussi en forme que vous. J'ai examiné votre Nexus, il s'avère extraordinairement puissant, je n'avais jamais ressenti une telle force nodale, même chez un mage de guerre. Pourtant, vous avez tellement tiré sur la corde que vous étiez dangereusement proche du point de rupture... *Fissurer son Nexus*, c'est justement ce qui est arrivé au seigneur-mage Logrus Ragamengas, il y a trois jours. Dois-je vous rappeler le volume de l'explosion qui en a résulté ? Vous risquez exactement la même chose, seigneur, alors je vous en conjure, n'outrepassez pas vos forces inconsidérément... Je ne pense pas que nos troupes se remettraient de votre disparition, j'ignore si vous être conscient que vous représentez bien plus qu'une autorité pour celles et ceux que vous commandez. Vous êtes non seulement le commandant de l'armée, mais également notre futur empereur, ce que, sauf votre respect, vous semblez souvent avoir tendance à oublier. Votre perte deviendrait notre perte à tous, fils de Priam !

L'Ange pesa soigneusement les paroles du guérisseur puis opina :

— Je prends note de vos recommandations, Votre Éminence, merci.

— Je vous en prie, appelez-moi Aymard. Au point où nous en sommes, inutile de nous encombrer de titres pompeux.

— Vous avez raison, Aymard..., dans ce cas, ce sera Cellendhyll.

— Fort bien. Maintenant que vous êtes remis sur pied, je vais retourner à mes affaires. N'hésitez pas à me faire quérir si vous ressentez la moindre séquelle ou le moindre inconfort. Concernant votre cœur *normal* ou n'importe quoi d'autre.

— Je n'y manquerai pas. Avant de partir, vous pouvez me faire un bref résumé de la situation ? demanda alors l'Adhan, tout en passant sa tunique en épaisse cotonnade bleu empire.

— Nous nous sommes retirés au niveau du fleuve Vacqueyras, déclara le guérisseur, tout en croisant ses mains sur l'arrondi de son ventre. En bref, l'emploi des chars de guerre rendait notre position intenable dans la plaine. Vos officiers auront sans nul doute plus de détails à vous offrir, mais, au moins, nous vivons une accalmie bienvenue depuis notre retraite. Les Smaughs n'ont pas attaqué depuis notre changement de position. Ce répit nous a permis de remettre presque tous les blessés sur pied, mes guérisseurs en profitent pour se reposer et accumuler du mana. Il ne me reste que six cas graves, mais d'ici demain, nous aurons fait le nécessaire.

Aymard marqua une pause, le temps de frotter son front et ses tempes, comme s'il était pris d'une soudaine migraine.

— Hélas, reprit-il dans un soupir, nous n'avons pas pu faire grand-chose pour les Hirondelles abattues par les chars, hormis leur offrir une sépulture décente et donner une messe en leur nom afin que la Lumière accueille leurs âmes et les apaise. Nous avons perdu quatre-vingt-quatre d'entre elles, lors de cette attaque. Récupérer leurs restes fut pour mes prêtres et moi une véritable épreuve.

— Les Smaughs paieront. Pour ça et pour tout le reste, j'en ai fait le serment ! gronda Cellendhyll, achevant de boucler son gilet.

Il avait complété sa tenue sans perdre de temps. Tunique bleue, pantalon de cuir de même teinte, gilet de combat, et ses bottes brunes en cuir gras, dont on avait pris soin durant son inconscience.

Que devait-il décider concernant sa Belle de Mort. Devait-il la garder sous sa forme première et, ainsi, ne prendre aucun risque avec sa santé ? Ou bien la métamorphoser d'emblée… en sabre, par exemple ? Ce qui, en plus, lui servirait de test…

Provenant de l'antichambre de la tente, une voix féminine suspendit son questionnement :

— Permission d'entrer, mon commandant ?

En attendant d'avoir pris sa décision sur sa lame précieuse, l'Adhan fixa sa Belle dans sa botte gauche, comme à son habitude, et donna son aval.

L'adjudante Ling-Faï fit son entrée, son uniforme impeccable. Un grand sourire aux lèvres, elle effectua un salut tout aussi impeccable :

— Heureuse de vous voir debout, mon commandant. Vous allez bien ?

— Oui, je me sens parfaitement bien, merci, répondit l'Ange qui commençait déjà à se lasser de cette question.

— Excellent ! Votre nouvelle tente vous convient ? La capitaine Swift a décidé que vous aviez besoin d'un peu plus d'espace et de confort.

— La tente est parfaite, vous remercierez la capitaine de ma part. Que puis-je pour vous, Ling-Faï ?

— Ce serait plutôt à moi de vous le demander, mon commandant, gloussa la Kelash. Vous êtes sur pied, alors je viens m'enquérir de vos besoins.

— Eh bien, pour commencer, j'ai grand faim, adjudante. S'il était possible de me trouver un petit quelque chose pour me caler l'estomac, comme dirait un certain Loki de ma connaissance. En outre, j'aimerais m'entretenir avec la capitaine Swift.

— Je m'en occupe immédiatement, mon commandant. Autre chose ?

— Pour le moment, je ne vois pas, non. Tout va bien, dehors ? Je viens de voir Reydorn, l'archevêque Aymard, et vous me semblez tous assez détendus.

— Les Têtes de Clous sont calmes, depuis la dernière bataille, révéla la guerrière dans un haussement d'épaules. Pour le moment, tout est sous contrôle, mais je ne saurais dire combien de temps ça va durer.

— Et du côté de l'Alliance, un changement ?

La Kelash grimaça de dépit :

— Aucun, mon commandant.

— Je vois, vous pouvez disposer, Ling-Faï, merci.

— Je reviens tout de suite avec votre repas, s'inclina la Kelash. Deux Hirondelles gardent votre entrée, appelez-les en cas de besoin.

Ainsi donc, l'Adhan bénéficiait désormais d'une vaste tente de commandement, plus conforme à son rang. Outre son grand lit, son coffre et son râtelier d'armes, il repéra une table de réunion assez longue pour déplier des cartes, ainsi qu'un tableau, utile pour appuyer un conseil stratégique. Il avait également droit à une autre table, plus modeste, pour prendre ses repas, accolée à trois fauteuils qui semblaient plutôt confortables. Le sol était couvert d'un parquet amovible surmonté d'épais tapis. Il y avait aussi un brasero pour les nuits fraîches, actuellement éteint. S'il avait su, il en aurait réquisitionné une dès le départ.

Puisqu'il était seul à patienter, l'Adhan commença par s'étirer de tout son long, savourant la sensation, puis, il mima quelques katas afin de vérifier tout autant son souffle que ses réflexes. Le bilan était positif, son cœur humain battait sans contrainte et ses gestes avaient gardé leur précision coutumière.

Sa Belle de Mort revint s'imposer à son esprit. Qu'allait-il décider ? Et que devait-il penser de la recommandation d'Aymard concernant l'utilisation de ses pouvoirs ?

Là encore, l'Ange n'eut pas le loisir de creuser.

Une voix claire résonna du dehors, juste devant la tente :

— Salut Cassie, salut Jaurine, il paraît qu'il est sur pieds, le Pacha ?

S'ensuivit une série de murmures rapidement échangés puis, quelques secondes plus tard, toute pimpante, la caporale Vanina Cole s'engouffra dans la tente, revêtue du pantalon azur des Hirondelles, d'une tunique sable et d'un grand tablier en coton huilé.

Elle adressa à l'Ange son habituel salut approximatif, chargé de malice, ses yeux gris clair pétillant de bonne humeur.

— Vous allez bien, mon commandant ?

— Oui, je vais bien, répondit Cellendhyll en se retenant de grincer des dents. Et vous, caporale, vous vous êtes remise ?

— Tout à fait, mon commandant. Écoutez, je viens juste vous remercier. Vous m'avez sauvée, je vous en dois une belle !

— Vous ne me devez rien du tout, Cole. J'imagine sans peine qu'au cours de votre carrière de soldate, vous avez sauvé la mise à certaines de vos compagnes, tout comme elles ont pu le faire avec vous. Je n'ai rien accompli de plus.

— Pardon, mais quand même ! Vous avez traversé le champ de bataille pour me secourir, moi, Vanina Cole, alors que je m'étais montrée vraiment imprudente. Rien ne vous y obligeait, Pacha… Si vous saviez le savon que Callie… que la capitaine Swift m'a passé le soir même, j'ai dormi sur le tapis ! Bref… merci… de tout cœur !

Le sourire de la rousse était véritablement contagieux et Cellendhyll se surprit à l'imiter.

— C'était un plaisir, caporale, répondit-il.

Alors, Cole se mit à débiter d'une seule traite, comme si ses pensées fusaient trop vite de son esprit :

— Pour vous, désormais, c'est Vani… J'ai moi-même brossé vos bottes, j'en ai profité pour les graisser, elles en avaient bien besoin… Et puis, j'ai aiguisé votre glaive, je vous ai récupéré un nouveau bouclier et je me suis bien occupée de votre étalon gris… J'avoue, ça m'a peut-être pris un peu de temps, pourtant, je vous aime bien, Pacha… Callie, elle a le béguin pour vous, je suis pas jalouse, mais j'ai peur de la perdre… J'aimerais aussi pouvoir vous parler du Zen parce que j'ai un peu perdu le contrôle la dernière fois et c'était pas la fête, mais il vaut mieux que je file… je suis de corvée de latrines pour la semaine, comme je vous l'ai dit, Callie était vraiment furax ! Ah, c'est vraiment sympa de discuter avec vous, faudra qu'on remette ça, hein ? À plus tard, commandant !

Sans attendre de réponse, la jeune femme s'esquiva aussi prestement qu'elle était apparue.

Resté seul, Cellendhyll resta un temps médusé par cette apparition à peine croyable. Plus d'un officier supérieur de sa connaissance aurait fort mal réagi à une telle familiarité de la part d'une simple caporale. L'Adhan, habitué depuis longtemps à l'irrévérence de Gheritarish, se révélait bien plus amusé qu'autre chose. D'ailleurs, il ne put réprimer un éclat de rire. Quel numéro que cette caporale Cole ! Difficile de trouver plus naturelle. Une jeune femme attachante, à l'énergie désarmante. Pleine de charme, également, il aurait pu s'en rendre compte plus tôt.

Bien, où en étais-je ? Ma dague, ma Belle, que dois-je faire de toi ? Un sabre ? Une lance ?

— Mon commandant ? C'est l'adjudante Faï. J'apporte votre repas.

Les pans de la tente furent ouverts par les deux sentinelles à l'extérieur, laissant apparaître la grande Kelash, chargée d'un grand plateau.

— Service, mon commandant.

Ling-Faï posa son chargement sur la petite table avant de soulever le couvercle du plat et dévoiler son contenu.

Tandis qu'un nuage odorant s'élevait vers le plafond de la tente, une délicieuse odeur de viande rôtie, de thym, de laurier, et d'autres épices que l'Ange ne réussit pas à reconnaître, parvint jusqu'à ses narines, le faisant immédiatement saliver.

— Du ragoût de porc aux épices kelashs, avec du riz blanc. Idéal pour vous requinquer, vous m'en direz des nouvelles, mon commandant !

Cellendhyll s'empressa de passer à table. Outre son ragoût l'attendait un bol de fromage et de fruits coupés ainsi qu'un quart de pain noir. Amplement de quoi le restaurer sans pour autant l'alourdir. Un pot de café des Hauts-Plateaux et une carafe d'eau fraîchement tirée du fleuve complétaient le menu.

Laissant le plat refroidir, Cellendhyll commença par couper un morceau de pain qu'il trempa dans la sauce onctueuse, avant de poser dessus un petit bout de viande, et de glisser le tout dans sa bouche :

— Hmm, c'est délicieux, Ling-Faï ! s'exclama-t-il. Mes félicitations à la cuisinière, vous êtes une perle !

— Merci, mon commandant. J'ai d'autres recettes dans le genre à vous faire goûter, ce sera un plaisir.

L'Adhan dévora son ragoût dès qu'il fut à température acceptable. Il se régala. Il enchaîna par le fromage et les fruits, termina le pain jusqu'à sa dernière miette, le tout expédié en quelques minutes.

Le ventre agréablement rempli, une tasse de café fumante entre ses doigts, Cellendhyll poussa un soupir d'aise. Jamais il n'avait aussi bien mangé en pleine guerre.

Ling-Faï était ressortie pour rapporter le plateau de l'Adhan et demander qu'on prépare son cheval.

À peine Cellendhyll songeait-il à nouveau à sa Belle de Mort qu'une silhouette se profilait dans son antichambre. Bien plus massive que celle, espérée, de la capitaine Swift.

Casque à la hanche, Skaggh'Naggah en travers des épaules, Gheritarish s'engouffra dans la tente, un grand sourire étirant ses lèvres et sa grosse voix débonnaire se mit à résonner à l'intérieur :

— Comment il va bien, Son Altesse-machin-lige ? Me doutais bien que tu n'allais pas tarder à te réveiller !

Avec sa cotte de mailles et son surcot de la Légion impériale, le Loki avait fière allure. Du moins, c'eût été le cas si son vêtement n'avait été orné de diverses taches de graisse et si ses bottes s'étaient révélées moins crottées.

Gheritarish inspecta minutieusement son camarade de toujours :

— Par les couilles du Cornu, qu'est-ce que tu as foutu pour te retrouver sur le carreau, Petit-Homme ? T'avais aucune blessure sur toi, quand on t'a ramené à Aymard.

— J'ai merdé, Gher', tout simplement, soupira le Hors-Destin. J'ai cru que je maîtrisais, mais j'ai totalement outrepassé mes limites et j'ai eu... euh, une attaque cardiaque.

— Toi ? Par les mamelles d'Evgrayden, je sais pas si je dois m'inquiéter ou en rigoler !

— Et moi, grinça en retour le guerrier aux yeux de jade, je me demande si je vais plutôt te déboîter le nez ou les genoux.

Le Loki partit d'un gros rire avant de reprendre :

— À ta réponse, j'en conclus que tu es pleinement rétabli... T'auras qu'à faire plus attention la prochaine fois. Mais attends, hmm, c'est quoi cette odeur dans mes narines ? Du porc aux épices ? Miam ! Il en reste ?

— Désolé, j'ai terminé il y a cinq minutes.

— Pfff, j'ai loupé un festin à quelques minutes près, c'est pas juste !

Dépité, le Loki tira un fauteuil face à la table. Il ôta Snaggah qu'il cala contre un piquet, posa son casque à même le sol et s'installa à son aise. Il se déhancha le temps de tirer quelque chose de l'intérieur de son surcot et finit par dévoiler un chapelet de trois grosses saucisses fumées. Enfin, il posa sans vergogne ses grosses bottes crottées sur la table et se mit à croquer la viande sans faire de manières... à la Gheritarish.

Le guerrier à peau bleue suspendit sa mastication vigoureuse, constatant le regard sévère de l'Ange braqué sur lui.

— Ben quoi ? Je viens d'être remplacé, j'ai pas mangé depuis ma prise de poste... Ah, tu veux une saucisse, c'est ça ?

— Très peu pour moi, Gher'. Tu dégages immédiatement tes bottes crasseuses de ma table !

— T'as tort, c'est bon, le gras, bougonna le Loki à mi-voix, tout en corrigeant sa posture.

— Dis-moi plutôt, comme ça, nous nous sommes retirés sur le Vacqueyras ? Du neuf du côté des Smaughs ?

— Ben ouais, on n'avait pas trop le choix... répondit Gheritarish, entre deux bouchées de gras. Avec toi inconscient, sans qu'on ne sache rien de ton état, les chars à lames capables de débiter notre cavalerie en tranches, et puis cette maudite fumée jaune qui masque les assauts des Têtes de Clous, Callista et Cromlach ont décidé qu'il valait mieux quitter la plaine et j'étais bien d'accord avec eux. De toute manière, vu le temps qu'on a passé à sécuriser la berge et le pont, c'était plus ou moins prévu, non ?

— J'aurais préféré qu'on puisse contenir les Smaughs dans la plaine, mais oui, incontestablement, vous avez eu raison, opina Cellendhyll.

— Quant à ceux-là, on ne les a pas vus depuis qu'on les a quittés, avant-hier. Nos patrouilles les surveillent de loin, ils n'ont envoyé aucune avant-garde. M'est avis que ça leur prend du temps de remballer leur putain de camp pour le déplacer jusqu'ici. Néanmoins, ils ne devraient pas tarder à pointer leurs sales nez crochus !

— Quel est le moral parmi les hommes ? Ils tiennent le coup ?

— Les cousins sont des rocs et Cromlach connaît parfaitement son travail. On parle tout de même des gars de la Légion ! Tant qu'on affrontera un ennemi conventionnel, un face-à-face de muscles et de volonté, ils tiendront. En plus, on en a profité pour renforcer nos défenses de manière à contrer leurs chars.

— C'est bon à entendre. Et pour la suite, tu en penses quoi ?

Gheritarish prit le temps de gober un autre morceau de saucisse avant de répliquer :

— On recule face aux Smaughs en à peine trois jours et c'est pas un bon signe, tu le sais comme moi. Pendant ces trois jours, on a perdu les Paladins Bleus, les mages de guerre, plus d'un millier de fantassins, presque un tiers des Hirondelles… De notre côté, je dirais qu'on a su réagir à leurs différents assauts et on leur a mis quelques belles fessées ! Pourtant, globalement, on ne leur a pas fait grand mal. Quand tu vois la taille de leur horde, ils restent deux ou trois fois plus nombreux que nous, et ça non plus, c'est pas bon signe. Faut aussi voir que si ça tourne mal et que les portes du fort allié nous restent fermées, on risque de se retrouver coincés sur la rive ouest du Vacqueyras, bloqués par les falaises, sans autre position de repli que de se jeter dans le fleuve, avec la force du courant, une baignade d'une centaine de kilomètres, au bas mot. D'un autre côté, ceux d'en face ne donnent pas l'impression d'être de grands stratèges, ils auraient pu nous submerger à plusieurs reprises et n'ont pas saisi l'occasion. Ça nous aiderait bien que nos soi-disant frères de l'Alliance se mettent à coopérer, ça renforcerait carrément notre défense, mais faut pas trop y compter, puisque tu veux mon opinion… En résumé, c'est pas brillant même si on a vu pire. À ce stade, rien n'est joué. Et tant qu'on ne se sera pas confrontés à leurs sorciers, on pourra pas vraiment en dire plus.

L'Adhan pesa soigneusement les paroles de son compagnon de toujours. Il aurait pu rétorquer que les Smaughs avaient tout de même perdu un seigneur de guerre, voire deux, toutefois, cela restait une perte négligeable pour les envahisseurs en termes numéraires. Øz régnait sur les Smaughs, un seigneur de plus ou de moins n'aurait aucune importance pour elle ou pour l'issue de la guerre. Alors que si, lui, Cellendhyll, le fils de Priam tombait au combat, comme l'avait souligné Aymard, le contrecoup serait sévère pour l'Empire, sinon fatal.

Non, je ne dois pas réfléchir dans ce sens, sinon, je ne vais plus oser aller me battre et il n'en est pas question. Ma place, Mortonnerre, c'est face à l'ennemi, pas à l'arrière des lignes !

Gheritarish leva la main, s'abandonna dans un rot monumental puis il reprit tranquillement la parole :

— Bien, assez parlé de la guerre… sinon, tu en es où avec la jolie capitaine ? Vous êtes passés aux choses sérieuses ? Chaque fois que je suis passé voir comment tu allais, elle était là, à ton chevet. Je l'ai même vue te raser.

— De quoi tu parles, Boule de Poils ?

— Oh, arrête, Petit-Homme, j'ai vu les regards que vous échangiez… et puis, je te connais par cœur.

— Callista est prise, figure-toi.

— Peut-être, mais la manière dont elle te regarde signifie le contraire, sourit largement le guerrier à peau bleue.

— Oui, bon, eh bien, occupe-toi de tes affaires, satané Loki !

— Ça y est, tu recommences à faire ton rabat-joie, ce qui veut dire que je m'en vais. De toute manière, j'ai du sommeil en retard. Il me reste un peu de temps avant de reprendre mon poste, je vais piquer un roupillon. On se voit plus tard, ton altesse-machin-bidule.

— Bon repos, Boule de Poils. On se retrouve sur le front.

— Des nouvelles de la capitaine Swift ?

— Elle ne devrait pas tarder, mon commandant, répondit Ling-Faï, revenue avec un second pot de café. Elle est partie prendre des nouvelles de notre première ligne de défense.

Le visage de la Kelash s'était brusquement creusé, ce qui n'était pas son genre.

— Que se passe-t-il, Ling-Faï ?

— L'une des patrouilles de la nuit manque à l'appel, mon commandant. Celle de Navera.

L'Adhan n'avait pas oublié que, chaque soir, Callista Swift envoyait des cavalières dans la plaine pour surveiller les abords du camp smaugh et débusquer leurs éventuelles manœuvres. Il se rappelait Navera, l'Hirondelle lui avait offert sa gourde pour qu'il se désaltère, juste après avoir récupéré Vanina Cole de son vol plané.

Callista Swift arriva une dizaine de minutes plus tard, sa silhouette élancée s'encadrant dans l'ouverture de la tente.

Cellendhyll se leva de son fauteuil avec une telle énergie qu'il faillit renverser sa table, envoyant son fauteuil bouler jusqu'à son lit.

Qu'elle était belle. Comme elle lui avait manqué.

Dénouée, la chevelure d'or fin de la guerrière miroitait dans la lueur des lampes. Elle était resplendissante dans sa cotte de mailles argentée et son pantalon ajusté en cuir bleu ciel.

Le regard céruléen de Callista ne le quittait plus et c'était pour l'Ange une caresse intime.

Il la fixa comme s'il voulait mémoriser chaque détail de son visage, incapable de se contenir.

Parfaite pour balayer l'image cendreuse d'Estrée.

— Mon commandant.

— Capitaine Swift.

Un ton neutre, modéré, professionnel. Bien différent de ce que cet homme et cette femme ressentaient en présence l'un de l'autre.

À peine institué, le formalisme fut aussitôt ébranlé.

Si Cellendhyll réprima l'élan qui la poussait vers Callista sans grimacer, de son côté, la blonde fit un grand pas vers lui, ses prunelles étincelantes, la bouche entrouverte, avant de s'immobiliser soudain.

L'Adhan sentit un poids le quitter, à croire que d'une certaine manière, il avait retenu son souffle en attendant de la revoir. Lorsqu'ils étaient l'un face à l'autre, c'était comme si l'air se mettait à pétiller tout autour d'eux. Une bulle de complicité et de bonne humeur. Il ne put s'empêcher d'afficher un grand sourire, *son* sourire, franc et rare, à travers lequel il donnait une autre version de lui-même.

Il lui sourit avec tellement d'enthousiasme qu'il en avait presque mal aux maxillaires. Car, avec elle, il lui était facile de sourire et c'était une sensation merveilleuse.

D'autant que Callista lui répondit avec la même chaleur, la même intensité.

— Déjà, sachez que je vais très bien, dit-il d'emblée. On m'a tellement posé la question que je pourrais hurler. Inutile de vous inquiéter, même si c'est agréable.

Le sourire de la capitaine disparut en un battement de cils :

— Oui, je me suis inquiétée pour vous et, en même temps, j'ai tellement eu envie de vous gifler ! Qu'est-ce qui vous a pris de charger tout seul sur le champ de bataille ? Vous êtes donc bel et bien complètement inconscient ?

— Je vous avais prévenue, Callie.

— Vous ne m'aviez certainement pas avertie que vous alliez partir au-devant d'une quinzaine de chars ennemis pour enchaîner ensuite en défiant tous les Smaughs que vous trouviez à votre portée… *mon commandant !*

— J'imagine qu'on vous l'a déjà dit, mais vous êtes magnifique en colère, *capitaine*.

— Oui et… euh… quoi ? Mon commandant, je vous prierais de rester professionnel. J'ai déjà assez de mal à… enfin. Je viens vous faire un rapport de la situation.

— J'ai déjà eu des nouvelles, inutile de vous faire répéter ce que je sais déjà, répondit l'Adhan, nous verrons plus tard pour les détails. Vous avez bien fait de vous replier sur le fleuve, Callista.

— Merci. J'ai besoin de vous parler, mon commandant. Il s'agit d'une affaire privée.

Pourquoi soudain, la jeune femme évitait-elle de le regarder en face, comme elle en avait l'habitude.

— « Cellendhyll », pas « mon commandant ». Je vous écoute.

Callista Swift jeta un œil sans équivoque en direction de l'entrée de la tente. Il y avait les deux sentinelles, postées à quelques mètres, et Ling-Faï, qui n'allait pas tarder à revenir aux ordres. Aucune intimité possible.

— Sortons, décida alors l'Adhan. J'ai besoin de me dégourdir les jambes et je voudrais aller jeter un œil à nos défenses.

La capitaine acquiesça, satisfaite.

Cellendhyll passa son baudrier d'armes sur lequel il accrocha le fourreau de son sabre. Il saisit son bouclier, l'accrocha en travers des épaules, puis, précédé de la belle guerrière, il quitta la tente.

À peine avait-il franchi le seuil, qu'il se rendit compte que toutes les Hirondelles étaient alignées face à lui, sur plusieurs rangées, leurs cottes de mailles rutilantes. Lorsque l'Adhan apparut, ce fut comme un signal, les guerrières sagement massées devant lui dégainèrent leurs sabres pour le saluer d'un même ensemble. Les lames jaillirent de leurs gaines provoquant le tintement clair et gourmand de l'acier.

— Que se passe-t-il ? demanda Cellendhyll.

Toute réjouie, ses fossettes dévoilées, Callista lui répondit :

— Une petite surprise que les filles ont décidée d'elles-mêmes. Je vous l'ai dit, nous avons nos manières, chez les Hirondelles. Elles vous honorent, tout simplement. Vous avez sauvé une des leurs d'héroïque manière, il me semble, non ? Merci d'avoir sauvé notre Vanina, ajouta-t-elle à mi-voix.

Cellendhyll aurait cent fois préféré affronter la charge furieuse d'une escouade de Sanghs. Il savait pertinemment que les guerrières attendaient une réponse de sa part. Quelque chose d'inspirant, de glorieux. Prendre la parole en public, au débotté ? Comment aurait-il pu s'y attendre… ? S'était-il senti un jour aussi mal à l'aise ?

Il n'avait pas le choix, il devait se lancer.

Le Hors-Destin s'avança de quelques pas et se positionna de manière à pouvoir englober du regard toute l'assemblée de guerrières réunie pour lui. Il prit quelques secondes pour rassembler ses pensées puis redressa la tête tandis que son regard de jade passait d'une Hirondelle à l'autre, de façon à voir tous leurs visages. Sa voix s'éleva, douce et pourtant chargée d'une tonalité virile.

— Merci à vous toutes. Merci d'être ce que vous êtes, tout simplement. Ma mère n'aurait pu concevoir une meilleure idée que celle de la création des Hirondelles. J'ai chevauché avec vous, j'ai guerroyé à vos côtés, j'ai partagé vos feux, vos repas, j'ai entendu vos rires, vos chamailleries, et parfois même vos souffrances… alors oui, j'en sais assez sur votre courage, sur l'excellence de vos capacités, sur votre dévouement pour le clamer haut et fort : merci, mes dames, de défendre l'Empire de Lumière avec autant de volonté et d'abnégation ! Alhana, je n'en doute pas une seconde, serait ravie, elle serait fière de vous voir en ce jour, vous toutes. *Ses* filles !

Sa tirade achevée, Cellendhyll dégaina à son tour son sabre, pointa le ciel de sa lame, avant de la croiser sur sa poitrine et de s'incliner en direction des cavalières.

C'était plus qu'un salut, c'était un hommage.

Le Hors-Destin avait parlé avec cœur et toutes l'avaient entendu.

La réponse des Hirondelles ne tarda pas, unanime. Elles poussèrent un grand cri, d'un enthousiasme à faire vibrer les piquets de tente :

— *Kissa Cellendhyll ! Kissa Cellendhyll ! Kissa Cellendhyll !*

Une telle ferveur lui donnait des frissons tout le long du corps, jamais l'Ange n'avait vécu une telle expérience. Une telle reconnaissance.

Du coin de l'œil, il aperçut de loin Vanina Cole, qui portait toujours son tablier de corvées, furtive, à demi cachée par l'ombre d'une tente, mimer un applaudissement marqué et enthousiaste, ses yeux malicieux braqués vers ceux de l'Ange. Puis, l'Initiée effectua une sorte d'entrechat, aussi souple et vive qu'une acrobate, et disparut en reculant derrière la tente – sans doute, avait-elle encore séché ses corvées.

— Je pense que là, c'est clair, vous êtes définitivement adopté, Pacha ! s'exclama une Ling-Faï positivement hilare.

— Et moi, lui murmura Callista, qui s'était rapprochée de l'Ange tandis qu'il rengainait sa lame, je suis certaine que dame Alhana serait plus fière encore de son fils et de ce qu'il est devenu.

La capitaine marqua une légère pause et ajouta son propre « *Kissa Cellendhyll* », chuchoté pour lui seul, d'un ton soyeux. Égrené par ses lèvres délicates, l'expression avait une tout autre tonalité que celle de ses troupes et l'Adhan fut pris d'une nouvelle série de frissons, d'une nature bien plus épicée.

Les Hirondelles continuaient de scander son nom. Heureusement pour l'homme aux cheveux d'argent, sa carnation cuivrée atténuait efficacement les rougeurs qui marquaient ses joues.

Si Gher me voyait, il en serait vert de jalousie ! Ou pire, violet !

Très gêné, Cellendhyll demanda à Callista de disperser cette troupe enthousiaste. La capitaine transmit la directive à Ling-Faï et la voix de l'adjudante s'éleva pour renvoyer les Hirondelles à leurs tâches.

— Un peu de calme nous fera du bien, reprit Cellendhyll. Allons discuter le long du fleuve, nous serons plus à l'aise, qu'en dites-vous ?

— Excellente idée, acquiesça Callista.

Côte à côte, ils rejoignirent la berge du fleuve, semée d'ajoncs. Callista avançait en regardant droit devant elle, occupée à ordonner ses pensées.

Le temps était nuageux, mais l'air restait doux. Cellendhyll était ravi d'être à l'air libre et de pouvoir profiter d'une telle compagnie.

Ils s'arrêtèrent à quelques pas de la rive. L'Adhan se tourna vers la jeune femme :

— Je vous écoute, Callie.

— C'est délicat à sortir. J'ai eu beau répéter mon discours, tout se brouille dans ma tête.

— Dites-moi simplement ce qui vous tracasse, vous ne verrez en moi qu'une oreille bienveillante, vous le savez.

Callista prit une grande inspiration et son regard étincelant revint se plaquer dans celui de Cellendhyll.

— Depuis le début, il se passe quelque chose entre vous et moi, Cellendhyll. Sans que je l'aie cherché, je tiens à le préciser. Et puis il y a Vani, Vani que vous avez sauvée, Vani que j'aime... mais je pense à vous quand même... je ne sais pas quoi faire, quoi décider. Je dois me retenir de vous embrasser ou de me jeter dans vos bras, chaque fois que nous sommes près l'un de l'autre et, pourtant, je ne peux pas. J'aime Vani et je vous veux... Tout se mélange, j'ai du mal à faire le tri, à me concentrer, je dois prendre une décision et j'ignore laquelle...

Sans terminer, Callista fit un pas vers Cellendhyll, puis un second, ses beaux yeux aux reflets saphir braqués dans les siens. Elle éleva sa main fine en direction de la joue de l'Adhan, ses lèvres s'ouvrirent. Aussitôt, la guerrière recula, d'un sursaut, comme si elle s'était brûlée, brisant son propre élan.

— Vous voyez ? lâcha-t-elle dans un cri rauque, aux accents de désespoir.

En un tel instant, Cellendhyll aurait pu avancer sur la jeune femme, profiter de son trouble pour l'enlacer, plaquer sa bouche contre la sienne. Il aurait même pu la coucher dans l'herbe, la dévêtir et lui faire l'amour, là, tout de suite. Callie ne se serait pas débattue, au contraire, ils auraient pu enfin céder à cette attirance mutuelle qui les étourdissait. Il n'attendait que ce moment, jour après jour.

Il resta pourtant sans bouger. Agir tel qu'il venait de l'imaginer ne correspondait en rien à son code. C'eût été un flagrant manquement de respect envers Vanina Cole. En outre, Callista venait de l'avouer, elle n'était pas claire sur ses sentiments, perdue. Il n'était pas question pour Cellendhyll de profiter de ce trouble pour forcer la situation dans le sens qu'il espérait.

— Callista...

Vous m'attirez à un point que vous n'imaginez même pas, mais non, cela ne se fera pas... j'aime beaucoup Vanina, je refuse de lui causer du tort... d'ailleurs, vous devriez avant tout en discuter avec elle.

Cellendhyll n'eut pas le temps de formuler la réponse qu'il venait de mûrir. Un cor d'alerte se mit à sonner, sur un ton insistant, brisant net la discussion. Il provenait de la première ligne de défense, de l'autre côté du Vacqueyras.

— Mortebite ! jura l'Hirondelle.

Tout autant frustré l'un que l'autre, Cellendhyll et Callista se ruèrent en direction de l'endroit où étaient parquées leurs montures.

Cette alerte ne pouvait signifier qu'une chose : les Smaughs étaient à portée de vue.

L'Ange retrouva son étalon gris, avec un plaisir qu'il ne chercha pas à brider. Il colla sa tête contre l'encolure du grand cheval, le temps de lui murmurer quelques paroles de retrouvailles. Il caressa son poil couleur de fumée et se hissa en selle. Il vérifia la tension de sa sangle de selle, ajusta ses étriers. Après un dernier regard échangé avec Callista Swift, cette dernière montée sur sa jument isabelle, Cellendhyll lança son étalon le long de la berge, en direction du pont.

Le camp de base établi par l'Empire, un peu au sud du fort Vacqueyras, n'avait pas changé d'aspect depuis le réveil du Hors-Destin. Les défenses de la rive côté est, en revanche, avaient été renforcées.

Accompagné de Callista, de Ling-Faï, d'Irumi, apparue tel un feu follet, et d'une dizaine de cavalières constituant la garde des deux officiers, Cellendhyll dépassa le fort de l'Alliance, sur sa gauche, les remparts déserts, sans pouvoir s'empêcher une grimace.

Cellendhyll remonta le pont au petit galop, le son de la cavalcade réverbéré tout le long du tablier de l'édifice. Il salua du geste ou de la tête les soldats qu'il croisa. Ceux-là restaient en couverture, postés sur le pont lui-même. Les guerriers avaient l'air reposé, déterminé. La voix des sous-officiers sonnait fort et clair et l'acier des armes ou des armures rutilait de propreté.

Les fantassins se montrèrent beaucoup moins démonstratifs que les Hirondelles, sinon carrément blasés par l'apparition du commandant de l'armée impériale. Cellendhyll savait qu'il était loin d'avoir noué avec eux les mêmes liens de respect et de complicité qu'avec le régiment des cavalières.

Toujours à la tête de son escorte, il accéda à la berge de la rive est, sur laquelle était dressé le premier piquet de défense.

Les fantassins avaient bien transpiré pour creuser un fossé profond de deux mètres cinquante, en un arc de cercle, qui barrait tout accès au pont. La terre collectée avait servi à composer un remblai tout le long du fossé, rempart de terre tassée, en haut duquel les Impériaux avaient planté toute une série de pieux tournés vers l'ennemi.

Une centaine d'Hirondelles, armées de leurs arcs, ainsi que le corps des trois cents arbalétriers, s'étaient déployés sur le chemin de ronde en terre battue, en position surélevée, tous fin prêts à accueillir l'ennemi.

Les chars de guerre ne pourraient franchir une telle barrière. Pour cela, il faudrait d'abord aux Smaughs prendre le périmètre et dégager les deux entrées latérales. Ce qui signifiait pour eux de franchir le fossé, puis d'escalader le talus sous une grêle de flèches et de carreaux, avant même de pouvoir espérer atteindre les défenseurs. Cela n'aurait rien d'une partie de plaisir.

Juché au centre du chemin de ronde, l'adjudant Cromlach avait divisé ses légionnaires en différentes sections ; une partie chargée de tenir le remblai et les deux accès latéraux, les autres guerriers en réserve.

— Est-ce que la patrouille de Navera est rentrée ? demanda Cellendhyll en mettant pied à terre.

— Justement non… déplora Swift, elles auraient dû revenir au petit matin.

Ils laissèrent leurs montures aux bons soins des gardes et rejoignirent Cromlach.

Le Nain commenta le retour de l'Ange d'un hochement de tête approbateur et ce fut tout. Cellendhyll aimait particulièrement son sens de la communication, tout en sobriété.

Plein est, quittant l'étendue des Grandes Plaines, on pouvait clairement distinguer le nuage de poussière géant créé par la horde smaugh en approche. Au-devant de la gigantesque meute, les formes agressives des chars de guerre ennemis filant à une allure conquérante, par groupes de trois ou de cinq.

Les attelages se rapprochèrent encore puis, tout en veillant à rester hors de portée de tir, ils commencèrent à se croiser et s'entrecroiser tout le long du rempart de terre, à grand renfort de cris agressifs et de hululements. Leur message était clair : « Nous sommes là et, bientôt, nous allons reprendre le massacre ! »

De ce que Cellendhyll pouvait en juger, il faudrait plusieurs heures avant que les envahisseurs ne soient en mesure d'installer leur imposante colonie. Et comme jusqu'ici, les Smaughs n'avaient lancé aucune attaque de nuit, il était fort possible que la journée se passe sans combattre. L'Ange était incapable de dire si c'était une bonne chose ou non.

Alors que les attelages de guerre sévissaient le long de la berge, narguant les défenseurs, le son d'une trompe smaugh se mit à résonner, un peu étouffée en raison de la distance, une détestable tonalité qui provenait du nord-ouest, soit sur la gauche de l'Adhan. L'appel fut bientôt suivi d'autres du même genre, tandis que les chars placés devant la ligne impériale répondaient à l'appel en quittant brusquement leur position.

Bientôt, au nord-ouest, un point naquit à l'horizon, pile dans la direction vers laquelle se ruaient les chars ennemis. L'image se précisa. Non pas un point, mais quatre.

Cellendhyll empoigna la longue-vue que lui tendait Ling-Faï.

Les points représentaient la patrouille manquante. Cinq cavalières sur les sept de l'escouade. Poursuivies par d'autres chars, obligées à un long détour, les Hirondelles chevauchaient aussi vite qu'elles le pouvaient pour rejoindre la base de l'Empire.

Quatre des chars smaughs devant le rempart se jetèrent à la rencontre des cavalières, formant désormais un arc de cercle destiné à bloquer toutes les issues aux Hirondelles. Les Smaughs à l'arrière des attelages avaient sorti leurs grands filets de corde, preuve qu'ils voulaient capturer leurs proies vivantes.

Cellendhyll se rendit alors compte que l'un des étalons que montaient les Hirondelles boitait, que deux cavalières étaient juchées sur la même monture, Navera et une autre soldate. Elles galopaient à bride abattue, zigzagant comme elles pouvaient pour déjouer la manœuvre d'encerclement des Smaughs.

Bougeant sa longue-vue, il s'aperçut ensuite que deux des chars au nord-ouest traînaient de macabres trophées dans leur sillage accrochés au bout d'une corde ; deux cadavres reconnaissables à leurs mailles argentées, les soldates qui complétaient l'escouade d'éclaireuses.

Plongée dans le même examen que l'Adhan, Callista poussa un juron. Comme bien d'autres autour d'elle, la guerrière avait brusquement pâli.

Il restait huit cents mètres à parcourir aux cavalières pour atteindre la ligne de défense, or, elles étaient confrontées à une quinzaine de chars ; devant, derrière elles et sur leurs flancs. Peu à peu, elles furent repoussées vers l'est, sous peine de se faire déchiqueter par les lames de faux.

Cellendhyll commença à pivoter sur les talons, se préparant à rejoindre Farod et faire… il ne savait quoi. Comme si elle lisait dans ses pensées, Callista s'accrocha aussitôt à son bras, pesant de tout son poids, refusant qu'il se lance dans une nouvelle folie. Alors qu'il aurait sans doute envoyé voler n'importe qui d'autre que la capitaine, l'Ange se contraignit à rester sur place.

Le cheval qui boitait, à bout de forces, s'effondra en plein galop, projetant sa cavalière au sol. Un filet fut projeté en travers des jambes de l'étalon qui supportait Navera et sa camarade et les deux guerrières furent à leur tour projetées à terre.

Il ne restait plus que deux Hirondelles lancées en plein galop. Elles parvinrent à s'extraire de la nasse formée par les Smaughs et purent à nouveau galoper en direction du périmètre impérial.

Encouragées par toute la ligne des défenseurs, les Hirondelles progressèrent d'une centaine de mètres puis elles furent à nouveau repoussées de l'autre côté. Pressées par les chars, avant d'être prises en tenaille, elles furent capturées l'une après l'autre à l'aide des filets d'esclaves.

Les Smaughs s'empressèrent de lier les membres de leurs captives avant de les hisser dans leurs véhicules. Fiers, satisfaits, provocateurs, ils prirent le temps de défiler devant Cellendhyll et son armée, hors de portée de tir, hululant le triomphe de leur chasse, jacassant leur litanie infâme, ce mot répété jusqu'à l'infini, pour finalement disparaître dans l'épaisseur du nuage de poussière.

Du côté de l'Empire, ce n'était qu'injures et grimaces, promesses de vengeance ou tristesse contenue.

Cinq guerrières livrées à la malfaisance abjecte des Smaughs. Soumises à leurs bas instincts, elles n'auraient droit qu'au viol, à la torture, au désespoir et à une infinie souffrance.

Même en étant conscient que lancer un groupe d'intervention eût été une folie, Cellendhyll ne pouvait supporter cette idée. Et Gheritarish non plus, d'ailleurs. En bas du remblai, le Loki grondait en sourdine, tel un fauve acculé, et ses poings noueux se serraient et se desserraient, faisant craquer ses jointures.

Cinq victimes de plus ou de moins, cinq simples soldates, une goutte d'eau comparée aux pertes globales de l'armée de Lumière. Pourtant, leur capture et le sort qu'elles allaient subir représentaient une catastrophe pour le moral des Hirondelles, sans doute bien plus soudées, bien plus complices que la plupart des corps militaires. Cellendhyll en avait parfaitement conscience, il lui suffisait de contempler le visage des guerrières autour de lui, figés, creusés, livides.

Les fantassins eux-mêmes prenaient l'affaire à cœur et plus d'une lame fut brandie vers le ciel en guise de réponse.

Cherchant désespérément une solution, Cellendhyll décida un conseil de guerre en compagnie de Callista, de Ling-Faï, de Gheritarish et de Cromlach.

À peine commencée, la réunion tourna court. Les chars regroupant les prisonnières étaient partis rejoindre la horde, avec une bonne avance. Une sortie de cavalerie était la seule option et s'apparentait à une manœuvre à haut risque, voire suicidaire. N'était-ce pas justement un piège tendu par les Smaughs ? Ils avaient laissé assez de véhicules derrière eux pour surveiller les mouvements de l'Empire. La force d'intervention se ferait vite repérer, bien avant d'avoir retrouvé les captives, et l'ennemi aurait beau jeu de lui tendre une embuscade – les Hirondelles, face aux chars, ne partaient pas gagnantes, loin de là, même avec le renfort du Hors-Destin.

Venus de l'est et des Grandes Plaines, d'autres chars de guerre firent leur apparition. Les premiers chariots, les premières roulottes de l'ennemi commençaient à se profiler à l'horizon. La horde arrivait, il lui faudrait sans doute toute la journée pour s'installer.

Restait l'option d'une extraction nocturne. Cellendhyll estima que les Smaughs attendraient l'installation de leur camp pour supplicier leurs captives, ils préféraient s'adonner à ce genre de plaisirs dans le confort de la nuit, leurs instincts décuplés. Ce fait offrait un maigre répit aux malheureuses… encore fallait-il trouver une solution viable pour les sauver.

Même si les Impériaux arrivaient au campement des Smaughs sans être débusqués, il leur faudrait retrouver l'endroit exact où étaient gardées Navera et les autres, pour ensuite réussir à les exfiltrer. Or, ils ne savaient strictement rien de l'intérieur de la base ennemie, une base infestée de sorciers. Ce qui signifiait que le projet d'extraction était tout aussi suicidaire qu'une charge de cavalerie, et la litanie de jurons proférée par Cromlach résumait parfaitement la situation.

L'inquiétude et la frustration ombraient les prunelles, crispaient les mâchoires. Callista finit par planter son regard dans celui de l'Adhan, en quête d'un miracle. Cellendhyll, hélas, n'avait pas la moindre idée pour sortir les Hirondelles du pétrin.

Impuissant, il décida d'ajourner la réunion. Il renvoya tout le monde à son poste et demanda qu'on le laisse seul pour réfléchir. Menées par leur capitaine, les Hirondelles s'éloignèrent vers leurs chevaux, elles rentrèrent au camp la tête basse et le cœur lourd ; Callista Swift tout particulièrement, qui non seulement n'avait pu discuter véritablement avec Cellendhyll, mais, pire encore, dont cinq des filles étaient menacées d'un sort funeste.

L'Adhan rejoignit Farod. Soucieux, il se mit à lui gratter l'encolure, sans vraiment se rendre compte de son geste.

Gheritarish vint se ranger pour lui annoncer à mi-voix :

— Je préfère qu'on soit tranquille pour t'en parler… j'ai bien une idée, sauf que je ne suis pas sûr que ce soit faisable et que tu vas la trouver complètement folle.

Cellendhyll détacha son étalon, le laissant libre de brouter l'herbe tendre, et il alla s'asseoir avec son camarade, au bord du fleuve, à l'écart.

— Écoute, Petit-Homme, débuta le Loki, je sais bien que cinq guerrières, ça ne représente pas grand-chose comparé à notre armée, mais nous, on n'est pas des gars comme ça, hein ¿ Je te préviens, pas question qu'on reste sans rien faire alors que les cousines sont en danger, je ne pourrais plus me regarder en face sinon !

— Inutile de t'énerver, je pense exactement comme toi, Boule de Poils. Raconte…

— Tu te souviens de mes aventures dans les Terres de Sang ¿ Tu te rappelles comment j'ai pu *t'appeler*, à travers des flammes ¿ Et comment j'ai pu me *transporter* grâce à mon feu d'Âme ¿

De surprise, Cellendhyll ouvrit la bouche en grand. Il resta une seconde songeur, avant de répondre, le ton incertain :

— Tu veux faire appel à tes pouvoirs de… chaman ¿

— Ben oui ! Si on utilise la voie du Feu, on peut débarquer directement dans le camp des Têtes à Clous ! Grâce à mon feu d'Âme, en théorie, je repère les filles et paf, on les récupère tout en douceur, à travers l'Éther. Ni vu, ni connu ! Et si ça marche, on prend les Empalés du crâne complètement par surprise.

Gheritarish se mit alors à frotter son épaisse crinière de jais, son enthousiasme subitement évanoui.

— Le seul souci, avoua-t-il d'un air penaud, c'est que je suis loin de maîtriser mes pouvoirs. Je ne me suis pas exercé depuis les Terres de Sang et, là-bas, j'étais guidé par un mentor. Je sens que mon idée est bonne pourtant, mais sans aide magique, je ne vois pas trop comment procéder.

— Et ce n'est pas moi qui vais pouvoir te conseiller en la matière, répliqua Cellendhyll, l'étincelle de l'espoir allumée au fond des prunelles. Écoute mon gros, je pense moi aussi que tu as trouvé un moyen de sauver les Hirondelles.

Tu sais ce qu'on va faire ? On va aller en discuter avec Aymard et Reydorn, ils auront peut-être une idée pour nous aider concrétiser ton projet.

— Ouais, c'est bien, ça... tu vois quand tu veux, tu sers à quelque chose, bougre d'Adhan !

Les deux guerriers se remirent sur pied. Alors qu'il se préparait à rejoindre son étalon pommelé, Cellendhyll fronça les sourcils et sa voix se fit aride :

— Dis donc, Boule de Poils, tu veux dire que tu aurais pu utiliser ton affinité avec le feu dès le premier soir, ne serait-ce pour tenter d'espionner les Smaughs et anticiper leurs manœuvres ?

Évitant le regard ombrageux de l'Adhan, Gheritarish regarda de tous côtés, comme s'il cherchait un trou magique pour y disparaître.

— Euh... en fait... ouais, peut-être... je viens de te le dire, je suis loin de maîtriser.

— Et tu ne pouvais pas le dire plus tôt, envapé de Loki ?! !

— Ben non.

— Et pourquoi donc ? grinça Cellendhyll.

— Parce que jusqu'ici, j'y avais pas pensé... Ah, mais non... PAS LES OREILLES !

L'Ange et le Loki rebroussèrent chemin jusqu'à la base impériale et se rendirent aux chariots de la Guelfe Blanche, où se tenaient Reydorn et Aymard. Dame Ygraine ne quittait plus le Mage Vert et fut invitée à ce nouveau conseil de guerre. Cellendhyll aurait pu y convier la capitaine Swift, mais, tant qu'il n'avait pas la confirmation de la faisabilité du projet, il préférait différer. Il serait vain, voire cruel, de donner de faux espoirs à Callista.

Gheritarish exposa son idée aux trois pratiquants des Arts Étranges. L'opération était simple à résumer : utiliser la voie chamanique afin de repérer la localisation précise des captives ; se transporter grâce au feu d'Âme chez les Smaughs ; sortir du feu éthérique, libérer les prisonnières et repartir comme on était venu.

Simple à résumer, une gageure à concrétiser pour l'apprenti chaman.

Même si Gheritarish disposait d'un certain potentiel, il n'avait jamais pris la peine de l'exploiter, il ne pratiquait jamais, n'y songeait même pas. Et s'il connaissait les bases, il n'avait jamais transporté quelqu'un d'autre que lui-même.

Les manières douces, l'esprit vif, voire brillant, dame Ygraine était passionnée par toutes les formes de magie, et elle avait notamment étudié certaines formes de chamanisme. Elle assura qu'un voyage à plusieurs dans l'Éther était possible. Reydorn confirma la chose. Il se liait régulièrement à sa maîtresse, Aïlaëen, qui pouvait alors le faire venir à lui, même si elle utilisait des arbres, plutôt que le feu d'Âme. Aymard renchérit, approuvant le procédé.

Tous trois se lancèrent dans une discussion passionnée, qui résonnait de termes abscons aux yeux de l'Adhan... « transe élémentaire, translocation, moi éthérique, dislocation spectrale... », parfait pour lui refiler la migraine. Il n'aimait pas la magie, certes, il s'en méfiait, assurément, mais il était prêt à l'utiliser si ça lui permettait de sauver les Hirondelles, même au risque de se retrouver carbonisé.

Il resta donc en compagnie des autres, un œil fixé sur Gheritarish, cherchant tant bien que mal à comprendre de quoi ses camarades discutaient.

Il avait songé à rejoindre Callista et à s'expliquer avec elle. Toutefois, il voulait être certain que Gheritarish reste opérationnel et tenait donc à le garder à l'œil. Tout reposait sur le Loki et sa capacité à invoquer son feu d'Âme.

À force d'écouter les trois praticiens des Arts Étranges échanger avec passion, l'Ange finit par comprendre que Gheritarish ne devait pas se servir du feu comme d'un instrument. Le Loki devait *devenir* le feu. Littéralement. Ne faire plus qu'un avec son essence.

L'inquiétude de l'Adhan monta d'un cran. Il contempla son camarade de toujours en train de fourrager dans son épaisse tignasse, avant de se curer le nez, puis lâcher un bâillement sonore, et retint un frémissement.

Quelques minutes plus tôt, Cellendhyll lui avait refusé un pichet de bière et une nouvelle tournée de saucisses – soi-disant pour « mieux se concentrer ». La fumée également, même au prétexte que l'herbe permettrait à Gher de... « mieux se concentrer ». Pas plus qu'il n'aurait droit de vider un pot de café, une chopine de bière, même une petite, un bol d'eau-de-vie, ou bien encore un dé à coudre de liqueur de prune. Pas de ragoût, pas de jambonneau ou de saucisson, ni pain, ni galettes, pas même une cuillère de miel. L'apprenti chaman n'aurait droit qu'à l'eau claire, jusqu'à l'accomplissement de cette mission périlleuse. Point barre !

Chapitre 76

Le jour déclinait dans un dégradé d'orange, de rose et d'écarlate. Le vent s'était levé et l'air commençait à fraîchir.

Les Smaughs avaient dressé les limites de leur colonie à environ un kilomètre du rempart de l'Empire. Pour le moment, les esclaves couraient dans tous les sens, houspillés par les mechs afin d'assurer le confort requis par leurs maîtres ; les centaines de véhicules à parquer, les bêtes à dételer, les feux à allumer, les tentes à monter. Occupés par leur installation, les envahisseurs n'avaient pas pointé leur nez, hormis les patrouilles de leurs chars de guerre.

Cellendhyll et son groupe s'étaient installés en retrait du remblai impérial. Un grand feu avait été allumé le long du fleuve, indispensable à Gheritarish pour sa transe.

Le Loki s'était installé en tailleur devant le ballet orangé des flammes. En triangle autour de lui, Ygraine, Reydorn et Aymard. Ils se préparaient tous trois à entre-connecter leurs Nexus, de manière à former un lien unique rattaché au Loki. Ils constitueraient ainsi l'ancrage immatériel indispensable pour renforcer le pont éthérique que le Loki allait devoir créer entre le monde réel et son feu d'Âme.

En attente, Cellendhyll, était resté à l'écart des autres à contempler la base des Smaughs s'illuminer dans la nuit tombante.

Gheritarish, occupé à jouer au chaman, c'était lui qui allait pénétrer dans le camp ennemi et libérer les filles. Profitant que le Loki s'exerçait à la transe avec ses nouveaux mentors, l'Adhan s'était concentré, à sa manière. Il avait soigneusement songé à ce qui l'attendait, à l'importance de ramener les cinq Hirondelles saines et sauves. Ce serait sa priorité. Toutefois, à force d'anticiper, ses pensées se mirent à dériver sur un autre point, qu'il finit par juger tout aussi important.

Il aurait pu prendre une collation en prévision des efforts qu'il aurait à fournir dans le camp ennemi, mais la tension lui avait noué l'estomac. Une tension particulière.

Cellendhyll n'était pas anxieux à l'idée d'aller dans le camp smaugh. Bien au contraire, il était pressé d'y être.

Et pour ce qu'il avait en tête, il s'était équipé en conséquence. Revêtu de son habituelle tenue de guerrier aux dominantes de bleu sombre, le Hors-Destin s'était armé d'un glaive à lame fuselée, sanglé dans son dos, dans un fourreau en bois laqué ; plus court et plus puissant que son sabre, plus approprié pour ce que l'Ange avait en tête. En renfort, six dagues de jet, quatre d'entre elles accrochées à son baudrier d'armes, en travers de sa poitrine, et les deux restantes à sa hanche droite. Bien sûr, sa Belle de Mort était du voyage, elle reposait sagement dans sa botte gauche, sous sa forme primaire – avec ses préoccupations de la journée, Cellendhyll s'était révélé incapable de se décider à son sujet. En revanche, sa lance et son bouclier, trop volumineux, furent laissés dans sa tente.

Gheritarish, au contraire, s'était désarmé. Pour une fois, il n'était pas question pour lui d'agir physiquement dans le camp des Têtes de Clous. Son rôle, pour autant, ne serait pas moindre que celui de l'Adhan, juste différent.

Callista Swift vint rejoindre Cellendhyll à l'écart. L'Ange l'avait prévenue qu'il allait conduire une opération d'exfiltration… un peu particulière. Oscillant entre espoir et inquiétude, dès qu'elle apprit la nouvelle, Callista insista pour l'accompagner, mais Cellendhyll resta catégorique. Il n'emmènerait ni elle, ni Vanina Cole, ni Irumi, ni une autre des Hirondelles, ni encore le plus valeureux, le plus subtil ou le plus teigneux des légionnaires.

Ce point restait sans appel : seul l'Adhan agirait pour délivrer les captives. Gheritarish avait été clair sur le fait qu'il se sentait capable de translocaliser son ami sur l'aller et pas plus. Il lui fallait économiser le maximum d'énergie pour ramener à lui les cinq Hirondelles avec l'Adhan, et c'était déjà une sacrée épreuve.

La blonde se rapprocha de lui, aussi près qu'il était possible selon l'usage militaire :

— Vous avez tout ce qu'il faut ? demanda-t-elle.

— Je suis paré.

— Et si les prisonnières ne sont pas placées à côté d'un feu ? releva Callista. Et si elles sont gardées par une centaine de sorciers ou parquées dans un endroit inaccessible ?

— On ne va pas se mettre à reculer avant même d'avoir commencé. Je vous l'ai dit, Gheritarish et moi avons l'habitude de ce genre de mission, Callie.

— En voyageant à travers le feu ? riposta la jeune femme dans un haussement de sourcils doublé d'une moue ravissante.

— S'adapter, c'est vaincre !

— Promettez-moi que vous serez prudent.

— Je suis toujours prudent, répondit Cellendhyll, incapable de s'empêcher de sourire à la guerrière.

Se retenir de la prendre dans ses bras constituait déjà un effort bien suffisant.

— D'après ce que j'ai constaté jusqu'ici, je ne sais pas si je peux vous croire, mon cher commandant, sourit-elle à son tour. Promettez-moi…

— *Cette fois*, je serai prudent, Callie, je vous le promets. Je ne vais pas batailler, j'effectue une exfiltration. Tout ira bien, ne vous inquiétez pas. Les Smaughs sont incapables de s'attendre à ce qu'on leur mijote, l'effet de surprise sera total... Par contre, je suis désolé, je n'ai pas pris le temps de venir reprendre notre discussion, j'ai préféré rester focalisé sur les préparatifs, j'espère que vous le comprendrez.

— Bien sûr, Cellendhyll, murmura Callie, d'une voix si douce qu'elle en devenait caresse.

L'Ange ressentit un frisson le long de son bas-ventre. Le désir qu'il éprouvait pour elle se renforçait d'une manière implacable. Et ce n'était carrément pas le moment.

En partie rassurée, Callista rejoignit Ling-Faï, de l'autre côté du feu. Officiellement pour entendre son dernier rapport, officieusement parce qu'elle ne supportait pas de se retrouver aussi proche de Cellendhyll sans pouvoir se jeter dans ses bras.

Irumi salua l'Ange à sa façon, de loin. Après avoir attiré son attention, elle se courba face à lui, d'une pleine inclinaison du buste. Pour l'archère kelash, tout était dit.

Puis, ce fut au tour de Vanina Cole, qui, après un improbable salut, lui déclara :

— J'ai confiance en vous, Pacha. Revenez-nous en un seul morceau, hein ! Sinon, Callie et moi, on ne va pas être contentes du tout !

Cromlach, pour sa part, se contenta d'un « bonne chance, les gars » bref, rocailleux, mais sincère.

Après une heure de visualisation en compagnie de ses trois mentors, Gheritarish s'était déclaré prêt à se lancer... même s'il avait un petit creux à l'estomac... quand même. L'Ange se révéla inflexible jusqu'au bout.

Le moment était venu.

Cellendhyll vint prendre sa place dans le dispositif, juste à côté du Loki, à pouvoir le toucher.

Assis en tailleur, Gheritarish fixait la danse nourrie des sursauts et des ondulations du brasier, tout comme il s'imprégnait de sa présence et de sa chaleur. Non sans une certaine nostalgie aux souvenirs de ses aventures dans les Terres de Sang, en compagnie de la troublante Loris, le guerrier à peau bleue évoqua l'image de Delche'Wani. Fort sympathique et pas moins compétent, le petit homme à la langue verte, chaman indie du clan des Netchinaïs, lui avait un court moment, servi de guide.

Étonnamment, le Loki se souvenait plutôt bien du rituel enseigné par son mentor.

La Flamme dans la caverne. Tout oublier qui ne concerne pas la transe. Ne faire qu'un avec soi-même. Quitter son enveloppe corporelle pour se transformer en spectre éthérique élémental.

S'il lui manquait ses aiguilles de chaman, le soutien de ses trois nouveaux cicérones compensait largement.

Gheritarish suait à grosses gouttes, au propre comme au figuré. Personne ne lui avait rien demandé, au départ. C'était son idée, que lui avait-il pris de proposer un plan aussi périlleux, nigaud de Loki ! Sauf que c'était bien trop tard pour se rétracter, pour éprouver des doutes. Pas question de décevoir ceux qui croyaient en lui !

Muselant toute pensée inopportune, Gher commença par faire le calme en lui. Il y parvint au bout de quelques minutes et passa à l'étape de la visualisation.

À force d'efforts, il finit par s'imprégner de l'image parfaite des flammes et de leurs circonvolutions, jusqu'à ressentir leur essence même.

Prenant soin de garder cette image en tête, Gheritarish ferma les yeux et se mit à entreprendre de recréer les mêmes flammes à l'intérieur de son esprit, au milieu d'une grotte toute sombre que Delche'Wani lui avait appris à visualiser.

Son rythme cardiaque ralentit de lui-même, sans qu'il ait eu besoin d'y songer.

Le feu dans la caverne. Rétablir le contact fusionnel, élémentaire.

Le feu dans la caverne. Ne faire qu'un avec lui.

Je vois le feu. Je sens le feu.

Je suis le feu.

Le guerrier à peau bleue transpirait de tous ses pores, mais ne lâchait rien. Il s'y reprit à six fois. À la septième, enfin, Gheritarish sentit un vent frais, bienfaisant, le balayer de l'intérieur. Comment avait-il pu oublier une telle sensation de complétude ?

Les flammes orangées avaient disparu. Le feu avait viré au bleu sombre.

Je suis le feu et le feu est moi.

Gher rouvrit les yeux. En face de lui, le brasier arborait le même bleu velouté.

Il avait réussi, il avait invoqué son feu d'Âme !

Comme pour répondre à son exaltation, le brasier monta dans le ciel, dans un ronflement puissant. C'était un feu éthérique, heureusement, ce qui épargna à ceux qui se trouvaient devant lui d'être carbonisés.

Gheritarish quitta son enveloppe matérielle sous forme d'un spectre nimbé d'argent, semblable à son apparence naturelle. Dressés au-dessus de leurs propres corps, Aymard, Ygraine et Reydorn l'attendaient dans l'Éther, prêts à se lier à son moi et à le nourrir de leurs propres ressources. N'étant pas des chamans, toutefois, ils se révélaient incapables de voyager.

Ils s'étaient tous suffisamment entraînés et n'eurent aucun mal à établir la jonction avec le Loki. Dès le contact établi, Gheritarish se sentit plus fort éthériquement, plus résistant.

La transe était acquise. Bien. Restait le *voyage* chamanique, indispensable pour avoir une vision précise des feux smaughs et de leur densité, sinon le Loki serait incapable de s'y téléporter.

Je pars en repérage, émit par pensée l'apprenti chaman.

Plus léger qu'une plume, plus vif qu'un rapace, Gher s'éleva au-dessus du camp impérial, et se dirigea aussitôt en direction de la colonie ennemie. La base était toute proche, il l'atteignit en une vingtaine de secondes.

Aussi grande qu'une petite ville, la colonie étincelait d'une multitude de feux, impossible de la manquer.

Gheritarish se mit à survoler le camp des Smaughs. Il devait trouver la localisation des Hirondelles ainsi qu'un feu aussi proche d'elles que possible. Et sans perdre une minute.

Ainsi transformé, il avait perdu tout odorat, mais il pouvait constater que l'endroit fourmillait d'activité, notamment au centre du camp, dans d'autres coins, il régnait un calme lugubre.

Le lien avec Reydorn et ses deux camarades le renforçait, le rassurait, il ressentait confusément la présence de ses alliés. Leur présence et leurs encouragements. Ygraine, précise, élégante, chaleureuse. Reydorn, agile, audacieux, résistant. Aymard, la force tranquille.

Intangible, indétectable, Gheritarish fila à travers le camp ennemi, cherchant, et cherchant encore la présence des cinq captives. Le temps jouait contre lui. Plus il attendait, plus il perdait de l'énergie et plus le risque était grand que les Smaughs décident que le moment était de s'occuper de leurs souffre-douleur.

La base était si vaste, il y avait tellement de feux… Ce fut plus par chance qu'autre chose que Gheritarish découvrit l'escouade de Navera, un peu à l'est du centre de la colonie. Les Hirondelles étaient détenues sur l'équivalent d'une petite place encadrée de roulottes. Les esclaves avaient allumé là un grand brasier, idéalement situé pour l'intervention.

Les jeunes femmes étaient suspendues chacune à un trépied, les mains attachées bien haut, écartelées à quelques centimètres du sol. Leurs têtes pendaient sur leurs poitrines, elles semblaient inconscientes. Elles avaient le visage tuméfié, voire entaillé, mais elles portaient encore leurs vêtements et ne semblaient présenter aucune blessure grave. Les Smaughs n'avaient donc pas encore commencé à s'amuser vraiment avec elles.

Je les ai trouvées ! transmit le Loki à ses mentors. *Je reviens.*

Gheritarish reprit de l'altitude et sa silhouette éthérée traversa le ciel pour rejoindre le feu impérial. Il plongea dans les flammes comme on s'immerge dans une source fraîche. Puis, sans plus bouger, il étira le bras pour tendre la main à Cellendhyll, toujours posté à côté de son corps :

— Viens, c'est bon, je sais où elles sont !

Cellendhyll empoigna la main de son compagnon, refusant de songer à ce qui pourrait lui arriver si le Loki ne parvenait pas à maintenir son feu d'Âme.

Gheritarish le tira à lui. La translocalisation opéra et le Hors-Destin, à son tour métamorphosé en spectre, disparut dans l'épaisseur mouvante du brasier bleu sombre.

Chapitre 77

Plongé dans le feu éthérique du Loki, contrairement à ses craintes, Cellendhyll n'avait nullement l'impression de brûler, ni d'étouffer. Il ne ressentait ni gêne, ni chaleur, plutôt une fraîcheur revigorante qui saisissait son corps. Une sensation très étonnante.

Il n'eut pas à s'impatienter. Toujours maintenu par la main de Gheritarish, il réapparut aussitôt dans le feu visé par son camarade, juste en face des Hirondelles.

L'Éther rendait sa vision un peu tremblotante, mais l'Ange y voyait bien assez.

Les cinq captives. Et trois gardes. Des mechs en cuir noir renforcé, armés d'un sabre ou de hachettes, leurs crânes soigneusement rasés, leurs yeux enduits d'un khôl épais. Deux d'entre eux se tenaient adossés à un chariot, face aux guerrières suspendues. Le troisième leur tournait le dos, dressé face au feu. Les gardes se trouvaient au beau milieu de leur camp, ils ne craignaient rien et leur attitude révélait une indolence certaine.

La chance présidait leur entreprise. Cellendhyll poussa l'équivalent mental d'un profond soupir de soulagement. Les Hirondelles auraient pu se retrouver parquées au fond d'un chariot, indétectables, ou encore gardées par une centaine de sorciers, c'était sa plus grande crainte.

La voix de Gher résonna directement dans son esprit :

— Plutôt pas mal, hein ?

Sur ses gardes, Cellendhyll scruta le mech posté devant ses yeux :

— Tu es sûr, ils ne peuvent pas nous voir ? Nous entendre ? Ils ne se rendent pas compte que le feu est bleu ?

— Ces résidus de belettes cloutées ne font pas partie du lien éthérique. Pour eux, le feu reste normal. Ils sont incapables de nous repérer ou de nous entendre, Petit-Homme, je te le garantis. Tu es prêt ? Plus on tarde, plus je me fatigue.

— Évidemment que je suis prêt !

Le Hors-Destin brûlait de passer à l'action.

— Alors vas-y, déclara Gher à travers leur lien. Il suffit que tu sortes du feu, comme je t'ai expliqué... Pour le reste, t'es assez grand pour savoir quoi faire.

Cellendhyll prit une grande inspiration. Mobilisant sa volonté, il quitta la poigne puissante, chaude et réconfortante de son ami, et sortit des flammes spectrales pour recouvrer sa forme humaine.

À peine s'était-il incarné qu'il passait à l'action. La surprise fut totale. Le premier garde s'effondra en silence, une dague plantée dans le tympan gauche.

Dans la seconde suivante, le deuxième s'écroula à son tour dans l'herbe tandis qu'une autre lame de jet perçait sa gorge.

Restait le troisième adversaire, celui le plus proche de l'endroit où était apparu l'Adhan.

À peine les dagues de jet avaient-elles quitté ses mains, que Cellendhyll bondissait sur le mech pour lui écraser son coude droit dans la gorge, bloquant net sa respiration et son éventuel cri d'alarme. Puis, il saisit la tête du garde au niveau des oreilles et lui infligea une torsion brusque. Un claquement sec et le guerrier s'effondra sur lui-même, les vertèbres fracturées.

Cellendhyll regarda autour de lui, écouta. Personne ne semblait avoir repéré son arrivée. Il commença par récupérer ses dagues et tirer les cadavres sous l'ombre épaisse d'une roulotte. Il s'agissait à présent de décrocher les Hirondelles de leurs trépieds. Il rejoignit la plus proche, Navera. Il décrocha la corde qui maintenait la jeune femme en position d'écartèlement et la laissa doucement filer entre ses doigts pour la faire descendre jusqu'au sol. Rassuré de constater qu'elle respirait encore, il trancha ses liens et la déposa devant les flammes. Il entreprit aussitôt de détacher l'Hirondelle suivante et ainsi de suite. Il s'exécuta sans perdre de temps, tous les sens en éveil, le plus délicatement possible. Les soldates n'étaient qu'à demi conscientes, déshydratées, épuisées par le traitement que les Smaughs leur avaient infligé – suspendues par les bras toute la journée, sans rien boire, ni manger. Quelques minutes plus tard, le Hors Destin en avait terminé avec cette phase.

— Bien joué, murmura Gheritarish, dont le visage éthéré se découpait, un peu tremblotant, au-dessus des flammes bleu sombre.

L'étape suivante, la dernière, consista pour Cellendhyll à empoigner chaque Hirondelle, une par une, à les porter jusqu'au bord du feu élémental, puis à poser la main de chaque jeune femme dans celle que tendait Gheritarish.

Ce dernier, toujours renforcé par Reydorn, Ygraine et Aymard, mobilisa son pouvoir pour attirer Navera à lui, de manière à la translocaliser grâce à son feu d'Âme et la faire aussitôt ressortir devant le feu du camp impérial.

Répétée à cinq reprises, l'opération prit une dizaine de minutes. Elle se déroula sans incident ; chaque femme libérée fut immédiatement prise en charge par les prêtres de la Guelfe Blanche.

La dernière des Hirondelles venait de disparaître dans le feu magique du Loki. La mission était une réussite totale, Cellendhyll n'avait plus qu'à empoigner la main de Gher' et à se laisser translocaliser à son tour.

Campé face au feu bleuté, l'Ange suspendit son geste au dernier moment.

— Qu'est-ce que tu fabriques ? grogna le visage contrarié du Loki, à travers les flammes céruléennes. Dépêche !

— Désolé, Boule de Poils, je sais que tu ne vas pas aimer ça. Je ne peux pas rentrer maintenant.

— Sombre crétin d'Adhan, c'est pas le moment de délirer. Viens ici tout de suite et prends ma main !

— Non, mon ami. Je ne rentre pas. Du moins, pas tout de suite. J'ai d'abord un autre plan à exécuter. Ne t'inquiète pas, je sais ce que je fais.

— Que je m'inquiète pas ? Espèce de foutriquet d'humain, gronda Gher, tu passes ton temps à dire aux autres de ne pas s'inquiéter ! Et comment on fait ça, si, à chaque fois, tu te comportes comme un cinglé ?!

Le Loki parlait dans le vide.

L'Ange aux yeux de jade avait disparu, comme aspiré par l'ombre d'un chariot.

Gheritarish resta quelques instants à jurer de dépit. Il sentait bien qu'il arrivait au bout de ses réserves, même avec le renfort de ses mentors. D'avoir téléporté les cinq Hirondelles à travers l'Éther lui avait coûté bien plus cher en mana qu'il ne l'avait escompté. Il caressa un instant l'idée de s'incarner dans le camp des Smaughs et de se lancer à la poursuite de Cellendhyll, pour l'épauler ou pour l'étrangler, il ne savait encore.

Une chose le faisait hésiter, bien malgré lui. Même s'il n'avait pas livré le moindre effort physique, Gher était à bout de forces, vraiment pas en condition de combattre. Ce serait tout de même idiot d'avoir réussi le sauvetage des cinq Hirondelles pour se retrouver capturé à leur place ! En outre, même s'il s'incarnait, comment repérer son camarade ? Cellendhyll n'était clairement pas resté immobile à l'attendre. Or, la base smaugh se révélait si vaste, sans doute si chargée en odeurs étrangères pour Gheritarish que cela risquait de troubler son odorat, impossible alors pour lui de capter la fragrance particulière de l'Adhan. Mais peut-être pourrait-il passer de feu en feu pour retrouver la trace de Cellendhyll ? Il serait alors possible de lui parler, de le raisonner.

Le Loki entendit alors la voix d'Aymard résonner à travers le lien spirituel :

— Gheritarish, votre feu d'Âme commence à se déliter, vous devez rentrer.

Par les mamelles pourries d'Evgrayden, il avait trop attendu ! De mauvaise grâce, Gher concentra sa volonté pour retourner dans le feu impérial et se réincarner. Il se sentait aussi épuisé que s'il avait combattu toute la journée.

Navera et ses sœurs étaient aux mains des guérisseurs, acclamées par une bonne partie des fantassins et des Hirondelles postées alentours. Reydorn,

Ygraine et Aymard quittèrent à leur tour la transe tandis que les grandes flammes du brasier reprenaient leur teinte normale.

Le Mage Vert enlaça Ygraine et se lança avec elle dans la plus enjouée des valses.

Callista, Vanina, Irumi, Ling-Faï et beaucoup d'autres encore, arboraient un sourire radieux, Cromlach compris. Pour une fois, cette soirée aurait une célébration heureuse !

Chancelant sur ses appuis, Gheritarish fut chaudement congratulé. Le Loki commença à arborer son bon gros sourire – grâce à ses pouvoirs de chaman, sans livrer le moindre combat, il avait sauvé cinq personnes… c'était tout à fait troublant. Puis, son visage se referma brutalement pour prendre une mine furibonde, alors que les gens autour de lui se rendaient soudain compte qu'il manquait un élément à leur groupe.

Leur commandant, un nommé Cellendhyll de Cortavar.

— Par les couilles du Cornu, j'aurais dû m'en douter quand j'ai vu l'arsenal que Cell se trimballait ! éructa Gheritarish. Fichu cabochard d'Adhan !

— Le Pacha n'est pas avec vous ? demanda aussitôt Vanina Cole, ses traits joyeux soudain figés dans un masque grimaçant.

— Ce damné fils de chamelle astigmate ! s'exclama le Loki. Il a décidé de rester *là-bas*. J'aurais dû voir venir le coup ! Par le Bouc Noir à Trois Pattes, j'aurais dû le voir venir !

— Resté sur place ? (Callista avait le regard fixe, perdu.) Mais pourquoi ?

— Oh, de ce que je connais de son esprit tordu de péteux d'Adhan, c'est plutôt simple. Ce fou furieux a décidé de traquer et de tuer la reine des Smaughs en plein milieu de la base ennemie. Tout seul.

Un silence pesant accueillit sa réponse.

— Messire Gheritarish, finit par demander Aymard, le front creusé par des cratères d'inquiétude, le seigneur Cellendhyll est-il capable de réussir ? De trouver et d'éliminer Øz ?

— Bien sûr qu'il peut, il a été formé spécialement pour ça et j'ai pas encore vu de meilleur guerrier que ce bougre d'entêté… Le problème, ça va surtout être de la trouver sans se faire repérer et de ressortir du camp sain et sauf.

— Que pouvons-nous faire ? demanda Reydorn. Lancer une sorte de diversion sur le camp smaugh ?

— Mes cavalières se feraient laminer par les chars de guerre bien avant d'avoir atteint la base de nos adversaires, déplora Callista. Nous l'avons constaté, les Smaughs font bonne garde, jour et nuit et leurs attelages nous interdisent toute initiative. Et même si nous parvenions à esquiver leurs chars, que ferions-nous ensuite ? Ils sont trop nombreux, ils ont leurs sorciers. À moins de savoir où exactement et à quel moment le commandant prévoit de quitter le camp ennemi, ce qui n'est justement pas le cas, nous ne ferions qu'ajouter à la catastrophe.

— Je vais l'étriper. Dès qu'il va rentrer, je vais l'étriper ! rugit encore Gher en contractant ses poings.

— Pour ça, il faudrait que vous soyez plus rapide que moi ! s'écria à son tour Callista Swift.

Tapi dans une épaisse flaque de pénombre, sur le toit d'un chariot, le « damné fils de chamelle astigmate » profitait de sa position surélevée pour prendre la mesure du terrain qui l'attendait.

Mon corps est une arme, mon esprit est une lame.

Seul au milieu de l'immense bivouac ennemi, entouré de milliers et de milliers de Smaughs.

J'en connais qui doivent être en train de fulminer après moi. Gher doit être furax... Et Callie... elle risque de m'arracher la tête à mon retour. Comment aurais-je pu leur avouer ce que j'avais en tête ? Jamais ils ne m'auraient laissé partir...

Cellendhyll s'était fixé un défi qu'il était pressé de relever. Balayées, les responsabilités d'un commandant d'armée.

Seul, au milieu des Smaughs... oui et c'était parfait. Quoi qu'en pensent ses détracteurs, l'Adhan avait mûrement pesé sa décision, il ne s'agissait nullement d'un coup de tête ou d'une tocade. Morion ne l'avait-il pas formé pour ce genre de mission, année après année ? Aucun des Smaughs ne pouvait s'attendre à sa présence et il se retrouvait directement à l'intérieur des défenses ennemies. Une telle opportunité ne se représenterait pas de sitôt, l'occasion parfaite de se confronter à la reine des Smaughs ; à Gamaël et à Rakùl-Bahìr accessoirement.

Bien sûr, les envahisseurs allaient finir par découvrir la disparition des gardes et de leurs prisonnières et donneraient l'alerte. L'Adhan n'était pas inquiet pour autant. Cette nuit, il l'avait décidé, il le *sentait*, dame la Chance, la plus versatile de toutes les Puissances, marchait dans son sillage. C'était l'occasion ou jamais !

C'est pourquoi, en cette nuit, sous le couvert des Lunes Jumelles plantées haut dans la voûte scintillante d'un ciel balayé par les nuages, l'Ange allait redevenir ce pour quoi Morion l'avait forgé : une Ombre du Chaos.

Une Ombre parmi les ombres, patiente, précise et mortelle. Une arme furtive et parfaite.

Traquer. Trouver. Éliminer.

Comment mettre la main sur la reine des Smaughs ? En utilisant le bon sens et ce qu'il savait d'elle. Dans toute organisation guerrière ou militaire, le chef occupe généralement le centre d'un camp ou encore une position surélevée ; la place la plus sûre. En outre, Øz la Sublime avait un ego surdimensionné, elle ne pourrait résider que dans la plus luxueuse, la plus remarquable habitation de la colonie. L'Adhan n'avait donc qu'à trouver cette habitation unique, logiquement dressée au milieu de la base smaugh. Ensuite, il lui suffirait d'attendre le bon moment pour une élimination furtive. Abattre la reine dans son sommeil ne lui posait aucun problème de conscience.

Entrer, tuer, ressortir.

Le guerrier aux yeux de jade ignorait toutefois un point fondamental. Øz la Sublime et son bras droit de renégat avaient disparu de la Horde depuis le départ de Coruscante, et les Smaughs eux-mêmes ignoraient où leur souveraine se trouvait.

Comme naguère au service du seigneur Morion, Cellendhyll chevauchait les ombres. Il passait entre les roulottes et les chariots, avançait, accroupi, sur leurs toits ou rampait par-dessous.

Bien plus à l'aise en tant que tueur d'élite qu'en chef d'armée.

Un félin de la nuit, patient, létal.

La base des Smaughs était gigantesque, le Hors-Destin en avait la confirmation ; l'équivalent d'une petite ville en superficie, éclairée de lampes, de torches, de vasques à huile ou de braseros. Beaucoup de lumière, certes, mais également beaucoup d'obscurité à exploiter, grâce à tous ces véhicules accolés les uns aux autres, tous ces « bâtiments » sur roues dont le positionnement formait l'équivalent d'un réseau d'allées.

Car, si les Smaughs avaient délimité cet immense quadrillage d'artères pour circuler rapidement, entre lesdites artères, régnait un manque flagrant de discipline qui faisait bien les affaires de l'Adhan. Jamais il n'aurait pu évoluer avec tant de liberté dans une base impériale.

Il croisa bien quelques patrouilles, parcourant les allées par groupes d'une dizaine de guerriers en cuir clouté, armés de sabres, de lances ou de hachettes ; ces gardes, toutefois, agissaient sans vigilance, abrutis par la routine. À chaque fois, Cellendhyll déjoua leur surveillance sans avoir à forcer son talent.

Il progressa dans le camp ennemi en prenant ses repères. Il ne s'agissait pas seulement de repérer sa cible, il lui fallait également trouver une voie de repli, le moyen de quitter le camp sans se faire prendre. Tant qu'il resterait à espionner, en retrait, il ne pensait pas risquer grand-chose, mais une fois entré dans l'action, il devait prendre en compte la possibilité d'être repéré. Tout risquait alors d'aller très vite.

Les Smaughs venaient à peine d'établir leur campement. Ils ne combattraient pas avant le lendemain. Détendus, ils déambulaient le long des véhicules, autour de leurs tentes, comme le feraient n'importe quels guerriers humains, discutant, jacassant, s'interpellant les uns les autres. Ils se laissaient aller en attendant les célébrations de la soirée : un festin dignement arrosé, suivi de l'hommage quotidien au Fahaarak'Shar, personnifié par le viol, la torture puis l'écorchage des cinq éclaireuses de l'Empire.

Toujours indétecté, Cellendhyll s'était peu à peu rapproché du centre de la colonie. Allongé sous un chariot, il découvrit une sorte d'esplanade illuminée de centaines de flambeaux plantés dans le sol, bourdonnant du brouhaha en train d'enfler d'une foule s'amassant. C'était l'endroit où les envahisseurs venaient manger et festoyer. Par petits groupes, les Smaughs débouchaient de toutes les artères alentour pour s'installer devant des centaines de longues tables à tréteaux, installées sous les auvents de toile huilée. Posée à côté de chaque tablée, les attendait une ligne de tonneaux mis en perce, remplis de bière ou de vin. De grands chaudrons fumants étaient posés à mijoter sur les feux. En retrait des auvents, les grills commençaient à rougeoyer. Les esclaves, en train de débiter des quartiers de bœufs entiers, allaient bientôt mettre la viande à griller.

Cellendhyll chercha vainement Øz. De toute manière, l'endroit s'avérait bien trop populeux, ce n'était certainement pas ici qu'il pourrait *s'occuper* de la reine.

Plutôt que de continuer vers l'ouest et s'engager dans le centre du campement, l'Adhan remonta vers le nord. Outre la localisation de son ennemie jurée, il lui fallait encore prendre un certain nombre de repères avant de passer à l'action.

Veillant bien à ne jamais quitter les ombres, il dépassa plusieurs allées délimitées par des chariots de stockage, apparemment remplis de caisses et de ballots.

Une dizaine de minutes plus tard, l'Adhan aborda un nouveau secteur. Celui-ci tranchait avec le reste du camp par une haute muraille de grands fourgons en acier noir renforcé, s'étalant d'est en ouest. De temps à autre, un bruit lourd faisait résonner les parois métalliques de l'intérieur.

Ici, l'air était saturé d'une odeur musquée, reptilienne, un relent qui déplut immédiatement à Cellendhyll. Il décida d'éviter ce secteur, il ne se rappelait que trop bien de ces créatures massives qui tiraient les chars de guerre. Les fourgons étaient positionnés de côté et non face à lui, il lui était donc impossible de les compter et d'estimer le nombre de créatures à l'intérieur. S'il traversait cette ménagerie, il risquait bien d'être repéré par son odeur humaine et de déclencher une alerte sonore.

Plus à gauche de la muraille de fourgons, l'Adhan repéra une allée transversale. De l'autre côté, il put contempler un rassemblement de tentes en cuir brun, rondes, coniques, plantées les unes contre les autres. Elles étaient toutes du même format, sans aucun signe de prestige. Occupées par des guerriers, sans doute. Fort peu probable qu'il trouve la résidence d'Øz à cet endroit.

S'il continuait par là, il allait se retrouver trop excentré. Il rebroussa chemin vers l'est en infiltrant la pénombre d'une nouvelle enfilade de chariots. Après avoir évité deux patrouilles successives en se jetant dans la flaque obscure d'une roulotte, il finit par dépasser l'endroit où il avait délivré les Hirondelles et remonta vers le nord. Une dizaine de minutes plus tard, il découvrit l'un de ses objectifs secondaires.

L'écurie de l'ennemi.

Car si les Smaughs n'avaient pas de cavalerie, ils utilisaient les chevaux pour d'autres tâches essentielles : tirer certains de leurs véhicules voire même leurs chars de guerre – au cas où ils manqueraient de skarax –, pour la chasse, ou même pour le plaisir d'une promenade au galop.

L'Adhan fut d'abord attiré par le son, les mugissements des bêtes de trait et les hennissements des chevaux. Puis, lui vint l'odeur caractéristique de crottin, entêtante, mais pas désagréable, qui prenait les narines.

Éclairé de flambeaux plantés dans le sol et de quelques braseros, le périmètre était gardé par une quinzaine de guerriers mechs ; une partie postée aux accès, l'autre affalée dans l'herbe, au repos. Posés sur des bancs, installés à une table, sous un auvent, quatre mechs avaient engagé une partie de dés-dragons et les commentaires fusaient dans la nuit.

Cellendhyll repéra deux enclos distincts, le premier rempli de bœufs, le second de chevaux, occupés à mastiquer leur fourrage, et tous deux délimités par d'épaisses barrières. Il y avait plusieurs centaines de bêtes dans chaque corral – difficile de toutes les dénombrer en pleine nuit.

Côté sud, les écuries étaient délimitées par un empilement de ballots de paille. Côté nord, une dizaine de chariots ouverts, côte à côte, qui ressemblaient à ceux qu'utilisaient les maréchaux-ferrants de l'Empire. À leur droite et à leur gauche, abrités de toiles tendues, des dizaines de râteliers sur lesquels reposaient selles, sangles, harnais, et tout ce qu'il fallait pour le pansage des bêtes ; brosses, étrilles, cure-pieds, éponges...

Cellendhyll remarqua que l'ouverture des enclos était située vers l'intérieur du camp et que sa bordure extérieure était clôturée d'un nouveau rempart de hauts fourgons métalliques. Impossible de fuir directement par ce côté, comme il l'avait imaginé.

À moins que... Oui, ça pourrait marcher...

Il resta plusieurs minutes à étudier le périmètre. Les sentinelles semblaient captivées par le grill que deux d'entre elles entreprenaient d'allumer, se disputant sur la méthode à employer.

Ayant mémorisé la disposition des lieux, Cellendhyll repartit de l'écurie en prenant des repères visuels et décida de rejoindre le centre de la colonie. Il n'avait pas trouvé la zone où étaient parqués les esclaves. Elle se trouvait peut-être plus haut, dans la base ennemie, ou plus bas, il était loin d'en avoir fait le tour. Un échec qui l'arrangeait bien, il devait l'avouer, lui évitant un sacré cas de conscience.

Durant l'après-midi, tandis qu'il établissait son plan d'action, Cellendhyll avait songé à la question des esclaves. Que pourrait-il faire pour eux, une fois infiltré chez l'ennemi ?

Combien étaient-ils ? Sans doute plusieurs milliers. Dans quel état ? Capables de combattre ? Il l'ignorait, cependant, il doutait que ces gens représentent une troupe capable d'en remontrer à la horde des Têtes de Clous. Or, ils n'en méritaient pas moins leur liberté.

Si l'Adhan avait disposé de plus d'informations, il aurait pu envisager une variante à son plan. Avant de se dire qu'il commettrait une erreur à plus long terme. Libérer les esclaves pour en faire quoi ? Il ne pouvait accueillir tous ces civils dans le camp de l'Empire, cela représenterait une charge trop lourde pour l'armée impériale, ; une charge qui risquait même, à terme, de réduire les chances de vaincre les Smaughs. Cellendhyll refusait de prendre ce risque. D'ailleurs, le sort des esclaves se retrouverait alors lié à celui de son armée, désormais coincée sur la rive ouest du Vacqueyras, condamnés tout autant que les Impériaux en cas de défaite. Restait l'option de les libérer et de les laisser livrés à eux-mêmes, ce qui signifiait pour les esclaves, au mieux, une fuite dans la nature, sans arme, sans provision, sans monture. Et sans aucune agglomération proche dans laquelle se réfugier. Ceux qui parviendraient à quitter la colonie se feraient inévitablement reprendre par les Smaughs et subiraient alors la vindicte sanguinolente de leurs maîtres.

Le meilleur moyen d'aider ces malheureux, avait-il finalement conclu, restait encore de vaincre les envahisseurs. Une bonne fois pour toutes. Il pourrait alors offrir à ces gens non seulement leur liberté, mais, également, un avenir possible.

Trouve Øz, tue-la. Et, déjà, tu auras fait un immense pas en avant.

L'Ombre d'un soir avait localisé les écuries et une opportunité de s'extraire de la colonie. Il lui restait à débusquer Øz, son objectif premier. Toutefois, il lui manquait encore un élément stratégique pour parfaire son plan d'action.

Coupant entre les allées, alors que Cellendhyll rejoignait le centre par le nord-est, il remarqua un groupe de serviteurs dont l'activité capta aussitôt son intérêt. Il se figea sur le toit de la roulotte qu'il avait escaladée, noyé par une épaisse mare d'obscurité.

Un collier de métal au cou, six esclaves en tunique beige, chaussés de sandales, tiraient une remorque à bras, chargée de tonnelets. Les esclaves passaient de véhicule en véhicule et faisaient le plein de chaque lampe à huile suspendue à ces derniers, ou de chaque vasque plantée dans le sol, tout le long de l'allée.

En les voyant s'activer, les iris jade de Cellendhyll se mirent à scintiller d'un feu rusé. Voilà qui était tout à fait intéressant.

Bondissant d'ombre en ombre, il se mit à suivre le groupe. Solidement charpentées, les maisons sur roues supportaient son poids sans vibrer.

Les serviteurs travaillaient vite et bien. Leur réserve fut bientôt vidée et ils bifurquèrent dans une allée adjacente pour retourner au dépôt d'approvisionnement. Aucun d'entre eux ne se rendit compte de la filature.

Trois allées plus loin, ils arrivèrent à destination. Une série de fourgons de stockage autour desquels étaient empilés des centaines de tonnelets d'huile de lampe.

L'endroit était occupé par une trentaine de mechs, dont un régisseur. L'un des esclaves alla faire son rapport au responsable, tandis que les autres déchargeaient leurs tonnelets vides.

Dame la Chance est bel et bien à mes côtés ce soir. Je ne pouvais trouver mieux !

Cellendhyll attendit le temps qu'ils repartent avec leur charge pleine. Il en profita pour étudier les mouvements des gardes et prendre de nouveaux repères. Enfin, il se laissa tomber de son perchoir et glissa dans une nouvelle zone de pénombre, vers l'arrière des fourgons. Il lui faudrait sans doute une dizaine de minutes pour opérer. Ensuite, il n'aurait plus qu'à localiser la reine.

Un groupe de Smaughs arriva à l'endroit où étaient parquées les Hirondelles, il était temps de les préparer pour la cérémonie d'après-dîner. La disparition des soldates et celle des gardes fut aussitôt constatée.

Se pouvait-il que les geôliers aient emmené les captives dans un coin sombre pour leur faire subir un avant-goût de ce qui les attendait ? Ce ne serait pas la première fois, une incartade bien conforme à la mentalité des Smaughs et les guerriers, au lieu de donner l'alerte générale, commencèrent à effectuer des recherches dans les tentes les plus proches.

La chance de l'Ange tenait bon.

Chapitre 78

La nuit était définitivement tombée. Un vent léger agitait le cuir des tentes.

Une foule de Smaughs avait rejoint la grande place où ils prenaient leurs repas. Un premier service de grillades venait d'être posé sur les tablées. Les esclaves remplaçaient les tonneaux d'alcool peu à peu vidés par les guerriers.

Installé dans sa roulotte, Rakùl-Bahìr attendait tranquillement l'arrivée des prisonnières. Il avait décidé d'augmenter son prestige en présidant la séance de torture. Il avait le temps, le repas venait à peine de démarrer, néanmoins, avant de débuter les réjouissances, le Nagù voulait prendre la mesure de celles qu'il allait supplicier, à commencer par leur résistance à la douleur… et la saveur de leur féminité. Un bon petit viol, rien de tel pour requinquer un Smaugh !

Ombre parmi les ombres, Cellendhyll terminait son repérage du centre de la colonie, qu'il avait divisé en trois quartiers distincts. Au nord-ouest, un terrain d'entraînement, accolé à une armurerie mobile constituée de chariots ouverts. Au sud-ouest et au sud-est, un arc de cercle approximatif formé de ces tentes coniques en cuir, ces dernières séparées par clans. Enfin, au nord-est, un alignement de ces imposantes roulottes aux toits-terrasses, laquées de noir, disposées en croissant de lune devant une immense plate-forme de bois, bien en vue de l'esplanade où les Smaughs s'étaient rassemblés pour dîner.

Maculée de longues traînées de sang séché, l'estrade marquait le centre même de la colonie. Sur cet autel cérémoniel étaient fixés cinq grands cadres de bois destinés aux cavalières de l'Empire.

De sa position camouflée, l'Ange serra les mâchoires.

Bande de chacals, grâce à Gher et son feu d'Âme, le clou de votre soirée vient d'être annulé ! Et moi, Sang et Mort, je vais vous proposer un tout nouveau thème pour vous divertir !

Encore fallait-il qu'il débusque Øz. Et, contrairement à ses prévisions, il n'avait toujours pas repéré l'habitation hors-norme dans laquelle il imaginait la souveraine.

Øz aurait pu éventuellement se trouver dans l'une des grandes roulottes à terrasse, situées au coin nord-est. Celles-ci semblaient les plus luxueuses, les plus confortables de toutes celles qu'il avait croisées. Cependant, aucune d'elle n'arborait de marque distinctive, ce qu'il jugeait bien peu conforme à la personnalité de la reine Sublime.

Il décida de tenter sa chance vers l'amas des tentes, plus au sud, de l'autre côté de l'estrade. Le dernier endroit du centre qui lui restait à visiter.

Après avoir fait un large cercle pour éviter le centre, Cellendhyll atteignit le regroupement de tentes au sud de l'estrade. Il en dénombrait plusieurs centaines, tassées les unes contre les autres, rangées après rangées. Il en fit le tour en s'accroupissant, en rampant, il y avait profusion d'obscurité pour le camoufler et aucun Smaugh ne surveillait les allées.

Toujours aucun logement qui puisse correspondre à la magnificence de la reine des Smaughs. L'Ange avait cohabité avec elle et ne pouvait concevoir que l'orgueilleuse Øz se contente d'une habitation commune, qu'elle consente à s'abaisser au même rang que ses sujets. Il l'en croyait incapable. Sa place était pourtant au centre du campement, au centre du pouvoir. Alors quoi ?

Est-ce que je me suis trompé ? Je n'ai même pas exploré la moitié de la colonie. Dois-je m'entêter ? Ou, au contraire, devrais-je envisager la possibilité qu'Øz soit absente du camp ? Mais si la reine n'est pas là, où se trouve-t-elle et pourquoi ? Ne nous emballons pas. L'alerte ne semble pas avoir été donnée, ce qui veut dire que dame Chance chevauche toujours à mes côtés. Je continue ! Nord ou sud ?

Avant que le Hors-Destin ne puisse se décider, un cri bref, qui tourna aussitôt en une plainte déchirante, résonna un peu étouffée, sur sa gauche, sans pour autant déclencher la moindre alarme.

La supplique provenait d'une tente conique, dressée au bout d'une allée. Elle était décorée d'une cinquantaine de colifichets, que Cellendhyll finit par identifier comme une série de scalps humains plantés sur des perches. Cette tente était différente des autres et d'horrible manière, toutefois, pas assez prestigieuse à ses yeux pour être celle de la reine

Un second cri résonna de l'intérieur, poussé par la même gorge, mais plus faiblement, avant de se tarir… brusquement.

Cellendhyll aurait dû repartir. Faire comme s'il n'avait rien entendu. Ignorer le mal qui se déroulait à quelques pas de lui. Se concentrer sur l'essentiel, sa mission.

Il aurait pu l'ignorer, sans trop de difficulté.

Seulement… c'était le cri d'une *enfant* qu'il avait perçu.

Une enfant en proie à d'intenses souffrances.

Et cela, Cellendhyll de Cortavar ne pouvait le tolérer.

Ramassé sur lui-même, l'Ange se faufila entre plusieurs tentes, jusqu'à rejoindre celle dont provenaient les cris.

Aucun garde à l'extérieur.

Cellendhyll se glissa dans l'ouverture, une main posée sur la poignée de son glaive, à l'angle de ses épaules. Au passage, il remarqua que les parois de l'habitation étaient composées d'un canevas de peaux humaines teintes de la couleur du sang. Un rictus de dégoût incurva ses traits durs.

L'horreur commençait à peine. Il dépassa l'antichambre et se retrouva soudain confronté à un tableau purement cauchemardesque, même comparé à tout ce qu'il avait vécu.

Chauffé d'un brasero rougeoyant, sur lequel reposait un tisonnier, éclairé chichement par la lueur jaunâtre de lampes à huile posées à même le sol, l'intérieur de la tente suintait une chape pesante de désespoir. L'odeur écœurante de chair brûlée, de sperme et de kiuthe planait comme une malédiction, aggravée par le fumet âcre, métallique, du sang répandu.

Pour ajouter à ce cauchemar, une dizaine de formes inertes, dénudées, pendues à des crochets à viande s'alignaient sur tout le fond de la tente, chacune éclairée par l'angle précis d'une lampe ; rien d'autre qu'une *galerie d'art* constituée de cadavres enfantins, suppliciés avec la même passion malsaine, tout le long de l'après-midi.

Agité des tressautements de la jouissance, le maître des lieux ; une haute silhouette au regard fiévreux qui se tenait debout, orienté de trois quarts par rapport à l'Adhan.

Cellendhyll découvrit un Smaugh au visage osseux, le crâne hérissé d'au moins une trentaine de clous, sa peau livide marbrée de rebutantes taches noires, avec une grande bouche de batracien et les doigts comme teints en rouge. Plus grand que lui d'au moins cinq centimètres, mais d'une maigreur quasi maladive, le sinistre individu était vêtu d'une longue tunique de soie magenta, sans manche, dévoilant son torse glabre… et sa verge encore gonflée, poisseuse de sperme.

Un sorcier !

Éclaboussé du sang de ses victimes, Shaar-Balal, maître-sorcier du Quatrième cercle, se tenait devant une enfant d'à peine une dizaine d'années, suspendue par les bras, les jambes écartelées, son petit corps nu déchiré, griffé, entaillé, brûlé, mordillé… dévasté de toutes les façons possibles, avec autant de passion que de cruauté.

Dans un ultime soupir qui signifiait pour elle la délivrance, la fillette expira, terrassée par la somme de tout ce qu'elle avait enduré aux mains de son bourreau.

Concentré sur la puissance de son orgasme, il fallut quelques secondes au Smaugh pour percevoir l'intrusion. Dans un sursaut outragé, il pivota vers l'inconscient qui se permettait de l'interrompre en pleine jouissance et s'égosilla :

— Qui ose ¿ J'ai interdit qu'on me dérange ! Qu'est-ce… Un sang-chaud, ici ¿!

Dans la seconde suivante, Shaar-Balal redressa sa dextre aux doigts cramoisis vers l'Adhan et sa bouche s'ouvrit pour cracher un sortilège.

Les traits creusés d'un rictus vengeur, Cellendhyll rabaissait déjà son glaive en diagonale basse. Jaillissant du haut de son épaule, la puissante lame trancha net la main du sorcier, balayant la concentration indispensable à son sortilège.

Le Hors-Destin n'en avait pas fini, oh que non ! Il inversa son mouvement descendant pour tailler dans le bas-ventre du maître-sorcier avant de pousser vers le haut et l'éventrer de l'aine au menton, tout en débitant sa verge au passage.

Tandis que son gland roulait sur le sol, sa bouche de crapaud grande ouverte, Shaar-Balal laissa échapper un gargouillis confus et s'effondra de tout son long aux pieds de sa dernière victime. Fendu de part en part.

Cellendhyll cracha sur la dépouille du tortionnaire. C'était un châtiment bien trop rapide pour une telle pourriture. Son glaive essuyé, rengainé, il jeta un dernier regard à la fillette et quitta les lieux, en tentant de juguler le hurlement de rage qui lui étreignait le cœur.

Le Hors-Destin ressortit de la tente. Pour tomber nez à nez avec une esclave. Une toute jeune femme aux cheveux noirs coupés ras, le teint olivâtre, avec de grands yeux noirs. Elle était vêtue d'une tunique doublée en coton clair, fendue sur les côtés, et portait une jarre. Elle fixa le grand guerrier qui lui faisait face, son regard étincelant d'un feu jade, ses traits rudes, marbrés de quelques taches de sang.

Devant un Smaugh, la réponse de Cellendhyll aurait été aussi instantanée, violente et implacable que face au maître-sorcier. Confronté à cette esclave toute menue, il préféra une méthode nettement plus pacifique.

— Ne craignez rien, je ne vous veux aucun mal, lui murmura-t-il, aussi apaisant que possible. Au contraire, je...

Il n'eut pas le temps d'en dire plus.

La femme lâcha la jarre, qui s'écrasa sur le sol. Tout en reculant d'un bond, elle ouvrit la bouche en grand et se mit à hurler. Un cri strident, étiré dans les aigus, qui monta jusqu'au ciel :

— UN INTRUS !

Elle avait un sacré coffre pour une femme aussi menue. À peine l'esclave eut-elle fini de crier qu'elle s'esquiva en courant vers le centre du camp.

Tout en se maudissant pour son erreur de jugement, Cellendhyll pivota sur sa droite.

Un acolyte du sorcier, lui aussi en tunique magenta, sortait d'une tente adjacente, une dague courbe dans chaque main. Il y rentra aussitôt, à reculons, une lame de jet de l'Adhan plantée en plein front.

Des cris firent écho à celui de l'esclave, résolument plus virils. Les Smaughs donnaient l'alerte générale, quittaient leurs tablées pour s'élancer en direction de la tente de Shaar-Balal. D'autres se précipitèrent pour se joindre à la traque.

Cellendhyll n'était pas resté à les attendre. Préférant la vitesse à la furtivité, il avait filé à l'opposé, vers l'ouest, coupant entre les tentes. Les envahisseurs avaient découvert la mort de l'éminent sorcier et leurs hululements agressifs se mirent à résonner dans son dos, bien trop proches à son goût.

Alors qu'il allait quitter le périmètre, engagé dans une allée, six Smaughs apparurent face à lui, bloquant son passage. Sans ralentir, l'image de la fillette bien en tête, l'Adhan projeta deux dagues de jet, épinglant le front et la gorge du binôme le plus avancé. Augmentant son allure, il dégaina son glaive et chargea les autres.

Le troisième Smaugh s'effondra à son tour, le torse découpé d'une frappe en biseau. Le quatrième vola dans les airs, du moins une partie de son corps, tandis que ses jambes ricochaient sur le sol, ruisselantes d'hémoglobine. La boîte crânienne du cinquième alla s'encastrer dans la roue d'un chariot. Et le sixième se retrouva empalé sur sa propre lance.

L'Ange, quant à lui, avait déjà plongé sous la flaque sombre d'un fourgon. Il lui restait trois dagues, en plus de son glaive et de sa Belle de Mort.

Les Smaughs répercutaient l'alerte à grand renfort de cris, pour autant ils ignoraient quel danger ils affrontaient. Des intrus dans le camp ¿ Où ¿ Qui ¿ Combien ¿

Le vacarme et l'agitation avaient saisi tout le périmètre central. La disparition des Hirondelles, enfin relayée, ne fit qu'ajouter à la tension montante. Les guerriers smaughs s'agitaient, s'interpellaient, couraient sans réelle organisation, sans vraiment savoir qui ou quoi chercher. Ils étaient d'autant plus confus qu'aucune des sentinelles chargées de surveiller les abords de la colonie n'avait signalé de mouvement des forces impériales.

Allongé dans l'obscurité, sur le toit d'une roulotte, Cellendhyll marqua une pause, le temps de regarder vers le centre du camp, qu'il scruta soigneusement. Il voyait bien des Têtes de Clous s'ébattre dans tous les sens, mais pas le moindre signe de leur reine, pourtant facile à distinguer de ses sujets.

L'Adhan crut reconnaître Rakùl-Bahìr au loin, en train de sortir d'une roulotte pour donner des ordres, avant de disparaître au milieu d'un groupe de sorciers. À son initiative, des groupes commencèrent à se former, chargés de ratisser chaque allée à partir du centre de la base.

En dépit de ses efforts, Cellendhyll eut beau fouiller l'horizon, toujours pas de Øz, ni de Gamaël. Pourquoi la reine n'intervenait-elle pas pour mettre de l'ordre dans son armée ¿

Cellendhyll avait quitté le secteur le plus fréquenté et traversait le camp ennemi, non pas au hasard, mais orienté vers un nouvel objectif, dont il se rapprochait en zigzags. Il glissa sous un chariot, se redressa pour plonger le long d'un autre, qu'il dépassa, quittant une allée pour la suivante. L'alarme déclenchée, il n'espérait plus retrouver la reine et Rakùl-Bahìr se révélait trop bien protégé. Tant pis. Il était donc passé à la phase deux de son plan : son exfiltration.

Il avait provisoirement perdu ses poursuivants, ces derniers éparpillés à la recherche d'un ennemi dont ils ignoraient encore la nature. Leur camp était trop vaste. Au cœur de la nuit, dans le désordre ambiant, à moins de tomber directement sur lui, les Têtes de Clous avaient peu de chance de le repérer.

À présent que les Smaughs étaient alertés, ils allaient boucler toutes les issues et Cellendhyll risquait bien de se faire rattraper en tentant de gagner les extérieurs de la colonie. Et même s'il parvenait à s'extraire de la base, le temps de rejoindre la ligne impériale, il ne manquerait pas de se faire repérer par les patrouilles de chars, seul au milieu de la plaine. Tout cela, l'Ange l'avait anticipé. Il s'agissait désormais d'occuper suffisamment les Smaughs pour être tranquille.

Il grimpa sur un fourgon, courut tassé sur lui-même, bondit sur un autre véhicule, puis sur un troisième, le temps d'atteindre l'allée suivante. Il marqua une pause, pour se repérer. *Oui, là-bas, à gauche.* Il se laissa tomber au sol, se réceptionnant d'une roulade, et se remit à courir. Il ralentit devant un croisement formé par un alignement de tentes et de chariots

Tout va bien. Je les ai semés ! Merci, dame Chance !

Cellendhyll quitta son allée et se retrouva face à face avec le colossal Oghul-Tak, qui déboulait de l'ouest.

Oghul-Tak revenait du périmètre où étaient garés les chars de guerre ; secteur que l'Adhan n'avait pas exploré. Le colosse était sanglé dans son armure de plates noires, qu'il revêtait en toutes circonstances, mais il ne portait son casque qu'à la guerre. Le crâne hérissé d'au moins trente clous, ce visage gras aux chairs affaissées, au nez porcin, cette bouche lippue, figée d'une éternelle grimace, ce regard furieux, buté... sans conteste, le seigneur de guerre était d'une laideur aussi inquiétante que remarquable.

Les deux guerriers se contemplèrent une brève seconde, aussi surpris l'un que l'autre.

— Toi ! cracha Oghul-Tak.

La réplique de Cellendhyll n'eut rien de verbal. Elle fusa aussi soudainement qu'un éclair dans un ciel d'orage. D'un dégainé fulgurant de son glaive, il asséna un grand coup de taille en diagonale basse, visant la tête du colosse.

Oghul-Tak se rejeta en arrière, assez vif pour éviter d'avoir le visage découpé en deux parties distinctes... pas assez rapide, toutefois, pour éviter que la pointe du glaive de l'Ange ne lui fasse sauter l'oreille droite.

— Rhaaaaaa ! beugla le colosse, tout en perdant l'équilibre.

Emporté par le poids de son armure, Oghul-Tak trébucha à reculons en battant des bras, percuta une tente qu'il entraîna avec lui, avant de s'effondrer contre une autre, qu'il brisa sous son poids, pour ensuite rouler au sol, empêtré sous un amas de cordes et de cuirs déchirés.

Cellendhyll laissa son adversaire hurler sa rage et reprit sa course. Pas de temps à perdre, le beuglement du titan avait rallié à lui d'autres Smaughs. L'Adhan les entendait se rapprocher, se hélant des artères adjacentes.

Une troupe apparut du coin de l'allée, vingt mètres plus loin, et chargea dans sa direction.

Cellendhyll se rua à leur rencontre. Arrivée à portée du premier Smaugh, sans vraiment ralentir, il feinta à gauche et partit à droite, profitant qu'il dépassait le guerrier, pris à contre-pied, pour lui cingler la nuque de son glaive, sectionnant sa colonne vertébrale. Il aborda le second en s'abaissant sur les genoux. Porté par son élan, il se laissa glisser, le temps que son adversaire gifle l'air au-dessus de lui. Cellendhyll se redressa d'un sursaut et l'éventra d'un revers de lame, se rééquilibra sur ses appuis et fonça sur le suivant. Il ramena sa lame en position haute, bondit vers le ciel pour esquiver la lance que le Smaugh pointait vers son bas-ventre. Il retomba tout droit, coinçant l'arme sous son pied, pivota des hanches et décapita la créature d'un puissant revers d'épaules. Un bond à droite, pour éviter une javeline qui se planta dans un chariot, puis, le Hors-Destin tournoya sur lui-même, son glaive ramené vers lui. Enfin, de trois diagonales successives, haute, basse, haute, il faucha net les trois Têtes de Clous restants.

Il s'était dégagé la voie. Rengainant son glaive, tandis que les appels de ses poursuivants retentissaient autour de lui, l'Ange s'élança jusqu'au prochain croisement, avant de bifurquer sur sa gauche. Son objectif était proche. Au lieu de choisir l'allée, il bondit entre deux chariots, atterrit dans une autre artère, glissa entre deux roulottes, et reprit sa course. Les appels s'étaient éloignés.

Cellendhyll profita de ce répit pour escalader un fourgon. De sa position surélevée, il retrouva ses repères, il avait juste un peu dévié à l'est. Satisfait, l'Adhan corrigea sa trajectoire, accroupi le long des toits. Il sauta d'une roulotte juste avant d'être repéré par une patrouille de mechs, s'aplatit sous un chariot, le temps de la laisser passer. Il quitta sa cachette et repartit à prudentes foulées vers sa destination.

Il esquiva une autre patrouille grâce à la bénédiction des ombres. Après encore dix minutes d'approche furtive, il atteignait son objectif, le dépôt d'huile de lampes. Il longea les véhicules à l'extérieur du périmètre. Il n'était pas question pour lui de perdre du temps à affronter les gardes postés autour des réserves, désormais en alerte. Non, Cellendhyll avait prévu quelque chose de nettement plus festif.

Tout en avançant, il décrocha l'une des nombreuses torches plantées le long des allées. Là ! Le piquet tordu qui lui avait servi de repère, entre deux chariots. Jetant sa torche juste en bas du pieu, Cellendhyll embrasa le sillon d'huile qu'il avait préalablement préparé en vidant trois lanternes repérées lors de sa visite préliminaire.

Dans un « wouf » étouffé, le feu remonta la ligne de carburant préparée par l'Adhan, serpent avide se rapprochant du dépôt par le flanc, entre les attelages, droit vers l'un des empilements de tonnelets.

Après avoir constaté l'efficacité de sa ligne de feu, il se remit à sprinter aussi vite qu'il en était capable, s'éloignant vers l'est, les coudes collés au corps.

Dix secondes plus tard, une explosion retentissante secoua le camp, soufflant les réserves d'huile et tous ceux qui se trouvaient autour. Cellendhyll venait à peine de quitter la zone d'effet, il avait calculé au plus juste.

Richement nourri en combustible, aiguisé par le souffle du vent, le feu grignota les tentes et les véhicules, dévora le bois tout autant que l'étoffe ou le cuir, et se propagea dans toutes les directions. Voilà qui allait occuper les Têtes de Clous.

Au lieu d'un supplice, je vous offre un feu d'artifice, bande de pourritures !

La colonie des Smaughs était en proie à un chaos total. Une fourmilière piétinée n'aurait pas démontré une telle frénésie.

Sortis de leurs cages par des mechs en panique, les esclaves se répandirent dans le campement tels des insectes, sommés de former une chaîne à partir des chariots-citernes pour circonscrire l'incendie.

Rakùl-Bahìr, Turgut-Ott, le seigneur de guerre, et quelques autres lançaient des directives pour organiser la Horde et créer des coupe-feu, mais le tumulte était tel que leurs tentatives avaient tendance à se perdre dans le brouhaha.

De petites détonations résonnaient à mesure que le feu progressait, les lanternes des véhicules explosant les unes après les autres sous la morsure des flammes, une pétarade qui ne faisait qu'ajouter à l'ébullition générale.

L'explosion du dépôt d'huile illumina la nuit sur des kilomètres à la ronde.

— Qu'est-ce qu'il se passe, là-bas, foutrebique ? s'exclama Cromlach en contemplant la gerbe de flammes illuminer la colonie des Smaughs.

— Ça, c'est le meilleur des signes, ça veut dire que mon petit Cellendhyll danse avec les Smaughs ! sourit largement Gheritarish, incapable d'en vouloir longtemps à son meilleur ami. Ah, c'est un sale cabochard, ce bougre d'Adhan, mais quand il s'y met, il a du style, faut le reconnaître !

Contrairement à ce qu'il espérait, l'apprenti chaman n'avait pas assez récupéré pour invoquer de sitôt son feu d'Âme. Il se sentait aussi faible qu'un vieil humain malade, rien à voir avec la saine fatigue du combat. Le processus de translocalisation de cinq personnes à la file, à travers le lien élémental qu'il avait fallu maintenir tout du long, n'avait rien d'un sortilège banal. D'ailleurs, ses trois mentors ne se montraient pas tellement plus vaillants que lui.

Dans la base impériale, tous attendaient le retour du commandant, Gheritarish, Callista, Cromlach, Aymard, Reydorn et Ygraine, campés au milieu du remblai impérial, les regards braqués sur le camp des envahisseurs.

Les Hirondelles avaient dignement honoré le sauvetage de Navera et ses camarades, pourtant, les cinq conseillers restaient tenaillés par l'inquiétude, contrairement au Loki. Tant que le seigneur-lige qu'il ne serait pas rentré, difficile de vraiment se détendre.

Callista Swift ne desserrait pas les dents. Elle avait lancé l'ordre à un bataillon de cent cavalières de se tenir prêtes à intervenir à n'importe quel moment. Depuis, les bras croisés, les sourcils froncés, la capitaine n'avait pas quitté le campement smaugh de son regard azur, fixant la tanière de la Horde avec une intensité palpable. C'était comme si, à force de concentration, elle voulait obliger Cellendhyll à se téléporter là, juste devant elle.

Chapitre 79

Deux cadavres étendus derrière lui, une dague de jet planté dans chaque front.

Cellendhyll feinta à gauche, partit sur sa droite, bondit sur la paroi d'un fourgon sur lequel il prit appui, se rééquilibra dans son saut et retomba en frappant. Son glaive plongea dans l'épaule de son adversaire, à l'angle de son cou et trancha la carotide du Smaugh. Il retira sa lame d'un geste sec, laissant l'homme s'effondrer, un geyser de sang pulsant au même rythme que son cœur à l'agonie. Il esquiva un estoc au ventre d'une torsion du buste, riposta d'un revers, sectionnant le bras armé de son adversaire au niveau du coude. Il repoussa son vis-à-vis d'un coup de botte qui lui brisa trois côtes et mit fin à ses jours d'une diagonale sèche en travers du sternum. Il para un nouvel assaut en interposant son glaive. De sa main libre, il empoigna le Smaugh par le renfort de son épaulière en cuir, pivota sur lui-même, entraînant son adversaire avec lui et l'envoya se briser les membres contre l'épaisseur d'un fourgon. Il se retourna aussitôt pour cingler le larynx du Tête de Clous suivant, avant même que l'envahisseur ne puisse amorcer sa frappe. Cellendhyll effectua un pas de côté, le temps de changer d'appui. Sa lame remontée vers le ciel, un Smaugh éventré par le travers. Sa lame rabattue vers le sol et le corps du dernier guerrier de l'escouade s'écrasa sur le sol, tandis que sa tête s'envolait jusqu'au toit d'une roulotte.

Gorgé de mana pur, le sang de l'Adhan pulsait dans ses veines, un torrent fier et vigoureux qui tonifiait chacun de ses gestes, le moindre de ses élans. Comme lorsqu'il avait combattu aux Creux, ou encore sur le plan du Destin, Cellendhyll se sentait plus vif, plus précis, plus létal que jamais. Plus puissant, aussi, comme il l'avait constaté dans la soirée, en tronçonnant un Smaugh en deux segments distincts d'un simple revers de glaive. Ou encore, un peu plus tôt, lorsqu'il avait frappé un autre Tête de Clous d'un coup de botte au poitrail et l'avait projeté à travers une roulotte, pour l'envoyer défoncer la paroi opposée du véhicule, et se retrouver projeté dans l'allée suivante, le corps brisé.

Le Hors-Destin essuya le sang qui maculait son glaive d'une torsion du poignet. Depuis le début, ses deux cœurs battaient en parfaite synchronie. Pas de temps à perdre. Il rengaina sa large lame et disparut dans l'ombre d'un chariot.

Dans son sillage, une traînée sanglante d'hommes abattus, de guerriers mutilés, de silhouettes agonisantes. L'Ombre du Chaos avait été congédiée. Transformé en raz de marée vengeur, l'Ange de Guerre avait fauché tous ceux qui prétendaient lui barrer le passage.

Quelques minutes plus tard, Cellendhyll était accroupi contre la roue d'un fourgon. Cent mètres plus loin, les écuries. Il se rendit compte qu'il avait oublié de récupérer ses deux dernières dagues, mais peu importait. Il lui restait son glaive, sa Belle si fidèle, c'était bien suffisant.

Sa diversion effectuée, l'Adhan avait atteint la dernière étape de sa mission. Quitter la base ennemie.

Il constata à son déplaisir que la sécurité de l'écurie avait été renforcée, il avait trop tardé. Toujours sans savoir ce qui les menaçait, les Smaughs avaient envoyé des renforts bloquer l'accès à tous les points stratégiques de leur tanière.

Casqués, une trentaine de mechs en gambisons de cuir noir renforcés de bandes d'acier magenta, étaient désormais déployés devant les enclos. En alerte, ces gardes faisaient preuve d'une vigilance bien supérieure à tout ce que Cellendhyll avait constaté jusqu'ici.

Il pressentit que dame Chance était en train de l'abandonner. Le temps commençait à presser. Il devait forcer les écuries et n'avait plus le loisir de faire dans la finesse.

Puisque je n'ai pas le temps de vous contourner, je vais vous faire venir à moi.

Quittant la protection des ombres, le Hors-Destin s'élança droit sur l'entrée de l'écurie symbolisée par deux grandes barrières, avec un espace libre au centre, d'une dizaine de mètres. Dix guerriers se tenaient là, lames au clair.

Cellendhyll s'arrêta à vingt pas de l'entrée. Les guerriers, en face, le fixèrent tout surpris. Que faisait ce sang-chaud, ici, seul ?

Et si je gérais ça à la Gheritarish ?

Cellendhyll écarta les bras en grand et toisa les sentinelles :

— Venez m'affronter, bande de pucelles à vérole ! s'exclama-t-il d'un ton railleur.

Un homme seul à les défier ? L'outrage fut aussitôt relevé. Les mechs de l'entrée se ruèrent sur l'Adhan, aussi frénétiques que leurs maîtres.

Son sourire de fauve à nouveau sur les lèvres, Cellendhyll s'élança à leur rencontre. D'une simple pensée, il éveilla son Nexus et franchit le voile éthéré du Zen. La transe bleutée l'emporta aussitôt et son écran tactique s'alluma d'une trentaine de cibles surlignées d'un halo orangé, éparpillées çà et là au milieu de l'écurie.

D'un ample revers de glaive, Cellendhyll fendit les deux lances qui volaient vers lui, rendues si lentes par le tamis du Zen. Puis, il arriva à portée de combat. Deux frappes en taille, trop rapides pour l'œil, un pas, un revers, un pivot, un estoc, un revers. Cinq morts, sanglant sillage.

Les cinq guerriers suivants s'étaient figés. Une telle démonstration d'aisance martiale avait brusquement douché leurs ardeurs. Cependant, Cellendhyll n'allait pas les laisser s'en tirer à si bon compte. Il fonça sur le premier guerrier, frappa dans la course, sans s'arrêter, un estoc violent au foie, si vivement exécuté que le mech ne se rendit compte qu'il était blessé qu'à la douleur intense qui avait saisi son ventre déchiré en profondeur. Il tomba à genoux, tentant de comprimer la plaie. Et mourut.

Pour Priam ! Pour Rathe !

Le mech suivant tenta de planter sa lance dans le bas-ventre de l'Adhan. Vif-argent, Cellendhyll effectua deux gestes de son bras armé, difficiles à discerner. Le guerrier se retrouva avec sa lance tranchée en deux parties et ses intestins en train de couler vers le sol.

Le Hors-Destin appliquait l'enseignement d'Yvain, maître d'armes du Chaos. Un enseignement dont il pouvait aujourd'hui encore, se féliciter. Garder le rythme, toujours en mouvement, ne pas se laisser enfermer. Frapper, frapper fort, vite et juste.

Il aborda les deux suivants d'une feinte à gauche avant de pirouetter entre eux, un tourbillon d'acier qui les traversa jusqu'à ne laisser que des membres tranchés, répandus sur le sol. Il bondit face au dernier garde de l'entrée. Remontée de glaive, parade à gauche, coup de pied gauche, diagonale basse, revers à droite.

L'Ange dépassa le cadavre, tandis que la tête du mech roulait sur le sol.

Dix halos soufflés sur son écran tactique.

Cellendhyll franchit le seuil de l'écurie. Pas à pas. À peine essoufflé.

Il divisa les dix guerriers restants en deux groupes. Quatre sur sa droite, à côté de la table, non loin des ballots de paille empilés sur toute une largeur de l'écurie, et six sur sa gauche, un peu plus loin, dont cinq à mi-distance, en arc de cercle. Un dernier ennemi, nettement plus en retrait, contre un chariot, à la limite de sa carte tactique.

Son irruption conquérante, son style agressif, cette aura de prédateur absolu que l'Ange dégageait, tout cela avait figé les mechs. Ceux-là avaient bien compris qu'ils affrontaient un maître et ils n'étaient pas immunisés contre la peur contrairement aux Smaughs, leurs maîtres.

Baigné par le fluide du Zen, qui décuplait ses sensations, Cellendhyll prit une grande inspiration, savourant l'air de la nuit. Quelle magnifique soirée !

— Bande d'incapables, il est seul, tuez-le ! rugit l'adversaire du fond.

Les mechs plus courageux chargèrent. Trois par sa gauche, deux à droite. Les cinq restants choisirent de temporiser.

Refusant de se laisser encercler, l'Adhan fonça sur le groupe le plus proche, à droite. Ceux de gauche le suivirent, tentant de combler l'écart pour le prendre en tenaille.

Il rejoignit les deux guerriers en trois foulées. Arrivé à portée, il accéléra encore et frappa dans l'élan, d'une diagonale haute. Rapide, si rapide. Le premier mech vola en arrière, éventré d'une ligne nette et fatale. D'un bond, Cellendhyll atteignait déjà le second guerrier. Il se réceptionna, s'accroupit tout en pivotant sur les appuis, son glaive fusa à l'horizontale, de la gauche vers la droite, et trancha net le genou du garde dont le sabre passait au-dessus de lui. Il se redressa aussitôt, tout en redressant sa lame, de la droite vers la gauche, en oblique, le temps d'éviscérer le guerrier en train de tomber.

Sans perdre une seconde, Cellendhyll se retourna vers ceux du second groupe, dont il avait suivi la progression, grâce à son écran tactique.

Au moment où il terminait son mouvement, un trait d'énergie magenta ourlé de mauve et de noir étincela dans la nuit, projeté droit sur lui. Tracté par ses réflexes hors-norme, l'Adhan plongea sur la droite.

Mortonnerre, un sorcier !

Sur sa carte mentale, le halo du Smaugh, nourri par le déclenchement de son mana, brûlait à présent avec une intensité supérieure aux autres, aisément repérable. C'était l'homme en retrait, hors de sa portée.

Et moi, bien sûr, j'ai dépensé toutes mes dagues de jet !

Sans vraiment se soucier de toucher les mechs éparpillés devant lui, le sorcier lança trois décharges de mana successives. Pris au dépourvu, même avec l'appui du Zen, Cellendhyll roula sur la gauche, se redressa, feinta, courut, roula encore. L'un des gardes, atteint d'un tir perdu entre les omoplates, s'effondra sur le sol en hurlant. Il tressauta d'une intense souffrance pour finalement se figer. À jamais.

Cellendhyll effectua une nouvelle roulade. Le sorcier le traquait de ses décharges d'énergie, le faisant peu à peu reculer. Traversant le voile du Zen, les projectiles de mana arrivaient sur lui comme des étoiles filantes luminescentes. De leur côté, réduits à quatre, les mechs s'étaient jetés au sol pour éviter d'être touchés.

De la taille d'un citron, un projectile noir et magenta dépassa l'Adhan et percuta le sol en grésillant. Aussitôt noircie, la paille qui tapissait le sol se transforma en cendres poisseuses. Une autre décharge de mana percuta le piquet d'un auvent, faisant fondre l'épaisseur du bois. Rongé en son milieu, le piquet s'écroula, entraînant la toile avec lui.

Ce sortilège d'énergie semblait différent du Voile de Peur que Rakùl-Bahìr avait employé contre Cellendhyll, dans les Terres du Nord, mais pas moins néfaste pour autant. Et si l'Ange avait su résister au Voile d'Effroi, il n'avait aucune envie de tester sa résistance face à la corrosion. Pas question d'être touché !

Toujours harcelé par le sorcier, il recula encore, bascula par-dessus la table sur laquelle les mechs avaient pris leur repas et la renversa pour s'abriter derrière l'épaisseur du chêne.

Il était momentanément protégé, toutefois le Smaugh avait l'avantage, grâce à sa capacité d'agir à distance, contrairement à l'Adhan.

Même si j'arrive à approcher le sorcier, je risque alors me prendre son Voile de Peur en pleine face. Pourrais-je y résister ? Et s'il me sonne avec la peur et, qu'ensuite, il me décoche un trait corrosif, je fais comment ?

Cellendhyll avait bien sa Belle de Mort. Il pouvait toujours la transformer en lance ou en hachette, de quoi atteindre le sorcier de loin. Mais non. Sans trop savoir pourquoi, désormais, il répugnait à ce que sa Belle si fidèle le quitte, même pour quelques secondes.

Je perds trop de temps. Il y a plusieurs milliers d'ennemis tout autour de moi. Plus je tarde, plus je risque de voir une armée débouler devant moi et m'encercler. Pire encore, une armée menée par des sorciers ! Je dois filer d'ici et vite !

Comment me tirer de ce guêpier ?

Comme d'habitude.

Je m'adapte. Ensuite, je danse et je tue.

Cellendhyll rengaina son glaive, se redressa, empoigna la table, qu'il plaqua devant lui comme un bouclier. Puis, il avança vers les guerriers restants, pas à pas, tout en surveillant le sorcier du coin de l'œil.

— Sur lui ! Allez-y ou je vous fais écorcher ! éructa le sorcier, toujours hors de portée, du côté des chariots de ferronnerie.

Les mechs qui s'étaient jetés à terre pour éviter les tirs de leur maître, se relevèrent et bondirent en direction du Hors-Destin. Tous les quatre d'un même élan agressif.

Cellendhyll attendit que le plus rapide arrive à portée et projeta la table sur lui, dégainant aussitôt son glaive. Le guerrier partit sur le côté pour éviter le meuble, mais l'Ange avait anticipé sa manœuvre et l'intercepta d'un estoc à l'angle du cou. Il retira sa lame et se remit en garde.

Les autres arrivaient sur lui.

— Tuez-le ! mugit le sorcier en arrière-plan. Étripez-le et je vous ferai passer régisseurs !

Un guerrier en face, un à ma gauche, un à droite.

Ainsi positionnés, les trois mechs protégeaient provisoirement Cellendhyll des sortilèges du Smaugh ; ce dernier hésitait, finalement, à abattre ses alliés, son seul rempart contre l'Adhan.

Numéro un, celui de gauche, comme Cellendhyll l'avait mentalement désigné, tenta de fendre son genou gauche d'une diagonale basse de son sabre long. Au même instant, Numéro deux, en face, frappait en taille, une attaque lourde, verticale, du haut vers le bas. Une seconde plus tard, moins rapide, Numéro trois se jetait sur le Hors-Destin par la droite et se fendait pour lui enfoncer sa hachette dans les côtes.

Trois attaques quasi simultanées qui fusaient de trois directions différentes.

Cellendhyll chevauchait le Zen et sa riposte tomba comme la foudre.

Il leva son pied gauche, laissant le sabre de Numéro un se planter dans l'herbe. Simultanément, en équilibre sur le pied droit, tout en pivotant de la hanche, Cellendhyll remonta son glaive en oblique et le planta dans la gorge de Numéro deux, alors que ce dernier rabaissait sa lame dans le vide. D'un nouveau pivot des hanches, à l'inverse, le Hors-Destin retira sa lame pour la ramener contre son flanc et plongea les doigts raidis de sa dextre dans la gorge de Numéro trois, stoppant net son élan. Son glaive jaillit à nouveau, cette fois vers la gauche, pour épingler numéro un en plein cœur. Cellendhyll enchaîna aussitôt en basculant le torse en avant, tout en pirouettant sur sa jambe d'appui, les bras écartés, et son pied gauche remonta par l'arrière pour cueillir Numéro trois en plein derrière l'oreille, brisant son os temporal. Ce dernier effectua une vrille sur lui-même, perdit l'équilibre et renversa une vasque allumée d'huile de lampe, avant de s'effondrer avec elle. Aspergés du feu liquide, ses mains, ses vêtements, son visage s'embrasèrent.

Braillant sa douleur, implorant pour qu'elle s'arrête, le mech se remit sur pied d'un bond spasmodique et courut sans voir où il allait, ses brûlures ayant déjà assez enflé pour obturer sa vision. Il cherchait vainement l'un des abreuvoirs dans lequel plonger, sans se rendre compte qu'ils étaient situés à l'opposé. Au lieu de quoi, Numéro trois alla s'emplafonner dans le rempart formé par la rangée de ballots de foin, qu'il enflamma à son tour. Il rebondit contre la masse végétale et repartit en agitant des bras dans l'autre sens. Le mech courut en aveugle, trébucha, recouvra son équilibre, fit encore deux mètres, et se fracassa le front contre un poteau d'attache.

Pendant ce temps, l'huile enflammée répandue, nourrie par les résidus de paille qui tapissaient la surface de l'écurie, s'écoula jusqu'à la base du foin empilé, causant un autre départ de feu.

À peine les mechs tombaient que Cellendhyll rengainait et sprintait jusqu'à la table renversée.

Dépassé par la vitesse d'exécution de l'Adhan, qui avait éliminé ses guerriers en trois battements de paupières, le sorcier réagit avec un temps de retard et son projectile de mana alla se perdre dans la nuit.

Arrivé à la table, Cellendhyll la souleva, l'interposant entre le sorcier et lui et se mit à avancer sur le Smaugh. Une vingtaine de mètres le séparaient encore de son adversaire. Il reçut trois décharges successives qui forèrent un trou dans l'épaisseur du chêne, contracta ses muscles et projeta la table dans la direction du Smaugh aussi haut qu'il le pouvait. Il se décala immédiatement sur le côté, dégaina son glaive à deux mains et balança ses bras vers l'avant pour projeter sa lame sur le sorcier.

Sa visée rendue parfaite par la fluidité du zen, le glaive siffla, tourbillonna, acier conquérant, il fendit l'air droit sur le sorcier.

Ce dernier venait à peine d'esquiver le jet de table, sans trop de difficulté. Mais le glaive qui arrivait déjà sur lui le prit au dépourvu et le Smaugh se rejeta *in extremis* de côté, sauvé par son entraînement au Shivan-Gewarr. La puissante lame poursuivit son vol et se planta dans la paroi d'un chariot.

Toujours en mouvement, dès que le glaive eut quitté ses mains, Cellendhyll sprinta aussi vite qu'il le pouvait vers son adversaire, effectua encore trois pas et décolla aussi haut, aussi loin qu'il en était capable, un bond d'au moins dix mètres. S'équilibrant en plein vol, il porta la main à sa botte gauche.

Il est temps de danser, ma Belle !

Sa dague sombre sembla jaillir dans sa paume, impatiente, vorace. Son acier bleu nuit, rehaussé de reflets moirés, son entrelacs de runes délicates, sa Belle de Mort était plus belle que jamais.

Empoignant sa lame précieuse, il lui sembla sentir comme une brève et inoffensive morsure, dans le creux de sa paume. À croire que sa Belle lui reprochait de l'avoir dégainée si tardivement !

Toi et moi. Comme toujours... Pour toujours.

Sans hésiter, d'une pensée à laquelle il ajouta un geste saccadé du bras, Cellendhyll métamorphosa la Belle de Mort en sabre. Première transformation. La dague sombre s'exécuta, s'allongea pour prendre cette forme de sabre que son maître avait l'habitude de manier, pour un contrecoup négligeable. Dans le même temps, forgé du même métal que la Belle, un fourreau naquit de nulle part, soudain plaqué en travers des épaules de l'Adhan, contre l'étui de son glaive, sans que l'apparition ne vienne en rien corrompre son équilibre.

Pour Priam. Pour Rathe... Et pour tous ceux que vous martyrisez !

Parfaitement équilibré, sa Belle devenue sabre, empoignée à deux mains au-dessus de sa tête, Cellendhyll atterrit aux pieds du sorcier, ce dernier la bouche grande ouverte, complètement dépassé.

La Belle de Mort retomba comme un éclair, inlassable faucheuse, un trait bleu moiré scintillant dans la nuit, sublime, intense éclat à l'irréprochable tranchant, si vif que pas une goutte de sang ne maculait sa pureté.

Fendu, le sorcier s'effondra. Littéralement fendu. La partie droite de son corps s'écroula d'un côté, la partie gauche de l'autre.

L'écran mental était vide d'ennemis. Le feu déclenché au niveau des ballots prenait de l'ampleur, dégageant autant de fumée que de flammes. Dans les enclos, les bêtes commençaient à s'agiter. Cellendhyll quitta le Zen, repoussant le léger vertige consécutif à l'abandon de la transe, et passa à la suite.

Une fois son glaive au fourreau, alors qu'il se dirigeait vers les enclos, un sifflement agressif retentit derrière lui. Trop proche.

L'Ange pirouetta, giflant l'air de sa Belle et trancha la lance qui plongeait sur lui.

Des hululements retentirent. De l'allée au nord, déboulait une troupe de mechs, une bonne quarantaine, menés par un autre sorcier smaugh.

Sur l'ordre de ce dernier, les mechs se positionnèrent sur deux rangs, vingt guerriers armés de sabres et de hachettes en avant, vingt autres, qui empoignaient de longues lances, en arrière. Puis, le sorcier se rangea à droite de sa troupe et donna l'ordre d'avancer d'un même pas, telle une véritable cohorte de l'Empire.

Des lances, maintenant ¿ Et moi qui viens de lâcher mon Zen ! Le sorcier n'espère qu'une chose, que je charge pour me terrasser de son Voile d'Effroi. Et si je ne charge pas, avec leurs lances, les guerriers vont m'acculer contre l'incendie. Par l'Épée Noire de Lachlann, j'en ai assez ! Il n'est pas question que cela se passe ainsi !

— NON, s'écria le Hors-Destin, IL N'EN EST PAS QUESTION !

À peine son refus avait-il quitté les lèvres de Cellendhyll, qu'il se transforma en une onde de pouvoir d'argent liquide qui jaillit en direction de l'ennemi.

Atteints de plein fouet par le Cri, les Têtes de Clous furent non seulement balayés en arrière par l'onde mentale, mais également fracassés par sa puissance, transformés en un éventail de corps gémissants étalés devant l'écurie. Pour sa part, le sorcier se désintégra littéralement, son corps explosant sous l'impact.

L'Ange vengeur était devenu l'Ange de la destruction.

Cellendhyll sentait son sang enrichi pulser dans ses veines. Le Cri. Jamais il ne s'était déclenché avec une telle létalité. Là encore, c'était la preuve que le mana pur qui coulait en lui amplifiait ses capacités.

La muraille de paille côté sud de l'écurie se transformait en un rideau de feu. Les bêtes parquées dans les enclos mugissaient, hennissaient, agitées par les prémices de l'affolement.

Cellendhyll resta quelques instants à regarder les corps déchiquetés de ses adversaires. Il avait du mal à prendre la mesure de la puissance qu'il venait de déployer.

Son instinct le rappela à l'ordre, il devait quitter le camp des Smaughs. *TOUT DE SUITE !*

Toutefois, alors que Cellendhyll se détournait des cadavres pulvérisés, un autre groupe, encore plus conséquent, fit irruption de l'allée au sud. Une centaine de guerriers, tous en armure noire, menés par Oghul-Tak, un bandage plein de sang autour de son oreille manquante.

Dame Chance vient-elle de me trahir ?

Au contraire. Au moment où l'Adhan se ramassait sur lui-même, se préparant à un nouveau combat, l'empilement des ballots de foin embrasé au sud de l'écurie bascula sur le sol, créant un sursaut de chaleur si prononcé que la travée suivante s'embrasa aussitôt. Avivé par le vent, tel un ogre affamé, l'incendie redoubla d'intensité, dégageant désormais une telle température qu'il interdisait le passage, obligeant même les guerriers smaughs à reculer.

Le rugissement frustré d'Oghul-Tak résonna dans la nuit, faisant concurrence au grondement des flammes :

— Saleté d'Adhan, je vais t'ouvrir le ventre et je baiserai tes entrailles !

Cellendhyll ne perdit pas de temps à répondre. Rengainant sa Belle devenue sabre, il sprinta jusqu'à l'enclos des bovins. D'un coup de botte ajusté, il fit sauter la barrière qui le fermait et se rejeta sur le côté.

Dans un concert de mugissements, les bœufs s'engouffrèrent dans l'ouverture, quittant l'écurie dans un flot paniqué qui ne cherchait qu'une chose, s'éloigner du brasier à sa gauche.

L'Adhan courut vers celui des chevaux, qu'il ouvrit du même coup de botte.

Posté sur la droite, il calcula son élan au plus juste. Tandis que les chevaux surgissaient du seuil de l'enclos, il s'agrippa à la crinière d'un grand hongre, peut-être un bai brun – il avait du mal à distinguer la robe dans la lumière voilée par la fumée. Se laissant entraîner par l'élan puissant du destrier, il battit le sol de ses pieds joints, donna un coup de reins et bondit sur le dos de sa monture.

Le flot des chevaux talonnait celui des bovidés, remontant la voie la plus évidente, la grande allée qui partait au nord de la colonie, à l'opposé de l'incendie.

L'allée défilait au rythme du galop. Cellendhyll apercevait des silhouettes de guerriers, qui ne tardaient pas à s'effacer devant le flux impérieux, soit parce qu'ils se faisaient laminer sous les sabots des bêtes affolées, soit parce qu'ils réussissaient à se jeter hors de leur passage. Galvanisés par la peur, les ruminants renversaient tout ce qui gênait leur passage, les gens, les barrières, les caisses et les ballots.

Gouverné par son instinct de survie, le troupeau obliqua sur la droite, dans une nouvelle travée, qu'il remonta à pleine allure, défonçant le moindre obstacle, avant de balayer l'assemblage de barrières bloquant l'un des quatre accès à la colonie, celui de l'est.

Impuissants à endiguer une telle marée, même avec leurs attelages, les conducteurs des chars postés à l'entrée du camp laissèrent filer – pourquoi risquer un accident à vouloir stopper un troupeau affolé, alors que, dès le lever du jour, il serait facile de récupérer les bêtes, apaisées, sans doute occupées à paître le long du fleuve. Courbé sur sa monture, Cellendhyll passa devant eux sans être repéré.

Lâché dans la plaine, lancé comme il l'était, le troupeau paniqué continua sa fuite. Plus rapides, les chevaux dépassèrent les bovidés et continuèrent vers l'est, à l'opposé de la colonie smaugh, sur environ trois kilomètres. Puis, les bêtes sentirent l'eau, toute proche, et décidèrent d'un même ensemble d'obliquer au sud, droit sur le Vacqueyras.

Des jambes, Cellendhyll fit progressivement obliquer son bai sur le flanc du troupeau. Il accompagna son flux jusqu'à la berge, où les herbivores, à peine calmés, entreprirent de s'abreuver.

L'Ange fit stopper son cheval, caressant son encolure, le temps de vérifier qu'aucun ennemi n'était lancé à sa poursuite. Satisfait, il remit des jambes et relança son hongre au petit galop, parallèle à l'amont du Vacqueyras, dont le large sillon liquide allait le mener droit vers le pont et la base impériale.

Cellendhyll se redressa sur sa monture, écarta les bras en grand et se laissa aller au plaisir du galop, le vent sifflant à ses oreilles. L'éclat d'argent de sa chevelure sous la lueur des lunes jumelles. Le feu de son regard, ce jade magnétique et sauvage. L'Ange lâcha un rire dans la nuit, dans lequel s'entremêlaient soulagement, joie et triomphe.

Sa mission avait tourné court. Certes, il avait échoué à trouver Øz. Néanmoins, Cellendhyll relativisait. Il avait tout de même asséné une gifle cuisante au prestige des Smaughs.

Sa réaction incontrôlable face à cette raclure de sorcier-tortionnaire avait peut-être fait déraper sa mission, pourtant, s'il avait dû rejouer la scène, le Hors-Destin n'aurait pas agi autrement. Sauf peut-être face à cette esclave, qu'il aurait dû bâillonner de sa main.

Il le savait, ces incendies n'étaient pas suffisants pour réellement handicaper la Horde, ils étaient trop excentrés pour atteindre la masse des guerriers. Quant à leur cheptel de ruminants, les Smaughs finiraient sans doute par en récupérer la majeure partie, dès le lendemain. Un coup sévère porté à l'ennemi, mais nullement décisif.

Tout de même ! Cette percée dans le camp ennemi était une victoire incontestable, spectaculaire, qui concluait de belle manière, au moins à ses yeux, la libération des cinq Hirondelles, et sans pour autant la surclasser.

Tandis que sa monture arrivait en vue du remblai et que les sentinelles impériales annonçaient son approche, Cellendhyll partit d'un nouveau rire en songeant au faciès de Rakùl-Bahìr, au milieu de son campement en flammes, qu'il imaginait tour à tour dépité ou furibond.

Chapitre 80

À peine rentré à la base impériale, Cellendhyll fut assailli par Gheritarish et les autres et harcelé de questions. Il différa les réponses, le temps de s'installer à une table du mess – pas question d'emmener tous ces excités dans sa tente, il n'arriverait plus à s'en dépêtrer ! Ensuite, il commença par prendre des nouvelles des Hirondelles libérées. Rassuré sur leur sort, il entreprit le résumé de son assaut dans la colonie smaugh, sa recherche vaine de la reine et fit le tour de ce qu'il avait constaté dans le camp ennemi.

Ensuite, tout en dévorant un bol de ragoût de volaille au thym, l'Adhan *consentit* à subir un débriefing coloré de ses agissements de la soirée, s'attirant les remontrances tout à la fois incisives et respectueuses d'Aymard, les grommellements sonores, expressifs de l'adjudant Cromlach, les reproches amicaux de Reydorn qui se joignit aux autres, soutenu par la douce Ygraine, aux regards soudain aussi acérés que des lames de guerre. Contrairement aux autres, Gheritarish, tout en mâchant un morceau de saucisson qu'il avait dérobé nul ne savait où, gloussait tellement qu'il faisait trembler la table sur laquelle il avait posé ses bottes pleines de boue.

À l'instar du Loki, Vanina Cole, lorsqu'elle réceptionna le cheval volé aux Smaughs, juste avant la réunion, lui avait adressé un clin d'œil appuyé, tellement expressif : à la place du commandant, la rousse ne se serait pas gênée une seconde pour agir exactement comme lui !

Callista Swift était la seule à ne pas desserrer les dents. Elle l'avait écouté narrer son assaut, les bras croisés, sourcils froncés.

En dépit de son caractère, Cellendhyll laissa faire. Ses compagnons avaient mérité de pouvoir relâcher sur lui cette tension qu'il leur avait infligée, malgré lui. Il devait cependant avouer que le silence de Callista était bien pire à supporter que les récriminations somme toute bienveillantes des autres.

Une fois terminé son deuxième bol, tandis que les autres s'épanchaient toujours sur son cas, Cellendhyll vida un verre d'eau, se remit sur pied et déclara, avec ce ton net qui le caractérisait lorsqu'il commençait à s'agacer :

— Ça suffit, maintenant. Je vous sais gré de vos inquiétudes, mais, sauf erreur, *je* dirige cette armée. Et, sauf erreur, je suis rentré sain et sauf. À présent, je vais me coucher et vous feriez mieux de faire pareil. Bonne nuit.

Accompagné par la toux subite du Loki qui venait de s'étrangler avec un morceau de saucisson, le Hors-Destin prit congé sans un regard en arrière.

Il dépassa le centre du campement, répondant au salut des guerriers qu'il croisait, ou aux exclamations enjouées des Hirondelles.

Après avoir fait un crochet pour apporter des pommes à Farod et lui adresser quelques caresses, Cellendhyll rejoignit sa tente, saluant au passage le piquet de sentinelles.

La tension était retombée et une chape de fatigue pesait sur ses épaules.

Une fois dans sa tente, il rangea son baudrier d'arme, déposa sa Belle sous sa forme de sabre sur son lit, sagement rangée dans son fourreau. Il se dévêtit, jeta ses affaires sales dans une corbeille. Comme il avait la flemme d'aller se laver dans le fleuve, il passa derrière son paravent pour effectuer une toilette aussi complète que possible à la cuvette.

Il en profita pour se raser, passa une serviette autour de ses reins et quitta le paravent, étouffant un bâillement.

Au milieu de la tente, face à lui, se tenait Callista Swift.

Dès que Cellendhyll apparut, la guerrière combla l'écart qui les séparait, se colla contre lui et lui délivra un baiser aussi brûlant qu'un soleil. Puis, elle se recula et gifla l'Ange à toute volée pour ensuite lui s'exclamer :

— Vous ! Voilà pour votre soi-disant *promesse* ! « Je serai prudent, Callie »… Prudent ? Vous connaissez la signification de ce mot ou bien vous vous amusez avec moi ? Vous imaginez ce que j'ai pu ressentir… Je… j'ai cru… j'ai craint… vous, tout seul… les Smaughs… et moi… raahh !

Incapable d'assembler ses pensées en une suite cohérente, la guerrière leva les bras au ciel, pivota sur les talons et quitta la tente, tout en maugréant une litanie de jurons.

La furie de Callista Swift était manifeste… quel baiser, pourtant !

Cellendhyll resta un instant interdit, bien plus concentré sur la saveur des lèvres de Callista, que par la brûlure à sa joue, qui, finalement, ne faisait qu'aviver la sensation troublante.

Il éclata de rire, sans chercher à savoir pourquoi.

Une fois au lit, sa Belle de Mort posée à portée de main, les bras croisés sous sa tête, Cellendhyll fixa de longues minutes le plafond de sa tente.

Sans qu'il le veuille, une autre femme que Callista Swift avait momentanément pris possession de ses pensées.

Où était fourrée Øz ? Comment avait-il fait pour la manquer ? Il n'avait repéré ni sa haute silhouette, ni sa longue chevelure de neige, pas plus qu'il n'avait entendu sa voix autoritaire. Se pourrait-il que la reine des Smaughs ait délaissé son peuple ? Mais pour aller où et pour faire quoi ?

L'Ange poussa un soupir, ferma les yeux. Et s'endormit.

Chapitre 81

Au moment où Cellendhyll réunissait ses conseillers dans le mess des officiers, Rakùl-Bahìr laissa errer son regard ombré de fureur sur la colonie dévastée.

À force d'efforts conjugués, les Smaughs et leurs esclaves avaient réussi à éteindre les incendies. L'air était lourd d'une odeur de brûlé tenace. Des panaches de fumée, des nuages de cendres continuaient de s'élever dans la nuit, faisant tousser plus d'un guerrier.

Installé dans son fauteuil de cuir, sur son toit-terrasse maculé de débris, protégé d'un auvent fixé par trois esclaves, Rakùl-Bahìr venait de prendre connaissance des derniers rapports.

Interrogée à coups de gifles, en dépit de son initiative, l'esclave qui avait donné l'alerte avait échoué à fournir un signalement correct du meurtrier de Shaar-Balal… c'était un grand guerrier aux cheveux très courts, un sang-chaud qu'elle avait à peine osé regarder, ce fut tout ce qu'elle pouvait affirmer. Elle fut récompensée d'un viol, encore un, terminé d'un revers de dague en travers de la gorge.

Oghul-Tak, en revanche, s'était montré formel. Il avait reconnu l'Adhan maudit, aucun doute possible, pour l'avoir croisé en deux occasions au cours de la soirée. Selon les rumeurs, le colosse avait pulvérisé le crâne d'un Smaugh qui avait eu la bêtise de regarder l'emplacement de son oreille manquante d'un regard un peu trop appuyé. Oghul-Tak semblait perdre un morceau de lui-même à chacune de ses confrontations avec Cellendhyll de Cortavar, ce qui faisait beaucoup rire le Nagù et ses sorciers.

Quant aux témoignages du peu de guerriers ayant survécu à l'ennemi, ils concordaient avec la version d'Oghul-Tak. Eux aussi avaient eu affaire à un seul homme aux courts cheveux d'argent. En revanche, aucun autre sang-chaud n'avait été vu par les témoins.

De colère, de dépit, Rakùl-Bahìr en avait fouetté à mort trois esclaves avant de pouvoir se calmer. L'Adhan maudit, à lui seul, avait libéré les éclaireuses, avant de déclencher ces incendies. Ce maudit Cortavar avait osé ! Comment avait-il réussi à s'infiltrer au cœur de la colonie pour causer autant de dégâts, sans être repéré, intercepté, capturé ¿ Comment ¿

Par tous les supplices, des têtes allaient tomber !

Hanté par le visage de Cellendhyll, le maître-sorcier se rencogna dans son siège et saisit sa pipe de kiuthe, dans laquelle il avait ajouté quelques fibres de kerlath noir pour un petit effet planant. Il avait grand besoin de se détendre, d'extirper de son esprit l'image de son ennemi juré.

D'une grande inspiration, Rakùl-Bahìr fit pénétrer la fumée dans ses poumons, puis relâcha un épais nuage brun veiné de filaments noirs. Il poussa un soupir d'aise en sentant la drogue lisser ses membres de l'intérieur, les narines agréablement picotées d'une fragrance poivrée.

Le calme revenait en lui. Les pertes, heureusement, n'étaient pas si graves qu'on aurait pu le craindre. Elles concernaient les véhicules et les provisions bien plus que les hommes.

D'ailleurs, les Smaughs avaient d'autres réserves réparties dans leur colonie. Impressionnantes visuellement, leurs pertes ne représentaient qu'un quart de leurs ressources. Rakùl-Bahìr estima que les Smaughs finiraient par compenser leurs réserves, dès le pillage de la prochaine localité.

Concernant les effectifs, ils avaient perdu presque trois cents guerriers smaughs ou mechs dans la nuit, que ce fût à cause de l'Adhan, des incendies ou de la charge du troupeau à travers le camp. Sans compter deux sorciers du troisième Cercle parmi les plus prometteurs et le maître-sorcier Shaar-Balal, imputables au seul Adhan maudit.

Le Nagù relâcha une longue volute de fumée et se permit un ricanement moqueur.

Shaar-Balal était un être répugnant, même en regard des critères du Peuple. Pas une seconde, il ne manquerait au Nagù – ce dernier s'était rendu compte à quel point il exécrait son homologue à la satisfaction gourmande qu'il éprouva en apprenant sa mort. Un rival de moins, parmi les plus déplaisants, sans nul doute !

Cette pensée acheva de l'apaiser. L'Adhan ne perdait rien pour attendre, il se le jura une fois encore !

Sa gorge asséchée par la fumée, Rakùl-Bahìr réclama un pichet de vin de prune rafraîchi, son alcool du moment, ainsi qu'un plat de bœuf en lamelles, mariné au gingembre.

Ce soir, au cœur de notre colonie, affaiblis par l'absence de notre reine, par nos dissensions, nous avons été incapables de nous organiser, face à un homme seul ! Je dois trouver un moyen de me servir de cette attaque pour renverser la situation.

Le régisseur du Nagù apparut sur la terrasse, avec le plateau réclamé par son maître, sur lequel figurait, outre sa commande, un vélin clos d'un sceau de cire noire, totalement anonyme. Après avoir servi Rakùl-Bahìr, le régisseur se pencha vers lui et murmura à son oreille. Le maître-sorcier hocha la tête et congédia son serviteur d'un geste de la main.

Il reposa sa pipe, glissa une lamelle de viande épicée entre ses dents, essuya ses doigts sur un linge et s'empara de la missive.

Nous ne pouvons plus continuer ainsi.

Inscrits d'une écriture élégante, tels étaient les mots qui figuraient dans le message. Une phrase toute simple, mais qui signifiait bien plus.

Celle-ci avait été transmise à son régisseur par une esclave qui ignorait tout de l'auteur comme du destinataire.

Le Nagù passa un long moment à boire et réfléchir aux implications d'une telle missive. Tout autant sur le fond que la forme. À sa connaissance, la calligraphie n'était pas l'occupation favorite des Smaughs, qui méprisaient la notion de culture. À commencer par ce pourceau d'Oghul-Tak, ce colosse de bêtise ! D'autre part, aucun sorcier ne s'adresserait à lui de façon aussi tortueuse.

Une initiative tout à fait surprenante, car bien peu conforme à la mentalité smaugh.

Tripotant le vélin entre ses doigts, sa curiosité éveillée, Rakùl-Bahìr quitta son fauteuil, descendit dans sa roulotte et déverrouilla son atelier. Il entra, le posa devant lui, sur le plan de travail en bois pourpre. Il saisit un petit pot en argile. Il fit délicatement sauter le bouchon et saupoudra le message d'une poudre grumeleuse, d'un rose lumineux. Après quoi, à l'aide d'un pinceau pris dans un tiroir, Rakùl-Bahìr l'étala sur toute la surface du vélin. Il rangea son pot pour en reprendre un autre, cette fois en verre, qu'il ouvrit pour recouvrir le tapis grumeleux d'un nuage de vapeur carminée aux relents citronnés.

Tapotant de l'ongle sur le plan de travail, le sorcier se mit à patienter.

Une trentaine de secondes plus tard, la brume s'était dissipée, absorbant la poudre rose. Une autre suite de mots venait d'apparaître, en dessous de l'autre, apparemment tracée de la même main habile.

Dans une heure, accrochez une lanterne mauve à votre roulotte si vous voulez en discuter.

Aucun piège, l'affaire est trop grave, vous en conviendrez.

Bien qu'un tantinet déstabilisé, Rakùl-Bahìr n'hésita pas longtemps. Il pressentait qu'un événement décisif était sur le point de se produire. Il ordonna que l'on accroche la lanterne au coin de sa roulotte au terme du délai fixé. Dans la nuit, elle serait visible de loin sans pour autant attirer l'attention.

Le délai imparti, alors que Rakùl-Bahìr terminait une nouvelle pipe de kiuthe, réchauffé du froid de la nuit par un brasero en fonte, trois silhouettes se détachèrent d'un pan d'ombre, camouflées par des longues capes de cuir. Elles approchèrent de la grande roulotte et la plus corpulente d'entre elles frappa doucement au panneau d'entrée.

Rakùl-Bahìr avait donné ses ordres, ses gardes se tenaient en retrait, au repos. Son régisseur fit coulisser le panneau de bois laqué de noir, laissant libre passage.

La première silhouette s'infiltra à l'intérieur, repéra les lieux et ressortit avant de se ranger devant l'un de ses compagnons et de hocher la tête.

De quelques mots chuchotés, celui qui commandait aux autres leur ordonna de retourner se tapir dans l'ombre, en attendant son retour.

Il s'engagea prudemment dans la grande roulotte du Nagù, accueilli par le régisseur qui lui désigna l'escalier verni qui montait sur le toit.

L'homme encapuchonné gravit les marches. Il prit la mesure des lieux, protégés des regards par l'auvent, traversa la terrasse et se dressa devant Rakùl-Bahìr, qu'il salua d'un léger signe de tête. Puis, il fit un geste de la main, interrogateur.

Le maître-sorcier opina et invoqua une bulle de silence, dont le voile miroitant vint entourer la terrasse, contrant toute possibilité d'espionnage.

Satisfait, l'homme ôta sa capuche, dévoilant son visage et son crâne orné de trente-deux clous, avant d'adresser au Nagù un salut plus marqué, tout aussi élégamment formé que son écriture.

En retour, Rakùl-Bahìr lui sourit aimablement, alors qu'il réprimait un pur gloussement de satisfaction.

J'avais deviné juste !

En face de lui, se dressait le puissant Turgut-Ott, redoutable seigneur de guerre du clan Ott. L'un des rares rivaux dignes de son respect, le seul guerrier réellement capable de discernement. Le seul capable d'écrire une telle missive.

— « *Nous ne pouvons plus continuer ainsi* »... effectivement, Turgut-Ott, déclara Rakùl-Bahìr en guise de préambule. Et je crois pourtant avoir tenté de vous prévenir, vous, les chefs de guerre, et ce, à plusieurs reprises.

Turgut-Ott haussa les épaules :

— À quoi bon remuer les miasmes du passé ¿ La reine n'est pas là, et nous nous disputons comme des rejetons pour un morceau de viande crue. Ce que je veux, avant tout, maître-sorcier, c'est réussir notre Fahaarak'Shar.

— Et vous avez enfin compris que nous sommes en train de nous saborder par notre manque d'organisation et de discipline ¿ C'est *bien*, maître de guerre...

Turgut-Ott n'en avait pas besoin de plus pour se raidir :

— Si j'ai pris le risque de venir jusqu'à vous, ce n'est certainement pas pour subir vos railleries, Nagù... Je vous jugeais plus brillant que ça, j'ai fait une erreur et je m'en...

Le seigneur de guerre déjà en train de se redresser, Rakùl-Bahìr leva haut les mains, dans un geste apaisant :

— Vous avez raison, Turgut-Ott, je l'avoue. Votre démarche est audacieuse et je fais un bien mauvais hôte. Veuillez rester, je vous prie. Discutons aimablement.

Rakùl-Bahìr se leva de son fauteuil, le temps de remplir une coupe de vin de prune, qu'il posa sur un plateau, à côté d'une pipe à eau et d'un ramequin d'olives dénoyautées aux piments. Il saisit le plat et vint le glisser sur la table basse, bien en face du seigneur. Enfin, il retourna à son fauteuil.

Le guerrier smaugh hocha la tête, juste ce qu'il fallait, indiquant qu'il était sensible au geste du sorcier. Aucun Smaugh, à sa connaissance, n'aurait pu se targuer d'avoir été servi par les mains du prestigieux Rakùl-Bahìr.

De taille moyenne, la silhouette nerveuse, élancée, Turgut-Ott était vêtu d'un épais gambison de combat en cuir noir clouté, à surpiqûres magenta, d'un pantalon en agneau et de bottes à bouts recourbés. Un poignard ornait chacune de ses hanches.

Le guerrier avait le nez long, une bouche fine, au sourire facile. On le décrivait comme particulièrement affable, pour un Smaugh, mais Rakùl-Bahìr l'avait vu écorcher un esclave, lors d'une chasse, pour une tache de boue sur sa botte. En revanche, le Nagù l'avait jamais vu combattre. Turgut-Ott semblait préférer les coulisses à la scène, contrairement au sanguinaire Oghul-Tak. Cependant, Rakùl-Bahìr savait de source sûre que le seigneur-guerrier s'entraînait chaque matin, avec grande assiduité, particulièrement habile un sabre dans chaque main. En outre, au fil des ans, tous ceux qui avaient défié Turgut, guerriers comme sorciers, avaient disparu, brutalement, sans laisser de traces, sans qu'on ne puisse jamais remonter jusqu'à lui. Voilà qui en disait long sur l'individu et les faux-semblants dont il aimait s'entourer. Il ne fallait en aucun cas le sous-estimer.

Nous ne pouvons plus continuer ainsi…

Tout le temps de l'attente, tandis que Rakùl-Bahìr se lavait, qu'il changeait de tenue, l'essentiel de la missive avait résonné en boucle dans son esprit. *Parfait*, avait-il conclu.

— Je vous ai assez détourné du motif de votre visite Que signifie votre démarche ¿ Parlez, je vous écoute, reprit-il. Sérieusement, je vous l'assure.

Après une gorgée de vin de prune, Turgut-Ott répondit :

— Durant ces trois jours de bataille, nous avons eu plusieurs fois l'occasion de submerger les guerriers de Lumière… si seulement nous avions agi unis, de façon combinée. Ce constat ne vous a pas échappé, j'en suis persuadé. Nous devons arrêter d'aller batailler comme des maraudeurs en quête de pillage, sinon, les fantassins de l'Empire nous ferons manger la poussière, jusqu'au dernier d'entre nous. Sans compter ce maudit Cellendhyll, qui vaut un bataillon à lui seul ! C'était lui dans notre camp, n'est-ce pas ¿ Lui seul ! Je vous le dis, nous devons réagir, Rakùl-Bahìr, nous devons conjuguer nos talents, au lieu de sans cesse nous comporter en rivaux… Vos sorciers, mes guerriers, il y a là un moyen, ne croyez-vous pas ¿

— Jamais le peuple smaugh n'a agi ainsi par le passé, releva le Nagù. Jamais les sorciers ne se sont alliés aux guerriers.

— Et jamais nous ne nous étions retrouvés sans roi ou sans reine pour mener notre Conquête de Sang ! riposta Turgut-Ott. Qu'importe le passé. Qu'importe l'absence d'Øz. Seul compte la victoire et, pour réussir, nous sommes obligés de nous adapter, que cela corresponde aux usages du Peuple ou non !

Rakùl-Bahìr se révélait surpris par la passion qui filtrait dans la voix de son interlocuteur. Il goba un trio d'olives, qu'il entreprit de mastiquer, puis fit passer avec une gorgée de vin et sourit :

— Vous professez un discours tout à fait novateur, Turgut-Ott... qu'en pensent les autres seigneurs de guerre, qu'en pensent Oghul-Tak et Djagga-Taï ¿

Turgut-Ott émit un rire léger avant de répondre :

— Pourquoi pensez-vous que j'ai pris autant de précautions pour vous contacter ! Évidemment qu'ils ne savent rien, ils sont incapables de se remettre en question... contrairement à vous et moi... Peu importe la logique de castes, c'est l'intelligence que je privilégie, ainsi que l'efficacité. Ils ne peuvent m'offrir ni l'un ni l'autre. Ces deux-là sont... dépassés.

Le Nagù buvait les paroles du seigneur de guerre. Sans en avoir conscience, en dépit de son esprit vif, Turgut-Ott lui en apprenait beaucoup.

— Je connais l'Adhan. Je l'ai déjà affronté par le passé, bien avant la guerre, et il m'a mis en échec, révéla Rakùl-Bahìr, avec une assurance tranquille. Et, désormais, je pense savoir comment le vaincre. Pour cela, il faudra que certaines conditions soient réunies et j'y travaille encore... Enfin, laissons l'Adhan de côté pour l'instant. Goûtez-moi ces olives, elles sont succulentes. Et cette prune, quel contrepoint parfait, n'est-ce pas ¿

Lorsqu'il en manifestait l'envie, assez rarement et uniquement par intérêt, Rakùl-Bahìr savait se montrer charmant.

Sa pipe dans une main, sa coupe dans l'autre, Turgut-Ott se laissa aller au confort de son fauteuil, même si son regard mauve aux pupilles fendues ne quittait pas le Nagù.

— Dans la plaine, avec nos chars à lames, finit par reprendre le guerrier, nous avions le moyen de déborder l'Empire et de laminer leur armée. Les Impériaux se sont repliés sur le pont du Vacqueyras, ils ont perdu du terrain, ce qui est une bonne chose. Pourtant, ils nous ont contrés de belle manière avec leur remblai défensif. Impossible d'utiliser les chars, désormais. Ce qui veut dire que si nous avions gagné l'avantage dans les Grandes Plaines, nous l'avons perdu face au pont.

— Je suis d'accord, répondit Rakùl-Bahìr. Sachez toutefois que ce talus ne m'inquiète pas. J'ai déjà réfléchi à plusieurs options qu'il me plairait de vous exposer...

— Mais faites donc, mon cher Nagù, répliqua l'autre en se redressant pour remplir leurs deux coupes.

— Hmm, une seconde, avant de passer à la suite. Turgut-Ott, nous devons évoquer un point préoccupant, Øz. Où est notre Shaddrak, où est la reine Sublime ¿ Que devons-nous en conclure de sa disparition ¿ Est-ce une trahison de sa part ¿

Perplexe, le chef de guerre plissa son front couronné de métal :

— Nous quitter en plein Fahaarak'Shar ¿ Nous tromper ¿ Dans quel but ¿ (Turgut-Ott lâcha un rire incrédule.) Non, je ne peux penser une telle chose de la part d'Øz, en particulier maintenant, alors que notre triomphe n'a jamais été aussi proche ! Si notre Shaddrak est momentanément absente, c'est qu'elle a ses raisons, elle nous reviendra à son gré, lorsque le moment sera venu. Cependant, pour le plaisir de la discussion, voici une alternative, tout aussi crédible que la vôtre... Imaginez, Rakùl-Bahìr, imaginez que la reine soit restée avec nous, cachée quelque part dans la colonie. Elle ne nous a jamais quittés... au contraire, elle nous contemple, elle nous juge, elle nous teste.

— Nous tester ¿ se hérissa le Nagù. Et dans quel but ¿

— Pour voir comment nous réussissons sans elle. Pour voir qui est digne de rester à ses côtés, une fois le Fahaarak'Shar achevé. Pour voir qui lui reste fidèle... que sais-je ¿ Qui pourrait prétendre connaître les motivations de notre Shaddrak ¿ Certainement pas moi.

Rakùl-Bahìr se rencogna dans son fauteuil, l'esprit soudain embrasé. Pourquoi n'avait-il jamais songé à une telle possibilité ¿ Se pourrait-il que Turgut-Ott voie juste ¿ Øz était capable de tout, voilà la seule certitude. Il allait devoir envoyer ses espions ratisser la colonie à la recherche de la souveraine.

Après une bouffée de kiuthe aussitôt baignée d'une goulée de prune, il relança :

— J'oserai une autre question : Øz est-elle indispensable à la réussite de notre Fahaarak'Shar ¿

— Une telle question s'apparente au sacrilège, réagit aussitôt Turgut-Ott.

— Une telle question traduit ma franchise et j'ose espérer la même honnêteté de votre part. Vous l'avez dit vous-même : « *L'affaire est trop grave, vous en conviendrez.* »

— Que la peste emporte tous les sorciers ! D'accord, je l'admets, les circonstances sont telles que cette question est légitime. Et pour vous répondre, nous autres, les seigneurs de guerre, éprouvons le même questionnement.

Turgut-Ott se garda bien d'avouer que les chefs de guerre envisageaient depuis longtemps de se débarrasser de la reine, au terme de la Conquête de Sang... tout comme ils avaient prévu d'en finir avec les sorciers.

La reine Sublime avait donc perdu l'appui des seigneurs de guerre ¿

Øz, je te tiens ! triompha intérieurement Rakùl-Bahìr, sans rien dévoiler de son excitation. L'aveu de Turgut-Ott offrait de sacrées perspectives.

Rakùl-Bahìr se pencha pour remplir les coupes et se réadossa dans son siège, élevant sa boisson en direction du seigneur de guerre :

— Je vous respecte, Turgut-Ott. Votre démarche mérite que nous creusions la question, mais j'y reviendrai plus tard. Voici déjà ce que j'envisageais pour les prochains combats contre l'Empire...

Et le Nagù se mit à dérouler ses plans, son sourire se faisait le pendant parfait de celui de Turgut-Ott.

De l'histoire du Peuple, jamais deux Smaughs n'avaient devisé avec autant d'affabilité, avec une telle complicité. Un sorcier et un guerrier. Impensable.

Quelques nuages de fumée plus tard et trois carafes d'alcool de prune vidées, Turgut-Ott quitta son siège, se camoufla sous sa grande cape et salua Rakùl-Bahìr d'un hochement de tête complice.

Le maître-sorcier dissipa son voile de silence. Turgut-Ott descendit retrouver ses gardes et fila dans la nuit.

Les deux prestigieux personnages s'étaient abordés en rivaux, voire en ennemis. Ils se quittaient en alliés. Le maître-sorcier et le seigneur de guerre avaient conclu un pacte historique dans les annales du Peuple. Historique à plus d'un titre.

Un pacte sincère, conçu pour être mené à son terme.

Un pacte secret que d'aucuns auraient jugé sacrilège.

Un pacte de sang dans lequel Øz ne constituait qu'un objectif pour l'instant annexe, qui deviendrait prioritaire aussitôt le Fahaarak'Shar mené à son terme.

Chapitre 82

En ce sixième jour de guerre, le ciel était couvert d'une traîne de nuages paresseux, le vent presque nul.

La colonie smaugh vibrait d'activité, les coups de marteau ou le grincement des scies résonnaient. Supervisés par les régisseurs mechs, les esclaves s'échinaient depuis l'aube à réparer les dégâts infligés par les incendies et la fuite du troupeau à travers le camp. Avec leurs chars et un groupe de guerriers à cheval, les envahisseurs avaient récupéré la majeure partie de leur cheptel.

Pour les Smaughs, la soirée de célébration s'était conclue comme une sale gueule de bois. Au propre comme au figuré.

Pour l'Empire, en revanche, la matinée s'écoula paisible.

Sauf, peut-être pour Cellendhyll.

Contrairement aux autres conseillers, la veille, Callista ne lui avait adressé aucune réprimande. Elle signifia sa propre réprobation dès leur réunion en tête à tête du matin, en érigeant un rempart de froideur entre elle et l'Adhan. Une réunion que, d'ailleurs, elle écourta dès qu'elle le put, refusant de répondre à toute question personnelle ; Cellendhyll le comprit, Callista se sentait blessée par ce qu'elle considérait comme une promesse non tenue. Son silence, ce retrait, cette absence soudaine de complicité étaient pour lui une véritable punition.

Tant que les Smaughs n'attaquaient pas, le Hors-Destin n'avait pas grand-chose à faire et se retrouvait désœuvré. Refusant de ruminer la réaction de Callista, il décida d'œuvrer là où il serait le plus utile. Auprès de Vanina Cole. Il n'avait pas oublié que l'Hirondelle avait eu un problème dans son usage du Zen et il pensait qu'il pourrait lui apporter son expertise d'Initié pour l'aider à résoudre son problème. Les Initiés qu'il croisait en général étaient des adversaires à éliminer, pour une fois qu'il en avait une dans son camp, il n'allait pas se priver pour lui apporter son appui.

Il fit donc convoquer la guerrière pour une petite séance d'entraînement spécialisée en tête à tête.

— Commandant, oui, mon commandant ! beugla la jeune femme avec un enthousiasme total à l'idée d'avoir droit à un cours particulier délivré par le meilleur guerrier de sa connaissance, bien plus éprouvé qu'elle dans l'usage de la transe martiale.

Ordonnant qu'on le prévienne si les Smaughs pointaient leur nez, Cellendhyll conduisit son élève au sud du camp, à l'endroit où il avait pris l'habitude de s'entraîner.

Tous deux s'installèrent en tailleur, l'un face à l'autre.

Cellendhyll n'avait pas beaucoup de temps devant lui alors il décida d'aller au plus simple, au plus efficace. Il demanda à la rousse de lui détailler ce qu'elle savait du Zen et son apprentissage. La guerrière déroula son historique, puis avoua avoir notamment de grosses lacunes sur la visualisation, expliquant que, durant la bataille, elle s'était laissée entraîner par l'exaltation du Zen, perdant tout contrôle sur son écran tactique.

Cellendhyll commença par lui enseigner le mantra de l'Ombre, chargé en pouvoir, sans qu'il n'ait jamais compris pourquoi :

« *Je suis l'Ombre, insaisissable et mortelle. Mon esprit est une lame. Mon corps est une arme. Je sers la voie Unique, s'adapter, c'est vaincre. Je suis l'Ombre. Je danse et je tue.* »

La litanie martiale renforçait le Zen, elle permettrait à Cole de maintenir sa concentration, d'affiner sa focalisation.

— Nous allons procéder par étapes... Faites le vide, Vani, en vous aidant du mantra. Connectez-vous à votre Nexus et faites apparaître le Voile du Zen... vous l'avez ? Bien... Sans le franchir, touchez le Voile, mais sans le passer, il ne s'agit pas d'activer le Zen... Touchez-le, humez-le, éprouvez sa substance dans votre esprit... À présent, vous pouvez invoquer votre écran mental... Maintenez-le quoi qu'il arrive, c'est le but de l'exercice.

Cellendhyll expliqua ensuite à son élève qu'elle pouvait à loisir grossir ou diminuer la taille de son écran mental, d'une simple pensée, selon les spécificités du combat ; une grande première pour la guerrière !

Une fois que Vanina eut testé les ajustements de son écran mental, l'Ange passa à la pratique.

— Nous allons effectuer des assauts d'attaque-défense, tout simples, et vous devrez réagir sans perdre la concentration exercée sur le Voile... Je suis clair ? Très bien. Je vais commencer par attaquer et vous parez. Prête ? En position... c'est parti.

Vanina Cole se retrouva comme le voulait son mentor, son esprit scindé en deux parties, l'une focalisée sur la réalité, les mouvements de défense à effectuer, l'autre sur l'écran mental du Zen, sur lequel Cellendhyll lui apparaissait nimbé d'un halo d'énergie d'un orange léger.

Agir, bouger, tout en conservant le lien mental avec le Voile, mais sans le franchir. Bien plus facile à énoncer qu'à réaliser, comme le constata l'Hirondelle, qui en oubliait de s'appuyer sur le mantra de l'Ombre.

Elle échoua, échoua encore et encore. Rien à redire sur son placement ou sa gestuelle, l'échec était purement mental. Au bout de quelques secondes de katas, le contact qu'exerçait Vani sur le Voile se délitait et elle perdait son écran.

Cellendhyll, quoi qu'il prétendît, avait connu en Morion d'Eodh un maître attentif et patient. Il démontra la même disposition, garantissant à Cole qu'elle manquait juste de pratique, qu'elle ne devait pas hésiter à recourir au mantra et que l'effort allait payer.

De fait, l'Hirondelle, une heure plus tard, réussit à passer le cap. La litanie de l'Ombre s'écoulait de ses lèvres, Vanina maintenait un contact fiable avec le Voile, tout en résistant aux offensives physiques de l'Adhan.

Cellendhyll la félicita et poursuivit l'exercice en augmentant la cadence. À présent, Cole devait non seulement parer, mais aussi contre-attaquer.

La jeune femme s'attela à la tâche avec voracité.

— J'adore ça, j'adore ça, j'adore ça ! s'écria-t-elle à pleins poumons.

À présent qu'elle maîtrisait l'exercice, sans pour autant se déconcentrer, l'Hirondelle ne pouvait s'empêcher d'afficher sa joie. À partir de ce simple exercice, Vanina Cole se rendit compte que d'avoir maîtrisé le principe de *l'esprit scindé*, en quelque sorte, doublait les capacités de son écran mental, qu'elle pouvait désormais agrandir ou rétrécir à volonté. Voilà qui changeait tout !

Plus d'une fois, l'Ange se retrouva sur la défensive, repoussé par les contre-attaques incisives de l'Hirondelle.

A-t-elle la moindre idée de son potentiel ? Vani a tout à fait le profil d'une Ombre ou d'une Nodus…

Ravi des résultats de son élève d'un jour, Cellendhyll décida un temps de repos. L'Ange et l'Hirondelle s'étirèrent en contemplant le fleuve puis partagèrent le repas qu'il avait fait préparer ; du jambon séché, du fromage, une miche de pain et des fruits secs.

La séance intense que venaient de partager les deux Initiés avait renforcé ce lien de connivence ébauché quelques jours plus tôt, à mesure qu'ils se côtoyaient. Les manières franches de Cole plaisaient à Cellendhyll et il se révélait heureux d'avoir pu l'aider. Il avait fait de son mieux, mais Vanina était encore un diamant brut, elle méritait un véritable mentor.

Alors qu'il se demandait comment aborder avec Vanina l'attitude réfrigérante de Callista à son égard, fidèle à sa nature, la rousse attaqua bille en tête :

— Callie est furieuse après vous. Pire encore, elle se sent bafouée.

— J'en suis désolé, soupira l'Adhan. Il s'agit d'un malentendu, si seulement je parvenais à lui expliquer.

— Orpheline, on l'a vendue à un bordel itinérant, elle avait sept ans. Heureusement, la bande de brigands dont je faisais partie a attaqué leur convoi. J'ai vu Callie, j'ai compris ce qui l'attendait et je l'ai convaincue de partir avec nous. Notre amitié a démarré comme ça. On s'est enfui de la bande dès qu'ils ont commencé à voir en nous des objets sexuels, et on a filé chez les Sœurs Grises, pour ensuite s'enrôler chez les Hirondelles, une idée de Callie. Tout cela pour dire que ma kissi, elle a toujours eu un problème avec la confiance et qu'elle ne la donne pas aisément… Et vous, Pacha, hier soir, au lieu de rentrer, comme prévu, vous avez donné l'assaut au camp des Empalés du crâne tout seul, comment voulez-vous que Callie vous trouve prudent ? Vous lui avez pourtant fait une promesse, non ? De son point de vue, vous lui avez menti.

Cellendhyll poussa un soupir encore plus profond que le précédent.

— Je n'ai pas menti à Callista. Contrairement aux apparences, je n'ai fait preuve d'aucune inconscience, j'ai juste agi selon mes capacités. Il se trouve qu'elles sont supérieures à celles d'un guerrier normal, c'est tout. J'ai essayé de le faire comprendre à Callista, peut-être n'ai-je pas su trouver les mots, je déteste me mettre en avant.

— Ne vous bilez pas, Pacha ! Callie est sensible, mais pas rancunière. Elle ne va pas vous faire la tête bien longtemps, vous l'attirez trop pour ça. Seulement, c'est compliqué comme situation, Callie ne sait pas quoi faire de cette attirance, parce qu'elle est avec moi et qu'elle a toujours été d'un tempérament honnête. Et tout ça en pleine guerre contre les Empalés du crâne ! Alors, c'est le foutoir dans sa tête… voilà, en gros. Vous comprenez mieux ?

Parce qu'il se sentait à l'aise avec elle, Cellendhyll osa répondre sans détour, le meilleur moyen d'éclaircir cette situation pour le moins troublante :

— Je pense que oui… mais, ça ne vous gêne pas, Vani ? Cette attirance entre Callista et moi, vous n'êtes pas jalouse ? Vous ne m'en voulez pas ?

La rousse émit un petit rire amusé et son visage se plissa alors qu'elle cherchait ses mots :

— Comment vous expliquer… Déjà, non, je ne suis pas jalouse, ça sert à rien la jalousie. Et puis, Callie et moi, nous nous accordons certaines libertés, sans que cela remette notre amour en cause. Enfin, à mon initiative, faut quand même l'avouer. La plupart des Hirondelles fonctionnent ainsi, alors comment moi, je pourrais lui en vouloir d'être attirée par un homme tel que vous ? J'avoue que je préfère les femmes, mais elle choisit bien, ma Callie. Vous dégagez quelque chose de bien torride, pour un homme, Pacha…

— Euh… merci, Cole.

— Si ma préférence allait aux gaillards, je reconnais que moi, j'aurais pas attendu pour me glisser dans votre lit.

— Bien, si on arrêtait là, Vanina, la conversation commence à glisser…

— À glisser, vous savez trouver les mots, coquin !

— Caporale Cole !

— Mes excuses, mon commandant, je me suis encore laissée entraîner par mon enthousiasme. Pour le problème avec Callie, ne vous inquiétez pas, j'ai peut-être une solution. Je vous tiendrai au courant, promis.

Ne pas m'inquiéter ? La solution ? De quoi elle parle ? Au secours ! Par tous les Chaos, cette Vanina Cole est pire que Gheritarish !

Chapitre 83

Occupés à leurs préparatifs de guerre, les Smaughs laissèrent passer le déjeuner sans bouger de leur camp. La quiétude relative qui s'était attachée au camp impérial vola en éclats lorsque les tambours de guerre se remirent à battre.

Les chars à lames surgirent du camp ennemi et s'élancèrent dans la plaine pour passer et repasser le long de la ligne impériale, hors de portée de tir.

« Nous sommes là et nous allons vous tuer ! »

Aussitôt, le ralliement fut sonné par les cors de la Lumière, chaque soldat sommé de reprendre son poste. Cromlach se mit à donner de la voix pour positionner ses sergents et resserrer les rangs, tant mentalement que physiquement.

Son cri de réponse à l'envahisseur porta le long du remblai et fut bientôt repris par d'autres gorges vaillantes :

— « Venez et nous vous détruirons ! »

Formant le premier rempart, le remblai de terre pelleté par les légionnaires, face à la Horde, haut de cinq mètres et long d'un kilomètre. Plus de mille fantassins se dressaient en première ligne, commandés par Cromlach, renforcés par Volkart et ses arbalétriers et une section de cent Hirondelles.

Trois cents mètres en retrait du talus, le second rempart, doublé d'un fossé d'un mètre, était composé d'une ligne de caisses remplis de cailloux et de chevaux de frises en bois.

Encore cent mètres plus en arrière, juste à l'entrée du pont, était bâti le troisième et dernier rempart, de même nature que le précédent.

Le périmètre défensif était marqué d'une entrée sur le côté ouest, d'une autre à l'est, toutes deux barrées de chevaux de frise et défendues par un peloton mêlant fantassins et arbalétriers. Ces entrées étaient creusées d'un fossé d'un mètre trente de profondeur, qui permettait à un homme ou un cheval de le sauter – en cas d'une contre-attaque éventuelle – mais qui interdisait le passage à un véhicule et notamment un char de guerre.

Leurs étirements terminés, Cellendhyll et Cole marchaient le long de la berge opposée. L'Adhan avait conseillé à l'Initiée de s'exercer à focaliser son écran mental sans entrer dans le Zen, dès qu'elle en aurait le temps. Vanina était ravie de ce qu'elle avait appris et remercia l'Ange jusqu'à le faire rougir. Dès qu'ils entendirent l'alarme, tous deux foncèrent pour atteindre le camp, s'équiper et retrouver leurs chevaux.

La base de la Lumière grouillait d'activité, chacun se préparant au combat.

Cellendhyll chercha la capitaine Swift du regard, sans la trouver. À peine en selle, accompagné de Cole, il lança Farod au petit galop, droit sur le pont.

Irumi, comme surgie du Néant, apparut à leurs côtés, juchée sur sa jument pie, son arc blanc en bandoulière, deux éclaireuses dans son sillage.

Et, comme chaque fois qu'il passait devant, l'Adhan jeta un regard acrimonieux en direction des remparts de fort Vacqueyras, maudissant une fois encore l'attitude incompréhensible des soldats de l'Alliance.

Dressé sur lesdits remparts, sa tunique d'uniforme déboutonnée, le caporal Emil Blunt contemplait la colonie smaugh plantée face aux défenses de l'Empire, juste en face, sur l'autre rive, tout en mâchouillant nerveusement le bout de son cigare.

De taille moyenne, maigre, tout en muscles et en nerfs, l'homme avait les cheveux châtains, taillés courts, une moustache et une barbiche soigneusement entretenues, les yeux gris-bleu, le visage avenant et le sourire aussi facile que factice.

L'envahisseur existait bel et bien. Impossible de le nier, désormais.

Comment une telle catastrophe avait-elle pu se produire ?

La première chose à faire était d'évidence d'ouvrir les portes du fort et d'accueillir les forces de l'Empire de Lumière, leurs alliés. La seconde, d'envoyer un messager de toute urgence pour prévenir les autorités d'Ambre et réclamer des renforts.

Sauf que le caporal Blunt se nommait en réalité Zarek Prowl et qu'il n'en avait rien à battre de l'Alliance et de l'avenir des royaumes.

Certains individus, assez rares, semblaient forgés pour le mal, dès leur naissance, sans aucune circonstance atténuante. Zarek Prowl faisait partie de ceux-là, un sinistre individu recherché pour vols, pillages, meurtres, viols, trafic d'armes. Toujours un mauvais coup en tête, un mensonge aux lèvres, prêt à manipuler, toujours une lame cachée, prête à frapper.

Serré de près par les chasseurs de primes, alors que sa bande venait de tomber dans une embuscade, Prowl avait dû fuir sa tanière en urgence, laissant son confort et son butin derrière lui.

Cherchant à semer les limiers humains lancés sur ses talons, le criminel s'était réfugié à Ambre, dans la ville basse. À force de chercher, il avait fini par trouver sa proie, dans un bouge où la bière se révélait étonnamment bonne. Le caporal Emil Blunt. Affalé à une table, sanglé dans son uniforme de l'Alliance, le sous-officier était déjà bien imbibé et, surtout, il avait à peu près le même âge et la même corpulence que Prowl. Il fut aisé pour l'habile parleur de lier connaissance avec le soldat et de trinquer avec lui. Abruti par l'alcool, Blunt livra sans s'en douter toutes les informations nécessaires à Prowl. Le caporal partait rejoindre son poste, au fort Vaqueyras, à la bordure des Grandes Plaines, dès le lendemain. En transit, il ne connaissait personne, ni à Ambre ni à sa nouvelle affectation.

Une heure plus tard, Prowl et Blunt sortaient de la taverne, bras dessus dessous, et s'éloignaient dans la nuit d'un pas chancelant. Tout en gloussant, ils s'enfoncèrent dans l'ombre d'une ruelle. Un froissement d'étoffe, le son d'une lame dégainée, celui de la chair percée, un gémissement sourd. Enfin, le silence.

Quelques minutes plus tard, Zarek Prowl ressortait de la ruelle, l'uniforme de Blunt sur les épaules, l'ordre d'affectation rangé contre son cœur. Il ne lui avait pas fallu plus d'efforts pour changer d'identité.

Le malfrat avait trouvé un refuge sûr à fort Vacqueyras, le temps de se faire oublier. Il était rusé, présentait bien, lisait et écrivait couramment. Il n'avait pas tardé à devenir le second du lieutenant Vrelyck, véritable caricature de cul-serré d'officier. Cette nouvelle vie, cependant, ne serait que temporaire. Zarek n'avait aucun goût pour la vie militaire et supportait mal la discipline, il n'était donc pas question de faire carrière sous les armes, il voulait juste se retourner, trouver un nouveau souffle, une nouvelle voie criminelle à exploiter. D'ailleurs, le fort n'offrait aucune distraction, aucune femme à des kilomètres à la ronde, c'était un temple dédié à l'ennui total, et tous ses occupants s'y morfondaient.

Fort Vacqueyras était une voie de garage, l'un des endroits perdus où l'armée de l'Alliance envoyait ceux dont elle ne savait que faire, des soldats tout juste au niveau, à la limite de l'incompétence. Prowl était entouré de ratés, de laissés pour compte, voire de criminels de son acabit, tous aisément manipulables. Profitant d'un tel vivier, il eut tôt fait de repérer ceux qui allaient former sa nouvelle bande. Il y avait Baruk, le forgeron et meilleur guerrier du bataillon, un homme stupide et querelleur, parfait pour les basses œuvres ; le caporal Rochas, chef des archers, un sadique à tendances psychopathes ; enfin, Alvaro, le cuistot, un roublard de la plus belle espèce, rondouillard et sympathique, avec qui Prowl trafiquait les réserves du fort. C'était peu, il en était conscient, mais il fallait bien démarrer quelque part.

Les jours passèrent, tranquilles, monotones, supportables. Cette routine vola en éclats lorsque le lieutenant Vrelyck décida de partir en inspection au fort des Creux. Quelques jours plus tard, l'armée de Lumière débarquait devant le Vacqueyras, annonçant à Prowl l'arrivée d'une horde d'envahisseurs ainsi que l'attaque des Creux, et se réclamant du traité d'alliance pour investir le fort et renforcer ses défenses.

Provisoirement en charge, totalement dépassé, Prowl avait préféré temporiser. Pas question d'ouvrir les portes sans ordres supérieurs. Le lieutenant

Vrelyck allait rentrer et démêler cette histoire nébuleuse. En attendant son retour, il n'avait qu'à jouer les imbéciles auprès des Impériaux, et patienter.

Ce fut d'autant plus facile à faire qu'au début Prowl douta des informations qu'on lui avait données. Une race extra-humaine avait dévasté Coruscante et s'apprêtait à fondre sur le fort, franchir la passe d'Antarah, pour, ensuite, conquérir Ambre ? Et puis quoi encore ?

Cependant, Vrelyck ne revenait toujours pas et les Impériaux, eux, partaient chaque matin armés pour la guerre et revenaient en arborant tous les signes d'avoir livré un intense combat.

Prowl s'entêta pourtant à ne pas envoyer de messager. Il n'avait aucune envie que ses supérieurs nomment un remplaçant au lieutenant, ni qu'ils envoient des troupes en renfort. Il y aurait forcément une enquête, les soldats consignés, et tout cela ne ferait qu'attirer l'attention sur lui, ce qui n'était pas bon du tout.

Le criminel refusait tout autant de coopérer avec l'empire de Lumière. Prowl avait suffisamment épié le commandant de l'armée impériale à la longue-vue – impossible à louper, c'était le seul Adhan et tout le monde le saluait – pour sentir que ce grand guerrier au regard aussi vert qu'ombrageux ne lui apporterait que des ennuis ; ne serait-ce qu'en prenant le contrôle du fort, en vertu de son grade supérieur.

Quant à ses propres hommes, Prowl les tranquillisait à sa manière, à grand renfort de mensonges. Veillant bien à ne leur donner aucun détail précis, il assura que l'état-major était prévenu et qu'il allait réagir. Et comme le lieutenant Vrelyck n'était pas là, il n'y avait qu'à attendre tranquillement l'arrivée de nouvelles directives. En bref : « Pourquoi s'inquiéter d'événements qui ne nous concernent pas, qui nous dépassent ? »

D'être dégagés de toute responsabilité rassura les soldats du fort, d'autant plus lorsque, dès la fin de son discours, Prowl fit ouvrir un tonneau de rhum. Constatant à quel point l'alcool plaisait à ses *camarades*, il décida de les en abreuver tous les jours à venir, de quoi les maintenir assez abrutis pour étouffer tout questionnement éventuel. Tellement abrutis qu'aucun des soldats du fort ne s'était rendu compte que pour envoyer un message, il fallait un messager, or, les effectifs étaient complets, ce qui signifiait que le soi-disant caporal s'était bien gardé de faire porter ladite demande d'aide.

Dépité par la situation, Zarek Prowl jeta son cigare par-dessus le chemin de ronde. Il était peut-être temps pour lui de voyager jusqu'aux Terres de Sang, dans l'Ouest lointain. Là-bas, il pourrait s'inventer une nouvelle vie, se refaire ; le grand Ouest, c'était le territoire parfait pour des hommes de sa trempe. Plongé dans une intense réflexion, il retourna à la bouteille de vieux rhum qui l'attendait, sur son bureau.

Chapitre 84

Les Smaughs étaient fin prêts pour la bataille. Une foule de guerriers se massait sur toute la largeur de la colonie, jacassant, éructant, hurlant leur rage et leurs défis. Faisant monter la tension guerrière, ils s'empoignaient, se giflaient, se cognaient le torse, ou encore échangeaient des serments de l'instant propres à décupler leur détermination.

La mort, la mort, la mort !

Les guerriers s'écartèrent, le temps de laisser passer une dizaine de longs fourgons noirs, suivis de cinq de ces espèces de roulottes massives qu'affectionnaient les Têtes de Clous.

Sans attendre, les fourgons vinrent s'aligner à la parallèle du premier rempart. Les guerriers smaughs coururent se jeter derrière leurs masses protectrices, une partie d'entre eux chargés d'échelles – construites le matin même par leurs esclaves.

Quant aux roulottes, leurs conducteurs abrités par une guérite, les skarax recouverts d'un caparaçon de mailles, elles dépassèrent les fourgons et finirent par s'immobiliser elles aussi parallèles au remblai, espacées les unes des autres de façon à couvrir toute la longueur du rempart.

Sur le toit de chaque roulotte était fixé ce qui ressemblait à une grande caisse en bois ; un rectangle dressé vers le ciel d'environ deux mètres de haut pour six de large.

Les flèches ou les carreaux de l'Empire plurent sans effet notable sur les attelages, incapables de stopper cette avancée.

Sur l'ordre de Rakùl-Bahìr, l'appel d'une trompe résonna, impérieux. Aussitôt, les parois de chaque rectangle s'abattirent sur le toit des cinq roulottes, leurs fixations ôtées. À leur place, apparut un étrange dispositif qu'aucun des défenseurs de l'Empire ne reconnut ; des sortes d'armatures en fer forgé aussi hautes qu'un homme, au centre desquelles était enchâssée une pierre géante de gemmelitte violette.

Chaque armature était fixée sur un socle pivotant derrière lequel se tenait un Smaugh, l'opérateur du dispositif, un sorcier du Second cercle désigné pour l'occasion.

À l'intérieur des roulottes, au niveau inférieur, protégés des regards de l'Empire, étaient réunis dix sorciers du Quatrième Cercle, assis en rond, les yeux clos, concentrés sur leur Nexus. Le même sortilège s'écoulait de leurs lèvres sèches, au même rythme, litanie murmurée aux tonalités maléfiques. Le mana des sorciers s'écoulait, aspiré par la gemmelitte fixée sur le toit des roulottes, le cristal géant opérant comme point de focalisation du sortilège commun.

La sorcellerie se déclencha brutalement. Un épais rayon mauve et magenta jaillit des blocs de gemmelitte et fusa, tout en troublant l'air, sur la longueur du remblai. De grandes gerbes éthériques se mirent à éclabousser le premier rempart, et surtout, tous ceux qui s'y trouvaient. Les cinq Smaughs sur les socles firent peu à peu pivoter leur rayon-sorcier de manière à toucher le plus d'Impériaux possibles, sur toute la surface du chemin de ronde.

En bref, cinq rayons de pouvoir canalisés chacun par dix sorciers du Quatrième Cercle, le Voile d'Effroi des Smaughs totalement déployé.

L'effet se révéla aussi dévastateur que spectaculaire.

Postés sur le remblai, les pauvres Impériaux touchés par le Voile perdirent toute pensée cohérente, engloutis par une chappe de peur contre laquelle il était impossible de lutter. Un esprit particulièrement fort aurait pu lutter contre un sort de peur individuel. Le sortilège incanté par les sorciers, canalisé à travers la gemmelitte, se révélait dix fois plus puissant que la normale.

Personne n'aurait pu y résister, excepté, peut-être, un prêtre éprouvé, un Paladin ou un Puissant.

Les esprits impériaux furent surchargés, flagellés, écrasés par cette attaque psychique, leurs sens submergés. Le regard exorbité, les guerriers de la Lumière se mirent à crier, à gémir, à pleurer, leur bouche déformée par cet effroi qui venait de nulle part et qu'ils ne comprenaient pas. Aveuglés par la panique surnaturelle, certains légionnaires ou certaines Hirondelles arrachaient leurs casques, balançaient leurs armes pour se coucher en position fœtale. D'autres se mettaient à courir sans but, se bousculant les uns les autres. Deux Hirondelles s'empoignèrent en hurlant et se jetèrent par-dessus le remblai pour se fracasser au fond du fossé. Un légionnaire se griffa le visage à s'en arracher la peau. Complètement paniqué, un guerrier se laissa tomber sur son propre glaive. Un autre donnait des coups de lame tout autour de lui, sans se rendre compte qu'il blessait ou tuait ses propres camarades.

Et tandis que les sorciers déchaînaient leur Voile, balayant le rempart de droite à gauche avec leurs rayons-sorciers, les guerriers smaughs quittèrent le couvert des fourgons, calèrent leurs échelles au fond du fossé et se mirent à grimper.

Dès qu'ils furent au sommet du talus, naturellement immunisés du sort d'effroi, les Smaughs dégainèrent leurs lames et bondirent sur ces défenseurs totalement déstabilisés pour les hacher à grands coups de taille.

L'assaut des Smaughs était à peine lancé que le massacre commençait déjà.

Fahaarak'Shar !

Profitant de leur avantage, d'autres Têtes de Clous s'étaient lancés sur les entrées latérales. Il suffit d'un grappin fixé à un char à lames pour arracher les chevaux de frise bloquant le passage et permettre à une nuée de guerriers vociférant, le regard enfiévré, de se lancer dans les deux brèches.

À l'orée de la base des Smaughs, confortablement installé sur le toit de sa roulotte, une longue tunique de cuir mauve ouverte sur son torse sec et musclé, Rakùl-Bahìr prenait ses aises.

Une coupe de vin de prune à la main, son narguilé allumé, le Nagù se repaissait du spectacle macabre offert à ses yeux experts. Le plan qu'il avait conçu conjointement avec le seigneur Turgut-Ott dans la nuit, un plan qui mêlait les forces des guerriers et des sorciers dans un élan commun, se concrétisait en un incontestable succès, à peine déployé.

Plus loin sur la droite du maître-sorcier, sur le toit de sa propre roulotte, Turgut-Ott arborait un sourire identique à celui Rakùl-Bahìr, mélange d'orgueil et de satisfaction gourmande. Le seigneur de guerre était installé avec son homologue, Djagga-Taï, le plus vieux des Smaughs.

Oghul-Tak brillait par son absence, parti avec ses meilleurs guerriers pour une mission qu'il était le seul à pouvoir accomplir. Le colosse se révélait toujours aussi ingérable et il allait poser un problème avant peu, jugeaient ses rivaux.

Rakùl-Bahìr parcourut une fois encore le rempart impérial, son regard avide cherchant à repérer l'Adhan maudit. Il le sentait, tout proche, quelque part au milieu des défenseurs. Nul doute pour lui que l'Adhan avait récupéré, qu'il était en état de combattre.

Rakùl-Bahìr aurait voulu interpeller sa Némésis, apprendre au détestable Cellendhyll de Cortavar qu'il ne lui restait plus que quelques jours à vivre, qu'il lui fallait se préserver avant leurs retrouvailles, ces retrouvailles que le Nagù continuait de préparer. Rakùl-Bahìr ne craignait pas qu'un autre Smaugh abatte l'Adhan à sa place, non, Cellendhyll et lui étaient destinés à se retrouver, à s'affronter dans un duel sanglant, c'était écrit.

Bientôt, se morigéna le maître-sorcier, en sentant l'impatience le gagner. *Bientôt, j'aurai l'Adhan à ma merci. Et le meilleur, c'est qu'il viendra à moi, de lui-même.*

Les défenseurs de l'Empire qui s'en sortaient le mieux furent ceux qui avaient fui pour échapper à la zone d'effet du sortilège, par chance bien plus que par pensée consciente. Pour autant, ils en avaient perdu leur position renforcée, voire leurs armes. Choqués par la puissance du sort d'effroi, par la migraine et la nausée, ils tenaient à peine debout.

L'adjudant Cromlach faisait partie des chanceux. Le robuste sous-officier, comme les autres, avait été atteint de plein fouet par le Voile d'Effroi et, comme les autres, il avait perdu tout contrôle devant l'intensité du sort. Il en avait jeté son casque, sa lance et son bouclier, puis, il avait couru,

couru, couru, sans savoir où, ni pourquoi. Sa course le conduisit vers la gauche du périmètre défensif, jusqu'à le faire sortir de la zone d'effet du sortilège.

Les Nains étant plus résistants que les humains à la magie, Cromlach retrouva sa maîtrise peu après et se mit aussitôt à vomir une bile écœurante.

Le sortilège faisait encore battre ses tempes, pourtant, ce n'était pas une mauvaise migraine qui allait empêcher un guerrier nain de combattre, Mortecouilles, certainement pas !

Cromlach cracha sur le sol, essuya sa bouche d'un revers, et regarda autour de lui, peinant à comprendre ce qui se produisait.

Soumis au Voile d'Effroi, ses soldats s'agitaient sans but, en pleurant, en piaillant, en gémissant. Certains se tapaient dessus. Ou bien, au contraire, restaient prostrés sur le sol, roulés en boule.

La panique régnait, totale. Immunisés, les Smaughs se jetaient sur les Impériaux, se bousculaient pour arriver au contact, massacrant des fantassins et des Hirondelles sans défense.

À présent qu'ils étaient lâchés, les envahisseurs combattaient comme à leur habitude, déchaînés par la fièvre du sang. Sans chercher à s'organiser et à pousser directement vers le second rempart, les Têtes de Clous s'abattaient comme des mouches sur des soldats qui ne présentaient plus de réelle opposition, s'acharnant à grands coups de lames sur ces malheureux. Ensuite, ivres de violence, ils se maculaient le visage et le torse du sang de leur victime, avant de se chercher une nouvelle proie.

Les légionnaires et les Hirondelles avaient perdu toute cohésion. Ceux qui recouvraient leurs esprits, en marge du sortilège, et tentaient de combattre le faisaient individuellement, confusément, souvent privés de leurs boucliers ou de leurs arcs, et se faisaient assaillir par deux ou trois adversaires en pleine possession de leurs moyens. Entaillés, fendus, mutilés, ils s'effondraient dans des mares écarlates.

— On doit se regrouper, balbutia Cromlach, le regard écarquillé par le désastre.

Il devait rassembler ses soldats hors de la zone du sortilège, les réorganiser sur le second rempart. Et, pour commencer, il décida d'en sauver autant possible.

Il dégaina la masse à une main accrochée à son ceinturon et retourna vers le premier rempart. Il franchit la zone d'effet du Voile, la pression s'accentua sur ses tempes, la nausée le reprit. Cromlach serra les dents et poursuivit sa marche. Pas question de reculer ! C'était ses hommes, son devoir !

Là, un peu plus loin sur sa droite, le sergent Virek, prostré sur le sol, en sanglots ! Un groupe de trois Smaughs l'avait repéré et se dirigeait vers l'homme sans défense.

Cromlach lâcha un juron et se mit à courir, ignorant l'étau qui se refermait sur son esprit.

Les soldates et soldats postés sur le second rempart bouillaient sur place. Ils ne voulaient qu'une chose, secourir leurs camarades, charger l'ennemi et le renvoyer de l'autre côté du premier rempart. Ils ne pouvaient rien faire, cependant. Non seulement, ils n'avaient aucun moyen de résister au Voile d'Effroi, mais, avant tout, leurs ordres étaient de tenir et de défendre. Quitter leurs positions n'aurait fait que les affaiblir plus encore.

Aymard avait installé un poste de soin mobile à l'entrée du pont sur la partie droite de l'édifice. Pétris d'un courage remarquable, libres de leurs mouvements, les prêtres de la Guelfe Blanche n'hésitaient pas à aller chercher les blessés en bordure du Voile d'Effroi, les hissaient sur leurs civières et repartaient aussi vite que possible pour les ramener en lieu sûr et commencer leurs soins.

Les prêtres-combattants de l'Orage, à leurs côtés, tentaient tant bien que mal d'assurer leur sécurité. Ils le faisaient parfois au sacrifice de leurs propres vies, attaqués par des groupes de Smaughs ayant quitté le remblai pour prélever leurs propres tributs de sang, de viscères et de souffrance.

Jouet de sa gourmandise, Gheritarish était en retard. Ce qui l'avait sauvé du Voile d'Effroi.

Au moment où sonnait le rassemblement, le Loki était courbé dans les ajoncs, le long du Vacqueyras, occupé à vider ses intestins. Il aurait sans doute pu s'abstenir de reprendre une troisième part d'omelette au lard, au déjeuner. Ainsi qu'une quatrième. Et une cinquième. Il aurait également pu éviter de s'enfiler ensuite un pot entier de café brûlant. Sur le moment, pas de souci, cela lui était même apparut comme une excellente idée. Toutefois, alors que Gher se préparait à rejoindre son poste, en seconde ligne sur le premier rempart, ses entrailles avaient entamé un processus de digestion plutôt violent, et Boule de Poils avait été contraint de courir jusqu'à la berge, de poser sa hache à portée de main, de dégrafer son pantalon en toute hâte, avant de s'accroupir et de laisser la nature faire son œuvre, dans un concert de pets gras, interminables, sonores, accompagnés d'une odeur à retourner l'estomac d'un bouc.

L'assaut des Smaughs était donc bien entamé lorsque le vaillant Loki réapparut enfin, terminant de boucler son ceinturon.

Son beau regard outremer écarquillé de surprise, il put constater le désastre. Les Têtes de Clous partout sur le premier rempart. Les légionnaires en déroute, massacrés.

— Ils ont osé commencer sans moi ⸮ Mais, ça ne va pas, non ⸮!

Gher n'allait pas laisser les Cloués du bulbe s'en tirer comme ça, et puis quoi encore, par les couilles du Grand Cornu !

Il regarda autour de lui. Impossible de repérer Cellendhyll, dans tout ce foutoir. Ni Cromlach. Encore moins la capitaine des Hirondelles.

Parti se soulager sur la gauche du pont, il se trouvait non loin de l'entrée ouest, cette dernière en train de se faire assaillir par une meute de Smaughs, les chevaux de frise arrachés à leurs supports.

Fouchtra, tant pis ! Snaggah et moi, on va commencer par faire un peu de ménage de ce côté et on verra bien !

Gheritarish raffermit sa poigne sur son arme favorite et se prépara à charger en direction de l'entrée, éructant un cri de défi.

— Mort aux Encloutés !

— La mort aux mécréants, que la Lumière les brûle de son courroux !

Aussi puissant que le sien, un cri venait de résonner, survenu de son flanc droit.

Gheritarish aperçut alors un groupe d'une cinquantaine de guerriers, qui, comme lui, revenait de la berge.

Ceux-là, cantonnés au troisième rempart, s'étaient isolés le temps de quelques minutes le long du fleuve. Non pas pour déféquer, tel Gheritarish, mais pour s'adonner à leurs prières, un rituel quotidien, indispensable à leurs yeux.

Tout comme il avait reconnu la voix puissante, le Loki distingua sans peine la silhouette colossale de Magnus, le guerrier au corps peint, sanglé dans sa grande cotte de mailles en argent mat, le manche de son marteau dépassant de la ligne de ses épaules.

— Magnus, il faut qu'on dégage l'entrée ouest !

Le colosse ne semblait nullement impressionné ou inquiet par la situation catastrophique, au contraire, son regard pétillait à l'idée d'en découdre. Tout en hochant sa tête casquée avec enthousiasme, il décrocha son immense marteau de pierre de ses épaules :

— Tes ordres, mon devoir, Gheritarish ! Les Preux, en avant ! Tibalt à ma droite, Karquel à ma gauche. Vous nous laissez un peu d'avance, au Bleu et moi, sinon, vous risquez d'avoir mal. On te suit, vaillant Loki… pour la Sainte Lumière, que sa colère foudroie les Infidèles !

Chapitre 85

Le temps que Cellendhyll et son escouade atteignent le troisième rempart, les Smaughs avaient déjà lancé leur assaut. Une réserve d'Hirondelles se tenait là, mais toujours aucun signe de Callista Swift.

L'Adhan prit quelques secondes pour comprendre les enjeux. Plus sensible aux Arts Étranges et leurs effets depuis sa transcendance, il *sentait* la sorcellerie des Smaughs faire vibrer l'air tout le long du remblai. Grâce à elle, les Têtes de Clous se retrouvaient en passe de submerger le premier rempart et massacraient les Impériaux à tour de bras.

Ce n'était pas tout. Les deux entrées latérales étaient également attaquées par les envahisseurs. Si les Smaughs prenaient ces deux issues, les soldats du second rempart se feraient alors attaquer par trois côtés et ceux du remblai se retrouveraient coupés du reste et définitivement perdus.

Le vacarme était effroyable. De nulle part et partout résonnait la mélodie hargneuse, métallique, méthodique, dont la tonalité échauffait les muscles, serrait les cœurs et faisait trembler la terre. La guerre !

Cellendhyll ne trouva ni Gheritarish, ni Callista, ni Cromlach. Il ferait sans. Il n'avait aucune idée brillante, aucune stratégie pour renverser la situation de manière globale. Agir, en revanche, il n'allait pas s'en priver.

Comme il ne pouvait être partout à la fois, il décida de parer au plus pressé et de s'occuper de l'entrée est. De ce qu'il en constatait, l'endroit le plus mal défendu du périmètre. D'autant plus qu'il aperçut finalement un groupe de fantassins se ruer vers l'entrée ouest, menés par un large gaillard dont la peau était nettement reconnaissable à sa teinte bleutée.

Gher s'occupe de l'ouest, voilà qui me facilite la tâche.

— Cole, avec moi… Après la théorie, voilà venu le temps de la pratique… un peu vite, je l'admets. Bref. Nous allons combattre sous le Zen… équipez-vous, je vous laisse deux minutes.

— Je suis avec vous, commandant !

Vanina hocha gravement la tête et se rua vers l'une des réserves d'armes accolée au pont pour s'armer d'un second sabre et de hachettes de jet.

L'Adhan se tourna vers Irumi :

— Irumi, nous allons renforcer l'entrée est. Je vais charger avec Cole. Formez un peloton d'une dizaine d'archères et couvrez-nous, aucun Smaugh ne doit nous déborder. Départ dans deux minutes.

— Entendu, Pacha ! Gharise, Fiari avec nous. Gharise, avec ton escouade, tu couvriras le Pacha. Fiari, avec la tienne, tu couvres Vani. Je compte sur vous, les filles, aucun Smaugh ne doit passer !

Cellendhyll fit un rapide point avec lui-même. Pas de casque, pas d'armure, sa lance accrochée à la selle de son cheval. Deux dagues de jet dans leurs gaines rigides, fixées sur sa poitrine, son bouclier bien calé dans son dos, sa Belle de Mort sagement rangée dans sa botte.

Il fit rouler sa tête pour étirer les muscles de son cou, dégaina son glaive de son fourreau d'épaule.

Au moment où il allait partir du second rempart, Ling-Faï accourut à lui pour prendre ses ordres.

L'Adhan lui ordonna de tenir le second rempart à tout prix, le temps d'organiser une contre-attaque éventuelle, et de tâcher de récupérer l'adjudant Cromlach et la capitaine Swift, où qu'ils se trouvent. Eux seraient sans doute plus inspirés que lui sur une stratégie globale. Il promit de revenir dès l'entrée sécurisée afin de se concerter avec ces derniers.

Il jeta un regard aux Hirondelles de son escouade, les fixant l'une après l'autre, pour terminer par Vanina Cole. Toutes avaient la même détermination dans les prunelles.

Il hocha la tête et pointa leur objectif de la pointe de son glaive.

— Hirondelles, prêtes ? En avant !

Et Cellendhyll s'élança à grandes foulées vers l'ennemi.

Cromlach percuta un Smaugh par le travers, l'envoya s'écraser contre le deuxième guerrier, qui s'apprêtait à plonger son sabre à travers les omoplates du sergent Virek. Les deux Têtes de Clous s'effondrèrent dans un cri de rage. Repoussant la nausée, Cromlach poursuivit son élan sur le troisième, armé de hachettes, et lui lança sa masse en pleine tête, au moment où l'autre redressait ses lames. Touché en plein front, le Smaugh s'écrasa sur le sol, les yeux révulsés par une solide commotion cérébrale. Cromlach se pencha le temps de récupérer sa masse, cingla la tempe du guerrier, fendant son crâne et pivota sur ses appuis. Il se jeta sur les deux Smaughs en train de se redresser, enfonça la gorge du premier d'un grand coup de botte ferrée et fracassa l'épaule, puis la nuque du second.

Affalé sur l'herbe, Virek pleurait comme un enfant perdu. Luttant contre la migraine et la nausée, Cromlach l'empoigna et le remit debout, avant d'entraîner son sergent hors de la zone d'effet, vers le second rempart.

Les frères guérisseurs étaient dépassés par le nombre et la gravité des blessures. Le triage s'effectuait à grand-peine. Les Têtes de Clous n'avaient aucun respect pour les règles de la guerre. Les prêtres qui tentaient de soigner les blessés sur place, et qui se faisaient repérer étaient aussitôt massacrés par les Smaughs.

Arrivés à l'entrée ouest, Gheritarish, Magnus et ses guerriers lourds avaient engagé les Smaughs.

Ponctuant ses attaques de grondements sourds, ceux d'un fauve en colère, le Loki faisait un pas en avant, balançait sa hache. Et tuait.

Aucune finesse. De l'équilibre, de la précision. Et de la puissance, beaucoup de puissance lokie… Skaggh'Naggah faisait le reste. La grande hache noire bloquait, mordait, fendait, débitait, sans jamais se tromper de cible, sans jamais se lasser.

Pour Gher, c'était un peu comme pour abattre un arbre. Un arbre armé, en train de gigoter et de vous cracher sa haine au visage…, mais le principe restait le même. Le Loki n'avait pas besoin de plus pour éparpiller des membres de Smaughs tout autour de lui ; doigts, mains, bras, jambes, têtes, une véritable moisson.

Il ressortit sa hache d'un ventre smaugh pour aussitôt frapper à l'opposé, d'un revers sec et Snaggah mordit avidement dans le torse du second guerrier. Un troisième se rua sur lui. Gher le sécha d'un violent coup de botte au poitrail, l'envoyant bouler, les côtes brisées. Il retira Snaggah du cadavre et poursuivit son avancée. Il cueillit un quatrième Smaugh d'une diagonale basse, tronçonnant net la jambe du guerrier, pivota des hanches et fit obliquer sa lame dans une diagonale inverse pour cueillir un cinquième adversaire en plein élan et lui découper le bras, l'épaule et une bonne partie du cou. Il força pour retirer sa lame et décervela aussitôt celui dont il avait fracturé les côtes. Il remonta Snaggah devant lui pour parer un estoc de sabre, fracassa le visage du Smaugh du manche de sa hache, avant de lui fendre le ventre par le travers.

Un pas en avant. Un coup à droite. Un coup à gauche. Parade frontale du coin de sa lame papillon. Revers sec de Skaggh'Naggah. Trois Smaughs de plus à nourrir l'herbe de leur sang. Gheritarish poursuivait sa moisson écarlate avec un bel entrain, son visage, ses bras épais, son torse éclaboussés du sang ennemi.

— Pour sa Sainte Lumière ! Ma foi est mon bouclier !

Tout en égrenant ses prières, Magnus, le guerrier-peint, progressait avec la même puissance létale que celle du prince des Lokis.

Son impressionnant marteau faisait des ravages chaque fois qu'il touchait, fracassant les os, froissant la chair, brisant la vie. Certains Smaughs, sur son passage, volaient littéralement, propulsés dans les airs.

Solidement campé sur le sol, Magnus balançait des frappes à deux mains, des diagonales pleines de puissance et de foi, impossibles à parer, tellement difficiles à esquiver. Il se servait de l'inertie de son arme pour frapper encore plus fort et désosser ses adversaires, lorsqu'il ne les transformait pas en purée, tout simplement.

D'un revers de marteau, il arracha la tête d'un Smaugh de ses épaules, l'envoyant voler dix mètres plus loin, percuter de plein fouet un autre Tête de Clous. Magnus fit un pas en avant, relâcha son arme d'une main, agrippa le pourpoint de cuir du Smaugh qui se jetait sur lui, lui défonça le visage d'un coup de boule puis, forçant, il l'arracha du sol, le souleva d'une main, et le jeta derrière lui, comme il aurait balancé un vêtement souillé. Le Smaugh atterrit au milieu des fantassins qui se firent un plaisir de faire rentrer l'infortuné dans le sol, à grands coups de marteau.

Les guerriers derrière Magnus se révélaient sans doute moins spectaculaires, toutefois, l'ardeur de leurs assauts et leur efficacité était incontestables, un même flot martial, qu'en cet instant, rien ne pouvait endiguer. À l'instar de Magnus, les Preux combattaient abreuvés par leur foi, ils tuaient la prière aux lèvres.

— Pour la gloire de la Sainte ! Elle est le début et la fin ! Elle est le Tout ! Pour elle, je me bats et je tue ! Avec moi, pour la Lumière !

D'un revers de Snaggah, Gher décapita le dernier Smaugh. L'élan des envahisseurs sur l'entrée ouest n'existait plus, annihilé par la contre-attaque du Loki et des guerriers de Magnus.

Gheritarish donna l'ordre de bloquer le passage. Les Preux et lui-même tirèrent deux chariots qu'ils renversèrent l'un contre l'autre devant le fossé de l'entrée.

Ils repartirent à petites foulées vers leurs positions, longeant le champ de bataille.

Son regard attiré par le massacre perpétré sur le premier rempart, trois cents mètres plus au nord, Gheritarish ralentit, puis cessa de courir.

Constatant son retard, Magnus ordonna aux autres de poursuivre et fit demi-tour pour rejoindre le Loki.

— Magnus, regarde ! dit Gher au guerrier-peint, pointant son index sur un point précis.

— Oh, que la Lumière brûle les mécréants, il n'en est pas question, s'écria le colosse.

— On y va ! décida Gheritarish.

À l'instar de ceux du rempart, les défenseurs de l'entrée s'étaient fait submerger en quelques minutes à peine, la moitié d'entre eux gisaient à terre, leurs regards éteints à jamais. Le passage dégagé, une vingtaine de Smaughs avaient commencé à s'infiltrer.

Cellendhyll et Vanina Cole se jetèrent sur les intrus, l'Adhan par la gauche, l'Hirondelle par la droite. Ils devaient stopper l'invasion sur l'entrée le plus vite possible.

Ils avaient franchi le Voile et s'étaient immergés dans l'onde bleutée du Zen, Cellendhyll tout en puissance, Cole plus légère, plus agile.

Les dagues de jet du Hors-Destin trouvèrent leurs cibles les premières, aussitôt suivies des hachettes de Cole. Quatre Smaughs projetés au sol.

Leurs trajectoires parallèles, les deux Initiés dansaient sur le même tempo gracieux et meurtrier.

Cellendhyll combla les derniers mètres, concentré comme il l'était, les bruits du combat, le vacarme ambiant, lui parvenaient en arrière-plan, étouffés, accessoires. Son bras gauche cingla l'air et son glaive sembla se transformer en éclair, tant il était rapide, avant de trancher un Smaugh par le travers. Son glaive se redressait déjà en une diagonale qui éventra un autre guerrier, puis, d'un revers, l'Ange sectionna une gorge, pour ensuite, d'un nouveau cinglement, fendre une mâchoire.

Le Zen qui semblait engluer leurs adversaires dans la mélasse, leur permettait de prévoir, de construire, d'enchaîner. Les cibles de Cellendhyll étaient sélectionnées sur son écran mental, numérotées. Acquises, elles tombaient les unes après les autres, fauchées par sa lame impitoyable.

Il faisait bien assez confiance à Irumi pour ne pas se soucier de ses adversaires plus à sa gauche, ni de se faire déborder de ce côté-là, les archères veilleraient au grain.

Cellendhyll s'était à nouveau transformé en un vent destructeur, un tourbillon tranchant impossible à endiguer. D'autant plus vif qu'il n'était alourdi d'aucune armure, l'Ange semblait glisser dans l'air, voler presque d'un adversaire à l'autre, libéré des contingences de la gravité.

Pas d'art de la Riposte, cette fois. Un assaut pur et brutal, le temps pressait.

Au contact, son glaive fusait vers ses opposants pour cingler, tailler, pourfendre, lame vive, imparable. La seconde suivante, il était déjà sur un nouvel adversaire, frappant avant même que sa victime précédente ait touché le sol, et le ballet pourpre, reprenait, trop rapide pour être vraiment détaillé.

Le Hors-Destin avançait et les envahisseurs s'effondraient comme des mouches à chacun de ses assauts, leurs visages grimaçants s'effaçant les uns après les autres.

Cellendhyll de Cortavar, l'Adhan maudit, fléau des Smaughs !

Vanina Cole respirait le Zen avec une intensité au moins égale. L'Initiée se sentait privilégiée. Combattre en duo avec un tel maître était une expérience totalement exaltante.

Elle s'était juré de ne pas décevoir le Pacha. Et plutôt que de tenter de l'impressionner par des mouvements spectaculaires, Cole avait décidé d'adopter la sobriété de l'Adhan, se refusant à effectuer tout geste parasite ou ostentatoire.

Presque aussi précise que l'Adhan, Vanina passait elle aussi d'une cible à l'autre, ses lames trop vives pour être détaillées. Elle se tortilla pour passer sous l'arme d'un Smaugh qu'elle éventra tout en se redressant, pour ensuite plonger son sabre main gauche dans le genou du suivant, le faisant trébucher. Elle l'égorgea d'un revers de sa lame main droite, bondit sur sa droite, para une nouvelle attaque, riposta d'un estoc pleine gorge, se décala sur la gauche, laissant une lance smaugh éventrer le vide, cueillit le guerrier d'une frappe qui trancha l'arrière de son genou. Vani passa au suivant sans se soucier du blessé. Dans la seconde d'après, le Smaugh qu'elle délaissait se prenait une flèche dans la trachée, décochée par Irumi, qui avançait quinze pas en arrière.

Feinte à droite, feinte à gauche, et schlakk ! Tout en récitant le mantra des Ombres, Vanina trancha dans l'entrejambe du guerrier suivant.

Grâce à son mentor d'un jour, l'Hirondelle avait désormais une bien meilleure maîtrise de son écran tactique, c'était indéniable. Son esprit scindé parfaitement stable, elle pouvait repérer les ennemis, prévoir leur trajectoire sans se laisser submerger. En outre, la rousse se rendit compte qu'en se concentrant sur le halo bleuté qui personnifiait l'Adhan, elle pouvait plus ou moins deviner son élan et se calquer sur lui, ce qui rendait leur progression encore plus létale.

Le résultat parlait de lui-même, les Smaughs tombaient comme des quilles sur le passage des deux Initiés, le peu de survivants immédiatement abattus par les flèches des Hirondelles, qui fauchaient toute tentative de débordement de l'ennemi.

Sur la gauche de Cole, Cellendhyll poursuivait sa propre hécatombe, ses gestes d'une fluidité hypnotique. Il bondissait vers l'avant et frappait, puis se décalait de trois pas vers la droite ou vers la gauche, frappait toujours, abattait tous ceux à sa portée pour ensuite reprendre sa progression vers le fossé de l'entrée.

Quelques minutes plus tard, la course des Initiés était terminée, tous les Smaughs à l'intérieur du périmètre impérial jonchaient le sol.

Restait à tenir le seuil, à repousser les guerriers de l'extérieur, qui se pressaient pour atteindre le fossé. Cellendhyll et Vanina se positionnèrent devant l'entrée, chacun campé sur ses appuis, les archères se déployant sur les côtés, en retrait, leur ligne de tir dégagée.

Irumi et ses sœurs se mirent à accabler les Smaughs de flèches en courbe. Quant aux guerriers qui tentaient de sauter le fossé, ils se faisaient faucher en plein vol par les lames de Cellendhyll et de Vanina.

Le flux qui menaçait l'entrée commença à faiblir, à se raréfier, pour finalement se tarir.

— Bien joué, Cole ! s'exclama le Hors-Destin, tout en faisant gicler le sang qui maculait son glaive d'une petite torsion du poignet. Il est temps de quitter la transe, avant de subir un contrecoup trop sévère.

En dépit de cette allégresse incroyable qu'elle avait ressentie au contact du Zen, Vanina obtempéra, et les Initiés connurent le même vertige qui les fit un instant chanceler, avant de se reprendre.

Avec l'aide des Hirondelles, ils entreprirent alors de boucher l'entrée avec deux chariots, comme Gheritarish l'avait fait avec Magnus et ses Preux, bien conscient que cette barrière n'offrirait qu'un maigre répit.

Cellendhyll était trop excentré à droite pour avoir une vision globale du champ de bataille, mais clairement, le premier rempart était perdu. Un lit de cadavres impériaux marquait le remblai. Par petits groupes épars, les Smaughs s'arrêtaient ici et là pour achever un blessé ou, au contraire, aggraver son supplice par quelque torture de leur invention ; inutile de se presser alors qu'il restait tant de victimes à leur portée immédiate.

Grimpant à leurs échelles, d'autres envahisseurs continuaient d'affluer. Si les Smaughs n'avaient pas réussi à prendre les entrées, cet échec restait pour eux négligeable. Grâce à leur sorcellerie, ils avaient emporté le premier rempart, sans effort autre que mental, et tué plusieurs centaines d'Impériaux, largement de quoi jubiler.

Ramassé sur son siège, Rakùl-Bahìr contemplait la bataille avec passion. Il avait enfin repéré l'Adhan maudit. Celui que le Nagù jalousait et haïssait avec une égale vigueur s'était lancé en pleine contre-attaque sur l'entrée est, sa Némésis aisément reconnaissable à sa courte toison argentée, à sa manière de se mouvoir, de frapper ; lui seul affichait cette aisance, cette maîtrise de l'espace.

L'Adhan se battait avec une guerrière presque aussi remarquable, et une escouade d'archères, et leur assaut ne tarda pas à être victorieux, l'entrée sécurisée.

Rakùl-Bahìr lâcha un ricanement. Cette réussite de l'Adhan ne comptait pour rien, seulement à retarder l'inéluctable.

Le Nagù constata dans la foulée que l'assaut des siens sur l'entrée ouest avait subi le même revers. Là encore, aucune importance.

L'un de ses sorciers apparut sur le toit de l'une des cinq roulottes alignées face au remblai et se mit à agiter un fanion orangé. Le signal que les pratiquants occupés à canaliser le Voile d'Effroi, à l'intérieur des véhicules, avaient atteint leurs limites. Dans les secondes qui suivirent, leur mana tari, le sortilège cessa de sévir.

Rakùl-Bahìr hocha la tête, satisfait. Exemplaires, ses hommes avaient parfaitement rempli leur rôle, comme pouvait en attester la présence écrasante des guerriers du Peuple sur le premier rempart.

Que faire pour renverser la situation ¿ se demandait l'Ange.

Il le ressentait dans ses tripes, le sortilège des Smaughs avait cessé ; peut-être les sorciers avaient-ils épuisé leur mana ¿ Avaient-ils une réserve ¿ De toute manière, il y avait tellement de guerriers ennemis sur le remblai, que même lui ne saurait les affronter, d'autant plus qu'il venait de se servir du Zen et ne pourrait y recourir de sitôt.

Putain de sorciers !

Cellendhyll n'avait plus ni Paladins ni mages de guerre pour contrer les sortilèges smaughs. Reydorn ne pouvait s'opposer à leur puissance destructrice, pas plus qu'Aymard ou les prêtres de l'Orage. Et, même à présent qu'ils avaient cessé d'infliger leur sortilège, l'affaire semblait mal engagée pour l'Empire.

Le Hors-Destin avait sacrément envie de charger les Têtes de Clous sur le premier rempart, cependant, c'eût été suicidaire. Pour lui et plus encore pour les Hirondelles qui le flanquaient. Si seulement il avait pu trouver le moyen d'invoquer l'énergie nouvelle qui courait en lui. Si seulement...

Que décider ? Là encore, aucune idée inspirante ne vint illuminer sa cervelle. Il lui manquait une vision d'ensemble du champ de bataille. Mieux valait donc revenir au second rempart. Là-bas, il pourrait prendre des nouvelles de Gher, de Callista, de Cromlach, voir avec eux comment s'organiser. Il devait prendre en compte Cole et les archères, pas question de jouer inconsidérément avec leurs existences. Car s'il chargeait les Smaughs, elles le suivraient, cela ne faisait aucun doute à ses yeux.

— Pacha, nous allons manquer de flèches, lui signala Irumi.

— Nous rentrons au second rempart, décréta Cellendhyll aux Hirondelles.

Alors que Cellendhyll dansait avec les Smaughs de l'entrée est, isolé au milieu du chaos ambiant, Cromlach secourait un camarade à chaque aller-retour. Il avait réussi à œuvrer sans attirer l'attention des envahisseurs surexcités, postés à moins de trois cents mètres de sa position.

Ce soir, s'il vivait encore, le Nain allait pleurer la disparition de nombreux compagnons valeureux, ses hommes, parfois ses amis, et cette pensée tordait son cœur. Tombés sous ses yeux, ses frères de bouclier s'étaient fait écharper sans pouvoir se défendre, massacrés à coups de hachette, leurs corps, leurs visages lardés de lames, et il n'avait rien pu y faire. Hormis sauver une bien maigre part d'entre eux.

Les enflés du crâne allaient payer, d'une manière ou d'une autre. L'adjudant s'en fit le serment. Maintenant, tout cela devenait *personnel*. Une querelle. Une querelle de Nain.

À force de volonté, d'entêtement, l'estomac vidé par les nausées, Cromlach avait réussi à ramener à l'extérieur du Voile d'Effroi, trois de ses sergents qui avaient pu l'épauler et le groupe de rescapés s'était agrandi jusqu'à former une centaine d'hommes, puis deux centaines, tous ceux que Cromlach pouvait aider, aussi vite qu'il le put, et qu'il avait envoyés vers le second rempart, menés par le sergent Virek.

Sans se soucier de sa fatigue, de sa migraine, Cromlach était reparti, avait récupéré encore une cinquantaine de compagnons, ainsi qu'une dizaine d'Hirondelles esseulées.

Il revenait avec le dernier groupe qu'il avait récupéré vers le second rempart au moment où le Voile d'Effroi cessa de sévir.

La chance, toutefois, avait fini par tourner. La mission de sauvetage fut repérée par un Smaugh qui rameuta ses congénères, toute une bande se forma pour se ruer sur Cromlach et son petit groupe de rescapés, ces derniers à mi-chemin entre le premier et le deuxième rempart.

À la hâte, Cromlach ordonna à sa petite troupe d'adopter une formation de combat en triangle inversé, dont il allait prendre la pointe, face à l'ennemi. Pour la presque majorité, ceux qui l'entouraient avaient perdu armes et boucliers, ils n'avaient plus que les dagues à leurs ceintures. Ils restaient choqués par les effets du Voile d'Effroi et souffraient de migraines, de nausées, de désorientation.

Les Impériaux s'exécutèrent comme ils le pouvaient, certains en vomissant, et continuèrent à reculer en direction du rempart où se tenaient leurs frères, bien trop éloignés à leur goût, à plus d'une centaine de mètres.

Cromlach n'attendit pas que les Têtes de Clous arrivent à portée. Espérant gagner du temps pour les autres, il se jeta sur le groupe des assaillants, en commençant par les trois Smaughs les plus proches. Outre sa masse à une main, il disposait de sa dague et du bouclier rond qu'il avait emprunté à l'une des Hirondelles rescapées.

Le premier adversaire était trop pressé. Il balança un assaut en taille latérale dès qu'il fut à portée. Cromlach l'esquiva en contrant de son bouclier et riposta d'un bon coup de masse sur le crâne. Laissant le guerrier s'écraser au sol, la cervelle pulvérisée, il accueillit le suivant d'un coup de tête dans l'estomac, d'un coup de masse sur le dessus du pied, puis, en travers de la gorge. Le troisième Smaugh était déjà sur lui, frappant de son sabre rabattu droit sur le visage du Nain.

Cromlach fit un pas de côté, laissant la lame adverse se planter dans le sol, juste devant lui. Il contre-attaqua d'un revers de sa masse qu'il chargea d'une sacrée dose de colère naine. Son arme fracassa la rotule du Smaugh, qui perdit l'équilibre et s'effondra tête en avant dans sa direction. Cromlach émit un grondement sourd et redressa son arme pour cogner l'ennemi pleine bouche, transformant sa mâchoire en une pluie d'esquilles. Cromlach l'écarta d'une bourrade et bondit sur le suivant. Il ramena son bouclier devant lui, baissa la tête et percuta le Smaugh de plein fouet au moment où ce dernier armait son bras armé d'un sabre court.

Le souffle coupé, le Smaugh marqua un temps d'arrêt, dont profita le légionnaire pour lui faucher l'arrière des jambes d'un revers de masse, avant de lui écraser tout le poids de son arme en travers de la trachée.

Cromlach ouvrit la bouche en grand afin de reprendre sa respiration, essoufflé par tous ces efforts prodigués. Il fut percuté du côté gauche et projeté au sol, laissant échapper masse et bouclier.

Il s'écroula dans l'herbe, roula pour se retourner, se tortillant pour dégainer sa dague. Trop tard. Son adversaire qui déjà l'avait contourné sur sa gauche était sur lui.

Le Tête de Clous plaqua sa botte sur le bras du Nain, bloquant son geste. Il le surplombait, un sourire écœurant étirant son faciès maculé de grandes traînées sanglantes prélevées sur d'autres victimes impériales. Le Smaugh était prêt à débiter Cromlach à coups de sabre et il allait savourer ce rôle de boucher.

À l'instant où il allait donner le coup de grâce, le Smaugh fut subitement arraché aux lois de la gravité, comme propulsé hors de l'attraction terrestre par la main agacée d'un dieu géant, personnifié par le marteau de Magnus. Dans un mouvement de balancier, l'arme avait cueilli le Tête de Clous entre les jambes, par le dessous, et l'avait projeté dans les airs, tout le bas du corps fracturé.

Le deuxième Smaugh s'effondra à son tour, coupé en deux par la redoutable Snaggah de Gheritarish.

Cromlach se permit une grande expiration de soulagement.

— Heureux de vous voir, les garçons ! s'exclama-t-il à l'attention des deux colosses.

Le Loki et le guerrier-peint s'étaient déjà tournés vers le groupe de combattants pour leur barrer les routes, pourtant, ils n'eurent pas à charger.

Une pluie de flèches se mit à arroser les envahisseurs restants, repoussant les survivants vers le premier rempart. Ling-Faï arrivait à la rescousse à la tête d'une trentaine d'Hirondelles aux arcs bandés.

Quelques minutes plus tard, les rescapés franchissaient le seuil du deuxième rempart, avec leur escorte.

Cromlach saisit la gourde que lui tendit Magnus, rinça sa bouche des relents de bile, but quelques gorgées et se vida le reste sur le crâne.

Constatant les mines inquiètes autour de lui, il s'exclama :

— Reprenez-vous, par tous les Marteaux ! Les Smaughs sont loin d'avoir gagné, et je suis loin d'avoir dit mon dernier mot. Ces raclures vont payer, je vous le promets !

Une querelle de Nain !

Peu après, Cromlach fit sonner le cor de rappel. Tous les soldats valides devaient se regrouper à sa bannière. Aymard lui-même était venu poser ses mains sur les tempes de l'adjudant, faisant disparaître en quelques secondes migraine et nausées… un soulagement si intense que le guerrier aurait pu en pleurer.

L'heure n'était pas à la détente. La priorité était que l'Empire se réorganise et reconstitue un front solide pour affronter la suite. Il n'était plus temps d'espérer sauver d'autres soldats. Sur le premier rempart, les Smaughs avaient fini de s'acharner sur les blessés, ils n'allaient pas tarder à former une nouvelle vague d'assaut.

D'autres soldats, par grappes de deux ou trois, avaient réussi à rejoindre le second rempart, augmentant d'une petite centaine le nombre des survivants. Les Impériaux choqués par l'attaque magique furent pris en charge par les frères de la Guelfe.

Le bilan, néanmoins, restait désastreux. Les forces de Lumière déploraient la perte de presque une moitié des effectifs postés sur le premier rempart et aux entrées, au moins cinq cents fantassins, la majeure partie des arbalétriers, dont Volkart, et plus d'une cinquantaine d'Hirondelles.

En retour, les Smaughs avaient perdu les guerriers lancés sur les entrées latérales et quelques autres abattus par Cromlach et son groupe, soit environ deux cent cinquante combattants. Une goutte d'eau dans l'océan de leur meute.

Chapitre 86

L'Empire se retranchait derrière le second rempart, tenu par mille fantassins et la cinquantaine d'Hirondelles commandées par Ling-Faï. Les soldats touchés par le Voile d'Effroi purent s'abreuver, se faire soigner pour ceux qui en avaient besoin, se réarmer, retrouver leur courage. Ils furent mis au repos, en réserve, avec les troupes du troisième rempart, soit un millier de soldats.

De leur côté, les Smaughs alignés le long du remblai, hurlant leur triomphe et leur soif de tuer encore, commencèrent à se chauffer pour la suite.

À peine arrivé au deuxième mur, Cellendhyll fut soulagé de constater la présence de Callista Swift. Toutefois, devant le Hors-Destin, la capitaine afficha son masque de froideur professionnelle.

— Où étiez-vous passée, ce matin ? lui murmura-t-il d'un ton qu'il espérait neutre.

— Je... je suis partie chevaucher dans le petit bois, au sud du camp, j'avais besoin de me vider la tête, souffla-t-elle, refusant de croiser son regard.

— Je suis désolé que nous n'ayons pas trouvé le temps de nous parler, Callista. Quelque chose semble vous empoisonner l'esprit, cela ne peut rester ainsi.

Elle répliqua d'un geste vague de la main. Ce n'était ni l'heure ni l'endroit pour aborder un tel sujet et l'Ange pouvait en convenir.

Il profita d'avoir retrouvé ses officiers pour un rapide conseil de guerre.

D'une main épaisse couverte d'écorchures, Cromlach se massa le front et lâcha dans un grommellement frustré :

— Cela ne nous sert à rien d'établir une défense conventionnelle, leurs sorciers vont nous défoncer comme ils l'ont fait sur le premier rempart.

— Nous sommes sur la défensive depuis le départ, répliqua Callista. Nous devons anticiper et non continuer à subir. Comment lutter contre la sorcellerie des Smaughs ? Je pense qu'il faut les laisser venir à nous pour mieux les détruire.

— D'après le dispositif magique que vous m'avez décrit, intervint Reydorn, je dirais qu'il s'agit de plaques de gemmelitte agissant comme une lentille focalisatrice. De quoi décupler la puissance d'un sort. Heureusement pour nous, les sorciers doivent nourrir le processus de leur mana, ils ne peuvent donc pas l'utiliser de manière continue.

— Je partage l'avis de mon confrère, approuva Aymard. Le problème est que nous ignorons le nombre de sorciers et leur niveau.

— Tout comme nous ignorons si les Smaughs n'ont pas d'autres sorciers en réserve, intervint Cellendhyll. Quoi qu'il en soit, lorsque ceux qui viennent d'agir auront récupéré, on peut s'attendre à ce qu'ils reviennent nous harceler. Comme l'a déclaré la capitaine Swift, il nous faut absolument trouver une parade.

Les tambours de guerre smaugh, ignoble litanie, n'avaient cessé de battre, les esclaves se remplaçant au fil des heures.

Les roulottes des maîtres-sorciers et des seigneurs de guerre en avaient profité pour sortir de la colonie et se rapprocher, s'accolant au premier rempart. Ils étaient désormais aux premières loges pour jouir du spectacle offert.

— Voyez ! s'époumona le prestigieux Rakùl-Bahìr pour les Smaughs qui l'entouraient. Voyez le résultat lorsque nous combattons organisés !

J'en suis désormais persuadé, nous n'avons nul besoin d'Øz pour conquérir le monde ! ajouta-t-il *in petto*.

Le maître-sorcier avait ordonné que les attelages surmontés des cristaux géants de gemmelitte fassent demi-tour pour rentrer au camp des envahisseurs. Épuisés par leur effort commun, les sorciers avaient grand besoin de repos pour reconstituer leurs réserves de mana, et le Nagù n'avait pas l'intention d'épuiser d'autres pratiquants en cette journée. Il avait fait une fois encore la preuve qu'il était indispensable, c'était amplement suffisant. Aux guerriers de prouver leur utilité, désormais.

Galvanisés par leur succès, les Smaughs lancèrent leur deuxième assaut.

Suivant les instructions de Turgut-Ott, les entrées latérales furent assaillies de l'extérieur par un contingent de mechs armés de haches, chargés de débiter les chariots bloquant le passage. Au martèlement sourd des tambours, aux clameurs furieuses des Smaughs s'ajouta le staccato des haches sur le bois.

Pendant ce temps, les longs fourgons noirs, restés inactifs depuis le début, se divisèrent en deux cohortes et se déplacèrent pour se ranger face aux deux entrées.

Dans le même élan, les Têtes de Clous alignés sur le remblai s'élancèrent en avant, masse haineuse et frénétique, une meute de lames brandies et d'esprits furieux, deux mille guerriers ivres de violence.

Fahaarak'Shar !

Interrompus en pleine réunion, avant d'avoir pu trouver la moindre stratégie, Cellendhyll et les autres avaient accouru derrière le second rempart dès le signal de l'attaque ennemie.

— Tenez-moi, cette putain de ligne, mes gaillards !

S'organisant dans l'urgence, Cromlach prit place au milieu de ses fantassins, au centre de la barricade, face à l'entrée barrée d'un épais cheval de frise.

— On va leur montrer, aux plantés du gland moisi ! renchérit Gheritarish.

Le Loki se tenait sur la section droite du rempart, à la tête d'un bataillon de légionnaires. Il avait remisé Snaggah à l'arrière de ses épaules et empoignait à nouveau la lance et le bouclier rectangulaire du fantassin.

— La Lumière réchauffe nos cœurs et guide nos bras ! s'exclama fièrement Magnus.

Le guerrier-peint était campé sur la gauche de la barricade, avec ses redoutables Preux.

— Pour l'empire de Lumière ! reprit en chœur l'ensemble des défenseurs, formant une aria splendide de colère, de courage et de détermination.

L'Adhan se surprit à hurler avec la même ardeur que les autres.

Pour toutes ces âmes fouettées par le danger, l'équation était limpide : tenir ou mourir.

Glaive et bouclier, Cellendhyll se tenait en réserve. Il irait là où l'on aurait le plus besoin de ses talents. Sur sa gauche, formant sa propre ligne, se trouvaient Swift, Cole, Ling-Faï, et un bataillon de cent Hirondelles.

La meute des Smaughs arrivait sur la barricade. Dès qu'ils furent à portée de flèches, la voix claire de la capitaine s'écria :

— Hirondelles, à vos arcs, première salve... Bandez... tirez !

Telle une nuée scintillante, la volée décochée par les archères s'éleva en cloche pour retomber en sifflant au milieu de la charge des envahisseurs, des dizaines d'entre d'eux projetés au sol.

Callista enchaîna aussitôt en commandant une deuxième salve, puis une troisième. Et, enfin, une quatrième.

Il n'y avait pas le temps de plus. Pas même ralenti, l'ennemi arrivait au contact, s'étirant tout le long de la barricade. Trois cents guerriers à terre, tués ou blessés, c'était bien trop peu pour endiguer l'élan avide des Têtes de Clous.

De surcroît, comme le constatèrent les Impériaux, les Smaughs n'avaient pas lancé leur assaut aussi aveuglément qu'il le semblait. Au moment de leur charge, sur l'ordre de Turgut-Ott, une portion d'entre eux avait saisi les cadavres des Impériaux et s'en servait comme d'un bouclier.

Les Smaughs les plus enfiévrés se jetèrent sur le rempart de caisses en hurlant, piétinant pour escalader le fossé, ou bondissant par-dessus. Ils furent reçus à grands coups de lance et repoussés vers l'arrière, leurs corps transpercés.

Arrivés devant la barricade, les guerriers porteurs des cadavres s'empressèrent de jeter leur charge dans le fossé, comblant le trou à vue d'œil.

Le vacarme de la guerre avait repris, fracas de lames, fracas de haine.

Les minutes s'écoulèrent, harassantes. Les Smaughs hurlaient et poussaient, les Impériaux hurlaient et résistaient, impitoyable débauche d'énergies contraires. Les morts ou les blessés étaient tirés en arrière, pris en charge par les prêtres de la Guelfe, tandis qu'un légionnaire venait combler l'espacement. Le second rempart n'était pas épais, mais ceux qui le tenaient ne lâchaient rien.

Sans savoir comment, Cellendhyll se retrouva à aller et venir le long de la ligne pour haranguer les défenseurs.

La mêlée était trop proche pour que les Hirondelles continuent d'utiliser leurs arcs, le combat se faisait à grands coups de lames, de plus en plus intense. Avec leur barricade et leurs boucliers pour les protéger, les fantassins avaient un avantage, celui du terrain.

Le rempart, cependant, trouva ses limites lorsque l'un des Smaughs, particulièrement frustré de ne pouvoir atteindre les sang-chaud postés derrière, se mit à marteler la grande caisse devant lui, jusqu'à l'éventrer. Le coffrage céda et les pierres amassées à l'intérieur se répandirent dans le fossé, offrant une ouverture par laquelle le guerrier bondit. Il se fit aussitôt empaler par la lance d'un légionnaire campé devant. Si la tentative avait échoué, d'autres Smaughs reprirent l'idée, détruisant les caisses, créant d'autres trous, çà et là dans le rempart. Les Impériaux comblèrent les espaces, mais leur défense passive avait pris un coup dans l'aile.

Pour autant, les fantassins continuèrent de tenir bon, en intercalant leurs grands pavois rectangulaires qu'ils plantaient dans le sol, face à l'ennemi.

À l'extérieur du périmètre, les mechs avaient fini par démanteler les chariots bloquant les entrées latérales. Ils couvrirent les fossés avec de grandes planches de chêne préparées à cet effet. Leur voie dégagée, les fourgons noirs, pachydermes de métal, s'ébranlèrent pour entrer dans le périmètre et se rangèrent en éventail, leur arrière tourné vers le second rempart.

Ses guerriers ne l'avaient pas encore submergé, mais ils avaient bloqué tout mouvement de contre-attaque adverse, permettant l'arrivée des fourgons. Satisfait, Turgut-Ott fit sonner la corne, sommant les guerriers de reculer derrière les véhicules et de s'abriter derrière leur masse. Ces derniers s'exécutèrent sans trop rechigner, en dépit de leur soif de sang. Pragmatiques, ils savaient ce qui allait se produire et ne tenaient pas à rester là. Autant reprendre des forces pour la suite.

Un autre coup de trompe résonna, ordonnant aux mechs d'ouvrir l'arrière des fourgons. Les rampes s'abaissèrent dans un grincement de métal. Puis, la grille clôturant l'entrée des chariots fut relevée tandis que les serviteurs tapaient le long des véhicules.

— Qu'est-ce que c'est que cette nouvelle saloperie ! cracha Cromlach.

Les Impériaux n'avaient rien oublié de la charge des rejetons, ces espèces de goules qui avaient massacré les Paladins Bleus et les mages de guerre ; certains et certaines en faisaient toujours des cauchemars.

— Vous laissez pas impressionner par ces merdasses de chiures à bidet ! beugla Gheritarish, particulièrement inspiré.

Toutefois, le cauchemar qui attendait les défenseurs était d'une nature différente.

Au lieu des maigres silhouettes blanchâtres des tarfs, jaillirent des fourgons de longues et puissantes formes noirâtres. Les skarax, ces créatures mi-fauve mi-reptile qui tiraient les chars smaughs. Chacun d'eux pesait environ cinq cents kilos d'os, de tendons et de muscles épais. Une dizaine par fourgon, soit une centaine de créatures.

Libres de toute chaîne, leurs crânes, leurs dos et leurs flancs recouverts d'un caparaçon de mailles noires plus léger que celui de leurs attelages, les créatures n'étaient pas de vulgaires animaux de trait, plutôt de véritables bêtes de combat, élevées pour la guerre.

Les skarax ne pouvaient être contrôlés comme les tarfs, ils résistaient naturellement à la télépathie ; le seul dressage efficace étant l'usage de la force. Cela n'avait pas grande importance en la circonstance, il suffisait de lancer les créatures dans la bonne direction et de laisser faire. Certes, les bêtes abattues ne pourraient plus servir à tirer les chars, néanmoins, des chevaux les remplaceraient dans cette tâche. En outre, leur utilisation permettait aux Smaughs d'économiser leurs guerriers. Mine de rien, cette guerre imprévue contre l'armée impériale risquait de leur coûter cher en effectifs, alors que la conquête de Sang était loin d'être terminée.

Excités par l'odeur des humains, les skarax galopèrent directement en direction du second rempart, formant une meute d'un noir luisant, capable de tout renverser sur son passage, même un légionnaire de l'Empire calé derrière son bouclier. Tout en se répartissant le long de la barricade, les créatures poussaient leurs cris bizarres, aigus, dérangeants. Les flèches des Hirondelles ricochèrent sur leurs caparaçons, sans les ralentir une seconde.

Les skarax atteignirent le rempart, choisissant les portions dépourvues de caisses. Elles franchirent le fossé à peu près comblé et...

... Contact !

Les créatures reptiliennes percutèrent les boucliers, faisant voler les fantassins de tous les côtés. Un, deux, trois, quatre percées furent aussitôt créées dans le rempart.

Une fois infiltrés, les skarax s'abattaient sur les autres soldats de la ligne défensive, forçaient de l'épaule pour les percuter et les renverser, se jetaient sur eux, déchiquetaient leurs gorges d'un coup de crocs ou déchiraient leurs cottes de mailles et leurs chairs à grands coups de griffe.

Les légionnaires luttèrent comme ils purent, mais les bêtes se révélaient trop lourdes. Ils virent leurs rangs enfoncés les uns après les autres.

Dans un premier élan, les skarax qui franchirent la ligne de défense s'éparpillèrent le long de la barricade pour engager les Impériaux, et les suivants en profitèrent pour s'engager plus avant dans le périmètre défensif.

Juchée sur un chariot de la Guelfe, à mi-chemin entre le pont et le second rempart, Irumi s'était enfermée dans son habituelle bulle de calme personnelle. Chargée d'un carquois plein, elle décochait ses flèches avec son habituelle virtuosité, l'une des rares à pouvoir tirer en pleine mêlée et voir chaque flèche toucher sa cible. Cependant, ses tirs victorieux équivalaient à une goutte d'eau dans l'océan. Les Smaughs étaient des milliers, sans compter leurs repoussantes créatures. Irumi avait fait le calcul en se basant sur la taille de la colonie, et il n'y avait tout simplement pas assez de flèches dans les réserves impériales pour abattre autant d'ennemis. Ce constat, au lieu de la déprimer, n'avait fait que renforcer sa détermination.

Irumi avait changé de cibles, passant des hommes aux reptiles, sans pour autant perdre de son efficacité. Les skarax étaient certes protégés par leurs caparaçons, cependant, leurs yeux globuleux faisaient des cibles parfaites pour ses flèches à empennage d'ivoire.

La guerrière d'élite abattit ainsi trois créatures d'affilée, sauvant la vie d'une dizaine de fantassins. Quittant la mêlée, un duo de skarax la prit aussitôt pour cible, galopant en zigzag pour la rejoindre.

Irumi manqua son premier tir, sa flèche ripant juste au-dessus de l'œil d'une bête, pour voir sa deuxième flèche esquivée d'une torsion des reins par le second skarax.

Deux échecs d'affilée ? Les sourcils froncés, les lèvres pincées par ce pitoyable, déplaisant, indigne résultat, Irumi encocha une troisième flèche qu'elle parvint à loger dans la gueule ouverte du premier reptile. Le skarax s'enroula sur lui-même tout en s'écroulant dans l'herbe, agité des spasmes de l'agonie. L'autre reptile, en revanche, après avoir esquivé un nouveau tir, bondit de tout son poids et cogna le chariot de plein fouet.

Perdant l'équilibre, Irumi vola dans les airs.

Elle se reçut comme elle pouvait, accueillant sa chute d'une roulade, roulade qui lui fit lâcher son arc.

Emportée par son élan, elle se retrouva nez à nez avec le grand reptile.

Nez à nez avec cette gueule bavante, pleine de crocs, bien trop nombreux, bien trop acérés au goût de l'archère.

Le skarax ouvrit démesurément cette gueule et se jeta sur elle, prêt à arracher la tête d'Irumi de ses épaules.

Le prédateur se bloqua en plein élan et vola sur le côté, la pointe d'une lance en forme de feuille le cueillant par le dessous, pile entre les attaches de son caparaçon, pour lui clouer les mâchoires. Ainsi muselé, le reptile secoua vainement sa tête triangulaire, incapable de même hurler sa souffrance. Callista laissa l'arme en place et dégaina son épée longue. D'un estoc rapide, précis, la guerrière perfora l'œil du skarax, enfonçant sa lame jusqu'au cerveau. Le monstre s'affaissa, soudain tout flasque, et bascula sur le côté, entraînant l'épée avec lui.

Irumi courut récupérer son arc. Elle porta la main à son carquois et se rendit compte qu'il ne contenait plus qu'une poignée de flèches, brisées dans sa chute.

Un troisième skarax apparut par l'angle du chariot. Lâchant une stridulation aigüe, il bondit sur les deux Hirondelles, trop rapide pour permettre à Callista de reprendre ses lames plantées dans le cadavre de l'autre bête.

La capitaine dégaina sa dague et siffla entre ses dents :

— Allez-vous en, Irumi !

— Sauf votre respect, capitaine, vous êtes folle ?

Le skarax lâcha une nouvelle stridulation, plus agressive, voire agacée, signifiant à ses proies qu'il était là et qu'il allait passer à l'assaut, non mais !

Un sifflement résonna alors, suivi d'un éclair mat et le reptile fut percuté sur le côté du crâne par un bouclier rond lancé en pleine course.

— Toi, le gros moche, tu touches pas à mes kissiz !

Une silhouette élancée sprinta droit sur le skarax, esquiva un revers de griffe d'un pivot habile, planta une hachette dans l'œil gauche de la créature, tournoya à l'inverse, le temps de planter une autre hachette dans l'œil droit, partit en saut périlleux arrière pour reprendre du large. Elle dégaina aussitôt le sabre en travers de ses épaules et se fendit en avant, sa lame rabattue à l'horizontale, enfoncée jusqu'à la garde dans la gueule ouverte du skarax.

Le monstre mordit la lame sans parvenir à rien, sauf à l'enfoncer davantage dans sa chair. Il roula dans l'herbe, se mit à tressauter, agité des spasmes de l'agonie, et cessa enfin de bouger.

Vanina Cole se redressa, salua d'une grande torsion du buste, comme une artiste de cirque, et s'exclama :

— Ça va, les filles ?

Campé devant l'une des brèches de la barricade, qu'il tentait de colmater, Gheritarish se retrouva chargé par un skarax. Le reptile termina les derniers mètres d'un bond puissant, prenant le Loki de vitesse. Avant de pouvoir armer sa lance, le Loki fut percuté de plein fouet par la créature et soulevé du sol par l'impact, son bouclier volant d'un côté, sa lance de l'autre.

Refusant de se faire piétiner, Gheritarish s'agrippa à l'échine du skarax et se retrouva à moitié perché sur les épaules du reptilien, ballotté dans tous les sens. Il poussa un juron, passa ses bras autour du cou de la bête et se laissa aller sur le côté, de tout son poids. Il planta ses jambes dans le sol, et effectua une torsion brutale au cou du skarax. Puis, Gher força vers le côté et vers le bas, força encore, les traits congestionnés par l'effort, de grosses veines saillant sur son front. Le skarax mugit, un claquement sec résonna et le reptile s'écroula sur le sol, son échine brisée par la puissance du Loki.

Dès la charge des bêtes reptiliennes, Cellendhyll avait rangé son glaive et sortit sa Belle de Mort qu'il transforma en sabre dans le même mouvement. Sa lame sombre avait déjà goûté la chair des monstres, avec une efficacité remarquable. Première transformation, le coût en énergie fut à peine notable.

À l'instar de son camarade loki, Cellendhyll se dressa devant une brèche, un reptile géant bondissant aussitôt sur lui. Il n'espérait pas contrer un tel poids. Il partit d'un pas sur le côté et frappa dans le même temps. Le revers de sa Belle devenue sabre trancha net la patte avant gauche du skarax qui s'effondra, privé d'un membre. L'Adhan monta sa lame sombre vers le ciel et la rabattit violemment, décapitant le monstre dans la foulée.

Un autre reptile le prit en point de mire, quittant le sol pour l'écharper de ses griffes.

L'Ange se courba, avança sous la créature et trancha son ventre offert sur toute sa longueur, la Belle dans sa senestre sectionnant avidement la chair du reptile.

Un autre skarax se rua sur lui, gueule grande ouverte. Cellendhyll remonta son bouclier et frappa en riposte, renvoyant la mâchoire du reptile sur le côté. Il doubla d'un estoc de sa Belle dans le creux du cou écailleux, aussi foudroyant qu'imparable.

Cependant, le temps qu'il s'occupe de la créature, trois autres le dépassèrent sans pouvoir être interceptées.

Il ne pouvait être partout et les bêtes faisaient des ravages, éparpillées autour de lui. Le Hors-Destin se sentait dépassé.

Quoi qu'il tente, cela ne suffirait pas.

Comment libérer mes pouvoirs ¿ C'est bien le moment, non ¿ Ne suis-je pas le Hors-Destin ¿ Cette force que je sens en moi, comment l'éveiller ¿ Viens, réponds à mon appel, je t'en supplie !

Aucune réponse, aucun changement en lui, aucun déclenchement. Après un soupir navré, Cellendhyll tourna machinalement la tête et se rendit compte qu'une dizaine de monstres écailleux galopait en direction des chariots de la Guelfe Blanche.

Sang et mort, les prêtres !

Magnus priait et combattait avec une ferveur identique, l'un des rares capable d'en remontrer à la puissance d'un skarax.

Lorsque les reptiles chargèrent l'ouverture devant laquelle il était campé, le guerrier-peint fit tournoyer son arme et cueillit un monstre en plein élan, son énorme marteau pulvérisant sa mâchoire et broyant sa cervelle.

— La Lumière est ma vie !

Grondant sous l'effort, Magnus rabattit aussitôt son marteau de pierre pour frapper en biais et labourer la gueule d'un deuxième skarax décidé à lui happer le bras. La tête du reptile disparut dans une explosion de sang artériel, de peau écailleuse et de carcasse osseuse. À elles deux, les dépouilles bloquaient le passage. Magnus laissa quatre Preux armés de lourdes haches tenir l'endroit et se rua vers une autre brèche.

Le rempart craquait de toutes parts et les soldats de l'Empire commençaient à fatiguer.

Cromlach vivait un cauchemar. Ses défenses sautaient les unes après les autres.

— Formez des groupes pour affronter les créatures, ne restez pas en ligne ! s'écria-t-il.

Individuellement, ses fantassins se faisaient balayer, mais, en se regroupant à deux ou trois, se couvrant de leurs boucliers, ils pouvaient acculer et vaincre un skarax. Une telle tactique avait été éprouvée face aux Ténébreux, contre les Mantes ou les Sanghs, et Cromlach démontra son efficacité en affrontant un skarax, épaulé du sergent Stigs et de Caolfarth, un légionnaire au crâne rasé, la joue ornée d'une balafre sanglante. Ils se massèrent à trois derrière leurs grands pavois pour supporter la charge du reptile pour, ensuite, se déployer sur ses flancs, l'attaquer de trois côtés et le submerger à grands coups de lance.

Ses soldats ne tardèrent pas à imiter son exemple. En quelques minutes, la physionomie du combat se rééquilibra avec la formation de petits groupes de fantassins qui tentaient tant bien que mal d'isoler les skarax pour mieux les abattre, un à un. Plus facile à dire qu'à faire, car les reptiles adoptaient la plupart du temps une formation en trio.

Cellendhyll filait comme le vent dans la direction des chariots de la Guelfe, menacés par la maraude de skarax.

L'Adhan avisa la situation en deux battements de paupières : elle était encore pire de près que de loin.

Les grands chariots de l'infirmerie mobile étaient alignés les uns à côté des autres, leur avant tourné face au pont, leurs flancs grands ouverts, les tables escamotables couvertes de blessés en train d'être soignés par les guérisseurs. L'arc de cercle défensif que les prêtres-guerriers de l'Orage avaient formé avait volé en éclats dès la charge des skarax. Un tiers d'entre eux gisaient à terre, éventrés ou égorgés par les griffes des créatures. Les prêtres de l'Orage n'avaient pas résisté en vain, trois monstres jonchaient également le sol, éliminés par leurs efforts conjoints.

Côte à côte, Aymard et Reydorn se défendaient comme ils pouvaient, protégeant les blessés et les soignants de l'un des chariots. Reydorn lança un sort de vent, au moment où un skarax bondissait vers les deux hommes. Bloquée en plein vol, la bête roula en arrière cul par-dessus tête. Aymard se lança sur elle et la frappa de son grand bâton cerclé d'acier, sur le côté du crâne, avec tant de fureur outragée, qu'il réduisit la cervelle du monstre en pulpe.

À peine le skarax s'écrasait sur l'herbe qu'un autre le remplaçait, repoussant l'archevêque d'un violent coup d'épaule. Aymard trébucha en arrière, cogna Reydorn et les deux hommes s'écrasèrent au sol, emmêlés. La bête se rapprocha, sa gueule hérissée de crocs dégoulinant de bave.

Affrontant trois autres prédateurs, dame Ygraine et les autres prêtres-guérisseurs s'étaient armés qui d'une dague, qui d'un bâton de défense, qu'ils agitaient pour tenter de tenir les reptiles géants à distance. Leurs efforts étaient vains. Le plus costaud des prêtres de la Guelfe se fit ouvrir la cuisse d'un revers de griffes, puis le skarax le plaqua à terre, ouvrit sa gueule en grand et goba la tête du malheureux, qu'il broya avec avidité entre ses crocs. Un second monstre bondit sur un autre frère qu'il écrasa sur le sol avant de lui broyer la poitrine, puis d'un coup de patte, de déchirer son gambison comme du papier et de dévorer son cœur.

Un troisième skarax se rua sur Ygraine. Elle recula et se retrouva bloquée contre une table de soin. Le reptile se ramassa sur lui-même, se préparant à bondir sur la guérisseuse. La dague d'Ygraine ne lui servirait pas à grand-chose pour repousser cet assaut.

Les trois reptiliens restants acculèrent leurs propres cibles.

La situation tournait à la tragédie.

Non, ce n'est pas possible… Mortonnerre, je ne le permettrai pas !

Cellendhyll arrivait à une dizaine de foulées des chariots de soin. Il vit Callista, Cole et quelques Hirondelles débarquer de l'opposé, mais trop éloignées pour agir.

Galvanisé par *l'extrême nécessité*, il déclencha le Hyoshi'Nin et coula aussitôt dans cette bulle éthérique où le temps n'avait nulle substance.

Et alors, plongé dans la Grâce Parfaite, le Hors-Destin se mit à *bouger…*

… Cellendhyll laissa un vertige le parcourir, provoqué par la fin du Hyoshi'Nin. Il essora sa Belle d'un geste sec et la rengaina dans le fourreau bleu nuit désormais fixé à l'arrière de ses épaules, accolé à celui de son glaive.

Postée à vingt pas de lui, Callista Swift le regardait, la bouche entrouverte, le regard écarquillé de surprise. Et ce n'était pas la seule, loin de là. Irumi et tous les prêtres également. Vanina Cole, pour sa part, affichait un sourire approbateur, hochant doucement la tête.

Tous avaient vu le commandant arriver sur les lieux du combat, puis, se transformer soudain en une sorte d'onde argentée, cette onde semblant fuser d'un skarax à l'autre, trop vive pour l'œil, après quoi, les membres des reptiles avaient commencé à pleuvoir dans tous les sens, leurs corps sectionnés, tronçonnés, répandus tout autour de ceux qu'ils menaçaient. Tout cela en l'espace d'une seconde à peine. Au terme de cette seconde, le commandant était redevenu le commandant, toute menace proprement débitée.

De son côté, Cellendhyll poussa un soupir de soulagement intérieur en constatant que, s'il avait laissé dans son sillage un méchoui de skarax, Reydorn, Ygraine, Aymard et les autres étaient sains et saufs.

Callista n'en croyait pas ses yeux. Elle avança vers l'Adhan, mi-songeuse, mi-émerveillée :

— Vous… je… vous… comment ? souffla-t-elle.

Cellendhyll répondit d'un sourire modeste :

— J'ai essayé de vous faire comprendre que je disposais de talents… un peu particuliers. Il serait grand temps que nous parlions en privé, vous et moi…

Le lumineux regard d'azur de Callista peinait à se détacher de l'Adhan, mais finit par se tourner au nord. Tous deux contemplèrent le second rempart déserté, les légionnaires essaimés par petits groupes soit pour résister aux skarax, soit pour évacuer les blessés. Plus au nord encore, trois cents mètres plus haut, les milliers de guerriers smaughs, alignés au niveau du remblai, plongés dans une attente nerveuse.

Callista secoua la tête :

— Nous ne tiendrons pas, Cellendhyll… mine de rien, les Smaughs sont en train de nous épuiser. Même si nous réussissons à vaincre ces bêtes, ce que je crois possible, il nous faudra ensuite affronter un nouvel assaut des Smaughs, et nous serons épuisés face à ces troupes fraîches. Et si l'ennemi relance ses sorciers sur nous à cet instant, ce sera bien pire encore. Nous sommes trop exposés, désormais. Il faut reculer sur l'autre rive, à commencer par les chariots de soin, et se réorganiser pour défendre le pont. Tout de suite.

— Question stratégie, vous me devancez et de loin, ce dont je me félicite ! Vous avez raison, Callie. Je vous laisse organiser tout ça… Je vais tenter de retrouver Gheritarish et voir comment il s'en sort. Préparez-vous à défendre l'entrée du pont, ralliez tous ceux que vous pouvez… Gardez Irumi avec vous. Je serai plus efficace si je n'ai à me soucier que de moi, vous comprenez ?

Contrairement à toutes les fois où l'Ange avait déclaré partir seul affronter le danger, Callista répondit :

— Je comprends, Cellendhyll. Maintenant… je comprends.

— Merci, dit l'Adhan, avant de perdre son sourire. Callie, préparez-vous à appliquer le plan d'urgence, quelque chose me dit que nous pourrions en avoir besoin. Il faut également réfléchir à notre stratégie pour la suite.

— Mon commandant, vous pouvez compter sur moi... pour ma part, je sais désormais que vous saurez *gérer*.

Bouclier accroché entre ses épaules, sa Belle main gauche, l'Ange remontait le champ de bataille vers l'est, droit sur le secteur défendu par le Loki.

La ligne avait cédé, là aussi, et Gheritarish avait sévèrement bataillé pour tenir le périmètre. Tandis que les légionnaires autour de lui reculaient sous la pression et se reformaient en paire ou en trio pour contenir chacun des skarax, Gheritarish avait couru d'un groupe à l'autre, sa grande hache entre ses mains puissantes. Snaggah tranchait la maille aussi aisément que du papier et il avait fait une véritable moisson de reptiles.

Les skarax avaient fini par se concentrer sur le Loki, délaissant les légionnaires, d'autant plus que le guerrier à peau bleue les accablait de railleries, sa grosse voix moqueuse giflant leurs consciences orgueilleuses. Les prédateurs n'avaient fait qu'accélérer leur trépas, se jetant au contact de la grande hache de guerre, décapités, débités, alors que, dans le même temps, les fantassins qu'ils avaient délaissés se réorganisaient pour se jeter sur leurs arrières. Incapables de repousser les attaques en taille du Loki, leurs pattes tranchées par l'arrière, le défaut de leurs armures percées de lances, les skarax finirent annihilés.

Cellendhyll constata qu'il s'était inquiété pour rien. Campé devant un matelas de skarax qui lui arrivait au bassin, Gher embrassait la lame de Snaggah, tout en lui murmurant des mots doux, et était à deux doigts de bercer la hache entre ses mains.

S'il avait les bras lacérés de griffures, une entaille sur le front, une autre sur l'épaule, sa cotte de mailles déchirée en trois endroits, Gheritarish affichait pourtant sa bonne humeur coutumière, plein d'énergie.

— Ah, Petit-Homme, tu as manqué une sacrée partie de mailloche... je me demande si je pourrais me faire des bottes, avec la peau de ces bestioles. Un manteau, peut-être ¿

— Tu ferais mieux de te concentrer sur l'essentiel. Vous avez fait de la bonne besogne, ici, bravo. Tes gars et toi, préparez-vous à vous replier sur le pont, on ne tiendra pas ici, le périmètre est trop large et leurs sorciers peuvent réapparaître d'un instant à l'autre. Tu iras montrer tes blessures à un guérisseur, au passage.

— Comme tu veux, ton altesse-machin-lige !

Après quoi, le Loki adressa à Cellendhyll un salut réglementaire, manquant de s'éborgner avec Skaggh'Naggah.

L'Ange hésita entre soupirer ou éclater de rire :

— Tu m'as l'air de bien bonne humeur, Boule de Poils.

— Ben oui, j'ai fait un bon repas, un bon caca, et après j'ai tartiné des méchants à grands coups de hache... et peut-être même qu'au passage, je me suis trouvé une nouvelle garde-robe en peau de lézard, alors, pourquoi je serais pas heureux ? Du coup, un manteau, des bottes et un costume ? Qu'est-ce que t'en penses par rapport à mon potentiel esthétique ?

— Un bonnet… un bonnet avec de grandes oreilles et des clochettes, voilà la seule tenue que tu mérites, bouffon de Loki !

— Pfff, t'es qu'un sale Adhan rabat-joie de mes deux… t'as jamais rien compris à mon potentiel esthétique, ça te rend jaloux à chaque fois, c'est tout !

Les regards pétillaient du même lien complice, né des années auparavant, lors du siège de Durango, l'endroit où leur amitié s'était scellée, forgée dans l'inaltérable.

Cellendhyll hocha la tête, asséna une bourrade amicale à l'épaule non blessée de son ami et s'éloigna à grandes foulées. Toutes les bêtes qui se dresseraient sur son passage subiraient le tranchant de sa lame sombre.

Après avoir annoncé les directives à ses guerriers, Gheritarish rengaina sa hache et revint aux cadavres des reptiles, qu'il toisa d'un œil songeur.

Chapitre 87

Unissant leurs efforts, les légionnaires étaient parvenus à éliminer les skarax ; cela, non sans subir des pertes conséquentes. Ils eurent enfin l'occasion de reprendre leur souffle, boire quelques gorgées d'eau, uriner ou récupérer armes et boucliers. Ils avaient éradiqué la menace des monstres reptiliens, cependant, criblée de brèches, la ligne de défense faisait peine à voir, avec les fantassins éparpillés un peu partout dans le périmètre.

Magnus et ses guerriers lourds avaient tenu la partie gauche du rempart sans faiblir. Cromlach les rappela pourtant à lui, les Preux étaient trop excentrés du reste de l'armée et l'adjudant voulait absolument reformer un bloc compact au plus vite. Il avait approuvé la tactique de repli de Callista Swift. Faire retraite sur la rive opposée n'était pas une bonne nouvelle, mais ils n'avaient pas le choix. En une seule après-midi, l'Empire avait perdu deux de ses trois remparts et un millier de soldats.

Le répit ne dura que quelques minutes. Turgut-Ott relançait déjà ses guerriers à l'assaut. Les Têtes de Clous s'étaient reposés et leur désir de destruction n'avait fait que croître. Ils s'élancèrent avec leur habituelle frénésie, leur cri de guerre repris par des milliers de gorges.

Cromlach n'eut que le temps de réorganiser ses guerriers, de leur faire dresser un mur de boucliers à l'entrée du pont pour couvrir la retraite. N'étant pas sous le joug de la sorcellerie smaugh, les légionnaires avaient pu recouvrer leurs automatismes et se repositionnèrent en bon ordre, sur trois rangs, pavois accolés face à l'ennemi, formant une muraille d'acier qu'ils espéraient impénétrable.

N'étant pas fantassin, Cellendhyll n'avait pas sa place dans un tel dispositif. Pour se rendre utile, il se retrouva à pousser de concert avec Gheritarish une charrette à bras faisant office de civière, sur laquelle étaient allongés une série de blessés.

Engagée sur le pont, Callista gérait la retraite en bon ordre des Hirondelles, des troupes de réserve, des frères de la Guelfe et leurs blessés.

De l'autre côté du fleuve, sur la rive ouest, à peine arrivé, Aymard donnait de la voix pour faire aligner les chariots de la Guelfe et créer un nouveau poste de soin au bord de l'eau. Les guérisseurs se retrouvaient en flux tendu. Leur mana n'étant pas infini, ils en étaient arrivés à stabiliser leurs patients les plus graves, utilisant les soins traditionnels autant que possible pour les autres blessés.

Les envahisseurs franchirent la troisième barricade en sautant par-dessus les caisses, en fracassant les chevaux de frise. À peine reprenaient-ils leur élan, qu'ils s'écrasèrent contre les pavois impériaux, sans parvenir à les renverser.

Les Smaughs n'étaient pas des bêtes d'une demi-tonne, et les légionnaires tenaient là une opportunité de revanche qu'ils n'allaient pas laisser passer.

Les fantassins reculaient en ligne, pas à pas, étirés sur toute la largeur du pont, mais leurs lances plongeaient vers l'avant, par-dessus leurs boucliers, et revenaient invariablement teintées d'écarlate, les Têtes de Clous mordant la poussière à mesure qu'ils se jetaient sur les grands pavois, sans parvenir à les déloger, leurs assauts handicapés par les cadavres de leurs frères, tombés juste devant eux, comme autant d'obstacles à franchir.

Les légionnaires reculaient et tuaient. Les Smaughs attaquaient, trébuchaient. Et mouraient.

Parangon de flegme, Irumi continuait de décocher ses flèches. Elle s'était juchée sur la rambarde du pont, fauchant un Smaugh à chaque visée. Aucun défi véritable à sa mesure, alors l'archère se contentait d'abattre les guerriers qui semblaient commander aux autres – les premiers-nés des Clans.

Le restant de l'armée s'était retiré, en pleine traversée du pont. Il ne restait plus qu'au bataillon sur trois rangs de Cromlach à s'y engager.

Le repli en cours permettrait à l'Empire de se réorganiser, de trouver un nouveau souffle au lieu de se retrouver épuisé... encore fallait-il que les Têtes de Clous cessent de leur mordre les mollets.

Le moment était venu de déclencher le plan d'urgence concocté par Cellendhyll et Callista.

Au signal du cor, trois doubles notes brèves et impérieuses, les fantassins des deuxième et troisième rangs tournèrent les talons et sprintèrent vers la rive opposée, laissant leurs camarades du premier au contact.

Ceux en première ligne remisèrent leurs lances et donnèrent un grand coup de bouclier aux Smaughs à portée pour les faire reculer, provoquant une bousculade générale et, aussitôt, ils rompirent le contact avant de courir rejoindre les autres.

Sur chaque longueur du pont, à partir de la rive est, dix grandes jarres étaient dressées à l'horizontale, à intervalles réguliers.

Les Hirondelles postées là avaient des instructions. Laissant les fantassins en pleine retraite dépasser les jarres, elles fendirent celles-ci à l'aide de flèches, avant de lâcher un tir de semonce, en cloche, sur les Smaughs en train de s'engager sur l'édifice en pierre, et de se replier à toute vitesse. Des pots brisés, un liquide jaune pâle, huileux, se répandit sur la largeur du pont.

Repérant le fluide en train de couler sur le premier tiers du pont, les Smaughs en première ligne tentèrent de s'arrêter, tout en avertissant leurs congénères de la menace. L'excitation était telle que les impératifs de prudence se perdirent dans le vent. Repoussés par l'arrière, les trois premiers rangs se retrouvèrent à patauger dans le liquide, freinant des quatre fers.

De leur côté, Cromlach et ses légionnaires s'étaient arrêtés à quelques mètres de la zone inondée, formant une nouvelle muraille défensive.

Callista avait elle-même préparé la flèche enduite de poix, qu'elle banda sur son arc. Ling-Faï alluma l'étoupe, et la pointe du trait s'enflamma. La capitaine visa le manteau liquide qui couvrait le pont et décocha sa flèche. Le tir n'avait rien de compliqué, pour autant, il n'était pas question d'échouer, sous peine de se faire submerger par l'ennemi.

Dans un grand « wouff », les flammes teintées d'orange et de bleu semblèrent bondir vers le ciel. Dévorant l'huile de lampe, l'incendie gagna en force et en hauteur en quelques secondes, se transformant en un brasier infranchissable.

Les Smaughs des premiers rangs furent pris dans l'incendie et se transformèrent en torches vives.

Les cris des envahisseurs changèrent de tonalité, sombrant dans la stupeur et la souffrance. Une cinquantaine de guerriers se tordaient sur le sol en hurlant, incapables d'éteindre les flammes qui les dévoraient, d'autres enjambaient le pont et se jetaient dans le fleuve, une issue incertaine dont aucun ne reviendrait, balayés par la force du courant.

Ayant pris la mesure du danger, Turgut-Ott fit suspendre les hostilités et ses guerriers reculèrent dans une masse aussi furieuse que désordonnée, leur attaque stoppée net.

Le plan d'urgence avait parfaitement fonctionné et les soldats de l'Empire reculèrent pour rejoindre l'autre rive. Ils pouvaient enfin souffler un peu.

Dressé à côté de Callista, Cellendhyll regarda le brasier haut de plusieurs mètres et les silhouettes des Smaughs noircies par les flammes :

— Nous avons stoppé leur élan et gagné un répit. Il nous reste à le faire fructifier. Venez, Callista, allons discuter avec les autres.

La situation n'était pas brillante pour l'Empire. La seule issue de la rive ouest était ce fort de l'Alliance qui refusait toujours d'ouvrir ses portes. Les Impériaux se retrouvaient bloqués sur une bande de terre de dix kilomètres à peine, parallèle au Vacqueyras. Si la guerre se poursuivait ainsi, en dépit de leurs actions héroïques, Cellendhyll et les siens allaient reculer jusqu'à se retrouver coincés dans leur camp de base, au sud du fort, leurs rangs de plus en plus amoindris, pour finir acculés dos au fleuve et massacrés jusqu'au dernier.

Dès l'incendie éteint, les Smaughs relancèrent leur offensive, se ruant à nouveau sur le pont du Vacqueyras.

Alignés sur trois rangs, organisés, les légionnaires étaient prêts à les recevoir.

Charge, percussion, combat. S'ensuivit une phase acharnée de flux et de reflux, les deux fronts avançaient, reculaient, se bousculant dans leurs efforts pour s'entre-tuer.

Dans ce ballet meurtrier, mais, somme toute, conventionnel, l'Empire reprenait l'avantage, grâce à sa discipline et sa défense solide, des atouts propres à contrer la frénésie naturelle des envahisseurs.

Cellendhyll réclamant de prendre sa part de combat, Cromlach et Callista lui avaient proposé une solution aussitôt validée.

La nouvelle tactique fit alterner les phases défensives habituelles, les légionnaires bloquant l'avancée ennemie avec leur mur de boucliers, et les phases offensives, lorsque les boucliers s'écartaient pour laisser charger Cellendhyll, Gheritarish, Magnus et ses Preux.

En bref, aucun des Smaughs présents ne pouvait résister à une telle force de frappe.

La contre-attaque se terminait lorsque l'Adhan et son groupe reculèrent derrière le mur des fantassins, leur carnage achevé, laissant derrière eux un lit de cadavres propre à entraver la progression des envahisseurs.

Cette tactique permettait aux deux groupes de combat d'alterner, et de reprendre leur souffle alors que les Smaughs, comprimés par la largeur du pont, se bousculaient, se pressaient les uns contre les autres pour atteindre l'adversaire, et se fatiguaient en vain.

Si les Têtes de Clous étaient les plus nombreux à attaquer, ils étaient tout aussi nombreux à mourir.

Après avoir constaté le piétinement peu productif de la Horde, Turgut-Ott délaissa l'arrière de la bataille, laissant ses guerriers maintenir la pression sur les sang-chaud. Il courut à son char et se fit conduire droit sur la roulotte de Rakùl Bahìr pour une audience immédiate.

À peine sur le toit-terrasse, le seigneur de guerre se campa face à Rakùl Bahìr, tranquillement installé pour contempler la bataille. D'un signe de tête un peu sec, il refusa le fauteuil que lui proposait le maître-sorcier.

— N'étions-nous pas convenus de tenir nos relations secrètes ? glissa Rakùl-Bahìr de manière à laisser transparaître une pointe de reproche.

Turgut-Ott était nerveux, lui habituellement si détendu, c'était clair à ses yeux.

Outre sa tension, le seigneur semblait pressé. Il balaya l'argument d'un revers de la main, avant d'exprimer sa pensée :

— Vous conviendrez, mon cher Rakùl-Bahìr, que le sceau du secret nous empêche d'adapter nos plans face aux événements alors que nous sommes en pleine bataille... que de temps perdu si je devais attendre la nuit pour venir vous voir subrepticement ! Du reste, le seul qui pourrait s'inquiéter de notre cabale est Oghul-Tak, actuellement absent. Et comme je contrôle Djagga-Taï et que vous contrôlez vos sorciers, il n'y a aucun problème.

Rakùl-Bahìr reprit une gorgée de son vin pour masquer son agacement, le ton employé par son allié lui déplaisait au plus haut point.

— Quelle est donc cette urgence ¿ finit-il par reprendre.

— Il faut immédiatement relancer vos sorciers du Quatrième Cercle à l'attaque ! s'exclama Turgut-Ott avec passion. Les Impériaux sont proches de craquer, avec votre Voile d'Effroi pour balayer le pont, ils subiront une telle pression qu'ils se feront laminer... la victoire est à notre portée, ne le sentez-vous pas, maître-sorcier ¿ Relancez le Voile et, dès ce soir, nous festoierons sur les cadavres des sang-chaud et le Prestige coulera à flots.

Posant sa coupe de prune, le Nagù croisa nonchalamment une jambe par-dessus l'autre et répliqua, en apparence toujours aussi détendu :

— Hélas, mes sorciers sont loin d'avoir récupéré, je suis désolé, Turgut-Ott. Vous n'imaginez pas la débauche d'énergie qu'ils ont livrée.

Le guerrier se mit à battre du pied, sans même s'en rendre compte.

— Dans combien de temps seront-ils prêts ¿

— Pas avant plusieurs heures. Au mieux. Demain matin, au pire. Je vous le dis, ils ont tout donné, leur mana est épuisé.

— Et vos sorciers du Troisième, alors ¿

— Ils n'ont pas assez de pouvoir pour nourrir les grands cristaux... Du reste, il faut bien que je garde une réserve, au cas d'une contre-attaque de l'Empire, et notamment si l'Adhan maudit recommence à faire des siennes... vous le savez bien, nous avons élaboré ce plan ensemble.

Rakùl-Bahìr mentait éhontément sur les capacités de ses sorciers, néanmoins, Turgut-Ott était incapable de le prendre en défaut, trop peu au fait des Arts Étranges.

Le maître-sorcier poursuivit sans laisser à son allié le temps d'une réponse :

— N'avez-vous pas assez de guerriers ¿ Ne sont-ils pas assoiffés de tueries ¿

— Les Impériaux nous cantonnent à la largeur du pont, nous ne pouvons pas nous déployer pour les encercler. Seule la réserve de guerriers du clan tak pourrait forcer leur défense, mais leur maître leur a interdit de combattre en son absence. J'ai besoin de vos sorciers, maintenant !

— Vos combattants sont bien assez nombreux pour maintenir la pression, je n'en doute pas une seconde. Nous allons vaincre, cela ne fait aucun doute, comme nous l'avons prévu... Patience, Turgut-Ott, patience... Nous les faisons reculer, rempart après rempart, sans qu'ils n'y puissent rien. Nous devons poursuivre la stratégie telle que nous l'avons définie. Tant que l'Adhan n'est pas hors d'état de nuire, il nous faut conserver une certaine marge de manœuvre et vous étiez d'accord sur ce point... Tout va bien, je vous l'assure. Une pipe de kiuthe pourrait vous détendre, prenez place à mes côtés, admirez avec moi l'ardeur féroce de vos guerriers…

— Désolé, je retourne auprès d'eux, il faut contenir cette ardeur, justement, sinon je vais perdre mes premiers-nés les uns après les autres. Faites-moi prévenir dès que vos sorciers seront prêts au Voile d'Effroi, Rakùl-Bahìr !

— Je n'y manquerai pas. Bonne bataille, bon massacre, Turgut-Ott, que vive le Fahaarak'Shar !

Resté seul, Rakùl-Bahìr se rencogna dans son fauteuil et se mit à lisser la pointe de sa barbiche.

Le Nagù n'avait pas atteint un tel niveau de prestige, pas gravi les strates du pouvoir, une à une, sans avoir développé un instinct de survie éprouvé. Un petit quelque chose d'insistant, dans le regard de Turgut-Ott, dans sa voix ou ses manières, l'avait alerté.

Pourquoi le seigneur de guerre voulait-il soudain bouleverser la stratégie établie alors que tout allait bien ¿ L'assaut tactique des sorciers et des guerriers venait de faire ses preuves, non ¿ La brusque retraite impériale le confirmait, alors, pourquoi presser ainsi les choses ¿

J'aurais dû m'en douter, c'était trop beau pour durer.

Rakùl-Bahìr avait menti, les sorciers du Troisième Cercle auraient très bien pu nourrir les grands cristaux et invoquer le Voile d'Effroi ; moins longtemps et moins puissamment que ceux du Quatrième, mais le sortilège aurait fonctionné… Et, alors, le Nagù se serait retrouvé privé des trois quarts de ses sorciers et donc, potentiellement, à la merci du seigneur de guerre.

Imaginons… J'épuise mes sorciers en les lançant sur les Impériaux, nous en venons à bout, nous les submergeons, et nous remportons la victoire. Dès ce soir, comme le professe Turgut-Ott. Et aussitôt, Turgut lance ses guerriers sur nous. Mes sorciers seront privés de leur mana, et nos mechs sont trop peu pour nous défendre face à autant de guerriers. Moi-même, je ne saurais résister bien longtemps à un tel nombre. Tout cela, comme par hasard, en l'absence de l'indomptable Oghul-Tak, le seul qui pourrait contrer toute velléité de prendre le pouvoir. Ainsi, Turgut-Ott se retrouve seul à régner sur le Peuple, libre de supplanter la reine, une bonne fois pour toutes. Un moyen sûr, rapide, efficace. À sa place, j'agirais exactement ainsi ! Ah, comme tu me déçois, Turgut… Tu t'imagines capable de prendre les capitales de l'Alliance avec tes seuls guerriers ¿ Sans l'appui de Øz ¿ Sans mes sorciers ¿ Tu te sens assez fort pour maîtriser cette engeance d'Adhan, tu te vois déjà l'écraser sous le nombre ¿ Tu te trompes lourdement, mais tu n'auras jamais l'occasion de le constater. Car j'ai compris ce que tu mijotais. Tu es trop pressé, tu es prêt à compromettre une victoire programmée pour tes seuls intérêts. Tu retournes donc dans la colonne des adversaires à abattre. Quel dommage, une si belle alliance gâchée à peine ébauchée. Bien sûr, j'aurais fini par t'éliminer, mais pas avant la conclusion de notre Conquête de Sang. Moi, au moins, je t'aurais laissé savourer ce triomphe, Turgut… Le plus grand Fahaarak'Shar de l'histoire du Peuple. Imbécile, tant pis pour toi !

Rakùl-Bahìr chassa le seigneur de guerre de son esprit, au moins provisoirement. Au lieu de quoi, il préféra chercher la silhouette de Cellendhyll au milieu des rangs de l'Empire. Sa Némésis était en pleine forme, aussi redoutable que jamais, une satisfaction.

Ne t'épuise pas trop, mon petit Adhan… car bientôt, très bientôt, tu auras besoin de toutes tes forces, je te le garantis.

Dépité par son entrevue et d'autant plus revanchard, Turgut-Ott, s'appuyant sur la supériorité numérique de la Horde, décida d'envoyer ses guerriers par assauts successifs, de manière à épuiser les Impériaux, tout en économisant ses propres troupes.

Les combats reprirent, les uns après les autres, le chant de la guerre secouait les corps, secouait les cœurs.

Les guerriers avaient beau s'acharner, aucun des camps ne parvenait à prendre l'avantage. Cependant, les Smaughs étaient trop nombreux. Si le mur de boucliers tenait bon, en dépit des rotations effectuées par Cromlach entre chaque vague ennemie, les fantassins n'arrivaient plus à récupérer, et la fatigue commençait à les gagner, leurs gestes de plus en plus lourds.

Le flot des envahisseurs se retira une nouvelle fois du pont, laissant d'autres guerriers les remplacer, frais et dispos.

Cellendhyll jeta un œil autour de lui. Les fantassins à ses côtés faisaient de leur mieux, ils avaient pourtant les mines creusées, leurs souffles se faisaient heurtés. Ils puisaient dans leurs réserves et, en dépit de leur courage, de leur abnégation, ils ne tiendraient plus longtemps sans craquer. Lui-même devait s'avouer qu'il commençait à ressentir une certaine lassitude.

Comment retourner la situation ?

Comment éviter ce qui semblait inéluctable ?

Comment vaincre la sorcellerie smaugh ?

Je ne sais pas !

Ce cri d'impuissance résonna en lui. La seule réponse à sa portée.

Non !

Un sentiment de colère froide fit regimber le Hors-Destin, dans lequel il puisa la force de balayer ses inquiétudes.

Nous n'en sommes pas arrivés jusqu'ici, nous n'avons pas consenti tous ces efforts, ces sacrifices, pour échouer !

Sa prise sur la poignée de sa lame se raffermit.

Cellendhyll contempla une nouvelle fois les guerriers de Lumière autour de lui, alignés face à l'engeance des Smaughs, ces gens qui donnaient tout ce qu'ils avaient, ce qu'il leur restait d'énergie et de courage, tout cela pour sauver un territoire qui semblait se moquer de leurs efforts acharnés.

Je dois gagner du temps ! Le moment est venu pour moi d'agir. Et c'est seul que je combats le mieux, quoi qu'en pensent mes camarades !

Sa décision prise, l'Ange sangla son bouclier en travers de son dos. Il leva sa Belle devant lui, admirant ses lignes pures. D'une pensée, il la métamorphosa en une grande guisarme de trois mètres, dotée à chaque extrémité d'une lame courbe, luisant de bleu sombre, aux runes d'argent moiré.

Les trois légionnaires à sa droite le contemplèrent bouche bée, lui et sa grande lance aux lames-jumelles et, devant l'intimidant regard de jade du Hors-Destin, ils n'osèrent formuler le moindre commentaire.

La transformation de la Belle n'entraîna qu'une perte d'énergie supportable en dépit de la forme créée ; peut-être parce que la précédente métamorphose était survenue bien plus tôt dans l'après-midi ou, peut-être, parce que Cellendhyll, à force d'usage, devenait plus résistant. Il en accueillit le vertige en serrant les dents, sensation qui fut balayée par un élan d'exaltation lorsqu'il savoura le poids conséquent de sa Belle devenue lance. Il s'écarta pour ne blesser personne et fit tournoyer son arme précieuse devant lui, entre ses doigts agiles, confirmant la prise en main parfaite.

Tu es parfaite... comme toujours.

— Gheritarish !

— Ouais ?

— Ramène-toi !

L'infirmerie mobile d'Aymard ne désemplissait pas. À peine un blessé était guéri qu'un autre arrivait. De plus en plus, les guérisseurs étaient contraints de recourir aux sutures, aux onguents et aux bandages plutôt qu'à leur magie curative.

Ygraine avait épuisé son mana, enchaînant les soins critiques. Constatant sa lassitude, Reydorn l'accompagna le long du fleuve, le temps qu'elle souffle un peu.

La prêtresse jeta un regard au pont, sur lequel les combats faisaient rage, puis se mit à toiser le fort de l'Alliance, ses hauts remparts et ses portes désespérément closes.

— Si seulement nos alliés du fort comprenaient la situation, déplora Ygraine, d'une voix aux relents de tristesse. Ne méritons-nous pas leur appui ?

Avec un regard tendre, Reydorn posa sa main sur l'épaule de la guérisseuse, caresse à peine déguisée. Puis, il se tourna vers le fort, à son tour, ses sourcils se froncèrent et il retroussa les lèvres dans un rictus agacé :

— Vous avez raison. Assez de ces Allianceux qui refusent de nous aider. Par tous les corbeaux, la coupe est pleine ! Venez, ma belle Ygraine, je vais m'occuper du problème, une bonne fois pour toutes !

Sans attendre la réponse de sa compagne, le Mage Vert fit prévenir Callista Swift de ce qu'il prévoyait de faire, avant de venir se camper devant l'entrée du fort.

Aucune sentinelle sur les remparts, dommage, il aurait été ravi de pouvoir insulter ces ingrats de l'Alliance !

Repoussant sa colère, Reydorn fit le vide en lui, se connecta à son Nexus et invoqua le pouvoir du Vent. Un bouclier d'air mouvant vint l'entourer, englobant sa silhouette jusqu'à faire voleter sa chevelure, parfait pour le protéger des tirs de flèches.

Après quoi, le mage fouilla dans son pourpoint et sortit une petite bourse en étoffe brune. Il s'agenouilla, creusa dans la terre meuble, enfoui la bourse dans la cavité, qu'il referma dans la foulée.

Il se redressa, recula de quelques mètres et prononça une suite de mots de pouvoir aux syllabes étirées.

Tout d'abord rien.

Par toutes les Marmottes, je vais me ridiculiser aux yeux d'Ygraine !

La terre se fissura soudain au niveau de l'entrée, laissant apparaître une armée de vrilles de ronces qui se densifièrent à vue d'œil de chaque côté des grandes portes.

Alors que le mage sylvestre s'attendait à recevoir une pluie de flèches, rien, aucune réaction des soldats de l'Alliance.

Contrôlées par la volonté de Reydorn, les ronces s'agrandirent, s'épaissirent, se répandirent, jusqu'à s'enrouler autour du madrier qui barrait l'entrée, qu'elles soulevèrent avant de le rejeter sur le côté.

Reydorn n'en avait pas fini. Un voile de sueur avait beau inonder son visage, sa volonté ne faiblissait pas. Il redressa les bras le long de son corps, tandis que les ronces se répandaient encore, s'infiltrant tout le long des portes. Alors, le mage sylvestre écarta violemment les bras. Les vrilles tirèrent, forcèrent et se rétractèrent soudain, séparant les lourds vantaux qu'elles rabattirent sur les côtés, désormais grands ouverts.

Dans un sursaut de mana, trempé de sueur, Reydorn releva les mains vers le ciel, les ronces remontant au-dessus du seuil pour bloquer la herse que le caporal responsable du fort semblait avoir oublié d'abaisser.

— Pas trop mal, hein ? sourit le mage, en sueur.

— Mon héros, sourit Ygraine, avant d'étreindre Reydorn et lui offrir un doux baiser.

À peine la voie dégagée, Reydorn ayant fait disparaître ses vrilles dans le sol, Callista Swift envoya un bataillon d'une centaine d'Hirondelles à l'intérieur. Elles devaient prendre le contrôle de la place forte, en vitesse, et si possible sans faire de mal à ses occupants.

Menées par Vanina Cole, les guerrières se ruèrent dans l'ouverture et revinrent quelques minutes plus tard, annonçant que la place forte de l'Alliance était déserte. Aucune sentinelle sur les remparts, ni dans la cour. Aucun bruit.

Le temps pressait, Callista donna ses ordres, ordonnant aux filles de sécuriser les lieux.

Le fort enfin à disposition, il fallait encore y transférer les troupes de l'Empire, mais également réserves, matériel, chevaux et véhicules. Organiser, prioriser, guider le flux des hommes, des bêtes et des véhicules, il fallait agir vite, bien, et ne rien oublier. Une vaste logistique effectuée dans l'urgence. Sans la supervision de la capitaine Swift, le déménagement aurait tourné en une vaste débandade, il n'en fut rien, grâce au sens de l'organisation de l'officière.

Posté sur le pont, à une vingtaine de mètres de Cellendhyll, Gheritarish rejoignit l'Adhan en quelques secondes. À peine rangé devant son ami, il désigna la grande guisarme à double lames.

— D'où tu le sors, ton cure-dents, je ne t'ai jamais vu avec une arme pareille ?

— T'occupe... Les gars ne vont plus tenir longtemps. Je vais faire une sortie et nous gagner du temps. Toi, tu t'assures que personne ne me suive.

— Laisse-moi plutôt venir avec toi !

— Non, je vais avoir besoin de place pour nettoyer le pont et tu risques de me gêner. Désolé, mon gros.

— Chui pas gros et, toi, t'es qu'un sacré cabochard d'Adhan ! Dis-moi que tu ne vas pas te lancer dans un truc débile genre sacrifice héroïque...

— Je n'ai aucune intention de mourir ici, Boule de Poils, et je n'ai rien d'un suicidaire, tu devrais me connaître, depuis le temps.

— Et les sorciers, tu y as pensé ? Tu feras quoi, s'ils se pointent sur le pont ?

L'Adhan dut s'avouer qu'il les avait un peu oubliés. Cela ne changea rien à sa détermination. Il avait décidé d'agir, il n'allait pas reculer maintenant, foi de Cellendhyll !

— Je me débrouillerai. S'adapter, c'est vaincre, tu le sais bien.

Gher fixa un instant la Belle devenue une impressionnante guisarme avant de revenir à l'Ange :

— Toi, tu me caches quelque chose. Quand tu as ce regard-là, rien ne peut te faire changer d'avis, alors vas-y, va faire tes trucs d'Adhan, va danser avec les empalés du gland. Mais je te préviens, je vais te surveiller, si je vois que ça tourne au vinaigre, je débarque aussitôt et je te calotte à tour de bras ! Altesse-machin-bidule ou pas !

Les Smaughs revenaient à la charge, lancés sur le pont en hurlant leur cri de guerre.

Gheritarish retourné à son poste, Cellendhyll chercha Callista des yeux, sans la trouver, pas de trace de Cole non plus ou de Ling-Faï. Les Hirondelles étaient sans doute sur la rive ouest, il semblait y avoir du mouvement de ce côté-là.

Tant pis. Avant de lancer son offensive, il aurait aimé croiser le beau regard d'azur de la capitaine, pouvoir y puiser un regain d'énergie supplémentaire.

À la place, l'Ange se contraignit à invoquer l'image détestable de Rakùl-Bahìr, le jour de l'attaque de Tygarde. Il invoqua le meurtre de Constance... l'esclavage, la mort de son père. La fin atroce de Rathe.

Sa bouche se tordit pour prendre un pli cruel. Son regard s'étrécit, embrasé d'un feu au jade sauvage, intraitable.

Il fit rouler sa tête, étirant les muscles de ses épaules.

Je dois faire vite, je dois faire fort.

D'une voix glacée, Cellendhyll ordonna aux légionnaires de lui ouvrir un large passage et de refermer le mur derrière lui. Ils s'exécutèrent aussitôt et le Hors-Destin bondit en avant à la rencontre des Smaughs.

— Pour Priam !

De tous les adversaires du Peuple, l'Adhan maudit était le plus prestigieux, et de loin. Sans se poser de question, les Smaughs hurlèrent d'excitation en voyant Cellendhyll se ruer sur eux. Leurs pupilles totalement dilatées par la frénésie du massacre, ils bandèrent leurs muscles, prêts à s'abattre sur leur cible.

Brève et cruelle désillusion. Au lieu de fantassins fatigués, les Têtes de Clous se retrouvaient face à cet Adhan furieux, rapide, si rapide qui se transforma sous leurs yeux en une impitoyable tempête d'acier.

Cellendhyll frappa en pleine course, éventrant les trois guerriers les plus proches d'une même diagonale haute de sa Belle. Il prolongea son élan d'un mouvement en pivot, renforça le tournoiement ininterrompu de ses lames jumelles, un sifflement sec et agressif, sectionnant les jambes des trois guerriers suivants.

Cellendhyll était lancé. Il se mit à tourner sur lui-même, vif, toujours plus vif, ses iris étincelants, ses traits figés par la concentration.

Tous les Smaughs à portée de ses lames jumelles s'effondrèrent à leur tour, une véritable charpie de torses, de membres tranchés net, de visages fendus, de têtes giclantes.

— Vous voulez de la violence ? s'écria le Hors-Destin à pleins poumons. Vous voulez du massacre ? Mortonnerre, je vais vous en donner, moi !

Cellendhyll tournoya, tournoya encore, fauchant ses adversaires par grappes de deux ou trois. Sans jamais freiner son élan, il se jeta dans la masse des envahisseurs, se servant du poids, de l'élan des larges lames pour frapper, fendre, trancher, encore et toujours.

Le tourbillon de sa Belle s'était transformé une inexorable mélopée que rien ni personne ne pouvait enrayer. Les Smaughs se faisaient débiter sur pied, les lames jumelles fracassaient leur défense et transformaient leur chair en confettis.

D'une pensée conquérante, Cellendhyll allongea le manche de sa Belle de Mort, augmentant la portée destructrice de son cercle d'acier tranchant. S'il ressentit une perte d'énergie, il n'en garda aucun souvenir, tellement il s'abandonnait dans la danse.

Tourne, tourne, tourne... et tranche !

Aspergé de cette pluie écarlate qui mouchetait son visage, son torse, ses bras, de sang frais, odeur métallique et rebutante, l'Ange de Guerre dansait avec sa Belle la valse du Sang et plus rien d'autre ne comptait.

Seul contre tous ¿ Peut-être. Sauf que c'était lui le fauve et eux, ses proies.

Les Smaughs avaient totalement délaissé le mur de boucliers. Ils se jetaient sur Cellendhyll, leurs armes brandies, leurs prunelles dilatées. Et plus ils venaient, plus ils mouraient. Aucune lame interposée, aucune cotte, aucun bouclier ne pouvait résister à la morsure de la Belle aux tranchants doubles, tout aussi impossible à esquiver. Dans son sillage, un nuage vermeil en expansion, une bruine de sang constamment renouvelée.

Le corps souple, bandé, équilibré, sa volonté plus affûtée qu'une lame de guerre, Cellendhyll de Cortavar chevauchait les vents de la vengeance, sans jamais trébucher. Il balayait toute la largeur du pont, bond après bond, volte après volte. Les Smaughs tombaient, volaient dans les airs, débités aussi aisément que du blé mûr, toujours en plus nombreux, un véritable nettoyage ethnique, une marée d'écarlate.

Un sorcier aurait pu changer la donne, peut-être, toutefois, aucun d'eux ne sembla prêt à intervenir.

Pour Priam, pour Rathe, et pour tous les autres !

Cellendhyll tuait, tuait, tuait.

Et dame Mort riait, riait de cette prodigieuse offrande, elle l'applaudissait avec enthousiasme, ravie, gorgée de ce tribut pourpre et poisseux, un autel à sa gloire.

Constatant que ses hommes se faisaient laminer par l'Adhan maudit, à peine posaient-ils le pied sur l'édifice de pierre, et soucieux de les préserver pour la suite du Fahaarak'Shar, Turgut-Ott fit sonner la retraite.

Pour une fois, les sanguinaires guerriers furent heureux de s'exécuter. Soulagés, peut-être. L'Adhan furieux restait pour eux un défi impossible à relever.

Les Têtes de Clous tournèrent les talons, leur flot haineux refluant vers la rive est, vers leur camp, la queue entre les jambes, leur fièvre provisoirement domptée.

Face à un adversaire de sa trempe, l'absence de la Sublime Øz se faisait cruellement sentir ; nul doute à leurs yeux que la reine terrasserait l'Adhan, elle l'avait déjà prouvé.

Dressé sur le pont, dans le jour couchant, le souffle court, éclaboussé d'hémoglobine, Cellendhyll regarda les envahisseurs détaler du pont et prendre le chemin de la colonie, à la suite de leurs fourgons.

Il avait arraché mieux qu'un maigre répit, la fin des hostilités pour la journée.

Soulagé, il métamorphosa sa Belle en dague, la forme de guisarme par trop encombrante hors d'un champ de bataille.

Subitement écrasé par une intense perte d'énergie, il tomba sur un genou, peinant à rengainer sa dague sombre dans sa botte. Il avait du mal à retrouver son souffle, à croire qu'il avait combattu tout ce temps en apnée.

Un instant plus tard, Cellendhyll se sentit redressé par des bras musculeux, accueillants, ceux de Gheritarish, dont la grosse voix résonna à ses oreilles, hilare :

— Ben toi, mon coquin d'Adhan, quand tu fais le ménage, tu fais pas les choses à moitié ! Comme je le disais tout à l'heure, tu m'as caché des choses, Petit-Homme !

À moitié porté par son camarade, l'Ange se retrouva à franchir le mur des boucliers, sans trop savoir comment il avait la force de marcher. Sans Gher pour le soutenir, il se serait effondré.

Une clameur en expansion noya les paroles du Loki. Les voix entremêlées de ses guerrières, de ses guerriers, l'acclamaient, lui, leur commandant, leur héritier, pour ce qu'il venait d'accomplir tout seul, en première ligne.

Lui qui détestait attirer l'attention, il était servi ! Cellendhyll était néanmoins trop fatigué pour s'en soucier.

— Le commandant va bien, il est juste fatigué, s'exclama Gheritarish pour devancer les questions de son entourage. Faites-lui de la place, par les mamelles d'Evgrayden, il a juste besoin de souffler !

Cellendhyll croisa enfin le regard de Callista. Elle venait d'accourir à sa rencontre. Il y avait dans ses yeux scintillants un mélange de douceur, de respect… avec quelque chose en plus, une confirmation, qui lui donna des frissons dans les reins.

La capitaine déboucha sa gourde et lui tendit. Cellendhyll but, avidement, laissant l'eau rafraîchir sa gorge, couler sur son visage, transformant le sang des Smaughs plaqué sur sa peau en rigoles rosacées.

Constatant que Callista le fixait, il la rassura :

— Ce n'est pas mon sang.

Il renchérit d'un faible sourire, tout ce qu'il pouvait offrir, épuisé comme il l'était.

Le sourire que Callista lui délivra en retour était chaud comme le soleil. Une véritable récompense. C'était la preuve que la guerrière avait cessé de lui battre froid, un vif soulagement.

— Et je m'en félicite, déclara-t-elle d'une voix soyeuse. Je pense, cher commandant, que dans votre état, une douche vous ferait le plus grand bien. Et j'ai plaisir à vous apprendre que vous allez justement pouvoir en prendre une !

Votre ami Reydorn a réussi à ouvrir les portes de l'enceinte, et le répit que vous nous avez obtenu nous a permis de transporter tout ce dont nous avions besoin à l'intérieur. Nous disposons enfin d'un endroit solide pour tenir, Cellendhyll !

Rien qu'à cette nouvelle, l'Adhan recouvra un peu d'énergie et son sourire se renforça :

— Enfin de bonnes nouvelles. C'était exactement ce que j'avais besoin d'entendre ! Replions-nous dans ce damné fort, et voyons ce que nous pouvons y faire.

— Bien dit, ton altesse-machin-lige… intervint Gheritarish. Cette douche, ça sera pas du luxe, tu pues la tripaille, mon gars, c'est à gerber. Et nous, on va enfin pouvoir bouffer !

Un gargouillement sonore s'échappa de l'estomac du Loki, clairement approbateur.

La roulotte de Rakùl-Bahìr était retournée prendre sa place au cœur de la colonie des Smaughs.

Le maître-sorcier commentait la journée de bataille autour d'une carafe de vin jaune, pour changer de la prune, et d'une assiette de boudin épicé. Il avait invité ses pairs, le vieux Göruk-Mongh et le jeune Kublaï-Our.

La journée avait tourné à l'avantage du Peuple, comme prévu par le Nagù. La Horde avait progressé presque sans coup férir, offensive après offensive, jusqu'à atteindre le pont du Vacqueyras, si proches de faire craquer les sang-chaud… Du moins, jusqu'à ce que l'intervention de ce démon de Cellendhyll de Cortavar ne transforme le triomphe de Turgut-Ott en une sorte de plat au goût amer. Un bilan qui pouvait se révéler mitigé pour les Smaughs, notamment en termes de prestige. Oh, ce n'était certainement pas une défaite, ni même un échec, loin de là… plutôt une gifle cuisante, principalement adressée à l'orgueil des guerriers.

Le Nagù et ses sorciers, en revanche, ne se sentaient nullement meurtris par la démonstration vengeresse de l'Adhan maudit. Il restait bien assez de guerriers pour continuer le Fahaarak'Shar, ils n'avaient donc aucune raison de s'inquiéter.

Grâce à sa longue-vue, Rakùl-Bahìr avait assisté à la démonstration martiale de Cellendhyll. Certes, il en avait manqué les détails, mais il en avait saisi l'essentiel et retiré comme une excitation trouble, qu'il ne s'expliquait pas.

L'Adhan semblait dans une forme insolente et il avait infligé aux guerriers de Turgut-Ott une sévère leçon d'efficacité. Les talents guerriers de l'Adhan étaient bien supérieurs à ceux des Smaughs, quel que soit leur nombre, comme le sang-chaud venait de le prouver avec sa contre-attaque aussi soudaine que foudroyante.

Un camouflet pour le seigneur de guerre, de quoi gifler son prestige. Turgut-Ott qui pensait la victoire à portée de main, dès ce soir ? Rakùl-Bahìr lâcha un ricanement. Son rival avait subi un contredit aussi meurtrier qu'imparable.

Une satisfaction pour le Nagù, qui voyait son propre prestige renforcé d'autant. Deux personnes, seules, pouvaient prétendre vaincre l'Adhan maudit. Øz la Sublime, bien sûr… et lui-même, Rakùl-Bahìr, ce qu'il entendait bien prouver aux yeux du Peuple. Et, lorsqu'il aurait vaincu l'Adhan, il aurait accumulé assez de prestige pour réclamer le trône du pouvoir, il en était persuadé. Rakùl-Bahìr, roi des Smaughs, quelle harmonieuse sonorité !

Gardant ses pensées secrètes, le maître-sorcier fit resservir ses invités. Lui-même saisit sa pipe de kiuthe, qu'il alluma d'un geste assuré. Tout en laissant la fumée emplir ses poumons, affiner ses sens, il contempla la rive opposée.

Les forces de l'Empire étaient désormais retranchées dans un fort de l'Alliance, d'aspect solide, rien à voir avec celui des Creux, une bien meilleure position défensive que toutes celles que les Impériaux avaient adoptées précédemment. Pourquoi ne l'avaient-ils pas fait plus tôt ? Un mystère aux yeux du Nagù, qu'il décida d'ignorer. Ce fort allait faire un merveilleux cercueil pour les Impériaux, rien de plus. Son programme restait inchangé, et les préparatifs étaient achevés à sa grande satisfaction.

Restait une incertitude à lever, un élément du puzzle à confirmer et Rakùl-Bahìr espérait bien une réponse avant la fin de cette journée. Cette dernière pièce en place, il pourrait déclencher son plan personnel, et ni Turgut-Ott, ni aucun autre, ne pourraient s'y opposer.

Le soleil avait engagé ses dernières forces dans ce combat quotidien qu'il allait perdre, comme chaque soir, avant de se redresser, sa puissance restaurée, invaincu, dès le matin suivant.

Rakùl-Bahìr relâcha un épais nuage de fumée et son visage maigre s'étira d'un sourire gourmand.

Bientôt, Cellendhyll, très bientôt.

Chapitre 88

Une fois constaté que les Smaughs ne revenaient pas à la charge, que les remparts n'offraient aucune brèche à exploiter et que les portes malmenées par Reydorn restaient solides, dégagées de toute ronce, que la herse avait été abaissée, un vent de quiétude souffla sur les forces de la Lumière. La présence de ces murs protecteurs, autour d'eux, allégeait ce sentiment d'être devenues des proies acculées. Plus d'un cri joyeux résonna pour honorer ce net progrès comparé à leur situation des derniers jours, un soulagement propre à ragaillardir les âmes fatiguées, éprouvées par les morts de leurs proches, tout au long de cette nouvelle journée.

L'enceinte résonnait de cris joyeux, tandis que les fantassins et les Hirondelles de repos s'installaient dans leurs quartiers respectifs, créant un aimable brouhaha.

Initialement conçue pour abriter un régiment de trois mille soldats, la garnison disposait d'une écurie assez grande pour abriter les chevaux et une partie des bœufs. Les bêtes en surplus avaient été relâchées dans le bois, au sud ; elles sauraient y survivre en attendant l'issue de la guerre et elles ne seraient pas les moins bien loties, loin de là.

Aymard avait investi l'infirmerie du fort avec ses prêtres, bien plus confortable que les tables pliantes des chariots de soins. Tous les cas graves avaient pu être sauvés et les guérisseurs profitaient d'une période de repos, avant de s'occuper des blessés légers.

L'archevêque était partout, depuis le premier jour. Lorsqu'il ne soignait pas, il faisait le tour des hommes, fécond en gestes rassurants et paroles de soutien. Il ne semblait dormir que trois heures par nuit, allant jusqu'à veiller certains blessés. Des cernes de plus en plus marqués ornaient son regard. Un regard pourtant constamment bienveillant, qui ne vacillait jamais, pas plus que son sourire paternel et protecteur.

Le cuisinier houspillait déjà ses aides pour mettre la cuisine en batterie. L'heure du dîner n'allait pas tarder et plus d'un estomac affamé allait réclamer à manger. À commencer par un certain Loki.

Le maître forgeron, Christo Rodanhoorde, pour sa part, aurait sans doute la soirée la plus chargée de tout le fort, avec les guérisseurs. Les combats terminés, ses apprentis et ses confrères devaient à présent entretenir le matériel des soldats, affûter les lames, redresser les casques et les boucliers, raccommoder les cottes de mailles, et remplacer ce qui ne pouvait être réparé. Sans compter la commande spéciale, à finaliser.

Le temps de rejoindre le fort, Cellendhyll avait en partie récupéré. Enfin libre de souffler, il allait pouvoir s'accorder cette douche promise par la capitaine Swift.

Pourtant, dès son entrée dans la cour, le Hors-Destin fut confronté à une bien désagréable surprise.

Un sinistre spectacle l'attendait. Une centaine de cadavres, des soldats de l'Alliance que Vanina Cole et Ling-Faï avaient découverts en fouillant les bâtiments. Initialement affalés dans le réfectoire, devant les restes d'un repas, les corps avaient été sortis à l'air libre par les soldates et alignés à l'écart.

Avec Callista, Cellendhyll se livra à une enquête rapide. Le bureau de l'officier du fort avait été fouillé. Le coffre-fort était grand ouvert, vidé de tout contenu. Le registre du lieutenant Vrelyck achevait de se consumer dans l'âtre. En outre, les morts avaient été fouillés et dépouillés, leurs chambrées mises à sac. Il manquait également des provisions dans la réserve et six chevaux à l'écurie – le crottin encore frais trouvé dans leurs stalles pouvait en attester, de même les harnachements manquant sur leurs supports. Après examen, Aymard déclara que les malheureux avaient été empoisonnés lors de leur déjeuner et, très probablement, à l'aconit.

Que s'était-il produit, ici ?

Manifestement, aucun rapport avec les Smaughs. Par contre, les Hirondelles n'avaient trouvé aucune trace du caporal qui avait toisé les Impériaux du haut de son rempart, leur refusant toute coopération. Celui-là et, sans doute, quelques complices, semblaient avoir décidé de quitter l'armée pour la voie du crime. Leur forfait perpétré, leur pillage consommé, les malfaiteurs avaient quitté le fort par la poterne sud, opposée de l'entrée principale, en remontant le défilé qui montait vers l'ouest, entre les montagnes, la seule issue possible.

L'Adhan avait bien d'autres chats à fouetter que se lancer à la poursuite des criminels, que cela lui plaise ou non. Il ordonna néanmoins que les dépouilles des soldats reçoivent une sépulture décente, dans le cimetière.

Du reste, Cellendhyll eût-il voulu traquer les coupables qu'il en aurait été incapable. Les malfrats avaient pris soin de provoquer un éboulement de rochers en travers du défilé, interdisant tout passage ; le bruit avait été noyé dans celui des affrontements.

La passe d'Antarah était bloquée, aussi bien pour les forces de Lumière que celles des Smaughs. Il faudrait plusieurs semaines d'un travail harassant pour déblayer une telle masse de roches ; un chantier bien au-delà des capacités magiques de Reydorn.

Dans la mesure où les Smaughs ignoraient tout de l'éboulement, c'était, à court terme, un point positif pour l'Alliance et les Territoires-Francs, puisque cela obligerait les envahisseurs à rebrousser chemin et à revoir leur plan de conquête, un retard qui se compterait en mois. À moyen terme, cela ne ferait que retarder l'échéance, rien de plus.

De leur côté, si Cellendhyll et son armée avaient enfin obtenu la maîtrise du fort, de fait, ils se retrouvaient acculés contre les falaises, ne disposant même plus du fleuve comme voie de secours. Leur destin ne tenait plus qu'à deux options, toutes simples : tenir ou mourir.

Son enquête terminée en queue de poisson, Cellendhyll put enfin aller songer à se détendre un peu. Ses vêtements craquaient à chacun de ses mouvements. Il n'en pouvait plus de cette odeur de sang séché qui lui collait à la peau, il en avait le cœur au bord des lèvres.

Callista Swift, en toute logique, avait alloué à son commandant les quartiers du lieutenant Vrelyck, dans lesquels elle avait fait transférer ses affaires.

Cellendhyll disposait d'un grand bureau, d'une chambre tout en longueur, terminée par une terrasse donnant sur le fleuve. Il avait également droit à une douche personnelle, alimentée par l'eau du Vacqueyras.

Il ôta ses vêtements, grimaçant devant leur état. Ils étaient bons à brûler.

L'eau était fraîche, délicieuse, revigorante. Cellendhyll se savonna, se récura jusque sous les ongles, se rinça largement, concentré sur le simple plaisir de se nettoyer. Une fois propre, il se rasa soigneusement. Que cela faisait du bien ! Il se sentait un homme neuf, son énergie recouvrée.

Il passa une tenue de rechange aux tons bleus, se posa sur son lit et prit le temps d'inspecter soigneusement sa Belle de Mort. L'arme au métal bleu nuit ne présentait pas la moindre ébréchure, pas la moindre fêlure ou entaille, son tranchant toujours aussi parfait. La Belle lui semblait plus chaude qu'elle n'aurait dû l'être entre ses doigts, il ne savait quoi en penser. C'était plus une sensation qu'une certitude et qui n'avait rien de négatif.

Le soleil se couchait. Ses bottes nettoyées, Cellendhyll gagna sa terrasse et son regard se perdit en direction du Vacqueyras.

Les Smaughs avaient pris le contrôle de la rive est, ils allaient pouvoir rapprocher leur immense campement, ce dernier en proie à une intense activité, déjà allumé d'un millier de lampes ou de torches. De surcroît, les esclaves semblaient avoir entamé une phase d'intense nettoyage, creusant, déblayant, foulant aux pieds le remblai érigé par l'Empire. Les remparts restants ne tarderaient pas à subir le même sort.

L'Adhan lâcha un soupir.

Pourraient-ils tenir, ici, derrière ces murs ? Le pourraient-ils assez longtemps pour espérer voir les forces de l'Alliance enfin rallier leur cause ? Les grands portails fonctionnaient-ils à nouveau ? Comment le savoir ? Après avoir constaté le destin des soldats assassinés, l'Adhan avait de bonnes raisons de penser qu'aucun messager n'avait été envoyé. Pas avec cette pourriture de sous-officier aux manettes.

Non, il ne devait espérer aucune aide de l'extérieur.

Après cette journée de bataille, toujours pas la moindre trace d'Øz. Son absence titillait Cellendhyll avec insistance. Que pouvait bien faire la reine Infâme pendant que son armée bataillait ? Pourquoi ne venait-elle jamais parader devant ses sujets, comme elle en avait l'habitude ? Et surtout, orgueilleuse comme elle l'était, pourquoi ne venait-elle pas l'affronter, lui ? Il lui en avait pourtant donné une nouvelle occasion, avec sa charge en solitaire.

Au lieu de conjecturer en vain, l'Ange décida qu'il était temps d'inspecter le fort et d'en éprouver les forces et les faiblesses.

Il aurait été ravi de profiter de la présence de Callista, toutefois, la capitaine Swift déclina son offre par l'intermédiaire de Ling-Faï. Dans l'éventualité d'un siège, la capitaine s'était plongée dans l'inventaire détaillé de ses ressources, mobilisant une partie des Hirondelles, l'autre s'occupant d'installer les chevaux dans les écuries.

L'Adhan se retrouva donc à inspecter la place forte avec Cromlach et Ling-Faï, une tâche qui, d'ailleurs, n'avait rien de désagréable.

Un peu plus tard, alors que la nuit étendait son règne sur les territoires, la lueur des lunes reflétée par le manteau ondoyant du fleuve, Aymard conduisit une messe au milieu de la cour pour célébrer la mémoire de ceux tombés au champ d'honneur, un beau moment, empli d'émotions fortes et contraires.

Chapitre 89

Quittant les remparts alors que l'armée impériale se préparait à affronter la meute des envahisseurs, Prowl s'était décidé le temps de descendre les marches. Il était temps de décamper de cet endroit pourri, et vite, avant que tous ces Smaughs n'arrivent jusqu'aux remparts ou que les Impériaux ne décident de prendre le fort pour s'y retrancher.

La cervelle bouillonnante, Prowl avait rejoint les soldats au mess, en train de s'attabler pour un repas tardif. La discipline s'était totalement relâchée depuis quelques jours, à son avantage. Prowl rassembla ses trois comparses dans la cuisine et ne tarda pas à leur proposer le marché : rester à défendre le fort pour des clopinettes, avec de grandes chances d'y laisser leurs peaux… ou bien de déserter avec lui, les poches pleines, et se forger une nouvelle vie, pourquoi pas dans les Terres de Sang.

L'affaire fut vite entendue. Tandis qu'Alvaro ajoutait quelques ingrédients au ragoût de saucisses aux pommes de terre qu'il s'apprêtait à servir, Prowl, Baruk et Rochas s'esquivèrent par l'arrière des cuisines ; Baruk chargé de préparer un chariot et des montures pour la route, Rochas de piller les stocks, Prowl s'occupant de vider le coffre du fort et de brûler le registre.

Une heure plus tard, alors que Cellendhyll et son armée bataillaient contre les Smaughs, leur butin amassé, ils quittaient les lieux par la poterne sud.

Prowl, Baruk et Rochas voyageaient à dos de cheval. Moins à l'aise sur une selle, Alvaro conduisait le chariot.

Ils avaient rempli le véhicule avec assez de provisions pour voyager sereinement ; de l'alcool, facile à revendre, quelques épées, quelques arcs, plus complexes à fourguer, car marqués du sceau de l'Alliance, tout l'argent trouvé sur les dépouilles des soldats – à peine une centaine de licornes d'argent –, et la solde de la garnison.

Dernière étape, indispensable pour couvrir leurs traces et interdire toute poursuite : provoquer l'éboulement de la passe d'Antarah. Cette procédure était prévue précisément au cas où les défenseurs du fort, débordés par un ennemi insurmontable, se verraient obliger d'abandonner le site. Ils devaient alors se replier dans la passe, déclencher l'effondrement de rochers et filer prévenir les forces d'Ambre.

Bien sûr, Prowl n'allait prévenir personne. Trahir ses compatriotes et leurs alliés, leur couper toute retraite, ne lui posait aucun problème de conscience.

La guerre, les envahisseurs, le destin des Territoires-Francs, rien de tout cela ne les concernait, ses complices et lui. Ils quittaient ce trou sans un regard en arrière, leurs noires consciences exemptes de toute culpabilité.

Après trois heures de chevauchée tranquille, entrecoupées de pauses brèves, mais largement arrosées, Prawl et sa bande avaient quitté la passe d'Antarah, franchi le col de la montagne et débouché sur le versant d'une vallée verdoyante aux pentes couvertes d'épicéas au riche manteau émeraude. La forêt qu'ils traversaient résonnait de quiétude. Alvaro fredonnait gaiement, tout en menant son attelage. Moins détendus, Baruk et Rochas, les deux guerriers, échangeaient des regards méfiants, à la limite du défi.

Prowl, quant à lui, faisait ses comptes et il en grinçait des dents.

Leur trésor de guerre bien mal acquis avoisinait le millier de couronnes en argent… une somme respectable en soi, sauf qu'il fallait la partager en quatre. Ce qui n'était pas admissible. Rien que le temps d'arriver à la bordure des Terres de Sang, Prowl aurait dépensé la moitié de sa part et le reliquat serait loin de lui assurer le confort qu'il exigeait.

Plusieurs options s'offraient à lui. En moins d'une minute, il opta pour la plus évidente.

La bande des quatre chevaucha jusqu'à la fin du jour, sans se presser, pour décider une halte à la lisière des bois, au bord d'un ruisseau.

Baruk s'occupa des chevaux, Rochas de préparer un bivouac, Alvaro de cuisiner l'une de ses spécialités, un sauté de porc au curry.

Richement arrosé, le repas fut animé par Prowl qui fit miroiter à ses complices toute une série de projets grandioses, sans jamais rentrer dans le détail.

Alvaro, au lieu de manger, s'était emparé d'un tonnelet de rhum qu'il tétait à l'envi, tout en gloussant, le regard allumé par toutes ces richesses illusoires.

Certains regards furent échangés, complices. Un accord fut conclu de part et d'autre du feu qui les réchauffait.

Baruk fut le premier à mourir. Une flèche décochée par Rochas entre les omoplates, au moment où le forgeron s'éloignait, le dos tourné, pour aller uriner.

Une fois Baruk dépouillé, son cadavre jeté dans les fourrés, la soirée se poursuivit, désormais silencieuse. D'autres regards échangés. Un nouvel accord muet.

Rochas fut le second. Garrotté par Straw qui prétendit aller chercher une autre bouteille de rhum, Alvaro couché en travers de l'archer pour l'empêcher de résister.

Straw et Alvaro trinquèrent à leur association. Leurs butins respectifs venaient de doubler.

Ils se couchèrent de chaque côté du feu, chacun surveillant l'autre.

Le lendemain matin, seul Prowl se leva. Après avoir planté sa dague dans la panse d'Alvaro, il avait fort bien dormi.

Prowl réchauffa les restes de ragoût, qu'il mangea avec appétit. Après avoir harnaché les chevaux, fouillé Alvaro, il monta dans le chariot et reprit la route, les six montures attachées à la longe derrière le véhicule.

Il chevaucha une bonne heure, descendant la piste qui menait au cœur de la vallée. Son humeur était bien différente de la veille. Ses perspectives d'avenir s'étaient nettement éclaircies, de quoi lui donner le cœur léger.

Les symptômes débutèrent peu après. Prowl commença par lâcher une série de rots méphitiques. Il avait beau vider sa gourde, il éprouvait une soif dévorante. Vinrent ensuite les suées, les nausées. Il se mit à avoir chaud puis froid, le cœur au bord des lèvres, rotant de plus en plus.

Vingt minutes plus tard, tassé sur son siège, le ventre en feu, il se mit à cracher du sang. Par moments, sa vision se troublait, comme s'il avait du mal à faire le point. Saisi de frissons de plus en plus violents, incapable de mener son attelage, le malfrat arrêta tant bien que mal son chariot, tira le frein. Il s'effondra en tentant de descendre du véhicule.

Le feu qui consumait ses entrailles devenait insupportable et il se conchia sans rien pouvoir y faire.

Se traîner dans l'ombre d'un rocher consuma ses dernières parcelles d'énergie.

Ce sale fils de hyène d'Alvaro m'a empoisonné. Il m'a eu, cet enculé !

Un trappeur qui revenait de la chasse, trois lapins en bandoulière, trouva le cadavre de Prowl effondré à côté du chariot, les chevaux tranquillement occupés à paître. Constatant que l'homme était bel et bien mort, le trappeur lui donna une sépulture décente.

Après avoir remercié dame Providence de ce cadeau tombé du ciel, l'homme des bois monta dans le chariot et repartit avec les montures et le butin. Sa femme, ses trois enfants et lui-même, riches d'une nouvelle destinée.

Chapitre 90

Le septième jour de la guerre contre les Smaughs s'était levé sous un fier soleil. Un vent malicieux agitait les bannières et faisait claquer les toiles de tente.

Profitant de l'habituelle paresse matinale de l'ennemi, Cellendhyll avait eu le temps de réunir son conseil et de prendre certaines décisions stratégiques.

La principale étant de maintenir le combat sur le pont. Cellendhyll n'aimait pas trop l'idée d'être coincé à l'intérieur du fort, et préférait repousser cette étape le plus longtemps possible. Le pont restait un point stratégique capital, il n'était pas question de l'abandonner à l'ennemi. Sinon, les Smaughs auraient tout loisir de prendre les deux rives, de s'y installer à leur gré, et l'Ange aurait alors à livrer un siège hasardeux, qui, à terme, risquait de sonner le glas de ses troupes.

En cas de blocus, les Impériaux avaient assez de provisions pour tenir deux, voire trois mois, c'était bien suffisant. L'eau ne serait jamais un problème, l'enceinte étant pourvue d'un puits alimenté par le Vacqueyras. Les combattants, en revanche, n'étaient pas une denrée impérissable, bien au contraire. Plus les jours allaient s'écouler, plus Cellendhyll allait devoir tirer sur les effectifs. Des guerriers dont les rangs s'éclaircissaient à chaque affrontement, et à qui on demandait davantage, à mesure des pertes. Quant aux prêtres-guérisseurs, le mana n'était pas illimité, loin de là.

Les Smaughs lancèrent leur assaut à l'aide des trois grandes roulottes surmontées de ces blocs de gemmelitte géante montés sur pivot, fixés à l'armature du toit de chaque véhicule. Derrière ces chariots, s'abritant derrière leurs masses, trois files de guerriers en attente, leur frénésie pas encore tout à fait éveillée. Les sorciers allaient leur ouvrir le passage, comme la veille avec le premier rempart, ensuite, ils seraient libres de charger, tuer et massacrer. Forts de leur avantage numérique, ils pourraient continuer à maintenir la pression sur les sang-chaud, continuer à grignoter leurs forces, au propre comme au figuré.

Rakùl-Bahìr avait reconduit ses sorciers du Quatrième Cercle en première ligne. Turgut-Ott n'eût pas toléré une autre stratégie, après le refus qu'il avait essuyé la veille.

Dix sorciers par cristal, soit un effectif de trente. C'était bien suffisant pour balayer le pont avec le Voile d'Effroi. Si le Nagù envoyait plus de trois roulottes, elles risquaient de se gêner dans leurs manœuvres, par manque d'espace. Il avait donc gardé une réserve de ses meilleurs sorciers, une précaution dictée par l'instinct de survie.

Comme chaque fois, les forces de Lumière avaient pris leurs positions bien avant l'arrivée des Smaughs. Les fantassins et leurs boucliers accolés face à l'ennemi, campés sur toute la largeur du pont, plusieurs rangées parfaitement alignées.

Sur l'ordre guttural de Cromlach, les rangs des légionnaires s'écartèrent sur les côtés, les guerriers se tassant de chaque côté de l'édifice de pierre afin de dégager le milieu de leur défense.

Jusqu'alors camouflée par la masse des fantassins, apparut Callista Swift, postée derrière une imposante machine à l'aspect trapu, montée sur roues, que poussaient quatre soldats. Depuis la disparition des mages de guerre, la capitaine avait passé une bonne part de son maigre temps libre à chercher une arme pour déstabiliser les Smaughs. Et si elle n'avait trouvé aucun moyen d'abattre les sorciers directement, peut-être pourrait-elle les contrer de manière indirecte.

Il n'était pas compliqué, même pour un œil profane, de comprendre qu'on avait affaire à une arbalète géante, quatre mètres de long pour deux mètres de large ; l'arc de tir lui-même en faisait trois. À cet arc en acier forgé, était fixé, non pas une corde de chanvre, mais un câble à torons d'acier. Une manivelle sur chaque flanc de l'invention permettait de la réarmer, celles-ci occupées par deux des aides les plus costauds du maître-forgeron. Callista disposait de sa propre manivelle, à l'arrière, qui lui permettait de jouer sur la hauteur de tir.

Une arme imaginée par la capitaine des Hirondelles et construite par Christophon Rodanhoorde, le maître forgeron.

Christo Rodanhoorde aimait les défis, il avait vingt ouvriers sous ses ordres et il avait fondu devant le sourire renversant que lui offrit la capitaine Swift en lui tendant les schémas de son invention. Il s'attela aussitôt à la tâche de forger un arc aux dimensions appropriées. Reydorn, de son côté, fut débauché pour créer la structure en bois de l'arbalète, ainsi que son plateau à glissières. Il usa de l'un des derniers glands magiques d'Aïlaëen, qu'il modela et transforma selon les besoins du forgeron. Si Reydorn accomplit sa tâche en quelques heures, il fallut à Christo Rodanhoorde plusieurs nuits blanches pour réaliser sa part, tout en continuant d'assurer l'entretien habituel du matériel de l'armée, de quoi le faire travailler en flux tendu.

Outre sa taille surdimensionnée, l'arme de tir avait une autre particularité. Elle décochait non pas un carreau, mais six à la fois, ces derniers disposés sur le plateau de tir horizontal fixé à l'armature, formé d'autant de glissières que de projectiles.

Lesdits projectiles n'avaient rien à voir non plus avec des carreaux conventionnels. L'arbalète de Callista tirait de véritables épieux en acier trempé, terminés de pointes en aiguille destinées à perforer tout ce qu'elles rencontreraient sur leur passage. Callista avait testé l'arme dans les bois, en secret, avec Christophon Rodanhoorde et ses aides, les résultats s'étaient révélés proprement époustouflants.

Une fois certaine que l'engin fonctionnait vraiment, la capitaine avait présenté son projet à Cellendhyll, et ce dernier, après avoir chaudement félicité l'officière intégra aussitôt l'arme dans ses plans.

Il restait à confirmer si une telle invention pouvait répondre efficacement à la menace des sorciers.

Cromlach, qui avait directement subi les effets du sort d'effroi, avait estimé sa portée à une quarantaine de mètres. Il fallait donc absolument bloquer les roulottes aux cristaux avant qu'elles n'atteignent cette distance. Or, d'après les tests effectués, l'arbalète avait une portée d'au moins trois cents mètres. De surcroît, la capitaine avait une autre botte secrète en réserve pour l'ennemi… Chaque chose en son temps.

À peine les boucliers écartés, dès qu'elle avait eu une vision dégagée, Callista fit le point sur sa première cible, la roulotte située au centre, la plus rapide à atteindre puisqu'elle était déjà dans l'axe de son arme.

Actionnant la manivelle à sa portée, la capitaine la remonta de quelques crans. Elle pouvait ajuster sa visée à l'aide d'une mire fixée à la pointe de l'arme – une amélioration de Christo Rodanhoorde, de même que les épieux à pointes en aiguille.

Satisfaite, Callista tira sur le levier de tir. Un bruit sec résonna dans le mécanisme, signe qu'il se déclenchait, suivi du claquement sonore et métallique de l'arc qui se détendait, projetant le plateau à glissières en avant.

Les épieux fusèrent le long du pont dans un sifflement bien plus grave que celui d'une flèche ou d'un carreau, droit sur leur cible. Totalement surpris, le Smaugh qui conduisait la roulotte n'eut pas le loisir de la faire dévier.

Impact !

Les skarax de l'attelage furent transpercés aussi aisément que des vessies en cuir, provoquant six explosions de sang successives, spectaculaires, six cadavres éventrés de part en part. Ensuite, ce furent les roues du véhicule qui se brisèrent, soudain transformées en esquilles de bois et de métal. Dans un fracas d'acier torturé, la roulotte s'affaissa brusquement sur le pont, ses appuis fracassés. À peine ralentis par les impacts, les épieux volants poursuivirent leur sillage destructeur. Les Smaughs qui avançaient derrière le chariot se firent faucher à leur tour, balayés comme des quilles sur une profondeur d'une dizaine de rangs, leurs bassins traversés, déchiquetés par les six projectiles.

Des acclamations résonnèrent pour saluer le tir de Callista et la toute-puissance de son arbalète, mais l'Hirondelle refusa de se laisser déconcentrer. Elle donna aussitôt de la voix pour réclamer de nouvelles munitions, ordonner aux deux servants à ses côtés de faire pivoter l'arme géante en direction de la roulotte de gauche, et de retendre l'arme pour un second tir.

Contrairement au premier, le conducteur de la deuxième roulotte avait clairement compris le danger. Laissant les guerriers sur place, il lança ses skarax au galop pour charger droit vers les sang-chaud. L'attelage parcourut ainsi plusieurs dizaines de mètres, le temps que l'arbalète soit réarmée.

Callista déclencha un nouveau tir. Les bêtes menant l'attelage, ainsi que les guerriers qui suivaient derrière subirent le même sort que les précédents, déchirés par les épieux, transformés en débris d'os et de chair sanguinolente. Cisaillé sur ses appuis, le chariot s'effondra de guingois, dans un grincement de métal torturé.

Le troisième véhicule, pendant ce temps, se mit à manœuvrer pour faire demi-tour, cherchant à se mettre hors de portée de tir.

Les Impériaux n'étaient pas tirés d'affaire pour autant. La deuxième roulotte avait eu le temps de pénétrer la ligne des quarante mètres. Les deux aides-forgerons tournaient leurs manivelles autant qu'ils le pouvaient, mais ils allaient mettre trop de temps à retendre le plateau de tir.

Alimenté par les sorciers à l'intérieur de la roulotte, le bloc de gemmelite sur son toit commença à luire d'un halo mauve et magenta. Le Voile d'Effroi allait se déclencher et atteindre les premières lignes de défense.

— Ces créations sont celles du Démon, il faut les détruire !

Magnus arracha une lance des mains d'un légionnaire posté à quelques pas de lui et s'élança sur le côté de l'arbalète géante.

— Sainte Lumière, en ce jour comme tous les précédents, guide mon bras !

Le guerrier-peint prit trois pas d'élan, arma son bras tout en ajustant sa cible et projeta son arme, d'une torsion des épaules pour gagner en puissance.

La lance s'éleva dans les airs, un magnifique jet de soixante mètres. Elle toucha le cristal en plein milieu avec tellement de force que la gemmelitte explosa en fragments épars, dans un grand miroitement de magie contrariée. Le sorcier posté derrière se retrouva empalé par la lance et projeté six mètres en arrière, pour retomber en un tas désarticulé, agonisant. Plongés en pleine incantation, les sorciers à l'intérieur subirent aussitôt le contre-choc du sort contrarié, s'écrasant sur le sol, agités de spasmes, leurs esprits chavirés.

Ceux de la première roulotte, celle du milieu, avaient réussi à s'extirper du véhicule, indemnes. Le temps de se concerter et ils ralliaient les guerriers aux alentours – ceux des deux premiers chariots – pour relancer leur attaque.

La destruction de leur véhicule n'avait fait qu'accentuer leur désir de tuer les sang-chaud.

Ils prirent soin, toutefois, de laisser les guerriers prendre les premières places. Ils seraient plus efficaces en agissant camouflés.

Sa Belle transformée en sabre, Cellendhyll s'élança à la rencontre des Smaughs avec Gheritarish et les guerriers-preux. Si le mur de boucliers se refermait trop tôt, Callista Swift n'aurait pas le temps d'ajuster la troisième roulotte, ce qui faisait un excellent prétexte à l'Adhan pour aller porter le combat chez l'ennemi. Ce genre d'initiative était prévue dans les stratégies prédéfinies le matin même.

Lancés en pleine course, le Hors-Destin et ses guerriers atteignirent la seconde roulotte, la plus avancée. Les sorciers se remettaient à peine du contrecoup infligé par le tir de Magnus. Ils sortirent du chariot, hébétés, sans comprendre. Et se retrouvèrent face aux Impériaux, eux en parfaite possession de leurs moyens. Ils se firent massacrer en quelques secondes, avant de pouvoir incanter la moindre syllabe. Dans la foulée, les skarax harnachés au véhicule connurent le même sort.

L'arbalète à présent rechargée, Callista relança une autre salve.

La dernière des roulottes avait eu le temps d'amorcer un mouvement tournant et présentait désormais son flanc à la perpendiculaire du pont.

Les épieux déchirèrent les roues arrière, laminèrent une cinquantaine de Smaughs en enfilade, avant d'aller se planter dans l'herbe, une centaine de mètres plus loin, clouant au sol un guerrier au repos, occupé à tranquillement affûter sa hachette. La roulotte s'effondra brusquement d'un côté, puis de l'autre, brisant les fixations du cristal monté sur pivot. Le socle se descella de son logement, son axe brisé, et soudain libéré, le bloc de gemmelitte bascula du toit pour se fracasser en mille morceaux.

Callista ordonna à ses aides de retendre l'arbalète, elle espérait avoir le temps d'un quatrième tir. Les deux servants commencèrent à actionner les manivelles, mais, alors que le plateau de tir était arrivé à mi-course, forgés dans l'urgence, les torons du câble, terrassés par les violents efforts qu'on leur avait infligés, cédèrent dans un claquement sec, manquant arracher la tête de l'un des aides.

L'arme géante fut tirée en arrière et ramenée dans le fort, à charge pour maître Christophon Rodanhoorde de la réparer.

Cellendhyll avait relancé sa course, suivi par ses guerriers, et se retrouvait face au regroupement des guerriers smaughs.

À peine au contact, du coin de l'œil, il perçut un miroitement mauve ourlé de magenta qui se mit à luire entre les rangs de l'ennemi. Une alarme résonna aussitôt dans son esprit et il se jeta de côté, accueillant sa chute d'une roulade.

Le Preux derrière lui fut atteint par un long filament de pouvoir qui vint s'enrouler autour de son torse. Le fantassin s'effondra, prostré sur lui-même en gémissant, comme brûlé par le contact de la vrille-sorcière, qui semblait s'attaquer tout autant à son corps qu'à son esprit – l'Ange avait déjà subi un tel sortilège, face à Rakùl-Bahìr, dans les Terres du Nord.

Cachés dans la masse des Smaughs, les sorciers pouvaient relâcher leurs sorts sans craindre d'être repérés.

Cellendhyll se redressa, sa Belle déjà en train de filer vers sa prochaine cible. À peine sur ses appuis, d'une diagonale haute, il éventra le Smaugh qui se jetait sur lui, hachettes brandies vers le ciel.

L'Adhan bondit sur la droite, juste à temps pour intercepter un autre Smaugh en train de pointer son sabre sur le guerrier-preux tassé sur le sol. Cellendhyll le cueillit d'un large revers et le décapita d'un revers fluide, nourri de rage froide.

Il se campa devant le légionnaire effondré à ses pieds et le défendit, le temps que le soldat soit évacué par ses camarades, éliminant trois autres Smaughs au passage.

Son devoir accompli, le Hors-Destin essora sa Belle d'un moulinet du poignet et reprit son avancée sanglante.

À l'instar de Cellendhyll, Gheritarish avait ressenti le déploiement de la magie néfaste, il peinait toutefois à en repérer la source.

Il décida donc de régler le problème à sa manière : en abattant tous les Smaughs à sa portée. Dans le lot, il y aurait forcément un sorcier ou deux… une tactique imparable !

Résolu, Gher poussa un beuglement furieux et sa grande hache s'abattit sur les deux premiers adversaires à sa portée, deux envahisseurs qu'il projeta sur le côté, leurs poitrails fendus par la morsure de Snaggah. D'un coup d'épaule, il projeta un Smaugh hors de son passage, les côtes brisées. Il défonça le genou du suivant d'un coup de botte, avant de trancher dans son ventre. Il remonta sa hache, pivota, planta ses lames jumelles dans une cuisse, d'un revers, il sectionna un bras…

Gheritarish fut alors atteint par une vrille sorcière luisante de mauve qui s'enroula le long de son torse. Son élan coupé, il ressentit une brusque, une atroce douleur exploser en lui, ses nerfs et son esprit soudain accablés d'un sentiment de frayeur tellement puissant qu'il en devenait brûlure.

C'était un Loki, toutefois, ce qui signifiait qu'il était un être fait de magie et protégé de ses effets les plus néfastes. Et, dans le cas de Gheritarish, particulièrement dur au mal.

La réaction première du guerrier à peau bleue fut de vomir au visage du sorcier qui se jetait sur lui pour l'éventrer de ses dagues – trop d'omelette au déjeuner ! La seconde réaction de Gheritarish, décomposée en deux étapes successives, fut de pousser un cri outragé et d'asséner un magistral coup de tête à l'Empalé du crâne qui l'avait obligé à salir sa belle cotte de mailles argentée, nettoyée le matin même ; tellement peu entretenue jusqu'alors, que Cellendhyll avait menacé le Loki de corvée de latrines.

Son visage fracassé, le sorcier n'eut pas le temps de se demander pourquoi sa vrille d'Effroi avait échoué, pas plus qu'il ne vit Snaggah voler vers lui, avide, et le décapiter d'un trait d'acier rageur.

Entouré d'ennemis, Gher enchaîna d'un large arc de cercle et sa hache traversa les chairs et les os, sectionnant deux abdomens, un bras, un sternum. Il brisa un genou d'un coup de botte, remonta Snaggah en diagonale haute, éventrant son adversaire de la hanche à l'épaule opposée.

Un nouveau sortilège le cibla, irradiant sa carcasse d'une nouvelle vague d'Effroi. Gheritarish secoua la tête, gronda et chargea. Un coup de hache à droite, un coup de hache à gauche, quelques percussions de l'épaule et son passage était dégagé.

Les mains pointées droit sur lui, un sorcier au visage marbré de noir balançait tout ce qu'il avait de mana pour faire plier ce curieux sang-chaud à peau bleue, s'entêtant sans se rendre compte qu'il gaspillait son pouvoir en vain.

Gheritarish sectionna les deux mains du sorcier d'un mouvement de balancier, inversa le mouvement de Skaggh'Naggah, et découpa le crâne du Smaugh d'un revers à l'horizontale, faisant gicler sa cervelle dans l'herbe.

Dans un grand cri de défi, le Loki fonça sur d'autres Têtes de Clous.

Touché de plein fouet par la vrille-sorcière d'un troisième sorcier tapi au milieu de ses congénères, Magnus chancela sur ses appuis. Pourtant, au lieu de se recroqueviller, il se cambra pour lancer un cri vers le ciel :

— *Elle* me protège, *Elle* me renforce, je ne crains pas la morsure du Démon !

Le filament mauve et magenta parut subitement se dissoudre à son contact, grignoté par un léger scintillement d'azur miroitant. Nimbé de ce halo de foi protectrice, Magnus repartit vers l'avant, son pas à nouveau déterminé, porté par cette conviction incroyable qui était la sienne. Le front barré d'une énorme veine, le regard chargé d'une sainte colère, Magnus balança son marteau de pierre bleutée par le travers. Les deux Smaughs devant lui furent arrachés du sol, chacun d'un côté, le corps définitivement brisé par l'arme du colosse. D'un puissant mouvement d'épaules, Magnus inversa son élan et son marteau désossa deux autres Têtes de Clous, qui semblèrent se dissoudre sur pied. Le guerrier-peint se jeta en avant, remonta son arme vers le ciel et la rabaissa, pulvérisant le crâne du sorcier, son sternum et son bassin, jusqu'à n'en faire qu'un tas sanguinolent tapissant la pierre du pont.

— Pour la glorieuse Lumière !

Adoptant une formation en coin derrière Magnus, les guerriers-preux, tout en combattant, se mirent à chanter l'un de leurs cantiques, leur foi les protégeant aussi efficacement que leur colosse de meneur. Leurs armes lourdes s'élevèrent et s'abaissèrent, abattant tous les Smaughs qui se jetaient sur eux, guerriers comme sorciers.

Leur sorcellerie devenue inopérante, la charge des envahisseurs perdit aussitôt de son mordant. L'expertise de l'Adhan, la « lokitude » habituelle du Loki, la puissance de Magnus et ses Preux, les Smaughs se firent laminer jusqu'au dernier.

Ne restaient plus sur le pont que les Têtes de Clous autour de la troisième roulotte. Constatant la poussée des sang-chaud, menés par ce haïssable Adhan et l'autre, celui à peau bleue, impressionnés par la puissance de l'arbalète, dont ils ignoraient le câble brisé, les sorciers et les guerriers survivants tournèrent les talons pour rejoindre leurs maîtres.

Leur retraite devait sonner la fin des hostilités pour la journée.

Chapitre 91

L'offensive repoussée, Cellendhyll et ses guerriers purent briser le dernier cristal et éliminer les skarax à coups de lames avant d'incendier les roulottes à l'huile de lampe. Les forces de l'Empire avaient livré ce qui ressemblait plus à une escarmouche qu'à une bataille, avec un résultat indiscutable : des pertes minimes, l'ennemi en débandade, une victoire nette et rapide.

Satisfaites, elles se replièrent derrière une barricade dressée à cent mètres de la rive ouest, laissant trois carcasses fumantes au milieu du pont.

Cette bataille écourtée par l'envahisseur offrit aux Impériaux une fin d'après-midi tranquille. Hormis les sentinelles en poste, les soldats profitaient d'un repos général, chacun libre de se détendre à sa manière.

Gheritarish en profita pour faire une sieste avec Ling-Faï. Reydorn s'esquiva avec Ygraine. Cromlach réunit ses sergents pour une intense partie de dés-dragons.

Magnus et ses guerriers-peints, comme chaque jour, se retirèrent dans leurs quartiers pour se plonger dans leurs cantiques et révérer leur foi en la Sainte Lumière, devenue leur oxygène.

Les prêtres de la Guelfe Blanche, ravis de pouvoir prendre un vrai repos, s'allongèrent dans l'herbe pour profiter du beau soleil.

Cellendhyll prit une douche pour se laver des miasmes de la bataille, se rasa de près, passa une tenue propre. Après avoir graissé ses bottes, et entretenu son matériel de guerre, il descendit s'occuper de Farod et lui apporter quelques carottes. Il passa tout le trajet jusqu'à l'écurie à répondre aux saluts. Après avoir câliné son étalon gris, l'Ange fit un tour chez les fantassins, alla ensuite discuter avec Aymard et ses guérisseurs et, finalement, rejoignit la partie du fort réservée aux Hirondelles, où il passa un bon moment à passer d'un groupe à l'autre et à prendre des nouvelles de ses soldates, qui s'entêtaient, pour une bonne part, à l'honorer d'un « kissa Cellendhyll ».

En dépit de leurs pertes, de la fatigue, les guerrières continuaient de tenir bon, pas moins endurantes que les hommes. La complicité qui les unissait leur permettait de se reposer les unes sur les autres, de se soutenir, quelles que soient les circonstances. Elles le taquinèrent, à leur manière, à grand renfort d'œillades, de poses sensuelles et de déclarations plus ou moins sérieuses. En somme, Cellendhyll n'avait que l'embarras du choix pour trouver une partenaire pour la soirée et plus si affinités. Pourtant, contrairement à beaucoup d'autres hommes, il n'était pas du genre à sauter sur la « première venue », fût-elle à son goût. Et, par ailleurs, ses pensées étaient déjà réservées à une femme, même si elle n'était pas disponible.

Quittant les Hirondelles, l'Adhan retourna au bâtiment de commandement, à la recherche de Callista Swift. Ils allaient peut-être enfin pouvoir s'accorder un peu d'intimité et pouvoir s'expliquer.

Elle sortait justement de l'édifice, elle aussi douchée, revêtue d'une tenue en cuir bleu ciel, ses longs cheveux cendrés rassemblés en une queue-de-cheval. Elle était ravissante.

— J'ai besoin de vous parler, déclara-t-il.

— J'ai besoin de vous parler, déclara-t-elle.

La même phrase, déclamée de concert. Suivie du même sourire complice. Callista semblait se défaire de cette carapace de froideur, au grand soulagement de Cellendhyll.

— Vous êtes le commandant. À vous l'honneur, sourit l'officière.

— Vous m'en avez voulu et je peux le comprendre, pourtant, sachez qu'en dépit des apparences, je ne suis pas un inconscient, ni un suicidaire et je ne joue pas avec vous. La vérité, c'est que vous êtes loin de tout savoir à mon sujet, Callista. Vous me connaissez comme le seigneur-lige, le fils d'Alhana, l'héritier de Priam... mais j'ai d'autres titres. Le Hors-Destin, l'Homme aux deux cœurs, le Guerrier des Lunes... J'ai été une Ombre du Chaos, j'ai dépassé le rang d'Adepte, j'ai affronté des Puissants, et je les ai vaincus. Le dernier en date était le seigneur du Destin, que j'ai brisé, avec son trône. Tout cela pour vous expliquer que je suis un homme très particulier, nanti de pouvoirs... euh... particuliers aussi, qui me permettent de relever des défis interdits à la plupart des hommes. Et comment vous expliquer tout cela sans passer pour un incorrigible fanfaron ?

— J'en ai désormais assez vu de vous, sur le champ de bataille et en dehors, pour savoir que vous n'avez rien d'un vantard, Cellendhyll. Oui, je vous en ai voulu, oui, j'ai cru que vous étiez en train de vous moquer de moi, mais je sais à présent que je me trompais, en bref, il n'y a plus aucun nuage entre nous. Et je vous remercie de ces révélations, Cellendhyll. Ces titres, ces exploits, j'avoue que vous m'intriguez. Par exemple, « l'Homme aux deux cœurs », que veut dire cette métaphore ?

— C'est à prendre au sens littéral, Callista. J'ai réellement deux cœurs.

Et l'Adhan posa les mains sur sa poitrine, aux emplacements de ses appendices.

— Vraiment ? Vous n'en devenez que plus fascinant encore.

— Oui, écoutez, Callie, le temps est magnifique, les Smaughs sont calmes... allons faire un tour sur les remparts et je tâcherai de vous expliquer qui je suis.

— Je vous prends au mot, Cellendhyll.

Callista passa son bras sous le sien et l'entraîna vers les escaliers menant aux remparts.

Elle se tenait contre lui, toute proche, il sentait la chaleur de son bras, de sa hanche, l'odeur de propre qu'elle dégageait.

Elle n'est pas pour toi… et tu le sais.

De voir un commandant de l'Empire se promener bras dessus dessous avec son capitaine-général était une nouveauté, néanmoins, personne n'y trouva matière à commentaire, du moins pas à voix haute. Après sa démonstration sur le pont, Cellendhyll était considéré avec une révérence que jusqu'ici il était parvenu à éviter. Il aurait pu traverser le fort tout nu, le corps peint en vert, qu'aucun soldat n'aurait osé piper mot.

Sur le chemin, ils croisèrent Vanina Cole. Un balai à l'épaule, un seau à la main, elle se dirigeait vers l'écurie. La rousse semblait mettre un point d'honneur à écoper d'une corvée par jour. Aujourd'hui, c'était le nettoyage des stalles.

La capitaine marqua une pause, obligeant Cellendhyll à s'arrêter et les deux femmes se fixèrent sans rien dire. Puis, Callista, le visage impénétrable, tira l'Adhan par son bras et ils reprirent leur marche vers les escaliers menant aux remparts.

Vanina, de son côté, afficha son habituel sourire espiègle et repartit vers l'écurie, tout aussi silencieuse.

Cellendhyll resta quelques secondes à essayer de décrypter ce qui venait de se produire entre les deux amantes. Fidèle à lui-même, il dut convenir qu'il n'avait rien compris.

Ils atteignirent le chemin de ronde, saluèrent les sentinelles en poste et longèrent le rempart sur leur droite jusqu'au bout pour s'arrêter face au petit bois, hors de portée d'oreille et des regards immédiats.

Naturellement, Cellendhyll commença à parler, à raconter sa vie, sans rien mettre de côté. Ses années de jeunesse, heureuses, avec Alhana et le Grand Homme, dans les Terres du Nord. La trahison de Ghisbert et de sa sœur. Ses années au service de Morion du Chaos. Il raconta Devora, Estrée, le plus honnêtement possible. L'escadron des Spectres. Le Père de la Douleur. Son brusque retour à la cour de Priam, sa rencontre avec le Nagù, son histoire avec Constance, les Chiens de Guerre. Il passa ensuite à son séjour forcé chez les Smaughs, la mort de Rathe, les machinations de Zaphranaël à l'égard de sa famille, son assaut sur le plan du Destin et sa vengeance. Il alla même jusqu'à évoquer la notion de Hors-Destin.

Jamais Cellendhyll ne s'était livré de la sorte, excepté avec Gheritarish. La seule chose importante qu'il garda pour lui, sans trop savoir pourquoi, fut sa Belle de Mort.

Callista l'écouta, fascinée, ses grands yeux aux reflets saphir fixés sur lui. Elle le laissa parler, intégrant tout ce qu'était l'homme aux cheveux d'argent, tout ce qu'il représentait, tout ce qu'il avait pu vivre d'aventures. Un résumé impressionnant, car elle savait que l'Adhan n'avait menti en rien.

C'était bien assez pour renforcer ce désir qu'elle éprouvait pour lui, cette attirance dont elle ne savait toujours que faire et qui lui chavirait l'esprit.

Face à face, proches à pouvoir se toucher. Plongés dans le même silence complice.

Leurs regards ne se quittent plus. Elle élève une main vers lui. Il saisit cette main, attire Callista à lui. Ils se collent l'un à l'autre, sans plus se soucier des autres. Leurs bouches se cherchent. Se trouvent. S'esquivent. Se cherchent, se trouvent à nouveau. S'accolent. Ils s'embrassent, enfin, tous deux chavirés. Callista se recule, elle lui arrache sa tunique, ses mains volent jusqu'à son ceinturon, qu'elles commencent à déboucler... ABRUTI D'ADHAN, ARRÊTE DE FANTASMER, ELLE N'EST PAS POUR TOI !

Raison et émotion se disputaient en Cellendhyll, menaçant de le faire basculer.

Il recula d'un pas, cherchant ses mots :

— Callista, écoutez... vous m'attirez comme peu de femmes l'ont fait... cependant, j'ai beaucoup d'affection pour Vanina, c'est une chouette fille et je refuse de lui faire du mal. Je... je...

Callista ne cessait de le fixer, avec une insistance de plus en plus troublante. Si troublante que l'Ange perdit le fil de ses propos.

Callista combla l'espace qui les séparait, posa la main sur son avant-bras, se rapprocha encore, sa bouche entrouverte...

À cet instant, le cor d'alerte se mit à résonner avec insistance, provenant de la barricade à l'entrée du pont.

Callista et Cellendhyll eurent juste le temps de s'écarter l'un de l'autre. L'une des sentinelles sprintait dans leur direction, leurs présences réclamées à la barricade : un cavalier quittait la colonie des Smaughs en direction du pont, porteur d'un drapeau blanc.

Sans savoir s'il était plutôt soulagé d'avoir échappé à un moment aussi ensorcelant ou, au contraire, frustré de n'avoir pu aller plus loin, Cellendhyll descendit dans la cour, accompagné de Callista. Ils coururent jusqu'aux chevaux qu'on leur avait préparés en urgence et sortirent du fort au petit galop, Ling-Faï sur leurs talons.

Le soleil venait de s'engager derrière la ligne des montagnes surplombant Fort Vacqueyras, l'horizon voilé d'une traîne de nacre aux trois tons, orange, mauve, écarlate.

Juché sur un cheval d'un noir luisant, revêtu d'une tunique de sorcier en cuir magenta, l'émissaire des Smaughs s'engagea sur le pont, qu'il traversa au petit galop, son drapeau blanc bien visible.

Il stoppa sa monture à trente mètres de la barricade impériale et s'écria d'un ton hautain :

— Mon seigneur Rakùl-Bahìr, maître-sorcier du peuple des Smaughs, déclare un armistice pour la journée du lendemain. Il défie Cellendhyll de Cortavar en duel ! Un duel à mains nues, dans le grand cercle tracé sur la rive est, demain soir, sous le regard des lunes jumelles. Si l'Adhan maudit remporte le duel, nous abandonnerons la Conquête de Sang et quitterons ce plan. Si c'est mon maître qui remporte la victoire, vous, les sang-chaud, vous déposerez vos armes et vous rentrerez sur vos terres, avec la garantie de voyager sains et saufs. Vous avez jusqu'au coucher du soleil pour donner votre réponse.

Sa tirade assaisonnée d'une bonne dose de mépris, le messager fit demi-tour et repartit vers la colonie au galop.

Cellendhyll rentra au fort avec ses compagnes. À peine avait-il mis pied à terre qu'il réunissait son conseil dans la salle des officiers. Elle était située au rez-de-chaussée du bâtiment qu'il occupait ; une grande pièce aux murs clairs, percée de fenêtres, avec une table centrale entourée de sièges.

Le temps que ses conseillers le rejoignent, Gheritarish compris, la nouvelle du duel avait fait le tour du fort.

L'Adhan s'attendait à recevoir les protestations vigoureuses de Callista Swift, il se trompait. Ce fut l'archevêque qui lui bondit dessus à peine s'installaient-ils.

— Il n'est pas question d'accepter une offre aussi insensée, elle pue la traîtrise ! entama Aymard, à peine installé. Bien sûr, vous allez refuser, seigneur-lige.

Cellendhyll éclata de rire :

— Refuser ce duel ? Vous plaisantez, j'espère ?

— Un combat contre une telle créature, c'est une folie ! Ce sorcier ne respectera jamais les règles d'un duel, il va tricher, c'est clair ! renchérit Reydorn.

Cellendhyll répondit avec un rire amusé :

— Bien sûr qu'il va tricher ! Je l'ai déjà affronté et je le connais bien mieux que vous. Rakùl-Bahìr n'est qu'une pourriture, il ne saurait agir noblement, quoi qu'il prétende.

Aymard n'était pas que le chef des guérisseurs, il incarnait également l'un des membres du conseil de la Lumière. Responsable de la bonne marche du royaume, il avait sans doute une vision à plus long terme que ses camarades, et s'inquiétait d'autant :

— Sauf votre respect, vous avez perdu la tête et je prie pour que la Lumière vous fasse entendre raison, s'entêta l'archevêque. Vous en faites une affaire personnelle et rien de bon ne pourra en sortir !

— Oui, c'est tout à fait *personnel* entre le Nagù et moi, et je ne m'en cache pas ! approuva vigoureusement Cellendhyll. Je me suis juré de l'abattre et depuis longtemps. Dois-je vous rappeler qu'il a orchestré l'attaque de Tygarde où tant des nôtres ont été tués… Constance, Xavier, pour ne citer qu'eux ? Et mon père, qui est mort par sa faute ! Cela fait trop de temps que j'attends cette confrontation, et je ne vais pas la refuser au moment où elle arrive !

L'Ange marqua une pause, le temps de regarder chacun de ses compagnons, sa manière à lui de montrer qu'il ne risquait pas de se laisser fléchir.

— Toutefois, reprit-il, il n'y a pas que le côté personnel qui entre en compte. Songez que si je tue Rakùl-Bahìr, j'élimine leur plus puissant sorcier, le Smaugh avec le plus de prestige, peut-être même le chef de la Horde…

— Ben, et Øz ¿ releva Gheritarish.

— Je pense de plus en plus que la reine des Smaughs a quitté sa Horde, répliqua l'Ange. Elle n'a toujours pas pointé son nez, depuis le début de la guerre, et même après ma petite excursion dans son camp. Ni aujourd'hui, avec cette correction que nous leur avons infligée. Øz est bien trop orgueilleuse pour rester sans rien faire, d'autant plus si je suis à sa portée, je vous le dis, elle n'est pas là, bien que j'ignore pourquoi. Raison de plus pour éliminer cette enflure de sorcier !

— Et si c'est Rakùl-Bahìr qui vous abat, y avez-vous songé ¿ tenta encore Aymard. Ignorez-vous l'impact que vous avez sur cette armée, désormais ¿ À quel point ces femmes et ces hommes vous respectent ¿ À quel point ils se sont *attachés* à vous ¿ Vous êtes non seulement le meilleur guerrier de notre armée, mais votre perte détruirait leur moral, rien de moins. Sans parler de celui de tous vos sujets, tout un peuple, toujours en train de digérer la perte de votre père !

— J'en ai conscience, cependant, ce n'est pas en refusant ce duel que je vais mieux défendre mon peuple. Je suis un guerrier, Aymard, pas un empereur. Et si je laisse Rakùl-Bahìr me vaincre, c'est que je l'aurai mérité. Oui, ce rat va tricher, il est sûr de lui et il croit dur comme fer qu'il va me vaincre, sinon, jamais il n'aurait proposé ce duel. Et moi, je vais l'affronter et le terrasser, quoi qu'il tente contre moi. Le moment est venu, le Nagù va payer, pour mon père et tous les autres !

Cromlach intervint à son tour :

— J'aime pas trop votre idée, mais c'est vous qui commandez. Manifestement, vous êtes capable de trucs impossibles, alors pourquoi pas… Et *après* ¿ Vous combattez le sorcier, vous lui défoncez sa race, je signe tout de suite… Si on part du principe que les empalés du crâne mentent comme ils respirent, je doute qu'ils repartent sagement chez eux, que vous vainquiez le Nagù ou pas, mon commandant.

— Je sais, Cromlach, tuer le Nagù ne suffira pas, nous devons trouver quelque chose en plus du duel pour contrer les Smaughs. Je suis en train de réfléchir à un plan… un plan dans lequel, vous aussi, vous pourriez avoir un rôle à jouer. Laissez-moi un peu de temps pour affiner la question, disons jusqu'à demain matin, d'accord ¿

Alors que le conseil venait de se disperser, Gheritarish vint interpeller son camarade :

— Tu vas jouer à quitte ou double, tu le sais, Petit-Homme ¿

— S'il y en a un qui peut me faire confiance, c'est bien toi, Boule de Poils.

— Ouais, mais quand même, sale cabochard d'Adhan !

— Quand même, rien du tout ! Au lieu de te faire du mouron, va plutôt nettoyer ton équipement, tu vas bientôt en avoir besoin.

Une fois que le Loki eut tourné les talons, Cellendhyll rappela l'adjudante kelash, en train de discuter dans le couloir avec Callista.

— Ling-Faï, prenez une escouade et allez porter ma réponse aux Smaughs, en veillant à ne pas trop vous approcher. Vous leur annoncez que j'accepte le duel, et vous rentrez.

— Bien, mon commandant.

Profitant qu'il était seul, Callista revint dans la salle et se rapprocha de lui. Elle n'avait pas quitté l'Ange des yeux de toute la réunion, sans rien dire.

— À l'instar de l'archevêque, déclara-t-elle, je devrais trépigner, vous expliquer à quel point vous allez commettre une folie. Pourtant, j'ai confiance, Cellendhyll. J'en sais assez, désormais, pour comprendre que si quelqu'un peut réussir un tel pari, c'est vous. Quant à votre plan, je n'en connais pas encore les détails, cependant, je crois à votre audace, elle a toujours payé jusqu'ici, et vous pouvez compter sur moi.

— Merci de votre soutien, Callie. Retrouvons-nous dans la soirée pour faire le point, avant ou après le dîner, d'accord ?

C'est un Adhan pensif qui remonta dans ses quartiers, qui gagna sa terrasse, s'accouda à la rambarde et qui se mit à contempler le Vacqueyras et, surtout, la colonie des Smaughs.

Avait-il pris la bonne décision, en acceptant ce duel ? Il n'était pas le seul impliqué, loin de là, et, comme l'avait signalé Gheritarish, c'était du quitte ou double. Si Cellendhyll se trompait, s'ils échouaient, ils étaient tous morts.

Il invoqua l'image de Priam et d'Alhana, puisant dans les chers souvenirs de son enfance un regain de confiance. Après quoi, fermement décidé à concrétiser son plan d'action du lendemain, il passa en revue toutes les missions, tous les combats effectués avec les Maraudeurs-Fantômes.

Père, mère, je ne vous décevrai pas !

Rakùl-Bahìr eut du mal à masquer la violente jubilation qu'il éprouva, lorsqu'il reçut la réponse positive de l'Adhan maudit.

Il savait pertinemment que Cellendhyll serait incapable de résister à l'idée de l'affronter en duel. Le contentieux qui les opposait était bien trop vif, bien trop sanglant pour qu'il refuse. Par orgueil ou par esprit de vengeance, peu importait. L'Adhan avait accepté, de lui-même, il avait amorcé le piège, comme prévu !

C'était largement suffisant pour adoucir cette journée de bataille, une bataille, il fallait bien l'admettre, qui avait d'emblée tourné à la débâcle. Le Nagù avait perdu vingt de ses meilleurs sorciers, trois précieux blocs de gemmelitte et, au moins, trois cents guerriers, alors que les sang-chaud n'avaient connu que des pertes minimes. Un bilan quasi catastrophique.

Pourtant, Rakùl-Bahìr se sentait léger, tout gaillard.

Plus tôt dans l'après-midi, ses guetteurs postés en amont du Vacqueyras étaient revenus, confirmant la validité du plan d'ensemble, le timing général parfaitement respecté.

Parallèlement à ces préparatifs, depuis deux jours, Rakùl-Bahìr avait activé son réseau et fait courir une série de rumeurs à travers toute la colonie.

Depuis l'absence de la reine, la société smaugh tournait au ralenti, désorganisée. L'élan du Fahaarak'Shar lui-même était devenu chaotique. Cela ne pouvait plus durer, certaines décisions devaient être prises sous peine de connaître l'échec. À commencer par le fait de trouver un homme capable d'assurer le bon déroulement de la Conquête de Sang.

Et qui de mieux placé pour prendre les rênes du pouvoir que le Smaugh le plus prestigieux de la Horde, loin devant les autres ¿ Qui d'autre que celui qui avait lancé la première étape du Fahaarak'Shar ¿ Qui d'autre que Rakùl-Bahìr ¿

Les graines étaient plantées, elles ne tarderaient pas à germer, puis fleurir.

Il restait à présent au Nagù à vaincre l'Adhan maudit, et il ricanait tout seul en songeant à ce duel, à ce qu'il allait infliger au haïssable sang-chaud.

Demain, Cellendhyll... Demain, tu comprendras qui de nous deux est le maître... Profite de ta nuit, Adhan maudit, car c'est la dernière que je t'accorde.

Chapitre 92

La soirée avait débuté. Les Smaughs restaient sur leurs positions, occupés à festoyer. Dans le fort, la relève venait d'être effectuée, et la plupart des soldats au repos se préparaient à dîner.

Cellendhyll s'était creusé la tête tant et plus, il avait son ébauche de plan, mais il lui manquait au moins un élément. Constatant qu'il tournait en rond, son esprit saturé, il décida de se plonger dans une série d'exercices.

On frappa à la porte de ses quartiers alors qu'il terminait sa séance de tractions.

Vêtu de son seul pantalon, dégoulinant de sueur, il alla ouvrir et se trouva face à Vanina Cole.

La rousse démarra avant même qu'il n'ait le temps d'ouvrir la bouche :

— Hé, Pacha, comment ça va ? Waaow, oh, waaow, on a fait ses exercices, à ce que je vois, c'est possible d'avoir de tels pectoraux ? Et ces abdos, poh-poh-poh ! Dites, vous avez prévu quelque chose pour le dîner ? Non ? Tant mieux. Je vous invite, d'accord ? Vous venez les mains vides, je m'occupe de tout ! Descendez nous rejoindre dans une demi-heure, pas avant ! Je quitte à peine mon service et j'ai quelques préparatifs à faire, à commencer par me laver ! Je compte sur vous, commandant ! Vous pouvez venir comme ça, si vous voulez !

Sa tirade débitée à toute vitesse, le tourbillon qu'incarnait Vanina Cole tourna les talons et se rua dans les escaliers, en sifflotant une gigue.

— Oui, Vanina, je suis ravi d'accepter votre invitation, elle tombe à point nommé pour me vider la tête, lâcha-t-il dans le vide, avant de refermer la porte.

« *Nous* rejoindre »... Un grand sourire aux lèvres, tout en sifflotant la même gigue que Vanina, Cellendhyll se jeta sous la douche. Avait-il du parfum ?

À l'heure prévue, revêtu d'une tunique bleu empire, d'un pantalon de cuir bleu sombre et de ses bottes en cuir gras chocolat, l'Ange descendit au rez-de-chaussée, longea un couloir et frappa à la porte des appartements partagés par Callista Swift et Vanina Cole.

Avec lui, elles étaient les seules à occuper le bâtiment de commandement. Cromlach et Gheritarish dormaient à côté des baraquements, dans le bâtiment des sous-officiers, qu'ils partageaient avec Ling-Faï, Magnus, et les autres sergents.

Toute pimpante, Vanina vint lui ouvrir. Ses cheveux courts encore humides de la douche, pieds nus, elle ne portait qu'une large tunique de coton blanc, échancrée, avec un pantalon de cuir bleu ciel, moulant le galbe de ses jambes.

Elle fit entrer Cellendhyll, qui se retrouva en face de Callista.

La capitaine avait dénoué sa chevelure, et celle-ci tombait librement autour de ses épaules, tel un rideau d'or scintillant. De repos, elle avait passé la même tenue que sa compagne, sauf que sa tunique était bleu azur. Cellendhyll la trouva resplendissante.

— Je n'ai rien à voir avec ce dîner surprise, sourit-elle, c'est l'entière initiative de Vani, et je n'ai aucune idée de ce que cela nous réserve !

— Hi hi, si vous saviez... répliqua l'espiègle Hirondelle. Mais c'est trop tard pour fuir, j'ai bouclé le bâtiment ! Allez, venez, je vous emmène à table...

Menés par Vanina, ils quittèrent la pièce et se rendirent à l'autre bout du rez-de-chaussée, dans la salle à manger réservée aux officiers. Cellendhyll et Callista prenant leurs repas au mess, avec leurs soldats, depuis l'installation des Impériaux, la salle n'avait jamais servi.

C'était une pièce plus longue que large, percée de trois fenêtres aux volets actuellement fermés, aux murs recouverts d'un lambris de chêne foncé, avec un parquet en pin. La seule décoration était un étendard de l'Alliance accroché à un mur. Le mobilier consistait en une dizaine de tables en pin rouge, que l'on pouvait accoler ou séparer, selon les besoins, de chaises confortables, d'une desserte et d'un grand buffet en vieil acajou plaqué contre un mur.

Vanina avait décoré l'une des tables avec une jolie nappe à fleurs, puis elle avait mis le couvert, avec de la vaisselle en faïence et des verres à vin en cristal, au lieu des habituels gamelles et gobelets en étain. Et pour satisfaire l'estomac de ses invités tout autant que leur palais, elle avait fait préparer une salade mélangée composée d'épinards frais, de gésiers fumés, d'œufs durs, d'oignons sauvages, de cerneaux de noix, de lamelles de fromage, et de myrtilles fraîchement cueillies dans les bois, ; un plat plaisant, équilibré, facile à digérer. Pour l'accompagner, une boule de pain sortie croustillante du four et une bouteille de vin rouge, une seule, laissée à décanter ; un cépage léger, fruité, agréable en bouche. Il s'agissait d'assouplir les esprits, pas de les alourdir.

— Je me suis donné du mal pour tout organiser en urgence, après ma corvée, déclara Vanina. C'est pas vraiment mon domaine, j'espère que ça vous plaira.

Le visage de Callista s'éclaira de surprise :

— Vani, tu t'es vraiment donné du mal, kissi, c'est une très jolie table et le contenu de ces assiettes m'a l'air succulent !

— Tu me connais, Callie, mon truc, c'est plus les lames et les katas que la cuisine, répondit Vanina, avant de se tourner vers l'Adhan. J'avoue, Pacha, je me suis fait aider par les copines.

— Le résultat est parfait, Vanina, on se croirait au restaurant, la rassura Cellendhyll.

Vanina servit trois verres et ils trinquèrent.

Contrairement à son habitude, l'espiègle Hirondelle semblait un peu tendue. Pourtant, fidèle à sa nature, elle lâcha d'un bloc :

— Mes deux officiers chéris, écoutez-moi bien, tous les deux, parce que j'ai pas l'habitude de ce genre de démarche. Donc, je me lance : je vous ai réunis ce soir… Couilles de loup et bite de rat, voilà, j'ai déjà oublié ce putain de discours ! Bon, Callie, tu soupires toutes les nuits, ne me dis pas le contraire… Pourquoi ? Parce que tu as le Pacha plein la tête et tu ne sais pas quoi faire de cette attirance. Parce que c'est le commandant, parce qu'il y a moi, parce qu'il y a la guerre, alors tu n'oses pas… et ça te bouffe un peu plus chaque jour… Et vous, Pacha, vous savez que Callie est mon amoureuse et vous respectez notre couple, alors vous n'osez pas non plus… Du coup, il ne se passe rien, tout le monde est tendu, malheureux, les Têtes à Clous nous menacent, et moi, j'en ai marre ! Demain, il y a le duel, qui sait comment vont tourner les choses, on sera peut-être tous morts ! Tout ça pour dire que c'est du gâchis, cette situation entre vous deux et on va régler le problème à ma manière. Franchement. Tous les trois. Et toute la nuit, s'il le faut ! Ce qui veut dire que, ce soir, les grades ne comptent pas, il n'y a que Callista, Vanina et vous… enfin toi, Cellendhyll.

L'homme aux cheveux d'argent ne voyait pas trop où la rousse voulait en venir. Callista, en revanche, semblait avoir compris ce que sa compagne avait en tête et la fixait intensément.

Après un échange muet auquel l'Ange ne comprit rien, Callista lâcha dans un souffle incrédule :

— Tu parles sérieusement, Vani ?

— Bien sûr ! C'est *ton* tour, ce soir. Pour une fois ! Tu le mérites tellement, kissi.

— De quoi parlez-vous, au juste ? demanda Cellendhyll.

Vanina lui adressa un sourire *particulièrement* espiègle :

— Dites, Cellendhyll, ça vous dirait de passer la nuit avec Callie et moi ?

— Pardon ???

L'Ange était totalement médusé. Il avait été formé par les meilleurs pour s'adapter à n'importe quelle situation, quel que soit le danger, quel que soit l'adversaire… or, il s'agissait là d'une tout autre aventure.

Une aventure intime, folle, totalement imprévue, mais qui ne le laissait pas insensible. Bien au contraire.

S'il y a bien un soir où perdre la tête, où tu peux t'abandonner sans réfléchir, c'est bien celui-là ! Une telle occasion est miraculeuse, elle ne se reproduira pas de sitôt et tu voudrais laisser passer cette chance ? Demain, tu affrontes Rakùl-Bahìr en duel et, même si tu es sûr de toi, rien n'est joué !

Les deux jeunes femmes lui offraient un cadeau hors du temps, hors de la guerre, hors de toute logique, l'occasion rare de se détendre, de s'abandonner sans crainte d'être trahi, lui qui avait tant de mal à le faire.

Ne l'avait-il pas mérité, au fond ? N'avait-il pas le vif désir de balayer cette dernière nuit avec Estrée, cette nuit qui lui avait laissé un petit goût de cendres, de remplacer ce souvenir par un autre, une aventure plus joyeuse, plus chaleureuse et complice ? Il ne s'agissait pas d'engager son cœur meurtri, juste de donner du plaisir et d'en recevoir. Cela, l'espace d'une nuit.

Cette nuit.

Cellendhyll avait l'impression de se tenir au bord d'un gouffre. Callista et Vanina avaient peut-être l'expérience de ce genre de « festivité », mais pas lui. Serait-il à la hauteur de ces deux femmes, magnifiques, chacune à sa manière. Il n'avait qu'un moyen de le savoir.

Laisse-toi aller, écoute tes sens, et tout ira bien.

Il prit une grande inspiration et répondit :

— Je... euh... oui... j'aimerais beaucoup, mes dames... j'en serais ravi.

Vanina poussa un petit rire de soulagement :

— Ouf, ça tombe bien, je ne me voyais pas vous droguer et vous violer ! gloussa-t-elle.

— Elle plaisante, rassurez-vous, intervint aussitôt Callista, sourcils froncés. Tu plaisantes, hein, Vani ?

— Ben oui, hein ! Le but, c'est qu'on soit bien conscients de ce qu'on va faire, ma chérie, pour vraiment en profiter. Allez, on passe à table ! Vous inquiétez pas, j'ai vu avec les copines, sauf si les empalés du crâne attaquent, on ne sera pas dérangés !

Le repas fut vite expédié, tous trois pressés de passer à la suite. Ils se régalèrent, ils discutèrent à bâtons rompus, en évitant tout ce qui se rapportait à la guerre. Callista avait collé sa jambe contre celle de l'Adhan qu'elle ne quittait pas des yeux. Elle avait également posé sa main dans celle de Vanina, leurs doigts entrelacés.

La tension montait, montait.

Callista était assise au milieu. Elle repoussa son assiette, se pencha sur Vanina et les deux jeunes femmes s'embrassèrent à pleine bouche. Puis, Callista se retourna vers Cellendhyll, le prit par le cou pour l'attirer vers elle et lui offrit le même baiser passionné, sa langue avide de partir à la rencontre de la sienne et l'Ange faillit gémir de plaisir tellement il avait attendu ce moment, sans vraiment y croire, soudain enivré de sensations. Callista se recula, ses prunelles scintillant de désir, et ce fut Vanina qui vint embrasser l'Ange, tout aussi crûment, avec le même abandon. C'était différent, tout aussi bon, encore plus excitant.

Cellendhyll se retrouva à remonter le couloir, Callista sous un bras, Vanina sous l'autre, embrassant tour à tour ses deux compagnes.

Riant, gloussant, ils rejoignirent les quartiers des Hirondelles, foncèrent dans la chambre. Une dizaine de chandelles allumées, Callista et Vanina jetèrent Cellendhyll sur le grand lit. La blonde en profita pour murmurer à l'Ange que Vani et elle prenaient les herbes de contraception ; comme il était d'usage lorsqu'on combattait un peuple de violeurs.

Cela se fit tout simplement. Aucun artifice, de pose aguicheuse, aucun dessous affriolant, d'encens aphrodisiaque, aucun voile… Callista Swift et Vanina Cole n'en avaient nul besoin. Elles étaient des guerrières, elles allèrent à l'essentiel. Mettre Cellendhyll à l'aise, pour commencer.

L'Ange fut déshabillé en quelques secondes. Caressé par quatre mains, embrassé sur tout le corps par deux bouches conquérantes, il ne tarda pas à se retrouver plongé dans un kaléidoscope de sensations exquises, sa verge fièrement pointée vers le ciel.

Deux femmes. En même temps. Et quelles femmes ! Cellendhyll se sentait subjugué par leurs sensualités respectives. Tellement belles, tellement désirables, qu'il en avait la gorge serrée.

Lui aussi, il se mit à donner du plaisir, c'était même sa priorité. Tout autant Vanina que Callista, dénudées à leur tour, se courbèrent sous ses baisers, se cambrèrent pour s'offrir à ses grandes mains. Il s'enivra tant et plus des saveurs épicées de leur féminité, sa bouche habile, sa langue agile, toutes deux récompensées de soupirs, de gémissements, de contractions lascives. Callista jouit une première fois, dans un cri libérateur, bientôt suivie par Vanina, avec une enfilade de gémissements rauques.

Ce n'était là que l'échauffement. Le ballet du plaisir partagé démarrait à peine et ne fit que s'accentuer à mesure que leur excitation grandissait. Le temps cessa de compter, la guerre ne signifiait plus rien. Il n'y avait plus qu'eux trois, emportés par le tourbillon intime. Un kaléidoscope complice riche en possibilités, sans cesse renouvelé, et dont les trois amants tentaient d'explorer toutes les facettes, adoptant chacune des permutations qui leur venaient à l'esprit. Celles-ci paraissaient sans fin et Cellendhyll eût été bien en peine de décrire cet embrasement délectable par le détail.

L'air embaumait le sexe, ce qui les excitait d'autant. Callista attirait Cellendhyll d'une façon particulière, mais il devait avouer que Vanina l'enflammait presque autant, et que, d'ailleurs, l'espiègle rousse savait très bien comment faire monter la tension chez un homme.

Contenir son désir face à de telles partenaires était un pari impossible. Trop d'excitation, trop de sensations, l'Ange n'était qu'un homme, après tout.

Alors que Callista le chevauchait, allant et venant sur son membre, Cellendhyll finit par succomber à cette extase pure et colorée qui prenait tout son corps. Il se tendit, tenta de résister quelques secondes encore, mais fut vaincu. Encouragé par ses amantes complices, il jouit à longs traits brûlants au fond de l'écrin soyeux de Callista, provoquant chez elle un raz de marée similaire et la guerrière s'écrasa contre lui, jouissant à son tour.

En quelques minutes, la blonde et la rousse réveillèrent la virilité de l'Adhan, usant de leurs bouches complices et gourmandes, tout autant que de leurs doigts aventureux. Les deux guerrières n'en avaient pas fini avec lui et le tourbillon ensorcelé reprit de plus belle.

Cellendhyll et Callista se liguèrent alors contre Vanina, l'acculant à son tour dans un orgasme ravageur.

La nuit s'écoula, bienveillante envers les amants. Cellendhyll avait cessé de compter après son troisième orgasme, son désir constamment réveillé par les deux guerrières.

À travers le lien qui les unissait, il se créait une magie particulière, saine, positive, élémentaire. Une magie qui symbolisait la vie et l'espoir, le désir et la tendresse et non la peur, la tristesse et la mort.

C'était brut. C'était franc. C'était vraiment bon.

— Oui, oui, oui ! Comme ça, encore, encore, encore… Ouiii !!

Ses fossettes délicatement creusées, Callista s'abandonnait, se livrait totalement, si belle lorsqu'elle jouissait. Elle démontrait une fièvre, une passion, qu'elle n'avait jamais laissé deviner en tant qu'officière. Vanina, tout aussi enthousiaste, gardait cependant un certain contrôle. Elle avait initié cette soirée spéciale et voulait que Callie prenne le plus de plaisir possible dans les bras du Hors-Destin, son cadeau précieux à son amoureuse.

Tous trois au bord de l'épuisement, partageant la même sueur, les mêmes traces de stupre, totalement repus, Cellendhyll et ses amantes s'allongèrent, leurs membres entrelacés, comblés par cette aventure.

Callista était placée au milieu du lit. Après un dernier baiser à Cellendhyll et à Vanina, elle lâcha dans un soupir ensommeillé :

— C'était parfait, merci à vous deux…

— Trop bien, faudra qu'on remette ça, Pacha ! renchérit Vanina dans un gloussement, à la gauche de la blonde.

Avant même que l'Ange ne puisse leur répondre, les jeunes femmes s'étaient endormies.

Saoulé d'endorphines, il sombra à son tour, un sourire totalement épanoui étirant ses lèvres.

Non seulement il n'avait pas songé aux Smaughs et à leur reine de toute cette merveilleuse soirée, mais ce qu'il venait de vivre de sexualité heureuse, intense, complice, était l'antidote parfait pour purifier sa mémoire de cette dernière, et de cette amère rencontre avec Estrée d'Eodh.

Chapitre 93

Tandis que le Hors-Destin repoussait les limites du plaisir en compagnie de Callista Swift et Vanina Cole, toute idée de duel provisoirement oubliée, Rakùl-Bahìr, au contraire, ne songeait qu'à ça.

Cloîtré à l'intérieur de sa roulotte aux parois lambrissées, avec les deux autres maîtres-sorciers : Kublaï-Our le jeune, et Göruk-Mongh le vieux. Rakùl-Bahìr était torse nu, assis en tailleur sur un tatami, face à ses complices. Il avait les yeux mi-clos, révisant la procédure de ce qu'il avait imaginé.

Le maître-sorcier tenait un petit miroir dans le creux de sa main. Un coffret noir en bois laqué était ouvert à ses pieds, au cœur duquel reposaient trois longs clous de métal aux reflets rougeâtres, imprégnés du mana de ses pairs.

Rakùl-Bahìr avait décidé de passer le cap des quarante clous et d'atteindre le Sixième Cercle, une étape indispensable à son plan pour vaincre l'Adhan maudit.

Un fait de cette envergure devait absolument rester secret, aucun guerrier ne devait l'apprendre et surtout pas Turgut-Ott. Selon les lois de la société smaugh, seule la reine, l'autorité suprême, accordait ce genre de transcendance. Agir sans son autorisation, s'octroyer un tel surcroît de pouvoir pourrait être considéré comme un sacrilège, un crime de lèse-majesté.

En conséquence, Rakùl-Bahìr allait devoir se cacher sous un capuchon, jusqu'au duel, même s'il ne pensait pas vraiment qu'un guerrier soit en mesure de vérifier le nombre précis de clous figurant sur son crâne. Pourtant, même à trois clous près, le maître-sorcier refusait de prendre le risque, sachant qu'une fois l'Adhan vaincu, il aurait acquis tellement de prestige que la question n'aurait plus d'importance.

Pour opérer le passage au Sixième Cercle, le Nagù n'avait aucun besoin d'Øz la Sublime. Juste de volonté, de précision et de quelques clous imprégnés de mana.

Le principe était simple. Chargés en magie, les clous devaient traverser sa calotte crânienne par le dessus, bien verticaux, et se planter sur trois points précis le long des nerfs crâniens, afin d'intégrer le schéma de puissance déjà existant de son cortex ; une triangulation de pouvoir, un clou à l'avant, à l'orée du front, les deux autres sur chaque côté de la couche corticale. Une telle opération ne devait rien au hasard et Rakùl-Bahìr avait soigneusement déterminé où seraient plantées les tiges de métal, marquant les emplacements sur sa chair à l'aide d'un pinceau très fin nourri d'encre noire.

Redressant son miroir, le sorcier vérifia une dernière fois l'emplacement des marques qu'il venait d'apposer. La moindre erreur serait pour le moins tragique, mais le Nagù ne ressentait aucune inquiétude. Ses comparses et lui-même maîtrisaient le sujet depuis longtemps.

Rakùl-Bahìr aurait voulu plus de clous, atteindre la cinquantaine, la dépasser. Plus de clous, pour plus de pouvoir encore. Néanmoins, son esprit ne l'aurait pas supporté, pas autant en une seule fois. Plus tard, oui. Progressivement. En attendant, ces trois clous seraient suffisants pour augmenter son réservoir de mana, accroître la puissance de ses sorts, ce qui n'était pas négligeable. Et, surtout, une fois l'opération conclue, Rakùl-Bahìr se révélerait capable d'en appeler au sortilège d'*Osmose*.

Ce qui allait tout changer, face à l'Adhan.

— Commençons, décida-t-il.

Une fois les trois sorciers reliés à leurs Nexus, Kublaï-Our se pencha en avant pour s'emparer du premier des trois clous. Il avait la main la plus sûre et il allait opérer, guidé par l'œil vigilant et expérimenté de Göruk-Mongh, et surveillé par le Nagù, grâce à son petit miroir.

Rakùl-Bahìr ne craignait aucune traîtrise de ces deux-là, son emprise sur eux se révélait totale, les maîtres-sorciers prêts à le suivre où qu'il choisisse d'aller. Toutefois, au cas où il se méprendrait à leur sujet, le Nagù avait donné ses instructions. S'il sortait de l'opération amoindri de quelque façon, Göruk-Mongh et Kublaï-Our ne quitteraient pas la roulotte en vie.

Rakùl-Bahìr ferma les yeux et se laissa aller, son esprit s'envolant vers ses rêves de puissance, chaque jour plus ambitieux.

Demain, Cellendhyll. Demain !

Chapitre 94

Une nouvelle journée commençait, sous un ciel chargé de nuages aux différents gris, que le vent, bien trop timide, peinait à chasser.

Planté sur sa terrasse, à peine séché de sa douche, une tasse de café fumante à la main, Cellendhyll regardait le soleil se lever sur les Grandes Plaines.

Il s'était réveillé le premier. D'un œil attendri, il avait contemplé Callista et Vanina, toutes deux enlacées dans leur lit, avant de quitter leur suite.

Lui-même avait peu dormi, pourtant, il se sentait merveilleusement bien, rempli d'énergie. Et pour une fois, il n'éprouvait aucun questionnement gênant, aucune remise en question malsaine. Au contraire, tout était clair. Certes, il n'allait pas vivre une grande histoire d'amour avec Callista Swift… et alors ? Cellendhyll avait vécu quelque chose de vraiment précieux avec Callista *et* Vanina, et pas uniquement sexuellement, la confirmation d'une profonde amitié en train de naître avec les deux Hirondelles. Le Hors-Destin n'avait pas besoin de plus pour se sentir non seulement privilégié, mais en accord avec lui-même.

D'ailleurs, la guerre reprenait ses droits. Les Smaughs étaient toujours là, campés de l'autre côté du fleuve, prêts à massacrer, à détruire.

L'Ange le pressentait, cette journée, ou plutôt cette soirée, allait se révéler capitale, pour lui, pour les membres de son armée, pour l'ensemble du Plan Primaire.

La veille, au lieu de finaliser son plan d'action, il avait tout oublié dans les bras ensorcelants de Callista Swift et Vanina Cole, il était temps de s'y remettre.

Tout en dégustant son café, Cellendhyll étudia le camp de la Horde, resta un temps concentré sur les berges du fleuve et son regard évaluateur dériva sur l'édifice de pierre surplombant le Vacqueyras, qu'il se mit à fixer.

Le pont. Tout dépendait du pont. Pensif, Cellendhyll se retourna vers le fort, ses troupes massées à l'intérieur, et les hautes falaises bloquant tout passage vers l'ouest, en arrière-plan. Son regard de jade acéré erra un moment sur le bois planté à la droite de la place forte, se braqua à nouveau sur les berges, pour finalement revenir sur la colonie des envahisseurs.

Et ce fut peut-être parce que Cellendhyll s'était vidé l'esprit que l'idée lui vint, d'elle-même, celle qui allait tout changer.

Un déclic résonna en lui, affirmé.

L'Adhan fit le tour de son idée, en explora toutes les facettes, avant de hocher vigoureusement la tête, un sourire carnassier étirant ses traits rudes.

J'ai hâte de te retrouver, Rakùl-Bahìr... Mortonnerre, on va voir qui va piéger l'autre !

Lorsque l'Adhan retrouva Callista Swift et Vanina Cole, un peu plus tard, au petit-déjeuner, toutes deux étaient d'excellente humeur. Et si elles ne laissèrent rien filtrer de leur aventure d'une nuit, d'une discrétion parfaite, ces petits regards malicieux qu'elles lui réservèrent lui confirmèrent que les guerrières avaient savouré leur aventure tout autant que lui. Callista, notamment, semblait libérée de cette chape de tension qui pesait sur ses épaules ces derniers jours.

À peine attablé avec elles, Cellendhyll leur confia son plan.

Le cri d'enthousiasme que poussa Vanina résonna à travers tout le mess. Plus mesurée, Callista hocha vigoureusement la tête.

Fidèles à leur promesse, les Smaughs avaient suspendu les hostilités. Leur seule activité apparente fut d'envoyer une cohorte d'esclaves dégager un cercle de terre battue de vingt mètres de diamètre, à mi-chemin entre le pont et la colonie. Une fois l'arène du duel formée, ils bâtirent en retrait une sorte d'épais tertre en terre, deux mètres de haut pour un mètre soixante-dix de large, au sommet duquel ils fichèrent une grande croix de bois laqué, rouge et noire, de sinistre augure. Leur mission effectuée, ils rentrèrent sagement dans la colonie.

Même si aucun combat n'était programmé pour la journée, une heure après le repas du matin, le fort Vacqueyras se mit à grouiller d'activité, l'idée audacieuse de l'Ange validée par ses conseillers.

Cellendhyll avait décidé d'évacuer la garnison, cette dernière étant passée du stade de raccourci vers Ambre à celui de cul-de-sac. Pourquoi s'y terrer, désormais ? Même si les Smaughs prenaient le fort, ils se retrouveraient bloqués dans leur progression. Or, il n'était pas question pour Cellendhyll de sacrifier ses propres troupes et de leur faire subir un siège qui les condamnerait tous.

En conséquence, il avait décrété que les non-combattants de l'Empire, les prêtres et les blessés prendraient la direction du sud, en longeant le Vacqueyras. En restant prudents, ils auraient de bonnes chances de se tirer d'affaire, libres, selon les circonstances, d'aller trouver refuge dans la cité-franche de Claire-Aube, à l'image des réfugiés de Coruscante, ou bien encore de rejoindre la région des Forts, en territoire impérial. Ils pourraient toujours être rejoints au galop, en cas de victoire face aux Smaughs et, si ça tournait mal pour Cellendhyll et son armée, eux, au moins, s'en tireraient.

Pour autant, l'objectif du Hors-Destin restait inaltérable : vaincre les Smaughs. Et pour obtenir la victoire sur les envahisseurs, Cellendhyll n'allait pas faire l'erreur de tout miser sur un duel, fût-il face à Rakùl-Bahìr. Même s'il surclassait le Nagù, cela ne suffirait pas pour faire renoncer les Têtes de Clous, qui ne respectaient aucune règle.

En conséquence, puisqu'il abandonnait le fort, l'Ange avait prévu d'en profiter pour jouer son va-tout, engageant toutes ses forces valides dans une stratégie de contre-attaque.

Les Smaughs attaqueraient, dès la fin du duel, d'autant plus s'il était vainqueur, cela ne faisait aucun doute. Eh bien, après avoir soigneusement vu et revu son plan d'action avec Callista et Cromlach, tout aussi revanchards que lui, Cellendhyll allait offrir aux Têtes de Clous une riposte appropriée... un assaut structuré, asymétrique, brutal.

Il en avait assez de subir, il était temps de renverser la situation, Mortonnerre !

L'évacuation devait se faire en secret, sinon, elle ne servirait à rien d'autre que de causer de nouveaux massacres. Il fallait donc quitter le fort sans donner l'alerte. Cette condition n'était rendue possible que grâce à deux points précis, et le Hors-Destin ne pouvait que reconnaître que dame Chance avait une nouvelle fois frappé à sa porte.

Premier point, la poterne.

Camouflée dans l'angle du rempart sud-ouest, cette issue dérobée avait été découverte lors d'une patrouille d'Hirondelles à l'intérieur du fort. La poterne ouvrait sur un passage dans la roche, creusé le long de la falaise et qui débouchait dans le petit bois, au sud de la rive, non loin du camp de l'Empire. Le passage était assez large pour les hommes et les montures, les plus petits brancards de soin sur roues, en revanche, il était trop étroit pour les chariots.

Cette issue permettrait aux Impériaux de quitter la place forte sans être repérés par les sentinelles smaughs postées sur la rive opposée. Les Impériaux avaient laissé suffisamment de chariots dans leur camp de base, pour transporter blessés et provisions. Il suffirait de harnacher ces véhicules avec les bêtes laissées dans le bois, et le tour était joué.

Cependant, cette étape accomplie, encore fallait-il franchir le fleuve, or, le seul pont débouchait pile face à l'ennemi.

On en arrivait au second point, capital, incontournable, toute la stratégie de Cellendhyll reposait sur cette opportunité, miraculeuse. Ou plutôt sur cet homme. *Reydorn*.

À force de se creuser la tête, l'Ange avait fini par se rappeler que, lors de son évasion de la citadelle des Smaughs, le Mage Vert avait invoqué un pont à partir d'un gland de chêne infusé en mana. C'est là que le déclic s'était produit : Reydorn allait leur faire pousser un pont au-dessus du Vacqueyras.

En attendant l'heure de son duel, Cellendhyll laissa Callista gérer la logistique, un défi en soi. Après avoir fait un tour avec Reydorn pour choisir un site approprié, il se retira dans ses quartiers. Il avait besoin de calme pour se préparer.

Rakùl-Bahìr était capable de toutes les bassesses, il ne lui servirait à rien de chercher à deviner ses manigances. L'Adhan préféra donc faire le point sur ses propres atouts, dont sa Belle de Mort faisait partie intégrante.

Il tenta une fois encore d'entrer en transe et d'en appeler à l'énergie nouvelle, la suppliant de venir à lui. En vain. Pas le moindre déclic.

Chapitre 95

Le soleil avait plongé derrière les montagnes dans un dégradé rouge orangé surmonté d'un épais ruban bleu, de plus en plus sombre.

La phase d'évacuation était lancée. Reydorn se tenait sur la berge, à l'endroit choisi avec Cellendhyll, juste après le petit bois, au sud, là où le fleuve se rétrécissait sur une largeur d'une centaine de mètres. L'endroit était hors de vue de la colonie, distante de trois kilomètres, et la berge opposée se révélait assez basse pour y prendre pied sans être repérée d'une patrouille de char, d'autant plus entre chien et loup.

D'une bourse en peau, Reydorn sortit les deux glands offerts par Aïlaëen. Puisant dans son mana, il invoqua la magie du Vent et fit léviter les glands jusqu'au milieu du fleuve. Puis, il prononça un mot de pouvoir décomposé en trois syllabes, et les graines se transformèrent jusqu'à former deux chênes majestueux, ancrés sur chaque berge, perpendiculaires au Vacqueyras. Reydorn modela les végétaux à sa volonté, jusqu'à former une arche de bois et de feuillage aux solides rambardes, assez large pour le passage des chariots.

L'heure du duel était proche. Une dizaine d'esclaves sortit de la colonie, le temps d'allumer la série de torches plantées tout autour de l'arène.

Les deux armées pouvaient assister à la confrontation, séparées par la même distance. Bien sûr, elles n'auraient le droit d'intervenir sous aucun prétexte. Du moins, en théorie.

Impatients du spectacle à venir, les Smaughs s'étaient alignés sur la largeur de leur camp, s'étalant en désordre face au Vacqueyras. Ils s'écartèrent pour laisser apparaître leur champion d'un soir, Rakùl-Bahìr, enveloppé de son prestige, dressé sur un char. Acclamé par les vivats de ses congénères, il répondait par de grands hochements de tête, un large sourire étirant ses traits maigres.

Le Nagù était vêtu d'une tunique de cuir magenta, sans manches, grande ouverte sur son torse aux muscles plats, d'un pantalon noir, moulant, et de bottes à pointes recourbées, à surpiqûres violettes. Il ne portait aucune arme, ni visible, ni cachée. Il n'en avait nul besoin. Plus maintenant. Tout comme il n'avait plus besoin de cacher les quarante clous fièrement plantés sur son crâne.

Arrivé sur site, Rakùl-Bahìr sauta du char, qu'il congédia et marcha tranquillement jusqu'au centre du cercle de feu. Il se planta face à la Horde, leva les bras vers le ciel et les acclamations redoublèrent.

Campé sur son propre char, à la gauche de ses guerriers, équipé pour la guerre, Turgut-Ott fixait Rakùl-Bahìr en train de se gorger d'acclamations, grimaçant d'une rage à peine contenue.

Si le duel contre l'Adhan faisait partie intégrante de leur plan commun, le tissu de rumeurs, désormais incontrôlable, qui présentait le Nagù comme le seul recours possible pour pallier l'absence de la reine, en revanche, n'était pas prévu du tout. Et même si Turgut-Ott n'avait aucune preuve pour incriminer le rusé Rakùl-Bahìr, il n'en était pas moins vrai qu'une telle manœuvre était un véritable coup de poignard asséné à leur alliance.

Le seigneur de guerre n'allait pas laisser passer un tel affront. Il avait d'ores et déjà décidé sa riposte, nettement moins politique.

Il se contraignit au calme. Il ne devait pas oublier l'essentiel : le succès de l'entreprise d'Oghul-Tak avait été rapporté par les guetteurs postés le long du fleuve. La meilleure des nouvelles. Les sang-chaud étaient loin de se douter de la surprise qui les attendait.

Turgut-Ott le sentait dans ses os, ce soir, des litres de sang allaient couler. La fièvre le prenait, de plus en plus affirmée, et il n'avait aucune intention de la refréner.

Il était temps pour lui d'apporter sa propre part d'écarlate au Faharaak'Shar, Smaugh !

Cellendhyll attendait cette confrontation avec Rakùl-Bahìr depuis des années. Il était aussi prêt qu'il pouvait l'être.

Callista et les Hirondelles, les prêtres et les blessés, Gheritarish, les Preux ainsi qu'un bataillon de légionnaires, avaient déjà rejoint le pont sylvestre, s'esquivant par la poterne. Il les avait salués du geste, avec intensité. Tous savaient ce qu'ils avaient à faire, les mots étaient superflus.

L'Adhan caressa l'encolure de Farod et bondit en selle, avant de mettre des jambes pour quitter le fort au petit galop.

Cromlach et ses fantassins, les derniers soldats sur place, le saluèrent de leurs encouragements. L'adjudant et ses légionnaires s'ébranlaient dans son sillage. Comme convenu, ils allaient suivre le mouvement et prendre position sur le pont.

Cellendhyll engagea Farod sur l'édifice. Son regard ne quittait plus la silhouette de son ennemi juré, fièrement campé au milieu du cercle de duel allumé de torches.

Le Hors-Destin avait laissé de côté le plan d'attaque et ses différentes étapes, Gher, Callista, Reydorn et tous les autres, et tout ce qui risquait de leur arriver. Il n'y avait que la silhouette détestable du Nagù. Plus rien d'autre ne comptait.

Constatant l'arrivée de sa Némésis, Rakùl-Bahìr releva la tête en direction d'Yrénas et de Felleyran, les jumelles en partie masquées par une cohorte de nuages, et prit une grande inspiration. Le triomphe était à sa portée !

Son visage blafard, ombré de ce réseau de taches noires propres aux sorciers smaughs, s'éclairait de satisfaction. Orné de khôl, son regard mauve aux pupilles fendues se fixa sur le manteau miroitant du fleuve, le pont éclairé de torches et le fort en arrière-plan.

Le Nagù avait bien du mal à contenir son excitation.

L'Osmose était accomplie. Le lien éthéré fonctionnait parfaitement. Rakùl-Bahìr avait l'impression que son crâne avait doublé de volume et c'était une merveilleuse sensation.

Il se retint de jeter un regard sur le tertre de terre surmonté de cette grande croix laquée de noir et de rouge, derrière lui. L'Adhan maudit approchait, pas question de lui donner un indice de ce qui l'attendait.

C'était *son* moment et rien, ni personne, ne pourrait le gâcher.

Ils vont voir, tous !

Rakùl-Bahìr contracta ses muscles et fut parcouru d'un frisson de plaisir qui remonta le long de sa colonne vertébrale. Incapable de se refréner plus longtemps, il lâcha un rire rauque, laissant poindre sa langue bifide. Il allait briser l'Adhan, membre par membre, le faire souffrir, encore et encore, l'humilier, tant et plus !

Oui, le moment était venu de purifier ce relent d'échec qui infectait les recoins de sa conscience, cette blessure à son orgueil infligée par l'Adhan maudit, tenaillé qu'il était, jour après jour, par ce besoin lancinant, plaie suppurante, de se prouver à lui-même que sa défaite face au sang-chaud n'était qu'un accident, une erreur du passé.

Cellendhyll avait atteint le cercle de duel. Au lieu d'y pénétrer, il longea l'anneau de torches, le temps d'étudier la grande croix laquée qui surplombait le Nagù, juste à la bordure du périmètre de duel.

— C'est quoi ? demanda-t-il sèchement à son adversaire, désignant l'objet du menton.

— C'est sur cette croix que je vais faire clouer ton corps, Cellendhyll de Cortavar, une fois que je t'aurai brisé les membres ! répliqua Rakùl-Bahìr d'un ton soyeux, renforcé d'un sourire torve.

D'un mouvement d'épaules, le Smaugh se défit de sa tunique, qu'il envoya valser hors du cercle. Il fit jouer ses pectoraux, le regard enfiévré, puis entama des mouvements des bras pour s'échauffer. Il arborait une musculature sèche, nerveuse, peut-être plus dense que dans le souvenir de l'Adhan.

Au lieu de riposter, Cellendhyll prolongea son petit galop de manière à contourner le modeste talus par l'arrière. Aucune mauvaise surprise ne l'y attendait, ce n'était apparemment qu'un amas de terre surmonté de cette sinistre croix. L'Adhan termina son tour jusqu'à revenir en direction du pont, stoppa Farod, accrocha ses rênes lâches autour du pommeau de selle, et se laissa glisser à terre.

Sans quitter le Smaugh des yeux, Cellendhyll se mit torse nu, accrochant son gilet et sa tunique à l'arrière de sa selle, avec son bouclier et son glaive. Il avait gardé sa Belle de Mort dans sa botte. Il n'avait aucune intention de s'en servir, du moins pas tant que son adversaire respecterait les règles du duel. Et comme le sorcier allait tricher…

Il caressa l'encolure de Farod, lui murmura d'aller retrouver ses frères, puis il donna une tape sur sa croupe, laissant l'étalon gris s'éloigner en direction du fleuve.

Cellendhyll fit rouler sa tête autour des épaules, se détendit les bras. Prêt à en découdre, il se rapprocha du cercle, en franchit la ligne, de plus en plus proche de son ennemi juré.

Alors qu'il comblait les derniers mètres, Rakùl-Bahìr se mit à sautiller sur place en ricanant, son regard mauve chargé de cet éclat malsain, et sa langue à deux pointes dardant d'excitation entre ses lèvres, répugnant spectacle.

Les Smaughs amassés devant la colonie éclatèrent d'un hurlement sauvage.

— Fahaarak'Shar ! Fahaarak'Shar ! Fahaarak'Shar !

Montée sur sa jument isabelle, Callista Swift se tenait sur la rive ouest du Vacqueyras, juste à côté du pont sylvestre, une indéniable réussite.

La capitaine maîtrisait son impatience. Elle se sentait frustrée de n'avoir pu échanger un dernier regard complice avec Cellendhyll, néanmoins, au lieu de songer à tout ce qui pourrait mal tourner durant ce duel, elle se concentra sur sa propre mission. La soirée commençait à peine.

Le groupe de cinq cents fantassins venait de traverser le fleuve en bon ordre, sécurisant la berge opposée. Le signal aurait dû être donné aux chariots de suivre le mouvement et d'entamer l'évacuation des civils et des blessés, mais il manquait toujours un équipage à l'appel. Celui de l'archevêque Aymard, resté dans la garnison.

La capitaine ordonna à Ling-Faï de faire traverser la première moitié de son bataillon de cavalières, histoire de ne pas perdre trop de temps. Et comme Aymard n'arrivait toujours pas, elle chargea Vanina Cole et Irumi, les deux premières Hirondelles à sa portée, d'aller voir ce qui se passait dans le fort et de faire presser le mouvement.

Soucieux du fait que dame Ygraine soit restée avec l'archevêque, inquiet, malgré lui, Reydorn décida de les accompagner, sautant en croupe derrière Cole.

Chapitre 96

Cellendhyll s'immobilisa à trois pas de Rakùl-Bahìr.

D'un geste impérieux des bras, le Nagù fit cesser le vacarme de sa meute.

Ils se toisèrent. L'humain et le Tête de Clous. Aucun d'eux n'était du genre à baisser le regard. Haine pour haine, dent pour dent.

Cellendhyll désigna la croix de bois laqué plantée sur le tertre :

— Tu vas me briser ? Me faire écarteler ? Tu te vantes autant que lors de notre première rencontre et je me souviens très bien de la manière avec laquelle tu as fini par déguerpir devant moi, Nagù !

Le sourire du sorcier se renforça et sa langue s'agita entre ses lèvres :

— Une erreur, rien de plus… une erreur que je vais corriger dès à présent. Quoi que tu penses de moi, affirma-t-il, personne n'interviendra dans notre duel, Cellendhyll, et certainement pas ces guerriers. J'ai été très clair avec les miens. Ce sera entre toi et moi. Rien d'autre !

Bla-bla-bla, songea aussitôt le Hors-Destin. Il voulait bien croire que Rakùl-Bahìr ne supporterait pas la moindre intrusion dans leur querelle, question de prestige. Pour autant, cette annonce ne voulait rien dire, le maître-sorcier était capable de toutes les vilénies.

— Je ne suis pas venu discuter, Nagù.

Cellendhyll fit un pas vers son adversaire.

Je vais t'effacer des Plans, pourriture !

Ensuite, tout alla très vite.

Aucun round d'observation.

Comblant l'écart, le guerrier et le sorcier se jetèrent l'un sur l'autre, leurs traits enlaidis du même masque sauvage.

Haine pour haine. Dent pour dent. Querelle pour querelle.

Ces deux hommes, que tout opposait, partageaient au moins une chose. La même impatience, la même soif, le même besoin de châtier, de détruire son ennemi juré. La détestation réciproque qu'ils ressentaient n'en exigeait pas moins.

Cellendhyll s'étira vers l'avant et frappa le premier. Pied-main-coude-genou.

Rakùl-Bahìr para les attaques des avant-bras et des genoux, gloussant de plaisir chaque fois que l'Ange l'effleurait.

Sans désemparer, Cellendhyll renforça son offensive. Pied-pied-main-coude.

Là encore, le Nagù, très à l'aise grâce à sa maîtrise du Gewan-Shiwarr, contra ou détourna les tentatives du Hors-Destin.

Cellendhyll ne s'en émut pas. Il se sentait suffisamment échauffé et il repartit à l'assaut, accélérant ses mouvements d'un cran. Pied-main-pied-main-pied-coude-pied.

Rakùl-Bahìr échappa une fois de plus à toute blessure, mais il ne rigolait plus, concentré sur ses mouvements défensifs.

Cellendhyll afficha un sourire cruel et augmenta sa vitesse de frappe d'un degré supplémentaire.

Pied-pied-main-pied-*feinte*-coude-pied-pied-coude.

Rakùl-Bahìr contra les deux premiers fouettés du pied, détourna les doigts raidis de l'Adhan, bloqua le coup de pied suivant, mais, dépassé par la vivacité des assauts de sa Némésis, il hésita sur la feinte et le coude de Cellendhyll le prit au dépourvu, le percutant dans le creux de l'estomac, puis le sorcier se ramassa les trois frappes suivantes, atteint à la cuisse, au genou et dans l'oreille.

Cellendhyll l'enchaîna d'un violent coup de pied retourné et Rakùl-Bahìr quitta le sol pour retomber à plat dos dans l'herbe, agité d'étranges soubresauts. Au lieu de se retrouver tassé par la souffrance, après un gloussement, le Nagù tournoya sur l'herbe, les jambes soudain écartées, et se redressa d'un sursaut des reins, face à son adversaire.

Rakùl-Bahìr lâcha un ricanement et fit jouer ses muscles, agité d'un brusque frisson qui le fit gémir, ses prunelles totalement dilatées par la puissance des sensations qu'il ressentait. La transe de *Souffrance sublimée* et les clous plantés dans son crâne diffusaient en lui des ondes de plaisir à chacun de ses mouvements. Le flux magique l'inondait, promesse d'absolu.

Comme il savourait cette confrontation nourrie de violence ! Aussi intense, sinon plus, qu'une joute sexuelle. Le Nagù se mit à bander, ce qui provoqua en lui de nouveaux frissons – sans pour autant le déconcentrer, car tel était le pouvoir de la *Souffrance sublimée*.

Oui, Rakùl-Bahìr avait triché, et de belle manière.

Le tertre à la croix érigée se révélait bien différent de ce qu'il semblait. Son intérieur était creux et menait à une salle de chitine souterraine, au milieu de laquelle étaient allongés six corps alignés, drogués jusqu'aux yeux, plongés dans une transe profonde. Trois esclaves et trois skarax.

Autour des six corps, trois sorciers du Quatrième Cercle, chargés de surveiller le processus d'Osmose. Le principe en était le suivant : les blessures que recevait Rakùl-Bahìr étaient transférées à ses cobayes, le maître-sorcier bénéficiant d'une ample réserve de vitalité, d'un surcroît de puissance et d'au moins une particularité physique des skarax. Selon les standards smaughs, de quoi le rendre surpuissant.

Renforcé par la sorcellerie, Rakùl-Bahìr allait massacrer l'Adhan maudit, prouver à tous qu'il était incontournable. Il était le seul à pouvoir mener le Peuple dans le Fahaarak'Shar, le seul à pouvoir remplacer Øz !

Tout en gloussant, il ponctionna l'énergie de ses cobayes sans se refréner et se rua sur Cellendhyll.

L'Ange ne quittait pas son ennemi juré des yeux. Quelle était cette diablerie ¿ Le Nagù n'avait pourtant lancé aucun sortilège. Son cœur second restait en veille, il n'avait détecté aucun sort dirigé contre lui.

Une seconde. Les clous sur le crâne du Smaugh ne semblaient-ils pas animés d'un phénomène vibratoire ¿ L'Adhan percevait une sorte de bourdonnement, lointain, à peine audible, dont il ne parvenait à définir l'origine et qui n'avait rien de bénéfique. Il n'eut pas le temps de creuser la question.

Rakùl-Bahìr feinta à gauche, se fendit vers l'avant, pour détendre son bras droit, main durcie, du haut vers le bas.

Cellendhyll passa sous l'atémi destiné à lui briser la clavicule, détourna de la paume le genou que le Nagù remontait vers son entrecuisse et se redressa, tout en projetant son coude vers le ciel.

Percuté sous la mâchoire, Rakùl-Bahìr claqua des dents, manquant de trancher sa langue serpentine.

Cellendhyll enchaîna d'un coup de genou dans l'estomac, pliant le sorcier en deux. Il pivota autour du Smaugh et le redressa en lui martelant les reins à grands coups de coude. Il pivota encore pour se retrouver face à lui et lui cingla les côtes d'un grand fouetté du pied gauche. Un craquement résonna, délectable aux oreilles de l'Ange. Rakùl-Bahìr se tassa d'un côté, la bouche grande ouverte par un cri silencieux, son regard exorbité, luisant de fièvre. Le Hors-Destin changea d'appui et sa botte droite percuta l'autre flanc du sorcier, avec autant de rage. Une fois, deux fois. D'autres craquements résonnèrent.

Les côtes fracturées, Rakùl-Bahìr n'était plus qu'une poupée qui tressautait sous les impacts.

Puis, Cellendhyll rabattit son pied, cogna le genou du Nagù sur le côté, brisant l'articulation.

Rakùl-Bahìr chercha son équilibre, oscillant sur sa jambe valide, le corps secoué de spasmes. Cellendhyll le frappa en plein vol, d'une frappe dévastatrice du coude, brisant le nez du Nagù sur le côté.

Le sorcier partit en arrière et s'effondra les bras en croix sur le sol, les membres tressautant comme s'il avait été frappé par la foudre.

Il resta trois bonnes secondes à gigoter ainsi sur l'herbe. Après quoi, il ouvrit la bouche et se mit à rire, à rire.

Enfin, au mépris de toute logique, Rakùl-Bahìr se remit sur pied, s'étira, son corps fracturé fut parcouru de ce qui ressemblait à du pur plaisir. Dans une série de claquements sonores, ses cotes se ressoudèrent, son nez se redressa et son genou se remit d'aplomb.

— Aaaah ! Tu frappes fort, l'Adhan, ricana le sorcier. Mais cela ne suffira pas. Pas ce soir… Ce soir, c'est mon soir. Je t'ai assez laissé jouer comme ça… à moi, maintenant !

Rakùl-Bahìr bondit en avant, comblant l'écart avec l'Adhan en une fraction de seconde.

Il s'équilibra en plein vol, la jambe en avant, et percuta Cellendhyll en plein thorax. Balayé par l'impact, l'Adhan culbuta dans l'herbe, trois mètres en arrière et se redressa aussitôt dans l'élan d'une roulade.

Rakùl-Bahìr secoua les bras devant lui, un mouvement sec, inquiétant. Une rangée de griffes apparut à chacun de ses doigts, longue comme l'index.

— Autant pour le duel à mains nues, hein ! s'exclama Cellendhyll.

Libéré de toute contrainte, il porta la senestre à sa dague, mais, dans un nouveau bond, formidable, impossible, le Nagù était déjà sur lui.

— Je suis un Smaugh, j'agis en Smaugh ! cracha Rakùl-Bahìr dans son mouvement.

Et le sorcier frappa à nouveau, aussi vif qu'un cobra-royal, ses griffes en os labourant le torse de l'Adhan d'un aller-retour sanglant.

Sa chair lacérée, Cellendhyll roula sur le côté pour reprendre du large et se redressa, sa Belle en main gauche.

Avant même qu'il ne puisse la transformer, Rakùl-Bahìr revenait à l'assaut, ses griffes fusant vers le visage de l'Adhan.

Surpris par une telle fulgurance, Cellendhyll bondit en arrière, *in extremis*, évitant de peu l'énucléation. Il riposta d'un revers de dague que contra aussitôt le Nagù, interposant ses griffes pour ensuite riposter d'un nouvel aller-retour, qui déclencha chez lui un spasme de plaisir.

Cellendhyll recula, recula encore, mâchoires serrées, harcelé par les lames en os du Nagù tout autant que par ses ricanements.

Positionnés à trois cents mètres des duellistes, les envahisseurs hurlaient leur soutien au maître-sorcier, sautaient sur place, se giflaient les uns les autres, laissant peu à peu la transe féroce les étreindre.

À l'opposé du cercle de torches, plantés aux deux tiers du pont, Cromlach et ses six cents légionnaires assistaient au combat dans un silence quasi religieux.

L'adjudant avait interdit à ses guerriers de se livrer à la moindre manifestation, au moindre cri de soutien.

La concentration avant tout. La Légion impériale avait sa mission, une mission capitale, leur rabâchait Cromlach en allant et venant entre leurs rangs : tenir ce putain de pont !

Car les Têtes de Clous allaient attaquer, en force et en nombre, sans doute dès la fin du duel, quelle que soit son issue.

En son for intérieur, Cromlach continuait à espérer, à croire que le seigneur-lige allait vaincre, ce qui ressemblait de plus en plus à une gageure, le sorcier smaugh apparemment capable de se régénérer.

Le Nain se détourna du duel, le temps de jeter un regard sur le fort, illuminé de l'intérieur. Même si les Impériaux l'avaient évacué, ils avaient pris soin de garder la garnison éclairée de torches et de lampes ; elle devait absolument paraître occupée aux yeux de l'ennemi.

Pour parfaire le stratagème, les fantassins avaient placé des mannequins casqués, armés de lances, sur les remparts, singeant des sentinelles.

Les portes de la garnison étaient restées ouvertes afin que Cromlach et ses hommes puissent se réfugier dans le fort, en cas de déroute ou si les Smaughs déployaient leurs sorciers. Cromlach espérait bien ne pas en arriver là, sinon, ses fantassins et lui allaient se retrouver coupés du reste de l'armée, en bien mauvaise posture.

Chapitre 97

Au même instant, sur la rive ouest, passant d'arbre en arbre, Oghul-Tak grinçait des dents sans s'en rendre compte, tout en serrant le manche de son hachoir à s'en faire craquer les phalanges.

Oghul-Tak et son clan avaient accompli un véritable exploit et, pourtant, le seigneur de guerre avait de plus en plus l'impression de s'être fait rouler par les siens.

Éparpillés derrière lui, ses guerriers avaient infesté le nord de la rive ouest, à trois cents mètres du fort des sang-chaud.

Le sanguinaire colosse n'en pouvait plus d'attendre, une intense frustration qu'il partageait avec ses guerriers. Ce matin même, alors qu'ils en étaient encore à voguer sur le Vacqueyras, il avait perdu une vingtaine de premiers-sangs dans une bataille rangée, provoquée par une simple remarque d'un guerrier à un autre. Lui-même avait abattu trois de ses fidèles pour s'emparer de leurs rations. Il avait trop faim. Puis trois autres parce qu'ils ramaient trop mollement à son goût.

Proposé par Turgut-Ott, le projet, au départ, lui avait paru riche en opportunités. L'idée de prendre les sang-chaud par surprise, et de leur porter un assaut imparable ne pouvait que faire saliver le chef des Tak.

Tout avait démarré le jour où les Smaughs étaient arrivés face au fleuve, au moment où, grâce à leurs chars de guerre, ils avaient pris le contrôle de la plaine, repoussant les Impériaux derrière leur remblai protecteur. Suite à une patrouille, Turgut-Ott avait emmené Oghul-Tak sur la berge, trois kilomètres en amont du pont, loin des regards de l'Empire. Et là, Turgut-Ott avait montré au colosse un renfoncement sur la rive opposée, le long d'une haie de saules pleureurs, au nord du fort Vacqueyras. À cet endroit précis, un trio d'arbres s'était déraciné en travers de la côte, provoquant l'effondrement d'une partie de la rive, ce qui avait créé un large creux au niveau de la berge.

Il était facile de constater que cet endroit représentait un point d'accostage éventuel, fait qui avait manifestement échappé aux sang-chaud. De fait, l'effondrement formé permettrait de monter sur la rive – partout ailleurs, son pourtour était trop haut. En bref, un excellent de moyen de contourner le pont et de s'approcher du fort, sous le couvert des arbres, sans être repéré.

Seulement voilà, encore fallait-il parvenir jusqu'à ce renfoncement. Être capable de traverser le fleuve d'est en ouest. Il fallait une force musculaire, une volonté, une résistance à l'effort incroyable pour prétendre rivaliser avec la puissance liquide du Vacqueyras. Un défi normalement impossible, que les sang-chaud tenaient pour acquis.

Impossible excepté pour Oghul-Tak et ses puissants premiers-sangs, avait susurré Turgut-Ott, avant de poursuivre son babil enjôleur. Oghul-Tak, le plus fort de tous les Smaughs, le fléau des sang-chaud, celui qui, à lui seul, avait déjoué, fracassé, une charge de Paladins. Dompter le fleuve pour ensuite châtier les Impériaux en les prenant à revers, par surprise, une telle percée apporterait un immense prestige. Un acte héroïque, digne de celui de Rakùl-Bahìr lorsque le sorcier avait lancé son assaut sur la citadelle de Tygarde. Un exploit qui pourrait bien valoir à Oghul-Tak des clous supplémentaires sur son front, la meilleure des récompenses pour un Smaugh.

Les paroles de Turgut-Ott, habilement formulées, la promesse de gloire, de revanche et de tueries, plus de clous sur son crâne, oh que oui, le colossal Oghul-Tak s'était laissé emporter par l'excitation et il avait accepté sans réfléchir plus avant.

Le projet s'était ensuite transformé en véritable expédition. Lourdement chargé, le convoi du seigneur Tak était parti de nuit, afin de ne pas être repérée par les Impériaux, longeant la parallèle du fleuve vers le nord. Après avoir traversé un territoire de collines, un trajet d'une journée et demie, aussi vite que possible, haltes réduites au minimum, les Taks et leurs serviteurs finirent par arriver à destination.

D'après leurs calculs, ils étaient arrivés assez loin. S'ils partaient trop près du fort, les guerriers n'auraient pas le temps de traverser dans la largeur et se feraient emporter par le courant avant d'avoir accosté. S'ils partaient de trop loin, ils perdraient un temps précieux, risquaient d'arriver en retard sur le reste de l'offensive générale prévue avec Turgut-Ott et ne serviraient pas à grand-chose.

Ils avaient choisi un endroit dégagé pour décharger les matériaux, l'équipement et les provisions. Ils avaient assemblé leur embarcation, un radeau de deux cents mètres de long pour vingt de large, en planches de chêne, clouées, renforcées de cordages, assemblées par les mechs et les esclaves, pour certains au prix de leur vie. Tout autour de l'embarcation étaient fixés de grands garde-corps rustiques, solides. Des tonneaux vides en guise de contrepoids, arrimés à chaque coin du radeau, devaient leur assurer de ne pas chavirer. Il n'en fallait pas moins pour transporter l'effectif du seigneur de guerre. Quatre cents hommes en armes, les premiers-sangs, les gaillards les plus costauds, les plus méchants, les meilleurs de son clan.

Sur la gauche du radeau, les garde-corps étaient crantés afin que les rames puissent y prendre appui ; des rames géantes, taillées pour des colosses. Côté droit de l'embarcation, les guerriers n'avaient que quelques perches qui ne serviraient qu'à contrebalancer d'éventuelles pertes de direction.

Au terme d'une demi-journée de travail, le radeau fut mis à l'eau, sa flottaison correcte, chargé d'armes et de provisions. Puis, enfin, Oghul-Tak et ses guerriers se lancèrent dans le fier courant de l'indomptable Vacqueyras, laissant les mechs et les esclaves repartir comme ils étaient venus.

Ramer, ramer, ramer !

Ramer fort, très fort, d'un seul côté. À droite toute, jusqu'à la rive opposée.

Ramer comme si leurs vies en dépendaient, ce qui était le cas.

Ramer, avec, pour les accompagner, l'implacable litanie qui s'écoulait de leurs lèvres au fil de leurs efforts.

Fahaarak'Shar ! Fahaarak'Shar ! Fahaarak'Shar !

Ramer, ramer, ramer !

Dès le départ, Oghul-Tak avait divisé ses premiers-sangs en deux groupes, une moitié à ramer vers la droite, l'autre à se reposer, avec des roulements de quatre heures. Afin de s'alourdir le moins possible, les guerriers avaient pris juste assez de provisions pour tenir le temps du périple, leurs armes, de quoi les affûter, et rien d'autre.

Pour cette mission d'infiltration, les Tak ne portaient donc que leurs armures « légères », d'épais gambisons de cuir noir, les points vitaux renforcés de plaques ou de lamelles d'acier. Seul leur seigneur de guerre s'était arrogé le droit de s'équiper de son armure de plates complète – même s'il l'avait rangée tout le temps qu'il avait passé sur le radeau.

Les heures avaient défilé, mornes, routinières.

Manger, boire, chier.

Ramer. Ramer encore.

Arc-bouté sur le gouvernail, mâchoires serrées, Oghul-Tak n'avait jamais douté de son succès. Un Tak valait au moins trois guerriers. Oghul lui-même en valait trente. Il ne doutait pas de vaincre quiconque s'opposerait à lui. L'Adhan compris. Et même un fleuve !

Les guerriers tak réussirent à traverser la largeur du Vacqueyras le deuxième jour de navigation après des efforts intenses, surhumains, et, depuis, ils avaient pu se contenter de maintenir le radeau le long de la rive ouest et se laisser porter par le courant, de quoi reprendre leurs forces.

Que ce fût par chance ou par un calcul parfait, Oghul-Tak et sa meute avaient non seulement dompté le courant, mais également réussi à tenir le délai imparti.

En dépit de cet incontestable succès, pourtant, plus le temps s'était écoulé, plus Oghul-Tak avait réfléchi, et plus il avait éprouvé le sentiment de s'être fait manipuler, même s'il restait incapable de définir dans quelle mesure.

La meute des Tak avait accosté pile au coucher du soleil, dans la lueur imparfaite qui masquerait l'arrivée des envahisseurs. Pas assez de clarté pour que leur approche soit repérable, bien assez pour qu'ils puissent accoster sur la berge et s'y repérer.

Chapitre 98

À présent qu'il avait mis le pied sur la rive ennemie, sanglé dans son armure de plates runique, son casque à la ceinture, entouré de ses guerriers, Oghul-Tak était plus que prêt.

Prêt à fracasser, à découper. Il en grinçait des dents, les gencives en sang, frustré de combats, de violence, et ses premiers-sangs partageaient la même soif entêtante.

Il huma l'air de la nuit tout en se rapprochant de la garnison des sang-chaud. Depuis son accostage, il avait eu le temps d'étudier le site : il avait le fort en vue, situé sur sa droite, et le pont, sur sa gauche, sur lequel s'amassaient plusieurs centaines de fantassins, en position défensive. La Conquête de Sang avait progressé en son absence. Les sang-chaud tenaient toujours le pont, mais leur remblai n'existait plus, toute défense annihilée sur la rive est, ce qui avait permis au Peuple d'établir la colonie juste en face du pont, à quelque huit cents mètres.

Oghul-Tak fronça soudain les sourcils. Quel était donc cet anneau de lumière, propre à attirer son regard soupçonneux, à égale distance du pont et de la colonie ?

Intrigué, le titan d'acier plissa les yeux pour faire le point sur ce cercle de torches embrasées. Se pourrait-il que…

Il posa son hachoir et fit le point avec la longue-vue que lui tendit un de ses guerriers. Happé par un spectacle propre à le plonger dans une colère folle, il faillit briser l'objet de rage.

Au milieu du cercle de torches, se tenaient ce cloporte de Rakùl-Bahìr et ce démon d'enfoiré d'Adhan ! Impossible de ne pas les reconnaître, l'un face à l'autre, gesticulant comme des acharnés.

Oghul-Tak réprima un grondement. Que s'était-il passé en son absence, Smaugh ? Pourquoi le Nagù affrontait-il l'Adhan maudit ? L'Adhan qu'il s'était lui-même réservé !

Le titan grinça une nouvelle fois des dents, incapable de se contrôler.

Quelle infamie !

Cette fois, Oghul-Tak en avait bel et bien la preuve ! On l'avait manipulé, on l'avait trompé, on lui avait volé sa revanche sur le sang-chaud !

Les sales traîtres. Ils étaient de mèche, ce fut comme une révélation pour le colosse ! Turgut-Ott et Rakùl-Bahìr avaient comploté contre lui, une alliance contre-nature qui lui donnait envie de hurler. Ils l'avaient éloigné, complices d'un pacte quelconque destiné à le spolier de son prestige, lui, Oghul-Tak !

Le colosse se trouvait incapable de définir s'il préférait voir l'Adhan remporter le duel ou le Nagù. Peu importait, au fond. Quel que soit le résultat, Oghul-Tak allait éventrer le vainqueur et chier dans sa bouche, Smaugh !

Il se contraignit au calme, à se concentrer sur son propre objectif, et reprit son avancée. Il ne pouvait rien faire pour stopper ce duel outrageant, mais les sang-chaud, eux, restaient à sa portée. Chaque chose en son temps…

Car si Turgut-Ott n'avait rien annoncé du combat des champions, en revanche, il avait programmé avec Oghul-Tak une grande offensive sur le pont, à la nuit tombée ; après avoir habitué les sang-chaud à n'attaquer que de jour, une tactique propre à les surprendre. C'était justement pour compléter cette offensive générale que les Tak avaient dû respecter le délai imparti.

Une fois les Impériaux focalisés sur l'assaut des guerriers de Turgut-Ott à l'est, Oghul et ses Tak seraient alors libres de les prendre en tenaille, par l'arrière. Les fantassins massacrés, il ne resterait plus qu'à prendre la garnison et à en finir avec les Impériaux.

Cette attaque aurait-elle bien lieu ? La question restait posée. Ce maudit duel n'avait-il pas changé la situation ? Turgut tiendrait-il sa stratégie ? Que décider ?

Refusant de perdre du temps à contempler un tel spectacle, Oghul-Tak se retrouva bientôt à la lisière des bois, les remparts bien en vue. Outre les grappins, il avait fait démonter un garde-corps du radeau qui pourrait servir de bélier en cas de besoin.

Il s'agenouilla derrière le tronc imposant d'un chêne et constata alors un second fait troublant : les portes du fort étaient grandes ouvertes.

Tripes et souffrance, Oghul-Tak ne savait plus quoi penser ! Un piège ? Les Impériaux seraient-ils assez fous pour laisser leur base grande ouverte ? En dépit de sa soif de massacre, le féroce guerrier n'avait aucune envie de tomber dans un traquenard et voir sa victoire se transformer en nuage de fumée. Pour autant, il n'était pas question de rester planqué derrière un arbre, à ne rien faire.

Oghul-Tak reprit sa longue-vue, le temps d'examiner les remparts éclairés de torches. Il y avait bien un cordon de gardes plantés en contre-haut, leurs silhouettes casquées, armurées de mailles, lances et boucliers dressés. Toutefois, à bien les regarder, le Smaugh trouva ces sentinelles bien trop rigides, leurs postures ne variaient pas d'un iota même après plusieurs minutes écoulées. Une immobilité aussi parfaite était impossible. Des mannequins, alors ? Ce genre de ruse n'était pas étranger au seigneur de guerre, même s'il les méprisait.

Oghul-Tak pivota sur ses appuis et scruta les fantassins alignés sur le pont. Il les détailla rang après rang, jusqu'à se concentrer sur les derniers. Là encore, des sentinelles bien trop rigides. Oghul-Tak éventa la ruse en repérant les chevalets singeant des silhouettes de légionnaires. Assez efficace pour donner le change, avec la nuit tombée, aux guerriers du Peuple qui se tenaient sur l'autre rive.

Le colosse estima que la moitié des soldats campés sur le pont se révélait factice. Il n'y avait donc que six cents fantassins pour bloquer le passage. Pour quelle raison ? Se pourrait-il que les sang-chaud aient perdus tellement de soldats qu'ils soient obligés de recourir à un tel stratagème ?

Toutefois, s'ils étaient si peu nombreux, pourquoi laisser leur sanctuaire ainsi ouvert ? Pour s'y retrancher, au cas où ils se feraient submerger ?

Oghul-Tak décida d'envoyer un éclaireur longer les murailles et se rapprocher de l'entrée du fort, le temps de jeter un œil à l'intérieur.

Le guerrier finit par revenir pour répondre que l'enceinte semblait désertée, hormis une quinzaine de sang-chaud, au milieu de la cour, dont une majorité de civils.

Où étaient donc passés les Impériaux ? Quelle était cette manœuvre ?

Tout cela était bien trop compliqué pour Oghul-Tak.

Ses hommes commençaient à remuer derrière lui, ils s'impatientaient.

Je vais devoir attaquer, mais où ?

Le front tordu de veines épaisses comme des saucisses, en plein effort intellectuel, Oghul se plongea en pleine réflexion.

Voyons, déjà, j'attends l'assaut des hommes de Turgut-Ott pour lancer le mien, comme convenu. Par contre, je divise mes guerriers, une attaque double, les fantassins sur le pont et la prise du fort, que je me réserve, c'est le trophée le plus prestigieux, après l'Adhan ! Je vaux facilement trente guerriers. Une centaine de mes premiers-sangs pour m'épauler suffiront. Je fonce à l'intérieur et je massacre tous ceux qui s'y trouvent. Mes trois cents guerriers restants se chargeront du pont... Et si jamais Turgut-Ott m'a menti et qu'il annule son attaque, peu m'importe, ça me fera plus d'hommes pour envahir le fort. Moi aussi, je peux faire des plans, parfait, Smaugh !

Tout réjoui d'avoir élaboré une stratégie aussi imparable qu'élaborée – ce qui en disait long sur les capacités mentales du titan –, Oghul-Tak donna ses ordres aux guerriers, qu'il sépara en deux bandes.

Le seigneur coiffa son heaume, laissant sa visière ouverte. Dans sa main valide, son large tranchoir dentelé, une arme effroyable. À la place de l'autre, un gantelet d'acier sur lequel était fixé un hachoir.

Il n'avait plus qu'à voir si Turgut-Ott lançait son assaut.

Ses dents grincèrent, les unes contre les autres.

Attendre, encore attendre !

Les lunes jumelles peinaient toujours à traverser la couche des nuages et ne délivraient qu'une clarté diffuse. Hormis dans les endroits éclairés, on y voyait juste assez pour combattre.

Suite à l'ordre de Callista Swift, accompagnée de Reydorn, Irumi et Vanina Cole avaient rejoint l'intérieur du fort Vacqueyras en empruntant le passage secret de la poterne. En arrivant sur place, ils comprirent sans peine la cause du retard : leurs mains rougies de sang, l'archevêque Aymard et dame Ygraine étaient plongés dans une opération chirurgicale, en plein milieu de la cour.

Les quatre prêtres de l'Orage chargés de protéger les guérisseurs prenaient leur mal en patience, assis en tailleur, en retrait, à côté de la charrette qui devait servir à transporter leur dernier blessé hors de l'enceinte.

Au moment de partir, le sergent Voss, dont l'état semblait stationnaire, s'était effondré sur son brancard, l'œil vitreux, un flot de sang s'écoulant de ses lèvres. Pressé par le temps, Aymard avait gaspillé une grande partie de son mana pour obliger la blessure à la poitrine de son patient à se résorber, en vain. Il avait dû se résoudre à rouvrir la plaie et il s'était rendu compte qu'il restait trois petits éclats de lame, enfoncés profondément dans la chair de Voss, qui avaient échappé au guérisseur chargé de soigner le sous-officier. Lesdits éclats étaient tout proches du cœur, trop proches, et Voss ne pouvait être transporté dans cet état. Même si le temps pressait, il fallait opérer d'urgence, avant de pouvoir faire appel à la magie. Opérer là, sur la table escamotable d'un chariot de soins, dans cette cour en partie éclairée de torches. Heureusement, Ygraine était présente, la meilleure chirurgienne de l'effectif des guérisseurs.

Aymard avait invoqué une sphère de lumière afin de bien éclairer le champ d'opération. Il étanchait la plaie, tandis qu'Ygraine œuvrait, concentrée, à retirer les fragments.

En dépit du timing à respecter, les Hirondelles n'avaient aucune autorité directe à faire valoir sur l'archevêque, et ni Vanina, ni Irumi, ne se voyaient employer la force face à un homme aussi respectable que l'archevêque, d'autant plus alors que la vie d'un soldat était en jeu.

Prenant son mal en patience, la rousse entreprit d'aiguiser l'une de ses hachettes, adossée contre le puits. De son côté, Irumi décida d'aller voir sur les remparts si le Pacha en avait bientôt terminé. Dans l'esprit de l'archère d'élite, il n'y avait aucune ambiguïté possible, le commandant allait terrasser le sorcier smaugh, point barre !

Irumi grimpa les marches, atteignit le chemin de ronde et se glissa le long d'un mannequin pour accéder au créneau. Comme toujours, la Kelash fit preuve d'une furtivité instinctive, parfaite.

Chapitre 99

Ramassé sur ses appuis, dans un grondement de fauve acculé, Cellendhyll repoussa la souffrance de sa chair lacérée, comme Morion lui avait appris à le faire, des années auparavant.

— Ni ta sorcellerie, ni tes griffes n'y suffiront, pourriture !

Il feinta un départ sur la droite et fondit sur la gauche de Rakùl-Bahìr, entaillant sa cuisse de sa Belle de Mort, avant de remonter sa lame pour lui ouvrir le flanc.

Le Nagù reprit du large, laissant ses plaies se refermer à vue d'œil, ses blessures transférées à ses cobayes. La transe de Souffrance sublimée le récompensa d'une décharge de frissons tout le long de son corps, provoquant une série de gémissements lascifs.

Cellendhyll n'y comprenait rien. Au lieu de la douleur, le Smaugh semblait ressentir du… plaisir ?

Le bourdonnement latent qu'il avait perçu s'était-il renforcé ? À l'entendre vibrer ainsi, l'Adhan estima que le son provenait de l'Éther, et non de la réalité. Pour autant, il s'avérait incapable de définir de quelle manière Rakùl-Bahìr utilisait sa sorcellerie. Et comme il ne s'en servait pas directement contre lui, son cœur second ne pouvait en contrer les effets.

Cellendhyll n'eut pas le temps de creuser la question. Les griffes du Nagù fusaient à nouveau sur lui, droite-gauche, droite-gauche, et il dut interposer sa dague à la hâte, obligé de reculer pas après pas.

Rakùl-Bahìr faisait preuve d'une puissance musculaire hors norme, équivalente à celle d'un Loki. Fort de cette puissance, il perça la défense de l'Adhan à deux reprises, éclatant sa pommette et creusant un sillon écarlate au niveau de son flanc dénudé. Cellendhyll amortit les chocs en serrant les dents et contre-attaqua en se laissant tomber au sol, pirouettant sur ses appuis pour faucher les jambes du Nagù. Aussi vif que lui, le Smaugh sauta en arrière, ses lèvres étirées d'un rire moqueur.

Toujours agité de ces spasmes délicieux, le sorcier combattait et gémissait, son corps parcourut de frissons extatiques.

La vision de Rakùl-Bahìr avait pris une teinte rougeâtre, saturée de pouvoir. Le sorcier brûlait son énergie comme jamais. D'autant plus facilement qu'il puisait dans les réserves de ses cobayes.

Plongé dans la transe de guerre et d'extase, alimenté par toute cette puissance éthérique, le Nagù avait cessé de vérifier l'état des liens immatériels. Il ne se rendit pas compte que deux des trois esclaves avaient succombé, saignés à blanc par les blessures que Cellendhyll lui avait infligées.

D'un nouveau bond surhumain, il combla l'écart, balafra l'épaule de l'Ange de ses griffes, lui asséna un fouetté de pied dans les côtes et l'envoya valser dans l'herbe d'un grand coup d'épaule. Alors, il se tourna vers les guerriers smaughs amassés devant la colonie, leva les bras vers eux et poussa un rugissement d'excitation et de jouissance.

Cellendhyll accueillit sa chute d'une roulade. Il se redressa, ses blessures le tiraillaient et même s'il parvenait à tenir la douleur cloisonnée, elle lui interdisait d'en appeler au Zen. Restait le Hyoshi'Nin et son cri d'Adepte. Mais restait également des milliers de guerriers ennemis plantés à trois cents mètres, un paramètre qu'il ne devait pas oublier.

« *Si je laisse Rakùl-Bahìr me vaincre, c'est que je l'aurai mérité* », avait-il déclaré à Aymard, sûr de lui.

Bien qu'en mauvaise posture, son regard de jade étréci de rage glacée, Cellendhyll allait se battre jusqu'au dernier souffle. Il avait été forgé ainsi.

Toute magie avait ses limites. À force d'acharnement, il allait finir par assécher le mana du sorcier et reprendre le dessus.

Je suis l'Ombre, insaisissable et mortelle.

— Peu importent tes traîtrises, Nagù. Je vais résister à tout ce que tu m'opposeras et quand tu n'auras plus rien, je serai toujours là, à te traquer. Quoi que tu tentes, j'accomplirai mon serment, Nagù. Tu vas payer !

Rakùl-Bahìr répondit à cette sentence par des insultes, sa langue bifide agitée comme un serpent furieux. Il s'élança à la rencontre du Hors-Destin.

Cependant, il ne tarda pas se rendre compte que l'Adhan maudit avait changé de tactique. Les griffes du maître-sorcier, désormais, ne frappaient plus que l'air. Cellendhyll, au lieu d'aller directement au contact, puissance contre puissance, l'abordait avec des feintes d'appui qui le prenaient à contre-pied, alors sa technique supérieure perçait la défense du Smaugh et le punissait aussitôt d'une entaille à l'avant-bras, d'une autre à la cuisse, puis d'une perforation au genou.

Là encore, les plaies de Rakùl-Bahìr se refermaient à vue d'œil, transmises par le lien d'Osmose à ses cobayes. Elles guérissaient toutes, du moins sur son corps, mais la réserve dont bénéficiait le maître-sorcier se réduisait de manière drastique.

Les trois sorciers qui veillaient sur le transfert d'énergie, à l'intérieur du tertre, commencèrent à s'agiter. Leur maître se rendait-il compte qu'il ne lui restait plus que les skarax à *ponctionner* ? Le dernier esclave venait d'expirer, cisaillé par les taillades répétées de la Belle de Mort.

Que devaient faire les acolytes ? Sortir de leur cachette pour prévenir leur maître ? Ils seraient aussitôt repérés par le sang-chaud. En outre, le Nagù avait ordonné que nul n'interfère dans le duel... Non, leur prestigieux seigneur allait vaincre, comme il l'avait toujours fait !

Il allait vaincre et devenir le nouveau roi du Peuple, il le leur avait garanti.

Rassérénés, les acolytes reprirent leur veille servile. Une nouvelle entaille se forma sur l'épaule d'un skarax.

L'entaille à l'épaule se referma sous les yeux de Cellendhyll. Rakùl-Bahìr émit un nouveau gémissement de plaisir, qu'il fit suivre d'un ricanement.

Si seulement il parvenait à coincer l'Adhan maudit et à lui briser un membre. Rakùl-Bahìr voulait le mutiler, en faire son pantin brisé, et ce n'était que la première étape des tourments qu'il avait prévus. Sauf que le combat se prolongeait, et sa Némésis se révélait finalement aussi insaisissable que lors de leur premier combat, même avec le sort d'Osmose, un véritable feu follet dont les piqûres ne cessaient de le harceler.

— Où est ta reine, Nagù ? s'exclama soudain Cellendhyll. Pourquoi n'est-elle pas à ta place, en face de moi ?

Rakùl-Bahìr fut pris d'un sursaut de pure contrariété, son regard agrandi par la surprise.

Déstabilisé.

Le Hors-Destin bondit en avant. Feinte d'estoc à gauche. Feinte de taille en bas. Coup de pied sauté.

Mon esprit est une lame, mon corps est une arme.

Le Nagù eut juste le temps de pivoter, accueillant l'impact avec l'épaule gauche. Cellendhyll enchaîna d'un fouetté du pied au genou opposé. Rakùl-Bahìr chancela, déséquilibré. Aussitôt, d'un coup de coude remonté vers le ciel, Cellendhyll fractura la mâchoire du Smaugh.

Dans un concert de gémissements et d'insultes bredouillées, Rakùl-Bahìr le fit reculer à grands revers de griffes. Dans un craquement, sa mâchoire se remit en place, cette blessure elle aussi absorbée par le lien d'Osmose.

— Je n'ai nul besoin d'Øz pour te vaincre ! glapit le sorcier, le ton voilé par un mélange de rage et de frustration.

Les deux champions restèrent quelques secondes à se fixer, reprenant leur souffle. La tension était telle que la meute des Smaughs en retrait s'était figée, soudain silencieuse.

Cellendhyll avait bloqué la douleur à l'extérieur de son corps, mais il la sentait frapper à la porte, insistante.

— Où est ta reine, Rakùl-Bahìr ? Le sais-tu, au moins ?

— Ah, maudit, mais tais-toi ! éructa le Smaugh.

Hors de lui, il revint à la charge d'un bond formidable, feinta à peine retombé sur ses appuis. Cependant, au lieu de frapper, il saisit le poignet armé de l'Ange et se contorsionna pour le tordre.

Cellendhyll frappa Rakùl-Bahìr sur le dessus de l'avant-bras, pinçant ses nerfs, obligeant le Smaugh à le relâcher. Un pas de côté, et il lui planta sa Belle de Mort dans l'estomac, retournant la lame dans la plaie.

Rakùl-Bahìr poussa un cri d'une étrange stridulation, et riposta d'un revers de griffes qui obligea l'Adhan à rouler en arrière, sous peine d'être éborgné.

Au lieu d'arracher l'arme de sa blessure, le Nagù bondit sur Cellendhyll, au moment où ce dernier se redressait. Il le saisit à la gorge, ses griffes écorchant sa chair, tandis que, de sa main libre, il retirait la Belle de son ventre, la plaie libre de se refermer – mettant fin, par la même occasion, à la vie d'un skarax.

L'Adhan se débattit pour se libérer, pour respirer, mais l'étreinte du Nagù était monstrueuse, pire que celle d'un Sangh.

— C'est encore mieux, je vais te mutiler avec ta propre lame ! gloussa le maître-sorcier.

Rakùl-Bahìr arma son bras, visant l'œil gauche de Cellendhyll. Un flamboiement bleu sombre, vif, bref, nimba sa main armée. Le Nagù poussa un cri de surprise, expression d'une brusque souffrance. Incapable de se maîtriser, il laissa tomber la dague sombre et relâcha l'Adhan pour reculer d'un pas et soutenir son membre blessé de sa main valide. Surprenante d'intensité, la douleur palpitait jusqu'à son épaule.

Tout aussi inquiétant, aucune onde de plaisir ne vint récompenser Rakùl-Bahìr et la plaie refusait de se refermer. Pourtant, le lien d'Osmose existait toujours, le sorcier le percevait, nettement accroché à son esprit. Que se passait-il ?

La morsure d'une Belle de Mort en colère échappait à toute loi, éthérique ou réelle.

Dans leur grotte, les sorciers hoquetèrent de surprise lorsque le deuxième des skarax expira, le corps subitement traversé d'un trait d'énergie bleu sombre aux reflets moirés.

L'Ange crut entendre un rire léger, musical, vibrer de satisfaction, quelque part à l'orée de son esprit.

Comme s'il était guidé, au moment où Rakùl-Bahìr rejetait la Belle de Mort, il étendit son bras devant lui, la main grande ouverte.

La Belle tomba dans sa paume, parfaitement calée, chaude et rassurante. Jamais l'Ange n'aurait une meilleure occasion !

Cellendhyll se tordit sur le côté en remontant son bras armé vers le Nagù. Il profita de son élan pour métamorphoser la Belle en sabre, et frappa d'un ample mouvement d'estoc – première transformation, désormais une dépense d'énergie négligeable, le Hors-Destin avait nettement progressé sur ce point.

La lame bleutée fusa vers le ventre de Rakùl-Bahìr. De justesse, il esquiva d'un bond arrière, mais il s'attendait à l'allonge d'une dague et pas celle d'un sabre.

La Belle déchira sa chair, s'enfonça avidement dans son estomac et transperça le Smaugh de part en part.

Rakùl-Bahìr se tassa sur lui-même et recula précipitamment, arrachant la lame sombre de son ventre dans le mouvement. Il émit un cri encore plus étrange que les précédents, un glapissement de douleur, de colère et de plaisir, qui se termina en une sorte de couinement aigu.

Tandis qu'il hurlait, son front s'orna de grosses veines, signe qu'il puisait tout ce qu'il pouvait dans le lien pour transférer la blessure critique à ses cobayes. La chair de son ventre se ressouda et le sorcier fut inondé d'un spasme de sensations antagonistes plaisir-souffrance, aussi puissantes l'une que l'autre. La morsure de la Belle de Mort l'élançait, toujours aussi intense et, contrairement à toutes les autres, la plaie à sa main refusait de guérir.

Le transfert de la blessure critique à l'estomac fit expirer le dernier skarax, brisant par là même le lien d'Osmose. Avec le lien disparaissaient également les griffes de fauve et cette formidable vitalité qui renforçait le Nagù.

Jusqu'alors omniprésente, l'assurance de Rakùl-Bahìr se ternit d'autant. N'avait-il pas, une fois encore, sous-estimé son adversaire ?

Cette lame bleutée qui semblait, par instants, miroiter de runes délicates, subitement transformée en sabre, renversait la donne. Même s'il était resté des griffes au sorcier, elles auraient été trop courtes pour espérer se mesurer à l'allonge d'un sabre.

Il lui restait sa sorcellerie. Cependant, l'Adhan maudit avait prouvé qu'il était capable de résister au Voile d'Effroi, inefficace sous sa forme première. Quant à la Souffrance Sublimée, elle resterait insuffisante, car limitée tant que son étrange blessure ne serait pas correctement soignée.

Il y avait toujours les guerriers du Peuple, sauf qu'ils étaient trop loin pour intervenir et jamais le Nagù ne s'abaisserait à les appeler à l'aide.

Parfaitement équilibré sur ses appuis, Cellendhyll redressa sa Belle à la verticale et pointa sa lame sur la silhouette de Rakùl-Bahìr :

— C'est tout ce que tu as ? Je suis presque déçu, raclure !

— Tu ne vas tout de même pas me tuer alors que je suis désarmé ! chercha à temporiser le Nagù.

Cellendhyll ne put s'empêcher d'éclater de rire :

— Engeance de Smaugh, c'est toi qui oses me dire ça ? Décidément, tu n'es qu'un minable, Rakùl-Bahìr !

L'Adhan cala sa lame en travers de ses épaules et marcha sur son ennemi juré, sa Belle frémissant d'anticipation. Il avait le visage étiré d'une grimace cruelle, son regard allumé d'une promesse sanglante.

Rakùl-Bahìr recula d'autant.

— Maudit sang-chaud ! cracha le sorcier dans un jet de bile, jamais tu n'oseras m'...

... Au moment-même où Cellendhyll amorçait sa frappe, une taille en diagonale basse destinée à fendre le Nagù par le travers, un char de guerre traversa le cercle de feu, comme recraché par le Néant, et fusa droit sur les deux duellistes, ses lames vrombissant d'agressivité.

Cellendhyll se jeta dans l'herbe, plongeant sur la gauche, Rakùl-Bahìr sur la droite, tous deux échappant *in extremis* au baiser mortel des lames tourbillonnantes.

— Turgut-Ott, sale pourceau de traître ! éructa Rakùl-Bahìr, sa langue serpentine furieusement agitée entre ses dents.

Il avait parfaitement reconnu le seigneur de guerre. Cette trahison de Turgut-Ott survenait au moment où il s'y attendait le moins. Pourtant, que cela lui plaise ou non, cette intervention inopportune l'avait sauvé, fournissant au maître-sorcier un répit dont il entendait bien profiter pour mobiliser ses forces, s'organiser pour la suite... en commençant par soigner cette horrible plaie qui déchirait sa paume.

Tout en soutenant sa main palpitante de douleur, Rakùl-Bahìr tourna les talons et fonça droit sur le talus. Sans s'arrêter, il disparut dans l'épaisseur végétale, dissipant le voile d'illusion. Le tertre, en réalité, était creux, percé d'un boyau chitineux qui descendait en pente douce.

Cellendhyll avait perdu quelques secondes, soudain partagé entre ses deux adversaires. Il peinait à voir au-delà du cercle de torches, à cause de leur halo. Le char de guerre avait pris du large pour entamer un demi-tour, renversant trois d'entre elles. Le Nagù, quant à lui, venait de s'engouffrer dans une sorte de souterrain dont les parois de chitine commençaient à se refermer.

— Rakùl-Bahìr, ça fait deux fois que tu fuis devant moi... cette fois, Mortonnerre, tu ne m'échapperas pas !

Le Hors-Destin fonça sur le tertre et plongea dans l'ouverture, sa Belle fermement empoignée.

— Je suis un Smaugh, j'agis en Smaugh ! s'exclama Turgut-Ott, en réponse à l'accusation du Nagù.

Qu'importe ce duel inutile ! Qu'importe l'alliance avec le Nagù ! vitupérait intérieurement le seigneur de guerre.

Constatant qu'il n'avait atteint aucune de ses cibles, il proféra une litanie de jurons.

Turgut-Ott avait profité de la pénombre ambiante et du vacarme provoqué par ses guerriers pour rapprocher son véhicule sans se faire repérer, les parties métalliques de son attelage entourées de chiffons. Il n'accéléra qu'au dernier moment, profitant de l'effet de surprise. Toutefois, trop gourmand, il avait voulu faire d'une pierre deux coups, ce qui l'avait obligé à viser entre les deux duellistes plutôt que d'en acculer un seul. Le seigneur aurait également pu augmenter ses chances en attaquant à plusieurs chars, cependant, pas question pour lui de partager son prestige avec des subalternes !

Turgut-Ott entama une boucle avec son attelage, préparant un second passage, tout en sonnant à sa trompe. Le duel n'était qu'un point secondaire, il ne devait pas l'oublier.

Le signal de l'assaut fit éclater la meute de ses guerriers qui s'élança aussitôt en direction du pont, beuglant sa soif de sang. L'accostage d'Oghul-Tak sur la rive ouest ayant été confirmé par les guetteurs, les envahisseurs allaient attaquer les légionnaires des deux côtés du pont, les prendre entre le marteau et l'enclume, à trois contre un, les écraser, les piétiner.

Fahaarak'Shar !

Son attelage à nouveau en ligne, Turgut-Ott repartit à la charge, déterminé à laminer au moins l'un de ses deux ennemis jurés. Las, l'Adhan et le sorcier avaient brutalement disparu, comme aspirés sous terre !

Tripes et souffrance ! Comment les retrouver, à présent, Smaugh ?

Tout en réfléchissant à ses options, le seigneur préféra ramener son véhicule au milieu des autres chars de guerre et voir comment se déroulait cette offensive, qu'il espérait finale.

Chapitre 100

Tandis que le Hors-Destin s'enfonçait dans le boyau souterrain, la Horde des Smaughs s'engouffra sur le pont face aux légionnaires qui y étaient postés.

Fahaarak'Shar !

Comme à leur habitude, les envahisseurs chargeaient en désordre, une masse féroce en mouvement qui vint s'agglutiner à l'entrée de l'édifice de pierre, les guerriers se bousculant les uns les autres pour arriver au contact.

Cromlach se tenait contre le parapet, en retrait. Au contraire des Smaughs, l'adjudant avait positionné ses hommes précisément. Les robustes guerriers de la Légion impériale couvraient toute la largeur du pont, trente combattants par ligne de défense, lance, glaive et bouclier ; des lignes assez espacées pour permettre aux soldats de bouger, de se couvrir les uns les autres ou de combler les brèches. Lui-même dirigeait une escouade de trente guerriers, sa troupe de réserve.

En outre, le Nain avait laissé le premier tiers du pont offert à l'ennemi, afin que ce dernier s'y engage et s'y englue, bloqué par la largeur de l'édifice, le meilleur moyen de contenir la supériorité numérique des Têtes de Clous.

Un immense fracas ébranla la nuit lorsque les Smaughs les plus rapides arrivèrent au contact du mur de boucliers, aussitôt suivi de cette cacophonie martiale et discordante propre à la guerre.

Le courage, la détermination, la discipline, face à la sauvage frénésie.

Leurs mouvements entravés, aveuglés par l'instinct du massacre, les envahisseurs, serrés les uns contre les autres, avaient à peine la place de viser, de frapper, ceux qui tombaient à terre étaient aussitôt piétinés par leurs congénères, morts ou vifs. S'ils l'avaient pu, ils seraient grimpés les uns sur les autres pour atteindre plus rapidement leurs proies.

En flagrant contraste avec cette fourmilière, les légionnaires étaient organisés, campés derrière leurs larges boucliers, équilibrés sur leurs appuis. Ils fauchèrent les trois premiers rangs de Smaughs les uns après les autres, les perforant à grands coups de lance. Parfois, l'un d'eux tombait, haché par une lame ennemie, mais il était aussitôt tiré en arrière et remplacé par un fantassin posté derrière lui.

Cromlach fit reculer ses légionnaires sur quelques mètres, toujours alignés, de quoi coincer encore plus d'ennemis.

Sur la rive opposée à l'assaut, Oghul-Tak se redressa de sa cachette. Au moins ce faux-jeton avait tenu parole. Pas trop tôt, Smaugh !

À son tour, le colosse donna l'ordre d'attaquer, par gestes afin de ne pas alerter l'ennemi. Avec sa meute d'une centaine de guerriers, il se dirigea vers l'entrée du fort, tandis que la seconde meute, trois fois plus nombreuse, chargeait l'arrière des fantassins massés sur le pont.

Les Tak étaient au bord de l'ébullition, en manque d'action, de combat, de violence perpétrée. Leurs regards luisaient de fièvre, cette fièvre meurtrière qui les caractérisait, leurs mains se contractaient sur le manche de leurs lames.

Les guerriers de la seconde meute se jetèrent comme des affamés sur l'entrée ouest du pont, la ligne arrière des fantassins pour cible. Ils étaient menés par Karzal-Tak, deux mètres trois, cent quarante kilos, un redoutable premier-sang armé de ses deux masses lourdes, le favori d'Oghul-Tak.

L'attaque était lancée. Les envahisseurs ne songèrent plus à rien d'autre, et aucun d'eux n'avait repéré l'arrivée d'Irumi sur le chemin de ronde.

Le front plissé par la concentration, dame Ygraine avait fini de retirer le dernier éclat de métal. Il fut aisé, ensuite, pour Aymard d'assainir la plaie et de la refermer, usant de sa magie curative. Allongé sur une charrette à bras, Voss dormait, son souffle apaisé, et les Impériaux se préparaient à rejoindre leurs camarades sur le fleuve.

Un sifflement d'alerte résonna du contre-haut, émis par Irumi. Invisible des remparts, l'archère venait de repérer l'approche des guerriers tak.

Tout s'accéléra.

Dès le sifflement de sa camarade, Vanina sprinta jusqu'à l'arbalète géante, celle-ci réparée, armée, pointée face à l'entrée.

Éparpillés sur plusieurs rangs, une trentaine de Smaughs en noir, particulièrement robustes, leurs crânes protégés de casques bombés, revêtus de longues cottes de combat, tous porteurs d'armes lourdes, surgirent des portes ouvertes.

Vanina enclencha le levier de tir et six épieux fusèrent. Trois guerriers tak du premier rang s'effondrèrent, traversés de part en part, puis deux autres, qui venaient derrière, et encore trois Smaughs, ces derniers encore à l'extérieur de l'enceinte.

Au même moment, Irumi bondissait des marches de l'escalier, décochant une flèche en plein élan – du haut des remparts, impossible de couvrir l'entrée intérieure.

Son tir parfait fit sauter le levier bloquant la manivelle de la herse. Dans un grincement d'acier, le rideau d'acier ajouré se rabattit brutalement, empalant deux nouveaux guerriers tak, qu'il cloua au sol, bloquant l'entrée.

Une quinzaine d'envahisseurs avait pénétré le sanctuaire. Vanina Cole n'avait ni la force, ni le temps de retendre l'arbalète. Elle dégaina deux hachettes et fonça vers les arrivants.

De leur côté, les trois prêtres-guerriers de l'Orage, Ivarus, Tirsis et Callias, le meneur, se redressèrent d'un bond, empoignèrent leurs grands bâtons de combat – l'une des extrémités terminée d'une boule d'acier, l'autre d'un crochet – et formèrent une ligne pour protéger les guérisseurs de la Guelfe et le sergent blessé. Callias, leur chef, prit le temps de sonner à la corne d'alerte qu'il portait en bandoulière.

Les Smaughs se divisèrent en deux groupes, l'un focalisé sur Vanina, l'autre sur les prêtres.

Cole ignorait combien d'ennemis attendaient dehors et décida d'attendre avant d'invoquer le Zen, pas question de commettre la même erreur que face aux chars de guerre.

Le premier Smaugh arrivait sur elle en faisant des moulinets de sa lame, tic maniéré que la guerrière avait toujours trouvé ridicule.

Vanina profita de cette gesticulation pour frapper de sa hachette main gauche en arc de cercle. Elle cueillit le Tak sur le côté du genou, cisaillant l'articulation, avant de planter son autre hachette dans le front de son adversaire. Bien plus corpulent que l'Hirondelle, le guerrier s'effondra, entraînant la lame avec lui.

Cole enchaînait déjà un Tête de Clous. Elle para un coup de sabre en interposant sa hachette, glissa sur le côté, laissant le Smaugh se faire entraîner par son élan, avant de lui planter sa lame dans la nuque.

Deux de moins. Elle s'échauffait à peine.

Le troisième arrivait déjà sur elle. Feinte, changement d'appui, coup de pied retourné pleine tête, ou plutôt plein casque, à l'angle du nasal. La tête du Smaugh partit sur le côté, il n'y voyait plus rien, des larmes aux yeux, rien de la hachette qui remonta en biseau pour lui ouvrir le bas-ventre. Cole avait frappé si fort que son arme s'était coincée dans l'os du bassin. Le Smaugh tomba à genoux, puis bascula en avant, interdisant à l'Hirondelle de récupérer sa seconde hachette.

— Mortecouilles, vous avez fini de me voler mes lames, oui ! s'exclama Vanina.

Un pas de côté pour laisser la pointe de hache du guerrier suivant empaler l'air, inoffensive. Vanina dégaina son sabre en riposte, frappant dans le mouvement, une main accompagnant l'autre, un arc de cercle descendant qui tronçonna le Smaugh à la jointure du cou et de l'épaule. Le guerrier s'effondra dans une nuée de sang, l'artère sous-clavière sectionnée.

Dans le même temps, Irumi avait abattu les trois derniers du groupe ; un tir pour chacun, plein œil, rien de remarquable pour l'archère d'élite.

Le son de la corne d'alerte de Callias résonna de l'intérieur de l'enceinte. Une plainte brusque, aigüe, qui traduisait l'urgence.

Cromlach se retourna juste à temps pour repérer un groupe de silhouettes sombres, massives, surgies de la lisière des arbres, au nord de la rive ouest, foncer vers le pont, en pleine charge. Il ne reconnaissait aucun de ces arrivants. Que se passait-il dans le fort ? Le Nain l'ignorait et il ne pouvait rien y faire.

Répercuter l'alerte en revanche, il en était capable.

— On nous attaque par l'arrière ! beugla-t-il, avant d'ordonner à son arrière-garde de pivoter et former un second mur de boucliers.

Juste à temps pour faire face à l'ennemi.

Les premiers-sangs d'Oghul-Tak renversèrent les mannequins sans s'arrêter, les piétinant dans leur élan, avant de se cogner contre le mur d'acier élevé à la hâte pour les stopper.

Le fracas du métal percuté par le métal résonna une fois encore.

Les Tak étaient les combattants les plus imposants, les plus puissants des Smaughs, de véritables masses de muscles, des béliers géants. Bavant de haine, ils foncèrent sur la muraille impériale, bien décidés à tout renverser sous leur poids et leur fureur.

Karzaz-Tak chargeait en tête. Le musculeux Smaugh abaissa l'épaule, poussa un grand cri et percuta un bouclier de plein fouet, repoussant le fantassin plaqué derrière de trois mètres, jusqu'à l'envoyer s'écraser contre ses camarades.

Karzaz-Tak enchaîna aussitôt, pivota sur les hanches et frappa le légionnaire à sa gauche. L'une de ses masses s'abattit sur un bouclier qu'il froissa comme du papier. Il abaissa sa seconde masse, de haut en bas, et pulvérisa la protection du soldat et le crâne à l'intérieur. D'un revers, il brisa trois lances que les Impériaux pointaient sur lui, donna un coup d'épaule dans le pavois d'un fantassin pour le déséquilibrer, lui fracassa l'épaule d'une frappe descendante main droite, puis remonta sa masse main gauche et lui défonça tout le bas du visage.

Les Impériaux en retrait durent reculer sous la furie du Smaugh. Karzaz-Tak venait de créer un grand trou dans la ligne de défense.

À l'intérieur du fort illuminé de torches, les trois prêtres-guerriers, leurs silhouettes revêtues de longs gambisons orangés, faisaient face aux Smaughs, tout de cuir noir vêtus.

Un Tak, qui se ruait sur la charrette devant laquelle se tenaient les guérisseurs, se retrouva face à Callias. Le visage du prêtre de l'Orage, grimé de blanc et d'orange, ne montrait aucun sentiment, contrairement au guerrier tak aux traits enfiévrés de rage.

Le Smaugh abattit sa grande hache à peine au contact. Callias interposa son bâton dans un mouvement de moulinet, son crochet agrippa la tête de hache et il força vers le sol, obligeant l'arme à se planter dans la terre. Callias remonta l'autre extrémité de son bâton et se servit de la boule d'acier pour frapper le Smaugh pleine bouche, défonçant sa mâchoire. Le prêtre-guerrier pivota sur ses appuis, moulina des bras. Le crochet de son bâton cueillit le

Tak au creux du genou et le prêtre tira d'un coup sec, en biseau, sectionnant les muscles fléchisseurs. Le Smaugh s'effondra et la boucle d'acier fracassa sa nuque, une fois, deux fois, trois fois.

Ivarus avait engagé un autre Tak et reculait sous les assauts de son puissant marteau de guerre, son propre bâton peinant à détourner les frappes lourdes du Smaugh.

Tout en se déplaçant pour ouvrir son angle de tir, Irumi décocha une flèche dans le fessier du Tak, puis une autre dans sa cuisse. Le guerrier trébucha sous les impacts et Ivarus en profita aussitôt pour lui planter la pointe de son bâton dans la gorge, déchirant sa trachée.

Tirsis, le troisième moine-guerrier faisait tournoyer son arme au-dessus de sa tête, tout en avançant sur un guerrier tak. Armé de deux haches, le Smaugh peinait à trouver l'ouverture. Il finit par se décider, en frappant de bas en haut de sa hache droite tout en assénant une taille latérale, au niveau de jambes, de la gauche. Tirsis para en haut, para en bas, avant de riposter, froissant le genou du Tak d'un claquement de sa boule d'acier, et, tandis que le Smaugh cherchait son équilibre, il lui planta l'extrémité au crochet juste sous l'oreille et tira vers le sol, jusqu'à lui fendre la gorge.

Irumi élimina les trois derniers Smaughs, les fauchant en pleine course. Pour varier les plaisirs, elle avait visé leur tympan droit.

Chapitre 101

Bloqué par la herse à l'extérieur du fort, avec ses hommes, Oghul-Tak rengaina son tranchoir, empoigna l'un des barreaux de la grille de sa main valide, s'aida de son autre avant-bras et grogna, gronda, força, força encore pour relever la herse à bout de bras.

Cinq de ses premiers-sangs en profitèrent pour se glisser par en dessous.

Impatient, Oghul-Tak, plutôt que de maintenir sa prise et de permettre au reste de ses tueurs d'investir la place forte, fit un pas en avant et laissa retomber la grille derrière lui, de toute sa hauteur. Sa visière abaissée, son hachoir et son fendoir comme agités de spasmes assoiffés, il s'engouffra dans la garnison à grands pas conquérants, cherchant ses cibles.

La majeure partie des Tak restait plantée derrière la herse. Dix d'entre eux s'empressèrent de soulever la masse de métal, la largeur de l'entrée ne permettait pas plus. Toutefois, la grille, en retombant de toute sa hauteur, s'était coincée dans les cadavres au sol et les guerriers peinaient à la dégager. Ils tiraient chacun de leur côté, préférant s'insulter au lieu d'unifier leurs efforts, tandis que leurs congénères trépignaient sur leurs talons, ce qui ne faisait que les énerver davantage encore.

La première vague venait d'être contrée par Vanina et ses camarades. Mais, outre cinq nouveaux guerriers, il leur fallait à présent affronter un adversaire plus redoutable encore que les Tak.

Le titan d'acier, leur seigneur de guerre.

Oghul-Tak dédaigna Vanina, qu'il distinguait à peine, l'Hirondelle masquée par la masse des deux premiers-sangs face à elle, repoussée en direction de l'arbalète géante, vers la droite du fort.

Une flèche ricocha sur son heaume, inoffensive. Une autre se brisa en éclatant sur sa genouillère. Oghul-Tak éclata d'un rire gras. Sanglé dans son armure de plates runiques, avec son heaume, il ne craignait ni flèches, ni lames.

Il continua d'avancer, tout en grinçant des dents, toujours aussi frustré de meurtres. Il avait repéré le groupe de civils face à lui, à une quarantaine de mètres ; apparemment des soigneurs, positionnés devant la table d'un chariot d'infirmerie mobile. Dix mètres devant les guérisseurs, trois espèces de guerriers en orange, le visage curieusement peint, armés de longs bâtons de combat. Plus loin, en retrait du véhicule, le colosse vit une charrette sur laquelle semblait dormir un sang-chaud, probablement un blessé. Sans parler de l'archer qui décochait ces flèches inoffensives, terré quelque part. Et c'était tout ce que le colosse avait à se mettre sous la dent en guise d'ennemi !

Ce qui signifiait que le fort était bel et bien déserté. Au lieu de s'interroger sur ce fait troublant, Oghul-Tak préféra nourrir sa soif de sang. Il marcha droit sur l'endroit où il y avait le plus de cibles, le groupe des prêtres.

Le seigneur de guerre, contrairement à Rakùl-Bahìr, n'avait pas cédé à la transe de Souffrance Sublimée. Le colosse ne comptait que sur sa férocité et la puissance de ses muscles. Les Tak n'avaient pas besoin d'autre chose pour frapper fort, plus fort que tous les autres, et pour prendre un indicible plaisir à tuer. C'était bien assez pour jouir du massacre des sang-chaud !

Il se rapprocha encore.

Les flèches d'Irumi, parfaitement décochées, continuaient de ricocher sur l'armure de plates.

L'archère d'élite s'était perchée sur le toit du fourgon de soins à côté duquel avait opéré Ygraine. Irumi sentait l'agacement lui monter aux narines, l'équivalent pour d'autres d'une colère furieuse. Elle s'était focalisée sur ce titan d'acier, car il était clairement l'ennemi le plus redoutable de la bande, sans parvenir à trouver son point faible, même en tirant sur la visière de son casque. Elle n'arrivait pas non plus à le ralentir et son carquois se vidait à une vitesse alarmante, ses précieuses flèches gâchées.

Les narines pincées, Irumi détourna son arc, et décocha deux tirs à la suite, trop rapides pour l'œil.

Des trois guerriers tak qui couraient vers la ligne de défense de l'Orage, seul un d'entre eux l'atteignit, aussitôt engagé par Callias. Les deux autres tueurs roulèrent au sol, l'un et l'autre une flèche plantée dans la bouche.

Plus que sept projectiles dans son carquois. Irumi ne voyait pas comment ils allaient pouvoir vaincre le colosse en armure avant que les autres Smaughs ne relèvent la herse.

Callias reçut trois attaques en taille de Lochabre, qu'il détourna en giflant la monstrueuse lame de hache de son bâton laqué. Il frappa à son tour, atteignant le Tak au genou puis à l'estomac, dans le même élan de sa boule d'acier. Le guerrier se plia en deux sous la douleur et Callias, inversant sa prise, enfonça le crochet dans la nuque offerte de son adversaire.

De leur côté, Ivarus et Tirsis, leurs visages graves et concentrés coururent se poster devant Oghul-Tak pour l'intercepter de leurs bâtons de guerre redressés.

Vanina se trouvait la plus proche de l'entrée du fort et de loin, à une dizaine de pas maximum. Elle venait à peine de se débarrasser des deux Smaughs, éventrant le premier après une volte d'esquive, le second, déséquilibré par un contre-pied, la gorge tranchée de part en part.

Elle n'eut pas le temps de souffler. Les Smaughs à l'extérieur commençaient à remonter la herse. Trois guerriers s'étaient accroupis pour rouler à l'intérieur. La masse des autres se détachait en arrière-plan.

Ils sont trop nombreux. Si on les laisse entrer dans le fort, ils vont nous submerger. Ma fille, tu dois les arrêter !

Délaissant Irumi et les autres, Vanina courut vers l'entrée. Elle se concentra sur son Nexus et fit appel au Zen. Comme à chaque fois, la plongée dans la transe bleutée lui fit ressentir une bouffée d'exaltation. Le temps sembla se ralentir, tout autour d'elle. Elle se sentait si légère, si précise, les visages grimaçant de haine des Smaughs, sous leurs casques à nasal, leurs mouvements, soudain si prévisibles.

Vani retint un rire d'allégresse.

Elle bondit sur le premier des trois empalés du crâne. Devançant la frappe de l'envahisseur, elle le contourna et lui cisailla l'arrière des genoux d'une caresse de son sabre. Laissant le Smaugh s'effondrer, mutilé, elle fonça sur le suivant, qu'elle intercepta en pleine recherche d'appui – il est trop fort, le Pacha ! –, avant de le laisser prostré sur le sol, les mains posées sur son bas-ventre, tentant vainement de retenir ses entrailles. Restait le troisième, qui se redressait à peine de sa roulade, en appui sur un genou. Vanina Cole poinçonna le cou du Smaugh, de biais, perçant la jugulaire. Il s'effondra dans une gerbe pourpre.

Vanina était parvenue au niveau de la herse, que les dix Smaughs repoussaient au-dessus de leurs têtes, écarlates sous l'effort.

Portée par l'élan du Zen, sans réfléchir, la guerrière glissa sous la grille d'un mouvement coulé et remonta, courbée, le long des cinq premiers guerriers alignés, tranchant au niveau de leurs genoux. Leurs muscles entaillés, privés d'équilibre, par réflexe, les Têtes de Clous se raccrochèrent à la herse, leur seul appui. Soudain trop lourde, la grille retomba, entraînant les guerriers à terre, l'un d'eux empalé à l'estomac.

Bien. J'ai refermé le passage ! Ah, mais pourquoi je me retrouve bloquée à l'extérieur, au milieu de tous ces Smaughs ? Pourquoi n'ai-je pas attaqué à travers la herse au lieu de la franchir ? Par tous les tétons, qu'est-ce qui m'a pris, encore, pauvre sotte ! Allez, Vani, bouge, bouge, bouge !

Les alertes de proximité se succédaient sur son écran mental, ce dernier pullulant de halos orangés. Comme le lui avait enseigné l'Adhan, l'Hirondelle recalibra sa visualisation afin de ne pas avoir l'esprit submergé.

La situation n'était pas brillante. Vanina s'était coupée de ses camarades et se retrouvait cernée.

Pendant ce temps, Oghul-Tak était arrivé à portée des prêtres-guerriers de l'Orage.

Si ces derniers étaient impressionnés par sa formidable carrure, ils le cachaient parfaitement.

— Halte, maudite créature ! tonna Ivarus.

— Que la Lumière te foudroie de sa colère ! Tu ne passeras pas ! renchérit Tirsis.

D'un pas lourd, Oghul-Tak avança sur Tirsis et frappa dans un mugissement d'effort, sans finesse, sans même chercher à viser un point faible. Son lourd fendoir, main droite, monta et redescendit du ciel, tandis que, d'un revers de son hachoir, main gauche, le colosse giflait la boule d'acier du bâton d'Ivarus, faisant trébucher ce dernier.

Oghul-Tak avait cogné Tirsis avec une telle puissance concentrée, de fureur enfin libérée, qu'il tronçonna net le bâton en son milieu, tailladant le torse du prêtre-guerrier dans le même mouvement. Tirsis tomba à genoux, le regard vitreux. Le titan noir enchaîna d'un moulinet du poignet suivi d'un pivot des hanches. Son fendoir fusa à l'horizontale et fit sauter la tête du prêtre de ses épaules.

Ivarus avait recouvré son équilibre et revenait sur lui, son bâton déjà en train de s'abattre.

Avec un gloussement amusé, Oghul-Tak croisa ses lames devant lui, coinçant la boule d'acier en pleine descente. Il repoussa le bâton vers le sol et asséna un violent coup de heaume à Ivarus. Le prêtre recula en chancelant, le visage complètement enfoncé. Oghul-Tak combla l'écart, recroisa ses lames, cette fois sur le cou d'Ivarus. Tout en gloussant de plaisir, il écarta les bras en grand et cisailla la tête du prêtre, qu'il envoya voler dix pas plus loin.

Callias, le dernier de l'Orage, poussa un grand cri, mélange de peine et de colère, et se rua sur Oghul-Tak.

Le colosse laissa le prêtre venir à lui et marteler son armure à grands revers de son arme, s'amusant de ses efforts vains. Ni la boule, ni le crochet, ni la volonté de vengeance du prêtre-guerrier ne pouvaient percer son armure. Le métal résonnait sous les coups de bâton, Callias s'acharnait, mais ne trouvait aucun point faible.

Oghul-Tak répliqua enfin. Alors que le bâton de Callias redescendait sur lui en diagonale basse, visant son heaume, boule en avant, le titan noir contra d'un violent revers de fendoir, main droite, qui intercepta le bâton en plein vol et le repoussa en arrière sous la puissance du choc. Son hachoir main gauche descendit en biais, à mi-hauteur, et son affreuse lame sectionna Callias au niveau de la cuisse, le projetant à terre. Oghul-Tak bloqua le bâton au sol de son pied botté d'acier et frappa le prêtre désarmé, à grands coups de taille furieux. Une fois, deux fois, trois, quatre, cinq, six, sept fois ! Callias n'était plus qu'un tas de chair découpée, violée, fendue, baignant dans une mare de sang.

Le titan noir lâcha un ricanement dans son heaume. Pitoyables sang-chaud ! Il lui restait les guérisseurs et l'archer à débusquer, nettement moins redoutables.

Souriant à s'en fendre les lèvres, Oghul-Tak se dirigea vers Aymard, Ygraine et Reydorn, tout en suçotant le sang sur ses gencives.

Heureusement pour Vanina Cole, seuls les Tak à sa portée immédiate le long de la herse l'avaient repérée, leur corpulence et le manque d'espace masquant à ceux massés autour de l'entrée, la présence de l'Hirondelle.

Je dois m'éloigner de la porte, retrouver de l'espace, sinon, ils vont me coincer, même avec le Zen.

Vanina transperça le cou du Smaugh le plus proche d'un revers de sabre, perfora l'aisselle du suivant, se faufila sous un bras armé, qu'elle taillada au passage, perça un genou, estoqua une cuisse, sectionna une main, enfin, elle partit en roulade, se jetant entre deux Smaughs qui se cognèrent l'un contre l'autre, croyant l'intercepter, et se dégagea enfin de la masse des envahisseurs, qu'elle avait traversée en biais.

Les Smaughs les plus proches s'étaient enfin avisés de sa présence et tournaient les talons pour se ruer vers elle, laissant le reste de leurs congénères déblayer l'entrée.

Vanina nota comme un fait secondaire l'attaque d'une seconde meute de Smaughs à l'arrière du pont, clairement pas la direction à choisir, alors elle prit du large en direction de la lisière des arbres, au nord.

Ses options défilaient à toute vitesse dans son esprit.

Couilles de loup, je ne vais quand même pas fuir ces empalés du gland, si ¿ Ils sont nombreux, mais je pourrais facilement les distancer en filant dans les bois, je pourrais même y trouver une cachette, voilà qui serait prudent. Fuir alors que tous les autres se battent pour leurs vies ¿ Pas question ! Que dirait Callie ¿ Que penserait le Pacha ¿ Une Initiée ne fuit pas, encore moins une Cole ! Ma fille, on y retourne !

Et Vanina cessa de reculer, prit une grande inspiration et repartit vers les Tak. Son écran tactique lui indiquait vingt-quatre guerriers proches, plus trois blessés légers, avec une incertitude concernant celui à la main tranchée. Non, le halo de celui-là venait de s'éteindre, le Tak vidé de son sang. Vingt-quatre proches, mais, derrière, il en restait encore une bonne trentaine.

Comme le lui avait confirmé Cellendhyll, face à des adversaires plus massifs, la vitesse et la précision représentaient un avantage. « L'ennemi ne peut pas vous tuer, si vous le tuez avant. » *Un contre plusieurs. Toujours rester en mouvement. Aucun geste parasite.*

Cole atteignit le premier des Smaughs, qu'elle cueillit à contre-pied, lui fendit la gorge et se glissa dans l'espace libéré.

Ils venaient sur elle, frénétiques, sans ordre aucun. Deux d'entre eux se percutèrent pour l'atteindre. Elle leur rit au nez, fauchant l'un, puis l'autre, d'une ample taille de sabre.

Vive, souple, elle se mit à danser au milieu des Smaughs, glissant, pirouettant à leur donner le tournis. Elle fredonnait le mantra de l'Ombre, elle chevauchait le Zen, indispensable allié, sans qui elle aurait déjà succombé sous le nombre.

Un contre-pied avec frappe en riposte, une volte, diagonale haute, deux autres guerriers à terre. Leur corpulence et leurs armes lourdes s'étaient transformées en handicaps pour les Tak, qui se gênaient sans parvenir à ajuster cette peste de guerrière aux cheveux roux.

Cependant, même à travers le Zen, Vanina sentait la fatigue pointer et ses muscles commencer à tirer. Son fessier l'élançait, elle s'était écorché les mains sans savoir comment et ressentait une gêne au niveau de son épaule gauche, peut-être un muscle claqué.

Du nerf, Cole, t'as pas encore fini !

Les flèches pleuvaient à nouveau sur Oghul-Tak, l'une après l'autre, ricochant ou se brisant sur la grille de son heaume. Heureusement pour le colosse, la protection était assez fine et solide pour interdire aux éclats de pénétrer son casque. Et s'il méprisait ces tirs qui gênaient sa vision, c'est pourtant grâce à leur trajectoire qu'il réussit à trouver le coupable.

Oui, il avait enfin repéré ce lâche d'archer... cette lâche *d'archère*, en fait... une femelle, minuscule comparée à lui. La sang-chaud était juchée sur le toit du chariot, en appui sur un genou.

Oghul-Tak n'avait pas besoin de plus pour agir. Il fonça droit vers le véhicule, s'immobilisa sur ses appuis, donna un grand coup de reins et projeta son tranchoir, droit sur Irumi, cette dernière en train de tirer la dernière flèche de son carquois.

La grosse lame fusa sur l'archère. Si puissante, si véloce, elle ne pivotait même pas sur elle-même. Un bloc d'acier tranchant propulsé par une fureur sans égale.

De justesse, la Kelash se laissa tomber en arrière, lâchant sa flèche au milieu du ciel. Jamais elle n'avait décoché un tir aussi piteux.

Irumi sentit le hachoir passer juste au-dessus d'elle, vibrant de fureur, pour aller se planter soixante mètres plus loin, dans la façade d'un baraquement.

— Par les tétons percés d'Izanagi !

Irumi se remit en appui sur un genou et sa main fila à son carquois.

Elle écarquilla les yeux. Non pas en constatant que le carquois était vide, mais, pire encore, que le titan noir, à peine son arme lancée, avait chargé et qu'il arrivait au contact du véhicule.

Irumi se redressa de justesse, au moment où Oghul-Tak percutait le flanc du chariot d'un grand coup d'épaule.

L'archère n'était pas tout à fait équilibrée qu'elle se retrouva projetée du toit, hélas pour elle vers l'avant du véhicule, laissant échapper son arc. Elle atterrit à plat ventre sur la table d'opération, le souffle coupé. Elle pivota sur l'épaule, juste à temps pour voir l'imposante silhouette d'Oghul-Tak se dresser au-dessus d'elle, agitant son fendoir en direction de son visage.

Tout allait trop vite, le colosse était bien trop puissant.

Depuis la mort des prêtres de l'Orage, Reydorn et les deux guérisseurs avaient reculé, pas après pas, se rapprochant de la charrette du blessé. Peut-être, plus ou moins consciemment, voulaient-ils protéger leur patient.

Ni Reydorn, en dépit de ses talents de mage, ni Aymard, et encore moins Ygraine n'étaient des guerriers. Tous trois étaient dépassés par la violence qu'assénait Oghul-Tak avec autant de prodigalité. Jamais ils n'avaient croisé un tueur aussi féroce, une véritable machine à tuer. Reydorn avait beau se creuser la tête, il ne trouvait aucun sort sylvestre capable d'arrêter net ce colosse en armure.

Que lui opposer et comment ?

La situation désespérée d'Irumi, coincée par Oghul-Tak, fut comme un électrochoc. Ils se jetèrent comme ils purent sur le titan d'acier. Reydorn bondissant sur son dos pour s'accrocher à son cou, Ygraine s'enroulant autour de sa cuisse droite, Aymard en se suspendant au bras qu'Oghul-Tak avait armé pour fendre le torse d'Irumi.

La Kelash réagit aussitôt. Sans doute maladroite, l'offensive du prêtre eut pourtant le mérite de détourner l'attention du Smaugh assez longtemps pour qu'elle roule hors de la table, s'effaçant le long du chariot à la recherche d'une arme, n'importe laquelle, autre que sa dague ; celle-ci ressemblait à un cure-dents comparé à la puissance du Smaugh.

Pour des civils, ces sang-chaud sont surprenants de courage… ou de stupidité, Smaugh ! Ils n'ont aucune chance et pourtant, ils tentent… je ne sais quoi… contre moi !

Oghul-Tak n'avait plus qu'une lame, son hachoir fixé sur la prothèse de sa main gauche, mais c'était suffisant pour massacrer ses proies !

De sa main valide, il asséna une gifle à Aymard, son gantelet d'acier cogna l'archevêque en plein front. Il aurait pu fermer le poing et le tuer en un coup, toutefois, à présent qu'il maîtrisait la situation, pourquoi se presser ?

Avec ceux-là, je vais pouvoir faire durer le plaisir et m'offrir un véritable bain de sang, Smaugh !

Trop longtemps sevré de tortures et de tueries, Oghul-Tak avait tout oublié de la guerre, de la disparition de l'armée impériale, de la rivalité avec ses frères de pouvoir. Et même tout oublié de l'Adhan maudit.

En tout cas, le Smaugh avait plutôt bien dosé son effort. L'œil soudain vitreux, Aymard relâcha son coude et tituba sur place. D'un revers du bras, pas trop appuyé, Oghul-Tak l'envoya bouler dans l'herbe.

Après quoi, un violent mouvement des épaules à droite, une brusque torsion à gauche lui suffirent pour déséquilibrer l'humain juché sur lui, avant de l'empoigner par l'encolure de sa tunique de cuir vert et de l'arracher à son dos, d'une seule main. Reydorn fut aussitôt projeté directement à l'intérieur du chariot de soins dont il brisa les étagères sous l'impact, et retomba lourdement sur le plancher.

Restait la femelle accrochée à la cuisse d'Oghul-Tak, et ses efforts ridicules pour bloquer sa jambe.

Le Smaugh éructa son grand rire aux tonalités obscènes. Il pivota sur les hanches et, de son gantelet, il frappa Ygraine d'un coup sec entre les omoplates, au croisement des nerfs, juste assez fort pour lui faire lâcher prise. Sans lui laisser le temps de réagir, il agrippa la guérisseuse par sa robe, la décolla du sol et la jeta comme un vulgaire sac sur la table d'opération, à la place qu'avait occupée Irumi.

Ygraine retomba en lâchant une plainte, à moitié sonnée.

Oghul-Tak lui agrippa le cou de sa main valide, serrant juste assez pour bien lui faire comprendre qu'il la dominait totalement.

— Nooon ! hurla Reydorn

Le Mage Vert commençait à peine à se redresser, trop loin pour intervenir.

Luisant d'inquiétude, le regard de Reydorn, à cet instant, sembla subitement happé par quelque chose à l'intérieur du chariot.

Oghul-Tak redressa lentement son moignon armé de son hachoir, hésitant à fendre le ventre d'Ygraine sur toute sa longueur ou à lui trancher un sein, ou bien encore à lui couper une main et lui enfoncer dans le vagin… hmm, rien qu'à l'idée de plonger son visage dénudé dans les entrailles fumantes de sa victime, Oghul-Tak sentit un frisson de plaisir lui remonter tout le long du dos.

Pourtant, au lieu de jouir de la frayeur dans son regard, au lieu de ses supplications, les plus douces des friandises, le colosse n'eut droit qu'au regard dur d'Ygraine, qui ne cillait pas face à lui. Aussi inconcevable que ça lui paraisse, cette larve d'humaine n'avait absolument pas peur de lui.

Cela n'empêcha pas Oghul-Tak de la faire saigner.

Ou du moins d'essayer.

Car, pour la première fois de sa riche et sanglante vie de guerrier d'élite, Oghul-Tak fut brusquement percuté pleine tête par une serpillère, puis une brosse à crins, puis, enfin, par un seau en bois, ce dernier trempé de sang ; le sang du sergent Voss opéré.

En guise d'armes, Irumi n'avait trouvé que ces pitoyables expédients.

Oghul-Tak eut un sursaut en arrière, sa frappe reportée. Ce n'était pas les chocs en eux-mêmes, contre son heaume, insignifiants, qui l'avaient obligé à suspendre son geste, mais sa vision soudainement obstruée par un voile d'hémoglobine qui gouttait tout le long de sa visière.

Le colosse cracha, cligna des paupières, secoua la tête pour se dégager la vue.

Irumi en profita pour courir jusqu'à Ygraine, la tirer à elle et la faire glisser sous la table.

L'archère avait gagné quelques précieuses secondes, durant lesquelles Reydorn s'était remis sur pied, fouillant fébrilement sa gibecière, qu'il venait de repérer, accrochée sur un montant, à droite de l'entrée.

Oghul-Tak récupéra la serpillère et s'en servit pour essuyer tant bien que mal la visière de son casque. Sa vision enfin dégagée, le colosse constata que la sang-chaud avait disparu de la table.

De rage, il cingla celle-ci de son hachoir, en plein milieu. Le meuble s'effondra en deux parties distinctes, dévoilant Irumi et Ygraine, tassées l'une contre l'autre sur le sol. Oghul-Tak lâcha un autre de ses rires gras, répugnante tonalité, et redressa son hachoir.

L'humain en vert jaillit du véhicule, lancé en plein sprint, mais il était trop loin pour sauver les femelles.

Deux pour le prix d'une, encore mieux !

Un peu chancelant et, pourtant, déterminé, Aymard se dressa sur le côté d'Oghul-Tak, au moment où le Smaugh allait clouer les deux jeunes femmes au sol, en commençant par cette insolente Kelash.

L'archevêque de la Lumière abattit son bâton, cognant le heaume du Smaugh, aussi fort qu'il le pouvait. Dans le même temps, ses lèvres prononcèrent le sort, une seule syllabe à incanter.

Un sort tout simple, qui n'avait rien à voir avec les arts de la Guerre.

Aymard avait beaucoup voyagé dans son passé de missionnaire, apportant la guérison de la Lumière et ses saintes paroles sur de nombreux Plans secondaires. Au fil de ses aventures, il avait croisé un vieux sorcier aux pouvoirs inoffensifs, un grand-père tranquille qu'il avait soigné de la cataracte sur un autre Plan. Pour le remercier, le vieillard lui avait appris le sortilège, son plus précieux trésor.

Tout simple, vraiment, ledit sortilège se contentait d'influer sur la résonnance des sons. Le vieux l'utilisait lorsqu'il jouait de son violon, lors des foires ou des veillées, capable de créer à partir d'une simple ritournelle des effets sonores aux profondeurs subtiles, aux échos surprenants.

Si Aymard avait sans peine mémorisé le sort, en revanche, il s'était révélé un élève passable, pas vraiment doué en création musicale. Mais cette fois, il ne s'agissait pas de composer une symphonie, il suffisait juste de faire résonner le choc du bâton sur le casque du Smaugh, de faire résonner ce son brut, encore et encore. À le rendre fou.

KLONNNNNNNNNNNNNNNNGGGGGGGGGGGGGGGGGG !

Oghul-Tak se cambra sur ses appuis, délaissant totalement ses proies. La vibration métallique martelait son crâne, lacérait ses nerfs, elle refusait de cesser. Il grinça des dents comme jamais, les gencives écarlates.

Agitant vainement son bras armé, le titan recula d'un pas, encore un autre, puis, au supplice, il arracha la lanière de son heaume, et jeta rageusement son couvre-chef au sol, mettant fin à sa souffrance.

Achevant son sortilège, Aymard en avait profité pour contourner Oghul-Tak, agrippant les deux jeunes femmes, qu'il tira le long du chariot, hors de portée immédiate du Smaugh.

Son large visage grimaçant, le cristallin de ses yeux complètement moucheté de sang, Oghul-Tak se reprit juste à temps pour voir le sang-chaud en tunique verte courir droit sur lui, les poings serrés, ses traits figés sur un masque de colère et de détermination.

Le Smaugh lâcha autre un rire gras. Il allait faire quoi, celui-là, lui bondir dessus à mains nues ? Un suicidaire qu'il allait tronçonner d'un seul revers, en deux segments distincts !

Plus que trois pas. Le sang-chaud était presque à portée de son hachoir. Le colosse en bavait d'anticipation, Smaugh !

C'est alors que Reydorn ouvrit sa senestre en grand, pointée vers le visage d'Oghul-Tak et prononça un mot de pouvoir. Un simple sort de lumière, mais son éclat vif aveugla le colosse, l'obligeant à cligner des yeux.

Par réflexe, Oghul-Tak riposta d'une frappe en demi-cercle.

Reydorn se tassa pour passer sous la lame du Smaugh. Il se redressa, ouvrit sa dextre, il jeta une petite pochette de lin à l'intérieur de l'armure noire et reprit aussitôt du large.

Oghul-Tak sentit l'objet glisser le long de son cou, descendre sur son poitrail. Impossible de dire ce que c'était, quelque chose de léger. Presque une caresse.

Il pivota pour faire face à Reydorn. Son regard gris plissé de colère, le Mage Vert le pointa de l'index et, d'une langue vengeresse, il prononça trois syllabes de pouvoir éthérique qui claquèrent dans l'air comme un coup de fouet.

Rien à voir avec le sort de l'archevêque.

Un éclat de lumière à deux tons, émeraude et jaune, nimba l'intérieur de l'armure du Smaugh, une brève seconde. Et puis plus rien.

— Qu'as-tu fait ? hurla le seigneur de guerre, pressentant que la riposte de Reydorn n'avait rien d'anodin.

La magie sylvestre déploya ses effets et Oghul-Tak eut sa réponse, même s'il ne la comprit pas tout de suite.

Déchirant la pochette de lin, un petit quelque chose se mit à se tortiller contre son ventre, à s'allonger, s'élargir, tout en rampant le long de son corps. Quelque chose qui commençait à le picoter en s'infiltrant au travers de sa tunique.

Animées par le sort de *Croissance vive*, les trois graines se transformaient graduellement en longs cirres verdâtres, fleuris… et peu à peu hérissés de piquants.

Le Mage Vert avait invoqué le même procédé qu'avec les glands de chêne d'Aïlaëen, sauf qu'il avait utilisé des semences de roncier imprégnées de son mana – il avait prélevé lesdites graines sur un mûrier, dans le bois au sud du fort, quelques jours plus tôt, lors d'une promenade avec Ygraine.

Plutôt pacifique de nature, jamais l'homme des bois n'aurait imaginé utiliser les graines d'une manière aussi agressive. Toutefois, ce pourceau géant de Smaugh avait failli tuer Ygraine et cela changeait tout. La limite était franchie. Son amour menacé, le Mage Vert réagit en conséquence.

Violence pour violence.

Il éleva ses bras vers le ciel et répéta les mots de pouvoir.

Les filaments devinrent des vrilles de plus en plus épaisses, aux piquants de plus en plus acérés. Toujours sans comprendre, Oghul-Tak sentait les ronces s'enrouler autour de lui, se resserrer et déchirer ses vêtements, griffer sa peau.

Le réseau végétal s'agrandissait de seconde en seconde, sans qu'il n'y puisse rien. Et comme les vrilles en pleine expansion ne pouvaient percer l'acier, elles trouvèrent dans la chair et les muscles du guerrier un vaste territoire dans lequel forer.

Le féroce titan d'acier ne songeait plus à tuer, à massacrer. Il était bien trop chamboulé par ces sensations étranges, de plus en plus invasives.

Reydorn en avait trop vu des Smaughs, il ne fit preuve d'aucune pitié. Soumise à sa volonté, son armée de cirres se durcit et plongea avidement dans la chair du Smaugh.

Percé au ventre, aux jambes, aux épaules, aux pieds, Oghul-Tak tressauta sur place, transformé en plaie vivante. Le cristallin de ses yeux devenu écarlate, il cracha un jet de sang, hurla, tourna sur lui-même en chancelant, son hachoir vainement agité.

Oghul-Tak était un dur, capable de résister à la douleur, il l'avait prouvé maintes fois. Mais ce qu'il était en train de subir dépassait ses capacités de résistance et de beaucoup.

Le roncier lacérait tout autant l'extérieur de son corps puissant que l'intérieur. Sa force légendaire, sa rage féroce ne lui servaient à rien.

Son sang ruisselant dans son armure, Oghul-Tak sentit un cirre traverser sa vessie pour ressortir le long de son urètre. Un autre déchira son anus. Même pour un Smaugh, la douleur était indescriptible, elle atteignait des sommets insoupçonnés, aux limites sans cesse repoussées.

Jusqu'à la mort !

Sans compter cette image dont il ne pouvait se défaire, qui harcelait son cerveau : celle de son corps dévoré de l'intérieur par les végétaux.

Quelle torture parfaite ! s'exclama la partie analytique de sa conscience. Si seulement Oghul-Tak avait pu invoquer la Souffrance Sublimée ! Quels abîmes de plaisir, il aurait alors ressentis ! Quelle transcendance, il aurait pu connaître, Smaugh !

Mais c'était trop tard.

Il tomba à genoux, tenta de défaire les fixations de son plastron, sans y parvenir. Ses doigts tremblaient trop, tellement il avait mal.

Les vrilles hérissées de piquants sortirent par le haut de son armure, grosses comme l'index, puis remontèrent le long du visage empourpré d'Oghul-Tak qu'elles balafrèrent dans leur sanglante reptation. Elles pénétrèrent ses narines, violèrent ses tympans, s'engouffrèrent dans sa bouche hurlante, étouffant tout écho de cri.

Le colosse tomba au sol. Agité de tressautements spasmodiques, il frappa le sol des bras et des jambes, de plus en plus agité. Son corps bougeait de lui-même, sa conscience désormais fissurée par la souffrance.

Enfin, ces vrilles assassines, qui le déchiraient de part en part, atteignirent le cerveau du Smaugh et le perforèrent.

Jusqu'à la mort !

Oghul-Tak fut saisi d'un brusque et dernier spasme et cessa de bouger, toute vie arrachée de son corps par la colère du Mage Vert.

Le visage en sueur, Reydorn mit fin au sortilège. Son regard perdit sa fixité colérique pour reprendre son habituelle douceur.

Ygraine vint se jeter dans ses bras. Le mage l'enlaça, un grand sourire aux lèvres. Tout en caressant tendrement la chevelure de sa dame, il songea que non, il ne regrettait pas son acte, pas une seconde.

Cependant, la guerre était vraiment une bête horrible et c'était la dernière fois qu'il utilisait un tel procédé, il s'en fit le serment.

Plus jamais, il ne ferait pousser un roncier *à l'intérieur* de quelqu'un !

Chapitre 102

Plongés dans une intense et trouble mêlée, les légionnaires se retrouvaient bloqués au milieu du pont, attaqués de chaque côté. Les guerriers des deux camps juraient, avançaient, reculaient, tuaient ou mouraient. Les blessés avaient été tirés sur les extérieurs, les espaces s'étaient resserrés et les Impériaux commençaient à se faire peu à peu repousser les uns contre les autres. Le second mur de boucliers se faisait sérieusement malmener, enfoncé sur trois rangs par un Smaugh aussi gros qu'un Sangh, particulièrement déchaîné. Sur les côtés, les légionnaires arrivaient encore à contenir l'ennemi, mais cela ne durerait pas longtemps.

Parant au plus pressé, Cromlach mobilisa les trente guerriers de sa réserve et se rua à leur tête pour renforcer le deuxième mur.

Karzaz-Tak, le premier-sang, se révélait effectivement incontrôlable. Il brisait toutes les lances qui le ciblaient, aucun bouclier ne pouvait le repousser. Son large visage éclaboussé du sang impérial, déjà dix morts à son actif, il frappait et riait, savourant le massacre.

Karzaz-Tak fracassa la lance puis le bouclier du fantassin Goose, avant de le projeter à terre d'un coup de botte au poitrail. Il se dressa au-dessus du soldat, ses deux armes ramenées au-dessus de sa tête.

Sa course gênée par sa lance, Cromlach laissa tomber son arme. Il empoigna son bouclier à deux mains, redressé devant lui, et fonça sur le colosse du clan tak. Déséquilibré par le choc, Karzaz-Tak recula de deux pas. Le Nain avait offert à Goose le répit nécessaire pour reculer hors de portée, mais le Smaugh revenait déjà à la charge.

Fahaarak'Shar !

Beuglant son cri de guerre, le colosse combla l'écart d'un seul bond féroce et se mit à cogner comme un démon sur le bouclier de Cromlach.

KA-BAM, KA-BAM, KA-BAM ! KA-BAM, KA-BAM, KA-BAM !

Karzaz-Tak martelait le pavois à frappes doubles, le bosselant un peu plus à chaque impact. Arc-bouté pour mieux résister au pilonnage, Cromlach gardait le visage en retrait et se cramponnait de toutes ses forces aux lanières de son bouclier, trempées de sa sueur. Il parvenait tout juste à bouger son pavois afin d'éviter que le grand rectangle d'acier ne soit constamment atteint au même endroit.

KA-BAM, KA-BAM, KA-BAM ! KA-BAM, KA-BAM, KA-BAM !

Les attaches du bouclier cédèrent, châtiées par la fureur du colosse. Cromlach n'eut que le temps de dégainer le glaive accroché à l'intérieur de son pavois, miraculeusement épargné. Laissant son écu tomber sur le sol, le Nain se ramassa sur lui-même et bondit de biais, sa lame pointée droit sur le genou le plus avancé du guerrier smaugh.

D'un revers de sa masse main gauche, Karzaz-Tak détourna l'estoc et riposta aussitôt en abattant sa deuxième masse, une frappe descendante destinée à fracasser l'épaule du légionnaire.

Cromlach se tordit sur lui-même pour esquiver la frappe lourde, ripostant d'un revers qui ricocha sur une plaque d'acier protecteur de la cotte de combat du Smaugh. Il recula, tout en se baissant, et sentit le souffle des masses de Karzaz-Tak éventrer l'air au-dessus de sa tête.

Cromlach feinta à gauche, attendit l'amorce de mouvement du Smaugh, qui redressa ses deux armes pour frapper de haut en bas, et il bondit sur sa droite.

Leurré, Karzaz-Tak rabattit ses lames à l'endroit où aurait dû se trouver le Nain, ripant sur la pierre.

Cromlach se bloqua, son glaive rabattu en diagonale basse pour trancher les poignets du colosse.

Karzaz-Tak poussa un juron, écartant ses bras en grand, obligé de laisser tomber ses armes sous peine de se faire tronçonner les membres.

À son tour, le Nain ne frappa que la pierre.

Le Smaugh bloqua son glaive en plaquant sa botte dessus. Il baissa le bras, empoigna le Nain à la gorge, un véritable étau d'acier. Alors, des deux mains, il arracha Cromlach du sol, le privant de sa lame.

Karzaz-Tak planta son regard mauve, enfiévré de plaisir, dans celui du Nain, dont les jambes battaient dans le vide, et se mit à resserrer sa prise. Cromlach n'arrivait plus à respirer, son visage devint écarlate. Le colosse se mit à glousser, jouissant de la douleur qu'il infligeait.

Le Nain fit un geste pour dégainer la masse accrochée à sa ceinture, mais il n'arriva pas à la saisir. Changeant d'optique, il remonta ses jambes de manière à les verrouiller autour de la taille du Smaugh. Une fois calé, il plaqua ses mains sur celles de Karzaz-Tak, empoigna ses pouces et força. Cromlach était peut-être surclassé par la stature et la puissance du colosse, pour autant, question poigne, il avait un sacré répondant. Les deux articulations cédèrent dans un claquement sec. Les pouces brisés, incapable de maintenir sa prise, Karzaz-Tak relâcha sa proie. Cromlach avala une grande goulée d'air et tira sur ses cuisses tout en contractant les abdominaux. Au lieu de tomber, il profita de l'effet de levier pour relever son buste et frappa le Smaugh d'une violente volée de coups de tête. Un, deux, trois, quatre, cinq. Et six !

Coup de boule après coup de boule, saisi d'une rage froide, il tordit le nasal du casque smaugh, l'enfonça dans le visage de ce dernier, brisant son nez, ses pommettes, ses dents.

Karzaz-Tak chancelait, crachait, bavait, éructait. Il ne voyait plus rien, la souffrance enflait en larges corolles à partir de son nez fracturé, oblitérant toute réflexion. Il avait du sang plein la bouche, plein la gorge, peinant à respirer. Il tenta d'empoigner le fou furieux qui le martelait à grands coups de casque, mais ses pouces brisés lui interdisaient toute étreinte efficace. Alourdi du poids de son adversaire, il recula d'un pas chancelant, trébucha…

… Un septième coup de tête illumina son champ de vision d'un voile tout blanc. Karzaz-Tak partit en arrière et s'effondra de tout son poids.

Cromlach se dégagea juste à temps pour ne pas être entraîné à terre. À bout de souffle, il récupéra un glaive au sol, se rapprocha du Smaugh et se laissa tomber sur lui, sa lame plantée en pleine gorge.

Trois légionnaires de sa réserve, Larkin, Offredo et Bodin formèrent une haie devant lui, comblant la brèche avec une telle ardeur qu'ils repoussèrent les Tak en arrière. Les autres légionnaires profitèrent de cet élan pour se regrouper à leur hauteur et reformer la ligne sur trois rangs.

L'attaque surprise des Tak était repoussée, toutefois, rien n'était joué. La mort de Karzaz-Tak ne fit qu'aviver la frénésie des envahisseurs, qui redoublèrent d'agressivité. Les fantassins en étaient réduits à s'accrocher à leurs pavois et à se défendre, incapables de renverser la vapeur.

Cromlach ramassa un bouclier en bon état, raffermit sa prise sur son glaive et beugla à ses hommes :

— Allez, bande de puceaux, vous savez ce qui est en jeu ! On tient bon, jusqu'au bout !

Chapitre 103

Trois cents mètres à l'ouest du pont, le long des remparts, Vanina Cole dansait au milieu des Tak, sans se rendre compte qu'avec la fatigue, sa concentration sur son écran mental commençait à se relâcher. De fait, elle avait cessé de dénombrer les hostiles autour d'elle. Il en restait bien trop.

Un nouveau Tête de Clous à mordre la poussière, une croix sanglante traversant son torse. Vanina tourbillonna pour s'enrouler autour d'un Tak et pénétrer sa défense. Elle lui fendit un genou, puis l'autre et le percuta d'un coup d'épaule pour l'envoyer s'écraser contre un autre guerrier.

Une alarme se déclencha dans son esprit. Un Smaugh surgissant sur son flanc droit, beaucoup trop proche.

Vanina se bloqua sur ses appuis et plongea sur le côté pour esquiver le violent balancier d'une hache qui l'aurait tranchée en deux segments distincts. Elle se redressa de sa roulade, fendit les reins du guerrier d'un revers de lame en arrière et pivota sur ses appuis pour se repositionner.

Elle se retrouva nez à nez avec un autre adversaire, une nouvelle alarme déclenchée. Un Smaugh encore plus costaud que les précédents. Il devait bien faire deux fois et demie le poids de Cole.

Tellement près. Trop.

Zen ou pas Zen, le guerrier percuta Cole de plein fouet, l'envoyant voler dans les airs. Le Smaugh ne l'avait même pas fait exprès, il courait vers elle, ralenti par la transe bleutée, et l'Initiée s'était d'elle-même jetée sur son passage.

Cole avait évité un danger pour s'emplafonner droit contre un autre.

Après une culbute, elle se retrouva les fesses plaquées sur l'herbe. Dans sa chute, elle avait laissé tomber son sabre. Et, pire encore, elle avait perdu le Zen, la transe balayée par la percussion.

Là, ma fille, ça commence à sentir le têton brûlé !

Mais, dans un grondement de terre martelée, Callista Swift arrivait au galop, longeant l'extérieur des remparts sur sa jument de guerre pellonienne, à la tête de cinquante Hirondelles.

La capitaine jeta sa jument isabelle droit sur le guerrier qui menaçait Cole. Les autres Hirondelles obliquèrent sur les adversaires restants.

Le Tak pesait cent quatre-vingt-six kilos, la jument pellonienne, sept cent cinquante, caparaçonnée de mailles et lancée au galop.

À l'impact, le Tak sembla comme tiré sur le côté par un fil invisible. Il vola par le travers, cul par-dessus tête et alla s'encastrer dans le rempart, dix mètres plus loin, le corps démantibulé par le choc.

Accablés par une salve de lances ou de flèches, chargés par les destriers pelloniens, les guerriers tak postés à l'entrée du fort Vacqueyras se firent laminer, perforer, renverser, piétiner, les uns après les autres.

Après un coup d'œil appuyé à Vanina pour vérifier que son amoureuse était saine et sauve, Callista Swift rameuta ses guerrières et les Hirondelles relancèrent leur offensive, chargeant la meute de Karzaz-Tak en train de combattre sur le pont, face aux légionnaires de Cromlach.

Là encore, leur arrivée conquérante prit l'ennemi au dépourvu, galvanisant les légionnaires.

Si puissants fussent-ils, les Tak ne pouvaient résister à la puissance d'un destrier pellonien. À leur tour, ils se firent prendre en tenaille, d'un côté, bloqués par le mur des boucliers et percés à la lance, de l'autre, brisés ou lardés de flèches par la cinquantaine de cavalières et leurs chevaux de guerre de l'autre. C'était la fin des Tak. À l'instar de leur féroce seigneur, les guerriers tombèrent jusqu'au dernier.

Ayant repris le contrôle de la rive ouest, Callista Swift fit remonter sa jument jusqu'à Vanina. Elle rengaina sa lance dans son fourreau et croisa une jambe par-dessus le pommeau de sa selle, fixant celle qui faisait battre son cœur :

— Vani, es-tu blessée ?

— Nan, ça va, merci, kissi, répliqua l'Initiée.

— Alors, tu peux m'expliquer pourquoi tu te retrouves *toute seule* au milieu d'un bataillon de Smaughs… à *l'extérieur* du fort, Vani ?

— Euh… Par choix tactique, peut-être ? tenta la rousse, d'une voix hésitante.

Callista se laissa glisser de selle et rejoignit sa compagne.

— Choix tactique, mes fesses, au demeurant parfaites… tu t'es encore laissée emporter… Sacrée Vani, viens là, *kissi*.

La blonde enlaça la rousse et les deux jeunes femmes partagèrent un baiser profond, complice.

— À ton tour de m'expliquer, qu'est-ce que tu fais là, Callie ? enchaîna la rousse. Tu devais mener les Hirondelles de l'autre côté du fleuve.

— Ling-Faï s'en charge… Quand j'ai entendu sonner la corne d'urgence, j'ai ressenti que, d'une façon ou d'une autre, tu étais en danger.

— Ma p'tite Callie, tu es arrivée pile au moment où ça commençait à chauffer pour mes petites fesses, merci ! Des nouvelles du Pacha ?

Le beau visage de la blonde s'ombra d'une grimace :

— Aucune nouvelle. Il a disparu du cercle de duel en même temps que le sorcier. Je ne sais quoi en penser.

— Si les empalés du crâne avaient vaincu notre Pacha, ils se seraient empressés de s'afficher avec son cadavre, non ? Ne t'inquiète pas. Notre Cellendhyll à nous, il connaît son affaire… et pas que sur le champ de bataille, hein ! Quand je pense à sa langue, à toi en train de le chevaucher… hmmm…

— Caporale Vanina Cole, ce n'est franchement pas le moment, reprenez-vous ! Nos compagnons comptent sur nous et je sens que la nuit est loin d'être finie !

— Capitaine, oui, ma capitaine !

Chapitre 104

À l'intérieur du fort Vacqueyras, les protagonistes se remettaient tant bien que mal de l'assaut brutal perpétré par Oghul-Tak et ses guerriers.

Ygraine, Aymard, Irumi et Reydorn étaient tombés dans les bras les uns des autres, riant, pleurant de soulagement. Après quoi, la herse fut redressée, Reydorn et Aymard transpirant pour l'actionner. Enfin, l'archevêque pria pour les trois prêtres de l'Orage qui avaient donné leur vie pour les protéger. Le sergent Voss dormait tranquillement, son état était stationnaire.

La rive ouest était sécurisée, les blessés les plus graves pris en charge par Aymard et Ygraine, en cours d'évacuation. Callista avait donné l'ordre à ses Hirondelles d'harnacher des chariots pour les évacuer jusqu'au pont sylvestre. La première partie du convoi des civils devait avoir terminé de franchir le Vacqueyras, il ne fallait pas perdre de temps.

Cromlach se débarrassa de son casque, fêlé à force de martèlements. Il but quelques gorgées de sa gourde, s'inonda le visage, en profita pour jauger l'évolution de l'affrontement. Ses hommes et lui venaient de friser la correction. L'attaque surprise des Smaughs avait failli tout faire capoter, mais l'arrivée des Hirondelles avait permis de sauver la situation.

De l'autre côté du pont, la horde des Smaughs continuait à s'acharner sur le rempart de boucliers, les fantassins peu à peu repoussés.

Mais, tant que la muraille d'acier tenait bon, seuls les Smaughs au premier rang avaient l'opportunité de combattre. Tous les autres, rang après rang, devaient se contenter de trépigner en espérant qu'un espace se libère. Ce qui était le cas, quasi toutes les dix secondes.

Les légionnaires résistaient avec force et honneur, toutefois, ils commençaient à fatiguer face aux envahisseurs dont l'énergie frénétique ne faiblissait pas, toujours en net surnombre.

Cromlach avait attendu tant qu'il pouvait. Il était temps de passer à la suite du plan. Il décrocha la trompe de son ceinturon, la porta à ses lèvres épaisses et lança son appel modulé en trois temps, tonalité toute différente de celle qui avait résonné de l'intérieur du fort.

Silencieux, concentrés, lancés en pleine course, les renforts surgirent du bas de la berge en remontant par la droite du pont. Ils étaient plus de mille légionnaires, tous les fantassins valides, menés par le sergent Kamal.

Ceux-là avaient traversé le pont sylvestre, peu avant le duel, ils avaient longé la berge et s'étaient camouflés dans l'ombre du pont. Une fois en position, les légionnaires avaient impatiemment attendu ce signal de Cromlach, attendu que l'ennemi soit profondément engagé sur le pont. Ils avaient enduré cette longue attente en entendant le fracas de la bataille, leurs camarades combattre, souffrir, mourir et c'est un flot déterminé, revanchard, qui se jeta de tout son poids sur le flanc gauche de la meute des Smaughs. Lances en avant, boucliers dressés, Kamal et tous les autres allaient enfin pouvoir apurer les comptes.

La horde se fit enfoncer dans un fracas d'acier, les Têtes de Clous tombèrent par dizaines, pris par surprise, lardés à grands coups de lames.

En dépit de la brutalité de la contre-offensive, les Smaughs mirent plusieurs minutes à saisir qu'on les attaquait par le flanc. Comment était-ce possible ? Comment les Impériaux avaient-ils pu traverser le Vacqueyras ? Le temps qu'ils réalisent, réagissent, s'organisent, il était trop tard. Kamal, l'un des premiers au contact, n'était pas moins déchaîné que ne l'avait été Karzaz-Tak. Le robuste guerrier au crâne rasé, aux longues moustaches charbonneuses, maniait la lance comme jamais il ne l'avait fait.

À grand renfort d'estocs, de coups de boucliers, les légionnaires perpétrèrent un carnage. Percés à mort, les Smaughs s'effondraient sur leurs congénères, gênant d'autant leur riposte.

L'arrivée des renforts raviva l'ardeur chancelante des fantassins de Cromlach en train de s'échiner à survivre. Ils poussèrent un grand cri d'allégresse, leurs forces ragaillardies ravivées, au lieu de reculer, ils se mirent à pousser.

De son côté, la cinquantaine d'Hirondelles de Callista Swift, postée en retrait des fantassins, abreuvait les envahisseurs de salves en cloche pour ne pas risquer de toucher leurs camarades. Les Smaughs étaient si nombreux, si serrés, qu'il suffisait de tirer dans le tas pour les abattre.

Constatant la charge des renforts impériaux, jaillis des ombres de la berge – incapable de comprendre comment ils avaient fait pour traverser –, Turgut-Ott éructa un juron et fit sonner sa trompe pour donner à ses chars de guerre l'ordre d'attaquer. Puis, alors qu'il lançait son propre char dans le sillage des premiers, il partit d'un gloussement malsain.

Des fantassins contre cinquante de ses chars à lames ? Oh oh, le sang allait gicler par litres entiers, car, si l'Adhan et le Nagù lui avaient échappé, ces sang-chaud, eux, allaient comprendre leur douleur !

Toutefois, les chars aux lames tournoyantes étaient des armes d'une brutalité ans égale, délicates à manier, qui nécessitaient un espace conséquent pour manœuvrer efficacement. Ce qui signifiait que pour frapper les fantassins sans pour autant massacrer ses propres guerriers, Turgut-Ott allait devoir commencer par longer les deux armées, au large, ensuite tourner plein sud et fondre en ligne sur les sang-chaud pour les déchiqueter par l'arrière.

Cromlach avait repéré le mouvement des chars smaughs. Inévitable, une telle occurrence avait été intégrée dans le plan de Cellendhyll. En réponse, le Nain souffla dans sa corne, produisant un nouveau type d'appel.

— À nous de jouer les filles, s'exclama Ling-Faï en entendant le second signal de Cromlach. La capitaine Callie compte sur nous, le Pacha également ! Vous savez quelles sont nos cibles. À l'attaque !

Elles surgirent du bas de la rive, elles aussi, décalées d'une centaine de mètres par rapport à la position initiale des fantassins de Kamal.

Guidées par la Kelash, les Hirondelles chargeaient, cent cinquante-huit cavalières lancées en plein galop, couchées sur l'encolure de leurs Pelloniens. À peine déployées, leurs cibles assignées, elles se divisèrent par escouades de trois guerrières, formées à l'avance.

La mission des fantassins était de contenir l'assaut des Smaughs sur le pont et d'en abattre autant que possible. Celle des Hirondelles consistait à mettre les chars hors d'état de nuire.

Et pour Ling-Faï et ses camarades, qui n'avaient rien oublié de leurs sœurs déchiquetées par les lames tournoyantes, sonnait l'heure de la revanche.

La Kelash lança son étalon bai cerise au galop, droit sur le char le plus avancé. Les véhicules smaughs se détachaient dans la nuit sombre, éclairés de deux lanternes accrochées à leurs flancs pour éviter de se rentrer les uns dans les autres ; une précaution née de l'expérience qui se retournait contre eux.

Guidant sa monture des jambes et de la voix, Ling-Faï orienta le galop de manière à croiser la course de l'attelage. Elle décocha une flèche sur la guérite, puis une seconde, histoire d'attirer l'attention de l'aurige qui bifurqua aussitôt pour la poursuivre ; la cavalerie impériale représentait la cible prioritaire des chars.

Son adversaire appâté, Ling-Faï effectua une volte rapide pour faire demi-tour et repartit au galop, entraînant le char avec elle, vers l'est, à l'opposé des guerriers en pleine bataille.

D'autres cavalières utilisaient la même tactique, tout le long de la plaine, détournant les chars de guerre de leur mission initiale.

Ling-Faï lança son Pellonien dans une série de zigzags, en modulant son allure ; son but n'était pas de semer son poursuivant, au contraire, l'aurige devait se croire proche de la happer entre ses lames tournoyantes. Enfin, estimant qu'elle s'était assez éloignée, Ling-Faï poussa un cri semblable à celui d'une mouette et donna des jambes, faisant passer son étalon au triple galop. L'écart s'agrandit aussitôt, obligeant l'aurige à accélérer l'allure.

Surgissant de la nuit à l'arrière du char smaugh, par la droite et par la gauche, apparurent Sylaé et Laverne, deux Hirondelles au galop synchronisé de manière à encadrer l'attelage.

Arrivées à portée de lancer, les deux guerrières firent tournoyer l'assemblage d'acier cliquetant qu'elles avaient empoigné, un tour, deux tours, trois tours et hop, elles projetèrent leur charge, visant les roues arrière du char.

L'assemblage métallique se déploya dans les airs en sifflant, révélant une sorte de double grappin aux griffes recourbées, les deux extrémités reliées par une chaîne, le tout forgé d'acier.

Cette fois, ce fut maître Christo Rodanhoorde qui vint trouver la capitaine Swift, porteur d'une idée novatrice, propre, pensait-il, à contrer ces redoutables chars de guerre. Cette idée lui était venue en voyant l'un de ses apprentis tenter de redresser la lame tordue d'un glaive. Comme il voulait gagner du temps, et que toutes les enclumes étaient prises, le jeune homme avait entrepris de bloquer la lame entre les rayons d'une roue et de taper dessus à vigoureux coups de marteau. Une tentative aussitôt marquée par l'échec. L'apprenti ne parvint pas à redresser le glaive, il brisa le rayon de la roue à sa troisième frappe de marteau et se prit un bon coup de botte dans le fondement en guise de punition. Pour autant, un déclic s'était produit dans la cervelle féconde de Christo Rodanhoorde qui décida de transformer toutes les lames des soldats trop tordues ou ébréchées en grappins. Pour ce faire, il suffisait d'assembler les lames par chauffage et martelage, de manière à forger chaque grappin, pour ensuite les apparier en les reliant d'une chaîne.

Callista Swift avait vigoureusement validé l'idée du maître-forgeron, décrétant un entraînement intensif pour ses cavalières, supervisé par Ling-Faï, dans le bois au sud du fort, à l'abri des regards ennemis.

Les Hirondelles ne s'étaient pas entraînées d'arrache-pied en vain. Les doubles grappins se coincèrent dans les rayons, les chaînes se tendirent, leur morsure cisaillant le bois des roues. Emporté par le mouvement du char, l'un des grappins se libéra et alla rebondir jusqu'à l'axe de roulement, contre lequel il se bloqua. La torsion fut telle que le véhicule sembla se comprimer sur lui-même et partit en tonneaux, les skarax furent étranglés en même temps, l'aurige à l'intérieur de sa guérite écrasé par les impacts.

Le regard étincelant, Ling-Faï caressa l'encolure de son étalon. Après une nouvelle volte, elle remonta le long de l'attelage fracassé. Sylaé et Laverne la rejoignirent, chevauchant à ses côtés.

— Bien joué, allez, on s'en fait un autre, kissa Cellendhyll ! s'écria Sylaé.

Quelques minutes tard, un nouveau char se retrouva les roues arrachées à leur axe par les brise-roues. L'arrière cogna violemment contre le sol, subit un effet de levier et se renversa cul par-dessus tête avant de retomber sur les skarax dans un grand fracas de bois et de métal torturés. L'impact ne laissa aucun survivant.

Les escouades d'Hirondelles, réparties perpendiculairement au fleuve, soigneusement espacées, reproduisaient la même offensive. Une cavalière pour servir d'appât et isoler un char de guerre, les deux autres, armées de brise-roues, pour surprendre le véhicule. Parfaitement disciplinées, les soldates de l'Empire attaquaient sans prendre de risque, capables de prendre du large avant de se faire acculer.

Les lames recourbées des brise-roues, se glissaient dans les rayons, s'y coinçaient, tandis que leur autre extrémité se plantait soit dans le sol, soit se bloquait contre l'axe de roulement, sous l'attelage. Les effets pouvaient varier, mais le résultat se révélait chaque fois dévastateur. Les chars à lames se faisaient dilacérer en pleine course, sans jamais parvenir à coincer la moindre cavalière. Les attelages se faussaient, partaient en travers, se renversaient, leurs équipages démembrés par les chocs. Deux d'entre eux allèrent jusqu'à se télescoper de plein fouet, provoquant un carambolage en chaîne d'une dizaine de chars.

Les auriges n'arrivaient pas à s'adapter à cette tactique aussi audacieuse qu'imparable. Ces femelles refusaient de se faire laminer par les lames tranchantes, leurs montures de guerre, de véritables athlètes, se montraient capables de voltes vives, d'esquives impossibles à prévoir. Les Hirondelles, au contraire des chars, ne portaient aucune lumière, elles galopaient dans la nuit comme des spectres insaisissables, qu'on ne repérait qu'au dernier moment, et c'était déjà trop tard.

Les uns après les autres, les redoutables attelages se transformèrent en vestiges torturés. À force d'efforts conjugués auxquels s'ajoutait une bonne dose de brio, les Hirondelles finirent par piéger et détruire tous les chars de guerre de l'offensive. À l'exception d'un seul.

Dès qu'il constata le sort réservé au premier char, démantibulé par les brise-roues des Hirondelles, Turgut-Ott ralentit son propre véhicule et l'engagea dans une boucle prudente destinée à le rapprocher de la colonie.

Ayant pris du large, il constata avec horreur que les sang-chaud avaient trouvé en ces espèces de grappins reliés d'une chaîne une arme monstrueusement efficace pour mettre en échec ses précieux chars à lames. Le temps qu'il s'éloigne, trois véhicules supplémentaires avaient été détruits.

Voilà qui commençait à sentir mauvais. D'autant plus que ses guerriers en train de combattre piétinaient sur place, sans avancer. Bloqués sur le pont par le mur de boucliers, assaillis sur leur flanc gauche, ils commençaient même à fléchir, en dépit de leur fièvre martiale. Non, cela semblait pire encore. Turgut-Ott ne voyait plus aucun signe des Tak à l'autre bout du pont. Oghul et sa meute avaient donc échoué ¿

Turgut-Ott jugea que, privés du soutien des chars, ses guerriers ne parviendraient pas à vaincre ces damnés Impériaux, pas sans d'énormes pertes. Il valait mieux se replier, changer de terrain d'affrontement. Attirer les sang-chaud dans la colonie, en territoire inconnu, hostile. Oui, Smaugh !

Le seigneur smaugh reprit sa trompe et sonna le repli, laissant derrière lui une plaine jonchée de carcasses éventrées.

Les envahisseurs en pleine retraite, les deux groupes de fantassins, au lieu de les poursuivre, en profitèrent pour reprendre leur souffle malmené, trop fatigués pour hurler leur triomphe. Plusieurs d'entre eux s'abreuvèrent ou mangèrent une ration de combat, d'autres posèrent un genou à terre pour prier la Sainte Lumière. Ils le savaient, rien n'était joué.

Les soldats du sergent Kamal avaient fait la jonction avec ceux de Cromlach à l'entrée du pont, les deux guerriers partageant une fière accolade.

Sa mission accomplie, Ling-Faï retrouva Callista et les légionnaires avec son bataillon d'Hirondelles. La capitaine était fière de ses filles. Les chars de guerre de l'offensive détruits, aucune perte à déplorer, grâce à l'excellence des Pelloniens, de leurs cavalières, et à l'invention de maître Rodanhoorde.

Callista et Cromlach se consultèrent, partageant leurs bilans. Cellendhyll avait planifié une offensive totale et, pour le moment, si on mettait de côté la disparition du seigneur-lige et l'incertitude sur son sort, la première phase du plan était une réussite. Les Impériaux avaient repoussé l'attaque du pont, fait échec à un assaut surprise, abattu quantité d'ennemis et détruit leurs chars de guerre, sans compter la mort de leur puissant seigneur, le féroce Oghul-Tak.

Quant aux lueurs d'incendie, au nord de la colonie, elles semblaient indiquer que l'unité de Gheritarish avait entamé sa propre mission et s'en donnait à cœur joie.

Il était temps de passer à la suite programmée par l'Adhan : poursuivre les Smaughs à l'intérieur de leur tanière et les vaincre, une bonne fois pour toutes, après avoir fait la jonction avec le Loki. Et avec le Pacha, ils l'espéraient tous, Callista et Vanina les premières.

Pour les Hirondelles, la poursuite de l'offensive se ferait à pied. Cette option ne plaisait pas vraiment à la capitaine Swift, toutefois, elle refusait de voir les précieux destriers pelloniens se faire coincer dans les allées de la colonie, trop massifs pour y évoluer à leur aise. Sur un tel terrain, les Hirondelles seraient plus efficaces sur leurs jambes.

Une fois prêtes, leurs montures relâchées, libres d'aller paître le long du Vacqueyras avec Farod, qui avait rejoint ses congénères, les Hirondelles, Irumi comprise, se joignirent au contingent des fantassins. Gonflées à bloc, les forces impériales se lancèrent à petite foulée vers la lisière du camp smaugh dans lequel elles s'enfoncèrent, sans rencontrer la moindre opposition.

De leur côté, Reydorn, Aymard, Ygraine, le sergent Voss et les blessés du pont avaient pu rejoindre le cortège d'évacuation, ce dernier en route vers le sud, le long du Vacqueyras. Intraitable, Cellendhyll leur avait refusé le droit de participer à l'offensive, ses amis n'étaient pas des guerriers, ce dernier combat n'était pas le leur et il refusait de sacrifier leurs vies.

Chapitre 105

L'ouverture du tertre s'était refermée derrière Cellendhyll.

Lancé à la poursuite de son ennemi juré, sa Belle devenue sabre en main gauche, l'Ange se retrouva à longer un boyau en pente douce, aux parois couvertes de chitine mauve et phosphorescente. Ce n'était pas la première fois qu'il s'engageait sur ce genre de territoire, créé par la sorcellerie des Smaughs, et dont les dimensions ne correspondaient jamais à ce qu'on en voyait de l'extérieur.

Le souterrain ne tarda pas à déboucher sur une petite grotte de chitine. *Danger !* hurla l'instinct du Hors-Destin, au moment où il allait en franchir le seuil.

Cellendhyll partit en roulade avant. Il se redressa, sans se soucier de ses plaies qui le tiraillaient, et frappa en appui sur un genou, en pivotant sur lui-même, d'un large revers de la Belle de Mort.

Les deux sorciers postés de chaque côté de l'entrée, dagues en main, s'effondrèrent en hurlant, leurs jambes tranchées net au ras des genoux par son attaque en demi-cercle.

Restait un troisième adversaire. Un autre sorcier pointait sa dextre sur le torse de l'Adhan, de ses lèvres sèches, fardées de noir, s'écoulait la forme d'un sortilège.

Cellendhyll se redressa de sa volte puis, tout en se déhanchant, il empoigna sa lame à deux mains et la projeta sur son adversaire.

La Belle de Mort éventra l'air et se planta en sifflant de gourmandise dans le sternum du Smaugh, qu'elle cloua à la paroi de chitine.

Aucune trace de Rakùl-Bahìr, ici. Au centre de l'excavation, un cercle rituel à l'intérieur duquel étaient allongés six cadavres baignant dans leur sang, leurs corps traversés des multiples blessures que Cellendhyll avait infligées à son ennemi juré lors du duel ; les dépouilles de trois hommes robustes, vêtus de tuniques de coton, un épais collier d'esclave verrouillé à leur cou, et celles de trois de ces grosses créatures reptiliennes que l'Ange avait déjà affrontées.

En découvrant un tel dispositif, Cellendhyll comprit mieux comment le Nagù avait pu régénérer ses blessures et faire apparaître des griffes.

Ta sorcellerie a échoué, pourriture !

Il récupéra sa Belle de Mort d'un geste sec, caressant la poignée de l'arme au passage, et s'élança dans le passage au fond de la grotte, prêt à tout.

Vingt mètres plus loin, un garde mech se découpa en plein milieu du souterrain, prétendant lui barrer le passage. Le fou !

Cellendhyll l'enchaîna de deux allers-retours, deux diagonales en croix, trop rapides pour l'œil. Le mech s'effondra dans un jaillissement de sang, tronçonné en quatre parties distinctes.

Tu ne m'échapperas pas, Nagù !

Le guerrier n'était qu'un éclaireur peu inspiré ; venait dans son sillage le reste de l'escouade envoyé à la hâte par Rakùl-Bahìr pour l'intercepter.

L'Ange se rua sur eux et les balaya de son sabre sans s'arrêter, cinglant, tranchant, inondant les parois du sang des envahisseurs.

Puisant dans sa résistance, il cantonnait toujours la douleur à l'écart. Nourri par la tension, il n'avait ni faim, ni soif. La vengeance coulait dans ses veines, libérée de toute entrave. En dépit de ses plaies, l'Ange se sentait fort, infatigable.

Que se passait-il à la surface ? Sur le pont ? Autour de la colonie des Smaughs ? Que devenaient Gher, Callista et Vanina, Reydorn, Cromlach et tous les autres ? Et l'évacuation des blessés ?

Rakùl-Bahìr. Concentre-toi sur cette engeance !

Le tunnel se mit à remonter. Des clameurs provenaient de l'extérieur, étouffées par la distance.

Cellendhyll déboucha à l'intérieur d'une roulotte de sorcier tapissée de chitine.

Personne pour l'accueillir. Dommage.

Grandes ouvertes, les portes du véhicule donnaient à l'intérieur de la colonie, abondamment éclairée.

Cellendhyll sortit de la roulotte et se retrouva face à une grande allée de tentes en cuir magenta rayé de noir.

Il avait débarqué dans un camp en guerre, secoué par le désordre et le tumulte. Outre un intense bruit de bataille qui résonnait dans son dos, en direction du pont, la colonie était secouée de cris, d'appels, de la sonnerie des trompes de guerre, de hennissements, de mugissements. Vers le nord et le nord-est, une partie du camp était la proie des flammes.

Brave Boule de Poils, tu nous as créé un beau désordre ! Bien joué, mon ami...

Un mouvement attira l'attention du Hors-Destin, tout au bout de l'allée. Rakùl-Bahìr s'éloignait en courant, il avait engrangé une bonne avance.

Cellendhyll s'élança à sa poursuite.

Alertés par les cris de leur maître, une nuée de sorciers jaillit des tentes, reconnaissables à leurs tenues magenta. Surpris, mais volontaires, ils sprintèrent en direction de l'Adhan, une bonne vingtaine, aux dagues dégainées, des membres du Troisième Cercle, déjà experts dans l'art du Shiwan-Gewarr.

Cellendhyll constata cette irruption importune d'un froncement de sourcils. Son regard étincela d'un feu au jade agressif.

Sangnoir, pas question que ce chancre de Smaugh m'échappe ! Pas cette fois !

Il courut droit sur les sorciers. Alors que le Tête de Clous le plus proche le ciblait de la main, incantant le début d'un sort, il déclencha le Hyoshi'Nin.

Ce qui se déroula ensuite fut impossible à décrire, le pouvoir de la Grâce Parfaite agissant dans une bulle en dehors même des lois de l'espace et du temps.

Un battement de paupière plus tard, pas plus, Cellendhyll avait atteint le bout de l'allée, trente mètres plus loin. Derrière lui, un sillage de sang, celui des sorciers éparpillés le long des tentes, chacun abattu d'un unique trait de sa Belle de Mort.

L'Ange avait à peine senti ce qu'il venait d'accomplir, vingt sorciers éliminés en moins d'une seconde, mais peu importait. Déclenché par l'impérieuse nécessité, le Hyoshi'Nin lui avait fait gagner un temps précieux. Repérant la silhouette du Nagù en train de remonter une autre allée de tentes, sur sa droite, Cellendhyll constata qu'il avait en partie comblé son retard.

Galvanisé, sa Belle dans sa senestre, il se lança coudes au corps à la poursuite de son ennemi juré.

Dépassé, traqué, Rakùl-Bahìr s'était extrait du souterrain et il avait fui jusqu'au centre de la colonie smaugh, aussi vite qu'il le pouvait. En chemin, il avait rameuté ses sorciers et ses mechs pour les lancer sur son poursuivant, en vain. Personne n'était capable de stopper l'Adhan maudit, à peine de le ralentir, Smaugh !

Gonflée, la profonde coupure à sa main l'élançait toujours. Que Cellendhyll pourrisse sur pied !

Le Nagù avait perdu cette manche, d'aucuns pourraient même prétendre qu'il avait perdu la face, son prestige foulé au pied par la vindicte de Cellendhyll de Cortavar. Cependant, toute honte bue, Rakùl-Bahìr n'avait pas dit son dernier mot. Car, même s'il n'avait pas le temps de sélectionner des cobayes acceptables pour recréer un nouveau lien d'Osmose, il lui restait un atout en réserve, qu'il espérait bien abattre pour en finir avec l'Adhan maudit et remporter la partie.

Le Nagù atteignit la zone retirée où étaient parquées les trois roulottes personnelles des maîtres-sorciers. Il disparut dans son véhicule, celui du milieu. Dix de ses sorciers les plus redoutables s'y tenaient déjà, assis en cercle sur le plancher.

Après avoir verrouillé le panneau d'entrée, Rakùl-Bahìr rappela à son intendant de déclencher le piège au moment où Cellendhyll arriverait à trente pas des roulottes, pas avant.

L'information transmise, Rakùl-Bahìr s'empressa de gagner son atelier, au fond du véhicule. Il ouvrit un grand placard, le temps d'en sortir une vasque pleine de liquide irisé au centre duquel reposait une sorte de bulbe renflé d'un violet profond, marbré de parme et de magenta, palpitant de l'intérieur. Sans perdre de temps, le Nagù posa la vasque sur son plan de travail. À sa connaissance, c'était la seule matrice existante de la colonie, depuis que l'Adhan maudit avait incendié la salle des cosses, lors de son évasion de la citadelle des Smaughs. Et encore, celle-ci n'était même pas arrivée à maturation.

Le Nagù se connecta à son Nexus et prononça un sort de cinq syllabes susurrées. Aussi souple qu'un reptile, un fin tentacule torsadé de mauve s'éleva du bulbe, s'allongea jusqu'à rejoindre le sorcier, perçant la chair au creux de son coude. Le fluide curateur se répandit en lui sous forme d'une vague de fraîcheur qui vint baigner son avant-bras.

Le maître-sorcier poussa un gémissement langoureux, enfin apaisé de cette morsure infâme. Las, son soupir d'aise s'étrangla subitement, transformé en juron. En une poignée de secondes, le filament guérisseur se mit à noircir à partir de sa main blessée, l'infection remonta jusqu'au bulbe guérisseur, celui-ci s'assombrit à son tour, s'effondrant de l'intérieur, bientôt transformé en un petit tas de cendres charbonneuses.

D'un geste rageur de son avant-bras valide, Rakùl-Bahìr envoya la coupole se briser sur le plancher. Sa dernière matrice ! Quant à la plaie à sa main, la douleur avait cessé, mais elle était à peine refermée, la cicatrisation incomplète.

Le maître-sorcier ouvrit le tiroir d'une étagère, y préleva une fiole d'un liquide au vert laiteux, un fluide désinfectant dont il aspergea abondamment sa dextre avant de l'entourer d'un bandage propre.

Juste à temps. De l'extérieur, éclatèrent les bruits du combat opposant l'Adhan aux gardes mechs.

Tout en enfilant une grande tunique de cuir magenta à liserés violacés, Rakùl-Bahìr alla se poster devant un guichet latéral qu'il ouvrit juste ce qu'il fallait pour surveiller la progression de sa Némésis.

Bien qu'accablé par les échecs successifs, le puissant maître-sorcier n'avait pas dit son dernier mot.

Prévu pour ce genre d'événement précis, le traquenard destiné à son ennemi juré était amorcé. Les deux autres maîtres-sorciers étaient en position, prêts au combat. Göruk-Mongh, à la laideur remarquable, qui symbolisait le passé du Peuple, était camouflé dans la roulotte à gauche de celle du Nagù, supervisant dix autres sorciers du Quatrième Cercle. Le talentueux Kublaï-Our, l'avenir des Smaughs, tapi dans celle de droite, avec dix sorciers supplémentaires.

Tout restait possible.

Il n'y avait plus qu'à attendre que l'Adhan maudit arrive à bonne portée.

Les blessures de Cellendhyll l'élançaient moins, son cœur second œuvrant à les cicatriser. Il avait talonné Rakùl-Bahìr sans réussir à combler son retard, obligé d'abattre chaque Smaugh ou chaque mech barrant son passage.

Heureusement pour lui, la colonie était en pleine effervescence, les envahisseurs couraient dans tous les sens, le désordre avait pris une telle ampleur que peu d'entre eux se rendaient compte de sa présence.

Cellendhyll déboucha sur la petite place juste à temps pour voir Rakùl-Bahìr atteindre un trio de roulottes à l'écart, de longs véhicules laqués de noir aux panneaux fermés, chaque toit-terrasse surmonté d'un grand rectangle en bois pointé vers le ciel.

Le Nagù s'était jeté dans celle du milieu.

Constatant que la douzaine de mechs de garde autour des trois véhicules se rassemblait pour le charger, Cellendhyll courut à leur rencontre.

Tel un vent furieux, l'Ange dansa, virevolta au milieu des mechs, trop vif pour être touché. Fidèle compagne, sa Belle affamée aux entrelacs mortels trancha et trancha encore, gorgée de victimes, sans jamais être réellement rassasiée.

D'un geste, Cellendhyll essora sa lame sombre du sang des envahisseurs, et se remit à avancer pour s'arrêter à trente pas de la roulotte du Nagù.

— Je suis là, Rakùl-Bahìr... sors de ta tanière, espèce de lâche !

L'Adhan terminait à peine d'asséner son défi que les constructions de bois sur le toit des roulottes se rabattirent sur les côtés, dévoilant les trois gros blocs de gemmelitte violacée que Rakùl-Bahìr avait conservés dans ce but précis. N'ayant pas assisté en direct au déploiement initial des cristaux géants, lors de l'assaut du premier rempart, Cellendhyll ne s'était pas méfié de ces formes oblongues surmontant les attelages.

Les sorciers avaient réagi avec une efficacité parfaite, le piège déclenché. Leur mana incanté bondit vers les blocs plantés sur les toits et le sortilège jaillit des blocs catalyseurs, charriant le Voile d'Effroi avec une terrifiante intensité.

Droit sur le Hors-Destin.

Cellendhyll fut brusquement happé par les trois faisceaux de mana concentrés en un seul, englouti par un violent halo de pouvoir hachuré de mauve, de noir et de magenta.

Le Voile d'Effroi faisait trembler l'air sur son passage, accablant l'Adhan maudit de ses rayons de peur lacérante. On ne voyait plus rien de sa haute et haïssable silhouette.

Derrière son volet entrouvert, aux premières loges, Rakùl-Bahìr partit d'un gloussement obscène.

Un Voile d'Effroi incanté par ses plus puissants sorciers, renforcé par les trois cristaux-focus, trente fois supérieur à la normale... l'Adhan serait incapable d'y résister. De quoi incinérer son esprit de terreur, sa cervelle allait lui couler par les oreilles !

— Cette fois, tu es perdu, Cellendhyll de Cortavar ! Cette fois, le triomphe est mien !

Tout à sa jubilation, Rakùl-Bahìr ne se rendait pas compte qu'il avait commis la pire des erreurs.

Il avait attaqué le Hors-Destin en faisant appel aux pouvoirs *éthériques* de la sorcellerie.

Fermement campé sur ses appuis, Cellendhyll serrait les dents, ses muscles contractés d'eux-mêmes dans le but de résister à ce flot détestable de frayeur extrême, réaction de défense purement instinctive.

Sauf qu'en vérité… le Voile d'Effroi renforcé ne lui faisait aucun mal !

Englouti, submergé par cette lumière surpuissante qui le cachait aux yeux de tous, le Hors-Destin constata que son corps était entouré d'un fin halo argenté, un halo sur lequel la sorcellerie des Smaughs s'écrasait sans parvenir à l'entamer.

Sans même y songer, Cellendhyll se connecta à son Nexus.

Il cligna des paupières, et son regard passa du jade étincelant à un argenté miroitant de pouvoir. Un flash irisé flamboya un bref instant, occultant sa vision, aussitôt suivi par une vague de chaleur douce qui envahissait tout l'intérieur de son corps, l'inondant de la tête aux pieds.

L'étincelle implantée en lui, cette *étincelle* très particulière, s'était déclenchée. L'énergie éthérique coulait dans son être, sa puissance dormante subitement éveillée par l'assaut de magie négative.

Voilà qui changeait tout.

Investi de cette énergie incroyable qui faisait désormais partie de lui, Cellendhyll sentait ses deux cœurs battre avec vaillance, en parfaite synchronie. Ses blessures disparurent, guéries par l'afflux soudain de mana pur.

Le Hors-Destin à nouveau transcendé. Il n'était ni mage, ni sorcier, ni prêtre. Il n'était pas un Puissant ou un dieu. Il incarnait autre chose. Quelque chose de différent, d'à part, d'unique. Et d'infiniment redoutable.

Oh que oui, Rakùl-Bahìr avait commis la pire des erreurs !

Sa vision éthérique activée par le déclenchement de l'énergie nouvelle, le regard de Cellendhyll put percer l'épaisseur du Voile d'Effroi, remontant jusqu'à l'origine des trois sortilèges entremêlés. Même cachées à l'intérieur des roulottes, les silhouettes des sorciers se détachaient nettement sur le plan de l'Éther, allumées d'un grand halo pourpre plutôt qu'orangé.

Cellendhyll dévoila ses dents dans un rictus de fauve. Ses adversaires étaient repérés. À son tour d'agir.

Le Hors-Destin planta sa Belle devenue sabre à ses pieds, il écarta les bras en grand et les rabattit devant lui, tout en poussant son Cri.

Son Cri d'Adepte, nourri tout autant de sa colère que de son énergie éthérique.

L'onde destructrice de mana pur surgit de ses lèvres avec une puissance qui le surprit, si létale qu'elle en faisait craquer la réalité. Le claquement sec d'un vibrato sonore éclata dans le ciel et la chappe de sorcellerie violacée qui engloutissait Cellendhyll fut carbonisée par un impérieux flux d'énergie argentée aux intenses reflets moirés.

Le flot de mana pur déchaîné par l'Ange se déploya comme un éclair d'apocalypse, droit sur les trois véhicules. L'air ondulait sur lui-même, chargé d'ozone. Impact ! Les cristaux géants explosèrent en mille débris, le contre-choc du sort d'effroi contrarié faisant fondre la cervelle de la moitié des sorciers du Quatrième Cercle.

Les roulottes de droite et de gauche furent tout d'abord froissées, tordues, puis concassées comme frappées par le poing d'un géant invisible particulièrement énervé, le métal plié sur lui-même, le bois transformé en nuage de poussière, deux carcasses fumantes et dévastées. De Göruk-Mongh, de Kublaï-Our et de leurs sorciers du Quatrième Cercle, bloqués à l'intérieur, ne restait plus qu'une purée spongieuse de corps déchirés et d'os fracassés.

La roulotte où se camouflait le Nagù, quant à elle, fut renversée par le coup de pied rageur du même géant. Enfoncée dans son milieu, elle fut projetée en arrière dans une dizaine de tonneaux qui enfoncèrent tout sur leur passage, tentes, caisses et charrettes, mechs ou Smaughs.

Si ces sorciers du Quatrième Cercle, dans leur totalité, n'étaient plus que des marionnettes agonisantes aux fils brisés, déchirées, incrustées les unes dans les autres, Rakùl-Bahìr, en revanche, l'avait une fois encore échappé de justesse. Il se tenait à l'extrémité de la roulotte, lorsque le Cri de l'Adhan s'était déclenché et il avait réussi, grâce à une chance insolente, à se faire éjecter par la fenêtre du fond, brisée sous son poids au moment où le véhicule entamait son premier tonneau.

Sa tâche accomplie, l'énergie nouvelle se retira au plus profond de l'Adhan, son flot d'éther rendormi aussi vite qu'il s'était éveillé, sans que l'Adhan ne puisse rien y faire.

Cellendhyll cligna des yeux. Son regard avait retrouvé son jade habituel. Il se sentait… bien. En accord avec lui-même. Le pouvoir qui avait jailli ne lui avait rien enlevé. Au contraire.

Devant lui, s'étalait un paysage de dévastation. En une seule attaque, un dragon n'aurait sans doute pas commis plus de dégâts.

Éberlué par la puissance qu'il avait déployée, Cellendhyll resta quelques secondes à contempler son œuvre destructrice. Il ne pourrait pas relancer son Cri de sitôt, mais, par l'Épée Noire de Lachlann, le résultat avait largement dépassé ses attentes !

Deux cents mètres plus loin, une silhouette se redressa pour clopiner dans une allée, attirant son attention.

Rakùl-Bahìr ! L'infâme sorcier s'en était miraculeusement sorti, aussi fuyant qu'un asticot vérolé.

Mais tu vas crever, oui, enflure ¿!¿

Tirant sa Belle de Mort du sol, l'Ange se relança à sa poursuite.

Gheritarish avait faim, son ventre gargouillait de protestation !

Il n'avait cessé de guerroyer depuis son arrivée dans le camp smaugh, en début de soirée, et il avait arrêté de compter le nombre de fois où il avait dû essuyer le manche de Skaggh'Naggah, dégoulinant de sang ennemi.

Gheritarish et son escouade, formée de Magnus et ses guerriers-preux, avaient reçu comme mission de profiter du duel entre l'Adhan et le Nagù pour s'infiltrer dans la colonie, après un large crochet pour l'aborder par le nord-est. Une fois en place, l'objectif était clair, parfaitement conforme à la mentalité du Loki : mettre le plus de désordre possible dans le camp, en commençant par libérer les esclaves.

Aucun envahisseur n'avait pu enrayer la progression du Loki et de son bataillon. Avec la presque majorité des Smaughs amassée sur la berge, face au pont, une bonne partie de la base smaugh se retrouvait gardée par les effectifs mechs, des guerriers corrects, néanmoins plus habitués à gérer des esclaves qu'à affronter des combattants de la trempe de Gheritarish et sa bande.

Les Impériaux brûlaient la base ennemie à mesure de leur avancée. Surmontées d'un épais nuage noirâtre en expansion, les flammes répandaient leur linceul orangé, dévorant les tentes et les chariots, faisant exploser les réserves d'huile de lampe, brûlant les provisions.

Une part des esclaves libérés répandaient leur propre part de destruction, éparpillés d'eux-mêmes, le restant avait préféré la fuite. Un bon tiers de la colonie était désormais hors de contrôle, et les Smaughs peinaient à le comprendre, leur camp par trop vaste.

Le remarquable déchaînement d'énergie éthérique provoqué par Cellendhyll illumina subitement l'horizon, vers le centre du camp, tandis que résonnaient les craquements d'un orage invisible. Le phénomène fut bref, mais terriblement intense, figeant le Loki et ses guerriers sur place.

— Qu'est-ce qui se passe, là-bas ¿ s'exclama Gheritarish. Par le Mouton Noir à cinq pattes, ils ont réveillé un dragon ou quoi ¿

— La Sainte Lumière châtie les mécréants ! déclara Magnus, d'un ton pénétré.

— Sans vouloir te vexer, cousin, c'est pas de la magie lumineuse qu'on vient de voir, ça correspond à rien que je connais. Et pourtant…

Gheritarish redressa le nez, huma l'air, son odorat avivé alerté par une pointe de fragrance qu'il avait depuis longtemps mémorisée. Il hocha la tête avant de partir d'un gros rire :

— Quel petit cachottier… je le sens, c'est *lui*… sacré bougre d'Adhan, cette fois, il a vraiment réussi à me surprendre ! Hmm, inutile de le rejoindre, on ferait que le déranger. Venez, les gars, on a assez foutu le bordel ici, il est temps de faire la jonction avec nos camarades !

Chapitre 106

Ses traits livides creusés d'une grimace, du haut de son char de guerre, Turgut-Ott contemplait le nord de la colonie en proie aux flammes. Pendant que la bataille se déroulait sur le pont, une bande d'Impériaux avaient eu l'outrecuidance d'infiltrer le camp, de libérer les esclaves et de déclencher ces incendies. Jamais les Smaughs n'avaient subi une telle offensive de toute leur histoire !

Outre ses cinquante chars, le seigneur de guerre venait de perdre plus de sept cents guerriers durant l'assaut nocturne du pont. Sans parler d'Oghul-Tak et ses premiers-sangs, qui n'avaient pas donné signe de vie. Il restait encore plus de mille Tak en réserve dans la colonie, mais ces derniers avaient refusé de s'engager tant qu'ils n'auraient pas des nouvelles de leur chef.

En bref, même s'il restait à Turgut-Ott largement de quoi vaincre l'Empire, la Horde avait subi assez de pertes pour qu'il commence à sérieusement s'inquiéter pour la suite du Fahaarak'Shar. Depuis la prise de Coruscante, le Peuple n'avait rien accompli de significatif. Au contraire, il stagnait toujours à la lisière des Grandes Plaines, bloqué devant le fleuve. Leurs forces vives peu à peu érodées par les démons d'Impériaux, les conquérants avaient même perdu un ou, sans doute, deux chefs de guerre, sans parler des pertes du côté des sorciers.

L'assaut nocturne avait échoué. Rakùl-Bahìr avait échoué. Oghul-Tak apparemment aussi. Øz avait bel et bien disparu, sinon, elle serait intervenue pour organiser le Peuple, une absence qui ne laissait pas de le troubler, à force d'y penser.

Pour autant, Turgut-Ott, homme de caractère, gardait confiance. Il allait attirer les Impériaux à lui, les laisser progresser jusqu'au milieu de la colonie, attendre qu'ils se rassemblent. Alors, il relâcherait toutes ses forces sur eux, jusqu'à les engloutir.

Sa décision prise, le seigneur de guerre fit dévier son char vers le secteur ouest de la colonie. Il allait devoir s'organiser et parler avec les Tak, que cela lui plaise ou non.

En cas de confrontation avec le Nagù, il avait d'ores et déjà affûté ses arguments : une déplorable erreur de trajectoire, il visait l'Adhan et son char avait dévié. Sans preuve aucune, Rakùl-Bahìr serait incapable de prouver le contraire. D'ailleurs, le maître-sorcier n'était qu'un rival, rien de plus. Sa sorcellerie le rendait redoutable, mais les Smaughs étaient immunisés contre le Voile d'Effroi, et Turgut-Ott disposait de forces bien supérieures à celle du Nagù. Il suffirait de ne jamais lui tourner le dos, et tout irait bien.

Rakùl-Bahìr détalait à travers une allée. Il avait le front entaillé, il s'était écorché le dos et la plaie à sa main, rouverte dans la destruction de sa roulotte, avait recommencé à palpiter.

Le déchaînement d'énergie cinétique que l'Adhan maudit avait subitement déversé sur ses sorciers et lui, c'était trop. Tout simplement trop. L'Adhan était un guerrier, d'où venait ce renversant pouvoir ?

La puissante sorcellerie smaugh avait failli. Göruk-Mongh et Kublaï-Our, ses deux confrères, ainsi que tous ses sorciers du Quatrième Cercle avaient été décimés. Quoi que le Nagù lui oppose, quoi qu'il tente pour le vaincre, Cellendhyll de Cortavar déjouait tous ses plans et ripostait avec la puissance d'une tornade !

Rakùl-Bahìr était le dernier des mange-formes, il aurait pu tenter de voler l'enveloppe d'un Impérial pour leurrer Cellendhyll. Toutefois, outre le fait qu'il détestait le procédé, extrêmement inconfortable, il avait besoin d'un humain comme matériau et n'en avait aucun à sa portée immédiate.

Que lui restait-il encore à opposer à sa Némésis ?

La force.

En dépit des apparences, en dépit de ses échecs successifs, Rakùl-Bahìr n'était pas encore prêt à baisser les bras.

Cellendhyll avançait dans le camp des Smaughs sans plus chercher à faire preuve de furtivité. Il en avait eu assez de crapahuter torse nu, son sabre à la main. Dans un chariot de réserve, il avait confisqué une tunique en coton beige, sans doute destinée à un esclave, dont il avait déchiré les manches pour être plus à l'aise. Il avait délesté un cadavre smaugh de son baudrier d'armes et la Belle avait créé pour lui un fourreau sur mesure. Il en avait profité pour s'abreuver à la gourde du défunt guerrier.

Rakùl-Bahìr l'avait plusieurs fois semé, traversant la colonie en zigzags, vers l'ouest et le nord-ouest, cependant, chaque fois, en se perchant sur le toit d'un fourgon, l'Ange l'avait retrouvé. À force de le traquer, il sentait confusément que son ennemi juré cherchait plus à gagner du temps qu'à véritablement tenter de le semer.

Il avait de nouveau le Nagù en point de mire, à moins de quarante mètres. Le sorcier venait de s'engouffrer dans un dédale d'une vingtaine de tentes, aux parois de cuir fixées les unes aux autres.

Sur ses gardes, Cellendhyll pénétra dans la première des tentes pour découvrir un intérieur baignant dans la pénombre. L'écho d'un ricanement l'attira dans la tente suivante, puis dans celle de gauche, puis encore à gauche.

Tout droit, ensuite. Et là, une silhouette qui se tenait au fond, en attente. Le Nagù ¿ L'apparition s'effaça dans la pénombre au moment où Cellendhyll faisait un pas en avant.

L'Ange perçut des froissements d'étoffe, tout autour de lui. Les pans de la tente s'agitèrent, sans qu'il puisse vraiment définir la source du danger.

Il leva le bras dans le but de dégainer sa Belle de Mort de son fourreau d'épaule. Un sifflement retentit, son poignet soudain bloqué par une sorte de lasso. Un autre lien fusa pour capturer son autre avant-bras. Les lassos furent brusquement tendus, l'Ange écartelé.

Avant qu'il ne puisse réagir, une silhouette surgit dans son dos, se collant à lui. Cellendhyll fut aussitôt garrotté, la gorge serrée par un cordon de cuir torsadé qui bloquait sa respiration.

Deux autres mech apparurent face à lui, revêtus de cuir noir, le visage barré d'un tatouage mauve, armés de dagues courbes.

Des assassins, pas des guerriers, comprit l'Adhan.

D'un fouetté du pied droit, il détourna un estoc de dague asséné par le tueur de droite. Il changea d'appui et brisa la rotule du mech d'un nouveau coup de botte. Puis, il se jeta en arrière pour esquiver la frappe en taille du second tueur, un poil plus lent que son camarade, et le repoussa d'un coup de botte au poitrail. Arc-boutés sur leurs lassos, les mechs qui le maintenaient par les poignets peinaient à contenir ses ruades.

Cellendhyll en profita pour asséner un violent coup de tête arrière à l'homme qui le garrottait, se baissa sur ses appuis et se laissa partir en roulade avant. Il pesait quatre-vingt-douze kilos, que du muscle, les assassins, eux, une soixantaine de kilos chacun.

Entraîné malgré lui, le tueur au garrot se retrouva écrasé sous le poids de l'Adhan, obligé de relâcher la tension de son lien de cuir. Les mechs enserrant les poignets de Cellendhyll avaient été tirés trois pas en avant, déséquilibrés. D'un ciseau des jambes, l'Ange faucha celui de droite avant de lui flanquer son talon de botte entre les deux yeux. Les arcades éclatées, l'œil vitreux, l'assassin laissa échapper son lasso.

Sa main libérée, Cellendhyll arracha le garrot de sa gorge et se servit de son bras emprisonné comme d'un levier, tirant sur la corde pour se redresser. À peine sur ses appuis, il frappa le mech de ses doigts raidis, dans le creux du plexus solaire. Le souffle coupé, le troisième des assassins relâcha son lasso. Cellendhyll le plia en deux d'un coup de genou au bas-ventre, coinça la tête de l'homme entre ses bras. D'une torsion, il lui brisa la nuque.

Restait celui au garrot. L'assassin s'était redressé et plongeait déjà vers l'Adhan, sa dague volant vers son ventre.

Cellendhyll porta la main à sa Belle de Mort, à l'angle de ses épaules, et dégaina tout en se décalant d'un pas sur le côté. Tandis que le Smaugh sabrait l'air à la position qu'il avait occupée, le Hors-Destin lui trancha le bras au niveau du coude d'une diagonale basse, puis il remonta sa Belle vers le ciel pour l'éventrer de l'aine à l'épaule. Après quoi, d'un estoc de lame, il acheva les blessés.

Un juron dépité, plus loin sur sa droite, relança sa traque. À grands coups de sabre, Cellendhyll fendit le cuir des tentes, se frayant un passage à travers le labyrinthe.

Il déboucha sur une esplanade d'herbe foulée aux pieds.

Rakùl-Bahìr se tenait au milieu de cette grande place encadrée de véhicules divers. L'air acculé, à bout de souffle, il reculait pas à pas.

Sabre en main, l'Adhan avança à foulées souples, sans plus se presser.

À mesure qu'il se rapprochait du piège, car il devait bien y avoir un nouveau piège préparé à son intention, pas après pas, Rakùl-Bahìr reculait d'autant.

Au moment où l'Adhan arriva au milieu de la place, le maître-sorcier perdit tout air traqué. Adressant un sourire moqueur à son ennemi juré, il siffla entre deux doigts.

Derrière lui, les grandes roulottes s'ouvrirent sur leurs flancs, laissant dégorger une foule de guerriers mechs armés de longues lances, réquisitionnées dans l'urgence ; des armes idéales pour attaquer l'Adhan maudit à mi-distance et lui interdire d'arriver au contact. Précaution supplémentaire, certains guerriers s'étaient taillé des boucliers de bois renforcés de clous d'acier. Ils vinrent former les rangs devant leur maître, bloquant le passage de Cellendhyll.

Dans le même temps, d'autres mechs, chargés de toutes les armes lourdes qu'ils avaient pu trouver, surgirent des allées adjacentes, de tous côtés.

Une masse de deux mille combattants pour cerner la place et bloquer toutes les issues.

Et acculer le Hors-Destin.

Ayant confusément compris que les assauts de sorcellerie ne faisaient que rendre l'Adhan plus destructeur encore, Rakùl-Bahìr avait changé son arbalète d'épaule pour lui opposer des forces physiques. Pour autant, il avait également rallié tous les sorciers du Troisième Cercle qu'il lui restait, toutes ses réserves engagées.

Laissant s'exprimer son orgueil bafoué, le maître-sorcier ne put s'empêcher de confronter celui qu'il haïssait chaque seconde un peu plus. Fermement planté sur ses appuis, il rejeta les épaules en arrière et s'exclama :

— Tu es cerné, Cellendhyll, tu ne peux pas t'échapper, Smaugh ! Je te laisse vingt secondes pour laisser tomber ta lame et te rendre… vingt secondes pour digérer ta défaite… Sinon, je lâche mes guerriers sur toi, tous mes guerriers… aussi forcené que tu te sois révélé jusqu'ici, tu ne peux plus compter sur ton Cri, tu es surclassé !

Ivre de jubilation, le Nagù se mit à égrener les secondes de son ultimatum, sans se presser.

Deux mille envahisseurs prêts à se jeter sur l'Adhan pour mieux l'engloutir. Même si ce n'était pas la plus prestigieuse, et de loin, cette fois était la bonne, se répétait le maître-sorcier en son for intérieur. Une litanie rassurante.

Cette fois, oui… cette fois, il allait vaincre l'Adhan maudit !

Cellendhyll ne songeait pas une seconde à se rendre. Quelle idée risible ! Il ne lui restait plus que le Zen et la transe bleutée ne suffirait pas face à une horde aussi nombreuse. Pourtant, s'il voulait mettre la main sur Rakùl-Bahìr, il allait devoir abattre cette marée prête à le démembrer.

Comment vaincre un tel nombre ?

Vingt secondes pour trouver une idée lumineuse. Confronté à une telle impossibilité, le premier sentiment qui vint à l'Adhan, le seul, fut la colère.

Mortonnerre, ça suffit, maintenant ! Je suis le Hors-Destin, non ? Oui, incontestablement ! Et j'ai perdu assez de temps comme ça. Je veux mon pouvoir et tout de suite ! Il est en moi, je le sens parfaitement. Il vient d'opérer face aux Smaughs. Alors quoi ?!

Jusqu'alors, la puissance éthérique du mana pur était venue à Cellendhyll dans l'urgence, sans qu'il ne contrôle rien. L'Ange ne supportait plus cette passivité. Plus que dix secondes, à peine. Il se concentra sur les battements de son cœur de Loki et se connecta à son Nexus. Après quoi, puisant pleinement dans ce ferment de volonté qui le caractérisait, unique, il *décida*.

La nuance était subtile, pourtant, elle changeait tout. Plutôt que d'appeler l'énergie nouvelle à lui, plutôt que d'espérer, de supplier, le Hors-Destin *décida* qu'elle se déclenche, repoussant toute limite, pliant la réalité à son désir.

Cela n'avait rien d'une prière, c'était un acte de *volonté* pure.

L'Ange ressentit comme une étincelle, dans un recoin de son esprit que, jusqu'alors, il ignorait posséder.

Un déclenchement. Un lumignon qui devint flamme, cette flamme se renforça, se transforma en un brasier, un brasier conquérant.

Domptée, soumise, pour la première fois, l'énergie du mana pur se déversa en lui, avivant tous ses sens, tous ses réflexes.

Voilà qui est mieux ! Nous allons voir, à présent…

— … dix-huit, dix-neuf, vingt ! Alors, Cellendhyll, es-tu décidé à te rendre, Smaugh ? gloussa le Nagù.

— Non, je suis décidé à te tuer, crevure ! ricana le Hors-Destin.

Giflé par la voix tranchante de l'Adhan, Rakùl-Bahìr fut pris d'un sursaut contrarié. Il lança un nouveau sifflement entre ses dents, carrément autoritaire.

Les Smaughs et les mechs refermèrent leur nasse autour de Cellendhyll, lances pointées en avant, boucliers redressés. Ultime menace, de chaque côté de l'esplanade, deux fourgons noirs s'ouvrirent en grand, relâchant chacun une meute de vingt skarax sur les flancs de l'Adhan. Là encore, le Nagù engageait ses dernières réserves.

Les deux meutes de skarax au galop ne tardèrent pas à dépasser les lignes de mechs avançant au pas, qu'ils ignorèrent pour se focaliser sur l'Adhan maudit.

Cellendhyll n'avait pas le temps ni l'envie de verser dans la finesse.

Des deux mains, il ramena sa Belle de Mort en arrière, lame pointée vers le ciel. Il *décida* d'insuffler une part d'énergie nouvelle dans la lame sombre, irradiant celle-ci d'un feu éthérique au bleu traversé d'éclats irisés.

Un skarax de la meute de gauche, particulièrement rapide, avait devancé ses congénères. Il prit son élan et bondit sur lui, griffes en avant, prêt à l'écraser de tout son poids.

Cellendhyll tournoya sur lui-même, frappant au vol.

La Belle le tronçonna en plein élan, aussi aisément qu'une feuille de papier. Le mana pur jaillit de la Belle de Mort en une gerbe de pouvoir brut, argenté, si létal qu'il faisait onduler l'air autour de lui, provoquant des craquements sonores. Les deux parties du skarax en train de retomber au sol explosèrent sous le choc en débris sanguinolents.

L'ozone alourdissait l'air, son odeur aussi funeste qu'un glas de cathédrale.

Cellendhyll prolongea son mouvement. En touchant le sol, la Belle nourrie de mana pur provoqua une onde de choc aux relents soufrés qui se répandit en direction des skarax de gauche sous forme d'un cône vif-argent de vingt mètres de large.

Sans vérifier le résultat, par manque de temps, le Hors-Destin pivota sur ses talons, répéta sa frappe énergétique face au second groupe de fauves reptiliens.

L'air craqua une fois encore sous l'orage de sa détermination.

Atteints de plein fouet par la toute-puissance du mana pur, les deux groupes de skarax furent déchiquetés par une identique vague de pouvoir argenté.

Deux cratères creusés dans la terre, remplis d'une purée noirâtre et nauséabonde de peau écailleuse, d'os concassés, de chair dilacérée. Voilà tout ce qui resta d'eux.

Les Smaughs et les mechs en pleine approche se figèrent en constatant le sort infligé à leurs bêtes de combat, néanmoins, sur un ordre impérieux du Nagù, ils reprirent leur avancée. Leurs lances, leurs lames tremblaient à peine.

Deux mille contre un seul homme.

Non, deux mille face au Hors-Destin transcendé.

Cela n'avait rien à voir. Rien du tout.

Bien qu'abhorrant ses adversaires, l'Adhan pouvait leur reconnaître une chose : le courage. Quoi qu'on puisse dire des Smaughs et de leurs troupes auxiliaires, aussi maléfiques fussent-ils, ils se battaient avec un acharnement remarquable… ou suicidaire.

Cellendhyll redressa sa Belle de Mort, pointa Rakùl-Bahìr et sa voix monta vers les lunes jumelles, débordant de fureur magnétique, aussi vibrante que l'orage :

— Vous voulez la guerre ¿ JE VAIS VOUS LA DONNER, LA GUERRE !

D'une pensée, il métamorphosa sa lame précieuse en un immense naginata bleu sombre. Abreuvée par le mana pur, la transformation ne lui coûta aucune once d'énergie.

Il fit tournoyer sa lame géante au-dessus de ses larges épaules et la rabattit pour frapper en direction des lances pointées sur lui.

L'onde aux reflets irisés jaillit de la Belle de Mort et tous ceux qu'elle toucha de plein fouet, plus d'une centaine d'envahisseurs, furent subitement fissurés, écrasés, écartelés dans une nuée de sang cramoisi. Les guerriers en retrait, à l'orée de l'onde, furent renversés cul par-dessus tête, le souffle coupé.

Cellendhyll se sentait si léger, si puissant.

Il se rua dans la brèche qu'il venait de se créer, fit tournoyer sa lame géante et la rabattit en face de lui, à droite, à gauche. La réalité craqua, les Smaughs à portée de sa Belle furent sectionnés de part en part, tous ceux qui se trouvaient derrière furent vaporisés par des gerbes cinétiques bleu sombre et argent miroitant.

Implacable, Cellendhyll continua d'avancer, de châtier tous ces guerriers gesticulants, enfin libre de relâcher sa pleine fureur, de lui donner l'exutoire qu'elle méritait, si longtemps entravée. Cet impérieux désir de vengeance.

Chargé de la puissance de l'Éther, chacun de ses gestes préfigurait le suivant, un élan constamment relancé, un élan qui formait une trame de pouvoir brut dans laquelle aucun de ses adversaires ne pouvait survivre. Le Hors-Destin tranchait avec sa Belle aux reflets moirés et fracassait avec le mana pur, un flux cinétique, dévastateur, capable, même, de plier l'acier.

Les Smaughs étaient fauchés comme des blés, par rangs entiers. L'Ange se ruait dans chaque trouée et poursuivait aussitôt son massacre.

Une série de sorts d'Effroi vinrent se fracasser sur lui, inoffensifs. Aussitôt protégé de son armure d'énergie, Cellendhyll ne sentit qu'un léger picotement. Il activa sa vision éthérique le temps de repérer les lignes de pouvoir qu'incantaient les sorciers ennemis et de bondir sur eux, sa colère déchaînée. Il les découpa, les dilacéra comme les autres, avant de choisir de nouvelles cibles.

Le Hors-Destin était devenu l'Ange de l'Apocalypse, il ruisselait d'une puissance magnétique, aussi palpable que celle d'un grand dragon. En cet instant, aucune contestation possible : Cellendhyll de Cortavar *était* la guerre.

La Belle entre ses mains dansait, riait, gourmande comme jamais, idéale compagne, parfaite complice.

C'en était presque trop facile.

Les Têtes de Clous et leurs auxiliaires ne connaissaient pas la peur. Pourtant, massacrés par un seul sang-chaud, ils se mirent à hésiter, toute fièvre guerrière domptée.

Transformé en un maelström de destruction, le grand guerrier continua de fendre leurs rangs à grands coups de lames et de mana pur. Il assénait aux Smaughs sa propre version de la Conquête de Sang, un Fahaarak'Shar inversé. Une odeur métallique et rebutante emplissait ses narines.

Du sang, du sang, du sang ! Dame Mort était si prodigue.

Du haut de son crâne à la pointe de ses bottes, l'Ange aurait dû être cramoisi par l'hémoglobine des Smaughs. Or, par un curieux phénomène, le halo protecteur d'énergie nouvelle qui recouvrait son corps dissolvait chacune des gouttes de sang ennemi et le Hors-Destin paraissait exhaler d'énergie.

Surpassés en tous points, les envahisseurs, guerriers ou sorciers, s'effondraient, ils se délitaient dans un nuage purpurin en perpétuelle expansion, fendus, fracassés, dévastés.

Par centaines.

Par milliers.

Jusqu'au dernier.

Finalement, il ne resta plus que le Nagù, que Cellendhyll avait pris soin d'épargner. Rakùl-Bahìr aurait droit à un traitement particulier, longuement ruminé.

Pris en lisière de la dernière onde cinétique du Hors-Destin, projeté contre l'épaisseur d'un fourgon, le maître sorcier se relevait à peine, sonné.

Le plus fier des Smaughs n'était plus que l'ombre de lui-même. Lui qui se tenait d'habitude si droit, les épaules en arrière, la taille souple, la posture d'un conquérant, ressemblait désormais à un bossu tassé sur lui-même, le mauve de son regard soudain figé.

En une seule soirée, l'Adhan maudit l'avait dépouillé de toutes ses forces vives, de tout son prestige, ses rêves de gloire subitement transformés en nuage de cendres.

Le Nagù était tout seul, à présent. Acculé.

L'air avait cessé de craquer, les relents d'ozone peu à peu dissipés dans l'air ambiant. La réalité recouvrait ses droits. Le regard de l'Ange avait repris son habituel jade lumineux. Ses réserves d'énergie nouvelle presque vidées, il métamorphosa sa Belle en sabre.

Sa lame sombre fermement empoignée, Cellendhyll avança sur son ennemi-juré.

Une paupière tressautant de tension, Rakùl-Bahìr leva une main nerveuse, comme si ce simple geste d'apaisement avait le pouvoir de repousser son ennemi juré.

— Attends, Cellendhyll ! glapit le maître-sorcier. Attends, on peut s'arranger !

Même au bord du précipice, le rusé Nagù refusait l'échec, refusait d'abdiquer tout à fait. Il avait trop à faire, il pouvait encore réussir à vaincre, sûrement. Trouver un nouveau plan, un nouvel élan, de nouveaux alliés.

Arrivé à cinq pas du Smaugh, l'Adhan éclata d'un rire sardonique :

— *S'arranger ¿* Tu ne manques pas d'air, pourriture !

— Arrête, te dis-je ! scanda le sorcier, dont la voix se perdait dans les aigus. Écoute plutôt, j'échange ma vie contre le plan d'Øz ! Oui, la pute Sublime nous a abandonnés, depuis le sac de Coruscante, comme ça, sans prévenir... et j'ai enfin compris ce qu'elle manigançait ! Cette information primordiale contre ma vie, Cellendhyll ! Donne-moi ta parole de guerrier. Tu as de l'honneur, tu respecteras ta parole, contrairement à moi, Smaugh !

L'absence d'Øz tourmentait l'Adhan depuis trop longtemps. Il planta la lame de sa Belle dans le sol et combla les derniers mètres qui le séparaient du Nagù tout en déclarant :

— Très bien, tu as ma parole, Nagù... parle et je te laisse partir... avec un peu d'avance. Tu n'obtiendras pas mieux. Crache le morceau, à présent !

— L'Infâme salope ! postillonna aussitôt Rakùl-Bahìr. La pute Sublime s'est jouée de nous, l'Adhan, elle nous a tous leurrés, toi, moi et tous les autres. Et je sais où elle s'est rendue, cette chienne. J'ai deviné ce qu'elle projette... et, je l'avoue, une part de moi l'admire, c'est très bien joué de sa part.

— Arrête de gaspiller ta salive, Rakùl... Où est la reine, que veut-elle, parle !

Le sorcier fixa l'Adhan d'un œil mauvais :

— Øz est à Ambre. Elle va se lier à la pierre de vie du Plan Primaire.

— Où exactement à Ambre ¿ questionna Cellendhyll, le temps de digérer une telle information.

— Je comprends maintenant ce que cette salope fabriquait à la bibliothèque de Coruscante, déroula le sorcier. Øz cherchait la localisation de la pierre originelle. Je sais qu'elle s'intéressait de près à la confrérie de la Lyre. Elle a interrogé leurs membres, l'un après l'autre. Sans doute ont-ils une autre base à Ambre... à toi de la trouver... Eh oui, tu m'as peut-être vaincu, Cellendhyll, mais si Øz arrive à prendre le contrôle de la pierre élémentale, tu auras fait tous ces efforts pour rien !

Aux révélations de son ennemi juré, Cellendhyll sentit une boule lui tordre le ventre. Rakùl-Bahìr était un fieffé menteur, pourtant, l'Ange sentait que, pour une fois, le Nagù disait la vérité. Une vérité glaçante.

Il avait constaté, en affrontant Zaphranaël sur le Plan du Destin, à quel point un sorcier pouvait devenir dangereux – le terme était faible – lorsqu'il se liait aux pouvoirs d'une pierre de vie. Or, la pierre du Plan Primaire était la pierre originelle, la première, la plus puissante, à laquelle l'ensemble des autres pierres étaient liées. En prenant son contrôle, la reine Infâme deviendrait capable d'éteindre toute vie d'un Plan, n'importe lequel, par la seule force de sa volonté, ne serait-ce qu'en modifiant son climat.

Øz, capable de détruire le monde ¢ Une pensée révoltante, également une véritable catastrophe. Pire encore que la menace des Smaughs.

Cellendhyll revint à Rakùl-Bahìr. Il savait très bien ce qu'il lui restait à faire. C'était limpide.

Un sourire étira ses traits hâlés, il n'avait rien d'agréable.

En voyant ce masque cruel prendre possession du visage de sa Némésis, le Nagù tressaillit :

— Non, tu as juré, l'Adhan ! Tu as juré sur ton honneur !

Cellendhyll toisa Rakùl-Bahìr de toute sa taille, de toute sa haine :

— Tu es un Smaugh, je te traite en Smaugh !

Dans la seconde suivante, l'Adhan asséna un violent coup de tête au sorcier et profita du choc pour le crocheter par le cou, de la main droite.

Mobilisant sa *volonté* de Hors-Destin, Cellendhyll invoqua à nouveau l'énergie nouvelle, la dernière parcelle en réserve, *décidant* qu'elle se concentre dans sa senestre.

Implacable, il enfonça violemment cette main embrasée de mana pur dans le torse du Nagù, se forant un passage sanglant, spongieux.

Sa chair grésillant, Rakùl-Bahìr hurla, se tortilla. En vain.

Implacable, Cellendhyll fouilla dans sa poitrine puis il retira sa main refermée en poing d'un geste sec, chargé de mépris.

Rakùl-Bahìr émit un hoquètement sonore, son regard papillonnant figé sur ce que tenait l'Ange dans sa paume… son propre cœur palpitant.

Implacable, l'Ange lui asséna :

— J'ai fait le serment de t'arracher le cœur lorsque tu as assassiné Constance, à Tygarde. C'est chose faite, puisses-tu brûler dans le Néant, pourriture !

D'ordinaire si volubile, le Nagù fut incapable de répondre.

La bouche grande ouverte, l'œil vitreux, les traits convulsés, le plus prestigieux des Smaughs s'effondra face contre terre, dans un flot de sang.

Cellendhyll se détourna du cadavre et prit une grande inspiration. Un nom capital barré sur sa liste noire.

Chapitre 107

Callista et les Hirondelles, Cromlach et ses légionnaires, avaient progressé dans la base ennemie sans rencontrer d'opposition. Une infiltration facile, bien trop facile. Ils remontaient l'une des larges artères de la colonie, cherchant l'ennemi sans le trouver, une absence de plus en plus suspecte. Ils sentaient les Smaughs tout proches, mais n'en repéraient aucun.

Ciblant le centre de la colonie, l'armée impériale finit par déboucher sur une grande place d'environ trois cents mètres carrés, sur laquelle étaient rangés une dizaine de chariots de stockage remplis de caisses et de ballots ; encadrée de véhicules massifs, l'esplanade était creusée de trois artères principales et du double d'allées secondaires.

De l'une d'elles, au nord-est, apparurent Gheritarish et sa compagnie de cinq cents guerriers-preux. Les deux forces firent jonction, des retrouvailles brèves qui ne firent qu'ajouter à la détermination des femmes et des hommes de l'Empire.

Ils ignoraient tout du sort de Cellendhyll – l'Ange venait de fracasser les roulottes des sorciers et se lançait à la poursuite de Rakùl-Bahìr –, mais Gheritarish les rassura, son odorat lui confirmant que son cabochard d'ami était toujours en train de gigoter dans le camp des méchants.

Au moment où ils se préparèrent à repartir, le son d'une trompe résonna dans la nuit. Les Smaughs jaillirent de leurs cachettes, tout autour de l'esplanade, obstruant toutes les allées secondaires à l'aide de barrières ou de chevaux de frise en bois.

Ne restait plus que les trois grandes artères, au nord, à l'est et à l'ouest, celles-ci bientôt obstruées par la horde smaugh, divisée par Turgut-Ott en trois meutes distinctes.

Constatant qu'ils étaient tombés dans un traquenard, cernés, Callista et Cromlach ordonnèrent de former un périmètre défensif au centre de la place.

À la hâte, ils firent ériger une barricade en triangle, renversant des chariots, amassant des caisses. Dans les espaces libres, se formèrent de nouveaux murs de boucliers érigés par les légionnaires.

Juste à temps pour recevoir la première vague.

Face aux forces impériales, se dressaient les deux derniers seigneurs de guerre, l'entreprenant Turgut-Ott et Djagga-Taï, le plus vieux de tous les Smaughs. Turgut-Ott tenait l'allée nord avec les guerriers de son propre clan, Djagga-Taï était posté sur son propre char, devant l'allée est. Quant aux robustes guerriers du clan tak, enfin ralliés, ils s'amassaient devant l'artère de l'ouest.

Sans nouvelle de leur chef, désormais transformé en roncier, les Tak avaient accepté de combattre les sang-chaud, mais refusé la moindre tutelle.

Il n'y avait plus d'esclaves pour faire résonner les tambours de guerre, toutefois, les Smaughs n'avaient aucun besoin d'un tel élan, ils chargèrent en hululant leur soif de violence.

La bataille reprit, intense, sanglante.

Une guerre de tranchée, même s'il n'y avait pas de tranchée. Plus de stratégie, de mouvements tactiques.

Vague après vague.

La guerre totale. Tenir ou mourir. Jusqu'au dernier.

Chapitre 108

Un calme soudain, brutal, régnait tout autour de l'homme aux cheveux d'argent. Il était entouré d'un champ de cadavres, une véritable moisson.

Cellendhyll venait d'en finir avec son ennemi juré, d'accomplir son serment. Déjà, la révélation de Rakùl-Bahìr menaçait de balayer cet accomplissement. Les Smaughs, finalement, si redoutables fussent-ils, ne représentaient qu'une étape. La pire restait Øz, encore plus dangereuse. À Ambre, hors de portée.

En outre, il n'y avait pas que la reine des Smaughs… mais également Gher, Callie et les autres. Que devenaient-ils ¿ Les trois groupes d'assaut avaient-ils fait jonction dans le camp ennemi, comme convenu ¿

Mortonnerre, je les avais presque oubliés !

Combien de temps s'était-il écoulé depuis le début du duel avec Rakùl-Bahìr ¿ L'Adhan l'ignorait. Plusieurs heures, au moins.

Si l'énergie nouvelle l'avait merveilleusement servie, elle avait ses limites, provisoirement tarie, et Cellendhyll ignorait quand il pourrait à nouveau y recourir. Avec sa disparition, il sentit à quel point il avait puisé dans ses ressources. Il n'avait d'autre choix que de repousser la fatigue. Il se reposerait quand tout serait fini, pas avant.

Les incendies au nord restaient cantonnés dans cette zone, une chappe noirâtre de fumée la surmontant ; suite à sa dernière visite, les Smaughs avaient prévu des pare-feu. Tournant la tête vers le sud, l'Adhan perçut l'écho étiré d'une bataille. Depuis quand résonnait-il, il n'aurait su le dire, occupé comme il l'était. Au moins, ses camarades avaient porté leur assaut jusqu'au cœur de l'ennemi.

Je dois les rejoindre.

Cellendhyll se dirigea vers le fourgon contre lequel s'était adossé le Nagù. Il pouvait voir à l'intérieur, tout un lot d'armes, d'armures, de tenues de combat. Parmi ces dernières, Cellendhyll se choisit un gilet de combat en cuir brun, renforcé de lamelles et d'épaulettes en acier. Il n'avait pas besoin de plus, et certainement pas d'un surcroît d'armes. Sa Belle de Mort avait prouvé une fois encore qu'elle n'avait pas d'égal.

Tout en resserrant les boucles de son gilet, l'Ange songea qu'il était heureux qu'aucun de ses compagnons ne l'ait vu déchaîner l'énergie du mana pur, il attirait déjà bien trop l'attention sur lui.

Un bruit sourd, celui d'une cavalcade résonnant du nord, le fit sortir du véhicule.

Chapitre 109

Ils n'en pouvaient plus. Callista, Cromlach, Gheritarish et tous les autres.

Leur périmètre de défense ne tenait plus qu'à la seule force de leur vaillance.

Les vagues s'étaient succédé, incessantes. Les Smaughs tombaient, mais il en venait toujours plus, leur flux agressif sans cesse renouvelé.

Trop de fatigue cumulée, trop d'efforts ou de blessures, peu de répit. Ceux de l'Empire avaient épuisé leurs rations, leurs gourdes se révélaient presque vides. Les lames ébréchées, les cottes de mailles déchirées, les boucliers cabossés, fendus. La plupart d'entre eux avaient perdu leurs casques. Cromlach avait réalisé toutes les rotations possibles. Les blessés, une bonne centaine, avaient été tirés au centre de leur petite base et soignés au mieux, à l'aide de bandages et d'onguents, toute réserve utilisée.

Callista, Vanina, Ling-Faï, les Hirondelles avaient les traits tirés par l'épuisement. Elles avaient combattu sans faiblir, aussi féroces que les fantassins, à l'arc, à la lance, au sabre, à la dague. Avec les poings, et même les dents, lorsqu'il l'avait fallu.

Vanina faillit s'épuiser en combattant sous le Zen, toutefois, à elle seule, elle réussit à tenir une brèche sur le rempart ouest durant toute une vague. Blessée à l'épaule, elle ne se battait plus que d'une main.

Ling-Faï tenait sur une jambe, son autre cuisse entaillée. Elle abattait les Smaughs au sabre, appuyée contre le flanc d'un chariot.

Irumi et les autres archères décochaient leurs dix dernières flèches. Irumi n'avait manqué aucun de ses tirs, pour autant, elle avait l'impression de vider un lac à la petite cuillère.

Même la résistance naine de Cromlach atteignait ses limites. L'adjudant en était à son troisième bouclier, il avait des ampoules plein les mains à force de manier sa masse d'armes.

Callista Swift avait cessé de prévoir, d'organiser. Elle combattait à l'épée longue, vive, adroite et sobre. Outre ses talents martiaux, elle maintenait la cohésion des Hirondelles par ses encouragements, ravivant leur courage chaque fois qu'il en était besoin. Une meneuse dans l'âme, une icône modeste, mais incontestable.

Autre icône de guerre, Magnus le Marteau.

Seuls, le colosse et ses guerriers-preux semblaient imperméables à cette lassitude qui menaçait les Impériaux. Nourris par leur foi inébranlable, ils maniaient leurs lourdes lames sans jamais faiblir.

— Pour la Sainte Lumière ! Que sa colère foudroie les mécréants !

Le guerrier-peint fracassait et chantait, ses cantiques égrenés d'une voix de stentor. Il ne sentait ni les blessures, ni la fatigue, une sentinelle d'airain sur le chemin du Mal.

Autant que possible, les Smaughs évitaient d'attaquer son secteur. Se retrouver face à ce colosse au visage tatoué de litanies, c'était rencontrer la mort. Brutale. Assurée. Sa cotte de mailles déchirée, son casque fendu balancé dans le visage d'un envahisseur, Magnus agitait son marteau et les Têtes de Clous tombaient fracassés, leurs squelettes transformés en petit bois. Rien de plus compliqué.

La barricade avait principalement tenu grâce aux Preux, lors de la dernière vague, mais l'offensive leur avait coûté une bonne moitié d'entre eux, à présent réduits à moins de deux cents guerriers.

Il restait trop d'ennemis, bien trop. Plus ils en tuaient, plus il en arrivait.

Les Smaughs se jetaient sur eux, assaut après assaut, plongés dans leur frénésie sanglante, galvanisés par leur transe de souffrance, ils faisaient preuve d'une soif de sang qui semblait impossible à juguler.

Heureusement, pour le moment, aucun sorcier n'était venu les assaillir, ces derniers rameutés par Rakùl-Bahìr, qui cherchait toujours à distancer le Hors-Destin lancé à sa poursuite.

Avec le Pacha, ils auraient pu espérer tenir, Cellendhyll capable d'exploits impossibles.

Les soldats de l'Empire étaient partis pour la guerre, un peu plus de cinq mille vaillants combattants, il en restait à peine mille cinq cents. Seuls les plus forts, les plus habiles, les plus chanceux avaient survécu.

Ils n'en pouvaient plus, pourtant, ils s'entêtaient. Tout plutôt que de céder aux Têtes de Clous !

Les Smaughs lançaient une nouvelle vague, courant par grappes vers le mur défensif des Impériaux.

Alors qu'ils se rapprochaient des sang-chaud, le cheval de frise d'une allée secondaire, au nord-est de l'esplanade, éclata en morceaux, percuté en plein galop.

Dans un concert de mugissements, un troupeau de plusieurs centaines de bœufs surgit sur la place en un flot paniqué. Les ruminants traversèrent la place vers l'ouest, renversant tous les envahisseurs sur leur passage.

Si les Smaughs avaient laissé une grande partie de leur bétail paître en liberté dans la plaine le long du fleuve, ils avaient néanmoins conservé avec eux un petit millier de têtes. Ils aimaient la viande rouge, très rouge, grands consommateurs de bœufs. Et particulièrement la chair des bœufs à longues cornes de Coruscante, persillée, fondante, si savoureuse.

Chassés par les incendies du secteur nord, les bovidés avaient renversé leur enclos, un flux terrorisé qui traversa le camp en diagonale, vers le sud.

Attiré par leur cavalcade, Cellendhyll avait intercepté le troupeau le long d'une allée, bondissant sur le dos d'une bête massive, avant de se laisser emporter par le cortège mugissant. Il n'avait jamais chevauché un bœuf auparavant. C'était une expérience singulière, désagréable, d'autant plus que l'animal n'avait pas non plus l'habitude d'être monté. À cru, son échine osseuse se révélait plutôt inconfortable, et l'Adhan devait mobiliser toute son attention pour ne pas se faire éjecter, trop occupé pour tenter de prendre la tête du troupeau, comme il aurait pu le faire à cheval.

Les bruits de bataille venaient du centre de la colonie, cependant, il ignorait où exactement se situait son armée. Son but était donc de voyager dans cette direction, le plus vite possible, sans être intercepté. Les bovidés avaient un avantage : leur force de dissuasion. Personne ne se dressait face à un troupeau en panique, encore moins un troupeau à longues cornes.

Une charge sur un bœuf... Rien que le fait de rester sur son dos était une aventure. Brinquebalé dans tous les sens, Cellendhyll avait connu nettement plus glorieux comme fait d'armes. Il se consolait en se disant qu'au moins, il se rapprochait de ses camarades bien plus vite qu'à pied.

Les bovidés ainsi lancés, seul le fleuve pourrait les arrêter. Une nouvelle allée, puis une autre, terminée par une barricade. Les bœufs défoncèrent la barrière sans ralentir et débouchèrent sur l'esplanade plongée en pleine bataille.

C'était dame Chance, et uniquement elle, qui avait conduit le troupeau jusqu'à l'endroit qu'il voulait rejoindre, et Cellendhyll ne put que louer cette alliée providentielle ; il avait initialement prévu de quitter le troupeau en cours de route et de terminer en courant.

Ne trouvant pas d'issue, le troupeau renversa une autre barrière et disparut dans une allée secondaire.

Laissant le flot mugissant poursuivre sa course paniquée, Cellendhyll sauta en plein galop. Dame Chance aimait vraiment l'Adhan. Il chevauchait du côté gauche du troupeau, du bon côté par rapport à son armée.

Dès qu'il toucha le sol, il se mit à courir à pleine vitesse, atténuant ainsi l'impact de sa réception.

Nourrie d'acclamations, l'arrivée du Pacha redonna espoir aux Impériaux.

Ce n'est qu'une fois arrivé près de ses compagnons que l'Ange se rendit compte qu'il aurait dû prendre avec lui la tête de Rakùl-Bahìr pour la balancer à la face des Smaughs, largement de quoi les perturber. Tant pis.

La charge du bétail avait désorganisé l'élan des envahisseurs, repoussant ces derniers sur les abords de la place, le temps de laisser passer le troupeau affolé, et les seigneurs de guerre durent s'époumoner pour réorganiser la horde. Cellendhyll profita de ce répit pour renouer avec les siens.

Il échangea un regard complice avec Callista, discuta quelques instants avec elle, le temps d'avoir le résumé de la situation. Puis, il alla prendre des nouvelles de Vanina, s'entretint avec Cromlach. Il salua ses Hirondelles, ses fantassins, et, finalement, il se posta à l'endroit le plus fragile de leur périmètre, entre deux chariots renversés, face aux guerriers du clan tak.

Juste à côté de son vieux comparse, Gheritarish le Loki.

La vague suivante fut relancée et la nuée de Smaughs vint s'écraser sur leur rempart, sans parvenir à le percer. Le retour du commandant avait nourri son armée d'un regain d'énergie incontestable.

Là où l'Adhan et le Loki se tenaient, nul ennemi ne pouvait passer. Leur charisme, sans qu'ils en aient conscience, était comme un fanal au cœur d'une sombre tempête.

— Ça sent pas bon, Petit-Homme, soupira le Loki, un quart d'heure plus tard, alors que les Smaughs reprenaient du champ, leur offensive à nouveau repoussée. Ça ressemble à Durango, mais en pire ! Y'a trop de Têtes de Clous… faudrait que tu nous claques un sort maousse, un truc-machin plein d'éclairs qui crame le scrotum de tous ces empalés du crâne !

— Mes talents ne fonctionnent vraiment pas comme ça, Gher', d'ailleurs, je ne suis pas un mage et, de toute manière, j'ai épuisé mon énergie.

— T'as eu ce furoncle de Rakùl-bidule, au moins ?

Cellendhyll se fendit d'un sourire particulièrement satisfait :

— Oh oui, et avec tous ses sorciers ! Cette crevure a enfin payé pour ses crimes. Il nourrit les vers, à présent.

— Hé, hé, bien joué, Petit-Homme, c'est toujours ça ! Mais si t'as plus rien en réserve, je ne vois pas comment on va s'en sortir. On a fait ce qu'on a pu, franchement. Il nous manque un bon millier de gaillards… ou de gaillardes… tes Hirondelles, ce sont de sacrées combattantes ! Alors, c'est quoi ton plan ?

— Nous allons continuer à nous battre, Gher. Je ne vois rien d'autre.

— Ouais, d'accord, mais…

— Mais quoi ?

— T'as rien à manger ? J'ai faim !

Vague après vague.

Le jour commençait à poindre, l'horizon peu à peu éclairci d'un ruban bleu pâle.

Ils avaient tout tenté. Tout donné.

Et cela ne suffisait pas, même avec le renfort du Hors-Destin. La contre-attaque décidée par Cellendhyll tournait finalement à l'échec.

Ils le sentaient. Ils le savaient.

Ce n'était pas une question de stratégie, d'aptitudes, de courage, mais de simple logique arithmétique. Les Impériaux n'étaient tout simplement pas assez nombreux.

Aucun d'eux ne s'appesantissait sur son sort. Ces femmes et ces hommes étaient à leur place, ils accomplissaient leur devoir, défendaient leur patrie, leur avenir et celui de leurs proches. Cette cause leur suffisait pour se battre et se battre encore, jusqu'à leur dernier souffle.

Son gilet de combat en lambeaux, ses bras marqués d'estafilades, sa Belle de Mort poisseuse de sang, l'Ange avait gardé le Zen pour l'hallali, pourtant, il n'espérait pas que la transe bleutée suffise.

Une dernière vague, et ils seraient submergés.

Les envahisseurs étaient parvenus au même diagnostic. À présent qu'ils sentaient la victoire proche, ils se pavanaient à distance, accablant les sang-chaud d'insultes et de promesses de torture.

Turgut-Ott avait retrouvé le sourire, jubilant comme jamais. Une vingtaine de mechs venait de le rejoindre, les serviteurs se jetant au pied de son char pour le supplier de les prendre sous sa bannière. Rakùl-Bahìr était mort, de même ses sorciers et ses guerriers, tous massacrés par l'Adhan maudit.

Son principal rival éliminé, voilà qui offrait au seigneur de réjouissantes perspectives. Son esprit bouillonnant d'options, de possibilités, il demanda à Djagga-Taï de le rejoindre dans son char, il lui tardait trop d'annoncer *l'excellente* nouvelle.

Une nouvelle qui changeait la donne. Turgut-Ott, de fait, décida de rester en dehors du combat contre les sang-chaud. Fort d'un riche prestige, il était désormais le roi potentiel de la Horde, il n'était pas question de se prendre une flèche perdue ou un coup de sabre malheureux au moment même où se profilait son triomphe.

D'autant plus qu'une fois les Impériaux vaincus, il resterait de nombreux problèmes à régler. La Horde avait souffert. Sévèrement. Il allait falloir tout réorganiser, faire l'inventaire des ressources, le bilan des pertes, trouver un nouvel élan, un nouvel équilibre pour relancer la Conquête de Sang. Une vaste et intense besogne. Qui viendrait en son temps.

Tout d'abord la victoire. Et ses abandons. Les Smaughs avaient soif de tortures et Turgut-Ott avait donné l'ordre à ses guerriers de prendre autant de prisonniers que possible, notamment, les femelles.

Lames brandies, une énième vague d'envahisseurs avança vers les Impériaux, sans se presser. Des troupes fraîches, pleines de vigueur. Un assaut total, sur tous les fronts.

Cette fois, c'était la fin de l'Adhan maudit et de son armée.

Fahaarak'Shar !

Chapitre 110

Au moment où tout semblait perdu, où le moindre brin d'espoir se transformait en illusion cruelle… où même Cellendhyll commençait à se sentir inquiet, lui qui, confronté aux pires situations, avait toujours su résister au doute…

… À ce moment précis, Gheritarish redressa soudain la tête, les narines frémissantes. Quelque chose l'avait alerté, une fragrance, un écho lointain, il n'aurait su dire.

— Quoi ? demanda Cellendhyll.

— Il va se passer quelque chose… souffla le Loki. Quelque chose qui va tout changer.

Les Smaughs s'immobilisèrent en pleine avancée. Ils avaient cessé de crier, ne postillonnaient plus, l'esplanade désormais livrée à un silence de plus en plus pesant.

Quelque chose clochait.

L'air lui-même paraissait retenir son souffle.

Cela se déclencha tout d'abord avec le retour du vent, qui se remit à souffler fort, de plus en plus fort. Vint ensuite comme un écho porté par le zéphyr, cet écho qu'avait perçu Gheritarish. Un cri, un appel, une plainte étirée… impossible d'en définir la nature exacte.

À ce son étrange, s'ajouta un martèlement sourd, qui provenait de partout et nulle part.

Gheritarish asséna une bourrade à l'épaule de l'Ange :

— Eh, tu sens ? Tu entends ? Oh oh oh, *ils* sont là, Cell, par les mamelles d'Evgrayden, ils sont vraiment là !!!

— Non, je ne sens rien du tout… *Ils* ? De quoi tu parles, bougre de Loki !

Gheritarish se redressa pour beugler à ses camarades alentour, manquant éclater les tympans de l'Adhan :

— Tenez bon, les cousins ! Les secours arrivent !

— Mortonnerre, tu vas m'expliquer, oui ?

Les narines du Loki palpitaient d'excitation. Il était prêt à danser la gigue.

— Nan, si tu n'as pas compris, je préfère te réserver la surprise. Oh, elle va te plaire, je peux te l'assurer, ton altesse machin-bidule !

Hilare, Gher se hissa sur le haut du chariot derrière lequel il se tenait, et se mit à abreuver les envahisseurs d'insultes, sa voix pleine de malice.

Jamais Cellendhyll ne l'avait vu ainsi.

Sourds aux invectives du Loki, les Smaughs restaient figés sur place, leur fièvre balayée par une tension qu'ils ne s'expliquaient pas.

Le son étrange résonna, plus proche, plus affirmé. Non pas une plainte, mais bel et bien un appel. Une annonce. Une déclamation.

Reprises par d'autres gorges, de plus en plus nombreuses.

À présent, tous l'entendaient, Smaughs comme Impériaux. L'écho était devenu autre chose : l'espoir pour certains… la promesse d'un châtiment pour les autres.

Le martèlement se précisa, lui aussi, pour prendre la forme d'une cavalcade. Puissante. Déterminée.

Au sud-ouest de l'esplanade, l'un des grands fourgons fut percuté de plein fouet, projeté en avant, puis renversé dans un fracas d'acier martyrisé.

Une imposante et sombre silhouette se forma dans l'ouverture, dressée sur ses quatre pattes, les oreilles pointues.

— Tu vois, ils sont venus ! gloussa le Loki. Les grands loups de Streywenn ! Oooh, par les Couilles du grand Cornu, j'hallucine, c'est encore mieux… c'est *lui* qui les mène, Petit-Homme !

Le guerrier à peau bleue poussa un cri de pure allégresse. Il se retourna vers les Smaughs et s'époumona :

— Vous allez vous faire défoncer la pastille, les empalés du crâne !

Cellendhyll retint une exclamation de surprise. Oui, il reconnaissait cette impressionnante, cette inimitable apparition !

Plus haute qu'un étalon pellonien, plus massive encore. Recouverte d'un riche pelage anthracite. Avec des yeux en oblique, aux iris d'un rouge profond, traversés de reflets ambre, qu'il était impossible de fixer plus de quelques secondes, tant ils ruisselaient de force sauvage. Enfin, une gueule effilée, puissante, garnie de crocs impressionnants.

Un prédateur incontestable, incontesté.

Aashti-Kalkarn, grand Khan de tous les loups de Streywenn. L'égal d'un Puissant incarné.

Le loup géant au pelage sombre se décala pour laisser apparaître sa meute. D'autres loups, presque aussi imposants, leurs fourrures noires, grises ou brunes, s'engouffrèrent dans l'ouverture. Une bande impressionnante de maraudeurs canidés, portés par un concert de hurlements gaillards.

Les loups de Streywenn.

Surgis du Chaos, ils avaient traversé la colonie telle une lame de fond, renversant chariots et fourgons, arrachant les tentes, brisant les caisses, fauchant le moindre envahisseur rencontré.

En bref, depuis qu'ils avaient franchi leur téléporteur, aucun obstacle ne les avait ralentis.

Conviés par une autre Puissance, ils venaient chasser. Ils venaient sauver.

Gheritarish ne tenait plus en place, il poussa un autre cri exalté, à croire qu'il allait se mettre à faire des sauts périlleux sur place.

Car les loups n'étaient pas venus seuls. Comme si une telle meute ne suffisait pas à elle-même, sur le dos de chaque prédateur, à l'exception du Khan, se tenait une silhouette musclée à peau bleutée, ocre, rousse ou violette, revêtue de cuir renforcé aux différentes teintes, armée pour la guerre.

— Pas croyable de pas croyable, les cousins sont venus *avec* mes frangins, par le Bouc noir à trois pattes ! s'extasia le Loki.

Et Gheritarish leva sa tête pour hurler au ciel sa joie féroce. Un grand cri qui se mêla à celui des canidés, repris en chœur par la cavalerie lokie.

Satané Morion ! siffla l'Ange entre ses dents, sans savoir s'il devait se montrer soulagé de cette remarquable arrivée ou si, au contraire, il devait s'en méfier. Seul le maître des Mystères avait pu permettre un tel *miracle*. Cellendhyll remisa sa réflexion pour plus tard, préférant admirer la meute du Chaos à l'œuvre.

Les loups montés se divisèrent en trois groupes distincts, puis s'éparpillèrent en un flot ravageur.

Les Smaughs réagirent enfin, s'essaimant sur la grande place pour focaliser leur assaut, non plus vers la barricade et ses défenseurs épuisés, mais vers ces redoutables arrivants.

L'Ange avait déjà vu des Lokis se battre – d'autres que Gheritarish – et il avait appris à les respecter pour leur ardeur guerrière. Les grands loups, quant à eux, il en avait croisé quelques spécimens lors de ses patrouilles dans Streywenn, en tant que Maraudeur-Fantôme. De loin, il avait admiré leur majesté sauvage, à l'instar de leur Khan, et c'était tout. De les voir guerroyer en meute était un spectacle digne de toutes les mémoires.

Cinq cents Lokis montés sur cinq cents loups de Streywenn.

La Grande Chasse était lancée.

Gheritarish poussa un nouveau hurlement de joie.

Loups et Lokis combattaient en parfaite symbiose, une bande de maraudeurs sauvages unis par le même lien d'esprit.

Leurs hurlements résonnaient bien différemment de ceux des Smaughs, non pas chargés de haine et de frénésie, mais, au contraire, légers, nourris de joie et de malice.

Les Lokis montaient à cru, les loups ne s'encombrant ni de selle, ni de harnais, et, pourtant, ils semblaient soudés à leurs montures. Ils brandissaient de grandes épées bâtardes, de grandes haches, de grands marteaux. Ils se penchaient, frappaient à la volée, certains lançaient des armes de jet.

Cellendhyll vit un guerrier au court pelage gris fumée bondir d'un loup, sprinter sur trois pas, fendre la tête d'un Smaugh d'un coup de hache, maintenir son élan le temps de trancher un envahisseur au niveau des jambes et d'en décapiter un troisième. Alors, il siffla entre ses dents, le loup le rejoignit – lui-même avait tracé son propre sillage de mort – et le Loki bondit sur son échine, le duo prêt à laminer d'autres adversaires.

L'Adhan repéra également un Loki au poil caramel qui chevauchait et frappait les Smaughs à la volée, à grands coups de… tronc d'arbre ; celui-là, à n'en pas douter, devait faire partie de la parentèle de Gheritarish.

Les Lokis s'en donnèrent à cœur joie. Ils guerroyaient en s'interpellant les uns les autres, apparemment sans ordre, pourtant, jamais ils ne se gênaient, jamais ils ne se disputaient une proie, animés du même élan féroce.

Callista vint rejoindre Cellendhyll. Ignorant tout des arrivants, la capitaine n'en croyait pas ses yeux et l'Adhan expliqua qui étaient ces mystérieux alliés. La capitaine, à son tour, poussa un cri de joie, embrassa l'Ange au coin des lèvres, et fila prévenir Vanina et les Hirondelles que les secours venaient d'arriver.

Confrontés aux redoutables prédateurs de Streywenn, les Smaughs se prirent une véritable correction, il n'y avait pas d'autre mot. Même les puissants guerriers du clan tak dont les deux tiers combattaient en armure complète, une impressionnante force de percussion, capable d'en remontrer aux fantassins de l'Empire sans craindre les flèches des Hirondelles. Car, face aux loups géants de Streywenn, les colosses furieux n'étaient plus que de lourdauds pantins handicapés par leurs armures.

Comment combattre un adversaire quatre fois plus véloce que vous et pas moins costaud ? Capable de vous fixer à droite pour bondir à gauche et de vous renverser d'un seul coup d'épaule ? Comment garder son équilibre lorsque vous vous ramassiez un grand coup de hache ou de masse sur votre heaume… ou encore de tronc d'arbre, à vous en faire éclater les tympans ?

Comment viser ? Comment toucher ? Comment vaincre ?

Un loup au pelage brun zébré de gris bondit sur un Tak, qu'il heurta de plein fouet, le projetant sur le sol. D'un coup de griffes, il sectionna l'attache de heaume du Smaugh, d'un coup de patte, il fit sauter son couvre-chef et, de ses crocs, il lui déchiqueta le visage.

Incapables de s'adapter, les Tak ne posèrent pas grand problème aux guerriers du Chaos. Du reste, le plus léger des Lokis pesait autant que le plus lourd des Smaughs.

Le restant des envahisseurs subit un sort similaire, broyés par les mâchoires des loups, défoncés à coups d'épaule, déchirés par leurs griffes. De leurs lourdes lames, les Lokis fauchaient tous les autres.

Par jeu, deux loups se partagèrent le même Smaugh, chacun tira de son côté, leurs crocs verrouillés sur ses cuisses, jusqu'à le déchirer en deux parts distinctes.

Un autre loup happa un Tête de Clous par l'épaule, ses crocs déchirant tout autant sa chair que l'épaisseur de son gambison. D'un mouvement des épaules, le canidé projeta le Smaugh dans les airs et ce dernier se retrouva tranché en deux par un revers d'épée bâtarde asséné à la volée, en plein galop.

Désespéré par la tournure des événements, Turgut-Ott lança son char à lames à l'attaque, imité par Djagga-Taï et les trois auriges qu'il lui restait encore.

Fahaarak'Shar ! Il pouvait encore riposter, briser cet élan inopportun !

Aashti-Kalkarn était resté en arrière. Cette Grande Chasse était pour le Khan l'occasion de jauger les valeurs martiales de sa descendance, loups et Lokis mélangés.

Cependant, dès la sortie des chars à lames, le grand loup passa de l'immobilité tranquille à l'explosion musculaire, et s'élança en direction des attelages, traversant l'esplanade à une vitesse ahurissante.

Voilà un combat digne de ses talents !

Tout en galopant vers les chars de guerre, le Khan poussa un hurlement sec pour ordonner à ses enfants de s'écarter pour le laisser agir. Loups et Lokis obéirent aussitôt, se concentrant sur les Smaughs à pied. Ils traversèrent leurs rangs à grands coups de lames ou de crocs, dégageant le passage pour leur chef de meute.

Constatant l'irruption du Khan des loups, Turgut-Ott entama une boucle par la droite, suivi par Djagga-Taï. Il préféra laisser les trois autres attelages prendre les devants, engager cette espèce de bête des Enfers, le temps de terminer sa volte et le prendre à revers.

Les trois chars de guerre foncèrent sur Aashti-Kalkarn en enfilade, ils se déploieraient au dernier moment pour assaillir le canidé par trois côtés, et lui trancher les jarrets de leurs lames tournoyantes. Le loup géant ne pourrait les esquiver toutes.

Sans se soucier du mouvement tournant destiné à le prendre en tenailles, Aashti-Kalkarn maintint son galop sur les trois attelages. Arrivé à une trentaine de mètres de leur alignement, il ouvrit sa gueule et poussa son Cri ; preuve qu'il avait au moins le rang d'Adepte.

Le Cri du Puissant se déploya différemment de celui de Cellendhyll, affiné, maîtrisé, mais tout aussi dévastateur.

De sa gueule, se forma une forme éthérée aux reflets bleu pâle, la copie spectrale du grand Khan. À peine matérialisée, l'athlétique silhouette fusa sur le premier char, qu'elle traversa de sa présence fantomatique.

Les parois du véhicule se mirent à bomber, puis craquèrent. Un hurlement étranglé monta de l'intérieur de la guérite. Le char se retrouva soudain soumis à une pression telle qu'il implosa littéralement, se fracassant de l'intérieur vers l'extérieur, tout en déchiquetant les skarax, dévoilant la forme brisée, sanguinolente, de l'aurige.

S'extirpant de la carcasse éventrée, le loup spectral se jeta sur le char suivant, qui subit le même traitement dévastateur.

Le conducteur du troisième attelage tenta une esquive, chassant brusquement sur la droite, mais cela ne changea rien. Le loup spectral bifurqua en un battement de paupières, il bondit sur le véhicule et disparut dans sa masse, provoquant une troisième et dernière implosion.

Restaient les deux chars des seigneurs de guerre.

Leur boucle terminée, ils fonçaient sur le Khan par le nord, déployés côte à côte, Turgut-Ott à gauche, Djagga-Taï à droite.

Une centaine de mètres les séparaient. Les chars avaient repris de la vitesse, les skarax chargeant à plein galop.

Aashti-Kalkarn lâcha un grondement amusé. Il s'élança vers les deux Smaughs et… disparut…

… Pour réapparaître au niveau du char de Djagga-Taï, légèrement décalé sur sa droite. Une sorte de téléportation instantanée, Cellendhyll n'avait jamais assisté à un tel phénomène. Est-ce que tous les loups étaient capables de ce genre de magie ? Ou bien uniquement leur Khan ?

D'un violent coup de griffes asséné vers l'intérieur, d'un seul, Aashti-Kalkarn arracha la tête des deux premiers skarax de l'attelage. D'un second, il brisa les lames tournoyantes. Après quoi, d'un formidable coup d'épaule, il percuta le flanc du char, enfonçant complètement la rambarde. La guérite arrachée à son support, Djagga-Taï fut projeté comme un pantin dans les airs. Le véhicule partit de travers, plongé dans une série de tonneaux qui achevèrent de le démantibuler, écrasant une vingtaine de Smaughs au passage.

Aashti-Kalkarn se ramassa sur lui-même et décolla du sol, prit appui sur la carcasse du char en train de tournoyer, se réorienta en plein vol et atterrit directement sur la guérite de Turgut-Ott qu'il défonça sous son poids… ainsi que ledit Turgut-Ott, expirant sans avoir eu le temps de combattre, son corps et ses rêves de gloire broyés par la pression extrême.

Les skarax, quant à eux, séchés net par l'arrêt brutal du véhicule, s'entortillèrent dans leurs chaînes et leur harnais, les membres brisés par les torsions contraires.

Trente secondes à peine et l'affrontement était terminé. Le grand loup au pelage anthracite s'éloignait déjà, sans un regard en arrière, dédaigneux de ces deux jambes frêles à la peau livide, à l'odeur repoussante. Pour lui, le défi était terminé.

Seul survivant de l'offensive des chars, Djagga-Taï avait roulé dans l'herbe. Il se redressa, dégaina son sabre, fermement décidé à prolonger sa longue vie, jusqu'à voir s'il pourrait enfin percer le mystère de la mort naturelle.

Apparut devant lui le robuste Loki au pelage caramel, qui venait de sauter de son loup en plein galop. À grands coups de rondin, le Loki brisa la défense de Djagga-Taï, puis l'enfonça littéralement dans le sol, frappe après frappe.

L'ancêtre des Smaughs n'expirerait pas de vieillesse, contrairement à ses attentes, néanmoins il pourrait se targuer d'une mort particulièrement originale : frappé à mort par le tronc d'un chêne.

Les skarax encore en vie furent achevés à coups de lames impériales revanchardes. Galvanisés par l'arrivée de leurs alliés d'un jour, Cellendhyll et les siens avaient surgi de leur barricade pour se jeter sur les envahisseurs, les prenant à revers.

Peu à peu, l'avantage numérique des Smaughs se réduisit. Harcelés de tous côtés, renversés par les loups, happés, mordus, entaillés, fendus, percés par les lames des Lokis ou encore martelés à coups de troncs, pourfendus, lacérés, découpés ou laminés par la colère vengeresse des Impériaux, les envahisseurs perdirent pied les uns après les autres, grappe après grappe.

Privés de leur reine, de tous leurs chefs, les Têtes de Clous sombrèrent dans une démence aveugle qu'ils n'avaient jamais connue, toute pensée consciente oblitérée. Leurs regards exorbités, tout en bavant de haine, ils se jetèrent au-devant de leurs ennemis dans un même élan suicidaire qu'ils auraient été incapables de s'expliquer.

La seule conséquence fut de hâter leur trépas.

Incapables de s'organiser, ils se firent annihiler jusqu'au dernier, foulés aux pieds par la Grande Chasse et les défenseurs de l'Empire.

Ce Fahaarak'Shar que les envahisseurs avaient appelé de tous leurs vœux, le plus significatif de leur histoire, cette croisade conquérante et prestigieuse qui devait assurer leur avenir était stoppé net à l'entrée des Grandes Plaines, la meute innombrable changée en un champ de cadavres sanguinolents, ses crocs arrachés, toute nuisance définitivement écrasée.

À peine la bataille terminée, un cri général d'allégresse et de soulagement mêlés retentit sur la colonie, salué par un magnifique lever de soleil, jaune, orange, bleu pâle, l'astre prêt à régner dans un ciel limpide.

L'armée de la Lumière sortait de la guerre meurtrie, mais encore valide. Sur l'effectif initial engagé contre les Smaughs, avaient survécu neuf cents légionnaires, cent vingt-huit Hirondelles et quatre-vingt-quatorze guerriers-preux, dont Magnus.

Le Khan s'installa à l'écart pour lécher son pelage. Les Lokis démontèrent, leurs armes rengainées, félicitant leurs loups à grand renfort de gratouilles entre les oreilles. Les mêmes loups jappèrent de contentement, ravis de s'être ainsi défoulés.

Heureux, épuisés, les Impériaux laissèrent tomber ou rengainèrent leurs armes, ils n'en avaient plus besoin. L'âpre tension qui les avait étreints avait disparu, remplacée par des étreintes chaleureuses, des embrassades passionnées, des exclamations, des accolades, des prières et des chants.

Leurs alliés furent chaudement félicités, tout autant les loups que les Lokis.

De son côté, Gheritarish s'empressa de ranger sa hache et de rejoindre ses frères de race, les congratuler… et, surtout, trouver de quoi se caler la panse !

Chapitre 111

Le soleil montait majestueusement dans le ciel et la journée promettait d'être magnifique. Un vent léger, agréable, agitait les chevelures.

Adossé contre un chariot, sa Belle de Mort rengainée dans son fourreau d'épaule, Cellendhyll commençait à peine à digérer ce qu'il avait appelé de tous ses vœux : la victoire.

Toute cette quiétude soudaine, inespérée – une quiétude relative tant la joie était prégnante –, la fin de toute cette violence qui avait gouverné leurs vies des semaines durant, le soulagement intense face à cet échec profilé, soudain transformé en victoire… cette âpre aventure s'était terminée tellement vite, avec tellement d'intensité, que l'Adhan en tirait un sentiment irréel.

Un instant, l'Ange crut percevoir dans le velouté du ciel la silhouette miroitante de son père, Priam, enlaçant sa mère, Alhana, tous deux hochaient la tête dans sa direction, leurs regards remplis d'amour et de fierté.

Cette vision tendre et troublante ne dura pas, dissipée par l'arrivée de Callista et de Vanina.

Leurs regards brillants, leurs sourires resplendissants, la blonde et la rousse lui offrirent le même baiser intense, chaud et complice, l'une après l'autre, avant de l'enlacer dans une chaleureuse accolade à trois. Callista lui adressa un profond regard et un tendre sourire. Vanina, un clin d'œil espiègle. Après quoi, les deux jeunes guerrières rejoignirent le reste des Hirondelles pour fêter la victoire avec elles.

Cellendhyll aurait dû se détendre, profiter de ce moment béni. Il s'en révélait incapable. Les révélations de Rakùl-Bahìr vibraient, ricochaient dans son esprit, écrites en lettres de feu.

Avons-nous fait tous ces efforts pour rien ¿ Cette victoire est-elle illusoire ¿ Dois-je leur apprendre la vérité et gâcher cette joie légitime qu'ils partagent, qu'ils méritent ¿

Après avoir échangé avec une centaine de Lokis, Gheritarish revenait vers lui, furibard :

— Nan, mais tu te rends compte, mes frères de race sont venus se battre… sans provisions ! C'est un véritable scandale ! Mon estomac et moi, on n'est pas contents. Pas contents du tout ! Ah, mais, attend… je vois mon cousin Gilligarish, je ne savais pas qu'il était là, cette fripouille… Lui, je suis sûr qu'il va pouvoir me dépanner !

Avant même que l'Adhan ne puisse partager avec lui son trouble intérieur, Gher repartit aussi vite qu'il était venu, trottant droit vers son cousin… Le Loki au tronc de chêne.

Son cousin ¿ Je le savais !

Cellendhyll sentit un regard se poser sur lui. Avant même de tourner la tête, il sut que c'était Aashti-Kalkarn qui le scrutait avec autant d'attention.

Il se tourna vers le Khan, allongé une vingtaine de mètres plus loin et trouva la force de croiser les yeux rougeoyants du Puissant et de s'y maintenir.

Que signifiait cet examen ¿ Car c'en était un. Qu'avait donc pu manigancer Morion ¿

Prudent, Cellendhyll salua le grand loup d'un signe de tête appuyé.

Aashti-Kalkarn lui rendit son salut, moins marqué que le sien, pour ensuite détourner la tête et se remettre à lécher sa fourrure sombre.

Le Hors-Destin s'éloigna, pressentant toutefois que cette épreuve informulée, quelle que fût sa nature, n'était pas terminée.

Quelques minutes plus tard, Gheritarish retrouva Cellendhyll. Son regard extatique, le Loki mâchouillait un saucisson d'aurochs long comme son avant-bras. Dans son autre pogne, un épais bâtonnet de fumée, à l'odeur aussi riche qu'entêtante.

— Regaaarde, Petit-Homme, de la bonne viande comme j'aime… et la meilleure des friandises : de la Red 8.8… Gilligarish la cultive lui-même. Et tu sais quoi, la 8.8, elle déchire sa mère ! T'en veux ¿

Cellendhyll secoua la tête, amusé malgré lui. Quel indécrottable compagnon il avait là.

— Comment se fait-il que les loups et les Lokis soient arrivés pile au bon moment ¿ Non, ne me dis rien, Boule de Poils… c'est Morion, à coup sûr.

Je comprends enfin. Le Puissant d'Eodh veut que je me sente en dette vis-à-vis de lui !

Tout en haussant ses épaules massives, Gheritarish mâcha un morceau de saucisson, prit une bonne bouffée de fumée et gloussa de plaisir :

— On s'en fout de Morion, non ¿ Dis-moi pourquoi tu fais ta tête de chafouin, Petit-Homme ¿ On a gagné, mon ami, on a vaincu les empalés du crâne, c'est fini !

L'Adhan secoua la tête, le front barré d'un pli soucieux :

— Non, Gher, j'aimerais vraiment que ce soit le cas. Pourtant, en dépit des apparences, nous sommes loin d'avoir gagné.

— Qu'est-ce que tu racontes, tu as pris un coup de soleil en pleine nuit ou quoi ¿

— Je sais pourquoi Øz a disparu, Boule de Poils. Rakùl-Bahìr m'a révélé le plan de la reine, juste avant que je ne lui arrache le cœur… La reine Infâme est partie à Ambre, elle veut asservir la Pierre de Vie du Plan Primaire.

— Non, souffla le Loki, toute joie balayée.

— Si. Ce qui veut dire que je dois me rendre à Ambre de toute urgence, et, comme le passage vers l'ouest est bouché, je n'ai aucune idée de comment faire.

Tout en jurant en sourdine, Gheritarish resta un moment à fourrager dans sa crinière avec son saucisson – signe qu'il avait consenti à activer les processus réflexifs de son cerveau.

Le Loki finit par s'interrompre, l'index redressé, la pupille aussi dilatée qu'enthousiaste :

— J'ai une idée. *Lui*, il peut nous amener à Ambre, j'en suis persuadé.

— Lui ?

— Aashti-Kalkarn, bien sûr !

— Mais… Hein ? Comment ? Pourquoi ? Non, je refuse de devoir quoi que ce soit à Morion !

— Écoute, Cell, ça rien à voir avec Morion… en vérité, mon ami, t'es loin de tout savoir sur les loups de Streywenn et sur nous autres, les Lokis.

— Et donc ?

— Et donc, je pense que le Khan peut nous emmener à Ambre, je viens de te le dire !

— Nous…

— Ben oui, nous. Je te connais mieux que toi, mon petit gars, j'ai repéré ton manège, du genre « laissez-moi, je suis plus efficace seul, même pour sauver le monde ». Sauf que non, pas question que tu me laisses derrière toi alors que tu vas affronter Øz… et Gamaël. Tu sembles oublier que ces fils d'hyènes astigmates ont toute une bande avec eux, pas forcément des Smaughs.

— J'avais songé à cette éventualité, effectivement. Eh oui, j'avoue que j'avais prévu de partir seul.

— Eh bien non, mon coco joli ! Tu parles pas loup, alors tu pourras pas communiquer avec Aashti-Kalkarn. Tu es obligé de m'emmener, et toc !

— Parce que toi, tu parles la langue des loups ?

— Ben ouais, depuis la naissance, je suis un Loki, non ? répliqua Gher, tout en postillonnant des bouts de saucisson à travers un nuage dense de Red 8.8.

— Tu ne m'en avais jamais parlé, depuis tout le temps qu'on se connaît.

— Ah, mais tu m'as jamais posé la question non plus ! Alors, c'est d'accord, on part tous les deux ?

— Tu ne préfères pas rester avec tes frères ?

— Et te laisser sauver le monde tout seul ? Tu rigoles des genoux ?

— D'accord, Gher, on part ensemble, merci de ton soutien, mon gros. Va parler au Khan, le temps nous est compté.

L'Adhan devait avouer que s'il fallait choisir quelqu'un pour veiller sur ses arrières, son compagnon de toujours faisait un choix évident.

Gheritarish avait à peine tourné les talons qu'il rebroussait chemin :

— Dis, ton altesse-machin-lige, je peux lui parler de la Pierre de Vie et d'Øz, au Khan, hein ?

— Je t'ai dit que je me méfiais de Morion, Gher'.

— Écoute, Petit-Homme, je peux comprendre cette méfiance que tu ressens envers Morion, mais là, on parle d'Aashti-Kalkarn et, je te l'ai dit, ça n'a rien à voir.

— Tiens donc.

— Je t'assure, le Khan, c'est la famille... la mienne, tu piges ?

— Boule de Poils, j'ai beau bien regarder, tu es un Loki, pas un loup.

— Pfff, laisse tomber !

— Quoi, laisse tomber ? Explique.

— Nan, c'est trop compliqué et j'ai pas envie de réfléchir plus que ça. On verra plus tard. Quoi qu'il en soit, je te garantis qu'on peut faire confiance au Khan. Sur ma vie, Petit-Homme.

— J'ai compris... ou plutôt non, je n'ai rien compris. Peu importe, fais comme tu le sens, je n'ai pas de meilleure idée.

L'Ange regarda son camarade se rapprocher du Khan, occupé à contempler tous ces petits deux-jambes en train de fêter la victoire, les fixant de son profond regard écarlate.

Gheritarish se mit à parler en gesticulant des bras, agitant son saucisson dans tous les sens, puis il désigna Cellendhyll et reprit son discours. Il ne semblait absolument pas impressionné par le grand loup de Streywenn.

Gheritarish n'était pas un canidé. Pourtant, à le détailler à côté d'Aashti-Kalkarn, l'Ange commençait à percevoir une similitude indéfinissable entre les deux créatures.

Quelques instants plus tard, le guerrier à peau bleue revenait lui annoncer :

— C'est d'accord, mais le Khan réclame ta présence, il veut discuter.

— Je ne parle pas loup, moi.

— T'inquiète, viens.

L'Ange et le Loki se rangèrent devant le Khan et Gheritarish entama les présentations :

— Cellendhyll, je te présente Aashti-Kalkarn, Khan de Streywenn, père des loups, protecteur des Lokis... Khan, voici Cellendhyll de Cortavar, seigneur-lige de la Lumière, mon ami, je réponds de lui.

L'impressionnant canidé abaissa sa grosse tête en guise de salut. Quelle puissance sauvage dans son regard.

L'image de Morion refusant de quitter son esprit, au lieu d'imiter le Khan, Cellendhyll ne put s'empêcher de s'exclamer d'un ton agressif :

— Avouez, c'est Morion qui vous a ordonné d'intervenir ? Qu'a-t-il derrière la tête ?

+ Morion ? Tu es amusant, l'Adhan. Laisse-moi tout de même recadrer les choses... +

La voix d'Aashti-Kalkarn enfla directement dans l'esprit de Cellendhyll ; un timbre grave, vibrant de pouvoir, auquel on ne pouvait rester insensible, parfaitement conforme au Puissant.

Ainsi donc, le Khan était télépathe. Était-il le seul à maîtriser cette capacité ou la partageait-il avec les autres loups ?

Le Khan poursuivit et sa pensée avait pris une tonalité métallique :

+ Nous sommes venus vous aider, et nous ne demandons rien en échange. Or, il me semble que notre chasse vous a permis d'arracher la victoire alors que vous étiez au bord de la défaite, non ? Alors, petit humain, tu vas tout de suite changer de ton avec moi ! Et me traiter comme l'allié respectable que je suis et qui se demande si tu mérites de vivre plus longtemps. Sinon, Hors-Destin ou pas, je t'ouvre en deux d'un coup de griffes et d'un seul ! C'est clair ? +

Si le grand loup n'avait pas bougé d'un poil, il écrasait l'Adhan de son regard magnétique et rougeoyant.

— Cell, déconne pas, hein ? souffla Gheritarish, qui avait tout perçu de l'échange.

Jamais Cellendhyll n'avait vu son camarade aussi désarçonné, aussi inquiet.

Lui-même devait avouer qu'il n'en menait pas large. Il ne craignait aucun adversaire, néanmoins, il avait vu le Khan en action et savait parfaitement qu'il se trouvait face à un Puissant, le pire des adversaires. En pleine forme, contrairement à lui, ses muscles tiraillés par la fatigue.

Pourrait-il l'affronter ? Lui résister ? Le vaincre ? Cellendhyll n'avait aucune envie de chercher la réponse. D'autant plus qu'il devait admettre qu'Aashti-Kalkarn disait vrai et, qu'au lieu de remercier le loup, il l'avait vertement apostrophé, comme si Morion s'était trouvé à la place du Khan.

Après un dernier regard à Gheritarish, Cellendhyll posa un genou à terre et déclara en regardant le roi-loup bien dans les yeux, une épreuve en soi :

— Grand Khan, je vous prie d'accepter mes excuses... et mes sincères remerciements pour votre intervention à point nommé. Je ne vois pas comment nous aurions pu vaincre sans vous, je le reconnais sans honte. Je vous ai apostrophé et j'avais tort, car c'était au seigneur d'Eodh que je destinais ma colère et nullement envers votre honorable personne.

Aashti-Kalkarn hocha la tête et sa voix résonna à nouveau pleine de chaleur dans l'esprit des deux guerriers :

+ C'est mieux, héritier de Lumière, bien mieux. J'accepte tes excuses, il n'y aura pas de querelle entre nous. Dis-moi, c'est Morion qui t'a expliqué que nous autres loups et les Lokis, nous étions une sorte d'armée au service du Chaos, à laquelle il fait appel lorsqu'il en a besoin, et que c'est dans ce sens que Gheritarish est entré au service d'Eodh... c'est bien ça ? +

— Tout à fait, grand Khan.

Un rire grave, amusé, résonna dans l'esprit des deux guerriers.

+ Je pense que j'aurai une petite mise au point avec le Puissant de la maison d'Eodh, à mon retour. La vérité, Cellendhyll, c'est que le Plan

de Streywenn et la forêt qui le compose appartiennent aux loups, depuis toujours. J'ai accepté que le Chaos vienne s'installer dans Streywenn et pas le contraire. J'ai passé un pacte d'alliance avec Ellvanthyell, et nous ne sommes pas les vassaux des Maisons du Chaos, en aucun cas ! Nous tolérons leur présence et nous les aidons, en échange de certains services, quand ça nous arrange. Morion ne m'a pas ordonné de venir me battre ici, il m'a proposé l'opportunité d'une Grande Chasse, de quoi défouler mes enfants et renforcer leur instinct guerrier. Un simple échange de bons procédés. Et moi, j'y ai consenti. D'autant plus qu'il s'agissait également de sauver l'un de mes petits. Ainsi que l'héritier du trône de Lumière. Est-ce bien clair pour toi, Cellendhyll de Cortavar ? +

— Fripouille de Morion, sale manipulateur ! pesta l'Adhan.

+ On peut le voir ainsi. Toutefois, Morion n'est qu'un homme, pas un loup, il est donc forcément imparfait. +

Cellendhyll crut percevoir un gloussement émaner de son camarade.

— Une seconde. Votre *petit* ? Gheritarish est vraiment votre descendant ? Je croyais que les Lokis avaient été créés par les Maisons du Chaos.

Cette fois, ce fut Aashti-Kalkarn qui gloussa :

+ À partir de quel patrimoine génétique crois-tu que les Lokis ont été conçus ? Le mien, évidemment ! Gheritarish possède bel et bien une partie de mes gènes, une partie importante. C'est donc l'un de mes enfants et je les aime tous, loups comme Lokis, même si je dois avouer que ton ami m'est particulier. +

— Ah, t'entends, Petit-Homme, je suis *particulier*, ha ha !

Le Khan devança la réponse acerbe que préparait l'Ange.

+ Particulier ne veut pas dire parfait, loin de là, dans ton cas ! gronda alors le Khan dans leurs esprits. ***Tu veux me parler de l'avancée de tes études chamaniques, peut-être ? +***

— Ah, euh, oui, c'est-à-dire… Cell, au secours !

— Ah, mais tu es particulier, alors débrouille-toi !

+ Concernant Gheritarish, c'est moi qui l'ai envoyé au Chaos, en ambassade, parce qu'il avait trop la bougeotte, pour qu'il puisse constater comment vivaient nos alliés, qu'il étudie de nouvelles techniques de combat, qu'il s'aguerrisse, et aussi et c'est loin d'être le plus glorieux, pour lui éviter un mariage arrangé par ses sœurs ! Je l'admets, mon héritier est loin d'avoir réalisé son potentiel, contrairement à toi, Hors-Destin. Pourtant, en dépit des apparences, il finira par y parvenir, j'ai bon espoir. +

Gher fixait le ciel, comme captivé par le vol d'un busard, évitant soigneusement le regard de son aïeul.

— Je ne comprends pas, rétorqua Cellendhyll. Les Maisons du Chaos contrôlent les fragments de la Pierre de Vie de Streywenn, non ?

+ Du moins, c'est ce qu'ils pensent, au Chaos, rétorqua Aasti-Kalkarn, avec une malice bien similaire à celle du Loki. ***Même le maître des Mystères***

peut se faire berner... mais je ne te connais pas assez pour te révéler tous nos secrets. +

— Pourquoi toutes ces confidences alors ?

+ Parce que, comme moi, tu détestes les faux-semblants. Parce que tu es particulier, toi aussi... et, que cela te plaise ou non, nous sommes dans le même camp. Et ce camp ne sera pas forcément celui de Morion... tu sais très bien à quel point les voies du Chaos peuvent se révéler tortueuses, n'est-ce pas ? N'as-tu pas tourné le dos à ton ancien seigneur parce que tu étouffais au service d'Eodh ? J'ai des intérêts communs avec les Maisons du Chaos, certes, toutefois, mes voies sont différentes des leurs, que ce soit clairement énoncé. +

Qui l'Adhan préférait-il croire ? Morion ou Aashti-Kalkarn ? La réponse était évidente. Oui, Cellendhyll estimait pouvoir accorder sa confiance au Khan, même s'il n'était pas certain de bien saisir les tenants et les aboutissants de cette alliance entre les loups de Streywenn et le Chaos.

L'idée de pactiser avec Morion donnait la nausée à Cellendhyll. Jamais il ne pourrait être tout à fait sûr de ne pas être manipulé. Devenir l'allié d'Aashti-Kalkarn, qui venait de se présenter à demi-mots comme l'égal de l'archimage Elvanthyell – individu qui figurait lui aussi sur la liste noire de l'Adhan –, voilà une alternative nettement plus séduisante. Et même sensée.

Le fait que le Khan soit l'aïeul de Gheritarish faisait également pencher la balance, bien sûr, mais pas seulement. Car contrairement au seigneur d'Eodh, les loups et les Lokis avaient risqué leur peau pour permettre cette miraculeuse victoire sur les Smaughs, et l'Ange en était bien conscient.

— J'entends vos paroles, grand Khan, mais je connais Morion et je sais qu'il espère, par le biais de votre aide, que je me sente en dette vis-à-vis de lui. Il s'est forgé un levier pour me manœuvrer, à travers vous.

+ Et quelle va être ta position face à une telle attitude ? +

— Morion est-il venu combattre à vos côtés ? Nullement. A-t-il transpiré, risqué sa peau pour permettre notre victoire ? Pas plus ! Alors, oui, j'ai effectivement une dette... envers vous, grand Khan, envers les loups et les Lokis, une dette que vous pourrez réclamer à votre gré. Vous pouvez compter sur moi, quant à Morion, lui, il peut bien aller se faire voir !

Un rire de basse, amusé, vibra en Cellendhyll, suivi de la réponse du Khan :

+ J'aime ta façon de penser, l'Adhan. Le courage, l'honneur sont des valeurs essentielles pour les loups. Mes enfants apprécient ton attitude, ta mentalité. Si tu survis à ce qui t'attend, un jour, je réclamerai cette dette et tu viendras à moi pour la régler. Nous verrons cela plus tard, je ne suis pas pressé. Comme me l'a révélé Gheritarish, la reine des Smaughs est en liberté, et elle menace l'avenir des Plans. Tu veux l'intercepter, à Ambre, je t'y conduirai, avec mon héritier. Cependant, il n'y aura que vous deux. Ton armée ne pourra te suivre, là où nous allons passer, et ni mes loups, ni mes Lokis, hormis Gheritarish, n'interviendront dans le combat qui t'attend. J'ai dit. +

— J'ai encore une question, si vous permettez, grand Khan… Comment avez-vous réussi à vous transporter jusqu'ici, dans les Territoires-Francs ? Les Grands Portails fonctionnent à nouveau ?

+ Il y a d'autres moyens de voyager entre les Plans que les téléporteurs. Décidément, ton ancien maître t'a caché un bon nombre de choses… Combien de temps pour aller à Ambre, selon toi ? +

— Si la passe d'Antarah était dégagée, une bonne semaine, peut-être moins avec des chevaux de rechange et des pauses réduites à leur strict minimum. Et comme elle est bloquée, je ne sais pas, au moins trois semaines de chevauchée, en remontant le cours du Vacqueyras.

Le Khan hocha la tête et l'Ange ressentit son amusement tranquille.

+ Nous serons à Ambre ce soir. Parole de loup. +

— Si vite ? Comment ?

+ Je viens de te le dire, il y a d'autres voies que celles des portails. Et j'estime que ça te laisse un peu de temps pour te préparer. Vous empestez le sang des Smaughs, tous les deux, pas question que je vous transporte dans cet état ! Allez vous laver et vous changer, ouste ! +

L'Adhan et le Loki prirent congé. Cellendhyll savait qu'il fallait prévenir Callista et les autres qu'il allait devoir les quitter et cela ne l'enchantait pas vraiment.

— Alors, il est choucass, grand-père, hein ? s'exclama Gheritarish avec son grand sourire. Tu as ta réponse, Petit-Homme : toi et moi, on va sauver le monde, tous les deux, comme au bon vieux temps !

— Grand-père, les loups et les Lokis… tu aurais pu me le dire quand même !

— Déjà, j'étais pas censé en parler, ni à qui que ce soit. Et puis, ça aurait changé quoi, entre toi et moi, que tu apprennes que les loups et nous autres Lokis avions le même père ?

— Rien, j'imagine.

— Tu te poses trop de questions, ce qui veut dire trop de problèmes à résoudre, je te l'ai toujours dit ! Heureusement que je suis là pour te guider dans la vie, hein ?

Sans prévenir, Cellendhyll asséna une claque sur la nuque du Loki, qui n'avait rien d'amicale.

— Aïe, mais pourquoi ?

— Alors, comme ça, il me fallait un interprète pour communiquer avec le Khan et me faire conduire à Ambre ?

— Ah bon ? Qui t'a dit ça ? tenta Gheritarish, soudain pétri d'innocence.

Cellendhyll donna une nouvelle claque à son camarade :

— Toi, faux-jeton de Loki !

— J'avais peur que tu files sans moi, d'accord ? Pas question que tu me laisses en arrière, à ma place, tu réagirais exactement comme moi.

Cellendhyll adressa une troisième claque à son camarade.

— Mais quoi encore ¿ glapit Gheritarish.

— Celle-là, c'était pour tout ce que j'ignorais et je sais que tu ne l'as pas volée ! Viens, maintenant, et arrête de geindre, assez perdu de temps comme ça, allons nous préparer.

Chapitre 112

Obéissant aux instructions du Khan, les deux guerriers firent un saut au fort Vacqueyras pour prendre une douche et se laver soigneusement de tout le sang accumulé lors des combats, avant de passer des rechanges propres.

Gheritarish s'était débarrassé avec plaisir de sa cotte de mailles. Il en profita pour revêtir son habituelle tenue de guerrier en cuir de requin, avec une grande tunique de soie écarlate à rayures saphir, et ses bottes en buffle à larges revers.

Une gibecière complétait sa tenue, dont le contenu se divisait en deux ressources essentielles, plein de choses à manger, plein de choses à fumer. Bien sûr, il emmenait Snaggah dans son étui de cuir protecteur, ainsi qu'une dague dans son fourreau de ceinture ; pas pour se battre, pour couper sa charcuterie.

Rasé de près, Cellendhyll avait choisi l'un de ses ensembles gilet de combat-pantalon en cuir bleu empire, sur une tunique indigo foncé, et chaussé ses bottes de rechange en cuir gras.

Il n'emportait que sa Belle de Mort. Elle était son essentielle, et il n'avait besoin de rien d'autre.

Avant d'aller se préparer, Cellendhyll avait prévenu ses officiers de la situation, veillant à rester évasif sur ses raisons d'aller en urgence à Ambre. Plutôt que de subir leurs questions, il leur avait confié l'organisation du retour, et tout ce que cela sous-entendait. Un retour qui ne s'opérerait pas tout de suite. La guerre était finie pour les Impériaux. Toutefois, avec la victoire, une vaste besogne leur tombait sur les épaules.

Cromlach et Callista dressaient déjà la liste des tâches à définir.

Une fois les blessés convenablement pansés, il allait notamment falloir récupérer le troupeau des Pelloniens et organiser des patrouilles le long de la colonie, fouiller celle-ci de fond en comble, pour vérifier qu'aucun ennemi ne s'y tapissait encore – tel n'était pas le cas. Après quoi, il faudrait prélever chez les vaincus autant de richesses et d'équipements possibles afin de renflouer l'effort de guerre, démanteler la colonie, tenir l'inventaire précis de ces ressources, enterrer leurs morts.

Il faudrait également organiser le retour à leur camp, le long du Vacqueyras, pour la fin de journée, car ni Callista ni Cromlach n'avaient l'envie de passer la nuit au milieu de la base smaugh et tous ses cadavres ; cadavres qu'ils allaient devoir brûler sur de grands bûchers, dès que possible, tâche pour le moins rebutante, mais nécessaire.

Le tout pas forcément dans cet ordre, et la liste n'était pas terminée.

Il leur faudrait une dizaine de jours pour accomplir tout ce travail, en prenant leur temps pour se ménager. Enfin, les membres de l'Empire pourraient songer à former une caravane pour le retour en terres impériales.

Cependant, il fallait avant tout prévenir le convoi d'Aymard de la victoire, et faire rapidement revenir les guérisseurs afin de soigner les blessés. Dans ce sens, une escouade de cinquante loups, les bêtes les plus rapides à leur disposition, montés de Lokis, fut sélectionnée par Aashti-Kalkarn. Toutefois, comme une telle meute risquait d'effrayer les Impériaux, Callista décida d'envoyer quelques Hirondelles pour les accompagner et faire le lien. Vanina se porta aussitôt volontaire.

Chevaucher un loup ¿ Par tous les tétons, quelle classe !

Certes, l'Hirondelle était blessée, mais pas assez pour l'empêcher de chevaucher, et puis, comme elle le fit remarquer avec sa malice coutumière, plus vite elle rejoindrait les prêtres-guérisseurs, plus vite elle serait soignée. Callista donna son accord de bon gré.

Vanina Cole courut vers le grand loup brun rayé de gris qui devait lui servir de coursier, le salua à trois reprises appuyées, et bondit sur son dos en hurlant de joie enfantine. Le canidé fut un poil surpris par un tel élan d'enthousiasme, mais l'humaine était toute légère, et, après tout, il côtoyait ces fous de Lokis depuis l'enfance.

Irumi, Anthéa et Calliope, complétèrent l'expédition, chevauchant chacune derrière un Loki.

La meute s'ébranla en direction du sud, animée de hurlements joyeux et des cris hystériques de Vanina. Elle serait de retour dans moins de deux heures, avec les guérisseurs, le reste de l'expédition suivrait à son rythme.

Tout était réglé, le moment du départ venu. Aashti-Kalkarn et Gheritarish l'attendaient à l'écart. Loups et Lokis épauleraient Callista et les autres, le temps que le Khan les rejoigne.

Cellendhyll contempla les membres de son armée, les uns après les autres, il voulait graver leurs visages dans sa mémoire. L'Empire de Lumière leur devait tant, et lui le premier. Il était fier, heureux d'avoir mené de telles guerrières, de tels guerriers. Beaucoup étaient tombés, cependant, il partageait avec les survivants un lien tangible, puissant, qui resterait cher à son souvenir. Ils avaient combattu ensemble. Ils avaient partagé leurs peines, leurs joies, leurs efforts, ils avaient résisté, jusqu'au bout, sans jamais le décevoir, sans jamais lui faire défaut. Jusqu'à la victoire.

Jamais il ne pourrait l'oublier.

Même s'il était soulagé de pouvoir laisser de côté les responsabilités de seigneur-lige, ce fut le cœur lourd que le Hors-Destin se sépara de son armée.

Il n'avait aucune envie de les quitter… Callista, Vanina, Ling-Faï, Irumi, toutes les Hirondelles, en vérité, devenues chères à son cœur, et aussi Reydorn, Aymard, Ygraine et les légionnaires de Cromlach, tout aussi respectables et valeureux.

Le moment de la liesse n'était-il pas venu ? N'était-il pas temps de fêter la victoire et le soulagement ? Ils avaient réussi leur pari, ils avaient vaincu cette horde conquérante et haïssable, toutes ces pertes, tous ces efforts, ces sacrifices… Oui, Cellendhyll voulait célébrer la vie avec toute son armée. Ils l'avaient tous mérité.

Restait Øz, cependant. La pire des adversaires. Øz libre de mener son plan à bien, libre de perpétrer ses forfaits. Elle les avait tous bernés. Cellendhyll, tout comme les Smaughs, n'y avaient vu que du feu.

Il fallait corriger cette erreur, et sans tarder. Sinon, cette victoire ne servirait à rien, et tous les guerriers de l'Empire qui avaient donné leur vie lors de cette guerre l'auraient fait en vain.

Tel était son rôle et il s'en chargerait, avec Gheritarish. Toutefois, il le ressentait comme un poids dans son esprit, lui seul pourrait véritablement s'opposer à la reine Sublime. Juste avant de rejoindre le loup et le Loki, il attira Callista à l'écart pour lui expliquer plus en détail la situation, et la nécessité impérieuse d'intercepter Øz. Elle méritait la vérité.

— Puisque nous ne pouvons vous accompagner, promettez-moi que vous serez prudent, Cellendhyll, lui-dit-elle d'une voix douce, son beau regard d'azur miroitant de sensualité.

— Mais comment ? Je suis toujours prudent, sourit l'Adhan.

Ce qui avait démarré comme un sujet de fâcherie était devenu un clin d'œil verbal, complice.

À cause des cicatrices du passé, Cellendhyll avait tendance à se méfier des femmes, dès qu'elles l'approchaient de près. Pourtant, incontestablement, et, sans doute dès le premier jour, Callista Swift avait gagné sa confiance. Ainsi que Vanina Cole. Et toutes les Hirondelles. Callista et Vanina avaient fait leur place dans son cercle privé, qu'il l'ait voulu ou non. Que deviendrait cette relation à trois ? Seul l'avenir le dirait, mais l'Ange s'avouait optimiste.

Et, pour le moment, la reine des Smaughs passait avant tout le reste.

Un dernier regard complice, un dernier salut, et Cellendhyll quitta son armée sans plus différer, avant que ses troupes n'aient l'idée de lui faire une haie d'honneur, ou quelque chose du genre, tout aussi gênant.

L'Ange avait refermé la forteresse de son cœur, recouvré sa concentration habituelle.

J'arrive, Øz. C'est ton tour, désormais.

Il n'était pas question de seller le Khan ou de le harnacher. Les deux guerriers allaient monter à cru.

Respectueusement, Cellendhyll se hissa sur l'échine du géant des Loups, précédé par Gheritarish.

— Avantage aux Lokis, je monte devant ! avait proclamé Gher.

L'épaisse fourrure anthracite d'Aashti-Kalkarn semblait envelopper l'Adhan comme un cocon protecteur au toucher caressant, une sensation étrange, mais plaisante. Rien à voir avec l'inconfort d'un bœuf en pleine charge !

Pour un canidé, le roi des loups ne sentait pas du tout comme un chien. Il émanait de lui une odeur primaire, terreuse, avec des relents de musc et des fragrances végétales, épicée, âcre, nullement désagréable.

À peine furent-ils calés sur son large dos, qu'Aashti-Kalkarn poussa un grand hurlement, qui fut repris par les loups de sa meute, par les Lokis et, finalement, par les gorges de l'armée de Lumière.

Le Khan quitta l'esplanade d'un bond, et se dirigea vers le sud de la colonie avec une allure qui équivalait à celle d'un petit galop.

La course du grand loup était différente de celle d'un étalon, sa foulée plus ample, plus souple, presque dansante. Le Khan semblait à peine effleurer la terre, alors qu'il avalait les lieues.

Il suivit une série de grandes allées et quitta la base des Smaughs, droit vers le pont du Vacqueyras.

Alors, Aashti-Kalkarn se mit à accélérer. Le Khan se révélait nettement plus rapide que le plus rapide des destriers. Le vent sifflait aux oreilles des deux guerriers, la sensation de vitesse était ébouriffante. Gheritarish lâcha un grand rire et battit des mains.

— Vous saurez rejoindre Ambre ¿ s'enquit l'Adhan.

+ Je suis déjà venu maintes fois sur le Plan Primaire, Hors-Destin. Tu l'oublies, mais je suis le premier des Loups de Streywenn, j'ai vu les arbres pousser, j'ai vu la forêt grandir et, depuis lors, j'ai voyagé en maints endroits. +

— Ouais, Grand-Père, sauf que le défilé qui permet de rejoindre Ambre est bouché par un éboulement, on ne pourra passer par là.

+ Tu manques de foi pour un Loki, Gheritarish +, s'amusa le Khan.

Ils arrivaient sur le pont. Le Roi des Loups ouvrit sa gueule en grand et lâcha un hurlement de puissance.

Devant eux, une grande ouverture déchira la réalité, ourlée de mana crépitant aux reflets émeraude. Le loup se jeta sans ralentir dans la déchirure, entraînant l'Ange et le Loki avec lui.

Chapitre 113

Ils avaient basculé dans un autre univers.

Aashti-Kalkarn galopait sur une piste de poussière grise, encadrée d'une herbe rase au vert affadi. Ses cavaliers et lui parcouraient une grande plaine, vide de toute habitation, de toute faune, de toute flore, un univers terne, où il n'y avait que des gris, des ocres délavées et le vert à peine prononcé de la végétation.

Invoquée par le Khan dès leur arrivée dans ce monde étrange, une bulle de mana protecteur les entourait tous trois.

+ Nous sommes dans l'Autremonde, nous traversons sa bordure. Il existe en cet endroit des sentiers à l'écart du temps, liés à l'Éther, très anciens, oubliés par l'histoire. Un territoire dangereux, normalement interdit aux hommes, mais vous êtes sous ma protection et il ne vous arrivera rien. Parole de loup. +

Des nuages d'un pourpre fluorescent se mirent à filer dans le ciel, bien plus vite qu'à la normale. Des rires haineux, des ricanements sifflants, parvenaient aux oreilles de l'Adhan, assourdis par l'écran protecteur, sans qu'il puisse en repérer la source.

Gheritarish s'était confortablement calé sur le dos du khan, à croire qu'il avait l'habitude de voyager ainsi. Il mangea sa charcutaille, fuma un imposant cône de Red 8.8 et, quelques minutes plus tard, il se mit à ronfler, affalé sur l'encolure d'Aashti-Kalkarn. Si le Loki était impressionné par cette dérangeante contrée, il le cachait parfaitement.

Le paysage continuait de défiler sous les yeux de l'Ange. Ils avaient quitté la plaine, remonté les pentes d'une colline d'un ocre pisseux. Des formes agressives pleines de crocs et de dents se matérialisaient pour foncer sur la bulle protectrice, ils disparaissaient aussitôt dans un flamboiement de lumière silencieuse, vaincus par la magie du grand loup.

La colline déboucha sur une vallée aussi terne que la plaine précédente. Aashti-Kalkarn maintenait son allure puissante et souple sans montrer le moindre signe de fatigue. Gheritarish n'avait pas bougé d'un centimètre et ronflait toujours.

+ Ferme les yeux, à présent, Hors-Destin, finit par dire le Khan. ***Tu es loin d'en avoir fini et tu as besoin de repos, je le sens bien. Ne t'inquiète pas, je ne te laisserai pas tomber, dans aucun sens du terme. Parole de loup. +***

Aashti-Kalkarn n'avait que trop raison. Cellendhyll avait combattu quasiment douze heures d'affilée, sans jamais s'économiser. La fatigue était revenue à la charge et, cette fois, ne se laisserait pas congédier. Bercé par les mouvements réguliers du Roi des Loups, caressé par son pelage dense, Cellendhyll finit par s'abandonner et ferma les yeux. Il pressentait que, même s'il perdait l'équilibre, Aashti-Kalkarn le maintiendrait sur son dos, d'une manière ou d'une autre.

Le soleil se couchait derrière les collines lorsqu'ils arrivèrent en vue d'Ambre, fleuron des Territoires-Francs.

Aashti-Kalkarn réveilla ses passagers au creux d'une verdoyante vallée. Il avait camouflé son impressionnante silhouette dans la pénombre d'une frênaie, plantée face à un lac immense, presque aussi grand que l'Obéron, sur lequel était bâtie la capitale.

La parole d'un loup de Streywenn était d'airain. Comme Aashti-Kalkarn l'avait affirmé, Cellendhyll avait profondément dormi, sans jamais être dérangé, sans jamais basculer de son dos.

Gheritarish avait ronflé tout le long du trajet dans l'Autremonde, sans sourciller, et il semblait aussi ragaillardi que Cellendhyll.

Sains, saufs, reposés et même guéris de toute blessure.

Les deux guerriers se laissèrent glisser à terre. Le Khan en profita pour s'étirer de tout son long, pour se détendre de tous les efforts qu'il venait de déployer, même s'il semblait tout aussi vaillant qu'au départ de leur voyage.

+ Vous allez devoir continuer sans moi, déclara le Roi des Loups. ***La Pierre de Vie Primale est bien à Ambre, je ressens sa présence. Et je ne prendrai pas le risque de m'en approcher, car alors, je pourrais avoir envie de m'en emparer, moi aussi... ne serait-ce que pour la protéger des mains avides des humains... et ce serait une catastrophe. Mais tel n'est pas mon combat... Ce sera le tien, Hors-Destin... ou encore Étincelle de Kashgar. C'est à toi d'affronter Øz. Toi seul trouveras comment la vaincre. +***

— Kashgar, encore ? Vous n'êtes pas le premier à l'évoquer, grand roi. Qu'est-ce que cette histoire d'Étincelle ? Ne me dites pas que c'est une histoire de prophétie ?

+ C'est en toi que le Dieu Sauvage a planté sa graine, nous allons voir s'il a bien choisi +, éluda le Roi des Loups.

Cellendhyll ne comprenait rien. Kashgar, le Dieu Sauvage, l'un des Oubliés, quel rapport avec lui ? Par contre, l'Ange s'en souvenait, Maurice avait évoqué le terme d'Étincelle, sans développer, évidemment.

— Que veut dire ce terme d'Étincelle... Quel rapport entre Kashgar et moi, grand Khan ?

+ Tu devras demander à la Pierre Primale, c'est son rôle de te répondre. Je suis déjà intervenu bien au-delà de mon périmètre, et j'en connais certains qui risquent de m'en faire le reproche. Je les attends avec gourmandise. +

Cellendhyll posa un genou à terre, saluant Aashti-Kalkarn aussi respectueusement qu'il en était capable :

— Merci pour votre aide, grand Khan, je me félicite de vous avoir rencontré… et de pouvoir vous compter comme allié. J'honorerai ma dette envers vous, parole de Cellendhyll de Cortavar !

+ Le plaisir est partagé, héritier de Lumière. Quand tu auras le temps, viens me visiter à Streywenn, avec ou sans ton ami… Gheritarish, sache que si tu conserves toute mon affection, j'attends mieux de ta part. Il est grand temps que tu te lances sérieusement dans tes études de chaman… et que tu les achèves. N'est-ce pas ? +

— Oui, grand-père.

+ Ce n'est pas votre première danse, inutile d'en dire plus. Bonne chasse, vous deux. Je m'en retourne vers mes petits. À bientôt, mon héritier. À bientôt, Hors-Destin. Nous nous reverrons, les jeunes. Parole de loup. +

Aashti-Kalkarn plaqua son regard de braise sur les deux guerriers, émit un jappement complice et tourna les talons.

Sa puissante silhouette s'éloigna à toute allure jusqu'à disparaître au sommet de la colline.

L'Ange se tourna vers le Loki :

— Comme ça, tu as changé d'avis, Boule de Poils ? Tu vas devenir chaman ?

— Oh, ça va pas, non ? Pas question de chez pas question ! Ils pensent ce qu'ils veulent, dans ma famille, mais ma vie, c'est ma vie, et j'en fais ce que je veux, mortecouilles ! J'ai pas besoin de magie, j'ai pas besoin de pouvoirs, je veux pas réfléchir, je veux pas me concentrer. Je veux profiter de la vie. Voilà, c'est dit !

— Par moments, Gher, tu te comportes vraiment comme un adolescent, tu le sais ?

— Taratata !

— Tu fais ton malin, à présent que le Khan est parti, mais, face à lui, je ne t'ai pas entendu la ramener, hein ?

— Ouais et ben, au lien de me harceler pour rien, dis-moi plutôt comment on va entrer dans la cité ? On la joue officiel ? Avec ton rang de machin-bidule-lige, tu peux réclamer une audience avec les dirigeants d'Ambre, non ?

— Encore faudrait-il qu'on me croie. Quelles preuves ai-je à présenter ? Mon médaillon n'y suffira pas. Tu te rappelles l'attitude des soldats du fort ? Il suffit qu'on tombe sur un abruti de procédurier, et on risque d'être bloqués pendant des heures, avant même de pouvoir parler au conseil. Øz est peut-être déjà en action, il n'y a pas une seconde à perdre. Alors, on va faire au plus simple, Gher.

— Traquer, trouver, éliminer… Ouais, ça me va parfaitement !

Les lunes jumelles paradaient paresseusement au milieu d'un ciel dégagé, chargé d'étoiles luminescentes.

En pleine région des Lacs, Ambre la Blanche, Ambre la radieuse, Ambre la prospère, joyau des sept cités-franches, trônait au milieu d'une verdoyante vallée au climat accueillant, aux pentes couvertes de vignobles.

À mesure que la nuit tombait, l'horizon s'éclaira progressivement d'une multitude de lumignons aux couleurs pastel, aussi modestes que des lucioles, provenant des villages bâtis sur les pentes ou le long de la rive, bourgades principalement occupées de pêcheurs, de vignerons ou de bûcherons.

Impossible de louper la capitale. Comme posée au centre du grand lac, Ambre se révélait aussi chatoyante qu'un petit soleil, comme couverte d'un dôme de lumière or et argent, dont le reflet s'étalait avec une profusion nacrée sur le manteau bleu ondoyant du lac.

Cellendhyll tira sa longue-vue de son gilet de combat renforcé, et fit le point sur les entrées menant à la cité. Il constata que les quatre longs ponts à bascule menant à la cité, illuminés de réverbères, se révélaient bloqués par un contingent de mercenaires-francs aux surcots de l'Alliance, toute entrée filtrée. Ce n'était pas vraiment une surprise. Avec la mystérieuse panne des Grands Portails, chaque capitale, sur la défensive, avait pris soin de boucler ses accès.

— Les ponts sont surveillés, je m'y attendais un peu, déclara l'Adhan. Nous ne pourrons pas entrer sans être contrôlés, au risque de perdre un temps précieux.

— Et donc, on procède comment ?

— En faisant appel à un indépendant au service du prince Yggdrasill. Tu sais bien que Morion dispose de ses entrées secrètes dans toutes les capitales du Plan Primaire. Nous allons tout simplement faire appel à un passeur de son réseau, je l'ai déjà utilisé par le passé, pour une mission d'Ombre.

— Tu vas le payer comment ton passeur ?

— Contrairement à un certain Loki de ma connaissance, je suis prévoyant. Figure-toi que je garde toujours quelques licornes en or à l'intérieur de mon ceinturon. L'une d'elles suffira amplement.

— Et comment on va trouver la bibliothèque de Lyr ?

— J'avoue que je compte surtout sur ton odorat. Une fois à l'intérieur de la ville, tu me confirmes que tu pourras retrouver l'odeur de Gamaël ?

— Ah, tu vois bien que j'avais raison de venir ! Carrément que je vais le pister ce gland moisi de renégat, jamais j'ai été aussi motivé, Petit-Homme, tu peux me croire !

Le contact susmentionné était un pêcheur qui résidait dans une petite maison sur pilotis, à l'orée de l'un des villages bâtis sur la rive du lac, côté est. Veuf, il n'avait pas d'enfant et faisait partie du réseau Yggdrasill depuis longtemps.

L'Ange et le Loki rejoignirent sa demeure en profitant du bois situé juste en face du village pour couvrir leur progression. Gheritarish en profita pour boulotter son dernier saucisson.

Le passeur leur ouvrit la porte, sur ses gardes, une hachette à la main. Vêtu d'un ensemble en daim rapiécé, il avait la quarantaine élancée, des cheveux mi-longs, une barbe brune, un regard gris, impavide.

Au départ sur ses gardes, il se détendit dès que Cellendhyll lui donna le mot de passe et, plus encore, à l'énoncé de la récompense pour ses services. Une licorne d'or représentait pour le pêcheur plus de trois années de travail et, cinq minutes plus tard, il embarquait les deux guerriers à bord de sa longue barque à fond plat, cachés dans la guérite. C'était un taciturne, il n'avait posé aucune question, ce qui convenait parfaitement à l'Adhan.

Le passeur avançait à la godille et connaissait son affaire, évitant les ponts et leurs abords brillamment éclairés.

Ce n'était pas la seule embarcation sur le lac, loin de là. Tout un flux de barques ou de barges était de sortie, nombre de pêcheurs lançaient leurs filets la nuit, des autochtones, bien connus des autorités, dont le passeur faisait partie.

Au bout d'une heure de louvoiements, l'Ange et le Loki débarquèrent à Ambre, sur un ponton baigné de pénombre, sur le bord est de la capitale. Le passeur, qui n'avait pas décroché un mot, rebroussa aussitôt chemin, sa licorne en poche, des étoiles d'or plein les yeux.

Cellendhyll et Gheritarish échangèrent un regard décidé et s'enfoncèrent dans une ruelle obscure.

Traquer, trouver, éliminer.

Chapitre 114

Ambre la Blanche tenait ce surnom de ces beaux blocs de grès ivoire avec lesquels était construit la plupart de ses bâtiments, parfaitement rectilignes, de un à trois étages. Généreusement éclairées de hauts réverbères à gemmelitte, les artères principales étaient larges, nettoyées chaque semaine. Un réseau de canaux divisait la ville en différents quartiers, chacun agrémenté de parcs boisés et de fontaines cristallines.

Les ponts menant à la capitale avaient beau être contrôlés, à l'intérieur de ses murs, l'Ange et le Loki se retrouvaient libres d'évoluer à leur gré, dans la mesure où ils évitaient d'attirer l'attention des patrouilles du guet.

La première étape accomplie, il leur restait à trouver le sanctuaire de Lyr. Ce dernier était situé dans la capitale, mais où exactement ? La confrérie était une entité éminemment discrète, seuls ses membres en connaissaient la localisation, il ne servirait à rien d'interroger les badauds.

Tout reposait sur Gheritarish et son odorat avivé. Dans la banque mémorielle olfactive du Loki, l'odeur de Gamaël était dûment répertoriée. N'avait-il pas fait partie des Spectres, les *petits* du guerrier à peau bleue ?

Sauf qu'en pénétrant dans la grande cité, les narines du Loki furent assaillies par une profusion olfactive recélant des centaines d'odeurs, de relents, de fragrances différentes, ses sinus totalement bouchés, c'était chaque fois la même chose.

Un peu piteux, Gher avoua qu'il devait attendre que ses cavités nasales se dégagent avant de pouvoir à nouveau faire appel à son sens de traqueur.

Ayant déjà effectué une mission sur place, pour le compte de Morion, Cellendhyll connaissait la disposition générale de la cité. Pour commencer, il décida d'aller voir du côté de la grande place des Portails, dans le centre-ville, l'un des points névralgiques d'Ambre. Là-bas, sans se laisser voir, l'Adhan put constater que les grands téléporteurs, étroitement surveillés, étaient toujours bloqués.

Les deux guerriers décidèrent alors de parcourir la cité en cercles excentriques, quartier par quartier.

L'heure du dîner avait sonné. Les rues s'étaient vidées, et seuls quelques passants y déambulaient encore, pressés de rentrer chez eux. Quant aux patrouilles, l'ombre des grands bâtiments fournissait bien assez de cachettes aux deux guerriers pour éviter des gardes non pas en alerte, mais en pleine routine. Si l'état d'urgence avait été proclamé dès l'arrêt des Grands Portails, depuis cette date, aucun danger n'avait menacé Ambre, et l'état d'esprit des autochtones s'était nettement relâché.

Gheritarish avait beau inspirer aussi fort qu'il le pouvait, ses narines refusaient toujours de coopérer, au grand dam de Cellendhyll, de plus en plus impatient.

Sangnoir, Gher et moi, on a l'air malin à fouiller la ville sans savoir où aller !

Ils tournaient en rond depuis plus d'une heure et n'avaient pas progressé d'un *iota* dans leur traque.

Cellendhyll envisageait sérieusement d'étrangler son camarade au nez bouché lorsqu'il entendit un écho spectral, à peine distinct, chercher à s'insérer dans son esprit :

+ Vi... à... mo... Pro... +

L'Ange se figea, tous ses sens déployés.

+ Tu... enir... tenant. +

— Quoi ? demanda Gheritarish.

— Chuut, j'entends quelque chose. Comme une voix.

— Où ? demanda le Loki en regardant de tous côtés, ses narines humant l'air.

— Dans ma tête. Tais-toi ou je vais la perdre...

Cellendhyll fit le vide en lui, comme s'il voulait activer son Nexus. Aussitôt, l'écho se précisa :

+ Viens à moi, Protecteur, tu dois venir maintenant ou tout sera perdu ! +

Cette voix insistante, il la reconnaissait, elle l'avait interpellé juste après la bataille contre les Tak, sur le champ de bataille, lorsqu'il s'était effondré, au bord de l'évanouissement.

Se concentrant sur cet écho, désormais plus affirmé, l'Adhan sentit comme une traction dans son esprit.

— Par là, déclara-t-il à Gheritarish, tout en désignant la direction du quartier des commerces.

— T'es sûr ?

— Avec ton nez bouché, tu as mieux à proposer, peut-être ?

L'Ange et le Loki s'étaient dépêchés de rejoindre le quartier commerçant, en bordure du centre-ville, tout aussi immaculé que les autres.

Cellendhyll s'orientait grâce à cette traction mentale, un peu trop diffuse à son goût. Il devait maintenir sa concentration constante, sous peine de perdre le contact.

Les deux guerriers évitèrent deux patrouilles de miliciens du guet, armés de lances, revêtus de gambisons ivoire, rembourrés en cuir.

Ils enfilaient les rues sans plus rencontrer personne. La plupart des commerces étaient fermés, le quartier délaissé pour celui des restaurants et des tavernes, certaines ouvertes toute la nuit.

+ *Viens ! Viens ! Viens !* +

L'écho spectral continuait de hanter Cellendhyll, chargé d'un puissant sentiment d'urgence.

Alors que les deux guerriers débouchaient sur une place arborée de grands ormes, Gheritarish se figea, redressa la tête, les narines palpitantes. Il hocha la tête et se mit à gronder :

— Ça y est, mon nez se dégage. Gamaël, je *le* sens. Il est passé par cette rue.

L'Ange et le Loki relancèrent leur traque, l'un guidé par l'esprit, l'autre par l'odorat.

Dix minutes plus tard, ils finirent par s'arrêter sur une autre place, devant un grand bâtiment en grès blanc, rectangulaire, avec un toit de tuiles bleutées.

Bien que d'aspect cossu, le sanctuaire de Lyr n'avait rien pour attirer l'attention. Il aurait aisément pu passer pour une étude de notaires, une banque de moyenne importance ou une bibliothèque privée. Tout à fait le genre de la confrérie, estima le Hors-Destin.

Le premier étage baignait dans l'ombre. En revanche, au rez-de-chaussée, les fenêtres étaient obstruées d'épais rideaux en brocart, mais un rai de lumière filtrait le long des étoffes.

Ils se rapprochèrent pour se rendre compte que l'entrée principale se révélait barrée d'une grille, verrouillée de l'intérieur.

Bien que prévoyant, Cellendhyll n'avait aucun rossignol sur lui.

La voix spectrale avait quitté son esprit. Un soulagement tant la traction était devenue désagréable.

Les narines de Gher frémirent à nouveau. Il désigna la ruelle qui flanquait le bâtiment, sur la droite, plongée dans la pénombre.

— Gamaël a pris cette allée, révéla le Loki. Aucun doute là-dessus. Une heure, je dirais, pas plus. La piste est chaude, Petit-Homme. Outre l'odeur du traître, y a aussi un relent de corps mal lavés, une bonne dizaine, et une fragrance féminine, mais bizarre.

— Parfait, Boule de Poils, nous sommes arrivés au bon endroit. Attention, pourtant, Gamaël est bien là, donc, Øz également, et nous n'avons aucune idée de ce qui nous attend à l'intérieur. La reine est vraiment redoutable, Gher, je l'ai appris à mes dépens… et rappelle-toi ce que je t'ai dit à propos du renégat, ne le sous-estime pas. À partir de maintenant, prudence.

— Prudence jusqu'à ce qu'on les trouve… après, on verra, se contenta de grommeler le Loki, le pelage hérissé, les narines palpitantes.

La ruelle était un peu étroite pour sa grande Snaggah, à la place, il dégaina une large dague.

Ignorant ce qu'il allait affronter, l'Adhan avait conservé sa Belle de Mort sous forme de sabre, la plus polyvalente.

Ils remontèrent le passage sans encombre, jusqu'à une entrée latérale. Ils constatèrent que la serrure avait été arrachée, la porte restée entrouverte.

Alors que Cellendhyll s'apprêtait à ouvrir, Gheritarish posa sa pogne sur l'avant-bras de son camarade.

Le regard outremer du guerrier avait pris une lueur fiévreuse, entêtée.

— Jure-moi, Cell… Gamaël, tu me le laisses, il est pour moi, c'est clair ?

L'Ange haussa les épaules :

— Comme tu veux.

Le renégat devait payer pour ses crimes, néanmoins, la priorité de Cellendhyll restait Øz, la pire menace à ses yeux.

— Non, ne prends pas la question à la légère, Petit-Homme. Je suis très sérieux, pour une fois. On ne sait jamais comment va tourner une mission, si on est séparé et que tu mets la main sur ce pourri avant moi, tu me le gardes, d'accord ? Tu peux lui briser un genou pour l'empêcher de gigoter, mais c'est tout. Tu as chopé ton Rakùl-machin, Gamaël, c'est ma vengeance à moi, c'est clair ?

— Gamaël est à toi, Gher, j'ai parfaitement compris.

Une telle insistance fit comprendre à l'Adhan que son camarade n'avait toujours pas digéré la perte des Spectres. Et le Loki ne pourrait guérir cette blessure purulente qu'en réglant son compte au traître du Chaos. Et ça, Cellendhyll pouvait fort bien l'entendre, oh que oui.

Il ouvrit la porte en grand et s'engouffra à l'intérieur, suivi du Loki.

Ils débarquèrent dans une grande pièce, mi-office, mi-cuisine, avec une longue table en chêne pour les repas. Vide de toute présence, l'endroit était impeccable.

L'éclairage était diffusé par de fins rectangles de gemmelitte fixés en haut des murs.

Ils traversèrent la salle pour déboucher dans un large couloir, aux riches tapis rubis à bandes vieil or, décoré de tableaux figurant les capitales du Plan Primaire. Un large escalier en teck menait à l'étage. Un autre descendait au sous-sol.

Il aurait dû y avoir un portier, quelques gardes ou serviteurs, sans parler des membres de la confrérie, pourtant, le rez-de-chaussée était désert. Il consistait en une série de salles ouvertes aux murs couverts de bibliothèques, chargées de rouleaux, de livres, de registres, de parchemins. En guise d'agrément, quelques plantes en pot. Dans chaque salle, des tables ou des pupitres destinés à l'étude. Au fond du bâtiment, une porte donnait sur un jardin, verrouillée de l'intérieur.

Les deux guerriers revinrent aux escaliers.

Cellendhyll s'apprêtait à monter à l'étage. Gheritarish, les narines frémissantes, l'arrêta d'un murmure :

— En bas. Ils sont descendus.

Sur le qui-vive, ils descendirent les marches de pierre et débouchèrent dans une cave éclairée de gemmelitte, remplie de rangées d'épais tonneaux de vin de garde, de racks, de casiers à bouteille, de boucheuses à levier, le tout parfaitement aligné.

Il n'y avait pas la moindre trace de poussière, pas la moindre toile d'araignée. C'était la cave la plus propre qu'avait jamais visitée l'Adhan.

Du moins, si l'on exceptait ses occupants et ce qu'on leur avait fait subir.

Au centre, étaient réunis les membres de la confrérie de Lyr. Quatre hommes, quatre femmes. Tous massacrés.

L'horreur était de retour. Le sol de pierre était cramoisi d'épaisses flaques de sang. Les cadavres étaient cloués contre des tonneaux, dénudés, entaillés, écorchés. L'air puait le sang, les entrailles et la souffrance, une odeur tellement prégnante que Gheritarish perdit la trace olfactive de Gamaël.

Les tueurs n'avaient fait aucun effort pour cacher leurs crimes. Au contraire, c'était à croire qu'ils en avaient fait un spectacle macabre et grandiloquent.

— Les pourris, cracha Gher. Pourquoi torturer ces pauvres gens ?

— Pour les faire parler, tout d'abord, et leur faire avouer où ils gardent la Pierre de Vie. Pour le plaisir, ensuite.

— Trouver, éliminer, oh que oui, je vais casser du méchant ! gronda le Loki, furibard.

— Ils ont pris leur temps pour faire ça et vu le nombre de victimes, je dirais qu'ils sont au moins une dizaine, reprit l'Adhan.

Les deux guerriers suivirent les pas couverts de sang. Ils menaient au fond de la cave. Jusqu'à un passage secret. L'un des grands fûts était factice, il pivotait sur ses charnières et avait été mal rabattu.

Là encore, aucun effort de camouflage. Øz n'avait nullement craint de se faire débusquer. Elle devait croire l'Adhan et son armée occupés à combattre la horde des Smaughs, le long du Vacqueyras. Comment pourrait-elle se douter que Cellendhyll et ses alliés avaient vaincu les envahisseurs jusqu'au dernier, et qu'il avait voyagé en une journée pour rejoindre Ambre ?

— N'oublie pas, Petit-Homme, je me réserve Gamaël !

— Tu commences à me fatiguer, Gher, je te l'ai promis, non ? D'accord, je comprends ce que tu ressens, je partage ta colère et ton besoin de venger les Spectres. Ce n'est pas une raison pour charger comme un fou furieux. Concentre-toi, rien n'est encore joué.

Dédaigneux, Gheritarish repoussa le panneau de bois. Ils s'engagèrent dans un escalier qui tournait à angle droit et menait à un nouveau sous-sol.

Le niveau commençait par une salle d'étude en pierre, aux parois couvertes de livres et de registres. Sur chaque table, un cadavre.

L'horreur montait d'un cran.

Six gardes, trois hommes, trois femmes. Dénudés, éventrés, les doigts tranchés, les yeux arrachés, on avait écorché leurs visages pour ensuite s'amuser à les interchanger. Les tapis ornant le sol étaient gorgés de sang.

— Par les couilles du Grand Cornu, là, j'suis pas content, marmonna Gheritarish, de plus en plus agité. Gamaël, sale fils de Sangh, j'ajoute ça à ta note !

— Qu'est-ce que tu dis, Gher ?

— Rien, t'occupe. On continue.

Au fond de la salle, un couloir débouchait sur une sorte de vestibule aux murs de grès. Les traces de pas ensanglantées se dirigeaient par là, avant de s'effacer, absorbées par les tapis.

Un passage à droite. Un passage à gauche.

Cellendhyll se figea.

+ ***Viens, Protecteur. Elle est là.*** +

La présence spectrale était revenue hanter son esprit. Bien plus nette, elle semblait vouloir l'attirer dans le couloir de droite.

Cellendhyll se tourna vers le passage, tournant le dos à son camarade.

— Gher, j'entends la voix. Il faut qu'on prenne à droite.

N'obtenant aucune réponse, l'Ange se retourna. Gheritarish avait disparu.

Satané Loki !

+ ***Vite !*** relança la voix spectrale. ***Si elle me touche, tout est perdu. Viens !*** +

Cellendhyll s'engagea dans le couloir de gauche. Impossible de délaisser Øz maintenant.

Gheritarish, mon gros, sois prudent, surtout.

Chapitre 115

Gheritarish s'était enfoncé dans le couloir de gauche. Il avait repéré l'odeur de Gamaël, le traître était tout proche. Une tentation insurmontable.

Cell se débrouillera bien pour sauver le monde sans moi !

Une fois le couloir traversé dans sa longueur, le Loki accéda à une série d'escaliers, ces derniers débouchant sur un palier ouvert. La salle en contrebas était une grande bibliothèque aux meubles massifs, chargés d'ouvrages. Encore des livres, des traités, des parchemins.

Le guerrier s'accroupit en haut des escaliers, le temps d'étudier la situation.

Il avait trouvé les auteurs des massacres. Une quinzaine d'hommes, revêtus d'étoffes et de cuir sombre, usagé. L'odeur de corps mal lavés venait d'eux. Tout comme celle du sang frais. Les mêmes tatouages affreux sur leurs visages repeints d'hémoglobine, la même chevelure longue et graisseuse, le même regard fixe halluciné, éclairé de l'intérieur par une identique lueur malsaine, avide, pervertie. Ils étaient armés de tout un arsenal de dagues et de coutelas. Une moitié d'entre eux avaient une chaîne enroulée autour de l'avant-bras.

Gheritarish faisait face au pire des rebuts de l'humanité.

Un trio de tortionnaires, penchés sur le corps ravagé d'un homme, se disputaient pour savoir s'ils devaient plutôt le brûler à l'huile de lampe ou lui sectionner les doigts de la main pour les lui faire manger, alors que le troisième maintenait que brûler ne faisait pas couler de sang et qu'en cas de doute, autant commencer par lui couper les pieds. Aucun des trois bourreaux ne se rendaient compte que leur victime avait expiré, et ce depuis plusieurs minutes. Un autre groupe de trois tueurs hissaient le cadavre d'un civil en haut d'un meuble, l'écartelant avec leurs chaînes. D'autres, encore, répartis par petits groupes, vidaient les bibliothèques ou sondaient les murs, à la recherche d'un coffre secret.

Les narines du Loki l'attestaient, Gamaël était dans cette salle. Mais où ? Il ne pouvait pas lancer son assaut avant de l'avoir repéré.

Débouchant de l'angle d'une bibliothèque, au fond de la salle, le renégat apparut.

— Avez-vous envisagé, ne serait-ce qu'une seconde, la possibilité que ces femmes et ces hommes, que vous avez torturés les uns après les autres, vous disaient la vérité ? s'exclama-t-il d'un ton blasé à l'attention des coupe-jarrets. Avec ce que je vous paye, vous avez gagné votre soirée, alors pourquoi ne pas vous détendre un peu ?

— Qu'est-ce que tu crois qu'on fait ? rétorqua l'un des tueurs, un gaillard dégingandé au visage maigre, alourdi d'une multitude de piercings et maculé du sang de ses victimes. Nous, c'est comme ça qu'on s'amuse, hein les gars ? Du sang pour le culte du Sang !

— Du sang pour le culte du Sang ! s'écrièrent les autres cultistes du même ton passionné.

Gamaël portait un costume de combat en cuir noir, sur une tunique violette, avec des bottes cuissardes en buffle. Deux épées courtes se croisaient dans son dos. Son regard gris pâle toujours aussi assuré, le guerrier d'élite était égal à lui-même en termes de prestance, de grâce prédatrice, même s'il avait, une fois encore, modifié son apparence. Le renégat avait le crâne rasé et il arborait une moustache et un bouc teints en noir charbonneux et soigneusement huilés. Trois anneaux d'or rouge brillaient à son oreille droite.

À la réponse du cultiste, Gamaël lâcha un soupir, se cala une hanche contre une table et entreprit de se curer les ongles avec sa dague.

L'Ombre renégate du Chaos s'ennuyait. Au lieu d'assister sa maîtresse, la femme qu'il adorait, qui représentait tout pour lui, il servait de chaperon à ces dégénérés de cultistes.

Quelle sinistre bande de tueurs, il avait recrutée. Les membres du culte du Sang étaient capables de tout, sauf de réfléchir. Ignorant à quelles forces elle aurait affaire à l'intérieur du sanctuaire de Lyr, la reine Sublime avait préféré s'adjoindre une force d'appui sacrifiable, et Gamaël avait donc engagé ces abrutis en urgence, peu après leur arrivée à Ambre.

Au bord de l'hystérie, les tueurs s'étaient entêtés à torturer les derniers membres de Lyr pour leur faire avouer où ils avaient caché leur trésor. Bien trop obtus pour comprendre que le seul trésor, en ces lieux, hormis le savoir contenu dans les livres et qui ne représentait rien pour leurs esprits incultes, était la Pierre de Vie du Plan Primaire. Le plus grand des trésors, certes, mais totalement hors de leur portée, physique ou spirituelle.

Contrairement à son bras droit, la reine s'amusait de la petite meute d'écorcheurs, vaguement séduite par leur enthousiasme sanglant, et l'adulation qu'ils lui avaient portée, dès le premier regard, subjugués par sa beauté tout autant que par sa personnalité. Toutefois, sa maîtresse n'avait aucune envie d'avoir ces pourceaux dans les pattes alors qu'elle allait mener l'opération la plus importante de sa longue existence. Le pouvoir ultime était à sa portée et la reine Sublime avait interdit toute interférence, ordonnant donc à Gamaël d'occuper les tueurs le temps qu'elle opère.

— Du sang pour le culte du Sang !

Ce putain de cri discordant, aux tonalités vulgaires, commençait à faire grincer les dents du renégat. Il lui tardait, désormais, de s'occuper des cultistes comme ils le méritaient, un juste retour des choses. Puisqu'ils voulaient du sang, il allait les combler… avec le leur !

Toutefois, avant se défouler sur eux, Gamaël devait attendre le retour de sa reine.

Bon, du calme, hein ! s'était dit Gheritarish en haut des marches, alors qu'il jaugeait la bande des cultistes. *Comme l'a dit Petit-Homme, je vais devoir faire gaffe. Commencer par éliminer les tueurs les plus à l'écart, les uns après les autres, sans me faire de repérer. À la Cellendhyll. Les deux à gauche, puis le groupe à droite, puis encore les trois qui se disputent…*

Pourtant, dès que le guerrier loki repéra Gamaël, son sang se mit à bouillonner. Ses poings se serrèrent à faire claquer ses phalanges. À grand peine, il réussit à réprimer le cri de rage qui menaçait de jaillir de sa gorge. Entendre la voix hautaine du traître, s'adressant à ses hommes fut la goutte de trop.

Quelque chose se rompit en Gheritarish, son plan d'attaque volant en éclats.

Le Loki se redressa, dégaina Skaggh'Naggah, et bondit directement en bas des escaliers.

— Gamaël, sale fils de hyène, je vais t'ouvrir la panse !

D'une diagonale basse, Snaggah fendit la cuisse d'un cultiste, puis son torse, d'un mouvement inversé. Nullement rassasiée, elle décapita un autre tortionnaire et sectionna les bras du suivant.

Après quoi, Gheritarish ramena Snaggah en arc de cercle et tronçonna deux écorcheurs dans le même élan, ceux qui tentaient de le prendre par son flanc gauche. Sur son flanc droit, un cultiste particulièrement exalté, ou suicidaire, prit appui sur une table et bondit sur le Loki, fermement décidé à le renverser sous son poids. Skaggh'Naggah le cueillit en plein vol, moqueuse, et le découpa en deux segments distincts.

Du sang, toujours plus de sang !

Entrer dans le champ d'action de la grande hache noire, c'était mourir. Tout simplement.

Dès qu'il entendit la voix de Gheritarish, passé la surprise, un sourire ravi éclaira le visage mince de Gamaël. Le guerrier renégat planta sa dague dans la table et se rua à la rencontre du Loki, sa course souple, précise, énergique.

Toutefois, au lieu de dégainer ses épées courtes, il fouilla à l'intérieur de son pourpoint. Il dévoila une fiole qu'il s'empressa d'ouvrir d'un mouvement de doigt. Il profita que Gheritarish était occupé à fendre un écorcheur au niveau du bassin pour lui en jeter le contenu au visage.

Aspergé d'une espèce de poudre orangée, grumeleuse, Gheritarish se mit à éternuer, à éternuer tant et plus, les yeux inondés de larmes, il n'y voyait plus rien. Ses narines le brûlaient atrocement, son odorat totalement chamboulé, ses sens oblitérés.

— Je le veux vivant, ne l'abîmez pas ! s'exclama le renégat, tout en reculant pour se mettre hors de portée.

Les cultistes profitèrent de la faiblesse subite du Loki pour lancer leurs chaînes autour de ses avant-bras et de ses chevilles, réussissant à l'écarteler par les quatre membres. Sa grande hache lui fut arrachée et balancée dans un coin, sa dague confisquée dans la foulée. Le plus costaud des tortionnaires, un humain trapu aux bras musculeux, se colla derrière lui, bloquant sa tête en tirant sa chevelure en arrière, terminant de l'immobiliser.

— Parfait. Maintenant, Gheritarish, tu vas pouvoir te calmer, jugea Gamaël, hochant la tête d'un air satisfait.

Comme quoi, le renégat n'avait rien compris à la mentalité du Loki.

De son côté, Gamaël jubilait en songeant que si le guerrier à peau bleue avait débarqué jusqu'ici, Cellendhyll était forcément dans le coin, lui aussi. Et si l'Adhan n'était pas venu épauler son camarade, c'est qu'il avait préféré affronter sa maîtresse. Auquel cas, il ne devait plus être qu'une forme brisée, gémissante, prostrée sur le sol.

Gheritarish avait le visage en larmes, les narines et le pourtour des yeux tout gonflés. Il éprouva la tension de ses liens d'acier, les cultistes tenaient bon, arc-boutés sur leurs chaînes de tout leur poid.

Souriant comme s'il avait retrouvé un ami cher, Gamaël poursuivit :

— Je savais bien qu'un jour nous nous retrouverions, Gheritarish. Et que tu serais sans doute un peu fâché après moi. J'ai donc préparé un petit quelque chose pour te neutraliser sans te faire trop de mal, le temps qu'on s'explique. Du poivre rouge concassé, simple, efficace, comme j'aime. Ton odorat avivé, hein ? Ça doit faire un mal de chien, mais je n'ai pas trouvé mieux pour te mettre sur le carreau. Qu'importe. Ce qui compte, c'est que tu m'écoutes, d'accord ? Il est temps de laisser le passé derrière nous. Cette histoire avec les Spectres n'est qu'un regrettable malentendu, je te l'assure, les yeux dans les yeux. D'ailleurs, je n'ai jamais vu en toi un ennemi... au contraire, je suis prêt à t'enrôler dans le camp des vainqueurs, mon ami. Bodvar, Lhaër et les autres, je ne voulais pas leur mort... ils se trouvaient juste au mauvais endroit, au mauvais moment, c'est tout. Des victimes collatérales, ça arrive, que cela nous plaise ou non. Je sais que toi aussi, tu as vécu ce genre de situation dommageable au service de Morion, n'est-ce pas ?

Un grognement sourd et rageur jaillit de la gorge de Gheritarish, qui cracha net au visage du renégat :

— Non ! Moi, je n'ai jamais trahi un ami, et toi, tu mens ! La vérité, c'est qu'on te faisait tous confiance et que tu nous as trahis. Doué comme tu l'étais, rien ne t'obligeait à tuer tes camarades ! Et maintenant, tu oses minimiser ton crime ? Rhaaaaa, maudit, tu me mets en rage ! Tu as tué mes petits.

Tu as assassiné ma meute. Tu n'as aucun honneur et tu me proposes de te rejoindre ? Je ne veux rien entendre de toi ! Pas d'explication, pas d'excuse, aucune promesse ! Tu n'as plus qu'une seule chose à faire, Gamaël, sortir tes lames. Sur mon âme de Loki, je vais prendre ton sang et venger les miens !

La colère du Loki allait jusqu'à faire vibrer son Nexus.

Un éclair inquiet avait-il allumé les prunelles du renégat ? Toujours est-il que sa réponse s'alourdissait d'un fort relent de contrariété :

— Tu es bien comme cet entêté de Cellendhyll ! Tu ne comprends rien, toi non plus ! Tant pis pour toi. Ma maîtresse se chargera de vous faire plier, tous les deux, dans un océan de douleur. Elle vous brisera, souffrance après souffrance.

— Ah ouais ? On va voir qui va briser l'autre ! gronda encore Gheritarish. Parce que là, tu vois, je suis vraiment, vraiment, en rogne !

Gheritarish avait le regard fixe, emporté par cette rage qui le submergeait peu à peu. Sans pouvoir se retenir, il poussa un grondement sourd, encore plus grave que les précédents. Très proche de celui d'un grand loup.

— Les Spectres, avec moi ! s'écria-t-il, avant de rabattre violemment les bras devant lui.

Les deux cultistes ne pouvaient rivaliser avec autant de puissance. Happés par la traction du Loki, ils perdirent l'équilibre et fusèrent vers le guerrier à peau bleue. Alors, Gheritarish écarta les bras en grand, les tueurs s'écrasant sur ses poings massifs. Nez brisé, mâchoire disloquée, ils s'effondrèrent. Ses mains libérées de la traction des chaînes, Gher souleva l'un des assassins à ses pieds et le projeta sur l'un de ceux qui emprisonnaient ses jambes, faisant s'effondrer celui-ci.

Plus qu'une jambe à libérer. Gheritarish fonça sur le cultiste qui maintenait la dernière chaîne et tirait dessus sans parvenir à renverser les trois cents kilos du Loki. Gheritarish le percuta de plein fouet, d'un coup d'épaule, et le cultiste partit dans les airs et retomba l'arrière du crâne contre l'arête d'une table. Fin du cultiste.

— Par tous les Chaos, espèce de crétin, vas-tu enfin comprendre que les Spectres, c'est de l'histoire ancienne ? s'écria Gamaël, tout en reculant pas à pas.

Gher n'avait aucune arme, d'ailleurs, il n'en avait nul besoin. Il avait ses poings, son corps… et cette *rouge colère* qui, une fois éveillée, ne cessait d'enfler.

Le Loki sentait son Nexus palpiter de chaleur. Une force primale s'éveillait en lui, nourrie de sauvagerie brute. Une force qu'il avait cherché à repousser, toutes ces années, et qui s'imposait, impossible à juguler.

Un cultiste se jeta sur lui en hurlant, une dague dans chaque main. Gheritarish l'accueillit d'un direct du gauche, suivi d'un crochet du droit. Un craquement sonore et l'assassin vola sur le côté, la nuque en miettes.

Gheritarish enchaîna d'un coup de botte vers le bas, enfonçant la boîte crânienne du second tueur tombé à ses pieds.

Sa peau se mit à fumer, comme si on avait allumé un feu de feuilles mortes à l'intérieur de son corps.

Une chaîne siffla vers sa tête. Gheritarish se tordit sur le côté, le temps d'esquiver. Il agrippa les maillons d'acier, et tira sèchement vers lui tandis qu'il pivotait sur ses hanches et projetait son autre main vers l'avant, poing fermé. Déséquilibré, l'écorcheur fusa vers lui et reçut le poing du Loki transformé en marteau-pilon. Foudroyé entre plein front, les yeux du cultiste se révulsèrent et il s'effondra, fauché par une commotion cérébrale. Gheritarish fit un pas en avant, écrasa la trachée de l'homme d'un coup de botte et se tourna vers un autre adversaire.

Le phénomène se renforçait toujours. Habituellement bleue, sa peau tournait à l'indigo. Elle fumait toujours. Gheritarish savait ce qui se produisait, pourtant, il ne pouvait rien faire pour faire cesser le processus.

Les cultistes étaient hargneux, déterminés, prêts au massacre. Des roquets face au guerrier Loki ! D'un coup de botte rageur, Gher brisa le genou d'un tueur puis lui concassa la nuque d'une manchette sauvage. Un écorcheur se dressa devant lui en hurlant. Gheritarish lui enfonça la mâchoire d'un uppercut, saisit l'homme à bras-le-corps et le balança contre un autre tueur. Il fit trois pas, saisit une chaise au passage et la brisa contre le torse d'un tortionnaire. Puis, le Loki empoigna carrément une table en chêne massif, avec laquelle il faucha les trois écorcheurs à sa gauche, qui s'effondrèrent, déchiquetés par la densité du meuble.

— Gamaël ! s'époumona le guerrier à peau bleue.

Le renégat avait disparu.

Une chaîne s'enroula autour de son cou.

Le Loki se retourna juste à temps pour voir un cultiste bondir sur lui et frapper d'un estoc de dague, en direction de son visage. *In extremis*, Gheritarish interposa sa senestre grande ouverte, laissant la lame se planter dans sa paume. De sa dextre, il agrippa le tueur par l'épaule et le tira vers lui pour lui pulvériser le visage d'un coup de boule, lacérant son cerveau d'une pluie d'esquilles osseuses. Il jeta le cadavre sur l'un de ses comparses, stoppant net sa charge. Après quoi, il sortit la lame de sa paume pour mieux l'enfoncer dans la gorge d'un cultiste qui se jetait sur son flanc gauche.

Le Loki ne sentait plus la douleur. Une chaîne frappa violemment le coin de sa tête, projetée sur son flanc droit. Gher lâcha un grand rire, se ramassa sur lui-même et il décolla dans un bond de trois mètres qui le fit retomber juste devant le tueur en train de ramener sa chaîne à lui. Gheritarish agrippa l'homme par les tempes et força sur le côté, fracturant sa nuque.

— Gamaël, es-tu un lâche, en plus d'un traître ? gronda-t-il. Viens m'affronter, pleutre !

Plus de doute possible, la *rouge colère* le dominait, irrépressible. Gheritarish évoluait dans une brume pourpre. Il grondait, il tuait et sa force ne faisait que croître, croître encore et encore. La Bête Écarlate était là, elle régnait en lui. Il tordait ses adversaires, il les froissait, les écrasait, les fracassait.

Il agrippa un cultiste par sa tunique et l'arracha du sol pour ensuite le jeter derrière lui. Face en avant, l'homme percuta une bibliothèque, qui s'effondra sous le choc et retomba pour lui pulvériser le crâne.

Il avait beau tourner la tête, le Loki furieux ne voyait plus aucun adversaire sur pied. Ces derniers, ou plutôt leurs cadavres, étaient éparpillés un peu partout dans la salle, pas tous en un seul morceau. Il avait même enfoncé un tortionnaire dans un mur, avec tellement de force qu'on ne voyait plus que les jambes pendantes du tueur.

Où était passé le traître ? S'était-il esquivé ? Avait-il rejoint sa maîtresse ?

Non. Il était toujours là, tout proche. Les effets du toxique s'étaient dissipés avec la rouge colère et l'odorat de Gheritarish ne subissait plus aucune entrave.

Il trouva Skaggh'Naggah, dont le manche dépassait des débris d'une table. Gheritarish empoigna sa hache à deux mains et, se laissant conduire par son nez, il emprunta une allée et se dirigea vers le fond de la salle.

Gamaël l'attendait tranquillement, adossé contre une bibliothèque. Le guerrier d'élite se redressa en constatant l'arrivée du Loki, le temps de dégainer les épées courtes de leurs fourreaux d'épaule.

— Tu as bien laminé ces roquets, mais puisque tu ne veux rien entendre, à mon tour de m'amuser avec toi, gros lard !

— Je ne suis pas gros, renifla Gheritarish, t'es juste jaloux de mon potentiel esthétique. Bon, on cause, mou du gland, ou on se cogne ?

Les deux guerriers coururent l'un vers l'autre et le combat démarra aussitôt. Gheritarish balança trois frappes de hache successives, parfaitement ajustées… il ne trancha que le vide, Snaggah impuissante à cibler le feu follet qu'était devenu le renégat.

Gamaël avait été formé par les mêmes maîtres exigeants que Cellendhyll. De gros lourdauds dans le genre du Loki, qui misaient tout sur leur force, il en avait affronté des paquets et il s'était joué d'eux à chaque fois, tous ridiculisés. Et puisqu'il ne pouvait raisonner un tel primate, il allait le remettre à sa place, une bonne fois pour toutes, d'autant plus que le Loki l'avait toujours agacé avec sa bienveillance un peu vulgaire

Il tournoyait autour de Gher, insaisissable et moqueur.

Gamaël esquissa une frappe en estoc au visage, le Loki redressa sa hache devant lui pour parer. Aussitôt, le renégat glissa sur le côté et riposta d'un revers qui cingla l'avant-bras droit du guerrier à peau bleue, tranchant les tendons au niveau du coude. Incapable de fermer la main, Gheritarish relâcha sa hache, repoussé en arrière d'un revers d'épée qu'il évita de justesse.

D'un coup de botte, Gamaël fit glisser Skaggh'Naggah hors de portée du Loki. Il soupesa son adversaire du regard, puis, son beau visage éclairé d'un sourire moqueur, il envoya l'une de ses épées courtes rejoindre la grande hache. Il n'était pas pressé, au contraire. Une lame lui suffirait largement pour vaincre cette espèce de pachyderme !

Toujours en dansant, après avoir mutilé le bras du Loki, le renégat s'attaqua à son genou gauche, sa jambe d'appui, sectionnant le tendon fléchisseur.

Gheritarish se retrouva sur une jambe, sérieusement ralenti. Gamaël en profita pour jouer avec lui. Une entaille par-ci, une entaille par-là, encore une entaille, et encore une autre, hop, hop, hop ! Il assurait peu à peu sa domination.

Le robuste Loki fut bientôt lardé d'une trentaine de blessures, entailles ou lacérations, aucune n'était mortelle, mais leur somme, sans cesse aggravée, finirait par le mettre à genoux. Après quoi, le renégat n'aurait plus qu'à l'achever et il aurait gagné.

Gheritarish s'entêtait pourtant, sautillant pour éviter les assauts de Gamaël, agitant son bras valide chaque fois que le traître passait à sa portée. En pure perte. Dépassé par le jeu de jambes de son adversaire et la fluidité de ses assauts, pas une seule fois depuis le départ, il n'avait réussi à l'agripper.

— Ah, c'est sûr, sac à merde, tu gigotes bien, grogna Gher, à bout de souffle. Mais tu sais quoi ? Suffit que je t'attrape et que je te cogne. Tu vas tomber dans mes pognes, à un moment ou à un autre, et là, tu vas couiner. Une fois suffira, j'ai qu'à patienter !

Gamaël riposta d'un rire moqueur, revint sur lui, feinta à gauche, tournoya sur la droite, le Loki incapable de suivre avec sa jambe blessée, et hop, une nouvelle entaille, au niveau des côtes ! Et hop, une lacération en travers des reins ! Gheritarish tenta un revers de son poing valide, que le renégat évita sans forcer.

Hors de portée, il toisa le Loki d'un regard débordant de morgue, les traits tordus d'une joie mauvaise. Le vernis craquait enfin, l'élégant, l'affable Gamaël montrait son véritable visage, dérangeant, toxique, tout aussi perverti que celui de sa maîtresse.

— Tu n'es rien, les Spectres ne sont rien, pas plus que Cellendhyll ! cracha-t-il. Seul compte Øz la Sublime !

Prêt à un nouvel assaut, le renégat bondit sur le Loki et pirouetta du côté de son genou mutilé. Gheritarish se décala d'un pas rapide, à nouveau totalement mobile, chose impossible avec sa jambe mutilée. Après quoi, le Loki remonta brusquement son bras soi-disant impotent pour crocheter Gamaël à la gorge, stoppant net l'élan du guerrier.

Gheritarish éclata d'un rire au timbre grave et sauvage. Le rire de la Bête Écarlate.

— Comme je disais, Gammie, t'as jamais affronté la *rouge colère*... Tu sais quoi ? Lorsqu'elle opère, je ne sens plus la douleur et mes blessures se referment toutes seules. Tu vois, j'avais juste qu'à attendre...

Le Loki avait achevé sa transformation, la rouge colère totalement épanouie. Désormais d'un rouge soutenu, sa peau ne fumait plus. La Bête avait pris le dessus, la part de l'héritage de Streywenn que Gheritarish avait toujours refusée. Tel qu'il l'avait affirmé, les blessures mutilantes infligées par Gamaël avaient guéri d'elles-mêmes, cependant, comme elles étaient recouvertes du sang versé, le traître n'avait rien remarqué.

Gheritarish souleva le renégat du sol, comme ça, d'une main. De l'autre, il bloquait le poing armé de Gamaël. Qu'il serra. Juste un peu. Le guerrier poussa un gémissement, la main brisée, et sa lame s'effondra sur le sol en tintant.

— Je savais que je te ferais couiner, sale enflure ! Tu n'es qu'un étron, tu ne mérites même pas que je me salisse les poings...

Gheritarish rabaissa son bras pour ramener Gamaël vers lui et lui asséner un coup de tête, pour le plaisir. Puis, il lâcha la main mutilée du guerrier au nez cassé pour le saisir par son pourpoint, ses muscles de Loki enflèrent, faisant craquer sa tunique et Gheritarish projeta le renégat contre une bibliothèque. Les craquements du bois dilacéré couvrirent ceux des os fracturés par l'impact.

— Ça, c'était pour ma douce Lhaër ! ricana Gher, enfiévré par la rouge colère de Loki.

Gamaël émit un pauvre gémissement de protestation, incapable de dire quel endroit de son corps lui faisait le plus mal.

Gheritarish le rejoignit sans se presser. Le traître n'irait nulle part, à présent.

— Eh bien, Gammie, tu ne danses plus ? Moi, je commence à peine. Pour Bodvar !

Tout en hurlant, Gheritarish happa le renégat par une cheville et le souleva du sol pour l'écraser contre une table, celle-ci éclatant sous l'impact.

Gamaël retomba sur le sol comme un vieux sac, le regard vitreux, injecté de sang.

— Pour Élias !

Il fut saisi une nouvelle fois et propulsé contre une commode en acajou. Il s'écrasa sur le sol de pierre et resta prostré. Le renégat n'avait même plus la force de ramper. Son corps ne répondait à aucune de ses sollicitations.

Pourtant, la Bête Écarlate exigeait plus, toujours plus, et la vengeance du Loki courait toujours.

— Pour Khorn !

Gheritarish agrippa le traître par une cheville, pivota sur lui-même et le balança à la volée contre une autre bibliothèque, dix mètres plus loin.

— Pitié, croassa le guerrier, à peine capable de s'exprimer, avec sa mâchoire disloquée.

— Pitié ? Ah, t'es un marrant, Gammie, on ne peut pas te retirer ça !

Gheritarish se pencha pour prendre le renégat par les chevilles. Il prit son élan, força des épaules et du bassin pour projeter le traître par-dessus sa tête, tout en maintenant sa prise, et se mit à le frapper contre le sol de pierre.

Une fois. Deux fois. Trois. Et enfin une quatrième fois.

— Et voilà. Pour Melfarak, pour Elias et pour Faith… avec un petit bonus en plus, c'est cadeau, ça fait plaisir !

Le beau Gamaël était fracassé des pieds à la tête. Son corps, une plaie sanguinolente. Son visage, de la pulpe cramoisie. Sa cervelle tapissait le sol de flaques grumeleuses.

La rouge colère enfin satisfaite, Gheritarish poussa une grande expiration et tomba à genoux :

— Je vous ai vengés, les petits, lâcha-t-il dans un soupir. J'ai mis le temps… mais vos âmes sont enfin honorées. Vous pouvez reposer tranquilles.

Gheritarish était assis à même le sol, le dos calé contre l'un des deux seuls bureaux épargnés par le vortex de destruction qui avait balayé la bibliothèque. Snaggah reposait côté main droite.

La chaleur intérieure avait disparu. Son pelage avait recouvré son habituelle teinte bleutée. La Bête Écarlate s'était apaisée, la rouge colère l'avait quitté et c'était la meilleure des nouvelles.

La pièce était un champ de ruines, même les meubles avaient souffert de la colère du Loki. L'odeur de sang submergeait son odorat.

Gheritarish se sentait vidé. Ses plaies étaient cicatrisées, cependant, il avait mal dans tous ses muscles.

Il se souvenait à peu près de la fin de Gamaël, mais tout le reste était confus, ses souvenirs délayés par la brume rouge qui l'avait peu à peu submergé. La rouge colère était une arme formidable, mais aveugle, elle frappait sans discernement, comme pouvait en attester le mobilier fracassé. Et si un civil s'était trouvé sur place, il aurait subi le même sort sanguinolent que Gamaël et ses sbires. Une enfant également. Tout le problème était là.

La vengeance consommée, la plaie suppurante de son cœur pouvait enfin se refermer. Même si cela ne les ferait pas revenir, le Loki avait honoré la mémoire des Spectres en châtiant le coupable, son serment mené à bien.

Toutefois, ce soulagement, ce sentiment d'accomplissement qu'il aurait dû ressentir, légitimes récompenses, se révélaient en partie gâchés. Le déclenchement de la rouge colère était préoccupant. Toutes ces années, Gheritarish avait pensé qu'en évitant de poursuivre ses études de chaman, son potentiel resterait assoupi. Tout plutôt que d'éveiller la Bête Écarlate, cet héritage qui sommeillait en lui. Or, il s'était bien trompé, la transe écarlate, déclenchée d'elle-même, en était la preuve flagrante.

« *De grands pouvoirs impliquent de grandes responsabilités.* » Voilà exactement pourquoi Gheritarish n'avait aucune envie de devenir chaman et refusait de pousser dans cette voie. Depuis plus de dix ans, il voyait Cellendhyll se débattre contre les liens du pouvoir, chercher vainement à recouvrer son indépendance, sa liberté. Le Loki ne voulait pas d'un tel destin. Il voulait être heureux, pas puissant. Il s'estimait déjà bien assez fort, costaud, résistant, et doté d'un potentiel esthétique irréprochable. Il n'avait pas besoin de plus et surtout pas d'une furie aussi aveugle que destructrice !

Il allait devoir prendre une décision au sujet de la rouge colère, mais pas maintenant, il était bien trop fatigué.

Que devient Cellendhyll ¿ Depuis tout ce temps, il a sûrement trouvé Øz ! Je dois y aller !

Gher avait à peine la force de se redresser. Son estomac gargouillait ses protestations, affamé. C'était la pire des nouvelles !

Chapitre 116

Guidé par la voix éthérée, Cellendhyll s'engagea dans le couloir de droite. Sabre en main, il déboucha dans une salle de garde dans laquelle gisaient six cadavres ; des guerriers, en tenue de combat vert olive, armés d'épées courtes et de dagues.

Rien à voir avec les corps précédents. D'après leur disposition et la typologie de leurs blessures, une seule frappe par dépouille, soigneusement assénée. Cellendhyll comprit que ceux-là, tous combattants, avaient été abattus d'un seul élan martial, infligé par un guerrier unique. Øz, à n'en pas douter.

L'Adhan traversa cette salle et pénétra dans une autre pièce, plus vaste, au plafond bas.

Rectangulaire, celle-ci était barrée d'un mur de pierre qui prenait toute la largeur. Cellendhyll s'engagea dans le seul passage à sa disposition, un couloir étroit, creusé sur le côté droit. Il remonta le passage, tourna à droite, tourna à gauche, pour se retrouver à un croisement ouvert sur d'autres couloirs, tout aussi vides que les précédents.

Cellendhyll comprit qu'il se trouvait dans un labyrinthe, sans doute truffé de pièges et de chausse-trappes ; beaucoup de trésors étaient ainsi gardés, dans différentes sociétés, sur de nombreux Plans.

Comment Øz avait-elle déjoué un tel dispositif ? Fidèle à elle-même, par la destruction, en écrasant tout sur son passage.

Dans le couloir face à l'Adhan, un gros trou perçait la paroi de grès, la pierre déchiquetée, chaude au toucher, comme il put le constater. L'ouverture était bien assez large pour laisser passer une silhouette humaine. Øz avait déchaîné ses pouvoirs et s'était foré un passage à travers les parois, franchissant le dédale au plus court, en ligne droite.

Au moins, l'irruption brutale de la reine Infâme et la pluie de débris qu'elle avait provoquée sur son passage avaient déclenché tous les pièges alentours, et l'Ange put suivre le sillage de son ennemie jurée sans perdre de temps. Quittant le labyrinthe par une entrée en voûte, tout au fond de la salle, il arriva en haut d'un escalier en pierre.

Une nouvelle pièce s'étendait à ses pieds, plus petite que les précédentes, quarante mètres de long pour vingt mètres de large, le plafond composé d'un dôme en cristallune translucide. Un parquet au bois ciré couvrait le sol. Les murs étaient recouverts de lourdes tentures de brocart pourpre et vieil or. L'éclairage, plutôt doux, était diffusé par des blocs de gemelitte fichés dans les parois, sur les rebords du dôme.

Elle reposait devant lui, au centre de la salle, encadrée de quatre épais poteaux de cèdre blanc odorant, gravés de runes de pureté sur toute leur surface.

La Pierre Primale, l'entité qui nourrissait toutes les autres Pierres de Vie, qui, à travers elles, faisait vivre l'univers des Plans dans son ensemble.

Cellendhyll pouvait détailler une sphère de deux mètres de diamètre, lévitant un mètre cinquante au-dessus d'une vasque martelée d'or blanc et de platine.

L'intérieur de la Pierre Primale consistait en une brume d'énergie vaporeuse or et argent, striée de fines volutes irisées aux mouvements hypnotiques, animée d'un perpétuel mouvement circulaire.

Aux yeux de l'Adhan, cette masse de pouvoir latent dégageait une incontestable aura de grâce, d'équilibre. D'harmonie.

Cependant, Cellendhyll ne s'attarda pas sur l'entité qu'il l'avait guidé jusqu'ici. Son regard se détourna, s'étrécit, brusquement embrasé d'un feu au jade vengeur.

Elle était là, également. Øz l'Infâme. Une vision détestable, flagrant contraste comparé à ce qu'il ressentait face à la Pierre de Vie Primale.

La reine se tenait en bas de l'escalier, au milieu de six nouveaux cadavres, ceux-là éventrés de part en part. Tournant le dos à l'Adhan, elle venait d'achever le dernier en écrasant lentement sa trachée avec la pointe de sa botte.

Furtif, Cellendhyll descendit les marches. Il n'avait fait aucun bruit, pourtant, Øz pivota soudain dans sa direction, percevant sa présence, d'une manière ou d'une autre.

— *Toi* ? cracha-elle en découvrant la haute silhouette de l'Ange. Je savais bien que nous allions nous retrouver, mon petit Adhan, mais pas si tôt ! Comment as-tu fait ? Tu as abandonné ton armée face à ma Horde ?

Au lieu d'adopter une position de combat, la reine des Smaughs s'éloigna tranquillement des marches, invitant Cellendhyll à la rejoindre d'un geste.

Øz la Sublime.

Presque aussi grande que l'Adhan, son corps souple, élancé, aux lignes parfaites. Ce visage gracieux, tellement pur, au regard d'un turquoise coruscant. Et cette longue chevelure scintillante, couleur neige nacrée, dont la natte tutoyait la ligne de ses reins fièrement cambrés.

La reine-guerrière était revêtue d'une tenue ajustée tout autant pour le combat que pour la mettre en valeur ; longue tunique mauve, sans manches, largement fendue sur les côtés, pantalon moulant et cuissardes en agneau noir à talons plats. En guise de bijoux, un duo de bracelets en métal carminé s'enroulait autour de ses bras, du poignet jusqu'à ses biceps.

Oui, elle était belle ! Sans doute encore plus remarquable que dans le souvenir de Cellendhyll. Estrée, Callista, Vanina, Keelayne, aucune des femmes de sa connaissance ne pouvait rivaliser avec elle. Du moins, au premier regard. En apparence. Car cette beauté renversante n'était qu'une façade, un mensonge, l'image inversée de ce qu'Øz était réellement : une immonde créature. Et lorsque l'Ange la contemplait, il ne ressentait que de la répulsion.

Il acheva de descendre les marches et dépassa les cadavres gisant au sol, en songeant que si la reine Infâme ne portait aucune arme apparente, les larges plaies qu'elle avait infligées aux gardes indiquaient le contraire. Sans parler du labyrinthe éventré.

— Ta Horde ? répliqua-t-il d'un ton dur. Nous l'avons piétinée, Øz, j'ai moi-même arraché le cœur de ton Nagù !

Øz, au lieu d'enrager en entendant la nouvelle, elle éclata de ce rire gourmand, autosatisfait, que l'Ange avait appris à haïr. Tout en continuant de reculer pour maintenir l'écart entre eux, elle déclara :

— Mon petit Adhan, je ne peux que te remercier, tu m'as rendu un fier service en me débarrassant des Smaughs ! Ces repoussantes créatures commençaient à devenir limitées, encombrantes. Je n'ai plus besoin de la Horde, désormais, pour conquérir les mondes. Et pour te dire vrai, je les méprise, depuis toujours. Tu ne comprends pas, n'est-ce pas ? C'est pourtant simple, j'étais destinée à devenir princesse, en tant qu'héritière d'une lignée royale. Les Smaughs ont lancé une Conquête de Sang sur notre Plan, ils ont massacré ma famille sous mes yeux et m'ont transformée en esclave. Ma beauté m'a sauvée. J'ai subjugué le roi des Smaughs au premier regard. Je suis devenue sa concubine favorite. En bref, il m'a appris la voie de la Souffrance, mon Nexus s'est éveillé, je me suis rendu compte que j'avais une affinité avec les Pierres de Vie et tout a changé. J'ai su séduire, j'ai su manipuler et j'ai tué, quand c'était nécessaire... Le temps a passé. Beaucoup de temps. Les conquêtes se sont succédé, génération après génération, et les Smaughs ont fini par tout oublier de la petite esclave. Enfin, j'ai défié le roi dans le Cercle, je l'ai découpé, membre après membre, et je suis devenue la reine. Tu comprends mieux ? Eh oui, mon petit Adhan, je vous ai tous leurrés ! Je t'ai vu, de loin, affronter les Smaughs, aux Dents d'Asgorath. J'étais près de la mine, cachée au milieu de tous ces réfugiés de Coruscante, avec Gamaël. Tu étais à cent mètres à peine, et tu n'y as vu que du feu !

Profitant de cette litanie triomphante, à ses yeux ridicule, Cellendhyll avait dépassé la reine, sans chercher à s'en rapprocher, pour se positionner entre elle et la Pierre Primale.

— C'est donc ainsi que tu as pu rejoindre Ambre sans être inquiétée, reprit-il. Peu m'importe. Nous avons vaincu ta Horde et je suis là, face à toi, voilà ce qui compte. C'est ton tour de payer, Øz, il est grand temps.

D'un mouvement fluide, irrévocable, Cellendhyll dégaina sa Belle de Mort devenue sabre.

La Sublime lâcha un grand rire :

— Oh mon beau, je vais enfin pouvoir t'infliger cette leçon que tu mérites. Ne t'inquiète pas, je ne vais pas te tuer, tu représentes le plus précieux de mes jouets. Je vais donc me contenter de t'immobiliser, le temps d'accomplir mon destin. Ensuite, nous pourrons songer à fêter nos retrouvailles. J'ai bien assez parlé comme ça. Es-tu prêt, mon Adhan joli ?

Six mètres séparaient la reine de Cellendhyll.

Un flamboiement de mana mauve parcourut sa silhouette, et Øz se rua sur l'Ange. Elle glissa sur le parquet d'un élan saccadé, propre à troubler le regard, comblant la distance en un battement de paupières.

Le Hors-Destin était au summum de sa forme. La guerre l'avait rendu plus redoutable encore, jamais il ne s'était senti aussi affûté. Un guerrier-né, formé par les meilleurs maîtres, avec plus de vingt ans d'expérience.

Øz était elle aussi une guerrière dans l'âme. Grâce au siphonnage des Pierres de Vie et à la longévité ainsi dérobée à la logique du temps, la reine Infâme cumulait de son côté quatre cent quatre-vingt-dix-neuf ans d'expérience. Au combat, elle surclassait le meilleur des Smaughs, et Oghul-Tak n'aurait pas tenu cinq minutes face à elle.

À peine fut-elle à portée, qu'Øz détendit son bras droit en direction de l'Adhan. Dans un claquement sec, le bracelet à son poignet quitta sa chair pour se transformer en un fouet d'acier luisant d'énergie éthérique, dont la pointe effilée fusait déjà sur le visage du grand guerrier.

Cellendhyll n'avait jamais affronté une telle vivacité, supérieure à la sienne. Pris au dépourvu, il n'eut pas le temps de se concentrer sur l'énergie nouvelle, ni même de songer au Hyoshi'Nin. Il riposta d'instinct et frappa à deux mains, en diagonale haute, tranchant le fouet en plein vol.

En retour, Øz lui adressa un sourire triomphal. L'Ange comprit qu'une fois encore, il était tombé dans son piège.

Le temps qu'il réagisse, la reine avait pirouetté sur le côté, jusqu'à se retrouver sur son flanc gauche. Elle coinça le bras armé de l'Adhan autour des siens, effectua une torsion contraire, et brisa son coude gauche. Elle arracha aussitôt la Belle de Mort de sa main sans force, la rejetant d'un revers brusque, dédaigneux. La lame sombre se planta dans l'un des piliers de bois blanc, loin derrière, hors de la portée de son maître. Dans la seconde suivante, Øz pivota sur une jambe, toujours aussi vive, et cogna Cellendhyll d'un coup de pied retourné en plein poitrail, provoquant un flash d'énergie mauve, ourlé de noir et de violet.

Une frappe de Loki. Cellendhyll retomba sur le dos, six pas en arrière, le souffle coupé. Et au moins trois côtes de brisées.

La force déployée par la reine Infâme n'avait rien de normal, supérieure à celle de Gheritarish.

Totalement dépassé, le Hors-Destin gronda tel un fauve acculé, son regard de jade était voilé par la souffrance. Celle-ci se répandait dans son corps en vagues lacérantes. Le simple fait de respirer lui faisait un mal de chien, et le combat avait à peine débuté. Après un regard éperdu à sa Belle de Mort, plantée à l'autre bout de la salle, il tenta d'accéder à son Nexus, mais se révélait incapable de faire le vide.

— Alors, mon petit Adhan, jubila la reine Sublime, tout en se rapprochant de lui. Tu comprends, à présent, à quel point je te surpasse ? Je te laisse une dernière chance… prosterne-toi devant moi, jure-moi ton allégeance et je ferai de toi mon maître de guerre. Rien ne pourra nous arrêter, rien !

Cellendhyll tenta de se redresser, provoquant en lui un sursaut de douleur propre à le faire gémir.

— Tu peux aller sucer un Sangh, Øz ! Jamais je ne te servirai, jamais je ne plierai devant toi ! Tu te prétends belle, mais tu me dégoûtes ! Il prend quelles drogues, Gamaël, pour être capable de te baiser ?

Le visage de la reine se tordit dans un masque grimaçant, malsain, reflet direct de son moi véritable. Elle réussit pourtant à se maîtriser, recouvrant son apparence irréprochable.

— Non, non, non, tu n'arriveras pas à m'énerver, petit Adhan. Pas alors que je suis au bord du triomphe. Rassure-toi, tu ne perds rien pour attendre. J'ai tout prévu, te concernant. Tu vas souffrir, souffrir encore et encore, et tu finiras par me supplier, crois-moi. Je vais commencer par débusquer tous ceux que tu aimes, qui te sont proches, et je vais les faire empaler sous tes yeux, après les avoir écorchés de mes mains. Tu assisteras à leur supplice sans rien pouvoir y faire. Et si tu ne cèdes toujours pas, je détruirai des populations entières, ville après ville, hommes, femmes et enfants. Ils mourront, tous, devant toi, à cause de ton entêtement ! Un peu de patience, cependant. Je vais déjà prendre le contrôle de la Pierre Primale. Quand je reviendrai, je serai l'égale d'une déesse et nous pourrons reprendre notre petite conversation.

Tout en parlant, la reine-guerrière s'était rapprochée de Cellendhyll. Incapable de se relever, avec ses côtes brisées, l'Adhan ne put rien faire pour éviter le coup de botte à la mâchoire qui le rejeta sur le sol. D'un rire ravi, Øz se jeta sur lui, le temps de lui briser un tibia, puis l'autre, d'une frappe alourdie de cette énergie mauve, noire et violette.

Elle se redressa d'une pirouette gracieuse et sensuelle :

— Te voilà immobilisé, problème réglé. Même si tu arrives à ramper, je te retrouverai sans peine. Je reviens, mon petit Adhan… sois sage en mon absence !

Øz rejoignit la Pierre Primordiale à foulées souples. Un dernier regard à l'Ange, éminemment moqueur, elle apposa sa main sur la grande sphère or et argent et disparut dans un rire triomphant.

Resté seul, prostré, brisé, Cellendhyll poussa un cri de rage intense, mutilé.

Chapitre 117

Cellendhyll avait le visage creusé par la tension, plus encore que par la douleur. Comment arrêter Øz, à présent ¿

Tout était donc perdu ¿

Avec deux jambes brisées, ses côtes en capilotade, rejoindre Gheritarish lui prendrait un temps infini et il doutait même de parvenir jusqu'à son camarade. Il était bien trop loin également pour l'appeler à la rescousse.

Son cœur second battait la chamade pour tenter de réduire les fractures. L'Adhan avait la vision obscurcie de points noirs, au bord de l'évanouissement.

Il ne pouvait supporter cet échec. Il ne pouvait abdiquer ainsi.

Hors de question de laisser Øz triompher. De la laisser conquérir les mondes, de redevenir son esclave !

Dans son état, il n'avait aucune idée de ce qu'il allait pouvoir accomplir, mais tant qu'il lui resterait un souffle de vie, Mortonnerre, il se battrait !

Serrant les dents aussi fort qu'il le pouvait, pour repousser ces afflux constants de douleur, l'Adhan se contorsionna, puis se mit à ramper en direction de la Pierre de Vie, sur un côté, s'aidant de son bras valide.

Des étoiles de souffrance le déchiraient à chaque respiration. La moindre esquisse de mouvement devenait un martyre, une suite de coups de poignards enflammés qu'il s'infligeait à lui-même, de l'intérieur.

Pas question d'abandonner !

+ *Oui* +, l'encouragea la voix spectrale.

Bien sûr. La Pierre de Vie élémentale, c'était elle qui l'interpellait depuis le début.

L'Ange vomit deux fois. À force de reptations, il parvint au niveau de la vasque. Son corps n'était plus qu'un océan de souffrance, impossible à endiguer.

+ Tu dois me toucher, Cellendhyll. Lie-toi à moi et je te guérirai. +

Le Hors-Destin se figea sur un rictus agressif. Il avait le corps brisé, mais sa voix, bien que voilée par ce qu'il endurait, n'avait rien perdu de son magnétisme sauvage :

— Me lier ¿ Encore ¿ Non, pas question ! Plus jamais !

+ Ton père, Ellvanthyell, Morion... le moment venu, ils se sont tous liés à leurs Pierres, sans rechigner, au contraire ! Lie-toi à moi, la Pierre Primordiale, et tu seras le plus puissant des Puissants ! +

— Inutile d'insister, je ne suis pas intéressé, s'entêta l'Ange.
+ *Tu ne sembles pas saisir la situation. Tu es le Protecteur, tu dois te lier à moi, la mère de toutes les pierres, tel est ton rôle. Tu es l'Alpha de tous les guerriers. Tu es l'Étincelle qui combat et qui résiste, le pied de nez d'un dieu facétieux à ses frères, Kashgar le Sauvage.* +

— Je ne comprends rien à ce que vous débitez et je m'en moque, répliqua l'Ange entre ses dents serrées par la souffrance. Jamais plus je n'accorderai mon allégeance, c'est clair ?

+ *Tu n'as pas le choix, Cellendhyll*, reprit la Pierre, clairement irritée. ***Tu es dans un état pitoyable, Øz t'a vaincu. À la seconde où je te parle, elle s'enfonce en moi à la recherche de mon centre, mon Nexus. Lorsqu'elle l'aura atteint, qu'elle aura posé sa main dessus, elle pourra m'asservir. Moi, je ne peux pas la combattre, je ne suis pas faite pour cela. Par tous les fils de l'Existence, c'est toi le guerrier, le Hors-Destin, le Protecteur des Mondes !* +**

— Arrêtez avec ces titres qui ne veulent rien dire, grinça l'Ange en se tortillant sur le sol. Vous voulez que j'arrête Øz ? Très bien, guérissez-moi, sans contrepartie, et je m'occupe de la reine. Par contre, vous oubliez cette histoire de lien, cela ne se fera pas !

Cellendhyll percevait la Pierre de Vie Primale comme une entité matriarcale, une entité en train de lui imposer son autorité. Sangnoir, elle était mal tombée avec lui ! Il en avait trop vécu, avait côtoyé trop de Puissants pour se laisser impressionner, ou même les envier.

+ *Entêté d'Adhan ! Stupide Kashgar ! Je n'ai pas le temps d'ergoter, Cellendhyll, et tu le sais parfaitement. Très bien. Touche-moi, je vais te remettre sur pied. Ensuite, tu devras intercepter Øz, sinon, tout est perdu.* +

L'Ange mobilisa le peu d'énergie qu'il lui restait. Réprimant les gémissements qui menaçaient de jaillir de sa gorge, il posa sa main valide sur le rebord de la vasque, puis tira sur son bras pour se hisser, pesant le moins possible sur ses jambes blessées.

Les coups de poignards internes revinrent l'empaler de l'intérieur, tandis que ses os fracturés raclaient les uns contre les autres. Un cri de souffrance jaillit de ses lèvres, bref, intense. Il réussit à caler son bassin contre la vasque, s'équilibrant à partir de cet appui. Il éleva sa grande main et put enfin toucher la Pierre de Vie.

Une décharge d'énergie traversa son corps brisé et il disparut, avalé par l'entité primordiale.

Bien trop tard, il songea qu'il avait oublié sa Belle dans le monde réel. Pour lui, c'était la pire des erreurs.

Chapitre 118

Cellendhyll apparut sur une plage de sable ivoire, guéri de toutes ses blessures. Le soulagement qu'il éprouva à la disparition de la souffrance, à sentir son corps à nouveau prêt à combattre, était total.

Il fit un tour sur lui-même. Il avait été téléporté sur une île, plantée au milieu d'une mer qui semblait infinie, un océan limpide, luisant d'or doux.

Le ciel était d'un indigo velouté. Il n'y avait ni lune, ni soleil dans le firmament. L'air était doux, avec des fragrances de lilas.

Aucune faune, aucune flore, aucune présence à l'horizon. Aucune embarcation non plus. Il était seul.

Cellendhyll repéra alors une lumière brillante qui pulsait dans le lointain, semblable à celle d'un phare.

+ ***Tu es en moi, Hors-Destin,*** l'accueillit la Pierre de Vie. ***Une extension de l'Éther, en quelque sorte. Si tu avais accepté notre lien, comme il est écrit, tu pourrais bénéficier de mes pouvoirs et je serais capable te faire apparaître directement face à Øz...*** +

— Vous êtes la plus puissante des entités, n'est-ce pas ¿ rétorqua l'Ange. Au lieu de me harceler, pourquoi ne pas stopper Øz vous-même ¿

+ ***Cellendhyll, je suis une puissance élémentale positive, je créé, je nourris, je ne détruis pas. J'en suis incapable, car, contrairement à vous les humains, je n'ai aucun élément de violence en moi. C'est bien pour cela que je m'évertue à t'expliquer que c'est à toi, l'Étincelle de Kashgar, de me protéger. Et tu ne pourras le faire dignement sans te lier à mon essence. Je te l'assure, tu ne deviendras pas mon esclave pour autant, je ne cherche nullement à te contrôler, je ne suis ni Øz, ni Zaphranaël. Tu dois accepter ta voie, c'est tout. Tel le veut la prophétie, et tu ne peux t'y soustraire.*** +

— Certainement pas ! riposta un Cellendhyll catégorique. Rien n'est écrit me concernant, car je suis le Hors-Destin, justement. Je refuse toute prophétie, je refuse de me lier à vous. Et si vous voulez tester mon entêtement, allez-y, faites-vous plaisir ! Sinon, merci pour les soins. Maintenant, je fais comment pour rejoindre Øz ¿

+ ***Tu voles.*** +

— Bien sûr, j'aurais dû y penser moi-même, grinça l'Adhan. Et je procède comment ¿ Je pète un bon coup et j'attends que des ailes me poussent ¿

D'un ton professoral, qu'il jugea très agaçant, l'entité primale lui répondit :

+ *Quelle est ta principale force, Cellendhyll ?* +

— Pourquoi faut-il toujours qu'on réponde à mes questions importantes par d'autres questions ? Euh… ma vitesse d'exécution. Non, ma volonté.

+ *Eh bien, Hors-Destin, décide de voler…* +

L'Ange fit le vide en lui, se connecta à son Nexus, pour, finalement, *décider* de s'envoler.

Il quitta aussitôt le sol, montant dans le ciel, un peu hésitant, cherchant à trouver son équilibre. Il sentait toujours son corps, ses muscles, pourtant, il paraissait ne plus rien peser, ce qui lui facilitait la tâche.

Orienté vers la lumière à l'horizon, son corps tendu vers l'avant, une main étirée devant lui, l'autre plaquée le long du corps, la position qui lui semblait la plus naturelle, il progressa dans les airs, le vent commençant à siffler à ses oreilles.

Voler était une expérience enivrante, inégalable, quelle liberté ! L'Ange n'aurait jamais imaginé une sensation aussi incroyable, tellement riche en sensations. Néanmoins, il ne pouvait s'abandonner à un tel plaisir. Il devait intercepter la reine Infâme, coûte que coûte.

+ *Je dois te préciser une chose, Hors-Destin, que cela te plaise ou non. Tu es à l'intérieur de ma trame, tes talents d'Adepte ou d'Initié ne fonctionneront pas. Il en sera de même pour ton adversaire. Entre vous, ce sera un combat de force et de volonté. Presse-toi, maintenant. Øz a pris de l'avance.* +

— Je fais ce que je peux, grommela l'Ange.

+ *Montre-toi raisonnable et accepte que…* +

— Non ! Vous êtes gâteuse ou quoi ?

Cellendhyll se moquait totalement de plaire à l'entité primale, sur laquelle reposait l'équilibre des Plans tout entier. Si la mère des Pierres de Vie représentait une alliée qu'il était loin d'apprécier, toutefois, les circonstances exigeaient qu'il collabore avec elle. Pour autant, même si l'univers était en danger, cette fois, l'Adhan était fermement décidé à rester maître de ses décisions et de ses actes !

Puisant dans sa volonté, il décida d'accélérer. Sa silhouette athlétique se troubla jusqu'à devenir un trait bleuté dans le ciel.

Comment se débrouillait Boule de Poils ? Avait-il réussi à coincer Gamaël ? Était-il en train de l'affronter ? Cellendhyll avait toute confiance dans les capacités de son compagnon de toujours, mais le Loki lui avait semblé aveuglé par le ressentiment et la soif de vengeance. Serait-il capable, dans son état, de déjouer les ruses du renégat ?

Le Hors-Destin passa outre son inquiétude. Øz primait sur tout le reste. Traquer, trouver, éliminer.

Fendant l'air tel un oiseau de proie en chasse, Cellendhyll arrivait au niveau du phare d'énergie. Le halo or argent surplombait les flots, vibrant de pouvoir. Pour une fois, l'Adhan ne se posa aucune question. Il traversa la lumière et fut projeté dans un nouveau paysage.

La Pierre Primordiale, bien qu'un tantinet boudeuse, lui expliqua que l'intérieur de son être, sa trame, était un noyau d'énergies concentrées, que le cerveau du Hors-Destin, incapable de l'appréhender, l'interprétait en traduisant ce qui lui paraissait inconcevable en une série de paysages, une suite de panoramas qu'il allait devoir traverser en enfilade, à l'instar d'Øz, pour atteindre le cœur de l'entité primale.

Comme s'il avait changé d'univers, il volait désormais au-dessus d'une grande steppe d'herbe caoutchouteuse, balayée par les vents. Le ciel s'était chargé de cumulus iridescents. Surgie de nulle part, une pluie de pétales de rose se mit à tournoyer sur la plaine, tintinnabulant en touchant le sol.

Son objectif, un nouveau phare d'énergie qui marquait l'horizon. Le corps tendu, Cellendhyll obliqua dans sa direction et plongea dans son halo.

Les unes à la suite des autres, il franchit les strates successives menant au Nexus de la Pierre Primale, une succession de paysages étranges qui ne correspondaient à rien de cohérent pour lui ; une enfilade de tubes géants en cristallune d'une incomparable pureté ; un réseau de grottes serpentines immenses éclairées de particules à la phosphorescence turquoise ; un horizon de ruines incendiées d'un vif feu bleu argent ; une forêt gigantesque aux arbres géants, majestueux, qui lui fit penser à Streywenn.

Après quoi, l'Ange survola un désert sans fin tapissé de feuilles aux riches reflets d'étain, au-dessus duquel se dressaient deux statues d'airain, aussi hautes que des montagnes, hiératiques silhouettes personnifiant ses parents, Alhana et Priam. Que faisaient-ils là ? Une question qui s'ajouta à l'agrégat des précédentes.

Baignant toujours dans l'étrangeté, Cellendhyll se retrouvait traversé d'une foule d'émotions soudaines, éprouvant sans raison l'envie de pleurer, puis de rire, de chanter, de hurler, de jurer et encore de rire. Émotionnellement épuisant, le phénomène ne dura pas, heureusement.

D'ailleurs, il y avait plus inquiétant. Chaque fois que le Hors-Destin débouchait dans une nouvelle strate, le climat empirait. La température chutait progressivement. Le ciel se révélait de plus en plus agité, ébranlé par à-coups de stridulations discordantes. L'air sentait le caramel chaud et l'odeur se renforçait.

Cellendhyll *la* percevait devant lui, à présent. Cette aura d'énergie noirâtre hachurée, malsaine, cet élément dissonant dans cet univers d'équilibre ne pouvait être qu'Øz. Trop lointaine encore, la reine Infâme volait, tout comme lui, sans doute bien plus habile dans le domaine de la maîtrise éthérique. De fait, il se révélait incapable de la rattraper.

Mortonnerre, je n'ai plus le droit d'échouer !

L'Ange *décida* d'accélérer et sa silhouette se troubla sous la vitesse.

Une cloche se mit à résonner dans le ciel, comme un glas en approche. Cellendhyll en ignorait la signification, et aurait pu réclamer des explications à la Pierre Primale, cependant, étant donné le tour pris par leur relation, moins il en demandait à l'entité, mieux il se portait.

Le sillage de malfaisance s'était peu à peu densifié, signe qu'il comblait l'écart.

Quant aux phénomènes dissonants, ils se renforçaient comme autant d'incohérences, anomalies de plus en plus répétées. Erratiques, des vortex d'énergie moirée apparaissaient dans le paysage, avant d'exploser dans une débauche irréelle de couleurs antagonistes.

Cellendhyll survola une forêt aux arbres plantés à l'envers, leurs racines pointant vers le firmament ; une pluie ricanante s'écoulait de la terre vers le ciel ; une grande déchirure au milieu de l'horizon, sur sa gauche, faille à partir de laquelle se déversait un flot de lave noire, fumante, aux relents d'œufs pourris, qui n'avait d'évidence rien à faire là ; des nuages moutonneux tombaient, comme décrochés du ciel, un à un, dans un hurlement plaintif, alors qu'ils étaient traversés tour à tour d'une nuée d'éclairs moutarde.

Cette disharmonie globale s'aggravait tout le long de son vol et la trame de la Pierre Primale, par endroits, allait même jusqu'à se craqueler. L'esprit de l'Adhan menaçait de chavirer devant tant de discordances. Plus rien n'avait de sens autour de lui et il devait se concentrer sur l'image de la reine infâme pour ne pas sombrer.

— Que se passe-t-il ¿ finit-il par demander. Plus j'avance, plus ça empire.

+ Øz manipule des énergies dénaturées, plus elle se rapproche de mon cœur, plus elle créé de dissonances. +

Toujours boudeuse, l'Entité Primordiale avait cessé de le harceler, laissant le Hors-Destin libre de se concentrer sur son ennemie.

En moins de dix secondes, Øz m'a infligé une telle correction ! Comment pourrais-je la vaincre alors qu'elle me surclasse autant en expérience qu'en capacités ¿

Comment la vaincre alors que je ne pourrai utiliser ni le Zen, ni le Hyoshi'Nin et pas plus mon Cri ¿

Comment ¿ En donnant tout ce que j'ai, comme à chaque fois. Avec mes muscles, mon instinct de guerrier, ma volonté. En laissant libre cours à ce besoin de vengeance qui ne me quitte pas.

Le seul point faible que l'Adhan voyait chez Øz, c'était sa démence. La reine était complètement caractérielle, peut-être même bipolaire. *Øz est obnubilée par sa beauté. Si je pouvais abîmer sévèrement son visage, peut-être que ça déclencherait quelque chose ¿*

S'il parvenait à lui faire perdre le contrôle, eh bien, il aurait sa chance. Il devrait cependant choisir son moment, face à un tel adversaire, aucun droit à l'erreur. En outre, vouée à toutes les manigances, la reine Infâme était rusée, elle ne se laisserait pas manœuvrer si facilement.

Traversant une nouvelle strate, Cellendhyll vola au-dessus d'un océan lie-de-vin agité de lames de fond, riche en écume. Le halo noirâtre en ligne de mire, il se dirigea droit sur une immense montagne aux pentes composées de ce qui ressemblait à du cristal de quartz, imposante éminence de plusieurs centaines de kilomètres de haut, son sommet léché d'une fine brume de mana irisé.

L'Adhan orienta son vol vers le sommet et fila aussi vite qu'il le pouvait. C'était la dernière étape de son parcours, il le pressentait.

De nouvelles fissures s'étaient creusées dans l'horizon, encerclant la montagne sacrée, déversant ces nappes de lave malsaine.

Balayé par un vent de tempête le sommet de la montagne se terminait par un plateau de quartz d'une centaine de mètres de diamètre, surplombé d'une aurore boréale, la plus belle de toutes, or, violet, bleu pâle et argent.

Le cœur de la Pierre Primale, son Nexus, avait la forme d'une rune de pouvoir, tirée d'un alphabet inconnu de l'Adhan. Étincelant de cette énergie pure, or et argent, la Rune faisait dix centimètres de diamètre. Elle planait au-dessus d'un magnifique autel semblable à du cèdre blanc, recouvert de ciselures délicates. Une arche de cristal miroitante surplombait l'ensemble.

Le halo noirâtre fusa jusqu'au plateau, puis ralentit, se condensa jusqu'à former la silhouette élancée de la reine Infâme. Øz atterrit avec sa grâce habituelle et se rangea devant l'autel, éclatant d'un rire sonore, mélange d'exaltation et d'hystérie.

Son plan s'achevait comme elle l'avait prévu, par une incontestable réussite. L'invincibilité, la puissance absolue s'offrait à elle. D'ici quelques instants, l'univers des Plans tout entier allait trembler sur ses bases, soumis à son autorité.

Øz, maîtresse des mondes !

Cette courte pause destinée à nourrir l'ego bouffi de la reine Infâme offrit à Cellendhyll le répit dont il avait besoin.

Cette fois, il ne se ferait pas surprendre. Son regard éclairé de vif-argent, l'énergie éthérique, domptée, s'écoulant dans son corps, il tomba du ciel sans ralentir, redressa sa trajectoire juste avant de s'écraser sur le plateau de quartz, qu'il survola à toute vitesse, et, finalement, percuta Øz d'un grand coup d'épaule par le travers, au moment où la reine allait poser ses doigts délicats sur la Rune primale.

La présence de Cellendhyll à l'intérieur de la Pierre de Vie était souhaitée, ne déclenchant aucune interférence, contrairement à l'intrusion de la reine des Smaughs. En conséquence, la reine-guerrière, focalisée sur son objectif, s'était révélée incapable de repérer la présence de son ennemi juré.

Privée de son triomphe au pire moment, Øz poussa un hurlement de frustration outragée qui monta et monta dans les aigus. Elle roula-boula sur le plateau et se redressa avec une fluidité menaçante, son visage parfait tordu par la haine.

Le temps qu'elle se réceptionne, Cellendhyll s'était interposé devant la Rune, bloquant le passage.

— Toi, ici ? cracha la reine des Smaughs. Comment as-tu fait pour te guérir ?

— Je ne suis pas venu discuter, Øz, asséna Cellendhyll. Je suis là pour te tuer.

Le temps de son vol éthéré, puisqu'il était privé de sa Belle de Mort, le Hors-Destin avait réfléchi à la question des armes. À l'image des Paladins Bleus, qu'il aurait dû rejoindre, s'il n'avait brutalement bifurqué sur la voie du Chaos, des années auparavant, il puisa dans l'énergie nouvelle pour créer l'équivalent d'un bouclier de Foi de mana argent pâle, se basant sur le modèle du pavois rectangulaire, imposant, de la Légion Impériale, tandis qu'une lame de Volonté, un glaive au double tranchant éthérique se formait dans sa senestre.

En réponse, la reine-guerrière retroussa les lèvres dans un sourire cruel. Elle tendit les mains en avant et fit naître deux fouets mauve hachurés de noir, qu'elle fit claquer dans l'air, provoquant un craquement de mana.

Le Hors-Destin et la reine-guerrière se jetèrent l'un sur l'autre. Aucun obstacle de terrain à utiliser ou à éviter, ils avaient le champ libre pour se détruire.

Cellendhyll interposa son bouclier main droite. Le fouet d'Øz s'écrasa dessus en grésillant, causant un flamboiement d'énergies antagonistes, argent étincelant, reflets moirés, s'opposant à un mauve-noir ombreux et délétère. L'Ange tournoya aussitôt pour éviter le second fouet d'énergie et riposta d'un estoc de glaive à la cuisse. La reine pirouetta à son tour pour esquiver la frappe, ripostant d'un revers de fouet, ce dernier contré par la puissance éthérique du bouclier de mana pur.

Ce n'était pas l'habituel bruit de l'acier froissé ou entrechoqué qui résonnait, remplacé par le crépitement sec des frappes éthériques.

Le glaive de Cellendhyll et son bouclier étaient tangibles, denses, cependant, ils ne pesaient rien, forgés non pas de métal, mais d'énergie et de volonté entrelacées. Il manquait dans les mains le poids habituel, accueillant et respectable de l'acier, une sensation inhabituelle, pas plus étrange, néanmoins, que tout le reste de cet univers. L'Adhan en tirait au moins un avantage, non négligeable, comme son bouclier ne pesait rien, il ne le gênerait ou le ralentirait d'aucune façon, contrairement à un solide pavois.

Øz relança ses fouets sur le Hors-Destin. Cellendhyll partit sur la gauche et tourbillonna sur lui-même pour échapper à l'attaque double de la reine-guerrière, il bondit pour combler l'écart, puis se fendit d'une taille de glaive au niveau des genoux. Esquivant d'un saut périlleux arrière, Øz fit immédiatement claquer ses fouets, l'un au niveau des jambes de l'Adhan, l'autre, avec un temps de retard, au niveau de son visage. Cellendhyll rabattit son pavois vers le bas pour contrer le premier fouet, puis glissa sur le côté pour éviter le second trait fuligineux. S'il avait sauté pour esquiver le premier, le deuxième l'aurait sans doute atteint pleine tête.

Profitant que la reine armait ses fouets vers l'arrière, il se jeta sur elle et frappa en retombant, une taille verticale droit sur le crâne d'Øz. Dans un rire amusé, la reine Infâme esquiva d'une irréprochable roulade en oblique. À peine redressée sur ses appuis, elle pivota et frappa dans le même élan. Ses fouets fusèrent en arc de cercle horizontal pour s'écraser contre l'épaisseur du bouclier d'argent, causant une nouvelle explosion d'énergies contraires.

Comment la vaincre ¿

Cellendhyll disposait de l'énergie du mana pur, toutefois, il lui était interdit d'utiliser ces ondes dévastatrices dont il avait accablé les Smaughs, sous peine d'abîmer sévèrement la trame interne de la Pierre de Vie Primale, voire de la détruire. Or, détruire la Pierre de Vie Primale, c'était détruire l'univers des Plans. Totalement inenvisageable. Øz, d'ailleurs, paraissait être arrivée au même constat, déchaînant sa fureur en la déployant uniquement sur le Hors-Destin.

La reine Infâme avait à peu près le même style tournoyant que le sien. Elle se déplaçait, frappait, esquivait tout à la fois, équilibrée dans une série d'élans fluides, toujours précis. Elle se battait en hurlant, appuyant ses assauts d'éructations rauques.

Le Hors-Destin, de son côté, adoptait un silence concentré, refusant de répondre à la litanie haineuse de son adversaire. Il veillait à ne jamais laisser Øz approcher du cœur de la Pierre Primale, préférant se décaler vers la droite ou la gauche pour échapper aux fouets de mana, mais sans lui laisser d'accès à la Pierre. Il ignorait combien de temps mettrait la reine-guerrière pour asservir l'Entité Primale et refusait de prendre le moindre risque.

De son côté, la Pierre Primale avait bien compris que son guerrier avait besoin de toute sa concentration, et conservait un silence prudent.

Bouclier en avant, glaive en retrait, prêt à riposter, Cellendhyll résistait aux assauts furibonds de la reine Infâme. Plus puissante, cette dernière l'accablait de ses frappes d'énergie mauve ourlée de noir et de violet, ses fouets claquaient avec voracité, sans réussir néanmoins à percer la défense du Hors-Destin, chaque fois contrées par l'épaisseur de son bouclier mental.

Cellendhyll apprenait sur le tas, dans l'urgence. Il avait compris qu'en puisant au plus profond dans sa volonté, il pouvait renforcer son pavois, apposant plusieurs couches d'épaisseur éthérique. Scindé en deux, son esprit gérait le combat tout autant que l'invocation, et le maintien de ses armes.

Øz frappa latéralement, du bras droit puis du gauche, pirouetta sur elle-même pour reprendre de l'élan et ses fouets fusèrent à nouveau sur l'Ange, droite-gauche, cette fois, du haut vers le bas. Cellendhyll contra les trois premières attaques avec son bouclier, puis il pivota en biais pour esquiver le dernier coup de fouet, comblant la distance avec son adversaire.

J'ai une ouverture. Maintenant !

Trop rapide pour l'œil, son glaive de mana fusa dans une diagonale haute, lacérant la cuisse de la reine sur toute sa longueur – les lames éthériques causaient des brûlures plus qu'elles ne tranchaient la chair. Puis, Cellendhyll inversa son élan d'un mouvement circulaire et frappa d'une taille puissante vers le bas, en travers du torse de la reine-guerrière.

Dans une sorte de crissement cristallin la tunique d'Øz se retrouva fendue de part en part. D'un mouvement d'épaules imperturbable, l'infâme créature fit glisser son vêtement le long de son corps, l'empoigna au vol et le jeta au visage de l'Adhan. Elle portait en dessous une sorte de corselet d'apparence étrange, qui laissait ses bras nus, luisant d'un jaune pâle et malade. L'armure, si c'en était une, était composée d'une centaine de tesselles cristallines, collées les unes aux autres.

La mère de toutes les Pierres de Vie s'écria, soudain furieuse :

+ L'Infâme a encore tué l'une de mes filles et s'est paré de ses restes comme une armure de puissance. Comment a-t-elle osé ! +

Au lieu de s'effondrer sur sa jambe blessée, Øz ricana d'un rire amusé. Elle reprit du large d'un saut périlleux arrière, un défi conséquent avec sa cuisse brûlée, qu'elle réalisa sans faillir. La reine-guerrière fit immédiatement claquer ses fouets en formant de grands « 8 » dans l'air pour interdire à l'Adhan de relancer son assaut. Profitant du répit qu'elle s'était créé, Øz se concentra, une veine barrant son front. Sans attendre, un étincellement de lumière jaunâtre illumina sa cuirasse, et la plaie à sa cuisse se résorba à vue d'œil. Quant à la frappe au torse, la lame énergétique de l'Adhan avait ricoché sur le corselet sans lui causer le moindre mal.

Sa vision éthérique activée, Cellendhyll distinguait sans peine le halo de pouvoir qui ceignait le torse de la créature, d'un jaune tout à la fois terne et scintillant. Øz s'était bel et bien revêtue des derniers fragments de la Pierre de Vie qu'elle avait siphonnée jusqu'à son agonie – celle du dernier monde conquis par les Smaughs. Elle tirait ses pouvoirs éthériques de cet artefact, le corselet aux tesselles jaunâtres n'était pas tant une armure, qu'un puissant réceptacle de pouvoir.

Le Hors-Destin produisait l'énergie éthérique à partir de son propre corps transcendé. Au contraire d'Øz, qui volait, usurpait l'équivalent d'une telle puissance, de la même manière qu'elle usurpait sa jeunesse faussement éternelle. Cela ne la rendait pas moins redoutable pour autant. Bien au contraire. Øz n'était qu'une bête fauve asservie par sa psychose, par cette lutte incessante contre le vieillissement ; une lutte de plus en plus intense, car le temps faisait un adversaire implacable. Or, une bête acculée ne se révèle que plus dangereuse.

À nouveau valide, la reine-guerrière revint à la charge. Elle ne montrait aucune fatigue. Au contraire, elle semblait irradier d'énergie malsaine. Ce combat l'amusait. Ses fouets, serpents furieux au mana grésillant, s'abattirent sur l'Adhan par la droite et par la gauche.

Renforçant son bouclier d'une nouvelle couche de volonté, Cellendhyll pivota sur ses appuis pour contrer les frappes successives.

Son cœur de Loki battait fièrement, participant au combat, à sa manière, charriant le mana pur à travers son corps.

Lui plus grand, plus vif, plus puissant que la majorité des humains, se sentait surpassé par cette femme élancée à la chevelure de neige, à la beauté sublime, cette créature maléfique, à l'âme noire et délétère.

Surclassé, mais pas vaincu.

Je vais finir par trouver le défaut de ta putain de cuirasse, Øz. Et alors, tout sera fini pour toi. Pour Priam ! Et pour Rathe !

L'Adhan se démenait de son mieux, néanmoins il n'osait pousser aucune de ses attaques. Øz avait des centaines d'années d'expérience en ruse, en combats, en trahisons, aucune des ouvertures qu'elle laissait n'était réelle, une succession de pièges qu'il refusait d'enclencher. Quant à la défense de la créature infâme, son sens de l'esquive se révélait sans faille, elle ne commettrait aucune erreur de posture.

En conséquence, même si ce n'était pas dans son tempérament, comme il l'avait fait avec son armée de Lumière face aux Smaughs, l'Ange adopta une stratégie d'attente. Pour vaincre, il allait devoir se créer l'ouverture et, pour cela, il fallait attendre le bon moment.

Øz l'accablait de ses fouets, variant les angles et les élans, cherchant, elle aussi, le défaut de la cuirasse. Cellendhyll restait mobile, capable de se contorsionner, de bondir, de feinter – son pavois était trop imposant pour qu'il tente des roulades. Cependant, le contre restait son arme la plus sûre, son bouclier parfaitement adapté pour faire jeu égal avec la reine. Il faisait même toute la différence, car, en dépit de son expérience pluricentenaire, Øz ne semblait pas vraiment à son aise face à un tel style de combat ; par nature, les Smaughs méprisaient les boucliers, tout comme chacun des guerriers que l'Infâme avait écrasés en duel au fil du temps.

C'est bien pourquoi la reine s'entêtait à laminer son bouclier éthérique. Crépitant d'avidité, les fouets jumeaux provoquaient des arabesques fuligineuses, rémanentes, mauve, noires et violettes, décharges cinétiques qui s'écrasaient, impitoyables et rageuses, sur l'argent pur du grand pavois, provoquant un véritable geyser de couleurs discordantes.

Et pourtant, Cellendhyll tenait bon, puisant dans sa volonté l'énergie nécessaire pour résister à la violence des coups de boutoir infligés.

Ils avançaient, reculaient, s'éloignaient parfois de la Rune. Toujours, le Hors-Destin veillait à s'interposer entre elle et la créature infâme.

Øz était plus puissante, plus agile, plus chevronnée. Cependant, à force de l'affronter, Cellendhyll prenait peu à peu sa mesure ; son temps de réaction, l'allonge de ses attaques, la palette de ses feintes et contrepieds.

S'adapter, c'est vaincre. Il engrangea tout cela, le passa à travers le tamis de sa propre expertise martiale, et il commença à percevoir un rythme, un sens, dans les assauts de la reine-guerrière.

Comment vaincre ?

Mon corps est une arme. La vivacité de l'Ange, son sens de l'équilibre, sa souplesse, sa mémoire musculaire, des armes idéales pour résister à la reine guerrière.

Mon esprit est une lame. Sans parler de cette volonté unique de ne jamais céder, nourrie d'une rage froide et concentrée qui le rendait plus redoutable encore.

Øz tournoya sur elle-même, le corps parfaitement équilibré, une vrille agressive au terme de laquelle elle balança ses fouets sur l'Adhan en deux lignes parallèles fulminantes de mana corrosif.

Cellendhyll pivota sur les hanches pour interposer son bouclier. Une explosion de lumière, un nouveau craquement dans l'Éther. À sa posture, le Hors-Destin sentit qu'Øz allait reculer pour relancer un autre assaut, schéma récurrent. Il la devança, poussant en avant, alors qu'elle armait un bras en arrière. D'un bond, dès qu'il fut à portée, il cogna Øz d'un crochet de bouclier au poitrail, cingla son genou d'appui d'une frappe de glaive, après quoi il remonta sa lame de Volonté pour fendre le bras de l'Infâme, puis son cou.

De justesse, Øz esquiva la dernière attaque d'un retrait de la tête, tout en lâchant un juron contrarié, dépassée par cette contre-attaque qu'elle n'avait pas vu venir. D'une succession de féroces saccades de ses fouets, elle obligea l'Adhan à reculer, elle put ensuite se focaliser sur l'énergie qu'elle vola à son corselet pour guérir ses membres blessés.

Ils combattaient toujours. Cellendhyll n'aurait su dire depuis combien de temps. Øz ne montrait aucune fatigue, l'élan, le poids de ses frappes toujours aussi létaux.

Le Hors-Destin avait peut-être l'impression d'être surclassé par son adversaire, pourtant, contrairement aux apparences, la reine Infâme n'était pas sûre d'elle.

Øz ne s'amusait plus. Plus du tout. Le duel s'éternisait au-delà de ce qu'elle jugeait acceptable, la réalité refusait de se plier à ses désirs et le mécontentement avait planté ses crocs à la base de son cerveau enfiévré. Et si l'Adhan cherchait toujours le moyen de vaincre la reine, refusant le doute, Øz, de son côté, goûtait au fruit amer de la frustration.

Au lieu de se déliter sous la puissance de ses assauts, au lieu de céder, l'Adhan maudit s'était transformé en un bloc intouchable, renforcé par cet afflux d'énergie pure, lumineuse, qu'il tirait la reine ne savait d'où. Et son triomphe reculait d'autant.

Comment ce démon de Cellendhyll pouvait-il se battre sans jamais céder ? Il sautillait, bondissait, tournoyait pour éviter les cisailles éthériques, il interposait glaive ou bouclier de mana pour repousser les frappes décalées. Et lorsqu'il contre-attaquait, la reine-guerrière devait mobiliser toutes ses ressources pour ne pas se faire abattre. Sans sa pierre asservie, elle aurait mordu la poussière à plusieurs reprises.

Øz n'avait nullement l'habitude d'être mise en échec, elle qui avait pris l'habitude de balayer toute opposition en quelques secondes, or, jamais un adversaire ne lui avait résisté aussi longtemps, avec autant d'acharnement. Elle voulait acculer l'Adhan maudit, le jeter à terre, puis le fouetter, le fouetter encore, le faire ramper de douleur, le briser une bonne fois pour toutes !

Sa frustration grimpait à chaque seconde et sa fureur s'accentuait d'autant. Ce que ses frappes gagnèrent en puissance et en acharnement, elles le perdirent d'autant en précision, en anticipation.

Chapitre 119

Le vent giflait leurs visages. L'air ne sentait plus le caramel chaud, mais le goudron brûlé. Chaque fois qu'un fouet de mana s'écrasait sur le bouclier de Cellendhyll, un flash d'énergies antagonistes illuminait la montagne. Des lézardes se créaient, se renforçaient dans la trame interne de la Pierre Primale, même si le Hors-Destin était bien trop occupé pour s'en soucier.

Les duellistes combattaient avec tout l'acharnement possible, sans que ni l'un, ni l'autre, ne parviennent à prendre le dessus. En dépit de leurs différences, de leurs talents, de leurs capacités, ils se révélaient égaux.

L'Ange dansait à nouveau. Insaisissable, il s'était adapté à la mesure de cette adversaire formidable, un exploit en soi, néanmoins, cela restait insuffisant, et de loin. Grâce à sa magie dévoyée, Øz guérissait chaque blessure qu'il pouvait lui infliger. De son côté, avec son épée éthérique, il échouait à tailler assez profond pour trancher net et provoquer une blessure critique. Et lorsqu'il parvenait à riposter et atteindre le corselet de pouvoir, le résultat se révélait risible, sa lame ricochant sans causer le moindre dommage. Les tesselles cristallines de la pierre asservie avaient beau s'éteindre une à une, lorsque Øz ponctionnait leur énergie, il en restait encore une centaine en activité et Cellendhyll ne voyait pas comment blesser la reine assez gravement pour les épuiser toutes.

Restait le caractère instable de son adversaire. Cellendhyll avait commencé à percevoir des signes d'agacement creuser le visage de la reine-guerrière. Le moment était venu de tenter quelque chose. Et comme le Hors-Destin ne parvenait pas à s'approcher assez longtemps pour blesser son visage et ternir sa beauté, il opta pour une autre tactique :

— Ton pouvoir commence à s'affaiblir, Øz, ou je me trompe ? Jamais tu n'as combattu aussi longtemps, n'est-ce pas ? Tu fatigues… tu vieillis… et ton masque de beauté se fissure, je vois des rides sur ton visage. Le temps t'aurait-il rattrapé ?

Ce n'était qu'un bluff. Hormis ses grimaces rageuses, les traits de la reine restaient exempts de toute imperfection. Toutefois, Cellendhyll avait visé pile dans sa psychose, d'autant qu'en plein combat, Øz n'avait aucun moyen d'infirmer les assertions de l'Adhan.

À l'idée que sa beauté parfaite puisse s'altérer de quelque manière, un air de consternation s'imprima sur son faciès. La créature infâme marqua un infime temps d'arrêt, se reprit aussitôt, mais Cellendhyll s'élançait déjà. Feintant à gauche, il partit à droite, tournoyant d'une volte complète pour entrer dans la défense de la reine, fouetta son genou d'un coup de botte pour bloquer ses appuis, puis la percuta d'un grand coup de bouclier dans l'épaule, la déséquilibrant totalement, pour finalement pivoter des hanches et frapper d'un remonté de glaive en travers du visage.

Un élan parfait. Personne n'aurait pu esquiver cette frappe du Hors-Destin.

Øz exceptée.

Elle tordit son corps en arrière pour échapper à la lame qui fusait vers son visage, posa une main en appui sur le sol, se cambra pour effectuer une volte totale en arrière, frappant Cellendhyll au passage des deux pieds. Elle enchaîna deux autres sauts périlleux arrière et se redressa sur ses appuis.

Son beau visage avait perdu tout semblant d'humanité, contracté d'une émotion qui était au-delà de la haine, au sein de laquelle filtrait une lueur de démence.

— ASSEZ ! J'ai perdu assez de temps avec toi ! glapit Øz d'un ton strident. Finalement, tu ne m'amuses plus du tout. Tu vas mourir, Adhan maudit, et ton âme ira nourrir mon épée de noirceur !

Un tic nerveux agitait son œil gauche. Øz s'était mordu la lèvre jusqu'au sang, sa frustration chauffée à blanc. Elle devait absolument s'assurer que la quintessence de sa beauté était toujours irréprochable. Or, puiser dans la pierre asservie pour la rajeunir s'avérait bien plus coûteux que de soigner une simple blessure, elle ne pourrait y recourir sans risquer de vider son réservoir magique, la laissant sans guérison possible face à l'Adhan maudit. Elle devait donc mettre fin à ce combat. Immédiatement !

Øz fit disparaître ses fouets de mana. Mobilisant sa volonté, de grosses veines saillant sur son front délicat, elle fit apparaître dans ses mains alignées une forme oblongue, sombre, très sombre, de plus en plus dense.

Une forme qui devint une épée d'un noir insondable, large comme la main de l'Adhan, et qui s'allongea jusqu'à atteindre deux mètres de long. Forgée de tout ce qu'Øz secrétait en elle de malveillance, de vice, de haine et de frustration, l'arme pulsait d'un halo néfaste, purulent, grinçante de perversion.

Une telle arme défiait les lois de l'Existence, les transgressait.

La reine des Smaughs avait invoqué une lame vorpale. Une épée de négation. Elle brandissait le Mal à l'état pur, parfaite extension d'elle-même.

— Mortonnerre ! cracha Cellendhyll entre ses dents.

Rien que de regarder une telle obscénité lui donnait la nausée.

L'infâme créature avait puisé aux tréfonds d'elle-même pour personnifier toute cette malfaisance. Il ne s'agissait pas d'un sortilège, mais plutôt d'un acte de volonté corrompue, de transcendance négative, que l'Ange estimait encore plus écœurant.

Il sentit la Pierre Primale gémir en arrière-plan de son esprit, son essence menacée par la présence d'une telle entité.

Il aurait pu l'imiter. Il commençait à fatiguer. L'énergie du mana pur arrivait à ses limites. Il avait tout donné et cela ne suffisait toujours pas ! Dans ces conditions, privé du Hyoshi'Nin, l'Adhan ne voyait pas comment rivaliser avec une arme aussi monstrueuse. Une lame vorpale, c'était l'assurance d'une mort certaine au moindre baiser.

Øz avait fait le même constat que lui. Un sourire mauvais redressait ses lèvres pleines, de plus en plus marqué :

— Tu es mort, Cellendhyll de Cortavar !

L'Infâme redressa sa lame à deux mains, la brandit au-dessus des épaules et se rua sur son ennemi juré. Tout en courant, elle invoqua le pouvoir de la Pierre asservie. Sa silhouette se troubla dans un flamboiement saccadé de mana mauve. Une trentaine de tesselles se ternirent d'un coup, peu importait, il en restait assez.

La seconde suivante, Øz réapparaissait à un mètre du Hors-Destin. Les muscles contractés par l'effort, elle frappa aussitôt de son épée noire.

Si rapide. Dans un hurlement de haine, elle rabattit la lame de malfaisance en diagonale basse. Trop tard pour esquiver, les dents serrées, Cellendhyll interposa son bouclier.

Éructant de haine, Øz fendit le pavois en deux segments, mordant sans effort à travers les couches protectrices, comme ça, aussi aisément qu'avec la feuille d'un arbre. Rapidement, Cellendhyll dut s'écarter d'un pas de côté, sous peine d'être lui aussi découpé de part en part.

Øz enchaîna aussitôt, avant qu'il ne puisse invoquer un autre bouclier – qui n'aurait d'ailleurs servi à rien face à l'atroce lame vorpale. Redressant son épée vers le ciel pour ne pas être gênée, elle pirouetta et percuta l'Ange d'un coup de pied retourné au poitrail, le projetant en arrière.

Cellendhyll s'écrasa le dos contre l'autel en bois blanc au-dessus duquel lévitait la Rune de la Mère des Pierres. Secoué par le choc, il perdit sa concentration, son glaive éthérique subitement dissipé.

+ *Tu dois te lier à moi, Hors-Destin, accepte le lien !* + s'écria en lui la Pierre de Vie, insistante comme jamais.

NON ! s'écria mentalement Cellendhyll. *Ce n'est pas de vous dont j'ai besoin ! Sangnoir, comment ai-je pu passer à côté ¿ Depuis le début, il me manque une chose… une chose fondamentale, crétin d'Adhan que je suis !*

S'accrochant à cette soudaine prise de conscience, Cellendhyll redressa la tête et hurla vers le firmament :

— Ma Belle de Mort, je t'appelle… **+ VIENS À MOI ! +**

Le Hors-Destin insuffla tout ce qui lui restait, tout ce qu'il était de guerrier, tout ce qu'il avait de volonté dans son cri.

Puis, à peine sa tirade prononcée, il tendit sa main vers le ciel, paume grande ouverte.

Rien ne se produisit, rien ne s'améliora.

Absolument rien.

La lumière palissait, la tempête menaçait, le monde craquait. La Pierre Primale gémissait, souillée par la présence de la Reine des Smaughs et sa lame de négation.

Tel un fauve acculé, Cellendhyll se ramassa sur lui-même. Une part de lui se sentait ridicule.

— Eh bien, c'est tout ? se moqua Øz. À mon tour !

La reine bondit pour combler l'écart et rabattit sa lame de malfaisance. Une frappe lourde, en biseau, du haut vers le bas, destinée à tronçonner le Hors-Destin de l'épaule à la hanche.

D'instinct, Cellendhyll plongea en roulade sur sa droite.

L'épée vorpale de deux mètres de long manqua l'Adhan de quelques centimètres, mais sa pointe accrocha l'autel en bois précieux qu'elle tronçonna aussi aisément qu'elle l'avait fait avec le bouclier de mana pur, débitant tout le bord gauche de la construction.

Le vent chahuteur se transforma en bourrasques véhémentes et la lumière ambiante sembla se ternir de plusieurs degrés. La Mère des Pierres hurla de douleur, provoquant un tremblement de terre qui secoua la montagne jusqu'à ses fondations, manquant projeter les deux belligérants au sol.

Cellendhyll s'était redressé, retrouvant son équilibre *in extremis* à la fin de la secousse. La bonne nouvelle, c'est qu'il avait échappé à la frappe létale. La mauvaise, c'est, qu'avec son esquive, il avait laissé le champ libre à la reine Infâme. Øz n'avait plus que deux pas à faire pour atteindre la Rune.

La reine des Smaughs ramena sa grande lame noire en arrière, son sourire mauvais devenu jubilatoire. Deux petits pas et elle pourrait poser sa main sur le Nexus de la Pierre de Vie Primale. Deux petits pas pour dominer le monde des Plans.

Le succès, la gloire, la toute-puissance n'avaient jamais été si proches. Après tous ces efforts, toutes ces années, ces centaines d'années, à supporter ces fanatiques décérébrés de Smaughs, d'une laideur repoussante, qui ne connaissaient rien de la beauté, venait enfin la récompense, cette apothéose !

Au seuil du triomphe, la reine Infâme marqua pourtant une seconde d'hésitation.

Devait-elle asservir la Pierre Primordiale pour restaurer sa beauté, qu'elle pensait flétrie, là, tout de suite, au risque d'une contre-attaque de l'Adhan maudit ? Ou devait-elle au contraire en finir définitivement avec son ennemi juré, pour ensuite se concentrer sur la Pierre de Vie ?

Une petite seconde d'hésitation. Rien de plus.

Et cela suffit.

Chapitre 120

Une étoile filante dans le firmament. Étincelante et sauvage. *Elle* arriva dans un sifflement agressif.

Elle jaillit du ciel dans un éclair bleu irisé et fit voler Øz d'un violent coup d'épaule, avant de se rééquilibrer juste en face du Hors-Destin.

Cellendhyll, l'espace d'un instant, écarquilla les yeux de surprise, d'incompréhension. D'émerveillement.

Devant lui, une femme, et pas n'importe laquelle. Une guerrière-née, une valkyrie incarnée dans la plus merveilleuse des apparitions.

Redoutable. Sensuelle. Captivante.

Presque aussi grande, aussi élancée et athlétique que lui, bien que plus fine et nettement plus féminine, l'arrivante portait une sorte de tenue de combat d'un bleu nuit chatoyant, aussi moulante qu'une deuxième peau – d'ailleurs, Cellendhyll ne distinguait aucune attache.

La chevelure de la guerrière, de longues mèches bleu métal formant une grande tresse rabattue en arrière. Son visage, un ovale anguleux, avec des pommettes marquées, ne correspondait à aucune des races connues du Hors-Destin. Sa bouche, généreuse, bien dessinée, marquée d'un pli amusé.

Et son regard fier, deux lunes d'argent à l'iris bleu océan, scintillantes de force et de caractère, qui le contemplait avec une acuité magnétique.

La beauté farouche de cette guerrière-née, l'aura qu'elle dégageait, allaient au-delà de toute référence humaine. Par sa seule présence, elle ruinait la remarquable apparence de la reine Infâme.

L'Adhan n'avait jamais vu cette femme. Pourtant, il savait très bien qui elle était.

Ma Belle de Mort. Incarnée.

Une voix s'insinua en lui, la plus charmante, la plus tendre, la plus volontaire des voix, son timbre tout à la fois rauque, musical, sensuel. Elle s'écoula dans l'esprit de l'Ange comme une brise rafraîchissante. Une caresse, une consolation. Une affirmation.

+ *Je suis là, mon aimé, tout va bien, maintenant.* +

C'était bien elle, sa plus fidèle compagne… comme elle avait changé !

Tout avait changé.

Tout cela n'avait duré que quelques maigres instants.

Øz se révéla encore plus surprise par cette arrivée inopinée que Cellendhyll. Déstabilisée par cette irruption imprévue, par le magnétisme étrange dégagé par cette guerrière-née, la reine des Smaughs fixa sa rivale d'un air mauvais. À croire qu'elle comparait leurs beautés respectives, auquel cas, l'abjecte créature devait enrager devant le résultat.

Le visage d'Øz se tordit d'un masque féroce, elle feula de rage. Cette fois, plus d'hésitation. L'Adhan et sa catin d'abord, la Rune du Nexus ensuite !

La reine des Smaughs se concentra pour insuffler à sa lame vorpale une nouvelle dose d'ichor, de vice et de méchanceté, la faisant s'allonger d'un mètre supplémentaire. En dépit de ses dimensions extravagantes, l'arme maléfique semblait ne rien peser entre ses mains.

— Tu m'as réclamée, mon seigneur, et me voici, sourit la Belle incarnée, es-tu prêt à m'empoigner ?

Sans attendre de réponse, la silhouette fuselée de la guerrière-née se troubla, perdit de sa substance, puis coula tel un torrent d'acier sombre dans la paume de l'Ange.

Cellendhyll empoignait sa Belle de Mort devenue épée, une puissante épée bâtarde à la lame bleu nuit, aux runes luminescentes. Il savoura sa présence chaude, ce poids rassurant, incontournable.

De nouveau complet !

Un afflux d'énergie monta en lui, le Hors-Destin se sentit galvanisé comme jamais.

+ ***Nous sommes entiers, à présent***, confirma la Belle par télépathie, ***et cette salope va comprendre sa douleur !*** +

Cellendhyll sentait la présence de sa fidèle alliée. Dans sa main. Dans son esprit. Un lien ouvert, complice. Délectable.

Juste à temps ! Øz chargeait, sa lame géante redressée à deux mains, luisante et délétère.

L'Ange n'avait jamais affronté d'adversaire armé d'une épée aussi longue, encore moins d'une lame vorpale.

Il ne ressentait plus aucun doute, cependant.

Car tout avait changé.

J'ai récupéré ma Belle, je peux affronter n'importe qui, n'importe quoi !

Parfaitement équilibrée, Øz se ruait sur le Hors-Destin, et à sa posture, il était clair qu'elle allait frapper avec tout ce qui lui restait de puissance et d'énergie.

+ ***Un assaut brutal, direct ? Grave erreur ! Toi et moi, en avant !*** + s'exclama la Belle, avec une joie féroce.

Cellendhyll se sentit comme tiré en avant par la lame bleutée aux reflets d'argent, porté, soutenu dans un élan parfait à la rencontre de la reine Infâme.

+ ***À toi de jouer, mon chéri. La lame noire. Tu sais quoi faire !*** +

Oui, Cellendhyll savait. Porté par sa mémoire musculaire, avivée par le mana pur, il frappa à la volée, visant l'arme vorpale plutôt que la reine.

Était-ce l'Ange ou la Belle qui guidait cet assaut impérieux ⸮ Aucune importance. Tous deux avaient fusionné. Un corps, deux volontés formidables, deux âmes, parfaitement accordées.

Les lames se percutèrent tandis que l'Ange et la Belle hurlaient leur volonté de vaincre au visage de la reine Infâme.

Pour Priam, pour Rathe !

Étincelant d'une nuée argentée, la Belle de Mort mordit la lame noire de plein fouet.

+ *Mange !* + rugit la Belle.

L'impact provoqua une intense décharge cinétique, pouvoir contre pouvoir. Un choc d'une puissance à secouer les os de l'Adhan et faire vibrer sa dentition.

L'espace d'un instant, l'univers rugit. Le sol gronda, l'air résonna de craquements sonores, et la lumière se troubla, telle une bougie menacée par la brise.

L'épée vorpale se désintégra sous la colère de la lame sombre, éclatant en mille fragments, ces derniers évaporés dans l'air ambiant.

Tout en poussant un grand cri d'incrédulité, Øz recula de quelques pas, les yeux révulsés.

+ *Oui !* +

Un cri mental de soulagement, de joie, d'accomplissement.

Qui l'avait exprimé ⸮ L'Ange ou sa Belle ⸮ La Pierre Primordiale ⸮ Ou bien encore les trois ⸮

+ *Encore !* + réclama la Belle de Mort, loin d'être rassasiée.

Magnifique d'équilibre, Cellendhyll bondit, sa Belle brandie à bout de bras.

Une harmonie d'acier, de muscles et de détermination. Un acier impitoyable.

L'épée bâtarde remonta au-dessus de sa tête et retomba à la verticale pour cueillir Øz au creux de l'épaule, sectionnant son bras droit d'un trait net aux reflets moirés.

Øz hurla. Son cri était un puits de haine, de rage, de souffrance… et de désillusion. Elle réagit pourtant. Des griffes de mana se formèrent au bout de sa main valide, tandis qu'elle puisait dans la pierre asservie pour faire cesser l'hémorragie et repousser son membre tranché.

Pas cette fois !

D'un revers sauvage, Cellendhyll trancha le bras gauche de la reine Infâme au moment où elle lançait sa riposte, tentant de l'éventrer de ses griffes. Avant même que le membre de la créature ne touche le sol, le Hors-Destin frappait à nouveau, plus vif qu'il ne l'avait jamais été.

Diagonale haute à gauche. Boucle, diagonale basse à droite.

La Belle de Mort ricana en déchiquetant les tesselles de la carapace de pouvoir, elle découpait la magie comme la chair.

L'énergie de l'artefact fut aussitôt aspirée par la morsure de la Belle, les tesselles se ternirent, prenant une teinte grise opaque, et la pierre s'éteignit, son esclavage enfin terminé.

Enfin, alors que la reine Infâme oscillait sur elle-même, le regard faussé par la souffrance, Cellendhyll tournoya sur lui-même et redressa sa Belle dans un dernier élan bleuté, horizontal.

Schlakk !

La tête d'Øz roula sur le sol, figée sur un dernier rictus, toute sa beauté enfuie, sa tresse d'ivoire rougie de son sang, macabre témoignage de sa décadence.

Une décadence qui ne fit que s'aggraver.

Le temps, enfin, avait réussi à rattraper sa proie. Sa magie balayée, le visage et le corps de la reine des Smaughs se flétrirent, s'asséchèrent en quelques secondes, et ne furent bientôt plus que poussière dans le vent.

+ Hmm, c'était parfait, mon aimé. Voilà qui promet... +

Cellendhyll retint un frémissement. Une caresse dans son esprit, une satisfaction acérée, toute féminine, qui résonnait à l'unisson.

À peine le combat achevé, la Belle perdit de sa densité, se métamorphosa en un flot d'énergie chatoyante. Elle quitta les mains de l'Ange, et se réincarna devant lui, personnifiée en cette renversante guerrière-née, fièrement cambrée.

Cellendhyll se rapprocha d'elle jusqu'à pouvoir la toucher et se figea, son regard de jade allumé d'émerveillement.

— Tu es vivante... je veux dire une personne, souffla-t-il. Comment est-ce possible ?

— N'es-tu pas le Hors-Destin ? répondit-elle, sa voix aussi riche dans la réalité que dans l'esprit de l'Ange. Entre toi et moi, tout est possible, ne l'as-tu pas encore compris, mon fier guerrier ? Je reconnais qu'il a fallu du temps et beaucoup d'aventures pour que je puisse enfin me révéler à toi ainsi *forgée*. Que penses-tu du résultat ? Suis-je à ton goût ?

Le sourire de la Belle devint plus intime, plus charmeur. Elle ruisselait de sensualité.

Cellendhyll n'avait pas à s'interroger. À croire qu'un dieu bienveillant avait fouillé dans sa conscience pour en extirper ce qui représentait pour lui l'idéal féminin, et créer cette farouche guerrière en fonction de cette image précise. Un rêve informulé, devenu réalité.

— Si tu me plais ? J'ose à peine en croire mes yeux, ma Belle, sourit-il largement. Tu es la plus belle des surprises, plus belle encore que je n'aurais imaginé...

Tandis qu'ils se regardaient, captivés l'un par l'autre à égale mesure, la trame de la Pierre Primale recouvrait sa cohésion harmonieuse. Les fissures se refermèrent, plus d'éclairs, plus de secousses, de discordances, l'air reprit son habituelle fragrance printanière, toute trace de la reine Infâme totalement résorbée.

— Tu n'es pas au bout de tes surprises, mon aimé, poursuivit la Belle de Mort. Comme toute femme, je me suis donné un nom. Il est unique, tout comme moi !

Mon aimé ?

— Quel est-il ?

— Diarvana'Zarkadryar'Indoreth.

Cellendhyll manifesta son approbation :

— Ton nom te sied à merveille, ma Belle, il a du caractère, il sonne bien. En bref, il me plaît. A-t-il une signification précise ?

— Qui sait ? répondit la Belle de Mort, résolument espiègle. Bien sûr, tu peux m'appeler Diarvana, ou Di... ça sera plus pratique.

— Diarvana, Di... j'aime beaucoup !

— Tel que je te connais, tu veux comprendre comment j'ai pu m'incarner... en guerrière. Tu le sais, je n'ai jamais été une simple lame, tu as pu t'en rendre compte dès nos premiers pas complices. Or, lorsque j'ai accueilli Arasùl en moi, il m'a nourrie, modifiée, je suis devenue un réceptacle. Ce réceptacle, au fil des dangers que nous avons affrontés, tu l'as fait évoluer à ton tour. Je suis alors devenue conscience. Chaque fois que tu m'as regardée, que tu m'as parlé, que tu m'as caressée... Quel meilleur exemple que ton baiser sincère sur la corniche du Plan du Destin !... Chaque fois, j'ai grandi, tu m'as donné encore plus de substance... Et puis encore, nos victoires, les efforts que nous avons partagés... Jusqu'à ton face-à-face avec le seigneur Zaphranaël. Cette transcendance que tu as connue, sache qu'elle fut également la mienne ! Au cours du processus, consciemment ou non, tu m'as donné une petite part de toi-même. Une étincelle qui opéra comme une clé dans une serrure. Depuis, ma conscience s'est affirmée, affinée, un peu plus chaque jour. Ton appel impérieux face à Øz ? C'était le déclencheur dont j'avais besoin. Pour toi, pour répondre à ton cri, j'ai *décidé* d'exister, d'exister par moi-même. Tu étais en danger, mon aimé, tu avais besoin de moi, alors ce n'était pas un vulgaire pilier de bois runique qui allait m'arrêter... ni même les lois ou les frontières de la réalité ! Nous sommes liés, mon bel Adhan. Depuis le premier jour. Et tout ce que nous avons vécu, affronté, partagé, nous a conduits à cet instant précis. Moi face à toi, libre de toute entrave.

La Belle marqua une pause pour rassembler ses pensées et pour proclamer avec force :

— Mon bel Adhan, je t'aime, je t'admire pour ce que tu as accompli face à l'adversité et, plus encore, pour tout ce que tu as subi, enduré, traversé, sans jamais te renier. Tu es mon seigneur, Cellendhyll de Cortavar, et je suis Diarvana'Zarkadryar'Indoreth, ta maîtresse de guerre.

Tout sourire, l'Ange salua sa compagne avec déférence, avant d'enchaîner :

— Diarvana, tu me prouves encore aujourd'hui que tu es et restes ma fidèle, ma compagne. Te voir ainsi personnifiée, c'est l'accomplissement d'un miracle !

La Belle leva un doigt :

— Tu dois comprendre que je suis désormais une entité douée de conscience, de volonté propre et j'entends être traitée avec considération. Je suis ta guerrière, pas ta servante, encore moins ton esclave, tu devras me respecter comme telle !

— Voyons, Di, tu devrais me connaître assez pour savoir que je ne vois nullement en toi une servante, mais une égale.

— Il est vrai. Cependant, il fallait que ce soit exprimé clairement.

À peine incarnée, la Belle affichait déjà un solide caractère, somme toute bien conforme à sa nature martiale.

Elle ajouta, avec, peut-être, une pointe de regret :

— Je suis Diarvana, j'existe, bien réelle face à toi, néanmoins cette magie a un revers : je ne peux prendre ma forme physique que dans un univers où règne l'Éther. Une fois de retour dans le monde des humains, je redeviens la Belle de Mort, ta lame sombre au tranchant féroce... Mais comprends bien que chaque fois que tu me ramèneras dans un Plan éthérique, comme celui du Destin, je serai libre de m'incarner à nouveau. Comprends également que je ne serai pas jalouse, tu as ta vie à vivre, je le respecte, tu pourras m'aimer et en aimer d'autres, des humaines... je m'en moque, aucune d'elles ne ressentira jamais ce que nous partageons, toi et moi. Et, contrairement à mes rivales potentielles, je ne vieillirai jamais. Je suis unique. Quelle entité pourrait se targuer d'avoir connu une existence comme la mienne ? Alors, non, je ne serai pas jalouse. La seule chose que je te demande, mon cher seigneur, est que tu me gardes avec toi, comme tu l'as toujours fait. Tant que je reste à tes côtés, même sous la forme d'une lame, je me sentirai privilégiée. Heureuse.

— Je réalise à peine, je l'avoue, Di, déclara Cellendhyll. Tout cela va sans doute me demander un peu d'adaptation. Pourtant, je suis d'ores et déjà certain d'une chose, je n'ai aucune envie de me séparer de toi, encore moins maintenant ! Tel est mon serment : jamais je ne t'abandonnerai, ma Belle.

— La meilleure des réponses, mon aimé. Nous allons donc pouvoir passer à la suite, rétorqua l'ensorcelante Diarvana. J'ai un nom, désormais, et, comme tu peux le voir, j'ai également un corps.

Le sourire qu'elle lui adressait devint incandescent. L'armure que Diarvana semblait porter disparut en un clin d'œil, s'effaçant à l'intérieur de son corps. La guerrière-née apparut nue, totalement nue, intégralement femme.

Sa peau était du même bleu riche et profond que sa tenue de combat ; une peau veloutée, rehaussée de délicates runes argentées, le long de ses tempes, de ses hanches et de ses mollets. Diarvana avait le corps élancé, tonique. Ni trop gros, ni trop petits, ses seins pointaient fièrement. Une petite touffe de poils bleu sombre surmontait l'orée de sa vulve bombée, typiquement humaine, épilée exactement comme l'aimait l'Adhan.

Un spectacle propre à embraser ses sens, le cuir de son pantalon gonflé d'un début d'érection.

Franche et impudique, Diarvana redressa ses bras au-dessus de sa tête et pivota sur elle-même pour offrir à l'Ange un panorama complet de ses formes. La courbe voluptueuse de son fessier rebondi assécha instantanément la gorge de Cellendhyll.

Il avait définitivement balayé l'idée que la Belle de Mort n'était qu'un objet, qu'une arme, si précieuse fût-elle.

La Belle s'était dotée d'une véritable personnalité... et de charmes affirmés. Bien que totalement inattendue, cette *évolution*, à y bien songer, représentait pour lui un aboutissement logique, naturel. Un rêve exaucé, que l'Ange n'aurait jamais osé formuler, et qui venait de s'accomplir.

Oui, Diarvana'Zarkadryar'Indoreth était devenue son égale, une femme. Et quelle femme ! Volontaire, excitante, incontournable. Qu'elle que fût sa nature exacte, Di le faisait réagir, l'excitait, aucun doute là-dessus.

— Si tu es assez féminine à mon goût ? Oh, Diarvana, tu l'es amplement ! sourit-il, le timbre soudain voilé.

— Hmm, parfait. Ce qui nous amène naturellement à la dernière étape de nos retrouvailles. Maintenant que j'ai un corps, je veux en profiter... et t'en faire profiter aussi. Toi et moi, mon chéri.

Diarvana prit la main de Cellendhyll et la posa directement sur son sein gauche.

De l'acier ou de la peau ? Jamais une texture ne lui avait paru aussi douce, aussi ferme, excitante à caresser.

L'érection de l'Adhan devint indiscutable.

Bien consciente de ce qu'elle avait provoqué, Diarvana laissa échapper un soupir d'envie.

Sans plus attendre, incapable de se maîtriser, l'Ange et sa Belle s'accrochèrent l'un à l'autre, leurs lèvres s'accolèrent, leurs langues se cherchèrent, se trouvèrent, leurs corps plaqués l'un contre l'autre, ondulant de désir.

Un baiser profond, intense.

Un baiser qui repoussait les limites du possible.

Savourant les lèvres de Diarvana, Cellendhyll se retrouva subitement projeté dans un nouvel univers, une bulle de sensations, remplie de couleurs chatoyantes, de fragrances plaisantes, où seuls, la Belle et lui, comptaient, où l'écoulement du temps n'avait aucune signification.

Cellendhyll et Diarvana n'avaient pas bougé de leur position, collés l'un à l'autre. Et pourtant. Ils firent l'amour au milieu des nuages plantés dans un ciel au doux violet, leurs souffles mêlés, leurs chairs accolées, plongés dans la même passion, partageant les mêmes gémissements, le même abandon. Ils poursuivirent au bord d'une source gazouillante, réchauffés par un soleil complice. Puis, encore, étalés sur un matelas d'herbe tendre, au milieu d'un champ de fleurs sauvages, surplombés par un arc en ciel... Et aussi sur un épais lit de plumes, éclairés de chandelles, dans une grande salle cristalline, cernés d'une infinité de miroirs... Au creux d'une oasis plantée au milieu d'un désert de sable rose, éclairés de trois lunes... Allongés sur une peau de bête géante, sur une steppe battue par les vents, protégés d'une sphère de mana moiré.

Cet enchaînement sublime provoqua chez les amants une enfilade d'orgasmes inextinguibles, constamment renouvelés, chaque fois plus doux, plus forts, les faisant tous deux frissonner d'une même extase. Diarvana jouissait avec une ardeur passionnée, impudique, Cellendhyll comme un fauve rugissant son plaisir.

Paysage après paysage, orgasme après orgasme, sans jamais se lasser l'un de l'autre.

Jamais l'Ange n'avait vécu un pareil accomplissement. Avec Diarvana, il découvrait de nouvelles sensations, capable, même, de ressentir en lui le plaisir qu'il lui prodiguait, plaisir profond qui s'entremêlait, s'unissait au sien propre.

Un tel échange, une telle complétude, une complicité sans limite, se réunissaient en un merveilleux ensemble.

Tout cela rassemblé dans un simple baiser. Le temps d'une dizaine de secondes durant lesquelles l'Ange vécut la moindre sensation de cet océan de réciprocité, de plaisir et d'abandon.

C'était une expérience mentale sans commune mesure, inoubliable. Une extase unique qui tutoyait l'infini.

Un baiser, rien de plus.

L'Ange et sa Belle finirent par se séparer. Non parce qu'ils en avaient assez, mais plutôt parce que le souffle leur manquait.

L'union qu'il venait de partager avec Diarvana n'était que psychique, pourtant, le plaisir ressenti par Cellendhyll se révélait bien concret ; pour preuve son sexe poisseux de jouissance, au fond de son pantalon.

Tout aussi comblée que le Hors-Destin, Diarvana poussa un soupir de pure félicité :

— Je savais bien que ça en vaudrait la peine ! Je suis toi et tu es moi, mon bel Adhan. Sache bien que ce baiser n'était qu'un avant-goût, pour te motiver... ce que nous venons de vivre en pensée, nous le ferons en vrai. Et bien plus encore, je te le promets.

Si Cellendhyll avait vitupéré, regimbé contre toute idée de lien, cela n'avait rien à voir avec ce qu'il vivait avec Diarvana. Un lien, certes, pourtant bien différent. Non pas une corde pour l'emprisonner, mais une alliance équitable, épanouissante, nourrie de confiance, et même de merveilleux.

Toutefois, l'Adhan ne put confirmer à sa Belle l'ampleur de ce qu'il ressentait.

Une autre voix que la sienne s'interposa dans la discussion, résonnant tout autour de la montagne de cristal.

+ ***Par toutes les Énergies, vous avez conscience, tous les deux, que je suis là ¿*** grinça la Mère de toutes les Pierres. ***Que vous copulez en mon sein ¿*** +

— Ne me dites pas que vous êtes choquée ¿! répliqua Cellendhyll.

De son côté, Diarvana lâcha un rire espiègle et se lova contre son amant.

+ ***La question n'est pas là***, renifla la Pierre de Vie. ***En vérité, vos ébats mentaux me chatouillent...*** +

La Pierre de Vie Primordiale poursuivit, avec plus de chaleur :

+ ***Enfin. Merci à toi, Hors-Destin, et à ta Belle de Mort si surprenante. Quoi que tu prétendes, tu es bien le Protecteur des Mondes, loué soit Kashgar ! Au fait, ton compagnon, le Loki, va bien. Il t'attend. Je peux aussi t'annoncer qu'avec la mort d'Øz les Grands Portails sont à nouveau fonctionnels. À présent que l'Équilibre est sauf, pourrais-tu envisager de m'écouter, Cellendhyll ¿ Tu dois retrouver la raison et comprendre ce qui est en jeu... Comme tous les autres avant toi, tu dois...*** +

L'Adhan la coupa aussitôt :

— Quel mot n'avez-vous pas compris dans mes « non » ¿ Je ne suis pas « les autres ». Et je veux être libre, rien d'autre. Vous nourrissez l'univers des Plans, mais vous n'avez pas pigé que plus vous allez insister, plus je vais m'entêter ¿

+ ***Soit***, soupira la Pierre Primale. ***Je ne m'attendais pas à une posture aussi insensée de ta part, cependant, moi aussi, je peux m'adapter. Très bien, pas de lien entre nous. Pour autant, il reste une question capitale à régler. Que cela te plaise ou non, tu as une responsabilité envers moi, Hors-Destin. Et même si tu refuses ce rôle de protecteur, tu ne peux m'abandonner ici, à Ambre, dans un sanctuaire profané, à la merci du premier venu. Øz n'était pas la seule à rêver de pouvoir m'asservir, tu t'en doutes, non ¿ En conséquence, tu dois me conduire dans un endroit où je serai en sécurité. Un jour, tu finiras par comprendre que l'Équilibre dépend de notre relation, entêté d'Adhan... et, alors, tu viendras à moi de toi-même. Kashgar le Sauvage, qui a tracé ton destin, te tiendrait le même discours. Moi, je n'ai qu'à attendre et je suis très patiente.*** +

— Kashgar, mon soi-disant créateur, n'a jamais pris la peine de se faire connaître auprès de moi. Il n'a pas plus d'autorité à faire valoir sur mon destin que vous, Pierre, jamais je ne serai le jouet des Dieux ! Cependant, même si je refuse toute allégeance, j'admets que je ne peux vous laisser ici. Y aurait-il un moyen de vous transporter sans éveiller l'attention ¿ Avec votre gabarit, je ne vois pas comment vous exfiltrer de la ville sans être aussitôt arrêté.

La Mère des Pierres émit un léger rire :

+ ***Ma taille ne posera aucun problème, tu verras. Dois-je préciser que tu dois garder mon existence secrète afin de ne pas éveiller les convoitises ¿*** +

— Parce que vous pensiez que j'allais le crier sur les toits ¿ répondit l'Adhan du tac au tac.

La Pierre répondit dans un soupir agacé :

+ ***Par toutes les Énergies de tous les Protecteurs jamais forgés, il fallait que je tombe sur le plus indocile d'entre tous ! Kashgar va m'entendre, lorsque je mettrai la main sur lui ! Et maintenant, tous les deux, quittez ma trame interne, je vous prie ! Il suffit que tu touches ma Rune, Cellendhyll, et tu seras téléporté avec la belle Diarvana dans la salle où tu m'as trouvée, à Ambre.*** +

À son tour, l'Adhan poussa un soupir.

Il se sentait merveilleusement bien en compagnie de Diarvana, qu'il découvrait à peine. L'Adhan, pourtant, devait retrouver le monde des humains, trop de responsabilités l'attendaient là-bas.

Il se sépara de sa Belle à contrecœur, en jurant de lui accorder du temps, dès qu'il le pourrait. Un dernier baiser, profond, sincère, un baiser normal, cette fois, et c'est une Diarvana radieuse, qui se métamorphosa pour l'accompagner.

Profitant de son libre arbitre nouvellement acquis, mais déjà bien affirmé, la Belle de Mort décida de se couler autour de l'avant-bras du Hors-Destin, devenue un long bracelet d'apparence mi-cuir, mi-métal, d'un bleu nuit velouté, rehaussé de petites runes argentées.

Cellendhyll accueillit le contact de Diarvana avec plaisir. Il sentait la chaleur de sa compagne, sa conscience. Et sa satisfaction.

Chapitre 121

Cellendhyll était prêt à revenir dans le monde concret. Il rejoignit la Rune jusqu'à la toucher et son corps se dématérialisa dans un chatoiement d'énergie or et argent.

Il réapparut devant la Pierre Primordiale en lévitation, de retour dans la salle aux quatre piliers de cèdre blanc ; ou plutôt trois piliers, celui dans lequel Øz avait planté la Belle de Mort était désormais réduit à un tas de bois déchiqueté.

Retrouvant son poids réel, l'Adhan se rendit compte qu'il était fourbu, vidé, mais aussi heureux, il n'y avait pas d'autre mot. Diarvana avait entrouvert la porte d'un monde mystérieux, attirant, qu'il s'était juré d'explorer, dès qu'il en aurait l'occasion.

Dans la salle, rien n'avait changé en son absence, à l'exception d'une chose : Gheritarish assis en tailleur, dix pas en arrière, sa grande hache posée à portée de main.

La tenue du Loki prouvait à quel point il avait donné de lui-même, chiffonnée, tâchée, déchirée, lacérée. Comme à chaque fin de mission, en somme. Bien qu'en partie couvert de sang, le guerrier à peau bleue, heureusement, semblait en forme ; son corps guéri de toute blessure, grâce à la rouge colère.

Gheritarish se redressa à peine l'Adhan rematérialisé :

— Petit Homme !

— Boule de Poils !

Les deux guerriers tombèrent dans les bras l'un de l'autre.

— J'ai défoncé Gamaël et ses tueurs, révéla Gheritarish, tout réjoui.

— J'ai décapité Øz, répliqua Cellendhyll, tout aussi satisfait.

— On a gagné, alors ? On a gagné la guerre et on a sauvé le monde ? Pour de vrai, cette fois ?

— On dirait bien, mon gros Loki, merci de ton aide, mon ami ! Ce qui veut dire qu'on peut enfin rentrer à la maison. Viens.

— Attends un peu, répondit Gher, qui scrutait attentivement le visage de son camarade. Dis donc, t'as l'air tout bizarre, Petit-Homme… regarde-moi, pour voir ?

Effectivement, sans qu'il s'en rende compte, depuis son retour, le Hors-Destin affichait un air béat, qui ne lui était pas coutumier.

— Ce doit être la tension qui s'échappe, souffla Cellendhyll comme un bienheureux.

Il songeait à son baiser avec Di, le jade de ses iris scintillant de bonne humeur.

— La tension ¿ Nan, je t'ai déjà vu après un gros combat et là, c'est différent... On dirait plutôt l'air d'un gars qui vient de grimper au plafond et qui a rudement aimé ça ! Par les mamelles d'Evgrayden, c'est ça ! Tu t'es envoyé en l'air ! D'ailleurs, mes narines me le confirment, tu sens le stupre, petit coquin ! Comment t'as fait ¿ Avec qui ¿ Pas Øz, quand même ¿

— Avec Øz, certainement pas ! Décidément, tu as une sacrée imagination, Boule de Poils !

Cellendhyll mit autant d'innocence qu'il le pouvait dans sa voix. Il n'avait aucune envie de partager tout ce qu'il avait vécu d'intime avec la belle Diarvana. Ce jardin secret, il se le réservait.

— Ouais, ben n'empêche, mon gars, tu vas pas me la faire, je suis un expert dans ce domaine !

— T'occupe. L'important est que tout est réglé. Nous échangerons plus tard sur nos aventures respectives. Sortons déjà d'ici.

Cellendhyll s'apprêtait à quitter la salle avec son camarade, lorsqu'une voix l'interpella, d'esprit à esprit :

+ *Eh bien, eh bien, Hors-Destin ¿* +

L'Ange lâcha un soupir. Il avait complètement oublié la Mère des Pierres.

— Attends-moi deux secondes, Gher, dit-il au Loki, une dernière formalité à régler avant de partir.

Il retourna jusqu'à la Pierre Primordiale :

— Je vais vous emmener avec moi. Comment procédons-nous ¿

+ *Heureuse de te voir revenu à un semblant de raison ! C'est de bon augure pour la suite...* +

— Ne rêvez pas !

La Mère des Pierres avait gagné une manche sur cet entêté de Hors-Destin. Étincelante de satisfaction, elle fut recouverte d'un halo doré, rapetissa à vue d'œil, jusqu'à prendre la taille d'une perle, une perle remplie d'une brume or et argent.

Ainsi réduite, elle lévita jusqu'à l'Adhan. Une fine chaîne d'or blanc se forma autour de la perle élémentaire, désormais camouflée en pendentif.

Bien que de mauvaise grâce, l'Adhan accepta de passer l'artefact à son cou, sous sa tunique.

— Si vous tentez de me contrôler ou de me manipuler de quelque façon, je vous écrase, c'est bien compris ¿

+ *Voyons, Cellendhyll, si tu me détruis, tu détruis l'ensemble des mondes ! Je ne sais comment te faire comprendre que tu n'as aucune raison de te méfier de moi. Je ne manipule pas, je ne triche pas, je ne tue pas, je ne*

viole pas, je ne cherche à exercer aucune domination. Je suis la Pierre Primale. J'existe et je nourris, tout simplement. +

— Nous verrons bien, décida l'Ange, qui, étant donné son passé, était loin d'être convaincu.

Le Loki avait assisté au processus sans rien dire. Croisant son regard outremer, Cellendhyll déclara :

— Nous avons vaincu Øz, Gamaël et leurs sbires, voilà la version officielle. En revanche, tu ne dois rien révéler de la Pierre de Vie et de ce que tu viens de voir, Gher', c'est capital. Vraiment.

— Ça tombe bien, estima le Loki, car, au fond, je ne veux rien savoir. Trop de problèmes potentiels. Je suis bien trop fatigué pour me concentrer sur des trucs sérieux. J'ai un sujet qui m'importe bien plus. Puisque c'est fini et qu'on rentre, si on pouvait se caler l'estomac, en passant, ça serait choucass ! Genre deux-trois cochons de lait, pour se mettre en appétit, suivi d'un gigot d'agneau au thym, avec peut-être un gros plat de pommes de terre aux saucisses pimentées, une omelette au lard, de la bière, du pain, beaucoup de pain, des fromages, bien sûr, et quelques tartes, pour conclure. Ah, une carafe de café et une bonne jatte de crème caramel pour faire glisser le tout ! Nan, parce que c'est bien beau de sauver le monde, mais ça creuse !

Bien plus détendus qu'à l'aller, l'Ange et le Loki avaient rebroussé chemin, jusqu'à quitter le sanctuaire profané. En passant par l'office, Gheritarish en profita pour se débarbouiller de tout le sang des cultistes.

Cellendhyll avait décidé de repartir comme il était venu. En secret. Les autorités de la ville ne tarderaient pas à découvrir ce qui s'était produit dans le sanctuaire de Lyr, à charge pour elles de s'occuper des cadavres et du bâtiment dévasté. Avec Gheritarish, le Hors-Destin en avait assez accompli comme ça et il n'avait aucune envie de se jeter dans un bourbier diplomatique.

Les deux guerriers s'engouffrèrent dans la ruelle, débouchèrent sur la place, devant le sanctuaire.

La question du retour s'était réglée d'elle-même. Les Grands Portails fonctionnaient, il suffisait d'emprunter celui qui les téléporterait dans la cité des Nuages.

Au fil des pas, l'Ange ressentait un très léger picotement, lorsque la pierre touchait sa peau, mais rien de désagréable. Il ne cessait de jeter un regard attendri à sa Belle devenue bracelet.

Lui aussi commençait à se dire qu'un bon repas ne lui ferait pas de mal. Il ne se souvenait même plus de la dernière fois où il avait mangé. Une entrecôte, bien persillée, avec sa marmelade d'échalottes en accompagnement, des pommes-frites, une salade agrémentée de lamelles de figues, de copeaux de parmesan, avec, bien sûr, un grand cru rouge pour accompagner, l'un des favoris de son père ; un millon-cheval-pourpre, peut-être, ou bien un angelus-rayas du Haut-Catal, année du Phœnix. Oui, un tel menu ferait une récompense propre à le satisfaire.

— Vous deux, les étrangers, halte-là ! Au nom du Guet, vous êtes aux arrêts !

Détendu, déconcentré par des images de bœuf en train de griller, de la robe ondoyante et rubis d'un angelus-rayas grand cru, le Hors-Destin s'aperçut bien trop tard de la menace : un cordon de six gardes du Guet alignés sur la place face à Gheritarish et lui, arbalètes chargées, braquées droit dans leur direction.

Du savon plein les narines, son odorat perturbé, le Loki n'avait rien repéré non plus.

L'Ange et le Loki échangèrent un regard stupéfait. Après tout ce qu'ils avaient affronté, accompli, ils n'allaient tout de même pas devoir se colleter avec les gardes d'Ambre ¿

Cellendhyll avait recouvré l'intégralité de ses pouvoirs, ce n'était pas ces pauvres six miliciens qui allaient l'impressionner. Cependant, pas plus qu'il n'avait envie de les massacrer, il ne voulait perdre de temps à s'expliquer, à devoir convaincre les autorités de sa légitimité. Il avait assez guerroyé comme ça, il voulait se détendre, profiter de son repas avec Gher, et rien de plus mouvementé.

Son bracelet se réchauffa contre sa peau. Diarvana était prête, quoi qu'il décide.

Gheritarish se ramassa sur lui-même en grondant, sa dextre posée sur le manche de Snaggah. Le guerrier loki n'avait jamais apprécié d'être visé par une arbalète, encore moins par six.

Cellendhyll lui murmura :

— Bon, essayons de ne pas trop les abîmer, d'accord ¿

Tandis que les deux guerriers se préparaient à charger la ligne d'arbalétriers, une déchirure oblongue se forma dans le ciel étoilé, juste au-dessus de la place, aussi nette que si un dieu revanchard avait donné un coup de lame en travers du firmament.

Une lumière violette, voilée, pulsante de rouille et d'émeraude, se répandit par l'ouverture. L'air se rafraîchit subitement. Une puissante odeur d'anis emplit l'atmosphère.

Deux minuscules silhouettes apparurent tout en haut, sur le rebord de la plaie et se jetèrent dans le vide. Un énorme tentacule verruqueux, zébré de noir, de pourpre et d'olivâtre, s'encadra dans l'ouverture, giflant l'air à la recherche de ceux qui venaient de fuir son domaine. Résonna un mugissement étrange, extrême, aux origines inconnues, et le tentacule se retira, la plaie du ciel se refermant sur son passage.

Les deux silhouettes tombèrent du ciel en gesticulant. Un miroitement de mana illumina l'une d'elles, et une énorme boule de foin surgit de nulle part, quelques mètres sous leurs pieds. Parfaitement formé, l'amas végétal s'effondra sur les gardes qu'il renversa sous son poids, les plongeant dans l'inconscience.

Les deux apparitions percutèrent la boule de foin dans la foulée. Leur chute absorbée par l'épais matelas de paille, elles glissèrent jusqu'au sol, indemnes.

Cellendhyll et Gheritarish contemplèrent, bouche bée, les deux gaillards dépenaillés qui se tenaient devant eux, recraché d'un Ailleurs peu hospitalier.

Maurice… et Rathe le Corbeau. Ce dernier bien vivant !

Maurice portait son habituelle tenue bigarrée et Rathe, le costume de cuir gris qu'il avait lors de sa disparition dans le tourbillon d'air, sur le plan des Smaughs ; leurs vêtures aussi malmenées que celle du Loki.

Tous deux avaient des écorchures au visage, la chevelure de Maurice aplatie d'un côté, ébouriffée de l'autre, néanmoins Rathe et lui semblaient en bonne santé.

Cellendhyll se rua jusqu'au voleur, le souleva dans les airs et le fit tourner, tourner, tourner !

— Tu es vivant, vieux brigand ! Mortonnerre, tu es vivant !

Quelle soirée !

— Ouais, croassa Rathe, de sa voix au timbre voilé, et je vais te gerber dessus si tu ne me reposes pas tout de suite au sol, fiston !

Le regard du maître-voleur brillait de vie et de malice.

Cellendhyll s'exécuta, mais il ne put s'empêcher de garder sa grande main sur l'épaule de son vieil ami. Il voulait confirmer sa présence, s'assurer qu'il ne s'agissait pas du plus cruel des mirages.

— Je t'ai vu aspiré par le Grand Néant ! Nous avons pleuré ta mort. Keelayne… elle ne va pas en croire ses yeux !

— Ah ça, par toutes les tripailles, j'étais bien mal barré, je dois l'avouer, opina le vieux voleur.

— Que s'est-il passé ?

Ses lunettes de travers, Maurice se dressa devant Cellendhyll, index doctement pointé vers le ciel.

— Que s'est-il passé ? Ma foi, monseigneur, à l'évidence… un véritable miracle, rien de moins ! Et qui d'autre pour accomplir un tel exploit que l'élégant, le modeste, l'ineffable Maurice, maître de tous les Calculs, même les plus périlleux ! Maurice, le preux serviteur, voué à l'impossible, même à braver l'inéluctable Grand Néant. Ah ah ! Noble seigneur, lorsque nous nous sommes quittés sur le Plan du Destin, j'ai constaté que le fil de maître Rathe, bien qu'effiloché, tenait toujours, et mon digne sang n'a fait qu'un tour. J'ai bondi, enrôlé le plus fiable des camarades, et j'ai foncé, aussi déterminé que monseigneur le Hors-Destin lorsqu'il part au combat. Par la Sainte Carotte, il m'a fallu braver les lois du temps et de l'univers, bafouer celles de la gravité pour réussir mon audacieuse entreprise, ah ah ! Oui, un véritable miracle, il en fallait un pour clôturer cette noble et trépidante saga, n'est-ce pas ? Et toc dans la face du Jardinier !

Cellendhyll ne put s'empêcher d'éclater de rire. Oui, il vivait bien un prodige. Un autre, après Diarvana. Tout cela faisait beaucoup de joie à digérer d'un coup, il se sentait tout léger, comme enivré de bonheur.

— Maurice, comme d'habitude, je ne comprends pas la moitié de ce que vous racontez... sourit-il de toutes ses dents. Peu importe, vous avez toute ma gratitude pour avoir sauvé Rathe. Demandez-moi ce que vous voulez, j'ai une dette envers vous, mon ami !

Une main plaquée sur son estomac, l'autre sur ses reins, Maurice se cassa en avant, dans un salut grandiloquent qui faillit bien lui faire perdre ses binocles. Il les redressa sur son nez et s'empressa d'ajouter :

— Seigneur Cellendhyll, je suis votre héraut, votre intendant, et je ne veux rien d'autre que de continuer à vous servir.

— Merci, Maurice. En sauvant Rathe, vous ne pouviez me faire un plus beau cadeau ! Je ne l'oublierai pas.

— Bien joué, le binoclard ! renchérit Gheritarish.

Le Loki asséna une bourrade amicale à l'Homme-Mystère, l'envoyant s'écraser contre la meule de paille.

Tandis que l'Adhan allait aider Maurice à se redresser et à épousseter sa tenue, Rathe prit une grande inspiration, le temps de savourer l'air pur de la ville, bien différent du Plan démoniaque qu'il avait quitté en catastrophe. Puis, il se tourna vers le Loki, narines frémissantes :

— T'as rien à fumer, mon petit Gher ?

— Nan, mon ami, soupira ce dernier. Et toi ?

— Non plus. Fuckeneye, sale temps pour les braves !

Le cor se mit à sonner dans la cité, bientôt imité par d'autres. La déchirure dans le ciel n'était pas passée inaperçue, loin s'en fallait, et le guet donnait l'alerte.

— Maurice, ramenez-nous dans la capitale des Nuages, décida Cellendhyll. Et sans tarder, si nous ne voulons pas croupir dans les oubliettes de la ville... ou repeindre les rues de sang. Aucune des alternatives ne me convient.

— Ouais, mais transporte-nous devant un bon restaurant, où je ne réponds plus de rien, décréta Gheritarish, sa tirade confirmée d'un gargouillement sonore de son estomac.

— Un bon restaurant et une échoppe d'herbes à fumer ! ajouta Rathe, son regard gris allumé d'espièglerie. Eh oui, les jeunes, moi aussi, j'ai une sacrée aventure à fêter !

L'expérience que le maître-voleur avait vécue en compagnie de l'Homme-Mystère, à elle seule, aurait rempli plusieurs tomes d'une saga.

Tout guilleret de ces retrouvailles, ravi des félicitations de celui qu'il s'était choisi pour maître, Maurice leva son index, chantonna un assemblage de syllabes douces. Un portail d'or nacré se forma devant les guerriers, ondulant dans l'air ambiant.

Des cris enflaient, provenant des artères alentour, des cordons de libres-mercenaires en approche, en train de boucler le quartier.

Cellendhyll et ses compagnons s'engouffrèrent dans le téléporteur et disparurent dans un flash de mana irisé.

La seule chose que les patrouilles du guet trouvèrent, en arrivant sur la place, fut l'immense meule de foin emprisonnant leurs camarades.

Ce mystère ne fut jamais résolu. Trop choqués, les gardes furent incapables de fournir un signalement cohérent des suspects, pas plus que d'expliquer ce qui leur était arrivé.

Le massacre du sanctuaire de Lyr, découvert dans la foulée, fut attribué aux cultistes du Sang. Ignorant tout de la Pierre Primordiale, les autorités ne cherchèrent pas à pousser l'enquête plus loin.

Chapitre 122

Une semaine s'était écoulée depuis que l'armée de Lumière, menée par Callista Swift, avait rejoint la cité des Nuages. La guerre était terminée, les Grands Portails rétablis, le Plan Primaire avait retrouvé sa quiétude.

Le Hors-Destin avait été bien occupé, depuis son retour d'Ambre, enchaînant les réunions. L'Empire victorieux, les membres du conseil impérial s'étaient empressés de passer à la suite logique, préparer le sacre du nouvel empereur. Le royaume de Lumière ne pouvait rester ainsi décapité, il y allait de son équilibre tout autant que du moral de ses sujets.

Cellendhyll n'avait même pas pu profiter convenablement de son vieil ami. Rathe, à peine débarqué dans la cité des Nuages, ses provisions faites, avait foncé au domaine, accompagné de Gheritarish et de Maurice. Le maître-voleur miraculé ne voulait pas perdre une seconde pour annoncer à sa fille et ses chers amis qu'il était toujours en vie.

Trop occupé pour les accompagner, Cellendhyll n'avait pu assister à leurs retrouvailles. Cependant, lorsque Gheritarish rejoignit L'Adhan à Tygarde, trois jours plus tard, les yeux rougis, le regard chassieux, le teint plus vert que bleuté, il confirma que lesdites retrouvailles furent poignantes, spectaculaires, puis tournèrent à l'épique, une fête étirée sur deux jours, au terme de laquelle, curieusement, Barrowmer se retrouva rasé des pieds à la tête, à l'exception de son abondante barbe blonde.

Maurice était resté au Domaine en charge d'une mission de son seigneur. Le Hors-Destin avait demandé à l'Homme-Mystère de répertorier tous les lieux de pouvoir autour de la propriété des voleurs, il s'agissait non seulement de choisir le meilleur endroit pour créer un téléporteur fixe et rendre les trajets avec la capitale instantanés, mais aussi de trouver une cachette sûre pour mettre à l'abri la Pierre de Vie Primordiale. En attendant, il garderait la Mère des Pierres sur lui, en toutes circonstances. D'ailleurs, il n'avait raconté à personne le détail de ce qui s'était produit à Ambre, gardant le secret sur son existence.

Cellendhyll avait jusqu'ici réussi à différer la procédure du couronnement. Cette *suite* logique que tout le monde, autour de lui, trouvait évidente ne lui convenait pas du tout. Contrairement à l'idée générale, l'Adhan était revenu de la guerre avec l'idée affirmée de refuser son héritage paternel. De tourner le dos au trône et au pouvoir.

Affranchi de toute allégeance, Cellendhyll n'avait jamais été aussi proche de sa liberté. Il aurait dû se sentir apaisé, en accord avec lui-même, or, c'était tout l'opposé. L'Adhan n'arrêtait pas de se poser cette question : « Que se passera-t-il si je renonce à mon héritage ? » Sa conscience refusait de le laisser en paix, hantant ses nuits depuis son retour, provoquant des cauchemars dans lesquels ses parents l'appelaient au secours, l'accusant de les abandonner. L'Adhan se réveillait en sueur, haletant, secoué malgré lui.

Cellendhyll se retrouvait avec un sérieux dilemme moral à régler, il avait besoin de calme pour réfléchir. Comme il ne cessait d'être importuné pour des questions qu'il jugeait sans importance, le matin suivant, il réquisitionna un petit voilier, simple à manier, et partit voguer sur le lac Obéron, après avoir déclaré qu'il voulait être tranquille.

Il jeta l'ancre devant cette petite île où il avait fait le deuil de Priam, en compagnie de Gheritarish, Reydorn, Cythéria et Viggo. Il débarqua, établit son bivouac sur la rive, non loin d'un bosquet de saules et s'installa sur le sable pour contempler l'eau tranquille du lac.

Que devait-il décider ?

Accepter ou non le legs pesant que lui destinait son père ?

Refuser, c'était être libre et tranquille, certes, mais n'était-ce pas également trahir la mémoire de Priam ? Trahir tout l'espoir et tout l'amour que ses parents avaient mis en lui ?

Ai-je le droit moral de tourner le dos à mes responsabilités ? Et les Hirondelles, et les légionnaires de cette armée à qui j'ai tant demandé, comprendraient-ils que je refuse le trône, que je les abandonne ? Suis-je cet homme-là ? La litanie tournait en boucle dans sa tête.

D'un autre côté, chaque fois que Cellendhyll s'imaginait ses journées de règne, les réunions, les cérémonies, les visites diplomatiques, le protocole, la politique… il avait aussitôt envie de hurler. D'accord, il appréciait le confort, les bons repas et les grands crus que pouvait offrir le palais impérial, sauf que c'était très loin de lui suffire comme idéal de vie. Plus que jamais il ressentait ce besoin de liberté. De respirer.

Pourtant, s'il refusait le trône, l'Empire s'en trouverait momentanément déstabilisé, pour le moins. Les autres Puissances en profiteraient-elles pour tester un empire de Lumière apparemment affaibli, à commencer par Morion ? Et Arasùl, comment réagirait-il par rapport au projet de paix si l'Adhan n'était pas là pour le faire respecter ?

Réfléchir, encore et encore.

Cellendhyll était clair sur au moins une chose, il n'avait aucune intention de cultiver le pouvoir et de chercher à en amasser plus. Pas question.

Réfléchir. Toute la journée et toute la nuit.

L'Ange ne mangea aucune des provisions qu'il avait apportées. Pas faim. À la place, il se remémora tous les souvenirs de son enfance, avec ses parents, au temps de l'innocence, puis toutes les conversations qu'il avait eues avec Priam, à Tygarde, depuis qu'il avait tourné le dos au Chaos.

Ses pensées tournoyantes, il fit le tour de l'île, fit ricocher quelques galets sur l'eau. Après une baignade, il s'installa devant les flammes d'un feu, son regard de jade perdu dans le firmament. Réfléchir. Jusqu'aux premières lueurs du jour.

L'aube arrivée, Cellendhyll se redressa enfin. Il s'étira longuement tout en emplissant ses poumons de l'air frais du matin, puis effectua une série de katas lents pour se détendre le corps. Il croqua une pomme, piochée dans son panier.

Hochant la tête pour lui-même, il regagna son bateau, leva l'ancre, et rentra au palais.

Sa décision était prise.

Les cloches égrenaient leur chant joyeux dans toute la ville. La cité des Nuages était en liesse, depuis le lever du soleil, parée de ses plus belles couleurs.

Des guirlandes de fleurs ornaient chaque fenêtre, chaque terrasse. Dans les rues, des fanions, des drapeaux, des lampions accrochés, gaiement colorés.

Patronnés par le conseil, des escouades de troubadours déroulaient leurs ritournelles dans chaque quartier de la capitale. La bière et le vin coulaient à flot dans les tavernes. Des stands de grillades affolaient les papilles dans tout le centre-ville.

Les habitants de la cité et des alentours avaient passé leurs plus beaux habits pour honorer ce jour béni. Excitées, bienveillantes, leurs acclamations fleurissaient de toutes les directions. Les autochtones se dressaient, chantaient, dansaient, électrisés par cette ambiance de fête et de détente.

Il y avait de quoi. Acclamée par toutes les gorges, l'armée de l'Empire paradait dans la capitale, victorieuse. Elle défilait avenue après avenue, chaque mètre de son passage récompensé d'une pluie de pétales de roses.

Étendards dressés, leurs armes et leurs cottes de mailles rutilantes, casques à la ceinture, ils marchaient ou chevauchaient, tout joyeux, et répondaient avec enthousiasme aux saluts de la foule. Chacune, chacun des soldats portait désormais sur l'épaule l'écusson de la Valeur et du Courage, décernés le matin même par Cellendhyll, une distinction qu'ils porteraient avec fierté jusqu'à la fin de leurs jours.

Callista Swift et ses Hirondelles, montées sur leurs Pelloniens, menaient la tête du cortège. Cromlach, Magnus, et leurs fantassins marchaient dans leurs sillages. Suivaient les survivants de la Guelfe Blanche et leurs prêtres de l'Orage, puis enfin le cortège des civils ayant accompagné les soldats tout au long de la guerre pour les servir au mieux : cuisiniers, forgerons, fourrageurs, lads, et tous leurs aides. Ceux-là, Christophon Rodanhoorde le premier, furent fêtés tout aussi dignement que les précédents, le souvenir de cette journée glorieuse transmis de génération en génération. En outre, avec la victoire, chacun d'eux, soldats comme civils, allaient recevoir un pourcentage du butin de guerre récolté contre les Smaughs, de quoi s'assurer une retraite confortable.

Dressé sur le balcon de l'hôtel de ville, l'homme aux cheveux d'argent saluait toute cette foule amassée sur la vaste esplanade, en contrebas.

Le Hors-Destin avait fière allure, sa silhouette athlétique rehaussée d'un majestueux manteau lamé d'or scintillant, qui tombait jusqu'à ses pieds, symbole flamboyant de son illustre rang.

Cellendhyll, fils du Puissant Priam et d'Alhana de Cortavar, nouvel empereur de Lumière, seigneur de l'un des plus puissants royaumes des Plans.

L'Ange avait été couronné le matin même par l'archevêque Aymard dans la cathédrale de la Lumière. Devant ses troupes, quelques heures avant que son armée ne se rassemble pour la parade. Devant tous ses sujets, hommes, femmes et enfants, religieusement assemblés.

Un événement historique, empli de solennité.

+ ***Gloire à toi, Protecteur des mondes !*** +, avait jubilé la Mère de toutes les Pierres, au moment même où Aymard posait la couronne impériale sur le front altier de Cellendhyll. Après cette expression d'une exaltation non feinte, la Pierre adopta un silence satisfait, nourri de patience.

Un événement historique sans nul doute, excepté pour lui. L'Adhan rebelle avait âprement négocié avec l'archevêque pour ramener la durée du couronnement à une heure plutôt que trois. En outre, il avait négligé de porter l'armure cérémonielle en argent massif, ouvragée de runes de pouvoir en platine, arguant que s'il avait réussi à combattre sans armure durant toute la guerre, il n'allait pas s'encombrer d'un tel poids, à présent les hostilités terminées ; le manteau de l'Empereur suffirait amplement, en guise de supplice.

Dans la foule amassée à ses pieds, peu de ses sujets le connaissaient. Ils savaient toutefois que Cellendhyll de Cortavar était l'héritier direct de Priam, qu'ils honoraient, et que son fils venait de vaincre une armée d'envahisseurs menaçant l'avenir des Plans, le plus souvent en première ligne, sans avoir peur de se salir les mains. C'était suffisant à leurs yeux pour le rendre digne de leur respect et de leurs acclamations, jusqu'à preuve du contraire.

Saluant des bras redressés vers le ciel, il retint un soupir, tellement plus à son aise sur un champ de bataille que face à tant de faste et de prestige.

Son peuple l'acclamait et il n'arrivait pas à définir le sentiment exact qu'il éprouvait face à toute cette liesse. Tous ces gens, il voulait les protéger, pas décider pour autant comment ils devaient vivre, pas se retrouver hissé, figé, emmuré sur une sorte de piédestal.

Un nouveau soupir jaillit les lèvres de l'Adhan. Empereur de Lumière ! Lui qui ne voulait pas de lien se collait un joug bien tangible autour du cou.

Oui, contrairement à ses désirs premiers, le Hors-Destin s'était finalement résolu à accepter l'héritage de Priam. Il l'avait compris à force de réflexion. Que cela lui plaise ou non, il se sentait une responsabilité envers les natifs de la Lumière. Or, s'il reniait cette souveraineté qui lui revenait de droit, cela voulait dire laisser un vide à la tête de l'Empire ; Priam n'ayant pas d'autres descendants connus. Un vide qui, à terme, risquerait de provoquer une crise de succession, laissant le champ libre aux manigances d'éventuels postulants au trône… à commencer par les ambitieux barons en poste sur le Plan de Lumière.

D'ailleurs, une telle dérobade de la part de l'Adhan reviendrait à fouler aux pieds tout ce que son père, tout ce que ses ancêtres avaient accompli au nom de l'Empire.

Non, il n'était pas ce genre d'homme.

Sa décision prise, Cellendhyll tâchait de voir le verre à moitié plein plutôt qu'à demi vide. Accepter le rang d'empereur signifiait que, pour la première fois de son existence, c'était lui qui donnait les ordres, à tous les autres, et non le contraire. Une certaine forme de liberté, pas celle qu'il aurait choisie d'emblée, mais non négligeable. Il lui restait à assumer les responsabilités d'un rôle si éminent. Il était prêt à le faire, désormais.

À sa manière.

Cellendhyll quitta le balcon pour rejoindre l'intérieur. Il ôta aussitôt son grand manteau d'or qu'il jeta dans les bras agiles d'un page – un vêtement qu'il espérait bien ne plus jamais porter. Tout comme il avait négligé l'armure, l'Adhan avait refusé la moindre couronne, il n'était pas question d'arborer le moindre signe ostentatoire de son illustre rang.

Pour affronter la suite de la journée, Cellendhyll portait l'une de ses tenues habituelles, une tunique rouge foncé, un pantalon en cuir bleu et de hautes bottes en cuir gras. Diarvana reposait à son bras, ce bracelet cuir et métal bleu sombre qui ne le quittait jamais.

Il congédia son page et rejoignit la salle où il avait convoqué les membres de son conseil.

Une nouvelle épreuve attendait le Hors-Destin. Il était temps de mettre ses conseillers au courant de ce qu'il avait décidé pour la suite et l'entrevue risquait bien de secouer.

— … Comment ça, vous partez, monseigneur ¿ Vous venez à peine d'être couronné ! s'exclama Quentin de Bérune, tout en se levant de son siège, le regard perdu.

Une grande table circulaire en merisier d'un roux soutenu, sur laquelle s'alignaient des piles de dossiers, des coupes et des pichets de boissons diverses.

D'un côté, assis en arc de cercle, l'archevêque Aymard, l'administrateur Vaillence, Quentin de Bérune, représentant du Cartel, et dame Irina de Mayenne, maîtresse de l'Orage. Chacun d'eux, dès la fin du couronnement, avait juré allégeance au nouvel empereur de Lumière, de bon gré.

À l'autre bout de la table, Cellendhyll. Debout, les poings appuyés contre le meuble.

— C'est exact, Quentin, confirma l'Adhan. Je pars. Dès demain. Je vous ai réunis pour vous prévenir et pour vous donner mes directives concernant le royaume. Et vous allez vous débrouiller sans moi. Bien sûr, vous êtes tous renouvelés dans vos postes actuels.

Revêtu d'un luxueux costume lie-de-vin à rayures crème, le seigneur de Bérune n'en croyait pas ses oreilles :

— Par la Lumière, quelle est cette folie ? Vous songez à tout ce qui est en jeu ?

Cellendhyll se redressa, haussa un sourcil, étrécit son regard, ses iris soudain éclairés d'un feu de jade.

— Je vous apprécie, Quentin, mais vous allez modérer votre ton ou je vous fais voler à travers la pièce.

Quentin de Bérune devint tout pâle. Raclant sa gorge, il bredouilla, le regard penaud :

— Je vous prie de m'excuser, monseigneur. Tout cela est bien soudain, je ne m'attendais pas... Vous nous avez autorisés à parler franchement, pour autant, mes paroles ont dépassé ma pensée, elles sont indignes, je suis confus, je...

— Cessons là, Quentin. Je reconnais que je vous ai pris par surprise. Je ne suis pas offensé, excuses acceptées.

— Par la Sainte Lumière, que penserait votre respectable père d'une telle attitude ? intervint à son tour l'archevêque Aymard, tout aussi déstabilisé que son homologue du Cartel.

Le sourcil de Cellendhyll se redressa, à peine calmé :

— Vous aussi, archevêque ? Mon père nous a quittés, bien trop tôt, et je suis le premier à le déplorer, alors n'espérez pas utiliser sa mémoire pour appuyer vos arguments. Du reste, Priam n'a jamais vu en moi un fils ou un lige obéissant, il serait déjà heureux que j'accepte le trône, ce legs dont je n'ai aucune envie. Il n'empêche que j'ai vu mon père régner et je n'ai aucune intention de l'imiter. Non, je ne suis pas Priam et je ne vais pas me cloîtrer à Tygarde pour y organiser un ballet continuel de fêtes et de concours. Pas question. Me faire caresser l'ego à longueur de journée, ce n'est carrément pas mon genre. Pas plus que de caresser celui des autres, d'ailleurs. Comprenez bien, vous tous, que je ne voulais pas de ce trône, franchement, le pouvoir ne m'intéresse *en rien*, je ne veux ni le cultiver, ni en amasser plus. Si j'ai accepté, c'est pour honorer la mémoire de mes parents et, aussi, parce que je ne voulais pas que mon refus impose un vide dont pourraient profiter d'éventuels ennemis pour nuire à l'Empire.

— Mais…

— Mais rien du tout, Aymard. Je vous préviens tous les quatre par courtoisie, parce que j'ai de l'estime pour vous… je ne vous demande nullement votre aval. Je suis l'empereur de Lumière, telle est ma volonté, point barre. Tranquillisez-vous, je pars, certes, cela ne veut pas dire pour autant que je vous abandonne. J'interviendrai lorsque l'Empire aura vraiment besoin de moi, quand ça ira mal. Je resterai d'ailleurs joignable par le biais d'une pierre de contact, mais soyons clairs, si vous me dérangez pour une menace banale, je ne vais pas être content !

Irina de Mayenne était, sans doute, la plus fine du groupe des conseillers. Elle semblait déjà se faire au changement, subodorant que le nouvel empereur n'allait pas s'arrêter en si bon chemin.

Elle lissa tranquillement sa tunique de brocart orange sombre à liserés parme, s'éclaircit la voix pour déclarer de son habituel ton net et posé :

— Outre le couronnement de sa majesté, acclamé par le peuple, nous venons de remporter une guerre et pas des moindres, de quoi être fier, de quoi nous inciter à rester positifs. Pour ma part, je ne vois pas en quoi l'absence de l'Empereur à Tygarde nuirait à la bonne marche du royaume, cela donnera du grain à moudre aux cancaneurs, les rumeurs enfleront au palais avant de se dégonfler d'elles-mêmes, rien de plus fâcheux. Or, si on ne peut trouver monseigneur, on peut d'autant moins le manipuler ou s'attaquer à lui. J'ajoute que ceux qui décideraient de nous tester commettraient alors une singulière erreur, renchérit-elle avec force. Tous les rapports que j'ai lus sur la guerre contre les Smaughs l'attestent, notre Empereur représente le meilleur guerrier que nous pouvions espérer pour protéger nos sujets, peut-être plus redoutable encore que son estimé père. En bref, j'estime que si l'Empire a changé de souverain, que la Sainte Lumière protège l'âme de Priam, il ne s'est en rien affaibli ! Et vous savez, messires les conseillers, que je n'ai rien d'une flagorneuse. J'ajouterai que chaque fois qu'un monarque est monté sur le trône, il a, chaque fois, personnifié son règne, toutes Puissances confondues.

Bravo, dame Irina, sourit intérieurement l'Adhan.

— Et la diplomatie, qu'en faisons-nous, votre majesté ¿ objecta Quentin de Bérune. Il n'y a pas que l'aspect militaire. Il est capital d'entretenir de bons rapports avec nos voisins.

— La diplomatie est une affaire de diplomate, c'est votre spécialité, pas la mienne, rétorqua Cellendhyll. Du reste, nous avons de bons rapports avec l'Alliance. Et comme, en terrassant les Smaughs, nous venons un tout petit peu de sauver la mise à l'ensemble du Plan Primaire, ça ne devrait pas changer de sitôt. Si ça vous rassure, je vous laisse libre de missionner des ambassadeurs dans chacune des capitales des Territoires-Francs.

Quentin de Bérune ne voulait pas désarmer, cherchant désespérément un allié pour lutter devant tant d'anticonformisme :

— Aymard, dites-moi que vous me soutenez...

— J'ai pu constater sur le terrain que monseigneur Cellendhyll n'en fait qu'à sa tête. Avec une constance remarquable, je n'ai pas peur de le dire. Cependant, je dois également avouer qu'à chaque fois que sa majesté a pris les choses en main, ça nous a réussi, la Lumière veillant sur ses pas. Quant à cette décision pour le moins novatrice, je ne suis qu'un vieux crouton, mais j'ai envie de répondre : tentons l'expérience et nous verrons bien !

— Et vous, Vaillence, qu'en pensez-vous ? Vous n'avez pipé mot depuis le départ.

L'ancien soldat, devenu le meilleur administrateur de l'Empire, se rencogna dans son fauteuil, croisa les mains sur sa longue tunique bleu azur :

— Bon sang ne saurait mentir. L'Empereur décide, j'obéis, déclara-t-il avec une sobriété remarquable, avant d'afficher un sourire malicieux.

Son affection pour l'héritier de Priam ne faisait aucun doute. Pas plus que la confiance qu'il portait à son nouveau maître.

Quentin de Bérune hocha gravement la tête :

— Monseigneur Cellendhyll, je ne peux que me ranger à l'avis de mes camarades, j'ai appris à me fier à leur jugement. En dépit de ma maladresse, en dépit de mes questionnements, vous ne trouverez en moi qu'un serviteur loyal et dévoué, je vous en ai fait le serment.

Cellendhyll balaya l'air de la main :

— Je peux comprendre la passion avec laquelle vous défendez vos positions, vos arguments étaient honnêtes, Quentin, et ne m'ont causé aucun tort. Je vous félicite même pour votre franchise, une qualité dont j'aurai toujours besoin.

— Comment prévoyez-vous de gouverner ? relança Irina de Mayenne. Quel est votre plan, Votre Altesse ?

L'Ange pressentait que dame Irina avait anticipé sa manière de voir les choses. Elle le questionnait pour l'aider à expliquer sa philosophie aux autres, les rassurer.

Et dire que je me méfiais de vous, Irina ! Vous aurez une grande part à jouer dans l'avenir du royaume, j'en suis désormais persuadé.

— Je serai un protecteur, pas un gestionnaire, énonça le nouvel Empereur. Ce qui signifie que j'interviendrai pour répondre à une menace ou un conflit sérieux. Le reste du temps, je le maintiens, vous vous débrouillerez sans moi. Il faudra vous adapter à cette idée, tout simplement. Jusqu'alors, Priam vous donnait ses directives, qu'il vous chargeait d'appliquer au quotidien. C'est bien simple, nous allons poursuivre sur cette même voie. Vous allez continuer à administrer le royaume comme vous l'avez toujours fait. Je ne vais pas vous apprendre ce que vous connaissez bien mieux que moi, je vais me contenter de vous tracer les grandes lignes à suivre. Soyez honnêtes, hormis cette entorse au décorum, que j'assume, je ne vous impose rien qui vous change de ce que vous accomplissiez au service de mon père.

— Il reste le cas de vos sujets, que devrons-nous leur annoncer ? demanda Aymard, comme toujours soucieux du moral de ses administrés.

— Hormis, peut-être, pour les courtisans de Tygarde, dont je me fiche totalement, que je vive au palais ou ailleurs, ça change quoi à la vie de tous ces gens, franchement ? Rien du tout. C'est à vous, les politiques, d'œuvrer à leur bien-être. En ce qui me concerne, il leur suffira de savoir que je les protège, et je viens de leur en donner la preuve face aux Smaughs.

— Vous allez donc quitter la capitale. Si je puis me permettre, pour aller où, monseigneur ? s'enquit Quentin, décidément bien audacieux. Aller visiter les conseils des capitales-franches ?

— Bien tenté, sire de Bérune, mais en aucun cas, sourit Cellendhyll.

— Partir en ambassade sur le Plan des Ténèbres, pour répondre aux invitations répétées du roi Arasùl ? tenta à son tour Aymard.

— Encore moins, archevêque. Non, rien de tout cela… je vais simplement me transformer en empereur vagabond. Je vais respirer le monde… ce qui veut dire que je vais aller chevaucher dans les grands espaces, me baigner, contempler les nuages, admirer les étoiles, couper du bois, faire les plans de ma future maison, que sais-je encore… Cela étant, je vous l'ai dit, si le danger menace, vous me trouverez en première ligne, ce n'est pas pour rien que je vous laisse une pierre de contact.

— Quelles sont vos directives générales, en ce cas, Votre Altesse ? demanda Vaillence.

— Voyons…, répliqua l'Ange, qui avait potassé la question depuis son retour de la petite île, l'Empire est stable, à tous les niveaux. Je pense qu'il sera d'autant plus stable si les citoyens y sont heureux. Comment améliorer la vie de nos sujets, toutes classes confondues, j'attends de vous des propositions dans ce sens. Tel sera votre grand œuvre ! Sinon, nous arrêtons toute conquête et nous sécurisons nos positions militaires. Nous allons bien sûr signer la fin de la guerre avec les Ténèbres, ce conflit qui n'a que trop duré. Vaillence, je vous charge d'établir le traité de paix, vous travaillerez avec Rykar, l'ambassadeur des Ténèbres. J'en ai profité pour charger la capitaine-commandante Callista Swift et l'adjudant-chef Cromlach de réorganiser toute notre armée. Désormais, celle-ci sera résolument mixte, je veux des femmes dans tous les corps, à tous les grades, sachant qu'à terme, je veux des femmes aux postes de commandement, nommées au mérite, évidemment. Les commandants actuels de l'état-major, je parle de ceux qui sont restés coincés derrière les portails, au début de la guerre, seront rabaissés au grade inférieur et retourneront à des postes de terrain. Ils pourront démissionner, s'ils préfèrent, peu m'importe.

Cellendhyll s'interrompit, le temps de boire quelques gorgées d'eau, et poursuivit :

— Autre changement important, je nomme Callista Swift Phœnix du royaume pour remplacer Constance de Winter. C'est une femme extrêmement capable, elle a toute ma confiance, ce qui veut dire que je vous engage à lui apporter votre aide et votre considération. J'espérais nommer Cromlach connétable pour remplacer notre regretté Xavier, mais il a refusé. En attendant de trouver un remplaçant à la hauteur, Callista Swift occupera le poste. Vanina Cole, la compagne de Callista, à terme, sera notre nouvelle lige. En attendant qu'elle déploie tout le potentiel qui est le sien, elle va notamment suivre une formation d'officier chez les Nodus, et je tiendrai ce rôle. Il nous reste à regarnir les rangs du Nodus. Viggo a d'ailleurs bien entamé le processus. Il a d'ores déjà sélectionné au sein des Bérets Rouges de futurs postulants prometteurs. Qui les dirigera ? Les lieutenants Tanfoglio et Kershaw seront promus en conséquence, deux excellents guerriers repérés par Viggo et je les connais assez pour confirmer son opinion. Pourquoi deux commandants pour remplacer Rugar ? Parce que je veux doubler les effectifs de nos Forces Spéciales et les rendre encore plus efficaces. Des questions ? Non ? Très bien, autre sujet. Les barons nommés par mon père pour régenter le plan de Lumière ont été tués lors du massacre de Tygarde. Je suis sûr que vous avez des idées pour les remplacer, proposez-moi, d'ici ce soir, une liste de postulants valables. Irina, en attendant que Callista Swift trouve ses marques, je vous confie la sécurité du palais. En outre, surveillez-moi tous ces nobles dont mon père se méfiait. Et s'il s'avère qu'une cabale quelconque se monte, vous avez carte blanche pour faire le ménage… Bien ! Chacun de vous trouvera sur la table un dossier détaillé des sujets abordés. J'insiste sur ce point : lorsque vous aurez une décision à prendre, dorénavant, je veux que vous choisissiez en priorisant l'option qui améliorera la vie des gens, et non celle qui va rapporter le plus. Fini l'expansion à tout va, fini la recherche du toujours plus. Nous stabilisons, nous sécurisons, nous améliorons, tel sera mon credo. Par ailleurs, je vous ai transmis la liste des nominations que j'ai décidé d'effectuer, avec effet immédiat. Outre celles déjà évoquées, j'ai le plaisir de vous annoncer que, pour son concours désintéressé et, pourtant, capital durant la guerre, mon ami Reydorn est consacré Ami du Royaume, ambassadeur de la Sylve auprès de l'Empire. J'ai profité de l'opportunité pour choisir dame Ygraine comme ambassadrice de l'Empire auprès de la Sylve. Ces deux-là vont se charger de prendre contact avec la reine Aïlaëen afin d'établir les prémices d'un traité d'alliance. La sergente Irumi s'est portée volontaire pour veiller sur leur sécurité, elle part avec Reydorn et Ygraine, à la tête d'un escadron d'Hirondelles. Les Hirondelles et les Fendyrs sont des adeptes de l'arc, ça devrait bien fonctionner entre eux. Vous voyez, Quentin, que je peux également m'intéresser à la diplomatie ! Autre chose. Le seigneur Morion du Chaos fera peut-être, sans doute, une tentative d'ouverture, commerciale ou diplomatique, ce serait bien son genre à présent que je suis devenu empereur. Ma consigne est très claire : quoi qu'il prétende, nous n'avons aucune dette envers le Chaos suite à la guerre, et vous ne devrez conclure aucun accord sans mon aval !

Cellendhyll marqua une pause. Jamais il n'avait autant parlé !

S'agissant du Puissant Morion, seigneur d'Eodh, l'homme qui lui avait ouvert les portes du Chaos, qui avait fait de lui un Ange insaisissable, ô combien redoutable, l'Adhan avait du mal à se déterminer. Il éprouvait pour son ancien maître un mélange de respect nourri d'une pointe d'affection, de gratitude, mais aussi de ressentiment et de méfiance. Morion lui avait sauvé la vie, des années auparavant, il l'avait formé, il lui avait même offert les moyens de sa vengeance sur Ghisbert de Cray. Pour autant, Cellendhyll estimait avoir réglé sa dette, plus de dix années au service du Puissant, mission après mission. Or, d'un certain point de vue, l'intervention de Morion avait en bonne part contribué à la victoire du Hors-Destin et de son armée face aux Smaughs. Pourtant, aux yeux de l'Adhan, Morion avait commis une grossière erreur. Au lieu de venir combattre avec les loups et les Lokis, de prouver ainsi son implication personnelle, le maître des Mystères s'était contenté de faire intervenir une force tierce. Et ce choix, pour Cellendhyll, signifiait une chose : que l'appui de Morion était politique, motivé par le calcul et certainement pas par une éventuelle amitié. En bref, cette intervention n'avait fait que renforcer la méfiance que le nouvel empereur de Lumière concevait pour Morion d'Eodh et les membres du Chaos dans son ensemble.

— … Dans le cas où Morion se manifesterait, contactez-moi par le biais de la pierre et je verrai directement avec lui, reprit finalement Cellendhyll. Voilà, j'ai fait le tour. Sauf urgence, nous nous réunirons d'ici trois mois pour faire le point. Ma dame, messires, vous avez ma confiance, faites-en bon usage. Je vous laisse, à présent, un émissaire de la banque Chanseth m'attend et j'ai encore une foule de choses à régler avant ce soir.

L'Ange s'apprêtant à quitter la pièce, les membres du conseil se levèrent pour le saluer, chacun l'assurant de sa fidélité.

— Nous ferons de notre mieux, seigneur, conclut Irina de Mayenne avec un sourire assuré.

Soulagé, Cellendhyll quitta salle, laissant derrière lui une coterie un peu malmenée dans sa routine, mais pourtant toute disposée à suivre ses directives, même Quentin de Bérune.

Une bonne chose de faite. L'Ange se sentait encore plus léger que lorsqu'il avait quitté son manteau lamé d'or.

Il rejoignit le téléporteur qui allait le conduire à Tygarde à grands pas. Il avait un rendez-vous important à honorer avec la banque, ensuite, il serait libre de rejoindre deux guerrières de sa connaissance. Une blonde et une rousse à qui il avait promis de faire visiter le palais impérial, leur nouvelle résidence.

Chapitre 123

La grande forêt déployait ses ramures accueillantes tout autour d'eux, bercés par le chant guilleret des oiseaux. Ils avaient quitté la cité des Nuages une heure auparavant et chevauchaient tranquillement sur un sentier qui traversait les bois en direction du nord-ouest.

L'empereur vagabond et ses camarades faisaient route pour le domaine des voleurs. Rathe et Keelayne les attendaient sur place. C'était l'endroit idéal pour commencer ses vacances, avait décidé Cellendhyll, tout excité à l'idée de cette liberté nouvelle.

Rathe était revenu à la capitale, le temps d'assister au couronnement du fiston. Les voleurs restés au domaine, il était accompagné de Keelayne, ravie d'avoir retrouvé son géniteur sain et sauf.

Keelayne avait chaleureusement félicité le nouvel empereur. Puis, juste avant de prendre congé, la rousse avait déclaré à Cellendhyll, qu'il était le bienvenu au domaine. Le sourire incandescent qu'elle lui adressa laissait clairement entendre que ses relations avec elle risquaient de prendre un nouveau tour, tout à fait intéressant. En dépit de leurs rapports souvent mouvementés, il était loin de rester insensible à la beauté piquante de la guérisseuse et, même, à son farouche caractère. Plus il y songeait, plus il était impatient d'arriver chez les voleurs.

Et ce n'était pas la présence de la Mère de toutes les Pierres, qui ballotait doucement contre son torse, qui allait assombrir sa belle humeur. L'Entité Primale était restée silencieuse depuis le couronnement, ce qui convenait parfaitement à l'Adhan. La veille de son couronnement, il s'était rendu à Tygarde, pour constater que la Pierre de Vie de la Lumière était en sécurité. Priam l'avait cachée dans une grotte sous-marine, au fond du fleuve Obéron – le Hors-Destin ne la détecta qu'avec le concours de la Pierre Primordiale –, et il la laissa reposer où elle était, refusant, là encore, d'accepter tout lien avec ce genre d'entités.

Cellendhyll montait Farod, son étalon gris pommelé, qu'il avait retrouvé avec plaisir au retour de l'armée impériale ; un plaisir totalement partagé. L'athlétique destrier pellonien piaffait, impatient de galoper.

Fidèle à lui-même, l'Ange voyageait sans aucun signe de son statut, ayant refusé toute escorte officielle. Il s'était vêtu en simple guerrier, d'une tunique du même vert limpide que ses yeux, d'un pantalon et de bottes en daim chocolat, d'un gilet en cuir gras. Aucune arme apparente, hormis un bouclier rond, accroché à sa selle. Sa Belle ornait son avant-bras gauche, fidèle comme jamais.

Il emplit ses poumons de grandes goulées d'air frais.

Qu'il se sentait bien !

La veille, il s'était laissé inviter par Callista et Vanina pour une seconde nuit de plaisir complice, une surprise pour fêter son départ. Les deux compagnes, toujours aussi ardentes, l'avaient comblé tout comme il les avait comblées, et, rien qu'à songer à leurs ébats, l'Ange sentait son membre s'éveiller. Pourtant, le sexe, finalement, n'était que secondaire. Sa relation d'amitié avec les deux guerrières ne faisait que se confirmer, et le nouvel empereur se félicitait qu'elles aient ainsi surgi dans sa vie. Deux solides, deux charmants atouts, sur qui compter. Callista ferait un excellent travail comme Phœnix, il n'en doutait pas une seconde. Quant à l'espiègle Vanina Cole, il avait décidé de suivre ses progrès d'aussi près que possible. Il fondait de grands espoirs sur elle ; il avait d'ailleurs chargé Callista de trouver pour la guerrière une instructrice à la hauteur du potentiel de sa protégée. Vanina devait progresser et sans tarder ! En outre, l'Adhan avait chargé Swift de créer un centre de formation militaire pour détecter et forger les potentiels Initiés du royaume.

Gheritarish se tenait aux côtés de son ami le Hors-Destin, chevauchant un solide hongre bai cerise. Sa tenue, une chemise ivoire, un gilet écarlate, un pantalon de cuir orange à bandes bleues, et de nouvelles bottes à revers, déjà écorniflées. Skaggh'Naggah reposait sagement à l'arrière de sa selle.

Ni l'Ange, ni le Loki, ne s'étaient chargés de bagages, juste de quelques vêtements de rechange. Gheritarish, cependant, avait effectué un tour en ville pour acheter une bonne provision d'herbes à fumer, un assortiment conséquent qui devrait ravir cette vieille fripouille de Rathe, ainsi que quelques cochonnailles pour caler son propre estomac durant le trajet.

De fait, pendant que l'Adhan profitait d'une nuit ensorcelante avec ses deux guerrières, le Loki avait écumé la cité des Nuages, passant d'un groupe de fêtards à l'autre, et avait bu toute la soirée pour célébrer, bien à sa manière, une fois encore, le couronnement de son meilleur ami, ce bougre d'Adhan !

Gheritarish avait rejoint ses appartements au palais sans savoir comment, avait dormi tout habillé sur un tapis, s'était levé, avait vomi sur le même tapis, s'était plongé la tête dans une vasque d'eau froide, s'était changé. Prêt au départ, il s'était enfilé un solide petit-déjeuner pour le vomir tout aussi vite. Il avait donc dû se résoudre à quitter Tygarde avec des vêtements propres, mais le ventre vide.

Terminant sa troisième saucisse fumée depuis le départ de la capitale, qu'il avait calée entre deux tranches de pain noir, Gher décida de s'allumer un cylindre d'herbe à fumer aussi épais que son index.

Derrière l'Ange et le Loki, venaient Viggo et Cythéria. Le couple voyageait dans une roulotte avec une partie de leurs malles et bagages ; le restant suivrait dans la semaine, l'Adhan avait tout prévu.

Lovée contre Viggo, qui conduisait l'attelage, Cythéria contemplait la forêt, le regard émerveillé par son nouveau destin. La jeune femme fourmillait d'idées et menait trois conversations à la fois, provoquant les moqueries affectueuses du guerrier tatoué.

Dans la liste de ses projets, Cellendhyll ne les avait pas oubliés, ces deux-là. Pas plus que sa promesse. En conséquence, une fois couronné, il leur avait fait une proposition impossible à refuser.

L'Adhan avait beaucoup d'affection pour Cythéria. Elle l'avait fidèlement servi depuis son arrivée au palais impérial, sans jamais le décevoir ; au départ, peut-être la seule personne des lieux avec qui il s'était senti vraiment à l'aise. Elle faisait désormais partie de son cercle proche et il avait décidé qu'elle méritait une attention particulière.

Puisqu'elle avait demandé à quitter son service pour une vie plus calme, qu'elle espérait plus proche de la nature, Cellendhyll avait décidé d'offrir à sa protégée un avenir à la hauteur de ses espérances. Imitant ce qu'il avait fait pour son ami Rathe, il avait puisé dans sa fortune personnelle – qui n'avait fait que s'accroître au fil du temps, grâce aux placements judicieux de la banque Chanseth – pour acheter aux deux tourtereaux une propriété équestre à quelques kilomètres à peine du domaine des voleurs, plus au nord-ouest. Il avait bien assez discuté avec Cythéria pour savoir qu'elle éprouvait une passion de longue date pour les chevaux, qu'elle n'avait jamais osé concrétiser, hormis d'apprendre à monter.

Ladite propriété comprenait un manoir, des dépendances, plusieurs centaines d'hectares de prairies, deux bois, trois rivières, une ancienne tour de guet à restaurer, et trois cents chevaux d'élevage. Le personnel était prévenu et il attendait ses nouveaux maîtres sur place. En outre, Cellendhyll avait usé de son rang d'empereur pour faire allouer au couple une rente suffisante pour assurer leurs vieux jours.

À grands pouvoirs, grandes possibilités.

Cythéria et Viggo ne s'attendaient pas à ce que l'Adhan honore sa promesse aussi vite… et avec une telle générosité. Ils tentèrent bien de refuser, mais Cellendhyll se montra inflexible. On ne dit pas non à l'empereur de Lumière, non mais ! Lui n'avait que faire de sa richesse, autant en faire profiter ses proches et leur apporter un peu de bonheur, ne serait-ce qu'en améliorant leur cadre de vie. Le hurlement enfantin que poussa Cythéria, une fois digérée la nouvelle, cette expression d'une joie totale avait constitué une récompense bien suffisante aux yeux du Hors-Destin.

Viggo ne ressentait sans doute pas le même besoin de vivre hors de la capitale que Cythéria. Toutefois, il aimait profondément la jeune femme, bien plus que le métier des armes, et s'était juré de la rendre heureuse. D'ailleurs, il n'avait rien contre la campagne, il appréciait les chevaux, le domaine des voleurs était tout proche, alors pourquoi pas ? Et lorsque Cythéria lui soumit l'idée qu'une fois tous deux correctement installés dans leur manoir, ils entreprendraient de faire un enfant, le premier d'une longue lignée, le guerrier tatoué hurla à son tour de joie, soulevant sa femme pour la faire tournoyer dans les airs.

Cellendhyll avait promis d'aider les amoureux à s'installer dans leur propriété, même s'ils allaient tous commencer par passer quelques jours de détente au domaine. L'Ange en profiterait pour voir avec Maurice quoi faire de la Mère des Pierres.

Reydorn, de son côté, les avait quittés la veille, en début de soirée, son mandat d'ambassadeur en poche. Désormais diplomate de haut rang, ce qui l'amusait beaucoup, il avait conduit dame Ygraine, promue ambassadrice de la Lumière, au royaume de la Sylve, ravi de lui faire découvrir son peuple. Irumi et ses Hirondelles étaient du voyage. Reydorn était convenu avec Cellendhyll de donner des nouvelles d'ici quelques jours – le mage avait lui aussi une pierre de contact.

De ce séjour au cœur de la forêt profonde, Reydorn et Ygraine reviendraient mari et femme, leur union bénie par la reine, un traité d'alliance en guise de cadeau de mariage.

Allongée à son aise entre deux épais buissons, tapie dans l'ombre d'un orme vénérable, Mharagret, Puissante de la maison Melfynn, empoignait une arbalète à longue portée, en précieux bois d'ébène des îles Kelash. Une arme magnifique réalisée sur mesure, pour une occasion précise. Tuer le maudit Cellendhyll de Cortavar !

La baronne était sanglée dans une tenue de combat vert olive, aussi moulante que possible, sa chevelure d'un roux éclatant camouflée sous un béret de cuir.

Sa position avait été soigneusement choisie, face au vent pour ne pas éveiller l'odorat du Loki. En outre, la Puissante avait pris soin d'enduire son corps de sauge. Elle avait monté assez d'embuscades pour se savoir indétectable.

Cellendhyll et son petit groupe venaient d'apparaître, se profilant à l'angle d'un virage, à cinq cents mètres de sa position. Les cavaliers allaient remonter la longue ligne droite, au bout de laquelle Mharagret s'était installée. L'Adhan ne se doutait de rien, discutant tranquillement avec son gros lourdaud de Loki.

La Melfynn était prête. Dans la rainure de son arbalète, était logé un long carreau à pointe en barbillons, enduite d'acronis pourpre, un poison foudroyant pour lequel il n'existait aucun antidote connu, incurable même par magie.

Tu vas payer pour la mort de mon Rosh chéri, putain d'Adhan !

Elle allait le tuer à distance, dommage. Elle aurait nettement préféré le toiser de près, lui faire comprendre son humiliation, avant de le châtier.

Oui, Mharagret était prête.

La Puissante aligna sa mire sur la poitrine de l'homme aux cheveux d'argent. Encore une centaine de mètres et son ennemi juré serait à bonne portée…

— Je sais pas si je devrais en parler, mais Rathe a prévu une surprise pour la fête de ce soir, disait Gheritarish.

— Quelle surprise ?

Cellendhyll avait tendance à se méfier des surprises.

Le Loki haussa benoîtement les épaules :

— Ben, justement, je sais pas, puisque c'est une surprise. Par contre, y a un truc que je sais. La p'tite Keelayne, elle en pince pour toi !

— Et comment tu es au courant ?

— C'est Rathe qui m'a vendu la mèche. La rouquine, elle n'a pas arrêté de demander de tes nouvelles, elle a tanné son père pour venir à ton couronnement et elle s'est confectionné une nouvelle robe, qu'elle portera ce soir… Un dos-nu, m'a dit Rathe… Tu sais quoi ? Je crois que ce vieux brigand, il a toujours rêvé que t'épouses Keelayne… Maintenant que t'es une altesse-machin, peut-être bien qu'il va manœuvrer pour vous mettre dans les bras l'un de l'autre, ça serait marrant, non ? Ah, par les mamelles d'Eyvgrayden, mon Cellounet marié !

Keelayne ? Un dos-nu ? Mortonnerre !

Le Hors-Destin chercha désespérément un sujet pour détourner la conversation. Hélas, le Loki était trop loin pour un coup de boule.

— Euh… oui… répliqua-t-il. Mais dis-donc, Gher, comment ça va, avec Ling-Faï, je ne l'ai pas vue avec toi, hier soir…

L'index de Mharagret se posa sur la queue de détente. Elle bloqua son souffle. Son doigt se crispa.

Aussi ferme qu'une chaîne d'ancre, un bras recouvert de cuir violet, se coula autour du cou de la baronne, bloquant sa trachée. Un corps fin et musclé se plaqua sur elle. L'écrasant d'un poids incroyable, lui interdisant toute action, toute échappatoire. Puis, un autre bras sembla s'étirer au-delà de la normale pour repousser l'arbalète sur le côté et confisquer délicatement le carreau empoisonné, qui fut balancé dans les fourrés, l'arme rendue inopérante.

Pourtant aguerrie à ce genre d'exercices, la Melfynn n'avait rien vu venir.

Une voix mâle, élégante, qu'elle détestait, murmura à ses oreilles :

— Lâche immédiatement cette arbalète, au demeurant splendide, Marghie. Cette arme ne te servira à rien, déclara Morion, Puissant d'Eodh, maître des Mystères et prince des Apparences. Parfait. Arrête de gigoter, tu vas nous faire repérer. Cellendhyll est tout proche. Contrairement à moi, il ne montrera aucune mansuétude, encore moins en constatant que tu tentes une nouvelle fois de t'en prendre à lui. Nul doute qu'il te fera sauter la tête d'un coup de lame et je peux t'assurer, ma chère, que je ne ferai rien pour l'en empêcher.

D'une manière ou d'une autre, le Puissant d'Eodh bloquait ses talents. Mharagret cessa de bouger et Morion reprit son murmure :

— Maintenant, écoute attentivement, maîtresse de la maison Melfynn, ta vie en dépend… Cellendhyll de Cortavar est mon protégé. Il est désormais empereur de Lumière, ce qui me le rend encore plus précieux, et il n'est pas question que tu interfères dans mes plans ! Je t'ai vu agir contre lui à plusieurs reprises, j'ai laissé faire, car je savais que mon Ange était bien assez formé pour faire échec à tes pitoyables tentatives, mais à présent, tout cela, c'est terminé ! Je te surveille de près, comme tu peux le constater. S'il arrive quoi que ce soit à Cellendhyll, ne serait-ce qu'un rhume, une fièvre, une rage de dents, un ongle cassé, n'importe quoi, je te tue, Mharagret Melfynn. Tout simplement. Je m'occuperai personnellement de ton cas et ce n'est pas ton rang qui te protégera… Tu as compris ?

— Je n'ai pas peur de toi, Morion, souffla rageusement la baronne.

— Ce qui prouve à quel point tu es limitée, Marghie, chuchota le Puissant d'Eodh, mais je le savais déjà. Une petite démonstration s'impose.

L'index de Morion – sa main plaquée contre la gorge de la Puissante – s'allongea, s'allongea encore, puis s'affina, pour finalement s'engager dans le conduit auditif de la Melfynn.

La Puissante impuissante sentit alors son cerveau chauffer de l'intérieur, chauffer encore, une sensation aussi déroutante que douloureuse. Elle se contorsionna en vain. L'emprise de Morion se révélait implacable, à croire qu'il pesait soudain plusieurs tonnes de muscles.

— Que dis-tu de cette sensation, Marghie ? Je peux continuer ainsi jusqu'à ce que ta cervelle grille et racornisse. Je laisserai ton cadavre pourrir dans les buissons et tu feras le bonheur des bêtes. Tel sera ton destin, Puissante Melfynn. Alors, je te repose la question, c'est ta dernière chance : as-tu compris ?

— Oui, souffla Mharagret, terrassée par l'impression que son cerveau se mettait à bouillir, enrageant de se révéler aussi faible face à l'un des deux hommes qu'elle exécrait le plus au monde.

Si elle voulait la fin de l'Adhan, elle n'était pas lassée de vivre pour autant. D'ailleurs, mourir ici ne l'avancerait pas d'un pouce dans sa vengeance.

— Oui, quoi ? s'impatienta Morion.

— Oui, j'ai compris.

— Tu vas laisser Cellendhyll tranquille ?

— Je vais le laisser tranquille.

— J'ai ta parole ?

— Maudit Morion… oui, tu as ma parole !

— À la bonne heure, sourit le maître des Mystères, tandis que son index se rétractait pour reprendre sa dimension première. À présent, nous allons reculer dans les fourrés sans nous dévoiler, et nous allons sagement rentrer sur le plan du Chaos. Chacun pourra alors retourner à ses petites affaires. Tsst tstt, je confisque cette arbalète, Marghie, ça t'évitera d'être tentée… et ça me fera un dédommagement. Non seulement, tu m'as obligé à me déplacer en pleine forêt, mais, en plus, j'ai fait un accroc à ma tenue de combat, taillée sur mesure ! Ah, j'allais oublier, j'ai pris à mon service les tueurs que tu avais engagés pour assassiner Cellendhyll, du moins ceux qu'il n'a pas encore tués. Ils seront bien plus utiles sous mes ordres. Recule, maintenant. En silence. Je te relâcherai derrière ces arbres. En route.

Inconscients de ce qui venait de se produire entre les deux Puissants du Chaos, l'Ange et le Loki poursuivaient leur chevauchée complice.

Quelques secondes plus tôt, il avait semblé au Hors-Destin que sa Belle chauffait son avant-bras, mais la sensation fut trop brève pour l'inquiéter. Elle voulait sans doute lui rappeler sa présence.

De son côté, Gheritarish s'était figé en pleine discussion, pour redresser la tête, ses narines palpitantes, pour finalement secouer la tête :

— … Attends… J'ai cru sentir… non, je dois me tromper. Tu disais, Petit-Homme ?

Difficile de se fier à son odorat lorsqu'on est en train de s'emplir les narines de fumée résineuse.

— C'est toi qui parlais, Gher… tu m'expliquais que tu avais rompu avec Ling-Faï… ça va, ce n'est pas trop dur ?

— Dur ? Pourquoi ? Ling et moi, on n'allait plus trop se voir, alors on a décidé mutuellement d'arrêter. Elle, elle a ses Hirondelles et plein de responsabilités, à présent que tu l'as nommée major. Et moi, ben, j'ai toi… et aucune responsabilité. Tranquille, quoi.

Le Loki inspira une énorme bouffée de son cône de fumée, resta trois bonnes secondes à retenir son souffle, avant d'exhaler un nuage odorant, tellement dense que l'Adhan dut agiter les bras pour ne pas être submergé.

— Dis-moi, plutôt, ton altesse-machin-l'empereur bidule, reprit Gheritarish, sa voix rauque de fumée, maintenant que c'est toi le patron, c'est quoi le plan ?

— Arrête de m'appeler comme ça ou tu vas te retrouver le nez derrière l'oreille, bougre de Loki ! Le plan ? Le plan, c'était d'échapper au palais, aux réunions, à tous ces politiques. Dorénavant, il n'y a plus personne pour nous donner d'ordres, nous sommes libres, mon vieux Boule de Poils !

— Bah, ça va pas tellement me changer de d'habitude, vu qu'en général, j'écoute pas trop les ordres… mais c'est sûr que pour toi, c'est nouveau ! Et on va en faire quoi de ta liberté, Petit-Homme ?

— On va déjà passer du bon temps au domaine, profiter de nos amis voleurs, puis on ira vérifier que Cythéria et Viggo sont bien installés dans leur manoir. Ensuite… on verra !

— On pourrait aller s'encanailler dans les Terres de Sang ! Et chercher à retrouver Cyndaël, une fois sur place. Elle te plaisait bien, non ?

— En effet. Néanmoins, je songeais à une destination encore plus exotique.

— Les îles Kelash ? Ouais, bonne idée, rien que pour la bouffe, ça vaut le coup !

— Non plus.

— Euh… le plan des Ténèbres, tu veux aller voir Kassahina et les Shen'Gaths ?

— J'y ai pensé, pourtant, j'avais autre chose en tête… Gher, tu as déjà visité le Plan du Destin ?

— Ben non. On mange bien là-bas ? Et les filles, elles ressemblent à quoi ? Faut que j'amène de la fume ?

Cellendhyll éclata d'un rire léger, tellement léger, et lança Farod au galop :

— Le dernier arrivé chez Rathe est un Sangh astigmate !

Composition et mise en pages
Nord Compo à Villeneuve-d'Ascq

Achevé d'imprimer en mars 2023
par Normandie Roto Impression s.a.s.
61250 Lonrai
N° d'impression : 2300652

Imprimé en France